DIANA
VERLAG

Iain Pears

Das Urteil am Kreuzweg

ROMAN

*Aus dem Englischen
von Edith Walter und
Friedrich Mader*

*

Diana Verlag

München Zürich

Titel der Originalausgabe: An Instance of the Fingerpost
Originalverlag: Jonathan Cape, London

ISBN 3-8284-0020-5

Für Ruth

Historia vero testis temporum, lux veritatis,
vita memoriae, magistra vitae.

Die Geschichte aber ist die Zeugin der Zeiten,
das Licht der Wahrheit, das Leben der Erinnerung,
die Lehrerin für das Leben.

CICERO, *De Oratore*

Eine Frage der Priorität

Es giebt auch Götzenbilder in Folge der gegenseitigen Berührung und Gemeinschaft des menschlichen Geschlechts,
welche ich wegen des Verkehrs und der Verbindung der
Menschen die Götzenbilder des *Marktes* nenne. Denn die
Menschen gesellen sich zu einander vermittelst der Rede;
aber die Worte werden den Dingen nach der Auffassung der
Menge beigelegt, deshalb behindert die schlechte und thö-
richte Beilegung der Namen den Geist in merkwürdiger
Weise ... Denn die Worte thun dem Verstande Gewalt an,
stören Alles und verleiten die Menschen zu leeren und zahllosen Streitigkeiten und Erdichtungen.

> Francis Bacon, *Novum Organum Scientarum*,
> Book I, Aphorism XLIII

Erstes Kapitel

MARCO DA COLA, Gentleman aus Venedig, entbietet respektvoll seinen Gruß. Ich möchte von der Reise berichten, die ich anno 1663 nach England unternommen habe, von den Ereignissen, deren Zeuge ich wurde, und von den Menschen, denen ich begegnete, was, wie ich hoffe, für all jene von einigem Interesse ist, die von Neugier heimgesucht werden. Ebenso beabsichtige ich, in meinem Bericht die Lügen jener zu enthüllen, die ich einst, fälschlicherweise, zu meinen Freunden zählte. Ich beabsichtige nicht, mich des langen und breiten schriftlich zu rechtfertigen oder im einzelnen zu erzählen, auf welche Weise ich hintergangen und um das Ansehen betrogen wurde, das mir von Rechts wegen gebührt. Mein Bericht wird, wie ich glaube, für sich selbst sprechen.

Ich werde viel, aber nichts von Bedeutung, weglassen. Ein großer Teil meiner Reisen durch dieses Land war nur für mich interessant und wird hier nicht erwähnt. Viele, denen ich begegnete, waren von ebenso geringer Bedeutung. Jene, die mir in späteren Jahren Schaden zufügten, schildere ich so, wie ich sie damals kannte, und ich bitte den Leser, daran zu denken, daß ich zwar nicht unreif war, aber noch keine Weltklugheit besaß. Sollte meine Erzählung schlicht und töricht scheinen, dann müßt Ihr daraus schließen, daß der junge Mann, der ich vor so vielen Jahren gewesen bin, auch schlicht und töricht war. Ich werde auf mein Bild von damals keine neuen Farbschichten und keinen frischen Firnis auftragen, um meine Fehler oder die Schwäche meiner Zeichenkunst zu verdecken. Ich werde keine Beschuldigungen aussprechen und nicht gegen andere polemisieren; ich werde vielmehr sagen, was geschehen ist, zuversichtlich, daß ich mehr nicht tun muß.

* *
*

Mein Vater, Giovanni da Cola, war Kaufmann und beschäftigte sich während der letzten Jahre seines Lebens mit dem Import von Luxusgütern nach England, das sich, wiewohl ein Land ohne Raffinesse, dennoch von den Nachwirkungen der Revolution zu erholen begann. Scharfsinnig hatte er aus der Ferne erkannt, was die Rückkehr von König Charles II. bedeutete: daß die Riesengewinne dort gewissermaßen wieder auf der Straße liegen würden. Anderen Kaufleuten, die länger zögerten, heimlich zuvorkommend, hatte er in London eine Niederlassung gegründet, um die wohlhabenderen Londoner mit jenen Luxusgütern zu versorgen, die von den puritanischen Eiferern so viele Jahre verboten worden waren. Sein Geschäft blühte; er hatte in Giovanni di Pietro einen guten Mann in London und ging auch mit einem englischen Kaufmann, mit dem er sich die Gewinne teilte, eine Partnerschaft ein. Wie er mir einmal sagte, war es ein gerechter Handel: John Manston war zwar listig und unehrlich, kannte jedoch wie kein zweiter den englischen Geschmack. Wichtiger noch: Die Engländer hatten ein Gesetz verabschiedet, das fremden Schiffen verbot, Waren in ihre Häfen einzuführen, und Manston war ein Weg, diese Schwierigkeit zu überwinden. Solange mein Vater di Pietro am Ort hatte, der die Konten fest im Auge behielt, gab es, wie er glaubte, kaum eine Möglichkeit, ihn zu betrügen.

Er war längst über die Zeit hinaus, in der er direktes Interesse an seinem Geschäft nahm, und hatte schon einen Teil seines Kapitals in Landbesitz in der *terra ferma* – den ehemaligen Festlandsbesitzungen Venedigs – angelegt, um in das Goldene Buch aufgenommen zu werden. Obwohl selbst Kaufmann, wollte er, daß seine Kinder Gentlemen würden, und riet mir davon ab, mich aktiv in seinem Unternehmen zu betätigen. Ich erwähne das, weil es für mich ein Zeichen seiner Güte war. Er hatte schon früh bemerkt, daß mein kaufmännischer Verstand sehr gering war, und ermutigte mich, mich von dem Leben abzuwenden, das er führte. Er wußte auch, daß der junge Gatte meiner Schwester für die Fährnisse des Handels viel geeigneter war als ich.

Während also mein Vater den Namen und das Vermögen der Familie sicherte, hielt ich mich – meine Mutter war gestorben und meine Schwester nutzbringend verheiratet – in Padua auf, um mir eine oberflächliche Kenntnis artigen Benehmens anzueignen; er war zufrieden, daß sein Sohn unserem Adel angehörte, wollte mich aber nicht so ungebildet wissen, wie es der Adel war. An diesem Punkt und reifer an Jahren – ich wurde jetzt bald dreißig –, wurde ich plötzlich von der brennenden Begeisterung gepackt, Bürger der – wie man sie nennt – Republik der Gelehrtheit zu werden. An diese plötzliche Leidenschaft erinnere ich mich nicht mehr, so völlig ist sie von mir abgefallen, doch die Faszination der neuen experimentellen Naturwissenschaften hielt mich in ihrem Bann. Es war natürlich eher eine Sache des Geistes als die der praktischen Anwendung. Ich sage mit Beroaldus *non sum medicus, nec medicinae prorsus expers:* In der Theorie der Heilkunde habe ich mich redlich bemüht, nicht mit der Absicht jemals zu praktizieren, sondern um mich selbst zufriedenzustellen. Ich hatte weder den Wunsch, noch hatte ich es nötig, meinen Lebensunterhalt auf solche Weise zu verdienen, obwohl ich, was ich voller Scham gestehe, meinen armen, gütigen Vater hin und wieder damit ärgerte, daß ich sagte, wenn er nicht nett zu mir sei, würde ich mich rächen und Arzt werden.

Ich vermute, ihm war längst klar, daß ich nie dergleichen tun würde und mich lediglich von Ideen und Menschen fesseln ließ, die ebenso aufregend wie gefährlich waren. Die Folge war, daß er keine Einwände erhob, als ich ihm von den Berichten eines Professors schrieb, der, obwohl namentlich Vorlesungen in Rhetorik haltend, einen großen Teil seiner Zeit damit verbrachte, sich über die neuesten Entwicklungen in der Naturwissenschaft zu unterrichten. Dieser Mann war weit gereist und behauptete, daß ernsthafte Studenten von Naturphänomenen die Niederlande und England nicht mehr verächtlich ablehnen dürften. Nach vielen Monaten unter seinen Fittichen steckte ich mich mit seiner Begeisterung an, und da mich in Padua kaum etwas hielt, bat ich meinen Vater, diesen Teil der Welt bereisen zu dürfen. Gütig, wie er war, stimmte er sofort zu, besorgte mir die Erlaubnis, das venezianische Staatsgebiet zu verlassen, und sandte seinem Bankier in Flandern einen Kreditbrief für mich.

Ursprünglich hatte ich den Vorteil meiner Stellung nutzen und den Seeweg nehmen wollen, da ich jedoch, um Kenntnisse zu erwerben, soviel wie möglich sehen sollte, kam ich zu dem Schluß, daß es besser war, mit der Kutsche zu reisen, als mich auf einem

Schiff drei Wochen lang mit der Mannschaft zu betrinken. Hinzufügen muß ich, daß ich schwer an der Seekrankheit leide – eine Schwäche, die ich stets sehr ungern zugegeben habe; wenn Gomesius* auch sagt, sie heile die Traurigkeit des Geistes, habe ich das nie feststellen können. Dennoch verlor ich immer mehr von meinem Mut, der sich fast ganz in Luft auflöste, je länger die Reise dauerte. Nach Leiden waren wir nur neun Wochen unterwegs, doch die Qualen, die ich zu ertragen hatte, lenkten mich völlig von der Aussicht ab, die an mir vorüberzog. Als wir einmal auf halbem Weg über einen Alpenpaß im Schlamm steckenblieben, es in Strömen regnete, ein Pferd krank war, ich selbst Fieber hatte und mein einziger Reisegefährte ein gewalttätig aussehender Soldat war, dachte ich, daß ich lieber den schlimmsten Sturm auf dem Atlantik aushielte als solches Elend.

Doch zurückzukehren hätte ebensolange gedauert wie die Fortsetzung der Reise, und so hielt ich durch, eingedenk des Spottes, der sich über mich ergießen würde, wenn ich beschämt und schwach in meine Heimatstadt zurückkäme. Scham ist, wie ich glaube, das mächtigste Gefühl, das der Mensch kennt; die meisten Entdeckungen und bedeutenden Reisen wurden zu Ende geführt, weil es eine Schande gewesen wäre, hätte man den Versuch abgebrochen. Krank vor Sehnsucht nach der Behaglichkeit und Wärme meines Heimatlandes – die Engländer nennen diese Krankheit *nostalgia*, die ihrer Meinung nach auf das Ungleichgewicht einer fremden Umgebung zurückzuführen ist – setzte ich meinen Weg fort, übel gelaunt und unglücklich, bis ich in Leiden eintraf, wo ich als Gentleman in die medizinische Hochschule eintrat.

So viel schon wurde über diesen Sitz der Gelahrtheit geschrieben, der für meinen Bericht auch bedeutungslos ist, daß es genügt, wenn ich sage, ich fand zwei Professoren, die Vorlesungen über Anatomie und körpereigene Funktionen hielten und von deren einzigartigem Wissen ich sehr viel profitierte. Ich reiste auch durch die Niederlande und fand treffliche Gesellschaft, vor allem Engländer, die mir ein wenig von ihrer Sprache beibrachten. Ich verließ die Niederlande nur, weil mein guter Vater es mir befahl,

---

* Petrus Gomesius, Theologe poln. Abstammung; reformierter Antitrinitarier; war gegen die Kindertaufe

aus keinem anderen Grund. Im Londoner Büro gebe es irgendwelche Unregelmäßigkeiten, wie er mir schrieb, und er brauche jemanden von der Familie, der vermittelnd eingreifen könne: Niemand sonst sei vertrauenswürdig. Obwohl mein praktisches Wissen über Handel und Wandel sehr gering war, freute ich mich, als gehorsamer Sohn etwas für ihn tun zu können, entließ meinen Diener, ordnete meine Angelegenheiten und schiffte mich in Antwerpen ein, um nach dem Rechten zu sehen. Am 22. März 1663 traf ich mit nur wenigen Pfund in der Tasche in London ein; die Summe, die ich einem Professor für seinen Unterricht bezahlt hatte, hatte meine Geldmittel fast erschöpft. Doch ich machte mir keine Sorgen, denn ich dachte, ich brauchte nur den kurzen Weg vom Fluß zu meines Vaters Büro zurückzulegen, das sein Vertreter unterhielt, und alles würde wieder in Ordnung sein. Was war ich nur für ein Narr. Ich konnte di Pietro nicht finden, und dieser elende John Manston wollte mich nicht einmal empfangen. Er ist schon lange tot; ich bete für seine Seele und hoffe, daß Gott meine Gebete nicht erhört, denn ich weiß, je länger dieser Mann feurige Qualen leidet, um so gerechter ist seine Strafe.

Ich mußte mich an einen geringen Diener um Auskunft wenden, und dieser Junge sagte mir, der Vertreter meines Vater sei vor einigen Wochen plötzlich verstorben. Es kam noch schlimmer: Manston hatte sich Vermögen und Geschäft sofort angeeignet und weigerte sich, zuzugeben, daß sie je meinem Vater gehört hatten. Den Anwälten hatte er Dokumente vorgelegt (Fälschungen natürlich), die seine Behauptung untermauerten. Er hatte, mit anderen Worten, meine Familie um ihr ganzes Geld betrogen – jedenfalls um den Teil des Geldes, der in England lag.

Unglücklicherweise wußte der Diener nicht, wie ich vorgehen sollte. Ich konnte Anklage vor dem Friedensrichter erheben, doch da ich außer meiner Überzeugung keinen Beweis hatte, schien das sinnlos zu sein. Ich konnte einen Anwalt konsultieren, doch wenn England und Venedig sich auch in vielen Dingen unterscheiden, in einem sind sie sich gleich – die Anwälte haben eine unersättliche Liebe zu Geld, und Geld war etwas, das ich nicht in ausreichender Menge besaß.

Es wurde auch sehr schnell klar, daß London kein gesunder

Aufenthaltsort war. Womit ich nicht die berühmte Pest meine, von der die Stadt noch nicht heimgesucht worden war; ich meine, daß Manston am selben Abend einen gedungenen Spitzbuben zu mir schickte, der mir zeigte, daß mein Leben anderenorts sicherer sein würde. Zum Glück brachte er mich nicht um; tatsächlich machte ich meine Sache bei der Rauferei gut, dank des Honorars, das mein Vater meinem Fechtlehrer bezahlt hatte, und ich glaube, der Halunke verließ den Kampfplatz in einem viel schlimmeren Zustand als ich. Ich nahm mir die Warnung dennoch zu Herzen und beschloß, unsichtbar zu bleiben, bis ich mir über mein weiteres Vorgehen im klaren war. Ich will diese Angelegenheit kaum noch erwähnen, außer um zu sagen, daß ich schließlich den Gedanken an Entschädigung aufgab, und mein Vater zu dem Schluß kam, das Geld, das wir verloren hatten, sei die Kosten nicht wert. Widerstrebend vergaßen wir die Sache, bis wir nach zwei Jahren hörten, daß eines von Manstons Schiffen in Triest vor Anker lag, um das Ende eines Sturms abzuwarten. Meine Familie ließ es beschlagnahmen – die venezianische Justiz ist Venezianern ebenso wohlgesinnt wie die englische den Engländern –, und Schiffskörper und Ladung entschädigten uns wenigstens zum Teil für unsere Verluste.

Die Erlaubnis meines Vaters, sofort abzureisen, hätte meinen Lebensgeistern unendlich gutgetan, denn das Wetter in London konnte den stärksten Mann zur Verzweiflung bringen. Der Nebel, der unablässige, schwächende Nieselregen, die bittere Kälte und der Winterwind, der unbarmherzig durch meinen dünnen Mantel pfiff, stürzten mich in tiefste Niedergeschlagenheit. Nur die Pflicht gegen meine Familie zwang mich zu bleiben, anstatt in den Hafen zu gehen und um eine Passage nach Hause zu bitten. Und anstatt den Weg der Vernunft einzuschlagen, schrieb ich meinem Vater, unterrichtete ihn vom Stand der Dinge und versprach zu tun, was ich konnte, wies jedoch darauf hin, daß ich praktisch wenig erreichen würde, wenn er nicht noch einmal in seine Geldtruhe griff und mir einen bestimmten Betrag zukommen ließ. Ich mußte, das war mir klar, viele Wochen überstehen, ehe er antworten konnte. Und ich besaß noch fünf Pfund, um zu überleben.

Der Professor, bei dem ich in Leiden studiert hatte, hatte mir freundlicherweise zwei Schreiben an Gentlemen mitgegeben, mit denen er im Briefwechsel stand, und da sie meine einzige Verbindung zu Engländern waren, beschloß ich, daß es wohl das beste wäre, wenn ich mich ihrer Fürsorge anvertraute. Daß keiner von beiden in London war, war ein zusätzlicher Anreiz für mich, und so wählte ich den Mann, der in Oxford lebte, da es London am nächsten lag, und entschloß mich, so schnell wie möglich abzureisen.

Die Engländer sind gegen Reisende sehr mißtrauisch und geben sich regelrecht Mühe, das Reisen so schwierig zu machen wie möglich. Auf dem Zettel, der da klebte, wo ich auf die Kutsche wartete, stand, daß die Reise nach Oxford achtzehn Stunden dauern sollte – so Gott wolle, lautete das scheinheilige Postscriptum. Der Allmächtige war an diesem Tag leider nicht willens; Regen hatte einen großen Teil der Straße verschwinden lassen, so daß sich der Kutscher seinen Weg durch etwas suchen mußte, das große Ähnlichkeit mit einem frisch gepflügten Acker hatte. Ein paar Stunden später verloren wir ein Rad, meine Reisetruhe kippte vom Dach, und der Deckel wurde beschädigt. Kurz vor einer trostlosen kleinen Stadt namens Thame brach sich ein Pferd ein Bein und mußte getötet werden. Hinzuzufügen wäre noch, daß wir praktisch bei jedem Gasthaus in Südengland hielten (die Wirte bestechen die Kutscher, damit sie es tun), die Reise daher insgesamt fünfundzwanzig Stunden dauerte und ich um sieben Uhr morgens im Hof eines Gasthauses in der Hauptstraße der Stadt Oxford abgesetzt wurde.

Zweites Kapitel

WENN MAN DIE Engländer so reden hört (ihre Reputation für Prahlerei haben sie sich schwer erworben), könnte ein unerfahrener Reisender vermuten, daß es in ihrem Land die schönsten Gebäude, die größten Städte und die reichsten, am besten genährten, glücklichsten Menschen der Welt gibt. Ich habe einen ganz anderen Eindruck. An die Städte der Lombardei, der Toskana und Venetiens gewöhnt, kann man nur darüber staunen, wie winzig die Siedlungen dieses Landes sind und welcher Mangel dort herrscht; es ist beinahe menschenleer, und es gibt mehr Schafe als Einwohner. Nur London, *Epitome Britannia* und ein vortreffliches Handelszentrum, kann sich mit den großen Städten auf dem Kontinent vergleichen; der Rest sind ärmliche Höfe, meist verfallen und voller Bettler, nachdem der Handel nach den jüngsten politischen Unruhen völlig darniederliegt. Obwohl einige Gebäude der Universität wirklich schön sind, gibt es in Oxford nur ein paar Straßen, die es wert sind, besichtigt zu werden, und man kann kaum länger als zehn Minuten gehen, ohne sich zwischen Äckern und Wiesen wiederzufinden.

Ich hatte die Adresse einer bescheidenen Unterkunft im Norden der Stadt, in einer breiten Straße nahe der Stadtmauer; sie wurde von einem ausländischen Kaufmann bewohnt, der früher mit meinem Vater Handel getrieben hatte. Es war ein trauriges Gemäuer, und genau gegenüber wurde ein Haus für ein neues Universitätsgebäude abgerissen. Die Engländer machten ein großes Getue darum; es wurde von einem jungen, ziemlich arroganten Mann entworfen, den ich später kennenlernte und der sich dadurch einen Namen machte, daß er nach dem großen Feuer die Kathedrale von London wieder aufbaute – Christopher Wren. Dieser Mann verdient den Ruf nicht, den er genießt, denn er hat kein Gefühl für Proportionen und kaum das Talent, etwas zu entwerfen, das dem Auge angenehm ist. Dennoch war es das erste Gebäude in Oxford, das nach modernen Grundsätzen ausgeführt wurde und bei jenen, die es nicht besser verstanden, große Aufregung verursachte.

Mr. van Leeman bot mir ein warmes Getränk an, erklärte mir jedoch bedauernd, mehr könne er für mich nicht tun, da er kein Zimmer für mich habe. Das Herz wurde mir noch schwerer, doch wenigstens sprach er eine Weile mit mir, setzte mich ans Feuer und gestattete mir, mich zu säubern und umzukleiden, so daß ich, als ich mich wieder in die Welt hinauswagte, keine so erschreckende Erscheinung mehr war. Er erzählte mir auch einiges über das Land, dem mein Besuch galt. Ich war jämmerlich ahnungslos und wußte über England nur, was ich von meinen englischen Bekannten in Leiden erfahren hatte; wußte eigentlich nur, daß der zwanzigjährige Bürgerkrieg zu Ende war. Van Leeman heilte mich gewissermaßen auch von meiner Einbildung, das Land sei jetzt ein Hafen der Ruhe und des Friedens. Der König sei tatsächlich zurückgekehrt, sagte er, aber wegen seiner Ausschweifungen sehr bald in aller Welt in Verruf geraten. Schon traten der Hader, der zur Regierungszeit seines Vaters zum Krieg geführt hatte, und der Richtblock des Henkers wieder in Erscheinung, und die Zukunftsaussichten waren düster. Kaum ein Tag verging, ohne daß in den Tavernen von Gerüchten über Aufruhr, Intrige oder Rebellion gesprochen wurde.

Das brauchte mich allerdings nicht zu beunruhigen, beschwichtigte er mich. Ein harmloser Reisender wie ich würde viel Interessantes in Oxford finden, das sich rühmen konnte, einige der bemerkenswertesten Gelehrten der Welt zu beherbergen. Er kannte den Honourable Robert Boyle, den Mann, für den ich ein Empfehlungsschreiben hatte, und sagte mir, wenn ich Eingang in die Gesellschaft finden wolle, sollte ich in das Kaffeehaus in der High Street gehen, das einem Mr. Tillyard gehörte und seit Jahren der Treffpunkt des Chemie-Clubs war und wo man sich darauf verlassen konnte, ein warmes Essen vorgesetzt zu bekommen. Ob das nun Hilfe oder Hinweis war, ich brachte mich in Ordnung, bat Mr. van Leeman, mein Gepäck aufzubewahren, bis ich eine passende Unterkunft gefunden hatte, und machte mich in der von ihm angegebenen Richtung auf den Weg.

Zu dieser Zeit war Kaffee in England eine modische Extravaganz, die mit den zurückkehrenden Juden ins Land gekommen war. Für mich war die bittere Bohne natürlich nichts Neues, denn ich trank sie, um meine Milz zu reinigen und meine Verdauung zu fördern, war jedoch nicht darauf vorbereitet, daß sie so in Mode gekommen war; man hatte ihr sogar eigene Gebäude errichtet, wo sie für sehr viel Geld in ungewöhnlich großen Mengen genossen werden konnte. Mr. Tillyards Etablissement, insbesondere, war ein feines, komfortables Lokal, wenn ich auch bestürzt war, daß ich einen Penny entrichten mußte, ehe man mir Einlaß gewährte. Doch es war mir unmöglich, den Armen zu mimen, denn mein Vater hatte mich gelehrt, je ärmer man schien, um so ärmer wurde man. Ich bezahlte mit heiterer Miene und entschied mich dann, mein Getränk in die Bibliothek mitzunehmen, wofür ich noch einmal zwei Pennies entrichten mußte.

Die Gäste eines Kaffeehauses waren sorgfältig ausgewählt, anders als in den Schenken, die auch alles niedrige Volk bewirten. In London, zum Beispiel, gibt es anglikanische und presbyterianische Häuser; Häuser, in denen Nachrichtenschreiberlinge und Dichterlinge sich versammeln, um Lügen auszutauschen, und Häuser, in denen der allgemeine Ton von klugen Männern bestimmt wird, die eine Stunde oder mehr lesen oder im Gespräch verbringen können, ohne daß Unwissende sie beleidigen und Vulgäre sich auf sie übergeben. Das war das *Theorem*, das meiner Anwesenheit in diesem Gebäude zugrunde lag. Das *partum practicum* indessen war ein ganz anderes: die Gruppe der anwesenden Wissenschaftler sprang nicht auf, um mich – wie ich gehofft hatte – willkommen zu heißen. Tatsächlich waren nur vier Leute anwesend, und als ich mich vor einem verbeugte – einem gewichtigen Mann mit rotem Gesicht, entzündeten Augen und glatt herabhängenden ergrauenden Haaren –, tat er so, als habe er mich nicht gesehen. Niemand sonst beachtete mich sonderlich, als ich eintrat; man gönnte mir bestenfalls ein paar neugierige Blicke als einem Mann von Geschmack und offensichtlich feiner Lebensart.

Mein erster Versuch, in die englische Gesellschaft Eingang zu finden, schien gescheitert, und ich beschloß, nicht allzuviel Zeit damit zu vergeuden. Was mich aufhielt, war die Zeitung, ein Journal, in London gedruckt und dann im ganzen Land verteilt, eine ganz neuartige Idee. Sie berichtete überraschend offen über verschiedene Angelegenheiten und zwar nicht nur über einheimische, sondern gab auch detaillierte Schilderungen von Ereignissen an ausländischen Orten, die mich sehr interessierten. Später erfuhr ich, daß es harmlose Produkte waren im Vergleich zu früher, als vor einigen Jahren die Leidenschaft für Splittergruppen eine Menge solcher Organe hervorgebracht hatte. Für den König, gegen den König, für das Parlament, für die Armee oder gegen dies und gegen das. Cromwell und dann der zurückgekehrte König Charles taten ihr Bestes um eine Art von Ordnung wiederherzustellen, denn sie mutmaßten mit Recht, daß solches Zeug die Menschen nur verleitet zu denken, sie verstünden die Angelegenheiten des Staates. Etwas Törichteres kann man sich kaum vorstellen, denn es ist offensichtlich, daß der Leser nur über das unterrichtet wird, was er, dem Wunsch des Schreibers entsprechend, wissen soll, und dazu verführt wird, beinahe alles zu glauben. Solche Freiheiten bewirken nichts, verwandeln nur die schmutzigen Schmieranten, die derlei Traktate produzieren, in Männer mit Einfluß, so daß sie umherstolzieren, als seien sie Männer von hohem Wert. Jeder, der je einen dieser englischen Journalisten (so genannt, wie ich glaube, weil sie immer nur für einen Tag bezahlt werden wie gewöhnliche Tagelöhner) kennengelernt hat, wird wissen, wie lächerlich das ist.

Dennoch las ich länger als eine halbe Stunde, gefesselt von einem Bericht über den Krieg auf Kreta, bis klappernde Schritte auf der Treppe und das Öffnen der Tür mich aus meiner Konzentration rissen. Ich blickte kurz auf und sah eine Frau von ungefähr neunzehn oder zwanzig Jahren, mittelgroß, aber unnatürlich schlank von Gestalt; da war nichts von der Rundlichkeit, die wahrer Schönheit zu eigen ist. Tatsächlich fragte sich die medizinische Hälfte meiner selbst, ob sie etwa dem Alkohol zugeneigt war oder sich allabendlich eine Pfeife Tabak zu Gemüte führte. Ihr Haar war dunkel und natürlich gelockt, ihre Kleidung trist (wenn auch gepflegt), und obwohl recht hübsch, hatte sie nichts Ungewöhnliches an sich. Dennoch gehörte sie zu den Leuten, von denen man sich abwendet, nachdem man sie angesehen hat, und die man dann doch wieder ansieht. Zum Teil lag das an ihren Augen, die unnatürlich groß und dunkel waren. Doch noch mehr fiel sie mir wegen ihr völlig unpassenden Haltung auf. Dieses unterernährte Mädchen hatte das Gebaren einer Königin und bewegte sich mit erstaunlicher Eleganz; solche Eleganz meiner jüngsten Schwester von Tanzlehrern beibringen zu lassen, hatte meinen Vater ein Vermögen gekostet.

Ich beobachtete sie, als sie zielbewußt auf den rotäugigen Gentleman auf der anderen Seite des Raumes zuging, und hörte mit halbem Ohr, daß sie ihn »Doktor« nannte, dann innehielt und einfach stehenblieb. Als sie zu sprechen begann, sah er irgendwie erschrocken zu ihr auf. Mir entging das meiste von dem, was sie sagte – die Entfernung, mein Englisch und ihre leise Stimme verbündeten sich, um mir den Sinn ihrer Worte vorzuenthalten –, aber den wenigen Worten, die ich verstand, entnahm ich, daß sie ihn um ärztliche Hilfe bat. Es war natürlich ungewöhnlich, daß jemand ihres erbärmlichen Standes daran dachte, einen Arzt zu konsultieren, doch ich wußte ja nur wenig von diesem Land. Vielleicht war das hier durchaus üblich.

Ihre Bitte blieb unbeachtet, und das mißfiel mir. Das Mädchen sollte auf jeden Fall auf den ihm gebührenden Platz verwiesen werden; das war nur natürlich. Jeder Mann von Stand mochte sich dazu verpflichtet fühlen, wenn man ihn auf ungebührliche Weise anredete. Doch im Gesichtsausdruck des Mannes war etwas – Ärger, Geringschätzung oder ähnliches –, das mich innerlich empört aufbegehren ließ. Wie Marcus Tullius Cicero uns lehrt, sollte ein Gentleman eine solche Rüge mit Bedauern aussprechen, nicht mit Schadenfreude, die den Sprecher selbst mehr erniedrigt als den Beleidiger zurechtweist.

»Was?« sagte er, sich im Raum umblickend, als hoffe er, niemand werde es sehen. »Hinaus mit dir, Mädchen, sofort.«

Sie sagte wieder etwas mit so leiser Stimme, daß ich ihre Worte nicht hörte.

»Es gibt nichts, was ich für deine Mutter tun könnte. Das weißt du. Jetzt laß mich bitte in Ruhe.«

Das Mädchen hob leicht die Stimme. »Aber, Sir, Ihr müßt helfen. Denkt nicht, ich bitte …« Dann sah sie, daß er unerbittlich blieb, ihre Schultern sackten unter der Last ihres Fehlschlags nach vorn, und sie ging zur Tür.

Warum ich aufstand, ihr die Treppe hinunter folgte und sie auf der Straße ansprach, weiß ich nicht. Vielleicht trieb mich, wie Rinaldo oder Tankred, ein törichter Anflug von Ritterlichkeit. Vielleicht empfand ich, weil die Welt mir in den letzten Tagen so übel mitgespielt hatte, Mitgefühl für sie. Vielleicht war mir kalt, und ich war müde und durch meine Sorgen so niedergeschlagen, daß es mir sogar akzeptabel schien, eine Person wie sie anzusprechen. Ich weiß es nicht; aber noch ehe sie sich allzuweit entfernt hatte, holte ich sie ein und räusperte mich höflich.

Mit wütendem Gesicht fuhr sie herum. »Laßt mich in Ruhe!« fauchte sie richtig bösartig.

Ich muß reagiert haben, als hätte sie mich geschlagen; ich weiß noch, daß ich mich bei ihrer heftigen Reaktion in die Unterlippe biß und erschrocken »oh!« sagte. »Ich bitte aufrichtig um Vergebung, Madam«, fügte ich in meinem besten Englisch hinzu.

Zu Hause hätte ich mich anders verhalten: höflich, aber mit der Überlegenheit meiner höheren gesellschaftlichen Stellung. Im Englischen beherrschte ich solche Feinheiten natürlich nicht; ich wußte nur, wie ich mich gegen Damen von Stand zu benehmen hatte, daher sprach ich in dieser Weise mit ihr. Da es mir unlieb gewesen wäre, als halbgebildeter Narr dazustehen (die Engländer sind der Meinung, es gebe nur zwei Gründe dafür, daß jemand ihre Sprache nicht versteht – Dummheit oder vorsätzlichen Eigensinn), beschloß ich, meine Sprache am besten mit Gebärden zu untermalen, als beabsichtigte ich tatsächlich solche *politesse*. Daher verneigte ich mich beim Sprechen in angemessener Weise.

Es war nicht meine Absicht, doch es nahm ihr so ziemlich den Wind aus den Segeln, um eine der nautischen Redewendungen meines geliebten Vaters zu zitieren. Ihr Zorn schwand, als sie nicht getadelt, sondern mit ausgesuchter Höflichkeit behandelt wurde, und sie sah mich neugierig an.

Nachdem ich in dieser Art begonnen hatte, beschloß ich, so fortzufahren. »Ihr müßt mir vergeben, daß ich mich Euch auf diese Weise nähere, doch ich habe unabsichtlich mitgehört, daß Ihr ärztliche Hilfe braucht. Ist das richtig?«

»Ihr seid Arzt?«

Ich verneigte mich. »Marco da Cola aus Venedig.« Das war natürlich eine Lüge, aber ich war überzeugt, zumindest so kompetent zu sein wie der Scharlatan oder Quacksalber, den sie sonst aufgesucht hätte. »Und wer seid Ihr?«

»Sarah Blundy ist mein Name. Ich nehme an, Ihr seid zu vornehm, um eine alte Frau mit einem gebrochenen Bein zu behandeln, weil Ihr fürchtet, Euch in den Augen Eurer Kollegen selbst herabzusetzen.«

Es war offensichtlich schwierig, ihr zu helfen. »Ein Chirurg wäre besser und geeigneter«, pflichtete ich bei. »Ich wurde jedoch an den Universitäten von Padua und Leiden in der Kunst der Anatomie ausgebildet, und ich habe hier keine Kollegen, daher ist es unwahrscheinlich, daß jemand glauben wird, ich handelte unter meiner Würde.«

Sie sah mich an, schüttelte dann den Kopf. »Ich fürchte, Ihr müßt etwas Falsches gehört haben, danke Euch aber für Euer Angebot. Ich kann nicht bezahlen, denn ich habe kein Geld.«

Ich winkte leichthin ab – und tat zum zweiten Mal an diesem Tag so, als sei Geld völlig nebensächlich für mich. »Ich biete Euch dennoch meine Dienste an«, fuhr ich fort. »Über die Bezahlung können wir zu einem späteren Zeitpunkt sprechen, wenn Ihr es wünscht.«

»Zweifellos«, sagte sie auf eine Weise, die mich verblüffte. Dann sah sie mich so offen und freimütig an, wie die Engländer es häufig tun, und zuckte mit den Schultern.

»Vielleicht sollten wir jetzt die Patientin aufsuchen«, schlug ich vor. »Unterwegs könnt Ihr mir berichten, was geschehen ist.«

Wie jeder junge Mann war ich eifrig darauf erpicht, die Aufmerksamkeit eines hübschen Mädchens gleich welchen Standes zu erregen, doch meine Bemühungen wurden kaum belohnt. Obwohl sie nicht annähernd so gut gekleidet war wie ich, da man durch den dünnen Stoff ihres Kleides ihre Gliedmaßen sah und ihre Kopfbedeckung gerade noch der Schicklichkeit Genüge tat, schien sie nicht zu frieren und kaum den Wind zu bemerken, der mich wie mit Messern stach. Sie ging auch schnell, und obwohl sie gut zwei Zoll kleiner war als ich, mußte ich mich beeilen, um mit ihr Schritt zu halten. Ihre Antworten waren kurz und einsilbig, was ich auf die Sorge um die Gesundheit ihrer Mutter zurückführte.

Wir gingen zu Mr. van Leeman zurück, um meine Instrumente abzuholen, und ich las auch noch schnell im *Barbette* nach, denn ich wollte nicht mitten in der Behandlung ein Buch zu Rate ziehen, da dies auf Patienten nicht eben vertrauenerweckend wirkt. Die Mutter des Mädchens war am Abend vorher offensichtlich schwer gestürzt und hatte die ganze Nacht allein gelegen. Ich fragte, warum sie keine Nachbarn oder Passanten gerufen hatte, da ich vermutete, daß die arme Frau kaum in vornehmer Abgeschiedenheit lebte, bekam jedoch keine zufriedenstellende Antwort.

»Wer war der Mann, mit dem Ihr gesprochen habt?« fragte ich.

Auch diese Frage blieb unbeantwortet.

Ich flüchtete mich daher in eine Kälte, die mir angemessen schien, und ging neben ihr durch eine schäbige Straße, Butcher's Row genannt, vorbei an stinkenden Tierkadavern, die im Freien an Haken hingen oder auf groben Tischen auslagen, so daß der Regen das Blut in die Gosse schwemmen konnte, und geriet dann zwischen noch schäbigere Behausungen an einem der Bäche bei der Burg. Es war schrecklich schmutzig dort unten, die Bäche verstopft und ungepflegt, mit allem nur erdenklichen Unrat unter dem dicken Eis. In Venedig haben wir natürlich das Meer, das täglich die Kanäle der Stadt reinigt. Um Englands Flüsse kümmert sich niemand, sie verstopfen sich, ohne daß jemand daran denkt, wie sehr ein bißchen Pflege das Wasser verbessern würde.

Von allen elenden Hütten in diesem Teil der Stadt lebten Sarah Blundy und ihre Mutter in der elendsten: sie war klein, die Fenster mit Brettern vernagelt, das Dach voller Löcher, mit Stoffetzen abgedichtet, und die Tür dünn und schäbig. Drinnen jedoch war alles makellos sauber, wenn auch feucht; ein Beweis, daß sogar unter so ärmlichen Umständen ein Funken Stolz weiterflackern kann. Der kleine Herd und die Bodendielen waren geschrubbt, die beiden wackeligen Stühle ebenfalls, und das wenn auch grobe Bett hatte man poliert. Abgesehen davon gab es im Raum keine Möbel, nur noch die wenigen Töpfe und Teller, die selbst die Ärmsten der Armen brauchen. Etwas brachte mich zum Staunen: ein Regal mit mindestens einem halben Dutzend Bücher machte mir klar, daß irgendwann ein Mann dieses Haus bewohnt haben mußte.

»Nun«, sagte ich so vergnügt wie mein Lehrer in Padua es zu tun pflegte, um Vertrauen einzuflößen, »wo ist denn die Kranke?«

Sie zeigte auf das Bett, das ich für leer gehalten hatte. Unter der dünnen Decke zusammengekrümmt lag ein kleiner, zerbrochener Vogel von Frau, so klein, daß es schwierig war, sich vorzustellen, sie sei kein Kind. Ich näherte mich dem Bett und schlug die Decke zurück.

»Guten Morgen, Madam«, sagte ich. »Wie ich erfahren habe, hattet Ihr einen Unfall. Sehen wir uns den Schaden einmal an.«

Sogar mir war sofort klar, daß es sich um eine ernste Verletzung handelte. Das Ende des gebrochenen Knochens hatte die pergamentdünne Haut durchbohrt und ragte blutig in die Luft. Und als sei das noch nicht genug, hatte irgendein stümperhafter Dummkopf offensichtlich versucht, den Knochen wieder zurückzudrücken, das Fleisch noch weiter aufgerissen und dann die Wunde einfach mit einem schmutzigen Tuch umwickelt, so daß die Fäden im inzwischen gestockten Blut klebten.

»Heilige Maria, Mutter Gottes!« rief ich verärgert, aber zum Glück auf italienisch. »Welcher Stümper hat das getan?«

»Sie selbst«, antwortete das Mädchen, nachdem ich den Satz auf englisch wiederholt hatte. »Sie war ganz allein und hat getan, was sie konnte.«

Es sah wirklich sehr schlimm aus. Selbst bei einem kräftigen jungen Mann wäre die unausweichliche Schwäche nach einer solchen Verletzung sehr groß gewesen. Es bestand die Möglichkeit, daß die Wunde brandig wurde und die im Fleisch hängenden Fäden eine Entzündung hervorriefen. Ich fröstelte bei dem Gedanken, und dann wurde mir bewußt, daß es im Raum bitterkalt war.

»Geht und zündet sofort ein Feuer an«, sagte ich. »Sie muß warm gehalten werden.«

Das Mädchen rührte sich nicht.

»Habt Ihr nicht gehört? Tut, was ich sage.«

»Wir haben nichts, was wir verbrennen können«, sagte sie.

Was konnte ich tun? Es war kaum passend oder meiner würdig, doch manchmal geht die Aufgabe des Arztes über die Behandlung des körperlichen Leidens weit hinaus. Mit leichter Ungeduld nahm ich ein paar Pennies aus meiner Tasche. »Dann geht und kauft ein wenig Holz«, sagte ich.

Sie schaute auf die Pennies hinunter, die ich ihr in die Hand gedrückt hatte, und verließ, ohne sich auch nur mit einem einzigen Wort bei mir zu bedanken, den Raum.

»Und jetzt zu Euch, Madam«, sagte ich, mich wieder der alten Frau zuwendend. »Bald werdet Ihr es schön warm haben. Das ist sehr wichtig. Aber zuallererst müssen wir Euer Bein säubern.«

Ich machte mich also an die Arbeit; zum Glück kam das Mädchen sehr bald mit Holz und ein wenig Glut zurück, um das Feuer anzünden zu können, so daß ich bald heißes Wasser hatte. Ich dachte, wenn ich die Wunde schnell genug säubern und den gebrochenen Knochen in seine ursprüngliche Lage zurückschieben konnte, ohne ihr so viel Schmerz zu bereiten, daß sie daran starb, wenn sie kein Fieber bekam und die Wunde sich nicht entzündete, wenn sie warm gehalten und gut genährt wurde – wenn all das eintraf, würde sie vielleicht am Leben bleiben. Aber es gab viele Gefahren; und schon eine davon konnte sie töten.

Sobald ich begann, schien sie ziemlich munter, was ein guter Anfang war, obwohl bei dem Schmerz, den ich ihr bereitete, vermutlich auch ein Toter aufgewacht wäre. Sie erzählte mir, daß sie auf einer Eisplatte ausgerutscht und schlimm gestürzt war, doch abgesehen davon war sie ebenso wenig mitteilsam wie ihre Tochter, wobei sie natürlich viel mehr Grund dazu hatte.

Vielleicht hätten sich jene, die weniger rücksichtsvoll sind und mehr Stolz besitzen als ich, in dem Augenblick abgewandt, in dem das Mädchen gestand, es habe kein Geld; vielleicht hätte ich gehen können, als klar wurde, daß nicht geheizt werden konnte; gewiß hätte ich mich sogar von vornherein weigern können, an eine medizinische Versorgung der Frau überhaupt zu denken. Man tut das natürlich nicht um seiner selbst willen, muß in diesen Angelegenheiten an die Reputation des Berufes denken. Doch bei aller Rücksichtnahme brachte ich es nicht fertig zu tun, was ich hätte tun sollen. Manchmal ist es nicht einfach, Gentleman und Arzt zugleich zu sein.

Und obwohl ich gelernt hatte, Wunden zu säubern und Knochenbrüche einzurichten, hatte ich noch nie Gelegenheit gehabt, es in der Praxis zu tun. Es war sehr viel schwieriger, als die Professoren uns weisgemacht hatten, und ich fürchte, daß ich der alten Frau starke Schmerzen zufügte. Doch endlich war der Bruch eingerichtet, das Bein verbunden, und ich schickte das Mädchen mit noch einigen Pennies meiner geringen Barschaft um die Ingredienzen für eine Salbe. Während seiner Abwesenheit holte ich ein paar lange Hölzer und band sie an dem verletzten Bein fest, um, wenn möglich, sicherzustellen, daß der gesplitterte Knochen wieder richtig zusammenwuchs, wenn die Frau das Glück hatte zu überleben.

In dieser Phase war ich in keiner guten Stimmung. Was tat ich eigentlich hier, in dieser provinziellen, unfreundlichen, elenden kleinen Stadt, von Fremden umgeben, so unendlich weit fort von allem, was ich kannte, und allen, die mich liebten? Noch ernster war für mich die Frage, was werden sollte – und bis dahin war es nicht mehr weit –, wenn ich kein Geld mehr hatte, um Unterkunft und Essen zu bezahlen?

In meine eigenen verzweifelten Sorgen versunken, ließ ich meine Patientin völlig unbeachtet, denn meinem Gefühl nach hatte ich schon mehr als genug für sie getan, und ertappte mich dabei, daß ich das kleine Bücherregal betrachtete, nicht aus Interesse, sondern um dem armen Wesen den Rücken zu kehren und nicht ansehen zu müssen, was sehr schnell zum Symbol meiner Mißgeschicke wurde. Dieses Gefühl wurde noch durch die Tatsache verstärkt, daß ich fürchtete, meine Bemühungen und Ausgaben würden sich als Vergeudung erweisen: denn obwohl ich jung und unerfahren war, kannte ich schon den Tod, wenn ich ihm ins Gesicht sah, seinen Atem roch und auf der Haut den Schweiß berührte, den er absonderte.

»Ihr seid unglücklich, Sir«, sagte die alte Frau mit schwacher Stimme vom Bett her. »Ich fürchte, ich bin eine große Last für Euch.«

»Nein, nein, überhaupt nicht«, sagte ich bewußt und betont unaufrichtig.

»Es ist sehr freundlich von Euch, das zu sagen. Aber wir wissen beide, daß wir Euch Eure Hilfe nicht bezahlen können, wie Ihr es verdient. Und ich habe Eurem Gesichtsausdruck angesehen, daß Ihr im Augenblick, trotz Eurer Kleidung, auch nicht reich seid. Woher kommt Ihr? Ihr seid nicht aus dieser Gegend.«

Ein paar Minuten später saß ich auf der äußersten Kante eines der beiden wackeligen Stühle neben dem Bett und schüttete mein Herz aus – über meinen Vater, meinen Geldmangel, meinen Empfang in London, meine Hoffnungen und Befürchtungen für die Zukunft. Sie hatte etwas an sich, das derlei Geständnisse ermutigte, beinahe so, als spräche ich mit meiner alten Mutter, nicht mit einer armen, sterbenden englischen Ketzerin.

Sie nickte währenddessen geduldig und redete so weise mit mir, daß ich mich getröstet fühlte. Es gefällt Gott, uns Prüfungen zu schicken, wie Hiob. Unsere Pflicht ist es, sie still zu ertragen, die Fähigkeiten zu nutzen, die er uns gab, damit wir diese Prüfungen bestehen und nie den Glauben daran verlieren, daß Seine Absicht gut und notwendig war. Darüber hinaus gab sie mir den praktischen Rat, Mr. Boyle aufzusuchen, der ein guter Christ und ein Gentleman sei.

Vermutlich hätte ich diese Mischung aus puritanischer Frömmigkeit und impertinentem Rat verächtlich zurückweisen sollen. Aber ich sah, daß sie mich auf ihre Weise entschädigen wollte. Sie konnte mir weder Geld geben noch ihre Dienste anbieten. Was sie mir geben konnte, war Verständnis, und das ließ sie mir reichlich zukommen.

»Ich werde bald tot sein, nicht wahr?« fragte sie, nachdem sie sich meine Klagen lange angehört hatte und das Thema meiner Bedrängnis erschöpft war.

Mein Lehrer in Padua hatte immer vor solchen Fragen gewarnt: nicht zuletzt, weil man sich irren konnte. Er war der Meinung gewesen, kein Patient habe das Recht, dem Arzt solche Gewissensfragen zu stellen; hat man recht, und der Patient stirbt tatsächlich, macht ihn diese Aussicht während der letzten Lebenstage nur verdrießlich. Viel eher, als sich auf ihre bevorstehende Begegnung mit Gott vorzubereiten (ein Erlebnis, das man herbeisehnen, nicht bedauern sollte, würde man meinen), beklagen sich die meisten Leute bitterlich darüber, daß ihnen diese göttliche Gnade zuteil wird. Überdies neigen sie dazu, ihren Ärzten zu glauben. Wenn ich ehrlich sein will, muß ich gestehen, daß ich nicht weiß, warum das so ist; dennoch scheint es so zu sein, daß viele pflichtbewußt gehorchen, wenn ein Arzt ihnen sagt, sie müßten sterben – auch wenn ihnen gar nicht viel gefehlt hat.

»Wir alle sterben, wann es uns bestimmt ist, Madam«, sagte ich ernst, in der vergeblichen Hoffnung, daß sie sich damit zufriedengeben würde.

Sie war jedoch nicht der Mensch, der sich so einfach abspeisen ließ. »Aber manche früher als andere«, antwortete sie mit einem kleinen Lächeln. »Und ich bin bald an der Reihe, oder nicht?«

»Ich kann es wirklich nicht sagen. Kann sein, daß das Bein nicht brandig wird und Ihr Euch erholt. Doch um die Wahrheit zu sagen – ich fürchte, daß Ihr sehr schwach seid.« Ich konnte ihr nicht rundheraus sagen: »Ja, Ihr werdet sterben und das sehr bald.« Doch der Sinn war deutlich genug.

Sie nickte gelassen. »Das habe ich mir gedacht«, sagte sie. »Freudig ergebe ich mich dem Willen Gottes. Ich bin für meine Sarah eine Last.«

Come l'oro nel fuoco, così la fede nel dolor s'affina. (Wie das Gold im Feuer, so läutert sich der Glaube im Schmerz.) Mir war kaum danach, die Tochter zu verteidigen, doch ich murmelte, ich sei überzeugt, sie erfülle ihre Pflicht freudigen Herzens.

»Ja«, sagte sie. »Sie ist zu pflichtbewußt.« Sie war eine Frau mit einer Redegewandtheit, die weit über ihren Stand und ihre Bildung hinausging. Ich weiß, daß es nicht unmöglich ist, auch in primitiver Umgebung bei ebensolcher Erziehung ein sanftmütiges Wesen zu entwickeln, doch die Erfahrung lehrt uns, daß dies selten vorkommt. Ebenso wie vornehme Gedanken natürlich vornehme Verhältnisse voraussetzen, beeinflussen Brutalität und Schmutz die Seele auf gleiche Weise. Doch diese alte Frau, obwohl in der elendsten Umgebung, die man sich vorstellen kann, sprach mit einem Mitgefühl und Verständnis, die ich oft bei den vornehmsten Menschen vermißt habe. Daher weckte sie in mir ein ungewöhnliches Interesse für sie als Patientin. Ohne es überhaupt zu merken, sah ich in ihr plötzlich keinen hoffnungslosen Fall mehr. Vielleicht bin ich nicht fähig, sie so weit zu bringen, daß sie dem Tod entkommt, dachte ich grimmig, doch ich werde ihn zwingen, für seinen Gewinn hart zu arbeiten.

Dann kam das Mädchen mit dem kleinen Päckchen der Medikamente zurück, die ich bestellt hatte. Sie starrte mich an, als wollte sie mich herausfordern, sie zu kritisieren, und sagte, ich hätte ihr nicht genug Geld mitgegeben, aber Mr. Crosse, der Apotheker, habe ihr gestattet, zwei Pence schuldig zu bleiben, nachdem sie versprochen hatte, ich würde die Rechnung bezahlen. Darüber war ich sprachlos vor Entrüstung, denn sie schien mich zu tadeln, weil ich sie mit zuwenig Geld aus dem Haus geschickt hatte. Aber was konnte ich dagegen tun? Das Geld war ausgegeben, die Patientin wartete, und es war unter meiner Würde, mich auf einen Streit einzulassen.

Äußerlich unbewegt, nahm ich meinen tragbaren Stößel und Mörser und begann, die Ingredienzen zu verreiben; etwas Mastix, ein Gran Salmiak, zwei Gran Terpentin, einen Schluck weißes Vitriol und je zwei Gran Salpeter und Grünspan. Sobald ich all das zu einer glatten Paste zerstampft hatte, fügte ich, Tropfen für Tropfen, Leinöl hinzu, bis die Mixtur die richtige Konsistenz erreicht hatte.

»Wo ist das Wurmpulver?« fragte ich und suchte in dem Säckchen nach den letzten Ingredienzen. »Gab es keins?«

»Doch«, sagte sie. »Das glaube ich jedenfalls. Aber es hat keinen Sinn, wißt Ihr, deshalb habe ich es nicht gekauft. Ich habe Euch Geld erspart.«

Das war zuviel. Unverschämt behandelt zu werden, war eines, und man war es von Töchtern gewohnt, etwas ganz anderes war es jedoch, wenn die beruflichen Fähigkeiten in Frage gestellt und angezweifelt wurden.

»Ich habe Euch gesagt, daß ich es brauche. Es ist ein sehr wichtiger Bestandteil. Seid Ihr Arzt, Mädchen? Wurdet Ihr an den besten medizinischen Fakultäten ausgebildet? Kommen Ärzte zu Euch, um Euch um Rat zu fragen?« übergoß ich sie mit Hohn und Spott.

»Ja, das tun sie«, erwiderte sie gelassen.

Ich schnaubte. »Was ist wohl schlimmer – wenn man es mit einer Närrin oder einer Lügnerin zu tun hat?« sagte ich ärgerlich. »Ich weiß es wirklich nicht.«

»Ich auch nicht. Ich weiß nur, daß ich weder das eine noch das andere bin. Wurmpulver auf eine offene Wunde zu tun hieße dafür sorgen, daß meine Mutter das Bein verliert und stirbt.«

»Ach, seid Ihr etwa Galen*? Paracelsus? Vielleicht Hippokrates selbst?« donnerte ich. »Wie dürft Ihr es wagen, die Autorität jener anzuzweifeln, die hoch über Euch stehen? Das ist eine Salbe, die seit Jahrhunderten verwendet wird.«

»Obwohl sie nichts nützt?«

Während dieser Auseinandersetzung hatte ich die Wunde ihrer Mutter mit Salbe bestrichen und frisch verbunden. Ich bezweifelte, daß sie wirken würde, da sie unvollständig war, doch sie mußte genügen, bis ich sie richtig anrühren konnte. Als ich fertig war, richtete ich mich zu voller Höhe auf und stieß mir natürlich den Kopf an der niedrigen Decke. Das Mädchen unterdrückte ein Kichern, was mich noch wütender machte.

»Laßt Euch von mir eines sagen«, erklärte ich mit kaum unterdrücktem Zorn, »ich habe Eure Mutter nach bestem Wissen und Gewissen behandelt, obwohl ich nicht dazu verpflichtet war. Ich komme später wieder, um ihr ein Schlafmittel zu verabreichen

* röm. Arzt griech. Herkunft; neben Hippokrates bedeutendster Arzt der Antike

und frische Luft an die Wunde zu lassen. Das tue ich, obwohl ich dafür nichts anderes zu erwarten habe als Eure Verachtung, wenn ich auch nicht weiß, womit ich sie verdiene, und der Meinung bin, daß Ihr nicht das Recht habt, so mit mir zu sprechen.«

Sie knickste. »Ich danke Euch, freundlicher Sir. Und mit der Bezahlung sollt Ihr zufrieden sein. Ihr habt gesagt, das könnten wir später regeln, und ich bezweifle nicht, daß wir das tun werden.«

Damit verließ ich das Haus, trat auf die Straße und fragte mich kopfschüttelnd, auf welchen Wahnwitz ich mich so leichtsinnig eingelassen hatte.

Drittes Kapitel

ICH HOFFE, DASS DIESER Bericht die ersten beiden Stadien meiner Reise erklärt: meine Ankunft in England und in Oxford und den Erwerb der Patientin, deren Behandlung mir später so viel Kummer bereiten sollte. Das Mädchen selbst – was kann ich sagen? Das Verhängnis hatte sie schon gestreift; ihr Ende stand fest, und der Teufel streckte die Klaue nach ihr aus, um sie hinabzuziehen. Ein Mann mit Erfahrung sieht das, kann in einem Gesicht lesen wie in einem offenen Buch und erkennt, was die Zukunft bereithält. Sarah Blundys Gesicht war bereits gezeichnet von dem Übel, das sich ihrer Seele bemächtigt hatte und sie bald zerstören würde. Das sagte ich mir hinterher, und es ist vielleicht wahr. Damals sah ich jedoch nur ein Mädchen, das ebenso unverschämt wie hübsch war, seine Pflichten gegen Höherstehende vernachlässigte und die gegen seine Familie gewissenhaft erfüllte.

Und nun muß ich den Fortgang meiner Reise schildern, der genauso zufällig, wenn auch viel grausamer in seiner Auswirkung war: um so mehr, als es eine Zeitlang schien, als beginne das Glück mir wieder zu lächeln. Ich hatte die Schulden in der Apotheke bezahlt, die Sarah Blundy mir unverschämterweise aufgebürdet hatte; ich wußte, daß man Apotheker auf eigene Gefahr verärgert, wenn man sie nicht bezahlt, denn dann verweigern sie in Zukunft vermutlich ihre Dienste, und nicht nur sie selbst, sondern alle ihre Kollegen meilenweit im Umkreis, so fest halten sie zusammen. Unter den gegebenen Umständen hätte dies das Faß zum Überlaufen gebracht. Und wenn es meinen letzten Penny galt, ich konnte es mir nicht erlauben, in die englische Gesellschaft der Wissenschaften als Mann mit schlechtem Ruf einzutreten.

Ich erfragte also den Weg zu Mr. Crosses Apotheke, ging noch einmal die halbe High Street entlang, öffnete die hölzerne Eingangstür und betrat den warmen Laden. Er war sehr hübsch, so schön angelegt wie alle englischen Geschäfte, mit Theken aus edlem Zedernholz und modernen Messingwaagen. Sogar der Duft von Kräutern und Gewürzen hieß mich willkommen, als ich zielbewußt den polierten Eichenfußboden überquerte, bis ich mit dem Rücken vor dem schönen gemeißelten Kaminsims und dem im Kamin lodernden Feuer stand.

Der Besitzer, ein beleibter Mann in den Fünfzigern, der aussah, als sei er mit dem Leben sehr zufrieden, bediente einen Kunden, der es nicht eilig zu haben schien und, lässig an der Theke lehnend, müßig schwatzte. Er war vielleicht ein, zwei Jahre älter als ich, mit einem lebhaften Gesicht und klugen, wenn auch zynischen Augen unter schweren, gewölbten Brauen. Seine Kleidung war einerseits puritanisch streng und düster, andererseits extravagant modisch. Sie war, anders ausgedrückt, gut geschnitten, aber langweilig braun.

Trotz seiner ungezwungenen Art schien dieser Kunde sehr befangen, und ich merkte, daß Mr. Crosse sich auf Kosten des Mannes amüsierte.

»Sie wird Euch auch im Winter warm halten«, sagte der Apotheker mit einem breiten Grinsen.

Der Kunde verzog das schmerzlich das Gesicht.

»Im Frühling werdet Ihr allerdings ein Netz darüberwerfen müssen, sonst nisten sich die Vögel darin ein«, fuhr Mr. Crosse fort und hielt sich die Seiten vor Vergnügen.

»Kommt schon, Crosse, das genügt«, protestierte der Mann und begann dann selbst zu lachen. »Zwölf Silbermünzen kostet sie …«

Jetzt bekam Crosse einen richtigen Lachkrampf, und gleich darauf klappten beide, hilflos vor hysterischem Gelächter, zusammen. »Zwölf Silbermünzen!« keuchte der Apotheker, bevor er sich wieder vor Lachen kugelte.

Sogar ich begann belustigt zu kichern, obwohl ich nicht die leiseste Ahnung hatte, worüber die beiden sprachen. Ich wußte nicht einmal, ob es in England nicht als schlechtes Benehmen galt, sich in die Heiterkeit anderer einzumischen, doch das war mir egal. Die Wärme des Ladens und die unverhohlen gute Laune dieser beiden, die sich an die Theke klammerten, um zu vermeiden, daß sie in ihrer Hilflosigkeit zu Boden glitten, brachten mich dazu, mit ihnen lachen zu wollen, die erste menschliche Gesellschaft zu genießen, an der ich seit meiner Ankunft teilhatte. Sofort fühlte ich mich wohler, denn, wie Gomesius sagt, Fröhlichkeit kuriert viele Leidenschaften des Geistes und der Seele.

Mein leises Kichern erregte jedoch ihre Aufmerksamkeit, und Mr. Crosse bemühte sich, zu der würdigen Haltung zurückzufinden, die seinem Stand angemessen war. Sein Gefährte tat desgleichen, beide wandten sich mir zu und sahen mich an; ein paar Sekunden herrschte finsteres Schweigen, dann zeigte der jüngere Mann auf mich, und wieder verloren sie die Kontrolle über sich.

»Zwanzig Silbermünzen!« rief der junge Mann, winkte in meine Richtung und hieb dann mit der Faust auf die Theke. »Mindestens zwanzig.«

Mehr an Vorstellung hatte ich wohl nicht zu erwarten, wie ich vermutete, und verneigte mich mit einiger Vorsicht höflich vor ihnen. Ich erwartete so halb und halb einen gräßlichen Scherz auf meine Kosten. Die Engländer lieben es, Ausländer zu verhöhnen, denn sie halten allein unser Vorhandensein für einen ungeheuren Witz.

Meine Verneigung vor Gleichgestellten – perfekt ausgeführt, mit genau der richtigen Balance zwischen vorgestrecktem linkem Bein und graziös erhobenem rechtem Arm – löste trotzdem wieder eine Lachsalve aus, daher blieb ich mit der ausdruckslosen Miene eines Stoikers stehen und wartete darauf, daß der Sturm vorüberging. Nach einiger Zeit hörte das Glucksen auf, sie trockneten sich die Augen, schneuzten sich die Nasen und taten ihr Bestes, den Eindruck von zivilisierten Menschen zu machen.

»Ich muß Euch um Vergebung bitten, Sir«, sagte Mr. Crosse, der als erster der Sprache wieder mächtig und imstande war, sich ihrer höflich zu bedienen. »Aber mein Freund hier hat sich kürzlich entschlossen, mit der Mode zu gehen und liebt es, mit einem

Strohdach auf dem Kopf in der Öffentlichkeit zu erscheinen. Ich habe mein Bestes getan, ihm zu versichern, daß er sehr vornehm wirkt.« Er begann wieder vor Heiterkeit zu keuchen, und sein Freund riß sich die Perücke vom Kopf und warf sie auf den Boden.

»Endlich wieder frische Luft!« rief er dankbar, während er sich mit den Fingern durch sein dichtes, langes Haar fuhr. »Lieber Gott, das war vielleicht heiß darunter.«

Endlich begriff ich, worum es ging; die Perücke hatte Oxford erreicht – mehrere Jahre nachdem sie im größten Teil der Welt zu einem wesentlichen Teil männlicher Eleganz geworden war. Ich trug selbst eine, für mich ein Zeichen, daß ich mich, sozusagen, in der Welt der Erwachsenen etabliert hatte. Ich sah natürlich, warum sie so große Heiterkeit ausgelöst hatte, obwohl das Verständnis von dem Gefühl der Überlegenheit verdrängt wurde, das ein Mann von Welt empfindet, der provinziellem Denken begegnet. Als ich anfing, meine Perücke zu tragen, brauchte ich ziemlich lange, um mich daran zu gewöhnen; nur der Druck meiner Freunde bewog mich, damit fortzufahren. Und mit den Augen eines Türken oder Inders betrachtet, den es plötzlich zu uns verschlagen hatte, schien es schon ein wenig seltsam, daß ein Mann, von der Natur mit einem eigenen dichten Haarschopf ausgestattet, sich eine Menge davon wegrasieren mußte, um das Haar von jemand anders zu tragen. Aber modische Kleidung ist nicht für unsere Bequemlichkeit gedacht, und da eine Perücke schrecklich unbequem ist, kann man daraus schließen, daß sie sehr modisch war.

»Ich denke«, sagte ich, »daß sie sich angenehmer tragen ließe, wenn Ihr Euer eigenes Haar kürzen würdet, dann wäre nämlich der Druck unter der Matte nicht so groß.«

»Mein eigenes Haar abschneiden? Gütiger Himmel, tut man das wirklich?«

»Leider ja. Wir müssen der Schönheit Opfer bringen, nicht wahr?«

Er versetzte der Perücke einen derben Fußtritt. »Dann laßt mich häßlich sein«, sagte er, »denn damit will ich in der Öffentlichkeit nicht gesehen werden. Wenn das Ding schon bei Crosse Lachkrämpfe verursacht, kann man sich vorstellen, was die Studenten mit mir anstellen würden. Ich hätte Glück, mit dem Leben davonzukommen.«

»Sie sind aber überall sonst große Mode«, erklärte ich. »Sogar die Niederländer tragen sie. Ich denke, es ist eine Frage des richtigen Zeitpunkts. In ein paar Monaten oder vielleicht in einem Jahr werdet Ihr feststellen, daß sie Euch verspotten und mit Steinen nach Euch werfen, wenn Ihr keine tragt.«

»Pah! Lächerlich«, sagte er, hob die Perücke aber dennoch vom Boden auf und legte sie auf die Theke, wo sie sicherer aufgehoben war.

»Ich bin überzeugt, der Gentleman ist nicht hier, um mit uns über Mode zu sprechen«, sagte Crosse. »Vielleicht will er sogar etwas kaufen? Es ist schon vorgekommen.«

Ich verneigte mich. »Nein, ich bin gekommen, um etwas zu bezahlen. Ich glaube, Ihr habt vor kurzem einem jungen Mädchen Kredit gewährt.«

»Oh, das Blundy-Mädchen. Seid Ihr der Mann, den es erwähnt hat?«

Ich nickte. »Sie ist, wie es scheint, mit meinem Geld ein wenig großzügig umgegangen. Ich bin gekommen, um ihre – oder eigentlich meine – Schuld zu begleichen.«

Crosse schnaubte. »Ihr werdet nicht bezahlt werden, wißt Ihr, nicht mit Geld.«

»So scheint es. Doch dafür ist es jetzt zu spät. Nebenbei, ich habe das Bein ihrer Mutter behandelt, und es hat mich interessiert zu sehen, ob ich es überhaupt kann. Ich habe in Leiden sehr viel darüber gelernt, mich aber noch nie an einem lebenden Patienten versucht.«

»In Leiden?« sagte der junge Mann plötzlich aufhorchend. »Kennt Ihr Sylvius – Franciscus Sylvius, den niederländischen Arzt?«

»O ja«, sagte ich. »Ich habe bei ihm Anatomie studiert und habe von ihm ein Empfehlungsschreiben an einen Gentleman namens Mr. Boyle.«

»Warum habt Ihr das nicht gleich gesagt?« fragte er, ging zu der Tür im Hintergrund des Ladens und öffnete sie. Dahinter erblickte ich einen Korridor und eine Treppe.

»Boyle!« schrie er. »Seid Ihr oben?«

»Du brauchst nicht zu schreien, weißt du«, mischte Crosse sich ein. »Ich kann's dir sagen. Er ist nicht da. Ist ins Kaffeehaus gegangen.«

»Oh. Nicht schlimm. Wir gehen zu ihm. Wie heißt Ihr übrigens?«

Ich stellte mich vor. Er verneigte sich ebenfalls und sagte: »Richard Lower, zu Euren Diensten. Arzt. Beinahe.«

Wir verneigten uns noch einmal, und dann schlug er mir auf die Schulter. »Kommt. Boyle wird sich freuen, Euch kennenzulernen. Wir haben uns in letzter Zeit hier oben ein wenig abgeschnitten gefühlt.«

Als wir den kurzen Weg zu Tillyard zurückgingen, erklärte er mir, daß das Ferment intellektuellen Lebens der Stadt nicht mehr so sprudelte wie früher, was an der Rückkehr des Königs lag.

»Aber wie ich gehört habe, liebt es Seine Majestät zu lernen«, sagte ich.

»Das ist richtig, wenn er sich einmal von seinen Mätressen losreißen kann. Das ist der Jammer. Unter Cromwell konnten wir uns hier unseren Lebensunterhalt notdürftig verdienen, während alle lukrativen Ämter im Staat an Metzger und Fischverkäufer gingen. Jetzt ist der König wieder da, und selbstverständlich sind alle, die die Möglichkeit hatten, seine Großzügigkeit auszunutzen, nach London gegangen, und nur der Rest von uns ist noch hier. Ich fürchte, früher oder später werde ich auch versuchen müssen, mir dort einen Namen zu machen.«

»Deshalb die Perücke?«

Er schnitt eine Grimasse. »Ja, wahrscheinlich. Man muß schon irgendwie Aufsehen erregen, um überhaupt bemerkt zu werden. Wren war vor ein paar Wochen hier – ein Freund von mir, feiner Kerl –, herausgeputzt wie ein Pfau. Er plant demnächst eine Reise nach Frankreich, und ich vermute, wenn er zurückkommt, werden wir unsere Augen mit der Hand abschirmen müssen, um ihn anzusehen.«

»Und Mr. Boyle?« fragte ich, und das Herz wurde mir ein wenig schwer. »Er hat – hat er sich entschlossen, in Oxford zu bleiben?«

»Ja, vorläufig. Aber er ist ein Glückspilz. Er hat so viel Geld, daß er nicht wie wir anderen um eine Stellung buhlen muß.«

»Oh«, sagte ich sehr erleichtert.

Lower warf mir einen Blick zu, der mir verriet, daß er genau wußte, was mir durch den Kopf gegangen war. »Sein Vater war einer der reichsten Männer im Königreich und ein leidenschaftlicher Anhänger des alten Königs seligen Angedenkens, was wir auch sein sollten, wie ich vermute. Natürlich hat er eine Menge verloren, aber für Boyle ist noch so viel übrig, daß er die Sorgen gewöhnlicher Sterblicher nicht hat.«

»Ah.«

»Ein sehr angenehmer Mann, wenn man geneigt ist, sich mit den Naturwissenschaften zu beschäftigen, die sein Hauptinteresse sind. Ist das nicht der Fall, wird er Euch selbstverständlich kaum beachten.«

»Ich habe beim Experimentieren mein Bestes getan«, sagte ich bescheiden, »bin aber leider ein Anfänger auf diesem Gebiet. Was ich nicht weiß oder verstehe, übertrifft bei weitem das, was ich tue.«

Meine Antwort schien ihn mächtig zu freuen. »In diesem Fall seid Ihr in guter Gesellschaft«, sagte er grinsend. »Zählt man uns zusammen, ist unsere Unwissenheit beinahe vollkommen. Trotzdem – wir kratzen an der Oberfläche. Hier sind wir«, fuhr er fort, als er mir in dasselbe Kaffeehaus vorausging, das ich schon einmal aufgesucht hatte. Mrs. Tillyard trat auf mich zu und wollte noch einmal eine Kupfermünze von mir, aber Lower winkte sie weg. »Schnickschnack, Madam«, sagte er fröhlich. »Ihr wollt doch meinem Freund für den Eintritt in dieses zwielichtige Haus nicht bezahlen lassen.«

Mit der Aufforderung, uns sofort Kaffee zu bringen, polterte Lower die Stufen zu dem Raum hinauf, in dem ich ebenfalls schon gewesen war. Mir kam ein schrecklicher Gedanke: Wenn nun dieser Boyle der unfreundliche Gentleman war, der das Mädchen abgewiesen hatte?

Aber der Unterschied zwischen ihm und dem Mann in der Ecke, den Lower sofort ansteuerte, hätte größer nicht sein können. Ich nehme an, ich sollte hier innehalten und den Honourable Robert Boyle beschreiben, den Mann, der mit mehr Lob und Ehren überschüttet wurde als irgendein anderer Naturwissenschaftler. Als erstes fiel mir auf, daß er noch relativ jung war; seinem Ruf nach hätte ich einen Mann von über Fünfzig erwartet. Tatsächlich war er wohl höchstens ein paar Jahre älter als ich. Hoch gewachsen, hager und von offensichtlich schwacher Konstitution, mit einem schmalen, blassen Gesicht und einem merkwürdig sinnlichen Mund, saß er in einer Haltung und Ungezwungenheit da, die sofort auf eine vornehme Erziehung schließen ließen. Er schien mir nicht besonders freundlich; eher hochmütig, als sei er sich seiner Überlegenheit voll bewußt und erwarte von anderen, daß sie es ebenfalls waren. Das war, wie ich später erfuhr, nur eine Seite seines Wesens, denn seine Großzügigkeit war ebenso groß wie sein Stolz, sein Hochmut so groß wie seine Demut und seine Frömmigkeit; seine Strenge so groß wie seine Güte.

Dennoch war er ein Mensch, dem man sich mit Vorsicht nähern mußte, denn er duldete zwar ein paar wirklich gräßliche Kreaturen wegen ihrer Verdienste, hatte jedoch für Scharlatane oder Narren nichts übrig. Es gereicht meinem Leben zu einer besonders großen Ehre, daß es mir vergönnt war, eine Zeitlang ungezwungen mit ihm umzugehen. Diese Verbindung durch die Bosheit anderer zu verlieren war einer der bittersten Schläge, die ich zu ertragen hatte.

Trotz seines Reichtums, seines Rufes und seiner Geburt erlaubte er seinen Freunden, zu denen Lower ganz offensichtlich gehörte, einen vertraulichen Umgangston.

»Mr. Boyle«, sagte Lower, als wir uns näherten, »jemand aus Italien ist gekommen, um an Eurem Schrein zu huldigen.«

Boyle blickte mit hochgezogenen Brauen auf und gestattete sich dann ein kurzes Lächeln. »Guten Morgen, Lower«, sagte er trocken. Ich bemerkte jetzt und später, daß Lower sich in seinem Verhalten gegen Boyle oft im Ton vergriff, da er sich ihm auf dem Gebiet der Wissenschaft für gleichrangig hielt, sich seines niedrigeren Standes jedoch nur allzu bewußt war, und daher zwischen übertriebener Vertraulichkeit und einem Respekt schwankte, der nicht gerade unterwürfig, aber alles andere als selbstsicher und angenehm war.

»Ich überbringe Euch Grüße von Dr. Sylvius aus Leiden, Sir«, sagte ich. »Er meinte, daß Ihr mir, so ich nach England käme, erlauben würdet, Eure Bekanntschaft zu machen.«

Ich habe immer das Gefühl, daß es eines der schwierigsten Gebiete der Etikette ist, sich vorzustellen. Man muß es natürlich, und das wird auch fortdauern. Wie sonst könnte ein völlig Fremder erwarten, aufgenommen zu werden, wenn nicht durch Empfehlung eines Gentleman, der für seinen Charakter bürgen kann? In den meisten Kreisen genügt es jedoch, daß ein Brief existiert; wenn überhaupt, werden sie gewöhnlich gelesen, nachdem man sich vorgestellt hat. Ich hoffte, daß ein Brief von Sylvius, der als Mediziner genauso bekannt war wie Boyle als Chemiker, mir ein freundliches Willkommen verschaffen würde. Mir war aber auch klar, daß die Unterschiede tief reichten und ich vielleicht auch wegen meiner Religion abgewiesen werden könnte. England war bis vor kurzem von fanatischen Sektierern beherrscht worden, und ich wußte, daß ihr Einfluß noch längst nicht völlig zerstört war – meine Mitreisenden in der Kutsche nach Oxford hatten mir voller Schadenfreude von dem neuen Gesetz gegen uns Katholiken berichtet, das dem König vom Parlament aufgezwungen worden war.

Boyle nahm nicht nur den Brief und begann zu lesen, sondern kommentierte auch seinen Inhalt, wodurch ich noch nervöser wurde, als ich ohnehin schon war. Es war, wie ich sah, eine lange Epistel; Sylvius und ich waren nicht immer einer Meinung gewesen, und ich fürchtete, daß ein großer Teil des Briefes wenig schmeichelhaft für mich sein könnte.

So schien es auch der Fall zu sein. »Hmm«, sagte Boyle, »hört Euch das an, Lower. Sylvius schreibt, Euer Freund sei ungestüm, streitsüchtig, impertinent und neige dazu, Autorität in Frage zu stellen.«

Ich wollte mich verteidigen, aber Lower gab mir mit einer Geste zu verstehen, ich solle still sein. »Eine venezianische Familie von Gentlemen-Kaufleuten, eh?« fuhr Boyle fort. »Papist, wie ich vermute?«

Das Herz wurde mir schwer.

»Regelrecht blutrünstig«, sagte Boyle und ignorierte mich völlig. »Tändelt eimerweise damit herum. Aber ein guter Mann mit dem Messer, wie es scheint, und ein begabter Zeichner. Hmm.«

Ich ärgerte mich über Sylvius wegen seiner Ausdrucksweise. Mir wurde heiß vor Empörung, weil er meine Experimente Tändelei nannte. Ich hatte methodisch angefangen und war, wie ich glaubte, rational vorgegangen. Es war schließlich nicht meine Schuld, daß ich auf Wunsch meines Vaters Leiden verlassen mußte, bevor ich zu einem schlüssigen Ergebnis gekommen war.

Da dies für meine Geschichte wesentlich ist, sollte ich wohl erklären, daß mein Interesse für Blut keine vorübergehende Laune war; ich hatte mich schon seit einiger Zeit damit beschäftigt und kann mich kaum noch daran erinnern, wann die Faszination begann. Ich erinnere mich, in Padua einen langweiligen Galen-Jünger gehört zu haben, der eine Vorlesung über Blut hielt; schon am nächsten Tag lieh mir jemand Harveys* großartiges Werk über den Blutkreislauf. Es war so klar, so einfach und so offensichtlich *wahr*, daß mir der Atem stockte. Nie wieder habe ich etwas Ähnliches erlebt. Jedoch sogar ich konnte sehen, daß es unvollständig war: Harvey demonstrierte, daß das Blut im Herzen beginnt, durch den Körper zirkuliert und dann dahin zurückkehrt, woher es gekommen ist. Er begründete aber nicht, *warum* es das tat, und ohne Begründung ist die Wissenschaft eine armselige Sache; auch zog er aus dieser Beobachtung keinen therapeutischen Nutzen. Vielleicht unverschämterweise, aber gewiß mit Ehrfurcht, hatte ich in Padua und beinahe meine ganze Zeit in Leiden damit verbracht, dieses Thema zu erforschen, und ich hätte mit meinen Experimenten auch schon einige bemerkenswerte Ergebnisse erzielt, wäre ich nicht auf Wunsch meines Vaters nach England gereist.

»Gut«, sagte Boyle schließlich, faltete den Brief sorgfältig zusammen und steckte ihn in die Tasche. »Ihr seid willkommen, Sir, mehr als willkommen. Vor allem Mr. Lower, könnte ich mir vorstellen, da seine unersättliche Begierde nach Eingeweiden nur der Euren ebenbürtig ist.«

Lower grinste und reichte mir den Kaffee, der kalt geworden war, während Boyle gelesen hatte. Ich war offenbar einer Prüfung unterzogen worden und hatte bestanden. Meine Erleichterung war fast überwältigend.

»Ich muß sagen«, Boyle fuhr fort, Zucker in seinen Kaffee zu löffeln, »daß Ihr mir wegen Eures Verhaltens um so willkommener seid.«

---

* William Harvey, Entdecker des großen Blutkreislaufs

»Meines was?« fragte ich.

»Euer Anerbieten, dem Blundy-Mädchen zu helfen – erinnert Ihr Euch an sie, Lower? –, war wohltätig und christlich, wenn auch ein wenig unklug«, sagte Boyle.

Ich war über diese Erklärung erstaunt, denn ich war überzeugt gewesen, niemand habe mir auch nur die geringste Aufmerksamkeit geschenkt. Ich hatte den Grad der Aufmerksamkeit falsch beurteilt, den der leiseste Hauch von irgend etwas in einer so kleinen Stadt zu erregen vermag.

»Aber wer ist dieses Mädchen, das Ihr und Mr. Lower kennt?« fragte ich. »Sie schien mir ein sehr armes Wesen zu sein und kaum ein Mensch, der normalerweise von Euch beachtet wird. Oder haben die Jahre des Republikanismus den Unterschied zwischen den Ständen so völlig zunichte gemacht?«

Lower lachte. »Glücklicherweise nicht. Leute wie das Blundy-Mädchen sind normalerweise keine Mitglieder unserer Gesellschaft, wie ich erfreut feststellen darf. Sie ist zwar hübsch, aber verkehren würde ich nicht gern mit ihr. Wir kennen sie, da sie in gewisser Weise eine traurige Berühmtheit erlangt hat – ihr Vater Ned war ein großer Umstürzler und Radikaler, und sie versteht angeblich etwas von natürlichen Heilmitteln. Boyle hat sie wegen einiger einfacher Heilkräuter konsultiert. Es ist eines seiner Lieblingsprojekte, die Armen mit Medizinen zu versorgen, die ihrem Stand entsprechen.«

»Warum angeblich?«

»Viele haben ihre Fähigkeit zu heilen bestätigt, also dachte Boyle, er werde ihr die Ehre antun, einige ihrer besseren Rezepte in sein Werk aufzunehmen. Doch sie weigerte sich zu helfen und behauptete, sie habe keinerlei Fähigkeiten. Ich vermute, sie wollte bezahlt werden, doch das lehnte Boyle ab, denn schließlich wollte er ihr eine Wohltat erweisen.«

Das erklärte wenigstens die Bemerkung des Mädchens, die ich für eine Lüge gehalten hatte. »Aber warum ist es unklug, mit ihr zu verkehren?«

»Ihre Gesellschaft wird Euch wenig zur Ehre gereichen«, sagte Boyle. »Sie steht in dem Ruf, lüstern zu sein. Aber ich habe eigentlich gemeint, daß sie sich nicht als lukrative Klientin erweisen wird.«

»Das habe ich bereits entdeckt«, sagte ich und erzählte ihm, wie sie mein Geld ausgegeben hatte. Boyle schien über meinen Bericht leicht erschrocken. »Reich wird man auf diese Weise nicht«, stellte er trocken fest.

»Wie viele Ärzte gibt es hier? Glaubt Ihr, ich könnte ein paar Patienten gewinnen?«

Lower schnitt eine Grimasse und erklärte mir, daß es in Oxford schon viel zu viele Doktoren gebe. Deshalb werde er auch gezwungen sein, nach London zu gehen, wenn er mit dem Projekt fertig sei, an dem er jetzt arbeite und das College Christ Church ihn hinauswerfe. »Es gibt mindestens sechs«, sagte er. »Und zahllose Quacksalber, Chirurgen und Apotheker. Und das in einer Stadt mit zehntausend Einwohnern. Und es wäre ein Risiko für Euch, wenn Ihr keine Lizenz der Universität vorweisen könntet. Habt Ihr in Padua Eure Examina abgelegt?«

Ich sagte, das hätte ich nicht getan, da ich nicht vorgehabt hätte zu praktizieren, auch dann nicht, wenn mein Vater es nicht als erniedrigend betrachtet hätte. Nur die Notwendigkeit lasse mich jetzt daran denken, mir mein Geld als Arzt zu verdienen. Ich vermute, ich hatte mich falsch ausgedrückt, denn während Boyle meine Zwangslage begriff, glaubte Lower, ich wollte mit meiner harmlosen Bemerkung seinen Beruf herabsetzen. »Ich bin sicher, es wird Euch auf die Dauer nicht schaden, daß Ihr so tief sinkt«, sagte er steif.

»Im Gegenteil«, beeilte ich mich meinen unbeabsichtigten Ausrutscher wiedergutzumachen, »die Gelegenheit ist mir mehr als willkommen und gleicht die unglücklichen Umstände aus, in die ich geraten bin. Und wenn ich die Möglichkeit habe, mit Gentlemen wie Euch und Mr. Boyle zu verkehren, dann werde ich überglücklich sein.«

Diese Bemerkung beschwichtigte ihn, und allmählich fand er zu seiner früheren Freundlichkeit zurück; dennoch hatte ich kurz unter die Oberfläche geschaut und einen flüchtigen Blick auf eine Natur erhascht, die zwar einen heiteren Charme besaß, aber auch stolz und empfindlich war. Die Anzeichen verschwanden jedoch so schnell, wie sie aufgetaucht waren, und ich beglückwünschte mich überschwenglich, weil es mir gelungen war, ihn zu überzeugen.

Um deutlich zu erklären, was ich gemeint hatte, legte ich kurz meine derzeitige Lage dar, und eine präzise Frage von Boyle veranlaßte mich zu gestehen, daß ich bald völlig mittellos sein würde. Daher mein Wunsch, Kranke zu behandeln. Er verzog das Gesicht und fragte mich, warum ich überhaupt nach England gekommen sei.

Ich erklärte ihm, meine Sohnespflicht verlange von mir, daß ich versuchte, meinem Vater vor Gericht zu seinem Recht zu verhelfen. Und dafür brauchte ich einen Anwalt, wie ich vermutete.

»Und dafür braucht Ihr Geld und dazu wiederum ein Einkommen. *Absque argento omnia rara*« – ohne Geld ist alles nichtig –, sagte Lower. »Hm, Mr. Boyle. Habt Ihr eine Idee, Sir?«

»Ich würde mich glücklich schätzen, Euch vorläufig eine Stellung in meinem Laboratorium anzubieten«, sagte der freundliche Gentleman. »Fast schäme ich mich, es zu tun, da sie weit unter dem liegt, was ein Gentleman Eures Standes tun sollte. Ich bin sicher, Lower kann Euch in seiner alten Wohnung eine Unterkunft verschaffen und könnte Euch mitnehmen, wenn er das nächste Mal eine Rundreise aufs Land unternimmt. Was haltet Ihr davon, Lower? Ihr sagt doch immer, Ihr wärt überarbeitet.«

Lower nickte, doch allzu begeistert schien er nicht zu sein. »Ich wäre entzückt, Euch helfen zu können und auch über Eure Begleitung«, sagte er jedoch. »Ich habe die nächste Rundreise für nächste Woche oder so eingeplant, und wenn Mr. Cola mitkommen will …«

Boyle nickte, als sei alles beschlossen. »Ausgezeichnet. Dann können wir Euer Londoner Problem angehen. Ich werde einem mir bekannten Anwalt schreiben und sehen, was er empfiehlt.«

Ich dankte ihm begeistert für seine Güte und Großzügigkeit. Er freute sich offensichtlich, wenngleich er so tat, als sei es nichts. Mein Dank war vollkommen aufrichtig; eben war ich noch arm und unglücklich gewesen, und jetzt war einer der hervorragendsten Naturwissenschaftler Europas mein Gönner. Mir kam sogar der flüchtige Gedanke, daß ich das zum Teil Sarah Blundy zu verdanken hatte; meine Reaktion auf ihr Erscheinen am Vormittag, hatte bewirkt, daß Mr. Boyle mit größerem Wohlwollen an mich dachte, als es sonst der Fall gewesen wäre.

Viertes Kapitel

AUF DIESE WEISE erwarb ich mir in kurzer Zeit einen festen Platz in guter Gesellschaft und hatte eine günstige Stellung, in der ich auf mehr Geld von zu Hause warten konnte. Die Post ging acht Wochen hin und acht Wochen wieder zurück, wenn ich Glück hatte. Rechnete man eine Woche hinzu, um das Geld zu beschaffen, plus einige Monate für die Erledigung meiner Londoner Geschäfte, dann mußte ich mindestens ein halbes Jahr in England bleiben, und bis dahin würde das Wetter sehr schlecht geworden sein. Entweder würde ich auf dem Landweg nach Hause zurückkehren oder eine winterliche Seereise riskieren müssen – eine wahrhaft jammervolle Aussicht. Die dritte Möglichkeit war, daß ich noch einen nördlichen Winter über mich ergehen ließ und bis zum Frühling blieb.

Alles in allem war ich mit meiner Lage mehr als zufrieden, außer wenn es um Mrs. Bulstrode, meine neue Wirtin, ging. Alle waren aufrichtig davon überzeugt, die würdige Dame sei eine ausgezeichnete Köchin, daher trat ich Punkt vier mit hochfliegenden Hoffnungen – und leerem Magen, denn ich hatte seit zwei Tagen nicht mehr richtig gegessen – zu einer, wie ich glaubte, ausgezeichneten Mahlzeit an.

War es für einen Venezianer schon schwierig, sich an das englische Klima zu gewöhnen, so war das beim Essen ganz unmöglich. Richtet man sich nach der Menge, die verzehrt wird, dann ist England tatsächlich das reichste Land der Welt. Sogar die bescheideneren Schichten sind es gewohnt, wenigstens einmal im Monat Fleisch zu essen, und alle Engländer brüsten sich damit, daß sie keine Sauce brauchen, um den unangenehmen Geschmack der zähen Stücke zu verdecken, wie das die Franzosen tun müssen. Einfach braten und verzehren, wie von Gott bestimmt, sagen sie und glauben fest daran, daß Raffinesse beim Kochen Sünde ist und die Himmlischen Heerscharen selbst sich sonntags an Roastbeef und Ale laben.

Unglücklicherweise gibt es nur selten etwas anderes. Frisches Obst ist wegen des Klimas natürlich nur selten zu bekommen, aber die Engländer mögen nicht einmal eingemachte Früchte, denn sie glauben, daß man davon Blähungen bekommt, mit denen die lebensnotwendige Wärme aus dem Körper entweicht. Dasselbe gilt – aus denselben Gründen – für grünes Gemüse. Sie essen lieber Brot oder trinken, noch häufiger, ihr Getreide in Form von Ale, und das in gewaltigen Mengen; sogar die zartesten Damen trinken während einer Mahlzeit vergnügt ein oder zwei Quart von dem starken Bier, und Babys lernen Trunkenheit schon in der Wiege. Schlimm für einen Ausländer war der hohe Alkoholgehalt des Bieres, und weil es für unmännlich (und unweiblich) galt, wenn man es nicht trank. Ich erwähne das alles nur, um zu erklären, warum ich mich nach einer Mahlzeit aus gekochtem Muskelfleisch und einer Dreiviertelgallone Bier überhaupt nicht wohl fühlte.

Daß ich nach einer solchen Mahlzeit meine Patientin mit Erfolg behandeln konnte, war höchst verdienstvoll. Wie ich es eigentlich schaffte, meine Tasche vorzubereiten und zu Fuß zu der elenden Hütte zu gehen, weiß ich nicht mehr. Zum Glück war das Mädchen nicht da, denn ich hatte nicht den Wunsch, meine Bekanntschaft mit ihm zu erneuern; die Mutter indessen bedurfte dringend der Behandlung und Pflege, und die Abwesenheit des Mädchens schien mir nicht gerade ein Zeichen des Pflichtbewußtseins, das die alte Frau gerühmt hatte.

Sie hatte geschlafen und war eigentlich noch ziemlich schlaftrunken, nachdem ihr die Tochter irgendein eigenes Gebräu verabreicht hatte, das jedoch sehr wirkungsvoll zu sein schien. Aber sie hatte starke Schmerzen. Mein Verband war völlig vereitert, die Wunde näßte stark, und der widerliche Geruch erfüllte mich mit einer bösen Ahnung.

Den Verband zu entfernen, war eine langwierige, unangenehme Arbeit, doch endlich hatte ich es geschafft und beschloß, die Wunde der Luft auszusetzen, da mir die Theorie bekannt war, daß ein fester, warmer Verband in solchen Fällen die Fäulnis beschleunigen konnte, anstatt sie zu verhindern. Ich weiß, daß eine solche Anschauung von den konventionellen Behandlungsmethoden abweicht, und die Bereitschaft, die Ausdünstungen umherschwirren zu lassen, könnte man für unbesonnen halten. Ich kann nur sagen, daß seither von anderen durchgeführte Experimente diese Theorie zu untermauern scheinen. Ich war so auf meine Aufgabe konzentriert, daß ich es überhörte, als knarrend die Tür geöffnet wurde, und ich auch die leisen Schritte nicht vernahm, die hinter mir näher kamen, und daher erschrocken zusammenfuhr, als Sarah Blundy mich ansprach.

»Wie geht es ihr?«

Ich drehte mich zu ihr um. Ihre Stimme klang weich, und ihr Verhalten war freundlicher.

»Es geht ihr gar nicht gut«, sagte ich offen. »Könnt Ihr Euch nicht mehr um sie kümmern?«

»Ich muß arbeiten«, sagte sie. »Unsere Lage ist schon ernst genug, seit Mutter nichts verdienen kann. Ich habe jemanden gebeten, nach ihr zu sehen, aber wie es scheint, hat man das nicht getan.«

Leicht beschämt, weil ich das als Grund nicht in Betracht gezogen hatte, brummte ich etwas vor mich hin.

»Wird sie wieder gesund?«

»Es ist zu früh, ich kann es noch nicht sagen. Ich trockne die Wunde jetzt aus und werde sie dann wieder verbinden. Ich fürchte, daß Eure Mutter Fieber bekommt. Vielleicht geht es vorbei, doch ich bin besorgt. Ihr müßt jede halbe Stunde prüfen, ob das Fieber gestiegen ist. Und, so merkwürdig Euch das vorkommen mag, Ihr müßt sie warm halten.«

Sie nickte, als verstehe sie es natürlich nicht verstehen konnte.

»Seht Ihr«, sagte ich freundlich, »Fieber kann man entweder verstärken, oder man kann etwas dagegen tun. Wenn man es verstärkt, erreicht die Krankheit ihren Höhepunkt und wird durch das Fieber gereinigt. Kämpft man dagegen an, versucht man das natürliche Gleichgewicht im Körper wiederherzustellen. Daher kann man bei Fieber entweder Eis und kaltes Wasser oder viel Wärme verordnen. Ich habe mich für letzteres entschieden, weil Eure Mutter so unglaublich schwach ist; eine anstrengendere Methode würde sie eher töten als heilen.«

Sie beugte sich vor, packte ihre Mutter fürsorglich ein und strich ihr dann überraschend sanft über das Haar.

»Das hatte ich ohnehin vor«, sagte sie.

»Und jetzt tut Ihr es mit meiner Billigung.«

»Ich habe wirklich Glück«, sagte sie. Sie sah mich an, entdeckte das Mißtrauen in meinem Blick, lächelte. »Verzeiht mir, Sir, das war nicht unverschämt gemeint. Meine Mutter hat mir berichtet, wie gut und großmütig Ihr sie behandelt habt, und wir sind Euch sehr dankbar. Ich bedaure aufrichtig, so ungehörig mit Euch gesprochen zu haben. Ich hatte Angst um sie und war empört über die Art, wie man mich im Kaffeehaus abgewiesen hat.«

Ich winkte ab, von ihrem unterwürfigen Ton seltsam berührt. »Das ist schon gut«, sagte ich. »Wer war dieser Mann?«

»Ich habe einmal für ihn gearbeitet«, sagte sie und ließ ihre Mutter nicht aus den Augen, »und war stets gewissenhaft und fleißig. Ich denke, ich hätte Besseres von ihm verdient.«

Sie blickte auf und lächelte mich an; es war ein Lächeln von solcher Sanftheit, daß mein Herz zu schmelzen begann.

»Es scheint jedoch, daß wir von Freunden zurückgewiesen und von Fremden gerettet werden. Noch einmal – danke, Sir.«

»Ich habe es sehr gern getan. Solange Ihr keine Wunder erwartet.«

Einen Moment lang balancierten wir auf dem Grat größerer Nähe, dieses merkwürdige Mädchen und ich, doch der Moment verging ebenso schnell, wie er gekommen war. Sie zögerte, bevor sie weitersprach, und ich reagierte zu spät. Statt dessen bemühten wir uns beide, die schickliche Beziehung zwischen uns wiederherzustellen, und standen auf.

»Ich werde um ein Wunder beten, auch wenn ich es nicht verdiene«, sagte sie. »Kommt Ihr wieder?«

»Morgen, wenn ich kann. Und wenn es ihr schlechter geht, findet Ihr mich bei Mr. Boyle. Ich werde bei ihm arbeiten. Und was die Bezahlung angeht –« fuhr ich hastig fort.

Auf dem Weg hierher hatte ich, da ohnehin kein Geld zu erwarten war, großmütig beschlossen, die Tatsache mit Anstand zu akzeptieren. Besser, als sich in das Unvermeidliche zu fügen, war es, es in eine Tugend umzumünzen. Ich wollte auf jedes Honorar verzichten. Darauf war ich ziemlich stolz, besonders in Anbetracht meiner eigenen Mittellosigkeit, doch da das Glück mir gelächelt hatte, wollte ich auch andere daran beteiligen.

Leider erstickte mir die Stimme im Hals, noch ehe ich den ersten Satz zu Ende gesprochen hatte. Sarah Blundy maß mich mit verächtlich funkelnden Augen.

»O ja, Eure Bezahlung. Wie konnte ich nur denken, daß Ihr sie vergessen habt? Darum müssen wir uns aber sofort kümmern, nicht wahr?«

»Das müssen wir«, sagte ich, erstaunt darüber, wie schnell und vollkommen sie sich wieder verändert hatte. »Ich denke, daß ...«

Weiter kam ich nicht. Sie führte mich in einen schmutzigen und feuchten Raum an der Rückseite des Hauses, wo ganz offensichtlich sie – oder irgendein Tier, ich wußte nicht welches – schlief. Auf dem feuchten Fußboden lag ein Sack, prall gefüllt mit Stroh. Es gab überhaupt kein Fenster und roch durchdringend nach saurem Wasser.

Mit einer Geste schroffer Verachtung legte sie sich sofort auf den Strohsack und zog ihren dünnen Rock hoch.

»Kommt schon, Arzt«, sagte sie, »nehmt Euch Eure Bezahlung.«

Ich prallte zurück und wurde feuerrot vor Zorn, als sogar ich, den das Bier an diesem Abend geistig träge gemacht hatte, begriff, was sie meinte. Meine Verwirrung wurde noch größer, als ich mich fragte, ob meine neuen Freunde dachten, daß ich mich deshalb für den Fall interessierte. Doch besonders empört war ich über die Art, wie meine edle Geste in den Schmutz gezerrt worden war.

»Ihr widert mich an«, sagte ich kalt, als ich der Sprache wieder mächtig war. »Wie dürft Ihr es wagen, Euch so zu benehmen? Ich bin nicht hier, um mich beleidigen zu lassen. Von nun an behandelt Eure Mutter, wie Ihr meint. Aber erwartet bitte nicht, daß ich noch einmal in dieses Haus zurückkehre und mich Eurer Gegenwart aussetze. Gute Nacht.«

Damit marschierte ich entschlossen hinaus, wobei es mir – gerade noch – gelang, die leichte Tür nicht zuzuwerfen.

Ich bin für weibliche Reize überaus empfänglich, manche würden vielleicht sogar sagen, zu sehr, und in meiner Jugend war ich nicht abgeneigt, mir mein Vergnügen zu holen, wo es mir geboten wurde. Doch das war kein solcher Fall. Ich hatte ihre Mutter aus reiner Herzensgüte behandelt, und es war unerträglich, meine Absichten und Beweggründe so schimpflich behandelt zu sehen. Selbst wenn ich an diese Art der Bezahlung gedacht hätte, stand es dem Mädchen nicht zu, auf diese Weise mit mir zu sprechen.

Kochend vor Zorn verließ ich die armselige Hütte – überzeugter denn je, daß das Mädchen genauso verdorben und widerlich war wie die Umgebung, in der es lebte. Zum Teufel mit ihrer Mutter, dachte ich. Was kann sie denn für eine Frau sein, wenn sie ein solches Ungeheuer geboren hat? Eine kleine, dürre Kreatur, sagte ich mir und vergaß, daß ich sie für hübsch gehalten hatte. Und selbst wenn sie schön wäre, na und? Wie man uns lehrt, kann der Teufel selbst eine schöne Gestalt annehmen, um die Menschheit zu verderben.

Andererseits flüsterte mir jedoch eine kleine Stimme im Hintergrund meines Bewußtseins kritische Worte ins Ohr. Du, sagte sie, du willst also die Mutter töten, um dich an der Tochter zu rächen? Gut gemacht, Arzt; ich hoffe, du bist stolz darauf. Doch was sollte ich tun? Mich entschuldigen? Vielleicht war der gütige heilige Rochus zu solcher Nächstenliebe fähig. Doch ich war kein Heiliger.

All jene, die eine leise Ahnung haben, daß ich zu dieser Zeit der englischen Sprache zwar einigermaßen mächtig war, ihre Feinheiten jedoch nicht beherrschte, mögen denken, ich gäbe meine Gespräche nicht aufrichtig wieder. Ich gestehe, mein Englisch war nicht gut genug, um schwierige Ideen vorzutragen, doch das brauchte ich nicht. Gewiß, bei Gesprächen mit Leuten wie dem Blundy-Mädchen mußte ich auf englisch mein Bestes tun; obwohl ihre Art zu sprechen gewöhnlich ausreichend einfach war, so daß ich sehr gut zurechtkam. Sprach ich mit anderen, wechselte die Unterhaltung, wenn nötig, vom Lateinischen manchmal sogar ins Französische, denn die Engländer von Rang und Namen sind als sprachkundig berühmt und sprechen häufig mit fremder Zunge, eine lobenswerte Fähigkeit, der andere Völker – vor allem die Deutschen – nacheifern sollten.

Lower, zum Beispiel, war im Lateinischen wie zu Hause und sprach leidlich gut Französisch; Boyle konnte sich darüber hinaus auf griechisch verständigen, sprach ein elegantes Italienisch und konnte sogar ein paar Brocken Deutsch. Latein kommt, wie ich fürchte, zum Nachteil unserer Republik allmählich außer Gebrauch; denn was soll aus gelehrten Männern werden, wenn sie die Gespräche mit Gleichgestellten opfern und nur fähig sind, mit ihren unwissenden Landsleuten zu sprechen?

Doch ich fühlte mich sicher an meinem Platz, im Kreis von Gentlemen, wie ich dachte, die alle Vorurteile geringerer Männer beiseite schoben. Daß ich römisch-katholisch war, nahm Lower, dessen Späße manchmal beleidigend wurden, ab und zu zum Anlaß, einen anzüglichen Witz zu machen; der fromme Boyle hingegen verteidigte andere Religionen genauso leidenschaftlich wie seine eigene. Manchmal denke ich, sogar ein Muselmann oder ein Hindu wären an seinem Tisch willkommen gewesen, solange sie fromm waren und sich für seine Experimente interessierten. Eine solche Haltung ist in England sehr selten, und diese Bigotterie und dieses Mißtrauen sind die schlimmsten Fehler einer Nation, die viele Fehler hat. Glücklicherweise bedeuteten meine Beziehungen, daß ich vor ihren Auswirkungen bewahrt blieb, außer daß man mir ab und zu auf der Straße eine Beleidigung zurief oder einen Stein nach mir warf, als ich allmählich bekannt wurde.

Mit Recht kann ich behaupten, daß Lower seit meiner Kindheit der erste Mann war, den ich als meinen Freund betrachtete, und ich fürchte, daß ich die Engländer in dieser Beziehung mißverstand. Wenn ein Venezianer einen Mann seinen Freund nennt, tut er das nach langer Überlegung, da eine solche Person dadurch fast zu einem Mitglied der Familie wird und man ihr viel Loyalität und Nachsicht entgegenbringt. Wir sterben für unsere Freunde wie für unsere Familie und schätzen sie so hoch wie Dante: *noi non potemo aver perfetta vita senza amici* – ein vollkommenes Leben bedarf der Freunde. Solche Freundschaften werden gerechterweise im Altertum verherrlicht, so wie Homer das Band zwischen Achill und Patroklos rühmt, oder Plutarch die Freundschaft von Theseus und Peirithoos. Bei den Juden war sie jedoch selten, denn im Alten Testament habe ich wenige Freunde gefunden, außer David und Jonathan, aber auch da ist die Freundschaft nicht so groß, daß sie David daran hindert, Jonathans Sohn zu töten. Wie die meisten meines Standes hatte ich Kindheitsgefährten, die ich jedoch zurückließ, als ich, erwachsen geworden, Familienpflichten übernehmen mußte, denn sie sind eine schwere Last. Die Engländer sind ganz anders; sie haben in jeder Phase ihres Lebens Freunde und machen einen deutlichen Unterschied zwischen Freundschaft und Familienbanden. Indem ich Lower zu meinem Herzensfreund machte – denn mir ist nie jemand begegnet, der meinem Geist, meiner Seele und meinen Interessen so nahe war –, beging ich den Fehler, anzunehmen, daß er für mich dasselbe empfand und sich mir genauso verpflichtet fühlte. Doch das war nicht der Fall. Die Engländer können ihre Freunde verlieren.

Zunächst blieb mir diese traurige Erkenntnis verborgen, und ich konzentrierte mich darauf, meinen Freunden ihre Güte zu vergelten; gleichzeitig erweiterte ich mein Wissen, indem ich Boyle assistierte und zu jeder Tages- und Nachtzeit lange und fruchtbare Gespräche mit Lower und seinen Kollegen führte. Obwohl Boyle ein ernster Mann war, ging es in seinem Laboratorium sehr heiter zu, außer wenn eine Arbeit bevorstand, denn für ihn waren Experimente die Entdeckung von Gottes Werken, denen man sich mit Ehrfurcht nähern mußte. Vor Beginn eines Experiments wurden alle Frauen ausgeschlossen, weil man fürchtete, sie könnten mit ihrer Unvernunft die Ergebnisse beeinflussen, und eine Atmosphäre leidenschaftlicher Konzentration senkte sich auf uns. Meine Aufgabe war es, während der Experimente Notizen zu machen, beim Zurechtlegen des Zubehörs zu helfen und die Bücher zu führen, denn Boyle gab für seine Wissenschaft ein Vermögen aus. Er benutzte – und zerbrach oft – eigens angefertigte Glasflaschen, und die Lederschläuche, Pumpen und Linsen, die er verbrauchte, kosteten Unsummen. Dann waren da noch die Kosten der Chemikalien, von denen viele aus London oder Amsterdam geliefert werden mußten. Nur wenige können bereit sein, so viel auszugeben, um so offensichtlich spärliche positive Resultate zu erzielen.

Ich bin, das muß ich zugeben, keine Sekunde lang der allgemeinen Meinung, daß die Bereitschaft, selbst Hand anzulegen, der Würde experimenteller Wissenschaft abträglich ist. Es besteht schließlich ein deutlicher Unterschied zwischen Arbeit, die man gegen Entgelt verrichtet, und Arbeit, die zum Wohle der Menschheit getan wird; um es anders auszudrücken: Als Wissenschaftler war Lower mir völlig ebenbürtig, auch wenn er als praktizierender Arzt nicht ganz so gut war. Ich finde es lächerlich, daß gewisse Professoren der Anatomie glauben, es sei unter ihrer Würde, selbst zum Messer zu greifen, und nur kommentieren, während Hilfskräfte die Schnitte legen. Sylvius hätte nicht einmal im Traum daran gedacht, auf einem Podium zu sitzen und von dieser höheren Warte aus zu lesen, während andere schnitten; wenn er lehrte, hatte er das Messer in der Hand, und das Blut spritzte auf seinen Mantel. Boyle hatte auch keine Bedenken, seine Experimente selbst durchzuführen und war einmal in meiner Gegenwart sogar bereit, mit eigenen Händen eine Ratte zu sezieren. Und war hinterher noch genauso Gentleman wie vorher. In meinen Augen war er dadurch noch größer, noch bedeutender geworden, denn bei Boyle mischten sich Reichtum, Demut und Neugier, und die Welt wurde durch ihn bereichert.

»Nun«, sagte Boyle, als Lower am Nachmittag auftauchte und wir eine Pause machten, »es wird Zeit, daß Cola sich den Hungerlohn verdient, den ich ihm zahle.«

Das erschreckte mich, denn ich hatte mindestens zwei Stunden hart gearbeitet, und ich fragte mich, ob ich vielleicht etwas falsch machte oder ob Boyle meine Bemühungen entgangen waren. Doch ich sollte für mein Abendessen singen, wie man so sagt. Ich war nicht nur dort, um von ihm zu lernen, sondern auch, um ihn etwas zu lehren, so wunderbar demütig war dieser Mann.

»Euer Blut, Cola«, sagte Lower, um mir die Angst zu nehmen. »Berichtet uns von Eurem Blut. Worauf wolltet Ihr hinaus? Auf welchen Experimenten beruhen Eure Schlüsse? Und *was* eigentlich sind Eure Schlüsse?«

»Ich fürchte sehr, ich werde Euch enttäuschen«, begann ich zögernd, als ich sah, daß sie sich nicht ablenken ließen. »Meine Forschungen sind noch nicht weit gediehen. Mich interessiert vor allem die Frage, wozu das Blut da ist. Wir wissen seit dreißig Jahren, daß es durch unseren Körper zirkuliert; das hat Euer Harvey uns gezeigt. Wir wissen, daß ein Tier schnell stirbt, wenn man es ausbluten läßt. Das Wesentliche, das es enthält, sind die Möglichkeiten der Verständigung zwischen Verstand und Beweglichkeit, vorausgesetzt, daß eine Bewegung stattfindet ...«

Lower drohte mir mit dem Finger. »Steht Ihr so stark unter dem Einfluß von Mr. Helmont*, Sir? Hier wird es zu einer Kontroverse kommen.«

---

* Johan Baptista van Helmont, fläm. Arzt und Naturforscher; prägte den Begriff »Gas«

»Ihr akzeptiert das nicht?«

»Nein, doch das ist im Moment nicht wichtig. Fahrt bitte fort.«

Ich formulierte meine Argumente neu und überdachte meinen Ansatz. »Wir *glauben*«, begann ich, »wir *glauben*, daß das Blut vom Ferment des Herzens Wärme ins Gehirn transportiert, dort für die Wärme sorgt, die wir brauchen, um leben zu können, und dann den Überfluß an die Lungen abgibt. Doch ist das wirklich der Fall? Soviel mir bekannt ist, wurde das noch durch kein Experiment bewiesen. Die andere Frage ist einfach: Warum atmen wir? Wir nehmen an, daß wir es tun, um die Körperwärme zu regulieren, kühle Luft einzusaugen und dadurch das Blut zu mäßigen. Und wieder die Frage: Trifft das zu? Obwohl unsere Neigung, schneller zu atmen, wenn wir körperliche Übungen machen, darauf hinweist, ist die Umkehrung nicht richtig, denn ich habe eine Ratte in einen Eimer mit Eis gesetzt und ihr die Nase verstopft – doch sie ist trotzdem gestorben.«

Boyle nickte, und Lower sah aus, als wolle er ein paar Fragen stellen, doch er sah, daß ich mich konzentrierte und versuchte, meinen Fall flüssig vorzutragen, deshalb unterließ er es freundlicherweise zu fragen.

»Darüber hinaus ist mir aufgefallen, wie das Blut seine Konsistenz ändert. Und habt Ihr zum Beispiel bemerkt, daß sich auch der Farbton ändert, nachdem es durch die Lungen geflossen ist?«

»Ich muß gestehen, daß mir das entgangen ist«, erwiderte Lower nachdenklich. »Obwohl ich weiß, daß es in einem Glas den Farbton ändert. Doch warum das so ist, ist uns wohl klar? Die schwereren melancholischen Elemente im Blut sinken, machen den oberen Teil heller und den unteren dunkler.«

»Das ist nicht ganz richtig«, sagte ich fest. »Wenn Ihr das Glas zudeckt, ändert sich der Farbton nicht. Ich finde keine Erklärung dafür, wie eine solche Trennung in den Lungen geschehen könnte. Aber wenn das Blut aus den Lungen herausfließt – wenigstens ist das bei Katzen so –, ist es viel heller als vorher, wenn es hineinfließt, und das ist ein Hinweis darauf, daß ihm Dunkelheit entzogen wird.«

»Das muß ich mir selbst ansehen – selbst eine Katze aufschneiden. Eine lebende Katze, oder?«

»Eine Weile hat sie gelebt. Es kann sehr gut sein, daß andere schädliche Elemente das Blut in den Lungen verlassen, wenn sie durch das Gewebe fließen wie durch ein Sieb, hinausgesaugt und dann ausgeatmet werden. Das hellere Blut ist die gereinigte Substanz. Wir wissen schließlich, daß der Atem oft riecht.«

»Und habt Ihr die beiden Gläser mit dem Blut gewogen, um zu sehen, ob sie ihr Gewicht verändert haben?« fragte Boyle.

Ich errötete leicht, denn der Gedanke war mir nie gekommen.

»Das wäre ganz offensichtlich der nächste Schritt«, sagte Boyle. »Es mag natürlich Zeitverschwendung sein, aber vielleicht lohnt es sich, danach zu forschen. Wenn es auch nur ein unwesentliches Detail ist. Fahrt bitte fort.«

Nachdem ich etwas so Grundlegendes unterlassen hatte, war ich nicht bereit, weiterzusprechen und meine weitreichenderen Gedankenflüge preiszugeben. »Wenn man sich auf diese beiden Hypothesen konzentriert«, sagte ich, »steht man vor dem Problem, überprüfen zu müssen, welche von den beiden die richtige ist: Gibt das Blut etwas in den Lungen ab, oder gewinnt es etwas?«

»Oder geschieht beides?« fügte Lower hinzu.

»Oder es geschieht beides«, stimmte ich zu. »Ich habe an ein Experiment gedacht, hatte in Leiden jedoch weder die Zeit noch das Instrumentarium, um meine Ideen zu verfolgen«

»Und die waren ...«

»Nun«, begann ich ein wenig nervös, »wenn der Zweck des Atmens der ist, Hitze und die schädlichen Nebenprodukte der Fermentierung abzugeben, dann ist die Luft selbst unwichtig. Wenn wir also ein Tier in ein Vakuum setzten ...«

»Ich verstehe«, sagte Boyle mit einem Blick auf Lower. »Ihr wollt meine Vakuumpumpe benutzen.«

Tatsächlich war mir der Gedanke erst gekommen, als ich ihn aussprach. Merkwürdigerweise war Boyles Pumpe so berühmt, daß ich, seit ich in Oxford war, kaum einen Gedanken an sie verschwendet und mir nicht einmal im Traum vorgestellt hatte, ich könnte sie selbst benutzen. Die Maschine war so hoch entwickelt, so großartig und teuer, daß sie interessierten Leuten in ganz Europa bekannt war. Jetzt sind solche Geräte natürlich allgemein bekannt; damals gab es vielleicht in der ganzen Christenheit nur zwei Stück, und die von Boyle war die bessere und so kompliziert gebaut, daß es niemandem gelungen war, sie nachzubauen oder die gleichen Resultate zu erzielen wie er. Natürlich wurde sie nur mit größter Vorsicht eingesetzt. Nur wenigen war es je erlaubt, sie bei der Arbeit zu beobachten, geschweige denn sie zu bedienen, und es war dreist von mir, das Thema zur Sprache zu bringen. Ich wagte es kaum, eine Absage zu riskieren, denn ich hatte mir vorgenommen, mich in sein Vertrauen einzuschmeicheln, und eine Zurückweisung wäre jetzt sehr schmerzlich gewesen.

Aber alles war gut. Boyle überlegte sich die Sache eine Weile und nickte dann. »Und wie wollt Ihr vorgehen?«

»Eine Maus oder eine Ratte würden mir reichen«, sagte ich. »Ja, sogar ein Vogel. Ich würde das Tier in die Glocke setzen und die Luft herausziehen. Wenn der Sinn der Atmung der ist, Dämpfe freizusetzen, dann wird ein Vakuum mehr Raum zum Ausatmen schaffen, und das Tier wird leichter leben. Wenn die Atmung Luft braucht, die ins Blut gesaugt wird, dann wird das Vakuum das Tier vielleicht krank machen.«

Boyle dachte darüber nach und nickte dann. »Ja«, sagte er endlich. »Eine gute Idee. Wir könnten es sofort tun, wenn Ihr wollt. Warum eigentlich nicht? Kommt mit. Die Maschine ist bereit, wir können sofort beginnen.«

Er ging mir in den Nebenraum voran, wo viele seiner besten Experimente durchgeführt worden waren. Die Pumpe, eines der ausgeklügeltsten Geräte, das ich je gesehen hatte, stand auf dem Tisch. Dem, der sie nicht kennt, gebe ich den Rat, die schönen Kupferstiche in seinen *Opera Completa* zu betrachten; es war ein kompliziertes Gerät aus Messing und Leder mit einem Stiel, der an eine große Glasglocke und eine Reihe von Ventilen angeschlossen war, durch die man, angetrieben von zwei Blasebälgen, die Luft in eine Richtung leiten konnte, jedoch nicht in die andere. Mit dieser Maschine hatte Boyle bereits einige Wunder demonstriert und unter anderem das Diktum von Aristoteles widerlegt, daß die Natur das Vakuum verabscheut. Wie er in einem seiner seltenen scherzhaften Augenblicke sagte, liebte die Natur es vielleicht nicht besonders, würde sich aber, wenn man sie zwang, damit abfinden. Ein Vakuum, ein absolut leerer Raum, kann tatsächlich erzeugt werden und besitzt zahlreiche

seltsame Eigenschaften. Als ich die Maschine gewissenhaft prüfte, erklärte er mir, daß eine klingende Glocke in einem gläsernen
Raum zu tönen aufhört, wenn sich um sie herum ein Vakuum bildet; je vollkommener das Vakuum, um so leiser der Ton. Er sagte, er habe für diese Erscheinung eine Erklärung gefunden, gab
sie mir jedoch nicht preis. Ich würde es mit dem Tier selbst erleben, auch wenn der Rest des Experiments nicht funktionierte.

Der Vogel war eine Taube, ein hübsches Tier, das leise gurrte,
als Boyle es aus dem Käfig nahm und unter die Glasglocke setzte. Als alles fertig war, gab er das Signal, und der Gehilfe begann,
die laut grunzenden und zischenden Blasebälge zu bedienen, während die Luft durch den Mechanismus getrieben wurde.

»Wie lange dauert es?« fragte ich eifrig.

»Ein paar Minuten«, antwortete Lower. »Ich glaube, das Gurren wird schon leiser, hört Ihr?«

Ich beobachtete das Tier interessiert – an dem ich Anzeichen
von Erschöpfung zu entdecken glaubte. »Ihr habt recht. Aber das
kommt doch gewiß daher, daß der Vogel aus Apathie keine Töne
mehr von sich zu geben scheint.«

Ich hatte kaum zu Ende gesprochen, als die Taube, die noch
vor wenigen Augenblicken neugierig unter der Glasglocke um-
hergehüpft und gegen die unsichtbaren Wände geflattert war, die
sie zwar spürte, aber nicht verstand, nach vorn fiel, den Schna-
bel weit aufgerissen, die Knopfaugen vorquellend, die zuckenden
Füße hilflos in die Luft gestreckt.

»Gütiger Gott«, sagte ich.

Lower ignorierte mich. »Warum lassen wir nicht wieder Luft
hinein und sehen, was dann geschieht?«

Die Ventile wurden umgedreht, und mit lautem Zischen füllte
sich das Vakuum mit Luft. Der Vogel lag noch zuckend da, obwohl man ihm anmerkte, wie erleichtert er war. Nach ein paar
Sekunden raffte er sich auf, sträubte das Gefieder und versuchte
von neuem, in die Freiheit zu fliegen.

»Nun«, sagte ich, »das wäre die eine Hypothese.«

Boyle nickte und wies den Gehilfen an, das gleiche noch einmal zu versuchen. Hier muß ich die ungewöhnliche Güte dieses
feinen Mannes hervorheben, der es ablehnte, dasselbe Tier zweimal für dieselbe Art von Experiment zu verwenden, wegen der

Qualen, die es erlitt. Hatte es einmal seinen Zweck erfüllt, ließ er es entweder frei oder tötete es, wenn nötig.

Bis dahin hatte ich eine solche Haltung, außer bei mir, bei keinem anderen Experimentator vermutet, und ich war glücklich, endlich jemand gefunden zu haben, der genauso fühlte wie ich. Experimente müssen sein, das ist sicher; aber wenn ich manchmal die Gesichter meiner Kollegen sehe, wenn sie schneiden, glaube ich in ihren Mienen ein zu großes Vergnügen zu entdecken, und vermute, daß die Qualen der Tiere über Gebühr verlängert werden. Einmal – in Padua – wurde die Vivisektion eines Hundes unterbrochen, denn außerstande, die jämmerlichen Schreie des Tieres, das aufgeschnitten wurde, mit anzuhören, erwürgte es eine Dienerin mit bloßen Händen und löste damit bei den Studenten große Bestürzung und heftige Proteste aus, weil sie ihnen das Schauspiel verdorben hatte. Von allen Versammelten fühlte wohl ich als einziger mit der Frau und war ihr dankbar; gleichzeitig schämte ich mich auch für mein »weibisches« Verhalten, das, wie ich glaube, daher rührte, daß ich als Kind begeistert zugehört hatte, wenn man mir Geschichten aus dem Leben des heiligen Franz von Assisi vorlas, der allen Geschöpfen Gottes Liebe und Ehrfurcht entgegenbrachte.

Aber Boyle kam zu demselben Schluß, obwohl er es (was für diesen Mann typisch war) auf viel rigorosere Weise tat als ich und natürlich von den Erinnerungen an die Landschaft von Assisi unbeeinflußt war. Denn ebenso, wie er daran glaubte, daß ein Gentleman den niederen Ständen mit der ihren Verdiensten angemessenen christlichen Herablassung begegnen sollte, schuldete der Mensch, der Herr der Schöpfung, die gleiche Höflichkeit den Tieren, die ihm untertan waren. Während er ohne Bedenken Menschen oder Tiere benutzte, wie es sein Recht war, glaubte er fest daran, daß sie nicht mißbraucht werden durften. In dieser Hinsicht stimmten gute Katholiken und leidenschaftliche Protestanten ausnahmsweise überein, und ich schätzte Boyle nur noch mehr ob seiner Fürsorge.

An diesem Nachmittag verwendeten wir jedoch nur einen einzigen Vogel. Mit Hilfe sorgfältigster Studien stellten wir fest, daß er in seinem Befinden kaum beeinträchtigt wurde, wenn wir ihm nur die Hälfte der Luft nahmen, daß er anfing, panisch zu reagieren, wenn man zwei Drittel, und daß er bewußtlos wurde, wenn man drei Viertel absaugte. Schlußfolgerung: Luft ist für die Fortsetzung des Lebens unentbehrlich, obwohl, wie Lower sagte, das nicht erklärte, was sie bewirkte. Ich persönlich glaube, wie das Feuer die Luft braucht, um zu brennen, braucht auch das Leben, das dem Feuer ähnlich ist, die Luft, obwohl ich einräumen muß, daß von begrenztem Nutzen ist, wenn man etwas durch Analogien begründet.

Es war ein rührendes kleines Tier, diese Taube, die wir benutzten, um der Natur diese Geheimnisse zu entlocken, und wie immer empfand ich plötzlich Schmerz, als wir zur letzten, unumgänglich notwendigen Runde des Experiments kamen. Obwohl wir wußten, wie das Ergebnis aussehen würde, ist die Naturwissenschaft unerbittlich in ihren Forderungen, und alles muß über jeden Zweifel hinaus bewiesen werden. Es war daher meine Stimme, die das Tier zum letzten Mal beschwichtigte, und meine Hand, die es unter die Glocke setzte und dann dem Gehilfen das Signal gab, noch einmal mit dem Pumpen zu beginnen. Als das Tierchen endlich kollabierte und starb und sein Gurren für immer verstummt war, sprach ich ein kleines Gebet zum heiligen Franziskus. Manchmal ist es Gottes Wille, daß die Unschuldigen um einer größeren Sache willen leiden und sterben müssen.

Fünftes Kapitel

NACH GETANER ARBEIT fragte Lower, ob ich Lust hätte, am späteren Abend mit einigen Freunden zu dinieren, von deren Bekanntschaft ich möglicherweise profitieren konnte. Es war freundlich von ihm, und wie es schien, hatte ihn ein Nachmittag gemeinsamer Arbeit mit Boyle in gute Laune versetzt. Ich vermutete jedoch, daß sein Charakter auch eine andere Seite hatte, eine dunkle Seite, die mit seinem von Natur aus freundlichen Wesen im Streit lag. Einen flüchtigen Augenblick lang hatte ich, während ich Boyle meine Gedanken unterbreitete, in seinem Verhalten ein leichtes Unbehagen gespürt, obwohl es nie an die Oberfläche gedrungen war. Mir war auch aufgefallen, daß er nie seine eigene Theorie vertreten oder seine eigenen Gedanken ausgesprochen hatte.

Es machte mir nichts aus; Boyle war unter den wenigen Gentlemen von Stand für Lower der wichtigste, der ihm bei seiner Karriere helfen konnte, und er hatte natürlich Angst, daß er seine Hand von ihm abziehen, aufhören könnte, ihn zu fördern. Doch ich beschwichtigte mich selbst, indem ich mir versicherte, daß ich für ihn keine Herausforderung darstellte; daraus schloß ich, daß er keinen Grund hatte, in mir einen Rivalen zu sehen. Vielleicht hätte ich ein feineres Gespür für seine Sorgen haben sollen, denn was ihm Unbehagen einflößte, war eine Sache des Charakters, nicht der Umstände.

Meine Stellung machte mich unabhängig von Rang und Stand; ich bewunderte Mr. Boyle und fühlte mich ihm verpflichtet, doch in jeder anderen Beziehung betrachtete ich ihn als meinesgleichen. Lower war nicht imstande, das gleiche zu empfinden; obwohl wir alle Bürger der Republik der Gelehrsamkeit sind, fühlte er sich in solcher Gesellschaft oft unbehaglich, denn er glaubte aufgrund seiner Herkunft im Nachteil zu sein; sie war zwar ehrbar, konnte ihm aber weder Vermögen noch Ansehen bieten. Mehr noch, ihm fehlten die Talente des Höflings, und er hatte in späteren Jahren in der Royal Society auch nie eine bedeutende Stellung, während Männer mit geringerem Wissen in die hohen Ämter einzogen. Das war bitter für einen Mann mit seinem Ehrgeiz und Stolz, doch meist verbarg er diesen inneren Konflikt, und mir ist bewußt, daß er, solange ich in Oxford war, soviel für mich tat, wie seine Natur ihm erlaubte. Er war ein Mann, der leicht Zuneigung faßte, doch dann von der Angst gepackt wurde, seine Gefühle könnten von anderen, die nicht so vertrauensvoll waren wie er, mißbraucht und ausgenutzt werden. Die Tatsache, daß es in England so unglaublich schwierig ist, eine Stellung zu erlangen, verstärkte nur diesen Zug seines Wesens. Ich kann das jetzt sagen, da mein Schmerz durch den Ablauf der Jahre gemildert wurde und mein Verständnis wuchs. Damals jedoch war es geringer.

Es waren jedoch seine Freundlichkeit und sein Enthusiasmus, die dazu führten, daß ich an jenem Nachmittag auf der High Street zur Burg unterwegs war.

»Ich wollte es in Boyles Gegenwart nicht erwähnen«, sagte er

vertraulich, während wir, von der kalten Nachmittagsluft angetrieben, flott ausschritten, »aber ich habe begründete Hoffnung,
bald eine Leiche zu bekommen. Boyle mißbilligt das.«

Seine Bemerkung überraschte mich. Auch wenn einige ältere
Ärzte nichts von der Sache hielten, und sie bei Kirchenleuten
noch immer für heftige Aufregung sorgte, galt sie in Italien als
überaus wichtiger Teil des Medizinstudiums. War es möglich,
daß ein Mann wie Boyle eine andere Meinung vertrat?

»O nein, er hat nichts gegen die Anatomie als solche, doch er
hat das Gefühl, daß ich dazu neige, zu oberflächlich an die Sache
heranzugehen. Womit er vielleicht sogar recht hat, aber es gibt
keine andere Möglichkeit, wenn man ohne vorherige Bewilligung
an Leichen herankommen will.«

»Wie meint Ihr das mit der Bewilligung? Woher hat der Mann
denn die Leiche?«

»Er ist die Leiche.«

»Wie könnt Ihr eine Leiche um Erlaubnis fragen?«

»Oh, er ist nicht tot«, sagte Lower leichthin. »Jedenfalls noch
nicht.«

»Ist er krank?«

»Himmel nein. In der Blüte seines Lebens. Aber man wird ihn
bald henken. Nach dem Schuldspruch. Er hat einen Gentleman
überfallen und schwer verletzt. Ein einfacher Fall ist es noch
dazu; er wurde mit dem Messer in der Hand angetroffen. Wollt
Ihr mitkommen und Euch die Hinrichtung ansehen? Ich muß zugeben, daß ich hingehen werde; es geschieht nicht oft, daß ein
Student gehenkt wird, leider. Die meisten wenden sich der Kirche
zu und bekommen Pfründe … Ich bin überzeugt, daß dieser Satz,
richtig formuliert, eine geistreiche Bemerkung enthält.«

Ich begann Boyles Standpunkt zu verstehen, aber Lower, völlig unempfindlich gegen Mißbilligung, wenn es um seine Arbeit
ging, erklärte mir, wie schwierig es heutzutage war, an eine frische Leiche zu kommen. Das sei das Gute am Bürgerkrieg gewesen, sagte er wehmütig. Besonders als die Armee des Königs in
Oxford Quartier hatte, seien zwei Leichen für einen Penny zu
haben gewesen. Nie hätten Anatome über einen so reichlichen
Vorrat verfügt. Ich verkniff mir die Bemerkung, daß er viel zu jung
war, um das zu wissen.

»Der Jammer ist, daß die meisten Leute, wenn sie sterben, an dieser oder jener Krankheit leiden.«

»Nicht, wenn sie den richtigen Arzt haben«, sagte ich in dem Bestreben, genauso witzig zu sein wie er.

»Stimmt. Aber es ist ziemlich lästig. Eigentlich sehen wir nur, wie ein richtig gesunder Mensch beschaffen ist, wenn er auf eine verhältnismäßig saubere Art getötet wird. Und das beste Angebot kommt vom Galgen. Doch das ist ein weiteres Monopol der Universitäten.«

»Verzeihung?« sagte ich leicht überrascht.

»Landesgesetz«, fuhr er fort. »Die Universität hat Anrecht auf jeden, der in einem Umkreis von zwanzig Meilen gehenkt wird. Die Gerichte sind heutzutage im Hinblick auf Verbrechen ebenfalls sehr lax. Viele interessante Exemplare kommen mit einer Prügelstrafe davon, und es werden im Jahr kaum mehr als ein halbes Dutzend gehenkt. Ich fürchte auch, daß sie die Leichen, die sie bekommen, nicht immer so gut wie möglich nutzen. Unser Königlicher Professor, Inhaber des vom Monarchen eingerichteten Lehrstuhls, taugt kaum zum Zimmermann. Das letzte Mal … Nun, darüber breiten wir lieber den Mantel des Schweigens«, fügte er schaudernd hinzu.

Wir waren bei der Burg angelangt, einem großen, düsteren Bau, der kaum geeignet schien, die Stadt gegen einen Angriff zu schützen oder den Bewohnern Zuflucht zu bieten. Tatsächlich war er, soweit man sich erinnerte, für solche Zwecke nicht genutzt worden und beherbergte jetzt das Grafschaftsgefängnis, in dem jene gefangen saßen, die auf ihren Prozeß bei den Assisen – den Gerichtstagen, zu denen die Richter in die einzelnen Grafschaften anreisten – und auf ihre Verurteilung warteten. Es war ein schmutziger, schäbiger Ort, und ich schaute mich angeekelt um, als Lower an die Tür eines kleinen Cottage unten am Fluß im Schatten des Turmes klopfte.

Zutritt zu seinem noch lebenden Leichnam zu erlangen war erstaunlich einfach; er brauchte dem Wärter nur einen Penny Trinkgeld zu geben, und das alte Hinkebein – ein royalistischer Soldat, dem man für seine Dienste mit dieser Stellung belohnt hatte, ging uns mit rasselndem Schlüsselbund an der Seite voraus. War es draußen schon düster gewesen, war es drinnen sogar noch dunkler, aber für die glücklicheren Insassen durchaus nicht unerträglich. Die ärmeren hatten natürlich die schlechtesten Zellen und waren gezwungen, Nahrung zu sich zu nehmen, die kaum ausreichte, um Leib und Seele zusammenzuhalten. Doch, wie Lower erklärte, würden bei mehreren Leib und Seele demnächst ohnehin gewaltsam getrennt, und daher hätte es wenig Sinn, sie vorher noch zu verwöhnen.

Die besseren Gefangenen konnten sich eine gesündere Zelle mieten, das Essen aus einer Schenke kommen und sich außerdem die Wäsche waschen lassen, wenn sie es wünschten. Sie konnten auch Besuch empfangen, wenn der, wie Lower, bereit war, für das Privileg kräftig zu bezahlen.

»Hier sind wir, Sirs«, sagte der Wärter, ließ eine schwere Tür aufschwingen und betrat vor uns eine Zelle, in der, wie ich vermutete, ein Gefangener mittleren Ranges einsaß.

Der Mann, den Lower hoffte, in kleine Stückchen zu zerschneiden, saß auf einem kurzen Feldbett. Als wir eintraten, blickte er mürrisch auf, kniff dann neugierig die Augen zusammen, und ein Schimmer halben Erkennens huschte über sein Gesicht, als mein Freund in den schmalen Lichtstrahl trat, der durch das offene, vergitterte Fenster fiel.

»Dr. Lower, nicht wahr?« sagte er mit melodisch klingender Stimme.

Lower erzählte mir später, daß er ein Junge aus einer guten, aber verarmten Familie war. Daß er in Ungnade fiel, war für ihn ein Schock gewesen, doch sein Stand war nicht so vornehm, daß er ihn vor dem Galgen bewahrt hätte. Und jetzt rückte die festgesetzte Zeit immer näher. Die Engländer haben es eilig und lassen zwischen Prozeß und Strafe nicht viel Zeit verstreichen, so daß ein Mann, der am Montag verurteilt wurde, oft schon am nächsten Morgen gehenkt wird, es sei denn, er hat Glück; Jack Prestcott konnte sich glücklich schätzen, daß er ein paar Wochen vor den Assisen verhaftet worden war, bei denen sein Fall verhandelt würde; das ließ ihm Zeit, seine Seele vorzubereiten, denn Lower sagte mir, es bestehe nicht die geringste Chance für einen Freispruch oder eine Begnadigung.

»Mr. Prestcott«, sagte Lower vergnügt, »ich hoffe, Euch gesund vorzufinden?«

Prestcott nickte und sagte, er fühle sich so wohl, wie unter diesen Umständen zu erwarten.

»Ich will nicht um den heißen Brei herumreden«, sagte Lower. »Ich bin hier, um Euch um etwas zu bitten.«

Prestcott war überrascht, daß man ihn jetzt noch um etwas bat, legte jedoch sein Buch weg und forderte Lower mit einem Nicken auf, frei von der Leber weg zu sprechen.

»Ihr seid ein recht gebildeter junge Mann«, fuhr Lower fort, »und wie man mir berichtet, hat sich Euer Tutor sehr lobend über Euch ausgesprochen. Dennoch habt Ihr ein ruchloses Verbrechen begangen.«

»Wenn Ihr eine Möglichkeit gefunden habt, mich vor dem Strick zu bewahren, dann stimme ich Euch zu«, entgegnete Prestcott gelassen. »Ich fürchte nur, Ihr denkt an etwas anderes. Doch fahrt bitte fort, Doktor. Ich habe Euch unterbrochen.«

»Ich bin überzeugt, Ihr habt über Euer sündiges Betragen nachgedacht und eingesehen, daß es ein gerechtes Schicksal ist, das Euch demnächst erwartet«, fuhr Lower, meiner Meinung nach, unglaublich gespreizt, fort. Ich nehme an, er bemühte sich, den richtigen Ton zu finden, und erreichte deshalb genau das Gegenteil.

»Das habe ich wirklich«, sagte der junge Mann ernst. »Jeden Tag bitte ich den Allmächtigen um Vergebung, wobei mir bewußt ist, daß ich eine solche Gnade nicht verdiene.«

»Ausgezeichnet«, sagte Lower. »Dann wärt Ihr vielleicht interessiert, wenn ich Euch sagte, wie Ihr der gesamten Menschheit einen unschätzbaren Dienst erweisen und darüber hinaus etwas tun könnt, um die furchtbaren Taten zu löschen, die für immer und ewig mit Eurem Namen verbunden bleiben werden? Hmm?«

Der junge Mann nickte zurückhaltend und fragte, was das wohl für ein Dienst wäre.

Lower erklärte ihm das Gesetz, das die Leichen von Verbrechern betraf.

»Seht Ihr«, fuhr er fort und schien kaum zu merken, daß Prestcott ein wenig blaß geworden war, »der Inhaber des vom Monarchen eingerichteten Lehrstuhls und sein Assistent sind ganz entsetzliche Schlächter. Sie hacken und sägen und schneiden und verstümmeln Euch bis zur Unkenntlichkeit, und niemand wird davon profitieren. Ihr würdet nur zu einer Raritätenschau für picklige Studenten, die sich einfinden, um zuzusehen. Obwohl das nicht viele sind. Während ich – und mein Freund hier, Signor da Cola aus Venedig – uns mit Leib und Seele der Forschung verschrieben haben. Wenn wir fertig sind, werden wir unendlich viel mehr über die Funktionen des menschlichen Körpers erfahren haben. Und wirklich nichts soll vergeudet werden, das verspreche ich Euch.

Denn seht Ihr«, fuhr er fort, »der Jammer mit dem Professor ist, daß er, wenn er unterbricht, um zum Lunch zu gehen, das Interesse verliert. Er trinkt ziemlich viel«, setzte er vertraulich hinzu. »Was dann noch übrig ist, wird weggeworfen oder im Keller von den Ratten gefressen. Während ich Euch konservieren werde …«

»Wie bitte?« sagte Perstcott schwach.

»Ich werde Euch konservieren«, erwiderte Lower begeistert. »Es ist das allerneueste Verfahren. Wenn wir Euch zerlegen und in einen Bottich mit Alkohol versenken, bleibt Ihr viel länger erhalten. Viel besser als Brandy. Wenn wir dann die Muße haben, ein bißchen zu sezieren, fischen wir Euch heraus und fangen an zu arbeiten. Großartig, ja? Nichts wird vergeudet werden, das versichere ich Euch. Alles, was ich dazu brauche, ist ein Brief von Euch – Eure letzte Bitte gewissermaßen, daß man mir erlaubt, Euch zu sezieren, nachdem Euch Eure Strafe zuteil wurde.«

Überzeugt, daß kein vernünftiger Mann ablehnen könnte, lehnte Lower sich an die Wand und strahlte vor freudiger Erwartung.

»Nein«, sagte Prestcott.

»Wie bitte?«

»Ich habe nein gesagt. Ganz eindeutig nein.«

»Aber ich habe es Euch gesagt: Seziert werdet Ihr sowieso. Wäre es Euch denn nicht lieber, wenn es ordentlich gemacht würde?«

»Ich möchte überhaupt nicht, daß es so weit kommt. Mehr noch, ich bin überzeugt, daß es nicht geschehen wird.«

»Ihr denkt, man wird Euch begnadigen?« sagte Lower interessiert. »Das glaube ich nicht. Ich glaube, Ihr werdet baumeln, Sir.

Schließlich habt Ihr einen ziemlich bedeutenden Mann fast umgebracht. Sagt mir, warum habt Ihr ihn angegriffen?«

»Ich muß Euch daran erinnern, daß ich noch keines Verbrechens für schuldig befunden, geschweige denn verurteilt wurde. Bald werde ich wieder frei sein, davon bin ich überzeugt. Sollte ich mich irren, werde ich Euren Vorschlag in Erwägung ziehen, Euch aber vermutlich auch dann nicht zu Gefallen sein können. Meine Mutter hätte die schwersten Einwände dagegen.«

Das, nehme ich an, wäre für Lower der richtige Zeitpunkt gewesen, sich seinem Thema wieder zuzuwenden, doch seine Begeisterung schien verflogen. Vielleicht dachte er, die Mutter des jungen Mannes könnte es als zusätzliche Schande empfinden, wenn ihr Sohn zerteilt und in Alkohol eingelegt werden würde. Er nickte bedauernd, stand auf und bedankte sich bei dem jungen Mann dafür, daß er sich seine Bitte angehört hatte.

Prestcott sagte, es sei nicht der Rede wert, und als Lower ihn fragte, ob er etwas für ihn tun könne, um ihm seine Situation zu erleichtern, entgegnete er, ob Lower einem gewissen Dr. Grove, einem seiner ehemaligen Tutoren, eine Nachricht überbringen könne: Dr. Grove solle so gütig sein, ihn zu besuchen, da er seelischen Beistand benötige. Noch eine Gallone Wein wäre ebenfalls willkommen. Lower versprach, ihm beide Bitten zu erfüllen, und ich sagte, ich würde ihm den Wein bringen, denn mir tat der junge Mensch leid; und das tat ich auch, als mein Freund zu einem neuen Patienten ging.

»Nun, es war einen Versuch wert«, sagte er enttäuscht, als wir uns später wieder trafen; ich merkte, daß Prestcotts schroffe Abweisung ihm die gute Laune verdorben hatte.

»Was hat er gemeint, als er sagte, über seine Familie sei Schande genug gekommen?«

Lower war jedoch in Gedanken versunken und überhörte, mit seinem Mißerfolg beschäftigt, meine Bemerkung. »Was war?« fragte er, aus seiner Versunkenheit aufschreckend, abrupt. Ich wiederholte, was ich gesagt hatte.

»Oh. Es war nur die Wahrheit. Sein Vater war ein Verräter, der ins Ausland floh, bevor man seiner habhaft wurde. Anderenfalls wäre er auch hingerichtet worden.«

»Was für eine Familie!«

»In der Tat. Es sieht so aus, als gerate der Sohn leider nicht nur im Aussehen seinem Vater nach. Es ist eine verdammte Schande, Cola. Ich brauche ein Gehirn. Mehrere Gehirne, und ich stoße überall nur auf Hindernisse und Barrieren.« Und dann, nach einem langen Schweigen, fragte er, wie die Chancen für Sarah Blundys Mutter stünden.

Ziemlich naiv nahm ich an, er wolle einen ins einzelne gehenden Bericht über die Art meiner Behandlung hören, und so erzählte ich ihm, welcher Art die Verletzung war, daß ich den Knochen wieder eingerichtet, das Fleisch gesäubert und welche Salbe ich benutzt hatte.

»Zeitverschwendung«, sagte er überheblich. »Ihr braucht Quecksilbertinktur.«

»Meint Ihr? Vielleicht. Aber ich bin zu dem Schluß gekommen, daß Mrs. Blundy in diesem Fall, wenn man den Aspekt der Venus in Betracht zog, mit einem orthodoxeren Medikament eine bessere Chance hatte ...«

Und dann gewahrte ich zum ersten Mal an meinem Freund die Anzeichen jener Dunkelheit, die ich schon erwähnte, denn ich konnte meinen Satz nicht einmal zu Ende sprechen, als er schon vor Wut förmlich explodierte, herumfuhr und mich anstarrte, während sein Gesicht sich rötete.

»Seid doch nicht so blöd!« schrie er. »Der Aspekt der Venus! Was für ein magischer Unsinn ist denn das? Lieber Gott, sind wir noch Ägypter, daß wir uns mit solchem Schund befassen?«

»Aber Galen ...«

»Galen interessiert mich nicht die Bohne. Paracelsus ebensowenig. Oder sonst ein ausländischer Astrologe, Hexenmeister oder Magier mit seinem Gesabbere und Gemurmel. Diese Leute sind nur Schwindler und Betrüger. Was auch Ihr seid, Sir, wenn Ihr einen solchen Weg einschlagt. Man dürfte Euch nicht auf die Kranken loslassen.«

»Aber Lower ...«

»Noch orthodoxere Heilmittel«, sagte er, meinen Akzent auf grausame Weise nachahmend. »Ich nehme an, das hat Euch ein Priester mit seinem Kauderwelsch eingeredet, und Ihr tut, was man Euch gesagt hat? Wie? Die Medizin ist zu wichtig, als daß man Euch, den Sohn eines reichen Mannes, darin herumpfuschen lassen dürfte. Ihr könnt ein gebrochenes Bein ebensowenig heilen wie einen Toten. Bleibt dabei, Euer Geld und Eure Morgen Land zu zählen, und überlaßt die ernsten Dinge den Leuten, denen sie am Herzen liegen.«

Ich war über diesen unvorhergesehenen und heftigen Ausbruch so erschrocken, daß ich nur antworten konnte, ich täte mein Bestes und kein Besserer als ich habe seine Dienste angeboten.

»Oh, geht mir aus den Augen«, sagte er mit furchtbarer Verachtung. »Ich will mit Euch nichts zu tun haben. Für Quacksalber und Scharlatane habe ich nichts übrig.«

Abrupt machte er auf dem Absatz kehrt und entfernte sich rasch. Erschrocken, mit vor Zorn und Verlegenheit brennendem Gesicht blieb ich auf der Straße stehen und war mir vor allem anderen bewußt, daß ich den gaffenden Ladenbesitzern um mich herum ein billiges Vergnügen bereitet hatte.

Sechstes Kapitel

IN TIEFER VERZWEIFLUNG kehrte ich in mein Zimmer zurück, um zu überlegen, was ich als nächstes tun sollte, und außerdem versuchte ich zu begreifen, womit ich Lower so beleidigt hatte, denn ich gehöre zu den Menschen, die einen Fehler stets zuerst bei sich selbst vermuten; daß ich so wenig über die englische Lebensart wußte, trug noch zu meiner Unsicherheit bei. Dennoch war ich überzeugt, daß Lowers erschreckender Ausbruch übertrieben war, so wie es damals dem Temperament des Landes entsprach.

Also saß ich in meinem kalten Zimmer vor dem kleinen Kamin, und das Gefühl der Verzweiflung und der Einsamkeit, das ich erst vor kurzem abgeschüttelt hatte, begann mich von neuem zu quälen. Sollte meine Bekanntschaft mit Lower so schnell wieder zu Ende sein? In Italien könnte keine Beziehung ein solches Benehmen überdauern, und unter gewöhnlichen Umständen würden wir jetzt alle Vorbereitungen treffen, um uns zu duellieren. Ich beabsichtigte nichts dergleichen, aber ich überlegte kurz, ob es nicht besser wäre, Oxford zu verlassen, denn meine Zusammenarbeit mit Boyle konnte sehr wohl unerträglich werden, und dann wäre ich wieder ohne Freund. Aber wohin konnte ich gehen? Es schien wenig Sinn zu haben, nach London zurückzukehren, und noch weniger, zu bleiben, wo ich war. Ich war in meiner Unentschlossenheit gefangen, als mich Schritte auf der Treppe und ein lautes Klopfen an meiner Tür aus meinen trüben Gedanken rissen.

Es war Lower. Mit ernster Miene kam er hereinmarschiert und stellte zwei Flaschen auf den Tisch. Auf eine weitere Beschimpfung gefaßt, musterte ich ihn kalt und abweisend und wartete ab, daß er etwas sagte.

Statt dessen fiel er auf die Knie und faltete die Hände.

»Sir«, sagte er mit einer Feierlichkeit, die mehr als nur leicht theatralisch war, »wie kann ich Euch um Vergebung bitten? Ich habe mich aufgeführt wie ein Händler – oder noch schlimmer. Ich war ungastlich, unfreundlich, ungerecht und habe mich sehr schlecht benommen. Demütig bitte ich Euch auf den Knien darum, mir zu verzeihen, wie Ihr seht, und bitte um eine Vergebung, die ich nicht verdiene.«

Ich war über dieses Verhalten genauso erstaunt wie über den Wutausbruch vorher und fand keine passende Antwort für solche Zerknirschung, die ebenso übertrieben war wie seine Heftigkeit eine Stunde zuvor.

»Ihr könnt nicht verzeihen«, sagte er mit einem übertriebenen Seufzer, als ich weiterhin schwieg. »Ich kann es Euch nicht übelnehmen, aber dann habe ich keine Wahl und muß mich töten. Sagt bitte meiner Familie, daß auf meinem Grabstein stehen soll: Richard Lower, Arzt und armer Teufel.«

An dieser Stelle brach ich in Gelächter aus, so absurd war sein Benehmen, und als er sah, daß er den Panzer meiner Entschlossenheit durchbrochen hatte, grinste auch er.

»Ehrlich«, sagte er in vernünftigerem Ton, »es tut mir ungeheuer leid. Ich weiß nicht, warum, aber manchmal werde ich so zornig, daß ich mich nicht beherrschen kann. Und meine Enttäuschung wegen dieser Leichen ist riesengroß. Wenn Ihr wüßtet, welche Qualen ich leide ... Nehmt Ihr meine Entschuldigung an? Werdet Ihr aus derselben Flasche mit mir trinken? Ich werde nicht schlafen und mich nicht rasieren, bis Ihr einwilligt, und Ihr wollt doch nicht dafür verantwortlich sein, daß ich einen Bart bekomme, der mir bis an die Fußknöchel reicht?«

Ich schüttelte den Kopf. »Ich verstehe Euch nicht, Lower«, sagte ich offen. »Oder irgendeinen Eurer Landsleute. Ich will daher annehmen, daß dies ein Teil der Mentalität Eurer Nation ist und ich schuld bin, weil ich so wenig Verständnis habe. Natürlich werde ich mit Euch trinken.«

»Dem Himmel sei Dank dafür«, sagte er. »Ich dachte schon, ich hätte durch eigene Dummheit einen wertvollen Freund verloren. Ihr seid die Güte selbst, weil Ihr mir eine zweite Chance gebt.«

»Aber bitte erklärt mir eins. Womit habe ich Euren Zorn erregt?«

Er winkte ab. »Das habt Ihr gar nicht. Ich habe etwas mißverstanden und war außer mir, weil ich Prestcott verloren hatte. Vor nicht allzulanger Zeit hatte ich wegen astrologischer Vorhersagen mit jemandem einen schrecklichen Streit. Das *College of Physicians* schwört darauf, und dieser Mann hat mir gedroht, mich nicht in London praktizieren zu lassen, weil ich mich öffentlich geringschätzig über die Astrologie geäußert habe und für die neue mineralische Heilkunde eintrete. Es ist ein Kampf zwischen fortschrittlichem neuem Wissen und dem aussterbenden alten. Ich weiß, Ihr habt es nicht so gemeint, doch leider war dieser Streit noch zu frisch in meiner Erinnerung. Daß ausgerechnet Ihr für diese Leute Partei ergriffen habt, war unerträglich für mich, so hoch schätze ich Euch. Unverzeihlich, wie ich schon sagte.«

Er hatte eine Art, eine Beleidigung in ein Kompliment umzumünzen, mit der ich nur schlecht umgehen konnte; wir Venezianer stehen in dem Ruf, daß die Natur unserer Höflichkeiten und Beleidigungen übertrieben kunstvoll ist, doch sind beide so formell, daß auch die dunkelste Bemerkung nicht mißverstanden werden kann. Lower und die Engländer im allgemeinen waren so unberechenbar wie alle unzivilisierten Menschen; ihr Genie ist genauso unbeherrscht wie ihr Benehmen und kann sie groß oder wahnsinnig machen. Ich bezweifle, daß Ausländer sie je wirklich kennen oder ihnen richtig vertrauen werden. Doch eine Entschuldigung war eine Entschuldigung, und ich hatte bisher kaum eine so hübsche empfangen; ich schüttelte ihm die Hand, wir verneigten uns ernst und brachten einen Trinkspruch aus, um die Auseinandersetzung formell zu beenden.

»Warum wollt Ihr Prestcott so sehr und so dringend?« fragte ich ihn.

»Meine Gehirne, Cola, meine Gehirne!« Er stöhnte laut auf. »Ich habe so viele seziert und gezeichnet, wie ich bekommen konnte. Habe jahrelang auf diesem Gebiet geforscht, und wenn meine Forschungen abgeschlossen sind, werden sie mich berühmt machen. Das Rückenmark insbesondere ist faszinierend. Doch wenn ich nicht noch ein paar Gehirne bekomme, kann ich meine Arbeit nicht beenden und mein Werk auch nicht veröffentlichen. Und es gibt da einen Franzosen, den ich kenne und der ungefähr das gleiche macht wie ich. Ich will mich aber von einem greinenden Papisten nicht schlagen lassen …«

Er unterbrach sich, weil ihm klar wurde, daß er sich wieder im Ton vergriffen hatte. »Ich bitte um Verzeihung, Sir. Aber es hängt so viel davon ab, und es bricht einem das Herz, wenn man von solcher Dummheit aufgehalten wird.«

Er öffnete die zweite Flasche, trank ausgiebig und reichte sie dann an mich weiter. »Da habt Ihr sie. Die Gründe für meine Unhöflichkeit. Sie verbinden sich, muß ich gestehen, mit einem ungezügelten Temperament. Ich bin Choleriker von Natur.«

»Soweit also der Mann, der die traditionelle Medizin ablehnt.«

Er grinste. »Das ist richtig. Ich spreche metaphorisch.«

»Habt Ihr ernst gemeint, was Ihr über die Sterne gesagt habt? Ihr denkt, es sei Unsinn?«

Er zuckte mit den Schultern. »Oh, ich weiß es nicht. Weiß es wirklich nicht. Sind unsere Körper ein Mikrokosmos der gesamten Schöpfung? Können wir die Bewegungen des einen wahrnehmen, ohne das andere zu studieren? Wahrscheinlich. Es ergibt einen vollkommenen Sinn, nehme ich an, doch noch nie hat mir jemand eine gute und unwiderlegbare Methode gezeigt, nach der man es tun könnte. Diese ganze Sternguckerei der Astronomen scheint mir gedankenloses Zeug zu sein, das sie mit Geschwätz verbrämen. Und mit ihren Teleskopen werden sie immer mehr Sterne finden. Alles sehr interessant, aber sie geraten darüber so in Begeisterung, daß bei allen der Grund für ihre Guckerei fast in Vergessenheit geraten ist. Doch laßt mich nicht wieder davon reden, denn dann geht heute zum zweiten Mal mein Temperament mit mir durch. Können wir also von neuem anfangen?«

»Womit?«

»Erzählt mir von Eurer Patientin, der überaus seltsamen Witwe Anne Blundy. Ich werde dem Fall meine ungeteilte Aufmerksamkeit widmen, und wenn ich Euch Vorschläge machen werde, dann ohne jede Spur von Kritik.«

Ich zögerte noch, dieses Risiko einzugehen, bis Lower seufzte und wieder übertrieben theatralisch so tat, als wolle er vor mir niederknien.

»In Ordnung«, sagte ich und hob die Hände, bemüht, nicht noch einmal in Gelächter auszubrechen. »Ich ergebe mich.«

»Dem Himmel sei Dank«, sagte er. »Denn ich bin sicher, daß ich im Alter Rheumatismus bekomme. Wenn ich recht habe, habt Ihr, glaube ich gesagt, daß der Bruch nicht zusammenwächst?«

»Richtig. Und die Wunde wird bald anfangen zu eitern.«

»Ihr habt versucht, sie der Luft auszusetzen, anstatt sie immer verbunden zu lassen?«

»Ja. Es macht keinen Unterschied.«

»Fieber?«

»Erstaunlicherweise nein. Noch nicht, aber kommen muß es.«

»Nahrung?«

»Keine. Falls es ihrer Tochter nicht gelungen ist, ihr ein bißchen Schleimsuppe einzuflößen.«

»Urin?«

»Hell, mit zitronenartigem Geruch und strengem Geschmack.«

»Hmm. Das ist nicht gut. Ihr habt ganz recht. Das ist nicht gut.«

»Sie wird sterben. Ich möchte sie retten. Das heißt, ich wollte es. Ich finde die Tochter unerträglich.«

Lower ignorierte die Bemerkung. »Anzeichen von Wundbrand?«

Ich sagte nein, doch wiederum sei es durchaus möglich, daß die Wunde brandig werden würde.

»Glaubt Ihr, sie wäre interessiert zu ...«

»Nein«, sagte ich fest.

»Wie steht es mit der Tochter? Wenn ich ihr für die sterblichen Überreste ein Pfund anbiete?«

»Ihr habt das Mädchen kennengelernt, glaube ich.«

Lower nickte und seufzte schwer. »Ich sag Euch eins, Cola, wenn ich morgen sterben sollte, habt Ihr meine rückhaltlose Erlaubnis, mich zu sezieren und zu präparieren. Ich verstehe nicht, was die ganze Aufregung soll. Schließlich werden sie am Ende begraben, oder nicht? Was macht es schon aus, in wie vielen Stükken sie in die Erde kommen, solange sie mit dem Segen der Religion gestorben sind? Denken sie denn, Gott sei nicht imstande, sie vor der Wiederkunft rechtzeitig zusammenzusetzen?«

Ich erwiderte, in Venedig sei es das gleiche; was auch der Grund sein mochte, die Menschen könnten sich mit dem Gedanken, tot oder lebendig aufgeschnitten zu werden, eben nicht anfreunden.

»Was beabsichtigt Ihr, mit der Frau zu tun?« fragte er. »Warten, bis sie stirbt?«

In diesem Moment kam mir eine Idee, und ich beschloß sofort, sie Lower mitzuteilen. So vertrauensvoll war meine Natur, daß ich keine Sekunde daran dachte, es nicht zu tun.

»Gebt mir noch einmal die Flasche«, sagte ich, »und ich will Euch sagen, was ich gern täte, wenn ich es nur könnte.«

Sofort reichte er mir die Flasche, und ich überlegte kurz den bedeutenden Schritt, den ich eben tun wollte. Meine Stimmung war nicht gerade ausgeglichen; der Kummer über die Ohrfeige, die ich von ihm bekommen hatte, und meine Erleichterung über seine Entschuldigung waren so groß, daß mein Urteilsvermögen durcheinandergeraten war. Ich glaube, ich hätte ihn nie ins Vertrauen gezogen, hätten seine Loyalität und seine Freundschaft außer Frage gestanden; da ich jetzt an beiden zweifeln mußte, überwog der Wunsch, ihm zu Gefallen zu sein und meine Ernsthaftigkeit zu beweisen.

»Vergebt mir bitte, daß ich mich unbeholfen ausdrücke«, sagte ich, als er sich auf meinem Rollbett so bequem wie möglich zurücklehnte. »Die Idee ist mir erst gekommen, als wir die Taube in der Vakuumpumpe beobachteten. Es geht um das Blut. Wie wenn durch Zufall nicht genug Blut da ist, das den Nährstoff weiterbefördert? Könnte ein Blutverlust bewirken, daß nicht mehr genug vorhanden ist, um die überschüssige Hitze aus dem Herzen zu entfernen? Könnte das nicht die Ursache des Fiebers sein? Seit Jahren habe ich mich auch gefragt, ob das Blut mit dem Körper altert. Wie ein Kanal mit stehendem Wasser, wo alles zu sterben beginnt, weil die Durchgänge verstopft werden.«

»Auf jeden Fall stirbt man, wenn man Blut verliert.«

»Aber warum? Man stirbt weder vor Hunger noch an der überschüssigen Hitze. Nein, Sir. Sind der Abfluß oder die Okklusion des Lebensgeistes im Blut schuld daran, daß man stirbt? Das Blut selbst, davon bin ich überzeugt, ist nur der Träger des Geistes. Und der Verfall des Geistes ist die Ursache des Alters. Das ist wenigstens meine Theorie, und es ist eine, bei der das traditionelle Wissen, das Ihr verachtet, und das experimentelle Wissen, das Ihr anerkennt, vollkommen übereinstimmen.«

»Und an diesem Punkt verbinden wir Eure theoretischen Maßnahmen mit der Praxis Eures Falles, ist das nicht so? Sagt mir, wie Ihr mit der Behandlung fortfahren würdet.«

»Wenn Ihr ohne Winkelzüge darüber nachdenkt, ist es sehr einfach. Wenn wir hungrig sind, essen wir. Wenn uns friert, suchen wir Wärme. Ist unsere Stimmung unausgeglichen, tun wir alles, um unser Gleichgewicht wiederzufinden.«

»Wenn man an diesen Unsinn glaubt.«

»Wenn man an ihn glaubt«, sagte ich. »Tut man es nicht und glaubt an die elementaren Theorien, dann bringt man seinen Körper dadurch wieder ins Gleichgewicht, daß man das schwächste der drei Elemente stärkt. Das ist das Wesen der Medizin, ob alt oder neu: das Gleichgewicht wiederherzustellen. Wenn wir in diesem Fall der Patientin noch mehr Blut entziehen, indem wir Blutegel ansetzen oder skarifizieren, machen wir alles nur noch schlimmer. Wenn ihr Lebensgeist vermindert ist, kann es ihr nicht guttun, wenn wir ihn noch weiter reduzieren. Das ist die Theorie von Sylvius, und ich glaube, er hat recht. Anstatt Blut wegzunehmen, wäre es logisch …«

»Ihr Blut zuzuführen«, sagte Lower hastig und beugte sich, als er endlich begriff, wovon ich sprach, lebhaft auf seinem Platz vor.

Ich nickte begeistert. »Das ist es«, sagte ich, »genau das ist es. Und ihr nicht nur irgendein Blut zuführen, nein, sondern junges Blut, frisch, neu und nicht klumpig, mit der Vitalität der Jugend als wesentlichem Bestandteil. Vielleicht könnte man dadurch bei alten Menschen Wunden heilen. Wer weiß, Lower«, sagte ich aufgeregt, »es könnte das Lebenselixier selbst sein. Schließlich denkt man, daß es der Gesundheit eines älteren Menschen schon nützen kann, wenn er mit einem Kind das Bett teilt. Stellt Euch vor, was kindliches Blut bewirken könnte.«

Lower lehnte sich wieder zurück und trank ausgiebig aus der Aleflasche, während er über das nachdachte, was ich gesagt hatte. Seine Lippen bewegten sich, als er lautlos Zwiesprache mit sich selbst hielt und im Geist alle Möglichkeiten erwog. »Ihr seid stark von Monsieur Descartes beeinflußt, nicht wahr?« fragte er schließlich.

»Warum sagt Ihr das?«

»Ihr habt eine Theorie entwickelt, und die führt Euch dazu, ihre praktische Anwendung zu empfehlen. Ihr habt keinen Beweis, daß sie funktionieren würde. Und Eure Theorie ist verworren, wenn ich das sagen darf. Ihr argumentiert mit Analogie – benutzt eine Metapher über Körpersäfte, von der Ihr nicht wirklich überzeugt seid – und schließt daraus, Fehlendes zu ersetzen oder zu erneuern, sei die Lösung. Das hieße, Lebensgeist hinzufügen, dessen Vorhandensein nur auf Mutmaßungen beruht.«

»Die aber nicht einmal Ihr anfechtet.«

»Nein. Das ist richtig.«

»Meine Theorie jedoch haltet Ihr für anfechtbar?«

»Nein.«

»Und gibt es denn einen anderen Weg als einen Gegenversuch, um festzustellen, ob ich recht habe? Das ist doch auf jeden Fall die Grundlage der experimentellen Naturphilosophie?«

»Das ist, wenn ich ihn richtig verstehe, die Grundlage von Monsieur Descartes«, sagte er. »Eine Hypothese aufzustellen und dann Beweise aufzuhäufen, um zu sehen, ob sie richtig ist. Die Alternative, die Lord Bacon* vorschlägt, ist die, daß man zuerst Beweise anhäufen und dann eine Erklärung finden soll, die alles berücksichtigt, was bekannt ist.«

Wenn ich mir rückblickend dieses Gespräch vor Augen führe, das ich mir fleißig in das Buch notierte, welches mich auf meinen Reisen begleitete und das ich jetzt seit vielen Jahren zum ersten Mal wieder gelesen habe, sehe ich viele Dinge, die sich damals meinem Verständnis entzogen. Die Verachtung der Engländer für

---

* Viscount Francis Bacon, engl. Philosoph, Politiker und Schriftsteller

Ausländer führt sehr schnell zu dem Wunsch, jede Meinung zu ignorieren, die aus einer Quelle sprudelt, die sie für falsch halten; das erlaubt es diesem stolzesten aller Völker auch, zu behaupten, alle Entdeckungen seien die seinen. Eine Entdeckung, die auf falschen Prämissen beruht, ist keine Entdeckung: Alle von Descartes beeinflußten Ausländer arbeiten mit fehlerhaften Voraussetzungen, und daher ... *hypotheses non fingo*. Keine Hypothesen hier: Ist das nicht der Trompetenstoß, mit dem Mr. Newton* Gottfried Wilhelm Leibniz angreift und als Dieb beschimpft, weil er dieselben Ideen hatte wie er? Damals dachte ich jedoch nur, mein Freund benutze eine Auseinandersetzung als Mittel, unser Wissen zu erweitern.

»Ich glaube, Ihr tut Monsieur Descartes mit Eurer Meinung unrecht«, sagte ich. »Aber egal. Sagt mir, wie Ihr vorgehen würdet.«

»Ich würde anfangen, Blut von einem Tier auf ein anderes zu übertragen – einem jungen Tier derselben Art, dann von verschiedenen Arten. Ich würde Wasser in die Venen der Tiere übertragen, um zu sehen, ob die gleiche Wirkung erzielt wird. Dann würde ich alle Ergebnisse miteinander vergleichen, um zu sehen, welche tatsächlichen Wirkungen die Blutübertragungen haben. Wenn ich schließlich Gewißheit hätte, würde ich den Versuch bei Mrs. Blundy wagen.«

»Die bis dahin schon ein Jahr tot wäre – oder noch länger.«

Lower grinste. »Euer unfehlbares Auge hat die Schwäche der Methode entdeckt.«

»Meint Ihr, ich sollte es nicht tun?«

»Nein. Es wäre faszinierend. Ich bezweifle nur, daß es gut fundiert ist. Und bin überzeugt, es würde einen Skandal auslösen. Deshalb wäre es gefährlich, es öffentlich zu diskutieren.«

»Laßt es mich anders ausdrücken. Werdet Ihr mir helfen?«

»Ich wäre natürlich entzückt. Ich habe nur die Fragen diskutiert, die damit aufgeworfen werden. Wie würdet Ihr vorgehen?«

»Ich weiß nicht«, sagte ich. »Ich dachte, daß vielleicht ein Bulle gute Dienste leisten würde. Stark wie ein Ochse – und so. Aber gute Gründe schließen das aus. Das Blut hat die Neigung zu ge-

* Sir Isaac Newton, engl. Mathematiker, Physiker und Astronom

76

rinnen. Es wäre also zwingend geboten, es ohne Verzögerung von einem Geschöpf auf das andere zu übertragen. Und wir könnten kaum einen Ochsen ins Haus holen. Außerdem überträgt das Blut den tierischen Geist, und ich würde einem Menschen höchst ungern das Tierische eines Ochsen einflößen. Das wäre eine Beleidigung gegen Gott, der uns über die Tiere erhoben hat.«

»Dann Euer eigenes Blut?«

»Nein, denn ich müßte das Experiment ja durchführen.«

»Das ist kein Problem. Wir können leicht jemanden finden. Die beste Person«, fuhr er fort, »wäre die Tochter. Sie wäre bereit, es für ihre Mutter zu tun. Und ich bin sicher, wir könnten ihr das Schweigegebot begreiflich machen.«

Ich hatte die Tochter vergessen. Lower sah mein Gesicht lang werden und fragte mich, was los sei. »Als ich das letzte Mal im Haus war, war sie so unerträglich beleidigend, daß ich geschworen habe, nie wieder den Fuß über die Schwelle dieses Haus zu setzen.«

»Stolz, Sir, Stolz.«

»Vielleicht. Aber Ihr müßte verstehen, daß ich nicht nachgeben kann. Sie müßte schon auf den Knien angerutscht kommen, ehe ich es noch einmal überdenken würde.«

»Lassen wir das für den Augenblick. Angenommen, Ihr könntet dieses Experiment durchführen – nur angenommen –, wieviel Blut würdet Ihr brauchen?«

Ich schüttelte den Kopf. »Fünfzehn Unzen* etwa? Zwanzig vielleicht? So viel Blut kann ein Mensch ohne allzu schlimme Folgen verlieren. In einem späteren Stadium vielleicht mehr. Doch ich kenne die Wirkung der Übertragung nicht. Ich meine, daß das Blut an derselben Stelle den einen Körper verlassen und dem anderen zugeführt werden muß, von Vene zu Vene, von Arterie zu Arterie. Ich würde empfehlen, die Jugularvene aufzuschlitzen, wenn es nicht so schrecklich schwierig wäre, sie wieder zu verschließen. Ich möchte nicht, daß die Mutter gerettet wird und die Tochter verblutet. Vielleicht also eines der großen Blutgefäße im Arm. Man müßte es abbinden, damit es anschwillt. Das ist der leichte Teil. Die Übertragung ist es, die mir Sorgen macht.«

* 15 Unzen = ca. 426 cm^3

Lower stand auf und wanderte, in seinen Taschen kramend, im Zimmer umher.

»Habt Ihr schon von Injektionen gehört?« fragte er schließlich.

Ich schüttelte den Kopf.

»Ah«, sagte er. »Eine großartige Idee, an der wir gearbeitet haben.«

»Wir?«

»Ich, Dr. Willis und mein Freund Wren. In gewisser Weise Eurer Idee ähnlich. Was wir tun, ist folgendes, seht Ihr: Wir nehmen ein scharfes Instrument, schieben es in eine Vene und drücken Flüssigkeiten direkt ins Blut, wobei wir den Magen völlig umgehen.«

Ich runzelte die Stirn. »Wie ungewöhnlich. Was passiert?«

Er hielt inne. Dann: »Wir haben unterschiedliche Resultate erzielt. Das erste Mal hat es wunderbar funktioniert. Wir injizierten ein Achtelglas Rotwein direkt in einen Hund. Normalerweise nicht genug, um ihn auch nur beschwipst zu machen, aber bei dieser Methode wurde er sturzbetrunken.« Er grinste bei dem Gedanken. »Wir hatten schreckliche Mühe, ihn zu kontrollieren. Er sprang vom Tisch, rannte herum und fiel um, nachdem er gegen einen Schrank voller Teller gestoßen war. Wir konnten uns selbst kaum beherrschen. Selbst Boyle entschlüpfte ein Lächeln. Das Wichtige daran ist, daß ein bißchen Alkohol, den man injiziert, eine viel größere Wirkung hat, als wenn man ihn durch den Magen aufnimmt. Also haben wir uns das nächste Mal einen alten, räudigen Köter geholt und haben ihm Salmiak injiziert.«

»Und?«

»Er ist eingegangen, und unter starken Schmerzen. Als wir ihn aufmachten, sahen wir, daß sein Herz ziemlich zerfressen war. Das nächste Mal haben wir versucht, Milch zu injizieren, aber unglücklicherweise stockte sie in den Venen.«

»Wieder eingegangen?«

Er nickte. »Wir müssen zuviel des Guten getan haben. Das nächste Mal nehmen wir weniger.«

»Ich wäre fasziniert, wenn ich dabeisein dürfte.«

»Es wäre mir ein Vergnügen. Wir könnten dieselbe Idee anwenden, um Euer Blut zu übertragen. Ihr wollt nicht, daß das

Blut mit der Luft in Berührung kommt, weil es gerinnen könnte. Also nehmt Ihr den Kiel einer Taubenfeder, der sehr dünn und scharf gemacht werden kann. Bohrt am Ende ein Loch hinein und schiebt ihn Sarah in die Vene. Verbindet ihn mit einem langen Silberschlauch mit einem engen Durchmesser und einem zweiten Federkiel, der in der Vene ihrer Mutter steckt. Wartet, bis das Blut fließt, und dann stoppt den Fluß in der Vene der Mutter über dem Schlitz. Verbindet die beiden und zählt. Ich fürchte, wir können nur schätzen, wieviel herauskommt. Wenn wir das Blut ein paar Sekunden lang in eine Schüssel fließen lassen, werden wir annähernd wissen, wie schnell es kommt.«

Ich nickte begeistert. »Wundervoll«, sagte ich. »Ich habe daran gedacht zu schröpfen. So ist es viel besser.«

Er lachte und streckte die Hand aus. »Bei Gott, Mr. Cola, ich bin froh, daß Ihr hier seid. Ihr seid ein Mann nach meinem Herzen, das seid Ihr wirklich. Und wer von uns geht inzwischen zu Grove, um mit ihm über den armen Prestcott zu sprechen?«

Siebentes Kapitel

ICH HABE NIE VERHEHLT, wie tief ich wegen der Mechanik der Übertragung in Lowers Schuld stand. Ohne seinen Einfallsreichtum wäre die Operation wohl kaum durchführbar gewesen. Die Tatsache bleibt jedoch bestehen, daß die erste Anregung zu dieser Idee und die Argumentation von mir kamen und ich das Experiment später auch durchführte. Bis dahin hatten sich Lowers Gedanken nur darum gedreht, Arzneien ins Blut zu injizieren, und er hatte keinen Moment lang die Möglichkeit in Betracht gezogen, Blut selbst zu übertragen.

Diese Angelegenheit bleibt jedoch einem späteren Teil meiner Geschichte vorbehalten, denn ich muß sie so erzählen, wie sie sich zugetragen hat. Im Augenblick war es mein Hauptanliegen, ihm meine Dienste anzubieten und Dr. Grove aufzusuchen, um mit ihm über Prestcott zu sprechen, denn ich glaubte noch immer, je mehr Mitglieder dieser Gesellschaft ich kennenlernte, um so besser für mich. Dr. Grove würde mir gewiß kaum von Nutzen sein, und Lower sagte mir, er sei über mein Anerbieten herzlich froh, da es ihm die Begegnung mit einem Mann erspare, den er sehr lästig finde. Er war ein bekennender und lautstarker Gegner der neuen Gelehrsamkeit und hatte in St. Mary's erst vor vierzehn Tagen eine flammende Predigt gehalten, in der er experimentelles Wissen angriff, das im Widerspruch zu Gottes Wort stehe, die Autorität untergrabe und fehlerhaft in Absicht und Ausführung sei.

»Gibt es in der Stadt viele, die seiner Meinung sind?« fragte ich.

»Lieber Himmel, ja. Es gibt Ärzte, die um ihre Vorrechte fürchten; Priester, die Angst haben, um ihre Stellung gebracht zu werden, und ganze Horden von Unwissenden, die einfach alles Neue ablehnen. Wir bewegen uns auf gefährlichem Grund. Deshalb müssen wir mit der Witwe Blundy sehr vorsichtig umgehen.«

Ich nickte; in Italien sei es genauso, sagte ich ihm.

»Dann seid Ihr ja auf Grove bestens vorbereitet«, antwortete er mit einem Grinsen. »Sprecht mit ihm. Er wird Euch in Trab halten. Er ist kein Narr – auch wenn er im Unrecht und – offen gesagt – ziemlich langweilig ist.«

St. Mary College of Winchester in Oxford, vulgär New College genannt, ist ein großes, schäbiges Gebäude im Osten der Stadt, dicht bei der Mauer und den Tennisplätzen. Es ist sehr wohlhabend, hat aber den Ruf, einer der rückständigsten Orte zu sein. Als ich hinkam, schien es fast verlassen, und es gab keinen Hinweis darauf, wo das Ziel meiner Mission sein mochte. Also fragte ich den einzigen Menschen, den ich zu sehen bekam, und er sagte mir, Dr. Grove sei seit einigen Tagen krank und empfange keine Besucher. Ich erklärte, daß ich ihn normalerweise nicht behelligen würde, ihn jetzt aber unter allen Umständen sprechen müsse.

Und so führte mich dieser Mann, ein kleiner dunkler Bursche, der sich mit einer steifen Verbeugung als Thomas Ken vorstellte, zur Treppe.

Die dicke Eichentür von Dr. Groves Zimmer – die Engländer gehen verschwenderisch mit schönen Hölzern um – war fest geschlossen, und ich klopfte, ohne eine Antwort zu erwarten. Da ich jedoch ein leises Schlurfen hörte, klopfte ich noch einmal. Ich glaubte auch, eine Stimme zu hören; zwar konnte ich nicht ausmachen, was sie sagte, doch es schien nur logisch anzunehmen, daß sie mich hineinbat.

»Verschwindet«, sagte die Stimme gereizt, als ich eintrat. »Seid Ihr taub?«

»Ich bitte um Vergebung, Sir«, erwiderte ich und hielt dann überrascht inne. Der Mann vor mir war derselbe, der es vor ein paar Tagen abgelehnt hatte, Sarah Blundy zu helfen. Ich sah ihn unsicher an, und er erwiderte den Blick und erinnerte sich ganz offensichtlich ebenfalls daran, daß er mich schon gesehen hatte.

»Wie ich schon gesagt habe«, fuhr ich fort, nachdem ich mich wieder gefaßt hatte, »bitte ich um Vergebung. Aber ich konnte nicht richtig hören.«

»Dann will ich es ein drittes Mal wiederholen. Ich habe Euch gesagt, Ihr sollt gehen. Ich fühle mich unpäßlich.«

Er war schon älter, Anfang der Fünfzig, möglicherweise auch schon darüber hinaus. Obwohl er breitschultrig war, kündigte sich schon der Verfall an, der früher oder später von Gott dem Allmächtigen geschickt wird und auch dem robustesten seiner Geschöpfe die Hand auf die Schulter legt, um es daran zu erinnern, daß es Seinen Gesetzen unterworfen ist.

Aber *a re decedo*. »Ich bedaure sehr zu hören, daß Ihr krank seid«, sagte ich und blieb eisern auf der Schwelle stehen. »Habe ich zufällig recht, wenn ich denke, daß Euch Euer Auge Schwierigkeiten macht?«

Diese Feststellung hätte jeder treffen können, denn das linke Auge des Doktors war rot, tränte und war durch ständiges Reiben entzündet. Ganz abgesehen von dem Anlaß, der mich hierhergeführt hatte, weckte der Anblick mein Interesse.

»Natürlich ist es mein Auge«, sagte er kurz. »Es verursacht mir Höllenqualen.«

Ich machte ein, zwei Schritte ins Zimmer, damit ich deutlicher sehen konnte. »Eine schwere Reizung, Sir, die es anschwellen läßt und eine Entzündung hervorruft. Ich hoffe, Ihr werdet entsprechend behandelt. Obwohl ich finde, daß es nicht allzu ernst aussieht.«

»Ernst?« rief er ungläubig. »Nicht ernst? Ich habe entsetzliche

Schmerzen. Und ich habe viel Arbeit. Seid Ihr Arzt? Ich brauche keinen. Ich habe die bestmögliche Behandlung.«

Ich stellte mich vor. »Natürlich zögere ich, einem Arzt zu widersprechen, Sir, aber es sieht mir nicht so aus. Ich sehe von hier aus, daß sich um das Lid herum bräunlicher Eiter bildet. Ihr braucht eine Medizin, Sir.«

»Das ist die Medizin, Idiot«, sagte er. »Ich habe die Ingredienzen selbst gemischt.«

»Was für Ingredienzen waren das?«

»Getrocknete Hundeexkremente«, sagte er.

»Was?«

»Ich habe sie von meinem Doktor, von Bate, bekommen. Der Leibarzt des Königs und ein Mann aus guter Familie. Es ist ein unfehlbares Heilmittel, seit Jahrhunderten erprobt. Noch dazu war es ein Hund mit Stammbaum. Er gehört dem Rektor.«

»Hundeexkremente?«

»Ja. Man trocknet sie in der Sonne, zerreibt sie dann zu Pulver und bläst sie in die Augen. Es ist ein sicheres Heilmittel für alle Formen von Augenkrankheiten.«

Meiner Meinung nach war das die Erklärung dafür, warum seine Augen ihm solche Schwierigkeiten machten. Es sind natürlich noch unzählige alte Heilmittel in Gebrauch, und einige sind zweifellos genauso wirksam wie alles, was ein Arzt verschreiben könnte – wobei das nicht unbedingt viel aussagt. Ich bezweifle nicht, daß die mineralischen Arzneien, für die Lower sich so begeistert, mit der Zeit alle anderen ersetzen werden. Und ich konnte mir vorstellen, welches Geschwätz die Empfehlung begleitet hatte. Die natürliche Anziehungskraft von gleich und gleich; das zu Puder zermahlene Exkrement, das den Schadstoffen verwandt ist und sie aussaugt. Oder auch nicht, wie der Fall eben liegt.

»Es liegt mir fern, es in Zweifel zu ziehen, Sir, aber seid Ihr sicher, daß es wirkt?«

»Demnach zweifelt Ihr es doch an?«

»Nein«, sagte ich vorsichtig. »In bestimmten Fällen mag es wirken – das weiß ich nicht. Wie lange macht Euch Euer Auge schon Schwierigkeiten?«

»Seit zehn Tagen, ungefähr.«

»Und wie lange behandelt Ihr es schon so?«

»Seit etwa einer Woche.«

»Und ist Euer Auge seither besser oder schlechter geworden.«

»Es ist nicht besser geworden«, räumte er ein. »Doch möglicherweise hätte es sich ohne Behandlung verschlechtert.«

»Und es könnte auch sein, daß es mit einer anderen Behandlung besser geworden wäre«, sagte ich. »Wenn ich Euch jetzt anders behandeln würde und Euer Auge würde besser, wäre das ein Beweis ...«

»Es wäre der Beweis dafür, daß meine bisherige Behandlung endlich wirkt und Eure Behandlung bedeutungslos wäre.«

»Ihr wollt, daß Euer Auge so schnell wie möglich gesund wird. Wenn man eine Behandlung anwendet, die nach einer bestimmten Zeit wirkungslos bleibt, dann kann man daraus schließen, daß sie in der vorgegebenen Zeit nicht wirkt. Ob sie nächste Woche wirkt oder in zwei Wochen oder nächstes Jahr, ist völlig einerlei.«

Dr. Grove öffnete den Mund, um meiner Argumentation zu widersprechen, doch dann meldete sich wieder der stechende Schmerz in seinem Auge, und er begann wütend zu reiben.

Ich sah eine Möglichkeit, ihn mir zu verpflichten und vielleicht sogar ein Honorar zu bekommen, das meinen Finanzen guttun würde. Also bat ich ihn um etwas warmes Wasser und begann sofort damit, ihm das Auge zu baden und den Dreck herauszuspülen, denn ich dachte, das allein würde wahrscheinlich eine fast wunderbare Heilung bewirken. Als ich fertig war, war sein gepeinigtes Auge wieder offen, und obwohl er noch ein leichtes Unbehagen spürte, drückte er seine Freude darüber aus, weil es ihm schon viel besser ging. Was noch befriedigender war, er schrieb die Besserung ausschließlich der Arznei zu, die ich verwendet hatte.

»Jetzt zum nächsten Punkt«, sagte Grove energisch, während er seinen Ärmel hinaufrollte. »Ich denke, fünf Unzen reichen, glaubt Ihr nicht?«

Ich war anderer Meinung, unterließ es aber, ihm zu sagen, daß ich vom Aderlaß nichts hielt, denn ich fürchtete, sein Vertrauen zu verlieren. Deshalb sagte ich ihm, die Harmonie seines Körpers würde besser wiederhergestellt werden, wenn er sich nach dem Essen ein wenig übergab – besonders da er wie ein Mann aussah, der ohne Schaden zu nehmen, leicht eine oder zwei Mahlzeiten auslassen konnte.

Als die Behandlung beendet war, bat er mich, ein Glas Wein mit ihm zu trinken. Ich lehnte jedoch dankend ab, da ich schon viel zuviel getrunken hatte. Statt dessen erklärte ich ihm, warum ich eigentlich gekommen war, und dachte, wenn er nicht auf den Zwischenfall im Kaffeehaus zu sprechen kam, würde ich es auch nicht tun. Ursprünglich hatte ich sein Verhalten kritisiert, doch seit ich das Mädchen besser kannte, hatte ich mehr Verständnis für ihn.

»Es geht um einen jungen Mann, den ich gestern kennengelernt habe«, sagte ich. »Einen gewissen Mr. Prestcott.«

Dr. Grove runzelte die Stirn, als ich den Namen Prestcott erwähnte und fragte mich, wie ich ihn kennengelernt hätte, da er in der Burg gefangensaß.

»Durch meinen lieben Freund Dr. Lower«, sagte ich, »der ihm einen – Vorschlag unterbreitet hat.«

»Will seine Leiche, wie?« sagte Grove. »Ich schwöre Euch, wenn ich krank werde, möchte ich am liebsten zu meiner Familie in Northampton zurückkehren, für den Fall, daß Lower mit begierig funkelndem Blick an meinem Bett auftaucht. Was hat Prestcott gesagt?«

Ich sagte ihm, Prestcott habe sofort abgelehnt, und Grove nickte. »Gut für ihn. Vernünftiger Junge, obwohl man schon früh sah, daß er ein schlechtes Ende nehmen würde. Sehr zügellos.«

»Im Augenblick«, antwortete ich ernst, »scheint er voller Reue und braucht seelischen Beistand. Er bittet Euch, ihn zu besuchen und ihm religiösen Trost zu spenden.«

Grove sah gleichzeitig erfreut und überrascht aus. »Man sollte die Macht des Henkerseils nie unterschätzen, die auch die schlimmsten Sünder dazu bringt, Gottes Gnade zu erflehen«, sagte er zufrieden. »Ich gehe heute abend zu ihm.«

Das gefiel mir. Er war brüsk und hatte gewiß sehr bestimmte Standpunkte, aber er war auch freundlich, das fühlte ich, und nichts machte ihm mehr Vergnügen als Menschen, die nicht seiner Meinung waren. Lower sagte mir später, daß Grove es trotz all seiner Fehler nie übelnahm, wenn jemand aufrichtig seine

Meinung sagte, auch wenn er entschlossen war, ihn so heftig wie möglich zu bekämpfen. Das bedeutete, daß manche ihn liebten, obwohl es schwierig war, ihn zu mögen.

»Er wollte Euch unbedingt so bald wie möglich sprechen«, sagte ich. »Doch ich empfehle Euch, noch einen oder zwei Tage zu warten. Der Wind kommt aus dem Norden, und man weiß, daß er für Augenleiden sehr schlecht ist.«

»Wir werden sehen«, sagte er. »Doch ich muß bald gehen. Ich war nicht geneigt, es zu tun, solange er mich nicht rief, und ich bin dankbar, daß er es jetzt getan hat. Meinen Dank, Sir.«

»Kennt Ihr die Geschichte seines Verbrechens?« fragte ich, während ich mir noch einmal sein Auge ansah. »Den spärlichen Einzelheiten nach, die ich gehört habe, scheint es recht seltsam gewesen zu sein.«

Grove nickte. »Sehr seltsam, in der Tat«, stimmte er zu. »Doch ich fürchte, es war ihm von seiner Familie her vorherbestimmt, so zu handeln. Sein Vater war ebenfalls zügellos. Ist eine bedauerliche Ehe eingegangen.«

»Mochte er seine Frau nicht?«

»Schlimmer als das. Er hat aus Liebe geheiratet. Eine bezaubernde Frau, wie man mir gesagt hat, aber gegen den Willen beider Familien, die ihm nie verziehen haben. Das war, fürchte ich, typisch für den Mann.«

An dieser Stelle schüttelte ich den Kopf. Selbst aus einer Kaufmannsfamilie kommend, war mir sehr klar, wie wichtig es war, sich in Eheangelegenheiten sein Urteilsvermögen nicht durch Gefühle vernebeln zu lassen. Wie mein Vater einmal sagte – wenn Gott gewollt hätte, daß wir aus Liebe heiraten, wozu hätte Er dann die Mätressen erschaffen? Nicht, daß er in dieser Hinsicht übereifrig gewesen wäre, denn er und meine Mutter waren einander treu ergeben.

»Bei Kriegsausbruch ließ er sich auf des Königs Seite anwerben, kämpfte tapfer und verlor alles. Aber noch immer hielt er dem König die Treue und intrigierte gegen das Commonwealth. Leider liebte er die Verschwörung mehr als seinen Monarchen, denn er verriet ihn an Cromwell und das beinahe mit verheerenden Folgen. Eine üblere Tat hat es nicht gegeben, seit Judas Ischariot Unseren Herrn verkauft hat.«

Er unterstrich seine Erzählung mit einem weisen Nicken. Ich fand das alles sehr interessant, verstand aber noch immer nicht, wieso Prestcott im Gefängnis saß.

»Das ist sehr einfach«, sagte Grove. »Er ist labil und neigt zur Gewalttätigkeit; vielleicht sind dies die Sünden der Väter, die weitervererbt werden. Er war ein ungebärdiges, schwererziehbares Kind und kam, kaum hatte er sich von seiner Familie gelöst, auf die schiefe Bahn. Er tötete fast den Vormund, der sich voller Güte um ihn kümmerte, seit sein Vater in Schande geraten war, und ein Onkel wirft ihm vor, daß er bei einem seiner Besuche die Geldtruhe geplündert hat. So etwas kommt immer wieder vor. Vergangenes Jahr haben wir einen Studenten wegen Straßenräuberei gehenkt, Prestcott ist dieses Jahr an der Reihe, und die beiden werden, wie ich fürchte, nicht die letzten sein. ›Das Land ist voll von Todesurteilen, und die Stadt ist voll von Gewalttat‹.« Er hielt inne, um mir Gelegenheit zu geben, das Zitat zu erkennen, doch ich zuckte hilflos die Schultern.

»Ezechiel 7,23«, sagte er vorwurfsvoll. »Es ist die Folge des Aufruhrs, der hinter uns liegt. Nun, Sir. Ich fühle mich außerstande, Euch für Eure Freundlichkeit Geld anzubieten, doch vielleicht wäre ein Mahl im College eine angemessene Entschädigung? Wir haben gutes Essen, noch besseren Wein, und ich kann Euch ausgezeichnete Gesellschaft versprechen.«

Ich lächelte schwach und sagte, ich sei entzückt.

»Wunderbar«, erwiderte er. »Ich freue mich sehr. Fünf Uhr?«

Ich stimmte zu und verabschiedete mich mit so vielen Dankesbezeugungen, wie ich aufbringen konnte. Die Art, wie er abwinkte, zeigte mir, daß er glaubte, mir mit der Einladung eine hohe Ehre zu erweisen. »Bevor Ihr geht«, sagte er, als ich die Tür öffnete, »würde ich gern hören, wie es der Mutter des Mädchens geht?«

Ich blieb stehen, über die Art und Weise erstaunt, in der er die Sache zur Sprache brachte. »Es geht ihr nicht gut«, antwortete ich. »Ich glaube, sie wird sterben.«

Er nickte grimmig auf eine Art, die mir rätselhaft blieb. »Ich verstehe«, sagte er. »Gottes Wille geschehe.«

Dann wurde ich entlassen. Ich ging nach Hause, um Mrs. Bulstrode mitzuteilen, daß ich nicht bei ihr zu Abend essen würde, und löste anschließend mein letztes Versprechen ein: Ich brachte Prestcott die Gallone Wein in die Gefängniszelle.

Achtes Kapitel

DAS DINNER IM New College war ein Schock für mich. Da meine Gastgeber durchweg hochgebildete Gentlemen waren und viele geistlichen Orden angehörten, dachte ich, ich würde in angenehmer Umgebung eine angenehme Zeit verbringen. Statt dessen wurde die Mahlzeit in einem riesigen, zugigen Saal serviert, durch den der Wind wehte, als befänden wir uns mitten in einem Sturm auf hoher See; Grove war für die Gelegenheit gut eingepackt und zählte mir ziemlich detailliert die einzelnen Schichten seiner Unterwäsche auf, die er zu tragen gewohnt war, bevor er sich hinauswagte. Hätte er mich vorgewarnt, hätte ich ein gleiches getan. Doch auch dann hätte ich gefroren. Während die Engländer an eisiges Klima gewöhnt sind, bin ich die balsamweiche Luft der Mittelmeerländer gewohnt. Dennoch, auch in der billigsten Schenke war es nicht so bitterkalt wie in diesem Saal. Die Kälte drang einem durch die Kleidung und durch das Fleisch bis ins Mark, daß die Knochen schmerzten.

Selbst das wäre zu ertragen gewesen, hätten nur die Speisen, der Wein oder die Gesellschaft mich für meine Leiden entschädigt. In diesen Colleges ißt man gemeinsam wie in Mönchsklöstern, mit der Ausnahme, daß den wohlhabenderen zahlenden Mitgliedern die Speisen auf ihre Zimmer gebracht werden. Auf einem Podium sitzen die Senior Fellows und im restlichen Saale alle anderen. Da das Essen kaum für Tiere gut genug ist, ist es vermutlich nicht erstaunlich, daß sie sich wie das liebe Vieh benehmen. Sie essen von hölzernen Tellern, und in der Mitte der Tische stehen riesige hölzerne Schüsseln, in die sie die Knochen werfen, wenn sie sich nicht gegenseitig damit beschmeißen. Am Ende war ich von oben bis unten mit Essen bespritzt, da die Fellows mit vollem Mund redeten und sich gegenseitig mit Knorpelstückchen und halb gekautem Brot besprühten.

Der Wein war kaum genießbar, so daß ich mich nicht einmal im Trunk Vergessen finden konnte. Statt dessen mußte ich mir die Unterhaltung anhören, die sich ganz und gar nicht um wissenschaftlich interessante Themen drehte. Mir wurde allmählich klar, daß ich durch meine Begegnung mit Mr. Boyle und Dr. Lower einen unangemessen günstigen Eindruck von Oxford und den Engländern bekommen hatte. Weit entfernt davon, die neuesten Erkenntnisse der Wissenschaft zu erörtern, sprach man ausschließlich darüber, wer welche Beförderung zu erwarten und was der Dekan dieser Fakultät zum Rektor jener gesagt hatte. Außer mir war noch ein Gast zugegen, ganz offensichtlich ein Mann von Rang, und die Unterwürfigkeit in ihrem Verhalten gegen ihn ließ mich vermuten, daß er in irgendeiner Form ein Gönner des College war. Er sagte jedoch wenig, und ich saß zu weit von ihm entfernt, um ihn in ein Gespräch zu ziehen.

Ich selbst erregte kaum Aufmerksamkeit, und ich muß gestehen, daß es meinen Stolz verletzte. Ich hatte erwartet, daß jemand wie ich, frisch aus Leiden und Padua kommend, sehr schnell zum Mittelpunkt werden würde. Weit davon entfernt. Zu sagen, daß ich nicht in der Stadt wohnte und keine Stellung in der Kirche hatte, war etwa so, als hätte ich mich dazu bekannt, daß ich die Pocken hatte. Als es klar wurde, daß ich Katholik war, verließen zwei Mitglieder den Saal, und mindestens einer weigerte sich, in meiner Nähe zu sitzen. Ich gebe es nur ungern zu, da ich inzwischen gegen die Engländer voreingenommen war, aber sie waren in beinahe keiner Hinsicht besser als ihre Kollegas in Padua oder Venedig und hätten, abgesehen von Religion und Sprache, unbemerkt gegen jede beliebige Gruppe geschwätziger italienischer Priester ausgetauscht werden können.

Doch wenn mir auch nur wenige Aufmerksamkeit zollten, beleidigend war nur einer; im allgemeinen empfing man mich eher gleichgültig, nicht verletzend. Ein Jammer war nur, daß mich ausgerechnet der Gentleman frostig behandelte, den rückhaltlos zu bewundern ich bereit gewesen wäre, denn Dr. John Wallis hätte ich gern zu meinem Kreis gezählt. Ich hatte von ihm gehört und bewunderte ihn wegen seines mathematischen Wissens, das ihn unter die ersten Wissenschaftler Europas einreihte, und ich hatte mir vorgestellt, daß ein Mann, der Briefpartner von

Marin Mersenne, dem französischen Mathematiker, war, der mit Fermat* und Blaise Pascal um der Mathematik willen die Klingen gekreuzt hatte, größte Toleranz üben würde. Leider war das nicht der Fall. Dr. Grove machte uns miteinander bekannt und wurde beschämt durch die Art, in der Wallis mir die einfachste Höflichkeit verweigerte. Er sah mich aus kalten hellen Augen an, die mich an ein Reptil erinnerten, unterließ es, meine Verbeugung zu erwidern und kehrte mir den Rücken. Schlimmer noch, später wies er meine Bemühungen, ihn kennenzulernen, rüde zurück.

Dies also war der Ort, an dem wir uns zum Essen niederließen, und Grove führte seine Gespräche übertrieben fröhlich und kampflustig, um die Peinlichkeit zu bemänteln, die sein Kollega ihm bereitet hatte.

»Nein, Sir«, sagte er, »Ihr müßt Euch verteidigen. Wir haben nicht oft einen Verfechter der neuen Wissenschaften unter uns. Wenn Ihr mit Lower befreundet seid, könnt Ihr nichts anderes sein.«

Ich erwiderte, ich sähe mich kaum als Verfechter und für würdig hielte ich mich schon gar nicht.

»Aber es trifft doch zu, daß Ihr versucht, die Erkenntnisse der Alten zu verwerfen und sie durch Eure eigenen zu ersetzen?«

Ich sagte, ich respektierte alle Meinungen von Wert.

»Aristoteles?« sagte er herausfordernd. »Hippokrates? Galen?«

Ich sagte, sie alle seien große Männer, die jedoch, was inzwischen bewiesen werden konnte, in vielen Einzelheiten geirrt hatten. Er schnaubte verächtlich über meine Antwort.

»Welche Fortschritte! Ihr Neuerer habt nicht mehr getan, als neue Gründe für uralte Praktiken herauszufinden und aufzuzeigen, wie ein paar unwesentliche Lappalien auf eine andere als die früher angenommene Weise wirken.«

»Nein, Sir, so ist es nicht«, sagte ich. »Denkt an das Barometer, das Teleskop.«

Er winkte verächtlich ab. »Und alle, die sie benutzen, kommen zu unterschiedlichen Schlüssen. Was für Entdeckungen wurden denn mit dem Teleskop gemacht? Solches Spielwerk wird nie ein

* Pierre de Fermat, frz. Mathematiker (Fermatsches Prinzip)

Ersatz für die Vernunft sein, für das Spiel des Verstandes mit Imponderabilien.«

»Aber die Fortschritte der Naturwissenschaften werden Wunder wirken, davon bin ich überzeugt.«

»Den Beweis dafür sind sie mir noch schuldig.«

»Ihr werdet ihn bekommen«, antwortete ich mit Nachdruck. »Ich zweifle nicht daran, daß die Nachwelt viele Dinge beweisen wird, die jetzt nur unbestimmte Vermutungen sind. In irgendeinem Zeitalter wird vielleicht eine Reise zum Mond nicht merkwürdiger sein als eine Reise nach Amerika für uns. Mit jemandem in Indien zu sprechen wird vielleicht so alltäglich sein wie ein brieflicher Austausch jetzt. Den Gedanken, daß Tote direkt zu den noch Lebenden sprechen, ihre Worte und Gedanken überliefern könnten, hätten wir für absurd gehalten, ehe die Erfindung der Schrift es ermöglichte, und unseren Vorfahren, die nichts über den Magneten wußten, wäre es wohl ebenfalls lächerlich vorgekommen, daß man ein Schiff mit Hilfe eines Steins auf Kurs halten kann.«

»Was für ein höchst ungewöhnliches Feuerwerk schöner Worte«, erwiderte Grove scharf. »Doch finde ich die Rhetorik mangelhaft. Denn Ihr irrt, Sir. Die Menschen der Antike haben den Magneten entdeckt. Diodorus Siculus, der griechische Geschichtsschreiber, der im ersten Jahrhundert vor Christus lebte und eine Weltgeschichte in vierzig Bänden schrieb, kannte ihn so offensichtlich wie jeder Gentleman ihn kennen sollte. Wir haben nur entdeckt, wie man den Stein nutzen kann. Das ist es, was ich meine. Man kann alles Wissen in den antiken Texten finden, wenn man weiß, wie man sie richtig liest. Und das gilt für die Alchimie und die Physik ebenso.«

»Ich bin anderer Meinung«, sagte ich und dachte, daß ich meinen Standpunkt recht gut vertrat. »Nehmt zum Beispiel Magenkrämpfe. Mit welchem Mittel behandeln wir sie gewöhnlich?«

»Mit Arsenik«, sagte jemand ein Stück weiter oben an der Tafel, der uns zuhörte. »Ein paar Körnchen, in Wasser aufgelöst, als Brechmittel. Ich hab' es letzten September selbst genommen.«

»Hat es gewirkt?«

»Ich weiß, daß die Schmerzen am Anfang stärker werden. Muß aber gestehen, ich neige dazu, zu glauben, daß ein kleiner

Aderlaß besser gewirkt hat. Doch seine Qualitäten als Abführ-mittel sind unbestritten. Nie hatte ich so oft und so schnell Stuhl-gang.«

»Mein Lehrer in Padua hat ein paar Experimente gemacht und ist zu dem Schluß gekommen, daß es ein törichter Irrtum ist, an Arsenik zu glauben. Die Idee stammt aus dem Buch der Heil-mittel, das von Deusingius aus dem Arabischen ins Lateinische übersetzt wurde. Der Übersetzer hat jedoch einen Fehler ge-macht; das Buch empfahl gegen Schmerzen, was wir *darsini* nen-nen, und das wurde mit Arsen übersetzt. Aber Arsen heißt auf arabisch *zarnich*.«

»Also was sollten wir nehmen?«

»Ganz offensichtlich Zimt. Nun, Sir, verteidigt Ihr weiterhin eine lange Tradition, wenn man Euch beweisen kann, daß es sich dabei nur um einen Fehler des Übersetzers handelt?«

Hier warf der andere den Kopf zurück und lachte und schick-te dabei einen Schauer halb zerkauter Speisen in einem eleganten Bogen über den Tisch. »Ihr habt eben nur gerechtfertigt, daß eine gründliche Kenntnis der klassischen Sprachen Voraussetzung ist, Sir«, sagte er. »Mehr nicht. Und benutzt das als Vorwand, um in Jahrtausenden erworbene Gelehrsamkeit zu verwerfen und durch Eure eigenen nichtssagenden Phantastereien zu ersetzen.«

»Ich bin mir der Schwäche meiner Phantastereien wohl be-wußt«, antwortete ich. »Aber ich ersetze nicht; ich prüfe nur, ehe ich eine Hypothese akzeptiere. Hat nicht Aristoteles selbst ge-sagt, daß unsere Ideen unseren praktischen Erfahrungen entspre-chen müssen?«

Ich fürchte, ich wurde in diesem Stadium rot vor Zorn, da mir bewußt war, daß er an einer Diskussion, die auf Vernunft be-ruhte, wenig Interesse hatte; während Grove bei einer Auseinan-dersetzung liebenswürdig blieb, war dieser Mann unangenehm in Ton und Verhalten.

»Und dann?«

»Was meint Ihr?«

»Und nachdem Ihr zum Beweis Aristoteles zitiert habt? Und ihn zweifellos unzureichend findet? Was dann? Wollt Ihr auch die Monarchie zum Gegenstand Eurer Untersuchungen machen? Die Kirche vielleicht? Wollt Ihr Euch anmaßen, unseren Erlöser im

Himmel in Zweifel zu ziehen? Hier liegt die Gefahr, Sir. Eure Suche führt zu Atheismus, was unweigerlich geschieht, wenn die Wissenschaft nicht ganz fest in den Händen jener liegt, die das Wort Gottes unterstützen, nicht anzweifeln.«

Hier unterbrach er sich und sah sich beifallheischend unter seinen Kollegas um. Ich war erfreut, als ich sah, daß ihre Gesichter keine rückhaltlose Begeisterung verrieten, obwohl viele beifällig nickten.

»›Sagt denn der Ton zu dem Töpfer: Was machst du mit mir?‹« murmelte Grove vor sich hin.

Doch das unvollständige Zitat reizte den jungen Mann, der mir heute morgen den Weg zu Groves Zimmer gezeigt hatte. »Jesaja 45,9«, sagte er. »›Weit über Perlen geht der Weisheit Besitz‹«, fügte er leise hinzu, da er offensichtlich zu jung und zu untergeordnet war, um sich an dem Streitgespräch zu beteiligen, den älteren Mann jedoch nicht ungehindert sprechen lassen wollte. Ich hatte bemerkt, daß er schon ein paarmal versucht hatte, an der Unterhaltung teilzunehmen, doch jedesmal wenn er den Mund aufmachte, hatte Grove ihn nicht zu Wort kommen lassen und weitergesprochen, als sei er nicht vorhanden.

»Hiob 28,18«, fauchte Grove, über die Anmaßung verärgert. »›Wer das Können mehrt, der mehrt die Sorge.‹«

»Prediger 1,18«, entgegnete Tom Ken, der allmählich auch in Hitze geriet. Ich spürte, daß es da einen private Fehde gab, die nichts mit mir oder Experimenten zu tun hatte. »›Wie lang noch, ihr Törichten, liebt ihr Betörung, gefällt den Zuchtlosen ihr dreistes Gerede, hassen die Toren Erkenntnis?‹«

»Sprüche 1,22. ›Deine Weisheit und dein Wissen verleiteten dich, in deinem Herzen zu denken: Ich und sonst niemand!‹«

Am Ende rangen sie den armen Ken nieder, der wußte, daß er sich an die Quelle des Zitats nicht würde erinnern können, und angesichts der öffentlichen Demütigung errötete, während er sich verzweifelt bemühte, sich eine passende Antwort einfallen zu lassen.

»Jesaja 47,10«, sagte Grove triumphierend, als Kens Versagen für alle offensichtlich wurde.

Seine Hände zitterten, heftig warf er sein Messer weg, stand auf und verließ die Tafel. Ich fürchtete, sie könnten handgreiflich werden, tatsächlich war jedoch alles Theater. »Römerbrief 8,13«, sagte er. Mit eisiger Langsamkeit zog er sich vom Tisch zurück und marschierte mit hallenden Schritten hinaus. Ich glaube, ich war der einzige, der seine letzte Bemerkung hörte, und für mich hatte sie keine Bedeutung. Ich habe die Vorliebe der Protestanten, mit Bibelzitaten um sich zu werfen, immer ein bißchen lächerlich, sogar blasphemisch gefunden. Grove hörte jedenfalls nichts, er sah nur sehr selbstzufrieden aus, weil er sich behauptet hatte.

Da niemand sonst das Schweigen brechen wollte, beschloß ich (als Ausländer, der nur wenig von dem wußte, was vorging) zu versuchen, die Sache einfach zu übergehen. »Ich bin weder Theologe noch Priester«, sagte ich und bemühte mich, dem Gespräch wieder eine sachliche Wendung zu geben, »aber ich habe die Kunst der Medizin auf meine Weise studiert. Und ich weiß, daß in vielen Fällen Heilmittel ebenso töten wie heilen können. Ich denke, es ist meine Pflicht, soviel wie möglich herauszufinden, um meinen Patienten besser zu helfen. Ich hoffe, es ist nicht gottlos, das zu tun.«

»Warum sollte ich Euch beim Wort nehmen, wenn es so weit von dem der großen alten Meister abweicht? Worauf stützt Ihr Eure Behauptungen? Was ist Eure Bedeutung im Vergleich zu der ihren?«

»Ein Nichts, in der Tat, und ich bringe ihnen die gleiche Ehrfurcht entgegen wie Ihr. Hat Dante Aristoteles nicht *il maestro di color qui sanno* genannt? Doch das ist es nicht, worum ich bitte. Ich bitte Euch, Eure Meinung zu den Resultaten der Experimente zu äußern.«

»Ah, die Experimente«, sagte Grove schadenfroh. »Seid Ihr wie Kopernikus der Meinung, daß die Erde sich um die Sonne dreht?«

»Aber natürlich.«

»Und habt Ihr diese Experimente selbst durchgeführt? Habt die Beobachtungen, die Berechnungen gemacht und durch eigene Mühe festgestellt, daß es so ist?«

»Nein. Ich verstehe nicht viel von Mathematik, leider.«

»Ihr *glaubt* also, daß es stimmt, doch Ihr wißt es nicht? Ihr verlaßt Euch auf Kopernikus?«

»Ja. Und auf die Wissenschaftler, die seine Schlüsse akzeptieren.«

»Verzeiht mir, wenn ich das sage, aber mir scheint, Ihr glaubt genauso an Autorität und Tradition wie ein Mann, der Anhänger von Aristoteles und Ptolemäus ist. Trotz Eurer Beteuerungen ist Eure Wissenschaft auch eine Sache des Glaubens, unterscheidet sie sich in keiner Weise von der alten Gelehrsamkeit, die Ihr so verachtet.«

»Ich urteile nach Resultaten«, sagte ich freundlich, denn offenbar genoß er unser Streitgespräch, und es wäre mir flegelhaft vorgekommen, ihm sein Vergnügen dadurch zu verderben, daß ich mich ärgerte. »Und nach der Tatsache, daß die experimentelle Methode gute Resultate erzielt hat.«

»Euer Experiment, zum Beispiel, ist demnach der Kern der neuen Medizin?«

Ich nickte.

»Doch wie bringt Ihr es in Einklang mit den Vorstellungen von Hippokrates, den Ihr Ärzte für so wichtig haltet?«

»Das brauche ich nicht«, sagte ich. »Ich sehe keinen Widerspruch.«

»Aber das müßt Ihr«, sagte Grove überrascht. »Denn Ihr müßt bewährte Behandlungsmethoden durch andere ersetzen, die vielleicht besser, aber genausogut schlechter sein können. Anstatt vor allem und an erster Stelle zu versuchen, Eure Patienten zu heilen, experimentiert Ihr mit ihnen, um zu sehen, was für Resultate Ihr erzielt. Ihr benutzt Eure Patienten, um Erkenntnisse zu gewinnen, nicht um sie zu heilen, und das ist eine Sünde. Das sagt Bartolomeus de Chaimis in seinem *Interrogatorium sive Confessionale*, und die größten Wissenschaftler haben ihm seither beigepflichtet.«

»Ein schlaues Argument, aber falsch«, sagte ich. »Das Experiment dient dazu, die Behandlung aller Patienten zu verbessern.«

»Wenn ich mit einer Krankheit zu Euch komme, sind mir alle Patienten gleichgültig. Es kümmert mich nicht, ob andere geheilt werden, wenn ich an dem Beweis sterbe, daß eine Behandlung nicht wirkt. Ich möchte gesund sein, doch Ihr sagt, Euer Wunsch nach Erkenntnis ist größer als mein Bedürfnis nach Gesundheit.«

»Nichts dergleichen sage ich. Es gibt viele Experimente, die man durchführen kann, ohne den Patienten zu gefährden.«

»Aber Ihr laßt noch immer Hippokrates außer acht. Ihr beschließt, Behandlungen vorzunehmen, ohne zu wissen, ob sie heilen oder nicht, und damit brecht Ihr Euer Wort.«

»Denkt Euch, Sir, einen Patienten, für den es keine Heilung gibt. Dieser Mensch wird sterben. In diesem Fall ist ein Experiment, das vielleicht zur Genesung führt, besser, als nichts zu tun.«

»Das ist nicht richtig. Denn vielleicht führt Ihr den Tod dadurch schneller herbei. Das ist nicht nur gegen den Eid, das ist gegen Gottes Gesetz. Und gegen das Gesetz der Menschen, falls es Mord wäre.«

»Wollt Ihr damit sagen, daß in der Medizin keine Verbesserung erlaubt ist? Was wir haben, wurde uns von unseren Vorfahren überliefert, und auf mehr dürfen wir nicht hoffen?«

»Ich sage, daß Ihr selbst eingestanden habt, wie falsch die experimentelle Methode ist.«

Es war schwierig, doch ich blieb meines guten Benehmens eingedenk. »Vielleicht. Aber ich habe Euch heute behandelt, und Euch geht es viel besser. Ihr mögt die Quelle anfechten, aber in diesem Fall nicht das Ergebnis.«

Grove lachte, klatschte vergnügt in die Hände, und ich sah, daß er sich wirklich amüsierte; er versuchte, auszuloten, wie weit er mich provozieren konnte. »Das ist wahr, Sir, sehr wahr. Mein Auge ist viel besser, und das danke ich der neuen Naturwissenschaft. Ich vertraue Euch im Hinblick auf die Gefahren jeder Substanz, die Euch mißfällt, und werde sie völlig meiden. Aber«, sagte er mit einem Seufzer, als er merkte, daß sein Weinglas leer war, »unsere Mahlzeit ist zu Ende und mit ihr unsere Diskussion. Ein Jammer. Darüber müssen wir während Eures Aufenthalts an unserer Universität noch öfter reden. Wer weiß? Vielleicht kann ich Euch sogar davon überzeugen, daß Ihr auf einem Irrweg seid.«

»Oder ich Euch?«

»Das bezweifle ich. Bisher ist es noch keinem gelungen. Doch ich werde mir mit Vergnügen anhören, wie Ihr's versucht.«

Dann standen alle auf; ein junger Student dankte dem Herrn für das Essen (oder vielleicht dafür, daß wir es überlebt hatten), und wir schlurften hinaus. Grove begleitete mich durch den Hof; am Eingang zu seiner Treppe blieb er kurz stehen und nahm eine Flasche an sich, die jemand dort bereitgestellt hatte. »Wunderbar«, sagte er und drückte sie an die Brust. »Wärme für eine kalte Nacht.«

Ich bedankte mich für seine Gastfreundschaft. »Es tut mir leid, wenn ich Euch oder Euren Kollega Dr. Wallis verärgert habe. Es war nicht meine Absicht.«

Grove winkte ab. »Mich habt Ihr ganz gewiß nicht verärgert, und wegen Wallis würde ich mir nicht den Kopf zerbrechen. Er ist ein aufbrausender Bursche. Ich denke nicht, daß Ihr ihm sehr sympathisch wart, aber sorgt Euch nicht deshalb: Er mag niemanden. Er ist jedoch kein übler Mensch. Er hat sich erboten, Prestcott an meiner Statt zu besuchen, da Ihr ja gesagt habt, ich sollte meine Augen schonen. Das ist freundlich von ihm. Nun, hier sind wir, Mr. Cola«, fügte er hinzu. »Ich wünsche Euch eine gute Nacht.«

Er verbeugte sich, machte schnell kehrt und marschierte mit seiner Flasche zu seinem Zimmer zurück. Überrascht über diese plötzliche Verabschiedung, die so ganz anders war als die überlangen Förmlichkeiten in Venedig, sah ich ihm einen Moment nach; doch nichts verkürzt zeremonielle Höflichkeiten so wirkungsvoll wie ein kalter Nordwind.

Neuntes Kapitel

ERST AM NÄCHSTEN Morgen begriff ich, daß sich eine Katastrophe anbahnte; den ersten Teil des Tages verbrachten Lower und ich damit, den Verlust seines Leichnams zu betrauern.

Er nahm es mit Fassung hin. Wie er sagte, war die Chance, Prestcotts Leiche zu bekommen, ohnehin nur klein gewesen, und jetzt empfand er eine kleine Befriedigung, weil auch die Universität sie nicht bekam. Außerdem mochte er den Jungen, obwohl er und die meisten Bewohner der Stadt dachten, daß es sehr ungehörig gewesen war, wie er Dr. Wallis mißhandelt hatte.

Um es kurz zu erklären – und dieser knappe Bericht ist die Zusammenfassung unzähliger Berichte, die ich sammelte, bis ich verstand, was geschehen war –, Jack Prestcott entrann dem Gericht des Königs, und das war zum Teil mein Verdienst. Denn ich hatte die Nachricht überbracht, daß der Junge gebeten hatte, Dr. Grove möge ihn besuchen, und Dr. Wallis, der Mann, der mich beim Dinner so unhöflich behandelt hatte, war an Groves Statt zu Prestcott gegangen, weil ich Grove aus medizinischen Gründen davon abgeraten hatte. Er wollte Grove und Prestcott eine Freundlichkeit erweisen, und ich schämte mich, weil mir das Ergebnis dieses Besuchs eine kleine Genugtuung bereitete.

Wallis hatte ersucht, man möge dem Gefangenen die Handfesseln abnehmen, damit er die Hände leichter zum Gebet falten könne, und war dann mit ihm allein geblieben. Ungefähr nach einer Stunde war er wieder erschienen – in seinen dicken schwarzen Umhang gehüllt, den schweren Winterhut tief in der Stirn und über den nahe bevorstehenden Verlust eines feinen jungen Lebens so verzweifelt, daß er kaum sprechen konnte; er hatte dem Wärter nur zwei Pence Trinkgeld in die Hand gedrückt und gebeten, man möge Prestcott eine ungestörte Nachtruhe gönnen. Mit dem Fesseln könne man bis zum nächsten Morgen warten.

Der Gefängniswärter, der deshalb zweifellos seine Stellung verlieren würde, hatte gehorcht und die Zelle erst am nächsten Morgen gegen fünf wieder geöffnet. Da entdeckte man, daß die Person auf dem kleinen Feldbett nicht Prestcott war, sondern der gefesselte und geknebelte Dr. Wallis, der berichtete, der junge Verbrecher habe ihn überwältigt und ihm Umhang und Hut abgenommen. Es war Prestcott gewesen, der am Abend vorher die Zelle verlassen und sich zehn Stunden Vorsprung vor seinen Häschern verschafft hatte.

Diese Nachricht war eine ungeheure Sensation; die gesamte Bevölkerung freute sich natürlich, daß er dem übermächtigen Gericht eine Schnippchen geschlagen und es lächerlich gemacht hatte, trauerte jedoch auch, weil sie um das Vergnügen einer Hinrichtung gebracht worden war. Alles in allem überwog aber die Bewunderung für die Dreistigkeit die Enttäuschung; zwar brach man mit Gezeter und Geschrei zu seiner Verfolgung auf, doch ich vermute, daß die meisten nicht unglücklich waren, als sie mit leeren Händen zurückkehrten.

Da ich mich selbst zu Groves Arzt ernannt hatte, wurde ich von Lower noch einmal zu ihm geschickt, um das Auge zu untersuchen und sämtlichen Klatsch zu erfahren, der sich um das Ereignis rankte. Die starke Tür seines Zimmers war jedoch fest geschlossen und versperrt, und diesmal bekam ich keine Antwort, als ich mit meinem Stock dagegenschlug.

»Weißt du, wo Dr. Grove ist?« fragte ich eine Dienerin.

»In seinem Zimmer.«

»Er meldet sich nicht.«

»Dann schläft er noch.«

Ich gab ihr zu bedenken, daß es fast zehn Uhr war. Mußten die Fellows nicht aufstehen, um an der Messe teilzunehmen? Sei es nicht sehr ungewöhnlich für ihn, daß er um diese Zeit noch schlafe?

Sie war eine mürrische, nicht hilfsbereite Frau, daher wandte ich mich an Mr. Ken, den ich auf der anderen Seite des viereckigen Innenhofs umhergehen sah. Er wirkte besorgt, denn wie er sagte, war es für Grove ein besonderes Vergnügen, in der Kapelle den Namensaufruf zu übernehmen und Zuspätkommende zu bestrafen. Vielleicht seine Krankheit …

»Er hatte nur ein entzündetes Auge«, sagte ich. »Gestern abend ging es ihm so gut, daß er beim Dinner war.«

»Was für eine Medizin habt Ihr ihm gegeben? Vielleicht ist sie daran schuld?«

Mir gefiel die Unterstellung nicht, daß ich dafür verantwortlich sein könnte, wenn er krank geworden war. Ich wollte aber auch nicht zugeben, daß meine Behandlung – die ich am Abend vorher vorgenommen hatte, um die Überlegenheit der experimentellen Medizin zu beweisen – nur aus Wasser und Eau de Cologne bestanden hatte.

»Das glaube ich kaum. Aber es beunruhigt mich. Gibt es eine Möglichkeit, diese Tür zu öffnen?«

Mr. Ken sprach mit der Dienerin, und während sie sich auf die Suche nach einem zweiten Schlüssel machten, stand ich vor der Tür und hämmerte wieder mit der Faust dagegen, um Grove vielleicht doch zu wecken.

Ich klopfte noch immer, als Ken mit einem Schlüssel wiederkam.

»Er wird uns natürlich nichts nützen, wenn sein eigener im Schloß steckt, wißt Ihr«, sagte er, kniete nieder und spähte durch das Schlüsselloch. »Und wenn er zurückkommt und uns hier findet, wird er sehr ärgerlich sein.«

Diese Möglichkeit schien Ken zu erschrecken, wie ich merkte.

»Vielleicht wollt Ihr Euch zurückziehen«, schlug ich vor.

»Nein, nein«, sagte er unsicher. »Wir lieben uns zwar nicht, wie Euch aufgefallen sein wird, aber meine christliche Nächstenliebe erlaubt es mir nicht, ihn im Stich zu lassen, wenn er krank wäre.«

»Habt Ihr schon von Dr. Wallis gehört?«

Eben noch rechtzeitig, um sein ernstes Gesicht zu wahren, unterdrückte Mr. Ken ein Zucken schadenfroher Heiterkeit. »Das habe ich, und ich bin tief bestürzt, daß man einen Mann der Kirche auf so schändliche Weise behandeln kann.«

Dann war die Tür offen, und Dr. Wallis verschwand schlagartig aus unseren Gedanken.

Daß Dr. Grove *corpus sine pectore* war, ließ sich nicht bestreiten, und ebenso unverkennbar war, daß er starke Schmerzen gehabt und sehr gelitten hatte. Er lag mitten auf dem Fußboden auf dem Rücken, das Gesicht verzerrt, den Mund offen, getrockneten Speichel in einem Mundwinkel. In seinen letzten Augenblicken hatte er sich übergeben und seine Eingeweide geleert, so daß es im Raum unerträglich stank. Seine verkrampften Hände waren Klauen ähnlicher als Menschenhänden; ein Arm war auf dem Boden ausgestreckt, der andere an seinem Hals, als habe er versucht, sich selbst auszulöschen. Im Zimmer herrschte unbeschreibliche Unordnung; Bücher lagen auf dem Boden, Papiere waren verstreut, so daß es aussah, als habe er in seinen letzten Augenblicken wild um sich geschlagen.

Zum Glück bereiten Leichen mir kein größeres Unbehagen, obwohl die entsetzlichen Umstände dieses Todes für mich ein Schock waren und tiefe Betroffenheit in mir auslösten. Mr. Ken jedoch war fast außer sich vor Schreck und Angst. Mir war sogar, als mache er ein halbes Kreuzzeichen, hielte jedoch rechtzeitig inne, um den Anstand zu wahren.

»Herr, beschütze uns in dieser Zeit des Jammers«, sagte er mit bebender Stimme, als er den hingestreckten Leichnam sah. »Lauf«, befahl er der Dienerin, »und hol schnell den Rektor. Mr. Cola, was ist hier geschehen?«

»Das entzieht sich meiner Kenntnis«, antwortete ich. »Die einfachste Erklärung wäre ein Schlaganfall, aber die verkrampften Hände und der Gesichtsausdruck lassen nicht darauf schließen. Es sieht so aus, als habe er starke Schmerzen gehabt. Vielleicht ist der Zustand des Zimmers darauf zurückzuführen.«

Schweigend betrachteten wir den Leichnam des armen Mannes, bis uns der Klang von Schritten auf der hölzernen Treppe aufschrecken ließ. Rektor Woodward war ein kleiner, lebhafter Mann, der große Selbstbeherrschung bewies, als er sah, was sich im Raum befand. Er trug Schnurrbart und Bart nach alter Royalisten-Art, war aber, wie man mir sagte, ein Mann des Parlaments, der seine Stellung jedoch nicht behalten hatte, weil er ein hervorragender Gelehrter war – dem maß das College keine große Bedeutung bei –, sondern weil er hervorragend mit Geld umgehen konnte. Wie ein Fellow einmal bemerkte, konnte er ein totes Schwein dazu bringen, einen immerwährenden Gewinn abzuwerfen, und dafür bewunderte ihn das College.

»Vielleicht sollten wir eine kompetentere Meinung einholen, bevor wir weitere Schritte unternehmen«, sagte er, nachdem er sich Kens und meine Erklärung angehört hatte. »Mary«, wandte er sich an die Dienerin, die mit gespitzten Ohren im Hintergrund stand, »sei so freundlich und geh in die High Street zu Dr. Bate. Sag ihm, es sei dringend und daß ich ihm dankbar wäre, wenn er sofort käme.«

Hier machte ich fast den Mund auf, um etwas zu sagen, verkniff es mir aber wieder. So schnell übergangen zu werden, gefiel mir nicht, doch ich konnte kaum etwas dagegen tun. Meine einzige Hoffnung war, daß man mich, weil ich nicht gebraucht wurde und die Angelegenheit nur das College anging, nicht wegschicken würde, denn die Sache interessierte mich brennend. Lower, zum Beispiel, würde mir nicht so leicht vergeben, wenn ich zurückkehrte, ohne die Fakten komplett und in allen Einzelheiten zu kennen.

»Es scheint mir offensichtlich«, sagte, während wir warteten, der Rektor in einem Ton, der keinen Widerspruch duldete, »daß der unglückliche Mann vom Schlag getroffen wurde. Etwas anderes kann ich mir kaum vorstellen. Selbstverständlich müssen wir die Bestätigung abwarten, aber ich bezweifle nicht, daß wir sie bekommen.«

Mr. Ken, einer jener unterwürfigen Prälaten, der jedem beipflichtete, der mächtiger war als er, nickte eifrig. Beide schienen mir zwar fast übertrieben erpicht darauf, daß der Arzt zu demselben Schluß kam wie sie, aber ich denke, daß ich es hauptsächlich aus gekränkter Eitelkeit wagte, meine eigene Meinung zu äußern.

»Darf ich bemerken«, sagte ich zögernd, »daß die Umstände nach einer gründlicheren Untersuchung verlangen, ehe man sich eine Meinung bilden kann?«

Beide sahen mich voller Abneigung an, während ich sprach. »Zum Beispiel – über welche Beschwerden hat der Mann früher geklagt? Hat er am Abend vorher vielleicht zuviel getrunken? Hat er sich vielleicht körperlich überanstrengt, so daß sein Herz geschädigt wurde?«

»Was wollt Ihr damit andeuten?« fragte Woodward und wandte sich mir eisigen Gesichts zu. Ich merkte, daß Ken bei meinen Worten auch blaß geworden war.

»Überhaupt nichts.«

»Ihr seid ein böswilliger Mensch«, sagte er, mich völlig überrumpelnd, scharf. »Eine solche Behauptung entbehrt jeder Grundlage. Daß Ihr so etwas zu einem solchen Zeitpunkt andeutet, ist ungeheuerlich.«

»Ich weiß von keiner Behauptung, und ich deute gar nichts an«, sagte ich, wieder einmal über die Unberechenbarkeit der Engländer verblüfft. »Ich versichere Euch, mir liegt nichts ferner. Ich habe nur überlegt …«

»Sogar für mich ist es offensichtlich, daß es ein einfacher Schlaganfall war«, fuhr Woodward heftig fort. »Und außerdem handelt es sich um eine reine College-Angelegenheit, Sir. Wir danken Euch, daß Ihr Alarm geschlagen habt, wollen aber Eure Zeit nicht länger in Anspruch nehmen.«

Diese Erklärung war ganz eindeutig ein Hinauswurf und ziemlich beleidigend. Mein Abschied entbehrte, als ich ging, ebenso jeder Höflichkeit.

Zehntes Kapitel

ICH HATTE DEN BERICHT fast beendet, dem meine Gefährten im Kaffeehaus mit atemloser Spannung gelauscht hatten. Seit der Belagerung hatte sich nichts Aufregenderes in der Stadt zugetragen, und da alle, die damit zu tun hatten, meinen Zuhörern bekannt waren, war das Interesse doppelt so groß. Lower begann sofort zu überlegen, ob er vorschlagen sollte, den Leichnam selbst zu untersuchen.

Wir bemühten uns, ihm begreiflich zu machen, daß man ihm kaum erlauben würde, Dr. Grove zu sezieren. Er protestierte heftig und behauptete, ein solcher Gedanke habe ihn nicht einmal gestreift; dann blickte er auf, schaute hinter mich, und ein schwaches Lächeln flackerte über sein Gesicht.

»Nun, nun«, sagte er. »Was können wir für dich tun, Kind?«

Ich drehte mich um. Da stand, blaß und müde aussehend, Sarah Blundy. Hinter ihr kam die Frau namens Tillyard herein und schalt sie ob ihrer Dreistigkeit. Sie packte Sarahs Arm, doch die riß sich zornig los.

Es war klar, daß sie gekommen war, um mit mir zu sprechen, also sah ich sie so kalt an, wie sie es verdiente, und wartete darauf zu hören, was sie zu sagen hatte. Ich wußte es bereits: Lower hatte mit ihr gesprochen, dessen war ich sicher, und hatte den Preis für das Leben ihrer Mutter festgesetzt. Entweder sie entschuldigte sich für ihr Benehmen, oder ihre Mutter mußte sterben. Es war, fand ich, ein geringes Honorar.

Sie schlug die Augen nieder, um Bescheidenheit vorzutäuschen – was für Augen hat sie doch! dachte ich ganz gegen meinen Willen –, und sagte mit leiser und ruhiger Stimme: »Ich möchte Euch um Vergebung bitten, Mr. Cola.«

Noch immer schwieg ich und sah sie weiterhin frostig an.

»Ich denke, meine Mutter stirbt. Bitte …«

Es war Dr. Grove, der das Leben der alten Frau rettete. Hätte ich mich nicht an sein Verhalten vor wenigen Tagen in genau dieser Umgebung erinnert, hätte ich mich abgewandt und Sarah von Tillyard hinauswerfen lassen, wie sie es verdiente. Doch so leicht wollte ich nicht nachgeben.

»Glaubst du auch nur einen Moment, ich würde einen Finger rühren, um ihr zu helfen? Nach der Unverschämtheit, mit der du mich beleidigt hast?«

Demütig schüttelte sie den Kopf, und das lange dunkle Haar flog ihr um die Schultern. »Nein«, sagte sie beinahe unhörbar.

»Warum bist du dann gekommen?« fragte ich hartnäckig.

»Weil sie Euch braucht, und ich weiß, daß Ihr ein zu gütiger Mensch seid und sie nicht durch meine Schuld im Stich lassen würdet.«

Was für ein Lob, dachte ich sarkastisch, während ich sie noch ein paar Minuten voller Angst leiden ließ. Als ich dann sah, daß Boyle mich kühl abschätzend musterte, seufzte ich schwer und stand auf. »Nun gut«, sagte ich. »Sie ist eine gute Frau, und ich gehe um ihretwillen. Eine Tochter wie dich zu haben muß schwer genug für sie sein.«

Mit einem finsteren Blick zu Lower, der selbstgefällig und selbstzufrieden dasaß, verließ ich den Tisch. Wir durchquerten die Stadt, fast ohne ein einziges Wort zu wechseln. Sosehr ich mich auch bemühte, es nicht zu tun, ich freute mich, doch nicht wegen des billigen Sieges, den ich errungen hatte. Nein; meine Freude galt allein der Tatsache, daß ich jetzt mein Experiment durchführen und vielleicht sogar ein Leben retten konnte.

Schon nach ein paar Sekunden am Bett der Mutter war jeder Gedanke an die Tochter völlig verschwunden. Die alte Frau war blaß und unruhig, warf sich im Delirium im Bett hin und her. Sie war furchtbar schwach und hatte Fieber. Die Wunde war zum Glück nicht brandig geworden, was meine schlimmste Furcht gewesen war. Aber sie heilte auch nicht: Haut, Fleisch und Knochen wuchsen nicht zusammen, obwohl jetzt schon deutliche Anzeichen für eine natürliche Heilung zu sehen sein sollten. Die Schiene hielt den Knochen noch fest zusammen, doch das war nutzlos, wenn der geschwächte Körper nicht für sich selbst sorgte. Ich konnte ihm nicht helfen, wenn er sich weigerte, in eigenem Interesse zu handeln.

Ich lehnte mich zurück, strich mir über das Kinn und bemühte mich mit gefurchter Stirn, mir eine andere konventionellere Behandlung einfallen zu lassen, ein Medikament, eine Salbe, die der alten Frau vielleicht helfen könnten. Aber mein Kopf war leer.

Man möge verstehen, daß ich trachtete, an alle Möglichkeiten zu denken, die mein Experiment überflüssig machen würden: Ich stürzte mich nicht bedenkenlos in den Versuch. Lower hatte recht, wenn er sagte, man müßte die Sache erst an einem Tier erproben. Aber es war keine Zeit, und weder mir noch Lower fiel eine andere Möglichkeit ein.

Und das Mädchen wußte genauso wie ich, wie begrenzt meine Mittel waren. Sie hockte vor dem Feuer, stützte das Kinn in die Hände und sah mich ruhig und eindringlich an; zum ersten Mal gewahrte ich bei ihr einen Ausdruck aufrichtigen Mitgefühls, weil ich so unverkennbar tief betroffen war.

»Ihre Chance, gesund zu werden, war, auch bevor Ihr kamt, nicht gut«, sagte sie leise. »Dank Eurer Güte und Eurer Kunst hat sie länger durchgehalten, als ich es für möglich gehalten hätte. Dafür bin ich Euch dankbar, und meine Mutter war schon seit langem auf ihren Tod vorbereitet. Macht Euch keine Vorwürfe, Sir. Gegen Gottes Willen könnt Ihr nicht obsiegen.«

Ich beobachtete sie sehr genau, während sie sprach, und fragte mich, ob aus ihrer Stimme Spott oder Herablassung herauszuhören waren, so gewohnt war ich schon an ihr rüdes Benehmen. Doch da war weder das eine noch das andere, sie sprach nur sanft. Merkwürdig, dachte ich, ihre Mutter stirbt, und sie tröstet den Arzt.

»Woher wissen wir denn, was Gottes Wille ist? Du magst seiner sicher sein, doch ich wurde nicht so erzogen. Vielleicht soll ich mir etwas einfallen lassen, das sie heilt.«

»Wenn es etwas gibt, werdet Ihr es tun«, sagte sie schlicht.

Ich zermarterte mir den Kopf, denn auch vor einem solchen Mädchen, das mich nicht einmal im Ansatz verstehen könnte, wagte ich nicht auszusprechen, was ich beabsichtigte.

»Sagt es mir«, forderte sie mich auf, fast als sähe sie meine Unentschlossenheit und mein Zögern.

»Seit langem habe ich über eine bestimmte Behandlungsmethode nachgedacht«, begann ich. »Ich weiß nicht, wie sie wirken wird. Sie könnte sie schneller töten als das Beil eines Scharfrichters. Wenn ich sie versuchte, könnte ich der Erlöser oder der Mörder deiner Mutter sein.«

»Nicht ihr Erlöser«, sagte sie ernst. »Sie braucht keinen zweiten. Aber Ihr könntet auch nicht ihr Mörder sein. Niemand, der ihr zu helfen versucht, könnte je etwas anderes sein als ihr Wohltäter, wie es auch kommt. Der Wunsch zu helfen ist das Entscheidende, oder nicht?«

»Je älter man wird, um so schwieriger ist es, eine Wunde zu heilen«, sagte ich und wünschte, ich hätte diesen Punkt am Abend zuvor auch Grove zu bedenken gegeben, und war über die Weisheit ihrer Antwort erstaunt. »Etwas, das ein Kind in wenigen Tagen übersteht, kann einen alten Menschen töten. Das Fleisch wird müde, verliert seine Elastizität, stirbt schließlich und befreit den Geist, der darin wohnt.«

Das Mädchen, das noch immer beim Feuer kauerte, sah mich ausdruckslos an, während ich sprach, rutschte weder unruhig hin und her, noch machte es auf mich den Eindruck, daß es mich nicht verstand. Also fuhr ich fort:

»Es kann auch sein, daß das Blut altert, das unaufhörlich durch die Adern kreist, bis es seine natürliche Kraft verliert und nicht mehr so wirksam die Nährstoffe zum Herzen befördert, die es braucht, um die Lebensgeister zu fermentieren.«

Sarah nickte, als hätte ich nichts für sie Überraschendes gesagt; obwohl ich über die neuesten Entdeckungen gesprochen und außerdem eine ausgefallene Erklärung hinzugefügt hatte, über die meine älteren Kollegen bestürzt den Kopf geschüttelt hätten.

»Verstehst du mich, Kind?«

»Natürlich«, sagte sie. »Warum denn nicht?«

»Aber es überrascht dich gewiß, wenn ich sage, daß das Blut durch den Körper kreist?«

»Das könnte höchstens einen Arzt überraschen«, sagte sie. »Jeder Bauer weiß es.«

»Wie meinst du das?«

»Wenn man ein Schwein ausbluten läßt, sticht man die Hauptader im Hals an. Das Schwein verblutet und gibt weiches weißes Fleisch. Wie sonst könnte alles Blut aus einem einzigen Schnitt kommen, wenn im Körper nicht alles miteinander verbunden wäre? Und es fließt aus eigener Kraft, fast als werde es herausgepumpt, also muß es immer rundherum gehen. Das ist doch offensichtlich, oder?«

Ich blinzelte, starrte sie an. Die Jünger der ärztlichen Kunst hatten beinahe zweitausend Jahre gebraucht, ehe sie diese erstaunliche Entdeckung machten, und dieses Mädchen sagte, das sei ihm schon lange bekannt. Vor ein paar Tagen wäre ich über ihre Dreistigkeit noch wütend gewesen. Jetzt fragte ich mich nur, was sie – und das von ihr erwähnte Landvolk – vielleicht noch wußten, wenn man sich nur die Mühe machen würde, sie zu fragen.

»Ah, ja, sehr gut beobachtet«, sagte ich, ganz vom Weg abgekommen, während ich mich zu erinnern versuchte, worüber ich gesprochen hatte. Ich sah sie ernst an und holte tief Atem. »Jedenfalls schlage ich vor, deiner Mutter frisches, neues Blut zuzuführen, die belebende Kraft einer viel jüngeren Frau auf sie zu übertragen. Soviel ich weiß, hat das bisher noch niemand getan, hat noch niemand auch nur daran gedacht. Es ist gefährlich, und wenn es öffentlich bekannt würde, käme es zu einem Skandal. Ich bin jedoch fest überzeugt, daß es für deine Mutter die einzige Chance ist, am Leben zu bleiben.«

Das arme Mädchen schien völlig benommen von dem, was ich gesagt hatte. Ein Ausdruck ängstlicher Spannung erschien auf ihrem Gesicht.

»Nun?«

»Ihr seid der Arzt. Es liegt in Euren Händen.«

Ich holte tief Atem, und mir wurde klar, daß ich halb und halb gehofft hatte, sie würde wieder anfangen mich zu beschimpfen, würde mich beschuldigen, ich mißachtete Gottes Gesetz oder etwas Ähnliches, und würde mich so von der Last der Verantwortung befreien, die ich ritterlich auf mich genommen hatte. Doch ich sollte meinem Schicksal nicht so einfach entrinnen. Mit dem, was ich gesagt hatte, hatte ich meinen guten Charakter und mein Können aufs Spiel gesetzt. Ein Zurück gab es nicht mehr.

»Ich muß dich und deine Mutter eine Weile allein lassen, um mich mit Dr. Lower zu beraten, denn ich brauche seine Hilfe. Ich komme so schnell wie möglich zurück.«

Als ich die armselige Hütte verließ, kniete Sarah Blundy neben dem Bett ihrer Mutter, streichelte das Haar der alten Frau und sang mit weicher Stimme leise ein Lied. Ein tröstlicher, sanfter Ton, dachte ich im Hinausgehen; so hatte meine Mutter mir vorgesungen, wenn ich krank war, hatte mir genauso das Haar gestreichelt. Es hatte mich in meiner Krankheit getröstet, und ich betete darum, daß es für die alte Frau das gleiche tat.

Elftes Kapitel

LOWER WAR, als ich zu ihm kam, voller Eifer dabei, ein Gehirn zu sezieren; mit dieser Arbeit – später als sein *Tractus de Corde* der Welt übergeben – brachte er den größten Teil seiner Tage zu und hatte schon viele schöne Skizzen angefertigt. Er war nicht erfreut, als ich hineinplatzte und seine Hilfe verlangte; wieder erlebte ich ihn in schlechter Laune.

»Kann das nicht warten, Cola?«

»Ich glaube nicht. Wenigstens nicht lange. Und als Gegenleistung kann ich Euch eines der vergnüglichsten Experimente bieten.«

»Ich experimentiere nicht zum Vergnügen«, sagte er schroff.

Ich betrachtete sein Gesicht, über den Tisch gebeugt, eine dunkle Locke ins Auge hängend. Um Mund und Wangen war ein Zug, der mich befürchten ließ, daß er wieder in einer seiner schwarzen Stimmungen war.

»Es ist auch ein Akt der Nächstenliebe, und ich bitte Euch, mich nicht abzuweisen, denn ich brauche Hilfe, und Ihr seid der einzige, der ruhig und weise genug ist, sie zu leisten. Zürnt nicht, denn ich verspreche, Euch für Eure Güte später zehnfach zu entschädigen. Ich habe die Witwe Blundy untersucht, und die Zeit ist knapp.«

Meine Unterwürfigkeit entwaffnete ihn, denn er schnitt eine Grimasse, legte mit offensichtlichem Widerstreben das Messer aus der Hand und wandte sich mir zu.

»Geht es ihr so schlecht, wie man aus dem Gesicht des Mädchens schließen konnte?«

»Ja. Wenn nicht etwas getan wird, wird sie bald sterben. Wir müssen das Experiment versuchen. Müssen ihr Blut geben. Ich habe den Almanach zu Rate gezogen. Die Sonne steht im Steinbock, was für Angelegenheiten des Blutes günstig ist. Morgen ist es zu spät. Ich weiß, daß Ihr solche Einzelheiten bezweifelt, doch ich will keine Risiken eingehen.«

Er brummte zornig, da er an meinem Verhalten erkannte, daß ich kein Weigerung dulden und ihn nicht in Ruhe lassen würde.

»Ich bin nicht überzeugt, daß es eine gute Idee ist.«

»Aber sie stirbt sonst.«

»Wahrscheinlich stirbt sie in jedem Fall.«

»Also was haben wir zu verlieren?«

»Ihr – nichts. Für mich ist das Risiko wesentlich größer; meine Karriere hängt davon ab, und meine Familie verläßt sich darauf, daß ich in London meinen Weg mache.«

»Ich sehe das Problem nicht.«

Er wischte das dünne Messer an seiner Schürze ab und wusch sich die Hände. »Hört zu, Cola«, sagte er und wandte sich mir zu, als er fertig war, »Ihr seid lange genug hier, um den Widerstand zu kennen, mit dem wir es zu tun haben. Denkt daran, wie der Idiot Grove Euch gestern abend im New College wegen experimenteller Behandlungsmethoden angegriffen hat. Er hatte nicht ganz unrecht, so ungern ich es auch zugebe. Und viele sind noch schlimmer als er und können mir sehr schaden, wenn sie auch nur die geringste Möglichkeit haben. Wenn ich an dieser Operation teilnehme, die Patientin stirbt und das bekannt wird, ist mein Ruf als Arzt zerstört – noch ehe ich mir einen geschaffen habe.«

»Ihr zweifelt an dem Experiment, das ich vorhabe?« versuchte ich es anders.

»Ich habe sogar die größten Zweifel, und Ihr solltet sie auch haben. Es ist eine hübsche Theorie, aber die Chance, daß die Patientin die Prozedur überlebt, scheint mir wirklich gering. Ich muß aber zugeben«, sagte er widerstrebend, und nun war ich sicher, daß ich gewinnen würde, »der Versuch wäre faszinierend.«

»Wenn Ihr also nicht fürchten müßtet, daß es allgemein bekannt wird ...«

»Würde ich begeistert mitmachen.«

»Wir können die Tochter durch Eid zum Schweigen verpflichten.«

»Stimmt. Aber auch Ihr müßt schwören, nichts zu sagen. Selbst wenn Ihr, nach Venedig zurückgekehrt, eine Abhandlung veröffentlichen würdet, in der Ihr schildert, was Ihr getan habt, würdet Ihr mich in größte Schwierigkeiten bringen, wenn nicht alles richtig getan wurde.«

Ich klopfte ihm auf den Rücken. »Sorgt Euch nicht«, sagte ich, »denn ich veröffentliche nichts. Ihr habt mein Wort, daß ich nichts sagen werde, außer Ihr gebt mir die Erlaubnis.«

Lower kratzte sich an der Nase, während er grimmigen Gesichts über das Risiko nachdachte, das er einging, und nickte dann. »Nun gut«, sagte er, »dann nichts wie los.«

* *
*

So ist alles gekommen. Auch jetzt noch denke ich, daß er keinen heimlichen Grund dafür hatte, auf dieser Vereinbarung zu bestehen. Sein Beweggrund war einfachstes Eigeninteresse, und ich denke, daß er erst unter dem Einfluß seiner Freunde von der Royal Society und viel später beschloß, Ehre und Freundschaft dem Ruhm zu opfern. Dann mißbrauchte er meine Ehrlichkeit und mein Vertrauen auf niederträchtigste Weise und nutzte mein Schweigen für seine Zwecke.

Damals jedoch war ich überglücklich und dankbar, weil er meinetwegen ein solches Risiko auf sich nahm.

Um ehrlich zu sein – ich hätte mein Experiment lieber in einer besseren Umgebung und in Anwesenheit mehrerer Zeugen durchgeführt, die beobachteten, was wir taten. Doch eine solche Möglichkeit gab es nicht. Mrs. Blundy war nicht transportfähig, und ganz abgesehen von Lowers Befürchtungen, hätte es zu lange gedauert, mehrere geeignete Personen als Zuschauer aufzutreiben. Also gingen Lower und ich ernst und schweigend und allein in die Hütte zurück, wo die kranke Frau und ihre Tochter auf uns warteten.

»Mein liebes Kind«, sagte Lower so freundlich und beruhigend wie er nur konnte, »verstehst du auch richtig, was mein Kollega vorgeschlagen hat? Du verstehst, wie gefährlich es ist – für dich und für deine Mutter? Wir verbinden vielleicht eure Seelen und eure Leben miteinander, und wenn es bei einer mißlingt, kann es für die andere sehr wohl katastrophal sein.«

Sie nickte. »Wir sind schon so eng miteinander verbunden, wie es zwischen Mutter und Tochter nur möglich ist. Ich habe es ihr gesagt, weiß aber nicht, wieviel sie verstanden hat. Ich bin sicher, sie würde sich weigern, weil sie das eigene Leben immer nur gering geschätzt hat, aber das müßt Ihr ignorieren.«

Lower brummte. »Und Ihr, Cola? Wollt Ihr beginnen?«

»Nein«, sagte ich, »ich *will* nicht.« Nun, da es soweit war, zweifelte ich. »Doch ich denke, wir müssen.«

Lower untersuchte die Patientin und machte ein ernstes Gesicht. »Leider kann ich Eurer Diagnose nicht widersprechen. Sie ist in der Tat sehr krank. Fangen wir an. Sarah, roll deinen Ärmel auf und setz dich hierher.«

Er zeigte auf den kleinen Hocker neben dem Bett, und als sie saß, begann er ihr ein Band um den Arm zu wickeln. Als nächstes entblößte er den dürren Oberarm ihrer Mutter und umwickelte ihn mit einem zweiten Band – einem roten diesmal, daran erinnere ich mich genau.

Dann holte er ein silbernes Röhrchen und zwei Federkiele heraus und blies sie durch, um sicherzugehen, daß sie nicht verstopft waren. »Bereit?« fragte er. Beide nickten wir grimmig. Mit einem sauberen und oft geübten Schnitt öffnete er mit einem scharfen Messer die Ader des jungen Mädchens, schob einen Federkiel mit der Spitze gegen den Blutfluß hinein, so daß das Blut auf natürlichem Weg an die Luft gelenkt wurde; dann stellte er eine Tasse darunter und begann die Flüssigkeit zu sammeln. Schneller als erwartet ergoß sie sich als rubinroter Strom in die Schüssel.

Er zählte langsam. »Das Gefäß faßt ein Viertelpint«, sagte er. »Ich will nur sehen, wie lange es dauert, bis es voll ist, dann können wir mehr oder weniger genau schätzen, wieviel wir nehmen.«

Es wurde schnell voll, so voll, daß es überlief und das Blut anfing auf den Boden zu spritzen. »Eineinachtel Minuten!« rief Lower. »Schnell, Cola, das Röhrchen.«

Ich reichte es ihm, als Sarahs Lebensblut sich auf den Boden zu ergießen begann, und schob den zweiten Federkiel in die Vene ihrer Mutter, andersherum diesmal, damit das neue Blut in dieselbe Richtung floß wie ihr eigenes und keine Turbulenzen entstanden. Als Sarahs Blut reichlich durch das silberne Röhrchen zu fließen begann, schob Lower sie sanft nach vorn und verband das Röhrchen mit dem Federkiel, der aus dem Arm ihrer Mutter ragte.

Aufmerksam beobachtete er die Verbindung. »Es scheint zu funktionieren«, sagte er, wobei es ihm kaum gelang, die Überraschung in seiner Stimme zu unterdrücken. »Und ich sehe kein Anzeichen von Verklumpung. Wie lange, schätzt Ihr, sollen wir warten?«

»Für achtzehn Unzen?« Ich rechnete, so schnell ich konnte, während Lower zählte. »Ungefähr vierzehn Minuten«, sagte ich. »Am besten fünfzehn.«

Es wurde still, während Lower aufmerksam leise weiterzählte. Das Mädchen biß sich auf die Unterlippe und machte ein besorgtes Gesicht. Sie war sehr tapfer, das muß ich sagen; während des ganzen Vorgangs kam kein Laut der Klage oder der Furcht über ihre Lippen. Ich selbst hatte Angst, fragte mich, wie das Ergebnis aussehen würde. Vorerst war keine Wirkung zu erkennen.

»... neunundfünfzig, sechzig«, sagte Lower endlich. »Das wird reichen. Raus damit.« Er nahm das Röhrchen heraus, legte es auf den Boden, preßte geschickt die Finger auf die Vene der Mutter und zog den Federkiel heraus. Ich tat das gleiche bei dem Mädchen, und dann bandagierten wir die Arme, um die Blutung zum Stillstand zu bringen.

»Fertig«, sagte Lower zufrieden. »Wie fühlst du dich, mein Mädchen?«

Sie schüttelte den Kopf und atmete ein- oder zweimal tief durch. »Ein bißchen schwindlig«, sagte sie schwach. »Aber sonst recht gut.«

»Gut. Bleib jetzt still sitzen.« Dann wandte er seine Aufmerksamkeit der Mutter zu. »Keine Veränderung«, sagte er. »Was denkt Ihr?«

Ich schüttelte den Kopf. »Weder besser noch schlechter. Aber es kann natürlich seine Zeit brauchen, bis das junge Blut anfängt zu wirken.«

»Wie immer die Wirkung sein mag«, sagte Lower leise vor sich hin. »Normalerweise würde man in einem solchen Fall ein starkes Brechmittel verordnen, aber ich glaube nicht, daß das im Augenblick klug wäre. Ich denke, das einzige, was wir tun können, ist warten, mein Lieber. Und hoffen und beten. Wir können es uns nicht mehr anders überlegen, dazu ist es zu spät.«

»Seht Euch das Mädchen an«, sagte ich. Sarah hatte begonnen mächtig zu gähnen, war sehr blaß und klagte, sie fühle sich benommen.

»Das ist nur der Blutverlust. Wir haben ihren Geist angezapft, und jetzt ist sie offensichtlich geschwächt. Leg dich zu deiner Mutter, mein Mädchen, und schlaf ein bißchen.«

»Ich kann nicht. Muß mich um sie kümmern.«

»Mach dir deshalb keine Sorgen. Cola wird sie beobachten wollen, und ich schicke später jemanden, damit ich auch erfahre, wie sich alles entwickelt. Leg dich also zu ihr ins Bett und sorg dich nicht. Was für ein Tag, Cola! Was für ein Tag! Zuerst Grove, dann das. Ich bin von all der Aufregung todmüde.«

»Was?« sagte Sarah. »Was ist mit Dr. Grove?«

»Hmm? Oh, du kennst ihn ja, nicht wahr? Das hatte ich vergessen. Er ist tot. Cola hat ihn heute morgen in seinem Zimmer gefunden.«

Sarah, bisher vom eigenen Blutverlust und sogar von dem Gedanken, daß ihre Mutter sterben könnte, anscheinend unberührt geblieben, verlor zum ersten Mal die Fassung. Sie wurde sogar noch blasser, als sie schon war, und wir bemerkten zu unserem größten Erstaunen, daß sie traurig den Kopf schüttelte, sich dann auf dem Bett zusammenrollte und das Gesicht in den Händen vergrub. Sehr ergreifend und überraschend, doch mir fiel auf, daß sie trotz ihrer Verzweiflung nicht fragte, was geschehen war.

Lower und ich wechselten einen Blick und kamen wortlos zu dem Schluß, daß wir nichts tun konnten: Der Blutverlust hatte sie geschwächt, und ihrem ausgehungerten Magen mangelte es an den notwendigen Säften, so daß ihr Körper mit allen Anzeichen der Hysterie reagierte.

Mein Freund war großartig, bewies eine Freundlichkeit und eine Geschicklichkeit, die sein oberflächliches Äußeres nicht vermuten ließ; um so befremdlicher waren für mich seine Wutanfälle. Nachdem wir uns überzeugt hatten, daß genügend Nahrungsmittel und Brennholz vorhanden waren und wir für unsere Patientin eine warme Bettdecke gefunden hatten, gab es nicht mehr viel zu tun. Wir wünschten ihr alles Gute und gingen. Ich kam ein paar Stunden später zurück, um zu sehen, ob es Fortschritte gegeben hatte. Mutter und Tochter schliefen, und ich muß sagen, daß die Mutter viel friedlicher wirkte als vor der Blutübertragung.

Zwölftes Kapitel

ALS ICH LOWER am selben Abend bei Mother Jean's traf – bei einer Frau, die in einer Seitenstraße der High Street ein Gasthaus betrieb und einem für wenig Geld ein genießbares Essen servierte –, schien er viel besserer Laune als vorher.

»Wie geht es Eurer Patientin?« rief er mir von seinem Tisch aus zu, als ich den kleinen, überfüllten Raum betrat, in dem sich Studenten und ein paar der mittelloseren Fellows drängten.

»Im wesentlichen unverändert«, sagte ich und schob einen Studenten zur Seite, um für mich Platz zu machen. »Sie schläft noch, atmet aber leichter, und ihre Haut ist besser durchblutet.«

»Das ist in Anbetracht der Umstände wohl richtig so«, antwortete er. »Aber darüber sprechen wir später. Darf ich Euch mit einem guten Freund von mir bekannt machen? Er ist Arzt und Experimentalist. Mr. da Cola – Mr. John Locke.«

Ein Mann, ungefähr in meinem Alter mit einem mageren Gesicht, hochmütiger Miene und einer langen Nase, blickte eine Sekunde lang von seinem Teller auf, murmelte etwas und widmete sich dann wieder dem Essen.

»Ein brillanter Unterhalter, wie Ihr seht«, fuhr Lower fort. »Wie er so viel essen und dabei so dünn bleiben kann, ist eines der großen Rätsel der Schöpfung. Wenn er stirbt, hat er mir seinen Leichnam versprochen, damit ich es herausfinden kann. Und jetzt. Essen. Ich hoffe, Ihr mögt Schweinskopf. Zwei Pence, mit so viel Kohl, wie ihr essen könnt. Bier kostet einen halben Penny. Es ist nicht mehr viel da, deshalb sollten wir die gute Mutter rufen.«

»Wie ist er zubereitet?« fragte ich eifrig, denn ich war halb verhungert. Ich hatte bei all der Aufregung ganz vergessen, etwas zu mir zu nehmen, und die Aussicht auf einen schönen Kopf mit Äpfeln in Likör gebraten und vielleicht auch noch mit ein paar Krabben, ließ mir vor Appetit das Wasser im Mund zusammenlaufen.

»Gekocht«, sagte er. »In Essig. Wie sonst?«

Ich seufzte. »Wie sonst, natürlich. Na schön.«

Lower rief die Frau an unseren Tisch, bestellte für mich und schenkte mir einen Krug Bier aus seiner Kanne ein.

»Kommt schon, Lower, sagt mir, was gibt es? Irgend etwas scheint Euch sehr zu amüsieren.«

Er legte einen Finger an die Lippen. »Pst«, sagte er. »Das ist ein großes Geheimnis. Ich hoffe, Ihr habt heute abend nichts vor.«

»Was sollte ich denn vorhaben?«

»Großartig. Ich möchte mich bei Euch dafür erkenntlich zeigen, daß Ihr mir heute nachmittag erlaubt habt, Euch zu assistieren. Wir haben Arbeit. Ich habe einen Auftrag bekommen.«

»Was für einen Auftrag?«

»Schaut in meine Tasche.«

Ich tat es. »Eine Flasche Brandy«, sagte ich. »Gut. Das ist mein Lieblingsgetränk. Nach Wein, natürlich.«

»Hättet Ihr gern einen Schluck?«

»Aber unbedingt. Er wird mir den Geschmack von gekochtem Schweinehirn aus dem Mund spülen.«

»Das würde er bestimmt. Seht ihn Euch ganz genau an.«

»Die Flasche ist halb leer.«

»Sehr aufmerksam. Und jetzt seht Euch den Flaschenboden an.«

Ich tat es. »Bodensatz«, sagte ich.

»Ja. Aber Bodensatz gibt es nur im Wein, nicht im Brandy. Und dieser sieht aus wie ein Granulat. Was ist es?«

»Keine Ahnung. Was macht das schon?«

»Die Flasche stammt aus Dr. Groves Zimmer.«

Ich runzelte die Stirn. »Was habt Ihr dort gemacht?«

»Man hat mich hingebeten. Mr. Woodward, ein entfernter Verwandter von Boyle – jeder ist ein entfernter Verwandter von Boyle, wie Ihr entdecken werdet –, hat ihn um Rat gefragt, und er lehnte unter dem Vorwand ab, das sei kein Gebiet, auf dem er sich kompetent fühle. Und er bat mich, an seiner Statt hinzugehen. Ich war natürlich begeistert. Woodward ist ein wichtiger Mann.«

Ich schüttelte den Kopf. Mir war schon klar, was geschehen würde. Armer Grove, dachte ich. Er hatte keine Zeit mehr, nach Northampton zu flüchten. »Ich dachte, er hätte jemand anders hinzugezogen. Bate – oder nicht?«

Lower schnippte verächtlich mit den Fingern. »Den alten Großvater Bate? Er würde nicht einmal sein Bett verlassen, wenn er dächte, Mars sei im Aufsteigen begriffen, und seine einzige Behandlung besteht darin, Blutegel zu setzen und Kräuter zu verbrennen. Er hätte schon sein ganzes Wissen zusammenkratzen müssen, um auch nur zu sehen, daß der arme alte Grove tot war. Nein. Woodward ist kein Narr. Er möchte die Meinung eines Mannes hören, der weiß, wovon er redet.«

»Und Eure Meinung ist …«

»Ich hatte eine schlaue Idee«, sagte er listig. »Ich habe mir die Leiche kurz angesehen und entschieden, daß weitere Untersuchungen erforderlich sind. Die ich heute abend in der Küche des Rektors vornehmen werde. Ich dachte, Ihr wärt vielleicht gern dabei. Locke will auch kommen, und wenn Woodward ein bißchen Wein bringen läßt, sollten wir eine sehr lehrreiche Stunde erleben.«

»Ich würde mich sehr freuen«, sagte ich. »Aber – seid Ihr sicher, daß ich zugelassen werde? Rektor Woodward war nicht gerade sehr freundlich, als wir uns begegneten.«

Lower winkte ab. »Macht Euch deshalb keine Sorgen«, sagte er. »Ihr habt ihn unter beklagenswerten Umständen kennengelernt.«

»Er war beleidigend«, sagte ich. »Warf mir vor, ich leistete verleumderischen Gerüchten Vorschub.«

»Tatsächlich? Was für Gerüchten?«

»Das weiß ich nicht. Ich habe nur gefragt, ob der arme Mann sich körperlich überanstrengt haben könnte. Woodward lief blau an vor Zorn und warf mir vor, ich sei boshaft.«

Lower rieb sich das Kinn, und ein verständnisvolles Lächeln glitt über sein Gesicht. »Nun, nun«, sagte er. »Vielleicht habt Ihr ja den Nagel auf den Kopf getroffen.«

»Was?«

»Es hat einen kleinen Skandal gegeben«, sagte Locke, denn er war mit dem Essen fertig und bereit, seine Aufmerksamkeit anderen Dingen zuzuwenden. »Nichts allzu Ernstes, aber jemand hat herumerzählt, daß Grove mit seiner Dienerin Unzucht trieb. Ich persönlich habe es für unwahrscheinlich gehalten, da die Geschichte von Wood kam.«

»Wie meint Ihr das?« fragte ich.

Locke zuckte mit den Schultern, als wolle er nicht weitersprechen. Lower jedoch war weniger zurückhaltend.

»Die bewußte Dienerin war Sarah Blundy.«

»Ich muß sagen, daß Grove mir immer als aufrechter Mann vorkam, durchaus imstande, den Lockungen eines Mädchens wie ihr zu widerstehen«, sagte Locke. »Und da, wie ich bereits erwähnte, dieser lächerliche Mensch Wood die Geschichte in die Welt setzte, habe ich sie natürlich von vornherein weit von mir gewiesen.«

»Wer ist Wood?«

»Anthony Wood. Oder Anthony à Wood, wie er sich gern selbst nennt, was er irrigerweise für vornehm hält. Ihr habt ihn noch nicht kennengelernt? Keine Sorge, das steht Euch bestimmt bevor. Er kommt schon noch zu Euch, und er wird auch aussaugen. Ein Historiker von der unangenehmsten Art.«

»Das ist so nicht richtig«, sagte Lower. »Ich bestehe auf Gerechtigkeit. Auf seinem Gebiet ist er hervorragend tüchtig.«

»Vielleicht. Aber er ist ein bösartiges Klatschmaul und ein trauriges kleines Bündel aus Neid und Mißgunst; niemand ist so verdienstvoll wie er, und alle haben nur durch Beziehungen Erfolg. Ich bin sicher, er glaubt, daß Jesus seinen Job nur durch den Einfluß seiner Familie bekommen hat.«

Lower kicherte über die Blasphemie, und ich bekreuzigte mich heimlich.

»Aber, Locke«, sagte Lower grinsend, »Ihr regt unseren papistischen Freund hier auf. Der Punkt ist, daß sich Wood, der mit seinen Büchern und Manuskripten ein mönchisches Leben führt, mit dem Mädchen irgendwie eingelassen hatte. Sie war Dienerin bei seiner Mutter, und der arme Wood hat sich von ihr furchtbar betrogen gefühlt.«

Locke lächelte. »Aber, seht Ihr, nur für Wood wäre so etwas überraschend gewesen«, sagte er. »Er hat dem Mädchen die Stellung bei Grove verschafft und sich dann alles Mögliche über die beiden ausgedacht. Da er boshaft ist, hat er das in der Stadt herumgetragen, und Grove sah sich gezwungen, das Mädchen zu entlassen, um seinen guten Namen zu schützen.«

Lower versetzte ihm einen Schlag auf den Arm. »Still, mein Freund«, sagte er, »denn hier ist der Mann selbst. Ihr wißt, wie empfindlich er ist, wenn man über ihn spricht.«

»O Gott«, sagte Locke, »ich halte es nicht aus. Nicht beim Essen. Ich muß mich entschuldigen, Mr. Cole.«

»Cola.«

»Mr. Cola. Ich hoffe Euch später zu sehen, vielleicht. Guten Abend, Gentlemen.«

Er erhob sich, verbeugte sich schnell und lief mit unziemlicher Hast zur Tür, wobei er sich vor einem lächerlich heruntergekommen aussehenden Mann verneigte, der sich schlurfend unserem Tisch näherte.

»Mr. Wood, Sir!« rief Lower höflich. »Setzt Euch zu uns und lernt meinen Freund Mr. Cola aus Venedig kennen.«

Wood war, schon bevor er aufgefordert wurde, drauf und dran gewesen, sich bei uns niederzulassen und quetschte sich neben mich, so daß es unmöglich war, den Geruch seiner ungewaschenen Kleidung zu ignorieren.

»Guten Abend, Sir, guten Abend, Lower.«

Ich sah, warum Locke es so eilig gehabt hatte. Der Mann roch nicht nur schlecht, ließ nicht nur jede Eleganz vermissen und trug nicht nur in aller Öffentlichkeit seine Brille, als habe er vergessen, daß er sich nicht mehr in einer Bibliothek aufhielt – seit er da war, fiel auch etwas wie ein düsterer Schatten über unseren bisher so munteren Tisch.

»Ich habe gehört, Ihr seid Historiker, Sir«, sagte ich und versuchte noch einmal höflich zu konversieren.

»Ja.«

»Das muß sehr interessant sein. Seid Ihr an der Universität?«

»Nein.«

Wieder ein langes Schweigen, das Lower endlich brach, als er seinen Stuhl zurückschob und aufstand. »Ich muß mich vorbereiten«, sagte er, meine panischen Blicke völlig ignorierend, die ihm sagen sollten, daß er mich mit Mr. Wood nicht allein lassen sollte. »Wir treffen uns in etwa einer halben Stunde bei Mr. Stahl in der Turl Street ...«

Mit einem belustigten Zucken der Lippen, mit dem er mir zu verstehen gab, daß er genau wußte, was für einen Streich er mir spielte, ging Lower und ließ mich in Mr. Woods Gesellschaft zurück. Wood bestellte sich nichts zu essen, stellte ich fest; er sammelte die Teller der anderen ein und untersuchte sie auf Fettstückchen und Knorpel, die er verzehrte, und außerdem saugte er mit einem schrecklichen Geräusch die Knochen aus. Er muß wirklich sehr arm sein, dachte ich.

»Ich nehme an, sie haben Euch ein paar gemeine Geschichten über mich erzählt«, sagte er und winkte hastig ab, als ich es eilig abstreiten wollte. »Gebt Euch keine Mühe«, erklärte er. »Ich weiß, was sie reden.«

»Es scheint Euch nicht besonders zu stören«, sagte ich vorsichtig.

»Selbstverständlich stört es mich. Wünscht sich nicht jeder Mann, von seinen Gefährten geachtet zu werden?«

»Ich habe eine Menge viel schlimmerer Dinge über andere gehört.«

Wood grunzte und wandte sich Lowers Teller zu; da die Art der Zubereitung mir den Appetit verdorben hatte, schob ich ihm meinen Teller hin, der noch mehr als halb voll war.

»Freundlich von Euch«, sagte er. »Sehr freundlich.«

»Ihr mögt Lower für einen falschen Freund halten«, sagte ich, »doch ich darf sagen, daß er sich sehr lobend über Eure Fähigkeiten als Historiker geäußert hat. Was mich dazu verleitet, Euch zu fragen, was Ihr tut.«

Er grunzte noch einmal, und ich fürchtete, das Essen könnte ihn dazu bringen, allzu gesprächig zu werden. »Ihr seid der venezianische Arzt, von dem ich gehört habe?« beantwortete er meine Frage mit einer anderen.

»Venezianer, aber kein richtiger Arzt«, sagte ich.

»Papist?«

»Ja«, sagte ich vorsichtig, doch er schien sich nicht in beleidigende Äußerungen stürzen zu wollen.

»Dann denken Sie, daß Ketzer brennen sollen?«

»Verzeihung?« sagte ich ein wenig überrascht über die Plumpheit seiner Konversation.

»Wenn jemand den Schoß der wahren Kirche verläßt – Eurer oder irgendeiner anderen –, denkt Ihr, er sollte brennen?«

»Nicht unbedingt«, sagte ich und versuchte mir aus dem Stegreif ein Argument zurechtzulegen. Es schien mir am besten, zu verallgemeinern und ihm keine Gelegenheit zu geben, in meinen privaten Angelegenheiten herumzuschnüffeln. Ich verabscheue Klatsch in jeder Form. »Sie mögen es verdienen, ihr Leben zu verlieren, wenn Ihr den Argumenten des Thomas von Aquin folgt, der gefragt hat, warum Geldfälscher getötet werden sollen, nicht aber die Fälscher des Glaubens. Aber das kommt jetzt selten vor, denke ich, gleichgültig, was ihr Protestanten zu hören bekommt.«

»Ich habe in der Hölle brennen gemeint.«

»Oh.«

»Werden mir auch Adams Sünden vergeben, wenn mich ein Ketzerpriester tauft?« sagte er nachdenklich. »Sind meine Kinder Bastarde, wenn mich einer traut? Cyprianus, der Bischof von Karthago, hat gesagt, die Eigenschaften der Sakramente existierten *ex opere operantis*, denke ich, so daß eine Ketzertaufe gar keine Taufe wäre.«

»Papst Stephan hat dem widersprochen und entgegnet, sie existierten *ex opere operato*, durch den Wert der Handlung an sich, nicht durch den Status des Handelnden«, sagte ich. »Ihr wärt also nicht in großer Gefahr, wenn auf beiden Seiten Männer guten Willens am Werk wären.«

Er schnüffelte und wischte sich den Mund ab.

»Warum fragt Ihr?«

»Ihr glaubt an die Todsünde, ihr Papisten«, fuhr er geistesabwesend fort. »Eine düstere Lehre, finde ich.«

»Nicht so düster wie Eure Vorbestimmung. Ich glaube, Gott kann alles vergeben, sogar Todsünden, wenn er will. Ihr sagt, der Mensch gewinnt oder verliert seine unsterbliche Seele, noch bevor er geboren wird, und Gott könne das nicht ändern. Was wäre das nur für ein armseliger Gott?«

Er grunzte wieder und schien nicht geneigt, sich weiterhin mit dem Thema zu befassen, was mir seltsam vorkam, denn schließlich hatte er den Disput angefangen.

»Habt Ihr vielleicht den Wunsch, Katholik zu werden?« fragte ich und überlegte, ob seine Tirade vielleicht einen anderen Grund hatte als seine Unbeholfenheit und Unfähigkeit, ein ordentliches Gespräch zu führen. »Habt Ihr deshalb gefragt? Ich denke, dazu müßt Ihr Euch einen suchen, der gelehrter ist als ich. Ich bin in kirchlichen Dingen nicht gut beschlagen.«

Wood lachte, und ich spürte, daß ich ihn endlich aus seiner morbiden Selbstbetrachtung herausgeholt hatte – ein schöner Triumph, denke ich, denn es gibt nichts, was ausdauernder wäre als ein melancholischer Protestant. »Das seid Ihr wirklich nicht, Sir«, sagte er. »Habe ich Euch nicht erst am vergangenen Sonntag mit Mr. Lower in eine Ketzerkirche gehen sehen?«

»Stimmt, ich habe mit ihm eine Messe in St. Mary's besucht. Aber ich habe nicht kommuniziert. Obwohl ich sagen muß, daß es mir keine Kopfschmerzen bereiten würde, wenn ich es täte.«

»Ihr macht mich staunen. Wie ist das möglich?«

»Die Korinther haben kein Unrecht darin gesehen, Fleisch zu essen, das als Opfer für heidnische Götzen dargeboten wurde, da sie wußten, daß diese Götter nicht existieren«, sagte ich. »Und sosehr sie sich auch in anderen Fragen geirrt haben mögen, stimme ich ihnen in dieser zu. Die Handlung an sich ist harmlos, erst der bewußte Irrglaube ist Ketzerei.«

»Wenn man uns die Wahrheit zeigt, und wir weigern uns, unseren Augen und Ohren zu trauen?«

»Das ist ganz offensichtlich Sünde.«

»Selbst wenn es sich gegen die allgemein gültige Meinung richtet?«

»An Christus zu glauben hat sich einmal gegen alle gültigen Meinungen gerichtet. Die Wahrheit zu erkennen ist jedoch nicht so leicht. Deshalb dürfen wir auch keinen durch Tradition geheiligten Glauben allzu vorschnell verwerfen, auch wenn wir selbst ihm kritisch gegenüberstehen.«

»Das klingt jesuitisch für mich«, sagte Wood. »Ihr hättet nichts dagegen, wenn ich einen Gottesdienst in einer Eurer Kirchen besuchte?«

»Ich würde Euch willkommen heißen. Wobei ich natürlich nicht das Recht habe, jemanden willkommen zu heißen oder abzulehnen.«

»Ich muß sagen, Ihr seid recht unbekümmert. Doch woher wißt Ihr, daß die anglikanische Kirche ketzerisch ist?«

»Aus den Gründen, die ich anführe. Und weil sie vom Papst als ketzerisch verdammt wurde.«

»Oh, ich verstehe. Wenn eine These also ganz unverblümt ketzerisch, aber nicht verdammt worden wäre? Hätte ich – oder hättet Ihr – dann die Freiheit, sie zu unterstützen?«

»Ich nehme an, das hinge von der These ab«, sagte ich und suchte verzweifelt nach einer Möglichkeit, dieses Gespräch zu beenden, das plötzlich wieder in die alte Niedergeschlagenheit zurückgefallen war. Doch er war ein hartnäckiger Mann und verlangte so offensichtlich nach Gesellschaft, die arme Seele, daß ich nicht grausam sein mochte. »Wenn Ihr wollt, gebe ich Euch ein Beispiel. Vor einigen Jahren stieß ich auf eine Geschichte ketzerischer Bewegungen in der frühen Kirche. Ihr habt natürlich schon von dem Phryger Montanus* und seiner Behauptung gehört, daß in jeder Generation neue Propheten die Worte Unseres Herrn ergänzen würden.«

»Wurde von Hippolyt** verdammt.«

»Aber von Tertullian*** unterstützt und von Epiphanios**** wohlwollend kommentiert. Doch darauf wollte ich gar nicht hinaus, denn die Geschichte, die ich erwähnte, spricht von einer Frau namens Prisca als Nachfolgerin von Montanus, und was sie sagte, wurde nie verdammt, soviel ich weiß, da fast niemand sie kennt.«

»Und was hat sie gesagt?«

»Daß Erlösung ein persönlicher Prozeß ist und der Messias in jeder Generation wiedergeboren, wieder verraten, wieder sterben und wieder auferstehen würde, bis die Menschheit sich vom Bösen abwendet und nicht mehr sündigt. Und noch vieles von der Art.«

     *   Begründer einer altkirchlichen Bewegung
    **   röm. Schriftsteller; Gegenpapst
  ***   lat. Kirchenschriftsteller, Rhetor in Rom
****   Bischof von Salamis und Metropolit von Zypern

»Eine Lehre, die die Menschen aus den Augen verloren haben, sagt Ihr«, erwiderte Wood, merkwürdigerweise mehr an meinem Beispiel interessiert denn an etwas anderem, das ich gesagt hatte, nachdem ich ihm mein Essen zugeschoben hatte. »Das ist nicht überraschend. Es ist gewiß nur eine plumpe Lesart von Origenes*, der behauptete, Christus werde bei jeder Sünde, die wir begehen, von neuem gekreuzigt. Es ist eine Metapher wörtlich genommen.«

»Mein Standpunkt ist, daß Katholiken ohne Zweifel verpflichtet sind, jede heidnische Religion zu verwerfen, auch wenn sie nie formell verdammt worden ist. Lehre und Liturgie sind klar und deutlich niedergelegt, und wir müssen annehmen, daß, was nicht erlaubt ist, *per definitionem* ausgeschlossen bleibt.«

Wood schnaubte. »Lehnt Ihr Euch nie gegen das auf, was man Euch zu glauben vorschreibt?«

»Häufig«, sagte ich vergnügt, »aber nicht gegen die Lehre. Das ist nicht nötig, da sie in allen Einzelheiten ganz offensichtlich richtig ist. Ihr Mr. Boyle glaubt, wenn Religion und Wissenschaft in Konflikt geraten, muß der Fehler bei der Wissenschaft liegen. Das ist nicht viel anders, wie wenn man sagt: Wenn der Verstand des einzelnen und die Kirche uneins sind, ist es die Pflicht des einzelnen zu lernen, worin er irrt.«

Ich merkte, daß Wood anfing, dieses Gespräch viel interessanter zu finden als ich, und nahe daran war, vorzuschlagen, daß wir irgendwohin gehen sollten, um etwas zu trinken und unsere faszinierende Diskussion fortzusetzen. Ich konnte mir nichts vorstellen, was mir weniger lieb gewesen wäre, daher stand ich hastig auf, bevor er den Vorschlag machen konnte und ich ihn zurückweisen mußte.

»Ihr müßt mir vergeben, Mr. Wood, doch ich habe eine Verabredung mit Lower. Ich komme jetzt schon zu spät.«

Er machte ein langes Gesicht vor Enttäuschung, und mir tat er leid. Es ist schwierig, wenn jemand es so gut meint und sich so eifrig bemüht, und dennoch sind alle bestrebt, sich ihn vom Leib zu halten. Hätte ich Zeit gehabt, hätte ich mich entgegenkommender verhalten, trotz meiner Abneigung gegen seinen gelehr-

---

* griech. Kirchenschriftsteller; Wegbereiter des Mönchtums

ten Ernst und seine langweilige und schulmeisterliche Art. Doch glücklicherweise brauchte ich nicht zu lügen, um ihm auszuweichen; wichtigere Dinge erwarteten mich. Ich ließ ihn da sitzen und ganz allein mein Abendessen verzehren, der einzige Schweiger in einem Raum voll froher und vergnügter Menschen.

* *
*

Peter Stahl, den Lower zu konsultieren wünschte, war Deutscher und als eine Art Magier und hervorragender Kenner der Alchimie bekannt geworden. Wenn er getrunken hatte, konnte er faszinierend über den Stein der Weisen, das ewige Leben und darüber sprechen, wie man unedle Elemente in Gold verwandeln konnte. Ich selbst denke immer, daß Reden sehr schön sind, aber nicht so gut wie eine Demonstration, und trotz seiner Behauptungen und ungereimten Phrasen verlieh Stahl nicht einmal einer Spinne ewiges Leben. Da er nicht besonders reich war, vermute ich, daß es ihm nie gelungen ist, irgend etwas in Gold zu verwandeln. Jedoch, wie er einmal gesagt hat, ist die simple Tatsache, daß etwas nicht getan wurde, kein Beweis dafür, daß es nicht getan werden kann; daß solche Dinge unmöglich waren, würde er nur akzeptieren, wenn man ihn überzeugte, es stehe unabänderlich in einzigartiger Form fest. Alles, sagte er, weise bisher darauf hin, daß es möglich war, unedle Materialien in Primärelemente zu verwandeln. Wenn man aus Aqua Fortis* Salz machen konnte – eine ganz einfache Sache –, welchen Grund hätte jemand wie ich, über die Hypothese zu spotten, daß es, vorausgesetzt man kannte die richtige Methode, möglich war, Steine in Gold zu verwandeln? Auf ähnliche Weise zielte die Medizin darauf hin, Krankheit, Alter und Verfall abzuwehren; manche Arzneien wirkten sogar. Konnte ich denn schwören – und so meine Überzeugung begründen –, daß es keine allerletzte Arznei gab, die Krankheiten für immer abwehrte? Schließlich hätten das die größten Geister der Antike geglaubt, und es gab sogar biblische Beweise. Hatte Adam nicht neunhundertdreißig, Seth neunhundertzwölf und Methusa-

* Salpetersäure

lem neunhundertneunundsechzig Jahre gelebt, wie es in der Genesis überliefert wurde?

Lower hatte mich gewarnt und mir gesagt, Stahl sei ein schwieriger Charakter, mit dem nur Boyle fertig wurde. Seine Fähigkeiten und seine Laster hielten sich die Waage, da er ein Knabenschänder übelster Sorte war, dem es Vergnügen bereitete, in seinen Gesprächspartnern Ekel und Widerwillen zu wecken. Er war damals in den Vierzigern und schon von jener Altersschwäche gezeichnet, die eine Folge lasterhaften Lebens ist, mit tiefen Falten um einen schmalen Mund voller fauler und verrotteter Zähne und einer vornübergebeugten Haltung, die das Mißtrauen und die Abneigung ausdrückte, die er der ganzen Welt entgegenbrachte. Er war einer jener Menschen, die alle anderen für minderwertig halten, ungeachtet ihres Standes, ihrer Verdienste oder ihrer Eigenschaften. Kein Monarch war so wie er geeignet, ein Königreich zu regieren, kein Bischof so versiert in Theologie, kein Anwalt so raffiniert. Seltsamerweise erstreckte sich seine Arroganz nicht auf jenes Gebiet, auf dem sie vielleicht gerechtfertigt gewesen wäre – seine chemischen Experimente.

Merkwürdig war auch, daß er, obwohl er alle Menschen mit Verachtung behandelte, unermüdlich Zeit und Mühe opferte, sobald seine Neugier geweckt war. Mit Menschen konnte er nicht umgehen, aber setzte man ihm ein Problem vor, arbeitete er bis zur Erschöpfung. Obwohl ich eigentlich nichts als Widerwillen für ihn empfinden sollte, entwickelte ich dennoch eine vorsichtige Achtung für den Mann.

Er ließ sich nur schwer dazu überreden, uns zu helfen, obwohl er wußte, daß Lower ein enger Freund von Boyle war, der ihm damals seinen Lohn zahlte. Als wir ihm die Situation erklärten, lümmelte er in seinem Sessel und musterte uns verächtlich.

»So? Er ist tot?« sagte er in seinem stark akzentuierten Latein, das er auf die altmodische Weise aussprach, die unter den *cognoscenti* – den Kennern – Italiens verpönt war, obwohl die Engländer und andere (soviel ich weiß) sich über das Thema noch immer leidenschaftlich erhitzen können. »Ist es denn wichtig, genau zu wissen, was geschehen ist?«

»Natürlich«, antwortete Lower.

»Warum?«

»Weil es immer wichtig ist, die Wahrheit festzustellen.«

»Und Ihr glaubt, daß man das kann, nicht wahr?«

»Ja.«

Stahl prustete. »Dann seid Ihr optimistischer als ich.«

»Womit verbringt Ihr dann Eure Zeit?«

»Ich amüsiere meine Herrn und Meister«, antwortete Stahl in einem unangenehmen Ton. »Sie wollen herausfinden, was passiert, wenn man Grünspan mit Salpeteröl mischt, also mische ich es für sie. Sie wollen wissen, was passiert, wenn man es erhitzt, also erhitze ich es.«

»Und dann versucht Ihr, festzustellen, warum es passiert.«

Er winkte leichthin ab. »Unsinn. Nein. Wir versuchen herauszubekommen, wie es passiert. Nicht warum.«

»Gibt es da einen Unterschied?«

»Natürlich. Einen gefährlichen Unterschied. Die Kluft zwischen wie und warum beunruhigt mich stark und sollte auch Euch Sorgen machen. Es ist ein Unterschied, der die Welt über unseren Köpfen einstürzen lassen wird.« Er schneuzte sich und sah mich angeekelt an. »Hört«, sagte er, »ich bin ein vielbeschäftigter Mann. Ihr seid mit einem Problem zu mir gekommen. Es muß ein chemisches Problem sein, sonst hättet Ihr Euch nicht so erniedrigt, mich um einen Gefallen zu bitten. Richtig?«

»Ich habe eine sehr hohe Meinung von Euren Fähigkeiten«, protestierte Lower. »Das habe ich Euch gewiß oft genug bewiesen. Habe Euch lange genug für Lektionen bezahlt.«

»Ja, ja. Aber mit absichtslosen gesellschaftlichen Besuchen hat man mich nicht überbeansprucht. Das macht mir nichts aus, denn ich habe Besseres zu tun, als zu reden. Wenn ich Euch also einen Gefallen tun soll, sagt mir, welchen, und dann geht.«

Lower schien diesen Auftritt gewohnt. Ich wäre zu diesem Zeitpunkt vermutlich hinausmarschiert, doch er nahm ganz gelassen die Brandyflasche aus seiner Tasche und stellte sie auf den Tisch. Stahl betrachtete sie aus der Nähe – ich sah, daß er kurzsichtig war und vermutlich eine Brille dringend gebraucht hätte.

»Und? Was ist das?«

»Es ist eine Brandyflasche mit einem merkwürdigen Bodensatz, den Ihr genausogut sehen könnt wie ich, obwohl Ihr so tut, als seid Ihr blind. Wir wollen wissen, was es ist.«

»Aha. Wurde Dr. Grove von Geistern oder vom Geist des Alkohols getötet? Das ist das Problem, nicht wahr? Ist ihr Wein Schlangengift und Gift von ekligen Ottern?«

»Deuteronomium 32,33«, entgegnete er. »Ganz recht.« Und wartete geduldig ab, während Stahl auf komplizierte Weise kundtat, daß er nachdachte – seine Gedanken gewissermaßen sichtbar machte und zur Schau stellte. »Wie prüfen wir also diese Substanz, obwohl sie durch Flüssigkeit verunreinigt ist?« Der Deutsche dachte weiter nach. »Warum bietet Ihr nicht einfach ein Glas von diesem Brandy Eurer verführerischen Dienerin an, eh? Dann wären mit einem Schlag zwei Probleme gelöst.«

Lower sagte, er halte das für keine gute Idee. Es wäre schließlich schwierig, das Experiment, selbst wenn es erfolgreich wäre, zu wiederholen. »Wollt Ihr uns also helfen oder nicht.«

Stahl grinste und zeigte dabei eine Reihe schwarzer und gelblicher Zahnstummel, die sehr gut an seiner scheußlichen Laune schuld sein konnten. »Natürlich«, sagte er. »Das ist ein faszinierendes Problem. Wie brauchen eine Reihe von Versuchen, die wiederholt werden können und so zahlreich sein müssen, daß man mit ihrer Hilfe diesen Bodensatz identifizieren kann. Doch zuerst muß ich aus dem Bodensatz einen brauchbaren Auszug herstellen.« Er zeigte auf die Flasche. »Ich schlage vor, Ihr geht jetzt und kommt in ein paar Tagen wieder. Hetzen lasse ich mich nicht.«

»Vielleicht könnten wir trotzdem anfangen?«

Stahl seufzte, zuckte mit den Schultern, stand auf. »Nun gut. Wenn es mich von Eurer Gesellschaft befreit.« Er ging zu einem Regal, wählte ein elastisches Röhrchen mit einem Stück dünnen Glases am Ende und schob es in die offene Flasche, die er auf den Tisch stellte. Dann ging er in die Hocke, saugte am anderen Ende des Röhrchens und trat zurück, als die Flüssigkeit sich schnell in den Behälter ergoß, den er daruntergestellt hatte.

»Eine interessante und nützliche Übung«, stellte er fest. »Durchaus üblich, aber dennoch faszinierend. Solange der zweite Teil des Röhrchens länger ist als der erste, wird die Flüssigkeit herausfließen, denn die Flüssigkeit, die fällt, wiegt mehr als die, die nach oben fließen muß. Wäre das nicht so, würde sich im Röhrchen ein Vakuum bilden, das man nicht überwinden kann. Die wirklich interessante Frage ist aber die, was passiert, wenn …«

»Ihr wollt doch nicht etwa auch den Bodensatz heraussaugen, oder?« unterbrach Lower ihn besorgt, als der Pegel des Alkohols sich dem Flaschenboden näherte.

»Ich hab's gesehen, ich hab's gesehen.« Rasch zog Stahl das Glasröhrchen heraus.

»Und jetzt?«

»Und jetzt hole ich den Bodensatz heraus, der gewaschen und getrocknet werden muß. Das braucht seine Zeit, und es gibt für Euch überhaupt keinen Grund hierzubleiben.«

»Sagt uns nur, was Ihr plant.«

»Das ist einfach genug. Ich habe hier eine Mischung aus Brandy und Bodensatz, die ich vorsichtig erhitzen werde, damit die Flüssigkeit verdampft. Dann wasche ich den Bodensatz mit reinem Regenwasser, erlaube ihm, sich wieder zu setzen, gieße die Flüssigkeit abermals ab, wasche und trockne ihn ein zweites Mal. Dann sollte er eigentlich rein sein. Drei Tage, wenn's recht ist. Keinen Augenblick früher, und solltet Ihr früher erscheinen, werde ich nicht mit Euch sprechen.«

* *
*

Ich folgte Lower zurück ins New College und in die Wohnung des Rektors, ein großes Bauwerk, das einen erheblichen Teil der westlichen Mauer des Innenhofs einnahm. Die Dienerin führte uns in das Zimmer, in dem Rektor Woodward Gäste empfing; dort fanden wir Locke vor, der sich so lässig am Feuer rekelte und unterhielt, als gehöre die Wohnung ihm. An diesem Mann, dachte ich, ist etwas, womit er sich jederzeit in die Gunst der Mächtigen einschmeicheln kann. Wieso das so war, weiß ich nicht, denn er hatte weder ein verbindliches Wesen, noch war er ein besonders guter Gesellschafter, und doch war die Beflissenheit gegen jene, die seiner Meinung nach seiner würdig waren, so groß, daß man ihr nicht widerstehen konnte. Und natürlich arbeitete er sehr sorgfältig an seinem Ruf, ein äußerst brillanter Mann zu sein, so daß diese Leute ihn am Ende unterstützten und dankbar dafür waren, daß sie es durften. In späteren Jahren schrieb er Bücher, die für philosophisch gehalten wurden, obwohl man, schon wenn man sie flüchtig liest, begreift, daß sie nur seinen Hang zur Schmeichelei auf die metaphysische Ebene transponieren und eine Rechtfertigung dafür sind, warum jene, die ihn unterstützen, alle Macht in Händen halten sollten. Ich mochte Mr. Locke nicht.

Seine Ungezwungenheit und sein Selbstbewußtsein in der Anwesenheit von Rektor Woodward unterschieden sich deutlich vom Verhalten meines Freundes Lower, der den Mut verlor, wenn er jene Mischung aus Respekt und Höflichkeit zeigen sollte, die für den Umgang mit Höherstehenden erforderlich sind. Armer Mensch; er sehnte sich verzweifelt nach Wohlwollen, wollte gefallen, war jedoch nicht imstande zu heucheln, und seine Unbeholfenheit wurde nur allzu häufig für ungehöriges Benehmen gehalten. Nach fünf Minuten war beinahe in Vergessenheit geraten, daß Lower gebeten worden war, Groves Leiche zu untersuchen, und Locke nur beobachten sollte; das Gespräch ging nur zwischen dem Philosophen und dem Rektor hin und her, während Lower voller Unbehagen und verlegen schweigend an der Seite saß und seine Laune zunehmend schlechter wurde.

Ich selbst verhielt mich still, da ich Woodwards Unwillen nicht noch einmal erregen wollte, und es war Locke – das muß ich ihm zugestehen –, der mich rettete.

»Mr. Cola hier war bestürzt, daß Ihr ihn heute morgen getadelt habt, Rektor«, sagte er. »Vergeßt nicht, er ist ein Fremder, der nichts über unsere Angelegenheiten weiß. Was er auch gesagt haben mag, es war völlig arglos gemeint.«

Woodward nickte und sah mich an. »Nehmt bitte meine Entschuldigung an, Sir«, sagte er. »Ich war verstört und habe nicht so auf meine Worte geachtet, wie es richtig gewesen wäre. Aber ich habe am Abend vorher eine Beschwerde erhalten und Eure Worte mißdeutet.«

»Was für eine Beschwerde?«

»Wir haben erwogen, Dr. Grove eine Pfründe zuzuteilen, und er hätte sie wahrscheinlich auch bekommen, doch gestern abend wurde dagegen Einspruch erhoben. Er wurde eines lasterhaften Lebenswandels beschuldigt, daher dürfe man ihn nicht wählen.«

»Es ging um das Blundy-Mädchen, nicht wahr?« fragte Locke uninteressiert.

»Woher wißt Ihr das?«

Locke zuckte mit den Schultern. »Es ist in den Schenken ein offenes Geheimnis, Sir. Doch natürlich wird es dadurch nicht zur Wahrheit. Darf ich fragen, von wem der Einspruch kam?«

»Von jemandem aus der Fellowship«, sagte Woodward.

»Und weiter?«

»Das weitere geht allein das College an.«

»Hat derjenige Euch Beweise für die Beschuldigung genannt?«

»Er hat gesagt, das Mädchen, um das es geht, habe sich gestern abend in Dr. Groves Zimmer aufgehalten, er selbst habe es hineingehen sehen. Er beschwerte sich, weil wir in Verruf gekommen wären, wenn auch andere das Mädchen gesehen hätten.«

»Und war das die Wahrheit?«

»Ich wollte Dr. Grove heute morgen fragen.«

»Sie war also gestern nacht dort, und Dr. Grove wurde heute morgen tot aufgefunden«, sagte Locke. »Nun, nun …«

»Wollt Ihr andeuten, daß sie sein Leben ausgelöscht hat?«

»Himmel, nein«, erwiderte er. »Aber große körperliche Anstrengung kann unter bestimmten Umständen zu einem Schlaganfall führen, wie Mr. Cola heute morgen arglos erklärt hat. Das ist die bei weitem wahrscheinlichste Erklärung. Wenn sie zutrifft, wird uns eine sorgfältige Untersuchung bestimmt helfen. Und etwas Unheilvolleres scheint unwahrscheinlich, denn Mr. Lower sagt, das Mädchen sei aufrichtig betroffen gewesen, als es von Groves Tod erfuhr.«

Der Rektor brummte etwas. »Danke für die Information. Vielleicht sollten wir allmählich anfangen. Ich habe seinen Leichnam in die Bibliothek bringen lassen. Wo wollt Ihr ihn untersuchen?«

»Wir brauchen einen großen Tisch«, sagte Lower mürrisch. »Die Küche wäre am besten, wenn niemand von der Dienerschaft in der Nähe ist.«

Woodward ging, um das Küchengesinde wegzuschicken, und wir begaben uns in das Nebenzimmer, um uns den Leichnam anzusehen. Als das Haus leer war, trugen wir ihn durch den Flur in die Küche. Zum Glück war Grove schon aufgebahrt und gewaschen, so daß wir uns nicht auch noch mit dieser alles andere als angenehmen Tätigkeit aufhalten mußten.

»Ich denke, wir fangen am besten an, oder?« fragte Lower, der die Teller vom Tisch räumte. Wir entledigten Grove seiner Kleidung und hoben ihn nackt, wie Gott ihn geschaffen hatte, auf die Platte. Dann holte Lower seine Sägen, schärfte sein Messer und rollte seine Ärmel auf. Woodward stellte fest, daß er nicht dabeisein wollte, und verließ uns. »Ich hole meine Feder, wenn Ihr inzwischen so gut sein wolltet, ihm den Kopf kahlzurasieren«, sagte Lower.

Was ich bereitwillig tat, nachdem ich mir aus dem Schrank, in dem einer der Diener seine Toiletteartikel aufbewahrte, ein Rasiermesser geholt hatte.

»Barbier und Chirurg zugleich«, sagte Lower, als er den Kopf zeichnete – nur aus eigenem Interesse, dachte ich. Dann legte er das Papier beiseite, trat zurück und überlegte einen Moment. Als er bereit war, griff er zu Messer, Hammer und Säge, und wir hielten alle kurz inne, um zu beten, wie es jenen wohl ansteht, die sich anschicken, Gottes edelstes Werk zu entweihen.

»Haut ist nicht schwarz verfärbt, wie ich sehe«, stellte Locke fest, als die Minute der Frömmigkeit vorüber war und Lower durch die gelben Fettschichten zu schneiden begann, um den Brustkorb zu öffnen. »Wollt Ihr die Herzprobe machen?«

Lower nickte. »Das ist ein nützliches Experiment. Mich überzeugt das Argument zwar nicht, daß das Herz eines Giftopfers im Feuer nicht verbrennen kann, aber wir müßten es sehen.« Es gab ein leises, reißendes Geräusch, als die Schichten endlich durchschnitten waren. »Ich hasse es, dicke Leute aufzuschneiden.«

Er schwieg eine Weile, während er das Zwerchfell öffnete und die dicken, schweren Fettschwarten offenhielt, indem er jede Ecke auf dem Küchentisch festnagelte.

»Es ist ein Jammer«, sagte er, als das getan war und das Innere offen vor ihm lag, »aber in dem Buch, in dem ich nachgeschlagen habe, wurde nicht erwähnt, ob man das Herz zuallererst austrocknen muß. Aber Ihr versteht doch, was Locke meinte, als er sagte, die Haut sei nicht schwarz verfärbt, nicht wahr, Cola? Das spricht gegen eine Vergiftung. Andererseits ist sie stellenweise blaugrau. Seht Ihr? Am Rücken und an den Oberschenkeln? Vielleicht ist das wichtig. Ich denke, wir müssen es nicht schlüssig nennen. Hat er sich übergeben, bevor er starb?«

»Sehr heftig sogar. Warum?«

»Schade. Ich werde mir seinen Magen ansehen, für alle Fälle. Reicht mir eine Flasche, ja?«

Sehr fachmännisch füllte er einen schleimigen, blutigen, stinkenden Schaum aus dem Magen in die Flasche. »Öffnet bitte das Fenster, Cola«, sagte er. »Wir wollen doch nicht, daß Rektor Woodwards Wohnung unbewohnbar wird.«

»Menschen, die vergiftet wurden, übergeben sich im allgemeinen«, sagte ich und erinnerte mich an einen Fall aus Padua, bei dem meinem Lehrer gestattet worden war, einem Verbrecher Gift zu verabreichen, um die Wirkung zu beobachten. Der unglückselige Mensch erlitt einen schrecklichen Tod; doch da man ihm ohnehin alle Gliedmaßen abtrennen und seine Innereien vor seinen Augen verbrennen wollte, während er noch lebte, blieb er bis an sein Ende meinem Lehrer rührend dankbar für seine Rücksichtnahme. »Doch ich glaube, daß sie nur selten den gesamten Mageninhalt von sich geben.«

An diesem Punkt verstummte die Unterhaltung, da Lower damit beschäftigt war, Magen, Milz, Leber und Nieren in seinen Glasflaschen unterzubringen, zu jedem Organ einen kurzen Kommentar gab und es, bevor er es in die Flasche fallen ließ, in die Höhe hielt, damit ich es sah. Die Galle ist gelber als üblich«, sagte er vergnügt, durch die Arbeit seine gute Laune zurückgewinnend.

»Magen und Gedärme sind außen merkwürdig bräunlich. Die Lungen haben schwarze Flecke. Leber und Milz sind stark verfärbt, und die Leber sieht aus wie – wie würdet Ihr es nennen?«

Ich schaute hinein und betrachtete das seltsam geformte Organ. »Ich weiß nicht. Für mich sieht es so aus, als habe man sie gekocht.«

Lower kicherte. »Das stimmt. Das stimmt. Jetzt die Gallenflüssigkeit. Sehr dünnflüssig. Fließt überall hin und hat eine schmutziggelbe Farbe. Höchst abnormal. Zwölffingerdarm entzündet und wund, aber ohne Spuren natürlichen Zerfalls. Das gleiche gilt für den Magen.«

Während er sich die blutigen Hände an seiner Schürze abwischte, betrachtete er nachdenklich den Leichnam.

»Mehr nicht«, sagte ich fest.

»Verzeihung?«

»Ich kenne Euch nicht sehr gut, Sir, aber diesen Blick kenne ich schon. Wenn Ihr daran denkt, ihm den Schädel zu öffnen und das Gehirn herauszunehmen, muß ich Euch bitten, darauf zu verzichten. Schließlich versuchen wir hier, seine Todesursache festzustellen. Es wäre ungesetzlich, noch weitere Stückchen herauszuschneiden, um sie zu sezieren.«

»Und er wird vor der Beerdigung öffentlich aufgebahrt, vergeßt das nicht«, fügte Locke hinzu. »Es wäre schwierig zu verbergen, daß Ihr ihm den Schädel halbiert habt. Es wird mühsam genug sein, niemanden sehen zu lassen, daß sein Kopf rasiert wurde.«

Lower wollte offensichtlich widersprechen, zuckte dann jedoch mit den Schultern. »Wächter über mein Gewissen«, sagte er. »Nun gut, obwohl die medizinische Wissenschaft wegen Eurer moralischen Bedenken leiden wird.«

»Nicht lange, dessen bin ich sicher. Außerdem sollten wir ihn wieder zusammensetzen.«

Also machten wir uns an die Arbeit, stopften Leinenstreifen in seine Körperhöhlen, damit er gut aussah, nähten ihn zu und verbanden dann die Wunden für den Fall, daß Flüssigkeiten austraten und sein Totengewand beflecken könnten.

»Hat meiner Meinung nach nie besser ausgesehen«, sagte Lower, als Grove schließlich in seinem besten Anzug steckte und wir ihn bequem in einen Sessel in der Ecke plaziert hatten; die Flaschen mit seinen inneren Organen standen aufgereiht auf dem Fußboden. Lower, das sah ich, war fest entschlossen, sich wenigstens die anzueignen. »Jetzt die letzte Probe.«

Er nahm das Herz des Mannes, tat es in eine kleine irdene Schüssel, stellte sie auf den Herd und schüttete ein viertel Pint Brandy darüber. Dann nahm er einen Holzsplitter, zündete ihn im Ofen an und warf ihn in die Schüssel.

»Sieht wirklich ein bißchen wie Plumpudding aus«, sagte er scherzhaft, als der Brandy aufflammte. Wir standen drumherum und sahen zu, während die Flüssigkeit brannte, dann zischend er-

losch und einen ungewöhnlich unangenehmen Geruch zurückließ. »Was denkt Ihr?«

Sorgfältig untersuchte ich Dr. Groves Herz und zuckte dann
mit den Schultern. »Die Außenhaut ist zwar leicht verkohlt«, sagte ich, »doch niemand könnte behaupten, das Herz sei verbrannt,
nicht einmal teilweise.«

»Das ist auch meine Meinung«, sagte Lower zufrieden. »Der
erste echte Beweis für eine Vergiftung. Das ist interessant.«

»Hat irgend jemand diesen Versuch schon einmal bei jemandem gemacht, der zweifelsfrei nicht vergiftet wurde?« fragte
ich.

Lower schüttelte den Kopf. »Nicht daß ich wüßte. Wenn ich
das nächste Mal eine Leiche habe, will ich es versuchen. Jetzt seht
Ihr es selbst, wäre der junge Prestcott nicht so selbstsüchtig gewesen, hätten wir einen Vergleich haben können.« Er sah sich in
der Küche um. »Ich schlage vor, wir räumen ein bißchen auf,
sonst nehmen die Diener Reißaus, wenn sie morgen früh kommen.«

Er machte sich mit Tuch und Wasser an die Arbeit. Locke half
ihm nicht, wie ich merkte.

»So«, sagte er nach einer langen Zeit des Schweigens, während
ich aufgeräumt, er alles abgewaschen und Locke seine Pfeife ge-
raucht hatte. »Wenn Ihr den Rektor rufen würdet, könnten wir
Grove zurückbringen. Aber bevor wir es tun, was ist Eure Meinung?«

»Der Mann ist tot«, sagte Locke trocken.

»Woran ist er gestorben?«

»Um das zu sagen, gibt es nicht genug Beweise.«

»Und Ihr, Cola? Wagt Ihr eine Prognose, wie sonst auch?«

»Ich gehe aufgrund der Beweise so weit zu sagen, daß es alles
andere als ein natürlicher Tod war.«

»Und Ihr, Lower?« fragte Locke.

»Ich schlage vor, wir schieben das Urteil auf, bis wir über weitere Beweise verfügen.«

Mit der ausdrücklichen Mahnung, niemandem zu erzählen,
was wir an diesem Abend getan hatten, damit es keinen allzu
großen Skandal gebe, bedankte sich Rektor Woodward für unsere Hilfe, nachdem wir ihm unsere mageren Ergebnisse mitge-

teilt hatten. Die Erleichterung in seinem Gesicht war nicht zu übersehen, denn Lower hatte ihm nichts von Stahl gesagt, und er dachte ganz offensichtlich, die Sache sei jetzt abgeschlossen.

Dreizehntes Kapitel

Es ist bei den Engländern Sitte, ihre Toten mit derselben Eile zu begraben, mit der sie die Übeltäter hängen. Unter normalen Umständen wäre Dr. Grove schon im Kreuzgang des New College beerdigt worden, aber der Rektor hatte die Zeremonie unter einem Vorwand zwei ganze Tage verzögert. Lower nutzte die Zeit, um Stahl zur Eile anzutreiben, während ich tun und lassen konnte, was mir gefiel, da Mr. Boyle in London weilte, das eine größere Anziehungskraft für ihn hatte, da seine geliebte Schwester dort lebte.

Ich verbrachte den größten Teil des Tages damit, mich um meine Patientin und um mein Experiment zu kümmern; als ich dort ankam, stellte ich zu meiner Freude fest, daß beide gute Fortschritte machten. Mrs. Blundy war nicht nur wach und munter, sie hatte sogar ein wenig dünne Suppe gegessen. Sie hatte kein Fieber mehr, ihr Urin war von einer gesunden Bitterkeit und, was noch außergewöhnlicher war, an ihrer Wunde zeigten sich die ersten Anzeichen einer Besserung. Noch waren sie sehr gering, aber erstmals sah ich, daß ihr Zustand sich nicht verschlechtert hatte.

Ich war entzückt und strahlte sie mit der ganzen triumphierenden Zuneigung an, die ein Arzt einer gehorsamen Patientin entgegenbringen kann. »Meine gute Frau«, sagte ich, nachdem ich meine Untersuchung beendet und frische Salbe aufgetragen hatte, und setzte mich auf den wackeligen Stuhl. »Ich glaube, wir schaffen es, dem Tod ein Schnippchen zu schlagen. Wie fühlst du dich?«

»Ein bißchen besser, danke, Gott sei's gelobt«, sagte sie. »Noch nicht soweit, um zur Arbeit gehen zu können, fürchte ich. Das macht mir große Sorgen. Dr. Lower und Ihr wart mehr als großzügig, aber wir können nicht überleben, wenn ich kein Geld verdiene.«

»Deine Tochter verdient nicht genug?«

»Nicht so viel, daß wir keine Schulden machen müßten. Sie hat Schwierigkeiten bei ihrer Arbeit, denn sie hat den Ruf, hitzig und ungehorsam zu sein. Es ist so ungerecht. Keine Mutter hatte je ein besseres Mädchen.«

»Sie ist manchmal freimütiger, als es einem Mädchen ihres Standes zusteht.«

»Nein, Sir. Sie ist freimütiger, als es einem Mädchen ihres Standes erlaubt ist.«

Ihre schwache Stimme klang, als sie das sagte, plötzlich herausfordernd, obwohl mir nicht sofort klar war, was sie meinte.

»Gibt es da einen Unterschied?« fragte ich.

»Sarah ist in einer Gesellschaft der absoluten Gleichheit zwischen Männern und Frauen aufgewachsen; es fällt ihr schwer zu akzeptieren, daß es Dinge gibt, die für sie verboten sind.«

Ich hatte Mühe, ein Grinsen zu unterdrücken, doch ich dachte daran, daß sie meine Patientin war, und nahm daher Rücksicht auf sie; außerdem hatte ich meine Reisen unternommen, um zu lernen, und ich war inzwischen großzügig genug, um auch dies zu tolerieren.

»Ich bin sicher, ein guter Ehemann würde sie alles lehren, was sie über dieses Thema wissen muß«, sagte ich. »Wenn einer für sie gefunden werden kann.«

»Es wird schwierig sein, jemanden zu finden, den sie akzeptiert.«

Diesmal lachte ich laut auf. »Ich denke, sie müßte jedem dankbar sein, der bereit ist, sie zu nehmen, oder? Schließlich hat sie kaum etwas zu bieten.«

»Nur sich selbst, aber das ist viel. Ich denke manchmal, wir haben nicht recht an ihr gehandelt. Es hat nicht geendet, wie wir erwartet haben. Jetzt steht sie ganz allein, und wir Eltern sind mehr Last als Stütze für sie.«

»Dann lebt dein Ehemann also noch?«

»Nein, Sir. Aber die Verleumdungen, mit denen man ihn überhäufte, belasten auch sie. Ich sehe Eurem Gesicht an, daß Ihr von ihm gehört habt.«

»Sehr wenig, und ich habe gelernt, nie unbesehen zu glauben, was man Schlechtes über jemanden sagt.«

»Dann seid Ihr eine Ausnahme, Sir«, sagte sie ernst. »Ned war der liebevollste Ehemann und der beste aller Väter, der sein Leben eingesetzt hat, um in einer grausamen Welt für Gerechtigkeit zu kämpfen. Doch er ist tot, und ich werde es auch bald sein.«

»Sie hat keine Zuflucht, keinen Menschen außer dir?«

»Keinen. Neds Familie kam aus Lincolnshire, meine aus Kent. Alle meine Verwandten sind tot, und die seinen wurden in alle Winde verstreut, als man die Sümpfe trockenlegte. Sie wurden ohne einen Penny von ihrem Land vertrieben. Sarah hat also keinerlei Familienanschluß. Die Aussichten, die sie hatte, wurden ihr durch die Verleumdungen genommen, und das bißchen Geld, das sie sich für ihre Mitgift erspart hatte, hat sie während meiner Krankheit für mich ausgegeben. Das einzige, das ich ihr durch meinen Tod geben kann, ist ihre Freiheit.«

»Sie wird schon zurechtkommen«, sagte ich vergnügt. »Sie ist jung und gesund, aber mir erweist du einen schlechten Dienst, wenn du bald stirbst. Ich tue schließlich mein Allerbestes, um dich am Leben zu erhalten. Mit einigem Erfolg, muß ich sagen.«

»Ihr müßt Euch sehr freuen, daß Eure Behandlung geholfen hat. Es ist seltsam, wie sehr ich mir wünsche, am Leben zu bleiben.«

»Ich freue mich, Euch helfen zu können. Ich denke, wir sind da über eine Heilmethode von beispielloser Bedeutung gestolpert. Es war schade, daß Sarah die einzige war, die uns zur Verfügung stand. Hätten wir ein bißchen Zeit gehabt, hätten wir vielleicht einen Schmied anwerben können. Stell dir vor, wenn wir dir das Blut eines wirklich kräftigen Mannes gegeben hätten, wärst du vielleicht schon wieder auf den Beinen. Aber ich fürchte, die Kraft im Blut einer Frau erlaubt es deinem Bein nicht, so schnell zu heilen. Vielleicht könnten wir in ein, zwei Wochen die Behandlung wiederholen ...«

Sie lächelte und sagte, sie werde sich allem unterwerfen, was ich für nötig halte. Und so verließ ich sie bester Laune und zog praktisch vor mir selbst den Hut.

Draußen traf ich Sarah, die mit einem Bündel Feuerholz durch den Matsch trottete. Sogar sie grüßte ich gut gelaunt, und zu meinem Erstaunen antwortete sie herzlich.

»Deine Mutter macht sich gut«, sagte ich. »Ich bin sehr zufrieden mit ihr.«

Sie lächelte warm, und es war das erste Mal, daß ich einen solchen Ausdruck in ihrem Gesicht sah. »Gott hat uns durch Euch gelächelt, Doktor«, erwiderte sie. »Ich bin sehr dankbar.«

»Mach dir deshalb keine Gedanken«, antwortete ich, von ihrer Antwort angenehm berührt. »Es war faszinierend. Außerdem ist sie ja noch nicht völlig geheilt. Sie ist sehr schwach. Schwächer als ihr selbst klar ist. Und ich denke, eine zweite Behandlung wäre durchaus nützlich. Du mußt dafür sorgen, daß sie nichts tut, was ihre Genesung gefährden könnte. Ich fürchte, das wird nicht einfach werden.«

»Das stimmt. Sie ist es gar nicht gewohnt, untätig zu sein.«

Obwohl der Tau einsetzte und das Land allmählich aus dem langen, kalten Winter erwachte, war es noch immer grimmig kalt, wenn Wind aufkam, und ich fröstelte in der bitterkalten Luft. »Ich muß mit dir über einige Dinge sprechen«, sagte ich. »Könnten wir irgendwohin gehen?«

Um die Ecke sei eine Schenke, in der geheizt werde, sagte sie, dorthin sollte ich gehen. Sie würde zu Hause Feuer machen, nachsehen, ob es ihre Mutter bequem hatte, und dann in die Schenke nachkommen.

Das Lokal, das sie meinte, war ganz anders als das weitläufige, elegante Kaffeehaus der Tillyards und nicht einmal den großen Wirtshäusern ähnlich, die an den Straßen als Kutschenstationen wie Pilze aus dem Boden schossen. Viel eher war es ein Ort, in dem sich der Pöbel traf und sein einziger Vorzug war das offene Feuer. Die Wirtin war eine alte Frau, die den einheimischen Gästen, die hereinkamen, um sich zu wärmen, das von ihr selbst gebraute Ale ausschenkte. Es war niemand da, außer mir, und ganz offensichtlich wurde dieser Raum nie durch die Anwesenheit von Gentlemen geadelt. Als ich eintrat, wurde ich mit unfreundlicher Neugier gemustert. Trotzdem setzt ich mich ans Feuer und wartete.

Sarah kam ein paar Minuten später und begrüßte die Alte vertraut; sie wurde, im Unterschied zu mir, willkommen geheißen. »Sie war früher Marketenderin«, sagte Sarah. Das war offenbar als ausreichende Erklärung gemeint, und ich fragte nicht weiter.

»Wie geht es dir?« erkundigte ich mich dann, denn ich wollte schließlich nicht nur wissen, wie es der Empfängerin, sondern auch der Spenderin des Blutes ging.

»Ich bin müde«, sagte sie. »Aber zu sehen, daß es meiner Mutter bessergeht, entschädigt mich mehr als genug.«

»Sie sorgt sich um dich«, antwortete ich. »Das ist nicht gut für sie. Du mußt fröhlich sein, wenn du bei ihr bist.«

»Das bin ich, soweit es mir möglich ist«, sagte sie, »aber manchmal ist es nicht leicht. Eure und Dr. Lowers Großzügigkeit war in den letzten Tagen ein großer Segen für uns.«

»Hast du Arbeit?«

»Manchmal. An den meisten Tagen arbeite ich wieder für die Familie Wood, und am Abend gibt es ab und zu beim Handschuhmacher ein bißchen was zu tun. Ich kann gut nähen, obwohl sich Leder nur schwer bearbeiten läßt.«

»Hat dich der Tod von Dr. Grove erschüttert?«

Sofort bekam ihr Gesicht einen Zug von Wachsamkeit, und ich fürchtete schon, wieder einmal einen ihrer Ausbrüche zu erleben. Um ihn zu verhindern, hob ich abwehrend die Hand.

»Halte mich bitte nicht für boshaft. Ich frage aus einem guten Grund und muß dir sagen, daß uns sein Tod Anlaß zur Sorge gibt, und es heißt, man habe dich am selben Abend im College gesehen.«

Sie sah mich noch immer unbewegten Gesichts an, also fuhr ich fort und fragte mich dabei, warum ich mir solche Mühe machte. »Es kann sehr leicht sein, daß jemand anders dir dieselben Fragen stellen wird.«

»Was meint Ihr mit Anlaß zur Sorge?«

»Es besteht die Möglichkeit, daß er vergiftet wurde.«

Sie wurde blaß, während ich sprach, blickte einen Moment nachdenklich vor sich hin und sah mir dann ausdruckslos in die Augen. »Ach, wirklich?«

»Wenn ich richtig informiert bin, hat er dich kürzlich aus seinen Diensten entlassen?«

»Stimmt. Und ganz ohne Grund.«

»Und du hast dich darüber geärgert?«

»Sehr sogar. Natürlich. Wer würde das nicht? Ich habe hart und gut für ihn gearbeitet und keine Vorwürfe verdient.«

»Aber im Kaffeehaus hast du dich an ihn gewandt. Warum?«

»Weil ich dachte, er wäre großherzig genug, meiner Mutter zu helfen. Ich wollte mir Geld von ihm leihen.« Sie sah mich zornig an, als wollte sie sagen, ich solle es ja nicht wagen, sie zu bemitleiden oder zu kritisieren.

»Und er hat dich weggeschickt.«

»Ihr habt es selbst gesehen.«

»Warst du in der Nacht, in der er starb, in seinem Zimmer?«

»Behauptet das jemand?«

»Ja.«

»Wer sagt es?«

»Das weiß ich nicht. Beantworte bitte die Frage. Wo warst du?«

»Das geht Euch nichts an.«

Wir hatten einen toten Punkt erreicht, das sah ich. Wenn ich sie noch mehr drängte, würde sie gehen, und doch hatte sie meine Neugier noch längst nicht befriedigt. Und warum war sie nicht offen? Nichts konnte so wichtig sein, daß es sich lohnte, in irgendeiner Form Mißtrauen zu wecken; sie mußte doch inzwischen wissen, daß ich es gut mit ihr meinte. Ich versuchte es noch einmal, aber wieder wehrte sie meine Frage ab.

»Sind diese Geschichten wahr?«

»Ich weiß von keinen Geschichten. Sagt mir, Doktor, denkt jemand, daß Dr. Grove ermordet worden ist?«

Ich schüttelte den Kopf. »Das glaube ich nicht. Im Augenblick gibt es keinen Grund, das zu denken, und er soll heute abend beerdigt werden. Nachdem das geschehen ist, wird der Fall abgeschlossen. Ich denke, der Rektor ist aufrichtig der Meinung, daß an diesem Todesfall nichts verdächtig ist.«

»Und Ihr? Was glaubt Ihr?«

Wieder zuckte ich mit den Schultern. »Ich habe schon von vielen Männern in Groves Alter gehört, die plötzlich an einem Schlaganfall sterben – besonders wenn sie einen so großen Appetit haben wie er, doch abgesehen davon interessiert mich die Sache wenig. Meine Hauptsorge gilt deiner Mutter und der Behandlung, die ich bei ihr angewendet habe. Hat sie Stuhlgang gehabt?«

Sarah schüttelte den Kopf.

»Vergiß nicht, die Stühle zu sammeln, wenn es soweit ist«, fuhr ich fort. »Sie sind sehr wichtig für mich. Laß deine Mutter nicht aufstehen, und sorg dafür, daß sie sich nicht wäscht. Vor allem aber halte sie warm. Und wenn ihr Zustand sich irgendwie verändert, will ich es sofort wissen.«

Vierzehntes Kapitel

D ER BEERDIGUNGSGOTTESDIENST für Grove war eine ernste und würdevolle Zeremonie, die kurz nach Einbruch der Dunkelheit begann. Den ganzen Tag, so stellte ich mir vor, hatte man Vorbereitungen getroffen: Der Collegegärtner hob im Kreuzgang in der Nähe der Kapelle das Grab aus, der Knabenchor übte, und Woodward arbeitete an der Grabrede. Ich beschloß, teilzunehmen, nachdem Lower mir gesagt hatte, er denke nicht, daß jemand etwas dagegen einzuwenden hätte; Grove war schließlich einer der wenigen Menschen, die ich in dieser Stadt gekannt hatte. Ich bestand jedoch darauf, daß auch er kam. Es gibt kaum etwas Unangenehmeres, als an einer religiösen Feier teilzunehmen und nicht zu wissen, was man als nächstes tun soll.

Er brummte mürrisch, war aber schließlich einverstanden. Ganz offensichtlich schätzte er die Herren des New College nicht sonderlich. Als der Gottesdienst anfing – die Kapelle war voll, die Hilfsgeistlichen im Ornat –, sah ich, von seinem Standpunkt aus, warum das so war. »Ihr werdet mir erklären müssen«, flüsterte ich während einer Pause in der Feierlichkeit, »worin der Unterschied zwischen Eurer und meiner Kirche besteht. Ich muß sagen, ich entdecke kaum einen.«

Lower runzelte die Stirn. »Hier gibt es keinen. Warum sie nicht ehrlich sind und ihren Gehorsam gegen die Buhle Babylon offen zugeben – Verzeihung, Cola –, das weiß ich nicht. Sie wollen es alle, die Schufte.«

Es waren, meiner Schätzung nach, ein halbes Dutzend oder mehr derselben Überzeugung wie Lower, und nicht alle benahmen sich so gut wie er. Thomas Ken, der mit Grove beim Dinner diskutiert hatte, blieb während des ganzen Gottesdienstes sitzen und unterhielt sich während des Requiems laut. Dr. Wallis, der so rüde zu mir gewesen war, saß mit gekreuzten Armen und der mißbilligenden Gelassenheit des professionellen Klerikers da. Ein paar lachten sogar während der feierlichsten Augenblicke, was ihnen übellaunige Blicke von anderen eintrug. Wenn die Zeremonie zu Ende geht, ohne zu einem offenen Kampf zu entarten, dachte ich an einem bestimmten Zeitpunkt, dann haben wir Glück.

Irgendwie wurde der Gottesdienst aber doch beendet, ohne daß es zu einem Skandal kam, und ich glaubte förmlich die Erleichterung zu spüren, die in der Luft lag, als Rektor Woodward den letzten Segen sprach und uns, einen weißen Stock in der Hand, aus der Kapelle durch den Kreuzgang zum offenen Grab führte. Der Leichnam wurde, von vier Fellows gehalten, über die Grube geschoben. Woodward bereitete sich auf das letzte Gebet vor, als irgendwo hinter uns eine Balgerei losging.

Ich sah Lower an; beide waren wir überzeugt, daß die Temperamente nun doch übergekocht waren und Groves letzte Minuten über der Erde von einem Disput über die wahre Lehre getrübt wurden. Einige Fellows drehten sich empört mit zornigen Blicken um; ein Murmeln ging durch die Reihen des Leichenzugs, als die Teilnehmer von einem beleibten Mann mit grauem Backenbart, einem dicken Umhang und einem zutiefst verlegenen Gesichtsausdruck beiseite gedrängt wurden.

»Was soll denn das?« fragte Woodward, sich vom Grab abwendend, und sah den Störenfried an.

»Diese Beerdigung muß sofort abgebrochen werden«, sagte der Mann. Ich stieß Lower an und flüsterte ihm ins Ohr: »Wer ist das? Was ist los?« Widerstrebend wandte Lower sich mir zu und flüsterte zurück: »Sir John Fulgrove. Friedensrichter.« Dann bat er mich, still zu sein.

»Ihr habt hier keine Amtsgewalt«, fuhr Woodward fort.

»Wenn es sich um eine Gewalttat handelt, habe ich sie sehr wohl.«

»Es hat keine Gewalttat gegeben.«

»Vielleicht nicht. Aber ich bin durch meine Stellung verpflichtet, mich selbst davon zu überzeugen. Ich bin offiziell davon unterrichtet worden, daß es sich hier um Mord handeln könnte, und daher gezwungen zu ermitteln. Das wißt Ihr ebensogut wie ich, Rektor.«

Lautes Murmeln ging bei dem Wort Mord durch die Reihen. Stocksteif stand Woodward vor dem Grab, als wolle er die Leiche vor dem Friedensrichter schützen. Tatsächlich schützte er sein College.

»Mord kommt überhaupt nicht in Frage. Ich bin absolut sicher.«

Der Friedensrichter fühlte sich unbehaglich, war jedoch entschlossen, sich zu behaupten. »Ihr wißt, daß ich eine Untersuchung einleiten muß, sobald eine Klage vorliegt. Die Tatsache, daß er im College zu Tode kam, ist bedeutungslos. Eure Privilegien reichen nicht so weit. Ihr könnt mich in einem solchen Fall weder ausschließen noch meinen gerichtlichen Befehl anfechten. Ich ordne an, daß diese Beerdigung unterbleibt, bis ich Gewißheit habe.«

Vor den Augen des College und eines großen Teils der Universität überlegte Woodward hin und her schwankend, wie er dieser offenen Herausforderung am besten begegnen sollte. Er war gewöhnlich kein Mann, der auch nur einen Augenblick zögerte, doch diesmal ließ er sich Zeit.

»Ich bestreite Eure Autorität, Sir«, sagte er endlich. »Meiner Meinung nach habt Ihr weder das Recht, ohne meine Erlaubnis diesen Ort zu betreten, noch das Recht, Euch in College-Angelegenheiten einzumischen. Ich bin überzeugt, daß es für Eure Anwesenheit keinen Grund gibt und ich von *meinem* Recht Gebrauch machen und Euch befehlen könnte, zu gehen.«

Die Zuhörer schienen über diese Erklärung hoch erfreut, und Sir John warf empört den Kopf zurück. Nachdem er auf diese Weise sein Hausrecht verteidigt und deutlich gemacht hatte, daß er sich in Prinzipienfragen nichts vorschreiben ließ, gab Woodward in gewisser Weise nach. »Doch vielleicht habt Ihr Beweise, die ich nicht kenne. Wenn es eine Gewalttat war, hat das College die Pflicht, die Wahrheit zu erfahren. Ich werde mir anhören, was Ihr zu sagen habt, und die Beerdigung aufschieben. Wenn ich finde, daß Eure Anklage unberechtigt ist, werde ich damit fortfahren, ob Ihr damit einverstanden seid oder nicht.«

Das anerkennende Gemurmel ringsum galt, wie Lower mir später erklärte, Woodwards geradezu meisterhaftem Rückzug aus einer unhaltbaren Situation, und während es noch andauerte, ordnete der Rektor an, daß der Leichnam in die Kapelle zurückgebracht wurde. Dann ging er mit dem Friedensrichter durch den Kreuzgang in seine Wohnung.

»Nun, nun«, sagte Lower leise, als die beiden Männer durch den schmalen Bogengang verschwanden, der in den Hauptinnenhof führte. »Ich frage mich, wer da wohl dahintersteckt.«

»Was meint Ihr?«

Ein Friedensrichter kann nur handeln, wenn jemand ihn davon unterrichtet, daß ein Verbrechen begangen wurde. Dann muß er ermitteln, um zu sehen, ob die Klage berechtigt ist. Wer also war bei ihm gewesen? Woodward kann es nicht gewesen sein, und wer sonst hätte ein Interesse? Soviel ich weiß, hatte Grove keine Familie.

Ich fröstelte. »Wir werden es nicht herausfinden, wenn wir hier draußen herumstehen«, sagte ich.

»Ihr habt recht. Wie wäre es mit einer Flasche in meinen Räumen im Christ Church? Dabei können wir überlegen, ob wir dahinterkommen.«

*   *
*

Wir machten kaum Fortschritte. Obwohl wir viel redeten und noch mehr tranken, war das Rätsel, wer den Friedensrichter verständigt hatte, auch noch nicht gelöst, als wir am nächsten Morgen erwachten. Ich hatte nur gelernt, daß der kanariengelbe Wein, den die Engländer bevorzugen, einem am nächsten Tag die Erinnerung trübt.

Ich schlief bei Lower, denn am Ende unseres Gesprächs, das sich bald nicht mehr um Grove, sondern um alle erdenklichen anderen Themen drehte, war ich zu unsicher auf den Beinen, um in mein eigenes Bett zurückzukehren. Vor allem beschäftigte Lower wieder eine Idee, die für die meiner Blutübertragung zugrunde liegenden Theorie wichtig war.

»Ich vermute«, sagte er nachdenklich, »wir können aus dem Vorhandensein Eures Lebensgeistes im Blut auf die Existenz von

Geistern schließen, denn was sind Geister anderes als vom Körper befreiter Geist? Und ich bringe es nicht über mich, diese Erscheinungen zu leugnen, denn ich habe selbst eine gesehen.«

»Wirklich? Wann?«

»Erst vor ein paar Monaten«, sagte er. »Ich war hier, in diesem Zimmer, und hörte ein Geräusch vor der Tür. Ich öffnete und erwartete einen Besucher vorzufinden, statt dessen stand da dieser junge Mann. Sehr seltsam in Samt gekleidet, mit langen blonden Haaren und einem seidenen Seil in der Hand. Ich sagte guten Tag, er drehte sich um und sah mich an, antwortete aber nicht. Er lächelte nur traurig und stieg die Treppe hinunter. Ich dachte mir nicht viel dabei und ging ins Zimmer zurück. Mein Gast kam ein paar Minuten später. Ich fragte ihn, ob er dem merkwürdigen Knaben begegnet sei – er konnte ihn kaum verpaßt haben –, doch er sagte, nein, auf der Treppe sei niemand gewesen. Später erzählte mir der Dekan, daß sich anno 1560 ein junger Mann selbst entleibt hatte. Er hatte sein Zimmer über meine Treppe verlassen, war in einen Keller auf der anderen Seite des College gegangen und hatte sich mit einem seidenen Seil erhängt.

»Hmm.«

»Hmm – in der Tat. Ich will damit nur sagen, daß dies eine der seltenen Gelegenheiten ist, bei denen die besten wissenschaftlichen Theorien mit praktischer Beobachtung übereinstimmen. Deshalb verwerfe ich Eure *a priori*-Ideen auch nicht sofort. Obwohl ich die Möglichkeit nicht außer acht lasse, daß es für die Besserung bei der Witwe Blundy eine andere Erklärung geben kann.«

»Eine Erklärung, die man hat, zugunsten einer anderen zu verwerfen, die man nicht hat, scheint mir töricht zu sein. Aber ich muß darauf hinweisen, daß Ihr voraussetzt, der lebenserhaltende Geist sei der gleiche wie jener, der das Leben überlebt.«

Er seufzte. »Ich vermute, das stimmt. Obwohl nicht einmal Boyle bisher ein Experiment erdacht hat, mit dem er entdecken könnte, was dieser Geist ist, vorausgesetzt, er hat eine physische Existenz.«

»Er bekäme die größten Schwierigkeiten mit den Theologen«, sagte ich. »Und ihm scheint viel daran zu liegen, mit ihnen im besten Einvernehmen zu sein.«

»Früher oder später wird es soweit kommen«, sagte mein Freund. »Es sei denn, wir Wissenschaftler müßten uns auf rein materielle Dinge beschränken, und was hätte das für einen Sinn? Aber Ihr habt recht; es ist höchst unwahrscheinlich, daß Boyle ein solches Risiko eingeht. Ich kann nicht anders, doch ich denke, es ist ein Fehler. Andererseits hat Euer Mr. Galileo es riskiert, die Kirchenmänner zu verärgern. Was haltet Ihr eigentlich von ihm?«

Natürlich hatte Lower von diesem berühmten Fall gehört, der in Padua heiß diskutiert wurde, als ich dort war, denn Galilei hatte in Venedig in Lohn und Brot gestanden, ehe der Pomp der Medici ihn an den Hof von Florenz lockte; er hatte sich dadurch viele Feinde geschaffen, was ihm natürlich nicht zustatten kam, als er sich selbst in Schwierigkeiten brachte, indem er behauptete, die Erde drehe sich um die Sonne. Auch wenn es bereits kurz vor meiner Geburt zu Galileis Sturz gekommen war, so erschreckte diese Sache doch viele Neugierige und ließ sie sorgfältig nachdenken, bevor sie etwas sagten. Mich ärgerte jedoch, daß Lower ihn erwähnte, denn ich wußte, wie seine Meinung aussehen und daß er die Tatsachen verdrehen würde, um meine Kirche anzugreifen.

»Ich habe natürlich die höchste Achtung vor ihm«, sagte ich, »und die Episode bereitet mir Kummer. Ich bin ein Mann der Wissenschaft und zähle mich zu den treuen Söhnen der Kirche. Wie Mr. Boyle bin ich der festen Überzeugung, daß die Wissenschaft der wahren Religion nie widerspricht, und wenn sie zueinander im Widerspruch zu stehen scheinen, liegt es an unserem mangelnden Verständnis für die eine oder die andere. Gott hat uns die Bibel und die Natur geschenkt, um uns Seine Schöpfung zu zeigen; es ist lächerlich zu denken, er könnte sich selbst widersprechen. Es ist der Mensch, der versagt.«

»Dann hat in diesem Fall jemand unrecht«, sagte Lower.

»Das ist offensichtlich«, erwiderte ich, »und niemand glaubt ernstlich, die Berater des Papstes seien etwas anderes als irregeleitet gewesen. Aber Signor Galilei hatte genauso Schuld, vielleicht sogar mehr als sie. Er war ein schwieriger und arroganter Mann und machte den großen Fehler, nicht aufzuzeigen, daß seine Ideen mit der Lehre übereinstimmten. In Wahrheit glaube ich nicht, daß es einen Widerspruch gab. Man hat versäumt zu verstehen, und das hatte die schrecklichsten Folgen.«

»Dann war es nicht die Intoleranz Eurer Kirche?«

»Ich denke nicht und behaupte, daß die katholische Kirche den Wissenschaften sogar offener gegenübersteht als die protestantische. Jeder bedeutende Wissenschaftler wurde katholisch erzogen. Denkt an Kopernikus, Vesalius, Torricelli*, Pascal, Descartes ...«

»Unser Mr. Harvey** war gläubiger Anglikaner«, wandte Lower ein, ein wenig steif, wie ich dachte.

»Das war er. Aber seine Ausbildung hat er in Padua genossen und dort seine Ideen entwickelt.«

Lower knurrte und hob sein Glas zum Lob meiner Antwort. »Ihr werdet noch Kardinal«, sagte er. »Das war eine besonnene und politische Antwort. Ihr glaubt, die Wissenschaft sei verpflichtet, sich selbst zu beweisen?«

»Ja, das glaube ich. Sonst bildet sie sich ein, der Religion nicht untertan, sondern ebenbürtig zu sein, und die Folgen wären zu schrecklich, um sie sich vorzustellen.«

»Ihr redet allmählich wie Dr. Grove.«

»Nein. Er hat uns für Betrüger gehalten und bezweifelte den Nutzen des Experiments. Ich fürchte seine Macht und seinen Ehrgeiz und mache mir Sorgen, daß seine Macht den Menschen hoffärtig machen könnte.«

Ich hätte mich über seine Bemerkungen ärgern können, hatte aber keine Lust zu streiten, und Lower versuchte auch gar nicht richtig, mich herauszufordern. »Wie dem auch sei«, fuhr er fort, »mit Männern wie Grove in unserer Kirche, wer will uns da verdammen? Sie sind nicht so mächtig wie Eure Kardinäle und können nicht so viele Schwierigkeiten machen, doch sie würden es tun, wenn sie könnten.« Des Themas überdrüssig, lenkte er ab: »Erzählt, wie geht es Eurer Patientin? Wird sie wirklich den Theorien gerecht, die Ihr auf ihre Schultern geladen habt?«

Ich lächelte zufrieden. »Sie trägt sie einfach großartig«, sagte ich. »Ich merke deutliche Anzeichen der Besserung an ihr, und sie

---

    * Evangelista Torricelli, ital. Physiker und Mathematiker
   ** William Harvey, engl. Arzt, Anatom und Physiologe

sagt mir, daß sie sich seit dem Sturz noch nie so wohl gefühlt hat.«

»Wenn das so ist, trinke ich auf Monsieur Descartes«, sagte Lower, sein Glas erhebend, »und auf seinen Jünger, den hervorragenden Dr. da Cola.«

»Danke«, sagte ich. »Und ich vermute, daß Ihr für seine Ideen mehr übrig habt, als Ihr zugebt.«

Lower legte den Finger an die Lippen. »Pst«, sagte er. »Ich habe ihn mit Interesse und Gewinn gelesen. Doch ich würde genausowenig jemals zugeben, Papist wie Kartesianer* zu sein.«

Eine merkwürdige Art, ein Gespräch zu beenden, aber so endete es; ohne auch nur einmal gegähnt zu haben, wälzte Lower sich herum und schlief ein – wobei er die einzige dünne Decke an sich riß, während ich fröstelnd dalag.

* * *

Keiner von uns war wach geworden, als der Bote von Stahl kam, um uns auszurichten, daß die Vorbereitungen fertig waren, und wenn wir ihn aufsuchten, sobald es uns genehm sei, könnten wir das Experiment gemeinsam mit ihm beobachten. Ich kann nicht behaupten, daß ich in meinem benommenen und zittrigen Zustand große Lust hatte, mich mit dem jähzornigen Deutschen zu treffen, doch Lower meinte widerstrebend, es sei unsere Pflicht, unser Bestes zu tun.

»Gott weiß, daß mir nicht danach ist«, sagte er, als er sich den Mund ausspülte und seine Kleidung glattstrich, bevor er sich zum Frühstück ein Stück Brot und ein Glas Wein einverleibte. »Aber wenn die Sache zu einer Angelegenheit des Friedensrichters geworden ist, müssen wir die Ergebnisse unserer Ermittlungen richtig präsentieren. Wenn er uns auch wahrscheinlich kaum Beachtung schenken wird.«

»Warum nicht?« fragte ich ein wenig neugierig. »In Venedig zieht man regelmäßig Ärzte hinzu und bittet sie um ihre Meinung.«

* Kartesianismus, die an Descartes orientierte philosophische Richtung im 17. und 18. Jh.

»In England ebenfalls. ›Euer Ehren, meiner Meinung nach ist dieser Mann tot. Das Messer in seinem Rücken weist auf eine unnatürliche Todesart hin.‹ Solange man schlichte Worte wählt, gibt es keine Probleme. Gehen wir?« Er stopfte sich noch mehr Brot in die Manteltasche und hielt die Tür auf. »Ich bin sicher, Ihr wollt es um keinen Preis versäumen.«

Sehr zu meiner Überraschung schien Stahl beinahe glücklich, uns zu sehen, als wir uns die Stufen hinaufschleppten und eine Viertelstunde später seine enge und übelriechende Wohnung in einer Seitengasse der Turl Street betraten. Der Aussicht, einem verständnisvollen Publikum seine Genialität und seine Geschicklichkeit demonstrieren zu können, konnte er nicht widerstehen, wenn er sich auch so ungehobelt wie möglich benahm. Alles war bereit: Kerzen, Schalen, Flaschen mit verschiedenen Flüssigkeiten, sechs kleine Puderhäufchen – das Zeug, das er aus der Flasche extrahiert hatte – und Chemikalien, die Lower gekauft und Stahl geschickt hatte.

»Ich hoffe natürlich, daß Ihr Euch benehmen und meine Zeit nicht mit Geschwätz vergeuden werdet.« Er starrte uns finster an, und Lower versicherte ihm, wir würden so still wie möglich beobachten – eine Feststellung, an die weder er selbst noch Stahl auch nur einen Augenblick glaubten.

Nachdem die Präliminarien erledigt waren, machte sich Stahl an die Arbeit. Dieses Beispiel chemischer Technik zu beobachten war faszinierend; und während er sprach, stellte ich fest, daß meine Abneigung gegen ihn in Bewunderung für ihn umschlug – Bewunderung für seine Genialität und die methodische Art der Annäherung an ein Problem. Das Problem, sagte er, auf die Puderhäufchen zeigend, sei ganz einfach. »Wie stellen wir fest, was dieser Bodensatz aus der bewußten Brandyflasche ist? Wir können ihn ansehen, doch das beweist uns gar nichts, denn viele Substanzen sind weiß und können zu Pulver reduziert werden. Wir können ihn wiegen, doch wenn man die darin enthaltenen Unreinheiten bedenkt, würde das wenig beweisen. Wir können ihn kosten und den Geschmack mit anderen Substanzen vergleichen, was – ganz abgesehen davon, daß es gefährlich sein könnte – wieder wenig helfen würde, es sei denn, er hätte einen einzigartigen, leicht erkennbaren Geschmack. Nach dem, was wir sehen, kön-

nen wir aber nicht mehr sagen, als daß dieser Bodensatz ein weiß-
liches Pulver ist.

Also«, sagte er, sich für sein Thema erwärmend, »müssen wir
noch mehr Versuche machen: Wenn wir dieses Pulver zum Beispiel in ein wenig Salmiak auflösen, wird die Mixtur möglicherweise verschieden reagieren. Sie wechselt vielleicht die Farbe oder
gibt Hitze ab oder effervesziert. Das Pulver löst sich vielleicht auf
oder schwimmt an der Oberfläche oder sinkt, in seiner Konsistenz noch immer fest, auf den Boden der Flüssigkeit. Wiederholen wir das Experiment mit einer anderen Substanz, die auf die
gleiche Weise reagiert, können wir dann sagen, die beiden wären
dieselben?«

Ich wollte ihm schon zustimmen, als er drohend den Zeigefinger auf uns richtete. »Nein«, sagte er. »Natürlich nicht. Wenn
sie unterschiedlich reagieren, dann könnten wir tatsächlich daraus schließen, daß die beiden Substanzen nicht identisch sind.
Doch wenn sie auf gleiche Weise reagieren, können wir nur sagen, daß es zwei Substanzen sind, die, mit Salmiak gemischt, gleiche Verhaltensweisen zeigen.«

Er schwieg eine Weile, während wir das durchdachten, und
fuhr dann fort. »Jetzt denkt Ihr«, sagte er, »wie können wir denn
mit Sicherheit feststellen, was das für eine Substanz ist? Die Antwort ist einfach: Wir können es nicht. Das habe ich Euch vergangene Woche schon gesagt. Es gibt keine Gewißheit. Wir können
nur sagen, auf Grund der zusammengetragenen Beweise bestehe
eine hohe Wahrscheinlichkeit, daß es die und die Substanz ist.«
Ich hatte noch keine großen Erfahrungen mit englischen Straf-
gerichten, wußte aber, wenn jemand vor einem venezianischen
Gericht so sprechen würde wie Stahl jetzt, konnte die Seite, die
er unterstützte, alle Hoffnung fahren lassen.

»Wie machen wir es also?« Er fragte rein rhetorisch und fuchtelte mit dem Finger in der Luft. »Wir wiederholen das Experiment immer wieder, und wenn nach jeder Wiederholung die beiden Substanzen auf gleiche Weise reagieren, dann können wir
daraus schließen, daß die Chancen, es könnte sich nicht um dieselben handeln, bis zu einem Punkt schrumpfen, an dem es unver-
nünftig ist, weiterhin zu behaupten, sie seien verschieden. Habt
Ihr verstanden?«

Ich nickte. Lower machte sich nicht die Mühe.

»Gut«, sagte Stahl. »Ich habe in den letzten Tagen mit mindestens einem Dutzend verschiedener Substanzen experimentiert und habe daraus meine Schlüsse gezogen. Ich will sie Euch hier nur demonstrieren, habe nicht die Zeit, den ganzen Prozeß vor Euch ablaufen zu lassen. Diese Gläser enthalten fünf verschiedene Substanzen. Wir werden unser Pulver nacheinander allen fünfen hinzufügen und dann anfangen zu vergleichen. Nun, im ersten Glas ist ein bißchen Salmiakgeist« – er schüttete eine Prise Pulver hinein, während er sprach –, »das zweite enthält gefilterte Weinsäure, das dritte destilliertes Vitriol, das vierte destilliertes Salz und das letzte Veilchensirup. Ich habe hier auch ein Stück heißes Eisen. Ihr erkennt die Logik, Dr. Lower?«

Lower nickte.

»Vielleicht erklärt Ihr es dann auch unserem Freund.«

Lower seufzte. »Das ist keine Vorlesung.«

»Ich möchte, daß die Leute Experimentalmethoden verstehen. Zu viele Ärzte tun es nicht; sie verschreiben nur Mixturen und haben nicht den geringsten Anlaß zu glauben, daß sie auch wirken könnten.«

Lower stöhnte und gab dann nach. »Er mischt das Pulver mit verschiedenen Materien. Wie Ihr wißt, sind Salz und Erde, Wasser, Alkohol und Öl die wesentlichen Prinzipien aller natürlichen Dinge. Salz und Erde sind die passiven, Wasser, Alkohol und Öl die aktiven. Die Kombination von Ingredienzien, die er ausgewählt hat, deckt sie alle ab und sollte uns einen Überblick über jede unterschiedliche Materie geben. Er testet auch Hitze, von seinem Standpunkt aus völlig unlogisch, da er nicht daran glaubt, daß Feuer ein natürliches Element ist.«

Stahl grinste. »Richtig, ich glaube es nicht. Den Gedanken, daß alle Materie eine geringe Feuermenge enthält, die durch Hitze frei wird, halte ich für unwahrscheinlich. Aber genug geschwatzt. Wenn Euer Freund das in seinem hübschen, kleinen Kopf intus hat, können wir anfangen.«

Er schaute uns eindringlich an, um zu sehen, ob wir auch aufmerksam waren, rieb dann die Hände aneinander, nahm die erste Schale und hielt sie ins Licht, damit wir deutlich sehen konnten.

»Zuallererst der Salmiak. Wie Ihr seht, hat er, ohne erkennbare andere Tendenz, Partikel eines blassen Bodensatzes gebildet. Hmm?«

Er reichte uns die Schale, damit wir den Inhalt aus der Nähe betrachten konnten, und wir stimmten ihm zu, daß die andere Substanz, die er uns zeigte, das gleiche Ergebnis aufwies.

»Jetzt die lösliche Verbindung der Weinsäure. Eine weiße Wolke in der Mitte der Flüssigkeit, gleich weit entfernt von Oberfläche und Boden.«

Wieder verhielt sich die andere Substanz auf gleiche Weise.

»Vitriol. Ein Niederschlag von weißen Kristallen, die sich an der Glaswand bilden. Ebenfall ein gleiches Resultat.«

»Salz.« Er unterbrach sich und untersuchte die Schale sorgfältig. »Ein leicht cremiger Niederschlag, aber so hell, daß man ihn sehr leicht übersehen könnte.«

»Veilchen. Wie hübsch. Eine blaßgrüne Tinktur. Sehr attraktiv. Tatsächlich haben zwei der von mir gewählten Substanzen zum gleichen Resultat geführt. Ich hoffe, Ihr seid allmählich überzeugt.«

Er brummte zufrieden, nahm dann je eine Prise von jedem Pulver und streute sie, voneinander getrennt, auf das rotglühende Eisen. Es zischte und dann entwickelten sich dicke weiße Dämpfe. Stahl roch daran und brummte wieder. »Keine Flamme. Leichter Geruch nach – was würdet Ihr sagen? – Knoblauch?«

Er schüttete ein wenig Wasser zum Abkühlen auf das Eisen und warf es dann lässig aus dem Fenster, damit es uns nicht vergiften konnte. »Und da haben wir es. Wir brauchen nicht noch mehr Zeit zu verschwenden. Wir haben jetzt eine Reihe von sechs separaten Versuchen. Und in jedem Fall hat das Material, das Ihr mir in der Brandyflasche gebracht habt, genauso reagiert wie diese Substanz hier. Als Experimentator der Chemie, Gentlemen, sage ich Euch, es ist meine Meinung, daß die Substanz aus der Flasche tatsächlich nur mit äußerst geringer Wahrscheinlichkeit nicht die gleiche ist.«

»Ja, ja«, sagte Lower, der die Geduld verlor. »Aber was ist diese andere Substanz, mit der Ihr arbeitet?«

»Ah«, sagte Stahl. »Der entscheidende Punkt. Ich entschuldige mich für meine kleine dramatische Einlage. Es heißt weißes Arsenik. Früher von nicht sehr klugen und eitlen Frauen als Gesichtspuder verwendet und in größeren Mengen absolut tödlich. Ich kann auch das beweisen, denn ich habe noch einen anderen Versuch gemacht.

Übrigens habe ich auch Anschauungsmaterial«, sagte er, während er zwei Pakete öffnete. »Zwei Katzen«, sagte er und nahm die Tiere beim Schwanz. »Eine weiß, eine schwarz. Beide vollkommen gesund, als ich sie gestern abend eingefangen habe. Ich fütterte eine mit zwei Gran Pulver aus der Flasche und die andere mit der gleichen Menge Arsenik, immer aufgelöst in einem bißchen Milch. Beide Tiere sind, wie Ihr seht, absolut tot.«

»Am besten nehmt Ihr die beiden mit«, fuhr Stahl fort. »Da Ihr, wie mir scheint, in Dr. Groves Eingeweiden gewühlt habt, wollt Ihr Euch vielleicht auch die ihren ansehen. Man kann nie wissen.«

Wir bedankten uns überschwenglich für seine Freundlichkeit, und Lower wanderte, einen Katzenschwanz in jeder Hand, ins Laboratorium, um die Tiere zu sezieren.

»Und was ist Eure Meinung dazu?« fragte er, als wir abermals über die High Street in Richtung Christ Church schlenderten. Nachdem feststand, daß die Substanz in der Flasche tatsächlich Arsenik gewesen war – oder, um korrekt zu sein, daß sie sich ihrer Konsistenz nach wie Arsenik und nie anders verhielt, so daß man vernünftigerweise sagen konnte, sie sei dem Arsenik ähnlich – und daß überdies, eine Katze, die damit gefüttert wurde, auf ganz ähnliche Weise verendete wie eine Katze, der Arsenik gefüttert worden war, waren wir nur einen Schritt von einer erschreckenden Schlußfolgerung entfernt.

»Faszinierend«, sagte ich. »Genial und absolut befriedigend in Methode und Ausführung. Aber ich muß mit meiner endgültigen Meinung zurückhalten, bis wir in diese Katzen hineingeschaut haben. Der Syllogismus, der Euch vorschwebt, ist noch unvollständig.«

»Arsenik in der Flasche und Grove tot. Aber hat das Arsenik Grove getötet? Ihr habt ganz recht. Doch Ihr vermutet ebenso wie ich, welchen Schluß die Eingeweide der Katzen uns nahelegen werden.«

Ich nickte.

»Wir haben alles, um zu unterstellen, daß Grove ermordet wurde, außer einem notwendigen Faktor.«

»Und der wäre?« fragte ich, als wir den unfertigen und unwürdigen Eingang des College passierten und den riesigen, aber ebenso unfertigen viereckigen Innenhof durchschritten.

»Wir haben keinen Grund, und er wäre das Wichtigste. Wenn Ihr so wollt, ist das Stahls Problem mit dem Warum und dem Wie. Es hat keinen Sinn, festzustellen, wie es getan wurde, wenn wir nicht sagen können, warum. Die Tatsache eines Verbrechens und das Motiv, warum es begangen wurde – sie sind es, die man braucht; der Rest sind unerhebliche Einzelheiten. *Cui prodest scelus, is fecit.* Wer Nutzen aus einem Verbrechen zieht, hat es auch verübt.«

»Ovid?«

»Seneca.«

»Ich glaube«, sagte ich ein wenig ungeduldig, »daß Ihr versucht, etwas Bestimmtes zu sagen.«

»Das ist richtig. Stahl kann zwar feststellen, wie Chemikalien sich vermischen, hat aber keine Ahnung, warum, und genauso ist es mit uns. Wir wissen, wie Grove starb, aber wir wissen nicht, warum. Wer könnte sich so viel Mühe gegeben haben, ihn zu töten?«

»*Causa latet, vis est notissima*«, zitierte jetzt ich und freute mich, ihn endlich einmal überlistet zu haben.

»›Der Grund ist verborgen ...‹ Sueton?*«

»›Aber die Wirkung ist klar.‹ Nein, wieder Ovid. Dieses Zitat hättet Ihr kennen müssen. Wir haben, zumindest, Fakten geschaffen – wenn die Katzen so sind, wie wir vermuten. Der Rest ist nicht unser Gebiet.«

Er nickte. »In Anbetracht Eurer Methode der Argumentation Euer Blut betreffend, finde ich das merkwürdig. Ihr seid jetzt völlig gegenteiliger Meinung. In einem Fall hattet Ihr eine Hypothese und habt einen früheren Beweis nicht für erforderlich gehalten. In diesem Fall habt ihr den Beweis und seht keine Notwendigkeit für eine Hypothese.«

»Ebenso leicht könnte ich behaupten, daß Ihr das gleiche ge-

* röm. Schriftsteller

tan habt. Außerdem behaupte ich nicht, eine Erklärung sei überflüssig. Ich sage nur, es ist nicht unsere Aufgabe, sie zu formulieren.«

»Das ist richtig«, räumte er ein, »und vielleicht ist meine Unzufriedenheit nur Eitelkeit. Aber ich habe das Gefühl, daß unsere Philosophie nicht viel verändern wird, wenn sie nicht auch die wichtigen Fragen beantworten kann. Beide, das Wie und das Warum. Wenn die Wissenschaft sich auf das Wie beschränkt, wird sie kaum jemals ernst genommen werden. Wollt Ihr dabeisein, wenn ich die Katzen seziere?«

Ich schüttelte den Kopf. »Liebend gern. Aber ich sollte jetzt nach meiner Patientin sehen.«

»Nun gut. Vielleicht treffen wir uns bei Boyle, sobald Ihr fertig seid? Und heute abend habe ich Großes vor. Wir dürfen uns mit den Experimenten nicht allzusehr belasten. Ablenkung ist genauso nötig, denke ich. Übrigens, ich möchte Euch etwas fragen.«

»Und das wäre?«

»Ich mache regelmäßig Rundfahrten über Land; Boyle hat sie bei Eurer Ankunft erwähnt, wenn Ihr Euch erinnert. Da ich in der Stadt nicht praktizieren kann, muß ich aufs Land gehen, um ein bißchen Geld zu verdienen, und ich bin im Moment sehr knapp. Es ist ein Akt christlicher Nächstenliebe und ziemlich gewinnbringend – eine angenehme Kombination. Ich miete mir an Markttagen ein Zimmer, hänge ein Schild hinaus und warte darauf, daß die Pennies fließen. Ich wollte morgen aufbrechen. Bei Aylesbury wird jemand gehenkt, und ich möchte um den Leichnam bitten. Wollt Ihr mitkommen? Es gibt für uns beide Arbeit, mehr als genug. Ihr könnt für eine Woche ein Pferd mieten, das Land kennenlernen. Könnt Ihr Zähne ziehen?«

Ich sträubte mich gegen den Gedanken. »Ganz bestimmt nicht.«

»Nein? Es ist leicht. Ich nehme ein paar Zangen mit, und Ihr könnt üben, wenn Ihr wollt.«

»Das habe ich nicht gemeint. Ich meine, daß ich kein Barbier bin. Verzeiht, daß ich das sage, aber ich riskiere schon den Zorn meines Vaters, weil ich als Arzt arbeite, doch es gibt Niederungen, in die ich nicht hinabsteigen will.«

Ausnahmsweise war Lower nicht beleidigt. »Dann seid Ihr kaum zu etwas nütze«, sagte er fröhlich. »Hört zu, ich gehe in Städte mit höchstens ein paar hundert Seelen. Die Dorfleute kommen meilenweit zu mir, um sich gründlich behandeln zu lassen. Sie wollen zur Ader gelassen werden, wollen Abführmittel, Wunden mit der Lanzette öffnen, ihre Hämorrhoiden wegmassieren und die Zähne ziehen lassen. Wir sind hier nicht in Venedig, wo Ihr sie zum Barbier nebenan schicken könntet. Ihr seid der einzig richtig ausgebildete Mensch, den sie im Lauf eines Jahres zu Gesicht bekommen, es sei denn, daß irgendein wandernder Scharlatan durchkommt. Wenn Ihr mich also begleitet, laßt Eure Würde zu Hause wie ich. Niemand wird Euch sehen, und ich verspreche, Eurem Vater nichts zu verraten. Sie wollen einen Zahn gezogen haben, und Ihr greift nach der Zange. Es wird Euch Freude machen, nie wieder werdet Ihr so dankbare Patienten haben.«

»Und was wird aus meiner Patientin? Ich möchte wirklich nicht zurückkommen und erfahren müssen, daß sie tot ist.«

Lower runzelte die Stirn. »Daran habe ich nicht gedacht. Aber sie braucht doch keine Behandlung mehr, oder? Ich meine, Ihr könnt hier nicht mehr viel tun – nur abwarten, ob sie überlebt. Wenn Ihr sie noch anders behandeln müßtet, wäre das Experiment gescheitert.«

»Das ist richtig.«

»Ich könnte Locke bitten, nach ihr zu sehen. Mir ist nicht entgangen, daß Ihr von ihm nicht sehr angetan seid, aber er ist wirklich ein netter Kerl und ein guter Arzt. Wir werden nur fünf oder sechs Tage unterwegs sein.«

Ich war skeptisch, und wollte nicht, daß jemand wie Locke etwas über meine Arbeit erfuhr, obwohl ich wußte, daß Lower von dem Mann sehr viel hielt, legte ich mich nicht fest. »Laßt mir Zeit, darüber nachzudenken«, sagte ich. »Bis heute abend.«

»Fein. Jetzt warten die beiden Katzen auf mich. Hinterher sollten wir zum Friedensrichter gehen und ihm mitteilen, was wir entdeckt haben. Wenn ich auch vermute, daß er nicht sonderlich interessiert sein wird.«

* *
*

Drei Stunden später klopften wir daher an die Haustür des Friedensrichters in Holywell, um ihm zu sagen, daß nach Meinung zweier *doctores* Dr. Robert Grove an einer Arsenikvergiftung gestorben war. Die Mägen und die Eingeweide der Katzen ließen keine anderen Schlüsse zu; es gab nicht den geringsten Unterschied zwischen ihnen, und außerdem waren die Symptome praktisch die gleichen, die wir bei Dr. Grove gefunden hatten. Die Schlußfolgerung war unausweichlich, von jedem theoretischen Standpunkt aus gesehen – ob es sich nun um den von Monsieur Descartes oder den von Lord Bacon handelte.

Sir John Fulgrove ließ uns nicht lange warten; wir wurden in den Raum geführt, den er als Studierzimmer und provisorisches Gerichtszimmer benutzte, in dem er über unwichtige Fälle entschied. Er machte einen bekümmerten Eindruck, was uns nicht überraschte. Jemand wie Rektor Woodward konnte einem Laien – sogar einem Friedensrichter –, der seinen Zorn erregte, das Leben sehr schwer machen. Einen Tod untersuchen hieß, daß ein Mord vermutet wurde; Sir John mußte jetzt dem Untersuchungsrichter einen überzeugenden Fall vorlegen; und dafür brauchte er einen Ankläger.

Als wir ihm von unseren Untersuchungen und Schlußfolgerungen berichteten, beugte er sich in seinem Sessel vor und bemühte sich zu begreifen, was wir sagten. Er tat mir leid; schließlich war die Sache ungewöhnlich delikat. Um ihm Gerechtigkeit widerfahren zu lassen – er befragte uns eingehend nach unseren Methoden und der Logik unserer Schlüsse und ließ sich die schwierigeren Verfahren ein paarmal von uns erklären, bis er sie richtig verstand.

»Ihr glaubt demnach, Dr. Grove ist gestorben, weil er Arsenik getrunken hatte, das in einer Flasche Brandy aufgelöst worden war. Ist das der Fall?«

Lower – der für uns beide sprach – nickte.

»Aber Ihr wollt nicht spekulieren, wieso das Arsenik in der Brandyflasche war? Könnte er es vielleicht selbst hineingetan haben?«

»Zweifelhaft. Man hatte ihn erst an diesem Abend davor gewarnt, wie gefährlich es sei, und er hatte gesagt, er werde es nie wieder benutzen. Was die Flasche anbelangt – könnte Mr. Cola hier uns zu diesem Punkt etwas Hilfreiches sagen.« Ich erklärte also, daß ich beobachtet hatte, wie Grove die Flasche vom Fuß der Treppe aufgehoben hatte, als er mich zum Ausgang begleitete. Ich fügte jedoch hinzu, ich könne nicht mit Sicherheit sagen, ob es dieselbe Flasche gewesen sei, und natürlich wisse ich nicht, ob sie das Gift schon enthalten habe.

»Aber wird dieses Gift nicht in der Medizin benutzt? Ihr habt ihn behandelt, Mr. Cole?«

»Cola.«

Lower erklärte ihm, wie es manchmal verwendet wurde, nie jedoch in solchen Mengen, und ich sagte, ich hätte nur das von Grove benutzte Medikament aus seinem Auge herausgespült, damit es von selbst heilen konnte.

»Ihr habt ihn behandelt, Ihr habt an diesem Abend mit ihm gegessen, und Ihr wart vermutlich die letzte Person, die ihn vor seinem Tod gesehen hat?«

Ich sagte zustimmend, das könne durchaus der Fall sein. Der Friedensrichter knurrte. »Dieses Arsenik«, fuhr er fort, »was ist es genau?«

»Ein Pulver«, sagte Lower. »Gewonnen aus einem Mineral, das aus Schwefel und ätzenden Salzen besteht. Es ist teuer und oft nicht leicht zu bekommen. Es kommt aus deutschen Silberminen. Oder kann hergestellt werden, indem man *auripigmentum* – ein gelbes Mineral, das als Färbestoff benutzt wird (aurum = Gold, pigmentum = Färbestoff) – mit Salzen sublimiert. Mit anderen Worten …«

»Danke«, sagte der Friedensrichter und hob die Hände, um einen von Lowers Vorträgen abzuwehren. »Danke. Was ich meine ist, wo bekommt man es? Verkaufen es zum Beispiel Apotheker? Ist es Teil der *materia medica* bei Ärzten?«

»Oh, ich verstehe. Im großen und ganzen haben es, denke ich, die Ärzte nicht vorrätig. Es wird nur selten benutzt und ist, wie ich schon sagte, teuer. Gewöhnlich wenden sie sich an einen Apotheker, wenn sie es brauchen.«

»Ich danke Euch, wirklich.« Der Friedensrichter runzelte gedankenvoll die Stirn, während er über das nachdachte, was wir ihm eben erzählt hatten. »Ich sehe aber nicht, wie Eure Mitteilung, so wertvoll sie sein mag, von Nutzen sein könnte, wenn es jemals zu einem Prozeß kommen sollte. Natürlich verstehe ich ihre Bedeutung, bezweifle jedoch, daß Geschworene es könnten. Ihr wißt doch selbst, Lower, wie diese Männer oft sind. In einem Fall, der auf so schwachen Füßen steht, würden sie jeden Angeklagten bestimmt freisprechen.«

Lower sah ziemlich mißvergnügt drein, gab jedoch zu, daß Sir John recht hatte.

»Sagt mir, Mr. Cole ...«

»Cola.«

»Ihr seid Italiener, glaube ich?«

Ich sagte, ja, ich sei Italiener.

»Auch ein Doktor?«

Ich antwortete, ich hätte studiert, aber kein Examen abgelegt und hätte nicht die Absicht, zu praktizieren und mir damit meinen Lebensunterhalt zu verdienen. Mein Vater, fuhr ich fort, wolle nicht ...

»Dann seid Ihr mit Arsenik vertraut?«

Ich vermutete keine Sekunde, wohin seine Fragen zielten, und antwortete unbekümmert, ja, das sei ich tatsächlich.

»Und Ihr gebt zu, daß Ihr möglicherweise der letzte wart, der Dr. Grove lebendig gesehen hat.«

»Möglicherweise.«

»Also – verzeiht mir meine Überlegungen – wenn zum Beispiel Ihr selbst das Gift in die Flasche getan und sie ihm gegeben hättet, als Ihr zum Essen kamt, würde dann niemand Euren Bericht in Frage stellen?«

»Sir John«, sagte Lower leicht bestürzt, »habt Ihr da nicht etwas übersehen? Wenn Ihr für eine Tat kein Motiv vorbringen könnt, dürft Ihr sie auch niemandem anlasten. Und die Logik schließt das Vorhandensein eines Motivs aus. Mr. Cola ist erst seit ein paar Wochen in Oxford, beziehungsweise in diesem Land. Er ist Grove vor jenem Abend nur einmal begegnet. Und ich muß sagen, ich bin bereit, rückhaltlos für seinen guten Charakter ebenso zu bürgen wie der Ehrenwerte Robert Boyle es täte, wenn er hier wäre.«

Das, ich bin glücklich, das sagen zu können, führte dem Mann vor Augen, wie lächerlich seine Fragen waren, wodurch er aber meine Achtung nicht zurückgewann. »Ich bitte um Entschuldigung, Sir. Es war nicht meine Absicht, Euch zu beleidigen. Doch es ist meine Pflicht zu ermitteln, und natürlich muß ich all jenen Fragen stellen, die nah am Geschehen waren.«

»Das ist verständlich. Ihr braucht Euch nicht zu entschuldigen, das versichere ich Euch«, antwortete ich nicht sehr aufrichtig. Seine Bemerkungen hatten mich sehr erschreckt, so sehr, daß ich nahe daran gewesen war, auf die schwache Stelle in seiner Logik hinzuweisen – nämlich die, daß ich nicht unbedingt der letzte gewesen sein mußte, der Grove lebendig gesehen hatte, denn jemand hatte Sarah Blundy anscheinend sein Zimmer betreten sehen, nachdem ich mich am Tor von ihm verabschiedet hatte.

Mir war jedoch klar, wenn ein Italiener und Papist auch der ideale Kandidat für einen Mörder gewesen wäre, wäre die Tochter eines Sektierers, die eine lockere Moral und ein hitziges Temperament hatte, auch keine so üble Wahl. Ich hatte jedoch nicht den Wunsch, meinen Hals aus der Schlinge zu ziehen, indem ich anklagend mit dem Finger auf sie zeigte. Sie ist, dachte ich, einer solchen Tat durchaus fähig … Doch abgesehen vom Klatsch, gab es wenig, was man ihr anlasten konnte. Ich fühlte mich durchaus berechtigt zu schweigen, bis die Situation sich änderte.

Endlich gab der Friedensrichter den Versuch auf, noch mehr zu sagen, und stemmte sich aus seinem Sessel in die Höhe. »Ihr müßt mich entschuldigen. Ich muß den Untersuchungsrichter unterrichten. Dann mit noch ein paar Leuten sprechen und Rektor Woodward besänftigen. Vielleicht, Dr. Lower, wärt Ihr so gütig, ihm zu berichten, was Ihr mir vorgetragen habt. Ich wäre glücklicher, wenn er nicht glaubte, daß ich aus reiner Bosheit gegen die Universität handle.«

Lower nickte widerstrebend und ging dann, um sich seiner Pflicht zu entledigen; ich hatte den Rest des Tages frei und konnte tun, was ich wollte.

* *
*

Mir war bewußt, daß aufregende Dinge wie der Tod von Dr. Grove nur eine Ablenkung von meinen wahren Verpflichtungen waren – denn zuerst und vor allem mußte ich mich um die Angelegenheiten meiner Familie kümmern. Obwohl ich mich mit diesem Bericht ein wenig länger befaßt habe, arbeitete ich hart, und Mr. Boyle hatte freundlicherweise sogar noch mehr für mich getan. Die Neuigkeiten waren jedoch entmutigend, und ich hatte trotz meiner Anstrengungen wenig oder nichts in der Hand. Wie versprochen, hatte Boyle einen mit ihm befreundeten Anwalt in London konsultiert, der aber war der Meinung, ich würde nur meine Zeit vertun, wenn ich die Sache weiterverfolgte. Ohne konkreten Beweis dafür, daß meinem Vater die Hälfte des Geschäfts gehörte, hatte ich keine Chance, ein Gericht zu überzeugen, mir meinen Anteil zuzusprechen. Ich sei am besten beraten, wenn ich das Verlorene abschriebe, und kein Kapital mehr in eine hoffnungslose Sache steckte.

Sofort schrieb ich an meinen Vater und erklärte ihm, wenn er keine stichhaltigen Dokumente in Venedig habe, scheine das Geld für immer verloren zu sein, und ich könne nach Hause zurückkehren. Nachdem der Brief geschrieben, versiegelt und mit der Post des Königs abgeschickt worden war (es störte mich nicht, wenn der Brief von der Regierung gelesen würde, daher entschloß ich mich, ihn nicht privat zu schicken und die zusätzlichen Kosten zu sparen) kehrte ich in den Laden von Mr. Crosse zurück, um mir die Zeit mit einem Gespräch zu vertreiben und eine Tasche mit Medikamenten vorbereiten zu lassen, falls ich Lower doch begleiten sollte, obwohl ich mich eigentlich schon dagegen entschieden hatte.

»Ich will nicht. Doch wenn Ihr sie bis morgen früh für alle Fälle fertig hättet ...«

Crosse nahm meine Liste und schlug sein Hauptbuch bei der Seite auf, auf der meine früheren Einkäufe eingetragen waren. »Ich suche Euch alles heraus«, sagte er. »Es ist nichts besonders Rares oder Kostspieliges dabei und daher für mich keine große Arbeit.«

Er sah mich einen Moment lang neugierig an, als wollte er etwas sagen, überlegte es sich dann anders und vertiefte sich wieder in sein Hauptbuch.

»Macht Euch keine Sorgen wegen der Bezahlung«, sagte ich. »Ich bin sicher, Lower oder sogar Mr. Boyle werden für meinen Kredit bürgen.«

»Natürlich, natürlich. Das ist keine Frage.«

»Etwas anderes macht Euch Sorgen. Erzählt es mir bitte.«

Er überlegte noch eine Weile und beschäftigte sich, ehe er sich entschloß, ein paar Sekunden lang damit, auf der Theke Phiolen mit einer Flüssigkeit aufzustellen. »Ich habe mit Lower über seine Experimente nach Dr. Groves Tod gesprochen«, begann er.

»Ach ja«, sagte ich und dachte, er wolle von denen, die vielleicht interessanten Klatsch und Tratsch zu bieten hatten, noch mehr erfahren. »Ein faszinierender Mann, dieser Mr. Stahl, wenn auch ein bißchen schwierig.«

»Glaubt Ihr, daß seine Schlußfolgerungen vernünftig sind?«

»Ich sehe keinen Fehler in seiner Methode«, antwortete ich, »und sein Ruhm spricht für sich selbst. Warum fragt Ihr?«

»Dann war es Arsenik, das zu Dr. Groves Tod geführt hat?«

»Ich sehe keinen Grund, das auch nur im geringsten zu bezweifeln. Seid Ihr anderer Meinung?«

»Nein. Nein, gar nicht. Ich habe mich nur gefragt, Mr. Cola ...«

Er zögerte wieder. »Kommt schon, Mann, raus damit!« rief ich lebhaft. »Etwas liegt Euch schwer auf der Seele. Sagt mir, was es ist.«

Er wollte sprechen, überlegte es sich dann und schüttelte den Kopf. »Oh, es ist nichts«, antwortete er. »Nichts Erhebliches. Ich habe mich nur gefragt, woher das Arsenik gekommen sein mag. Es wäre mir schrecklich, zu denken, man könnte es bei mir erstanden haben.«

»Das werden wir wohl nie erfahren«, antwortete ich. »Außerdem ist es die Aufgabe des Friedensrichters, zu ermitteln, wie man mir sagt, und auf keinen Fall könnte jemand Euch irgendeine Schuld zuschieben. Ich würde mir deshalb keine Sorgen machen.«

Er nickte. »Ihr habt recht. Sehr recht sogar.«

Die Tür flog auf, und Lower in Begleitung von Mr. Locke, wie ich unangenehm berührt feststellte, fegte in den Laden. Beide trugen ihre besten Mäntel, und Lower hatte wieder gewagt, die Perücke aufzusetzen. Ich verbeugte mich vor beiden.

»Edlere Gentlemen habe ich nicht mehr gesehen, seit ich Paris verlassen habe«, sagte ich.

Grinsend verbeugte sich Lower ebenfalls, eine unbeholfene Geste, da er noch immer unsicher war und die Perücke mit der Hand festhielt.

»Das Stück, Mr. Cola, das Stück!«

»Was für ein Stück?«

»Ich habe Euch doch davon erzählt. Oder habe ich's vergessen? Die Unterhaltung, die ich versprochen hatte. Seid Ihr bereit? Seid Ihr nicht aufgeregt? Die ganze Stadt wird dasein. Kommt. Es beginnt in einer Stunde, und wenn wir uns nicht beeilen, sind die besten Plätze besetzt.«

Seine gute Laune und sein Eifer verdrängten sofort alle anderen Dinge aus meinem Kopf, und ohne an Mr. Crosse und seine vagen Sorgen noch einen Gedanken zu verschwenden, wünschte ich ihm einen schönen Nachmittag und trat mit meinem Freund auf die Straße.

* *
*

In England ins Theater zu gehen ist für jeden empfindsamen Menschen, der die Raffinessen des italienischen und französischen Theaters kennt, ein ziemlicher Schock und erinnert mehr denn alles andere daran, daß dieses Volk von Insulanern erst vor kurzem der Barbarei entwachsen ist.

Es ist nicht so sehr ihr Verhalten, obwohl die vulgären Leute im Publikum andauernd lärmten, und, es muß gesagt werden, auch die Vornehmeren alles andere als ruhig waren. Das lag an der wilden Begeisterung, die diese Schauspielertruppe auslöste. Veranstaltungen wie diese waren erst seit einigen wenigen Jahren wieder erlaubt, und die Freude, Zeuge von etwas Neuem zu sein, hatte die ganze Stadt in einen Freudentaumel versetzt. Die Studenten hatten, wie es schien, ihre Bücher und Decken verkauft, um Eintrittskarten erstehen zu können, die unverschämt teuer waren.

Die Aufführung war gar nicht so schlecht, wenn auch entsetzlich rustikal und erinnerte eher an eine Karnevalsburleske als an richtiges Theater. Es ist mehr die Art der von den Engländern bewunderten Stücke, die verrät, was für ein ungehobeltes und gewalttätiges Volk sie sind. Geschrieben hatte das Stück ein Mann, der in der Nähe von Oxford gelebt hatte und leider nie gereist war oder die besten Autoren studiert hatte, denn er hatte keine Technik, kein Gefühl für Handlung und ganz gewiß kein Dekorum.

Daher wurde die Logik, die laut Aristoteles sicherstellt, daß ein Stück einen Zusammenhang hat, von der ersten Szene an über Bord geworfen. Weit davon entfernt, sich an einem einzigen Schauplatz zuzutragen, begann das Stück in einem Schloß (denke ich), wechselte in irgendein Moor, dann auf ein oder zwei Schlachtfelder und endete damit, daß der Autor offenbar sehen wollte, ob es möglich war, in jeder Stadt des Landes eine Szene spielen zu lassen. Er verschlimmerte seinen Fehler noch, indem er die Kontinuität der Zeit aufhob – zwischen zwei Szenen konnten eine Minute, eine Stunde, ein Monat oder (soweit ich es beurteilen konnte) fünfzehn Jahre verstreichen, ohne daß es dem Publikum mitgeteilt wurde. Was ebenfalls fehlte, war die Einheit des Themas, da der Hauptstrang der Handlung lange Zeit vergessen wurde und Nebenhandlungen dominierten; als habe der Autor Seiten aus einem halben Dutzend anderer Stücke genommen, in die Luft geworfen, vom Boden aufgehoben und willkürlich zusammengestoppelt.

Die Sprache war noch schlimmer; einiges entging mir, weil die Schauspieler nicht deklamieren konnten, sondern sprachen, als befänden sie sich in einem Raum mit Freunden oder in einer Taverne. Natürlich wäre die Art des wahren Schauspielers, stillzustehen, ins Publikum zu blicken und es mit der Macht herrlicher Rhetorik zu verführen, kaum angemessen gewesen, da wenig Schönes vorhanden war. Statt dessen hatten die Akteure eine Sprache von atemberaubender Abscheulichkeit zu bieten. Besonders in einer Szene, in der der Sohn des Edelmannes so tut, als sei er wahnsinnig und im Regen auf der Heide herumtollt, dann den König trifft, der sich, ebenfalls wahnsinnig geworden, Blumen ins Haar gesteckt hat (glaubt mir, ich scherze nicht), erwartete ich, daß fürsorgliche Ehemänner ihre Damen eilig hinausbringen würden. Statt dessen saßen sie mit allen Anzeichen des Vergnügens da, und das einzige, das sie vor Schreck erschauern ließ, war das Auftreten von Schauspielerinnen auf der Bühne, denn das hatte noch niemand erlebt.

Am Ende kam es zu Gewalttätigkeiten. Gott allein weiß, wie viele getötet wurden; meiner Meinung nach erklärt das, warum die Engländer berüchtigt sind für ihre Gewalttätigkeit, denn wie könnte es anders sein, wenn so abscheuliche Dinge als Unterhaltung gelten? Zum Beispiel werden einem Edelmann auf der Bühne, für das Publikum deutlich zu sehen, die Augen ausgestochen – und das auf eine Art, die nichts der Phantasie überläßt. Was für einen Sinn könnte diese schreiend widerwärtige und unnötige Tat haben, wenn nicht den, zu beleidigen und zu schockieren?

Tatsächlich war für mich das einzig Interessante an der Handlung, die sich so lange hinzog, daß die letzten Szenen bei gnädiger Dunkelheit stattfanden, daß ich einen allgemeinen Einblick in die heimische Gesellschaft bekam, da so gut wie niemand der Versuchung widerstehen konnte, die Finger in den Mist zu tauchen, der geboten wurde. Das Klatschmaul Mr. Wood war ebenso anwesend wie Rektor Woodward und der strenge, kalte Dr. Wallis, der mich beim Dinner so gequält hatte und am selben Abend Mr. Prestcotts Opfer geworden war. Thomas Ken, Crosse, Locke, Stahl und viele andere waren da, die ich bei Mother Jean's gesehen hatte.

Und auch noch viele, viele andere, ganz zu schweigen von den Studenten, die zwar nicht mir, aber meinem Freund bekannt waren. Während einer der häufigen Unterbrechungen, zum Beispiel, fiel mir ein kleiner, magerer Mann auf, der mit Dr. Wallis sprechen wollte; Wallis jedoch schaute nur zornig und verlegen drein und wandte sich dann abrupt ab.

»Oho«, sagte Lower, der die beiden interessiert beobachtet hatte. »Wie sich die Zeiten ändern.«

Ich bat ihn um eine Erklärung.

»Hmm? Oh, ich nehme an, Ihr wißt es nicht«, sagte er, ohne den Blick von der Szene abzuwenden, die sich vor ihm abspielte. »Wie könntet Ihr auch? Sagt mir, was haltet Ihr von dem kleinen Mann? Denkt Ihr, es sei möglich, den Charakter eines Menschen aus seiner Physiognomie abzulesen?« »Ich glaube schon«, sagte ich. »Wäre es nicht der Fall, vergeuden viele Porträtmaler ihre Zeit und belügen uns.«

»Dann interpretiert. Wir können den Nutzen dieser Doktrin untersuchen. Oder den Grad Eurer Fähigkeiten.«

»Nun«, sagte ich und betrachtete den Mann noch einmal, als er bescheiden an seinen Platz zurückging und sich widerspruchslos setzte. »Ich bin kein Künstler und in der Sache ungeübt, aber er ist ein Mann Ende der Vierzig und mit der Miene eines Menschen, der geboren wurde, um zu dienen und zu gehorchen. Kein Mann, der jemals über Autorität oder Macht verfügt hätte. Vom Glück nicht begünstigt, wenn auch nicht arm. Ein Gentleman, jedoch von niederer Art.«

»Ein guter Anfang«, sagte Lower. »Fahrt fort.«

»Kein Mann, der sich aufdrängt. Er verfügt weder über Benehmen noch Stand eines Mannes, der in der Welt etwas bewirken könnte. Eher das Gegenteil: Sein Verhalten läßt auf jemanden schließen, der immer ignoriert und übersehen werden wird.«

»Aha. Und weiter.«

»Ein Bittsteller von Natur aus«, sagte ich und erwärmte mich jetzt für mein Thema. »Das sieht man an der Art, wie er sich Wallis näherte, und der Art, wie er es hinnahm, daß er zurückgewiesen wurde. Ganz offensichtlich ist er eine solche Behandlung gewohnt.«

Lower nickte. »Ausgezeichnet«, sagte er. »Ein wirklich nützliches Experiment.«

»Habe ich recht?«

»Sagen wir, es war eine interessante Reihe von Beobachtungen. Ah. Das Stück beginnt wieder. Ausgezeichnet.«

Ich stöhnte innerlich: Er hatte recht. Die Schauspieler traten noch einmal auf, glücklicherweise stand nur noch der Ausgang der Handlung bevor. Ich selbst hätte es besser gekonnt: Es gab keine moralisch zufriedenstellende Lösung, der König und seine Tochter starben genau in dem Augenblick, in dem ein vernünftiger Stückeschreiber gesehen hätte, daß sie am Leben bleiben mußten, sollte das Stück überhaupt eine moralische Aussage haben. Aber natürlich waren zu diesem Zeitpunkt auch alle anderen tot und die Bühne das reinste Beinhaus, daher nehme ich an, sie hatten beschlossen, es ihnen gleichzutun, weil keiner mehr da war, mit dem sie sprechen konnten.

Ich war einigermaßen benebelt, denn seit wir Dr. Grove seziert hatten, hatte ich nicht mehr so viel Blut gesehen. Zum Glück schlug Lower gleich danach ein Wirtshaus vor. Ich brauchte einen steifen Trunk, um mich zu erholen und hatte nicht einmal etwas dagegen, als Locke und Wood beschlossen, sich uns anzuschließen; ich empfand sie zwar nicht als ideale Begleitung, aber nach einer solchen Vorstellung hätte ich sogar, wenn nötig, mit Calvin persönlich etwas getrunken.

Als wir im Fleur-de-Lys ankamen, hatte Lower auf dem Weg quer durch die Stadt Locke meine Kommentare über das Verhalten des bewußten Mannes mitgeteilt, die aber nur mit einem höhnischen Lächeln quittiert wurden.

»Wenn ich nicht recht habe, solltet Ihr es mir jetzt sagen«, erklärte ich ein wenig hitzig, denn es gefiel mir überhaupt nicht, auf diese Weise zur Belustigung der anderen beizutragen. »Wer war dieser Mann?«

»Los, Wood, Ihr seid die Fundgrube für allen Klatsch, sagt es ihm.«

Offensichtlich hoch erfreut darüber, in unsere Gesellschaft aufgenommen worden zu sein und den Augenblick genießend, in dem die allgemeine Aufmerksamkeit ihm galt, nahm Wood einen ausgiebigen Schluck und rief zum Schankfenster hinüber, man möge ihm eine Pfeife bringen. Lower bestellte auch eine, doch ich lehnte ab. Nicht, daß ich gegen ein wenig Tabak am Abend etwas einzuwenden hätte, besonders wenn mein Bauch rumort, aber manchmal haben von den Tavernengästen zu oft benutzte Pfeifen einen Geschmack von säuerlichem Speichel. Den meisten macht es nichts aus, das weiß ich, doch ich finde es unangenehm und rauche nur meine eigene.

»Nun«, begann Wood auf seine pedantische Art, nachdem er sich noch ein Ale zu Gemüte geführt hatte und seine Pfeife brannte, »dieser kleine Mann, der im Leben zum Scheitern verurteilt, so sehr von Natur aus ein Diener und Bittsteller ist – dieser Mann war kein anderer als John Thurloe.«

An dieser Stelle hielt er um der dramatischen Wirkung willen inne, als müßte ich tief beeindruckt sein. Ich fragte ein wenig schärfer als unbedingt nötig, wer denn dieser John Thurloe sei.

»Nie von ihm gehört?« sagte er erstaunt. »In Venedig kennen ihn viele vom Hörensagen. Und fast überall in Europa. Beinahe zehn Jahre lang hat dieser Mann in diesem und in anderen Ländern gemordet, gestohlen, bestochen und gefoltert. Einmal – und das ist noch gar nicht so lange her – hielt er das Schicksal von Königreichen in den Händen, spielte mit Monarchen und Staatsmännern, als wären sie Marionetten.«

Er unterbrach sich abermals und begriff endlich, daß er sich nicht sehr klar ausdrückte. »Er war Cromwells Staatssekretär«, erklärte er mir, als rede er zu einem Kind. Was für ein Ärgernis dieser Mensch doch war. »Sein oberster Spion. Dafür verantwortlich, das Commonwealth zu sichern und Cromwell am Leben zu erhalten, eine Aufgabe, die er hervorragend meisterte, denn Cromwell ist in seinem eigenen Bett gestorben. Solange John Thurloe da war, kam Cromwell nie ein Mörder in die Nähe. Er hatte überall Spione: Gab es eine Verschwörung von den Gefolgsleuten des Königs, wußte es John Thurloe früher als sie selbst. Sogar einige ihrer Komplotte hat er geplant, wie man mir sagte, und fand großes Vergnügen darin, sie zu vernichten. Solange er Cromwells Vertrauen besaß, kontrollierte niemand, was er tat. Überhaupt niemand. Man sagt, es sei Thurloe gewesen, der Jack Prestcotts Vater durch Tücke dazu brachte, den König zu verraten.«

»Dieser kleine Mann?« fragte ich erstaunt. »Aber wenn das zutrifft, wieso läuft er dann frei herum und kann das Theater besuchen? Gewiß hätte jede vernünftige Regierung ihn so schnell wie möglich gehenkt.«

Wood zuckte mit den Schultern, war ungehalten, weil er zugeben mußte, etwas nicht zu wissen. »Ein Staatsgeheimnis. Aber er lebt ruhig, ein paar Meilen von hier. Nach allem, was man so hört, wohnt er ganz zurückgezogen und hat mit der Regierung seinen Frieden gemacht. Natürlich erinnern sich jene, die ihn umschmeichelten, als er noch mächtig war, nicht einmal mehr an seinen Namen.«

»John Wallis offensichtlich eingeschlossen.«

»O ja«, sagte Wood mit einem Augenzwinkern, »ihn eingeschlossen. Dr. Wallis ist ein Mann mit einem Instinkt für Macht. Er kann sie riechen. Ich bin überzeugt, ein Staatsmann ahnt zum ersten Mal, daß sein Untergang bevorsteht, wenn John Wallis aufhört, ihn zu hofieren.«

Jeder liebt Geschichten über dunkle und zweifelhafte Ereignisse, und ich war nicht anders. Woods Bericht über Thurloe gab mir einen Einblick in das Königreich. Entweder war der zurück-gekehrte König so sicher, daß er ohne Angst solchen Menschen ihre Freiheit lassen, oder er war so schwach, daß er sie nicht vor Gericht bringen konnte. In Venedig wäre es anders gewesen: Die Fische in der Adria hätten sich schon längst an Thurloe gütlich getan.

»Und dieser Wallis? Er fasziniert mich.«

Aber ich erfuhr nicht mehr, denn ein junger Mann, in dem ich den Diener des Friedensrichters erkannte, kam an unseren Tisch und blieb steif stehen, bis Lower ihn aus seiner Not erlöste und fragte, was er wolle.

»Ich suche Mr. Cola und Dr. Lower, Sir.«

Wir gaben uns zu erkennen. »Und was willst du?«

»Sir John bittet Euch, ihn sofort in seinem Haus in Holywell aufzusuchen.«

»Jetzt?« fragte Lower. »Wir beide? Es ist nach neun, und wir haben noch nicht gegessen.«

»Ich glaube, die Sache kann nicht warten«, sagte der Junge Mann. »Sie ist äußerst dringlich.«

»Laßt nie einen Mann warten, der die Macht hat, Euch zu hän-gen«, sagte Locke ermutigend. »Geht lieber.«

* * *

Das Haus des Friedensrichters schien warm und einladend. Wir warteten im Flur, bevor wir zum zweiten Mal in das Verneh-mungszimmer geführt wurden. Das Feuer loderte in einem offe-nen Kamin, und ich wärmte mich davor, denn wieder einmal war mir bewußt geworden, wie kalt dieses Land im Winter und wie schlecht beheizt meine Unterkunft war. Ich war auch, wie ich feststellte, fürchterlich hungrig.

Der Friedensrichter war unverkennbar zurückhaltender als am Vormittag. Nachdem die Formalitäten beendet waren, forderte er uns auf, Platz zu nehmen.

»Ihr arbeitet aber sehr lange, Sir John«, sagte Lower liebens-würdig.

»Nicht freiwillig, Doktor«, antwortete Sir John. »Doch das ist eine Angelegenheit, die keinen Aufschub duldet.«

»Dann muß sie ernst sein.«

»Das ist sie in der Tat. Sie betrifft Mr. Crosse. Er hat mich heute nachmittag aufgesucht, und ich möchte seine Glaubwürdigkeit überprüfen, da er zwar kein Gentleman, aber zweifellos in jeder Beziehung überaus vertrauenswürdig ist.«

»Dann fragt uns bitte. Was ist mit dem alten Crosse? Er ist ein guter Mann, wie ich weiß, er wiegt nur sehr selten falsch und dann auch nur bei Kunden, die er nicht kennt.«

»Er hat das Hauptbuch aus seinem Geschäft mitgebracht, in das er die Verkäufe einträgt«, sagte der Friedensrichter, »und darin steht sehr deutlich, daß vor vier Monaten Sarah Blundy, eine Dienstmagd aus dieser Stadt, eine größere Menge Arsenik gekauft hat.«

»Ich verstehe.«

»Sarah Blundy wurde am selben Tag wegen schlechten Benehmens von Grove entlassen«, fuhr der Friedensrichter fort. »Sie stammt aus einer gewalttätigen Familie.«

»Verzeiht mir, wenn ich unterbreche«, sagte Lower. »Aber habt Ihr schon das Mädchen befragt? Vielleicht gibt es eine ganz einfache Erklärung für den Kauf.«

»Das habe ich. Nachdem ich mit Mr. Crosse gesprochen hatte, ging ich sofort zu Sarah Blundy. Sie hat gesagt, sie habe das Pulver auf Dr. Groves Anweisung gekauft.«

»Was die Wahrheit sein kann. Es zu widerlegen wäre schwierig.«

»Es mag so gewesen sein. Ich habe die Absicht, nachzusehen, ob Dr. Grove ein Hauptbuch geführt hat. Das Pulver hat fast einen Shilling gekostet, und eine so hohe Ausgabe könnte eingetragen sein. Könnt Ihr Euch für Crosse verbürgen? Hat er einen guten Charakter und würde nicht aus Bosheit ein falsches Zeugnis geben?«

»Das würde er nie tun. In dieser Beziehung ist er absolut vertrauenswürdig. Wenn er sagt, das Mädchen habe Arsenik gekauft, dann hat das Mädchen Arsenik gekauft«, meinte Lower.

»Habt Ihr das Mädchen direkt beschuldigt?« fragte ich.

»Nein«, antwortete Sir John, »dazu ist es noch zu früh.«

»Ihr glaubt, es sei eine Möglichkeit?«

»Vielleicht. Darf ich fragen, warum keiner von Euch erwähnt

hat, daß man sich erzählt, jemand habe an dem bewußten Abend das Mädchen in Dr. Groves Zimmer gehen sehen?«

»Es ist nicht meine Aufgabe, Klatsch und Tratsch zu verbreiten«, sagte Lower ernst. »Und nicht die Eure, ihn zu wiederholen, Sir.«

»Das ist richtig«, antwortete Sir John. »Rektor Woodward hat es mir erzählt und Mr. Ken mitgebracht, der seine Behauptung vor mir wiederholte.«

»Ken?« fragte ich. »Seid Ihr sicher, daß er die Wahrheit gesagt hat?«

»Ich habe keinen Grund, es anzuzweifeln. Ich weiß, daß er und Dr. Grove sich nicht gut vertragen haben, doch ich kann nicht glauben, daß er in einer so wichtigen Sache lügen würde.«

»Und was hat das Mädchen gesagt?«

»Sie hat es natürlich geleugnet. Aber sie wollte auch nicht sagen, wo sie war.«

Mir fiel ein, daß sie es auch mir nicht sagen wollte, und zum ersten Mal fühlte ich im Herzen eine böse Ahnung. Es wäre lohnend, sich selbst zur schrecklichsten Unmoral zu bekennen, wenn man dadurch einen solchen Verdacht zerstreuen könnte. Also was mochte Sarah Blundy getan haben, vorausgesetzt natürlich, daß sie nicht log, um ihre Schuld zu vertuschen?

»In diesem Fall steht ihr Wort gegen das von Ken«, sagte Lower.

»Sein Wort hat natürlich mehr Gewicht«, erklärte der Friedensrichter. »Und nach allem, was geklatscht wird, scheint es, daß das Mädchen für eine solche Tat einen Grund hatte, wie pervertiert er auch gewesen sein mag. Ist es richtig, daß Ihr die Mutter behandelt, Mr. Cole?«

Ich nickte.

»Ich empfehle Euch, sofort damit aufzuhören. Ihr solltet jeden Kontakt vermeiden.«

»Ihr nehmt also an, daß Sarah schuldig ist?« fragte ich, erschrocken über die Wendung, die das Gespräch nahm.

»Ich glaube, ich kann den Anfang eines Falles sehen. Aber festzustellen, ob jemand schuldig ist oder nicht, ist glücklicherweise nicht meine Aufgabe.«

»Die Mutter braucht noch einen Arzt.« Ich fügte nicht hinzu, daß auch mein Experiment ständig überwacht werden mußte.

»Ich bin sicher, jeder andere Arzt würde genügen. Ich kann es Euch nicht verbieten, bitte Euch jedoch, an die Peinlichkeit zu denken. Das Thema Dr. Grove wird zweifellos zur Sprache kommen, wenn Ihr dem Mädchen begegnet – ist es schuldig, wird es natürlich wissen wollen, wie die Ermittlungen fortschreiten und ob Ihr vermutet, was geschehen ist. Ihr müßtet dann entweder leugnen, etwas zu wissen, was entwürdigend wäre, oder Informationen weitergeben, die Sarah Blundy veranlassen könnten zu fliehen.«

Dieses Argument konnte ich wenigstens einsehen. »Aber wenn ich plötzlich mit der Behandlung aufhöre, könnte auch das ihren Verdacht wecken.«

»In diesem Fall«, sagte Lower vergnügt, »müßt Ihr mich auf meiner Runde über Land begleiten. Dann seid Ihr eben nicht da, und das Mädchen wird keinen Verdacht schöpfen.«

»Solange Ihr nur wiederkommt. Mr. Lower, bürgt Ihr für Euren Freund? Sorgt Ihr dafür, daß er nach Oxford zurückkehrt?«

Lower stimmte bereitwillig zu, und als wir das Haus verließen, war die Sache zwischen ihnen abgesprochen, ohne daß ich ein einziges Mal gehört worden wäre. Wie es schien, mußte ich am nächsten Tag mit Lower zu seiner Rundreise aufbrechen; er wollte Locke überreden, sich um meine Patientin zu kümmern und, falls erforderlich, einen schriftlichen Bericht über ihren Zustand anzufertigen. Es war daher unvermeidlich, ihm zu sagen, was wir getan hatten, was mir Unbehagen einflößte, aber eine Alternative gab es nicht. Lower machte sich auf die Suche nach seinem Freund, und ich kehrte, schweren Herzens und beunruhigt über den Lauf der Dinge, in meine Unterkunft zurück.

Fünfzehntes Kapitel

OBWOHL DER BEGINN der Rundfahrt ursprünglich nichts Gutes zu verheißen schien, erwies sie sich schließlich als sehr heilsam für meine bekümmerte Seele. Ich stellte fest, daß die Atmosphäre von Oxford mich schon nach so kurzer Zeit beeinflußt und so melancholisch gemacht hatte wie die meisten seiner

Bewohner. Irgend etwas hat diese Stadt an sich; eine Feuchtigkeit, die auf den Geist drückt und sich auf die Seele verheerend auswirkt. Ich habe seit langem eine Theorie über das Wetter, die ich – so Gott mich am Leben läßt – eines Tages gern entwickeln würde. Ich glaube, daß Nässe und Grau des Klimas die Engländer für immer daran hindern werden, in der Welt eine große Rolle zu spielen, es sei denn, sie geben ihre Insel für ein sonnigeres Klima auf. Nach Amerika oder Indien umgesiedelt, könnten sie mit ihrem Charakter die Welt beherrschen; läßt man sie, wo sie sind, sind sie dazu verdammt, in Mattigkeit zu versinken. Ich habe es am eigenen Leib erfahren, denn mein normalerweise fröhliches Temperament wurde dadurch, daß ich in England lebte, stark gedämpft.

Dennoch, sich an einem, wie es schien, ersten Frühlingstag nach einem langen, harten Winter im Sattel eines Pferdes auf dem Lande wiederzufinden, das gleich vor einem liegt, nachdem man die alte, gefährlich aussehende Brücke hinter dem College St. Mary Magdalen überquert hat, war wunderbar belebend. Außerdem hatte der Wind sich endlich von Nord nach West gedreht und die üblen Auswirkungen dieser tödlichsten aller Lüfte hinweggefegt. Ich muß hinzufügen, die Aussicht, ein paar Tage nichts mit Sarah Blundy oder dem Leichnam von Robert Grove zu tun zu haben, half mir ebenfalls.

Lower hatte das Unternehmen im voraus gut geplant, drängte mich an jenem ersten Morgen zur Eile und trieb die Pferde an, bis wir am Spätnachmittag Aylesbury in der nächsten Grafschaft erreichten. Wir mieteten uns in einem Gasthof ein, wo wir uns bis zu der Hinrichtung am nächsten Morgen ausruhten. Ich nahm nicht teil, denn mir bereiten solche Spektakel kein Vergnügen, Lower jedoch ging hin. Das Mädchen, sagte er, habe eine erbärmliche Rede gehalten und sich dadurch die Sympathien der Massen verscherzt. Es war ein komplizierter Fall gewesen und die Stadt keinesfalls von ihrer Schuld überzeugt. Sie hatte einen Mann getötet, der sie, wie sie behauptete, genotzüchtigt hatte, doch die Geschworenen hielten das für eine Lüge, weil sie schwanger geworden war, was nicht geschehen kann, wenn nicht auch die Frau ihr Vergnügen an dem Akt hat. Normalerweise hätte ihr Zustand sie vor dem Galgen bewahrt, doch sie hatte das Kind verloren und damit auch jedes Argument, das sie vor dem Henker gerettet hätte. Eine unglückliche Entwicklung – und göttliche Vorsehung für jene, die an ihre Schuld glaubten.

Lower versicherte mir, seine Anwesenheit dort sei nötig; ein Tod durch Hängen ist ein verabscheuungswürdiger Anblick, doch wie so viele andere Dinge faszinierte ihn der Augenblick, in dem der Tod eintrat. Es bestand ein direkter Zusammenhang mit unseren Experimenten mit der Taube in der Vakuumpumpe. Die meisten Gehängten ersticken langsam am Ende des Seils, und das war überaus interessant für ihn – und die Naturphilosophie im allgemeinen: Wie lange braucht die Seele, um aus dem Leib zu weichen? Er sei, versicherte er mir, ein recht guter Fachmann auf diesem Gebiet. Deshalb postierte er sich dicht neben dem Galgenbaum, um sich Notizen zu machen.

Er bekam auch seine Leiche, nachdem er an die Amtspersonen einen Obolus entrichtet und der Familie ein Pfund bezahlt hatte. Dann hatte er die Leiche zu einem ihm bekannten Apotheker bringen lassen, und nachdem wir, jeder auf seine Weise, gebetet hatten, begannen wir mit der Arbeit. Einen Teil der Sektion führten wir dort durch – ich nahm mich des Herzens an, während er den Schädel spaltete und einige wunderschöne Skizzen vom Gehirn anfertigte; anschließend zerteilten wir den Rest und legten die Teile in mehrere große Bottiche mit Alkohol, die der Apotheker an Crosse liefern lassen wollte. Er schrieb auch Boyle einen Brief, um ihm mitzuteilen, daß die Bottiche unterwegs waren und auf keinen Fall geöffnet werden durften.

»Ich weiß nicht, ob er sehr erfreut sein wird«, sagte er, nachdem er sich die Hände gewaschen hatte und wir in den Gasthof zum Essen gegangen waren. »Aber wohin sollte ich sie sonst schicken? Mein College weigert sich, Leichen für längere Zeit aufzubewahren, und schicke ich sie an jemand anders, wäre er durchaus imstande, vor meiner Rückkehr daran zu üben. Manche Leute kennen in diesen Dingen keine Scham.«

Über den Rest unserer Rundfahrt Einzelheiten zu berichten hätte wenig Sinn. Die Patienten kamen zuhauf und schnell, nachdem wir uns unterwegs in verschiedenen Gasthöfen einmieteten, und ich kehrte zehn Tage später um fünfundsechzig Shilling reicher zurück. Das durchschnittliche Honorar betrug vier Pence, doch niemand bezahlte jemals mehr als einen Shilling sechs Pence, und wenn man mich in Naturalien bezahlte, mußte ich die verschiedenen Gänse, Enten und Hühner an ortsansässige Händler weiterverkaufen (wir aßen eine Gans, doch ich konnte kaum mit einer ganzen bäuerlichen Menagerie, die hinter mir herwackelte, nach Oxford zurückkehren). Das soll Euch nur annähernd einen Überblick geben, wie viele Patienten ich behandelte.

Ich will die Ereignisse eines Tages schildern, der von Bedeutung war. Wir waren in Great Milton, einer kleinen Siedlung östlich von Oxford, in die wir uns begeben hatten, weil ein entfernter Zweig der Familie Boyle dort einen Besitz hatte; man hatte uns versichert, wir könnten eine Nacht in einem bequemen Bett verbringen und die Läuse loswerden, die wir uns an den vorhergehenden Tagen eingefangen hatten. Wir trafen gegen sieben Uhr morgens ein und gingen sofort in einem nahen Gasthof in unsere Zimmer – jeder in das seine –, während der Wirt einen Boten im Dorf herumschickte, der unsere Ankunft meldete. Wir hatten uns kaum vorbereitet, als auch schon der erste Patient erschien, und nachdem Lower ihn behandelt hatte (er öffnete mit der Lanzette einen Furunkel an seinem Allerwertesten, was der Mann erstaunlich gut gelaunt über sich ergehen ließ), wartete vor der Tür schon eine ganze Schlange.

An diesem Vormittag zog ich vier Zähne, zapfte ein paar Gallonen Blut ab (mit ausgeklügelten Erklärungen über therapeutische Wirkungen kommt man in diesem Land nicht weit; sie wollten zur Ader gelassen werden und forderten das sehr hartnäckig), verband Wunden, kostete Urin, trug Salben auf und nahm sieben Schilling ein. Eine kurze Lunchpause, und dann ging es weiter; Entzündungsherde mit der Lanzette öffnen, von Eiter säubern, Gelenke einrenken und elf Shilling und acht Pence einnehmen. Lowers großartige Theorien über die neue Medizin wurden samt und sonders verworfen. Die Patienten interessierten sich nicht für iatrochemische* Arzneien und verachteten Neue-

---

* auf Paracelsus zurückgehende Richtung der Medizin im 17./18. Jh.; sie lehrt, daß Lebensvorgänge und krankhafte Veränderungen im Organismus auf chemischen Vorgängen beruhen und deshalb mit chemischen Mitteln beeinflußbar sind.

rungen. Anstatt ihnen also sanfte Zubereitungen aus Quecksilber und Antimon zu verschreiben, behandelten wir die Leute im Sinne der engstirnigsten Anhänger Galens und befragten die Sterne mit einer Hingabe, die des Paracelsus würdig gewesen wäre. Setzten alles ein, was wirkte, denn wir hatten weder die Muße, uns neue Behandlungsarten zu überlegen, noch genossen wir das Ansehen, sie anwenden zu können.

Am Ende waren wir beide erschöpft, mußten uns aber, obwohl es spät war, durch die Hintertür des Gasthofs hinausschleichen, um den Patienten aus dem Weg zu gehen, die noch darauf warteten, behandelt zu werden. Als wir uns mittags vorgestellt hatten, hatte uns das alte Paar, das den Gasthof bewirtschaftete, ein heißes Bad versprochen, und ich konnte es kaum erwarten. Ich hatte seit vergangenem Herbst nicht mehr gebadet und fühlte, daß es nicht nur meiner Konstitution guttun würde, sondern auch meiner Moral. Ich ging als erster, nahm, um Zeit zu sparen, die Brandyflasche mit und fühlte mich, als ich wieder auftauchte, viel wohler. Lower hatte mehr Vorbehalte gegen das Baden, doch da die Läuse ihn unerträglich juckten, beschloß er, das Wagnis einzugehen.

Ich streckte mich in einem Sessel aus, während Lower in der Wanne lag, und war fast eingeschlafen, als Mrs. Fenton, die Dienerin, mir mitteilte, ein Diener des nahe gelegenen Klosters habe eine Nachricht für mich überbracht.

Ich stöhnte. Dergleichen passierte immer wieder; der niedere Adel und höhergestellte Familien wollten die Dienste eines durchreisenden Arztes zwar in Anspruch nehmen, aber fanden es natürlich unter ihrer Würde, zusammen mit dem Pöbel zu warten. Daher schickten sie uns Botschaften und bestellten uns zu sich. Wir behandelten sie selbstverständlich und ließen sie für dieses Privileg tüchtig bezahlen. Lower heimste ausnahmslos den größten Teil ein, denn als Engländer wollte er sich Verbindungen für die Zukunft schaffen, und ich überließ ihm gern diese Aufgabe.

Diesmal jedoch saß er im Bad, und außerdem betonte der Diener ziemlich nachdrücklich, daß vor allem meine Dienste verlangt würden. Ich war geschmeichelt und wieder einmal erstaunt, wie schnell auf dem Land die Neuigkeiten reisten. Rasch holte ich meine Tasche und hinterließ Lower die Nachricht, daß ich zu gegebener Zeit zurück sein würde.

»Wer ist dein Herr?« fragte ich den Diener, um eine höfliche Unterhaltung bemüht, als wir zur Hauptstraße des Dorfes hinauf und dann eine schmälere Straße zur Linken hinuntergingen. Meine Lehrer hatten mir oft empfohlen: Durch eine vorsichtige Befragung von Bediensteten sei es möglich, zu einer richtigen Diagnose zu kommen, ehe man den Patienten gesehen hat; auf diese Weise kann man sich den Ruf eines Wunderdoktors erwerben.

Diesmal nutzte mir das Verfahren wenig, da der Diener, ein alter, aber kräftig gebauter Mann, mir nicht antwortete. Tatsächlich sagte er kein einziges Wort, bis wir ein mittelgroßes Haus am Dorfrand erreicht hatten, das wir durch die große Eingangstür betraten; er führte mich in das sogenannte Wohnzimmer – einen allen zugänglichen Raum, in dem Gäste empfangen werden. Hier brach er das Schweigen, forderte mich auf, Platz zu nehmen, und verschwand.

Und da saß ich nun und wartete geduldig, bis die Tür aufging und ich mich – wenn man Mr. Woods Geschichten Glauben schenken durfte – Europas berüchtigtstem Mörder gegenübersah.

»Guten Abend, Doktor«, sagte John Thurloe mit leiser, melodischer Stimme, als er hereinkam. »Es war sehr freundlich von Euch, zu kommen.«

Obwohl ich ihn zum ersten Mal richtig betrachten konnte, blieb ich dennoch bei meinem ursprünglichen Urteil. Zwar kannte ich seinen Ruf, aber noch immer nicht sah er wie ein verbrecherischer Tyrann aus. Er hatte wäßrige Augen, die ständig blinzelten, als seien sie kein Licht gewöhnt, und die zaghafte Miene eines Menschen, der sich verzweifelt wünscht, freundlich behandelt zu werden. Wenn man mich gedrängt hätte, hätte ich ihn als sanften Prälaten eingestuft, der sich, von seinen Oberen vergessen, mühte, in einer armen Gemeinde ein ruhiges und würdiges Leben zu führen.

Aber Woods Beschreibung hatte sich in meinem Kopf festgesetzt, und ich starrte ihn fast ehrfürchtig an.

»Ihr seid Dr. Cola, nicht wahr?« fuhr er fort, als ich nichts sagte. Endlich gelang es mir zu erwidern, ja, ich sei Cola, und ihn zu fragen, unter welchen Beschwerden er leide.

»Ah, es ist kein körperliches Problem«, sagte Thurloe mit einem schwachen Lächeln. »Eher ein Problem der Seele, könnte man sagen.«

Ich antwortete, daß ich auf diesem Gebiet kein Fachmann sei.

»Das seid Ihr wirklich nicht. Aber Ihr könntet mir ein wenig helfen. Darf ich offen sprechen, Doktor?«

Ich breitete die Hände aus, als wollte ich sagen, nun, warum nicht?

»Gut. Seht Ihr, ich habe einen Gast, der große Sorgen hat. Ich kann nicht behaupten, daß er mir willkommen ist, doch Ihr wißt ja um die Tücken der Gastfreundschaft. Er ist von der Gesellschaft seiner Mitmenschen abgeschnitten und findet meine Gesellschaft ungenügend. Das kann ich ihm nicht übelnehmen, denn ich bin kein guter Unterhalter. Wißt ihr übrigens, wer ich bin?«

»Man hat mir gesagt, Ihr seid Mr. Thurloe, Lord Cromwells ehemaliger Staatssekretär.«

»Das ist korrekt. Jedenfalls benötigt mein Gast Informationen, die ich ihm nicht beschaffen kann, und er hat mir gesagt, Ihr könntet vielleicht helfen.«

Ich verstand natürlich gar nichts mehr. Also sagte ich, ich würde ihm gern gefällig sein. Aber sicherlich, fuhr ich fort, sei Great Milton von der Zivilisation nicht ganz abgeschnitten? Thurloe antwortete mir nicht direkt.

»Soviel ich weiß, habt Ihr einen Gentleman namens Robert Grove gekannt, einen Fellow des New College, der kürzlich verstorben ist? Ist das richtig?«

Daß Thurloe davon gehört hatte, überraschte mich; aber ich sagte, ja, ich hätte ihn gekannt.

»Wie ich höre, hängt ein Fragezeichen über der Ursache seines Todes. Wärt Ihr bereit, mir die näheren Umstände zu schildern?«

Ich sah keinen Grund, es nicht zu tun, und faßte daher alles zusammen, was sich ereignet hatte, angefangen bei Lowers Untersuchungen bis zu Sarahs Gesprächen mit mir und dem Friedensrichter. Thurloe saß teilnahmslos in einem Sessel, während ich sprach, bewegte sich kaum und strahlte eine fast vollkommene Ruhe aus; ich wußte nicht einmal, ob er zuhörte oder ob er überhaupt noch wach war.

»So war das also«, sagte er, als ich geendet hatte. »Wenn ich Euch richtig verstanden habe, hat der Friedensrichter, bevor Ihr Oxford verlassen habt, das Mädchen befragt, aber mehr nicht?« Ich nickte.

»Überrascht es Euch zu erfahren, daß man sie vor zwei Tagen des vorsätzlichen Mordes an Dr. Grove angeklagt hat? Und daß sie jetzt im Gefängnis auf ihren Prozeß wartet?«

»Ich bin erstaunt«, antwortete ich. »Daß das englische Gesetz so schnell arbeitet, habe ich nicht gewußt.«

»Glaubt Ihr, daß das Mädchen schuldig ist?«

Was für eine Frage. Eine, die ich mir während meiner Reise bei vielen Gelegenheiten selbst gestellt hatte.

»Ich weiß es nicht. Das ist eine Sache des Gesetzes, nicht der Vernunft.«

Darüber lächelte er, als hätte ich eine geistvolle Bemerkung gemacht. Lower erzählte mir später, Thurloe habe viele Jahre als Anwalt gearbeitet, bevor ihn die Rebellion zum Amtsträger befördert hatte.

»Dann mit Vernunft. Sagt mir, was Ihr denkt.«

»Die Hypothese ist, daß Sarah Blundy Dr. Grove ermordet hat. Was für Beweise gibt es? Ein Motiv ist vorhanden, da er sie aus seinen Diensten entlassen hatte, obwohl viele Bedienstete entlassen werden und glücklicherweise nur wenige sich dafür rächen. Sie hat an dem Tag, an dem sie entlassen wurde, Arsenik gekauft. Sie war am Abend von Dr. Groves Tod im New College, wollte es aber nicht zugeben. Die Beweise unterstützen also die vorgetragene Hypothese.«

»Eure Methode hat jedoch eine Schwäche. Ihr habt nicht alle Beweise angeführt. Nur jene, auf die sich die Hypothese stützt. Soviel ich weiß, unterstützen andere Fakten eine Alternative, und zwar die, daß Ihr ihn getötet haben könntet, denn Ihr wart der letzte, der ihn gesehen hat, und hättet Ihr Grove töten wollen, hättet Ihr auch Zugang zu dem Gift gehabt.«

»Ich hätte es tun können, doch ich weiß, daß ich es nicht getan habe und keinen Grund hatte, es zu tun. Ebensowenig wie Dr. Wallis oder Lower oder Boyle.«

Er akzeptierte mein Argument – wenn ich auch nicht wußte, warum ich mich vor ihm rechtfertigte – und nickte. »Es ist also die Verbindung unterschiedlich gewichteter Fakten, die Ihr für wichtig haltet. Und Ihr schließt daraus, daß sie tatsächlich schuldig ist.«

»Nein«, antwortete ich. »Es widerstrebt mir sehr, das zu tun.«

Thurloe täuschte Überraschung vor. »Aber das widerspricht doch der wissenschaftlichen Methode. Ihr müßt es annehmen, bis Ihr eine alternative Hypothese gefunden habt.«

»Ich nehme es als Möglichkeit an, würde aber nur widerwillig tätig werden, solange es nicht ganz sicher ist.«

Er stand auf, langsam, wozu alte Menschen wegen ihrer steifen Gelenke gezwungen sind. »Bitte nehmt Euch ein Glas Wein, Doktor. Ich komme gleich wieder, um weiter mit Euch über die Sache zu diskutieren.«

Während ich mir einschenkte, revidierte ich mein Urteil über ihn. Ein Befehl ist ein Befehl, so sanft er auch gegeben werden mag. Thurloe, sagte ich mir, ist sanft, weil er nie anders zu sein brauchte. Ich dachte keine Minute daran, zu sagen, daß Lower mich erwartete, daß ich Hunger hatte oder daß ich nicht einsah, warum ich hier herumsitzen und warten sollte – und das nur zu seinem Vergnügen. Ich blieb eine halbe Stunde – oder länger – wo ich war, bis er zurückkehrte.

Als er kam, wurde er von Jack Prestcott begleitet – Gefängniszelle und Fesseln jetzt nur noch Erinnerung; er grinste verlegen, als er hinter Thurloe eintrat.

»Ah«, sagte er vergnügt, als ich ihn grenzenlos überrascht anstarrte, denn ich hatte nicht erwartet, ihn jemals wiederzusehen, und noch dazu unter diesen Umständen. »Der italienische Anatom. Wie geht's denn so, guter Doktor?«

Thurloe lächelte uns beide traurig an und verneigte sich dann. »Ich verlasse Euch jetzt, damit Ihr miteinander sprechen könnt«, sagte er. »Bitte zögert nicht, mich zu rufen, wenn Ihr mich braucht.«

Er verließ den Raum, und ich gaffte idiotisch. Prestcott, stämmiger, als ich ihn in Erinnerung hatte, und gewiß viel besserer Laune als bei unserem letzten Treffen, rieb sich die Hände und schenkte sich ein Glas aus dem Alekrug ein, der auf der Anrichte stand; dann setzte er sich ans Feuer und suchte in meinem Gesicht nach Gefahrensignalen.

»Ihr seid überrascht, mich zu sehen. Gut. Darüber freue ich mich. Ihr müßt zugeben, das ist ein ziemlich sicheres Versteck, oder? Wer sollte wohl daran denken, mich hier zu suchen, eh?«

Er schien wirklich guter Laune, ganz wie jemand, den überhaupt keine Sorgen drückten, nicht wie ein Mann, dem noch immer der Tod am Galgen drohte. Und was, fragte ich mich, tat er im Haus eines Mannes wie Thurloe?

»Das ist einfach genug«, sagte er. »Mein Vater und er haben sich auf eine gewisse Weise gekannt. Ich habe mich seiner Barmherzigkeit ausgeliefert. Wir Ausgestoßenen müssen zusammenhalten, nicht wahr?«

»Was wollt Ihr also? Indem Ihr mir Euer Versteck preisgebt, nehmt Ihr ein Risiko auf Euch, oder etwa nicht?«

»Wir werden sehen. Thurloe hat mir berichtet, was Ihr gesagt habt, aber hättet Ihr etwas dagegen, noch einmal darüber zu sprechen?«

»Worüber?«

»Über Dr. Grove. Er war gut zu mir, der einzige Mensch in Oxford, für den ich Zuneigung empfunden habe. Ich war tief bekümmert, als ich erfuhr, was geschehen ist.«

»Wenn man bedenkt, wie übel Ihr ihm am Abend Eurer Flucht mitgespielt hättet, wäre er zu Euch gekommen, fällt es mir schwer, Euch zu glauben.«

»O das«, sagte er verächtlich. »Ich habe Wallis nicht weh getan, als ich ihn fesselte, und ich hätte auch den alten Grove nicht verletzt. Aber was soll ein Mann denn tun? Am Galgen sterben, um nicht unhöflich zu sein? Ich mußte fliehen, und das war meine einzige Gelegenheit. Was hättet Ihr getan?«

»Ich hätte von vornherein niemanden überfallen«, antwortete ich.

Er fegte mein Argument beiseite. »Überlegt einmal eine Minute. Thurloe hat mir erzählt, daß der Friedensrichter ein paar Minuten lang Euch verdächtigt hat. Wie, wenn er Euch in Eisen geschlossen hätte – was er sehr leicht hätte tun können, denn ein Papist als Täter wäre allen sehr lieb gewesen. Was hättet Ihr dann getan? Abgewartet und gehofft, daß die Geschworenen vernünftig sein würden? Oder wärt Ihr zu dem Schluß gekommen, daß sie ein Haufen betrunkener Taugenichtse sind, die Euch zu ihrem

Vergnügen hängen würden? Ich mag ein Flüchtling sein, doch wenigstens lebe ich. Nur über Groves Tod bin ich betroffen und würde gern helfen, wenn es möglich wäre, denn er war einmal freundlich zu mir, und ich ehre sein Andenken. Also erzählt mir, was geschehen ist.«

Noch einmal wiederholte ich die Geschichte. Prestcott erwies sich als aufmerksamerer Zuhörer, rutschte in seinem Sessel herum, stand auf, um sein Glas frisch zu füllen, unterbrach mich mit lauten, zustimmenden oder mißbilligenden Ausrufen. Dann beendete ich meinen Bericht zum zweiten Mal.

»Und nun, Mr. Prestcott, müßt Ihr mir sagen, was das alles soll«, sagte ich ernst.

»Es hat mir vor allem geholfen, vieles besser zu verstehen, als ich es noch vor ein paar Minuten getan habe«, sagte er. »Die Frage ist, was kann ich tun?«

»Ich kann Euch keinen Rat geben, solange ich nicht weiß, was Ihr meint.«

Prestcott seufzte tief und schaute mir dann direkt in die Augen. »Ihr wißt, daß das Blundy-Mädchen seine Dirne war?«

Ich sagte, ich hätte die Geschichte gehört, fügte jedoch hinzu, daß das Mädchen sie leugne.

»Natürlich tut sie das. Doch ist es wahr. Ich weiß es, weil wir im vergangenen Jahr kurz miteinander gegangen sind, bevor ich wußte, was sie war. Sie hat sich dann an Grove herangemacht und den armen alten Mann verführt. Es war nicht schwierig. Er hatte einen Blick für hübsche Mädchen, und sie kann sehr willfährig sein, wenn es ihr paßt. Sie war wütend, als er sie entließ. Ich habe sie kurz darauf zufällig getroffen, und glaubt mir, ich hatte noch nie einen so erschreckenden Gesichtsausdruck gesehen. Sie sah wie ein Teufel aus, knurrte und spuckte wie ein Tier. Dafür würde er bezahlen, sagte sie. Teuer bezahlen.«

»Womit was gemeint war?«

Er zuckte mit den Schultern. »Damals habe ich es ganz einfach für weibliche Übertreibung gehalten. Bald darauf hatte ich sowieso mein bedauerliches Erlebnis, endete im Gefängnis und verlor dadurch die Verbindung zur Außenwelt. Bis zu meiner Flucht. Als ich die Burg verließ, wußte ich nicht, was ich als nächstes tun sollte. Ich hatte kein Geld, keine anständigen Kleider, nichts. Und dachte mir, ich sollte mich lieber verstecken, bevor Alarm ausgelöst wurde. Also ging ich zum Cottage der Blundys. Ich war schon früher dort gewesen, kannte es also.«

Leise hatte er sich durch die morastige Gasse zu Sarahs Tür geschlichen und durch das Fenster gespäht. Drinnen war es dunkel, und er nahm an, daß niemand da war. Er suchte überall, ob er etwas zu essen fand, und kaute an einer Brotrinde, als Sarah zurückkam.

»Sie war in einer Jubelstimmung, die mich erschreckte«, gestand er. »Natürlich war sie überrascht, mich zu sehen, aber als ich ihr sagte, daß ich ihr nicht weh tun wolle und auch nicht die Absicht hatte, lange zu bleiben, entspannte sie sich. Sie hatte eine kleine Tasche bei sich, und da ich dachte, Sarah könne Lebensmittel mitgebracht haben, nahm ich ihr die Tasche weg.«

»Sie hat sie Euch gegeben?«

»Nein – nicht direkt. Ich habe sie ihr gewaltsam abgenommen.«

»Und ich nehme an, es war kein Essen drin.«

»Nein. Geld. Und ein Ring. Groves Siegelring.« Er hielt inne, kramte in seiner Tasche und holte ein kleines, in zerknittertes Papier gewickeltes Päckchen heraus, das er sorgsam auspackte. Es enthielt einen Ring mit einem gravierten blauen Stein in der Mitte.

»Ich erinnere mich genau«, fuhr er fort, während ich den Ring prüfte, den ich ihm abgenommen hatte. »Ich habe ihn unzählige Male an seinem Finger gesehen. Da er ihn nie abnahm, war ich neugierig, wieso Sarah Blundy ihn jetzt hatte. Sie weigerte sich, mir zu antworten, also schlug ich sie, bis sie zischte, daß es mich nichts anging und daß Grove ihn sowieso nicht mehr brauchen würde.«

»Das hat sie gesagt? Grove würde ihn nicht mehr brauchen?«

»Ja«, sagte Prestcott. »Ich hatte andere Dinge im Kopf und achtete damals nicht besonders auf ihr Gerede. Jetzt allerdings scheint alles ziemlich wichtig zu sein. Die Frage ist, was tun? Ich kann kaum eine Aussage machen, denn der Friedensrichter würde sich zwar freundlich bei mir bedanken, mich dann aber trotzdem henken lassen. Deshalb habe ich mich gefragt, ob Ihr den Ring und meine Geschichte weitergeben könntet. Wenn Ihr wieder zurück seid und mit John Fulgrove gesprochen habt, werde ich längst weg sein, wenn ich Glück habe.«

Den Ring mit den Fingern umklammernd, überlegte ich angestrengt und war erstaunt, wie sehr ich nicht glauben wollte, was ich hörte. »Ihr gebt mir Euer Wort, daß Ihr die Wahrheit sagt?«

»Absolut«, antwortete er prompt und aufrichtig.

»Ich hätte mehr Verständnis, wenn Ihr nicht selbst zur Gewalttätigkeit neigtet.«

»Das ist nicht wahr«, sagte er, errötete leicht und hob die Stimme. »Und ich nehme Euch Eure Bemerkung übel. Was ich getan habe, ist nur geschehen, weil ich meinen und den Namen meiner Familie schützen wollte. Es gibt keine Ähnlichkeit zwischen meinem Fall, der eine Ehrensache ist, und dem ihren, bei dem es um Lust und Diebstahl geht. Sarah Blundy wird es wieder tun, glaubt mir, Doktor. Gesetze und Einschränkungen gelten für sie nicht. Ihr kennt sie oder ihresgleichen nicht so wie ich.«

»Sie ist wild«, gab ich zu. »Aber ich habe sie auch höflich und pflichtbewußt erlebt.«

»Das ist sie – wenn sie will«, sagte er abschätzig. »Doch vor Höherstehenden hat sie überhaupt keinen Respekt. Das müßt Ihr selbst auch festgestellt haben.«

Ich nickte. Er hatte recht. Und ich dachte noch einmal an meine Hypothese. Ich wollte weitere unanfechtbare und den Tatsachen entsprechende Beweise, und jetzt hatte ich sie, wie ich glaubte. Prestcott hatte dadurch, daß er mit der Geschichte herausrückte, wenig zu gewinnen; tatsächlich hatte er sogar sehr viel zu verlieren. Es war schwierig, ihm nicht zu glauben, und er sprach mit großer Eindringlichkeit; man konnte sich nur schwer vorstellen, daß er nicht die Wahrheit sagte.

»Ich werde mit dem Friedensrichter sprechen«, schlug ich vor. »Werde ihm nur die Geschichte erzählen, ohne zu sagen, wo Ihr seid. Er ist ein vertrauenswürdiger Mann, denke ich, und bestrebt, die Sache schnell zum Abschluß zu bringen. An der Universität nehmen ihm viele übel, daß er sich eingemischt hat, und Eure Aussage wäre ihm sehr nützlich. Möglich, daß er Nachsicht mit Euch übt. Ihr müßt natürlich Mr. Thurloes Rat befolgen, doch ich rate von einer überstürzten Flucht ab.«

Prestcott dachte darüber nach. »Vielleicht habt Ihr recht. Aber

Ihr müßt mir versprechen, vorsichtig zu sein. Ich habe schreckliche Angst. Wenn jemand wie Lower erfährt, wo ich bin, muß er
mich anzeigen. Dazu ist er verpflichtet.«

Ich versprach es ihm mit großem Widerstreben, und wenn
ich auch mein Wort nicht hielt, weil ich Lower verpflichtet war,
kann ich wenigstens sagen, daß ich Prestcott nicht geschadet
habe.

* *
*

Meine Entscheidung zu schweigen, führte jedoch zu einer betrüb-
lichen Verschlechterung meiner Beziehung zu Lower. Er grollte
mir, da er glaubte, meine Abwesenheit habe einem wertvollen und
einträglichen Patienten gegolten. Ich bin schon Leuten begegnet,
die bis zu einem gewissen Grad ähnlich reagierten, habe aber noch
nie jemand wie Lower kennengelernt, dessen Stimmung ohne Vor-
warnung und ohne guten Grund von einer Sekunde zur anderen
umschlagen konnte.

Zweimal schon hatte er wild um sich geschlagen und seinen
Zorn an mir ausgelassen, und ich hatte es um unserer Freundschaft willen ertragen; dieses dritte Mal war das schlimmste und
das letzte Mal. Wie alle Engländer trank er unmäßig viel, und
hatte das auch während meiner Abwesenheit getan; daher war er,
als ich zurückkam, in einer gewalttätigen Stimmung. Als ich das
Haus betrat, saß er am Feuer, hatte die Arme vor der Brust gekreuzt, als wolle er sich selbst wärmen, und starrte mich finster
an. Als er sprach, spie er mir die Worte entgegen, als sei ich sein
schlimmster Feind.

»Wo, in Gottes Namen, seid Ihr gewesen?«

Obwohl ich ihm am liebsten alles erzählt hätte, antwortete ich
nur, ich sei zu einem Patienten geholt worden.

»Ihr habt gegen unsere Vereinbarung verstoßen, daß ich solche Patienten behandeln soll.«

»Wir haben nichts vereinbart«, sagte ich erstaunt. »Und ich
überlasse sie Euch mit Vergnügen. Aber Ihr habt gebadet.«

»Ich hätte mich abgetrocknet.«

»Und der Patient wäre für Euch nicht von Nutzen gewesen.«

»Das zu entscheiden, müßt Ihr schon mir überlassen.«

»Dann entscheidet jetzt. Es war John Thurloe, und soweit ich sehen konnte, ist er bei ausgezeichneter Gesundheit.«

Lower schnaubte spöttisch. »Ihr lügt nicht einmal gut. Lieber Gott, wie satt ich Eure Gesellschaft habe, eure ausländische Art und Eure holprige Sprache! Wann fahrt Ihr wieder nach Hause? Ich werde froh sein, Euch endlich von hinten zu sehen.«

»Lower, was ist denn los?«

»Tut nicht so, als wärt Ihr um mich besorgt. Das einzige, woran Ihr interessiert seid, seid Ihr selbst. Ich habe Euch echte Freundschaft bewiesen; ich habe Euch aufgenommen, als Ihr kamt, Euch mit den besten Leuten bekannt gemacht, meine Ideen mit Euch geteilt, und seht, wie Ihr es mir vergeltet.«

»Ich bin dankbar«, sagte ich und wurde allmählich selbst zornig. »Aufrichtig dankbar. Und ich habe mein Bestes getan, auch zu verdienen, was mir gegeben wurde. Habe ich Euch nicht auch an meinen Ideen teilhaben lassen?«

»Eure Ideen!« sagte er mit abgrundtiefer Verachtung. »Das sind keine Ideen. Es sind Phantastereien, müßiger Unsinn ohne Grundlagen, die Ihr Euch ausgedacht habt, um Euch zu amüsieren.«

»Das ist absolut ungerecht. Und Ihr wißt es. Ich habe nichts getan, das Euren Zorn verdient hätte.«

Doch meine Proteste nützten überhaupt nichts. Wie beim letzten Mal stieß alles, was ich sagte, bei ihm auf taube Ohren; wenn der Sturm losbrach, mußte er sich austoben, und ich konnte ihn ebensowenig beruhigen wie ein Baum ein Gewitter. Diesmal jedoch wurde auch ich ärgerlich und grollte, versuchte nicht, ihn zu beschwichtigen, sondern war mir seiner Ungerechtigkeit doppelt bewußt und kämpfte gegen seine Wut an.

Ich will nicht wiederholen, was wir uns an den Kopf warfen, möchte nur sagen, daß es zuviel war. Lower wurde immer wütender, und ich, der ich die Ursache noch immer nicht ergründen konnte, wurde auch hitziger. Ich weiß nur, daß ich diesmal entschlossen war, mich zu wehren, und meine Entschlossenheit reizte ihn zu immer schlimmeren Wutausbrüchen. Ich sei, sagte er, ein Dieb, ein Scharlatan, ein Geck, ein Papist, ein Lügner, nicht vertrauenswürdig und falsch. Wie alle Ausländer zöge ich ein Messer im Rücken absoluter Ehrlichkeit vor. Ich würde planen, mich in London als Arzt niederzulassen, behauptete er, und daß ich ihm unermüdlich versicherte, ich beabsichtige, England so schnell wie möglich zu verlassen, machte ihn um so wütender.

Unter anderen Umständen hätte die Ehre es von mir verlangt, ihn zu fordern, und als ich es vorschlug, erntete ich nur noch mehr Spott und Hohn. Endlich zog ich mich erschöpft und hungrig zurück, denn wir nahmen uns, während wir stritten, keine Zeit zum Essen. Tief traurig ging ich zu Bett, denn ich hatte ihn gern gehabt, und mir war klar, daß Freundschaft zwischen uns auf immer und ewig unmöglich geworden war. Seine Gesellschaft hatte mir Vorteile verschafft, das ist richtig; aber der Preis, den ich dafür bezahlen mußte, war zu hoch. Ich war sicher, daß mir mein Vater, wenn er meine Briefe bekam, erlauben würde, abzureisen, und kam zu dem Schluß, daß es wohl am besten war, diese Erlaubnis zu nutzen. Ich war jedoch entschlossen, das Experiment zu beenden, das ich mit Mrs. Blundy unternommen hatte; wenn die Frau überlebte und ich die Wirkung beweisen konnte, dann würde ich von meinem Aufenthalt hier mehr als nur Bitterkeit zurückbehalten.

Sechzehntes Kapitel

AM NÄCHSTEN MORGEN war Lower natürlich ganz Zerknirschung und Bitte um Entschuldigung, doch diesmal hatte es keinen Sinn. Durch unsere Freundschaft ging ein Riß, der nicht mehr geflickt werden konnte: *Fides unde abiit, eo nunquam redit*, wie Publius Syrus* gesagt hat. Nun, da ich entschlossen war, abzureisen, war ich um so weniger geneigt, mich mit Gefälligkeiten um eine Versöhnung zu bemühen, und obwohl ich seine Entschuldigungen formell akzeptierte, konnte ich es nicht von Herzen tun.

Ich glaube, das war ihm bewußt, und unsere Rückreise nach Oxford verlief hauptsächlich schweigend oder mit unbehaglichen

---

* als Sklave nach Rom verkauft, von seinem Herrn wegen seiner Talente jedoch freigelassen und sorgfältig erzogen

Gesprächen. Mir fehlte unsere Ungezwungenheit sehr, doch ich konnte nichts tun, um die Kameradschaft zwischen uns wieder herzustellen; Lower schämte sich, wie ich vermute, denn er wußte, daß er sich unverzeihlich benommen hatte. Die Folge war, daß er mich mit kleinen Freundlichkeiten überschüttete, um meine Gunst zurückzugewinnen. Als seine Bemühungen unbelohnt blieben, wurde er melancholisch.

Zu einem sah ich mich jedoch um der Ehre willen gezwungen, denn obwohl ich Prestcott mein Wort gegeben hatte, schien mir meine Verpflichtung gegen Lower größer. Ich wußte wenig vom Gesetz, aber ich wußte, ich mußte ihm mitteilen, was sich in Mr. Thurloes Haus zugetragen hatte, da es falsch gewesen wäre, wenn er es vom Friedensrichter oder als Klatsch in einer Taverne erfahren hätte. Er hörte ernst zu, als ich berichtete.

»Und Ihr habt es mir nicht gesagt? Ist Euch klar, was Ihr getan habt?«

»Was denn?«

»Ihr habt Euch genauso schuldig gemacht, wie sie es sind. Wenn Prestcott jemals gefaßt wird, könnt auch Ihr hängen. Habt Ihr das nicht bedacht?«

»Nein. Aber was hätte ich denn tun sollen?«

Er dachte nach. »Ich weiß nicht. Doch wenn der Friedensrichter Prestcott haben will und er geflohen ist, dann seid Ihr in Schwierigkeiten. Glaubt Ihr ihm?«

»Ich kann mir nicht vorstellen, warum ich ihm nicht glauben sollte. Er hatte nichts zu gewinnen. Es ist ja nicht so, daß ich ihn entdeckt hätte, hätte er mich nicht gerufen. Außerdem ist da Dr. Groves Ring. Sarah Blundy wird erklären müssen, woher sie ihn hatte.«

»Ihr seid sicher, daß es der seine ist?«

»Nein. Doch wenn er es ist, wird ihn jemand identifizieren können. Was glaubt Ihr?«

Lower überlegte. »Ich denke«, sagte er nach einer Weile, »wenn es sein Ring ist und irgendein Weg gefunden werden kann, Prestcott aussagen zu lassen, dann wird das Mädchen hängen.«

»Glaubt Ihr, daß sie schuldig ist?«

»Ich wäre glücklicher, wenn ich sie in seinem Zimmer gesehen und dabei ertappt hätte, wie sie das Arsenik in die Flasche schüttete. Oder von ihren Lippen zu hören, daß sie es getan hat. Wie Mr. Stahl uns gesagt hat, gibt es keine Gewißtheit, aber ich komme allmählich zu der Überzeugung, daß sie schuldig ist.«

Plötzlich zögerten wir beide, denn wir merkten, daß wir in die alte Vertrautheit zurückschlüpften, und sofort wurden wir wieder verlegen. In diesem Moment wurde mir klar, daß ich nie wieder ungezwungen mit ihm sprechen könnte, falls er noch einmal explodierte. Lower wußte sehr wohl, was in mir vorging und verstummte mürrisch. Ich bin sicher, er hatte das Gefühl, nicht mehr tun zu können: Er hatte sich für die Worte entschuldigt, die er gesagt hatte, und sah nicht ein, warum er sich für die entschuldigen sollte, die er noch nicht gesagt hatte.

* *
*

Ich habe bereits erwähnt, daß ich vom englischen Theater keine hohe Meinung hatte, die Handlung langweilig, die Schauspieler schlecht, die Deklamation armselig waren. Anders die Gerichte, die für allen Pomp und alle Dramatik sorgten, die dem Theater fehlten, und die auch besser inszeniert wurden und sich überzeugender darstellten.

Das Spektakel der Assisen hat auf dem ganzen Kontinent nicht seinesgleichen; nicht einmal die Franzosen, die das Grandiose lieben, stellen ihre Justiz auf so schreckliche Weise zur Schau. Das Wesentliche des Erhabenen liegt in der Tatsache, daß Justiz beweglich ist; während über geringe Straftaten der Friedensrichter urteilt, befassen sich mit den bedeutenderen Fällen die Repräsentanten des Königs, die in regelmäßigen Abständen aus London kommen. Sie bereisen das Land, und ihre Ankunft wird mit großem Gepränge vorbereitet. Der Bürgermeister erwartet den Zug an der Stadtgrenze, die ortsansässigen Landbesitzer schicken Kutschen, die hinterherfahren, und die Leute stehen an den Straßen Spalier, während sich die Wagen zum Gerichtsgebäude schlängeln, wo komplizierte Bekanntmachungen verlesen werden, die den Richtern die Macht verleihen, so viele Verbrecher zu hängen, wie sie wollen.

Vielleicht sollte ich erklären, wie die Engländer in solchen Angelegenheiten vorgehen, denn ihre Methoden sind so einzigartig wie vieles in diesem Land. Wer nun glaubt, ein gelehrter Richter würde genügen wie anderswo auch, der irrt, denn das ist nicht der Fall. Nachdem ein solcher ernannt wurde, übertragen sie die richterliche Gewalt auf zwölf Männer, die aufs Geratewohl ausgewählt werden und vom Gesetz keine Ahnung haben. Mehr noch, sie sind außerordentlich stolz auf dieses absonderliche System und behandeln diese Geschworenen mit größter Ehrfurcht als ein Fundament ihrer Freiheiten. Die Männer wohnen dem Prozeß bei und stimmen über das Urteil ab. Der Fall wird gewöhnlich von demjenigen vorgetragen, der Anklage erhoben hat, oder – in einem Mordfall – von der Familie oder einem Friedensrichter, der im Namen des Königs handelt. Da Grove keine Familie hatte, war der Friedensrichter in diesem Fall verpflichtet, den Fall zum Wohl der Öffentlichkeit vorzubereiten.

Die Vorbereitungen für die Assisen sind zahlreich und die Kosten erheblich, deshalb war, als wir zurückkehrten, die High Street fast schwarz von Menschen. Ich war von dem Spektakel fasziniert, aber Lower drückte es nur auf die Stimmung. Es war schon spät, wir hatten beide nichts gegessen und konnten uns nicht einigen, ob wir haltmachen sollten, um etwas zu uns zu nehmen, oder direkt zu Sir John Fulgroves Haus in Holywell weiterreiten. Wir entschieden uns für letzteres, nicht zuletzt deshalb, weil ich mich auch um Mrs. Blundy sorgte. Was ihre Tochter auch getan haben mochte, sie selbst war noch immer meine Patientin und meine Hoffnung auf Ruhm. Außerdem wollte ich Lower so schnell wie möglich loswerden.

Sir John empfing mich sofort – das ist ein Aspekt des englischen Gesetzes, den ich bewundere. Ich hatte mit unseren venezianischen Richtern sehr wenig zu tun gehabt, doch ich weiß, daß sie glauben, es diene der Erhabenheit des Rechts, alles so schwierig wie möglich zu machen. Er hörte sich meine Geschichte auch mit Interesse, aber wenig Dankbarkeit an. Sein Verhalten hatte sich in der Zeit, in der ich fortgewesen war, sehr verändert; er behandelte mich nicht mehr mit der freundlichen Herablassung, die er mir vorher hatte zuteil werden lassen.

»Es wäre Eure Pflicht gewesen, diese Sache sofort den zuständigen Behörden zu melden«, sagte er. »Thurloe ist ein Verräter und hätte schon vor Jahren hängen sollen. Und jetzt sagt Ihr mir, daß er flüchtigen Gefangenen Zuflucht gewährt? Also dieser Mann denkt wahrhaftig, er steht über allen Gesetzen.«

»Nach allem, was ich gehört habe«, sagte ich ruhig, »trifft das auch zu.«

Sir John sah mich finster an. »Es ist unerträglich, es darf nicht so weitergehen. Er widersetzt sich ganz offen der Regierung des Königs, und sie tut nichts.«

»Ich will ihn nicht verteidigen«, sagte ich, »denn wenn von allem, was ich gehört habe, auch nur die Hälfte wahr ist, müßte er sofort gehängt werden. Doch ich denke, er hält Mr. Prestcott für unschuldig, glaubt nicht, daß er die Verbrechen begangen hat, die ihm vorgeworfen werden. Und ihn hier in der Nähe festzuhalten, war doch eigentlich verdienstvoll, wenn der Mann etwas Wichtiges über Dr. Grove auszusagen hat.«

Der Friedensrichter knurrte etwas.

»Glaubt Ihr, die Geschichte ist nicht wichtig?«

»Nein, natürlich nicht.«

»Wird das Mädchen vor Gericht gestellt?«

»Das wird sie. Ihr Fall kommt am letzten Tag der Assisen zur Verhandlung.

»Wie lautet die Anklage?«

»Auf gewöhnlichen Verrat – zum Unterschied von Hochverrat.«

»Was ist das?«

»Grove war ihr Herr; es zählt nicht, daß er sie entlassen hatte, denn er wurde in seiner Eigenschaft als ihr Herr getötet. Das ist Verrat, denn ein Herr ist für seine Kinder ein Vater, wie der König für sein Volk. Es ist das nichtswürdigste aller Verbrechen; viel schlimmer als Mord. Und wird viel härter bestraft. Wird sie für schuldig befunden, muß sie verbrannt werden.«

»Ihr zweifelt nicht an ihrer Schuld?«

»Nein. Meine Untersuchungen haben einen so schmutzigen, so unflätigen Charakter ans Licht gebracht, daß es ein Wunder ist, daß sie nicht schon viel früher entlarvt wurde.«

»Hat sie gestanden?«

»Nein. Sie leugnet alles.«

»Und was wollt Ihr jetzt tun, nachdem ich Euch alles gesagt habe?«

»Ich beabsichtige, ein paar Soldaten zu nehmen und sofort nach Milton hinauszureiten«, sagte er. »Dort werde ich Mr. Prestcott und seinen Beschützer in Eisen legen lassen und beide ins Gefängnis schleifen. Wir werden sehen, ob Mr. Thurloe diesmal dem Gesetz entwischen kann. Ihr müßt mich entschuldigen. Ich bin in Eile.«

* *
*

Nachdem ich diese heikle Pflicht erledigt hatte, kehrte ich in die High Street zurück und erfuhr, daß Mr. Boyle im Haus seiner Schwester erkrankt sei und noch ein paar Tage bei ihr bleiben wolle. Dann ging ich ins Tillyard's, um mir den Magen zu füllen und ein paar Neuigkeiten zu erfahren. Locke war da und schien mächtig erfreut, mich zu sehen; mir behagte es nicht besonders, ihm zu begegnen.

»Wenn Ihr das nächste Mal eine Patientin habt, Mr. Cola«, sagte er, als ich endlich saß, »behaltet sie bitte für Euch. Ich hatte eine höllische Plage mit ihr. Ihr Zustand hat sich inzwischen verschlechtert.«

»Das tut mir leid. Warum denn das?«

Er zuckte mit den Schultern. »Ich habe nicht die geringste Ahnung. Aber sie ist schwächer geworden. Es fing an dem Tag an, an dem man ihre Tochter verhaftet hat.«

Bereitwillig berichtete er mir alle Einzelheiten, da er die Frau gerade behandelt hatte, als es passierte. Offenbar hatte der Büttel Sarah zu Hause abgeholt, ihr die Hände gefesselt und sie vor den Augen ihrer Mutter weggeschleppt. Sarah war nicht ruhig mitgegangen; sie hatte geschrien und gekratzt und gebissen, bis er sie zu Boden geworfen und ihr Fußketten angelegt hatte; sogar dann hatte sie noch geschrien, und er hatte sie knebeln müssen. Die Mutter hatte versucht, aus dem Bett aufzustehen, und Locke hatte seine ganze Kraft gebraucht, um sie zurückzuhalten.

»Die ganze Zeit über hat die arme Frau geschrien, ihre Tochter habe nichts getan, und sie sollten sie in Ruhe lassen. Ich muß sagen, als ich sah, wie das Mädchen sich aufführte, hielt ich es durchaus für möglich, daß es jemanden umgebracht hat. Noch nie habe ich bei einem Menschen eine solche Veränderung erlebt.

Eben noch ganz still und sanft und im nächsten Moment ein rasendes Ungeheuer. Eine entsetzliche Szene. Und die Kraft, die sie hatte! Wißt ihr, daß drei Männer nötig waren, um sie auf dem Boden festzuhalten und in Ketten zu legen?«

»Und ihre Mutter?«

»Sie hat sich auf dem Bett zusammengerollt und angefangen zu weinen; später wurde sie schwächer und unruhig.« Er hielt inne und sah mich offen an. »Ich habe getan, was ich konnte, aber es war wirkungslos, das müßt Ihr mir glauben.«

»Ich werde zu ihr gehen und nach ihr sehen«, sagte ich. »Ich war beunruhigt, seit ich von der Verhaftung erfuhr. Ich befürchte sehr, ihr Zustand wird sich noch mehr verschlechtern, wenn wir nicht etwas Drastisches tun.«

»Warum das?«

»Die Blutübertragung, Mr. Locke. Überlegt doch! Ich wußte es nicht sicher, habe mich aber gefragt, ob der Zustand des Mädchens sich vielleicht auf den seiner Mutter auswirken würde, da sich ihre Geister in ihrem Körper jetzt so vermischt haben. Sarah kann den Wirkungen ohne Zweifel standhalten. Ihre Mutter ist um so viel älter und schwächer, und für mich gibt es nicht den geringsten Zweifel, daß das den Kräfteverfall beschleunigt hat.«

Locke lehnte sich im Sessel zurück, die Brauen, wie es den Anschein hatte, hochmütig und geringschätzig gehoben; inzwischen glaubte ich jedoch zu wissen, daß das sein üblicher Gesichtsausdruck war, wenn er angestrengt nachdachte. »Faszinierend«, sagte er nach einer Weile. »Euer Experiment hat alle möglichen Konsequenzen. Was wollt Ihr also tun?«

Ich schüttelte sorgenvoll den Kopf. »Dazu fällt mir im Moment überhaupt nichts ein. Ihr müßt mich entschuldigen, ich muß sofort zu ihr.«

Mrs. Blundys Zustand bestätigte meine schlimmsten Befürchtungen. Sie war erheblich schwächer, die Wunde, die vor meiner Abreise so schön heilte, hatte sich wieder entzündet, und in dem feuchten kleinen Raum stank es widerlich nach Krankheit. Ich hätte weinen können, als ich sie sah. Aber sie war bei Bewußtsein, und noch ging es ihr nicht allzu schlecht. Als ich sie eingehend befragte, stellte es sich heraus, daß sie seit zwei Tagen nichts gegessen hatte. Das Mädchen, das Locke eingestellt hatte,

hatte die Stellung gekündigt, als Sarah verhaftet worden war, und sich geweigert, im Haus einer Mörderin zu bleiben. Das Geld hatte sie natürlich nicht zurückgegeben.

Ein Teil der Schwierigkeiten hing meiner Meinung nach damit zusammen, daß die Frau Hunger hatte; sie mußte gut und sie mußte regelmäßig essen, um überhaupt eine Chance zu haben, also marschierte ich zuallererst in die Suppenküche und kaufte Brot und Fleischbrühe. Damit fütterte ich sie, Löffel um Löffel, bevor ich die Wunde untersuchte und frisch verband. Es war nicht so schlimm, wie ich befürchtet hatte. Locke hatte, zumindest in dieser Hinsicht, ordentliche Arbeit geleistet.

Aber sie hätte trotzdem nicht so krank sein dürfen. Hunger und der Schreck, weil sie zusehen mußte, wie ihre Tochter verhaftet wurde, hatten sie ohne Zweifel mutlos und verzagt gemacht, doch ich war – tatsächlich hing meine ganze Theorie davon ab – von einer Verbindung zwischen ihr und dem Blut ihrer Tochter überzeugt, das sich jetzt in ihren Adern mischte. Und wenn sich die Tatsache, daß Sarah in dem von Ratten befallenen Gefängnis saß, so auswirken konnte, dann hatten wir offensichtlich noch Schlimmeres zu erwarten.

»Ich bitte Euch, guter Doktor«, sagte sie, als ich fertig war »wißt Ihr, wie es meiner Sarah geht?«

Ich schüttelte den Kopf. »Ich bin eben erst vom Land zurückgekommen und weiß weniger als Ihr. Gehört habe ich, daß sie vor Gericht gestellt wird. Habt Ihr keine Nachricht bekommen?«

»Nein. Ich kann nicht zu ihr, und sie kann nicht zu mir. Und niemand will ihr eine Nachricht von mir überbringen. Ich wage es kaum, Eure Güte auszunutzen ...«

Mir wurde das Herz schwer. Ich wußte, was sie sagen würde, und fürchtete mich vor ihrer Bitte.

»... aber Ihr kennt sie ein bißchen. Ihr wißt, daß sie so etwas nicht tun könnte. In ihrem ganzen Leben hat sie noch nie jemandem Schaden zugefügt, ganz im Gegenteil; sie ist bekannt – sogar Mr. Boyle kennt sie – für ihre Heilkräfte und ihre Hilfsbereitschaft. Ich weiß, Ihr könnt nichts für sie tun, aber würdet Ihr nach ihr sehen und ihr sagen, daß es mir gutgeht und sie sich um mich nicht sorgen muß?«

Ich wünschte mir verzweifelt, abzulehnen, zu sagen, ich wolle nichts mehr mit dem Mädchen zu tun haben. Doch ich brachte es nicht über mich, es ihr so schroff zu sagen. Es hätte nur noch mehr an den schwachen Kräften der armen Frau gezehrt, und – wenn meine Theorie richtig war – je zufriedener das Mädchen, um so größer die Chancen der Mutter. Also ging ich auf ihre Bitte ein. Ich wollte das Gefängnis aufsuchen, vorausgesetzt, man ließ mich hinein, und die Nachricht überbringen.

* *
*

Ich hoffe, ich habe ein gutes Leben geführt, hoffe, daß der Herr erkennt, wie sehr ich mich bemühe, nach Seinen Gesetzen zu leben, damit mir der Jammer der ewigen Qual erspart bleibt, denn wenn die Hölle nur halb so teuflisch ist wie die Zellen eines englisches Gefängnisses am Tag vor den Assisen, dann ist sie ein wahrhaft schrecklicher Ort. In dem kleinen Hof vor der Burg drängten sich viel mehr Menschen als bei meinem ersten Besuch; Männer und Frauen waren gekommen, um den Gefangenen beizustehen; andere zog es hierher, weil die Möglichkeit bestand, daß neue Gefangene eingeliefert wurden. Wenn die Richter in der Stadt sind, schleppt man die unglücklichen Kreaturen von weit und breit heran, und sie warten, bis sie an der Reihe sind, ihr weiteres Schicksal zu erfahren. Das Gefängnis, das letzte Mal praktisch leer, platzte jetzt aus allen Nähten, der Gestank menschlicher Körper ist überwältigend, und der Lärm der Kranken, Frierenden und Verzweifelten berührt einen tief. Obwohl viele von ihnen es nicht anders verdienen, hatte ich Mitleid mit ihnen, und geriet einen Augenblick sogar in Panik vor Schreck, daß man mich für einen Gefangenen halten und mir verbieten könnte, zu gehen, nachdem ich meinen Auftrag erledigt hatte.

Männer und Frauen sind natürlich getrennt, und die ärmeren werden in zwei große Räume gezwängt. Es gibt keine Möbel, nur Strohsäcke zum Schlafen, und als ich mir zwischen den unzähligen Körpern einen Weg suchte, hörte ich im Hintergrund das laute Klirren der schweren Ketten, wenn die Gefangenen den vergeblichen Versuch machten, sich bequemer hinzulegen. Es war bitterkalt, da der Raum sich in der Nähe der Wasserlinie des alten Burggrabens befand und an den Mauern jahrhundertealte

Feuchtigkeit klebte. Das einzige Licht kam durch ein paar Fenster, die so hoch oben waren, daß nur ein Vogel sie erreichen konnte. Nur gut, daß die Assisen bald anfangen sollten, weil ein unterernährtes, zu leicht bekleidetes Mädchen wie Sarah Blundy am Gefängnisfieber sterben würde, lange bevor der Henker Hand an sie legte.

Ich brauchte ziemlich lange, ehe ich sie fand, denn sie lehnte an der feuchten Mauer, die Arme um die Beine geschlungen und den Kopf gesenkt, so daß man nur ihr langes braunes Haar sah. Sie sang leise vor sich hin, ein trauriger Klang an diesem schrecklichen Ort, die Klage eines gefangenen Vogels, der von verlorener Freiheit sang. Als ich sie grüßte, dauerte es ein paar Sekunden, ehe sie den Kopf hob. Merkwürdigerweise war ich traurig und erschrocken, als ich sah, wie sehr ihr Verhalten sich verändert hatte. Sie war nicht mehr keck und hochmütig, sondern still und passiv, als habe man ihr die Luft abgeschnürt wie der Taube in der Vakuumpumpe. Sie antwortete nicht einmal, als ich sie fragte, wie es ihr gehe, zuckte nur mit den Schultern und verschränkte die Arme, als versuche sie, sich zu wärmen.

»Es tut mir leid, daß ich dir nichts mitgebracht habe«, sagte ich. »Hätte ich gewußt, wie es hier ist, hätte ich Decken und etwas zu essen mitgenommen.«

»Ihr seid sehr gütig«, antwortete sie. »Aber wegen des Essens braucht Ihr Euch keine Mühe zu machen; die Universität hat einen Wohltätigkeitsfonds, und Mrs. Wood, bei der ich gearbeitet habe, hat freundlicherweise angeboten, mir jeden Tag eine Mahlzeit zu bringen. Ein paar warme Sachen hätte ich gern. Wie geht es meiner Mutter?«

Ich kratzte mir den Kopf. »Vor allem ihretwegen bin ich hier. Sie hat mich gebeten, dir zu sagen, daß du dich um sie nicht zu sorgen brauchst. Und in diesem Sinn kann ich dich nur ermahnen: Deine Sorgen tun ihr nicht gut und könnten ihr schaden.«

Sie sah mich fest an, sah hinter meinen Worten die Sorge in meinem Gesicht. »Es geht ihr nicht gut, nicht wahr?« fragte sie tonlos. »Sagt mir die Wahrheit, Doktor.«

»Nein«, antwortete ich ehrlich, »es geht ihr nicht so gut, wie ich gehofft habe. Ich sorge mich um sie.« Zu meinem Entsetzen vergrub sie wieder den Kopf in den Händen und schluchzte so jämmerlich, daß es ihren ganzen Körper schüttelte.

»Komm, komm«, sagte ich. »So schlimm ist es nicht. Sie hatte einen Rückfall, das ist alles. Sie ist am Leben, hat noch mich und Lower und jetzt auch noch Mr. Locke, und wir tun alles, was in unserer Macht steht, um sie gesund zu machen. Du darfst dich nicht sorgen. Das ist gar nicht nett gegen die Leute, die sich so sehr um sie bemühen.«

Nachdem ich noch eine Zeitlang ermutigend auf sie eingeredet hatte, hob sie endlich den Kopf; ihre Augen waren vom Weinen gerötet, und sie wischte sich die Nase an ihrem bloßen Arm ab.

»Ich bin gekommen, um dich zu beruhigen und nicht, um dich noch unglücklicher zu machen. Kümmere du dich um dich und um deinen Prozeß. Damit hast du genug zu tun. Überlaß deine Mutter uns. So wie die Dinge augenblicklich liegen, kannst du ohnehin nichts tun.«

»Und danach?«

»Wann – wonach?«

»Nachdem man mich gehängt hat?«

»Aber, aber, das ist doch wohl ein bißchen voreilig!« rief ich mit viel größerer Fröhlichkeit, als ich empfand. »Noch liegt dir die Schlinge nicht um den Hals.« Ich sagte ihr nicht, daß sie vielleicht ein viel schlimmeres Schicksal erwartete als der Galgen.

»Alle haben sich bereits entschieden«, sagte sie ruhig. »Der Friedensrichter hat es mir gesagt, als er mich aufforderte zu gestehen. Die Geschworenen sind verpflichtet, mich schuldig zu sprechen, und der Richter ist verpflichtet, mich zu hängen. Wer würde jemandem wie mir glauben, wenn ich nicht beweisen kann, daß ich unschuldig bin? Was soll dann aus meiner Mutter werden? Wie wird sie leben? Wer wird sich um sie kümmern? Wir haben keine Familie, kein Geld, überhaupt keine Unterstützung.«

»Wenn sie wieder gesund wird«, sagte ich bedrückt, »wird sie bestimmt passende Arbeit finden.«

»Die Ehefrau eines Fanatikers und Mutter einer Mörderin? Wer sollte ihr Arbeit geben? Und Ihr wißt genausogut wie ich, daß sie viele Wochen nicht fähig sein wird, zu arbeiten.«

Ich konnte nicht sagen, daß wir uns darüber keine Gedanken machen mußten, weil sie mit hoher Wahrscheinlichkeit im Lauf der nächsten Woche sterben würde. Und, Gott verzeih mir, mir fiel kein anderer Trost ein.

»Mr. Cola, ich muß Euch etwas fragen. Wieviel bezahlt Dr. Lower?«

Es dauerte einen Moment, ehe ich begriff, wovon sie sprach. »Du meinst …«

»Ich habe gehört, daß er Leichen kauft«, sagte sie, jetzt erschreckend ruhig. »Wieviel bezahlt er? Denn er kann meine haben, wenn er sich dafür um meine Mutter kümmert. Schaut bitte nicht so unbehaglich drein. Mein Körper ist das einzige, was ich noch verkaufen kann, und brauchen werde ich ihn ja nicht mehr«, schloß sie trocken.

»Ich – ich – ich weiß es nicht. Das hängt vom Zustand der – eh …«

»Würdet Ihr ihn für mich fragen? Man glaubt doch, ich hätte meinen Körper schon im Leben verkauft, also ist es kaum ein Skandal, daß ich ihn wieder verkaufen will, wenn ich tot bin.«

Sogar Lower, denke ich, hätte mit einem solchen Gespräch seine Schwierigkeiten gehabt; es ging über meine Kräfte. Konnte ich sagen, daß nach dem Scheiterhaufen nicht einmal Lower würde haben wollen, was noch übrig war? Ich stammelte, daß ich mit ihm reden würde, und wechselte schnell das Thema.

»Du darfst die Hoffnung nicht aufgeben«, sagte ich. »Hast du schon vorbereitet, was du sagen wirst?«

»Wie kann ich das?« fragte sie. »Ich weiß doch kaum, was man mir vorwirft. Ich kann nicht wissen, wer gegen mich aussagen wird. Ich habe niemanden auf meiner Seite, außer jemand wie Ihr, Doktor, bezeugt meinen guten Charakter.«

Ein kaum sekundenlanges Zögern, doch ihr genügte es. »Da haben wir's«, sagte sie leise. »Seht Ihr? Wer sollte mir helfen?«

Sie sah mich eindringlich an. Ich wollte nicht antworten; ich hatte nicht die Absicht gehabt zu kommen, doch aus irgendeinem Grund konnte ich ihr nicht widerstehen. »Ich weiß es nicht«, sagte ich schließlich. »Ich hätte es gern getan, doch ich kann mir die Sache mit Dr. Groves Ring nicht erklären.«

»Mit welchem Ring?«

»Der Ring, der von seiner Leiche gestohlen wurde und den Jack Prestcott gefunden hat. Er hat mir alles erzählt.«

In dem Augenblick, in dem sie meine Antwort erfaßte, wußte ich ohne den Schatten eines Zweifels, daß mein Verdacht zutraf, der Friedensrichter hatte seine Arbeit wohl getan. Sie hatte Grove ermordet. Sie wurde blaß, als sie die Bedeutung meiner Worte begriff. Sie hätte fast alles andere auf diese oder jene Weise erklären können, aber auf diesen Vorwurf fand sie keine Antwort.

»Nun, Sarah?« sagte ich, als sie schwieg.

»Dann scheint es für mich kein Entrinnen zu geben. Ich denke, es wird Zeit, daß Ihr geht.« Es war eine ergebene, mitleiderregende Aussage, die Worte eines Menschen, dem klar war, daß seine Tat über jeden Zweifel hinaus bewiesen war.

»Willst du nicht antworten? Dem Gericht wirst du antworten müssen. Wie wirst du dich also gegen die Anklage verteidigen, daß du Grove aus Rache getötet und seine Leiche gefleddert hast, als sie auf dem Boden lag?«

Der Wirbelsturm, der mich dann traf, war einer der größten Schrecken in meinem Leben. Plötzlich schüttelte das Mädchen seine Demut und Unterwürfigkeit ab und zeigte sein wahres Gesicht, warf sich knurrend und zischend vor Haß und Enttäuschung auf mich und grub mir, die Augen wild wie die einer Wahnsinnigen, die Fingernägel ins Gesicht. Zum Glück hielten die Ketten um Hand- und Fußgelenke sie zurück, sonst, ich schwöre es, hätte sie mir die Augen ausgekratzt. So aber taumelte ich zurück und fiel auf eine übelriechende Alte, die sofort in meine Jacke nach meiner Börse griff. Ich schrie erschrocken auf, und nach ein paar Sekunden erschien ein Wärter und rettete mich, trat nach den Gefangenen und schlug Sarah mit dem Knüppel nieder, damit sie sich beruhigte. Schreiend und furchtbarer schluchzend, als ich es bisher je bei einem Menschen erlebt hatte, fiel sie auf den Strohsack.

Entsetzt starrte ich das Ungeheuer an, das vor mir lag, faßte mich dann soweit, daß ich dem Wärter versichern konnte, ich sei, von einem Kratzer an der Wange abgesehen, unverletzt; in sicherer Entfernung blieb ich stehen, und atmete tief die widerlich stinkende Luft ein, um wieder zu Atem zu kommen.

»Wenn ich deinetwegen je Zweifel hatte«, sagte ich, »sind sie jetzt verschwunden. Um deiner Mutter willen werde ich mit Lower sprechen. Aber mehr erwarte nicht von mir.«

Und ich ging, so froh, diesem höllischen Ort und den Dämonen zu entrinnen, die dort hausten, daß ich sofort die nächste Taverne aufsuchte, um mich zu erholen. Die Hände zitterten mir noch nach einer halben Stunde.

* *
*

Obwohl ich mir über Schuld oder Unschuld des Mädchen keine Gedanken mehr machen mußte, kann ich nicht behaupten, daß ich in anderer Hinsicht zufrieden war. Im Gegenteil: Mit etwas so abgrundtief Bösem zusammenzutreffen ist aufwühlend, und was ich erlebt hatte, würde ich so leicht nicht vergessen. Als ich die Taverne verließ, hätte ich dringend Gesellschaft gebraucht, um mich von dem abzulenken, was ich gesehen und gehört hatte. Wäre meine Beziehung zu Lower nicht gestört gewesen, hätte seine Natürlichkeit mich aufgeheitert. Ich hatte jedoch nicht den Wunsch, ihn zu sehen und traf mich auch erst mit ihm, als ich mich an die Bitte des Mädchens erinnerte; um meiner Patientin willen und weil ich Sarah mein Wort gegeben hatte, fühlte ich mich verpflichtet, ihm die Nachricht zu überbringen, so sinnlos sie auch sein mochte.

In seinen üblichen Schlupfwinkeln war Lower jedoch nicht aufzufinden, und in seinem Zimmer im Christ Church College war er auch nicht. Ich fragte herum, und dann sagte mir jemand, er habe ihn vor etwa einer Stunde mit Locke und dem Mathematiker Christopher Wren gesehen. Da Wren noch ein Zimmer im Wadham bewohnte, sollte ich es vielleicht dort versuchen.

Da ich diesen jungen Mann ohnehin unbedingt kennenlernen wollte, von dem ich während meines Aufenthalts in Oxford viel gehört hatte, ging ich also dorthin und fragte an der Pforte, wo er sei und ob er Besuch habe. Er habe Freunde bei sich, sagte man mir, und wolle nicht gestört werden. Das sagen Pförtner immer, daher ignorierte ich den Hinweis, stieg rasch die Treppe zu dem Raum im Torhaus hinauf, den Wren bewohnte, klopfte an, trat ein – und erschrak heftig.

Wren, ein kleiner, adretter Mann mit wallenden Locken und angenehmen Zügen, sah verärgert auf, als ich das Zimmer betrat, stehenblieb und die Szene anstarrte, die sich meinen Augen bot.

Locke grinste wie ein Kind, das bei einem Streich erwischt wurde und sich freut, daß seine Ungezogenheit aller Welt offenbar wird. Mein Freund, mein sehr guter Freund Richard Lower, hatte wenigstens die Güte, aus der Fassung zu geraten und verlegen zu werden, weil sich sein Verrat nicht beschönigen ließ; denn an dem, was hier geschah, gab es nicht den geringsten Zweifel.

Auf einem breiten Kartentisch in der Mitte des Zimmers lag festgebunden ein erbärmlich winselnder Hund, der verzweifelt mit den Augen rollte, während er versuchte, sich loszureißen. Neben ihm lag ein zweiter, der die Tortur ergebener über sich ergehen ließ. Der Hals des einen Hundes war mit dem Hals des anderen durch einen langen, dünnen Schlauch verbunden, und das Blut, das aus den Einschnitten in den Hälsen floß, war auf Lockes Schürze und auf den Fußboden gespritzt.

Sie übertrugen Blut. Wiederholten heimlich mein Experiment. Verbargen vor mir, was sie taten, vor dem Mann, der vor allen anderen das Recht hatte, zu erfahren, was sie taten. Ich konnte nicht glauben, daß man mich so hintergangen hatte.

Lower erholte sich als erster. »Entschuldigt mich, Gentlemen«, sagte er und hatte nicht einmal den Anstand, mich Wren vorzustellen. »Ich muß Euch für eine Weile verlassen.«

Er nahm die Schürze ab, warf sie auf den Boden und bat mich dann, ihn in den Garten zu begleiten. Ich riß die Augen von dem Anblick los, der mich so tief getroffen hatte, und stieg voller Zorn hinter ihm die Treppe hinunter.

Ziellos schlenderten wir eine Zeitlang durch den Garten, kreuz und quer zwischen den Buchsbaumhecken und über Rasenflächen; ich schwieg und wartete ab, wie er mir erklären wollte, was er getan hatte.

»Nicht meine Schuld«, sagte er endlich. »Nehmt bitte meine Entschuldigung entgegen. Es war unverzeihlich von mir, so etwas zu tun.«

Ich war noch immer getroffen und fand keine Worte.

»Locke, müßt Ihr wissen, hat Wren von dem Experiment erzählt, das wir – Ihr bei Mrs. Blundy durchgeführt habt, und der war so begeistert, daß er darauf bestand, es zu wiederholen. Das schmälert Eure Leistung nicht im geringsten. Wir tappen nur in Euren Fußstapfen herum und eifern dem Meister nach.«

Er grinste einfältig und wandte sich mir zu, um zu sehen, wie seine Entschuldigung aufgenommen wurde. Ich beschloß, kalt zu bleiben.

»Die einfachste Höflichkeit hätte es erfordert, mich zu verständigen, selbst wenn Ihr es nicht über Euch gebracht hättet, mich einzuladen.«

Seine Lächeln verzerrte sich. »Das ist wahr«, sagte er. »Und es tut mir ehrlich leid. Ich habe Euch gesucht, wußte aber nicht, wo Ihr wart. Und Wren will heute nachmittag nach London zurückfahren, daher ...«

»Verratet Ihr einen Freund, um einem anderen zu Gefallen zu sein«, unterbrach ich ihn kalt.

Der berechtigte Einwurf brachte ihn ernstlich aus der Fassung, und er heuchelte Verärgerung. »Was für einen Verrat meint Ihr? Ist eine Idee einmal geboren, bleibt sie doch nicht das Eigentum desjenigen, der sie als erster gehabt hat. Wir leugnen nicht Euer Verdienst, auch hatten wir nicht vor, unser Experiment vor Euch geheimzuhalten. Ihr wart nicht da; mehr ist dazu nicht zu sagen. Ich wußte bis heute morgen selbst nicht, daß Wren so darauf erpicht war, es zu versuchen.«

Er sagte es so eindringlich, daß ich meine Zweifel schwinden fühlte. Ich wollte ihm so sehr glauben, wollte noch immer meinen Freund in ihm sehen, daß ich meine Überzeugung, betrogen worden zu sein, nicht aufrechterhalten konnte. Doch dann erinnerte ich mich an den Ausdruck schlechten Gewissens auf seinem Gesicht, als ich das Zimmer betreten hatte – ein Schuldgeständnis, eindeutiger als alles, was ich in Sarah Blundys Gesicht gesehen hatte.

»Wir haben nicht die Absicht, es ohne Euer Wissen und ohne Eure Erlaubnis zu veröffentlichen«, fuhr er fort, als er merkte, daß mein Widerstand noch nicht gebrochen war. »Und Ihr müßt zugeben, es ist der bessere Weg, den wir eingeschlagen haben. Wenn wir – Ihr bekennt, daß Ihr die Übertragung das erste Mal an einer Frau durchgeführt habt, wird man das Verfahren als unbesonnen und gefährlich verwerfen. Wenn Ihr jedoch Berichte über Übertragungen an Hunden voranstellt, wird man sie nicht mehr so mißbilligen.«

»Und deshalb habt Ihr es getan?«

»Aber selbstverständlich«, sagte er, ermutigt, weil es ihm scheinbar gelang, meinen Zorn zu beschwichtigen. »Ich habe Euch gesagt, was ich befürchte, wenn die Sache zu schnell bekannt wird. Es muß auf diese Weise geschehen, und je früher, um so besser. Es tut mir leid – aufrichtig leid –, daß Ihr nicht da wart. Ich bitte Euch ergebenst, nehmt meine Entschuldigung an. Und in ihrem Namen auch die von Locke und Wren, denn sie hatten nie die Absicht, unhöflich zu sein.«

Er verneigte sich tief, und da er keinen Hut hatte, riß er sich die Perücke vom Kopf und schwenkte sie. Das sah so lächerlich aus, daß ich unwillkürlich lächeln mußte, doch ich war entschlossen, trotz seines Schabernacks nicht nachzugeben.

»Kommt schon«, sagte er, durch meine Reaktion entmutigt. »Vergebt Ihr mir?«

Ich nickte. »Nun schön«, sagte ich tonlos, obwohl das eine der größten Lügen war, die ich je ausgesprochen habe. Aber ich brauchte noch immer seine Unterstürzung und hatte, so arm an Freunden wie ich jetzt war, keine andere Wahl, als Herzlichkeit zu heucheln. »Sprechen wir nicht mehr über die Sache, sonst streiten wir uns nur wieder.«

»Wo wart Ihr überhaupt?« fragte er. »Wir haben uns nach Euch umgesehen.«

»Bei Mrs. Blundy, die immer kränker wird. Und bei ihrer Tochter.«

»In der Burg?«

Ich nickte. »Ich wollte nicht gehen, aber Mrs. Blundy hat mich darum gebeten. Und der Besuch hat mich sehr beruhigt. Wenn je eine Seele eines Mordes fähig war, dann dieses Mädchen. Ich habe keine Zweifel mehr, obwohl ich auch vermute, daß sie die Tat leugnen wird, und ich erleichtert wäre, wenn sie sich offen dazu bekennen würde. Doch scheint mir jetzt klar zu sein, daß sie Grove an dem Morgen im Tillyard's um Geld für ihre Mutter gebeten hatte und abgewiesen worden war. Deshalb hat sie sich einfach genommen, was sie wollte, hat ihn ermordet und bestohlen. Es ist furchtbar, daß die Kindespflicht gegen ein Elternteil so verkommen und abartig sein kann.«

Lower nickte. »Das hat sie Euch gesagt?«

»Nicht sie«, sagte ich. »Sie wird nichts zugeben, will aber noch etwas Gutes tun, vielleicht aus Reue, denn einen anderen Grund kann ich mir nicht vorstellen.«

Schnell erzählte ich Lower von ihrem Angebot, ihm ihren Leichnam zu überlassen, wenn er dafür ihre Mutter behandeln und versorgen würde. Lower sah überrascht und – es ist mir schrecklich, das sagen zu müssen – richtig gierig aus, weil er von Sarahs Tod auf diese Weise profitieren konnte.

»Wie geht es der Mutter?«

»Ich glaube nicht, daß sie Euch lange auf der Tasche liegen wird«, sagte ich. »Das ist etwas, worüber ich auch noch mit Euch sprechen wollte. Sie wird immer schwächer, und wenn das Mädchen stirbt, wird, meiner Meinung nach, das Erlöschen des Lebensgeistes bei der einen tödliche Folgen für die andere haben.«

Er sah nachdenklich aus, als ich von meinen Ängsten sprach und das einzige Gegenmittel nannte, das, wie ich glaubte, die Situation retten konnte. »Sie muß noch mehr Blut bekommen, Lower«, sagte ich, »und von einer anderen Person, einer, die stark genug ist, dem Lebensgeist des Mädchens entgegenzuwirken. Und das schnell. Wenn morgen gegen Sarah verhandelt wird, stirbt sie übermorgen. Wir haben wenig Zeit.«

»Davon seid Ihr überzeugt?«

»Völlig. Ihre Kräfte haben schon mit dem Lebensgeist des Mädchens abgenommen, die Anzeichen sind nicht zu übersehen. Es gibt für mich keinen anderen vorstellbaren Grund.«

»Heißt das, Ihr wollt es heute tun?«

»Ja. Um ihret- und um unserer Freundschaft willen, bitte ich Euch noch ein letztes Mal um Eure Hilfe.«

Noch einmal umrundeten wir, Freundschaft vortäuschend, den Garten, während er über meine Argumente nachdachte.

»Ihr habt vielleicht recht«, sagte er schließlich. »Außer es gibt etwas, das wir nicht wissen.«

»Wenn wir es nicht wissen, können wir es auch nicht in Betracht ziehen«, erklärte ich.

Er brummte und holte dann einmal tief Atem, wie immer, wenn er einen Entschluß gefaßt hatte. »Nun gut«, sagte er. »Heute abend. Ich bringe einen Gärtner aus dem College mit, der verläßlich ist und bestimmt nicht reden wird.«

»Warum nicht heute nachmittag?«

»Weil ich das Mädchen besuchen will. Wenn ich sie bekommen soll, brauche ich einen von ihr unterschriebenen und von Zeugen beglaubigten Brief. Das wird seine Zeit brauchen und muß erledigt sein, bevor der Prozeß beginnt. Wißt Ihr, daß sie verbrannt wird?«

»Der Friedensrichter hat es mir gesagt.«

»Die Chance, daß sie dann noch zu gebrauchen sein wird, ist klein, es sei denn, ich kann Sir John überreden, beim Richter zu intervenieren.«

Er verneigte sich. »Aber keine Sorge. Wir werden rechtzeitig fertig. Wir treffen uns nach dem Abendessen im Angel. Dann kümmern wir uns um ihre Mutter.«

* * *

Den Rest des Tages verbrachte ich, nachdenklich und trübsinnig, allein. Nun, da ich mich entschlossen hatte, abzureisen, sobald meine Verpflichtungen es erlaubten, sollte es so schnell wie möglich geschehen. Nur die Witwe Blundy hielt mich noch, da ich gesehen hatte, was geschah, wenn ich sie nicht selbst behandelte. Ich freute mich nicht über Sarah Blundys Schicksal, war im Hinblick auf ihre Mutter wenig optimistisch, und mein Vertrauen in meinen Freund war dahin. Ich wollte ihm glauben, als er mich seiner Treue versicherte, hatte seine Beteuerungen tatsächlich akzeptiert; aber der Same des Mißtrauens war gesät und wucherte in meiner Seele.

Ich bin nicht hochmütig, doch meine Ehre und meine Treue hüte ich eifersüchtig. Und Lower hatte beide gefährdet, als er Wrens Bitte über mein Recht stellte. Auch wenn er sich zu seiner Schuld bekannte, heilte das nicht die Wunde, die er mir geschlagen hatte, und erhöhte nur das Mißtrauen, das schon sein heftiges Temperament in mir geweckt hatte.

Ich war, mit anderen Worten gesagt, in einer trüben Stimmung, als Lower ins Angel marschiert kam und eine dürre, krank aussehende Kreatur hinter sich herschleppte, die er mir als einen Untergärtner aus seinem College präsentierte. Für einen Shilling wollte er Mrs. Blundy sein Blut geben.

»Aber er taugt nichts!« rief ich. »Seht ihn doch an. Ich wäre nicht überrascht, wenn er noch kränker wäre als Mrs. Blundy. Er hätte es nötiger, von ihr Blut übertragen zu bekommen. Ich wollte jemanden, der stark ist und voller Lebenskraft.«

»Er ist ungeheuer stark. Das bist du doch, nicht wahr?« wandte er sich zum ersten Mal an den Mann. Als der merkte, daß Lower sich zu ihm umgedreht hatte, lächelte er mit fast zahnlosem Mund und wieherte wie ein Pferd.

»Er hat einen großen Vorteil«, sagte Lower, während der Mann einen Quartkrug Ale trank, »er ist taub und stumm. Dr. Wallis hat versucht, ihm das Sprechen beizubringen, aber es war vergeblich. Schreiben kann er auch nicht. Das bedeutet, wie Ihr seht, daß wir uns auf seine Diskretion verlassen können. Was, wie Ihr zugeben werdet, wichtig ist. Der Ruf der Familie ist schon schlecht genug, wenn erst bekannt würde, daß die Mutter durch solche Mittel am Leben erhalten wird, wäre ich nicht überrascht, wenn man sie mit ihrer Tochter verbrennen würde. Hier, Kerl, trink noch eins.«

Er winkte, und bald stand der zweite Krug vor dem menschlichen Wrack. »Es ist gar nicht schlecht, wenn er etwas getrunken hat«, sagte er. »Ich möchte nicht, daß er wegläuft, wenn er sieht, was wir vorhaben.«

Ich war nicht glücklich, sah aber ein, daß er recht hatte. Aber es sagt etwas darüber aus, wie ich mich verändert hatte, daß ich dem Beweggrund mißtraute, der ihn veranlaßte, jemanden zu benutzen, der nicht bezeugen konnte, was geschehen war.

»Wart Ihr im Gefängnis?«

Er verdrehte die Augen. »Gott, ja«, sagte er. »Und was für einen Tag ich hinter mir habe.«

»Hat sie es sich anders überlegt?«

»Durchaus nicht. Wir haben einen entsprechenden Brief geschrieben – habt Ihr gewußt, daß sie so gut lesen und schreiben kann wie Ihr und ich? Ich habe gestaunt – und ich habe den Brief von Zeugen unterschreiben lassen. Das war nicht schwierig. Schwierig war nur der Friedensrichter.«

»Er hat sich der Idee widersetzt? Warum?«

»Weil ich ihn nicht überzeugen konnte, daß er eine Verpflichtung gegen das Mädchen hat. Ein verdammtes Ärgernis, wenn ich das sagen darf.«

»Das war's also? Keine Leiche?«

Er sah mich hoffnungslos an. »Selbst wenn ich sie bekäme, müßte ich sie dem Scheiterhaufen übergeben, sobald ich mit ihr fertig bin. Der Friedensrichter wollte mir nur den zeitweiligen Besitz gestatten. Aber auch das wäre besser als nichts. Ich gehe später noch einmal zu ihm, um zu sehen, ob ich ihn irgendwie umstimmen kann.«

Er schaute zu dem Gärtner hinüber, der inzwischen sein drittes Quart Ale in sich hineinschüttete. »Oh, kommt schon. Bringen wir's hinter uns, bevor er sich bis zur Bewußtlosigkeit betrinkt. Wißt Ihr«, sagte er, als wir die Kreatur in die Höhe zogen, »daß ich diese Familie bald von Herzen satt habe? Je früher die beiden tot sind, um so besser. O verdammt! O Cola, es tut mir leid.«

Erklärung und Entschuldigung waren beide gerechtfertigt. Denn der Halbidiot mußte schon getrunken haben, bevor Lower ihn ins Angel brachte, und die drei Quart Ale, die er sich einverleibt hatte, während wir redeten, waren zuviel gewesen. Mit einem idiotischen Lächeln, das sich in einen Ausdruck der Furcht verwandelte, glitt er zu Boden und übergab sich auf Lowers Schuhe. Lower sprang zur Seite und blickte angeekelt hinunter, dann versetzte er der Kreatur einen Tritt, um zu prüfen, ob sie bewußtlos war.

»Was machen wir jetzt?«

»Ich werde ihn nicht benutzen«, sagte ich. »Wir müßten ihn hintragen. Es ist schon schwierig genug, mit jemandem, der mit uns zusammenarbeitet.«

»Als wir das College verließen, schien er nüchtern zu sein.«

Traurig schüttelte ich den Kopf. »Das ist Eure Schuld, Lower. Ihr habt gewußt, wie wichtig es war, und habt mich im Stich gelassen.«

»Ich habe mich entschuldigt.«

»Das nützt mir nichts. Wir müssen die Behandlung bis morgen aufschieben. Hofft nur, daß sie lange genug am Leben bleibt. Die Verzögerung könnte sie umbringen.«

»Ich denke, Eure Behandlung wird das ohnehin tun«, sagte er kalt.

»Das habe ich aber noch nie von Euch gehört.«

»Ihr habt nie gefragt.«

Ich öffnete den Mund, um zu antworten, und gab dann auf. Was hatte es für einen Sinn? Aus Gründen, die ich nicht verstand, klang alles, was wir zueinander sagten, geringschätzig oder kränkend. Da er sein Verhalten nicht erklären wollte und ich bei mir wirklich keine Fehler entdecken konnte, gab es nichts, was ich tun konnte.

»Ich will mit Euch nicht streiten«, sagte ich. »Ihr habt es auf Euch genommen, mich mit Blut zu versorgen, und ich verlange, daß Ihr das Versprechen haltet. Dann kann unsere Verbindung enden, was Ihr offensichtlich wünscht. Bringt Ihr ihn morgen nach dem Prozeß zu Mrs. Blundy?«

Er verbeugte sich steif und versprach, mich nicht wieder zu enttäuschen. Sobald der Prozeß zu Ende war, würde ich zu Mrs. Blundy gehen und ihn dort erwarten. Er würde mit dem Gärtner kommen, und dann konnten wir die Behandlung durchführen. Es war Zeit genug.

Siebzehntes Kapitel

AM NÄCHSTEN NACHMITTAG um eins begann vor dem Geschworenengericht von Oxford der Prozeß gegen Sarah Blundy, die des Mordes an Dr. Robert Grove angeklagt war. Die Menge wartete begierig; dieser Prozeß versprach nicht nur skandalöse Unterhaltung, am Tag vorher hatte es kein einziges Todesurteil gegeben, nicht ein einziges Mal hatte der Richter die schwarze Kappe aufgesetzt und sich nur mit weißen Handschuhen präsentiert, die anzeigten, daß kein Blut an seinen Händen klebte. Doch so viel Gnade wurde als gefährlich betrachtet. Denn die furchtbare Majestät, das Gesetz, braucht Opfer. Eine »jungfräuliche Sitzung« (wie sie genannt wurden) war barmherzig, zwei unmittelbar hintereinander hätten zu nachsichtig gewirkt. Mehr noch, Wood, ein eifriger Prozeßbesucher, der kurz mit mir sprach, ehe uns die nachdrängende Menge trennte, sagte mir, daß dem Richter eines klar war. An diesem Tag würde jemand hängen. Wir wußten beide, denke ich, wer das sein würde.

Erwartungsvolles Gemurmel ging durch die Menge, als Sarah, die entsetzlich blaß war, dem Gericht vorgeführt wurde, der Menge gegenüberstand und die mit klangvoller Stimme verlesene Anklage gegen sie hörte. Im fünfzehnten Jahr der Regierungszeit unseres höchsten Königlichen Herrn habe sie, Sarah Blundy, ohne Gottesfurcht vor Augen, sondern vom Teufel verführt und angestiftet, im New College in der City von Oxford einen verbrecherischen, vorsätzlichen und heimtückischen Anschlag wider das Leben von Reverend Robert Grove, Fellow des besagten College und früher ihr Herr, verübt. Besagte Sarah Blundy habe verbrecherisch, vorsätzlich, heimtückisch und mit Vorbedacht Arsenik in eine Flasche getan und besagten Robert Grove veranlaßt, daraus zu trinken, worauf besagter Robert Grove an diesem Gift starb. So daß besagte Sarah Blundy auf obengenannte Art und Weise, verbrecherisch, vorsätzlich, heimtückisch und mit Vorbedacht zum Nachteil des Friedens unseres höchsten Herrn, seiner Krone und seiner Würde getötet und gemordet habe.

Während diese Anklage verlesen wurde, wurde im Publikum beifälliges Gemurmel laut, das den Richter veranlaßte, mit einer Warnung im Blick aufzusehen. Es dauerte einige Zeit, bis die Ordnung wiederhergestellt war. Dann wandte sich der Richter, der mir nicht sehr furchteinflößend vorkam, an Sarah und forderte sie auf, ihre Sache zu vertreten.

Sie antwortete nicht, stand nur mit gesenktem Kopf da.

»Komm, Mädchen«, sagte der Richter, »du mußt jetzt sprechen. Schuldig oder nicht schuldig, das ist mir gleich. Aber sagen mußt du etwas, oder es wird dir zum Schaden gereichen.«

Noch immer sagte sie nichts, und ein erwartungsvolles Schweigen breitete sich im Publikum aus; sie stand da, den Kopf geneigt, um ihr Entsetzen und ihre Scham zu verbergen. Ich empfand Mitleid mit ihr, denn wer würde nicht schweigen, wenn er, ganz allein, der furchterregenden Macht des Gesetzes gegenübersteht.

»Ich sage dir etwas«, fuhr der Richter mit besorgter Miene fort, weil er fürchtete, die Verhandlung könne unterbrochen werden, »wir befassen uns erst einmal mit den Vorwürfen und den Beweisen gegen dich. Vielleicht hilft dir das, dir darüber klarzuwerden, welche Chancen du hast, der Gerechtigkeit zu entrinnen. Wie wäre das? Sir? Seid Ihr bereit?«

Der Ankläger, eine fröhliche Seele, vom Friedensrichter bestellt, diese Aufgabe wahrzunehmen, sprang auf und verneigte sich unterwürfig. »Der Ruf der Güte, der Euer Lordschaft vorauseilt, ist wohlverdient«, sagte er, und der Pöbel applaudierte.

Der Mann neben mir, der sich so eng an mich preßte, daß ich jeden seiner Atemzüge spürte, drehte sich zu mir um und flüsterte mir ins Ohr, das sei nur die Wahrheit; gerechterweise sei das Gesetz sehr streng gegen jene, die sich weigern, sich schuldig oder nicht schuldig zu bekennen; man legt ihnen so lange schwere Gewichte auf die Brust, bis sie entweder nachgeben oder zu Tode gequetscht werden. Niemandem gefällt diese Prozedur, doch es ist das einzige Mittel gegen Aufsässigkeit. Dadurch daß er diesem Mädchen gewissermaßen eine zweite Chance gab, war der Richter tatsächlich außergewöhnlich gnädig. Mein Nachbar – offenbar ein regelmäßiger Prozeßbesucher – sagte, er habe von solcher Güte noch nie gehört.

Der Ankläger begann seinen Fall vorzutragen: Er sagte, obwohl er nicht das Opfer des Verbrechens sei, könne in einem Mordfall das Opfer logischerweise nicht selbst erscheinen; daher müsse er einspringen. Es sei keine schwierige Aufgabe gewesen, denn es sei einfach zu durchschauen, wer diese verbrecherische Tat begangen habe.

Seiner Meinung nach, sagte er, würden die Geschworenen überhaupt keine Mühe haben, das richtige Urteil zu fällen. Denn es sei für alle offensichtlich – wie die ganze Stadt schon sehr gut wisse, ohne daß man es ihr vor Augen führen mußte –, daß Sarah Blundy eine Hure und die Tochter ausschweifend maßloser und gewalttätiger Eltern sei. Sie sei, weit davon entfernt, den ihr gebührenden Platz zu kennen, so schlecht erzogen und in Dingen von Moral und Anstand völlig unwissend, daß der Gedanke an Mord sie nicht im geringsten erschrecke. Solche Ungeheuer würden gezeugt, wenn die Eltern sich von Gott abwandten und das Land von seinem rechtmäßigen König.

Der Richter, ganz offensichtlich kein grausamer Mann und von unbedingter Gerechtigkeit, unterbrach den Ankläger, dankte ihm und fragte, ob er fortfahren könne. Volksreden könnten am Ende gehalten werden, wenn sie jemals so weit kämen.

»Gewiß, gewiß. Jetzt zu ihrer Hurerei. Es steht zuverlässig fest, daß sie den bedauernswerten Dr. Grove verführt und in ihre Fänge gelockt hat. Dafür gibt es eine Zeugin, eine gewisse Mary Fullerton.« An dieser Stelle lächelte ein junges Mädchen im Publikum breit und plusterte sich auf. Sie wird beschwören, daß Dr. Grove, als sie ihm eines Tages das Essen in sein Zimmer brachte, irrtümlich sie für Sarah Blundy hielt, packte und anfing, sie auf laszive Weise zu liebkosen, als sei sie daran gewöhnt.«

An dieser Stelle blickte Sarah auf und starrte Mary Fullerton mürrisch an; Mary verging das Lächeln, als sie den Blick auf sich fühlte.

»Zweitens gibt es eine Aussage, daß Dr. Grove, als diese Anschuldigung bekannt wurde, das Mädchen aus seinen Diensten entließ, um nicht wieder der Versuchung anheimzufallen und zu einem tugendhaften Leben zurückzukehren. Und das hat sie ihm bitter übelgenommen.

Drittens haben wir die Aussage von Mr. Crosse, einem Apotheker, daß Sarah Blundy am selben Tag, an dem sie entlassen wurde, in seinem Geschäft Arsenik gekauft hat. Angeblich hatte Dr. Grove sie gebeten, es zu besorgen, aber in Dr. Groves Papieren hat man keinen Hinweis darauf gefunden, daß er ihr den Auftrag erteilt hat.

Viertens haben wir die Aussage von Signor Marco da Cola, einem italienischen Gentleman von makelloser Integrität, der erklären wird, daß er vor den Gefahren dieses Pulvers gewarnt hat und Dr. Grove sagen hörte, er werde es nie wieder benutzen – und das nur wenige Stunden bevor er daran starb.«

Alle Augen, auch die von Sarah, ruhten an dieser Stelle auf mir, und ich blickte zu Boden, um die Traurigkeit in den ihren nicht sehen zu müssen. Es war die Wahrheit; jedes Wort war wahr, aber in diesem Moment wünschte ich mir leidenschaftlich, es wäre nicht so.

»Als nächstes haben wir die Aussage von Mr. Thomas Ken, einem Geistlichen, daß das Mädchen an diesem Abend im New College gesehen wurde, und wir werden aufweisen, daß sie dies zwar leugnet, sich aber gleichzeitig weigert, uns zu sagen, wo sie war; auch hat sich bisher niemand gemeldet, der uns darüber Aufschluß gibt.

Endlich haben wir einen unanfechtbaren Beweis, denn wir haben einen Zeugen, Mr. Jack Prestcott, einen jungen Gentleman von der Universität, der bezeugen wird, daß sie ihm noch am selben Abend die Tat gestand und ihm einen Ring zeigte, den sie dem Leichnam abgenommen hatte. Ein Ring, der tatsächlich als Dr. Groves Siegelring identifiziert wurde.«

Jetzt schien der ganze Raum den Atem anzuhalten, denn alle wußten, es war unwahrscheinlich, daß der Aussage eines Gentleman in solcher Angelegenheit widersprochen werden konnte. Auch Sarah wußte es; denn der Kopf sank ihr bei diesen Worten noch tiefer auf die Brust, und ihre Schultern sackten nach vorn, als gebe sie alle Hoffnung auf.

»Sir«, faßte der Anwalt zusammen, »die Umstände, Motiv, Charakter und Stand, die gegen die Beschuldigte sprechen, sind genauso stark wie die Beweise. Deshalb bezweifle ich nicht, daß das Ergebnis das gleiche sein wird, ob sich das Mädchen schuldig bekennt oder nicht – ob es spricht oder nicht.«

Der Ankläger blickte strahlend in die Runde, um den Applaus entgegenzunehmen, winkte hoheitsvoll mit der Hand und setzte sich dann. Der Richter wartete, bis es ein wenig ruhiger geworden war und richtete seine Aufmerksamkeit dann auf Sarah.

»Nun, Kind, was hast du zu sagen? Was immer du sagen magst, du kennst, glaube ich, die Konsequenzen.«

Sarah sah aus, als stehe sie kurz vor einem Zusammenbruch, und obwohl ich ihr nur noch wenig Mitgefühl entgegenbrachte, war ich der Meinung, daß es menschlich gewesen wäre, ihr einen Stuhl zu geben.

»Komm, Mädchen«, rief jemand aus dem Publikum, »sprich endlich! Bist wohl stumm geworden, ja?«

»Ruhe!« donnerte der Richter. »Nun?«

Sarah hob den Kopf, und ich sah zum erstenmal, in welch traurigem Zustand sie war. Die Augen rot vom Weinen, das Gesicht bleich, das Haar glatt herabhängend und schmutzstarrend. Ein großer Bluterguß auf der Wange hatte sich blau verfärbt; er stammte von dem Schlag, den der Wärter ihr versetzt hatte, als sie mich anfiel. Ihr Mund zitterte, als sie zu sprechen versuchte.

»Was? Was?« Der Richter beugte sich vor und wölbte die Hand vor seinem Ohr. »Du mußt lauter sprechen, weißt du?«

»Schuldig«, flüsterte sie und glitt dann ohnmächtig zu Boden;

das Publikum johlte und pfiff vor Enttäuschung, da es um sein Vergnügen gekommen war. Ich versuchte zu ihr durchzukommen, wurde jedoch durch den Druck der um mich wogenden Körper daran gehindert.

»Ruhe!« brüllte der Richter. »Ihr alle! Seid still!«

Schließlich beruhigten sich die Leute wieder, und der Richter schaute sich um. »Das Mädchen hat sich schuldig bekannt«, verkündete er, »was ein großer Segen ist, da wir jetzt schnell fortfahren können. Meine Herren Geschworenen, irgendwelche Einwände von Euch?«

Die Geschworenen schüttelten ernsthaft die Köpfe.

»Hat noch jemand etwas zu sagen?«

Es folgte ein Scharren und Rascheln, denn alle drehten sich um, wollten sehen, ob jemand sich erheben würde, um zu sprechen. Dann sah ich, daß Wood aufgestanden war, feuerrot im Gesicht und verlegen ob seiner Kühnheit, die mit Buhrufen und Pfiffen quittiert wurde.

»Aber jetzt ist Ruhe«, sagte der Richter. »Wir wollen nichts überstürzen. Bitte, Sir, sagt, was Ihr zu sagen habt.«

Armer Wood; er war kein Advokat und besaß nicht einmal die Selbstsicherheit eines Mannes wie Lower, von Locke ganz zu schweigen. Und doch war er der einzige, der für das Mädchen eintrat und versuchte, etwas zu seinen Gunsten zu sagen. Es konnte nicht gelingen, an dieser Aufgabe wäre wohl auch Demosthenes gescheitert, und ich bin überzeugt, daß Wood mehr aus seelischer Größe denn aus Überzeugung sprach. Und er tat dem Mädchen nichts Gutes, denn plötzlich im Licht öffentlicher Aufmerksamkeit stehend, begann er zu stottern, stand eigentlich nur da und stammelte mit halber Stimme, die kaum jemand hörte. Die Menge bereitete seinem Auftritt ein Ende; im Hintergrund wurde gebuht und dann gepfiffen, bis auch der größte Redner nicht mehr gehört worden wäre. Es war Locke, denke ich, der die Pein beendete und Wood überraschend sanft hinunterzog. Ich sah den Ausdruck jämmerlichen Versagens und tiefster Niedergeschlagenheit im Gesicht des bedauernswerten Mannes und war betrübt über seine Scham, aber gleichzeitig auch froh, daß der Augenblick vorüber war.

»Dank für Eure beredten Worte«, sagte der Richter, der sich

schamlos auf die Seite der Menge schlug und offenbar nicht widerstehen konnte, den armen Teufel noch mehr zu demütigen. »Ich werde sie beherzigen.«

Dann holte er die schwarze Filzkappe hervor und setzte sie auf; durch die Menge schien ein Beben zu gehen, ihr Mitgefühl hatte sich in Bosheit verwandelt. »Hängt sie!« rief eine Stimme im Hintergrund.

»Ruhe«, sagte der Richter, doch es war zu spät. Auf diese Weise ermutigt, mischten sich andere ein, dann immer mehr, und innerhalb von Sekunden, war der ganze Raum erfüllt vom Klang des Blutrausches, der Soldaten in der Schlacht überkommt, oder Jäger, die sich ihrer Beute nähern. »Hängt sie, tötet sie!« Wieder und immer wieder in rhythmischem Gesang, begleitet von Füßestampfen und Pfiffen. Es dauerte ein paar Minuten, ehe der Richter die Ordnung wiederherstellen konnte.

»Noch mehr dulde ich nicht«, sagte er streng. »Und, hat sie sich erholt? Kann sie mich hören?« fragte er den Gerichtsschreiber, der seinen Platz für sie freigemacht hatte.

»Ich glaube, ja, Euer Ehren«, sagte der Schreiber, obwohl er sie festhalten mußte und ihr ein paarmal ins Gesicht geschlagen hatte, damit sie wieder zu sich kam.

»Gut. Sarah Blundy, hör mir jetzt sehr gut zu. Du hast ein furchtbares Verbrechen begangen, und für eine Frau, die so heimtückisch gemordet hat, besteht das Gesetz unweigerlich auf einem Urteil. Du wirst auf einen Scheiterhaufen verbracht und verbrannt.«

Er hielt inne und sah sich im Saal um, weil er wissen wollte, wie das aufgenommen wurde. Nicht besonders gut; so nötig dieses Urteil schien, die Engländer fanden den Scheiterhaufen wenig befriedigend, und plötzlich war die Stimmung im Raum gedämpft.

»Jedoch«, fuhr der Richter fort, »da du dich schuldig bekannt und dem Gericht viel Arbeit erspart hast, haben wir die Absicht, barmherzig zu sein. Um deine Leiden zu verkürzen, wird dir die Gnade zuteil, gehenkt zu werden, bevor die Flammen deinen Körper verzehren. Das ist dein Urteil, und möge Gott deiner Seele gnädig sein.«

Er stand auf und entließ das Gericht, dankbar für den kurzen und befriedigenden Nachmittag. Das Publikum seufzte, als erwache es aus einem aufregenden Traum, schüttelte sich und verließ langsam den Saal, während zwei Büttel die jetzt bewußtlose Sarah in die Burg zurücktrugen. Der ganze Prozeß hatte nicht einmal eine Stunde gedauert.

Achtzehntes Kapitel

MEINE NIEDERGESCHLAGENHEIT wurde noch viel größer, als ich ein paar Stunden später Mrs. Blundy sah, denn vor meinen Augen wurde die Schlacht geschlagen und verloren.

»Es tut mir leid, Doktor.« Ihre Stimme war schwächer als jemals zuvor, fast nur noch ein Wimmern, so unbarmherzig wühlte der Schmerz in ihr. Aber sie war tapfer und tat ihr Bestes, es nicht zu zeigen, damit ich nicht glaubte, es sei eine Kritik an meinen Bemühungen.

»Ich bin es, der sich entschuldigen müßte«, sagte ich, nachdem ich sie untersucht und festgestellt hatte, wie schlimm es um sie stand. »Ihr hättet nie so lange allein gelassen werden dürfen.«

»Wie geht es Sarah?« fragte sie, und das war die Frage, vor der ich mich gefürchtet hatte. Ich hatte mich von vornherein entschlossen, ihr, wenn möglich, die Wahrheit zu verschweigen; nicht zu sagen, daß Sarah nicht nur schuldig gesprochen worden war, sondern die Tat auch gestanden hatte.

»Es geht ihr gut«, sagte ich. »So gut wie möglich eben.«

»Und wann ist der Prozeß?«

Ich atmete erleichtert auf, denn sie hatte nicht nur das Zeitgefühl verloren, sondern auch vergessen, was heute für ein Tag war; das machte meine Aufgabe erheblich leichter.

»Bald«, sagte ich. »Ich bin sicher, es wird alles gutgehen. Richtet Eure Gedanken nur auf Eure eigenen Plagen, das ist die beste Hilfe, die Sarah von Euch bekommen kann, denn sie muß frei von Ablenkung sein, um ihre Sinne beisammenzuhalten.«

Sie war damit zufrieden, und ich fühlte zum ersten Mal, daß es manchmal besser ist, zu lügen, als die Wahrheit zu sagen. Wie allen Menschen, wie ich vermute, hatte man mir von frühester

214

Kindheit an eingebleut, daß die Achtung vor der Wahrheit die allerwichtigste Eigenschaft eines Gentleman ist; doch das ist nicht richtig. Manchmal ist es unsere Pflicht, zu lügen, was auch die Folgen für uns selbst sein mögen. Meine Falschheit machte sie zufrieden; die Wahrheit hätte ihr ihre letzten Stunden zur Qual gemacht. Ich bin stolz darauf, ihr das erspart zu haben.

Da niemand sonst in der Nähe war, mußte ich alles allein tun; während ich arbeitete, hoffte ich nur, daß Lower bald kam, damit wir die Aufgabe hinter uns bringen konnten, die vor uns lag. Er hatte sich bereits verspätet, und ich machte mir Sorgen. Eine schreckliche und jämmerliche Arbeit ist es, sauberzumachen, zu wischen, zu füttern und zu wissen, daß alles nur Schau ist, zu trösten, während das Unausweichliche winkt. Der Lebensgeist der Tochter, in jeder Beziehung die stärkere Kraft, zog die Mutter mit hinunter. Ihr Gesicht glühte, sie hatte Schmerzen in den Gelenken und heftige Bauchkrämpfe; sie zitterte und wurde abwechselnd heiß und kalt.

Als ich fertig war, bekam sie Schüttelfrost, rollte sich im Bett zusammen, und ihre Zähne klapperten, obwohl ich Feuer gemacht hatte und es zum ersten Mal beinahe warm im Raum war.

Was sollte ich tun? Ich versuchte wegzugehen, um mich auf die Suche nach Lower zu machen und ihn an seine Pflichten zu erinnern, doch das bewirkte nur, daß sie sich, seit ich bei ihr war, zum ersten Mal richtig bewegte. Erstaunlich fest packte sie mein Handgelenk und wollte nicht loslassen.

»Bitte geht nicht«, flüsterte sie vom Fieber geschüttelt. »Ich will nicht allein sterben.«

Ich hatte nicht das Herz, zu gehen, obwohl ich auch nicht mit Begeisterung blieb, und meine Anwesenheit auch sinnlos war, solange Lower nicht kam. Wie gut mein Experiment auch sein mochte, welche Hoffnungen es auch für die Zukunft versprach, er und die Tochter hatten es verdorben, und sie mußte jetzt auch noch die Verantwortung für ein weiteres Leben tragen.

Und so blieb ich, mich gegen den Gedanken wehrend, der allmählich zu Gewißheit wurde, daß Lower mich im Stich lassen würde, wenn seine Hilfe am dringendsten gebraucht wurde. Ich schürte noch einmal das Feuer, verbrannte in einer Nacht mehr Holz als die Blundys in den vergangenen sechs Monaten und saß, in meinen Mantel gewickelt, auf dem Fußboden, während sie langsam zwischen Wachsein und Delirium dahintrieb.

Und was für wahnsinnige Dinge sie sagte, wenn sie bei Sinnen war, über ihren Mann, über ihre Tochter. Erinnerung, Gotteslästerung, Frömmigkeit und Lügen, alles durcheinander, so daß ich kaum eines vom anderen unterscheiden konnte. Ich bemühte mich, nicht zuzuhören und tat mein Bestes, nicht zu verdammen, was sie sagte, denn ich wußte, daß in Zeiten wie dieser, die Teufel, die uns alle heimsuchen, solange wir leben, ihre Chance sehen und mit unserer Zunge reden, Worte äußern, die wir nie aussprechen würden, wenn wir ganz bei Sinnen wären. Deshalb spenden wir die Letzte Ölung, um die Seele von diesen Dämonen zu reinigen, damit der Körper diese Welt rein verläßt, und deshalb ist die protestantische Religion so grausam, denn sie verweigert diese letzte Gnade.

Und noch immer konnte ich Mutter oder Tochter nicht verstehen, da ich eine solche Verbindung von Zärtlichkeit und Verstocktheit nie vorher und auch später nie wieder erlebt habe. Begreifen konnte ich auch nicht, daß zuerst die alte Frau, von ihren irren Reden erschöpft, und dann auch ich in dem heißen, luftlosen Raum einschliefen. Ich träumte von meinem Freund, und nachts erschreckte mich ab und zu ein Laut oder ein Geräusch, und ich erwachte und dachte, er sei gekommen. Doch jedesmal wurde mir klar, daß es nur eine Eule oder ein anderes Tier war – oder das Knacken eines Holzscheites im Feuer.

* *
*

Als ich erwachte, war es noch finster; es mußte gegen sechs sein, nicht später. Das Feuer war fast ausgegangen und das Zimmer wieder kalt. Ich fachte das Feuer wieder an, so gut ich konnte, und die Bewegung lockerte meine Gelenke, die vom Schlaf steif waren. Erst dann untersuchte ich meine Patientin. Sie kam mir unverändert vor, vielleicht ging es ihr sogar ein wenig besser, aber ich wußte, daß sie in ihrem Zustand keine weitere Belastung aushalten würde.

Obwohl mein Vertrauen in Lower verschwindend klein war, wünschte ich, er wäre jetzt dagewesen, um mir zu helfen und zu raten. Doch nicht einmal ich konnte die Tatsache noch länger beschönigen, daß er mich im Stich gelassen hatte: Ich war allein, und mir blieb nur wenig Zeit, um zu handeln. Ich weiß nicht, wie lange ich unentschlossen dastand und hoffte, daß ich nicht zu meiner einzigen Alternative greifen mußte. Ich zögerte zu lange; mein Verstand kann nicht richtig gearbeitet haben, denn ich starrte meine Patientin an, bis ich durch ein fernes Murmeln von draußen in die Gegenwart zurückgeholt wurde. Als mir klar wurde, was es war, raffte ich mich zusammen. Stimmen, viele, viele immer lauter anschwellende Stimmen.

Noch bevor ich die Tür aufriß, um mich zu überzeugen, wußte ich, daß die Stimmen von der Burg kamen. Die Menge versammelte sich, und mir blieb weder eine Wahl, noch durfte ich eine Sekunde länger zögern.

Ich bereitete meine Instrumente vor, bevor ich Mrs. Blundy weckte, legte die Federkiele zurecht, die Bänder und das lange silberne Rohr, so daß ich alles mit einer Hand bedienen konnte. Ich zog den Mantel aus, rollte den Ärmel auf und rückte den Stuhl in die beste Position.

Dann weckte ich sie. »Nun, Madam«, sagte ich, »jetzt müssen wir handeln. Könnt Ihr mich hören?«

Sie blickte zur Decke, nickte dann. »Ich höre Euch, Doktor, und ich bin in Eurer Hand. Ist Euer Freund gekommen? Ich sehe ihn nicht.«

»Wir müssen es ohne ihn schaffen. Es macht aber nichts. Ihr braucht Blut, und das bald; es ist nicht wichtig, woher es kommt. Gebt mir jetzt Euren Arm.«

Es war viel schwieriger als beim ersten Mal. Da sie völlig ausgemergelt war, war es teuflisch schwierig, ein brauchbares Blutgefäß zu finden, und ich vergeudete viel Zeit damit, zu sondieren. Mehr als ein halbes dutzendmal zog ich den Federkiel wieder heraus, ehe ich zufrieden war. Sie ertrug es geduldig, als merke sie nicht, was vorging, war unempfindlich gegen den heftigen Schmerz, den ich ihr in meiner Hast zufügte. Dann präparierte ich mich selbst, schnitt mir ins Fleisch und stieß den Federkiel so schnell wie möglich hinein, während ihr das Blut den Arm herunterlief.

Als das Blut aus meinem Arm frei und ungehemmt floß, setzte ich mich besser zurecht, nahm das silberne Rohr und schob es in den Federkiel. Das Blut floß rasch und spritzte mit heißem Strahl aus dem Rohr, sprudelte, als ich das Rohr in den Federkiel in ihrem Arm schieben wollte, auf das Bettzeug. Dann war es getan, die Verbindung hergestellt, und als ich sah, daß das Blut sich nirgends staute, begann ich zu zählen. Fünfzehn Minuten, dachte ich, und es gelang mir, die alte Frau anzulächeln. »Fast geschafft. Jetzt wird es Euch wieder gutgehen.«

Sie erwiderte mein Lächeln nicht, also zählte ich, fühlte, wie das Blut pulsierend aus meinem Körper floß. Mir wurde schwindlig, als ich mich bemühte, stillzuhalten. Im Hintergrund wurde der Lärm von der Burg immer lauter. Als ich fast zehn Minuten gezählt hatte, explodierte der Lärm zu einem ungeheuren Schrei und erstarb dann zu vollkommener Stille, während ich uns die Federkiele aus den Armen zog und die Wunden verband, um den Blutstrom zu stillen. Es war schwierig; bei mir hatte ich ein großes Blutgefäß getroffen, und bevor ich die Wunde schließen konnte, verlor ich noch mehr Blut; auch dann noch durchtränkte es den Verband und bildete einen großen Fleck, bevor ich sicher sagen konnte, daß das Gefäß jetzt richtig abgebunden war.

Dann war ich fertig, und ich hatte alles getan, was ich konnte. Ich holte tief Atem, um das Schwindelgefühl aus meinem Kopf zu vertreiben, packte die Instrumente ein und hoffte nur, daß es noch rechtzeitig genug gewesen war. Dann brandete der Lärm von der Burg wieder herüber, und ich drehte mich zu meiner Patientin um. Ihr Lippen waren bläulich verfärbt, wie ich sah, und während in der Ferne die Trommeln dröhnten, nahm ich ihre Hand und stellte fest, daß auch ihre Finger sich verfärbt hatten. Die Trommeln wurden schneller und lauter, als sie zu zittern begann, aufschrie in unerträglichem Schmerz und verzweifelt nach Luft rang. Als dann das Gebrüll der Massen sich steigerte und fast ohrenbetäubend wurde, bäumte sie sich auf und rief mit kräftiger, klarer Stimme: »Sarah! Mein Gott! Sei mir gnädig!«

Dann Stille. Der Lärm von der Burg hatte aufgehört, das rasselnde, würgende Geräusch aus der mageren Kehle der Frau war verstummt, und ich wußte, daß ich die Hand einer Toten hielt. Nur ein ungeheurer Donnerschlag und das Prasseln plötzlich einsetzenden strömenden Regens, der auf das Dach einhämmerte, leisteten mir jetzt Gesellschaft.

Es war zu spät. Als dem Körper der Tochter der Lebensgeist entrissen wurde, geschah das zu gewalttätig für einen so geschwächten Körper, der keine Widerstandskraft mehr hatte; Sarahs Dahinscheiden hatte auch der Mutter das Leben genommen. Mein Blut hatte nicht mehr genug Zeit gehabt, ihr die Kraft zu geben, die sie brauchte. Meine Unentschlossenheit und Lowers Versagen hatten meine Anstrengungen zunichte gemacht.

Ich weiß nicht, wie lange ich dort gesessen habe, ihre Hand hielt und hoffte, daß ich mich geirrt und sie nur einen Anfall hatte. Unklar wurde mir bewußt, daß auf der Burg wieder Tumult herrschte, doch ich achtete kaum darauf. Dann drückte ich ihr die Augen zu, kämmte sie und brachte das billige Bettzeug in Ordnung, so gut ich konnte. Obwohl sie eine andere Religion hatte als ich und mich vielleicht belächelt hätte, kniete ich schließlich neben dem Bett nieder und betete für die Seelen von Mutter und Tochter. Ich glaube, ich betete auch für mich selbst.

* *
*

Etwa eine Stunde später verließ ich die elende Hütte zum letzten Mal. Ich war nicht in der Stimmung Lower Vorwürfe zu machen; ein grimmiger Hunger mischte sich mit meiner Verzweiflung. Ich ging in eine Taverne und aß etwas, zum ersten Mal seit mehr als vierundzwanzig Stunden. Halb benommen, in meinen Jammer und in Gedanken versunken saß ich da und hörte den Gesprächen um mich herum zu; so fröhlichen und vergnügten Gesprächen und meiner Stimmung völlig entgegengesetzt, daß ich mich mehr denn je als Fremder fühlte.

In diesem Augenblick haßte ich die Engländer wegen ihrer Ketzerei, ihrer Art, aus einem Tod am Galgen ein Fest zu machen, zeitlich so gewählt, daß es auf einen Markttag fiel und für die Händler gewinnbringend war. Ich verabscheute sie wegen ihrer Bigotterie und ihrer Überzeugung, stets im Recht zu sein; ich haßte Lower wegen seines aufbrausenden Temperamentes und der Überheblichkeit, mit der er mir seine Verachtung zeigte, mich verraten und im Stich gelassen hatte. Und ich beschloß an Ort und Stelle, daß ich diese schreckliche kleine Stadt und dieses schreckliche, grausame Land sofort verlassen würde. Es gab hier nichts mehr für mich zu tun. Ich hatte eine Patientin gehabt, und sie war tot. Der Auftrag meines Vaters hatte sich erledigt. Ich hatte meine Freunde, doch, so viel war jetzt klar, ich war kaum ihr Freund. Es war also Zeit zu gehen.

Nachdem die Entscheidung gefallen war, ging es mir besser. Ich konnte noch am selben Tag packen und reisen, wenn nötig, doch vorher, das war mir klar, mußte ich jemandem mitteilen, daß Mrs. Blundy gestorben war. Ich wußte nicht genau, was mit ihrer Leiche zu geschehen hatte, doch ein Armengrab sollte sie nicht bekommen. Ich wollte Lower bitten, mir noch diesen einen Gefallen zu tun, etwas vom jämmerlichen Rest meines Geldes zu nehmen und dafür zu sorgen, daß sie würdig beerdigt wurde.

Der Entschluß brachte mich wieder zu mir, vielleicht aber kam das auch daher, daß ich gegessen und getrunken hatte. Ich hob den Kopf und merkte zum ersten Mal, was um mich herum vorging. Sie redeten über den Tod am Galgen.

Ich verstand nicht genau, was passiert war, klar war jedoch, daß es einen Skandal gegeben hatte; als ich daher Mr. Wood in einer entlegenen Ecke entdeckte, fragte ich ihn, wie es ihm gehe und ob er wisse, was geschehen war.

Wir waren uns bisher nur ein paarmal begegnet, und es war zweifellos unhöflich von mir, ihn anzusprechen, doch ich war jetzt verzweifelt und Wood geradezu erpicht darauf, mir die Geschichte zu erzählen.

Seine Augen glänzten vor Vergnügen über den Skandal, und mit völlig unpassender Erregung forderte er mich auf, mich zu ihm zu setzen, damit er mir alles haarklein berichten könne.

»Ist es geschehen?« fragte ich.

Vielleicht hat er getrunken, obwohl es noch früh ist, dachte ich, denn er brach bei meiner Frage in übertrieben lautes Gelächter aus. »O ja«, sagte er. »Geschehen ist es. Sie ist gestorben.«

»Es tut mir leid«, sagte ich. »Hat sie nicht für Eure Familie gearbeitet? Es muß schlimm gewesen sein für Euch.«

Er nickte. »Das war es. Besonders für meine arme Mutter. Doch der Gerechtigkeit muß Genüge getan werden, und das ist geschehen.« Er lachte wieder, und ich hatte das Gefühl, ich müßte ihn wegen seiner Herzlosigkeit ohrfeigen.

»Ist sie schnell gestorben? Sagt es mir bitte. Ich bin erregt, denn die Mutter des Mädchen ist auch verstorben, und ich war in ihren letzten Augenblicken bei ihr.«

Seltsamerweise schien ihn das viel mehr zu berühren als die Tatsache, daß seine Dienerin gehenkt worden war. »Das ist wirklich sehr traurig«, sagte er und wurde plötzlich wieder ernst. »Ich habe sie gekannt – eine interessante und freundliche Frau.«

»Bitte«, wiederholte ich, »erzählt mir, was geschehen ist.«

Und Wood begann. So ausgeschmückt sie schon sein mochte, es war eine furchtbare Geschichte, die ein übles Licht auf alle Beteiligten warf, außer auf Sarah Blundy, denn nur sie hatte sich würdig und korrekt verhalten. Alle anderen hatten sich Woods Meinung nach schändlich benommen.

Er sagte, er habe sich schon kurz nach vier im Vorhof der Burg eingefunden, um einen guten Platz zu ergattern. Er war jedoch nicht der erste gewesen, und wäre er nur eine halbe Stunde später gekommen, hätte er das meiste verpaßt. Lange bevor die Zeremonie begann, drängte sich im Hof gegenüber dem Galgenbaum eine nüchterne, ernste Menge; der Strick baumelte schon an einem starken Ast, und am Stamm lehnte eine Leiter. Ein paar Meter weiter weg hielten die Gefängnisbeamten die Gaffer vom Scheiterhaufen zurück, dem der Leichnam des Mädchens übergeben werden sollte. Ein paar Leute nahmen sich Scheite als Andenken, andere, um zu Hause damit zu heizen; früher hatte man manchmal eine Hinrichtung sogar aufschieben müssen, weil nicht mehr genug Holz dagewesen war, um den Leichnam zu verbrennen.

Genau in dem Augenblick, in dem das erste Licht am Horizont dämmerte, öffnete sich eine kleine Tür und Sarah Blundy, schwer in Ketten, das Haar straff zurückgekämmt und in einem dünnen Baumwollhemd zitternd, wurde herausgebracht. Die Menge, sagte Wood, sei bei ihrem Anblick sehr still geworden, denn sie war ein hübsches Mädchen, und es war nur schwer zu glauben, daß jemand, der so zart war wie sie, eine solche Strafe verdienen konnte.

Dann drängte Lower sich durch die Menge, wechselte ein paar Worte mit dem Henker und verbeugte sich förmlich vor dem Mädchen.

»Hat sie etwas gesagt?« fragte ich. »Ihre Schuld noch einmal zugegeben?« Merkwürdigerweise war es in diesem Moment wichtig für mich zu hören, daß sie wirklich schuldig war. Ihr Geständnis im Gerichtssaal hatte mich sehr beruhigt, denn es war die endgültige Bestätigung gewesen, die ich brauchte: Niemand bekennt sich zu einem so schweren Verbrechen, wenn er nicht wirklich schuldig ist, denn wenn man es tut, heißt das alle Hoffnung auf das Leben fahren lassen. Es ist ebenso schlimm wie Selbstmord, die schwerste aller Sünden.

»Ich glaube nicht«, sagte Wood, »aber ich habe nicht alles gehört. Sie sprach sehr leise, und obwohl ich ganz in der Nähe stand, ist mir viel entgangen. Doch sie gestand, eine der größten Sünderinnen der Welt zu sein, und sagte, sie habe gebetet, daß ihr vergeben werden möge, obwohl sie wisse, daß sie Vergebung nicht verdiene. Es war eine kurze Rede und sie wurde wohlwollend aufgenommen. Dann bot ihr ein Geistlicher an, mit ihr zu beten, aber sie wies ihn ab, sagte, seine Gebete brauche sie nicht. Er ist einer der vom König eingesetzten neuen Männer, himmelweit entfernt von der Gedankenwelt, in der Sarah und ihresgleichen leben. Das löste noch mehr Unruhe aus. Ein paar Leuten in der Menge mißfiel, was sie gesagt hatte, aber eine große Anzahl – hauptsächlich das gemeine Volk – anerkannte ihren Mut.

Bis dahin, sagte Wood, hatte sich noch nichts besonders Ungewöhnliches ereignet. Es war Aufgabe der Kirche, in solchen Augenblicken zur Stelle zu sein, und es blieb dem Verurteilten selbstverständlich überlassen – schließlich hatte er wenig zu verlieren –, sich ein letztes Mal trotzig aufzubäumen, wenn ihm danach zumute war. Sarah betete allein, im Schlamm auf den Knien liegend, und das so ruhig und mit so viel Haltung, daß in der Menge mitleidiges Murmeln laut wurde. Dann stand sie auf und nickte dem Henker zu. Ihre Hände waren gefesselt, und man half ihr die Leiter hinauf, bis ihr Hals in einer Höhe mit dem Strick war. Dort hielt der Henker sie auf und begann die Schlinge zu knüpfen.

Sie bewegte den Kopf, um es so bequem zu haben wie möglich, und dann war alles bereit. Sie hatte sich geweigert, sich die Augen verbinden oder den Kopf irgendwie bedecken zu lassen, und die Menge verstummte, als sie die Augen schloß und die Lippen bewegte, damit der Name Gottes ihr letztes Wort war. Die

Trommler begannen mit ihrem Wirbel, und am Ende beugte der Henker sich vor und stieß Sarah einfach von der Leiter.

Dann brach das Gewitter aus, und innerhalb von Minuten stand alles unter Wasser, wahre Fluten strömten herab, so daß man kaum sehen konnte, was vorging.

Hier machte Wood eine Pause, um etwas zu trinken. »Ich hasse Hinrichtungen«, sagte er und wischte sich den Mund am Ärmel ab. »Ich gehe natürlich hin und sehe sie mir an, aber ich verabscheue sie. Ich kenne niemanden, der anders denkt oder anders denken könnte, nachdem er eine gesehen hat. Wie sich das Gesicht verzerrt und die Zunge aus dem Mund quillt, das ist so grauenhaft, daß man versteht, warum sie normalerweise darauf bestehen, den Kopf zu bedecken. Und dann der Geruch und das Zucken und Zappeln der Arme und Beine.« Ihn schauderte. »Sprechen wir nicht mehr darüber. Denn es dauerte nicht lange, und als alles vorüber war, meldete Lower seinen Anspruch auf den Leichnam an. Habt Ihr gewußt, daß er den Leichnam gekauft und eine Übereinkunft mit dem Richter getroffen hatte, damit er ihn bekam und nicht der Königliche Professor?«

Ich nickte. Ich hatte mir schon gedacht, daß er das getan haben mußte.

»Es wurde auf die übelste Art getan, denn die Universität hatte es erfahren und der Professor war der Meinung, es sei ein Verstoß gegen seine Privilegien. Also war auch er herbeigeeilt, um sein Recht zu beanspruchen. Sie prügelten sich und wälzten sich im Schlamm. Haltet Ihr das für möglich? Zwei Proktoren der Universität, die sich um den Leichnam rauften, der von einem halben Dutzend von Lowers Freunden festgehalten und am Ende von Lower und Locke aufgehoben und aus dem Hof hinausgetragen wurde. Ich glaube, viele wußten überhaupt nicht, was sich da abspielte, aber die es begriffen, wurden wütend und begannen mit Steinen zu werfen. Hätte nicht der Regen viele vertrieben, wäre es zu einem Aufruhr gekommen.«

Ich glaube, das war das endgültige Ende meiner Freundschaft mit Lower. Ich wußte, was er sagen würde, ein Leichnam sei eben ein Leichnam, doch was er getan hatte, war so gefühllos, daß mir ganz elend wurde. Ich glaube, es war deshalb, weil er mich um seiner eigenen Karriere willen im Stich gelassen hatte, weil er, vor die Wahl gestellt, mir entweder bei der Behandlung der Mutter zu helfen oder den Leichnam der Tochter zu sezieren, letzteres gewählt hatte. Er würde jetzt mit dem Gehirn beschäftigt sein. Mochte es ihm einen Gewinn bringen.

»Also hat Lower sich durchgesetzt?«

»Nicht ganz. Er hat den Leichnam zu Boyle gebracht und wird dort praktisch belagert. Die Aufsichtsbeamten der Universität haben sich beim Friedensrichter beschwert und gesagt, wenn sie den Leichnam nicht bekommen könnten, dann sollte ihn auch kein anderer haben. Daher hat der Friedensrichter es sich jetzt anders überlegt und verlangt ihn zurück. Bisher hat Lower sich aber geweigert, ihn herauszugeben.«

»Warum?«

»Ich denke, weil er in der Zeit, die ihm verbleibt, soviel wie nur möglich an dem Leichnam arbeiten will.«

»Und was ist mit Mr. Boyle?«

»Zum Glück ist er in London. Er wäre entsetzt, wenn er in eine solche Affäre hineingezogen würde.« Wood stand auf. »Ich gehe nach Hause. Wenn Ihr mich entschuldigen würdet ...«

Ich hüllte mich so gut wie möglich ein und ging, dem Regen trotzend, die High Street entlang zum Apotheker. Mr. Crosse und der Knabe, den er beschäftigte, um Ingredienzen zu mischen, bewachten gemeinsam die Tür, damit niemand hineinkonnte, außer wenn Lower es erlaubte. Auch ich nicht. Ich konnte es nicht fassen, als Crosse mir die Hand vor die Brust hielt und den Kopf schüttelte. »Es tut mir aufrichtig leid, Mr. Cola«, sagte er. »Aber Lower ist unerbittlich. Weder Euch noch einem anderen dieser Gentlemen ist es erlaubt, ihn bei der Arbeit zu stören.«

»Das ist lächerlich!« rief ich. »Was geht hier vor?«

Crosse zuckte mit den Schultern. »Ich glaube, Mr. Lower hat sich einverstanden erklärt, den Leichnam dem Henker zurückzugeben, so daß er, wie befohlen, verbrannt werden kann. Bis dieser Gentleman kommt, sieht er keinen Grund, warum er nicht alle Untersuchungen durchführen sollte, die er für angebracht hält. Er hat sehr wenig Zeit, daher besteht er darauf, daß man ihn nicht stört. Ich bin überzeugt, daß er sich unter normalen Umständen über Eure Mitarbeit freuen würde.« Er fügte hinzu, es stimme ihn traurig, was er über unseren Streit gehört habe, betrachte sich aber noch immer als meinen Freund. Das war sehr freundlich von ihm.

Und so mußte ich wie ein Irgendwer warten, bis es Lower genehm war, obwohl Crosse mir so weit entgegenkam und mich, bis der Henker kam, um seine Beute einzufordern, im Haus warten ließ, damit ich nicht draußen herumstehen mußte.

Dann kam Lower aus dem ersten Stock herunter. Er sah müde und erschöpft aus, Hände und Schürze noch blutig von der Arbeit. Als die Menge draußen ihn erblickte, kam leichte Unruhe auf.

»Seid Ihr bereit, der Anordnung des Friedensrichters Folge zu leisten?« fragte der Henker.

Lower nickte und packte den Henker dann am Ärmel, der mit seinen Helfern hinaufgehen wollte.

»Ich habe mir die Freiheit genommen, einen Sarg für den Leichnam zu bestellen. Es wäre nicht gut, wenn sie so hinausgetragen würde, wie sie jetzt ist. Der Sarg wird bald hier sein, und es wäre am besten, zu warten.«

Der Henker versicherte ihm, er habe zeitlebens schon viel Grausiges gesehen, und der Anblick würde ihn nicht erschüttern. »Ich habe an die Leute draußen gedacht«, sagte Lower, als der Henker die Treppe hinauf verschwand. Lower folgte ihm, und da niemand da war, der mich aufhielt, folgte ich Lower.

Ein Blick, und der Henker änderte seine Meinung; tatsächlich wurde er bei dem Anblick, der sich ihm bot, aschfahl. Denn Lower hatte sich nicht, wie sonst bei Sektionen üblich, mit präziser Feinarbeit aufgehalten. In seiner Hast, die Organe zu entnehmen, die er für seine Arbeit brauchte, hatte er den Leichnam geviertelt und auseinandergerissen, den Kopf abgeschnitten und aufgesägt, um das Gehirn herauszuholen, hatte das Gesicht abgerissen und die Stücke dann auf ein paar Säcke geworfen, die auf dem Fußboden lagen. Die feinen, wunderschönen Augen, die mich so gefesselt hatten, als ich sie das erste Mal sah, waren aus den Höhlen gezerrt worden. Sehnen und Muskeln hingen aus den Armen heraus, als sei eine wilde Bestie über sie hergefallen. In allen Ecken lagen blutige Messer und Sägen, zusammen mit Strähnen der langen, dunklen, glänzenden Haare, die er abgehackt hatte, um den Schädel zu öffnen. Überall war Blut, und der Geruch von

Blut hing über allem. Ein großer Eimer mit dem Blut, das er ihr abgezapft hatte, stand in einer anderen Ecke, neben Glaskrügen, die seine Trophäen enthielten. Der Geruch war unbeschreiblich. In einer Ecke lag als kleines Häufchen das Baumwollhemd, das sie getragen hatte, fleckig und beschmutzt von ihrer letzten Pein.

»Lieber Gott!« rief der Henker und sah Lower voller Entsetzen an. »Ich sollte das mit hinausnehmen und der Menge zeigen. Dann könntet Ihr ihr auf dem Scheiterhaufen Gesellschaft leisten, und genau das verdient Ihr auch.«

Lower zuckte erschöpft und gleichgültig mit den Schultern. »Ich habe es für das Allgemeinwohl getan«, sagte er. »Ich halte es nicht für nötig, mich zu entschuldigen, weder bei Euch noch bei jemand anders. Ihr seid es und dieser unwissende Friedensrichter, die sich entschuldigen sollten. Nicht ich. Hätte ich mehr Zeit gehabt …«

Ich stand in der Ecke, und Tränen stiegen in mir auf, so müde und traurig war ich, all meine Hoffnungen und meinen Glauben zerstört zu sehen. Ich konnte nicht glauben, daß dieser Mann, den ich meinen Freund genannt hatte, sich gegen mich so gefühllos benehmen, eine solche Seite von sich preisgeben konnte, die mir bisher verborgen gewesen war. Ich betrachte einen toten Körper nicht mit übertriebener Empfindsamkeit, nachdem die Seele ihn verlassen hat; ich glaube, daß es richtig und ehrenhaft ist, ihn für wissenschaftliche Zwecke zu benutzen. Aber es muß mit Demut geschehen, um zu ehren, was als Ebenbild Gottes geschaffen wurde. Seinen eigenen Interessen dienend, hatte Lower sich selbst erniedrigt und auf die Ebene eines Schlächters begeben.

»Nun«, sagte er und sah mich zum ersten Mal an, »was tut Ihr hier?«

»Die Mutter ist tot«, sagte ich.

»Wie betrüblich.«

»Ja, und betrübt solltet Ihr auch sein, da Ihr daran schuld seid. Wo wart Ihr gestern abend? Warum seid Ihr nicht gekommen?«

»Es hätte nichts genützt.«

· »Und ob es genützt hätte«, sagte ich. »Hätte sie nur genug Lebensgeist gehabt, um den ihrer Tochter zu verdünnen. Sie starb in dem Moment, in dem ihr Kind gehängt wurde.«

»Unsinn. Reiner, unwissenschaftlicher, abergläubischer Unsinn«, sagte er, erregt, weil ich es wagte, ihm vor Augen zu halten, was er getan hatte. »Nichts anderes ist es, das weiß ich.«

»Ihr wißt gar nichts. Es ist die einzige Erklärung. Ihr seid für ihren Tod verantwortlich, und ich kann Euch nicht vergeben.«

»Dann laßt es bleiben«, sagte er schroff. »Glaubt an Eure Erklärung, und, wenn ihr wollt, glaubt weiterhin daran, daß es meine Schuld ist. Aber stört mich jetzt nicht.«

»Ich verlange, daß Ihr mir den Grund nennt.«

»Geht«, sagte er. »Ich nenne Euch keinen Grund und gebe Euch keine Erklärung. Ihr seid hier nicht mehr willkommen, Sir. Geht, sage ich. Mr. Crosse, würdet Ihr diesen ausländischen Gentleman hinausbegleiten?«

* *
*

Die Auseinandersetzung dauerte ein wenig länger, doch im wesentlichen waren das die letzten Worte, die er zu mir sagte. Ich habe seit damals nie wieder von ihm gehört, und bin daher noch immer nicht imstande zu erklären, warum seine Freundlichkeit sich in Bosheit verwandelte und seine Großzügigkeit in unerhörte Grausamkeit. War der Preis so groß? Widerte ihn, was er getan hatte, so an, daß sich sein Ekel gegen mich wandte, damit er sich seinen Fehler nicht eingestehen mußte? Von einem bin ich jetzt aber überzeugt. Daß er mir bei Mrs. Blundy nicht geholfen hatte, war Absicht gewesen. Er wollte, daß mein Experiment mißlang, weil ich dann den Erfolg nicht für mich beanspruchen konnte.

Ich bin jetzt ziemlich sicher, daß er damals schon wußte, was er tun würde. Vielleicht hatte er sogar schon begonnen, die Abhandlung zu schreiben, die ein Jahr später in den *Transactions* der Royal Society erschien. Ein Bericht über die *Übertragung des Blutes* von Richard Lower, in dem er die Experimente mit Hunden schildert, die er mit Wren durchgeführt hatte, und dem ein zweiter folgte, der die Übertragung zwischen zwei Menschen beschrieb. Sehr großzügig bedankte er sich für Wrens Unterstützung. Und offen sagte er, wieviel er Locke zu verdanken habe. Was für ein Gentleman.

Aber kein Wort über mich, und ich bin jetzt überzeugt, daß

Lower schon damals entschlossen gewesen war, mich nicht zu erwähnen. Ich erinnerte mich daran, daß er einmal gesagt hatte, immer seien ihm andere zuvorgekommen und er verabscheue Ausländer, und ich begriff, daß jemand, der nicht so naiv ist wie ich, schon lange vorher auf der Hut gewesen wäre.

Doch ich bin immer noch betroffen, wie weit zu gehen er bereit war, um mir meinen Ruhm zu stehlen, denn um sicherzustellen, daß ich meine Ansprüche nicht anmelden konnte, verbreitete er bei seinen Freunden bösartige Geschichten über mich, behauptete, ich sei ein Scharlatan, ein Dieb und Schlimmeres. Ich glaube, es fehlte nicht viel, und er hätte behauptet, ich hätte *seine* Idee gestohlen, und er könne von Glück reden, weil meine Falschheit im letzten Moment aufgedeckt worden sei.

Ich verließ Oxford noch am selben Tag, reiste nach London, ging eine Woche später an Bord eines englischen Handelsschiffes, das nach Antwerpen auslief, und fand dort ein anderes, das mich nach Livorno brachte. Im Juni war ich wieder zu Hause. Ich habe mein Land nie wieder verlassen, und die Philosophie seit langem zugunsten der respektableren Tätigkeiten eines Gentleman aufgegeben; an jene dunklen, traurigen Tage zu denken schmerzt mich noch heute.

Ein Letztes aber tat ich noch, bevor ich abreiste. Lower konnte ich nicht darum bitten, als ging ich zu Wood, der noch bereit war, mich zu empfangen. Er berichtete mir, daß Sarahs Überreste am Nachmittag verbrannt worden waren, während ich meine Taschen gepackt hatte, und nun alles endgültig vorüber war. Am Scheiterhaufen, der lichterloh gebrannt hatte, hatten nur er und der Henker gestanden. Es sei ihm schwergefallen, dabeizusein, doch er hatte das Gefühl gehabt, ihr dieses Letzte schuldig zu sein.

Ich gab ihm ein Pfund und bat ihn, sich um Mrs. Blundys Beerdigung zu kümmern, damit sie nicht in einem Armengrab verscharrt wurde.

Er war einverstanden, an meiner Statt dafür zu sorgen. Ob er sein Wort gehalten hat, weiß ich nicht.

Das Große Vertrauen

Die Götzenbilder der *Höhle* sind die Götzenbilder des einzelnen Menschen. Denn jeder Einzelne hat neben den Verirrungen der menschlichen Natur im Allgemeinen eine besondere Höhle oder Grotte, welche das natürliche Licht bricht und verdirbt.

Francis Bacon, *Novum Organum Scientarum*
Book I, Aphorism XLII

Erstes Kapitel

Es ist irgendwie verwunderlich und sogar peinlich, wenn man sich kaum an Gesichter und Tatsachen erinnert, die, wie viele Geister, aus der Dunkelheit der Vorzeit hervorgeholt werden. Ähnliches habe ich empfunden, als ich das Manuskript des merkwürdigen kleinen Italieners Marco da Cola las, das mir kürzlich von Richard Lower zugesandt wurde.

Ich hätte nie gedacht, daß er ein so formidables, wenn auch selektives Gedächtnis hatte. Vielleicht hat er sich Notizen gemacht und wollte nach seiner Rückkehr seine Landsleute damit unterhalten. Biographien von Reisenden sind hier sehr beliebt; durchaus möglich, daß das auch für Venedig zutrifft, obwohl man mir erzählt hat, die Bewohner seien engstirnige Menschen, überzeugt, daß nichts von Wert sein kann, wenn es mehr als dreißig Meilen von ihrer Stadt entfernt ist.

Das Manuskript war eine Überraschung, wie ich schon sagte; sein Eintreffen ebenso wie sein Inhalt, denn ich hatte seit einiger Zeit nichts mehr von Lower gehört. Wir hatten uns angefreundet, er und ich, als wir in London unseren Weg machten; dann aber trennten sich unsere Wege. Ich verheiratete mich gut mit einer Frau, die meinen Besitz um ein gutes Stück mehrte, und begann mich mit Männern von höchstem Stand zu umgeben. Lower hingegen schaffte es irgendwie nicht, sich bei jenen beliebt zu machen, die für ihn etwas tun konnten. Ich weiß nicht, warum das so war. Irgendwie machte er immer den Eindruck großer Reizbarkeit, die einem Doktor nie gut ansteht; er dachte vielleicht zuviel an seine Philosophie und nicht genug an seine Tasche, um auf die Welt Eindruck zu machen. Doch meine Loyalität und meine Nachsicht gegen ihn sind darauf zurückzuführen, daß er wenigstens die Familie Prestcott noch zu seinen wenigen Patienten zählt.

Ich vermute, er hat Colas Manuskript schon an Wallis geschickt, der inzwischen alt und blind geworden ist; und jetzt wartet Lower tagtäglich darauf, seine Meinung zu hören. Ich kann mir vorstellen, wie sie aussehen wird: Wallis *triumphans* oder eine Variation davon. Ich mache mir nur die Mühe, eine wahre Darstellung der Ereignisse niederzuschreiben, um die Geschichte geradezurücken. Es wird ein unzusammenhängender Bericht, da ich oft durch Geschäfte unterbrochen werde, aber ich will mein Bestes tun.

Ich sollte wohl damit beginnen, daß ich Cola ziemlich gern hatte; er gab eine ziemlich linkische Figur ab, hielt sich aber für einen *Kavalier* und belebte während seines kurzen Aufenthalts in Oxford unsere Gesellschaft durch seine auffallende Kleidung und den Parfumduft, der ihn immer umwehte. Ständig pirouettierte und verneigte er sich und machte bizarre Komplimente, ganz anders als die Mehrzahl der Venezianer, die sich, soviel ich weiß, normalerweise ihres Ernstes rühmen und die überschwenglichen Engländer schief ansehen. Seinen Streit mit Lower verstehe ich nicht; wie Männer sich wegen solcher Kleinigkeiten entzweien können, ist mir schleierhaft. Es ist irgendwie würdelos, wenn zwei Gentlemen sich darum streiten, wer von ihnen das Recht hat, für den Größeren gehalten zu werden: Lower hat die Sache mir gegenüber nie erwähnt, und ich kann nicht beurteilen, ob er sich für etwas schämen müßte oder nicht. Doch von dieser erbitterten und törichten Sache abgesehen, hatte der Venezianer ihm viel zu danken, und es war reines Pech, daß ich ihm nicht unter weniger schwierigen Umständen begegnet bin. Ich wünschte, ich könnte jetzt mit ihm sprechen, denn es gibt so viel zu fragen. Vor allem verstehe ich nicht – es ist seine auffallendste Unterlassung –, warum er in seiner Schrift nie erwähnt, daß er meinen Vater gekannt hat. Es ist merkwürdig, denn wenn wir uns trafen, sprachen wir viel über ihn, und Cola tat es immer mit großer Wärme.

Das ist meine Meinung über den Venezianer, nach allem, was ich von ihm weiß. Ich vermute, daß Dr. Wallis ein anderes Bild zeichnen wird. Ich habe nie ganz verstanden, warum der würdige Geistliche so sehr gegen den Mann eingenommen war, denn ich bin überzeugt, daß er keinen triftigen Grund dazu hatte. Wallis hatte ein paar merkwürdige Obsessionen und, natürlich, eine tiefe Abneigung gegen alle Papisten, doch oft hatte er auch ganz einfach unrecht: dies war einer der Fälle.

Es ist allgemein bekannt, daß Dr. Wallis, bis Mr. Newton ihn in den Schatten stellte, als einer der besten Mathematiker galt, die dieses Land hervorgebracht hat, und dieser Ruf hat seine geheimen Tätigkeiten für die Regierung und die Bösartigkeit seines Charakters lange verdeckt. Offen gesagt, ich war nie ganz sicher, was am Tun der beiden so wunderbar ist: Ich kann addieren und subtrahieren, um die Konten meines Gutes in Ordnung zu halten, und ich kann auf ein Pferd setzen und mir meinen Gewinn ausrechnen. Warum jemand mehr können sollte, begreife ich nicht. Jemand hat einmal versucht, mir Mr. Newtons Ideen zu erklären, verstanden habe ich sie nicht. Etwas über den Beweis, daß Dinge fallen. Da ich erst am Tag vorher böse vom Pferd gefallen war, antwortete ich, alle Beweise, die ich brauchte, seien auf meinem Hinterteil. Und warum Dinge fallen? Weil Gott es so will, das ist doch offensichtlich.

Wie klug er auch in diesen Dingen sein mochte, in der Beurteilung eines Charakters war Wallis ziemlich schlecht und machte schreckliche Fehler; Cola, denke ich, war einer davon. Weil der arme Mann Papist war und verzweifelt versuchte, sich beliebt zu machen, vermutete Wallis dahinter ein unheilvolles Motiv. Ich persönlich nehme die Menschen, wie ich sie finde, und Cola hat mir nie etwas getan. Und daß er Papist ist, geht mich nichts an; wenn er in der Hölle braten will, kann ich nichts tun, um ihn zu retten.

Trotz seiner Liebenswürdigkeit war mir wenigstens klar, daß Cola in so mancher Beziehung ein Narr war, ein Beispiel für den Unterschied zwischen Wissen und Weisheit. Ich vertrete die Theorie, daß zuviel Wissen den Verstand aus dem Gleichgewicht bringt. So viel Mühe wird darauf verwendet, Wissen in sich hineinzupressen, daß für den gesunden Menschenverstand nicht mehr genug Platz bleibt. Lower, zum Beispiel, war ein unglaublich kluger Mann, erreicht hat er nichts. Während ich, ohne nennenswerte Bildung, eine großartige Stellung habe, Friedensrichter und Parlamentsmitglied bin. Ich wohne in diesem riesigen Haus, das eigens für mich erbaut wurde, bin von Dienern umgeben, von denen mir einige sogar gehorchen. Eine feine Leistung für jemanden, der, wenn auch nicht durch eigene Schuld, mit weniger als nichts geboren wurde und einmal nur um Haaresbreite Sarah Blundys Schicksal entkam.

Diese junge Frau, müßt Ihr wissen, war eine Metze und eine Hexe, trotz ihrer Schönheit und ihres seltsamen Benehmens, die Cola so fesselten. Jetzt, in meinen reiferen Jahren und Gott näher, bin ich über die Sorglosigkeit erstaunt, mit der ich durch meinen Umgang mit ihr meine Seele in Gefahr brachte. Doch da ich ein gerechter Mann bin, muß ich mich streng an die Wahrheit halten: Was für Verbrechen sie auch begangen und wie sehr sie den Tod verdient haben mag, Sarah Blundy hat Dr. Robert Grove nicht getötet. Ich weiß es über jeden Zweifel hinaus, denn ich weiß auch, wer es getan hat. Hätte Cola die Bibel besser gekannt, wäre ihm klargeworden, daß die Wahrheit in den Notizbüchern stand, die er immer bei sich trug, um aufzuschreiben, was andere sagten. Er berichtet, daß Grove während des Abendessens im New College eine Auseinandersetzung mit Thomas Ken hatte, der mit den Worten »Römerbrief 8,13« auf den Lippen hinausstürmte. Cola erinnerte sich an das Zitat und schrieb es auf, aber seine Bedeutung entging ihm völlig; tatsächlich entging ihm die Bedeutung des ganzen Geschehens, verstand er doch nicht einmal, warum er eigentlich eingeladen worden war. Was bedeutet dieses Zitat? Anders als Cola habe ich mir die Mühe gemacht, es herauszufinden, und es bestätigte nur die Überzeugung, die ich all die Jahre hatte: »Wenn ihr nach dem Fleisch lebt, müßt ihr sterben.« Mein Freund Thomas war überzeugt davon, daß Grove der Fleischeslust frönte, und ein paar Stunden später starb er tatsächlich. Hätte ich es nicht besser gewußt, hätte ich es eine bemerkenswerte Prophezeiung genannt.

Ich will gern zugeben, daß Thomas über jedes erträgliche Maß hinaus gequält wurde, ehe er handelte, denn ich kannte Groves Vorzüge und Fehler gut. Als Kind hatte ich selbst sehr unter seinen Bosheiten gelitten, als er mich in Sir William Comptons Haushalt unterrichtete, was zu seinen Pflichten gehörte, und obwohl ich ihn gut genug kannte, um das Gute zu sehen, das darin lag (sobald ich groß genug geworden war und er mich nicht mehr schlagen konnte, denn er hatte furchtbar starke Arme), erfuhr ich, wie verletzend sein Witz sein konnte. Thomas – der arme, langsame ehrliche Thomas – war ein zu leichtes Ziel für seine Bösartigkeit. So sehr und so unbarmherzig verspottete er meinen Freund, daß ich sogar behaupten möchte, Grove habe sein Schicksal selbst herausgefordert.

Und ich? Ich muß von meinen Reisen berichten, nicht von einer, sondern von mehreren, alle in meinem Streben nach Wohlstand und (wage ich es zu sagen?) Erlösung zur selben Zeit unternommen. Einiges von dem, was ich zu sagen habe, ist der Öffentlichkeit schon bekannt. Einiges weiß nur ich allein und wird bei Atheisten und Spöttern große Bestürzung hervorrufen. Ich bezweifle nicht, daß alles, was ich sage, von den Gelehrten verschmäht werden wird, die über meine Schilderung lachen und die Wahrheit ignorieren werden, die darin liegt. Das ist ihre Sorge, denn ich werde die Wahrheit berichten, ob es ihnen gefällt oder nicht.

Zweites Kapitel

ES IST MEIN WUNSCH, von Anfang an ausführlich über die Ereignisse zu berichten und mich nicht mit den Albernheiten abzugeben, mit denen sogenannte Autoren einen zweifelhaften Ruhm erlangen wollen. Gott bewahre, sollte ich mich je der Schande aussetzen, ein Buch für Geld zu veröffentlichen; ich würde auch nicht dulden, daß jemand aus meiner Familie sich so erniedrigt. Wie kann ich denn sagen, wer es möglicherweise liest? Kein gutes Buch wurde je um des Gewinnes willen geschrieben, denke ich; manchmal bin ich gezwungen, jemandem zuzuhören, der etwas liest, um mir am Abend die Zeit zu vertreiben, und finde im großen und ganzen alles ziemlich lächerlich. All diese ausgefeilten Einbildungen und verborgenen Bedeutungen. Sag, was du sagen willst, und dann schweig, ist mein Motto, und die Bücher wären besser – und viel kürzer –, wenn mehr Menschen auf meinen Rat hören wollten. Es steckt mehr Weisheit in einem anständigen Folianten über Landwirtschaft oder Fische als in den schlausten Werken dieser Philosophen. Wenn es nach mir ginge, würde ich sie alle im Morgengrauen auf ein Pferd setzen und sie eine Stunde lang durch die Landschaft galoppieren lassen. Das würde ihnen vielleicht ein wenig von dem Unsinn aus ihren benebelten Gehirnen blasen.

Daher werde ich mich schlicht und direkt ausdrücken und schäme mich nicht dafür, zu sagen, daß sich mein Charakter in meiner Geschichte spiegeln wird. Ich war in Oxford für die Juristerei bestimmt; und ich war für die Juristerei bestimmt, weil ich, obwohl der älteste und einzige Sohn meiner Familie, gezwungen war, meinen Lebensunterhalt zu verdienen, so sehr waren wir vom Pech verfolgt. Die Prestcotts waren eine sehr alte Familie, hatten aber durch die Kriege sehr gelitten. Mein Vater, Sir James Prestcott, hatte sich dem König angeschlossen, als dieser edle Gentleman anno 1642 in Northampton seine Flagge gehißt hatte, und kämpfte während des ganzen Civil War mutig an seiner Seite. Die Ausgaben waren enorm, denn er unterhielt auf eigene Kosten eine ganze Reitertruppe und war bald gezwungen, Hypotheken auf sein Land aufzunehmen, um zu Geld zu kommen, überzeugt, daß das eine kluge Investition für die Zukunft sei. In der ersten Zeit zog niemand ernstlich in Betracht, daß die Kämpfe anders als triumphal enden könnten. Aber mein Vater und viele andere rechneten nicht mit dem Starrsinn des Königs und dem wachsenden Einfluß der Fanatiker im Parlament. Der Krieg ging weiter, das Land litt, und mein Vater wurde ärmer.

Die Katastrophe kam, als Lincolnshire – wo ein großer Teil unseres Familienbesitzes lag – den Rundköpfen ganz in die Hände fiel; meine Mutter wurde für kurze Zeit in Haft genommen und ein Teil unserer Einkünfte beschlagnahmt. Auch das konnte den Entschluß meines Vaters nicht erschüttern, aber als der König 1647 gefangengenommen wurde, begriff er, daß die Sache verloren war, und schloß mit den neuen Herrschern des Landes so gut er konnte Frieden. Seiner Meinung nach hatte Charles I. durch seine Torheit und seine Fehler sein Königreich verspielt, und man konnte nichts mehr tun. Mein Vater war so gut wie verarmt, kehrte aber wenigstens reich an Ehren aus dem Kampfgetümmel zurück, zufrieden, sein Leben wieder aufzunehmen.

Bis zur Hinrichtung. Ich war erst sieben an jenem schrecklichen Wintertag anno 1649, erinnere mich aber noch gut daran. Ich denke, jeder Lebende kann sich noch genau an das erinnern, was er gerade tat, als er hörte, der König sei vor jubelndem Pöbel enthauptet worden. Nichts gemahnt mich jetzt mehr an die Vergänglichkeit der Jahre, als wenn ich einem erwachsenen Mann begegne, für den das Entsetzen, das er bei dieser Nachricht empfand, nicht die stärkste Erinnerung ist. Noch nie in der Geschichte des Universums war ein solches Verbrechen begangen worden, und ich erinnere mich deutlich, daß das Firmament sich verdunkelte und die Erde bebte, als der Zorn des Himmels sich über das Land ergoß. Es regnete tagelang, der Himmel selbst weinte über die Sündhaftigkeit der Menschen.

Wie alle anderen hatte auch mein Vater nicht daran geglaubt, daß es geschehen könnte. Er hatte sich geirrt. Er hatte immer eine zu gute Meinung von seinen Mitmenschen gehabt: Vielleicht war das sein Untergang. Mord – vielleicht; solche Dinge geschahen. Aber ein Prozeß? Einen Mann im Namen just des Gesetzes hinzurichten, das er selbst geschaffen hatte? Den von Gott Gesalbten wie einen Verbrecher aufs Schafott zerren? Eine solche Blasphemie, einen derart sakrilegischen Frevel hatte es nicht mehr gegeben, seit Christus am Kreuz gelitten hatte. England war tief gesunken. In ihren schlimmsten Alpträumen hätten die Menschen sich nicht vorstellen können, daß es so tief im Schwefel der Hölle versinken könnte. In diesem Augenblick übertrug mein Vater seine Loyalität ausschließlich auf den jungen Charles II. und schwor, sein Leben lang für seine Wiedereinsetzung zu kämpfen.

Das war kurz vor meines Vaters erstem Exil und bevor mich meine Familie fortschickte, um mich unterrichten zu lassen. Ich wurde förmlich in sein Zimmer gerufen und ging ein wenig ängstlich in der Annahme, ich müßte etwas angestellt haben, denn er war kein Mann, der sich viel um seine Kinder kümmerte, da er mit wichtigeren Dingen beschäftigt war. Er begrüßte mich jedoch freundlich, erlaubte mir sogar, mich zu setzen, und erzählte mir dann, was in der Welt geschehen war.

»Ich muß für eine Weile außer Landes gehen, um unsere Angelegenheiten zu bereinigen«, sagte er. »Und deine Mutter hat beschlossen, dich zu meinem Freund Sir William Compton zu schicken, wo du von Tutoren unterrichtet werden sollst, während sie zu ihrer eigenen Familie zurückkehrt.

Du darfst eines nicht vergessen, Jack. Gott hat dieses Land zu einer Monarchie gemacht, und wenn wir uns von ihr abwenden, wenden wir uns von Seinem Willen ab. Dem König zu dienen, dem neuen König, heißt, gleicherweise deinem Land und Gott zu dienen. Dein Leben hinzugeben bedeutet nichts, dein Vermögen zu geben noch weniger. Aber gib nie deine Ehre hin, denn auf sie kannst du nicht verzichten. Sie ist, wie dein Platz in der Welt, ein Geschenk von Gott, das ich für dich verwalte und das du für deine Kinder bewahren mußt.«

Obwohl ich damals sieben Jahre alt war, hatte er noch nie mit solchem Ernst mit mir gesprochen, und ich setzte die feierlichste Miene auf, deren ein Kind fähig ist, und schwor ihm, daß er allen Grund haben würde, auf mich stolz zu sein. Es gelang mir auch, nicht zu weinen, ich erinnere mich aber, daß ich mich sehr anstrengen mußte, es nicht zu tun. Das war seltsam; ich hatte ihn und meine Mutter nur selten gesehen, und doch dachte ich mit großer Niedergeschlagenheit an seine bevorstehende Abreise. Drei Tage später verließen er und ich unser Haus, in das wir nie wieder als seine Besitzer zurückkehren sollten. Vielleicht wußten das die Schutzengel, die angeblich über uns wachen, spielten eine melancholische Weise und machten meine Seele traurig.

In den nächsten Jahren gab es für meinen Vater nicht viel zu tun. Die große Sache war verloren, und er war ohnehin zu arm, um daran teilzunehmen. Bitter war seine Verzweiflung darüber, daß er gezwungen war, das Land zu verlassen, und daß er sich seinen Lebensunterhalt als gemeiner Soldat verdienen mußte, wie so viele andere royalistische Gentlemen. Er ging zuerst in die Niederlande, diente dann Venedig und kämpfte auf Kreta gegen die Türken während der langen, unglückseligen Belagerung von Candia. Aber als er 1657 nach England zurückkam, wurde er sofort ein wichtiges Mitglied jener Gruppe von Patrioten, die später als *The Sealed Knot* bekannt wurde und unaufhörlich daran arbeitete, den jungen Charles aus dem Exil zurückzuholen. Er brachte sein Leben in Gefahr, tat es aber mit Freuden. Sie könnten ihm sein Leben nehmen, sagte er, aber seine schlimmsten Feinde würden anerkennen müssen, daß er ein aufrichtiger, ehrlicher Mann war.

Leider irrte mein guter Vater, denn er wurde später des übelsten Verrats beschuldigt und konnte diese bösartige Verleumdung nie abschütteln. Er erfuhr nie, wer ihn beschuldigt hatte, oder was man ihm vorwarf, daher konnte er sich auch nicht verteidigen und die unbewiesenen Behauptungen widerlegen. Schließlich verließ er England noch einmal, vom böswilligen Zischeln der Klatschmäuler aus seinem Land vertrieben, und starb aus Kummer, bevor sein Name reingewaschen war. Einmal beobachtete ich auf meinem Gut ein Pferd, ein schönes, großes Tier, das vom giftigen Summen der Fliegen, die es unablässig umschwärmten, zum Wahnsinn getrieben wurde. Es rannte, um seinen Quälgeistern zu entkommen, wußte jedoch nicht, wo sie waren. Wenn es mit dem Schweif nach einer schlug, um sie zu vertreiben, kamen zehn andere. Das Pferd galoppierte über eine offene Wiese, stürzte und brach sich das Bein; tief betrübt mußte der Stallknecht es töten, um es von seinen Leiden zu erlösen. So werden die Großen und Edlen von den Kleinen und Gemeinen vernichtet.

Ich war erst achtzehn, als mein Vater in seinem einsamen Exil starb, und das prägte mich für mein ganzes Leben. An dem Tag, an dem ich den Brief bekam, in dem mir mitgeteilt wurde, er sei in einem Armengrab beerdigt worden, brach ich vor Kummer zusammen, und dann ergriff leidenschaftlicher Zorn von meiner Seele Besitz. Ein Armengrab! Lieber Himmel, sogar jetzt noch durchfährt bei diesen Worten eisige Kälte meinen Körper. Daß dieser mutige Soldat, der beste aller Engländer, so enden sollte, von seinen Freunden gemieden, von einer Familie im Stich gelassen, die nicht einmal seine Beerdigung bezahlen wollte, mit Verachtung gestraft von jenen, für die er alles geopfert hatte – das war mehr, als ich ertragen konnte. Schließlich tat ich mein Möglichstes: Ich fand nie heraus, wo er begraben worden war, konnte also für seinen Leib nichts tun, daher setzte ich ihm in meiner Kirche das schönste Denkmal der ganzen Grafschaft und führe jeden, der zu mir kommt, hin, damit er es sieht und über meines Vaters Schicksal nachdenkt. Es hat mich ein ansehnliches Vermögen gekostet, doch mich reut kein einziger Penny.

Obwohl ich wußte, daß meine Familie große Verluste erlitten hatte, war mir nicht klar, wie verarmt wir waren, denn ich war der Meinung, daß an meinem einundzwanzigsten Geburtstag alle Besitztitel der Güter auf mich übergehen würden, die angeblich durch eine Reihe juristischer Kniffe vor dem Zugriff der Regierung geschützt worden waren. Ich wußte natürlich, daß diese Ländereien so stark verschuldet sein würden, daß ich Jahre bräuchte, um in der Grafschaft wieder als geachtete Persönlichkeit zu gelten, doch das war eine Aufgabe nach meinem Geschmack. Ich war sogar bereit, wenn nötig, mehrere Jahre als Anwalt zu arbeiten, um die Reichtümer anzuhäufen, die Rechtsanwälte so mühelos erwerben. Wenigstens würde dies den Namen meines Vaters unsterblich machen. Das Leben eines Menschen endet mit dem Tod, und der ereilt uns alle, wenn die Zeit gekommen ist, wir wissen aber, daß unser Name und unsere Ehre erhalten bleiben. Verliert man jedoch seinen Landbesitz, ist man wahrhaft gestorben, denn eine Familie ohne Land ist nichts.

Jugend ist unbekümmert und glaubt, alles müsse gut werden; doch während man zum Mann heranreift, lernt man, daß die göttliche Vorsehung nicht so leicht zu verstehen ist. Welche Folgen der Sturz meines Vaters für mich hatte, wurde mir erst bewußt, als ich den Schutz eines Heimes verließ, in dem ich, obwohl nicht glücklich, wenigstens vor den Schlägen der Welt draußen bewahrt geblieben war. Ich wurde nach Oxford ans Trinity College geschickt, denn mein Onkel (der mein Vormund war, nachdem ich Sir Williams Haus verlassen hatte) war der Meinung, daß ich, obwohl mein Vater ein Cambridge-Mann gewesen war, dort nicht willkommen sein würde. Dieser Entschluß ersparte mir keinen Kummer, da ich wegen meiner Herkunft in der einen Universität genauso gemieden und verachtet wurde wie in der anderen. Ich hatte keine Freunde, denn niemand konnte der Grausamkeit widerstehen, und ich ertrug keine Kränkungen. Auch konnte ich mich meinesgleichen nicht anschließen, denn mein schniefender Geizkragen von Onkel hatte mich zwar als Gentleman-Studenten immatrikulieren lassen, gab mir aber nicht einmal so viel Geld, wie einem Stipendiaten zur Verfügung stand, der für sein Studium den Dozenten Dienste leisten mußte. Mehr noch, er ließ mir keinerlei Freiheit; das wenige Geld wurde direkt meinem Tutor übergeben, und ich mußte sogar darum bitten. Ich wurde wie ein Bürgerlicher behandelt und durfte die Stadt ohne Erlaubnis nicht verlassen; und ich war sogar gezwungen, an Vorlesungen teilzunehmen, obwohl Gentlemen vom Unterricht befreit sind.

Ich glaube, viele Leute, die mich danach beurteilen, wie ich mich jetzt benehme, nennen mich geringschätzig einen Bauerntölpel, doch bin ich weit davon entfernt, einer zu sein; in jenen Jahren habe ich gelernt, meine Wünsche und meinen Haß zu verbergen. Ich begriff schnell, daß ich mehrere Jahre der Demütigung und der Einsamkeit würde ertragen müssen und kaum etwas dagegen tun konnte. Es ist nicht meine Art, sinnlos gegen etwas zu wüten, das nicht zu ändern ist. Aber ich merkte mir alle, die mich geringschätzig behandelten, und schwor mir, daß sie ihre Gemeinheit zu gegebener Zeit bedauern würden. Und viele von ihnen haben es getan.

Ich weiß nicht einmal, ob ich die Lockungen gesellschaftlichen Umgangs überhaupt sehr vermißte. Meine Aufmerksamkeit galt vor allem meinen eigenen Leuten, und meine Kindheit hat mich kaum auf einen häufig wechselnden gesellschaftlichen Verkehr vorbereitet. Mir eilte der Ruf voraus, ein mürrischer, übellauniger Kerl zu sein, und je weitere Kreise dieser Ruf zog, um so größer wurde meine Einsamkeit, in die ich nur hin und wieder durch Streifzüge unter dem Stadtvolk ein wenig Abwechslung brachte. Ich wurde sehr geschickt darin, mich zu verkleiden, ließ meinen Talar zurück und spazierte mit solcher Selbstsicherheit als Bürger durch die Straßen, daß ich kein einziges Mal von den Proktoren wegen unziemlicher Bekleidung angehalten wurde.

Doch selbst diese Ausflüge waren begrenzt, denn hatte ich einmal meinen Talar abgelegt, hatte ich auch meinen Kredit eingebüßt und mußte für mein Vergnügen mit barer Münze zahlen. Zum Glück hatte ich nur selten das Verlangen nach solchem Zeitvertreib. Meist widmete ich mich meinen Studien und beschwichtigte mich selbst, indem ich mich für wichtigere Dinge interessierte. Tief enttäuscht wurde ich in meiner Erwartung, daß ich bald genug gelernt haben würde, um zu Geld zu kommen, denn während meiner ganzen Universitätszeit erfuhr ich überhaupt nichts über Gesetze, und meine Kommilitonen verspotteten mich, weil ich das erwartet hatte. Jurisprudenz gab es in Hülle und Fülle; ich wurde mit kanonischem Recht überschwemmt und mit den Lehren von Thomas von Aquin und Aristoteles; ich schloß flüchtige Bekanntschaft mit dem *Corpus Iuris Civilis* von Justinian und erwarb mir eine gewisse Gewandtheit in der Kunst der freien Rede. Vergeblich aber wartete ich darauf, daß man mich lehrte, einen Prozeß am Gerichtshof des Lordkanzlers zu führen, ein Testament anzufechten oder die Bestimmungen eines Testamentsvollstreckers anzuzweifeln.

Und während meine juristische Bildung fortschritt, beschloß ich, daß ich die Rache nehmen wollte, die mein Vater nicht üben konnte, denn das forderte nicht nur meine Seele, ich betrachtete es auch als die bei weitem schnellste Möglichkeit, die finanziellen Probleme meiner Familie zu lösen: Einmal von der Schuldlosigkeit meines Vaters überzeugt, würde Seine Majestät den Sohn bestimmt entschädigen. Anfangs dachte ich, die Aufgabe sei nicht schwierig. Bevor er floh, vermutete mein Vater, daß Cromwells Minister John Thurloe die Verleumdungen über ihn verbreiten ließ, um Zwiespalt in die Reihen der Royalisten zu tragen, und ich habe nie bezweifelt, daß es so war. Alle trugen den Stempel dieses dunklen und unheilvollen Mannes, der jederzeit ein Messer im Rücken seines Gegners einem aufrechten, ehrenhaften Kampf vorzog. Doch ich war zu jung, um viel zu tun, und vermutete außerdem, daß Thurloe früher oder später der Prozeß gemacht und die Wahrheit ans Licht kommen würde. Und wieder – Jugend ist naiv und Vertrauen blind.

Denn Thurloe wurde nicht vor Gericht gestellt, mußte nicht aus dem Land fliehen, und kein einziger Penny seines unrecht erworbenen Vermögens wurde ihm weggenommen. Der Gegensatz zwischen den Früchten der Treulosigkeit und dem Lohn für Loyalität hätte nicht krasser sein können. An dem Tag gegen Ende des Jahre 1662, an dem ich hörte, daß es keinen Prozeß geben werde, wurde mir klar, daß die Rache mit meinen Händen geschehen mußte. Cromwells böser Geist mag dem Gesetz entkommen, dachte ich, aber nicht der Gerechtigkeit. Ich werde aller Welt beweisen, daß manche Menschen in diesem entwürdigten und korrupten Land noch wissen, was Ehre ist. Mit der Reinheit der Jugend ist man durchaus fähig, in so edlen und schlichten Worten zu denken. Das ist eine Klarheit, die uns durch Erfahrung genommen wird, und ihr Verlust macht uns alle ärmer.

Drittes Kapitel

DIESEM TAG ORDNE ich den Beginn des Feldzugs zu, der mich während der nächsten neun Monate völlig in Anspruch nahm und mit einer vollkommenen Ehrenrettung endete. Ich hatte praktisch keinerlei Hilfe; kreuz und quer fuhr ich durch das Land und suchte nach Beweisen, die ich brauchte, bis ich endlich verstand, was geschehen war, und handeln konnte. Ich wurde beschimpft und gedemütigt von jenen, die mir nicht glaubten oder gute Gründe hatten, mich von meiner Aufgabe abzulenken. Doch ich gab nicht auf, denn meine Pflicht gegen den besten Vater, den ein Mann haben konnte, und meine Liebe zu ihm spornten mich an. Ich erfuhr, wie weit die Verworfenheit jener reicht, die nach Macht streben, und begriff: Ist das Prinzip der Geburt erst einmal verletzt, wird die Selbstlosigkeit, die allein eine gute Herrschaft gewährleistet, auf verhängnisvolle Weise gefährdet. Wenn es Macht zu erwerben gibt, werden es alle versuchen, und die Herrschaft wird zu einem Kampf, in dem das Prinzip dem Eigennutz weichen muß. Die Niedrigsten werden sich dazu drängen, denn die Besten werden die Gosse meiden. Mir gelang es nur, einen kleinen Sieg in einem Krieg zu erringen, der schon verloren war.

Solche Gedanken überstiegen in jenen Tagen meine Vorstellung weit, als ich ziellos durch die Straßen lief, in Vorlesungen und Andachten saß, nachts wach im Bett lag und das Schnarchen und Schniefen der drei anderen Studenten hörte, die das Zimmer mit meinem Tutor teilten. Ein einziger Entschluß war in meinem Verstand; zu gegebener Zeit würde ich John Thurloe am Kragen packen und ihm die Kehle durchschneiden. Doch ich wußte sehr gut, daß mehr als nur Vergeltung nötig war; vielleicht war von den Vorlesungen über das Recht doch etwas bei mir hängengeblieben, oder ich hatte, ohne es zu merken, die hohen Prinzipien meines Vaters verinnerlicht. Was hätte er getan? Was hätte er gewollt? Das fragte ich mich ständig. Zuzuschlagen ohne Beweis wäre die falsche Rache, denn gewiß hätte mein Vater eines nicht gewollt – daß sein Sohn gehenkt wurde wie ein gewöhnlicher Verbrecher und der Familie einen weiteren Makel zufügte. Thurloe war noch immer zu mächtig, um direkt angegriffen zu werden. Ich würde ihn beschleichen müssen wie ein Jäger ein listiges Wild, ehe ich den tödlichen, den letzten Schlag führen konnte.

Um meine Gedanken zu ordnen, sprach ich regelmäßig mit Thomas Ken über mein Problem. Er war damals einer meiner wenigen Freunde – ja, vielleicht sogar mein einziger, und ich vertraute ihm rückhaltlos. Er konnte sehr langweilig sein, aber wir brauchten einander. Wir kannten uns durch unsere Familien, schon bevor er nach Winchester und dann ans New College geschickt wurde, um eine Position in der Kirche anzustreben. Sein Vater war Anwalt, und mein Vater hatte ihn häufig konsultiert, wenn er sich den habgierigen Eindringlingen widersetzte, die vor dem Krieg aus London gekommen waren, um die Moore auszubeuten. Mein Vater wollte seine eigenen und die Rechte der Familien schützen, die das Land seit grauer Vorzeit beweidet hatten. Aber es war harte Arbeit, denn das Gesetz schützte die blutsaugerischen Diebe. Mein Vater wußte, daß nur ein Anwalt gegen einen anderen Anwalt opponieren kann, und Henry Ken beriet ihn daher oft, immer ehrlich und gewinnbringend. Der Fleiß des einen und die Geschicklichkeit des anderen, verbunden mit dem unermüdlichen Widerstand der Bauern und Viehzüchter, deren Lebensunterhalt gefährdet war, bewirkten, daß die Plünderung langsam vonstatten ging, die Kosten höher und die Gewinne viel kleiner waren als erwartet.

Daher entwickelte sich die Freundschaft zwischen mir und Thomas ganz natürlich, denn wie man weiß, sind Loyalität und Dankbarkeit der Menschen aus Lincolnshire unverbrüchlich. Es muß jedoch gesagt werden, daß wir ein seltsames Paar waren. Er war ein strenger und ernster Kleriker, der nur selten trank, immer betete und ständig auf der Suche nach Seelen war, die er retten konnte. Vergebung war ihm heilig, und obwohl jetzt ein gefestigter Anglikaner, der behauptet, nie etwas anderes gewesen zu sein, weiß ich, daß er in jenen Tagen dazu neigte, von der Staatskirche abzuweichen. Natürlich machte ihn das damals suspekt, als Haß für Seelenstärke gehalten wurde und Engstirnigkeit ein Zeichen von Loyalität war. Ich gestehe jetzt ein wenig beschämt, daß es mir großes Vergnügen bereitete, ihn aus der Fassung zu bringen, je mehr er betete, um so mehr lachte ich, und je mehr er studierte, um so mehr Flaschen öffnete ich, um ihn zum Erröten zu bringen. In Wahrheit hätte Thomas den Wein und die Mädchen ebenso geliebt, wie ich damit zu kämpfen hatte, mich gegen die Gefühle heiliger Furcht zu wehren, die mich mitten in der Nacht zu überfallen pflegten. Und manchmal, an einem Zornesausbruch oder an der mitunter in seinen Worten aufblitzenden Grausamkeit, konnte der sorgfältige Beobachter erkennen, daß seine Güte und sein sanftes Wesen keine natürlichen Gaben Gottes waren, sondern in einem harten Kampf einer dunklen Seite tief in seiner Seele abgerungen worden waren. Wie ich bereits sagte – es war Groves Pech, ihn so zu quälen, daß dieser Kampf eines Nachts zeitweilig verloren wurde.

Trotz allem fand ich Thomas stets geduldig und verständnisvoll, und wir waren einander nützlich, wie Menschen von gegensätzlichem Wesen einander von Nutzen sein können. Ich beriet ihn, wenn er manchmal in seinem Glauben schwankte – und das sogar gut, darf ich sagen, denn er ist jetzt Bischof. Und er hörte mir mir unglaublicher Geduld zu, wenn ich ihm zum fünfzigsten Mal schilderte, wie ich John Thurloe die Kehle durchschneiden würde.

Ich hörte ihn ausatmen, als er sich darauf vorbereitete, wieder mit mir zu diskutieren. »Ich muß dir zu bedenken geben, daß Vergebung eine der Gaben Gottes und Barmherzigkeit Stärke ist, nicht Schwäche«, sagte er.

»Unsinn«, sagte ich. »Ich habe weder die Absicht, jemandem zu vergeben, noch habe ich die geringste Lust, barmherzig zu sein. Er ist nur aus einem einzigen Grund noch am Leben – ich habe noch nicht den Beweis, der mich vor einer Mordanklage bewahrt.« Dann erzählte ich ihm die ganze Geschichte noch einmal.

»Der Jammer ist«, schloß ich, »ich weiß nicht, was ich tun soll. Was meinst du?«

»Du willst wissen, was ich ernsthaft darüber denke?«

»Selbstverständlich.«

»Füg dich dem Willen Gottes, fahr mit deinem Studium fort und werde Anwalt.«

»Das habe ich nicht gemeint. Ich meinte, wie finde ich diesen Beweis? Wenn du mein Freund bist, laß bitte deine krittelnde Theologie eine Weile beiseite und hilf mir.«

»Ich weiß, was du gemeint hast. Du willst, daß ich dir einen schlechten Rat gebe, der nur deine Seele gefährden kann.«

»Genau. Haargenau das will ich.«

Thomas seufzte. »Und angenommen, du findest deinen Beweis? Was willst du dann tun? Einen Mord begehen?«

»Das hängt von dem Beweis ab. Doch im Idealfall, ja. Ich werde Thurloe töten, wie er meinen Vater getötet hat.«

»Niemand hat deinen Vater getötet.«

»Du weißt schon, was ich meine.«

»Du behauptest, daß dein Vater verleumdet wurde und zu Unrecht in Ungnade fiel. Daß die Gerechtigkeit mit Füßen getreten wurde. Wäre es nicht besser, dieses Unrecht aus der Welt zu schaffen, damit diesmal der Gerechtigkeit Genüge getan wird?«

»Du weißt so gut wie ich, wieviel es kostet, jemanden strafrechtlich zu verfolgen. Wie soll ich das bezahlen?«

»Ich erwähnte es nur als eine Möglichkeit. Gibst du mir dein Wort, daß du es, wenn es dir möglich ist, tun wirst, anstatt die Sache selbst in die Hand zu nehmen?«

»Wenn es möglich ist, was ich bezweifle, dann werde ich es tun.«

»Gut«, sagte er erleichtert. »Dann wollen wir anfangen, deinen Feldzug zu planen. Es sei denn, du hast schon einen Plan. Sag mir, Jack, ich habe dich noch nie gefragt, denn deine Miene läßt solche Fragen nie zu. Aber worin soll der Verrat deines Vaters bestanden haben?«

»Ich weiß es nicht«, sagte ich. »Es klingt dumm, aber ich konnte es nie erfahren. Mein Vormund Sir William Compton hat seither nie wieder mit mir gesprochen; mein Onkel weigert sich, den Namen meines Vaters auszusprechen; meine Mutter schüttelt kummervoll den Kopf und will mir nicht einmal auf ganz direkte Fragen antworten.«

Thomas kniff bei meiner lapidaren Erklärung die Augen zusammen. »Du hast deinen Verbrecher, weißt aber nicht genau, um welches Verbrechen es sich handelt? Das ist für einen Mann des Gesetzes eine ungewöhnliche Position, nicht wahr?«

»Vielleicht. Aber die Zeiten sind auch ungewöhnlich. Ich gehe davon aus, daß mein Vater unschuldig war. Bestreitest du, daß ich nicht anders kann? Daß ich ebenso wie in der Religion auch im Recht in dieser Sache keine andere Wahl habe? Ganz abgesehen davon, daß mein Vater, wie ich genau weiß, absolut unfähig war, so gemein zu handeln.«

»Ich räume ein, daß das ein notwendiger Ausgangspunkt ist.«

»Und du räumst auch ein, daß John Thurloe als Minister für die unbarmherzige Vernichtung aller verantwortlich war, die Cromwells Stellung anzweifelten?«

»Ja.«

»Dann muß John Thurloe schuldig sein«, schloß ich einfach.

»Wozu brauchst du noch Beweise, wenn deine juristische Logik so gut ist?«

»Weil unsere Zeit krank und das Gesetz zum Handlanger der Mächtigen geworden ist, die seine Regeln so verdrehen, daß sie der Bestrafung entgehen. Deshalb. Und weil dem Charakter meines Vaters so viel Schimpf angetan wurde, daß es den Menschen nicht mehr möglich ist, das Offensichtliche zu sehen.«

Thomas knurrte etwas, denn vom Gesetz verstand er nichts und glaubte, es habe etwas mit Gerechtigkeit zu tun. Was ich einst auch geglaubt hatte, bis ich anfing, es zu studieren.

»Wenn ich bei Gericht triumphieren will«, fuhr ich fort, »muß ich beweisen, daß mein Vater einfach unfähig war, jemanden zu verraten, dafür bürgte schon sein Charakter. Im Augenblick gilt mein Vater als Verräter; ich muß herausfinden, wer diese Geschichte in die Welt gesetzt hat und zu welchem Zweck. Nur dann wird ein Gericht mich anhören.«

»Und wie willst du das machen? Wer könnte es dir sagen?«

»Nicht viele Leute, und die meisten davon werden bei Gericht zu finden sein. Schon das ist ein Problem, da ich es mir vermutlich nicht leisten kann, hinzugehen.«

Thomas, die liebe Seele, nickte mitfühlend. »Es würde mich freuen, wenn du mir erlaubtest, dir zu helfen.«

»Mach dich nicht lächerlich«, sagte ich. »Du bist doch noch ärmer als ich. Gott weiß, daß ich dir dankbar bin, aber ich fürchte, was ich brauche, übersteigt deine Mittel bei weitem.«

Er schüttelte den Kopf und kratzte sich das Kinn, wie immer, bevor er mir etwas anvertraute.

»Mein lieber Freund, bitte mach dir keine Sorgen. Meine Aussichten sind gut und werden noch besser. Die Pfarrei von Easton

Parva wird in neun Monaten von meinem Herrn, Lord Maynard, neu vergeben. Er hat den Rektor und dreizehn Fellows gebeten, einen Kandidaten zu empfehlen, und der Rektor hat bereits angedeutet, daß er denkt, ich wäre mehr als geeignet, wenn ich erkläre, daß ich bereit bin, an der Lehre festzuhalten. Es wird mir schwerfallen, doch ich werde die Zähne zusammenbeißen, und dann sind achtzig Pfund im Jahr die meinen. Das heißt, wenn ich mich gegen Dr. Grove durchsetzen kann.«

»Gegen wen?« fragte ich erstaunt.

»Dr. Robert Grove. Kennst du ihn?«

»Sehr gut, und ich habe noch immer ein paar empfindliche Stellen, die es beweisen. Er war Kurat bei Sir William, als ich bei der Familie Compton lebte, und viele Jahre mein Tutor. Soviel ich weiß, ist er dort in Amt und Würden. Was hat er mit deiner Sache zu tun?«

»Er ist jetzt an seinen Platz als Fellow des New College zurückgekehrt«, erklärte Thomas, »und er möchte meine Pfründe, obwohl er keinen Anspruch auf Beförderung hat. Offen gesagt, passe ich auch viel besser hin. Eine Gemeinde braucht einen jungen und vernünftigen Pfarrer. Grove ist ein alter Dummkopf, der nur in Rage gerät, wenn er an das Unrecht denkt, das ihm in der Vergangenheit angetan wurde.«

Ich lachte. »Ich würde nicht gern zwischen Grove und etwas stehen, das er haben will.«

»Ich habe keinen großen Einwand gegen ihn«, sagte Thomas, als müsse er mich deswegen beruhigen. »Ich würde ihm eine angenehme Pfründe von Herzen gönnen, wenn es deren zwei gäbe. Aber es gibt nur eine, was also kann ich tun? Ich brauche sie mehr als er. Jack, darf ich dir ein Geheimnis anvertrauen?«

»Ich werde dich nicht daran hindern.«

»Ich möchte heiraten.«

»Oh«, sagte ich. »Das ist es, ja? Und wieviel hat die Lady?«

»Fünfundsiebzig im Jahr und ein Landgut in Derbyshire.«

»Sehr schön«, sagte ich. »Aber du brauchst die Pfründe, um ihren Vater zu überzeugen. Jetzt verstehe ich.«

»Nicht nur das«, sagte er offensichtlich verzweifelt. »Ich darf offenbar nicht heiraten, solange ich Fellow des College bin, und ich kann das College nicht aufgeben, solange ich keine Pfründe habe. Und was noch schlimmer ist«, schloß er bekümmert, »ich mag das Mädchen.«

»Was für ein Pech! Wer ist sie?«

»Die Tochter des Cousins meiner Tante. Eines Wollhändlers aus Bromwich. Ein tadelloser und solider Mann in jeder Beziehung. Und das Mädchen ist gehorsam, bescheiden, sehr fleißig und drall.«

»Alles, was eine Ehefrau sein sollte. Und sie hat auch noch ihre Zähne, hoffe ich.«

»Die meisten, ja. Die Pocken hatte sie auch nicht. Wir würden gut zusammenpassen, ich fühle es, und ihr Vater hat mich nicht abgewiesen. Aber er hat mir deutlich zu verstehen gegeben, daß er in die Verbindung nicht einwilligen wird, solange meine Einkünfte nicht ihrer Mitgift entsprechen. Was bedeutet, daß ich eine Pfründe brauche und sie – da ich keine anderen Verbindungen habe – durch das New College oder seinen Einfluß bekommen muß. Und Easton Parva ist wahrscheinlich die einzige, die in den nächsten drei Jahren frei wird.«

»Ich verstehe«, sagte ich, »Die Zeiten sind schwer. Hast du etwas unternommen?«

»Soviel wie möglich. Ich habe mit allen Fellows gesprochen, und man hat mich wohlwollend empfangen. Tatsächlich haben viele mir zu verstehen gegeben, daß ich mit ihrer Unterstürtzung rechnen kann. Ich bin sehr zuversichtlich. Und daß man jetzt meine Einkünfte erhöhen will, weist darauf hin, daß meine Zuversicht berechtigt ist.«

»Wann fällt die Entscheidung?«

»Nächsten März oder April.«

»Dann schlage ich vor, daß du anfängst, in der Kapelle zu wohnen, nur für alle Fälle. Zitiere die neununddreißig Glaubensartikel im Schlaf. Laß den Erzbischof von Canterbury und den König jedesmal hochleben, wenn du einen Schluck Wein trinkst. Kein abweichender Atemzug darf dir über die Lippen kommen.«

Er seufzte. »Es wird hart, mein Freund. Ich kann es nur zum Wohl der Kirche und des Landes tun.«

Ich lobte ihn wegen seines Pflichtbewußtseins. Haltet mich nicht für selbstsüchtig, aber ich war ganz wild darauf, daß Thomas diese Stellung bekam oder wenigstens so lange wie möglich als bevorzugter Kandidat galt. Wenn bekannt wurde, daß er die Pfründe nicht bekam, würden die Geldverleiher ihre Truhen schließen, und das wäre eine Katastrophe für mich genauso wie für ihn gewesen.

»Dann wünsche ich dir viel Glück«, sagte ich, »und rate dir noch einmal, vorsichtig zu sein. Du neigst dazu, zu sagen, was du denkst, doch wer in der Kirche vorwärtskommen will, könnte keine gefährlichere Gewohnheit haben.«

Thomas nickte und griff in seine Tasche. »Hier, mein lieber Freund. Nimm das.«

Es war ein Geldbeutel mit drei Pfund. Was soll ich sagen? Ich war überwältigt, gleicherweise von Dankbarkeit für seine Großzügigkeit und von Enttäuschung, weil seine Mittel so begrenzt waren. Zehnmal soviel wäre ein Anfang gewesen; dreißigmal soviel konnte mühelos ausgegeben werden. Und doch, freundlich wie er war, gab er mir alles, was er hatte, und setzte seine eigene Zukunft aufs Spiel. Ihr seht, wieviel ich ihm schuldete? Vergeßt es nicht; es ist wichtig. Ich nehme meine Schulden so ernst wie das Unrecht, das man mir zufügt.

»Ich kann dir nicht genug danken. Nicht nur für das Geld, sondern weil du der einzige Mensch bist, der an mich glaubt.«

Höflich tat er meinen Dank mit einem Schulterzucken ab. »Ich wünschte, ich könnte mehr tun. Kommen wir jetzt auf unser Thema zurück. An wen könntest du dich wenden, der dir vielleicht sagen kann, was deinem Vater zugestoßen ist?«

»Es gibt nur eine Handvoll, die etwas wissen könnten. Sir John Russell war der eine, Edward Villiers der andere. Und dann noch Lord Mordaunt, der zur Belohnung dafür, daß er dem König wieder zu seinem Thron verholfen hat, eine Baronie und eine einträgliche Sinekure in Windsor bekommen hat. Und dann natürlich gibt es das, was mir eines Tages vielleicht Sir William Compton erzählen kann, wenn es mir gelingt, ihn dazu zu überreden.«

»Windsor ist nicht weit von hier«, meinte Thomas. »Kaum eine Tagesreise und zu Fuß nur ungefähr zwei. Wenn Lord Mordaunt sich dort aufhält, wäre es doch am leichtesten, dort anzufangen.«

»Und wenn er mich nicht empfängt?«

»Du kannst nur fragen. Ich empfehle dir, vorher nicht zu

schreiben. Das ist zwar unhöflich, aber es verhindert, daß er möglicherweise gewarnt ist. Geh hin und sprich mit ihm. Dann können wir entscheiden, was wir als nächstes tun.«

Wir. Wie ich schon sagte, unter dem klerikalen Äußeren sehnte sich ein Mann nach der Aufregung, die ein wenig Brot und Wein ihm nie würden verschaffen können.

Viertes Kapitel

SCHÖN UND GUT; aber bevor ich aufbrach, lernte ich die Blundys kennen, Mutter und Tochter, die in Colas Geschichte eine so große Rolle spielen. Dadurch brachte ich Ereignisse ins Rollen, durch die ich mir den furchtbarsten Feind erwarb, den zu besiegen ich meines ganzen Einfallsreichtums und meiner ganzen Kraft bedurfte.

Ich weiß nicht, wer mein Geschreibsel lesen wird; wahrscheinlich niemand außer Lower, doch mir ist klar, daß ich auf diesen Seiten von mehreren Taten berichten werde, auf die ich nicht sehr stolz sein kann. Für manche, habe ich das Gefühl, muß ich mich nicht entschuldigen; einige können nicht mehr korrigiert, doch manche können wenigstens erklärt werden. Daß ich mich mit Sarah Blundy einließ, war nur meiner Unschuld und meinem jugendlich vertrauensvollen Wesen zuzuschreiben. Nie hätte sie mich sonst in ihre Fänge locken und beinahe völlig vernichten können. Daran muß ich meiner frühen Erziehung die Schuld geben. Vor meinem sechsten Lebensjahr wuchs ich eine Zeitlang bei einer Großtante meiner Mutter auf; sie war eine angenehme Lady, aber vor allem eine Frau vom Land, die ständig etwas braute und pflanzte und an die ganze Gegend Naturheilmittel verteilte. Sie hatte ein wunderbares Buch, in Pergament gebunden und ganz grau, denn es war schon alt, und es war oft darin geblättert worden; ein Buch, von ihrer Großmutter ererbt, voller Kräuterrezepte, die sie selbst herstellte und an Krethi und Plethi, hoch- oder niedriggeboren, verkaufte. Sie glaubte stark an Magie und verachtete diese modernen Prediger (so nannte sie sie, denn sie wurde geboren, als man die große Elisabeth noch eine schöne

Frau nannte), die verachteten, was sie für offenkundig hielt. Zerknitterte Papierschnitzel, Wolkenlesen und Weissagungen aus der Bibel gehörten zu meiner Erziehung.

Trotz der Prälaten muß ich sagen, daß ich den Mann erst finden muß, der wirklich nicht an Geister glaubt oder bezweifelt, daß sie keinen entscheidenden Einfluß auf unser Leben haben. Jeder Mann, der nachts wach gelegen hat, hat die Luftgeister gehört, wenn sie vorüberflogen, alle Männer wurden schon von schlechten Bewohnern jenes ätherischen Raumes, der die Welt umgibt und uns mit dem Himmel verbindet, in Versuchung geführt und von den guten gerettet. Selbst nach ihren eigenen Maßstäben haben die sauertöpfischen Prälaten unrecht, denn sie halten sich sonst streng an die Heilige Schrift, und darin wird unmißverständlich erklärt, daß es solche Wesen gibt. Spricht nicht der heilige Paulus von einer freiwilligen Verehrung der Engel? (Kolosserbrief 2,18) Was, denken die Prälaten denn, ließ Jesus bei der Stadt Gadara in die Schweine hineinfahren? (Markus 5,13)

Es ist natürlich schwierig, Engel von bösen Geistern zu unterscheiden, denn letztere sind sehr geschickt im Verkleiden und verführen oft Männer (und noch öfter Frauen) dazu, zu glauben, daß sie nicht so sind, wie sie tatsächlich sind. Größte Vorsicht ist geboten, wenn man mit solchen Wesen zusammentrifft, denn wir überlassen uns ihren Händen, indem wir uns in ihre Schuld begeben, und so wie ein Lehnsherr seine Schulden eintreibt, tun das auch diese Wesen, ob gut oder böse. Indem ich zur alten Blundy ging, nahm ich Risiken auf mich, die ich, mit der Reife meiner Jahre weiser geworden, heute vermeiden würde. Damals war ich zu sorglos und zu ungeduldig, um vorsichtig zu sein.

Die alte Blundy war eine Waschfrau und ihrem Ruf nach ein listiges Weib, manche sagten sogar, sie sei eine Hexe. Das bezweifle ich; ich roch in ihrer Anwesenheit keinen Hauch von Schwefel. Einmal war ich einer angeblich echten Hexe begegnet, die anno 1654 in der Nähe verbrannt wurde und eine stinkende alte Vettel war. Jetzt glaube ich, daß diese arme Frau wahrscheinlich unschuldig war, die Verbrechen nicht begangen hatte, die sie an den Marterpfahl brachten; der Teufel ist zu schlau, um seine Dienerinnen so leicht erkennbar zu machen. Er schafft sie jung und schön und verlockend, so anmutig, daß die Augen eines

Mannes sie vielleicht nie durchschauen. Wie Sarah Blundy, zum Beispiel.

Dennoch war die Mutter ein seltsames altes Weib. In seiner Beschreibung lag Cola abenteuerlich weit daneben. Natürlich, es ging ihr nicht besonders gut, als er sie kennenlernte, aber ich habe an ihr nie jene Anzeichen von mitfühlendem Verständnis gesehen, von denen er spricht, und sanft oder freundlich habe ich sie auch nie erlebt. Ständig hat sie Fragen gestellt. Was ich wolle, sei ganz einfach, sagte ich ihr irgendwann. Wer hat meinen Vater verleumdet? Könne sie mir helfen oder nicht?

Das hänge ganz davon ab, sagte sie. Ob ich einen Verdacht hätte? Es gebe nämlich einen Unterschied zwischen dem, was sie tat, und dem, was sie nicht tun würde. Ich bat sie, mir zu erklären, was sie damit meine. Sie sagte, wirklich schwierige Probleme erforderten die Beschwörung besonders mächtiger Geister; man konnte es tun, doch es war gefährlich. Obwohl ich ihr versicherte, ich würde das Risiko auf mich nehmen, sagte sie, sie meine keine spirituellen Gefahren; sie befürchte, verhaftet und wegen Totenbeschwörung angeklagt zu werden. Schließlich wisse sie nicht, wer ich sei. Woher solle sie wissen, daß mich nicht ein Friedensrichter geschickt hatte, um sie in die Falle zu locken?

Ich beteuerte ihr meine Unschuld, aber sie ließ sich nicht umstimmen und wiederholte statt dessen ihre Frage. Kannte ich die Identität des Mannes, den ich suchte, oder kannte ich sie nicht? Nicht einmal vage? Ich sagte, daß ich sie nicht kannte.

»In diesem Fall können wir keine Namen im Wasser rollen. Wir werden statt dessen schauen müssen.«

»In eine Kristallkugel?« spottete ich, denn ich hatte von solchen Spielereien gehört und war auf der Hut, um nicht übervorteilt zu werden.

»Nein«, antwortete sie ernst. »Das ist ein Unsinn, den nur Scharlatane benutzen. Ein Stück Glas bietet keinen Vorteil. Eine Schüssel mit Wasser tut es auch. Wollt Ihr weitermachen?«

Ich nickte kurz. Sie entfernte sich schlurfend, um vom Brunnen draußen eine Untertasse Wasser zu holen, und ich legte mein Geld auf den Tisch. Meine Handflächen schwitzten so stark, daß sie zu jucken begannen.

Sie hielt nichts von dem Hokuspokus, den ihresgleichen liebte: keine abgedunkelten Zimmer, keine Beschwörung oder brennende Kräuter. Stellte nur die Schüssel auf den Tisch, dann mußte ich mich davorsetzen und die Augen schließen. Ich hörte, wie sie das Wasser hineingoß, und hörte sie zu Peter und Paul beten: papistische Worte, die, von ihr gesprochen, seltsam klangen.

»Jetzt, junger Mann«, zischte sie mir ins Ohr, als sie fertig war, »öffnet die Augen, und schaut auf die Wahrheit. Seid offen und furchtlos, denn die Chance kommt vielleicht nie wieder. Schaut in die Schüssel und seht.«

Heftig schwitzend öffnete ich langsam die Augen, beugte mich vor und starrte angestrengt in das ruhige, unbewegte Wasser auf dem Tisch. Es hatte einen leichten Glanz, als hätte eine Bewegung es aufgewühlt, aber ich sah nichts; dann wurde das Wasser dunkler, veränderte sich in seiner Struktur, als sei es ein Vorhang oder ein Wandbehang aus Stoff. Und dann sah ich, wie hinter dem Stoff allmählich etwas hervorkam. Ein junger Mann mit blonden Haaren, den ich noch nie gesehen hatte und der mir dennoch irgendwie vertraut war. Er war nur eine Sekunde da und verschwand dann wieder. Aber es war genug; seine Züge hatten sich für immer in mein Gedächtnis eingegraben.

Dann glänzte der Vorhang wieder, und eine andere Gestalt trat hervor. Ein alter Mann diesmal, vom Alter und von Kummer grau, von den Jahren gebeugt und so traurig, daß mir fast das Herz brach. Das Gesicht konnte ich nicht deutlich erkennen; eine Hand lag darüber, fast als reibe die Erscheinung sich verzweifelt die Augen. Ich hielt den Atem an, wollte mehr und immer mehr sehen. Und ganz langsam, Stückchen für Stückchen, sank die Hand tiefer, und ich sah, daß dieser alte Mann ohne Hoffnung mein Vater war.

Ich schrie schmerzlich auf bei diesem Anblick, fegte dann wütend die Schüssel vom Tisch, sie rollte taumelnd durch den Raum und prallte gegen die feuchte Wand. Dann sprang ich auf, spie der Alten eine Beleidigung ins Gesicht und stürzte so schnell ich konnte aus der widerwärtigen Bruchbude ins Freie.

Ich brauchte noch drei Tage und die sorgfältige Pflege von Thomas und der Flasche, bis ich wieder ich selbst war.

* *
*

Man soll mich nicht für leichtgläubig halten, wenn ich sage, daß ich bei dieser seltsamen Begegnung meinen Vater zum letzten Mal sah; ich bin überzeugt, daß seine Seele dortgewesen war und daß die Störung, die ich verursachte, eine große Rolle bei den Ereignissen spielte, die danach kamen. Ich erinnere mich nicht sehr gut an ihn; nach meinem sechsten Lebensjahr traf ich ihn nur noch ein paarmal, da der Krieg mich zuerst zu der Großtante verschlug, die ich schon erwähnt habe, und später in den Haushalt von Sir William Compton in Warwickshire, wo ich die Jahre unter der Fuchtel von Dr. Grove verbrachte.

Mein Vater bemühte sich stets, zu kommen, um sich von meinen Fortschritten zu überzeugen, obwohl seine Pflichten es nur selten zuließen. Nur ein einziges Mal verbrachte ich mehr als einen Tag mit ihm, und das war, kurz bevor er in sein zweites und letztes Exil fliehen mußte. Er war alles, was ein Kind sich von seinem Vater erhoffen konnte; streng, diszipliniert und sich der Pflichten wohl bewußt, die zwischen einem Mann und seinem Erben bestehen. Von ihm direkt lernte ich nur wenig; aber ich wußte, wenn ich nur halb der Mann sein konnte, der er war, dann würde mich der König (sollte er je zurückkehren) zu einem seiner besten und treuesten Diener zählen.

Er war keine verweichlichte Ausgabe niedrigen Adels, wie wir sie heute bei Hofe umherstolzieren sehen. Er hielt nichts von feiner Kleidung (obwohl er sehr gut aussah, wenn er wollte) und verachtete Bücher. Er war auch kein großer Unterhalter, der seine Zeit mit Geschwätz vergeudete, wenn es etwas Praktisches zu tun gab. Ein Soldat, kurzum, und kein Mann hatte je einen Angriff großartiger angeführt. Er war verloren, wenn es darum ging, jemandem in den Rücken zu fallen, zu intrigieren und zu konspirieren, Dinge, die ein Höfling beherrschen muß; zu ehrlich, um etwas zu verheimlichen, zu offen, um sich Gunst zu erwerben. Es hob ihn aus der Masse hervor, und wenn es ein verhängnisvoller Fehler war, bin ich nicht der Meinung, daß sein Wert dadurch geringer wurde. Seine Treue gegen seine Frau war so rein, wie ein Poet sie sich nur vorstellen konnte, und sein Mut bei der Armee sprichwörtlich. Am glücklichsten war er in Harland House, unserem Hauptsitz in Lincolnshire, und als er es verließ, war er so traurig, als wäre seine Frau gestorben. Und das war verständlich, denn das Land in Harland Wyte war seit Generationen im Besitz unserer Familie; es war unsere Familie, könnte man sagen, und er kannte und liebte jeden Zoll davon.

Der Anblick seiner verzweifelten Seele entfachte von neuem meine Leidenschaft für meinen Plan, denn mir war klar, daß sie von der Ungerechtigkeit gequält wurde, unter der er noch immer litt. Als ich wieder bei Kräften war, dachte ich mir eine Geschichte über eine Krankheit einer Tante aus; sie sollte mir dazu verhelfen, von meinem Tutor die Erlaubnis zum Verlassen der Stadt zu bekommen. Er gab sie mir, und an einem sonnigen Morgen brach ich nach Windsor auf. Bis Reading nahm ich die Kutsche, da die Universität auf dieser Route kein Monopol hat und die Preise deshalb erschwinglich sind; die restlichen fünfzehn Meilen ging ich zu Fuß. Ich schlief in einem Feld, denn es war gerade noch warm genug, und ich wollte nicht unnötig Geld ausgeben; aber ich frühstückte in einer Taverne in der Stadt, wo ich mir auch die Kleidung abbürsten und glattstreichen und das Gesicht waschen konnte, damit ich einigermaßen ordentlich aussah. Vom Wirt erfuhr ich, daß Lord Mordaunt – dem man, wie ich entdeckte, in der Stadt wegen seines Mangels an Extravaganz bitter grollte – sich wieder in der Stadt aufhielt, nachdem er erst vor drei Tagen aus Tunbridge Wells zurückgekehrt war.

Es hatte keinen Sinn zu zaudern; nachdem ich schon so weit gekommen war, wäre es wirklich dumm gewesen, nicht zu handeln. Wie Thomas gesagt hatte, war das Schlimmste, das mir passieren konnte, eine Zurückweisung. Also marschierte ich dreist zur Burg und verbrachte die nächsten drei Stunden in einem Vorzimmer, während meine Bitte um eine Audienz eine Armee von Lakaien durchlief.

Ich war froh, daß ich gefrühstückt hatte, denn die Essenszeit war längst vorüber, als ich eine Antwort bekam. In der Zwischenzeit ging ich rastlos auf und ab, erwartete, daß der Mächtige sich endlich zu mir herabließ, und schwor mir, daß ich mich, wenn mein Glück sich wendete, gegen jene, die meine Gönnerschaft suchten, nie so verhalten würde. Ein Versprechen, das ich, ich muß es gestehen, in dem Augenblick brach, als ich die Gelegenheit dazu hatte, da ich inzwischen den Sinn dieses Verhaltens verstand: Es zieht die richtigen Grenzen, schafft die nötige Ehrerbietung bei jenen, die um eine Gunst bitten, und (was am praktischsten ist) entmutigt alle bis auf diejenigen mit einem wirklich ernsten Anliegen. Und endlich wurde mein Warten belohnt. Ein Diener öffnete, viel freundlicher als vorher, zeremoniell die Tür, verneigte sich und sagte, Lord Mordaunt sei bereit, mir eine Unterredung zu gewähren. Wenn ich ihm folgen wolle ...

Eine solche Erwiderung hatte ich, auf simple menschliche Neugier setzend, erhofft, und ich hatte recht behalten. Es geschah nicht oft, kann ich mir vorstellen, daß jemand so vermessen war, auf solche Weise auf der Schwelle des edlen Gentleman zu erscheinen.

Ich wußte wenig über den Mann, zu dem ich gereist war, außer daß er ein bedeutendes Mitglied der Regierung war, ein Minister zumindest, und bald die Grafenwürde erhalten würde, denn er zählte zu den Günstlingen des Lordkanzlers und mächtigsten Mannes im Land. Er war ein tapferer Verschwörer im Namen des Königs, ein Mann mit großem Vermögen aus einer der höchsten Familien Englands, ein Mann mit einer besonders tugendhaften Ehefrau und dem guten Aussehen, das jedem Mann zum Vorteil gereicht.

Seine Ergebenheit im Dienste des Königs war um so bemerkenswerter, da seine Familie sich soweit wie möglich aus dem Kampf herausgehalten hatte und es meisterhaft verstand, sich niemandem zu verpflichten und ihr Vermögen immer ungeschmälert zu behalten. Mordaunt selbst sagte man nach, er halte sich mit Ratschlägen sehr zurück, sei aber mutig, wenn nötig, und lehne Cliquen und kleinliches Gezänk ab. So stellte sich der Mann wenigstens nach außen hin dar. Seine einzige Schwäche war die Ungeduld und eine schroffe Art mit jenen, die er für unfähig hielt: Das aber war ein großer Fehler, denn bei Hofe gab es viele davon und sogar noch mehr, die jedem Freund von Clarendon Schlechtes wünschten.

Ich durchschritt eine Reihe von Räumen, bis ich endlich vor ihn hintreten konnte: eine eindrucksvolle und, meiner Meinung nach, unnötig pompöse Zeremonie. Wenigstens war der letzte Raum nicht sehr geräumig, ein Schreibzimmer mit Papierstapeln und Bücherregalen. Ich verbeugte mich und wartete darauf, daß er das Wort ergriff.

»Ich nehme an, Ihr seid der Sohn von Sir James Prestcott. Ist das richtig?«

Ich nickte. Er war ein Mann von mittlerer Größe mit einem gutgeschnittenen Gesicht, das nur durch eine unverhältnismäßig kleine Nase verdorben wurde. Er hatte eine gute Figur, auffallend wohlgeformte Beine, seine Bewegungen waren elegant, und wie grandios die Vorstellungszeremonie auch gewesen sein mochte, in dem Moment, in dem die Unterredung begann, legte er alle Steifheit ab und unterhielt sich mit einer Liebenswürdigkeit, die alle Gerüchte über seinen Stolz und seinen Hochmut Lügen strafte. Am Ende bewunderte ich ihn wegen seiner Klugheit; er schien ein würdiger Waffengefährte meines Vaters gewesen zu sein, und ich glaubte, sie hätten einander durch Vertrauen und Liebe geehrt. Der Unterschied zu einem Mann wie Thurloe könnte nicht auffallender sein, dachte ich: groß, blond und offen der eine, in Haltung und Gebaren einem alten Römer ähnlich; der andere verschrumpelt und hinterhältig, handelte nur im dunkeln, tat nie etwas offen, verließ sich immer auf das Handwerkszeug des Betruges.

»Eine ungewöhnliche Annäherung, hart an der Grenze der Unhöflichkeit«, sagte er streng. »Dafür müßt Ihr einen guten Grund haben.«

»Den allerbesten, Mylord«, sagte ich. »Ich bedaure sehr, Euch zu belästigen, doch ich habe niemand sonst, an den ich mich wenden könnte. Ihr allein könnt mir helfen, wenn Ihr wollt. Ich habe nichts, womit ich es Euch vergelten könnte, aber ich will nicht viel. Nur ein wenig von Eurer Zeit, das ist alles.«

»Ihr könnt so dumm nicht sein, daß Ihr erwartet, von mir bevorzugt und gefördert zu werden. Ich könnte Euch in dieser Beziehung nicht helfen.«

»Ich möchte mit Menschen sprechen, die meinen Vater kannten. Um seine Ehre von jedem Makel reinzuwaschen.«

Er dachte gründlich über meine Worte nach, überlegte alle Verwicklungen, die daraus entstehen konnten, und antwortete erst dann freundlich, aber vorsichtig: »Das ist lobenswert von einem Sohn und verständlich für ein Kind, dessen Glück davon abhängt. Aber ich denke, daß Euch damit eine schwere Aufgabe bevorsteht.«

Früher neigte ich dazu, bei solchen Bemerkungen einen heftigen Wutausbruch zu bekommen und dem anderen alle möglichen hitzigen Entgegnungen an den Kopf zu werfen; als Knabe kam ich oft mit einem blaugeschlagenen Auge und blutender Nase nach Hause. Doch ein solches Benehmen würde mir hier nicht helfen. Ich brauchte Hilfe, und die konnte ich nur durch Höflichkeit und Ehrerbietung erreichen. Also würgte ich meinen Zorn hinunter und behielt meine heitere Miene bei.

»Diese Mühe muß ich auf mich nehmen. Ich glaube, daß mein Vater nichts Unrechtes getan hat, daß er unschuldig war, aber ich weiß nicht einmal, was man ihm vorwarf. Ich habe ein Recht, es zu erfahren, und die Pflicht, die Vorwürfe zurückzuweisen.«

»Eure Familie wird gewiß …«

»Sie weiß wenig und sagt noch weniger. Vergebt mir, daß ich Euch unterbreche, Sir. Aber ich muß aus erster Hand erfahren, was geschehen ist. Ihr wart eine der Schlüsselfiguren des *Sealed Knot*, die das große Vertrauen Seiner Majestät genoß, und seid bekannt für Eure Gerechtigkeit, daher habe ich daran gedacht, zuerst zu Euch zu kommen.«

Eine kleine, behutsame Schmeichelei ölt oft die Räder eines Gespräches, finde ich. Sogar wenn sie als das erkannt wird, was sie ist, beweist eine solche Bemerkung, daß man sich seiner Dankesschuld bewußt ist. Ein Kompliment darf nur nicht zu plump sein und zu schrill in den Ohren klingen.

»Glaubt Ihr, mein Vater war schuldig?«

Mordaunt dachte über die Frage nach, noch immer mit einem Ausdruck leichter Überraschung, als wundere er sich, daß er überhaupt mit mir sprach. Er ließ mich lange warten, damit ich die Freundlichkeit auch begriff, die er mir zuteil werden ließ, dann setzte er sich und erlaubte mir mit einer Geste, mich ebenfalls hinzusetzen.

»Ob ich denke, daß Euer Vater schuldig war?« wiederholte er nachdenklich. »Ich fürchte, ja, junger Mann. Ich habe mich sehr bemüht, an seine Schuldlosigkeit zu glauben. Als tapferer Kampfgefährte verdiente er es, wenn wir auch selten einer Meinung waren. Ich selbst habe nie einen direkten Hinweis darauf entdeckt, daß er ein Verräter war. Wißt Ihr, wie wir damals zusammenarbeiteten? Hat er es Euch erzählt?«

Ich sagte ihm, ich tastete mich mehr oder weniger durch ein Dunkel. Als ich in einem Alter war, in dem man solche Dinge verstand, hatte ich ihn nur noch selten gesehen, und dann war er gegen seine Familie genauso verschwiegen wie, davon bin ich überzeugt, gegen alle anderen. Es bestand immer die Möglichkeit, daß die Soldaten uns holten, und daher wollte er, daß wir sowenig wie möglich wußten, um unseret- und um seinetwillen.

Mordaunt nickte und dachte eine Weile nach. »Ich bin«, sagte er leise, »sehr widerstrebend zu dem Schluß gekommen, daß Euer Vater tatsächlich ein Verräter war.« An dieser Stelle wollte ich heftig protestieren, doch er hob die Hand, um mich zu beschwichtigen. »Bitte hört mich zu Ende an. Natürlich wäre ich glücklich, wenn ich den Beweis bekäme, daß ich unrecht habe. Ich habe ihn immer für einen ehrlichen Mann gehalten, und es erschreckte mich, als ich denken mußte, das sei nur Schein. Wie es heißt, ist das Gesicht eines Mannes der Spiegel seiner Seele, und wir könnten lesen, was in sein Herz geschrieben ist. Bei ihm war es nicht so. Bei Eurem Vater habe ich falsch gelesen. Wenn Ihr daher beweisen könnt, daß mein erstes Urteil doch richtig war, bin ich in Eurer Schuld.«

Ich dankte ihm für seine Offenheit – zum ersten Mal war ich auf eine so ausgewogene Haltung gegen das Gesetz gestoßen. Ich dachte: Wenn ich diesen Mann überreden könnte, dann hätte ich einen Kasus; er würde nicht ungerecht urteilen.

»Nun«, fuhr er fort, »wie wollt Ihr genau vorgehen?«

Ich weiß nicht mehr genau, was ich gesagt habe, fürchte jedoch, es war rührend naiv. Etwas darüber, daß ich den wahren Verräter finden und ihn zwingen wollte zu gestehen. Ich fügte hinzu, ich sei schon sicher, daß John Thurloe der Mann war, der hinter allem steckte, und daß ich die Absicht hätte, ihn zu töten, sobald ich den Beweis für seine Hinterhältigkeit gefunden hatte. Wie immer ich es ausgedrückt haben mag, meine Bemerkung ließ Mordaunt leicht aufseufzen.

»Und wie wollt Ihr selbst dem Galgen entgehen?«

»Ich nehme an, ich muß dafür sorgen, daß die Beweise gegen meinen Vater unglaubwürdig werden.«

»Von welchen Beweisen sprecht Ihr?«

Lord Mordaunt betrachtete mich eine Weile aufmerksam, obwohl ich nicht genau wußte, ob es mitleidig oder verächtlich war.

»Vielleicht«, sagte er dann, »hilft es Euch, wenn ich Euch etwas über jene Tage erzähle – und was ich über die Ereignisse weiß. Ich spreche nicht, weil ich glaube, daß Ihr recht habt, doch Ihr habt ein Recht, zu erfahren, was damals gesagt wurde.«

»Danke, Sir«, sagte ich schlicht, und meine Dankbarkeit war damals rückhaltlos und aufrichtig.

»Ihr seid zu jung, um Euch an viel zu erinnern, und ganz bestimmt zu jung, um zu verstehen«, begann er, »doch bis zum absolut letzten Augenblick schien die Sache Seiner Majestät zum Untergang verdammt. Ein paar Leute kämpften weiter gegen Cromwells Tyrannei, doch nur, weil sie es für richtig hielten, nicht weil sie sich irgendeinen Erfolg versprachen. Die Zahl der Menschen, die seinen Despotismus satt hatten, nahm von Jahr zu Jahr zu, doch sie waren zu eingeschüchtert, um führerlos zu handeln. Die Aufgabe, diese Menschen anzuführen, wurde von einer Handvoll Getreuer übernommen; einer davon war Euer Vater. Sie nannten sich *The Sealed Knot*, denn sie waren durch ihre Liebe zueinander und die Liebe zum König eng verbunden.

Sie vollbrachten nichts, außer daß sie die Hoffnung in den Herzen der Menschen aufrechterhielten. Gewiß, sie waren aktiv; kaum ein Monat verging ohne diesen oder jenen Plan – einen Aufstand hier, einen politischen Mord da. Hätten sie etwas bewirkt, hätte Cromwell ein Dutzend Mal tot sein müssen, lange bevor er in seinem Bett starb. Aber nichts Wesentliches ereignete sich, und Cromwells Armee war immer da, ein gewaltige Barriere gegen jeden, der eine Veränderung wollte. Solange diese Armee nicht besiegt werden konnte, mußte die Straße zur Restauration für immer verschlossen bleiben, denn man ringt die stärkste Armee der Welt nicht mit Hoffnung und mit Nadelstichen nieder.«

Ich vermute, ich muß die Stirn gerunzelt haben, als er diese heldenhaften einsamen Männer und ihren Kampf so kritisierte. Er merkte es und lächelte reuig. »Ich will sie nicht herabsetzen«, sagte er leise, »ich stelle nur die Wahrheit fest. Wenn Ihr es ernst meint, braucht Ihr jede Information, ob gut oder schlecht.«

»Ich entschuldige mich. Ihr habt natürlich recht.«

»*The Sealed Knot* hatte kein Geld, weil der König kein Geld hatte. Gold kann Loyalität erkaufen, aber Loyalität allein keine

Waffen. Die Franzosen und die Spanier bewilligten Seiner Majestät eine ganz geringe Apanage, die es ihm erlaubte, im Exil zu leben, gaben ihm aber nicht genug, um damit etwas zu unternehmen. Aber wir verloren die Hoffnung nicht, und mir wurde die Aufgabe anvertraut, die Männer des Königs in England zu organisieren, damit sie handeln konnten, wenn sich die Umstände änderten. Ich hätte Thurloes Amt unbekannt sein müssen, da ich damals noch zu jung war, um im Krieg zu kämpfen, und mich in diesen Jahren in Savoyen aufhielt, um meine Bildung zu vollenden. Trotzdem wurde sehr schnell bekannt, wer ich war. Ich wurde verraten und konnte nur von einem Mitglied des *Knot* verraten worden sein, dem bekannt war, was ich tat. Thurloes Männer fielen genau in dem Moment über mich und viele meiner Gefährten her, in dem sie wußten, daß wir belastende Dokumente bei uns hatten.«

»Entschuldigt«, sagte ich, eine zweite Unterbrechung riskierend, obwohl ich wußte, daß er schon über die erste ungehalten gewesen war, »aber wann war das?«

»Anno 1658«, sagte er. »Ich will Euch nicht mit Einzelheiten lästig fallen, aber meine Freunde und vor allem meine geliebte Frau brachten sich durch Bestechung an den Bettelstab und verwirrten das Gremium der Richter, das mich verhörte, derart, daß ich freigelassen wurde und fliehen konnte, bevor man den Irrtum bemerkte. Die anderen hatten weniger Glück. Sie wurden gefoltert und gehenkt. Wichtiger jedoch war, daß alle meine Anstrengungen für den König vergeblich gewesen waren: die neue Organisation, die ich mit großer Mühe aufbauen wollte, war vernichtet, ehe sie ihre Arbeit begonnen hatte.« Er hielt inne und bat höflich einen Diener, mir etwas Gebäck und Wein zu bringen, dann fragte er mich, ob ich die Geschichte schon gehört hätte. Ich hatte sie nicht gehört, und das sagte ich ihm auch. Ich hätte ihm auch gern erklärt, wie aufregend ich es fand, solche Einzelheiten über Gefahr und Mut zu hören, und daß ich wünschte, ich wäre älter gewesen, um mit ihm den Gefahren zu begegnen. Ich bin froh, daß ich es nicht getan habe, er hätte meine Bemerkungen kindisch gefunden, was sie ja auch waren. Statt dessen konzentrierte ich mich auf den Ernst der Ereignisse, die er schilderte, und stellte ihm ein paar Fragen über seinen Verdacht.

»Ich hatte keinen. Ich dachte nur, ich sei vom größten Pech verfolgt. Mir wäre nie in den Sinn gekommen, daß die Gefahr, in die ich geraten war, absichtlich herbeigeführt worden sein könnte. Auf jeden Fall hörte ich ein paar Monate später auf, darüber nachzudenken, als wir die glorreiche Nachricht erhielten, daß Cromwell tot war. Daran erinnert Ihr Euch gewiß?«

Ich lächelte. »Oh, und wie! Wer würde das nicht? Ich denke, es war der glücklichste Tag meines Lebens, und ich war voller Hoffnung für das Land.«

Mordaunt nickte. »Wie wir alle. Es war ein Geschenk Gottes, und wir fühlten endlich, daß die Vorsehung mit uns war. Unsere Lebensgeister regten sich sofort, und unsere Kräfte wurden neu entfacht, obwohl Cromwells Sohn Richard zum Protector ernannt wurde. Und aus dieser Hoffnung heraus wurde ein neuer Plan geboren, ohne daß er befohlen worden war, eine Möglichkeit, das Regime zumindest nervös zu machen. In verschiedenen Teilen das Landes sollte es gleichzeitig zu einem Aufstand von Kräften kommen, die zu groß waren, um ignoriert zu werden. Die Armee des Commonwealth würde sich aufteilen müssen, um mit den Aufständischen fertig zu werden, und das würde, wie wir hofften, die Möglichkeit zu einer schnellen Landung der königlichen Truppen in Kent und zu einem Gewaltmarsch nach London eröffnen.

Wäre es gelungen? Vermutlich nicht, aber ich weiß, daß jeder daran beteiligte Mann sein Bestes gab. Waffen, die seit Jahren für einen solchen Tag gesammelt worden waren, wurden aus ihrem Versteck geholt; Männer von unterschiedlichstem Rang und Stand erklärten im geheimen ihre Bereitwilligkeit, mit uns zu marschieren. Große und kleine belasteten ihr Land mit einer Hypothek und schmolzen ihr Edelmetall ein, um uns mit Geld zu versorgen. Erwartung und Aufregung waren so groß, daß sogar die Unschlüssigsten mitgerissen wurden und dachten, daß endlich die Stunde der Befreiung gekommen sei.

Und wieder wurden wir verraten. Plötzlich tauchten überall da, wo die Männer sich erheben sollten, die Truppen des Commonwealth auf. Wie durch Magie wußten sie, wo Waffen lagerten und wo das Geld versteckt war. Sie wußten, wer zum Offizier ernannt worden war und wer die Pläne und Listen der Streitkräfte hatte. Das gesamte Unternehmen, das fast ein Jahr lang vorbereitet worden war, wurde in weniger als einer Woche in Grund und Boden gestampft. Nur ein Landesteil reagierte schnell genug; Sir George Booth in Cheshire brachte seine Truppen heraus und tat seine Pflicht. Aber er mußte sich allein dem Angriff der ganzen Armee stellen, die vom zweithöchsten General nach Cromwell angeführt wurde. Es war ein Massaker, in seiner Vernichtung so vollständig wie in seiner Erbarmungslosigkeit.«

Als er geendet hatte, war es still im Raum, und ich saß wie erstarrt da. Etwas so Entsetzliches hatte ich wirklich nicht erwartet. Daß der Aufstand von Sir George mißglückt war, wußte ich natürlich, aber nicht einmal im Traum hätte ich mir vorgestellt, daß er durch Verrat gescheitert war. Ebensowenig hatte ich vermutet, daß dies das Verbrechen war, dessen man meinen Vater beschuldigte. Wäre er dafür verantwortlich gewesen, hätte ich ihn selbst gehenkt. Doch bisher hatte ich noch nichts gehört, das auf ihn als den Schuldigen wies.

»Wir haben nichts überstürzt, niemanden vorschnell beschuldigt«, fuhr Mordaunt fort, als ich ihm meine Gedanken darlegte. »Und Euer Vater hatte den Auftrag, den Schuldigen zu entlarven. Es war furchbar, seine Empörung mit anzusehen. Und doch schien sie reine Falschheit zu sein; nach einiger Zeit spielte man uns Regierungsdokumente zu, die ohne den Schatten eines Zweifels auf Euren Vater als den Verräter wiesen. Als man ihm Anfang 1660 die Beweise vorlegte, ist er ins Ausland geflohen.«

»Dann wurde die Angelegenheit nie geklärt?« sagte ich. »Er hatte keine Möglichkeit, die Vorwürfe zu widerlegen.«

»Er hätte alle Möglichkeiten gehabt, wäre er in England geblieben«, antwortete Mordaunt und runzelte die Stirn, weil er aus meinen Worten eine leichte Skepsis heraushörte. »Aber die Dokumente, denke ich, waren unwiderlegbar. Es gab Brief um Brief in einer Geheimschrift, die nur er benutzte; Notizen über Treffen mit hohen Regierungsbeamten, Protokolle über Gespräche, die er geführt hatte, und die nur ihm bekannte Informationen enthielten. Notizen über Zahlungen ...«

»Nein!« Ich brüllte es fast. »Das glaube ich nie und nimmer. Ihr sagt mir – wagt mir zu sagen, mein Vater habe seine Freunde für Geld verkauft?«

»Ich sage Euch nur, was offen darliegt, was jeder sehen kann«, sagte Mordaunt hart, und ich wußte, ich hatte die Grenzen des Anstands überschritten. Sein Wohlwollen hing jetzt nur noch an einem hauchdünnen Faden, und ich entschuldigte mich hastig für meine Unhöflichkeit.

»Aber am schlimmsten belastet wurde er von der Regierung selbst? Ihr habt das geglaubt?«

»Regierungspapiere, die aber nicht von der Regierung kamen. John Thurloe war nicht der einzige, der Spione hatte.«

»Ist Euch nie der Gedanke gekommen, daß man Euch die Papiere vielleicht absichtlich zugespielt hat? Um mit dem Finger auf den Falschen zu zeigen und Zwietracht zu säen?«

»Natürlich haben wir auch daran gedacht«, sagte er scharf, und ich merkte, daß ich anfing, ihn zu ermüden. »Wir waren überaus vorsichtig. Und wenn Ihr mir nicht glaubt, dann solltet Ihr noch andere Gefährten Eures Vaters aufsuchen, die werden Euch auch ganz ehrlich erzählen, was sie wissen.«

»Das will ich auch tun. Wo finde ich sie?«

Lord Mordaunt sah mich mißbilligend an. »Ihr braucht Hilfe. In London, Junge. Oder, wenn man die Jahreszeit in Betracht zieht, in Tunbridge Wells. Wo sie, wie alle anderen, alles daransetzen, eine gute Position zu erringen.«

»Und darf ich Euch wieder besuchen?«

»Nein. Und darüber hinaus – es darf nicht bekanntwerden, daß Ihr hier wart – ich will es nicht. Ich empfehle Euch, verhaltet Euch diskret und seht Euch vor, mit wem Ihr sprecht; die Angelegenheit ist noch immer äußerst heikel, und man erinnert sich mit großer Bitterkeit daran. Niemand soll wissen, daß ich Euch geholfen habe, in alten Wunden zu wühlen, die am besten vergessen würden. Ich habe heute nur mit Euch gesprochen, weil ich an den Mann denken mußte, für den ich Euren Vater einmal hielt. Und ich möchte etwas dafür haben.«

»Alles, was in meiner Macht liegt.«

»Ich glaube, Euer Vater hat ein ungeheuerliches Verbrechen begangen. Wenn Ihr irgendeinen Beweis entdeckt, der mich Lügen straft, möchte ich das sofort von Euch erfahren, denn dann will ich alles tun, um Euch zu helfen.«

Ich nickte.

»Und wenn Ihr mir beipflichten müßt, weil meine Schlußfolgerungen korrekt waren, dann werdet Ihr mir auch das mitteilen. Dann erst kann ich ruhig schlafen. Mich plagt die Ungewißheit – die Möglichkeit, daß ein anständiger Mann vielleicht zu Unrecht verdächtigt wurde. Wenn Ihr Euch von seiner Schuld überzeugen könnt, dann werde ich es akzeptieren. Wenn nicht …«

»Was dann?«

»Dann hat ein anständiger Mann gelitten, und ein Schuldiger ist davongekommen. Das ist eine Schmach, die getilgt werden muß.«

Fünftes Kapitel

ICH WAR NACH Tunbridge Wells vier Tage unterwegs, da ich London lieber umging, anstatt es zu durchqueren, und obwohl ich schnell vorankommen wollte, bedauerte ich den Umweg keinen Moment. Die Nächte waren noch warm, und die Einsamkeit erfüllte mein Herz mit einer Gelassenheit, die ich bisher kaum gekannt hatte. Ich dachte sehr viel an das, was Mordaunt erzählt hatte, und mir wurde klar, daß ich weitergekommen war: Ich wußte jetzt, wessen man meinen Vater beschuldigte, und ich wußte, wie die Anschuldigungen verbreitet worden waren – durch gefälschte Papiere aus Thurloes Amt –, und sie zu finden, gehörte jetzt zu meinen Aufgaben. Mehr noch, ich wußte, daß es einen gut plazierten und gut informierten Verräter tatsächlich gegeben hatte; wenn es nicht mein Vater gewesen war, war die Zahl derjenigen, die es gewesen sein konnten, sehr begrenzt – nur eine Handvoll eingeweihter Männer konnten den Aufstand von 1659 so umfassend verraten haben. Ich hatte sein Gesicht in der Wasserschüssel der alten Blundy gesehen; jetzt mußte ich seinen Namen erfahren. Ich wußte, wie es getan worden war und warum; wenn ich Glück hatte, würde ich auch entdecken, wer es gewesen war.

Ich hätte nicht allein bleiben müssen, denn es waren viele Leute unterwegs, doch ich wich immer aus, wenn jemand versuchte, mir seine Gesellschaft aufzuschwatzen, schlief, in meine Decke gewickelt, nachts allein im Wald und kaufte mir, was ich zum Essen brauchte, in den Dörfern und kleinen Städten, durch die ich kam. Der Wunsch nach Alleinsein verging erst, als ich an den Stadtrand von Tunbridge Wells kam und das lebhafte Hin und Her von Kutschen und Karossen sah, die endlosen Ketten der Lastkarren, die Produkte aller Art in die Stadt brachten, damit es den Höflingen an nichts fehlte, die wachsende Zahl der reisenden Händler, Musiker und Diener, die hierherkamen und hofften, mit dem Verkauf ihrer Waren ein bißchen Geld zu verdienen. Während der letzten beiden Tage hatte ich, ganz gegen meinen Willen, eine Begleiterin gehabt, da sich mir eine junge Hure namens Kitty anschloß und mir ihre Dienste anbot, wenn ich sie beschützte. Sie kam aus London, war am Tag vorher überfallen worden und wollte nicht, daß es noch einmal geschah. Beim ersten Mal hatte sie Glück gehabt, denn außer ein paar blauen Flecken hatte sie keinen sichtbaren Schaden davongetragen, aber sie hatte Angst. Hätte sie einen Zahn verloren oder wäre ihre Nase gebrochen, hätten ihre Einkünfte schwer darunter gelitten, und sie war auf ihr Gewerbe angewiesen.

Ich erklärte mich bereit, sie zu beschützen, denn das Geschöpf hatte eine seltsame Faszination für mich; mir, einem Knaben vom Land, war eine solche Erscheinung städtischer Verworfenheit noch nie vor Augen gekommen. Sie war nicht, was ich nach den schaurigen Geschichten, die man sich erzählte, erwartet hatte; tatsächlich war sie viel korrekter als viele feine Ladys, denen ich im späteren Leben begegnet bin, und, so vermute ich, nicht weniger tugendhaft. Sie war etwa im selben Alter wie ich, ein Soldatenbastard, von der Mutter ausgesetzt, die Angst vor der Strafe gehabt hatte. Wie sie aufwuchs, weiß ich nicht, doch sie war dadurch weiser und gerissener geworden. Ehrlichkeit war für sie kein Begriff, und sie hatte eine ganz einfache Moral – half man ihr, bewies sie ihre Dankbarkeit. Verletzte man sie, schlug sie zurück. Das war ihr ganzes moralisches Universum, und was ihm an Christlichkeit fehlte, machte es durch praktische Dinge mehr als wieder wett. Das war in all seiner Schlichtheit wenigstens ein Kodex, an den sie sich halten konnte.

Ich sollte sagen, daß ich nicht nahm, was sie mir in der Nacht, bevor wir Tunbridge Wells erreichten, anbot; Angst vor Tripper und die Schwere meiner Gedanken verdarben mir den Appetit; ich konnte nur an das denken, was ich am nächsten Tag tun würde. Aber wir aßen, redeten und schliefen später unter derselben Decke ein, und, obwohl sie sich über mich lustig machte, war sie, denke ich, zufrieden, daß es so war. Wir trennten uns vor der Stadt in gutem Einvernehmen; ich blieb jedoch zurück, weil ich mich davor fürchtete, mit ihr gesehen zu werden.

Wie mein Vater war ich nie ein Mann des Hofes oder höfischer Allüren. Tatsächlich habe ich es stets vermieden, mir den in dieser Gesellschaft unvermeidlichen Ruf der Verderbtheit zu erwerben. Obwohl ich kein Puritaner bin, gibt es einen gewissen Anstand, an den ein Gentleman sich halten sollte, und der Hof hatte in jenen Tagen sehr schnell aufgehört, so zu tun, als halte er an den unerschütterlichen Grundsätzen und Werten fest, die das Leben in einem Land lebenswert machen. Tunbridge Wells schokkierte mich über alle Maßen. Ich war darauf vorbereitet (denn Gerüchte verbreiteten sich damals schnell und üppig), daß die Damen des Hofes sich unmaskiert in der Öffentlichkeit zeigten, sogar Perücken trugen, sich parfümierten und schminkten. Entsetzt war ich, weil die Royal Horseguards sich genauso zurechtmachten.

Doch diese Dinge berührten mich kaum; ich war nicht dort, um auf mich aufmerksam zu machen, mit messerscharfen Geistreicheleien zu verletzen oder mir eine Gunst zu erschleichen. Auch hatte ich dazu nicht die Mittel. Um eine Stellung zu bekommen, die ihm jährlich fünfzig Pfund einbrachte, hatte einer meiner Freunde beinahe siebenhundertfünfzig Pfund an Bestechungsgeldern ausgeben müssen, jedes einzelne Pfund davon gegen hohe Zinsen geliehen; die Folge war, daß er, um standesgemäß leben und seine Schulden zurückzahlen zu können, die Regierung um mehr als zweihundert Pfund betrügen mußte. Ich hatte kaum das Geld, um mir den Posten eines Rattenfängers Seiner Majestät zu erkaufen, geschweige denn einen, der meiner gesellschaftlichen Stellung entsprach. Und da ich meines Vaters Sohn war, hätte das ganze Geld der Welt mir nicht einmal zum allerniedrigsten Posten verholfen.

Da es zu teuer war, konnte ich nicht in der Stadt bleiben. Man wußte dort, daß man nicht allzulange in Mode bleiben und der

Hof in seiner Launenhaftigkeit sich bald woanders hinwenden würde. Tunbridge Wells war eine häßliche kleine Siedlung mit einer einzigen Attraktion – dem Heilwasser, das in diesem Jahr *à la mode* war. Alle Gecken und Narren waren da, plapperten dauernd darüber, wie gut ihnen das Wasser tat, daß sie sich wohler fühlten, seit sie die faulig schmeckende Brühe tranken, und dabei war ihnen doch nur darum zu tun, um einflußreiche Männer herumzuscharwenzeln. Um sie herum versammelten sich die Händler wie Fliegen und versuchten ihnen soviel Geld wie möglich aus den Taschen zu ziehen. Ich weiß nicht, wer schlimmer war; mir wurde von beiden übel. Die Preise waren unverschämt, trotzdem waren alle Zimmer an Höflinge vermietet, die gut dafür bezahlten, um in der Nähe Seiner Majestät zu sein; viele wohnten sogar in Zelten, um nah genug heranzukommen. Während meines kurzen Aufenthalts bekam ich den König nicht einmal von weitem zu sehen. Ich schämte mich zu sehr für meine Kleidung, um zu einem Lever zu gehen, und hatte zuviel Angst vor einer Kränkung, sollte mein Name irgendwie bekanntwerden. Ich hatte eine Aufgabe und wollte mir von den Worten eines Gecken nicht mein Leben verkürzen lassen. Wenn sie öffentlich geäußert würden, müßte ich ihn fordern, und ich war klug genug, um zu wissen, daß ich fast sicher verlieren würde.

Daher mied ich die eleganten Spielplätze und jene, die sie bevölkerten, und beschränkte mich auf die billigeren Tavernen am Stadtrand, wo die Diener und Lakaien sich versammelten, wenn sie ihrer Pflichten ledig waren, Karten spielten, tranken und sich gegenseitig Geschichten über den Adel erzählten. Einmal sah ich meine Reisegefährtin, doch sie war zu entgegenkommend, um mich in der Öffentlichkeit zu kennen, obwohl sie mir keck und übermütig zuzwinkerte, als sie am Arm eines großen Gentleman vorbeiging, der sich nicht schämte, seine Wollust öffentlich zur Schau zu stellen.

Von den Dienern erfuhr ich sehr bald, daß meine Reise, soweit ich sie wegen meines Vormundes Sir William Compton unternommen hatte, vergeblich gewesen war, denn er war nicht da. Wegen einer Auseinandersetzung mit dem Lordkanzler Clarendon über die Jagdrechte im Wychwood Forest, die beide beanspruchten, hatte er auf die Reise verzichtet, denn solange Clarendon die Zügel der Regierung in der Hand hielt, konnte Compton nichts ausrichten. Das wußte er und hatte deshalb beschlossen, sein Geld zu sparen, zu Hause zu bleiben und nicht einmal an den Hof zu kommen.

Zwei andere, die zum magischen Zirkel gehörten, waren zwar da, doch wie ich hörte, hatten die Segnungen des Erfolges Edward Villiers und Sir John Russell, die im Unglück fest zusammengehalten hatten, gründlicher entzweit, als John Thurloes Intrigen es je vermocht hätten. Villiers gehörte jetzt, von Lord Mordaunt hineingezogen, Mylord Clarendons Partei an, während Sir John, ein Mitglied der großen Familie des Herzogs von Bedford, sich der Gegenpartei angeschlossen hatte, deren Einigkeit ausschließlich auf der gemeinsamen Verachtung von Clarendon beruhte. Das ist Macht – gute Männer, treu, großzügig und mutig auf dem Felde, zanken sich, wenn sie zu Höflingen werden, wie kleine Kinder.

Dennoch hatte ich zwei Leute, an die ich mich wenden konnte, und ich fühlte, daß es ein lohnender Abend gewesen war, den ich, dem Klatsch und Tratsch lauschend, in der Taverne verbracht hatte. Ich war versucht, mich zuerst an Villiers zu wenden, denn er fand ganz offensichtlich ein offenes Ohr bei den Mächtigen, doch nach einigem Überlegen beschloß ich, es mir einfacher und am nächsten Morgen Sir John Russell meine Aufwartung zu machen. Ich wünschte, ich hätte es nicht getan. Am liebsten würde ich den Zwischenfall schweigend übergehen, weil er ein schlechtes Licht auf jemanden wirft, der als Gentleman geboren wurde. Doch ich bin in der Stimmung, alles zu berichten, »schonungslos«, wie Cromwell sagte. Sir John weigerte sich, mit mir zu sprechen. Wenn das nur alles gewesen wäre; doch er wies mich auf eine Weise ab, die darauf abzielte, mich zu demütigen, obwohl ich ihm nie ein Unrecht angetan hatte. Es dauerte mehrere Monate, ehe ich entdeckte, warum mein Name ihn dazu gebracht hatte, so zu handeln.

Folgendes war geschehen: Um sieben Uhr morgens betrat ich seinen Gasthof und bat den Wirt, seinen Diener zu Sir John zu schicken und für mich um eine Audienz zu bitten. Der Form nach nicht korrekt, ich weiß, doch wer jemals an einem Hof gewartet hat, der von einem Ort zum anderen unterwegs war, der weiß, daß dort Formalitäten nicht gefragt sind. Um mich herum standen ein paar Dutzend Leute, und es wimmelte von niederen Höflingen, die versuchten, ihren ersten Schritt auf der langen, rutschigen Leiter zu Amt und Würden zu tun. In gewisser Weise war ich auch so jemand, und so saß ich geduldig wartend da. In dieser einsamen Lage – denn niemand ist einsamer als ein Bittsteller in einem Raum voller Bittsteller – wartete ich eine halbe Stunde auf eine Antwort. Dann eine Stunde und noch eine halbe. Kurz nach zehn kamen zwei Männer die Treppe herunter auf mich zu. Das Plappern und Schwatzen im Raum verstummte. Alle vermuteten, daß ich erfolgreich die erste Hürde genommen hatte, und wollten mit einer Mischung aus Neugier und Neid beobachten, wie es weiterging.

Es war absolut still im Raum, so daß jeder die Botschaft hörte, die mir überbracht wurde. Der Diener sprach auch absichtlich so laut, daß es ja alle hörten.

»Ihr seid Jack Prestcott?«

Ich nickte und wollte aufstehen.

»Der Sohn von James Prestcott, dem Mörder und Verräter?«

Mein Magen krampfte sich zusammen, als ich mich wieder setzte, plötzlich außer Atem vor Schreck. Ich wußte, daß noch mehr kam, und ich hatte nichts, womit ich mich dagegen wehren konnte.

»Sir Russell läßt Euch grüßen und hat mich gebeten, Euch zu sagen, daß der Sohn eines Hundes ein Hund ist. Er hat mir befohlen, Euch zu bestellen, er dulde kein verräterisches Gezücht in seiner Nähe, und Ihr sollt dieses Gebäude auf schnellstem Wege verlassen und nie wieder die Unverschämtheit haben, Euch ihm zu nähern. Tut Ihr es doch, wird er Euch von seiner Schwelle prügeln lassen. Verschwindet von hier, oder Ihr endet in der Gosse, wohin auch Euer niederträchtiger Vater gehört hätte.«

Es war totenstill. Ich fühlte, wie dreißig Augenpaare mich durchbohrten, als ich meinen Hut packte und zur Tür stolperte, wie benebelt, ohne etwas anderes mitzunehmen, als diesen oder jenen flüchtigen Eindruck – das bekümmerte, beinahe mitleidige Gesicht des ersten Dieners und die Härte des anderen, der es genoß, mich zu demütigen; den Ausdruck boshaften Triumphs auf den Gesichtern einiger Bittsteller, das lebhafte Interesse der anderen, während sie daran dachten, wie sie diese Geschichte in den nächsten Wochen immer wieder erzählen würden. Das Blut dröhnte mir im Kopf, Zorn und Haß ergossen sich in meine Seele, und ich hatte ein Gefühl, als würde die Kraft in meinem Schädel ihn im nächsten Moment spalten. Nichts anderes spürte ich, als ich die Tür erreichte, und ich erinnere mich nicht einmal, wie ich auf mein elendes Feldbett über den Ställen der Taverne zurückkam.

Wie lange ich dort lag, weiß ich nicht genau, aber es muß ziemlich lange gewesen sein. Ich nehme an (denn ich teilte den Platz mit einem halben Dutzend anderen), daß ein Kommen und Gehen geherrscht haben muß, von dem ich jedoch überhaupt nichts merkte. Ich weiß nur, daß ich, als ich meiner Sinne wieder mächtig war, lange Bartstoppeln hatte, meine Arme und Beine schwach waren und ich mich rasieren mußte, bevor ich mein Gesicht wieder der Welt präsentieren konnte. Das Wasser aus dem Brunnen war eisig kalt, aber als ich in das Wirtshaus auf der anderen Hofseite hinunterging, sah ich wieder einigermaßen manierlich aus. Ich hatte schon beinahe vergessen, was geschehen war, doch als ich durch die Tür trat, kam die Erinnerung blitzartig zurück – Totenstille, gefolgt von einem Kichern. Ich ging zur Theke, um ein Bier zu bestellen, und der Mann neben mir kehrte mir mit der natürlichen Grobheit des gemeinen Volkes schroff den Rücken zu – doch vielleicht war das, wenn man das Beispiel bedachte, das die sogenannten Höhergestellten ihnen gaben, gar nicht überraschend.

* *
*

Es ist schwer, solche Demütigungen noch einmal zu durchleben, und auch jetzt noch merke ich, daß mir die Hand zittert, wenn ich die Feder in die Tinte tauche, um diese Worte niederzuschreiben. So viele Jahre sind vergangen, die mir viel Schönes und Gutes brachten, doch der Augenblick schmerzt noch tief und der Zorn kommt wieder. Man hat mir gesagt, das Herz eines Gentleman leide mehr unter solchen Wunden als das der gemeinen Leute, weil seine Ehre größer ist, und das trifft vielleicht wirklich zu. Ich hätte weitergemacht, hätte es nur irgendeinen Sinn gehabt, aber ich wußte, der Zwischenfall bedeutete das Ende meiner Reise. Ich hatte keine Möglichkeit, mich an Edward Villiers zu wenden und zu hoffen, höflich empfangen zu werden, und einer zweiten schroffen Abfuhr wollte ich mich nicht aussetzen. Ich konnte mich nur so schnell wie möglich davonmachen, obwohl ich entschlossen war, das Gesicht von Sir John Russell zu sehen, bevor ich ging, um festzustellen, ob es der Vision glich, die ich in Mrs. Blundys Wasserschüssel erblickt hatte. Mordaunts Gesicht hatte keine Ähnlichkeit mit ihm gehabt, und darüber war ich von Herzen froh, und ich wußte bereits, daß auch Villiers anders aussah. Ich gestehe, daß ich hoffte, Sir John, der schon genug getan hatte, um meiner unversöhnlichen Feindschaft gewiß zu sein, möge der Erscheinung gleichen.

Doch es sollte nicht sein. Stundenlang lag ich vor dem Gasthof auf der Lauer und (so unauffällig wie möglich, damit man mich nicht erkannte) abseits der modisch gekleideten Menschen, die sich dort versammelten, lauschte voller Zorn dem fröhlichen Treiben im Haus und ließ mich von den ersten Herbstregen bis auf die Haut durchnässen. Schließlich wurde ich in gewisser Weise belohnt. Ich hatte den Besitzer eines Verkaufsstandes bestochen, mir Sir John zu zeigen, wenn er herauskam, und als ich die Hoffnung schon fast aufgegeben hatte, stieß mich der Händler in die Rippen und zischte mir ins Ohr: »'ier isser, in seiner ganzen Pracht.«

Ich sah auf und erwartete eigentlich, auf den Stufen ein fast bekanntes Gesicht zu sehen. »Wo?« fragte ich.

»Dort. Das isser.« Der Händler zeigte auf einen fetten, kugelrunden Mann mit einem rosa Gesicht und einem zottigen altmodischen Bart. Mit größter Enttäuschung beobachtete ich, wie dieser Mensch (der weder falsch noch vertraut aussah) in eine wartende Kutsche stieg. Er war nicht der Mann, den die alte Blundy mir gezeigt hatte.

»Geht, so geht doch schon und gebt ihm Euren Brief«, sagte der Händler.

»Meinen was?« Ich hatte völlig vergessen, daß ich behauptet hatte, ich wolle aus diesem Grund wissen, wer Sir John war. »Oh, das. Später vielleicht.«

»Nervös, wie? Ich weiß. Aber ich sag Euch eines, junger Sir, bei dieser Bande erreicht ihr nichts, wenn Ihr nicht tut, was Ihr Euch vorgenommen habt.«

Ich beschloß, diesen zwar ungebetenen, aber wahrscheinlich guten Rat zu beherzigen, mein Bündel zu schnüren und die Stadt zu verlassen. Was ich suchte, war nicht hier.

Sechstes Kapitel

Es ist nachmittag und man sagt mir (Ihr merkt, wie es sich heutzutage verhält – man sagt mir), daß wir am nächsten Morgen zu meinem Landsitz aufbrechen; ich habe noch ein wenig Zeit, meine Erzählung fortzusetzen. Ich mußte mir wegen dieser verdammten Idiotenperücke schon den Schädel rasieren lassen, der Schneider war bei mir, alle sind ungeheuer beschäftigt. So viele Dinge müssen vorbereitet werden, und mir sind alle herzlich gleichgültig. Diese ermüdenden, kleinen Details haben keine Bedeutung für meine Geschichte, aber mir fällt diese Neigung zur Gleichgültigkeit an mir jetzt immer häufiger auf. Es ist wahrscheinlich Altersschwäche; ich stelle fest, daß ich mich leichter an das erinnern kann, was vor so vielen Jahren geschah, als an das, was ich vorgestern getan habe.

Und wieder zu meiner Geschichte: Mit einem tiefen Groll im Herzen und noch fester entschlossen, meine verborgenen Feinde zu entlarven, kam ich nach Oxford zurück. Ich war länger als zwei Wochen weg gewesen, und in dieser Zeit hatten Studenten die Stadt überschwemmt, jetzt war es nicht mehr der stille, rustikale Ort wie während der meisten Zeit des Jahres. Glücklicherweise bedeutete es aber auch, daß alle hier sein würden, deren Hilfe ich brauchte. Einer davon war natürlich Thomas; er war mit seiner durch Theologie und Logik, die er beide mit erstaunlichem Geschick an der Universität lehrte, zurechtgeschliffenen Kunst des Disputierens für mich unentbehrlich. Schneller als jeder andere, den ich kannte, konnte er Unmengen von Informationen durchdenken und ihren Sinn herausarbeiten. Der andere war ein seltsamer kleiner Vogel, den er eines Tages zu mir brachte. Sein Name war Anthony Wood.

»Hier«, sagte Thomas, der mir Wood in seinem Zimmer vorstellte, »ist die Lösung für all deine Probleme. Mr. Wood ist ein hervorragender Wissenschaftler und möchte dir unbedingt bei deiner Suche helfen.«

Cola beschreibt ihn kurz, und in diesem Fall habe ich an dem, was er geschrieben hat, wirklich kaum etwas auszusetzen – was nur sehr selten vorkommt; nie ist mir ein lächerlicheres Geschöpf begegnet als Anthony Wood. Er war beträchtlich älter als ich, um die Dreißig vielleicht, hatte aber schon den krummen Rücken und die eingefallenen Wangen des Bücherwurms. Seine Kleidung war ungeheuerlich, so alt und voller Flicken, daß man kaum sehen konnte, seit wann sie aus der Mode war – seine Socken waren gestopft, und wenn ihn etwas amüsierte, hatte er die Gewohnheit, den Kopf zurückzuwerfen und wie ein Pferd zu wiehern. Ein unangenehm schriller Ton, der alle, die sich in seiner Gesellschaft befanden, plötzlich ernst werden ließ, denn jeder fürchtete, etwas Witziges zu sagen und dann sein Lachen ertragen zu müssen. Das alles, zusammen mit seinen uneleganten Bewegungen – einem ständigen Rucken und Zucken, so daß er kaum mehr als ein paar Sekunden stillsitzen konnte –, reizte mich vom ersten Augenblick an, und es fiel mir wirklich schwer, nicht die Geduld zu verlieren.

Doch Thomas sagte, er könnte mir nützlich sein, deshalb verzichtete ich darauf, mich über ihn lustig zu machen. Unglücklicherweise erwies es sich als fast unmöglich, die Verbindung abzubrechen, nachdem sie einmal geknüpft war. Wie alle Wissenschaftler ist Wood arm und ständig auf der Suche nach einem Gönner: Sie alle scheinen zu denken, man müßte für ihren Zeitvertreib bezahlen. Von mir hat er nie etwas bekommen, ist aber auch nie verzweifelt. Er kommt noch immer, um mir seine Aufwartung zu machen, weil er hofft, eine Münze aus meiner Tasche könnte sich in seine tintenfleckigen Hände verirren, und er vergißt nie, mich an das zu erinnern, was er vor so vielen Jahren für mich getan hat. Tatsächlich war er erst vor ein paar Tagen hier, deshalb ist er mir so lebhaft in Erinnerung, aber er hatte nichts Bedeutsames zu sagen. Er schreibt ein Buch, doch was ist schon dabei? Er schreibt daran, seit ich ihn kenne, und scheint nie zu einem Ende zu kommen. Und er ist einer der drahtigen kleinen

Männer, die nie zu altern scheinen, außer daß sie noch ein wenig gebeugter gehen und ein paar Falten mehr im Gesicht haben. Wenn er ein Zimmer betritt, ist es, als habe sich mein halbes Leben nicht ereignet und sei nur ein Traum. Allein meine Schmerzen erinnern mich daran, daß es keiner ist.

»Mr. Wood ist ein sehr guter Freund von mir«, erklärte Thomas, als er merkte, mit welchem Widerwillen ich den Mann betrachtete. »Wir musizieren jede Woche zusammen. Er ist Student der Geschichte und hat in den letzten Jahren viel Wissenswertes über die Kriege gesammelt.«

»Faszinierend«, sagte ich trocken. »Doch ich verstehe nicht, wie er mir helfen könnte.«

Jetzt begann Wood zu sprechen – mit einer hohen, flötenden Stimme präzise und abgehackt formulierend, so ordentlich wie ein Notizbuch und kaum interessanter.

»Ich hatte die Ehre, vielen Leuten zu begegnen«, sagte er, »ausgezeichnet im Krieg und in öffentlichen Angelegenheiten. Und ich habe beträchtliche Kenntnis von dem tragischen Weg dieses Landes und würde sie Euch mit Freuden zur Verfügung stellen, um zu ergründen was aus Eurem Vater geworden ist.«

Ich schwöre, so hat er immer gesprochen, seine Sätze so perfekt formuliert, wie er selbst grotesk war. Ich wußte nicht, wie ich mit diesem Angebot umgehen sollte, aber Thomas sagte, ich müßte auf jeden Fall annehmen, da Mr. Wood wegen seines hervorragenden Urteilsvermögens und umfangreichen Wissens sehr bekannt war. Wenn ich etwas über ein Ereignis oder eine bestimmte Persönlichkeit erfahren wolle, dann müsse ich Wood auf alle Fälle zuerst fragen: Es werde mir viel Zeit ersparen.

»Nun gut«, sagte ich. »Aber eines muß Euch von vornherein klar sein – Ihr dürft niemandem von meinen Nachforschungen erzählen. Es gibt viele, die zu meinen Feinden würden, wenn sie wüßten, was ich tue. Ich wünsche, daß es geheim bleibt.«

Wood stimmte widerstrebend zu, und ich sagte ihm, ich würde ihm zu gegebener Zeit alle Fakten und Informationen zukommen lassen, damit er, was ich ermittelt hatte, durch seine eigenen Ermittlungen ergänzen konnte. Dann schob Thomas ihn rücksichtsvoll aus dem Zimmer, und ich warf meinem Freund einen schiefen und vorwurfsvollen Blick zu.

»Ich weiß, Thomas, daß ich jede Hilfe brauche, die ich bekommen kann, aber …«

»Du hast unrecht, mein Freund, Mr. Woods Kenntnisse könnten eines Tages entscheidend für dich sein. Du darfst ihn nicht einfach ablehnen nur wegen seines Aussehens. Mir ist noch jemand eingefallen, der dir nützlich sein könnte.«

Ich stöhnte. »Wer ist es denn diesmal?«

»Dr. John Wallis.«

»Wer?«

»Er ist Professor der Geometrie und genoß das uneingeschränkte Vertrauen des Commonwealth, weil er im Entschlüsseln von Geheimschriften so geschickt war und Thurloes Amt zahlreiche geheime Briefe des Königs verriet, wie es heißt.«

»Dann hätte er hängen sollen …«

»Und leistet jetzt der Regierung Seiner Majestät die gleichen Dienste, munkelt man. Lord Mordaunt hat dir gesagt, die Dokumente, die deinen Vater belasteten, waren in Geheimschrift abgefaßt. Wenn das stimmt, könnte Dr. Wallis etwas darüber wissen. Wenn du ihn überreden könntest, zu helfen …«

Ich nickte. Vielleicht war zur Abwechslung eine von Thomas' Ideen wirklich einmal brauchbar.

* *
*

Doch bevor Mr. Wood oder Dr. Wallis viel für mich tun konnten, hatte ich die Gelegenheit, Thomas etwas von meiner Schuld zurückzuzahlen, indem ich ihn von einem absolut lächerlichen Verdacht befreien konnte. Die Umstände waren, wenn auch ein wenig beunruhigend, höchst amüsant. Jedermann wußte, daß Old Tidmarsh der Quäker in seinem kleinen Haus am Fluß heimliche Zusammenkünfte abhielt. Sie waren natürlich verboten, weil ungesetzlich, und wenn man bedachte, wie viele Schwierigkeiten und Probleme diese Verrückten schon verursacht hatten, hätten sie unbarmherzig vernichtet werden sollen. Aber nein; ab und zu wurden ein paar eingesperrt, dann wieder freigelassen, um mit ihrem widerwärtigen Spuk fortzufahren. Sie schienen wirklich stolz darauf zu sein und verglichen blasphemisch ihre Leiden mit den Leiden Unseres Herrn. Einige (hörte ich) behaupteten in ih-

277

rer Arroganz sogar, der Herr selbst zu sein, liefen umher, schüttelten den Kopf und taten so, als könnten sie Menschen heilen. Die Welt war in jenen Tagen voll solcher Wahnsinniger. Das Gefängnis ist nicht die richtige Art, mit solchen Menschen umzugehen; halbe Maßnahmen nähren nur ihren Stolz. Man sollte sie in Ruhe lassen oder hängen, das ist meine Meinung. Oder noch besser, man schicke sie nach Amerika und lasse sie dort verhungern.

Jedenfalls ging ich ein paar Abende später unten bei der Burg spazieren, als ich lauten Lärm und mehrere Menschen in Panik wegrennen hörte. Endlich schien sich der Friedensrichter entschlossen zu haben, etwas zu unternehmen. Überall waren Sektierer, sprangen aus Fenstern, rannten hierhin und dorthin wie Ameisen, die in ihrem Bau aufgescheucht worden waren. Laßt Euch von diesen Leuten ja nicht einreden, daß sie stillsitzen und Psalmen singen, wenn sie verhaftet werden. Sie fürchten sich wie alle anderen auch.

Ich stand da und beobachtete vergnügt das Durcheinander, bis ich, zu meiner größten Überraschung, meinen Freund Thomas fast aus dem Fenster von Tidmarshs Haus fallen und durch eine schmale Gasse wegrennen sah.

Sofort lief ich hinter ihm her, wie jeder gute Freund es getan hätte. Von allen dämlichen Menschen, dachte ich, ist er vielleicht der dämlichste. Da war er und setzte seine Zukunft aus einer lächerlichen Pietät heraus aufs Spiel in einem Augenblick, in dem absolute und totale Konformität gefordert war.

Er war nicht besonders sportlich, und ich holte ihn mühelos ein. Als ich ihn an der Schulter packte und zwang, stehenzubleiben, wäre er beinahe in Ohnmacht gefallen, die arme Seele.

»Was, in Gottes Namen, tust du denn da?«

»Jack!« stieß er erleichtert hervor. »Dem Himmel sei Dank. Ich dachte schon, es ist die Wache.«

»Und recht wäre dir geschehen. Du mußt verrückt sein.«

»Nein, ich …«

Seine Erklärung für diesen Widersinn wurde jedoch unterbrochen, denn jetzt tauchten tatsächlich zwei Männer von der Wache auf. Wir waren in einer engen Seitengasse, und ein Fluchtversuch wäre absolut sinnlos gewesen. »Sei still, lehn dich an meine Schulter und überlaß alles mir«, flüsterte ich, als sie näher kamen.

»Guten Abend, Sirs«, rief ich so undeutlich, daß es sich viel betrunkener anhörte, als ich tatsächlich war.

»Und was macht Ihr beiden?«

»Ah«, sagte ich. »Haben wieder die Sperrstunde verpaßt, wie?«

»Studenten, ja? Welche Colleges?« Er sah Thomas an, dem es leider nicht sehr gut gelang, den Betrunkenen zu spielen. Hätte er nur ein wenig Erfahrung mit dem Alkohol gehabt, wäre er vielleicht besser gewesen.

»Wo wart Ihr in den letzten zwei Stunden?«

»Mit mir in der Taverne«, sagte ich.

»Ich glaube Euch nicht.«

»Wie dürft Ihr es wagen, mein Wort anzuzweifeln?« entgegnete ich hochfahrend. »Was glaubt Ihr denn, wo wir waren?«

»Bei einer verbotenen Versammlung.«

»Das soll wohl ein Scherz sein?« sagte ich, überzeugende Heiterkeit demonstrierend, und tat so, als fände ich die Idee höchst lächerlich. »Sehe ich wie ein Fanatiker aus? Wir mögen betrunken sein, aber gewiß nicht vom Wort Gottes, wie ich zum Glück sagen darf.«

»Ich habe ihn gemeint.« Er zeigte auf Thomas, der immer blasser wurde.

»Er?« rief ich. »O du meine Güte, nein! In Ekstase war er heute abend zwar, aber vom Himmel ist sie gewiß nicht gekommen. Ich bin sicher, die beteiligte Dame würde für ihn bürgen. Laßt Euch von seiner klerikalen Erscheinung nicht täuschen.«

Thomas errötete bei meinen Worten, und zum Glück hielten die beiden es für Scham.

»Ich selbst habe Karten gespielt und das ziemlich gewinnbringend.«

»Tatsächlich?«

»Ja. Und da ich glänzend gelaunt bin, möchte ich mein Glück mit aller Welt teilen. Hier, Sir. Nehmt den Shilling und trinkt auf mein Wohl.«

Er nahm die Münze, betrachtete sie den Bruchteil einer Sekunde lang, dann überwog die Gier das Pflichtbewußtsein. »Und wenn Ihr Quäker jagt«, fuhr ich fröhlich fort, als das Geld in seiner Tasche steckte, »ich habe zwei düstere Gestalten vor nicht ganz drei Minuten dort drüben die Straße entlanglaufen sehen.«

Er sah mich an und zeigte mir grinsend seine klaffenden Zahnlücken. »Ich danke Euch, junger Sir. Aber die Sperrstunde ist noch nicht vorbei. Solltet Ihr noch hier sein, wenn ich zurückkomme ...«

»Keine Sorge. Und jetzt rennt, damit Ihr sie noch erwischt.«

Ich seufzte tief und erleichtert auf, als die beiden losliefen und wandte mich dann Thomas zu, der ganz offensichtlich mit einer schweren Übelkeit kämpfte.

»Den Shilling schuldest du mir«, sagte ich. »Und jetzt weg hier.«

Schweigend gingen wir zum New College zurück; ich mußte mit ihm reden, konnte das aber nicht in meiner Unterkunft tun, in der ich eingepfercht mit meinem Tutor hauste – der, stellte ich mir vor, schon im Bett lag. Thomas jedoch, als Senior Fellow eines wohlhabenden College, hatte die Freiheit, zu kommen und zu gehen, ohne sich um die Sperrstunden zu kümmern, die mir das Leben schwermachten. So klein und schäbig sein Zimmer auch war, er brauchte es nicht mit seinen Studenten zu teilen – eine luxuriöse Neuerung, über die, als man sie einführte, viel geredet worden war.

»Du mußt den Verstand verloren haben, mein Freund«, sagte ich heftig, als ich die Tür hinter mir geschlossen hatte. »Was, in aller Welt, hast du getan? Huldige deinen Gefühlen privat, wenn du mußt. Aber sie hinauszuposaunen und das Risiko auf dich zu nehmen, ins Gefängnis zu kommen, während du gerade versuchst, dir einen Lebensunterhalt und eine Ehefrau zu sichern, das ist der reine Wahnsinn.«

»Ich habe nicht ...«

»Nein, natürlich nicht. Du warst ganz zufällig bei dieser Bande von Quäkern, hattest keine Ahnung, wer sie waren und bist nur, um dir ein wenig Bewegung zu verschaffen, aus dem Fenster geklettert und weggelaufen.«

»Nein«, sagte er, »ich war mit voller Absicht dort. Aber aus einem guten Grund.«

»Dafür ist kein Grund gut genug.«

»Ich wollte mit jemandem reden. Ihr Vertrauen gewinnen.«

»Warum?«

»Weil ich fürchte, daß ich meine Pfarrgemeinde vielleicht doch nicht bekomme.«

»Die kriegst du bestimmt nicht, wenn du dich so benimmst.«

»Hör mir doch zu«, bat er. »Grove übt Druck aus und zieht mehrere Mitglieder der Fellowship auf seine Seite, von denen ich dachte, sie würden mich unterstützen. Und jetzt spricht er auch noch mit dem Rektor.«

»Was kann er sagen?«

»Das ist einfach. Daß er alt und Junggeselle ist, während ich bestimmt heiraten und Kinder haben werde. Im Gegensatz zu mir hat er schlichte Bedürfnisse und wird ein Drittel der Jahreseinkünfte aus der Pfründe dem College übereignen.«

»Kann er das denn?«

»Wenn er sie bekommt, kann er damit tun, was er will. Es ist sein Geld. Er rechnet sich aus, daß zwei Drittel von achtzig Pfund im Jahr mehr sind als nichts. Und Rektor Woodward achtet sehr auf die Einnahmen des College.«

»Kannst du dieses Angebot überbieten?«

»Natürlich nicht«, sagte er erbittert. »Ich möchte heiraten. Der Vater des Mädchens will nur seine Einwilligung geben, wenn ich die volle Summe bekomme. Wie würdest du reagieren, wenn ich daherkäme und sagte, ich hätte ein Drittel weggegeben?«

»Such dir eine andere Ehefrau«, schlug ich vor.

»Jack, ich habe sie gern. Sie ist eine gute Partie, und die Pfründe gehört von Rechts wegen mir.«

»Ja, ich verstehe. Aber was hat das damit zu tun, daß du aus Fenstern kletterst?«

»Grove ist ungeeignet, eine Herde zu hüten. Er wird die Kirche in einen Skandal hinein- und ihren guten Namen in den Dreck ziehen. Ich weiß das sehr gut, aber solange es nicht um die Pfründe ging, hat es mich nicht interessiert.«

»Ich kann dir noch immer nicht folgen.«

»Er ist ein Wüstling. Davon bin ich überzeugt. Er hat verbotenen Geschlechtsverkehr mit seinem Dienstmädchen, zur Schande des College und der Kirche. Es ist eine Schmach. Kann ich seine Perfidie beweisen, wird das College nicht seinen Ruf riskieren. Ich habe versucht, die Wahrheit herauszubekommen.«

»Auf einer Versammlung der Quäker?« sagte ich ungläubig. Die Geschichte wurde immer schlimmer.

»Dieses Dienstmädchen nimmt manchmal daran teil und ist angeblich für sie sehr wichtig«, sagte er. »Sie steht aus Gründen, die ich nicht verstehe, bei ihnen in hohem Ansehen. Ich dachte, wenn ich auch teilnehme, könnte ich ihr Vertrauen gewinnen …«

Ich fürchte, an dieser Stelle brach ich in Gelächter aus. »O Thomas, mein lieber Freund. Nur du kannst auf die Idee kommen, ein Mädchen durch einen Kniefall zu verführen.«

Er wurde feuerrot. »Ich habe nichts dergleichen getan.«

»Nein, natürlich nicht. Wer ist sie eigentlich?«

»Ein Mädchen namens Blundy, Sarah Blundy.«

»Ich kenne sie«, sagte ich. »Ich dachte, sie sei ein recht anständiges Mädchen.«

»Das beweist nur die Grenzen deiner Beobachtungsgabe. Der Vater wurde wegen Meuterei oder etwas Ähnlichem erschossen, die Mutter ist eine Hexe, und das Mädchen hat in einer höllischen Gesellschaft gelebt und sich, seit es zehn Jahre alt war, hemmungslos jedem hingegeben, der es haben wollte. Ich habe von diesen Leuten und den Dingen gehört, zu denen sie imstande sind. Ich sage dir, mich schaudert schon bei dem Gedanken, auch nur mit ihr zu sprechen.«

»Ich bin überzeugt, du könntest ein Wunder wirken und sie auf deine Seite ziehen, indem du ihr Psalmen vorsingst und um ihre Erlösung betest«, sagte ich. »Aber bist du denn sicher? Ich habe das Mädchen und die Mutter kennengelernt. Für die Tochter einer Hexe ist sie sehr hübsch und für eine teuflische Schlampe ungewöhnlich höflich.«

»Ich irre mich nicht.«

»Hast du mit ihr gesprochen?«

»Ich hatte keine Gelegenheit. Diese Versammlungen sind sehr merkwürdig. Sarah Blundy saß in der Mitte und wir alle im Kreis um sie herum.«

»Und?«

»Und nichts? Es war, als warteten alle darauf, daß sie etwas sage, doch sie hat ganz einfach dagesessen. Das ging ungefähr eine Stunde so. Dann hörten wir lautes Rufen von draußen, und alle rannten in Panik davon.«

»So war das also«, sagte ich. »Aber selbst, wenn das, was du glaubst, richtig ist, wirst du sie kaum überreden können, es dir zu sagen. Warum sollte sie? Sie macht sich ganz offensichtlich keine Gedanken darüber, und sie muß das Geld brauchen. Warum sollte sie ihre Stellung riskieren, um dir einen Gefallen zu tun?«

»Weil ich glaube, daß sie ihn insgeheim verachtet. Ich habe mir gedacht, wenn ich ihr verspreche, daß es für sie keine Folgen haben würde, müßte sie erkennen, wo ihr Pflicht liegt.«

»Ich denke, ein paar Münzen könnten sie eher umstimmen. Thomas, bist du sicher, daß es kein Fehler ist? Dr. Grove war mein Tutor, erinnerst du dich, und ich habe in all den Jahren nicht das geringste Anzeichen für Lüsternheit an ihm entdeckt.«

Ich bin überzeugt, daß Thomas ehrlich glaubte, ganz selbstlos zu handeln. Er wünschte den Pfarrkindern von Easton Parva wirklich den bestmöglichen Pfarrer und war sicher, daß er das war. Natürlich wollte er das Gehalt und die Ehefrau samt ihrer Mitgift, doch nur, damit er ein besserer Hirte seiner Herde wurde. Was ihn antrieb, war Selbstgerechtigkeit, nicht Gier. Deshalb kam es dann zu einem so schlimmen Ende. Einfache Selbstsucht verursacht viel weniger Schaden als verzweifelte Tugend.

Ich bekenne offen, daß ich aus reiner Selbstsucht handelte. Ich brauchte Geld, und dazu war es nötig, daß Thomas welches hatte. Außerdem war er damals mein einziger Freund, und ich fühlte mich ihm verpflichtet. Ebenso um meinet- wie um seinetwillen, entschied ich, daß er die Unterstützung brauchte, die nur ich ihm geben konnte.

»Hör zu, mein Freund, kehr du zu deinen Studien zurück, und laß die Finger von der Sache, denn dazu bist du ganz und gar ungeeignet. Ich werde mir das Blundy-Mädchen vornehmen, und bald wird es singen wie ein Kanarienvogel.«

»Und wie willst du das anstellen?«

»Das sage ich dir nicht. Aber wenn du für mich um die Vergebung meiner Sünden betest, wirst du in den nächsten Wochen viel zu tun haben.«

Wieder einmal war er über meine Pietätlosigkeit betroffen, und genau das hatte ich gehofft. Es war so leicht, ihn auf diese Weise durcheinanderzubringen. Fröhlich lachend verließ ich ihn, damit er zu Bett gehen konnte, marschierte zurück in mein College, kletterte unbemerkt über die Mauer und schlich mich leise in das Zimmer meines schnarchenden Tutors.

Siebentes Kapitel

DA THOMAS MICH gedrängt hatte, suchte ich John Wallis, den Mathematiker und Gottesmann, auf. Damals wußte ich wenig über den großen Theologen, außer daß er nicht sehr beliebt war, was ich jedoch auf die Tatsache zurückführte, daß er Oxford von Cromwell aufgezwungen worden war. Viel von seiner Unbeliebtheit war auf die Tatsache zurückzuführen, daß er nach der Rückkehr des Königs, als die Universität von Puritanern gesäubert wurde, nicht nur seine Stellung behielt, sondern sich sogar in der Gunst des Königs sonnen durfte. Viele, die für den König gelitten hatten, jedoch nicht so belohnt worden waren, nahmen das bitter übel.

Ziemlich anmaßend besuchte ich ihn in seinem Heim, denn er war ein reicher Mann, der Räume im College, ein großes Haus in der Merton Street und, wie ich vermutete, auch eines in London hatte. Sein Diener hielt mich für einen Studenten, der Nachhilfeunterricht wollte, und ich hatte einige Mühe, zur Audienz zugelassen zu werden.

Wallis empfing mich sofort, ein Entgegenkommen, das großen Eindruck auf mich machte; kleinere Leuchten der Universität hatten mich schon stundenlang warten lassen – und das völlig grundlos. Weil er anders zu sein schien, versprach ich mir einiges von unserer Unterredung.

Ich glaube, jeder hat in seiner Phantasie eine Vorstellung davon, wie diese Leute aussehen. Der Kleriker mit rosigen Wangen von einem allzu üppigen Leben; der Naturphilosoph, geistesabwesend, ein bißchen ungepflegt, die Tunika falsch geknöpft und mit schief sitzender Perücke. Wenn es solche Leute gibt, gehörte Reverend Dr. John Wallis ganz gewiß nicht dazu, denn er war ein Mann, dem, wie ich glaube, in seinem ganzen Leben nie etwas entging und der nie etwas vergaß. Er war einer der kältesten, furchterregendsten Menschen, denen ich je begegnet bin. Vollkommen still saß er da und beobachtete mich. Als ich hineinkam, deutete er nur mit einem ganz leichten Nicken an, daß ich mich setzen sollte. Je mehr ich jetzt darüber nachdenke, um so deutlicher wird mir bewußt, daß Stille sehr beredt ist. Thurloe, zum Beispiel, saß auch ganz still, doch der Unterschied hätte größer nicht sein können. Es mag merkwürdig klingen, daß ausgerechnet ich das sage, aber Thurloes Stille hatte etwas Demütiges an sich. Wallis' Reglosigkeit war die einer Schlange, die ihr Opfer hypnotisiert.

»Nun, Sir?« sagte er nach einer Weile mit eisig leiser Stimme. Ich merkte, daß er leicht lispelte, was den Eindruck einer Schlange noch verstärkte. »Ihr habt mich sehen wollen, nicht ich Euch.«

»Ich bin gekommen, um Euch um einen Gefallen zu bitten. In einer persönlichen Angelegenheit.«

»Ich hoffe, Ihr wollt keine Nachhilfe.«

»O Gott, nein!«

»Bitte keine Blasphemien in meiner Gegenwart.«

»Ich bitte um Vergebung, Sir. Aber ich weiß nicht einmal genau, wo anfangen. Man hat mir gesagt, Ihr könntet mir vielleicht helfen.«

»Wer hat Euch das gesagt?«

»Mr. Ken, ein Master of Arts dieser Universität und ...«

»Mr. Ken ist mir nicht unbekannt«, sagte Wallis. »Ein dissidierender Priester, nicht wahr?«

»Er bemüht sich verzweifelt um Gehorsam.«

»Ich wünsche ihm Glück. Ihm ist zweifellos klar, daß wir uns heutzutage weniger als rückhaltlosen Gehorsam gegen die Staatskirche nicht erlauben können.«

»Ja, Sir.« Mir entging nicht, daß er »wir« sagte. Es war schließlich noch gar nicht so lange her, daß Wallis selbst zu den Dissentern gehört und sich geschickt herausgewunden hatte.

Wallis saß noch immer reglos da, half mir nicht im geringsten.

»Mein Vater war Sir James Prestcott ...«

»Ich habe von ihm gehört.«

»Dann wißt Ihr auch, daß man ihn eines furchtbaren Verbrechens beschuldigte, das er, wie ich weiß, nicht begangen hat. Ich bin überzeugt, daß eine von John Thurloe angezettelte Verschwörung, die den wahren Verräter schützen sollte, zum Sturz meines Vaters führte, und bin entschlossen, das zu beweisen.«

Wieder reagierte Wallis nicht – weder mit einer zustimmenden noch mit einer mißbilligenden Geste; er saß nur da und sah mich unverwandt an, bis ich feuerrot wurde, weil ich mir so albern vorkam und in meiner Verlegenheit zu stottern und zu schwitzen anfing.

»Und wie wollt Ihr das beweisen?« fragte er nach einer Weile.

»Jemand muß die Wahrheit wissen«, sagte ich. »Ich hatte gehofft, daß Ihr, da Ihr Mr. Thurloes Amt verbunden wart …«

Hier hob Wallis die Hand. »Kein Wort mehr, Sir. Ihr habt eine übertriebene Meinung von meiner Bedeutung, denke ich. Ich habe Briefe für das Commonwealth entschlüsselt, als ich es nicht vermeiden konnte, denn ich wußte ja, daß meine natürliche Loyalität gegen Seine Majestät in keiner Weise davon berührt werden würde.«

»Selbstverständlich nicht«, murmelte ich und bewunderte ihn fast dafür, wie glatt ihm diese eklatante Lüge über die Lippen ging. »Also war falsch, was man mir gesagt hat, und Ihr könnt mir nicht helfen?«

»Das habe ich nicht gesagt«, fuhr er fort. »Ich weiß wenig, doch vielleicht könnte ich viel herausfinden, wenn Ihr wollt. Welche Schriftstücke Eures Vaters habt Ihr aus jener Zeit?«

»Keine«, sagte ich. »Und ich glaube nicht, daß meine Mutter welche hat. Warum wollt Ihr sie haben?«

»Keine Kassette? Keine Bücher? Keine Briefe? Ihr müßt feststellen, wo er die ganze Zeit war. Denn wenn behauptet wird, er sei in London gewesen und habe mit Thurloe konspiriert, und Ihr beweisen könnt, daß er sich woanders aufgehalten hat, dann wärt Ihr einen großen Schritt weiter. Habt Ihr daran noch nicht gedacht?«

Ich ließ den Kopf hängen wie ein ungehorsamer Schüler und gestand, das hätte ich nicht getan. Wallis fuhr fort, mich zu drängen und stellte mir die lächerlichsten Fragen über bestimmte Bücher, doch erinnere ich mich jetzt nicht mehr an alle Einzelheiten. Mir entsprach die direkte Konfrontation mehr als das mühsame Suchen in Dokumenten und Büchern. Vielleicht, dachte ich, könnten sich Mr. Woods Talente doch noch als nützlich erweisen.

Dr. Wallis nickte zufrieden. »Schreibt an Eure Familie und stellt fest, was sie hat. Bringt mir alles, und ich werde es prüfen. Dann werde ich es vielleicht mit den Dingen in Verbindung bringen können, die ich weiß.«

»Das ist sehr gütig von Euch.«

Er schüttelte den Kopf. »Das ist es nicht. Wenn es bei Hofe einen Verräter gibt, ist es am besten, das zu wissen. Aber seid beruhigt, Mr. Prestcott, ich helfe Euch erst, wenn Ihr mir beweisen könnt, daß Ihr recht habt.«

* *
*

Es war jetzt tiefer Winter, und ich war der Meinung, daß die Zeit drängte; meine Aufgabe wurde von Tag zu Tag zwingender, die Erinnerung an meinen Vater trieb mich dazu, zu handeln. Also begann ich, meine Reisen vorzubereiten, und reiste von da an ohne Pause mehrere Monate umher, bis alles gelöst war. Ich war während einer der schlimmsten Winter unterwegs, an die ich mich erinnern kann, und dann wieder im Frühling, angespornt von meiner Pflicht und dem Verlangen nach Wahrheit. Ich reiste allein, mit leichtem Gepäck – mit wenig mehr als meinem Umhang und meinem Bündel, ging den größten Teil zu Fuß, trottete über Straßen und Feldwege, wich den riesigen Pfützen aus, die um diese Jahreszeit alle Seitenwege überschwemmen, schlief, wo immer ich konnte, in Dörfern und Städten oder unter Bäumen und Hekken, wenn es nichts anderes gab. Es war eine Zeit großer Sorge und Angst; bis zuletzt zweifelte ich oft daran, daß ich Erfolg haben könnte und fürchtete, daß es mir nicht möglich sein würde, meine zahlreichen Feinde zu besiegen. Und dennoch denke ich gern an diese Zeit, obwohl das vielleicht auch nur der rosige Glanz ist, mit dem das Alter die Erinnerung an die Jugend verbrämt.

Bevor ich aufbrach, mußte ich das Versprechen einlösen, das ich Thomas gegeben hatte, und ihm helfen. Sarah Blundy zu treffen war leicht, sie in ein Gespräch zu verwickeln schon wesentlich schwieriger. Sie verließ ihr Haus um sechs Uhr morgens, um in die Merton Street zu den Woods zu gehen, wo sie jeden Tag als Dienstmädchen arbeitete, außer am Montag, der Dr. Grove vorbehalten war. Dort blieb sie bis sieben Uhr abends. Jeden Sonntag hatte sie vier Stunden frei und alle sechs Wochen einen ganzen Tag. Mittwochs ging sie meistens für die Familie auf den Markt nach Gloucester Green, einem Stück Ödland am Rand der Stadt, wo Farmer ihre Erzeugnisse verkaufen durften. Sie kaufte, was die Familie brauchte und mußte (denn Mrs. Wood war unverbesserlich geizig) die Sachen allein zurücktragen, da sie kein Geld bekam, um sich einen Träger zu mieten.

Das, sagte ich mir, ist die beste Gelegenheit für mich. Ich folgte ihr in vorsichtiger Entfernung zum Markt, wartete, während sie ihre Einkäufe erledigte, und traf sie dann »ganz zufällig«, als sie mit zwei unglaublich schweren Körben an mir vorüberkam.

»Miss Blundy, nicht wahr?« sagte ich mit einem Ausdruck freudiger Überraschung. »Ihr erinnert Euch bestimmt nicht an mich. Ich hatte das Glück, vor ein paar Monaten Eure Mutter zu konsultieren.«

Sie warf das Haar zurück und sah mich fragend an. »Das ist richtig. Ihr wart da. Ich hoffe, die Ausgabe hat sich für Euch gelohnt.«

»Eure Mutter hat mir geholfen, danke. Sehr sogar. Ich fürchte nur, ich habe mich damals nicht so gut benommen, wie ich sollte. Ich hatte große Sorgen und war sehr aufgeregt. Das hat mich leider völlig meine guten Manieren vergessen lassen.«

»Wie recht Ihr doch habt«, sagte sie.

»Bitte«, sagte ich, »laßt es mich wieder ein wenig gutmachen. Erlaubt mir, Eure Körbe zu tragen. Sie sind viel zu schwer für Euch.«

Ohne auch nur so zu tun, als wollte sie protestieren, reichte sie mir beide. »Das ist freundlich«, sagte sie mit einem Seufzer der Erleichterung. »Das ist der Teil der Woche, den ich am allerwenigsten mag. Wenn Ihr meinetwegen nur keinen Umweg macht.«

»Aber durchaus nicht.«

»Woher wißt Ihr denn, wohin ich gehe?«

»Das ist mir egal«, sagte ich hastig, um meinen Fehler wiedergutzumachen. »Ich habe überhaupt nichts zu tun und würde aus Freude über Eure Gesellschaft diese Körbe gern bis nach Heddington Hill hinauftragen.«

Sie lachte und warf den Kopf zurück. »Dann müßt Ihr tatsächlich nicht viel zu tun haben. Zum Glück muß ich Eure liebenswürdigen Dienste nicht so ausnutzen. Ich muß nur in die Merton Street.«

Die Körbe waren schrecklich schwer, und ich nahm es dem Mädchen fast übel, daß es mir so bereitwillig beide übergeben hatte. Einer wäre mehr als genug gewesen. Schlimmer noch, sie betrachtete mich mit kaum versteckter Belustigung, weil ich mich so abmühte mit dem, was sie sonst ganz selbstverständlich trug.

»Behandelt man Euch dort gut?« fragte ich im Gehen – wobei ich nur keuchend vorwärtskam, während sie leichten Schrittes neben mir herging.

»Mrs. Wood ist eine gute Herrin«, antwortete sie. »Ich kann mich nicht beklagen. Warum? Wolltet Ihr mir eine Stellung anbieten?«

»O nein. Ich kann mir kein Dienstmädchen leisten.«

»Ihr seid Student, nicht wahr?«

Ich nickte. Angesichts der Tatsache, daß mein Talar im scharfen Wind flatterte, und mein Barett ständig in Gefahr war, in die Gosse geweht zu werden, war das keine sehr scharfsinnige Bemerkung.

»Ist die Kirche Euer Ziel?«

Ich lachte. »Du meine Güte, nein.«

»Seid Ihr gegen die Kirche? Spreche ich vielleicht mit einem heimlichen Katholiken?«

Ich errötete vor Zorn über die Bemerkung, erinnerte mich aber rechtzeitig daran, daß dieser Vormittag nicht meinem eigenen Vergnügen galt.

»Alles andere als das«, sagte ich. »Ein Sünder mag ich ja sein, aber so tief gesunken bin ich nicht. Mein Mangel an Übereinstimmung mit unserer Kirche hat ganz andere Gründe. Obwohl ich kämpfe, bin ich untadelig.«

»Dazu beglückwünsche ich Euch.«

Ich seufzte tief. »Ich beglückwünsche mich nicht. Es gibt eine Gruppe gottesfürchtiger Leute, denen ich mich gern anschließen würde, doch sie würden nicht einmal im Traum daran denken, mich aufzunehmen. Und ich kann es ihnen nicht einmal verübeln.«

»Und wer sind diese Leute?«

»Das sage ich lieber nicht.«

»Ihr könntet wenigstens wagen, mir zu sagen, warum Ihr so unwillkommen seid.«

»Jemand wie ich?« sagte ich. »Wer wollte einen solchen Menschen schon haben, der so Ungeheuerliches begangen hat? Ich weiß es, ich bereue es zutiefst, aber ich kann nicht auslöschen, was war.«

»Ich dachte immer, daß viele Gruppen einen Sünder willkommen heißen. Es hat kaum viel Sinn, nur die Reinen aufzunehmen. Sie sind schon gerettet.«

»So stellen sie sich natürlich nach außen dar«, sagte ich mit vorgetäuschter Bitterkeit. »In Wahrheit aber wenden sie sich von den Menschen ab, die sie wirklich brauchen.«

»Das haben sie Euch gesagt?«

»Das brauchten sie gar nicht. Ich würde jemanden wie mich bestimmt nicht aufnehmen. Und wenn sie es täten, würden sie ohne Zweifel ständig fürchten, ich würde sie entzweien.«

»Habt Ihr ein so verruchtes Leben geführt? Das kann ich mir schwer vorstellen, da Ihr nicht älter sein könnt als ich.«

»Ihr seid zweifellos in einer rechtschaffenen, frommen Familie aufgewachsen«, antwortete ich. »Ich hatte dieses Glück leider nicht.«

»Es ist wahr, ich bin mit meinen Eltern gesegnet«, sagte sie. »Aber Ihr könnt sicher sein – jede Gruppe, die Euch abweisen würde, wäre es nicht wert, daß Ihr Euch um sie bemüht. Kommt schon, Sir. Sagt mir, an wen Ihr denkt. Vielleicht könnte ich etwas für Euch in Erfahrung bringen. Fragen, ob Ihr willkommen wärt, wenn Ihr zu schüchtern seid, selbst an sie heranzutreten.«

Ich sah sie dankbar und entzückt an. »Das würdet Ihr tun? Ich wage es kaum zu fragen. Es ist ein Mann namens Tidmarsh. Wie ich gehört habe, ist er ein überaus frommer Prediger, und er hat die wenigen, in Oxford noch ansässigen Leute um sich versammelt, die noch nicht korrumpiert sind.«

Sie blieb stehen und starrte mich an. »Aber er ist ein Quäker«, sagte sie ruhig. »Wißt Ihr, was Ihr da tut?«

»Was meint Ihr?«

»Das Volk Gottes mögen sie ja sein, aber Er überhäuft sie mit schweren Prüfungen. Wenn Ihr Euch ihnen anschließt, verliert

Ihr jeden Schutz, den Ihr durch Eure Geburt genießt. Ihr werdet ins Gefängnis geworfen, geschlagen und auf der Straße bespuckt werden. Vielleicht müßt Ihr sogar Euer Leben geben. Und auch wenn Ihr verschont bleibt, wird Eure Familie Euch meiden, und alle Welt wird Euch verachten.«

»Ihr wollt mir nicht helfen?«

»Ihr müßt sicher sein, daß Ihr wißt, was Ihr tut.«

»Seid Ihr Quäkerin?«

Flüchtig zeigte sich Mißtrauen auf ihrem Gesicht, dann schüttelte sie den Kopf. »Nein«, sagte sie, »das bin ich nicht. Ich wurde nicht dazu erzogen, Schwierigkeiten heraufzubeschwören. Das ist in meinen Augen genauso hoffärtig wie ein protziges Kleid.«

Über diese Bemerkung schüttelte ich den Kopf. »Ich will nicht so tun, als ob ich Euch verstünde. Aber ich brauche ganz dringend Hilfe.«

»Sucht sie woanders«, sagte sie. »Wenn Gott es befiehlt, müßt Ihr gehorchen. Aber überzeugt Euch vorher davon, daß Ihr wißt, was Er will. Ihr seid ein junger Gentleman mit allen Vorteilen, die dazugehören. Werft sie nicht um einer Laune willen weg. Denkt nach und betet hart, bevor Ihr Euch entscheidet. Ihr Weg ist nicht der einzige zur Erlösung.«

Wir hatten inzwischen die St. Aldate Street hinter uns gelassen, waren die Merton Street entlanggegangen und vor der Haustür ihrer Herrin stehengeblieben, als sie mir das einschärfte. Ich denke, sie versuchte nur, sich abzuschirmen, dennoch schien mir ihr Rat weise zu sein. Wäre ich ein ungestümer Jüngling gewesen und dabei, einen schweren Fehler zu begehen, hätte sie mir Zeit zum Nachdenken gegeben.

Als ich ging, war ich verblüfft und verunsichert, was ich jetzt verstehe. Ich täuschte sie, und sie war freundlich zu mir. Es verwirrte mich sehr, bis ich später begriff, daß ihre Hinterlist viel größer war als meine.

Achtes Kapitel

Es war nicht schwierig, in den nächsten Wochen ein paar »zufällige« Treffen zu planen, und allmählich gewann ich ihre Freundschaft. Ich sagte ihr, ich hätte mich entschlossen, ihren Rat zu beherzigen, doch meine Seele leide immer noch. Alle Predigten der Welt könnten mich nicht mit der Staatskirche versöhnen. Ich hatte erfahren, daß ihr Vater, ein Extremist der schlimmsten Sorte, leidenschaftlich dafür eingetreten war, alle Besitzenden zu ermorden und eine Republik zu gründen; für Christus hatte er nichts übrig gehabt, und deshalb mußte ich mir eine andere Art der Annäherung einfallen lassen.

»Wenn ich an die Hoffnungen denke, die es in der Welt erst vor wenigen Jahren noch gegeben hat«, sagte ich, »dann werde ich traurig. Was gemeinsam angestrebt wurde, wird jetzt verworfen und verachtet, und die Welt fällt der Gier und der Selbstsucht anheim.«

Sie sah mich so ernst an, als hätte ich eine tiefe Wahrheit ausgesprochen, und nickte. Wir gingen die St. Giles Street entlang, nachdem ich es so eingerichtet hatte, sie zu treffen, als sie mit dem Abendessen der Woods aus einer Garküche zurückkam. Es roch köstlich, heiß und schmackhaft, und mir lief das Wasser im Mund zusammen. Ich sah, daß auch sie Hunger hatte.

»Was müßt Ihr noch tun, nachdem Ihr das abgeliefert habt?«

»Dann bin ich für heute fertig«, sagte sie. Es war schon dunkel und die Luft kalt.

»Dann kommt mit mir, essen wir zusammen. Ich sehe, daß Ihr genauso hungrig seid wie ich, und ich würde mich über Eure Gesellschaft freuen.«

Sie schüttelte den Kopf. »Das ist nett von Euch, Jack. Aber Ihr solltet nicht mit mir gesehen werden. Weder Eurem noch meinem Ruf würde es guttun.«

»Was habt Ihr für einen Ruf? Ich kenne ihn nicht. Ich sehe nur eine hübsche junge Frau mit einem leeren Magen. Aber wenn Euch das beunruhigt, können wir in eine Taverne gehen, die ich kenne, und in der wir uns im Vergleich mit den anderen Gästen wie Heilige ausnehmen werden.«

»Und woher kennt Ihr eine solche Taverne?«

»Ich habe Euch gesagt, ich bin ein Sünder.«

Sie lächelte. »Ich kann es mir nicht leisten.«

Ich winkte ab. »Darüber können wir später sprechen, wenn Ihr einen vollen Magen habt.«

Sie zögerte noch immer. Ich beugte mich über die Schüssel mit dem Essen, die sie trug und atmete den Geruch tief ein. »Ah, der Duft von Bratensaft, der über die Fleischbrocken rinnt«, sagte ich sehnsüchtig. »Könnt Ihr Euch nicht vorstellen, daß ein voller Teller vor Euch steht, dazu ein frischer, knuspriger Laib Brot und ein Krug? Ein vollbeladener Teller, aus dem Dampf aufsteigt, die Säfte ...«

»Hört auf!« rief sie lachend. »Nun gut, ich komme mit, aber bitte hört auf, vom Essen zu reden.«

»Gut«, sagte ich. »Liefert also das Mahl ab, und dann kommt mit mir.«

Wir gingen in ein kleines Wirtshaus weit draußen vor der Stadt, vorbei am Magdalen College und über den Fluß. Niemand von der Universität, nicht einmal Studenten, aßen dort, es lag zu weit außerhalb und hatte einen schlechten Ruf. Das Essen war genauso schlecht; Mutter Roberts war aber nicht nur eine schlechte Köchin, sie war auch eine widerwärtige Person, und das Essen war wie die Frau: fetttriefend und übelriechend. Sarah sah sich voller Unbehagen in dem kleinen Raum um, in dem der Haferschleim serviert wurde, aß aber mit dem Appetit eines Menschen, der selten satt wird. Die Haupttugend von Mutter Roberts war das starke und billige Ale, und ich bedaure, daß jene Tage vergangen sind. Jetzt, da Geschäftsleute Bier machen und versuchen, den Frauen zu verbieten, selbstgebrautes Bier zu verkaufen, glaube ich, daß die großen Zeiten dieses Landes vorüber sind.

Die beste Eigenschaft des Gebräus war die, daß Sarah redselig und für meine Fragen empfänglich wurde, nachdem sie ein Quart getrunken hatte. Auf mein Drängen hin erzählte sie mir, daß sie nicht nur bei der Familie Wood arbeitete, sondern auch Arbeit bei Dr. Grove gefunden hatte. Für ihn tat sie nicht viel, reinigte nur sein Zimmer, bereitete ihm das Feuer und einmal im Vierteljahr ein Bad vor – denn er achtete peinlich auf körperliche Sauberkeit –, und er bezahlte sie großzügig. Das einzige Problem, sagte sie, sei sein Wunsch, sie zu einem Mitglied der Staatskirche zu machen.

Ich sagte, dieser Grove müsse ein Heuchler sein, daß er so spreche, denn er habe den Ruf, insgeheim zu den Papisten zu gehören. Wenn ich dachte, das werde sie aus der Reserve locken, dann irrte ich mich, denn sie runzelte die Stirn und schüttelte heftig den Kopf. Wenn das zutreffe, sagte sie, habe sie nie auch nur das leiseste Anzeichen dafür entdeckt, weder in seinem Zimmer noch in seinem Verhalten.

»Und müßt Ihr bei ihm schwer arbeiten?«

Im Gegenteil, beharrte sie. Er habe sie immer mit größter Güte behandelt, obwohl sie erlebt hatte, daß er zu anderen äußerst schroff und unfreundlich sein konnte. Ihr größter Kummer war, daß er bald eine Pfründe auf dem Lande bekommen würde. Er hatte ihr erst vor ein paar Tagen gesagt, daß es fast sicher sei.

Das regte mich mächtig auf; ich wußte schon, daß Grove in seiner Treue zur Kirche ohne Makel war – tatsächlich war er vermutlich viel angepaßter als Thomas –, und es schien mir wahrscheinlich, daß der Verdacht meines Freundes im Hinblick auf seine Moral jeder Grundlage entbehrte. Auch konnte man das Mädchen nicht überreden, ihn für Geld zu denunzieren. Sie wirkte sehr ehrlich.

»Er kann doch nicht viel Erfahrung als Gemeindpfarrer haben«, sagte ich. »Zweifellos weil er so lange an der Universität war. Sonst würde er sich nämlich vorsehen und sein Zimmer nicht von einer hübschen jungen Frau reinigen lassen. Es wird Gerede geben.«

»Es gibt nichts zu reden, warum also sollte sich jemand darüber den Kopf zerbrechen?«

»Ich weiß ja nicht, aber der Klatsch blüht, denke ich, auch wenn es nichts zu reden gibt. Erzählt mir vor Eurem Ruf, vor dem ich mich so in acht nehmen soll«, fuhr ich fort und dachte: Wenn ich beweisen könnte, daß Grove eine Sektiererin ins Herz geschlossen hat, würde das auch genügen. Sie erzählte mir ein wenig von der Laufbahn ihres Vaters in den Kriegen und beschrieb mir, was mir wie eines der schwärzesten Ungeheuer in den Ohren klang, das je gelebt hatte – einen Meuterer, Atheisten, Aufwiegler und Volksverhetzer. Sogar bei ihrer Schilderung spürte ich, daß sein unleugbarer Mut das einzige war, was zu seinen Gunsten gesagt werden konnte. Sie wußte nicht einmal, wo er begraben war, da er sogar zu schlecht gewesen war, um in geweihter Erde bestattet zu werden. Dieses Mißgeschick zumindest verband uns.

Und schon begann sie mich mit ihrem Zauber zu betören, denke ich, denn ich fühlte mich merkwürdig von ihr angezogen, obwohl Freiheit und Offenheit ihrer Rede mich hätte warnen müssen. Wir hatten merkwürdig viel gemeinsam; sie arbeitete bei Grove, ich war in seiner Obhut gewesen. Unsere Väter hatten beide einen schlechten Ruf, und auch wenn der meines Vaters nicht gerechtfertigt war, wußte ich, was es hieß, mit einem solchen Fluch belastet zu sein. Anders als andere Sektierer hatte sie keine brennenden Augen und auch nicht die düstere Strenge des Fanatikers. Auch war sie nicht häßlich wie die meisten von ihnen, deren Seelen nach Jesus lechzen, weil kein sterblicher Mann ihre Körper haben will. Sie aß mit einer überraschenden und natürlichen Anmut und benahm sich auch gut, wenn sie Alkohol trank. Ich hatte bisher selten mit Frauen gesprochen, da sie für ein richtiges Gespräch entweder zu behütet oder zu niedrig waren, und meine Erfahrung mit der Hure vor Tunbridge Wells und ihre Art, über mich zu lachen, nagte seither an mir.

Als wir vom Tisch aufstanden, begann ich schon, sie zu begehren, und dachte natürlich, ihre Bereitschaft, an einem solchen Ort allein mit mir zu essen, bedeute, daß sie genauso für mich empfand. Ich wußte, daß es Menschen gab wie sie, und hatte viel über ihre laxe Moral gehört. Ich war um so hitziger, als sie uns nicht von Nutzen war: Was Thomas über Grove dachte, traf nicht zu, und sie würde keine Lügengeschichten erzählen. Narr, der ich war, so zu denken, denn die Falle war schon dabei, zuzuschnappen, wie ohne Zweifel schon oft vorher. Ich dachte, ich sei charmant und verführerisch und es schmeichle ihr, daß ich mich zu ihr herabließ; statt dessen beutete sie meine Jugend und meine vertrauensvolle Natur aus, verleitete mich zu der Sünde, die sie für ihre eigenen teuflischen Zwecke benutzen wollte.

Als wir gingen, war es lange nach acht und schon dunkel, also sagte ich ihr, am besten wäre es, wenn wir, um den Wachen auszuweichen, den Weg über die Christ-Church-Wiese nähmen. »Sie haben mich vor ein paar Wochen erwischt, als ich die Sperrstunde überschritten hatte«, sagte ich. »Ich kann es mir nicht leisten, schon wieder ertappt zu werden. Kommt mit mir, dann seid Ihr sicherer.«

Sie erhob keine Einwände. Wir durchquerten den Botanischen Garten und gelangten auf die Wiese. Hier legte ich ihr den Arm um die Mitte. Sie wurde ein wenig steif, protestierte aber nicht. Als wir in der Mitte des Feldes waren und ich mich überzeugt hatte, daß niemand in der Nähe war, blieb ich stehen, nahm sie in die Arme und versuchte sie zu küssen. Sofort begann sie sich zu wehren, und ich preßte sie fest an mich, um ihr zu zeigen, daß ich zwar ein wenig Widerstand erwartete, sie ihn aber nicht übertreiben sollte. Doch sie wehrte sich weiter, wandte das Gesicht ab, fing dann an, mit der flachen Hand auf mich einzuschlagen, zog mich an den Haaren, und endlich verlor ich die Geduld. Ich brachte sie zum Stolpern und stieß sie zu Boden. Sie wehrte sich noch immer, und ich wurde so wütend, daß ich mich gezwungen sah, sie zu schlagen.

»Wie kannst du es wagen?« rief ich empört, als sie einen Augenblick stillhielt. »Ist dir ein Abendessen als Preis nicht hoch genug? Du erwartest etwas für nichts? Was denkst du, wer du bist? Hast du etwa vor, mich anders zu entschädigen?«

Sie fing wieder an, zu strampeln und zu treten, also hielt ich sie auf dem kalten Boden fest, zog ihren dünnen Rock hoch und machte mich bereit. Mein Blut war jetzt richtig heiß, da ihre Weigerung mich zugleich zornig gemacht und erregt hatte, und ich gab keinen Pardon. Vielleicht habe ich sie verletzt, ich weiß es nicht, aber wenn ich es tat, war es ihre eigene Schuld. Als ich fertig war, war ich befriedigt und sie gebändigt. Sie rollte von mir weg, protestierte aber nicht mehr, blieb im kalten Gras liegen.

»Also«, sagte ich. »Wozu der ganze Lärm? Es kann für jemand wie dich doch nicht überraschend gekommen sein. Oder hast du gedacht, ich wollte dich füttern, weil du so redegewandt bist? Also komm schon, hätte ich reden wollen, wäre ich mit einem meiner Kommilitonen ausgegangen, nicht mit einem Dienstmädchen, dessen Gesellschaft einem nicht gerade zur Ehre gereicht.«

Ich schüttelte sie spielerisch, jetzt wieder gut gelaunt. »Hör auf mit dem Getue. Hier hast du noch zwei Pence. Versteh das nicht falsch. Schließlich bist du keine Jungfrau, die an Wert verloren hat.«

In diesem Moment rollte sich die Harpyie herum und schlug mir voll ins Gesicht, grub mir dann ihre Krallen in die Wangen und riß mich so fest an den Haaren, daß ihr sogar ein paar in der Hand blieben. In meinem ganzen Leben bin ich nie so behandelt worden, und der Atem stockte mir vor Schreck. Natürlich mußte sie ihre Lektion bekommen, und die bekam sie, obwohl es mir kein Vergnügen machte. Ich habe nie gern jemand geschlagen, nicht einmal Diener, so sehr sie es verdient haben mochten. Es ist eine meiner größten Schwächen, und ich befürchte, daß sie mich deshalb weniger respektieren, als sie sollten.

»Da«, sagte ich, als sie, den Kopf in den Händen, im Gras kauerte, »das nächste Mal will ich diesen Unsinn nicht erleben.« Ich mußte mich bücken und ihr ins Ohr sprechen, damit sie mich auch hörte. Ich merkte, daß sie nicht weinte. »Das nächste Mal wirst du mich mit gebührendem Respekt behandeln. Und jetzt, damit du siehst, daß ich dir nicht böse bin, nimm das Geld, und wir vergessen alles.«

Da sie nicht aufstehen wollte, ging ich, um ihr zu zeigen, daß ich auf ein solches Benehmen nicht hereinfiel. Der Abend hatte sich im Hinblick auf das Problem Dr. Grove nicht als so gewinnbringend erwiesen, wie ich erwartet hatte, war aber sonst recht angenehm gewesen. Aus den Augenwinkeln bemerkte ich, daß ihr Gesicht einen merkwürdigen Ausdruck hatte. Fast ein Lächeln, dachte ich, als ich mich abwandte, um zu gehen. Dieses Lächeln blieb mir noch lange in Erinnerung.

Neuntes Kapitel

ICH HÄTTE ES DABEI belassen, hätte ich in dieser Nacht nicht einen Traum gehabt, der mich sehr beunruhigte. Ich stieg eine Treppe hinauf, an deren oberem Ende eine große, fest verschlossene Eichentür war. Sie machte mir angst, doch ich nahm meinen ganzen Mut zusammen und stieß sie auf. Es hätte das Schlafzimmer sein sollen, statt dessen befand ich mich jedoch in einem düsteren und feuchten Keller.

Der Anblick, der sich mir bot, war entsetzlich; mein Vater lag auf dem Bett, nackt wie Noah und mit Blut bedeckt. Sarah Blundy, ganz weiß gekleidet, dasselbe Lächeln um Mund und Augen, stand mit einem Messer in der Hand über ihm. Als ich eintrat, wandte sie sich mir gelassen zu. »So stirbt ein Mann von Ehre«, flüsterte sie.

Ich schüttelte den Kopf und zeigte anklagend auf sie. »Du hast ihn ermordet«, sagte ich.

»O nein.« Sie nickte mir zu. Ich schaute hinunter und jetzt hatte ich den blutigen Dolch in der Hand, den einen Moment vorher noch sie gehalten hatte. »Siehst du?« sagte sie. »Du bist jetzt für immer gezeichnet.«

Das war das Ende des Traumes, wenn er noch weiterging, kann ich mich nicht daran erinnern. Völlig verstört wachte ich auf und hatte Mühe, Geist und Seele von dem Leichentuch zu befreien, das der Traum über mich geworfen hatte, was seltsam war, da ich solche Trugbilder nie sonderlich beachtet und die stets verlacht hatte, die ihnen viel Bedeutung beimaßen.

Als ich Thomas traf, fragte ich ihn, was er davon halte, und wir gingen in eine Taverne, um etwas zu trinken. Er nahm die Sache natürlich so ernst wie alles andere. Die Bedeutung solcher Trugbilder, teilte er mir mit, hänge von meiner Konstitution ab. Wie sei der Traum genau gewesen?

Selbstverständlich ließ ich die Vorgeschichte aus; er verdammte Hurerei aufs schärfste, und ich wollte mich mit ihm nicht über Nichtigkeiten auseinandersetzen.

»Sag mir, neigst du dazu, dich von cholerischen Stimmungen beherrschen zu lassen?« fragte er, als ich geendet hatte.

»Nein«, sagte ich. »Ich neige eher zur Schwermut.«

»Ich vermute, du weißt nicht viel über Träume?«

Das mußte ich zugeben.

»Du solltest sie studieren«, sagte er. »Ich selbst halte sie für abergläubischen Unsinn, aber es steht fest, daß das gemeine Volk glaubt, man könne alles mögliche daraus ablesen. Eines Tages wird eine solche Torheit vielleicht mit einem Bann belegt werden. Ganz gewiß soll ein angesehener Geistlicher solches Gefasel nicht beachten. Doch noch ist die Zeit nicht gekommen, daher müssen wir uns in acht nehmen.

Denn siehst du«, setzte er, sich für sein Thema erwärmend, fort und rutschte auf seinem dünnen Hinterteil herum, wie immer wenn er sich zu einem langen Vortrag zurechtsetzte. »Träume kommen aus verschiedenen Quellen, die alle miteinander in Verbindung stehen. Gewöhnlich gibt es eine beherrschende Quelle, und sie ist es, die wir herausfiltern müssen, um die wahre Natur der Erscheinung zu erkennen. Eine Quelle sind Dämpfe, die vom Magen ins Gehirn aufsteigen und es überhitzen. Das passiert, wenn du vorher unmäßig gegessen oder getrunken hast. Hast du das vor deinen Träumen getan?«

»Alles andere als das«, sagte ich und dachte an die Mahlzeit bei Mutter Roberts.

»Die nächste ist eine Unausgeglichenheit deiner Körpersäfte, aber da die Melancholie in dir vorherrschend ist, können wir das ebenfalls ausschließen; dies ist offensichtlich ein Traum, in dem das Cholerische seinen Einfluß geltend macht, denn die Galle neigt dazu, ihrer Farbe wegen schwarze Träume zu produzieren.

Bleibt noch der spirituelle Einfluß; eine Vision, mit anderen Worten, entweder von Engeln als Warnung gedacht oder vom Teufel als Folter und Versuchung. Wie auch immer, der Traum sieht nicht gut aus; das Mädchen steht eng mit dem Tod eines Mannes, eines Vaters, in Verbindung. Ein Mordtraum ist ein schreckliches Zeichen; er sagt Bedrängnis und Gefangenschaft vorher. Erzähl es mir noch einmal – was war sonst noch da?«

»Das Messer, das Mädchen, das Bett, mein Vater.«

»Wieder bedeutet das Messer nichts Gutes. War es glänzend und scharf?«

»Das muß es gewesen sein.«

»Ein Messer bedeutet, daß sich viele Menschen zusammenschließen, die dir übelwollen.«

»Das weiß ich schon.«

»Es sagt auch voraus, daß du einen Prozeß wahrscheinlich verlieren wirst, den du vielleicht führst und der jetzt noch nicht entschieden ist.«

»Das Bett?« fragte ich und wurde immer unglücklicher über die Aussichten, die er mir darlegte.

»Betten betreffen natürlich deine Heiratsaussichten. Doch da in deinem Fall der Leichnam deines Vaters darauf lag, bedeutet es auch nichts Gutes. Solange er dort ist, wirst du nicht heiraten; sein Leichnam verhindert es.«

»Was bedeutet, daß keine Frau von Rang und Namen einen Mann wie mich, den Sohn eines Verräters, auch nur mit einer Fingerspitze anrühren würde!« rief ich. »Um das zu wissen, brauche ich wiederum kaum einen klerikalen Boten.«

Thomas schaute in seinen Krug. »Und dann ist da dieses Mädchen«, sagte er. »Seine Anwesenheit verblüfft und verwirrt mich. Denn der Traum sagt ganz deutlich, daß sie dein Unglück und dein Richter ist. Und das kann nicht sein. Du kennst sie ja kaum, und ich kann mir nicht vorstellen, daß man deine gegenwärtigen Schwierigkeiten ihr in die Schuhe schieben kann. Kannst du mir das erklären?«

Auch wenn ich mehr wußte, als ich Thomas erzählen wollte, konnte ich es mir nicht erklären. Ich kann es jetzt, denn ich habe lange und gründlich darüber nachgedacht. Es ist klar, daß mein erster Besuch bei der Witwe Blundy in meinen Körpersäften ein Ungleichgewicht verursachte, eine Abhängigkeit, in die ich verstrickt war, und daß ich, indem ich mein Vergnügen bei der Tochter suchte, wie ein Dummkopf in eine Falle tappte. Daß ich einem teuflischen Trieb nachgab und dazu verführt wurde, ihrer Macht anheimzufallen, ist jetzt ebenso offenkundig.

Die Botschaft des Traumes war eigentlich sehr einfach, wäre ich nur klug genug gewesen, sie zu verstehen. Denn er zeigte unverkennbar, daß die Falle des Mädchens darauf abzielte, mich von meiner Aufgabe abzulenken, mit dem Ergebnis, daß es eine Form von Mord wäre, wenn es mir nicht gelang, den Namen meines Vaters von jedem Verdacht zu reinigen. Nachdem ich das einmal erkannt hatte, wurde ich in meinem Entschluß bestärkt und ermutigt.

Natürlich gelangte ich nicht sofort zu dieser Einsicht, denn ich habe nie behauptet, sehr schnell denken zu können. Ich lernte, wie das jeder muß, durch Erfahrung und mit Hilfe des gesunden Menschenverstandes, so daß am Ende nur eine Erklärung bleibt, die alles beantwortet. Damals war mein einziger Gedanke nur der, das Mädchen könnte irgendeine lächerliche Anklage bei den

Proktoren der Universität gegen mich erheben, die es nicht billigten, wenn Studenten sich mit den Huren der Stadt einließen, und daß die Untersuchung mich zwingen könnte, in der Stadt zu bleiben. Ich mußte mich dagegen wappnen, und Angriff ist immer die beste Form der Verteidigung.

Als ich Thomas verließ und die Carfax Street entlangging, fand ich eine ausgesprochen geniale Lösung; kurz gesagt, ich bezahlte Mary Fullerton, ein Gemüsemädchen vom Markt und eine der unehrlichsten und niederträchtigsten Weibspersonen, die ich kannte, damit sie aussagte, daß sie eines Tages Obst zu Dr. Grove gebracht und er sie mit Sarah verwechselt hatte. In dem Augenblick, indem sie das Zimmer betreten habe (trug ich ihr auf zu sagen), sei Grove von hinten an sie herangetreten und habe begonnen, ihre Brüste zu streicheln. Als sie protestierte (hier behauptete sie, ein tugendhaftes Mädchen zu sein, was gewiß nicht der Fall war), habe Grove gesagt: »Aber Mädchen? Du willst nicht, was du gestern unbedingt haben wolltest?« Besser noch, ich suchte Wood auf und erzählte ihm eine Geschichte über Dr. Grove und seine brünftigen Spiele mit seinem Dienstmädchen. Gewiß würde sich diese Geschichte in ein, zwei Tagen herumgesprochen und die Fellows des New College erreicht haben, denn Wood hatte ein einzigartiges Talent, Klatsch zu verbreiten.

Jetzt soll sich die Schlampe beklagen, wenn sie will, dachte ich. Niemand wird ihr glauben, und sie wird nur in einen Skandal geraten und Schande über sich bringen. Wenn ich heute zurückblicke, bin ich nicht mehr so zuversichtlich. Meine List führte nicht dazu, daß Thomas die Pfründe bekam, und wenn sie vielleicht Sarah Blundys weltliche Rache abgewehrt hatte, reizte sie sie nur zu noch größerer Bosheit.

* * *

Ich wußte nichts davon, als ich Oxford einige Tage später verließ – ein wahrhafter Segen, denn ich habe die Stadt immer verabscheut und sie seit mehr als zehn Jahren nicht mehr besucht –, glaubte vielmehr, ich hätte mich mit dem Mädchen vergnügt und gleichzeitig meinem Freund geholfen. Meine Zufriedenheit dauerte nicht mehr lange, nachdem ich die Grenze nach Warwickshire überschritten hatte und mich auf den Weg zu meiner Mutter machte, denn wieder übersah ich das erste Anzeichen dafür, daß etwas nicht in Ordnung war. Ich leistete mir eine Kutsche nach Warwick, plante, die letzten fünfzehn Meilen zu Fuß zu gehen, und brach in guter Stimmung auf; nach etwa einer Stunde machte ich Pause, um einen Schluck Wasser zu trinken und einen Bissen Brot zu essen. Es war eine einsame Stelle an der Straße, und ich setzte mich am Rand ins Gras, um mich auszuruhen. Nach einer Weile hörte ich ein Rascheln im Gebüsch und stand auf, um nachzusehen. Doch kaum war ich etwa vier Schritte ins Unterholz vorgedrungen, als mit einem höllischen Geschrei ein Iltis aufsprang und mir die Hand zerkratzte; der Riß war tief und blutete stark.

Erschrocken wich ich zurück und stolperte über eine Wurzel, doch das Tier nahm seinen Vorteil nicht wahr. Es verschwand sofort, als habe es sich in Luft aufgelöst, und wäre nicht das Blut von meiner Hand auf die Erde getropft, hätte ich geschworen, ich hätte es mir nur eingebildet. Ich sagte mir natürlich, es sei meine eigene Schuld, da ich wahrscheinlich seinen Jungen zu nahe gekommen war und dafür bezahlt hatte. Erst später fiel mir ein, daß ich, der ich diesen Teil der Welt seit vielen Jahren kannte, noch nie gehört hatte, daß solche Tiere hier lebten.

Später natürlich kannte ich die Herkunft des Tieres besser, damals gab ich mir jedoch nur selbst die Schuld, verband mir die Hand, setzte meine Wanderung fort und kam nach drei Tagen zur Familie meiner Mutter. Unsere Armut hatte ihr keine andere Wahl gelassen, sie hatte sich ihrer Wohltätigkeit überantworten müssen, und sie hatten sie zwar wieder aufgenommen, aber nicht wie das eine Familie tun sollte. Meine Mutter hatte sich über ihre Wünsche hinweggesetzt und sie sehr verärgert, als sie ihrem Herzen folgte, und sie erlaubten ihr keine Sekunde lang, zu vergessen, daß ihr Unglück, ihrer Meinung nach, nur die gerechte Strafe für ihren Ungehorsam war.

Sie ließen sie daher nur wenig besser leben als eine Dienerin. Zwar erlaubte man ihr, am Haupttisch mitzuessen – sie hielten die alte, jetzt fast vergessene Sitte aufrecht, mit dem ganzen Haushalt zu essen –, doch achteten sie stets darauf, daß sie am Tischende saß, und sie überschütteten sie jeden Tag mit Kränkungen. Sie waren das Musterbeispiel jener Leute, die seither als

*Trimmers** – Wendehälse – bekanntgeworden sind und hätten sich gut mit Dr. Wallis vertragen, hätten sie ihn je kennengelernt. Unter Cromwell sang die Familie ihre Psalmen und pries den Herrn. Unter Charles kauften sie dem Familienkuraten die Meßgewänder und lasen jeden Abend im *Book of Common Prayer*. Das einzige, das unter ihrer Würde war, war der Papismus, denn sie haßten Rom leidenschaftlich und hielten ständig Ausschau nach boshafter Pfaffenlist.

Ich habe das Haus immer geliebt, glaube jedoch, daß es umgestaltet und von einem von Sir Christophers unzähligen Nachahmern nach modernen Gesichtspunkten umgebaut worden war. Jetzt sind die Räume regelmäßig, gut proportioniert und das Licht flutete durch moderne Fenster herein. Ich selbst bedaure diese begeisterte Anpassung an das, was uns die in der Mode führenden europäischen Männer als elegant anpreisen. Irgend etwas ist falsch an dieser Symmetrie. Früher war es so, daß sich im Haus eines Gentleman die Geschichte seiner Familie spiegelte; man konnte an seinen Linien sehen, wann genug Geld dagewesen war und man erweitern konnte und wann man schwere Zeiten durchlebt hatte. Die unregelmäßigen Schornsteine und Korridore und nebeneinander geschichteten Dachtraufen sorgten für die Behaglichkeit einer liebevollen Unordnung. Man hätte gedacht, daß wir noch mehr Gleichförmigkeit wirklich nicht brauchten, nachdem Cromwell versucht hatte, sie uns durch seine Armeen aufzuzwingen. Aber ich gehe wieder einmal nicht mit der Zeit, wie gewöhnlich. Die alten Häuser werden eines nach dem anderen abgerissen und durch schäbige Bauwerke ersetzt, die wahrscheinlich nicht länger Bestand haben werden als die habgierigen, arroganten neuen Familien, die sie bauen. So schnell erbaut, können sie genauso schnell hinweggefegt werden, zusammen mit all den Leuten, die darin hausen.

»Wie könnte Ihr solche Demütigung ertragen, Madam?« fragte ich meine Mutter, als ich sie eines Abends in ihrem Zimmer besuchte. Ich war seit ein paar Wochen da und konnte die unaufrichtige Frömmigkeit, die arrogante Selbstgefälligkeit dieser Leute nicht mehr ertragen. Tagtäglich ihre Herablassung ertragen zu

* vom Marquis von Halifax gegründete Mittelpartei unter Charles II.

müssen hätte die Geduld eines Heiligen auf eine harte Probe gestellt. Ganz zu schweigen von ihren unerträglichen Vorwürfen und ihrer gequälten Freundlichkeit.

Meine Mutter blickte von ihrer Stickerei auf und zuckte mit den Schultern. Sie vertrieb sich des Abends die Zeit damit, Wäschestücke zu nähen, die, wie sie mir sagte, eines Tages mir gehören sollten, wenn ich eine Frau gefunden hatte und ein Einkommen haben würde. »Du solltest nicht ungerecht gegen sie sein«, sagte sie. »Sie sind mehr als großzügig zu mir. Schließlich waren sie zu nichts verpflichtet.«

»Euer eigener Bruder!« rief ich. »Natürlich hat er Pflichten gegen Euch. Wie Euer Gatte sie im umgekehrten Fall auch gehabt hätte.«

Sie antwortete nicht sofort und konzentrierte sich auf ihre Arbeit, während ich wieder ins Feuer blickte, in dem die großen Scheite knackten und knisterten. »Du irrst dich, Jack«, sagte sie nach einer Weile. »Dein Vater hat sich gegen meinen Bruder sehr schlecht benommen.«

»Ich bin sicher, es war allein die Schuld meines Onkels«, sagte ich.

»Nein. Du weißt, wie sehr ich deinen Vater verehrt habe, aber er konnte hitzköpfig und unbesonnen sein. Dies war eine solche Gelegenheit. Er war ganz und gar im Irrtum, doch er weigerte sich, es zuzugeben oder wiedergutzumachen.«

»Das kann ich nicht glauben«, sagte ich.

»Du weißt nicht, wovon ich spreche«, sagte sie, noch immer geduldig. »Ich gebe dir ein kleines Beispiel. Während des Krieges, bevor dein Vater fortging, um im Ausland zu kämpfen, schickte der König Steuereinnehmer herum, die bei allen großen Familien eine Abgabe einziehen sollten. Die Forderungen an meinen Bruder waren streng und ungerecht. Natürlich schrieb er meinem Mann und bat ihn, sich für ihn einzusetzen, damit der Betrag reduziert würde. Dein Vater schrieb einen sehr beleidigenden Brief zurück und erklärte, daß er in einer Zeit, in der so viele Menschen ihr Leben gäben, nicht die Absicht habe, meinem Bruder zu helfen, damit er sein Silber behalten dürfe. Es wäre für ihn eine solche Kleinigkeit gewesen, das für seine Familie zu tun. Und als dann das Parlament Steuern einzog, mußte mein Bruder ein großes Stück Land verkaufen und verarmte dadurch. Er hat deinem Vater nie vergeben.«

»Ich wäre selbst mit einem Trupp zu Pferde hergekommen, um das Geld zu holen«, sagte ich. »Die gerechte Sache des Königs wog schwerer als alles andere. Hätten mehr Leute das begriffen, hätte man das Parlament besiegen können.«

»Der König hat darum gekämpft, das Gesetz zu schützen, nicht nur, um sich selbst den Thron zu erhalten. Was für einen Sinn hätte ein Erfolg gehabt, wenn alles, wofür er kämpfte, durch diesen Kampf vernichtet worden wäre? Ohne die großen Familien im Königreich war der König nichts; unser Vermögen und unseren Einfluß zu bewahren war seiner Sache genauso nützlich, wie für ihn zu kämpfen.«

»Wie praktisch«, spottete ich.

»Ja«, sagte sie. »Und als dieser König zurückkehrte, war dein Onkel zur Stelle, um seine Stellung als Friedensrichter anzutreten und die Ordnung wiederherzustellen. Wäre mein Bruder nicht, wer hätte denn dann in diesem Teil der Welt für Recht und Ordnung gesorgt, dafür gesorgt, daß die Leute den König willkommen hießen? Dein Vater hatte keinen Penny und war ohne Einfluß.«

»Mir ist ein bettelarmer Held als Vater lieber als ein reicher Feigling«, sagte ich.«

»Unglücklicherweise bist du jetzt der Nachkomme eines bettelarmen Verräters und lebst von der Güte des reichen Feiglings.«

»Er war kein Verräter! Das könnt Ihr doch nicht wirklich glauben – ausgerechnet Ihr!«

»Ich weiß nur, daß er seine Familie ins Unglück gestürzt und seine Frau zur Bettlerin gemacht hat.«

»Der König hat ihm Leben und Ehre gegeben. Was hätte er denn sonst tun sollen?«

»Verschone mich mit deinem kindischen Gerede«, fauchte sie. »Krieg ist kein Märchen von Ritterlichkeit. Der König hat mehr genommen, als er gab. Er war ein Narr und dein Vater ein noch größerer, weil er ihn unterstützte. Jahrelang mußte ich mit Gläubigern jonglieren, Soldaten bestechen und unsere Ländereien verkaufen, nur damit er ein Mann von Ehre sein konnte. Unsere

Geldmittel schmolzen, bis nichts mehr da war, damit er sich auf die gleiche Stufe mit Edelleuten stellen konnte, die ein zehnmal so großes Einkommen hatten wie er. Ich mußte zusehen, wie er eine Übereinkunft mit dem Parlament ablehnte, weil der Mann, der geschickt worden war, um mit ihm zu verhandeln, ein Londoner Krämer und kein Adeliger war. Diese besondere Art, seine Ehre zu demonstrieren, kam uns teuer zu stehen, glaub mir. Und als die Not bei uns einkehrte, mußte ich mich, mit nichts anderem als mit den Kleidern, die ich am Leib trug, der Gnade und Barmherzigkeit meines Bruder ausliefern. Er nahm mich auf, ernährte mich und gab mir ein Dach überm Kopf, während dein Vater verschwendete, was noch von unserem Vermögen übrig war. Mein Bruder bezahlt deine Ausbildung, damit du leben kannst, und er hat versprochen, dich in London zu etablieren, wenn du soweit bist. Du aber lohnst seine Güte mit Verachtung und kindischem Gerede. Du vergleichst seine Ehre mit der deines Vaters? Sag mir, Jack, wo ist die Ehre in einem Armengrab?«

Ich lehnte mich zurück, wie benommen von der Heftigkeit und schmerzlich enttäuscht. Mein armer Vater, verraten sogar von dem einen Menschen, der ihm unbedingten Gehorsam schuldete. Meinem Onkel war es gelungen, sogar sie zur Treulosigkeit anzustacheln. Ich nahm es ihr nicht übel; wie sollte eine Frau einem solchen Druck widerstehen, wenn sie ihm ständig ausgesetzt war? Es war mein Onkel, dem ich die Schuld gab, denn er nutzte die Abwesenheit meines Vaters, um ihn bei dem einzigen Menschen anzuschwärzen, der seinen Namen bis zum Letzten hätte verteidigen müssen.

»Ihr sprecht, als ob Ihr gleich sagen wolltet, daß er doch ein Verräter war«, sagte ich schließlich, als mein Kopf aufgehört hatte, sich zu drehen. »Das kann ich nicht glauben.«

»Ich weiß es nicht«, erwiderte sie, »und so versuche ich eben, das Beste zu glauben. In dem Jahr vor seiner Flucht habe ich ihn kaum gesehen. Ich weiß nicht, was er da getan hat.«

»Euch kümmert nicht, wer ihn verraten hat? Es stört Euch nicht, daß John Thurloe schuldig, aber frei ist, während Euer Gatte tot durch Verrat ist? Ihr wollt keine Rache?«

»Nein, die will ich nicht. Es ist aus und vorbei und kann nicht mehr geändert werden.«

»Ihr müßt mir sagen, was Ihr wißt, sowenig es auch sein mag. Wann habt Ihr ihn zum letzten Mal gesehen?«

Sie blickte lange ins Feuer, das langsam erlosch, so daß die Kälte sich um unsere Körper legte; das Haus war immer eisig, und sogar im Sommer brauchte man einen dicken Mantel, wenn man die Haupträume verließ. Jetzt hatten wir Winter, das Laub war gefallen, die Winde wehten, und wieder übernahm die Kälte die Herrschaft im Haus.

Ich mußte sie drängen, bevor sie meine Fragen nach Papieren, Briefen und Dokumenten beantwortete, denen man vielleicht entnehmen konnte, was geschehen war, denn ich hatte Wallis' Bitte nicht vergessen und wollte ihm gefällig sein, wenn ich konnte. Ein paarmal weigerte sie sich, wechselte das Thema und versuchte mich abzulenken, doch ich blieb hartnäckig. Endlich gab sie nach, weil sie begriff, daß es leichter war, als sich zu widersetzen. Ihre mangelnde Bereitschaft war jedoch offensichtlich, und das habe ich ihr nie ganz vergeben. Ich sagte ihr, ich müsse vor allem wissen, was sich um den Januar 1660 herum ereignet hatte, kurz bevor mein Vater floh, und wann das Komplott gegen ihn seinen Höhepunkt erreicht hatte. Wo war er gewesen? Was hatte er getan oder gesagt? Hatte sie ihn in dieser Zeit vielleicht sogar gesehen?

Sie habe ihn gesehen, sagte sie; tatsächlich sei es auch das letzte Mal gewesen. »Ich erhielt durch einen vertrauenswürdigen Freund die Botschaft, daß dein Vater mich brauchte«, begann sie. »Dann tauchte er unangemeldet hier auf, und das des Nachts. Mit deinem Onkel hatte er nichts zu tun und verbrachte nur eine Nacht hier, dann ging er wieder.«

»Wie war er?«

»Sehr ernst und nachdenklich, aber in gehobener Stimmung.«

»Und hatte er eine Truppe bei sich?«

Sie schüttelte den Kopf. »Nur einen Mann.«

»Was für einen Mann?«

Sie winkte ab. »Er blieb über Nacht, wie ich schon gesagt habe, aber geschlafen hat er nicht. Er verköstigte sich und seinen Kameraden und kam dann zu mir, um mit mir zu reden. Er tat sehr geheimnisvoll, überzeugte sich, daß niemand zuhörte, und ließ sich von mir versprechen, meinem Bruder kein Wort zu verraten. Und bevor du fragst, ich habe es auch nicht getan.«

Ich wußte im tiefsten Herzen, daß ich nahe daran war, etwas zu erfahren, was von beispielloser Bedeutung war und von dem mein Vater gewollt hatte, daß ich es zu hören bekam, sonst hätte er meine Mutter auf absolutes Schweigen eingeschworen. »Sprecht weiter«, sagte ich.

»Er hat sehr eindringlich mit mir geredet. Er sagte, er habe den schlimmsten Hochverrat entdeckt, den man sich vorstellen könne, und das habe ihn so erschreckt, daß er seinen eigenen Augen nicht trauen wolle. Jetzt aber sei er davon überzeugt und werde handeln.«

Ich hätte um ein Haar aufgeschrien vor Enttäuschung. »Was für einen Hochverrat? Wie wollte er handeln? Was für Entdeckungen?«

Meine Mutter schüttelte den Kopf. »Er sagte, es sei zuviel, um es einer Frau anzuvertrauen. Du mußt begreifen, daß er mir nie Geheimnisse erzählt oder überhaupt etwas anvertraut hat. Du müßtest überrascht sein, daß er so viel, nicht so wenig gesagt hat.«

»Und das war alles?«

»Er sagte, er werde Männer von übelstem Charakter entlarven und vernichten. Es war gefährlich, aber er glaubte zuversichtlich an seinen Erfolg. Dann zeigte er auf den Mann, der die ganze Zeit in der Ecke gesessen hatte.«

»Sein Name, Madam. Wie war sein Name?« Endlich, dachte ich, habe ich vielleicht etwas. Doch sie schüttelte wieder den Kopf. Sie wußte es nicht.

»Vielleicht hat er ihn Ned gerufen, ich weiß es nicht. Ich glaube, ich war ihm schon früher begegnet, vor dem Krieg. Dein Vater sagte mir, daß man letztlich nur seinen eigenen Leuten trauen dürfe und daß der Mann einer von diesen Leuten sei. Wenn etwas nicht gelingen sollte wie geplant, würde dieser Mann zu mir kommen und mir ein Paket übergeben, das alles enthielt, was er wußte. Ich sollte es gut aufheben und nur öffnen, wenn ich mich überzeugt hatte, daß es ungefährlich war.«

»Und was sonst?«

»Nichts«, sagte sie einfach. »Kurz darauf brachen sie auf, und ich habe ihn nie wiedergesehen. Ein paar Wochen später erreichte mich eine Botschaft von Deal, in der es hieß, er müsse für eine Weile das Land verlassen, werde aber zurückkommen. Er ist nie zurückgekommen, wie du weißt.«

»Und der Mann? Dieser Ned?«

Sie schüttelte den Kopf. »Er ist nie erschienen, und ich habe nie ein Paket erhalten.«

* *
*

So enttäuschend es war, daß meine Mutter nichts hatte, was Dr. Wallis helfen konnte, die Information, die sie mir gab, war ein unerwarteter Ertrag. Ich hatte nicht erwartet, daß sie so viel wissen würde, und es war nur ein nachträglicher Einfall von mir gewesen, mich an sie zu wenden. So traurig es für einen Sohn ist, das zugeben zu müssen, doch ich fand es immer schwieriger, ihr gegenüber Höflichkeit zu bewahren, so sehr gehörte sie wieder zu ihrer Familie, die meinen Vater nur billigte, solange er einen großen Besitz hatte.

Nein; ich war aus einem ganz anderen Grund nach Warwickshire gekommen: Ich wollte die Papiere meines Landsitzes in Lincolnshire einsehen, vielleicht erfuhr ich daraus, wann ich erwarten konnte, den Besitz zu übernehmen. Ich wußte, daß die Sache kompliziert war; mein Vater hatte es mir oft gesagt. Als die Kämpfe ernst wurden und sein Vertrauen in den König nachließ, wurde ihm klar, daß viel mehr als nur sein Leben in Gefahr war und die ganze Familie vernichtet werden könnte. Aus diesem Grund setzte er ein Schriftstück auf, das dazu bestimmt war, sie zu beschützen.

Kurz und gut, er folgte der jüngsten Gepflogenheit im Land, verwandelte den Besitz in eine Treuhandstiftung zum eigenen Nutzen und, nach seinem Tod, zu meinem. In einem Testament, das er gleichzeitig aufsetzte, ernannte er meinen Onkel zum Testamentsvollstrecker und Sir William Compton zu meinem Vormund, mit der Maßgabe, mir den persönlichen und den Grundbesitz korrekt zu übergeben. Das klingt kompliziert, doch heutzutage wird jeder vermögende Mann es verstehen, denn es ist der übliche Weg, eine Familie vor Gefahr zu schützen. Damals jedoch hatte man von solcher Komplexität nie gehört; nichts ist geeigneter als politischer Hader, Männer einfallsreich und Anwälte reich zu machen.

Ich konnte nicht darum bitten, die Papiere einsehen zu dürfen, da mein Onkel sie in Verwahrung hatte, und es war kaum wahrscheinlich, daß er auf meine Bitte eingehen würde. Ich wollte ihn auch nicht darauf stoßen, daß ich mich dafür interessierte, damit er nichts unternahm, um sie zu vernichten oder zu seinen Gunsten abzuändern. Ich würde es nicht zulassen, daß mein Onkel mich betrog, eine Eigenschaft, die ihm schon zur zweiten Natur geworden war.

Also begann ich in dieser Nacht, als ich sicher war, daß alles schlief, mit meiner Suche. Das Arbeitszimmer meines Onkels, wo er die Geschäfte des Gutes führte und Versammlungen mit seinen Verwaltern abhielt, war unverändert seit jenen Tagen, in denen er mich zu sich zu rufen pflegte, um mir Lektionen über gottesfürchtiges gutes Benehmen zu geben. Ich schlich mich leise hinein, erinnerte mich, ohne daran zu denken, daß die Tür quietschte; ein Geräusch, das leicht den ganzen Haushalt wecken konnte. Die Kerze in die Höhe haltend, konnte ich den soliden Eichentisch ausmachen, auf dem an jedem Michaelistag abgerechnet wurde, und auch die mit Eisenbändern versehenen Truhen, in denen die Unterlagen und Berichte aufbewahrt wurden.

»Schrecklich schwierig, nicht wahr? Mach dir nur keine Sorgen, wenn du erst einmal die Verantwortung für sie trägst, wirst du sie verstehen. Vergiß nur nie die goldenen Regeln des Besitzes: Vertrau nie deinen Verwaltern, und sei nie zu hart zu deinen Pächtern. Sonst verlierst du am Ende.« So hatte mein Vater zu mir gesprochen; ich erinnerte mich noch sehr gut daran, ich muß damals ungefähr fünf oder noch jünger gewesen sein. Obwohl ich wußte, daß es verboten war, war ich in sein Arbeitszimmer in Harland House gelaufen, weil die Tür offengestanden hatte. Mein Vater war allein, von Unmengen von Papieren umgeben, die Streusandbüchse neben sich, das Wachs erhitzt, um die Dokumente versiegeln zu können, und die Kerze rauchte im Luftzug. Ich erwartete eigentlich, eine Tracht Prügel zu bekommen, doch statt dessen blickte er auf, lächelte mich an, setzte mich auf seine Knie und zeigte mir die Papiere. Sobald er mehr Zeit habe, sagte er, wolle er anfangen, mich zu unterrichten, denn ein Gentleman habe viel zu lernen, wenn er erfolgreich sein wolle.

Der Tag kam nie, und bei diesem Gedanken brannten mir die Augen von ungeweinten Tränen, als ich mich an dieses Zimmer in meinem Heim erinnerte, in dem Heim, das ich vielleicht für immer verloren und seit mehr als zehn Jahren nicht mehr gesehen hatte. Sogar der Geruch kam wieder, stark und vertraut, eine Mischung aus Leder und Öl, und ich stand eine Zeitlang in Trauer versunken da, bis ich mich meiner Aufgabe entsann und wie dringlich es war, sie hinter mich zu bringen.

Mein Onkel bewahrte die Schlüssel der Kassette im Schwertschrank auf, und dort sah ich auch sofort nach, nachdem ich mich aufgerafft hatte. Zum Glück hatte er seine Gewohnheiten nicht geändert, und der große eiserne Schlüssel lag an seinem üblichen Platz. Die Kassette war im Nu geöffnet, und dann setzte ich mich an den großen Schreibtisch, stellte die Kerze auf und begann die Dokumente durchzusehen, die ich eines nach dem anderen aus der Kassette nahm.

Ich war mehrere Stunden da, ehe die Kerze ausging. Es war eine lästige Arbeit, denn die meisten Päckchen waren uninteressant und wurden, kaum geöffnet, wieder beiseite gelegt. Doch schließlich fand ich die Einzelheiten des Vertrages. Ich fand auch zwanzig Pfund, die ich nach einem kurzen Zögern nahm. Nicht, daß ich auf so schändliches Geld angewiesen sein wollte, aber ich sagte mir, daß es von Rechts wegen ohnehin mir gehörte, daher konnte ich es ohne Skrupel verbrauchen.

Worte können nicht ausdrücken, wie über alle Maßen entsetzt ich war über das, was ich entdeckte, denn die Dokumente lieferten einen kompletten und leidenschaftslosen Überblick über den verabscheuungswürdigsten und kompletten Betrug an mir. Ich will es einfach ausdrücken, denn keine noch so blumige Ausschmückung kann die Wirkung steigern: Mein gesamter Besitz war von Sir William Compton, dem Mann, der meine Interessen wahren sollte, an meinen Onkel verkauft worden, den Mann, der angeblich dazu bestimmt war, den Landbesitz in seiner Gesamtheit zu erhalten. Dieses gemeine Gaunerstück war in eben dem Augenblick vollbracht worden, in dem man meinen Vater in seinem Armengrab verscharrt hatte, denn die letzte Verkaufsurkunde war zwei Monate nach seinem Tod datiert und gesiegelt worden.

Kurz gesagt, man hatte mir alles genommen, ich war vollständig enteignet worden.

Ich hatte meinen Onkel nie gemocht, hatte sein dünkelhaftes und arrogantes Wesen immer verabscheut. Doch nie hätte ich vermutet, daß er zu einem so ungeheuerlichen Betrug fähig sein könnte. Wie er aus dem Unglück seiner Familie Gewinn zog, den Tod meines Vaters und meine Minderjährigkeit ausnutzte, um einen so schmutzigen Plan zu schmieden, meine Mutter zwang, stillschweigend zu dulden, wie die Interessen ihres Sohnes mit Füßen getreten wurden – all das war viel schlimmer, als ich es mir hätte vorstellen können. Er nahm an, daß mein Alter und mein Geldmangel mich daran hindern würden, mich zu wehren. Ich beschloß an Ort und Stelle, daß er bald erfahren sollte, wie sehr er sich irrte.

Überhaupt nicht verstehen konnte ich, wie Sir William Compton, mein Vormund, gehandelt hatte, der stets so gütig und freundlich zu mir gewesen war. Wenn auch er gegen mich konspiriert hatte, war ich wirklich allein; aber trotz des klaren Beweises konnte ich nicht glauben, daß ein Mann, von dem mein Vater immer mit größter Hochachtung gesprochen und dem er seinen Erben anvertraute, so falsch gewesen sein sollte. Ein rauher, aber herzlicher Mann, in seiner robusten Ehrlichkeit das Rückgrat der Nation, von Cromwell selbst als »dieser gottesfürchtige Kavalier«* bezeichnet, mußte er selbst arglistig getäuscht worden sein, um so etwas zu tun. Wenn ich herausfinden konnte, wie, dann wäre ich wieder einen Schritt weiter. Mir war sehr bald klar, daß ich auch ihn fragen mußte, schreckte aber davor zurück, solange ich ihm nicht noch mehr Beweise vorlegen konnte. Denn er hatte mich, als mein Vater geflohen war, sofort aus seinem Haus Compton Wynyates hinausgeworfen. Ich wußte nicht, wie ich empfangen würde und, ich muß es gestehen, ich fürchtete mich vor seiner Verachtung.

Als ich die Kassette zuklappte, abschloß und in mein Zimmer zurückschlüpfte, war mir klar, daß meine Aufgabe noch viel

* Royalist; Anhänger von Charles I.

schwieriger geworden und ich jetzt einsamer war, als ich mir in meinen schlimmsten Träumen vorgestellt hatte. Denn auf diese oder jene Weise war ich von allen hintergangen worden, sogar von jenen, die mir am nächsten standen, und hatte keinerlei Rückhalt mehr – außer meiner Entschlossenheit. Bei jedem Schritt, den ich machte, wurde meine Aufgabe größer und schwieriger, wie es schien, denn ich mußte jetzt nicht nur den Mann finden, der meinen Vater verraten hatte, ich mußte auch die entlarven, die sich an seiner Schande flugs bereichert hatten.

Noch war mir nicht der Gedanke gekommen, daß diese beiden Bereiche ein und derselbe sein könnten, und noch weniger, daß im Vergleich mit der anderen Plage, die über mich hereinbrechen sollte, diese Probleme fast trivial waren.

Denn bald sollte ich – ich lag ungefähr zwei Stunden vor Tagesanbruch im tiefen Schlaf – einen Vorgeschmack dessen bekommen, was vor mir lag. Ich wünschte, ich hätte mich nicht mehr schlafen gelegt; ich hätte das Haus sofort verlassen und aufbrechen sollen, dann wären mir die Schrecken dieser qualvollen Nacht erspart geblieben. Ich weiß nicht, wie lange ich geschlafen hatte, doch es war noch dunkel, als eine Stimme mich weckte. Ich zog den Bettvorhang zurück und sah am Fenster ganz deutlich die Gestalt einer Frau, die sich hereinbeugte, als stehe sie draußen, obwohl mein Zimmer im ersten Stock war. Obwohl ich das Gesicht nicht erkannte, bestätigte das wallende dunkle Haar sofort meine Vermutung. Es war das Blundy-Mädchen. »Knabe«, zischte sie immer wieder, »du wirst scheitern. Ich werde dafür sorgen.« Dann verschwand sie mit einem Seufzer, der mehr einem Windhauch als einem Atemzug glich.

Gut eine Stunde saß ich, vor Kälte zitternd, da, bis ich mich selbst überzeugt hatte, daß das, was geschehen war, nur das Fieber eines in Unordnung geratenen und müden Geistes war. Ich sagte mir, daß der Traum nichts zu bedeuten hatte, ebensowenig wie der erste. Ich rief mir all die würdigen Priester in Erinnerung, die gesagt hatten, es sei vermessen, solchen Trugbildern Glauben zu schenken. Doch sie hatten unrecht. Obwohl ich nicht bezweifele, daß viele sogenannte Propheten, die ihre Träume als göttliche Botschaften interpretieren, unwissend sind und ein Spatzenhirn haben – Dämpfe für Engel und ein Aufwallen der Hauptsäfte im Körper für die Stimme des Herrn halten, sind einige Träume wirklich geistigen Ursprungs. Und nicht alle kommen von Gott. Als ich versuchte, mich wieder hinzulegen und weiterzuschlafen, hielt mich der Wind wach, der an dem Fenster rüttelte, und mir fiel ein, daß ich es nicht geöffnet hatte, bevor ich zu Bett ging. Doch jetzt war es offen und wurde offengehalten, wenngleich nicht von meiner Hand.

Als ich am nächsten Morgen hinunterging, änderte ich meinen Plan und verließ das Haus meines Onkels, sobald es schicklich war. Ich verabschiedete mich nicht von meiner Mutter und ganz gewiß nicht von meinem Onkel. Ich konnte ihren Anblick nicht ertragen und fürchtete, mir könnte eine Bemerkung herausrutschen, die ihnen verriet, daß ich ihr Komplott entdeckt hatte.

Zehntes Kapitel

WIE AUFGEWÜHLT ich auf dem Weg zur Grenze zwischen den Grafschaften Warwickshire und Oxfordshire innerlich war, will ich nicht schildern; daß meine Seele vor Verlangen nach Rache brannte, muß offensichtlich sein, und ich halte es nicht für nötig, auch noch niederzuschreiben, was jeder Mann in meiner Lage schon empfunden haben muß. Meine Aufgabe ist es, aufzuschreiben, was ich tat, nicht, was ich fühlte; da Gefühle so vergänglich sind, werden sie zu einer bedauerlichen Zeitverschwendung. In der Geschichte des Menschen ist es die ruhmreiche Tat, die alle bedeutenden Dinge bewegt und ein Beispiel für die Nachwelt ist. Müssen wir wissen, was Augustus fühlte, als er hörte, der Seesieg von Aktium habe sein Reich über den ganzen Globus ausgedehnt? Würde es zum größeren Ruhme Catos beitragen, wenn wir einen Bericht über die Gefühle hätten, die ihn bewegten, als er sich den Dolch in die Brust stieß? Gefühle sind die Tricks des Teufels, gesandt, um uns zu Zweifeln und zum Zaudern zu verlocken und die Taten – ob gut, ob böse – zu verdunkeln, die begangen werden. Kein Mann von Vernunft, denke ich, wird sie je besonders beachten, denn sie sind eine Ablenkung, eine Kapitulation vor weibischen Empfindungen, die der Welt verborgen

bleiben sollten, wenn man sie schon im Herzen nicht ganz unterdrücken kann. Es ist unsere Aufgabe, die Leidenschaften zu überwinden, um uns nicht in ihrer Heftigkeit zu verlieren.

Daher will ich nur sagen, daß ich besorgt war, denn so schnell
meine Fortschritte in einem Bereich waren, um so mehr wurde
ich im anderen behindert. Je mehr ich hinter John Thurloe her
war, um so mehr Dämonen verfolgten mich, denn ich hatte die
Sorgen nicht abgeschüttelt, die meine Träume und Heimsuchungen in mir geweckt hatten, und mein Gehirn war so benebelt, daß
mir ihr Grund verborgen blieb, der eigentlich offensichtlich war.
Statt dessen dachte ich ständig fruchtlos über diese Ungereimtheit nach, während ich durch das Kernland der Kriege südwärts
trottete und beinahe auf jeder Meile auf Zeugen der Zerstörung
stieß, der das Land anheimgefallen war. So viele Gebäude, so viele schöne Wohnungen noch immer in Schutt und Asche, denn die
Besitzer hatten, genau wie mein Vater, nicht mehr das Geld, um
sie neu aufzubauen. Herrenhäuser verbrannt oder niedergerissen
wegen ihrer Steine, Felder noch nicht wieder bestellt und von Un-
kraut überwuchert, denn die Pächter arbeiten nicht ohne eine
feste Hand über sich, die sie duckt. Mitten in einem dieser An-
fälle von Melancholie, die mich immer quälen, machte ich halt in
Southam und opferte ein bißchen Geld, um zur Ader gelassen zu
werden, denn ich hoffte, dadurch mein Gleichgewicht zurückzugewinnen und innerlich gestärkt zu werden. Dann gab ich, von
der Prozedur geschwächt, noch mehr Geld aus, um ein Bett für
die Nacht zu bekommen.

Und das war ein Glück, denn ich hörte am Tisch, daß ein
großer Magus am selben Tag hier durchgekommen war, weise in
der Heilkunst und in Dingen des Geistes. Der Mann, der es mir
erzählte – scherzhaft, aber innerlich voller Angst –, sagte, er sei
Ire, der einen Schutzengel habe, von dem er behütet werde, so daß
ihm nie etwas zustoßen könne. Er war einer jener Meister, die
heilen konnten, indem sie mit der Hand über die geplagte Stelle
strichen, und in ständigem Zwiegespräch mit Geistern in jeder
Form waren, die für ihn genauso sichtbar waren wie Menschen
füreinander.

Ich erfuhr auch, daß der Mann nach Süden unterwegs war,
nach London wollte, um dort seine Dienste dem König selbst an-

zubieten. Damit hatte er, soviel ich weiß, keinen Erfolg; seine Fähigkeit, durch Handauflegen zu heilen (und er konnte es wirklich, ich habe es selbst gesehen, und viele haben es bestätigt), wurde als anmaßend empfunden, denn er behauptete, mit derselben Methode Skrofulose heilen zu können, obwohl er sehr gut wußte, daß dies ein Vorrecht der Könige ist, und das seit undenklichen Zeiten. Da er außerdem Ire war, sah man in ihm natürlich einen Umstürzler, und er wurde gezwungen, London nach einem sehr kurzen Aufenthalt wieder zu verlassen.

Am nächsten Morgen brach ich auf, überzeugt, daß die frühe Stunde und meine jungen Beine mich befähigen würden, diesen Valentine Greatorex bald einzuholen und ihn wegen meiner Probleme zu befragen. Wenigstens würde ich nicht darum bitten müssen, denn das Geld aus der Kassette meines Onkels steckte noch in meinem Gürtel, und ich konnte zur Abwechslung einmal bezahlen, was er verlangen würde.

Ich holte ihn nach wenigen Stunden in einem Dorf gleich hinter der Grenze nach Oxfordshire ein; er war in einem Gasthof abgestiegen. Als ich das hörte, nahm ich mir auch ein Zimmer und ließ ihm dann ausrichten, ich wünschte eine Unterredung mit ihm. Ich wurde sofort zu ihm gerufen.

Ein wenig beklommen ging ich zu diesem Treffen, denn mochte ich früher auch schon einem Zauberer begegnet sein, einem Iren war ich noch nie begegnet. Ich wußte natürlich, daß es schreckliche Menschen waren, wild und ungehorsam und unvorstellbar grausam. Die Geschichten über die Massaker, die sie in den letzten Jahren an armen Protestanten verübten, waren noch frisch in meiner Erinnerung, und ihre Art, trotz der Züchtigung, die Cromwell ihnen bei Drogheda und an anderen Orten verabreicht hatte, weiterzukämpfen, bewies, daß sie in ihrer blutgierigen Bösartigkeit kaum menschlich zu nennen waren. Ich glaube, daß Cromwell sich nur ein einziges Mal der rückhaltlosen Unterstützung durch die Engländer sicher sein konnte – als er aufbrach, um diese mörderischen Kreaturen zu unterwerfen.

Mr. Greatorex entsprach jedoch meinen Vorstellungen in keiner Weise – weder der von einem Zauberer noch der von einem Iren. Ich hatte geglaubt, er sei alt, gehe gebeugt, habe Haare wie Feuer und wilde, starre Augen. Tatsächlich war er kaum ein Dutzend Jahre älter als ich, hielt sich wie ein Gentleman, hatte angenehme, präzise Bewegungen und einen feierlichen Gesichtsausdruck, der einem Bischof zur Ehre gereicht hätte. Bevor er sprach, hätte man ihn für einen erfolgreichen Händler aus einer kleinen englischen Stadt halten können.

Seine Stimme jedoch war ungewöhnlich; ähnliches hatte ich bisher noch nie gehört, obwohl ich weiß, daß die Sanftheit des Ausdrucks und die Musikalität des Tons für diese Leute charakteristisch sind, die Worte wie Honig benutzen, um ihre wahre Natur zu verbergen. Während er mich mit Fragen überschüttete, flossen seine Worte sanft über mich hinweg, und ich entspannte mich, bis mir im Raum nichts mehr bewußt war, außer seiner Stimme und dem milden Ausdruck seiner Augen. Ich verstand, denke ich, wie sich ein Kaninchen fühlen muß, wenn es unter dem Blick einer Schlange erstarrt, und wie sich auch Eva gefühlt haben mußte, bereit, alles zu tun, um der Schlange zu gefallen und noch mehr tröstliche Worte von ihr zu hören.

Wo war ich? Wo kam ich her? Wie hatte ich von ihm gehört? Alles notwendige Fragen und jenen ähnlich, die Mrs. Blundy mir gestellt hatte, und die dazu dienten, festzustellen, daß ich nicht geschickt worden war, um sie in eine Falle zu locken. Ich antwortete rückhaltlos, bis ich zu meiner Begegnung mit Sarah Blundy kam. Dann beugte sich Greatorex in seinem Sessel vor.

»Laßt Euch sagen, Sir«, sagte er leise, »daß es ein großer Fehler ist, mir Lügen zu erzählen. Ich dulde es nicht, wenn man mich betrügt. Mich interessiert nicht, wie schlecht Ihr Euch benommen habt, obwohl ich sehen kann, daß Ihr das Mädchen schändlich mißbraucht habt.«

»Ich habe nichts dergleichen getan«, protestierte ich. »Sie war willig. Muß es gewesen sein und hat dann nur Theater gespielt, um mehr Geld von mir zu bekommen.«

»Das Ihr ihr nicht gegeben habt.«

»Ich war großzügig genug.«

»Und jetzt fürchtet Ihr, Ihr wärt verflucht. Erzählt mir Eure Träume.«

Ich erzählte sie ihm und erzählte auch von dem Iltis. Er hörte schweigend zu, während ich ihm einen Beweis nach dem anderen nannte.

»Habt Ihr nie daran gedacht, daß die Tochter dieser listigen Frau hinter den Angriffen stecken könnte?« Ich sagte, nein, das hätte ich nicht, doch in dem Moment, in dem er meinte, Sarah Blundy könnte für alles verantwortlich sein, wurde mir klar, daß das auf der Hand lag und daß meine Unfähigkeit, das zu erkennen, schon ein Teil des Zaubers war, mit dem sie mich belegt hatte.

»Habt Ihr seither mit ihr gesprochen?« fuhr Greatorex fort. »Es mag Eure Würde kränken, aber oft schafft man derlei Dinge am besten aus der Welt, wenn man denjenigen irgendwie entschädigt. Wenn sie Eure Entschuldigung annimmt, muß sie den Fluch von Euch nehmen.«

»Und wenn sie es nicht tut?«

»Dann müssen andere Maßnahmen getroffen werden. Aber es ist der beste erste Schritt.«

»Ich glaube, Ihr habt Angst vor ihr. Ihr glaubt nicht, daß Ihr mit ihr fertig werdet.«

»Ich weiß nichts über sie. Wenn sie aber wirklich eine so große Macht hat, dann wäre es in der Tat schwierig. Ich halte es nicht für eine Schande, das zuzugeben. Finsternis ist mächtig. Aber ich habe mich schon mit solchen Leuten auseinandergesetzt und habe ebensooft gesiegt wie verloren. Jetzt erzählt. Was hat sie von Euch?«

Ich sagte ihm, daß ich die Frage nicht verstünde, doch als er sie mir erklärte, berichtete ich, daß sie mir das Gesicht zerkratzt und ein paar Haare ausgerissen hatte. Ich hatte kaum ausgesprochen, als er schon auf mich zukam. Ehe ich irgendwie reagieren konnte, holte er ein Messer heraus und packte mich an den Haaren und zog mir mit einer schnellen Bewegung das Messer über den Handrücken. Dann riß er mir einfach eine Locke aus.

Ich sprang auf und verfluchte ihn mit meiner ganzen Kraft und Erfindungsgabe. Die Magie seiner Stimme hatte jede Wirkung verloren. Greatorex kehrte jedoch ganz gelassen auf seinen Platz zurück, als sei nichts geschehen, und wartete, bis ich mich wieder beruhigt hatte.

»Ich bitte Euch um Vergebung«, sagte er, als ich soweit war, »aber ich habe Blut und Haare von Euch gebraucht, und das unter den gleichen Umständen, unter denen sie sie genommen hat.

Je schmerzhafter die Prozedur, um so mächtiger die Reliquie. Ich glaube, deshalb mißt man den Reliquien der Heiligen solche Macht bei und deshalb gelten die Überreste von Märtyrern, die unter großen Qualen starben, als die wundertätigsten.«

Ich griff mir mit der blutigen Hand an den Kopf und starrte ihn an. »Papistischer Unsinn«, sagte ich grollend. »Was jetzt?«

»Jetzt? Jetzt geht Ihr für ein paar Stunden weg. Um sicher zu sein, daß Ihr tatsächlich verhext seid und es Euch nicht nur einbildet, muß ich Euer Horoskop ausrechnen. Es ist der sicherste, sogar der einzige Weg, die Finsternis zu durchdringen. Wenn nur die Gerichte mehr auf die Dienste von Leuten wie mir zurückgreifen würden, dann könnte das Gesetz viel gerechter angewandt werden. Aber in dieser närrischen Zeit runzelt man nur verächtlich die Stirn darüber.«

»Man hat mir erzählt, daß das Gesetz noch nie eine Hexe überführt hat. Glaubt Ihr das?«

»Einige sind zweifellos rein zufällig bestraft worden. Aber kann das Gesetz solche Menschen ergreifen, wenn sie es nicht wollen? Nein. Das kann ich nicht glauben.«

»Und die Frauen, die in letzter Zeit verbrannt wurden? Sind sie zu Unrecht beschuldigt worden?«

»In den meisten Fällen, ja. Nicht absichtlich, davon bin ich überzeugt. Es gibt zu viele Beweise dafür, daß der Teufel mitten unter uns ist, um ihre Existenz zu leugnen. Jeder vernünftige Mensch muß zu dem Schluß kommen, daß die Mächte des Bösen versucht haben, christliche Frauen zu verführen, und die Schwierigkeiten ausnutzten, die die Seelen der Männer so in Aufruhr versetzten. Ist es um die Autorität erst einmal geschehen, sieht der Satan seine Chance. Ganz nebenbei, das einzige vernünftige Argument gegen Hexerei ist, daß Frauen keine Seele und daher nichts haben, was sie dem Teufel zum Tausch anbieten können. Aber dem wird von allen Autoritäten glattweg widersprochen.«

»Ihr denkt, daß nichts getan werden kann? Daß solche Menschen nicht aufgehalten werden können?«

»Nicht von euch Anwälten.«

»Woher wißt Ihr, daß ich Anwalt bin?«

Er lächelte, ignorierte jedoch die Frage. »Die ganze Existenz ist ein Streit zwischen Licht und Finsternis. Alle für die Menschheit wichtigen Schlachten wurden geschlagen, ohne daß die meisten Menschen wußten, daß sie stattfanden. Gott hat Seinen Dienern auf Erden besondere Kräfte gegeben, den Magiern, den Hexen, den Adepten, nennt sie, wie Ihr wollt. Es sind Männer, die ein geheimes Wissen und den Auftrag haben, den Satan von Generation zu Generation zu bekämpfen.«

»Ihr meint Alchimisten, solche Leute?«

Er machte ein verächtliches Gesicht. »Früher einmal habe ich, vielleicht, solche Leute gemeint. Aber ihre Fähigkeiten und ihre Macht schwinden. Sie versuchen jetzt zu erklären, was ist, und nicht, seine Macht zu erforschen. Alchimie ist jetzt ein mechanisches Gewerbe – nichts als Gebräu und Zaubertrank und Erklärung, wie Dinge gemacht werden –, das den Blick für die größeren Fragen und wozu sie dienen, verliert.«

»Seid Ihr Alchimist?«

Er schüttelte den Kopf. »Nein, ich bin Astrologe und, wenn Ihr so wollt, ein Geister- oder Totenbeschwörer. Ich habe den Feind studiert und kenne seine Kräfte. Meine Fähigkeiten sind begrenzt, doch ich weiß, was ich tun kann. Wenn ich Euch helfen kann, werde ich es tun. Wenn nicht, werde ich es Euch sagen.«

Er stand auf. »Jetzt müßt Ihr mir die Informationen geben, die ich benötige, und dann brauche ich ein paar Stunden Ruhe. Ich brauche Eure genaue Geburtszeit und den Ort, wo Ihr geboren wurdet. Ich brauche Zeit und Ort Eurer Verbindung mit diesem Mädchen und den Zeitpunkt Eurer Träume und der Begegnung mit den Tieren.«

Ich gab ihm alles, und er entließ mich zu einem Spaziergang durch das Dorf, worüber ich sehr froh war, denn hier war im Krieg eine der Schlachten geschlagen worden, in denen mein Vater seine Rolle als Berater des Königs so würdig und edel gespielt hatte, daß der Tag mit der Eroberung aller Kanonen und dem Tod der meisten feindlichen Soldaten endete. Hätte der König mehr auf meinen Vater gehört anstatt auf den Rat höher geborener, aber weniger erfahrener Männer, hätte das Ergebnis anders ausgesehen. Doch der König verließ sich immer mehr auf feige Schreiberlinge wie Clarendon, die sich nur ergeben und nicht kämpfen wollten.

Die Landschaft im nördlichen Teil von Oxfordshire liegt tief und ist ein saftiges, ein gutes Land für Feldfrüchte und Pferde; wie reich es war, sah man sogar, wenn alles tot war, die Felder braun und die Bäume winterkahl. Die Hügel bieten den Truppen Deckung, sind aber kein großes Hindernis, und die Wälder sind klein und können leicht umgangen werden. Ich ließ das Dorf hinter mir, ging flußaufwärts und stellte mir vor, wie die beiden Armeen langsam vorgerückt waren, der König auf der einen Seite des Flusses, General Waller und die Rebellen auf der anderen, und sich dabei beobachtet hatten wie Hähne in einem Ring, die auf eine Achtlosigkeit des anderen lauern, durch die sie sich einen winzigen Vorteil verschaffen können. Es war mein Vater, der den Rat für die entscheidende Wendung gab und den König ermutigte, die Vorhut vorauszuschicken, dahinter langsamer vorzurücken und in der Mitte eine Lücke zu lassen, der, wie er wußte, ein Mann wie Waller nicht widerstehen könnte. Wie vorhergesehen, schickte Waller einen großen Teil seiner Pferde und alle Kanonen über die kleine Brücke in Cropredy, und sie waren noch immer ungeordnet, weil sie ihre Reihen aufgelöst hatten, als der gute Earl of Cleveland, auf die Taktik vorbereitet, über sie herfiel und sie zermalmte.

Es muß ein herrlicher Anblick gewesen sein; gesehen zu haben, wie die Kavallerie, so weit entfernt von ihrer derzeitigen parfümierten Dekadenz, in perfekter Ordnung angriff und ihre Säbel in der Sonne funkelten, denn ich erinnere mich, daß mein Vater erzählt hatte, es sei ein warmer, wolkenloser Tag im Mittsommer gewesen.

»Sag mir«, bat ich einen Arbeiter, der vorüberkam und mich von unten her mit dem mürrischen Mißtrauen musterte, das alle Dörfler Fremden entgegenbringen. »Wo ist der Baum, unter dem der König am Tag der Schlacht gespeist hat?«

Er sah mich finster an, wollte sich seitlich an mir vorbeischieben, doch ich packte ihn am Arm und blieb hartnäckig. Er nickte zu einem schmalen Heckenweg hinüber. »Am End von diesem Weg is'n Feld mit einer Eiche«, sagte er. »Dort hat der Tyrann gegessen.«

Für diese Unverschämtheit schlug ich ihm voll ins Gesicht. »Hüte deine Zunge«, sagte ich. »So spricht man nicht in meiner Gegenwart.«

Er zuckte mit den Schultern, als berühre mein Tadel ihn überhaupt nicht. »Ich sage nur die Wahrheit, wie es meine Pflicht und mein Recht ist.«

»Du hast keine Rechte, und deine einzige Pflicht ist der Gehorsam«, antwortete ich ungläubig. »Der König hat gekämpft, um uns alle zu retten.«

»Und an dem Tag wurden meine Felder zertrampelt, mein Sohn getötet und mein Haus von seinen Truppen geplündert. Welchen Grund hätte ich, ihn zu lieben?«

Ich wollte ihn wieder schlagen, doch er erkannte meine Absicht und wich geduckt zurück wie ein Hund, der zu oft geschlagen worden war, also winkte ich der elenden Kreatur nur, sie solle mir aus den Augen gehen. Doch er hatte mir die Stimmung verdorben. Mein Plan, dort zu stehen, wo der König gestanden hatte, damit ich die Atmosphäre jener Zeit einsaugen konnte, schien mir jetzt weniger verlockend, und nach kurzem Zögern kehrte ich um und ging in der Hoffnung zum Gasthof zurück, daß Greatorex inzwischen mit seiner Arbeit fertig war.

Er war es nicht und ließ mich noch eine gute Stunde warten, bevor er mit mehreren Papieren in der Hand herunterkam, auf denen mit seiner kleinen Schnörkelschrift meine ganze Vergangenheit und Zukunft festgehalten waren. Seine Haltung und seine Stimmung hatten sich verändert, zweifellos, um mich zu ängstigen und mehr Honorar zu verlangen; während er vorher entspannt gewesen war und, denke ich, meinen Bericht nicht ganz ernst genommen hatte, hatte er jetzt die Stirn in tiefe Falten gelegt, und seine Miene drückte größte Sorge aus.

Ich hatte mich vorher nie und seither auch nie wieder mit Astrologie abgegeben. Ich will nicht wissen, was die Zukunft für mich bereithält, denn im großen und ganzen weiß ich es schon. Ich habe meinen Platz gefunden, und wenn meine Zeit abgelaufen ist, morgen oder in dreißig Jahren, werde ich sterben, wie Gott es will. Astrologie ist nur etwas für jene, die nicht wissen, wo sie stehen oder stehen werden; ihre Popularität ist für verzweifelte Menschen oder eine unterdrückte Gesellschaft von Bedeutung. Gewiß waren Leute wie Greatorex so gefragt, weil in schweren Zeiten ein Mann, der eben noch ein Grande gewesen war, im nächsten Moment zu weniger als einem Nichts schrumpfe konnte. Ich bezweifle nicht, daß die Wahrsager noch mehr profitieren werden, wenn sich das Prinzip der Angleichung unter uns immer mehr durchsetzt und immer mehr Männer glauben, nur ihrer Verdienste wegen Anspruch auf Förderung zu haben. Genau deshalb habe ich ihn damals auch gebraucht und habe solche Leute weggeschickt, als ich sie nicht mehr nötig hatte. Kein Mann, der den Willen Gottes anerkennt, kann Anhänger der Astrologie sein, denke ich jetzt, denn was auch geschieht, geschieht durch die Güte der Vorsehung; wenn wir das akzeptieren, sollten wir nicht mehr wissen wollen.

»Nun?« fragte ich, als er seine Blätter vor mir geordnet hatte. »Wie lautet die Antwort?«

»Sie ist irritierend und beunruhigend«, sagte er mit einem theatralischen Seufzer, »und ich weiß kaum, wie ich sie deuten soll. Wir leben in der seltsamsten aller Zeiten, und der Himmel selbst ist Zeuge wunderbarer Beispiele dafür. Ich weiß das. Es gibt einen größeren Lehrer, einen viel größeren als ich es je sein kann, der es mir erklären könnte, wenn ich ihn denn fände. Ich bin ausschließlich mit dieser Absicht aus Irland hierhergereist, doch bisher mit geringem Erfolg.«

»Die Zeiten sind wirklich schwer«, sagte ich trocken. »Aber was ist mit meinem Horoskop?«

»Es beunruhigt mich sehr«, sagte er und sah mich an, als sei er mir noch nie begegnet. »Ich weiß kaum, wie ich Euch raten kann. Es sieht so aus, als wärt Ihr geboren, um Großes zu bewirken.«

Vielleicht ist es bei Wahrsagern üblich, so etwas zu sagen, ich weiß es nicht, aber ich spürte, daß er die Wahrheit sprach und daß es tatsächlich so war. Was gibt es schließlich Größeres als die Aufgabe, die ich bewältigen wollte? Daß Greatorex mich darin bestärkte, verlieh mir neue Kräfte.

»Ihr seid an dem Tag geboren, an dem die Schlacht bei Edgehill geschlagen wurde«, fuhr er fort, »an einem seltsamen, einem beängstigenden Tag; die Himmel waren aufgewühlt, und es gab Omina in Hülle und Fülle.«

Ich wies ihn nicht darauf hin, daß ich kaum ein Adept sein mußte, um das zu sehen.

»Und Ihr kamt gar nicht weit entfernt von der Schlacht zur

Welt«, fuhr er fort, »was bedeutet, daß das, was sich in der Nähe zutrug, Eure Konstellation beeinflußt hat. Ihr wißt natürlich, daß die Konstellation des Fragestellers – in diesem Fall also Eure – sich mit der des Landes schneidet, in dem er geboren wurde?«

Ich nickte.

»Demnach seid Ihr im Zeichen des Skorpions geboren und habt den Aszendenten in der Waage. Was nun Eure Frage betrifft, so habt Ihr sie mir genau um zwei Uhr vorgelegt, und zu diesem Zeitpunkt habe ich auch das Horoskop erstellt. Ein sicheres Zeichen für Hexerei ist es, wenn sich der Herrscher des zwölften Hauses im sechsten Haus befindet oder ein anderer Planet den Aszendenten und das zwölfte Haus beherrscht, und das wiederum kann sein, wenn der richtige Aszendent mit dem im Stundenhoroskop zusammenfällt; dann ist es vielleicht Hexerei. Wenn im anderen Fall der Herrscher des Aszendenten im zwölften oder im sechsten Haus steht, bedeutet es, daß der Fragestellende seine Probleme durch seinen Starrsinn selbst verursacht hat.«

Ich seufzte schwer und begann zu bedauern, daß ich mich in die Hände eines geschwätzigen Magiers begeben hatte. Greatorex spürte offensichtlich meine Geringschätzung.

»Tut es nicht einfach ab, Sir«, sagte er. »Ihr glaubt, es ist Magie, aber das trifft nicht zu. Astrologie ist die reinste aller Wissenschaften, die einzige Möglichkeit, die der Mensch hat, zu den Geheimnissen der Seele und der Zeit selbst durchzudringen. Alles wird durch genaueste Berechnungen belegt, und falls das Niedrigste dem Höchsten zugeordnet wird, woran alle Christen glauben müssen, dann ist es offensichtlich, daß das Studium des einen die Wahrheit über das andere enthüllen muß. Hat nicht der Herr gesagt: ›Lichter sollen am Himmelsgewölbe sein, um Tag und Nacht zu scheiden. Sie sollen Zeichen sein und zur Bestimmung von Festzeiten, von Tagen und Jahren dienen‹ (Genesis 1,14)? Mehr ist die Astrologie auch nicht: Sie liest die Zeichen, die Gott uns in Seiner weisen Voraussicht gegeben hat, um uns auf den rechten Weg zu führen, wenn wir nur auf sie achten. Einfach in der Theorie, aber schwierig in der Praxis.«

»Ich zweifle keinen einzigen Augenblick an ihrer Wahrheit«, sagte ich. »Doch die Einzelheiten langweilen mich. Den Antworten gilt meine größte Sorge. Bin ich verhext oder nicht?«

»Laßt mich ausführlicher antworten, denn eine halbe Antwort ist keine Antwort. Die Konjunktion Eurer Geburtskonstellation mit dem Transit bereitet mir allergrößte Sorge; denn die beiden sind merkwürdig gegensätzlich. Tatsächlich habe ich so etwas noch nie gehabt.«

»Und?«

»Dieser Transit zeigt deutlich an, daß es sich um irgendeine Art von Hexerei handelt, denn Venus, die Ihr im zwölften Haus regiert, steht im sechsten Haus sehr stark.«

»Also lautet die Antwort, ja.«

»Bitte habt Geduld. Eure Geburtskonstellation plaziert den Aszendenten in das zwölfte Haus, was darauf hinweist, daß Ihr dazu neigt, Eure Mißgeschicke selbst herbeizuführen. Und mit der Opposition von Jupiter und Venus seht Ihr leicht Eure Probleme wie durch ein Vergrößerungsglas – und das ohne jeden Grund. Die Konjunktion des Mondes im neunten Haus in den Fischen zeigt, daß Ihr zu phantastischen Vorstellungen neigt, die Euch zu Übertreibungen verleiten.

Was darauf hinweist, daß in dieser Sache Umsicht geboten ist, und am umsichtigsten wäre es, wenn Ihr Euch überwinden könntet, Eure Schuld einzugestehen. Denn Ihr seid schuldig geworden, und, gleichgültig, was sie sein mag, ihr Zorn hat das Recht auf seiner Seite. Die leichteste Lösung wäre, nicht zu kämpfen, sondern um Vergebung zu bitten.«

»Und wenn sie sich weigert?«

»Das wird sie nicht, wenn Eure Reue aufrichtig ist. Ich will es deutlicher erklären. Der Indikator des Zaubers steht in genauer Opposition zur Konjunktion Eurer Schwierigkeiten, verursacht vom Mars im zweiten Haus.«

»Und was bedeutet das?«

»Das bedeutet, daß die beiden Aspekte Eures Lebens ein und derselbe sind. Eure Angst, verhext zu sein, und das, was Ihr mir von Euren anderen Schwierigkeiten erzählt, sind so eng miteinander verknüpft, daß eines gleich dem anderen ist.«

Ich sah ihn erstaunt an, denn er hatte über mein Horoskop das gleiche gesagt wie Thomas über meinen Traum. »Aber wie kann das möglich sein? Sie hat meinen Vater weder gekannt, noch hätte sie ihn kennen können. Ihre Macht ist doch gewiß nicht so groß, daß sie in so wichtige Angelegenheiten eingreifen kann?«

Er schüttelte den Kopf. »Ich stelle nur fest, wie die Dinge liegen, eine Erklärung kann ich nicht bieten. Aber ich bitte Euch eindringlich, nehmt meinen Rat an. Dieses Mädchen – die Hexe, wie Ihr sie nennt – ist mächtiger als alle, denen ich bisher begegnet bin.«

»Mächtiger als Ihr?«

»Viel mächtiger als ich«, sagte er ernst. »Und ich schäme mich nicht, das zuzugeben. Ich würde ebensowenig gegen sie vorgehen, wie ich von der höchsten Klippe springen würde. Und Ihr solltet es auch nicht tun, denn dann wäre jeder Sieg nur noch illusorisch und Eure Niederlage vollkommen. Jeder Gegenzauber, den ich Euch anbieten könnte, wäre wahrscheinlich nutzlos, auch wenn er vorübergehend vielleicht wirken würde.«

»Gebt ihn mir trotzdem, damit ich weiß, was tun.«

Er dachte einen Augenblick nach, als bezweifle er meine plötzliche Begeisterung. »Gebt Ihr mir Euer Wort, daß Ihr vorher mit dem Mädchen reden werdet?«

»Natürlich, was immer Ihr sagt«, antwortete ich hastig. »Wie lautet der Zauber? Gebt ihn mir.«

»Ihr müßt ihn selbst durchführen.« Er gab mir eine Phiole, in der das Blut und die Haare waren, die er sich so rabiat bei mir geholt hatte. »Das ist Silber, es ist das Metall des Mondes. Es enthält ein Scheinbild dessen, was sie von Euch hat. Das müßt Ihr entweder von ihr zurückholen und vernichten, um das Objekt ihrer Zauber zu entfernen, oder – wenn Euch das nicht gelingt – diese Phiole mit ihrem Urin oder ihrem Blut füllen. Begrabt sie bei abnehmendem Mond. Solange sie unentdeckt bleibt, wird das Mädchen keine Macht über Euch haben.«

Ich nahm die Phiole und legte sie vorsichtig in mein Bündel. »Danke, Sir. Ich bin dankbar. Und nun, wieviel schulde ich Euch?«

»Ich bin noch nicht fertig. Es gibt noch eine viel ernstere Angelegenheit.«

»Ich denke, ich habe genug gehört, vielen Dank. Ich habe meinen Zauber, und mehr will ich nicht von Euch.«

»Hört zu, mein Freund, Ihr seid unbesonnen und töricht, und

Ihr hört jenen nicht gut zu, die weiser sind als Ihr. Bitte, tut es jetzt, es steht sehr viel auf dem Spiel.«

»Na schön, na schön. Erzählt.«

»Ich wiederhole, dieses Mädchen, der Brennpunkt Eurer Aufmerksamkeit, ist keine gewöhnlich Hexe – wenn sie überhaupt eine ist. Ihr habt mich gefragt, ob ich Angst hätte, mit Hexen zu streiten, und meine Antwort ist: nein. Im allgemeinen nicht. Aber in diesem Fall habe ich wirklich große Angst. Laßt Euch mit diesem Geschöpf nicht ein, ich bitte Euch! Und da ist noch etwas.«

»Und das wäre?«

»Andere mögen Euch Euer Vermögen und Euren Lebensunterhalt nehmen – und sogar Euer Leben. Aber Euer größter Feind seid Ihr selbst, denn nur Ihr habt die Macht, Eure eigene Seele zu zerstören. Seid vorsichtig. Einige Menschen sind von Geburt an zum Scheitern verurteilt, aber ich behaupte, daß nichts, absolut nichts vorherbestimmt ist, und wir immer einen anderen Weg wählen können, wenn wir wollen. Ich sage Euch nur, was kommen kann, nicht was kommen muß.«

»Jetzt redet Ihr Unsinn, um mich zu erschrecken und mehr Geld zu verlangen.«

»Hört mir zu«, sagte er, beugte sich vor und sah mich eindringlich an, setzte seine ganze Macht ein, um mich seinem Willen gefügig zu machen. »Die Konjunktion Eurer Geburt ist merkwürdig und erschreckend, und Ihr solltet Euch vorsehen. Ich habe sie bisher nur einmal gesehen und möchte sie nie wiedersehen.«

»Und das war wo?«

»In einem Buch, das ich nur ein einziges Mal sehen durfte. Es gehörte Placidus de Tito, und er hatte es von Julius Maternus selbst, dem vielleicht allergrößten Magier. Es enthielt viele Horoskope aus vielen Perioden. Unter anderem auch die Geburtshoroskope von Augustus und Konstantin, von Augustinus und vielen, vielen Päpsten; von Soldaten und Kirchenmännern und Politikern, Doktoren und Heiligen. Aber nur ein einziges war wie das Eure, und das muß Euch Warnung sein. Ich sage Euch noch einmal, wenn Ihr meine Warnungen nicht beachtet, steht viel mehr auf dem Spiel als Euer Leben.«

»Und wessen Horoskop war es?«

Er sah mich ernst an, als habe er Angst davor, zu sprechen. »Es war das von Judas Ischariot«, sagte er leise.

* * *

Ich bin durchaus willens und bereit, zuzugeben, daß ich, als ich den Mann verließ, bis in die Grundfesten meiner Seele erschüttert war, entsetzt über das, was er mir gesagt hatte und völlig unter seinem Bann. Ich muß sogar sagen, daß ich eine lange Zeit brauchte, ehe ich mein Gleichgewicht wiederfand und imstande war, das meiste von dem, was er gesagt hatte, als unsinniges Geschwafel abzutun. Ich anerkenne durchaus seine Geschicklichkeit, denn er hatte sehr raffiniert ein wenig Wissen mit unglaublicher Dreistigkeit vermischt, um eine mächtige Waffe zu schmieden, die ihn befähigte, den Leichtgläubigen große Summen aus der Tasche zu ziehen. Nach einiger Zeit konnte ich sogar über die Art und Weise lachen, in der er sich mir aufgedrängt hatte, denn ich hatte ihm geglaubt; er hatte meine Angst und meine Sorge gespürt und meinen Kummer ausgenutzt, um sich zu bereichern.

Wie er das getan hat, wie all diese Leute handeln, wird einem klar, wenn man ein wenig darüber nachdenkt. Durch seine Fragen erfuhr er alles, was er wissen mußte und verpackte dann, was ich schon gesagt hatte, in seine magischen Worte, vermischte es mit der Art von hausgemachtem Rat, wie ihn mir meine Mutter hätte geben können. Fügt man all das seinen dunklen Hinweisen auf okkulte Texte hinzu, hat man den perfekten Betrug, dem man sehr leicht erliegt; man braucht große Charakterstärke, um ihm zu widerstehen.

Doch ich widerstand und vermutete, daß zwischen der Spreu auch ein paar goldene Weisheiten verborgen waren. Vor allem widerte mich der Gedanke an, daß ich das Mädchen um Vergebung bitten sollte, aber klügerer Rat gewann die Oberhand, als ich nach Oxford zurückstapfte. Was war denn schließlich mein Ziel? Ich wollte meine Familie von dem Makel befreien und zurückholen, was mir gehörte. Wenn das Mädchen irgendwie damit zusammenhing, war es am besten, wenn sein schädlicher Einfluß so schnell wie möglich ausgeschaltet wurde. Tatsächlich hatte ich in die Magie des Mannes wenig Vertrauen. Er hatte mir wenig Bemerkenswertes und viel offensichtlich Falsches gesagt. Ich würde vielleicht zu seinem Zauber greifen müssen, hatte aber wenig Zutrauen dazu und kam also zu dem Schluß, daß es, so schmerzlich es auch sein mochte, am besten war, wenn ich mit dem Mädchen sprach und so das Problem auf die direkteste Weise aus der Welt schaffte.

Dennoch beschloß ich, zuerst mit Thomas über meine Untersuchungen zu sprechen, und ging sofort nach meiner Rückkehr zu ihm, um zu sehen, wie weit seine Sache gediehen war. Ich kam lange nicht dazu, meine eigenen Probleme zu erwähnen, so tief unglücklich war er. Ich erfuhr, daß meine Kriegslist, die ihm helfen sollte, nicht so wirkungsvoll gewesen war, wie ich es mir gewünscht hätte, denn Dr. Grove hatte Sarah Blundy aus seinen Diensten entlassen, als die Gerüchte über seine Moral anfingen durchzusickern, und das wurde eher als ein Zeichen energischen Handelns und weniger als Schuldbekenntnis ausgelegt.

»Schon heißt es allgemein, daß er die Pfründe bekommt«, sagte Thomas düster. »Von den dreizehn Senior Fellows haben ihm fünf bereits ihre Unterstützung zugesagt, und einige, auf die ich gezählt habe, können mir nicht mehr in die Augen schauen. Jack, wie konnte das nur geschehen? Du weißt, wie er ist, weißt es besser als die meisten. Ich habe den Rektor erst heute morgen wieder um Unterstützung gebeten, aber er war steif und unfreundlich.«

»Es sind die veränderten Zeitläufte«, sagte ich. »Vergiß nicht, viele von Groves alten Freunden haben einflußreiche Stellungen im engsten Umkreis der Regierung. Sogar Rektor Woodward muß sich in einer solchen Zeit vorsehen, um die Mächtigen nicht zu verärgern. Er wurde vom Parlament eingesetzt und muß selbst immer wieder demonstrieren, daß er ein treuer Anhänger der Staatskirche ist, sonst setzt der König ihn wieder ab.

Aber verlier nicht die Hoffnung«, sagte ich herzlich, denn sein langes Gesicht und seine schweren Seufzer begannen mir auf die Nerven zu gehen. »Die Schlacht ist noch nicht verloren. Du hast noch ein paar Wochen Zeit. Du mußt heiter bleiben, denn nichts ist den Leuten unangenehmer, als bei jeder Mahlzeit ein vorwurfsvolles Gesicht zu sehen. Das würde ihre Herzen noch mehr gegen dich verhärten.«

Wieder begleitete ein schwerer Seufzer meine weisen Worte. »Du hast natürlich recht«, sagte er. »Ich will mein Bestes tun, um auszusehen, als bedeute Armut mir nichts und als bereite es mir das größte Vergnügen, den schlechteren Mann gewinnen zu sehen.«

»Genau. Das ist es, was du tun mußt.«

»Also lenk mich ab«, sagte er. »Berichte von deinen Fortschritten. Ich hoffe, du hast deine Mutter von mir gegrüßt.«

»Das habe ich«, sagte ich, obwohl ich es vergessen hatte. »Wenn ich auch nicht besonders erfreut war, sie zu sehen, habe ich doch sehr viel Interessantes erfahren. Ich habe zum Beispiel entdeckt, daß mein Vormund Sir William Compton sich überreden ließ, mit meinem Onkel gemeinsame Sache zu machen und mich zu betrügen.«

Ich sagte es so sorglos, wie ich es vermochte, obwohl mein Herz von Bitterkeit erfüllt war, als ich ihm die Situation erklärte. Wie für ihn typisch, suchte er nach einer beschönigenden Erklärung.

»Vielleicht dachte er, es sei das beste? Wenn der Besitz so verschuldet war, wie du sagst, bestand die Gefahr, daß man dich sofort ins Schuldgefängnis werfen würde, sobald du großjährig warst, und somit war es gewiß nur reine Güte von ihm.«

Ich schüttelte heftig den Kopf. »Da steckt mehr dahinter, ich weiß es. Warum war er so schnell bereit, zu glauben, daß mein Vater, sein bester Freund, ein solches Verbrechen begangen hatte? Was hat man ihm gesagt? Wer hat es ihm gesagt?«

»Vielleicht solltest du ihn fragen?«

»Ich habe die Absicht, genau das zu tun, wenn ich soweit bin. Doch vorher muß ich mich noch um andere Dinge kümmern.«

* *
*

Ich traf Sarah Blundy am selben Abend, nachdem ich lange gewartet hatte; zunächst wollte ich sie zu Hause aufsuchen, kam aber zu dem Schluß, daß ich Mutter und Tochter nicht gleichzeitig gegenübertreten konnte, und stand daher länger als eine Stunde am Ende der Gasse, ehe sie auftauchte.

Ich gebe gern zu, daß mein Herz hämmerte, als ich auf sie zu-

ging und daß das Warten mich in schlechte Laune versetzt hatte.
»Miss Blundy«, sagte ich, als ich von hinten an sie herantrat.

Sie fuhr schnell herum und wich ein paar Schritte zurück. In ihren Augen flammte sofort abgrundtiefer Haß auf. »Bleibt ja weg von mir!« fauchte sie, den Mund häßlich verzogen.

»Ich muß mit Euch sprechen.«

»Ich habe Euch nichts zu sagen und Ihr mir ebensowenig. Laßt mich in Frieden.«

»Ich kann nicht. Ich muß mit Euch sprechen. Bitte hört mich an.«

Sie schüttelte den Kopf, wollte sich umdrehen und ihren Weg fortsetzen. So sehr ich mich dafür verabscheute, lief ich doch um sie herum, um ihr den Weg zu verstellen, und sah sie flehend an.

»Miss Blundy, ich bitte Euch inständig. Hört mich an.«

Vielleicht war meine Miene überzeugender als ich dachte, denn sie blieb stehen und sah mich trotzig und – wie ich erfreut feststellte – nicht ganz frei von Furcht an.

»Nun? Ich höre. Sagt, was Ihr zu sagen habt, und dann laßt mich in Ruhe.«

Ich mußte tief Atem holen, bevor ich mich dazu überwinden konnte, die Wort auszusprechen. »Ich bin gekommen, um mich bei Euch zu entschuldigen.«

»Was?«

»Ich bin gekommen, um mich bei Euch zu entschuldigen«, wiederholte ich. »Ich bitte um Verzeihung.«

Noch immer sagte sie nichts.

»Nehmt Ihr meine Entschuldigung an?«

»Sollte ich das?«

»Ihr müßt. Ich bestehe darauf.«

»Und wenn ich mich weigere?«

»Das werdet Ihr nicht. Das könnt Ihr nicht.«

»Das kann ich sehr leicht.«

»Warum?« rief ich. »Wie dürft Ihr es wagen, so mit mir zu sprechen? Ich bin als Gentleman zu Euch gekommen, obwohl ich nicht dazu gezwungen war, habe mich erniedrigt, um meine Schuld zu gestehen, und dennoch wagt Ihr es, mich zurückzuweisen?«

»Ihr mögt als Gentleman geboren sein, das ist Euer Pech. Aber

Ihr handelt viel gemeiner, als jeder Mann, den ich bisher gekannt habe. Ihr habt mich vergewaltigt, obwohl ich Euch keinen Anlaß dazu gab. Dann habt Ihr bösartige Gerüchte über mich verbreitet, so daß ich aus meiner Stellung entlassen wurde und man mich auf der Straße verhöhnt und Hure nennt. Ihr habt mir meinen guten Namen genommen, und alles, was Ihr mir dafür bietet, ist Eure Entschuldigung, die ebenso bedeutungslos wie unaufrichtig ist. Wenn sie Euch aus der Seele käme, könnte ich sie leicht annehmen, so aber kann ich es nicht.«

»Woher wißt Ihr, daß sie nicht aus meiner Seele kommt?«

»Ich sehe Eure Seele«, sagte sie und senkte die Stimme zu einem Flüstern, das mir kalt ins Blut fuhr. »Ich weiß, was Eure Seele ist, kenne ihre Gestalt. Ich fühle, wie sie nächtens zischt und schmecke tags ihre Kälte. Ich höre sie brennen, und ich berühre ihren Haß.«

Brauchte ich oder sonst jemand ein offeneres Geständnis? Die ruhige Art, mit der sie sich zu ihrer Macht bekannte, ängstigte mich schrecklich, und ich tat mein Bestes, ihr die Zerknirschung zu beweisen, die sie sehen wollte. Doch sie hatte in einem recht: Ich fühlte wenig; ihre Teufel ließen sie die Wahrheit sehen.

»Ihr macht mich leiden«, sagte ich verzweifelt. »Das muß aufhören.«

»Wieviel Ihr auch leidet, es ist weniger als Ihr verdient, solange Ihr keinen Sinneswandel durchmacht.«

Sie lächelte, und mir stockte der Atem, als ich ihren Gesichtsausdruck sah, denn er bestätigte alles, was ich gefürchtet hatte. Es war das deutlichste Schuldgeständnis, das je ein Gericht zu hören bekommen hatte, und ich bedauerte nur, daß niemand in der Nähe war, um diesen Augenblick zu bezeugen. Das Mädchen sah, daß ich verstanden hatte, denn es hob das Gesicht und brach in lautes Gelächter aus.

»Laßt mich in Ruhe, Jack Prestcott, damit nicht noch Schlimmeres über Euch kommt. Ihr könnt nicht ungeschehen machen, was Ihr getan habt. Es ist zu spät, aber unser Herr und Gott bestraft die Sündigen, die nicht bereuen.«

»Ihr wagt es, von Gott zu sprechen?« schrie ich, entsetzt über die Blasphemie. »Wie dürft Ihr je Seinen Namen nennen? Sprecht von Eurem Herrn und Meister, Ihr hurerische Hexe!«

Sofort blitzte dunkler Zorn in ihren Augen auf, sie machte einen Schritt auf mich zu und schlug mich ins Gesicht. Dann packte sie mein Handgelenk und zog mein Gesicht dicht an das ihre heran. »Nie« zischte sie mit einer tiefen Stimme, die mir vertrauter schien als ihre eigene, »sprecht nie wieder so mit mir.«

Dann stieß sie mich von sich. Ihre Brust wogte vor Erregung, während mir vor Schreck über den Angriff die Luft wegblieb. Den Finger warnend erhoben, entfernte sie sich und ließ mich zitternd inmitten der menschenleeren Straße zurück.

Keine ganze Stunde später wurde ich von heftigen Darmkrämpfen befallen, krümmte mich auf dem Boden und erbrach mich so heftig, daß ich nicht einmal vor Schmerz schreien konnte. Sie hatte mich erneut angegriffen.

* *
*

Mit Thomas konnte ich darüber nicht sprechen; er konnte mir nicht helfen. Ich bezweifle sogar, daß er überhaupt an Geister glaubte. Gewiß war er der Meinung, die einzig richtige Antwort sei das Gebet. Doch ich wußte, es würde nicht genügen; ich brauchte schnell einen mächtigen Gegenzauber und hatte keine Möglichkeit, ihn zu bekommen. Was sollte ich tun, hinter Sarah herrennen und sie fragen, ob sie etwas dagegen hätte, in die Flasche zu pissen, die Greatorex mir gegeben hatte? Damit hätte ich wohl kaum Erfolg gehabt; auch war mir nicht danach zumute, in ihr Cottage einzubrechen und es nach dem Zaubermittel zu durchwühlen, das sie, wie der Ire gesagt hatte, gegen mich benutzen mußte.

Eines muß ich hier betonen und zwar, daß dieser Bericht mein Gespräch mit Sarah in jeder Einzelheit peinlich genau wiedergibt; etwas anderes ist kaum möglich, denn ihre Worte waren viele Jahre lang in mein Gedächtnis eingemeißelt. Ich sage das, weil es die Bestätigung für alles enthielt, was ich wußte, und die Rechtfertigung für alles, was danach geschah. Es gibt keinen Raum für Zweifel, und nichts kann falsch ausgelegt werden: Sie bedrohte mich mit Schlimmerem, konnte mir jedoch kaum auf andere Weise schaden als durch ihren Zauber. Ich muß in dieser Sache niemand überreden oder etwas behaupten: Sie gab es ganz offen zu, als sie es gar nicht zuzugeben brauchte, und es war nur eine Frage der Zeit, bis sie ihr Versprechen einlöste. Von diesem Augenblick an wußte ich, daß ich in einen Kampf verstrickt war, der mit der Vernichtung des einen oder des anderen enden würde. Ich sage das deutlich, denn man muß begreifen, daß ich bei dem, was ich tat, keine Wahl hatte: Ich war verzweifelt.

Anstatt zu Thomas ging ich zu Dr. Grove, denn ich wußte, daß er noch an die Macht des Exorzismus glaubte. Als ich ungefähr fünfzehn war, hat er uns einen Vortrag darüber gehalten, nachdem er von einer Hexerei im nahen Kineton erfahren hatte. Er ermahnte uns sehr ernst, uns nicht mit dem Teufel einzulassen und betete an diesem Abend, überaus seltsam und großmütig, mit uns für die Seelen jener, die man verdächtigte, einen Pakt mit der Finsternis geschlossen zu haben. Er sagte uns, daß die Unbesiegbarkeit des Herrn die Macht des Satans sehr leicht unschädlich machen kann, wenn jene, die sich seinen Armen überlassen haben, es aufrichtig wünschen. Es war eines seiner wichtigsten Argumente gegen die Puritaner, denn dadurch, daß sie den Ritus des Exorzismus verlachten, erniedrigten sie nicht nur die Geistlichkeit in den Augen der Bevölkerung (die weiterhin an Geister glaubte, gleichgültig was ihre Pfarrer sagten), sie machten auch eine mächtige Waffe im ewigen Kampf gegen die Finsternis stumpf.

Abgesehen davon, daß ich vor ein paar Monaten einen flüchtigen Blick auf ihn erhascht hatte, als ich durch die High Street ging, war ich ihm seit fast drei Jahren nicht mehr begegnet und daher überrascht, als ich ihn jetzt zu Gesicht bekam. Das Schicksal hatte ihm wohlgewollt. Während ich mich an einen Mann erinnerte, der kaum genug zu essen hatte und in fadenscheiniger, viel zu großer Kleidung herumlief – an einen Mann, der immer traurig ausschaute –, sah ich jetzt einen kugelrunden Mann vor mir, der sich offensichtlich allzu eifrig für die mageren Jahre entschädigen wollte. Ich hatte Thomas gern und wünschte ihm nur das Beste, aber ich spürte, daß er unrecht hatte, wenn er glaubte, Grove sei für die Pfarrei von Easton Parva ungeeignet. Schon sah ich ihn, nach einem guten Essen und einer Flasche Wein, durch die Kirche watscheln und seinen Schäflein eine Predigt über die Tugend der Mäßigkeit halten. Wie sie ihn lieben würden, denn alle lieben einen Menschen, der die ihm vom Leben zugewiesene

Rolle ausfüllt. Die Gemeinde würde, das spürte ich, mit Grove glücklicher sein als mit Thomas, auch wenn sie der übergroßen Angst vor Gottes Züchtigung weniger eingedenk sein würde.

»Ich freue mich, Euch wohlauf zu finden, Doktor«, sagte ich, als er mich in sein Zimmer bat, das ebenso mit Büchern vollgestopft und mit Papieren übersät war wie das in Compton Wynyates.

»Wie recht du hast, Jack, wie recht du hast!« rief er. »Denn ich brauche rotznäsige Knaben wie dich nicht mehr zu unterrichten. Und wenn Gott will, muß ich bald überhaupt niemand mehr unterrichten.«

»Meinen Glückwunsch, daß Ihr der Knechtschaft entronnen seid«, antwortete ich, als er mich mit einer Geste anwies, einen Bücherstapel vom Stuhl auf den Boden zu stellen und mich zu setzen. »Ihr müßte Eure bessere Stellung genießen. Vom Familienpriester zum Fellow des New College, das ist eine großartige Leistung. Natürlich waren wir alle über Eure frühere Unbill sehr glücklich. Denn wie sonst wären wir zu einem so gelehrten Tutor gekommen?«

Grove brummte etwas, das Kompliment freute ihn zwar, gleichzeitig hatte er jedoch auch den leisen Verdacht, daß ich mich auf seine Kosten lustig machte.

»Es ist in der Tat eine große Verbesserung«, sagte er. »Obwohl ich Sir William für seine Güte sehr dankbar war, denn hätte er mich nicht bei sich aufgenommen, wäre ich verhungert. Es war keine glückliche Zeit für mich, das weißt du. Aber es war, wie es sich erwies, auch eine schwere Zeit für dich. Ich hoffe, das Studentenleben ist mehr nach deinem Geschmack.«

»Das ist es, vielen Dank. Oder war es vielmehr. Derzeit bin ich in großen Schwierigkeiten und muß Euch um Hilfe bitten.«

Grove schien betroffen über meine offenen Worte und fragte mich ernst, was geschehen sei. Also erzählte ich ihm alles.

»Und wer ist diese Hexe?«

»Eine Frau namens Sarah Blundy. Ihr kennt ihren Namen, wie ich sehe.«

Grove machte ein finsteres und zorniges Gesicht, als ich den Namen nur erwähnte. Vielleicht hätte ich es lieber nicht tun sollen, dachte ich. Tatsächlich aber war es richtig gewesen.

»Sie hat mir vor kurzem großen Kummer gemacht. Einen sehr großen Kummer.«

»O ja«, sagte ich vage. »Ich habe ein paar verleumderische Gerüchte gehört.«

»Oh, wirklich? Darf ich fragen, von wem?«

»Es war nichts, nur irgendein Klatsch in der Taverne. Ich habe ihn von einem Mann namens Wood, dem ich sofort mit Nachdruck erklärt habe, was er da behaupte, sei einfach schändlich. Ich muß sagen, ich war nahe daran, ihm eine Ohrfeige zu geben.«

Grove brummte wieder etwas, dann bedankte er sich bei mir. »Nicht viele Leute hätten so ehrenhaft reagiert«, sagte er kurz.

»Aber wie Ihr seht«, fuhr ich, meinen Vorteil nutzend, fort, »ist sie gefährlich. Sie verursacht Schwierigkeiten mit allem, was sie tut.«

»Die Hexerei wurde durch die Astrologie bestätigt?«

Ich nickte. »Ich traue diesem Greatorex nicht unbedingt, aber er hat hartnäckig behauptet, daß ich verhext bin und daß sie ungeheure Kräfte besitzt. Und es kann niemand anders sein als sie. Soviel ich weiß, gibt es niemand, der Grund hätte, mir übelzuwollen.«

»Und du wurdest im Kopf und im Darm angegriffen, ist das richtig? Außerdem von Tieren angefallen und in Träumen heimgesucht?«

»Mehrfach, ja.«

»Doch wenn ich mich recht entsinne, hattest du diese Kopfschmerzen schon als Kind – oder spielt mein Gedächtnis mir da einen Streich?«

»Alle Leute haben Kopfschmerzen«, sagte ich. »Ich war mir nicht bewußt, daß meine schlimmer waren.«

Grove nickte. »Ich fühle, daß du an der Seele leidest, Jack«, fuhr er freundlich fort. »Worüber wiederum ich bekümmert bin, denn du warst ein glückliches Kind, wenn auch wild und unbezähmbar. Sag mir, was macht dir solche Sorgen, daß dein Gesicht so finster und voller Zorn ist?«

»Ich bin verflucht.«

»Davon abgesehen. Da ist mehr als das, wie du weißt.«

»Muß ich Euch das sagen? Ihr habt doch gewiß Kenntnis von den Katastrophen, die über meine Familie hereingebrochen sind.

Ihr müßt es wissen, habt Ihr doch lange genug zu Sir William Comptons Haushalt gehört.«

»Du denkst an deinen Vater?«

»Selbstverständlich. Den größten Kummer macht mir meine Familie, meine Mutter insbesondere möchte die ganze Sache vergessen. Da ist mein Vater – sein Andenken durch diese Anschuldigung verunglimpft, und außer mir scheint niemand bereit, ihn zu verteidigen.«

Ich hatte Grove falsch beurteilt, denke ich, denn ich hatte eine kindliche Furcht vor dem Wiedersehen gehabt und fast erwartet, die vergangenen Jahre würden sein wie ein Nichts, und er würde wieder seine Rute hervorholen; nur gut, daß er mich mehr wie einen Erwachsenen behandeln konnte, während ich kaum fähig war, wie ein Erwachsener zu denken. Anstatt mir zu sagen, was ich tun sollte, oder mich zu belehren oder mir einen Rat zu geben, den ich nicht hören wollte, sagte er sehr wenig, hörte mir aber zu, während wir in seinem allmählich dunkler werdenden Zimmer saßen, und stand, als der Abend voranschritt, nicht einmal auf, um eine Kerze anzuzünden. Tatsächlich war mir, bis ich an jenem Abend im New College über meine Schwierigkeiten sprach, gar nicht klar gewesen, daß ich so viele hatte.

Vielleicht war es Groves Art der Religion, die ihn so still machte, denn obwohl kein Papist, glaubte er an die Beichte und gab jenen, die es wünschten und denen er vertrauen konnte, daß sie den Mund hielten, heimlich die Absolution. Mir kam sogar der Gedanke, daß ich, wenn ich es wollte, in diesem Augenblick seine Chancen für immer zunichte machen und Thomas die Pfründe sichern konnte. Ich brauchte ihn nur zu bitten, mich anzuhören, dann konnte ich ihn als heimlichen Katholiken anschwärzen. Dann wäre er nicht mehr tragbar für ein höheres Amt.

Ich habe es nicht getan, und vielleicht war das ein Fehler. Thomas ist jung, dachte ich, und zu gegebener Zeit wird eine andere Gemeinde frei werden. Es ist (das weiß ich jetzt) normal für die Jugend, vorwärtszudrängen, aber Ehrgeiz muß durch Verzicht gedämpft werden, Begeisterung durch Respekt. Damals dachte ich natürlich nicht so, aber es gefällt mir, zu glauben, daß ich mich nicht nur aus simplem Eigennutz entschloß, Grove die Schande zu ersparen, die ich so leicht über ihn bringen konnte.

Eigennutz war es dennoch, wie ich offenbaren werde; tatsächlich wunderte ich mich später über das Mysterium der Vorsehung, die mich zu ihm brachte, denn mein Kummer führte zu meiner Rettung und kehrte den Fluch um, unter dem ich so schwer litt, so daß er zur treibenden Kraft meines Erfolges wurde. Es ist erstaunlich, wie der Herr Böses in Gutes verwandeln, ein Geschöpf wie Sarah benutzen kann, um einen verborgenen Sinn zu enthüllen, der im krassen Gegensatz zu dem beabsichtigten Schaden und der vorsätzlichen Verletzung steht. In solchen Dingen liegen, wie ich glaube, die echten Wunder dieser Welt, nachdem das Zeitalter der Wunder vergangen ist.

Grove hielt mir wieder eine Vorlesung, und nie habe ich eine bessere gehört. Wären meine richtigen Tutoren so fähig gewesen, hätte ich mein juristisches Studium vielleicht mit mehr Begeisterung absolviert, denn bei ihm verstand ich, wenn auch nur oberflächlich, wie berauschend einem ein Disput zu Kopf steigen kann. Früher hatte er seinen Unterricht auf Fakten beschränkt und uns unaufhörlich mit grammatischen Regeln und ähnlichen Dingen gedrillt. Jetzt war ich ein Mann und in das Stadium eingetreten, in dem rationale Gedanken möglich sind (ein erhabener Zustand, der dem Mann vorbehalten bleibt und der durch den Willen Gottes Kindern, Tieren und Frauen verweigert wird), und er behandelte mich dementsprechend. Weise benutzte er die Dialektik des Rhetors, um jedes Argument zu überprüfen; er ignorierte die Fakten, die zu schwach waren, und konzentrierte sich darauf, mich alles neu überdenken zu lassen.

Er wies darauf hin (seine Argumente waren zu knapp für mich, so daß ich mich an die einzelnen Phasen nicht mehr erinnere und daher hier nur in groben Umrissen wiedergebe, was er sagte), daß ich ihm ein *argumentum in tres partes* vorgelegt hätte. Formal korrekt, sagte er, aber ohne die notwendige Entschlossenheit und daher unvollständig in der Entwicklung und zwangsläufig auch in der Logik. (Während ich dies schreibe, wird mir klar, daß ich meine Lektionen aufmerksamer verfolgt haben muß, als ich dachte, denn das Vokabular des Scholaren ist mir noch erstaunlich geläufig.) Somit war die Schande meines Vaters *primum partum*. *Secundum* war die Armut, in die ich dadurch geraten war, daß man mich enterbt hatte. *Tertium* war der Fluch, der auf mir lag.

Die Aufgabe des Logikers sei es, erklärte er, das Problem aufzu-
lösen und die Teile zu verknüpfen, daß sie eine Einheit bildeten;
dann könne man sich mit ihnen befassen und sie einer Prüfung
unterwerfen.

»Also«, sagte er, »denk es von neuem durch. Nimm den ersten
und den zweiten Teil deines Argumentes. Was verbindet sie auf
den ersten Blick miteinander?«

»Da ist mein Vater, den man beschuldigt hat und der sein Land
verlor.«

Grove nickte, erfreut, daß ich mich wenigstens an die Grundsätze der Logik erinnerte und bereit war, die einzelnen Elemente
richtig aufzugliedern.

»Da bin ich, der ich als sein Sohn darunter leide. Da ist Sir William Compton, der Nachlaßverwalter und Gefährte meines Vaters im *Sealed Knot* war. Das ist alles, woran ich jetzt denken
kann.«

Grove neigte den Kopf. »Das ist genug«, sagte er. »Aber du
darfst es nicht dabei bewenden lassen, denn du hast aufgezählt,
ohne anzuklagen, doch wäre der erste Teil nicht geschehen, wäre
dein Land nicht verlorengegangen, der zweite Teil. Ist es nicht
so?«

»Doch, so ist es.«

»Nun, war das eine direkte oder eine indirekte Kausalität?«

»Ich weiß nicht, ob ich das verstehe.«

»Du postulierst einen unwesentlichen Zufall; schließt, daß der
zweite eine indirekte Folge des ersten war, ohne zu prüfen, ob der
Zusammenhang nicht umgekehrt sein könnte. Natürlich kannst
du nicht argumentieren, daß der Verlust eures Landes die Schande deines Vaters verursacht hat, denn das wäre zeitlich nicht
möglich und daher absurd. Doch du könntest vielleicht argumentieren, daß das *Vorhaben*, sich das Land anzueignen, zu der Anschuldigung und dann zum tatsächlichen Verlust führte. Die *Idee*
der Besitznahme erzeugte die *Realität* durch das *Medium* der Anschuldigung.«

Als ich seine Worte begriffen hatte, sah ich ihn verwirrt an,
denn er hatte den Verdacht ausgesprochen, der seit der Nacht im
Arbeitszimmer meines Onkels an mir genagt hatte. Konnte das
möglich sein? War es möglich, daß hinter der Anschuldigung, die

meinen Vater vernichtet hatte, tatsächlich nichts weiter als reine Habgier steckte?

»Wollt Ihr sagen …«

»Ich sage überhaupt nichts«, erwiderte Dr. Grove. »Ich schlage nur vor, daß du deine Argumente sorgfältiger durchdenkst.«

»Ihr betrügt mich«, sagte ich, »denn Ihr wißt etwas von der Sache, das ich nicht weiß. Ihr würdet meine Gedanken nicht in diese Richtung lenken, wenn Ihr keinen guten Grund dafür hättet. Ich kenne Euch gut, Doktor, und Eure Art des Argumentierens weist mich darauf hin, daß ich die andere offenkundige Form des Zufalls berücksichtigen muß.«

»Und die wäre?«

»Daß das Bindeglied zwischen Anschuldigung und Verlust die Tatsache ist, daß mein Vater wirklich schuldig war.«

Grove strahlte. »Ausgezeichnet, junger Mann. Ich bin wirklich mit dir zufrieden. Du denkst mit dem Abstand des wahren Logikers. Nun, kannst du noch etwas anderes sehen? Ein zufälliges Mißgeschick können wir außer acht lassen, glaube ich, denn das ist das Argument des Atheisten.«

Ich dachte lange und angestrengt nach, denn ich war zufrieden, daß ich ihn zufriedengestellt hatte, und wünschte mir noch mehr Lob. Im Unterricht hatte er selten Anlaß gehabt, mich zu loben, und es war für mich eine seltsame und herzerwärmende Erfahrung.

»Nein«, sagte ich endlich. »Das sind die beiden wichtigsten Kategorien, die berücksichtigt werden müssen. Alles andere muß eine Untergruppe der beiden möglichen Propositionen sein.« Ich hielt einen Moment inne. »Ich möchte dieses Gespräch nicht geringachten, aber selbst das beste aller Argumente braucht etwas Handgreifliches, um ihm Gewicht zu geben. Und in irgendeinem Stadium werdet Ihr gewiß darauf hinweisen, daß es in den wichtigsten Punkten daran fehlt.«

»Du fängst an wie ein Rechtsanwalt zu sprechen«, sagte Grove. »Nicht wie ein Philosoph.«

»Das ist doch gewiß eine Frage, auf die das Gesetz anwendbar ist. Logik kann einen nur bis hierher bringen. Es muß eine Möglichkeit geben, zwischen den beiden Propositionen zu unterscheiden, die da lauten: Entweder ist mein Vater schuldig, oder er ist es nicht. Und das kann nicht nur durch abstrakte Theorien geschehen. Also sprecht. Ihr wißt etwas über die näheren Umstände.«

»O nein«, sagte er. »In dieser Hinsicht muß ich dich enttäuschen. Ich bin deinem Vater nur einmal begegnet, und obwohl ich ihn für einen gutaussehenden, robusten Mann hielt, kann ich weder ein Urteil über ihn abgeben noch ihn irgendwie einschätzen. Und von seiner Schande habe ich nur durch Zufall erfahren, als ich – völlig unbeabsichtigt – hörte, wie Sir William zu seiner Frau sagte, er fühle sich verpflichtet preiszugeben, was er wisse.«

»Was?« sagte ich und fuhr auf meinem Stuhl so heftig auf, daß ich noch heute glaube, den Mann furchtbar erschreckt zu haben. »Ihr habt was gehört?«

Grove fragte mich mit einem Ausdruck aufrichtiger Verblüffung: »Aber das weißt du doch bestimmt? Du weißt, daß Sir William es war, der deinen Vater öffentlich anprangerte? Du hast damals in seinem Haus gelebt. Du mußt doch etwas von dem mitbekommen haben, was geschah?«

»Kein Wort. Wann war das?«

Er schüttelte den Kopf. »Zu Beginn des Jahres 1660, glaube ich. Ich erinnere mich nicht mehr genau.«

»Was ist passiert?«

»Ich war in der Bibliothek, denn solange ich dort war, gestattete Sir William mir freien Zugang zu seinen Büchern. Es ist nicht die beste aller Bibliotheken, doch für mich war sie eine kleine Oase in der Wüste, und ich labte mich häufig daran. Du erinnerst dich doch bestimmt an den Raum, der größtenteils nach Osten gerichtet ist, aber am Ende um eine Ecke führt; daneben liegt das Arbeitszimmer, in dem Sir William alle Gutsgeschäfte erledigte. Ich störte ihn dort nie, denn er geriet immer in eine furchterregende Laune, wenn er mit Geld zu tun hatte; es brachte ihm seine Verarmung allzu deutlich zu Bewußtsein. Noch Stunden später machten alle einen großen Bogen um ihn.

Bei dieser Gelegenheit war seine Frau bei ihm, und deshalb kann ich dir das wenige berichten, das ich durch den Spalt der offenstehenden Tür sah und hörte. Die gütige Frau lag vor ihrem Mann auf den Knien und flehte ihn an, sich sehr gut zu überlegen, was er vorhatte.

›Ich bin fest entschlossen‹, sagte er nicht unfreundlich, wenngleich er es nicht gewohnt war, daß man in Frage stellte, was er tat. ›Mein Vertrauen wurde getäuscht und mein Leben verraten. Daß der Mann so handeln konnte, kann man sich nur schwer vorstellen, daß ein Freund es tun konnte, ist unerträglich. Es darf nicht ungestraft bleiben.‹

›Aber seid Ihr auch sicher?‹ fragte Mylady. ›Eine solche Anklage gegen Sir James, der zwanzig Jahre lang Euer Freund war und dessen Sohn Ihr fast wie einen eigenen aufgezogen habt, darf kein Irrtum sein. Ihr müßt bedenken, daß er Euch zum Duell fordern wird. Diesen Kampf würdet Ihr verlieren.‹

›Ich werde nicht gegen ihn kämpfen‹, antwortete Sir William, noch freundlicher diesmal, denn er sah, daß seine Frau besorgt war. ›Ich gebe zu, in einem Waffengang wäre ich ihm unterlegen. Doch ich zweifle nicht im geringsten daran, daß meine Vorwürfe die absolute Wahrheit sind. Sir John Russells Warnungen lassen keinen Zweifel zu. Die Briefe, die Dokumente, die Notizen über die Treffen, die er von Morland bekommen hatte; viele kann ich aus eigener Kenntnis bestätigen. Ich kenne seine Handschrift, und ich kenne seine Verschlüsselung.‹

Dann fiel die Tür zu, und ich hörte nichts mehr. Aber Mylady verbrachte die nächsten Tage in großem Kummer, und Sir William war noch tiefer in Gedanken verloren als sonst. Ende der Woche reiste er in aller Heimlichkeit nach London, und ich stellte mir vor, daß er dort seinen Verdacht anderen im Umkreis des Königs mitteilte und seine Beweise vorlegte.«

Um ein Haar hätte ich gelacht, als ich diese Geschichte hörte, denn ich erinnerte mich gut an die Zeit. Sir William Compton hatte in der Tat eines Morgens das Haus verlassen und war davongaloppiert. Die allgemeine Stimmung war in den Tagen vorher tatsächlich trüb und ernst gewesen, als würde vom Kopf, der ihn beherrscht, eine Krankheit auf den Körper übertragen, und ich erinnerte mich wieder daran, daß Sir William mir vor seiner Abreise gesagt hatte, ich müsse bald fort. Es sei Zeit für mich, erklärte er, zu meiner Familie zurückzukehren, da ich alt genug sei, um meine Pflichten zu übernehmen. Meine Kindheit sei vorbei.

Drei Tage später, am Tag nachdem Sir William im Morgengrauen fortgeritten war, setzte man mich mit meiner ganzen

Habe in einen Karren und schickte mich zu meinem Onkel. Von dem Sturm, der sich direkt vor meiner Nase zusammenbraute, hatte ich nichts gemerkt.

* *
*

Doch die Art und Weise, wie ich Compton Wynyates verließ, hat mit meiner eigentlichen Geschichte nichts zu tun, und ich muß mehr von meinem Treffen mit Dr. Grove berichten. In der Angelegenheit, die mich zu ihm geführt hatte, lehnte er es ab, mir zu helfen. Er wollte keinen Exorzismus durchführen, denn Sarah war vor mir in seine Seele eingedrungen und hatte seine Selbstsucht erstarken lassen, so daß er es nicht wagte, sich in diesem Stadium seiner Karriere einer Kritik auszusetzen. So sehr ich es auch versuchte, ich konnte ihn nicht überreden; alles, was er sagte, war, daß er die Sache überdenken wolle, wenn ich ihm bessere Beweise für Hexerei vorlegen könne. Bis dahin könne er mir nur anbieten, gemeinsam mit mir zu beten, aber ich hatte keine Lust, einen Abend auf den Knien zu verbringen; außerdem hatte mich aufgerüttelt, was er mir erzählt hatte, und ich war bereit, alle überirdischen Angelegenheiten eine Zeitlang außer acht zu lassen.

Wichtig war, daß ich jetzt ein weiteres Bindeglied in der wichtigsten Kette des arglistigen Betrugs hatte, und ich fragte den Doktor sehr eindringlich danach aus. »Dokumente, die er von Morland über Sir John Russell bekommen hatte«, hatte er gesagt. Sir John hatte dieses Material also von jemand anders bekommen und nur weitergegeben. Er hatte das Gerücht zwar mit Vergnügen verbreitet, aber nicht initiiert. War das eine angemessene Folgerung? Dr. Grove sagte, es klänge so, wenn er auch überzeugt war, daß Russell in gutem Glauben gehandelt hatte. Doch im Hinblick auf die ursprüngliche Quelle konnte er mir nicht weiterhelfen. Es machte mich rasend, denn ein Wort von Russell hätte mir vieles erspart, doch nach seinem Verhalten in Tunbridge Wells wußte ich, daß ich das erlösende Wort von seinen Lippen nie hören würde. Als ich Groves Zimmer im New College verließ, wußte ich, daß es an der Zeit war, Mr. Wood aufzusuchen.

* *
*

In meiner Hast und meiner Aufregung hatte ich einen wichtigen Umstand vergessen, und erst als die schwer beschlagene Tür von Woods Haus in der Merton Street aufging, fiel mir ein, daß Sarah Blundy bei der Familie arbeitete. Zu meiner großen Erleichterung war es jedoch nicht das Mädchen, das mir öffnete, sondern Woods Mutter, die ganz und gar nicht erfreut schien, mich zu sehen, obwohl es noch nicht spät war.

»Jack Prestcotts beste Empfehlungen an Mr. Wood, er wäre ihm für eine Unterredung sehr verbunden«, sagte ich. Ich merkte, daß sie mir am liebsten gesagt hätte, ich solle verschwinden und erst wiederkommen, nachdem ich eine feste Verabredung getroffen hatte, doch dann ließ sie sich erweichen und forderte mich mit einer Geste auf, einzutreten. Wood kam ein paar Minuten später herunter, sah aber auch nicht besonders erfreut aus. »Mr. Prestcott«, sagte er, nachdem wir alle unsere Bücklinge hinter uns hatten, »ich bin überrascht, Euch zu sehen, und wünschte, ich hätte mehr Zeit gehabt, mich auf die Ehre Eures Besuchs vorzubereiten.«

Ich ignorierte den Tadel und sagte ihm, die Angelegenheit sei dringend. Ich sei nur für kurze Zeit in der Stadt. Umstandskrämer, der er war, grummelte Wood vor sich hin und behauptete, er habe Wichtiges zu erledigen, lenkte dann aber ein und führte mich zu seinem Zimmer.

»Ich bin überrascht, das Blundy-Mädchen nicht bei Euch zu sehen«, sagte ich, als wir die Treppe hinaufstiegen. »Sie arbeitet doch als Dienstmädchen bei Euch, oder nicht?«

Wood schien peinlich berührt. »Wir haben die Sache besprochen«, sagte er, »und dachten, es sei das beste, sie zu entlassen. Wahrscheinlich eine vernünftige Entscheidung, und ganz gewiß die beste für den Ruf meiner Familie. Ich bin dennoch nicht zufrieden. Meine Mutter hatte eine besondere Schwäche für sie. Was eigentlich erstaunlich ist, erklären konnte ich es mir nie.«

»Vielleicht hat sie Eure Mutter verhext«, sagte ich so beiläufig ich konnte. Wood warf mir einen Blick zu, der mir sagte, daß ihm ähnliches durch den Kopf gegangen war.

»Vielleicht«, entgegnete er bedächtig. »Merkwürdig, wie wir alle als Sklaven unserer Diener enden.«

»Nicht alle – nur einige«, sagte ich.

Ein mißtrauischer, verstohlener Blick zeigte mir, daß er die Kritik verstanden hatte, aber ablenken wollte. »Ihr seid nicht hier, um darüber zu reden, wie schwierig es ist, zuverlässige Dienstmädchen einzustellen, denke ich«, sagte er.

Ich berichtete ihm von meinem Problem und etwas von meiner Unterredung mit Dr. Grove. »Ich weiß, daß diese Beweise, vermutlich dasselbe Material, von dem mir Lord Mordaunt erzählt hat, von Sir William an die Öffentlichkeit gebracht wurden. Ich weiß jetzt auch, daß sie ihm von jemand namens Morland über Sir John Russell zugespielt wurden. Wer ist nun dieser Morland?«

»Das, denke ich«, sagte er, im Zimmer umherhuschend wie ein verirrter Maulwurf und einen Papierstapel nach dem anderen durchwühlend, bis er zu dem Stapel kam, den er brauchte, »das, denke ich, ist kein großes Geheimnis. Das, denke ich, müßte Samuel Morland sein.«

»Und er ist ...«

»Er ist jetzt Sir Samuel, soviel ich weiß. Was an sich schon bemerkenswert ist und einen sehr nachdenklich macht. Wenn man seine Vergangenheit bedenkt, muß er seiner Majestät schon einen absolut außergewöhnlichen Dienst geleistet haben, um so begünstigt zu werden. Einen Verräter in des Königs eigenen Reihen zu entlarven könnte ein entsprechender Dienst gewesen sein.«

»Oder gefälschte Dokumente mit angeblichen Beweisen weiterzugeben.«

»Oh, in der Tat«, sagte Wood nickend und schnaufend. »In der Tat, denn Morland war, was Ihr einen ›Mann der Feder‹ nennen würdet. Er arbeitete eine Zeitlang in Thurloes Amt, glaube ich, und wenn ich mich recht erinnere, versuchte er sogar, die Nachfolge anzutreten, als Thurloe in den letzten Tagen der Republik hinausgeworfen wurde. Dann, denke ich, hat er sich mit den Royalisten zusammengetan. Der Zeitpunkt war unvergleichlich gut gewählt.«

»Demnach kommt Euch die Idee mit den gefälschten Dokumenten nicht absurd vor?«

Wood schüttelte den Kopf. »Entweder war Euer Vater schuldig, oder er war es nicht. Wenn er es nicht war, mußte etwas geschaffen werden, das seine Schuld vortäuschte. Doch um das zu erfahren, habt Ihr nur eine einzige Möglichkeit – Ihr müßt mit Morland selbst sprechen. Ich glaube, er wohnt irgendwo in London. Mr. Boyle hat mir erzählt, daß er sich mit hydraulischen Maschinen für Entwässerungsprojekte oder etwas Ähnlichem beschäftigt. Man sagt, sie seien genial.«

Ich fiel vor dem albernen kleinen Mann fast auf die Knie vor Dankbarkeit über diese Information und war anständig genug, zuzugeben, daß Thomas recht gehabt hatte, als er ihn mir empfahl. Ich verließ das Haus so schnell es die Schicklichkeit erlaubte. Nach einer Nacht, in der ich in meiner fieberhaften Erregung keinen Schlaf gefunden hatte, reiste ich mit der Kutsche nach London.

Elftes Kapitel

ICH WAR NOCH NIE in einer großen Metropole gewesen; Oxford war die bei weitem größte Stadt, die ich je betreten hatte. Den größten Teil meines Lebens hatte ich entweder auf Landgütern mit Dörfern verbracht, deren Einwohner höchstens ein paar hundert Seelen zählten, oder in kleinen Marktflecken wie Boston oder Warwick mit einer Bevölkerung von einigen Tausend. In London (so sagt man mir, obwohl ich nicht glaube, daß es jemand sicher weiß) sollen damals ungefähr eine halbe Million Menschen gelebt haben. Es breitete sich in der Landschaft aus wie eine große blutende Pustel auf dem Antlitz der Erde, machte das Land krank und vergiftete alle, die darin wohnten. Als ich das Lederrouleau hinaufzog, um aus dem Fenster der Kutsche zu schauen, war ich zuerst fasziniert, doch dieses Staunen wurde zu Widerwillen, als ich merkte, wie erschreckend armselig das Leben an einem solchen Ort war. Ich bin (was inzwischen klar sein muß) kein großer Literat, aber da gibt es eine Zeile in einem Gedicht, das ich in meiner Jugend einmal bei Dr. Grove im Unterricht auslegen mußte – und diese Zeile habe ich nie vergessen. An den Dichter erinnere ich mich nicht, doch er war offensichtlich ein weiser und nüchterner Mann, denn er hat gesagt: »*Ich kann in der Stadt nicht leben, denn ich habe nicht gelernt zu lügen.*«

So wird es immer sein; die Ehrlichkeit eines Mannes vom Lande ist in einer Stadt im Nachteil, in der Falschheit gepriesen und Aufrichtigkeit verachtet werden, wo jeder nur an sich selbst denkt und Großmut verlacht wird.

Bevor ich mich nach Samuel Morland erkundigte, kam ich zu dem Schluß, daß ich mich sammeln und auf das bevorstehende Gespräch vorbereiten mußte. Also nahm ich mein Bündel und ging auf der großen Durchgangsstraße, die London mit Westminster verbindet (obwohl so viel gebaut wird, daß es bald völlig unmöglich sein wird, festzustellen, wo die eine Stadt endet und die andere beginnt) nordwärts, um mir einen Gasthof zu suchen, in dem man essen und trinken konnte. Ich kam bald zu einer *Piazza* (eigentlich sollte die Bezeichnung *Platz* für jeden Engländer gut genug sein), die es, wie man mir sagt, mit jedem Platz in Europa aufnehmen könne. Mir kam sie gar nicht so großartig vor; die Gebäude wirkten heruntergekommen, durch den Schmutz der Gemüsefrauen, die Dreck und Abfall in den Boden stampften. Es gab dort zwar Speisehäuser, doch die Preise waren derart, daß ich, entsetzt über die Unverschämtheit der Wirte, machte, daß ich davonkam. Um die Ecke war eine andere Straße, die mir viel stiller schien, und wieder wurde ich getäuscht, denn diese Drury Lane galt als eine der übelsten und gefährlichsten Straßen der Stadt, voll von Bordellwirtinnen und Halsabschneidern. Ich erblickte nur das Theater, das bald öffnen sollte, und die Schauspieler in ihren Uniformen, die ihnen den Schutz des Gesetzes sicherten, aber mächtig lächerlich aussahen.

Von Covent Garden aus ging ich nach London, mit einem einzigen kleinen Umweg durch eine schmutzige Gasse in der Nähe der St. Paul's Cathedral, um meine Habseligkeiten in einer schmuddeligen kleinen Taverne zu lassen, von der man mir gesagt hatte, es gehe dort ehrlich zu. Das war richtig, doch leider wurden diese Tugenden nicht durch Ruhe und Sauberkeit ergänzt. Auf den Decken krabbelten die Läuse herum, und es gab Beweise dafür, daß meine künftigen Bettgenossen alles andere als vornehm waren. Aber ich hatte ohnehin Läuse in den Haaren und sagte mir daher, es habe wenig Sinn, Geld für etwas Besseres auszugeben. Dann begann ich mich nach Sir Samuel Morland zu erkundigen. Es dauerte nicht lange, und ich hatte seine Adresse erfahren.

Es war ein altes Haus in einer uralten Straße in der Nähe der Bow Church und bestimmt eines, das ein paar Jahre später im großen Feuer zu Schutt und Asche verbrannte, denn es war aus Holz und hatte ein Strohdach; es wäre viel schöner gewesen, hätte man mehr Wert auf seine Erhaltung gelegt. Es ist natürlich ein weiteres Problem des Stadtlebens, wenn die Besitzer ihr Haus nicht selbst bewohnen, denn dann wird für die Gebäude nichts getan, und sie verrotten und zerfallen, so daß die Straßen verwahrlosen und eine Brutstätte für Ungeziefer sind. Die Gasse selbst war schmal und dunkel durch die überhängenden oberen Stockwerke und hallte vom Lärm der Händler wider, die straßauf, straßab ihre Waren anpriesen. Wie man mir geraten hatte, sah ich mich nach dem Schild mit einem Ochsen um, aber es war so ausgebleicht, daß ich zweimal daran vorbeilief, bevor mir klar wurde, daß auf dem verschmutzten und zerbrochenen Stück Holz über einer Haustür früher einmal ein solches Tier dargestellt gewesen war.

Als die Tür geöffnet wurde, fragte man nicht einmal nach meinem Begehr, sondern bat mich ganz ohne Förmlichkeit ins Haus.

»Ist dein Herr zu Hause?« fragte ich den Mann an der Tür, der so verlottert aussah, wie ich noch nie einen Diener gesehen hatte; seine Kleidung starrte vor Schmutz und stank widerlich.

»Ich habe keinen Herrn«, sagte die Kreatur erstaunt.

»Verzeiht. Dann muß ich im falschen Haus sein. Ich suche Sir Samuel Morland.«

»Das bin ich«, antwortete er, und jetzt war es an mir, erstaunt auszusehen. »Und wer seid Ihr?«

»Mein Name ist – eh – Grove«, sagte ich.

»Ich freue mich, Eure Bekanntschaft zu machen, Mr. Grove.«

»Und ich die Eure, Sir. Mein Vater schickt mich. Wir besitzen in Dorset ein Stück Marschland und haben von Eurer genialen Drainage gehört ...«

Ich konnte meine Lüge nicht zu Ende bringen, den Morland packte meine Hand und bewegte meinen Arm wie einen Pumpenschwengel auf und ab. »Ausgezeichnet«, sagte er, »wirklich ausgezeichnet. Und Ihr wollt meine Maschinen sehen, nicht wahr? Sie benutzen, um Euer Land trockenzulegen?«

»Nun ...«

»Ob sie arbeiten, wie? Ich weiß haargenau, was Ihr denkt, junger Mann. Wie, wenn dieser Erfinder ein Betrüger ist? Am besten, ein bißchen bei ihm zu spionieren, sozusagen, bevor man Geld hinauswirft. Ihr fühlt Euch herausgefordert, denn Ihr habt vom Einfallsreichtum der Holländer gehört, die den Ertrag ihres Landes um das Hundertfache gesteigert und Marschland in fruchtbarstes Weideland verwandelt haben, doch Ihr glaubt es noch nicht ganz. Ihr habt von der Trockenlegung der Fens gehört und daß die Pumpen dort eingesetzt wurden, wißt aber nicht, ob sie für Euch das richtige wären. So ist es doch, nicht wahr? Macht Euch nicht die Mühe, es zu leugnen. Es kommt Euch entgegen, da ich kein mißtrauischer Mann bin und meine Entwürfe jedem zeige, der sie sehen will. Kommt«, sagte er vergnügt, packte meinen Arm und zog mich zu einer Tür. »Kommt nur mit.«

Ein wenig verwirrt durch sein Benehmen, ließ ich mich aus der kleinen Diele in einen dahinter liegenden großen Raum ziehen. Ich nahm an, daß dies früher das Haus eines Tuchhändlers gewesen war, der hier seine Ballen gelagert hatte. Auf jeden Fall war der Raum viel größer, als die Hausfront vermuten ließ (diese Kaufleute spielen immer die Armen und verstecken ihren Wohlstand vor der Öffentlichkeit), und durch die weit geöffnete Tür am Ende kamen gute frische Luft und so viel Licht herein, daß ich trotz der Jahreszeit im ersten Moment geblendet war.

»Nun, was denkt Ihr, eindrucksvoll, wie?« sagte er, denn er hielt mein kurzes Zögern für Staunen. Als ich wieder klar sehen konnte, war ich in der Tat erstaunt, denn noch nie hatte ich ein solches Sammelsurium von Krimskrams gesehen. Ein Dutzend Schreibtische und jeder übersät mit seltsamen Instrumenten und Flaschen und Fässern und Werkzeug. Holz- und Metallteile waren an der Wand gestapelt, und der Boden war mit Sägespänen und mit Pfützen einer öligen Flüssigkeit und Lederstücken bedeckt. An den Werkbänken arbeiteten drei Bedienstete, vermutlich Handwerker, die nach Morlands Plänen die Maschinen bauten, Metall feilten und Holz hobelten.

»Unglaublich«, sagte ich, da er ganz offensichtlich eine beifällige Bemerkung von mir erwartete.

»Schaut«, sagte er und ersparte es mir wieder, mich ausführlicher zu äußern. »Was haltet Ihr davon?«

Wir standen vor einem wunderschön geschnitzten Eichentisch, auf dem nur ein ungewöhnliches, kleines Werkstück aus schön geschmiedetem und graviertem Messing lag; es war kaum größer als eine Männerhand. Oben waren elf kleine Räder, und in jedes waren Zahlen eingraviert. Darunter, im Herzen der Maschine, war eine lange Platte, die offenbar andere Zifferblätter verbargen, denn kleine, in die Oberfläche geschnittene Löcher enthüllten noch mehr Zahlen.

»Sehr schön«, sagte ich. »Aber was ist das?«

Er lachte begeistert über meine Unwissenheit. »Das ist eine Rechenmaschine«, sagte er stolz, »die kleinste der Welt. Leider nicht einzigartig, da irgendein kleiner Franzose auch eine hat, aber« – er senkte vertraulich die Stimme – »die seine arbeitet nicht gut. Nicht so gut wie meine.«

»Was macht man damit?«

»Nun, rechnen, natürlich. Das Prinzip ist das gleiche wie bei Napiers* Fischbein- oder Elfenbeinstöckchen, aber viel raffinierter. Die beiden Räderwerke zeigen Zahlen von eins bis zehntausend an oder von einem halben Penny aufwärts, wenn Ihr die Maschine für Finanzielles benutzen wollt. Der Griff bewirkt das, indem er eine Reihe von Zahnrädern einrasten läßt, die sich dann entsprechend drehen. Im Uhrzeigersinn für Addition, in der Gegenrichtung für Subtraktion. Meine nächste Maschine, die noch nicht fertig ist, wird Quadrat- und Kubikwurzeln ziehen und sogar Probleme der Trigonometrie lösen können.«

»Sehr nützlich«, sagte ich.

»In der Tat. Jedes Kontor wird bald eine haben, wenn ich einen Weg finde, sie darüber zu informieren. Diese Maschine wird mich zum reichen Mann machen, und die experimentelle Wissenschaft wird mit Riesenschritten vorwärtsstürmen, wenn sie nicht mehr auf Rechenkünstler angewiesen ist. Vor einiger Zeit habe ich eine Maschine an Dr. Wallis in Oxford geschickt, da er in dieser Sache der beste Mann ist, über den dieses Land verfügt.«

»Ihr kennt Dr. Wallis? Ich selbst bin auch mit ihm bekannt.«

»O ja, ich kenne ihn, obwohl ich ihn in der letzten Zeit nicht gesehen habe.« Er hielt inne und lächelte in sich hinein. »Man

---

* John Napier, Laird of Merchiston, schottischer Mathematiker

könnte sagen, daß wir früher einmal in derselben Art von Geschäft waren.«

»Ich werde ihn von Euch grüßen, wenn Ihr wollt.«

»Ich weiß nicht, ob er darüber sehr erfreut wäre. Dennoch vielen Dank für Euer Angebot. Aber deshalb seid Ihr schließlich nicht hier. Gehen wir in den Garten.«

Wir verließen also seine arithmetischen Maschinen, dem Himmel sei Dank, und ich folgte ihm an die frische Luft, wo er vor etwas stehenblieb, das wie ein großes Faß aussah, aus dem am oberen Ende ein langes Rohr ragte. Er betrachtete es mit trauriger Miene, schüttelte dann heftig den Kopf und seufzte.

»Ist es das, was Ihr mir zeigen wolltet?«

»Nein«, sagte er bedauernd. »Das habe ich widerstrebend aufgegeben.«

»Warum denn? Funktioniert es nicht richtig?«

»Alles andere als das. Es arbeitet zu gut. Es war ein Versuch, für das Problem des Pumpens die Kraft des Schießpulvers zu nutzen. Das ist nämlich ein großes Problem im Bergbau, müßt Ihr wissen. Die Entfernung unter Tage – manchmal vierhundert Fuß oder mehr – bedeutet, daß die Kraft gewaltig ist, die man braucht, um das Wasser über die gleiche Entfernung hinweg heraufzupumpen. Könnt Ihr Euch das Gewicht eines vierhundert Fuß langen Rohres voller Wasser vorstellen? Natürlich nicht. Wenn Ihr es könntet, wärt Ihr über die Kühnheit der Menschen erstaunt, die einen solchen Gedanken auch nur wagen. Meine Plan war es nun, über Tage einen versiegelten Behälter mit Luft füllen und in das Wasser unter Tage hinabzulassen und im Gegenzug ein anderes Rohr heraufzuholen …«

Ich nickte, obwohl ich ihm eigentlich nicht mehr zuhörte. »In dem Behälter bringt man dann ein wenig Schießpulver zur Explosion, was eine große Kraft erzeugt. Sie drückt durch das eine Rohr gewaltig nach unten und zwingt das Wasser, in dem anderen Rohr aufzusteigen. Wenn man das oft genug wiederholt, hat man am Ende eine stetig aufsteigende Wassersäule.«

»Klingt großartig.«

»Das tut es. Unglücklicherweise habe ich noch keine Möglichkeit gefunden, Explosionen in der richtigen Qualität und Konsistenz auszulösen. Entweder platzt das Rohr, was gefährlich ist, oder man bekommt eine einzige fünfzig Fuß hohe Wasserfontäne, und dann ist Schluß. Ich habe ein Patent auf diese Idee, brauche also nicht zu befürchten, daß mir Rivalen den Rang ablaufen, doch wenn ich keine Lösung ausknoble, wäre eine sehr gute Idee vielleicht vergeudet. Ich habe überlegt, ob man nicht heißes Wasser verwenden könnte, weil Wasserdampf viel mehr Raum einnimmt – ungefähr zweitausend Mal soviel, habt Ihr das gewußt? – und ich dadurch eine ungeheure Kraft gewinne. Wenn es eine Möglichkeit gäbe, den Dampf durch das Rohr hinunter- oder in einen Pumpmechanismus hineinzupressen, dann wäre die Kraft da, die nötig ist, um das Wasser zu heben.«

»Und das Problem?«

»Das Problem ist, die heißen Dämpfe in die erforderliche Richtung zu zwingen, damit sie nicht nach allen Seiten zerflattern.«

Ich verstand kaum ein Wort, aber seine Lebhaftigkeit und seine Begeisterung waren so groß, daß ich nicht wußte, wie ich seine Wortflut unterbrechen konnte. Außerdem schien ihm zu gefallen, daß ich ihm so bereitwillig zuhörte, vielleicht war er dann auch eher geneigt, mir die Information zu geben, die ich brauchte. Deshalb überhäufte ich ihn mit Fragen und heuchelte ernstes Interesse für all die Dinge, für die ich sonst nur Verachtung übrig gehabt hätte.

»Ihr habt also keine Pumpe, die funktioniert, ist es das, was Ihr mir sagen wollt?« fragte ich schließlich.

»Pumpen? Natürlich. Pumpen habe ich in Hülle und Fülle. Alle möglichen Pumpen. Kettenpumpen und Saugpumpen und Zylinderpumpen. Was ich noch nicht habe, ist eine leistungsfähige, eine elegante Pumpe, die jede ihr übertragene Aufgabe einfach und mit Grazie ausführt.«

»Und was ist mit den Fens? Was benutzt man dort?«

»O das«, sagte er beinahe verächtlich. »Das ist eine ganz andere Sache. Technisch völlig uninteressant.« Er sah mich an und erinnerte sich wieder, warum ich da war. »Aber natürlich eine um so bessere Investition, da sie keine Neuerungen erfordert. Das Problem ist einfach, und einfache Probleme löst man am besten einfach. Meint Ihr nicht auch?«

Ich meinte es auch.

»Zahlreiche Gebiete der Fens liegen tiefer als der Meeresspiegel«, sagte er, »und müßten daher überflutet sein, genauso wie der größte Teil der Niederlande überflutet sein müßte, denn wenn das nicht der Fall wäre, müßten sie ihren Namen ändern.«

Er kicherte über seinen kleinen Scherz, und ich stimmte höflich mit ein. »Das wißt Ihr natürlich. Nun ist es sehr leicht, ein weiteres Eindringen von Wasser zu verhindern, indem man Deiche baut. Die Holländer machen das seit Jahrhunderten, also kann es nicht sehr schwierig sein. Das Problem ist, das Wasser zu entfernen, das bereits da ist. Wie kann man das machen?«

Ich gestand meine Unwissenheit, und er freute sich.

»Das einfachste sind Flüsse. Man gräbt ein neues Bett, und das Wasser fließt ab. Rohre sind eine andere Möglichkeit. Hölzerne Rohre, unterirdisch verlegt, in denen sich das Wasser sammelt und abfließt. Aber das ist kostspielig und dauert lange. Außerdem liegt das Umland (Ihr erinnert Euch?) höher als die See. Wo soll dieses Wasser also hin?«

Wieder schüttelte ich den Kopf. »Nirgendwohin«, sagte er heftig. »Es kann nirgends hin, weil Wasser nicht bergauf fließen kann. Das weiß jeder. Und das ist der Grund, warum große Teile der Fens nicht völlig trockengelegt werden konnten. Mit meinen Pumpen, seht Ihr, kann das Problem gelöst werden und im Wettbewerb zwischen den Wünschen des Menschen und dem Verlangen der Natur, kann die Natur siegreich nachgeben. Denn das Wasser wird dann tatsächlich bergauf und dann abfließen, und man wird das Land nutzen können.«

»Ausgezeichnet«, sagte ich. »Und sehr gewinnbringend.«

»Oh, in der Tat. Die Gentlemen, die eine Gesellschaft zur Entwässerung ihres Landes gegründet haben, werden sehr erfolgreich und wohlhabend sein. Und ich hoffe, am Gewinn teilzuhaben, denn ich habe dort auch ein bißchen Land, in Harland Wyte. Sir? Geht es Euch gut?«

Ich fühlte mich fast so, als habe mir jemand einen heftigen Schlag in die Magengrube versetzt, denn daß er Harland Wyte, das Land meiner Familie, das Herzstück von meines Vaters gesamtem Besitz, erwähnte, kam so unerwartet, daß mir der Atem stockte, und ich fürchte, ich mußte mich beinahe verraten haben, weil ich totenblaß wurde und nach Luft rang.

»Vergebt mir, Sir Samuel«, sagte ich, »ich neige zu diesen

plötzlichen Schwindelanfällen. Es ist gleich vorbei.« Ich lächelte
beruhigend und tat so, als hätte ich mich schon erholt.»Harland
Wyte, sagt Ihr? Ich kenne es nicht. Besitzt Ihr es schon lange?«
Er grinste listig.»Erst seit ein paar Jahren. Es war ein günstiger
Handel, denn es wurde billig verkauft, und ich erkannte seinen
Wert besser als jene, die es verkauften.«
»Davon bin ich überzeugt. Wer hat es denn verkauft?«
Doch er fegte meine Frage beiseite und ließ sich auf nichts ein,
redete lieber über seine Klugheit als über seine Niedertracht.»Ich
werde es jetzt völlig entwässern, dann verkaufen und einen schö-
nen Gewinn einstecken. Seine Gnaden der Duke of Bedford hat
schon zugesagt, es zu kaufen, da ihm dort ohnehin schon das
meiste Land gehört.«
»Was für ein Glück für Euch, meinen Glückwunsch«, sagte ich
und verlegte mich darauf, ihn auf andere Weise auszuhorchen.
»Sagt mir, Sir, woher kennt Ihr Dr. Wallis? Ich frage, weil er gelegentlich mein Tutor war. Berät er sich mit Euch wegen seiner
Experimente und der Mathematik?«
»Gütiger Himmel, nein«, antwortete Morland, plötzlich bescheiden.»Obwohl ich selbst Mathematiker bin, gebe ich offen
zu, daß er mir in jeder Hinsicht überlegen ist. Unsere Verbindung
war eine viel weltlichere, denn wir waren einmal gleichzeitig An-
gestellte von John Thurloe. Natürlich habe ich heimlich die Sache Unserer Majestät unterstützt, während Dr. Wallis ein begeisterter Anhänger Cromwells war.«
»Ihr überrascht mich«, sagte ich.»Er scheint jetzt ein treuer Untertan zu sein. Außerdem, welche Dienste konnte ein Priester und
Mathematiker für jemand wie Thurloe schon leisten?«
»Viele und unterschiedliche«, sagte Morland, über meine Arglosigkeit lächelnd.»Dr. Wallis kannte sich wie kein zweiter im
ganzen Land mit Geheimschriften aus, hat sie entschlüsselt und
neue erfunden. Er wurde nie erreicht, denke ich; mußte sich in
Verschlüsselungstechniken nie einem Stärkeren geschlagen geben.
Jahrelang bediente sich Thurloe seiner Dienste; ganze Bündel ver-
schlüsselter Briefe wurden ihm nach Oxford geschickt, und die
Übersetzung kam schon mit der nächsten Kutsche zurück. Bemerkenswert. Am liebsten hätten wir den Männern des Königs gesagt, sie sollten ihre Zeit nicht damit verschwenden, ihre Briefe

zu verschlüsseln, denn wenn wir ihrer habhaft wurden, konnte Wallis sie immer lesen. Wenn er Euer Tutor ist, solltet Ihr ihn bitten, Euch ein paar zu zeigen. Ich bin sicher, er hat sie noch, obwohl er Berichte über diese Tätigkeiten natürlich nicht an die große Glocke hängt.«

»Und Ihr habt Thurloe auch gekannt? Das muß ganz ungewöhnlich gewesen sein.«

Er fühlte sich geschmeichelt, und das verleitete ihn dazu, mich noch mehr beeindrucken zu wollen. »Das war es tatsächlich. Ich war drei Jahre lang so gut wie seine rechte Hand.«

»Seid Ihr mit ihm verwandt?«

»Du meine Güte, nein. Ich wurde als Gesandter nach Savoyen geschickt, um dort für die verfolgten Protestanten einzutreten. Ich war mehrere Jahre dort und habe natürlich auch die Verbannten im Auge behalten. Daher war ich ihm nützlich und gewann sein Vertrauen, und als ich zurückkam, bot man mir die Stellung an. Die ich behielt, bis ich floh, weil entdeckt wurde, daß ich Seiner Majestät Geheimnachrichten übergeben hatte.«

»Dann hat Seine Majestät mit seinen Dienern großes Glück«, sagte ich und verachtete den Mann plötzlich ob seiner Selbstzufriedenheit.

»Nicht mit allen. Für jeden loyalen Mann wie mich gab es einen anderen, der den König für einen Beutel Goldmünzen verkauft hätte. Ich habe den Allerschlimmsten entlarvt, indem ich dafür sorgte, daß einige Dokumente, die Wallis entschlüsselte, vom König gesehen wurden.«

Ich war ganz nah dran, ich wußte es. Wenn ich nur ruhig bleiben konnte, damit er nicht mißtrauisch wurde, konnte ich ihm unerhörte Schätze entlocken.

»Ihr habt angedeutet, daß Dr. Wallis und Ihr nicht mehr auf gutem Fuß steht. Hängt es mit dem zusammen, was damals geschehen ist?«

Er zuckte mit den Schultern. »Es ist nicht mehr wichtig. Jetzt ist alles vorbei.«

»Erzählt doch«, sagte ich hartnäckig, doch kaum hatte ich die Worte ausgesprochen, wußte ich, daß ich ihn zu sehr gedrängt hatte. Morlands Augen wurden schmal, und seine exzentrische gute Laune verflog. »Vielleicht habt Ihr in Oxford mehr Interessen als nur Euer Studium, junger Mann«, sagte er ruhig. »Ich rate Euch, kehrt auf Euren Besitz in Dorset zurück, falls es diesen Besitz tatsächlich gibt, und beschäftigt Euch mit ihm. Es ist für jeden Mann gefährlich, sich mit Dingen zu beschäftigen, die ihn nichts angehen.«

Er nahm meinen Ellenbogen und versuchte mich zur Haustür zu führen. Verächtlich riß ich mich los und drehte mich zu ihm um. »Nein«, sagte ich, zuversichtlich, daß ich ihm körperlich überlegen war und die Information aus ihm herausschütteln konnte, wenn ich wollte. »Ich möchte wissen ...«

Der Satz blieb unvollendet. Morland klatschte in die Hände, sofort ging eine Tür auf und ein roh aussehender Mann mit einem auffallenden Dolch im Gürtel betrat den Raum. Er sagte nichts, stand nur da und wartete auf Befehle.

Ich weiß nicht, ob ich mit einem solchen Mann fertig geworden wäre; es ist möglich, aber genausogut hätte es sein können, daß ich ihm nicht gewachsen war. Er sah aus wie ein alter Soldat und war im Schwertkampf gewiß viel erfahrener als ich.

»Ihr müßte mein Benehmen entschuldigen, Sir Samuel«, sagte ich und beherrschte mich so gut ich konnte, »aber Eure Geschichten sind einfach faszinierend. Es stimmt, ich habe in Oxford viele gehört, und sie interessieren mich sehr, wie vermutlich alle jungen Männer. Ihr müßt mir den Übereifer und die Neugier der Jugend verzeihen.«

Meine Worte beschwichtigten ihn nicht. Sein Mißtrauen, einmal geweckt, blieb hellwach. In den Jahren der Täuschung und des Doppelspiels hatte er zweifellos den Wert des Schweigens erkannt und war nicht bereit, Risiken einzugehen. »Bring den Gentleman hinaus«, sagte er zu dem Diener. Dann verbeugte er sich höflich vor mir und zog sich zurück. Ein paar Minuten später stand ich wieder draußen in der lärmenden Gasse und verfluchte mich wegen meiner Dummheit.

* *
*

Zu diesem Zeitpunkt schien es mir unumgänglich, nach Oxford zurückzukehren. Meine Suche näherte sich ihrem Ende, und die Antwort auf die noch offenen Fragen lagen in dieser Grafschaft.

Aber es war zu spät, um sofort aufzubrechen, und die nächste Kutsche ging erst am nächsten Tag. Wäre ich weniger erschöpft gewesen, hätten mich die unzähligen Flöhe auf dem Strohsack, der mein Gemeinschaftsbett war, nervös gemacht, und die Geräusche, die meine Schlafgenossen von sich gaben, angeekelt. So wie die Dinge lagen, achtete ich nicht darauf, band mir den Geldbeutel sicher um den Leib und legte meine Dolch so auffällig unter mein Kissen, daß alle von vornherein wußten, jeder, der versuchte über mich herzufallen, wenn ich schlief, würde den kürzeren ziehen. Am nächsten Morgen trödelte ich und ergab mich wie ein echter Gentleman dem Müßiggang, trank langsam ein Pint Ale zu meinem Brot und verließ den Gasthof erst, als die Sonne schon hoch am Himmel stand.

Da ich nichts Besseres zu tun hatte, besuchte ich die St. Paul's Cathedral – einen skandalös heruntergekommenen Steinhaufen, der durch die Verwüstungen der Puritaner alle Pracht und Schönheit verloren hat und dennoch in seinem jammervollen Zustand erhabener wirkte als das geschmacklose Ungetüm, das jetzt an ihrer Stelle erbaut wird. Ich beobachtete die Buchhändler und Verkäufer von Pamphleten, die sich im St. Paul's Yard versammelten, hörte den Ausrufern und den Constables zu, die die Liste der Verbrechen und Betrügereien, die Ernte der Missetaten der vergangenen Nacht, verlasen. So viele Diebstähle, Überfälle, Tumulte – es kam mir so vor, als müsse die ganze Stadt die ganze Nacht wach gewesen sein, um all das zu begehen. Dann ging ich nach Westminster, sah den Palast und betrachtete voller Ehrfurcht das Fenster, durch das König Charles sein blutiges Martyrium angetreten hatte und das jetzt mit schwarzem Krepp verhängt war zur Erinnerung an die ruchlose Tat, und dachte eine Weile über die Strafen nach, die die Nation wegen dieses Frevels ertragen hatte.

Diese Unternehmungen ermüdeten mich schnell, obwohl ich mir bei einem Straßenhändler noch ein bißchen Brot kaufte und durch Covent Garden zurückging, der mir genauso mißfiel wie am Tag vorher. Ich war hungrig und überlegte, ob ich die ungeheuerliche Summe ausgeben sollte, die man hier für ein Pint Wein verlangte, als jemand mich leicht am Arm berührte.

Ich war kein solcher Bauerntölpel, daß ich nicht wußte, was jetzt wahrscheinlich geschehen würde, fuhr herum und griff nach meinem Messer, zögert dann jedoch, als ich neben mir eine schön gekleidete junge Frau sah. Sie hatte ein gutes Gesicht, das jedoch unter Perücke und Schönheitspflästerchen und Rouge und weißem Puder fast verschwand, so daß man die Gaben, die ihr von Gott gegeben waren, kaum entdeckte. Am auffallendsten war jedoch, wie ich mich erinnere, der Gestank des Parfums, so daß man ihren natürlichen Duft nicht mehr roch und glaubte, in einem Blumenladen zu sein.

»Madam?« sagte ich kalt, als sie, über meine Bestürzung lächelnd, eine Braue hob.

»Jack!« rief sie. »Sagt nicht, daß Ihr mich vergessen habt.«

»Ihr seid im Vorteil.«

»Nun, Ihr mögt mich vergessen haben«, sagte sie, »doch ich kann die Ritterlichkeit nicht vergessen, mit der Ihr mich bei Tunbridge Wells unter den Sternen beschützt habt.« Jetzt erinnerte ich mich; die junge Hure. Aber wie verändert sie war, und obwohl ihr Schicksal sich offensichtlich zum Guten gewendet hatte, hatte sie sich in meinen Augen nicht zu ihrem Vorteil verändert.

»Kitty«, sagte ich, mich endlich an ihren Namen erinnernd. »Was für eine feine Lady du geworden bist. Du mußt verzeihen, daß ich dich nicht erkannt habe, aber die Veränderung ist so groß, daß du es mir nicht sehr übelnehmen darfst.«

»Nein, wirklich nicht«, sagte sie und fächelte sich geziert. »Obwohl mich niemand eine Lady nennen würde, der mich gut kennt. Hure war ich, und jetzt bin ich zur Mätresse aufgestiegen.«

»Meinen Glückwunsch«, sagte ich, denn offensichtlich dachte sie, das sei in Ordnung.

»Danke. Er ist ein feiner Mann, hat gute Beziehungen und ist äußerst großzügig. Auch ist er nicht allzu widerwärtig. Ich habe wirklich Glück. Und wenn es anhält, gibt er mit genug, damit ich mir einen Ehemann kaufen kann, bevor er meiner überdrüssig wird. Aber sagt mir, was tut Ihr hier? Steht wie ein Tölpel mitten auf der Straße und gafft? Das ist nicht der richtige Ort für Euch.«

»Ich habe mich umgesehen, wo es etwas zu essen gibt.«

»Das ist hier reichlich vorhanden.«

»Das kann ich – will ich mir nicht leisten.«

Sie lachte fröhlich. »Aber ich kann und ich will.«

Und mit einer Unverfrorenheit, bei der mir der Atem stockte, hängte sie sich bei mir ein und führte mich zurück auf die *Piazza* und in ein Kaffeehaus, das Will's hieß, wo sie ein Extrazimmer verlangte und Speisen und Getränke bestellte. Weit davon entfernt, über ein solches Ansinnen beleidigt zu sein, willfahrte ihr der Diener, als sei sie tatsächlich eine Lady, und ein paar Minuten später saßen wir in einem gemütlichen Raum im ersten Stock und blickten auf das Gewimmel unter uns hinunter.

»Wird niemand etwas dagegen haben?« fragte ich ängstlich besorgt, daß ihr Gebieter uns in einem Anfall von Eifersucht ein paar Schläger schicken könnte. Sie brauchte eine Weile, ehe sie verstand, was ich meinte, doch dann lachte sie wieder.

»O nein«, sagte sie. »Er kennt mich zu gut, um zu denken, ich könnte mir meine Aussichten durch eine solche Unüberlegtheit verderben.«

»Darf ich den Namen Eures Wohltäters erfahren?«

»Selbstverständlich. Jeder kennt ihn. Es ist der Lord of Bristol, ein unterhaltsamer, angesehener Favorit des Königs, wenn auch schon ziemlich alt. Ich habe ihn mir in Tunbridge Wells eingefangen, Ihr seht also, daß ich Euch zu großem Dank verpflichtet bin. Ich war kaum einen Tag da, als ich schon die Botschaft erhielt, in der er mich bat, sich mit mir treffen zu dürfen. Ich gab mein Bestes und unterhielt ihn so gut ich konnte und dachte dann, das ist es wohl gewesen. Das nächste, was ich höre, ist aber, daß er mich nach London mitnehmen will und mir dafür einen angenehmen Ausgleich bietet.«

»Ist er in dich verliebt?«

»Du meine Güte, nein. Doch er ist heißblütig, und seine Frau eine alte Dörrpflaume. Außerdem hat er eine Todesangst vor Krankheit. Es war alles ihre Idee; sie hat mich auf der Straße zuerst entdeckt und ihn auf mich aufmerksam gemacht.«

Sie drohte mir mit dem Finger. »Verzieht nicht das Gesicht, als ob Ihr mir gleich eine Predigt halten wolltet, Jack Prestcott. Laßt ab davon, ich bitte Euch, oder ich werde ärgerlich. Ihr seid zu tugendhaft und könnt nicht anders, müßt das heftig mißbilligen, aber was sollte ich Eurer Meinung nach tun? Ich verkaufe meinen Körper für ein bißchen Wohlstand und Wohlbehagen. Überall um uns herum gibt es Priester und Minister, die ihre Seelen für das gleiche verkaufen. Ich bin in guter Gesellschaft, und eine Sünderin inmitten dieser Menge wird kaum bemerkt werden. Ich sage Euch, Jack, Tugend ist in dieser Zeit eine einsame Sache.«

Ich wußte kaum, was ich zu diesem offenen Bekenntnis der Lasterhaftigkeit sagen sollte. Ich konnte nicht billigen, was sie tat, wollte sie aber auch nicht verdammen, denn das hätte das Ende unserer Bekanntschaft bedeutet, und ich war trotz allem sehr gern in ihrer Gesellschaft. Um so mehr, als sie, um mir ihr Glück zu beweisen, die besten Speisen und den besten Wein auffahren ließ und darauf bestand, daß ich soviel aß, wie mein Magen behielt und mein Kopf vertrug. Die ganze Zeit über unterhielt sie mich mit Stadtklatsch und sprach von dem unausweichlichen Aufstieg ihres Liebhabers bei Hofe, der (sagte sie) inzwischen in der Gunst des Königs zu einem ernstzunehmenden Rivalen von Lord Clarendon geworden war.

»Natürlich ist Clarendon mächtig«, sagte sie und tat so, als kenne sie alle geheimen Regierungsgeschäfte. »Aber alle Welt weiß, daß seine schwerfällige und umständliche Ernsthaftigkeit den König dazu treibt, sich abzulenken, während die Heiterkeit von Lord Bristol Seine Majestät bei Laune hält. Und er ist ein König, der am Altar des Amüsements immer seine Opfer bringt. Also ist Lord Clarendon verletzlich. Es wird nicht schwierig sein, ihn aus des Königs Gunst zu vertreiben, und dann werde ich nach Lady Castlemaine die zweite Hure im Königreich sein. Ein Jammer, daß Mylord ein Papist ist, denn das ist sehr hinderlich für ihn, doch vielleicht kann man auch das überwinden.«

»Du glaubst wirklich, daß das geschehen könnte?« fragte ich, wider Willen fasziniert. Es ist merkwürdig, wie interessant wir den Klatsch aus der Welt der Großen und Mächtigen finden.

»O ja, ich hoffe es. Vor allem um Lord Clarendons willen.«

»Ich glaube kaum, daß er dir für deine Besorgnis Dank wissen wird.«

»Das sollte er aber«, sagte sie, für einen Augenblick ernst geworden. »Das sollte er wirklich. Denn ich habe beunruhigende Geschichten zu hören bekommen. Er hat viele mächtige Leute verärgert, und einige sind nicht so friedliebend und großmütig wie Mylord. Wenn er seine Macht nicht verliert, befürchte ich, daß ihm eines Tages Schlimmeres widerfahren könnte.«

»Unsinn«, sagte ich. »Stürzen wird er, doch er ist ein alter Mann, und das ist nur natürlich. Aber er wird immer reich und mächtig und privilegiert bleiben. Männer wie er, die nie ein Schwert erheben und nie ihren Mut auf die Probe stellen, überleben und gedeihen immer, während bessere Männer am Wegesrand liegenbleiben.«

»Oho«, sagte sie, »das war aus tiefstem Herzen gesprochen, meine ich. Seid Ihr deshalb in London?«

Ich hatte vergessen, daß ich ihr von meiner Suche erzählt hatte, und nickte. »Ich war hier, um mich nach einem Mann namens Sir Samuel Morland zu erkundigen. Hast du schon von ihm gehört?«

»Ich glaube schon. Ist das nicht der, der sich mit technischen Geräten beschäftigt? Er versucht bei Hofe immer wieder Leute zu finden, die sich für irgendein Projekt einsetzen.«

»Hat er mächtige Gönner?« fragte ich. Es ist immer gut, wenn man weiß, womit man es zu tun hat, denn es wäre erschreckend, wenn man entdeckte, daß der Mann, den man angreifen will, von einem viel Mächtigeren verteidigt wird.«

»Nicht, daß ich wüßte. Ich glaube, er hat mit einem Projekt zu tun, bei dem es darum geht, die Fens trockenzulegen. Also kennt er vielleicht den Duke of Bedford, aber mehr als das kann ich wirklich nicht sagen. Wollt Ihr, daß ich mich für Euch umhöre? Es wäre ganz leicht für mich, und ich würde Euch gern einen Gefallen tun.«

»Ich wäre unendlich dankbar.«

»Mehr Ermutigung brauche ich nicht. Ich werde es tun. Würdet Ihr heute abend wohl in meine Wohnung kommen? Morgens stehe ich Lady Castlemaine zur Verfügung, und die Nachmittage gehören Mylord. An den Abenden jedoch bin ich frei und darf empfangen, wen ich will. So lautet unsere Übereinkunft, und ich muß Leute einladen, vor allem, um ihm zu zeigen, daß er sich auch an die Vereinbarung halten muß.«

»Es wäre mir ein Vergnügen.«

»Und nun, hoffe ich, seid Ihr erfrischt und vorbereitet, denn ich muß Euch verlassen.«

Ich stand auf und verneigte mich tief, um ihr für ihre Freundlichkeit zu danken, und war auch dreist genug, ihr die Hand zu küssen. Sie lachte fröhlich. »Jetzt aber halt, Sir«, sagte sie. »Ihr laßt Euch von Äußerlichkeiten täuschen.«

»Aber durchaus nicht«, sagte ich. »Ihr seid mehr Lady als viele andere, denen ich begegnet bin.«

Sie wurde rot und verspottete mich, um ihre Freude über das Kompliment nicht zu zeigen. Dann rauschte sie hinaus, von dem kleinen schwarzen Diener begleitet, den sie geschenkt bekommen hatte und der während unseres ganzen Gesprächs dabeigewesen war. Ihr Gebieter war unbeschwert und gütig, sagte sie, doch sein Mißfallen wollte sie nicht unnötig erregen.

* *
*

Es wurde schon dunkel, und es war kalt, also verbrachte ich die Stunden in einem Kaffeehaus in der Nähe von St. Paul's, las die Zeitungen und lauschte den Gesprächen anderer, die mich von neuem mit Widerwillen für die Stadt und ihre Bewohner erfüllten. So viel Imponiergehabe und so viel Prahlerei, so viel Zeit verschwendet mit müßigem, törichtem Geschwätz, mit dem man sich nur gegenseitig beeindrucken und Höhergestellten etwas vormachen wollte. Klatsch in der Stadt ist ein Gebrauchsgegenstand, den man kaufen und verkaufen kann; wenn man keinen weiß, wird er erfunden, wie Falschmünzer *Specie* aus Gekrätz machen. Ich blieb zum Glück ungestört, denn niemand suchte meine Gesellschaft, und darüber war ich aufrichtig froh. Während andere diese Kaffeehäuser regelmäßig aufsuchen und sich in sogenannter fröhlicher Runde erniedrigen, meide ich die gemeinen und öffentlichen Orte.

Die Zeit verging, wenn auch nur langsam, aber endlich war die Stunde meiner Verabredung gekommen. Ich hatte ein ungutes Gefühl bei dem Gedanken an das Treffen, obwohl mir mein Stand, der sich von dem ihren so sehr unterschied, eine entsprechende Überlegenheit sichern sollte. Aber London zerstört jede Ehrerbietung. Wer man ist, ist bei weitem nicht so wichtig, wie was man zu sein scheint; ein Schwindler ohne jede Familie kann jeden Gentleman uralten Geblüts übertrumpfen, weil er besser gekleidet ist und eine gewinnende Art hat. Ich selbst würde auf die Regeln zurückgreifen, auf denen unsere große Königin bestanden hat; keinem Kaufmann sollte es gestattet sein, sich wie ein Gentleman zu kleiden, und er müßte für seine unverschämte Nachahmung bezahlen, denn es ist Betrug und müßte als solcher bestraft werden, ebenso wie es Betrug ist, wenn Huren ihre wahre Natur verbergen.

Das Laster hatte sich in Kittys Fall als sehr lohnend erwiesen; zwar gebe ich nur sehr ungern zu, daß Schlechtes auch etwas Gutes hervorbringen kann, doch sie lebte auf jene Weise, die sehr viel von dem bewies, was man uns jetzt lehrt, *Goût* – Stil – zu nennen. Ich bin, muß ich sagen, sehr froh, daß wir Engländer noch robust genug sind, um uns für solchen Unsinn Wörter aus dem Französischen ausleihen zu müssen. Während viele ihrer Schwestern im Dienst der Venus die Ausbeute ihrer Eroberung stolz zur Schau gestellt hätten, lebte sie einfach in soliden Eichenmöbeln und nicht inmitten der vergoldeten Kinkerlitzchen der Ausländerin; keine bunten Gobelins an den Wänden, sondern schlichte Arazzi, damit die Wärme nicht entwich. Das einzige Stück übertriebener Eitelkeit war ein Porträt von ihr selbst an einer Wand, das dreist dem Ihres Gebieters gegenüberhing, als wären sie ein Ehepaar. Das, hatte ich das Gefühl, war beleidigend, doch als sie meine Mißbilligung merkte, versicherte sie mir, es sei ein Geschenk und sie müsse es aufhängen.

»Jack«, sagte sie, als wir uns begrüßt und Platz genommen hatten, »ich muß einen Augenblick sehr ernst mit Euch sprechen.«

»Selbstverständlich.«

»Ich muß Euch dafür, daß ich Euch die gewünschte Information gebe, um eine große Gefälligkeit bitten.«

»Die hast du auch ohne Gegenleistung bei mir gut«, sagte ich, leicht aus der Fassung geraten.

»Danke. Ich möchte, daß Ihr versprecht, nie zu verraten, wo wir uns kennengelernt haben.«

»Natürlich«, sagte ich.

»Es ist nie geschehen. Ihr mögt auf der Straße in Kent einer jungen Hure begegnet sein, aber das war nicht ich. Ich komme jetzt aus einer guten, aber armen Familie in Herefordshire und wurde von Mylord als entfernte Verwandte der Familie seiner Frau nach London gebracht. Wer ich war und was ich war, ist nicht bekannt und darf nie bekannt werden.«

»Es scheint dir nicht sehr geschadet zu haben.«

»Nein. Aber es würde mir schaden, wenn er mir seinen Schutz entzieht.«

»Das denkst du von ihm?«

»Natürlich. Er wird nicht grausam sein, denke ich. Er wird mir eine Jahresrente aussetzen, und ich habe auch schon eine schöne Summe gespart. Wenn ich zu alt bin, werde ich die Mittel haben, um mich selbst zu erhalten. Aber was dann? Wahrscheinlich muß ich heiraten; doch wenn meine Vergangenheit bekannt würde, bekäme ich keinen guten Ehemann.«

Ich runzelte die Stirn. »Du willst heiraten? Hast du einen Verehrer?«

»Oh, viele«, sagte sie mit einem hübschen Lachen, »obwohl sich bisher noch keiner an mich herangewagt hat; das wäre denn doch zu dreist. Aber als eine einigermaßen vermögende Frau, die ich sein werde, und die eine Verbindung zu einem der einflußreichsten Männer des Königreichs mitbringt, bin ich eine gute Partie, falls nicht jemand meine Chancen durch unvorsichtige Reden vernichtet. Wobei ich nicht behaupten kann, daß es mir gefallen würde zu heiraten.«

»Für die meisten Frauen ist es ein Traum.«

»Damit ich mein schwer verdientes Vermögen meinem Ehemann übergeben muß? Nichts mehr ohne seine Erlaubnis tun darf? Daß ich es riskiere, enterbt zu werden, wenn er stirbt, obwohl es mein Geld ist, das vererbt wird? O ja. Ein wundervoller Traum!«

»Du machst dich über mich lustig«, sagte ich ernst.

Sie lachte wieder. »Wahrscheinlich. Aber meine Stellung im Haus meines künftigen Mannes wird stärker sein, wenn ich Katherine Hannay bin, die Tochter von John Hannay, Esquire aus Hereford, und nicht die ehemalige Hure Kitty.«

Ich muß niedergeschlagen ausgesehen haben, denn ihrer Bitte nachzukommen war nicht einfach. Angenommen, ich erfuhr, daß sie einen Gentleman heiraten wollte – auch wenn ich ihn nicht kannte? War es nicht meine Pflicht, ihn zu warnen?

Konnte ich dabeistehen und zusehen, wie ein Mann seinen Namen riskierte und sein Leben lang in Gefahr war, bloßgestellt zu werden?

»Ich bitte Euch weder um Eure Billigung noch um Eure Gönnerschaft«, sagte sie leise. »Nur um Euer Schweigen.«

»Nun«, sagte ich, »mir scheint, wir leben in einem Zeitalter, in dem Huren zu Ladys werden und Ladys die Hure spielen. Familie zählt nicht mehr, und Schein ist alles. Ich kann nicht sagen, daß du nicht eine ebensogute Ehefrau werden könntest wie viele echte Ladys. Und deshalb gebe ich Euch mein Wort, Miss Hannay aus Hereford.«

Ich gab ihr sehr viel mit diesen Worten, und sie wußte es zu schätzen, und es war nur sehr schweren Herzens, daß ich mich viele Jahre später verpflichtet fühlte, mein Versprechen zurückzunehmen, als ich hörte, daß sie Sir John Marshall heiraten wollte, einen wohlhabenden Gentleman in Hampstead. Ich quälte mich sehr mit dieser Entscheidung und kam endlich mit größtem Widerstreben zu dem Schluß, daß ich meiner Pflicht nicht ausweichen und die Notwendigkeit nicht umgehen konnte, dem Mann zu schreiben, was ich von der Frau wußte, der er seinen Namen geben wollte.

Das lag zum Glück jedoch in ferner Zukunft; damals war sie mir unendlich dankbar und hätte mir sonst nicht geholfen.

»Ich hoffe, die Kleinigkeiten, die ich entdeckt habe, können Euch für diese zweite Freundlichkeit entschädigen, die Ihr mir erwiesen habt. Ich bezweifle es zwar sehr, will Euch jedoch sagen, was ich herausgefunden habe, und werde Euch später Mr. George Collop vorstellen, der zugesagt hat, hierherzukommen und ein paar Erfrischungen zu nehmen.«

»Wer ist das?«

»Er ist der Generaltreuhänder des Duke of Bedford. Ein mächtiger Mann, da er eines der größten Vermögen dieses Landes verwaltet.«

»Dann ist er hoffentlich ehrlich.«

»Das ist er. Und absolut loyal. Und auch tüchtig. Deshalb bekommt er auch beinahe hundert Pfund im Jahr zu seiner Verfügung.«

Ich war beeindruckt. Mein Vater hatte seine Güter immer selbst verwaltet und hätte es sich außerdem auch nicht leisten können, einem einzigen Bediensteten so viel zu bezahlen.

»Abgesehen davon, gibt es viele, die bereit wären, ihm das

Doppelte zu geben, denn er hat den Herzog noch reicher gemacht, als er einmal war. Man erzählt sich, daß Seine Gnaden sich kaum eine neue Kniehose kaufen, ohne Mr. Collop vorher um Rat zu fragen.«

»Was hat er mit Sir Samuel Morland zu tun?«

»Die Fens«, sagte sie. »Der Herzog ist an dem Projekt der Trockenlegung der Fens beteiligt, und Mr. Collop leitet das Unternehmen. Er weiß mehr darüber als sonst jemand und weiß daher auch sehr viel über Sir Samuel.«

»Ich verstehe. Was hast du sonst noch in Erfahrung gebracht?«

»Nicht sehr viel. Dieser Morland hat nach der Rückkehr Seiner Majestät ein paar Pensionen und Sinekuren erhalten, aber noch von weiteren geprahlt, die er nicht bekommen hat. Anscheinend bildet er sich ein, daß für den Dienst, den er dem König geleistet hat, keine Belohnung groß genug wäre. Mylord hält jedoch nicht viel von ihm.«

»Du mußt deutlicher mit mir sprechen, Kitty«, sagte ich. »Das ist – oder ist vielleicht eine Angelegenheit für das Gericht. Ich kann nichts der Unklarheit dunkler Worte überlassen.«

»Das habe ich heute nachmittag von Mylord erfahren«, sagte sie. »Ihr wißt, dessen bin ich sicher, daß er einer der getreuesten Gefolgsleute des Königs war und um seinetwillen jahrelang im Exil und in Armut lebte. Er hat nicht viel übrig für jene, die ihr Mäntelchen nach dem Wind hängten und sich erst im letzten Augenblick auf ihre Untertanentreue besannen. Er sagt, er wisse bestimmt, daß Morland Lord Mordaunt begegnete, als beide in Savoyen waren. Er hatte bei der Verhaftung von Mordaunt und anderer Verschwörer seine Hände im Spiel und war auch bei dem Prozeß zugegen, bei dem Mordaunt freigesprochen wurde. Mylord hat auch erwähnt, daß Morland fast alle Belohnungen und Pensionen auf das besondere Ersuchen von Lord Mordaunt bekommen hat. Eine merkwürdige Gefälligkeit für einen Mann, der einen angeblich hängen sehen wollte. Mehr noch, so etwas würde man doch nur für einen Mann tun, dem man in langer Freundschaft verbunden ist.«

Ich sah sie lange und eindringlich an, als sie das sagte, und sie nickte ernst. »Ihr müßt Eure eigenen Schlüsse daraus ziehen«, sagte sie. »Ich habe Mylord gefragt, aber er gab mir keine direkte

Antwort und hat nur gesagt, daß das Offensichtliche gewöhnlich auch wahr ist.«

»Was hat er damit gemeint?«

»Er hat gesagt, er könne mir nicht mehr helfen, denn man würde es als Angriff auf Clarendon werten, wenn er Mordaunt beschuldigte: Die beiden sind einander so eng verbunden, daß Kritik an dem einen ein Angriff auf den anderen wäre. Aber er wünscht Euch alles Gute und bittet Euch, seinen Rat zu befolgen. Wenn Ihr gründlich genug sucht, werdet Ihr die Beweise für das finden, was er sagt. Jack, was ist denn los?«

Die Erleichterung, die mich bei diesen Worten überkam, war so groß, daß ich mich im Sessel vorbeugte und mich selbst umarmte, so nahe war ich daran, vor reiner Freude zu explodieren. Endlich hatte ich jemand, der anerkannte, daß die Wahrheit war, was ich sagte, und endlich hatte ich den Fingerzeig, den ich brauchte. Merkwürdig war es in der Tat, daß er aus solcher Quelle kam; die Lösung oder die Beinahe-Lösung meiner Probleme von den Lippen einer Metze kam. Aber so geschah es, denn die Engel des Herrn können ebenso viele seltsame Formen annehmen wie die Diener des Teufels.

Ich wußte jetzt, wer die Anschuldigungen gegen meinen Vater konstruiert hatte; wußte, wer der tatsächliche Verräter war, und mußte nur noch herausfinden, warum man von allen möglichen Kandidaten ausgerechnet meinen Vater für dieses schmutzige Spiel ausersehen hatte. Ich war ganz nah, dem Augenblick ganz nah, in dem ich Thurloe seine Verworfenheit vor Augen halten und seinen Tod rechtfertigen konnte. Ich fiel auf die Knie und küßte Kitty die Hand, wieder und wieder und immer wieder, bis sie in Gelächter ausbrach und mir die Hand entzog.

»Aber, aber«, sagte sie fröhlich, »was habe ich denn getan, um solche Vergötterung zu verdienen?«

»Du hast mir weitere Jahre voller Seelenqual erspart und meiner Familie ihren guten Namen zurückgegeben«, sagte ich. »Und wenn ich Glück habe, auch mein Vermögen und meine Zukunftsaussichten. Wenn etwas höchste Verehrung verdient, dann gewiß dies.«

»Ich dank Euch, freundlicher Sir«, sagte sie. »Obwohl ich mir nicht vorstellen kann, daß ich etwas so Verdienstvolles getan habe. Ich habe nur die Botschaft wiederholt, die Mylord mir für Euch aufgetragen hat.«

»In diesem Fall danke ich ihm durch dich. Er muß der gütigste und beste Herr sein, den ein Mann – oder eine Frau – haben kann. Es mag ungehörig von mir sein, aber wenn die Gelegenheit sich ergibt, wenn es ohne Verlegenheit geschehen kann, überbring ihm bitte meinen Dank und sag ihm, wann immer ich etwas für ihn tun kann, werde ich es mit Freuden tun.«

»Das will ich gern, Ihr könnt Euch darauf verlassen. Bleibt Ihr noch lange in London?«

»Ich muß morgen abreisen.«

»Wie schade. Ich hätte Euch gern mit ihm bekannt gemacht. Das nächste Mal müßt Ihr mir schreiben, bevor Ihr kommt, und ich sorge dafür, daß Ihr öffentlich von ihm als Freund anerkannt werdet.«

»Ein Freund ist zuviel, denke ich, aber ich wäre dankbar, wenn man sähe, daß er an mir interessiert ist.«

»Das machen wir. Und hier«, sagte sie, als sie schwere Stiefel die Treppe heraufstampfen hörte, »kommt zweifellos Mr. George Collop.«

Er war ein Mann von niedriger Herkunft, das war sofort klar, als er durch die Tür kam und sich tief vor der Lady verbeugte, für die er Kitty hielt. Seine Bewegungen waren linkisch, seine Sprache einfach, und er hatte einen starken Dorset-Akzent. Allem Anschein nach war er der Sohn eines Pächters und hatte sich durch seine Fähigkeiten geschickt die Aufmerksamkeit seiner Gnaden erschlichen. Alles gut und schön, aber der Preis war hoch, denn ständig dieses gutturale R hören zu müssen, mußte wirklich lästig sein. Daß seine Gnaden es aushielt, sprach sehr für seine Qualitäten als Finanzverwalter, denn andere, die ihn empfohlen hätten, besaß er nicht.

Viele Jahre in der engsten Umgebung von Adeligen hatten weder seine Manieren geglättet noch seine Sprache verfeinert; er gehörte zu jenen Niederen, die auf ihre Derbheit stolz waren. Es ist eines, das weibische Wesen der Stadt und des Hofes zu verachten, aber etwas ganz anderes, sich den einfachsten Regeln guter Erziehung zu verschließen. Durch die Art, wie er sich plump auf den Stuhl fallen ließ, so daß sich die Stuhlbeine bogen, und dann ein Tuch herauszog, um sich nach dem beschwerlichen Aufstieg den Schweiß vom Gesicht zu wischen – er war ein schwerer, gedrungener Mann mit rotem Gesicht und fleckiger Nase –, gab er zu verstehen, daß er von Höflichkeit nichts hielt.

»Dieser Gentleman, Mr. – eh – Grove«, begann Kitty mit einem für mich bestimmten Lächeln, »ist von dem Fen-Projekt fasziniert. Daher habe ich Euch gebeten, ihn kennenzulernen, denn es gibt niemand, der mehr darüber weiß als Ihr, da Ihr dort für Seine Gnaden die Aufsicht über die Arbeiten führt.«

»Das ist richtig«, sagte er; mehr aber nicht, hielt es offenbar für ausreichend.

»Sein Vater besitzt dort ein Stück Sumpfland und hat überlegt, ob ihm die Maschinen von Sir Samuel Morland von Nutzen sein könnten. Er hat viel darüber gehört, weiß aber nicht, ob die Berichte sachlich oder übertrieben sind.«

»Nun«, sagte er und hielt dann wieder inne, in die Betrachtung einer so schwerwiegenden Angelegenheit versunken.

»Mein Vater«, warf ich ein, weil ich Kitty ein wenig entlasten wollte, »ist besorgt, daß die Maschinen hohe Kosten verursachen, sich aber als nutzlos erweisen könnten und das Geld zum Fenster hinausgeworfen wäre. Er möchte unbedingt wissen, wie die Dinge wirklich liegen, findet aber, daß Sir Samuel sich allzu zurückhaltend äußert.«

Collop schnaufte aus irgendeinem unbekannten Grund belustigt in sich hinein. »Das tut er«, sagte er schließlich. »Ich kann Euch nicht helfen, denn wir benutzen seine Maschinen nicht.«

»Ich hatte den Eindruck, daß er für das Projekt unentbehrlich ist.«

»Er ist nun einmal ein Mann, der sich immer aufspielt und sich eine Bedeutung beimißt, die er nicht verdient. Tatsächlich ist er nur ein Kapitalanleger. Sir Samuel besitzt in Harland Wyte etwa dreihundert Morgen Land. Für das er, wenn es trockengelegt ist, das Zehnfache von dem verlangen kann, was er dafür bezahlt hat. Im Vergleich mit Mylords Interessen, dem neunzigtausend Morgen gehören, ist es natürlich unbedeutend.«

Ich schnappte vor Erstaunen nach Luft, was Collop mit Genugtuung zur Kenntnis nahm.

»Ja, es ist ein mächtiges Unternehmen. Rund dreihundertsechzigtausend Morgen alles in allem. Unfruchtbares Land, das, mit Hilfe des Einfallsreichtums des Menschen und der Gnade Gottes, bald große Gewinne abwerfen wird. Es tatsächlich schon tut.«

»Ganz unfruchtbar wird es schon nicht sein, oder? Was ist mit den Leuten, die dort leben? Es sind ziemlich viele, denke ich.«

Er zuckte mit den Schultern. »Ein paar, die sich recht und schlecht ernähren. Sie werden umgesiedelt, wenn nötig.«

»Das muß ungeheuer kostspielig sein.«

»Ist es auch. Und viele Männer haben ihr Geld in das Unternehmen gesteckt, denn das Risiko ist sehr gering, außer an Orten, an denen Landbewohner und Grundbesitzer die Arbeiten verzögern.«

»Sicher ist es also nicht?«

»Man kann jedes Problem überwinden. Wenn Siedler sich widersetzen, werden sie vertrieben; wenn Grundbesitzer sich weigern zu kooperieren, gibt es Möglichkeiten, ihre Einwände zu umgehen. Einige redlich« – hier blinzelte er vor Belustigung –, »andere weniger redlich.«

»Ich kann mir nicht vorstellen, daß ein Grundbesitzer Einwände hat.«

»Ihr wärt überrascht. Seit ungefähr dreißig Jahren haben uns die Leute aus Neid und Unwissenheit Knüppel zwischen die Beine geworfen. Aber seit das Prestcott-Problem gelöst ist, kommen sie allmählich zu Vernunft.«

Mein Herz schlug schneller bei diesen Worten, und es fiel mir schwer, einen Aufschrei zu unterdrücken. Zum Glück war Collop kein guter Beobachter, und Kitty, die sah, wie betroffen ich war, lenkte ihn mit belanglosem Hofklatsch ab.

»Doch ich habe Euch unterbrochen, lieber Sir«, sagte sie nach einer Weile fröhlich. »Ihr habt uns von Euren Kämpfen erzählt. Wer war der Mann, den Ihr erwähnt habt? Prestwick, ist das richtig?«

»Prestcott«, verbesserte er sie. »Sir James Prestcott. Jahrelang für uns ein Dorn im Auge.«

»Er wollte nicht einsehen, daß es von Vorteil ist, reich zu sein, habe ich recht? Merkwürdig, daß es immer wieder Leute gibt, die man zu ihrem Glück zwingen muß.«

Collop kicherte. »O nein, er wußte die Vorteile des Reichtums sehr wohl zu schätzen. Seine Eifersucht war das Problem.«

Kitty sah ihn fragend an, und Collop war überglücklich, ihr gefällig sein zu können, und merkte kaum, wie er sich selbst und andere mit jedem schmutzigen Wort verdammte, das er sagte.

»Er zog keinen großen Nutzen aus der Landverteilung und fürchtete das Eintreffen größerer Männer in dem Gebiet, in dem seine Familie seit Generationen geherrscht hatte. Also stiftete er die Dorfbewohner an, unsere Arbeit zu zerstören. Wir bauten Deiche, und nachts kam der Pöbel und bohrte Löcher hinein, so daß das Land wieder geflutet wurde. Wir haben Klagen eingebracht, doch er, als Friedensrichter, wies alle ab, erkannte immer auf nicht schuldig. Das ging jahrelang so.

Dann kamen die großen Schwierigkeiten, und Sir James verschwand ins Exil. Aber im Krieg versiegte auch das Geld, und außerdem reichte ein Teil seines Landes quer über einen Flußlauf, den wir graben mußten, und er wollte nicht verkaufen. Ohne dieses Stück Land hätten wir einen ganzen Fluß umleiten oder etwa fünfzehntausend Morgen aufgeben müssen.«

»Dann wäre es doch klug gewesen, mehr zu bieten?«

»Er wollte nicht mehr Geld.« Ein höhnisches Grinsen im Gesicht, fuchtelte Collop mit dem Zeigefinger. »Doch dann beweist uns Gott selbst Seine Güte«, fuhr er fort, »denn was entdecken wir, als wir schon fast verzweifeln? Daß der gute Sir James in Wahrheit ein Verräter ist. Der Cousin von Mylord, Sir John Russell, hat es direkt von Sir Samuel Morland, und besorgt uns alle Informationen, die wir brauchen, um Prestcott noch einmal zur Flucht ins Ausland zu veranlassen. Der Verwalter seines Besitzes war gezwungen zu verkaufen, um den Bankrott zu vermeiden, und wir konnten unseren Fluß genau da graben, wo wir ihn haben wollten.«

Ich ertrug es nicht, sein grobes, selbstgefälliges Gesicht noch länger anzusehen, und fürchtete ernstlich, ich würde ihn auf der Stelle durchbohren, wenn ich mir noch viel mehr anhören mußte. Roter Dunst wogte vor meinen Augen, und mir schwirrte der Kopf. Ich stand auf und ging zum Fenster. Ich konnte kaum denken, so heftig war der Schmerz, der meinen Kopf umklammerte, Schweiß lief mir über die Stirn, und ich rang nach Atem. Daß ich gezwungen war, mir anzuhören, wie dieser schmutzige, namenlose Niemand den Untergang meines Vaters schilderte, der um des schnöden Gewinns willen herbeigeführt worden war, brachte meine Seele in Aufruhr. Ich hatte nicht das Verlangen über die Tatsache zu jubeln, daß ich meinem Ziel so viel näher gekommen war, denn ein so gemeines und billiges Motiv aufgedeckt zu haben, ließ mich vor Kummer zittern. Jetzt endlich wußte ich, warum Sir John Russell sich in Tunbridge Wells geweigert hatte, mich zu sehen; er hätte mit dieser Schande nicht weiterleben können.

»Geht es Euch nicht gut, Sir?« hörte ich wie aus der Ferne Kittys besorgte Frage, denn sie mußte gesehen haben, wie blaß ich geworden war, als ich, um Fassung ringend, am Fenster stand. Es war, als spreche sie von weit, weit her, und sie mußte die Worte ein paarmal wiederholen, bevor ich antworten konnte.

»Nein, leider, vielen Dank. Es ist eine Migräne, die mich immer wieder überfällt. Es muß an der Stadtluft liegen – und an der Hitze in Eurer Wohnung. Ich bin beides nicht gewohnt.«

Collop hatte wenigstens den Anstand, sofort zu gehen. Ich hörte, wie förmlich und höflich sie ihm für seinen Besuch dankte und dann den Diener rief, der ihn hinausbrachte. Eine ziemlich lange Zeit verstrich – es können Minuten, aber auch Stunden gewesen sein –, ehe ich mich vom Fenster abwenden konnte. Sie hatte inzwischen einen kalten Umschlag vorbereitet, den sie mir auf die Stirn legte, und ein Glas kühlen Weins eingeschenkt, den ich trank, um wieder einigermaßen klar denken zu können. Sie war wirklich eine von Natur aus herzensgute Frau, eine der freundlichsten, die ich gekannt habe.

»Ich muß mich bei Euch entschuldigen«, sagte ich schließlich, »denn ich habe Euch vermutlich in Verlegenheit gebracht.«

»Aber durchaus nicht«, antwortete sie. »Bleibt nur liegen, bis es Euch bessergeht. Ich habe nicht genau verstanden, um was es ging, habe aber gemerkt, daß seine Worte ein großer Schock für Euch waren.«

»Das waren sie«, sagte ich. »Und sie haben mich schlimmer getroffen, als ich mir vorgestellt hatte. Ich hätte natürlich wissen müssen, daß etwas so Gemeines dahinterstecken mußte, doch ich habe so lange gesucht, daß mich die Entdeckung völlig überrumpelte. Ich bin, wie es scheint, kein Mann für echte Krisen.«

»Wollt Ihr mir alles erzählen?« fragte sie, als sie mir einen frischen Umschlag auf die Stirn legte. Sie war mir so nahe, und ich fand ihr Parfum nicht mehr abstoßend, ganz im Gegenteil; die Wärme ihres Busens an meinem Arm weckte tief in mir verborgene Gefühle. Ich hielt ihre Hand fest, die auf meiner Brust lag und drückte sie an mich, doch bevor ich mein Verlangen deutlicher ausdrücken konnte, stand sie auf und ging zu ihrem Sessel zurück, wobei sie mir einen traurigen und, denke ich, bedauernden Blick zuwarf.

»Ihr hattet einen Schock«, sagte sie. »Es wäre nicht gut, ihm einen Fehler folgen zu lassen. Ich denke, Ihr habt genug mächtige Feinde und braucht Euch keine neuen zu machen.«

Sie hatte natürlich recht, obwohl ich hätte erwidern können, bei so vielen mache einer mehr keinen Unterschied. Doch sie war nicht bereit; das hätte bei der Kitty, die ich bei Tunbridge Wells kennengelernt hatte, nichts ausgemacht, aber die Zeiten hatten sich geändert. Trotz allem konnte ich sie heute nicht anders behandeln als eine Frau von Stand, daher hielt ich inne, auch wenn es mir, hätte ich fortfahren können, die dringend benötigte Erlösung gebracht hätte.

»Und? Wollt Ihr mir erklären, warum Ihr so blaß geworden seid?«

Ich zögerte, schüttelte dann den Kopf. »Nein«, sagte ich, »das geht zu tief. Es ist nicht so, daß ich mich dir nicht anvertrauen möchte, aber ich habe Angst, daß etwas von den Fortschritten durchsickern könnte, die ich gemacht habe. Ich möchte niemanden warnen. Aber bitte richtet Eurem Lord meinen Dank aus und sagt ihm, daß ich seine Worte so schnell wie möglich befolgen werde.«

Sie versprach es und und unterdrückte ihre Neugier mit Würde. Ich selbst betrachtete meine Mission als erledigt und bereitete mich darauf vor, zu gehen. Immer und immer wieder bedankte ich mich bei ihr dafür, daß sie so freundlich zu mir gewesen war und mir so geholfen hatte. Und ich wünschte ihr Glück für die Zukunft. Sie küßte mich beim Abschied leicht auf die Wange; es war das erste Mal, daß eine Frau so etwas tat, denn meine Mutter hatte mich nie berührt.

Zwölftes Kapitel

AUF DER RÜCKFAHRT nach Oxford hatte ich Zeit, über alles nachzudenken, was ich gehört und erfahren hatte, wenn auch die Bosheit, die mich so lange verfolgte, noch überall um mich herum gegenwärtig war. Die Pferde streiften ihr Geschirr ab und mußten vom Kutscher wieder eingefangen werden; plötzlich kam wie aus dem Nirgendwo ein Gewitter auf und verwandelte die Straße in einen Morast; und am meisten erschreckte uns eine riesige Krähe, die in die Kutsche flog, als einer der Passagiere das Rouleau hochzog, in Panik herumflatterte, hackte und mit den Flügeln schlug – vor allem nach mir –, bevor jemand ihr den Hals umdrehte und den Kadaver hinauswarf. Nicht nur ich sah in diesen Mißgeschicken mehr als einen Zufall; ein Friedensrichter, der nach Oxford reiste, war gleichermaßen beunruhigt und machte sogar die Bemerkung, daß die Menschen der Antike diese Vögel für Sendboten böser Geister hielten. Ich verriet ihm nicht, daß er der Wahrheit näher war, als er ahnte.

Diese Erinnerung an die Dunkelheit, zu der ich zurückkehrte, lastete auf meiner Seele, aber ich verdrängte sie so gut wie möglich, damit ich mir den Ablauf der Schändlichkeiten, die ich in Erfahrung gebracht hatte, immer wieder vor Augen führen konnte. Als ich in Oxford ankam, hatte ich im Geist alles geordnet, und der Fall war so klar und einleuchtend wie irgendeiner, der jemals vor Gericht gebracht worden war. Eine schöne Rede wäre es gewesen, nur hatte ich nie Gelegenheit, sie wirklich zu halten. Ich fürchte, daß ich auf dieser Holperfahrt unter meinen Mitreisenden nicht geringe Bestürzung auslöste, da ich so tief in meine Gedanken verstrickt war, daß ich mehrmals laut vor mich hinsprach und mit den Armen weitausholend und dramatisch gestikulierte.

Aber obwohl ich mir den starken Mann vorspielte, wußte ich, daß es noch nicht zu Ende war. Eine perfekte Zusammenfassung, fehlerlos in der Konzeption und der Entwicklung, die zu einem Schluß führt, der in der logischen Weiterentwicklung unvermeidlich ist, ist schön und gut in einem gelehrten Streitgespräch. Sie nützt einem weniger im Gerichtssaal, was die Rhetoriker auch immer über ihre Kunst sagen mögen. Nein. Was ich brauchte, waren Zeugenaussagen und, was noch wichtiger war, die Aussagen von jemand vom gleichen Stand der Gentlemen, die ich anklagen würde. Darauf, daß Morland und Lord Mordaunt die Wahrheit sagten, konnte ich nicht bauen, und auf welche Seite sich Sir John Russell geschlagen hatte, hatte er mir sehr deutlich klargemacht. Thurloe würde nicht für mich sprechen und Dr. Grove kaum etwas für mich tun.

Was bedeutete, daß ich Sir William Compton aufsuchen mußte. Er, davon war ich auch jetzt noch überzeugt, war ein aufrechter und ehrlicher Mann, und der Gedanke, daß mein Verdacht gegen ihn ganz bestimmt falsch war, war die größte Erleichterung für mich. Es wäre unmöglich gewesen, ihn zu etwas Unehrenhaftem zu überreden, und ich war sicher, er hatte dem Verkauf meiner Ländereien nur zugestimmt, weil er überzeugt war, daß er meiner Familie keinerlei Rücksicht schuldig war, nachdem mein Vater so schwer gesündigt hatte. Sich von einem Mann betrogen zu fühlen, den man Freund nannte, muß wirklich ein bitterer Schlag gewesen sein. Und wenn er meinen Vater, seinen engsten Gefährten, für einen Verräter hielt, dann würden andere es erst recht tun: Deshalb war er dazu bestimmt worden, die Information zu verbreiten.

Ich konnte nicht sofort zu ihm aufbrechen, denn das Wetter war schlecht und die Straßen unpassierbar. Außerdem mußte ich dringend meinen Verpflichtungen an der Universität nachkommen. Ich hatte einen großen Teil des Semesters versäumt und war gezwungen, wie ein jammernder Schulknabe um gut Wetter zu bitten, bevor ich wieder in Gnaden aufgenommen wurde. Es wurde nicht viel mehr als meine Anwesenheit gefordert, doch dagegen konnte ich wenig tun. Und eine oder zwei Wochen ruhigen Nachdenkens waren so übel nicht, obwohl mein feuriges Temperament mich natürlich trieb, die Angelegenheit so schnell wie möglich zu Ende zu bringen.

Meine wenigen Freunde ließen mich zu diesem Zeitpunkt im Stich, so beschäftigt waren sie mit ihren kleinen, nebensächlichen Problemen. Es machte mich sehr traurig, und am schlimmsten war für mich die Zerstreutheit von Thomas, der mich, als ich ihn besuchte, weder fragte, wie es mir gehe, noch welche Fortschritte ich gemacht hatte. Kaum hatte ich sein Zimmer betreten, als er sich schon in bitteren Anklagen erging, wobei eine in seiner Seele schlummernde Gewalttätigkeit aus ihm herausbrach, so daß mich, was am Ende geschah, nicht so hätte überraschen dürfen, wie es mich dann tatsächlich überraschte.

Kurz gesagt, ihm wurde allmählich klar, daß sein Anspruch auf die Pfründe zugunsten von Dr. Grove verworfen würde. Die Zeiten änderten sich schneller, als er gerechnet hatte. Dank der neuen Gesetze über die Konformität, die von der Regierung beschlossen worden waren, war beinahe jede Abweichung von der Orthodoxie der anglikanischen Kirche strafbar. Unabhängige, Presbyterianer, alle außer den heimlichen Katholiken sollten (davon war sein Freund überzeugt) zerquetscht, ausgehungert und auf immer und ewig jeder Möglichkeit der Beförderung beraubt werden.

Ich selbst begrüßte diese Gesetzgebung als längst überfällig. Die Sektierer hatten es sich unter Cromwell wohl sein lassen, und ich sah absolut nicht ein, warum ihr Wohlstand jetzt weiterwachsen sollte. Zwanzig Jahre oder länger hatten wir diese arroganten Kerle ertragen, die, solange sie an der Macht waren, alle ausgestoßen und gefoltert hatten, die anderer Meinung waren als sie; warum sollten sie sich beklagen, wenn jetzt mit ihnen das gleiche geschah und sie die gerechte Rache zu spüren bekamen?

Thomas sah die Sache natürlich nicht so. Seiner Meinung nach hing das Wohlergehen des Landes davon ab, daß er achtzig Pfund im Jahr verdiente und als Folge davon eheliche Freuden genießen konnte. Er konnte das Gefährliche seiner Haltung nicht sehen, und je wahrscheinlicher es schien, daß er sein Ziel nicht erreichen würde, um so größer wurde seine Feindseligkeit gegen Dr. Grove, die sich kaum merklich von Meinungsunterschieden in Abneigung und schließlich in wilden, brennenden Haß verwandelte.

»Es ist das College«, sagte er, »und ganz besonders der Rektor. Sie sind so vorsichtig; so entschlossen, keinen Angriffspunkt zu bieten oder bei irgend jemand die leiseste Kritik hervorzurufen, daß sie bereit sind, gegen das Interesse der Pfarrgemeinde zu handeln und einen Mann wie Grove einzusetzen.«

»Bist du da sicher?« fragte ich. »Hat der Rektor das tatsächlich zu dir gesagt?«

»Das braucht er mir nicht zu sagen«, antwortete Thomas voller Abscheu. »Er ist viel zu schlau, um jemals etwas direkt auszusprechen.«

»Vielleicht hängt die Sache nicht von ihm ab«, meinte ich. »Der Rektor hat nicht das Recht, die Pfründe zu vergeben.«

»Sein Einfluß wird entscheidend sein«, sagte Thomas. »Lord Maynard hat das College üblicherweise um seine Meinung befragt, bevor er die Pfarre an jemand vergibt, und diese Meinung wird der Rektor vertreten. Lord Maynard will das College bald besuchen, und wir müssen alle zusammen essen, dann werden die Senior Fellows ihr Urteil abgeben. Jack«, fuhr er verzweifelt fort, »ich weiß nicht, was tun. Ich habe keinen anderen Gönner. Ich bin nicht Grove, der auf das Wohlwollen so mancher großer Familien zählen könnte, wenn er darum bäte.«

»Aber, aber«, sagte ich fröhlich, obwohl seine Selbstsucht mich allmählich aufregte. »So schlimm ist es nicht. Du bist noch immer ein Fellow dieses College, und ein gelehrter und rechtschaffener Mann muß immer einen Platz in der Welt finden. Du mußt die Mächtigen mit der gleichen Begeisterung hofieren, mit der du dich deinem Studien widmest, denn eines ist nutzlos ohne das andere. Du weißt genausogut wie ich, daß eine Verbindung mit jenen, die dich weiterbringen können, für einen Mann von Bedeutung die einzige Möglichkeit ist, sich in der Welt einen Platz zu schaffen. Und du hast, wenn ich das sagen darf, diese Welt zugunsten der anderen viel zu sehr vernachlässigt.«

Ich wollte nicht kritisieren, tat es aber vielleicht doch. Jedenfalls sträubte Thomas sich gegen meine Worte, so empfindsam war seine Seele und so empfindlich reagierte sie auf einen berechtigten Vorwurf.

»Willst du damit sagen, es sei mein Fehler, daß ich auf diese Weise betrogen werde? Bin ich dafür verantwortlich, daß mein Rektor einen anderen auf meine Kosten befördert?«

»Nein«, antwortete ich, »ganz gewiß nicht. Doch wenn du ein bißchen mehr Eleganz bewiesen, mehr Gewandtheit an den Tag gelegt hättest, hätten die Fellows dich vielleicht mehr unterstützt. Was ich damit sagen will, ist, daß du nicht einmal versucht hast, die anderen ein wenig zu hofieren. Du mußt oft von Leuten hören, die das Recht haben, Pfründe zu vergeben. Hast du ihnen geschrieben? Die Gelegenheit ergriffen, ihren Söhnen Nachhilfeunterricht zu geben, wenn sie nach Oxford kommen? Hast du einige deiner Predigten veröffentlicht und angefragt, ob du sie dem oder jenem einflußreichen Mann widmen darfst? Hast du Geschenke gemacht oder die Aufmerksamkeit gezollt, die dir jemanden verpflichtet hätten? Nein. Du hast es nicht getan. In deinem Stolz hast du nur studiert und gedacht, das sei genug.«

»Es sollte genug sein. Ich sollte nicht gezwungen sein, Bücklinge und Kratzfüße zu machen. Ich bin ein Prediger des Herrn, keine Hofschranze.«

»Arroganz und Eitelkeit – genau das sind deine Fehler. Warum solltest du so anders sein als andere? Glaubst du, daß deine Eigenschaften so außergewöhnlich sind, deine Tugend so groß, deine Gelehrtheit so umfassend, daß du es nicht nötig hast, wie jeder gewöhnliche Mensch zu bitten? Und wenn deine Reinheit und Erhabenheit auch nicht aus unvernünftigem Stolz kommen, dann sei überzeugt, daß andere genau diesen Eindruck haben müssen.«

Es war ein harscher Vorwurf, und obwohl ich merkte, daß ich ihn verletzte, tat ich es in bester Absicht. Thomas war ein guter, aber kein weltkluger Mann und für die Kirche von England daher völlig ungeeignet. Das ist nicht scherzhaft gemeint; denn die Kirche ist auf dieser Welt die beste Reflexion von Gottes Absichten auf Erden, und Er war es, der den Menschen nach seinem Willen lenkte. Thomas war ebenso verpflichtet, andere um Unterstützung zu bitten, wie alle unter ihm ihn bitten mußten. Wie sonst sollte eine Gesellschaft weiterbestehen, ohne den ständigen Strom des Gebens und Nehmens von einem zum anderen, von hoch zu niedrig? Glaubte er, die Mächtigen würden um die Ehre bitten, ihn unter ihre Fittiche nehmen zu dürfen? Seine Weigerung war nicht nur ein Beweis für seinen Mangel an Demut; sie war im Grunde gottlos.

Vielleicht irrte ich mit allem, was ich sagte; und gewiß war es unrecht, immer weiter auf Thomas einzudringen, denn ich bin sicher, es hat am Ende zu der Katastrophe geführt, die in Mr. Colas Erzählung eine so große Rolle spielte. Aber es ist mit Gesprächen oft so, daß Menschen, die jemanden verletzt haben, sich selbst zu beruhigen versuchen, indem sie noch Schlimmeres anrichten.

»Thomas«, sagte ich freundlich, weil ich dachte, je früher er sich mit der Wahrheit abfand, um so besser, »Grove ist älter als du und hat einen größeren Anspruch. Die dreizehn Männer, die dieses College leiten, kennen ihn seit Jahren, während du relativ neu bist. Er hat darauf geachtet, sich bei Lord Maynard beliebt zu machen, was du versäumt hast. Und er hat dem College einen Anteil an der Pfründe versprochen, was du nicht kannst. Ich wünschte, es wäre anders, doch du mußt der Tatsache ins Gesicht sehen, daß du die Stelle nie bekommst, solange Grove lebt und sie für sich haben will.«

Hätte ich geahnt, was ich mit meinen Worten anrichtete, hätte ich geschwiegen, aber seine sanfte Art ließ keinen Moment den Verdacht in mir aufkommen, daß die Erkenntnis, die er durch meine Worte gewann, ihn zu einer so furchtbaren Tat treiben könnte. Mehr noch, wäre ich mit ihm in enger Verbindung geblieben, wäre Dr. Grove vermutlich nicht gestorben. Es ist bekannt, daß unausgesprochener Groll in der Seele wächst; hatte ich doch dieses Leiden selbst durchgemacht. Mit meinem Rat und meiner Zurückhaltung hätte in Thomas' Brust kein so überwältigender Haß wachsen können, wäre die Tat nie geschehen. Oder ich hätte vielleicht bemerkt, was in seinem Kopf vorging, und hätte ihn von seinem Vorhaben abgebracht. Doch ich war damals im Gefängnis und konnte nichts tun, um ihn zurückzuhalten.

* *
*

Ich sehe, daß ich Dr. Wallis kaum mehr erwähnt habe, seit ich von meinem Besuch in seinem Haus in der Merton Street berichtete; ich muß es daher jetzt kurz tun, um auf seine bösen Absichten hinzuweisen. Laut Morland muß er zumindest etwas über das Komplott gegen meinen Vater gewußt haben, hatte mich also schamlos belogen. Er bat mich, Dokumente zu beschaffen, die im Besitz meines Vaters waren, obwohl er sie doch alle in seinem Schreibtisch hatte. Ich beschloß, ihm seine Doppelzüngigkeit auf den Kopf zuzusagen, und schrieb ihm daher einen höflichen Brief, sandte ihm Grüße und bat ihn taktvoll, mir eine Unterredung zu gewähren. Ich erhielt eine abweisende Antwort. Daher entschloß ich mich, ihm ein paar Tage später einen Besuch abzustatten.

Er wohnte zu dieser Zeit im New College, denn an seinem Haus wurden Bauarbeiten durchgeführt, und in seinem eigenen College hatte man keine Räume für ihn, die seinem Rang entsprachen. Seine Frau hatte er nach London geschickt, wohin auch er flüchten wollte, sobald das Ende des Semesters es ihm erlaubte. Belustigt stellte ich fest, daß er jetzt ein naher Nachbar von Dr. Grove war, und ich konnte mir vorstellen, daß die beiden Gentlemen einander nicht besonders grün waren.

Wallis war übler Laune, da er kein Mann war, der sich leicht mit irgendeiner Form von Unbequemlichkeit abfand. Aus seiner eigenen Wohnung vertrieben, ohne einen seiner Diener und zu unerwünschter Gemeinsamkeit gezwungen, denn er mußte im College essen und konnte die Küche nicht überreden, ihm das Essen in seine Räume zu schicken – all das wirkte sich nicht sehr vorteilhaft auf seine Laune aus. Das erkannte ich schon in dem Augenblick, in dem ich eintrat, und war darauf vorbereitet, von ihm schlecht behandelt zu werden. Er war äußerst unfreundlich, beleidigte und bedrohte mich abwechselnd so bösartig, daß ich es sehr bedauerte, ihn aufgesucht zu haben.

Kurz gesagt, er machte mir Vorwürfe, daß ich ihm geschrieben hatte, und erklärte mir, ich hätte überhaupt keine Ansprüche an ihn. Daß er sich zwar widerstrebend bereit erklärt habe, mir zu helfen, wenn ich das nötige Material beibrächte, es aber unerträglich finde, auf diese Weise behelligt zu werden.

»Ich habe Euch schon gesagt, daß ich nichts habe«, erklärte ich. »Was immer mein Vater besessen hat, ist verlorengegangen. Tatsächlich sieht es so aus, als hättet Ihr mehr Papiere zur Verfügung, als ich jemals haben könnte, denn wie man mir gesagt hat, habt Ihr die Dokumente entschlüsselt, die meinen Vater belasteten.«

»Ich?« sagte er, Überraschung vortäuschend. »Wieso glaubt Ihr das?«

»Sir Samuel Morland hat einige Briefe genommen, an denen Ihr gearbeitet hattet, und hat sie an den König weitergegeben. Sie enthielten angeblich den Beweis dafür, daß mein Vater ein Verräter war. Ich glaube, daß diese Briefe auf Thurloes Anweisung gefälscht worden waren. Ich würde sie gern sehen, um es beweisen zu können.«

»Das alles hat Euch Samuel erzählt?«

»Er hat mir einen Haufen Lügen erzählt. Diese Wahrheit habe ich allein entdeckt.«

»Wenn das der Fall ist, beglückwünsche ich Euch«, sagte er, plötzlich freundlich. »Wie es scheint, wart Ihr klüger als ich, denn ich habe nie vermutet, daß ich von Thurloe oder Samuel getäuscht worden war.«

»Gebt Ihr mir die Briefe?«

»Das kann ich leider nicht, junger Mann. Ich habe sie nicht.«

»Ihr müßt sie haben. Morland hat gesagt …«

»Samuel ist ein großer Phantast. Es ist durchaus möglich, daß das zutrifft, was Ihr sagt, und Samuel mich auf diese Weise ausgenutzt hat. Aber ich habe die Originale nicht.«

»Und wo könnten sie sein?«

Er zuckte mit den Schultern, und ich erkannte an der Art, wie er sich bewegte, und daran, daß er mir nicht in die Augen sehen konnte, daß er log. »Wenn sie noch existieren, nehme ich an, daß Mr. Thurloe sie hat. Wenn Ihr die nötige Geduld aufbringt, werde ich Erkundigungen für Euch einziehen …«

Mit überschwenglichem Dank von mir und einem nicht minder heuchlerischen Ausdruck der Bewunderung auf seiner Seite verließ ich ihn bald darauf, fest davon überzeugt, daß er diese Briefe hatte – und zwar ganz in seiner Nähe.

* *
*

Nach dieser Begegnung, die mich ganz elend gemacht hatte, blieb ich ein paar Tage im Bett. Da ich den Grund meiner Unpäßlichkeit kannte, wußte ich, daß ich, wenn ich einen Arzt rufen ließe, nur gutes Geld schlechtem nachwerfen würde; also blieb ich still liegen und litt vor mich hin, bis das Schlimmste vorbei war und ich wieder einen klaren Kopf hatte. Die meiste Zeit verbrachte ich im Gebet und stellte fest, daß es mir ein großer Trost war, meine Seele beruhigte und mich mit einer seltsamen Kraft erfüllte, so daß ich der Aufgabe gewachsen war, die mir mein Vater aufgetragen hatte.

Es war der zweite Tag im März, an dem ich nach Compton Wynyates aufbrach, mich vor Tagesanbruch aus dem Bett meines

Tutors fortschlich und mich auf dem Flur anzog, um die anderen
Studenten nicht zu stören, die noch schliefen. Ich packte mich in
die dicksten und wärmsten Sachen, die ich besaß, und zog die
Stiefel eines meiner Kommilitonen an, die ich schon am Tag vorher heimlich probiert hatte. Ich brauchte sie dringend. Es war
entsetzlich kalt, kälter als seit Jahren, und ohne feste, hohe Leder-
stiefel wären meine Leiden unerträglich gewesen. Dann überredete ich einen Händler, der mit einer Sendung Handschuhe und
anderer Waren für Yorkshire nordwärts unterwegs war, mich bis
Banbury hinten auf seinem Wagen aufzusitzen zu lassen; als Gegenleistung schob ich den Wagen an, wenn er sich im Schlamm
festgefahren hatte, und lenkte auch die Pferde, als er müde wurde.

Von Banbury aus ging ich zu Fuß und erreichte Compton
Wynyates am späten Abend, lange nach Einbruch der Dunkelheit. Als ich durch die große Haustür schritt, klatschte ich in die
Hände, um den Diener herbeizurufen, der meine Ankunft melden
sollte. Ich spielte mich ein wenig auf, obwohl ich unvorstellbar
nervös war, denn ich hatte keine Ahnung, wie ich aufgenommen
würde. Ich mußte unaufhörlich an den Empfang denken, den mir
Sir John Russell bereitet hatte; von Sir William so zurückgewiesen zu werden, würde ich nicht ertragen.

Doch ich war schnell beruhigt, denn er kam sofort selbst herunter, um mich zu begrüßen, und hieß mich überschwenglich in
seinem Haus willkommen. Wenn er ungute Gefühle mit meinem
Namen verband, ließ er es sich nicht anmerken.

»Ich bin überrascht, dich zu sehen, Jack«, sagte er herzlich.
»Was führt dich hierher? Das Semester ist doch gewiß noch nicht
zu Ende, und du bist doch Student? Erstaunlich, daß man dir erlaubt hat, die Stadt zu verlassen. Eine solche Laxheit hätte es zu
meiner Zeit nicht gegeben.«

»Ich habe eine Sondergenehmigung bekommen, und mein Tutor ist sehr nachsichtig.«

»Ich freue mich jedenfalls, daß du hier bist«, sagte er. »Es ist
schon zu lange her. Wir haben im Salon ein schönes Feuer, also
komm schnell und wärme dich. In dieser Halle ist es eisig.«

Ich war sprachlos ob dieses Empfangs und machte mir Vorwürfe, weil ich an seiner Güte gezweifelt hatte. Er war von einer
natürlichen Freundlichkeit und in dieser Beziehung ganz Land-

edelmann. Untersetzt, mit blühender Gesichtsfarbe, war er von einer einfachen Gradlinigkeit und Dingen und Menschen, die er ins Herz geschlossen hatte, treu ergeben.

Mir war zu kalt, und ich war zu müde, um mich mit diesen Gedanken näher zu befassen, und ließ mich von ihm an das große Feuer führen, das eine angenehme Wärme verbreitete. Wo die Flammen nicht hinreichten, war es im Raum empfindlich kühl. Ein Diener brachte mir heißen Wein und etwas zu essen, und dann ließ man mich in Ruhe, bis ich meine Mahlzeit beendet hatte. Sir William entschuldigte sich, sagte, er habe noch eine geschäftliche Angelegenheit zu erledigen, sei aber in einer halben Stunde zurück.

Als er wiederkam, war ich schon halb eingeschlafen; nicht, daß er so lange gebraucht hätte, aber die Hitze und der Wein machten mich benommen, und mir wurde bewußt, wie schrecklich müde ich war. Ich wurde auch traurig, als ich so warm und gemütlich dasaß. Vor noch nicht allzulanger Zeit war dies mein Zuhause gewesen, und ich stellte fest, daß ich es, trotz allem, was geschehen war, noch immer als mein Zuhause betrachtete. Ich hatte viel mehr Zeit in Gesellschaft seiner Familie verbracht als mit meiner eigenen. Ich kannte dieses Haus besser als die Wohnstätte, die nicht einmal dem Namen nach mehr mir gehörte. Im Widerstreit schlummernder Gefühle saß ich still am Feuer, trank meinen Wein und dachte über diese Merkwürdigkeit nach, bis Sir William zurückkam und mich zwang, wieder einigermaßen wach zu werden.

An diesem Punkt muß ich zu dem ursprünglichen Zweck meiner Geschichte zurückkehren oder wenigstens zu der Angelegenheit, die mich zu Feder und Papier greifen und beginnen ließ. Ich muß über mein Zusammentreffen mit Signor Marco da Cola und den Wert seiner Geschichte berichten. Wie ich viel früher in diesem Bericht schon gesagt habe, finde ich, daß er ein sehr merkwürdiges Gedächtnis hat, denn er läßt sich lang und breit über Triviales aus und ignoriert betont viel wichtigere Dinge. Ich weiß nicht, warum, und über diese große Entfernung hinweg interessiert es mich auch nicht mehr; mein einziges Anliegen ist es, seinen Bericht in den Passagen zu korrigieren, die mich direkt betreffen.

Die erste ergab sich an diesem Abend in Sir Williams Haus,

denn als er ans Feuer zurückkam, brachte er Marco da Cola mit.

Ich muß annehmen, daß er einen guten Grund dafür hat, die Geschichte seiner Ankunft in England zu fälschen, denn ich kann beweisen, daß sie falsch ist. Er kann nicht unter den von ihm geschilderten Umständen eingetroffen sein; er kam nicht nach London und reiste dann mehr oder weniger direkt nach Oxford. Er war vorher schon gut zehn Tage in England. Ein seltsamer kleiner Kerl war er außerdem, fand ich; seine Kleidung, ganz Lavendel und Violett von überaus merkwürdigem Schnitt, mußte an einem solchen Ort Aufsehen erregen, und der Duft seines Parfums, der vor ihm herschwebte und lange vor ihm in einen Raum Eingang fand, war unvergeßlich. Später, als er mich mit Lower im Gefängnis sah, hätte ich, schon bevor der Wärter meine Zelle öffnet, sagen können, wer mich besuchen kam; so stark war der Geruch, der von ihm ausging.

Aber ich mochte ihn, so sonderbar er auch war, und erkannte erst später, daß mehr in ihm steckte, als es auf den ersten Blick den Anschein hatte. Von Gestalt war er klein und kräftig, hatte fröhliche Augen und lachte gern. Alles amüsierte, alles interessierte ihn. Er sprach wenig, da er des Englischen nicht besonders mächtig war (obwohl er es besser beherrschte, als ich ursprünglich glaubte), saß ruhig da, nickte immer wieder lebhaft und kicherte über unsere Unterhaltung, als höre er die besten Witze der Welt und die geistreichste Konversation.

Nur einmal im Lauf dieser ersten Begegnung hatte ich einen leisen Verdacht, daß er tiefgründiger war, als er zu sein schien. In seinen Augen blitzte es auf, und über sein rundliches, harmlos aussehendes Gesicht huschte ein listiger Ausdruck. Doch wer achtet schon auf solche Kleinigkeiten, wenn alles andere auf das Gegenteil hinweist? Es war nur ein Spiel des Lichts; eine Spiegelung der Flammen im Halbdunkel – nicht mehr.

Da er nicht bereit oder nicht imstande war, bei der Unterhaltung eine mannhafte Rolle zu übernehmen, redeten Sir William und ich statt dessen und vergaßen allmählich fast die Anwesenheit des Ausländers. Sir William stellte ihn als einen Mann vor, mit dem er Handelsgeschäfte hatte, denn als Feldzeugmeister (die armselige Belohnung für seine Anstrengungen im Dienste des Kö-

nigs) stand er in Verbindung mit vielen ausländischen Kaufleuten, und Colas Vater schien ein mächtiger und bedeutender Mann
zu sein. Darüber hinaus, sagte Sir William, seien er und seine
Familie in all den Jahren zuverlässige Freunde der großen Sache
gewesen und wollten jetzt natürlich ein paar Waren liefern, deren
Seine Majestät bedürfe.

Ich wünschte beiden Glück und hoffte, daß beide von der Verbindung profitieren würden, denn wenn Sir Williams Stellung
ihm schon kein großes Ansehen verlieh, hatte er durch sie statt
dessen die Möglichkeit, ein großes Vermögen zu erwerben. Ein
engagierter Feldzeugmeister, der alles an Bestechungsgeldern und
Gewinnen einsteckte, was sich ihm bot, konnte in kurzer Zeit ein
beträchtliches Vermögen ansammeln, denn er kontrollierte die
Armeevorräte, und Sir William war mit seiner Stellung nicht besonders unzufrieden. Er setzte, das muß gesagt werden, damals
mehr auf Geld als auf Ehre.

Ich glaube, ich kann verstehen, warum die Anwesenheit eines
solchen Mannes diskret verschwiegen werden mußte. Daß Colas
Taktgefühl diese Dinge jedoch auch nach so langer Zeit noch unerwähnt läßt, scheint mir ein wenig übertrieben. Denn Sir William stand (wie ich schon erwähnte) auf Kriegsfuß mit Mylord
Clarendon, und jeder, der den Lordkanzler verärgerte, mußte
sich bei der Ausübung seines Amtes sehr vorsehen. Es zählte
nicht, daß Clarendon selbst seit der Rückkehr des Königs die
Staatskasse hemmungslos geplündert hatte; seine Feinde mußten
auf der Hut sein, denn alles, wozu Clarendons Freunde ermutigt
wurden, wurde dazu benutzt, seine Feinde zu vernichten. Je mehr
er ins Abseits geriet, um so heftiger und vernichtender wurden
die Angriffe gegen jene, die ihn loswerden wollten. Ganz alltäg-
liches Verhalten konnte in eine Waffe umgemünzt werden, denn
Clarendon war nicht vergebens Anwalt. Die Früchte eines Amtes
zu genießen konnte im Sekundenbruchteil eines Lidschlags in Bestechung und Korruption verkehrt werden, und solche Dinge haben viele ehrliche Personen aus ihren Ämtern vertrieben.

»Und nun, Jack«, sagte Sir William, nachdem wir uns eine
Zeitlang unterhalten hatten, »mußt du mir erlauben, daß ich dir
mit großem Ernst etwas sage. Hör mir bitte zu, bis ich zu Ende
bin.«

Ich nickte.

»Du weißt zweifellos nur allzugut, was zwischen deinem Vater und mir vorgefallen ist. Ich möchte daher in aller Deutlichkeit sagen, daß ich dich in keiner Weise mit jenen Ereignissen in Verbindung bringe, obwohl du sein Sohn bist. Du wirst in diesem Haus stets willkommen sein.«

Obwohl Paladin meines Vaters, spürte ich die tiefe Güte und unbedingte Aufrichtigkeit in dieser Erklärung. Ich wollte daran glauben, denn Sir William besaß weder die Hinterlist, um überzeugend zu täuschen, noch die Herzenshärte, so grausam mit anderen Menschen zu spielen. Das machte ihn zum loyalen Freund und schlechten Verschwörer. In der Schlichtheit seiner Seele war er arglos gegen die niederträchtigen Motive anderer, und dadurch wurde er zum perfekten Werkzeug jener, die die Wahrheit für ihre eigenen Zwecke beugen wollten.

»Ich danke Euch für diese Worte«, antwortete ich. »Ich hatte kein solches Willkommen von Euch erwartet. Habe befürchtet, daß die Umstände uns mit Bitterkeit gegeneinander erfüllt hätten.«

»So war es auch«, antwortete er ernst. »Aber das war falsch von mir. Ich wollte dich nicht mehr sehen, weil du mich immer an das gemahntest, was geschehen war, und das ertrug ich nicht. Ich sehe jetzt, wie grausam das war. Du hast mir nie etwas getan und hast mehr gelitten als alle anderen.«

Mir schossen Tränen der Dankbarkeit in die Augen, denn seit langem hatte niemand mehr so gütig mit mir gesprochen. Ich kannte die Grenzen seiner Großmut, denn er glaubte unverrückbar an die Schuld meines Vaters, und seltsamerweise achtete ich ihn nur um so mehr dafür. Es ist nicht leicht, das Kind eines Mannes zu umarmen, von dem man glaubt, so tief verletzt worden zu sein.

»Das ist ganz gewiß gerecht«, erwiderte ich. »Und ich glaube, man hat mir viel mehr aufgebürdet, als rechtens war. Das ist auch der Grund meines Besuches. Ihr wart der Treuhänder meines Erbes, und dennoch habe ich kein Erbe. Meine Ländereien sind in den Händen anderer, und ich habe keinen Platz mehr in der Welt. Ihr mögt der Meinung gewesen sein, alle Bande zwischen Euch und meinem Vater wären zerschnitten, doch Eure Verpflichtung in dieser Angelegenheit bestand weiterhin. Wieso kommt es, daß ich jetzt keinen Penny besitze? Ich sehe Eurem Gesicht an, daß diese Frage Euch beunruhigt, und ich möchte auf keinen Fall jemanden anklagen, aber ihr müßt zugeben, daß es eine berechtigte Frage ist.«

Er nickte sachlich. »Das ist es, und ich wundere mich auch gar nicht darüber, daß du fragst, sondern darüber, daß du die Antwort nicht schon kennst.«

»So wie ich es sehe, habe ich überhaupt nichts mehr. Ist das richtig?«

»Dein Vermögen ist viel kleiner geworden, das stimmt, aber völlig verarmt bist du nicht. Es ist noch genug da, auf dem du aufbauen kannst, wenn du fleißig bist. Und es gibt keinen besseren Ort, um sich einen Namen zu machen, als die Inns of Court, und kein Beruf ist so geeignet, um zu Vermögen zu kommen, wie der des Anwalts. Mylord Clarendon«, fügte er mit einem verächtlichen Lächeln hinzu, »hat das über jeden Zweifel hinaus bewiesen.«

»Aber der Besitz wurde verkauft, obwohl er Erbgut war. Wie war das möglich?«

»Weil dein Vater darauf bestand, ihn als Bürgschaft für seine Schulden einzusetzen.«

»Das konnte er doch nicht.«

»Nein. Aber ich konnte es.«

Ich sah ihn fassungslos an, und mein Blick bereitete ihm offensichtlich Unbehagen.

»Ich hatte keine andere Wahl. Dein Vater ist zu mir gekommen und hat mich um Hilfe gebeten. Er hat gesagt, es sei meine Pflicht als Freund und Kampfgefährte, ihm zu helfen. Nachdem er seine Ländereien so gesichert hatte, daß sie nicht konfisziert werden konnten, wenn er ins Unglück käme, entdeckte er, daß er auch keine Hypothek darauf aufnehmen konnte. Er bestand darauf, daß ich in seinem Namen handeln und dem Darlehen zustimmen sollte. Ich mußte nur die Papiere unterschreiben, das war alles.«

»Und Ihr habt es getan.«

»Ich habe es getan. Und später festgestellt, daß er nicht ganz gerecht gewesen war – weder zu mir noch zu seinen Gläubigern, denn er hatte gleichzeitig um mehrere Darlehen angesucht und den Besitz viele Male verpfändet. Nach dem Debakel haftete ich als Treuhänder für die Schulden. Wäre ich selbst reich gewesen, hätte ich vielleicht helfen können, aber du weißt, denke ich, einiges über meine Lage. Und, ehrlich gesagt, war mir damals nicht danach, großzügig zu sein.«

»Also wurde der Besitz abgetreten.«

»Nein. Wir taten dennoch unser Bestes, ihn deiner Familie zu erhalten. Dein Onkel hat ihn gekauft, und ich bestand auf einer Klausel, daß du ihn zurückkaufen könntest, solltest du jemals in der Lage sein, ihn bar bezahlen zu können. Wir konnten auch einen Vergleich mit den Gläubigern schließen; einen großzügigen Vergleich, muß ich sagen, denn sie gaben sich mit viel weniger zufrieden, als man ihnen schuldete; nur ein kleiner Teil der Ländereien wurde ganz verkauft.«

»Unter anderem Harland Wyte, das das wertvollste von allen sein wird, sobald es trockengelegt ist. Wie kommt es, daß es ausgerechnet an den Mann verkauft wurde, der den ersten Verdacht gegen meinen Vater in die Welt setzte?«

Sir William schien überrascht, daß ich soviel wußte und hielt eine Zeitlang inne, ehe er weitersprach. »Nein«, sagte er dann, »Sir Samuel hat wirklich nicht mit wahrer Seelengröße gehandelt, muß ich sagen, doch wir hatten keine Wahl. Du mußt bedenken, daß die Enthüllungen über deinen Vater ursprünglich nur einigen wenigen Leuten bekannt waren, und es war dringend geboten, daß es dabei blieb. In dem Moment, in dem den Gläubigern auch nur ein Hauch von der Sache zu Ohren gekommen wäre, hätten sie sich auf uns gestürzt. Wir brauchten Zeit und mußten Morland zum Schweigen bringen. Der Verkauf von Harland Wyte zu einem Vorzugspreis bescherte uns acht Wochen Zeit, in denen wir handeln konnten.«

Todtraurig ließ ich den Kopf sinken, denn ich zweifelte nicht daran, daß er mir die absolute Wahrheit erzählte, wie er sie sah. Ich war herzlich froh darum, denn ich hatte es während der letzten Monate mit so viel Falschheit zu tun gehabt, daß ich nicht mehr erwartete, einem ehrlichen Mann zu begegnen und, fürchte ich, übertrieben mißtrauisch war. Auf seine Weise war Sir William genauso hintergangen worden wie mein Vater, denn man hatte seine Güte übel mißbraucht. Ich wußte, daß ich es ihm früher oder später sagen, ihm die ganze skandalöse Geschichte offenbaren und ihn mit dem konfrontieren mußte, was er in aller Unschuld und in allerbester Absicht getan hatte. Es machte mir große Sorgen, denn ich fürchtete, es würde ihm das Herz brechen. Und ich wußte auch, daß ich dann, ebenso wie diese Missetäter, die Flammen seines Zorns schüren mußte, damit er kämpfte, um die Ungerechtigkeit auszugleichen, an der er beteiligt gewesen war.

* *
*

Es war für mich nicht von Vorteil, das Gespräch an diesem Abend noch lange fortzusetzen; ich wollte nicht übermäßig besorgt erscheinen, und außerdem war ich hundemüde. Daher warf ich mir kurz nach zehn meinen Umhang um, nahm mir eine Kerze und machte mich aus der Wärme auf den Weg in das Zimmer, das ich früher bewohnt hatte. Offenbar hatte Sir William einen Diener ausgeschickt, als ich kam, denn das Zimmer war schon für mich vorbereitet. Auf dem Rost flackerte sogar ein kleines Feuer, das jedoch mehr Trost als Wärme spendete. Ich fröstelte in dem kleinen Raum, dankte aber dennoch, als ich mich niederkniete, dafür, daß es keines der großen, höhlenartigen Gemächer war, die vornehmeren Gästen vorbehalten waren. Der italienische Gentleman, dachte ich, wird heute nacht mächtig leiden. Nachdem ich gebetet hatte und in der gelassenen Stimmung, die gläubige Menschen gewöhnlich überkommt, wenn sie Gott in aufrichtiger Demut danken, wollte ich mich eigentlich so fest wie möglich einwickeln und sofort zu Bett gehen. Aber ich war schmutzig von der Reise und beschloß, mir vorher das Gesicht abzuwischen. Auf der großen Truhe unter dem Fenster stand eine Schüssel mit Wasser, und nachdem ich die Fensterläden geschlossen hatte, zerbrach ich die dünne Eisschicht und tauchte das Gesicht in das eiskalte Wasser.

Und auf einmal fiel eine quälende Erinnerung an die hydraköpfige Art meiner Leiden über mich her. Sogar nach so vielen Jahren bringe ich es nicht über mich, die obszönen Bilder zu beschreiben, die in dieser Wasserschüssel heraufbeschworen wurden, nur erhellt von der einsamen, flackernden Kerze auf der Truhe. Die schlüpfrigen und widerlichen Qualen, die ich durchlitt, waren derart, daß nur Luzifers ergebenster Sklave sie erdacht haben konnte; sie auszusenden, um die Seele eines Christenmenschen nach dem Gebet zu peinigen, war eine abgrundtief ruchlose Tat. Die Geräusche, die durch meinen Kopf dröhnten, als ich mich schwer über diese Schüssel beugte, verzweifelt versuchte, die Augen loszureißen, aber unfähig war, auch nur einen einzigen Muskel zu bewegen, ließen mich vor Entsetzen und Angst aufschreien. Dennoch (ich gebe es zu) war ich von den Szenen fasziniert, die ich sah. Sogar die Geister der Reinen und Unschuldigen waren nicht frei von Lasterhaftigkeit und so geschaffen, daß sie ihr Vergnügen daran hatten. Ich sah das Bild meines Vaters – nein, nicht ihn, sondern einen Teufel in der Verkleidung meines Vaters – ausgestreckt, während Sarah Blundy ihn auf die abscheulichste Weise beglückte, die man sich vorstellen kann. Alle möglichen Dämonen tollten lüstern vor mir herum; überzeugt, daß ich zusah, genossen sie voller Wonne die Marter, die sie mir aufzwangen. Ich konnte nicht sprechen, konnte mich nicht bewegen, um mich den Widerlichkeiten zu entziehen, denn ich war nicht mehr darauf vorbereitet. Ich war schwach geworden und glaubte, daß es keinen Anschlag mehr geben werde, daß das Blundy-Mädchen vielleicht aufgegeben hatte und nicht mehr auf Rache sann. Jetzt hatte ich den Beweis, daß sie nur einen noch bösartigeren Angriff vorbereitet hatte. Auch war er anscheinend nicht nur gegen mich gerichtet, da ihr teuflischer Meister auch jene erreichen und peinigen konnte, die jenseits alles Bösen und unempfindlich gegen allen Schmerz sein sollten.

Es bedurfte der allergrößten Anstrengung, mich von diesem ungeheuerlichen Anblick loszureißen, die Schüssel auf den Boden zu schleudern und mich in einer Ecke des Zimmers hinzuwerfen, wo ich keuchend lag, unfähig zu glauben, daß alles vorbei war. Ich glaube, ich lag den größten Teil der Nacht dort, zusammengekauert und in schrecklicher Angst davor, daß es von neuem beginnen könnte; reglos lag ich da, bis meine Glieder steif und mein Körper eiskalt waren. Als ich es nicht mehr aushielt und die Schmerzen die Angst überwogen, erhob ich mich aus meinem Versteck und verbrachte lange Zeit damit, zu überprüfen, daß das Fenster fest geschlossen war; dann zerrte ich die schwere Truhe vor die Tür, um sie so fest zu verbarrikadieren, daß sogar der Teufel selbst sich nur mit größter Mühe Zutritt verschaffen konnte. Dann versuchte ich zu schlafen, voller Furcht vor dem Augenblick, in dem die Kerze verlöschen würde. Ich hatte mich nie in meinem Leben vor der Dunkelheit gefürchtet. In dieser Nacht machte sie mir angst.

Dreizehntes Kapitel

ICH WAR NOCH IMMER ganz zittrig vor Angst und dem Mangel an Schlaf, als Marco da Cola mich am nächsten Morgen in ein Gespräch verwickelte. Ich ging nicht besonders lebhaft darauf ein, war viel zu sehr mit dem heimtückischen Anschlag auf mich beschäftigt, doch seine hartnäckigen Bemühungen zwangen mich, einigermaßen höflich zu sein. Er sah mich mit zwinkernden Augen und einem ziemlich nichtssagenden Lächeln an und sagte, soviel er verstanden habe, sei mein Vater Sir James Prestcott.

Ich erwartete, daß er mich über meinen Vater ausfragen würde, und antwortete so kalt wie möglich. Doch anstatt eine ernste und betrübte Miene anzunehmen, die typisch ist für jene, die einem gönnerhaft ihr Mitgefühl ausdrücken wollen, hellte sein Gesicht sich auf.

»Das ist wirklich ausgezeichnet«, sagte er mit einem so starken Akzent, daß er kaum zu verstehen war. »Wirklich ausgezeichnet.«

Strahlend vor Fröhlichkeit sah er mich an.

»Darf ich fragen, warum Ihr das sagt? Eine solche Antwort habe ich in letzter Zeit nicht oft bekommen.«

»Weil ich Euren bewundernswerten Vater vor ein paar Jahren gut kannte. Ich war sehr betrübt, als ich von seinem Unglück hörte. Ihr müßt mir erlauben, Euch mein aufrichtiges Beileid zum Verlust eines Mannes auszudrücken, der ein vollkommener Vater gewesen sein muß.«

»Das war er, und ich danke Euch«, sagte ich. Ich hatte eine heftige Abneigung gegen den geckenhaften kleinen Ausländer gefaßt, denn unter gewöhnlichen Umständen verabscheue ich solche Menschen zutiefst. In diesem Fall merkte ich, daß ich meine Meinung revidieren mußte. Es gab wenige Menschen, die gütig genug waren, auch nur zuzugeben, daß sie meinen Vater gekannt hatten, geschweige denn, daß sie ihn lobten.

»Ihr müßt mir erzählen, wie Ihr ihn kennengelernt habt«, sagte ich. »Ich weiß nichts über die Zeit, in der er sich außer Landes aufhielt, außer daß er gezwungen war, seine Dienste als Soldat zu verkaufen.«

»Er hat sie an Venedig verkauft«, antwortete Cola, »das ihm sehr dankbar war, denn er war ein tapferer Mann. Wären mehr Menschen wie er, würden die Ottomanen es nicht wagen, das Herz Europas zu bedrohen.«

»Demnach hat Euer Staat ihn geschätzt? Darüber bin ich froh.«

»Sehr geschätzt sogar. Und er war bei den Offizieren ebenso beliebt wie bei der Mannschaft; er war tapfer, aber nie tollkühn. Als er sich entschloß, nach Hause zurückzukehren, haben wir, die wir Eurem König Glück und Erfolg wünschten, uns damit getröstet, daß unser Verlust der Gewinn Eures Souveräns sein würde. Es fällt mir schwer, zu glauben, daß der Mann, den ich kannte, zu irgendeiner Niedertracht fähig sein sollte.«

»Ihr dürft nicht alles glauben, was Ihr hört«, versicherte ich ihm. »Ich bin überzeugt, daß mein Vater Opfer eines abscheulichen Verbrechens war. Mit ein wenig Glück werde ich das bald beweisen können.«

»Darüber bin ich froh«, sagte Cola. »Aufrichtig froh. Nichts könnte mir größere Freude bereiten.«

»Ihr wart auch Soldat?«

Er zögerte einen Augenblick, bevor er antwortete. »Ich habe mich in den letzten Jahren unter anderem in der Medizin ausgebildet«, sagte er. »Das ist ein höchst unmilitärischer Beruf. Und vor allem beschäftige ich mich mit Fragen der Forschung. Ich habe Euren Vater sehr bewundert, habe aber sein Handwerk noch nie sehr geschätzt.«

Der kleine Mann entfernte sich und ließ mich mit dem dankbaren Gedanken zurück, daß mein Vater bei jenen, die ihm begegnet waren, ohne Ausnahme einen guten Eindruck hinterlassen hatte, solange sie noch vom Gift der Gerüchte und Unterstellungen unberührt waren.

Sir William hatte das Haus bereits verlassen. Er herrschte mit Fleiß und Strenge über seinen Besitz und war fest davon überzeugt, es sei seine Pflicht, alles selbst zu erledigen. Außerdem hatte er diese Arbeit immer geliebt und wäre glücklicher gewesen, hätte er sich um nichts anderes kümmern müssen. Die Gewinne, die er bei Hofe erzielen konnte, konnte er jedoch auch nicht außer acht lassen, und daher mußte er mindestens viermal im Jahr nach London, um sein Amt zu versehen. Doch den Rest der Zeit verbrachte er in Warwickshire, und fast jeden Tag nahm er zwei seiner Lieblingshunde und verließ bei jedem Wetter frühmorgens das Haus, um Besuche abzustatten, Ratschläge und Befehle zu erteilen. Gegen Mittag kam er zurück, das Gesicht von der Bewegung gerötet und strahlend vor Zufriedenheit. Es wurde gegessen, und hinterher schlief er ein wenig. Am Abend erledigte er die Schreibarbeit, die bei jedem großen Besitz anfällt, und überprüfte die Haushaltsführung seiner Frau. So sah, ohne sich jemals zu verändern, sein Tagesablauf aus, und ich glaube, daß er allabendlich mit der Überzeugung zu Bett ging, seinen zahlreichen Pflichten untadelig nachgekommen zu sein, und in diesem Bewußtsein schlief er tief und fest. Sein Leben war, meiner Meinung nach, absolut bewundernswert und voller Zufriedenheit, solange keine unwillkommene Unterbrechung seinen gleichmäßigen Rhythmus störte.

Aus diesem Grund konnte ich auch unser Gespräch erst am Abend weiterführen, als er, aller Pflichten ledig, wieder der freundliche Gastgeber wurde. Es war Cola, der, nachdem sich Lady Compton zurückgezogen hatte, das Thema auf meinen Vater brachte und erklärte, er halte ihn für unschuldig. Sir William machte bei dieser Bemerkung sofort ein tief betroffenes Gesicht.

»Ich bitte dich, Jack«, sagte er. »vergiß die Sache. Du sollst wissen, daß ich es war, der die Beweise für die Schuld deines Vaters bekam, und ich schwöre dir bei meinem Leben, ich hätte nicht gehandelt, hätten mich die Papiere nicht völlig überzeugt. Es war der schlimmste Tag meines Lebens; ich wäre glücklicher gewesen, wenn ich gestorben wäre, bevor ich dieses Geheimnis entdeckte.«

Wieder fühlte ich keinen Zorn, wie früher so oft. Ich wußte, daß dieser gütige Mann absolut ehrlich war. Ich wußte auch, daß er düpiert worden war, ebenso verraten und betrogen wie mein Vater, denn man hatte ihn durch Täuschung dazu gebracht, seinem besten Freund das Messer ins Herz zu stoßen. Daher ging ich nur mit dem größten Bedauern auf seine Worte ein.

»Ich fürchte, Sir, daß ich Euch bald in noch größere Verzweiflung stürzen werde. Denn sehr bald kann ich beweisen, was ich sage. Ich bin sicher, daß die Beweise, die Euch überzeugten, gefälscht und von Samuel Morland ausgeheckt worden waren, um den wahren Verräter zu schützen. Euch hat man sie gegeben, weil Ihr so unbestritten ehrlich seid, daß eine Beschuldigung von Eurer Seite über jeden Zweifel erhaben war.«

Sir William wurde todernst bei diesen Worten, und als ich endete, war es im Raum vollkommen still.

»Du hast Beweise?« fragte er außer sich. »Ich kann es nicht glauben. Man kann nicht glauben, daß ein Mann ein solches Komplott schmieden könnte.«

»Im Augenblick ist mein Beweis noch unvollständig. Aber ich bin sicher, wenn es soweit ist, werde ich John Thurloe dazu bringen, die Wahrheit über das preiszugeben, was damals passiert ist. Und wenn das geschieht, wird Morland ohne Zweifel seinen Komplizen verraten, um seinen eigenen Hals zu retten. Ich glaube, daß mein Vater geopfert wurde, damit er nicht mehr gegen die Gewinnsucht der Familie Russell protestieren, sie nicht mehr behindern konnte. Ihr seid der einzige, der sagen kann, daß die Information von Sir John Russell kam und daß er sie von Morland hatte. Werdet Ihr das aussagen?«

»Aus ganzem Herzen«, sagte er heftig. »Und mehr noch. Wenn das, was du sagst, die Wahrheit ist, werde ich beide mit meinen eigenen Händen töten. Aber bitte, denk nichts Übles von Sir John, solange es nicht unbedingt sein muß. Ich habe sein Gesicht gesehen, als er mir die Nachricht überbrachte, und seine Verzweiflung war offensichtlich.«

»Dann ist er ein guter Schauspieler.«

»Und er hat, durch seine Familie, eine ganze Weile für deinen Vater bei den Gläubigern gebürgt, damit der Besitz für den bestmöglichen Preis verkauft werden konnte. Hätte er es nicht getan, wärst du jetzt wirklich in einer ernsten finanziellen Notlage.«

Das vor allem weckte meinen Zorn. Die Vorstellung, daß ich

einem solchen Mann dankbar sein sollte, machte mich rasend, und die hinterhältige Art, mit der er seiner Gemeinheit ein Mäntelchen selbstloser Tugend und Güte umhängte, verursachte mir Übelkeit. Es war über alle Maßen schwer für mich, nicht auf der Stelle aufzuspringen, die ganze Familie Russell zu brandmarken und Sir William mit Vorwürfen zu überhäufen, weil er so töricht vertrauensvoll und so blind gewesen war.

Aber ich schaffte es, obwohl ich Cola mehr als eine halbe Stunde mit ihm reden ließ, bevor ich wieder sprechen konnte. Dann sagte ich ihm nur, ich sei sicher, absolut sicher, daß alles, was ich vorbrachte, richtig war. Was ich ihm zu gegebener Zeit beweisen würde.

»Welche Beweise hast du bisher?« fragte er.

»Einige«, sagte ich, nicht bereit, Einzelheiten preiszugeben; er durfte nicht merken, daß meine Nachforschungen noch nicht abgeschlossen waren. »Aber nicht genug. Ich habe die gefälschten Briefe noch nicht. Erst wenn ich sie habe, werde ich Thurloe damit konfrontiern können.«

»Und wo sind sie?«

Ich schüttelte den Kopf.

»Du traust mir nicht?«

»Ich vertraue Euch rückhaltlos. Ihr seid auf dieser Welt der Mensch, der für mich wie ein Vater ist, da der meine nicht mehr lebt. Ich achte und verehre Euch, denn Ihr habt viel für mich getan. Und ich würde Euch um keinen Preis mit meinem Wissen belasten. Ich bin stolz darauf, mich der Gefahr eines Angriffs durch diese Männer auszusetzen, denn sie wissen, daß ich ihnen auf der Spur bin. Doch andere werde ich nicht ohne guten Grund in Gefahr bringen.«

Darüber freute er sich und sagte, wenn mein Vater schuldlos sei, wie ich glaube, dann sei ich ein würdiger Sohn für ihn. Dann sprachen wir mit dem Italiener über andere Themen, denn er interessierte sich lebhaft für fremde Länder und stellte Sir William und mir viele ernsthafte Fragen nach unserem Land und über die Art, wie es regiert wurde. Sir William erzählte ihm viel, und ich lernte auch eine Menge, denn obwohl ich wußte, daß er Lord Clarendon nicht mochte, hatte ich gedacht, die Abneigung sei hauptsächlich persönlich. Statt dessen bekam ich meine erste große Lektion in der Politik des Landes, denn er erklärte mir, wie Lord Clarendon, ein Mann von minderer Herkunft, sich von seinem in der Nähe liegenden Landsitz aus so ausbreitete, daß seine Interessen tief in das Land reichten, das gewöhnlich von der Familie Compton kontrolliert wurde, durch Oxfordshire hinauf und quer durch Warwickshire.

»Er war anmaßend genug, darauf zu bestehen, absolut darauf zu bestehen, daß eines der Parlamentsmitglieder aus der Grafschaft Warwickshire bei der letzten Wahl einer seiner Leute sein mußte, denn er behauptete, es sei wichtig, daß im Unterhaus Männer saßen, die mit dem König sympathisierten und für ihn eintraten. Als wisse meine Familie nicht, habe nicht immer gewußt, wo ihre Pflichten liegen. Er hat mit dem Lord Lieutenant von Oxfordshire eine Übereinkunft getroffen und verteilt jetzt Bestechungsgelder an die Gentlemen von Warwickshire.«

»Ich habe gehört, daß er bei schlechter Gesundheit ist«, sagte Cola. »Wenn das zutrifft, kann er seine Stellung nicht mehr lange behalten.«

»Das kann ich nur hoffen«, sagte mein Vormund. »Er hat es darauf abgesehen, meine Familie zu vernichten.«

»Das überrascht mich nicht«, sagte ich traurig. »Seine Freunde haben schon die meine zerstört.«

Wir sprachen nicht mehr darüber, da allein der Gedanke Sir William zu bedrücken schien, und Cola begann sich nach den letzten Kriegen zu erkundigen. Sir William erging sich in Erinnerungen an die Schlachten und die heroischen Taten, deren Zeuge er gewesen war. Marco da Cola erzählte von dem Krieg, den sein Land um Kreta geführt hatte, und von der tapferen Gegenwehr gegen die grausamen Türken. Ich hörte ihren Erzählungen zu, freute mich, von ihnen aufgenommen worden zu sein, und fühlte mich als Mann unter Männern. Wenn es nur immer so sein könnte, dachte ich. Dann wäre ich glücklich, und es fehlte mir nichts. Ein Feuer, ein Glas und freundliche Gesellschaft, mehr brauchte ein Mann nicht zu seiner Zufriedenheit. Jetzt habe ich alles, und die Zukunft, die ich an jenem Abend vor mir sah, ist genau so gut, wie ich sie mir vorgestellt hatte.

* *
*

Ich hätte noch lange in diesem Haus bleiben können und riß mich nur widerwillig los. Die Aufgaben, die vor mir lagen, waren entmutigend, und die Aussicht, den Kampf wieder aufzunehmen, bereitete mir kein Vergnügen. Doch ich sagte mir, je früher, desto besser, daher schlüpfte ich, nachdem Cola sich in sein Gemach zurückgezogen hatte und Sir William in sein Kontor gegangen war, um geschäftliche Dinge zu erledigen, leise die Treppe hinunter und durch die große Haustür ins Freie.

Es war völlig dunkel, und weder Mond noch Sterne waren zu sehen; nur weil ich das Haus so gut kannte, fand ich den Pfad, der zur Straße führte. Die kleine Fackel, die ich vom Feuer mitgenommen hatte, gab kaum genug Licht, und ich konnte kaum mehr als ein paar Schritte sehen. Es war auch kalt, und meine Stiefel knirschten auf dem Frost, der dick den gefrorenen Boden bedeckte. Nachtvögel umflatterten mich, und die Tiere streiften durch ihr nächtliches Gebiet, suchten nach Beute oder versuchten, ihrem Schicksal zu entrinnen.

Ich hatte weder Angst, noch war ich irgendwie besorgt. Man sagt mir, das sei ungewöhnlich, denn oft ahnen wir eine drohende Gefahr, unsere Nackenhaar sträuben sich und die Kopfhaut juckt, je näher die Gefahr ist. Nicht so bei mir; ich war nur darauf aus, die Gartenpforte und die Straße nach Banbury zu finden, und mußte mich ganz darauf konzentrieren, nicht vom Weg abzukommen und den Gräben auszuweichen, die sich, wie ich mich erinnerte, auf beiden Seiten hinzogen; etwas anderes hatte ich nicht im Kopf.

Es war nur das Geräusch, das mich warnte, doch auch dann reagierte ich nicht sofort und dachte – wenn ich überhaupt dachte –, daß ein Fuchs oder ein Dachs ein wenig außerhalb der Reichweite meiner Fackel vor mir über den Weg lief. Erst im allerletzten Augenblick schrien alle meine Sinne, daß ich in tödlicher Gefahr sei, und zwangen mich, zur Seite zu springen, um dem furchtbaren Teufel auszuweichen, der aus der Erde wuchs und sich mir in den Weg stellte.

Er hatte die Gestalt eines Mannes angenommen, aber solche Erscheinungen sind nie vollkommen, und ein sorgfältiges Auge erkennt immer, wo die Nachahmung mangelhaft ist. In diesem Fall war es die Bewegung, ruckhaft und unregelmäßig, die mir verriet, daß es ein Ungeheuer und kein menschliches Wesen war. Es hatte versucht, die Gestalt eines alten Gentleman anzunehmen, war jedoch mit ranzigen Pusteln bedeckt und schrecklich entstellt, hatte einen krummen Rücken und hinkte. Und seine Augen – was seltsam war, und ich habe nie verstanden, wie das möglich war – waren pechschwarz und brannten hell in der Dunkelheit; ich sah die Flammen der Hölle in ihren Tiefen. Die Geräusche, die es von sich gab, während es auf mich einredete und mir schmeichelte und versuchte, mich so zu faszinieren, daß ich ihm vertraute, waren das widerwärtigste von allem. Tatsächlich hat es überhaupt nicht gesprochen, glaube ich. Sein Flehen klang eher wie das Zischen einer Schlange und das Quieken einer Fledermaus, wie ich sie im Kopf, aber nicht in den Ohren hörte. »Nein, Jack«, zischte es, »du darfst noch nicht gehen. Bitte bleib bei mir. Komm mit.«

Ich erinnerte mich an die Visionen, die ich in der Nacht vorher gehabt hatte, und mich schauderte vor dem, was die Worte bedeuten mochten; ich zwang mich, die Belästigung zu ignorieren, versuchte mir die gekreuzten Finger vor das Gesicht zu halten, doch dieses Symbol für die Leiden Unseres Herrn war nur Anlaß zu einem wegwerfenden Kichern. Ich begann das Vaterunser aufzusagen, doch meinem trockenen Mund und meinen ausgedörrten Lippen entrang sich kein Laut.

Und so zog ich mich in blindem Entsetzen den Weg hinauf zurück, ohne die Bestie, die mich verfolgte, aus den Augen zu lassen; jeden Moment konnte sie mich packen und mir die Seele aus dem Leib reißen.

Ich sagte ihr, sie solle mich in Frieden lassen, doch die einzige Reaktion war ein gräßliches Lachen und ein saugendes Geräusch wie von einem Sumpf, der ein Schaf in die Tiefe zieht. Dann griff das Ungeheuer mit einer klapperdürren, klammen Hand nach meinem Arm. Ich sprang zurück und schwang meinen Dolch und stieß zu, mehr in der Hoffnung, ihm zu zeigen, daß ich ihm widerstehen würde, und nicht weil ich erwartete, mich ausreichend verteidigen zu können. Aber meine Unerschrockenheit und Unempfindlichkeit gegen die Schmeicheleien dieses Wesens schienen zu wirken, denn der Teufel kann nicht zwingen, wer seine Versuchungen ehrlich zurückweist. Das Monster blieb zurück, gurgelte vor Überraschung über meine Bewegung, durch die eine Lücke entstanden war. Mit derselben Hand stieß ich es zurück – ein Fehler, denn es stank nach Fäulnis und Verwesung, ein Geruch, der sich nur schwer abwaschen ließ – und rannte an ihm vorbei, den Weg entlang zum Gartentor.

Ich wußte nicht, wohin ich lief, wollte nur einen möglichst großen Abstand zwischen mir und der scheußlichen Mißgestalt schaffen. Schließlich kam ich an den Fluß, der in der Nähe vorbeifließt, stieg zum Rand des Wassers hinunter und badete meine Hand, um den Geruch abzuwaschen, den ich noch immer in der Nase hatte. Ich keuchte laut vor Entsetzen und muß länger als eine Stunde dageblieben sein und flußaufwärts gestarrt haben – hinter einem Boot kauernd, das über Nacht an den Strand gezogen worden war, und an seine Flanke gepreßt. Dann raffte ich mich auf, überzeugt, daß die Gefahr vorbei sein mußte, und ging weiter, ruhig, aber auf weitere Angriffe gefaßt.

Ungefähr eine halbe Stunde später hörte ich die Hunde. Man holte mich sehr schnell ein, und nachdem ich roh zu Boden geworfen, getreten und beschimpft worden war, erfuhr ich, daß Sir William Compton brutal überfallen worden war und man mich für den Täter hielt.

Vierzehntes Kapitel

ICH DENKE, DASS ICH mich bei diesen Ereignissen nicht allzulange aufzuhalten brauche. Ich wurde menschenunwürdig behandelt, und die Anklage gegen mich war eine Schande. Während es nötig und vernünftig ist, daß Verbrecher so behandelt werden, ist es einfach nicht zu begreifen, daß man Gentlemen auf so unmenschliche Weise einsperrt und demütigt. Die Zeit, in der ich auf meinen Prozeß wartete, verbrachte ich in tiefster Verzweiflung, und Sarah Blundy nutzte meinen geschwächten Zustand und trieb mich beinahe zum Wahnsinn durch die ständigen Quälereien und Erscheinungen, die sie mir schickte, Tag und Nacht.

Ich war darauf vorbereitet gewesen, von der Hexe wieder angegriffen zu werden, hatte jedoch nicht geahnt, daß sie eine solche Macht besaß und so bösartig war. Ich mußte lange nachdenken, ehe ich die ganze Hinterhältigkeit dessen begriff, was geschehen war, doch sobald ich es verstand, war die Erklärung einfach. Ich kann nicht bezweifeln, daß Sir William hörte, wie ich das Haus verließ und nachsehen kam. In diesem Augenblick bemächtigte sich seiner ein Dämon und verdrängte seine Gestalt so wirkungsvoll, daß meine Augen die Verkleidung nicht durchdringen konnten; nachdem ich mit dem Dolch zugestoßen hatte, wich der Zauber und die teuflische Maske löste sich auf. Es war ein hinterhältiger Überfall, denn die Hexe mußte inzwischen erkannt haben, daß sie mich nicht vernichten konnte. Daher ließ sie andere für sich handeln. Wenn ich gehenkt wurde, hätte sie ihr Ziel erreicht.

Als ich in die Zelle geworfen und mit Ketten an die Mauer gefesselt wurde, war mir sehr bald klar, daß es ihr gelingen würde, falls ich kein ungewöhnliches Glück hatte. Denn ich hatte Sir William tatsächlich niedergestochen und an den Rand des Todes gebracht, und, was schlimmer war, er hatte überlebt und würde bestimmt aussagen, daß ich ohne jede Warnung über ihn hergefallen war. Meine Verteidigung war keine, denn wer sollte mir glauben, wenn ich die Wahrheit sagte?

Viele Tage lang konnte ich nichts anderes tun, als in meiner widerwärtigen Zelle zu hocken und zu warten. Ich blieb nicht ohne Besucher und bekam auch Botschaften, aber sie waren kein großer Trost. Mein lieber Onkel schrieb mir, er wasche seine Hände in Unschuld und sage sich endgültig von mir los. Auf seine Hilfe dürfe ich nicht rechnen. Thomas versuchte sein Bestes, obwohl ihm die Mißbilligung deutlich ins Gesicht geschrieben stand. Aber er versuchte es wenigstens, wenn er sich einmal von dem Gedanken losreißen konnte, daß sich der Wettbewerb um die Pfründe zwischen Grove und ihm seinem Ende näherte, und die Entscheidung an dem Tag fallen würde, an dem Lord Maynard zum Abendessen ins College kam.

Dann besuchte mich Lower in Begleitung von Marco da Cola.

Lowers unverschämtes (und verfrühtes) Verlangen nach meiner Leiche will ich nicht schildern; Colas Bericht ist genau genug. Bei diesem ersten Besuch erkannte der Italiener mich nicht, und ich tat auch so, als kennte ich ihn nicht, da er es offensichtlich so wünschte. Aber er kam am Nachmittag unter dem Vorwand, mir etwas Wein zu bringen, allein wieder, und erzählte mir, was in jener schrecklichen Nacht geschehen war.

Er selbst, sagte er, spreche nur vom Hörensagen. Er hatte nichts gesehen oder gehört, das wichtig gewesen wäre. Erst der plötzliche Tumult, rufende Männer, jammernde Frauen und bellende Hunde hätten ihn geweckt, und er sei aufgestanden und habe nachgesehen, was geschehen war. Von da an war er ausschließlich mit Sir William und seiner Wunde beschäftigt gewesen, hatte sich die ganze Nacht allein abgemüht, und ihm war es zu verdanken, daß Sir William nicht gestorben war. Er versicherte mir, Sir William werde wieder ganz gesund werden und habe schon so gute Fortschritte gemacht, daß er ihn der Pflege seiner Frau überlassen konnte.

Ich sagte ihm, ich sei von Herzen froh darüber. Obwohl ich wußte, daß mein Gruß noch nicht willkommen sein würde, bat ich ihn, Sir William auszurichten, wie glücklich ich sei, daß es ihm bessergehe. Außerdem sollte er ihm sagen, daß ich völlig unschuldig war, und ihn fragen, ob er wußte, welch ungeheuerlichen Betrug man an seinem Körper verübt hatte. Er versprach es, und ich wiederholte (nachdem ich meinen Fluchtplan geschmiedet hatte) meine dringende Bitte, daß Dr. Grove mich so bald wie möglich besuchen solle.

Ich war überrascht, als am nächsten Abend Wallis an seiner Statt erschien, doch ich erkannte sofort, daß dieser glückliche Zufall mir neue Möglichkeiten erschloß. Wallis fragte mich nach Sir William aus und stellte mir außerdem einen Haufen dümmlicher und sinnloser Fragen nach Marco da Cola, die so schwachsinnig waren, daß ich sie hier nicht wiederholen möchte. Natürlich sagte ich ihm sowenig wie möglich, hielt aber das Gespräch mit kleinen Andeutungen und Vorschlägen geschickt in Gang, bis ich sicher war, daß der Wärter zu betrunken war, um uns zu beachten. Dann überwältigte ich Wallis, verschnürte ihn – ich gestehe, daß ich die Knoten bei ihm fester zuzog, als ich es bei Grove getan hätte – und ging. Er war so überrascht und empört, daß ich fast laut aufgelacht hätte vor Vergnügen. Es war so unglaublich einfach, fast konnte ich mein Glück nicht fassen.

Zu wissen, daß Wallis gut aufgehoben war, gab mir eine Gelegenheit, auf die ich kaum zu hoffen gewagt hätte: Ich konnte mich in seinen Räumen umsehen. Ich begab mich also quer durch die Stadt ins New College und benutzte seinen Schlüssel, um durch das Haupttor zu kommen. Wieder war die Aufgabe so einfach, daß ich glaubte, unter einem besonderen Schutz zu stehen. Die Tür seines Zimmer war nicht versperrt, der Schreibtisch ließ sich leicht öffnen, und die Mappe – sogar mit dem Etikett »Sr Ja: Prestcott« – lag im zweiten Schubfach; ein halbes Dutzend Blätter, alle so unverständlich, daß ich mir sagte, das müßten die verschlüsselten Schriftstücke sein, die ich suchte. Ich stopfte sie unter mein Hemd, wo sie sicher waren, und wollte, über meinen Erfolg entzückt, wieder gehen.

Als ich im Flur stand und die Treppe hinuntergehen wollte, hörte ich den leisen, aber schrecklichen Schrei. Sofort erstarrte ich, zunächst überzeugt, daß die Teufel mich wieder aufgespürt hatten. Als ich merkte, daß dem nicht so war, befürchtete ich, mein Glück hätte mich wieder verlassen; der Schrei würde Aufmerksamkeit erregen und ich entdeckt werden. Ich wagte kaum, mich zu bewegen, hielt den Atem an und wartete, doch im Innenhof blieb alles ruhig, und er lag so verlassen da wie vorher.

Ich war auch verblüfft; der Schrei hatte nach großen Schmerzen geklungen und war eindeutig aus Dr. Groves Zimmer gekommen, das dem von Dr. Wallis gegenüberlag. Ziemlich beklommen klopfte ich an die Innentür – die große Außentür stand offen –, stieß sie dann leise auf und spähte hinein.

Grove lebte noch, war aber dem Tod schon sehr nahe; es war ein furchtbarer Anblick, und ich schrie erschrocken auf. Sein Gesicht war von unerträglichen Schmerzen verzerrt, seine Glieder zuckten und flatterten, als er wie ein Wahnsinniger, der einen Anfall hatte, auf den Fußboden eindrosch. Er sah mich an, als ich im Kamin eine Kerze anzündete und sie über ihn hielt, doch ich denke nicht, daß er mich erkannte. Mit zitternder Hand zeigte er auf etwas, das auf dem Tisch in der Ecke stand, und dann fiel er auf den Boden zurück und hauchte sein Leben aus – gurgelnd, mit Schaum vor dem offenen Mund, aus dem ihm der Speichel rann.

Noch nie hatte ich einen solchen Todeskampf gesehen, und ich bete leidenschaftlich darum, daß mir ein solcher Anblick in Zukunft erspart bliebe. Ich war wie versteinert, wagte nicht, mich zu rühren; fürchtete halb, daß er tot war, und halb, daß er wieder lebendig werden könnte. Nur mit allergrößter Anstrengung bewegte ich mich und sah nach, worauf er mit seiner letzten, mitleiderregenden Geste gezeigt hatte. In der Flasche und dem Glas auf dem Tisch war noch viel Flüssigkeit. Ich roch vorsichtig daran, und obwohl von einer tödlichen Gefahr nichts zu merken war, schien es mir zumindest sehr wahrscheinlich, daß Gift verursacht hatte, was eben geschehen war.

Dann hörte ich Schritte die Treppe heraufkommen, und griff erschrocken nach einem Messer, das auf Groves Schreibtisch lag.

Immer lauter wurden die Schritte, kamen zuerst bis zum ersten Stock, hielten auf dem Treppenabsatz inne und stiegen dann weiter zum zweiten Stock. Dr. Wallis kann es bestimmt nicht sein, dachte ich. Er kann nicht entkommen sein. Und ich wußte, wenn irgendein Mann dieses Zimmer betrat, würde ich ihn töten müssen.

Die Schritte wurden noch lauter, hielten dann vor der Tür an, es folgte eine lange Pause und endlich ein donnerndes Klopfen. Vielleicht war es gar nicht so laut, vielleicht war es nur ein ganz leises Pochen, mir kam es aber laut genug vor, um die Toten in ihren Gräbern zu wecken. Ich stand in der nur vom Flackern des Feuers erhellten Dunkelheit und betete verzweifelt, der Besucher möge denken, Grove sei nicht da, und wieder gehen. Aber in meiner Nervosität und dem Bemühen, mich ganz still zu verhalten, tat ich das genaue Gegenteil, denn ich streifte ein Buch, das auf dem Tisch lag, und es fiel krachend zu Boden.

Meine Gebete und Wünsche nützten nun nichts mehr. Es folgte eine Pause, dann hörte ich, wie die Klinke sich bewegte, die Tür leise quietschte, und endlich knarrte eine der losen Eichenbohlen.

Als ich sah, daß der Besucher eine Laterne hatte und sehr bald mich und den toten Grove entdecken mußte, war mir klar, daß ich mich nicht länger verstecken konnte. Ich streckte daher den Arm aus, packte den Mann mit der Laterne am Nacken und stieß ihn rücklings aus dem Zimmer.

Mein Gegner war nicht sehr kräftig und leistete in seiner Überraschung und seinem Schreck kaum Widerstand. Ich brauchte

nur ein paar Sekunden, um ihn auf dem Treppenabsatz nieder-
zuringen, die Laterne daran zu hindern, das ganze Gebäude in
Brand zu setzen, und dann nachzusehen, wer er war.

»Thomas!« rief ich, als das schwache Licht über sein graues,
verstörtes Gesicht spielte. In meinem ganzen Leben war ich noch
nie so überrascht gewesen.

»Jack?« flüsterte er heiser, wenn möglich noch erstaunter als
ich. »Was tust du hier?«

Ich ließ ihn rasch los, bürstete ihn ab und entschuldigte mich,
daß ich ihn so roh angefaßt hatte. »Was ich hier tue, ist sehr einfach«, sagte ich. »Ich fliehe. Aber vielleicht hast du mir einiges zu
erklären?«

Er ließ den Kopf sinken, als ich das sagte, und sah so aus, als
werde er gleich in Tränen ausbrechen. Was für eine seltsame Unterhaltung: ein Priester und ein Flüchtling, auf dem Treppenabsatz kauernd und miteinander flüsternd, während im Zimmer
nebenan eine noch warme Leiche lag.

Der Ausdruck seines Gesichts hätte ihn in jedem Gerichtssaal
zum Galgen verurteilt, auch wenn die Geschworenen die lange,
bittere Geschichte nicht gekannt hätten, die zu diesem Ereignis
geführt hatte. »O du lieber Gott, hilf mir!« rief er. »Was soll ich
nur tun. Du weißt, was ich getan habe?«

»Sprich leise«, sagte ich gereizt. »Ich habe nicht die Mühe dieser Flucht auf mich genommen, damit ich jetzt durch dein Heu-
len und Zähneklappern wieder eingefangen werde. Was du getan
hast, hast du getan. Du warst zwar unglaublich blöd, doch ein
Zurück gibt es nicht. Du kannst es nicht ungeschehen machen.«

»Warum ich es getan habe? Ich habe den Rektor dort stehen
sehen, und bevor ich wußte, was ich tat, hatte ich ihn angespro-
chen und ihm einen Haufen Lügen über Grove und das Dienstmädchen erzählt.«

»Was? Thomas, wovon redest du?«

»Blundy. Dieses Mädchen. Ich habe dem Rektor gesagt, Grove
habe sein Wort gebrochen, und ich hätte heute abend beobachtet, wie sie sich in sein Zimmer schlich. Dann wurde mir klar ...«

»Ja, ja. Lassen wir das. Warum bist du jetzt überhaupt hergekommen?«

»Ich wollte mit ihm sprechen, bevor es zu spät war.«

»Es ist zu spät.«

»Aber es muß doch etwas geben, das ich tun kann?«

»Sei nicht kindisch«, fauchte ich ihn an. »Natürlich gibt es hier für dich nichts mehr zu tun. Wir haben beide keine Wahl. Ich muß rennen. Und du mußt in dein Zimmer zurückgehen und schlafen«

Noch immer saß er, seine Knie umklammernd, auf dem Boden. »Thomas, tu, was ich sage!« befahl ich. »Überlaß es mir.«

»Es war seine Schuld!« heulte er auf. »Ich hab's nicht mehr ertragen. Die Art, wie er mich behandelt hat ...«

»Diesen Fehler wird er nicht wieder machen«, antwortete ich. »Und wenn du ruhig bleibst, werden wir beide überleben und dich mit der Mitra eines Bischofs sehen. Aber nicht, wenn du in Panik gerätst, und auch nicht, wenn du nicht lernst, den Mund zu halten.«

Ich ertrug es nicht, noch länger auf diesem Treppenabsatz zu bleiben und zog ihn in die Höhe. Zusammen schlichen wir die Treppen hinunter, und unten angelangt, zeigte ich auf die Tür seines Zimmers.

»Du gehst jetzt hinein und schläfst so gut du kannst, mein Freund. Gib mir dein Wort, daß du nichts sagen und nichts tun wirst, ohne dich vorher mit mir besprochen zu haben.«

Wieder ließ der Unglücksrabe nur den Kopf hängen wie ein Schulkind.

»Thomas? Hörst du mir zu?«

»Ja«, sagte er, hob endlich den Blick und sah mich an.

»Wiederhole und schwöre, daß du nie etwas über diesen Abend erwähnen wirst. Ein Wort von dir, und wir hängen beide.«

»Ich schwöre es«, sagte er tonlos. »Aber Jack ...«

»Genug. Überlaß alles andere mir. Ich weiß genau, was ich zu tun habe. Glaubst du mir?«

Er nickte.

»Und du wirst tun, was ich sage?«

Wieder ein Nicken.

»Gut. Dann geh. Leb wohl, mein Freund.«

Ich gab ihm einen Stoß in den Rücken, um ihn in Bewegung zu setzen und wartete, bis er den halben Innenhof überquert hatte. Dann ging ich in Groves Zimmer zurück, wo ich seinen Siegelring an mich nahm – und außerdem seine Schlüssel, um abschließen zu können.

Der Plan, der mir plötzlich fix und fertig vorschwebte, war so einfach, daß er auf einer Eingebung beruhen mußte, denn ich muß bescheiden gestehen, eine so perfekte Lösung hätte ich kaum ohne Hilfe gefunden. Was geschehen war, war absolut klar, und Colas Schriftstück bestätigt es. Denn das war der Tag, an dem Lord Maynard im College speiste und der große Wettbewerb um seine Gunst zwischen Grove und Thomas den Höhepunkt erreichte. Wie erwartet, wurde Thomas überlistet, übertrumpft und gedemütigt. Öffentlicher Disput hatte ihm nie gelegen, doch er hatte sich so verbissen darauf vorbereitet und sich in eine so verkrampfte Angst vor der Begegnung hineingesteigert, daß er kaum sprechen konnte. Grove indessen war bereit, denn er hatte Cola kennengelernt und wußte, daß der Italiener der perfekte Hintergrund sein würde, vor dem er seine Rechtgläubigkeit und energische Verteidigung der Kirche demonstrieren konnte.

Und so saß der Italiener da, glaubte sich in ein philosophisches Gespräch verstrickt, während Grove die ganze Zeit nur aufzeigen wollte, wie geeignet er für eine Pfarrgemeinde war, indem er allem widersprach, was Cola sagte. Das war leicht getan, denn Grove hatte Thomas aus dem Wettbewerb ausgeschlossen, ignorierte ihn und überhäufte ihn mit Kränkungen, bis Thomas, verzweifelt über die ständigen Unterbrechungen, aufsprang und ging, damit, wie ich vermute, niemand seine Tränen sah. Ich glaube, er wurde verrückt vor Verzweiflung und schwärzte Grove kurz darauf mit einem nur halb durchdachten Vorwurf beim Rektor an. Dann wurde ihm klar, daß seine Behauptung sich sehr bald als Lüge herausstellen würde, und als böswillige noch dazu, also ging er einen tödlichen Schritt weiter.

Keine sehr tugendhafte Tat für einen Gottesmann, und doch wußte ich, daß Thomas viel Gutes in sich hatte; er hatte es mir immer und immer wieder bewiesen. Und selbst wenn das nicht der Fall gewesen wäre, ich war ihm verbunden und war ihm Hilfe schuldig, denn er war nicht nur ein Freund, er war völlig unfähig, für sich selbst zu sorgen. Das war die Treue von Lincolnshire, die ich schon erwähnt habe.

Es war die Möglichkeit, mir gleichzeitig selbst zu helfen, die mir den Gedanken eingab, ein Schutzengel müsse in meiner Nähe sein und mir zuflüstern, was ich zu tun hatte.

Ich sollte jedoch zu meiner Erzählung zurückkehren und berichten, daß es, als ich Groves Zimmer mit seinem Siegelring in der Tasche verließ, von St. Mary's neun Uhr schlug und ich acht Stunden hatte, ehe der Wärter meine Zelle auf der Burg betreten und meine Flucht entdecken würde. Ich konnte mich ungehindert bewegen und tun, was ich mir wünschte. Am meisten wünschte ich mir in diesem Augenblick, Sarah Blundy zu töten, da mir seit langem klar war, daß nur ihr oder mein Tod diesen teuflischen Kampf beenden konnte.

Natürlich wußte ich, daß das unmöglich war, ich konnte sie ebensowenig mit meinen Händen töten wie sie mich. Das mußten andere tun, und so wie sie mir eine Falle gestellt hatte, damit ich gehenkt würde, konnte ich ihr eine stellen.

Es war kurz vor Mitternacht, denke ich, als ich durch die Befestigungsanlage schlich, die Oxford noch immer umgab, und der Nachtwache auswich. Natürlich hörte ich die großen Glocken der Stadt ihr Trauergeläut anstimmen, als ich über die Felder marschierte, die parallel zur Straße nach London liegen. Auf die Straße selbst wagte ich mich erst hinter dem Dorf Heddington, und als ich mich dem Dorf Great Milton näherte, kroch langsam die Morgendämmerung über den Horizont.

Fünfzehntes Kapitel

ICH WARTETE BIS ZUM hellen Morgen und verbrachte die Zeit damit, unbemerkt das Haus zu beobachten, um zu sehen, wie viele Leute es bewohnten und welches die beste Fluchtmöglichkeit wäre, sollte ich fliehen müssen. Dann ging ich mit heftig hämmerndem Herzen zur Haustür und klopfte. In der Halle, die erstaunlicherweise alles andere als üppig ausgestattet war, war es angenehm warm. Ich wußte natürlich, daß Thurloe sich in den Jahren als Cromwells Handlanger aus eigener Machtvollkommenheit so reich gemacht hatte wie Krösus, und war verblüfft, ihn in so bescheidener Umgebung zu sehen. In der ganzen Zeit, die ich mich dort aufhielt, bekam ich nur einen Diener zu sehen, und obwohl das Haus komfortabel war, war es weder so groß noch so prächtig, wie ich erwartet hatte. Ich vermutete jedoch, daß dies ein anderes Beispiel für die arrogante Demut der Puritaner war, die so gern mit ihrer Frömmigkeit und ihrer Verachtung für weltlichen Besitz prahlen. Ich selbst habe sie stets genau deshalb verachtet, denn sie haben mit einer Hand gerafft und mit der anderen gebetet. Es ist die Pflicht eines Mannes von Stand, in angemessener Umgebung zu leben, selbst wenn er sich nichts daraus macht.

Der Diener, ein alter Kerl, der wie ein Eule blinzelte, die plötzlich ins Licht schaut, sagte mir, sein Herr sei mit seinen Büchern beschäftigt und ich solle im großen Empfangszimmer warten. Mr. Thurloe freue sich über einen Gast, der ihn ablenke, sagte er. Nicht über diesen, dachte ich, als ich ihm in das geräumige, warme Zimmer auf der Ostseite des Hauses folgte. Nicht über diesen.

Er kam ein paar Minuten später herein, ein hagerer Mann mit langem, schütterem Haar über einer hohen, gewölbten Stirn. Seine Haut war blaß, beinahe durchsichtig, und von den tiefen Falten um seine Augen abgesehen, wirkte er jünger, als er meines Wissens sein mußte. Nun, da ich wußte, was passiert war und wie er Männer – gute und schlechte – nach seinem Willen manipuliert hatte, hätte ich ihm am liebsten auf der Stelle durchbohrt, ohne noch mehr Zeit zu vergeuden. Wenn die Flammen anfangen, an seiner Seele zu zehren, wird er bald genug herausfinden, wer sein Angreifer war, dachte ich.

Ich war fest entschlossen, doch meine Entschlossenheit wich mit jedem Schritt, den er auf mich zu machte. Seit Monaten hatte ich mir, Nacht für Nacht wach liegend, vorgestellt, wie ich meines Vaters Schwert herausriß, es ihm ins Herz stieß und ein paar passende Worte sprach, während sein Leben erlosch – einen Ausdruck feigen Entsetzens im Gesicht, um Gnade bettelnd und geifernd vor Angst, während ich unversöhnlich über ihm stand. Ich hatte kein Schwert, aber Groves Messer würde es auch tun.

Es ist leicht, sich so etwas vorzustellen, aber schwierig, es zu vollenden. Einen Mann heißen Blutes im Kampf zu töten ist eines; einen anderen in einem friedlichen Empfangszimmer zu erledigen, in dem das Feuer angenehm im Kamin knistert und der Duft von Apfelscheiten in der Luft hängt, ist etwas ganz anderes. Zum ersten Mal begann ich zu zweifeln. Würde ich mich nicht selbst erniedrigen und auf seine Ebene begeben, wenn ich einen Mann tötete, der sich nicht verteidigen konnte? Und würde meine große Tat an sich nicht erniedrigt, wenn ich sie auf eine so schimpfliche Art durchführte?

Ich nehme an, daß ich jetzt keine solchen Bedenken hätte, doch da es unwahrscheinlich ist, daß ich jemals wieder in eine solche Lage kommen könnte (denn der Herr hat mir gelächelt), ist es leicht zu sagen und schwer zu beweisen. Vielleicht waren es mein Zweifel und mein Zögern, denen ich die göttliche Nachsicht zu verdanken habe.

»Guten Morgen, Sir, seid willkommen«, sagte er ruhig und betrachtete mich forschend. »Euch ist kalt, wie ich sehe. Erlaubt, daß ich Euch eine Erfrischung bringen lasse.«

Ich wollte ihn anspucken und ihm sagen, ich tränke nicht mit einem Mann wie ihm. Doch die Worte blieben mir im Hals stecken, und in meiner Schwäche und Verwirrung stand ich stumm da, während er in die Hände klatschte und den Diener bat, mir etwas Ale zu bringen.

»Setzt Euch, Sir«, sagte er nach einem weiteren langen Schweigen; er hatte inzwischen selbst Platz genommen und musterte mich wieder eindringlich, denn ich war, meiner normalen Höflichkeit entsprechend, aufgesprungen, als er eingetreten war, und hatte mich vor ihm verbeugt. »Und bitte, seid vorsichtig, spießt Euch nicht mit eurem Dolch auf.«

Er sagte es mit einem süßsauren Lächeln, und ich wurde rot und stotterte wie ein Schulkind, das man dabei erwischt hatte, wie es in der Klasse mit Sachen um sich warf.

»Wie heißt Ihr? Ich glaube, ich kenne Euer Gesicht, obwohl ich so wenige Leute sehe, daß ich mir manchmal einrede, völlig Fremde zu erkennen.« Er hatte eine weiche, sanfte, gebildete Stimme, ganz anders als ich erwartet hatte.

»Ihr kennt mich nicht. Mein Name ist Prestcott.«

»Ah. Und Ihr seid gekommen, um mich zu töten, ist das richtig?«

»Das ist es«, sagte ich steif und wurde immer verwirrter.

Es folgte eine weitere lange Pause, während Thurloe die Seite seines Buches markierte, es zuklappte und sorgfältig auf den Tisch legte. Dann faltete er die Hände im Schoß und sah mich wieder an.

»Nun? So tut es doch. Ich möchte Euch nicht über Gebühr aufhalten.«

»Wollt Ihr nicht wissen, warum?«

Er schien fast verblüfft über die Frage und schüttelte den Kopf. »Nur wenn Ihr es mir sagen wollt. Soweit es mich betrifft, verglichen mit der Aussicht, dem Herrn zu begegnen und mich Seiner Gerichtsbarkeit zu unterwerfen, welche Bedeutung hat da schon das Warum und Weshalb des Menschen? Nehmt doch etwas Ale«, fügte er hinzu und schenkte aus dem bauchigen irdenen Krug, den der Diener gebracht hatte, ein Glas ein.

Ich lehnte mit einem Schulterzucken ab. »Es ist sehr wichtig«, sagte ich gereizt, denn während ich sprach, wurde mir klar, daß ich mich immer weiter von dem entfernte, was ich hatte tun wollen.

»Dann will ich gern zuhören«, sagte er. »Obwohl ich mir nicht vorstellen kann, was ich Euch angetan haben sollte. Ihr seid viel zu jung, um mein Feind zu sein.«

»Ihr habt meinen Vater getötet.«

Er machte ein verblüfftes Gesicht. »Habe ich das? Ich erinnere mich nicht.«

Endlich redete er auf eine Weise, die mich wütend machte, was, wie ich wußte, nötig war, wenn ich erreichen wollte, was ich mir vorgenommen hatte.

»Ihr verdammter Lügner! Natürlich erinnert Ihr Euch. Sir James Prestcott, meinen Vater.«

»Oh«, sagte er leise. »Ja. Natürlich erinnere ich mich an ihn. Aber ich dachte, Ihr müßt jemand anders meinen, ich habe Eurem Vater nie etwas getan. Zu einem bestimmten Zeitpunkt habe ich es natürlich versucht; er war einer der wenigen – es war kaum eine Handvoll – Diener des Königs, der kein Narr war.«

»Deshalb habt Ihr ihn vernichtet. Ihr konntet ihn nicht fangen oder mit ihm kämpfen, also habt ihr die Köpfe der Leute mit Lügen vergiftet und ihn auf diese Weise vernichtet.«

»Ihr glaubt, ich sei dafür verantwortlich?«

»Ihr wart es.«

»Nun schön, wenn Ihr es sagt«, erklärte er gelassen und versank wieder in Schweigen.

Und wieder war ich darauf nicht vorbereitet gewesen. Ich weiß nicht, was ich erwartet hatte: Entweder heftiges Leugnen oder eine empörte Rechtfertigung seiner Taten. Ganz gewiß hatte ich nicht erwartet, daß es ihm völlig gleichgültig sein würde.

»Verteidigt Euch«, sagte ich hitzig.

»Womit? Ich habe weder Euer Messer noch eure Kraft, wenn Ihr mich also töten wollt, wird es nicht schwierig sein.«

»Ich meine, Ihr sollt rechtfertigen, was Ihr getan habt.«

»Warum? Ihr habt doch schon entschieden, daß ich schuldig bin, daran werden meine schwachen Antworten kaum etwas ändern, fürchte ich.«

»Das ist ungerecht!« rief ich und erkannte, noch während ich sprach, daß dies eine kindische Antwort war, wie mein Vater sie nie gegeben hätte.

»Wie die meisten Dinge«, sagte er.

»Mein Vater war kein Verräter«, sagte ich.

»Das ist durchaus möglich.«

»Und Ihr behauptet, Ihr hättet ihn nicht vernichtet? Erwartet Ihr wirklich, daß ich das glaube?«

»Ich habe nichts behauptet. Aber da Ihr fragt, nein. Ich habe es nicht getan. Ich habe natürlich nur wenig Einfluß darauf, ob Ihr mir glaubt.«

Später im Leben – zu spät, um mir damals von Nutzen zu sein – verstand ich, wie es möglich gewesen war, daß John Thurloe eine solche Bedeutung erlangte, daß er als einziger im Land es wagen durfte, Cromwell zu widersprechen. Man schlug zu, Thurloe erhob sich wieder, eingängig vernünftig und mit sanfter Stimme. Man schlug immer wieder zu, und er erhob sich immer wieder, immer sanft, nie zornig, bis man sich schämte und ihm statt dessen zuhörte. Wenn man dann das Gleichgewicht verloren hatte, überredete er einen einfach zu seinem Standpunkt. Er drängte sich nie vor, zwang einem nie seine Meinung auf, aber früher oder später erschöpften Zorn und Widerstand sich selbst, da sie ständig gegen seine Hartnäckigkeit anrannten.

»Ihr habt es anderen angetan, und ich soll Euch glauben, daß es mit meinem Vater anders war? Erwartet Ihr das wirklich von mir?«

»Welchen anderen?«

»Ihr habt nicht gesagt, daß er unschuldig war. Die Gelegenheit dazu hattet Ihr.«

»Es war nicht meine Aufgabe, dafür zu sorgen, daß meine Feinde erstarkten und sich vereinten. Außerdem, wer hätte mir geglaubt? Denkt Ihr wirklich, eine Ehrenerklärung von mir hätte seinen Ruf wiederhergestellt? Wenn die Partei des Königs sich selbst zerfleischen und Gespenster jagen wollte, was konnte mir das schon bedeuten? Je schwächer sie war, um so besser.«

»So schwach, daß der König auf dem Thron sitzt und Ihr hier am Ende der Welt«, höhnte ich, wobei ich mir nicht nur eingestehen mußte, daß seine Argumente ins Schwarze trafen, sondern daß ich selbst sie bisher noch nie in Betracht gezogen hatte, so klar und offenkundig war mir seine Schuld erschienen.

»Nur weil der Regent starb, und er dachte … Nun, es ist nicht wichtig«, sagte er leise. »Es entstand ein Vakuum, und die Natur verabscheut Vakuen. Charles hat seinen Thron nicht zurückgewonnen; er wurde zurückgesaugt von Kräften, die viel größer waren als jene, die er selbst je hätte aufbringen können. Und es bleibt abzuwarten, ob er stark genug ist, den Thron zu behalten.«

»Ihr müßt hoch erfreut gewesen sein«, sagte ich mit schwerem Sarkasmus.

»Hoch erfreut?« wiederholte er nachdenklich. »Nein, natürlich nicht. Ich hatte zehn Jahre gearbeitet, um England zu festigen und von der Tyrannei zu befreien, und es war kein Vergnügen, alles vom Winde verweht zu sehen. Doch ich war nicht so fassungslos, wie Ihr Euch vielleicht vorstellt. Die Armeen marschierten, und unterschiedliche Kräfte im Land – die Faktionen, die nur Cromwell hätte zusammenhalten können – formierten sich wieder. Es hieß König oder Krieg. Ich widersetzte mich Charles nicht. Und ich hätte es tun können, wißt Ihr? Hätte ich es gewollt, läge Charles schon seit Jahren im Grab.«

Er hatte das so ruhig und sachlich gesagt, daß ich im ersten Moment das Entsetzliche gar nicht begriff, das er da aussprach. Dann stockte mir der Atem. Dieser kleine Mann hatte aus politischen Gründen allen Ernstes entschieden, ob sein rechtmäßiger Monarch, der von Gott Gesalbte, leben oder sterben sollte. Charles von Thurloes Gnaden, König von England. Und ich wußte, daß er nicht mehr sagte als die Wahrheit: Ich war sicher, daß er und der Regent einen solchen Kurs in Betracht gezogen hatten. Wenn sie ihn verwarfen, dann nicht deshalb, weil sie vor einem solchen Verbrechen zurückschreckten – sie hatten bereits so viele begangen –, sondern weil es nicht zu ihrem Vorteil war.

»Aber Ihr habt es nicht getan?«

»Nein. Das Commonwealth handelte nach dem Gesetz – und litt am Ende schwer darunter. Um wieviel leichter wäre es gewesen, wenn der ältere Charles an einer geheimnisvollen Krankheit gelitten hätte und gestorben wäre und unsere Hände vor der Öffentlichkeit rein gewesen wären, wie schamlos wir uns im geheimen auch benommen hätten. Aber wir haben ihm den Prozeß gemacht, haben ihn hingerichtet ...«

»Ihn ermordet, meint Ihr wohl.«

»... und *hingerichtet*, vor aller Augen, haben kein einziges Mal versucht, zu verbergen, was wir taten. Das gleiche gilt für die anderen Verräter – jetzt sind sie vermutlich loyale Patrioten –, deren wir habhaft wurden. Nennt mir einen, der ohne öffentliches Gerichtsverfahren im geheimen ermordet wurde.«

Jeder wußte, daß es Tausende gewesen waren; doch da man sie heimlich verscharrt hatte, kannte ich ihre Namen nicht, und das sagte ich ihm auch.

»Ich verstehe. Ich habe also unzählige Menschen ermordet, aber Ihr könnt keinen einzigen nennen. Habt Ihr vor, das Gesetz zu Eurem Beruf zu machen, Mr. Prestcott?«

Ich sagte, daß mir nach allem Unglück, das über unsere Familie gekommen war, nichts anderes übrigblieb.

»Das habe ich mich gefragt. Ich war selbst Anwalt, bevor ich in den öffentlichen Dienst eintrat. Ich hoffe sehr, daß das Glück Eurer Familie sich wendet, denn ich kann nicht glauben, daß Ihr dem Beruf zur besonderen Zierde gereichen werdet. Ihr legt den Fall nicht sehr überzeugend dar.«

»Wir sind hier nicht bei Gericht.«

»Nein«, stimmte er zu, »Ihr seid in meinem Wohnzimmer. Doch wenn Ihr wollt, können wir es in einen Gerichtssaal verwandeln, und Ihr könnt Eure erste Anklage vorbringen. Ich werde antworten, und dann könnt Ihr Euch ein Urteil bilden. Kommt schon, es ist ein großzügiges Angebot. Ihr könnt Ankläger, Richter, Jury und (wenn Ihr Euren Fall gewinnt) Scharfrichter in einem sein. So eine Möglichkeit hat ein Mann Eures Alters nur sehr selten.«

Aus irgendeinem Grund fragte ich ihn nicht einmal mehr etwas. Für die kühne Tat, die ich ursprünglich beabsichtigt hatte, war es jetzt zu spät. Er sollte zugeben, daß ich recht hatte und daß er verdiente, von mir bestraft zu werden – das war jetzt alles, was ich wollte. Deshalb ging ich auf seinen Vorschlag ein – und deshalb denke ich noch immer, daß er unrecht hatte. Ich wäre ein guter Anwalt gewesen, obwohl ich zutiefst dankbar bin, daß ich mich nicht so weit erniedrigen mußte, einer zu werden.

»Nun«, begann ich, »die Sache ist ...«

»Nein, nein, nein«, unterbrach er mich freundlich. »Wir sind bei Gericht, Sir. Eure Präsentation ist eine Schande. Fangt eine Anklage nie mit ›nun, die Sache ist die ...‹ an. Unterrichtet man Euch an der Universität nicht mehr in Rhetorik? Fangt jetzt richtig an, vergeßt nie, Euch respektvoll an den Richter zu wenden – selbst wenn er ein alter Narr ist – und an die Geschworenen, als seid Ihr davon überzeugt, daß auf der Bank lauter Salomos sitzen, auch wenn Ihr den ganzen Vormittag damit verbracht habt, sie zu bestechen. Fangt von neuem an. Und seid nicht schüchtern; man darf nicht schüchtern sein, wenn man gewinnen will.«

»Euer Ehren, meine Herren Geschworenen«, begann ich. Sogar nach all den Jahren staune ich noch darüber, wie widerstandslos ich tat, was er sagte.

»Viel besser«, sagte er. »Sprecht weiter. Aber versucht Eure Stimme ein bißchen wirkungsvoller einzusetzen.«

»Euer Ehren, meine Herren Geschworenen«, sagte ich bedeutungsschwer und leicht ironisch, denn man soll nicht denken, daß ich dieses Theater ohne Groll mitmachte, »Ihr seid hierhergekommen, um über eines der schlimmsten Verbrechen der Menschheitsgeschichte zu urteilen; denn dem Angeklagten wird nicht nur ein einfacher Diebstahl oder ein heißen Blutes begangener Mord vorgeworfen, sondern die kalte und berechnende Vernichtung eines Gentleman, der zu gut und zu ehrenhaft war, um auf andere Weise verletzt zu werden.

Dieser Gentleman, Sir James Prestcott, kann nicht selbst sprechen, um Euch von dem Unrecht zu berichten, das ihm angetan wurde. Seine Familie muß das auf traditionelle Art für ihn tun, damit seine Rufe nach Gerechtigkeit aus dem Grab heraus verstummen können und seine Seele in Frieden ruhen kann.«

»Sehr gut«, sagte Thurloe. »Ein gelungener Anfang.«

»Als Richter muß ich den Angeklagten bitten zu schweigen. Wenn dies ein ordentliches Gericht sein soll, müssen die Formen gewahrt bleiben.«

»Ich entschuldige mich.«

»Ich ersuche Euch nicht, den Mann zu verdammen, ohne daß ich Euch mit den genauen Fakten des Falles bekanntmache. Das ist alles, was ich tun muß, damit Ihr ohne den Schatten eines Zweifels erkennt – dieser Mann ist schuldig. Ich werde den Fall darlegen und nichts weiter. Es bedarf keiner hochfliegenden rhetorischen Überredung.

Die Güte, die Loyalität und der Mut von Sir James Prestcott waren dergestalt, daß er alles für die Sache des Königs hingab und bereit war, noch mehr zu geben. Als die meisten aufgegeben hatten, kehrte er aus dem Exil zurück, um für die gesegnete Restauration zu arbeiten, die wir jetzt alle genießen. Einige standen ihm in diesem Kampf bei, aber nur wenige aus vollem Herzen, und einige taten es nur aus Rücksicht auf ihren eigenen Vorteil. Einige verrieten ihr Freunde und ihre Sache, um selbst befördert zu werden, und wann immer John Thurloe auf solche Leute stieß, benutzte er sie, indem er dafür sorgte, daß die Schuld an dem Schaden, den sie anrichteten, anderen angelastet wurde. Sein wichtigster Informant und der Mann, der für die Untaten, die meinen Vater vernichteten, Strafe verdient hätte, war John Mordaunt.«

Ich hielt inne, um zu sehen, ob er erschrocken war, weil ich plötzlich enthüllte, wieviel ich wußte. Er war es nicht; saß einfach völlig bewegungslos da und gab sich völlig uninteressiert.

»Laßt es mich begründen. Mordaunt war der jüngste Sohn einer Adelsfamilie, die im Krieg auf keinen Fall Partei ergreifen und statt dessen von dem profitieren wollte, der triumphierte. Mordaunt war angeblich ein Anhänger des Königs, aber zu jung, um aktiv an den Kämpfen teilzunehmen, daher wurde er, wie viele andere; ins Ausland geschickt, wo er in Sicherheit war. Er fuhr nach Savoyen und lernte dort Samuel Morland kennen, einen

Mann, der schon im Dienste des Commonwealth stand. Mordaunt hing der Sache des Königs an, Morland war ein Gefolgsmann Cromwells. Wann genau die beiden eine Partnerschaft eingingen, um voranzukommen, ist ungewiß, aber ich denke, daß die Vereinbarung in den wesentlichen Punkten feststand, als Sir Samuel anno 1656 nach England zurückreiste. Mordaunt kehrte ebenfalls zurück und gelangte unter den Royalisten allmählich zu Ansehen, wobei, wie ich glaube, seiner Fähigkeit, Intelligenz und dem Ruf politischer Klugheit, der ihm vorauseilte, kräftig nachgeholfen wurde durch die ständigen Informationen, die er von Morland bekam. Aber der Preis, den die Royalisten für sein Ansehen bezahlten, war hoch, denn Mordaunt erwarb es sich dadurch, daß er jeden einzelnen Plan verriet, den die Männer des Königs entwickelten.

Einmal begingen die Verräter einen schweren Fehler, und 1658 wurde Mordaunt bei einer großen Aktion gegen royalistische Sympathisanten verhaftet. Es ist unvorstellbar, daß ein Mann, so rücksichtslos wie John Thurloe, einen so wichtigen Mann hätte entkommen lassen, wäre er tatsächlich auf seiten des Königs gewesen. Aber wurde Mordaunt zum Galgen geführt wie seine Gefährten? Wurde er an einen Stuhl gebunden und gefoltert, damit er wertvolle geheime Kenntnisse preisgab? Alles andere als das. Er wurde nach sechs Wochen freigelassen, angeblich weil seine Frau die Geschworenen bestochen hatte.

Es hätte, glaube ich, einer sehr hohen Summe bedurft, damit ein Geschworener riskierte, den gefährlichsten Mann Englands entkommen zu lassen und sich Thurloes Zorn zuzuziehen. Tatsächlich aber wurde kein Bestechungsgeld gebraucht. Man sagte den Geschworenen, wie sie zu stimmen hätten, und sie befolgten die Anweisung, ohne dafür bezahlt zu werden. Mordaunt kehrte ins Kampfgetümmel zurück, seine Kühnheit und sein Mut wurden noch mehr gerühmt, und niemand wagte einen Zweifel an seiner Stellung.

Aber zu diesem Zeitpunkt war es für die Royalisten klar, daß sie einen Verräter in den eigenen Reihen hatten und daß er entlarvt werden mußte. Thurloe begann daher einen Plan auszuhecken, um die Aufmerksamkeit von Mordaunt ab- und auf andere zu lenken und seine Informationsquelle zu schützen. Daher ließ er eine Reihe von Dokumenten fälschen, um zu verschleiern, wer der Verräter war. Sie benutzten die Geheimschrift meines Vaters und gaben nur Informationen weiter, die meinen Vater bekannt waren. Aber warum von allen anderen Royalisten, von denen jeder passend gewesen wäre, ausgerechnet ihn wählen?

Vielleicht kann man Mr. Thurloe in diesem Punkt freisprechen, denn ich glaube, daß hier die Habgier von Samuel Morland eine große Rolle spielte, da die Schande meines Vaters ungeheuer gewinnbringend für ihn war, denn er wußte, daß die Familie Russell ihn belohnen würde, wenn er half, alle Hindernisse zu beseitigen, die ihre Pläne für die Fenlands störten. Also trat er an die Familie heran und erklärte ihr, man könnte Sir James Prestcott aus dem Weg schaffen, wenn es sich für ihn – Morland – lohne. Sir John Russell stürzte sich auf die Informationen, die Morland ihm beschaffte, und begann sie zu verbreiten, und sein leidenschaftlicher Einsatz brachte den arglosen Sir William Compton dazu, seinen besten Freund zu denunzieren und zu vernichten.

So kam der zweite Teil des Planes zur Durchführung, der ebenso darauf abzielte, den Ruf meines Vaters wie seinen Besitz zu zerstören. Ich weiß nicht, ob ihm jemals bewußt war, daß so viele mächtige Männer seinen Untergang wünschten, ja sogar forderten. Thurloe, der die Regierung schützte, Mordaunt und Morland, deren Zukunft davon abhing, daß er sich die Schuld an ihren Übeltaten aufbürden ließ; und die Macht der Familie Russell, die jetzt ungehindert die Fenlands ausbeuten konnte. Alle profitierten reichlich durch diese Absprachen, und die Kosten waren gering. Es mußten nur das Leben und die Ehre eines einzelnen Mannes geopfert werden.

Es ist unmöglich, Vowürfen entgegenzutreten, die auf solche Weise vorgebracht werden; es gab keine Anklagen, wie also konnte man sie widerlegen? Keine Beweise wurden vorgelegt, wie sollte man daher zeigen, daß sie gefälscht waren? Mein Vater zog sich mit einer Würde zurück, die als Feigheit ausgelegt wurde, er floh, um der Verleumdung, ungerechter Gefangenschaft und sogar dem Dolch des Mörders zu entgehen, und das hielt man irrigerweise für ein Schuldgeständnis. Und die ganze Zeit sagte Thurloe, der Urheber seines Unglücks und der einzige, der seine Ehre hätte reinwaschen können, kein einziges Wort. Wer außer ihm hätte eine solche Intrige spinnen können? Und wer außer ihm hatte die Möglichkeit, sie in die Tat umsetzen? Nur John Thurloe, der alles wußte, alles sah und die treibende Kraft hinter allen finsteren Machenschaften war.

Und mich, meine Herren Geschworenen, seht Ihr in einer jämmerlichen Lage. Ich habe keine finanziellen Mittel, keine Verbindungen und keinen Einfluß, habe nichts, außer meinen Glauben an die Rechtmäßigkeit meines Falls und die Güte dieses Gerichts. Aber, davon bin ich überzeugt, das ist mehr als genug.«

Habe ich das so, Wort für Wort, gesagt? Nein, natürlich nicht. Ich bin sicher, daß ich mich, jung wie ich war, oft versprach, und meine Rede nicht halb so selbstsicher klang, wie ich sie in Erinnerung habe. Meine Freunde, die Bücher lesen, versichern mir, daß dies der Lauf der Geschichte ist. Sogar große Historiker schreiben eher nieder, was die handelnden Personen hätten sagen sollen, und nicht, was sie sie wirklich sagten. So ist das auch bei mir, und sollte ich mich mit den Jahren verbessert und geglättet haben, entschuldige ich mich nicht dafür. Ich erinnere mich daran, als hätte ich so gesprochen, zurückhaltend, aber leidenschaftlich, glühend, aber beherrscht, vor ihm stehend, den Blick unverwandt auf sein Gesicht gerichtet, seltsam bemüht, ihn zu überzeugen, daß das, was ich sagte, die Wahrheit war, aber in dem Bewußtsein, daß ich ebenso bemüht war, mich selbst zu überzeugen.

Er antwortete nicht sofort, daran erinnere ich mich deutlich. Teilnahmslos saß er da und nickte stumm. Nach einer Weile, in der man nichts hörte als das Knacken und Zischen der Scheite auf dem Rost, begann er zu sprechen, wobei er die Fiktion eines Schauspiels aufrechterhielt.

»Ich will mich nicht dazu herablassen, meinen gelehrten Ankläger zu seiner schönen Rede zu beglückwünschen, die so aufrichtig nur von einem Sohn gehalten werden konnte. Ich zweifle nicht an der Aufrichtigkeit seiner Worte; der Mut und der Eifer, mit denen er das Recht vertritt, stehen auch außer Frage, und für einen so jungen Mann ist es überaus ehrenhaft, sich eine so schwere Aufgabe auf die Schultern zu laden, ohne daß ihm Hilfe zuteil wird.

Doch wir sind hier bei Gericht, und ich kann mich nicht in Gefühlen ergehen. Daher muß ich darauf hinweisen, daß der Fall gegen mich auf schwachen Füßen steht und die vorgelegten Beweise gegenstandslos sind. Das Wort eines Vaters wiegt schwer bei einem Sohn, aber nicht vor Gericht. Wenn man seine eigene Überzeugung in feststehende Tatsachen umsetzen muß, muß der Fall viel fester untermauert sein als durch die Beteuerungen eines Mannes, der unter Anklage steht. Daß ich einen Unschuldigen vernichtet haben soll, ist eine schwere Anschuldigung, die sich nicht nur auf Behauptungen stützen darf.

Sir James Prestcott wurde des Verrates beschuldigt, und er wurde vernichtet. Ich gebe zu, daß ich der Hauptverdächtige bin. Lange Jahre war ich für die Sicherheit der Regierung verantwortlich, und ich leugne nicht, daß die Methoden, deren ich mich bediente, mannigfach und unterschiedlich waren. Das war notwendig, denn es hat Komplotte gegen uns gegeben; so viele, daß ich mich nicht einmal mehr an alle erinnern kann. Immer wieder versuchten Agitatoren, das Land den Schrecken des Krieges und des Bürgerkrieges auszuliefern. Es war meine Aufgabe, das zu verhindern, und ich erledigte diese Aufgabe, so gut es mir möglich war.

Hat es einen Informanten, einen Verräter unter den Männern des Königs gegeben? Natürlich. Nicht nur einen, sondern sehr viele. Es gibt immer Menschen, die bereit sind, ihre Freunde für Geld zu verkaufen, doch oft brauchte ich die Waren gar nicht, mit denen sie hausieren gingen. Die Royalisten waren immer die dümmsten Verschwörer. Die Aufstände, die sie planten, waren so vielen Leuten mit losen Zungen bekannt, daß wir hätten taub sein müssen, hätten wir nicht davon gehört. Daß man mir satanische Kräfte zuschrieb, war zwar schmeichelhaft, aber falsch. Am häufigsten war mein Erfolg allein auf die Dummheit jener zurückzuführen, die mich bekämpften.

Samuel Morland war nicht unfähig, aber für mich wegen seiner Habgier und Treulosigkeit wenig nützlich, und ich hatte ihn schon lange entlassen wollen. Ich konnte es nicht tun, denn nur er kannte unseren wertvollsten Informanten über das Tun und Treiben der Männer des Königs; er nannte ihn Mr. Barrett.

Von allen Informationsquellen war dieser Mr. Barrett bei weitem die beste. Wir brauchten nur zu fragen, und Mr. Barrett ließ uns die Antwort durch Samuel zukommen. Und Samuel weigerte sich, zu sagen, wer dieser Mann war. Wenn ich mich seiner entledigte, verlor ich auch Mr. Barrett, und Samuel war klug genug, zu begreifen, daß dies der einzige Grund war, warum ich seine Gegenwart ertrug. Ich habe mich oft gefragt, ob er Informationen nicht nur bekam, sondern auch weitergab, und sorgte daher dafür, daß er von den Tätigkeiten meines Amtes sowenig wie möglich erfuhr. Solange dieser Handel nicht allzu nachteilig wurde, unterband ich ihn nicht.

Wer war Mr. Barrett? Ihr habt völlig recht. Auch ich kam zu dem Schluß, daß es John Mordaunt war, ließ ihn verhaften, damit ich ihn selbst verhören und versuchen konnte, eine direkte Verbindung herzustellen, damit ich Samuel los wurde. Aber Mordaunt leugnete alles; entweder fürchtete er eine Falle, oder er war tatsächlich unschuldig, oder seine Loyalität gegen Samuel war so groß. So oder so, ich erfuhr nichts von ihm.

Es war ein Fehler von mir, denn dadurch war meine Feindseligkeit gegen Samuel offenkundig geworden, und bei erstbester Gelegenheit konspirierte er gegen mich, so daß man mich vorübergehend aus meinem Amt entfernte. Als ich meine Stellung zurückbekam, lief er zum König über, weil er meine Rache fürchtete, und denunzierte Euren Vater, um Anerkennung zu finden.

Ihr seht also, ich will hier nicht bestreiten, daß, wie Ihr sagt, John Mordaunt der Verräter war und Euer Vater geopfert wurde, um ihn zu schützen. Doch ich hätte sehr wohl gegen einige Einzelheiten etwas einzuwenden, wenn wir die Zeit dazu hätten.

Eine Behauptung bestreite ich aber und tue es, weil Eure ganze Anklage gegen mich ausschließlich darauf beruht und ich beweisen kann, daß sie falsch ist. Ihr sagt, ich trüge die Schuld an der Schmach und Schande Eures Vaters, ich hätte die Fälschungen in Auftrag gegeben und für ihre Verbreitung gesorgt. Dazu sage ich schlicht, daß ich es nicht nur nicht getan habe, sondern es gar nicht hätte tun können, denn damals hatte ich bei der Regierung längst weder Amt mehr noch Einfluß.

Ich wurde Ende des Jahres 1659 aus den Diensten der Republik entlassen, als Cromwell zu dem Schluß kam, daß er als Regent nicht länger überleben konnte, und den Kampf aufgab. Ein Jammer; er hatte seine Fähigkeiten. Ich verlor mit ihm die Macht und war viele Monate ohne Einfluß. In dieser Zeit wurden die Dokumente über Euren Vater hergestellt, an Sir John Russell und von ihm an Sir William Compton weitergegeben. Das ist eine ganz einfach Tatsache. Ich habe Euch gesagt, Eure Logik ist mangelhaft, und das ist der Fehler, der darin steckt. Wie wahr Euer Fall im allgemeinen auch sein mag, ich kann nicht dafür verantwortlich gewesen sein.«

Einen so simplen Fehler hatte ich gemacht, und er traf mich wie ein Hammerschlag. Bei all meinen ernsthaft durchgeführten Untersuchungen hatte ich keinen einzigen Augenblicken innegehalten und an das Chaos gedacht, das in den letzten Tagen des Commonwealth herrschte, an diesen unaufhörlichen Kampf um einen festen Platz, an den Betrug unter alten Partnern, die sich selbst und ihr korruptes Gebäude vor der Zerstörung retten wollten. Cromwell starb, sein Sohn übernahm die Regentschaft, verlor die Macht und wurde im Parlament durch Cliquen von Fanatikern und Sektierern ersetzt. Und währenddessen war Thurloe eine Zeitlang entmachtet gewesen. Ich wußte es, hatte es jedoch nicht für wichtig gehalten. Hatte weder Fakten noch Daten nachgeprüft. Und von dem Augenblick an, in dem ich zu sprechen begonnen hatte, hatte Thurloe gelassen dagesessen, gewartet bis mein eloquenter Vortrag zu Ende war, und gewußt, daß er mit einem leichten Stoß alles zunichte machen konnte, was ich gegen ihn in der Hand zu haben glaubte.

»Wollt Ihr mir sagen, daß Morland allein meinen Vater vernichtet hat?«

»Das wäre eine Deutung«, sagte er ernst. »Und nach den Beweisen, die Ihr vorgelegt habt, wäre es die offensichtlichste.«

»Was soll ich tun?«

»Ich habe gedacht, Ihr seid hierhergekommen, um mich zu töten, und nicht, um mich um Rat zu bitten.«

Er wußte, er war entronnen. Praktisch hatte er mir gesagt, daß ich bei zwei Gelegenheiten, als ich bei Mordaunt und später bei Morland gewesen war, die Schuldigen in greifbarer Nähe gehabt hatte. Einen hatte ich mit vielen Dankesbezeugungen und den besten Wünschen verlassen. Den anderen als reines Instrument betrachtet, als einen habgierigen kleinen Wicht vielleicht, aber im wesentlichen nur als Informationsquelle und nicht mehr. Ich kam mir wie ein Narr vor und schämte mich, daß dieser Mann meine Dummheit durchschaut und gelassen vor mir ausgebreitet hatte.

»Es wird Zeit, daß wir das zu Ende bringen«, faßte Thurloe zusammen. »Findet Ihr mich schuldig oder nicht? Ich habe gesagt, die Entscheidung liegt bei Euch. Ich werde Euer Urteil hinnehmen.«

Ich schüttelte den Kopf, Tränen der Enttäuschung und der Scham schossen mir in die Augen.

»Das genügt nicht, Sir«, drängte er mich. »Ihr müßt es aussprechen.«

»Nicht schuldig«, murmelte ich.

»Verzeihung? Ich fürchte, ich habe Euch nicht gehört.«

»Nicht schuldig!« brüllte ich ihn an. »Nicht schuldig! Nicht schuldig! Nicht schuldig! Hört Ihr es jetzt?«

»Perfekt. Ich danke Euch. Und nachdem Ihr jetzt bewiesen habt, daß für Euch das Recht über allem steht – und ich weiß zu würdigen, wieviel es Euch gekostet hat –, will auch ich etwas tun. Wenn Ihr meinen Rat wollt, sollt Ihr ihn haben. Berichtet mir alles, was Ihr getan, gelesen, gedacht und gesehen habt. Dann werde ich mir überlegen, ob ich Euch irgendwie helfen kann.«

Er klatschte in die Hände, und wieder erschien der Diener; diesmal wurde er gebeten, etwas zu essen und noch mehr Feuerholz zu bringen. Dann begann ich zu sprechen und zu erklären, begann ganz am Anfang und ließ nur die Hilfe und Unterstützung aus, die ich von Lord Bristol bekommen hatte. Ich hatte versprochen, nichts zu sagen, und wollte meinen künftigen Gönner nicht verärgern, indem ich mein Wort brach. Ich erzählte ihm sogar, daß Sarah Blundy mich behext hatte und von meiner Entschlossenheit, diese Sache ein für allemal zu Ende zu bringen. Doch dieses Thema ließ ich wieder fallen; es interessierte ihn nicht, und ich sah seinem Gesicht an, daß er an solche Dinge nicht glaubte.

»Ihr habt dadurch, daß Ihr Mordaunt beschuldigen könnt, etwas Großes in der Hand, denn er ist bei vielen Leuten unbeliebt, weil er Lord Clarendon so eng verbunden ist. Ihr müßt Euer Wissen an die richtigen Leute verkaufen, dann bekommt Ihr einen hohen Preis dafür.«

»An wen?«

»Sir William Compton, stelle ich mir vor, wird verständlicherweise darauf dringen, Euch wegen Eures Angriffs vor Gericht zu bringen. Da er Lord Clarendon ebenfalls verachtet, wird er vielleicht auf seine Anklage verzichten, wenn er mit Eurer Hilfe seinen größeren Feind zur Strecke bringen kann. Und wenn Clarendons Freund Mordaunt geschwächt ist, wird Clarendon es um so mehr sein. Viele Leute, nicht nur Sir William Compton, wären Euch sehr dankbar dafür. Ihr müßt Euch an sie wenden und sehen, was sie dafür zu bieten bereit sind.«

»Das ist alles sehr schön«, sagte ich und wagte nach so viel Enttäuschung kaum noch zu hoffen. »Aber ich bin ein Flüchtling. Ich kann nicht nach London und nicht einmal nach Oxford gehen, man würde mich sofort verhaften. Wie kann ich mich an jemand wenden?«

Die Würde der königlichen Gerichtsbarkeit tat er jedoch mit einem Schulterzucken ab. Für Menschen wie Thurloe, erfuhr ich, war das Gesetz nichts besonders wichtig. Wenn seine Feinde ihn vernichten wollten, würde ihm Schuldlosigkeit vor Gericht auch nicht das Leben retten; und wenn er genügend Kraft hätte, würde ihn die größte Schuld nicht in Gefahr bringen. Das Gesetz war ein Machtmittel, mehr nicht. Und er bot mir einen gefährlichen Handel an, stellte mich vor eine furchtbare Wahl. Ich wollte Gerechtigkeit, doch Thurloe sagte mir, so etwas wie Gerechtigkeit gebe es nicht, alle Bewegung rühre nur aus dem Konflikt der Macht her. Wenn ich wieder festen Boden unter den Füßen haben wolle, müsse ich die Feinde anderer genauso zu Fall bringen, wie sie meinen Vater zu Fall gebracht hätten. Ich könne mein Ziel erreichen, doch nur wenn ich mein Motiv aufgäbe. Viele Tage verbrachte ich in Gedanken und im Gebet, ehe ich annahm.

Als ich es getan hatte, fuhr Thurloe nach Oxford und besprach die Angelegenheit mit Dr. Wallis, nachdem sie sich im Theater begegnet waren. Obwohl ich große Bedenken hatte, sagte er mir, über Wallis führe bei weitem der leichteste Weg, mit jenen Männern in der Regierung in Verbindung zu treten, die vielleicht helfen würden. Obwohl ich ihm im Gefängnis so übel mitgespielt hatte, schien Thurloe der Meinung, es würde nicht schwierig sein, Wallis' Unterstützung zu gewinnen, auch wenn er sich nie die Mühe machte, mir zu erklären, warum er das glaubte.

»Nun?« fragte ich eifrig, als er mich nach seiner Rückkehr endlich rufen ließ. »Wird Wallis helfen?«

Thurloe lächelte. »Vielleicht können wir unser Wissen austauschen. Ihr habt erwähnt, daß Ihr bei Sir William Compton einen italienischen Gentleman getroffen habt.«

»Da Cola, ja. Ein überaus höflicher Mann – für einen Ausländer.«

»Ja. Cola. Dr. Wallis interessiert sich sehr dafür, was Ihr für eine Meinung von ihm habt.«

»Das weiß ich. Er hat mich das schon einmal gefragt, wenn ich auch keine Ahnung habe, warum er so fasziniert ist.«

»Das braucht Euch nicht im geringsten zu interessieren. Werdet Ihr beschwören, was Ihr über diesen Mann wißt? Und jede andere Frage, die Wallis stellen mag, frei und offen beantworten?«

»Wenn er mir helfen wird, dann selbstverständlich. Es ist harmlos genug. Was bekomme ich dafür?«

»Dr. Wallis kann, soviel ich weiß, Euch eine aufschlußreiche Information über das Paket geben, das Euer Vater Eurer Mutter schicken wollte. In dem Paket war alles, was er über Mordaunt und seine Aktivitäten wußte. Wen er getroffen, was er gesagt hatte und alle Konsequenzen, die sich daraus ergeben hatten. Sobald Ihr das in Händen habt, werdet Ihr Euren Fall unschwer gewinnen.«

»Er hat es die ganze Zeit gewußt? Und nichts gesagt?«

»Er selbst hat es nicht, und er ist ein zurückhaltender, schweigsamer Mann. Er gibt nie etwas für nichts. Zum Glück habt Ihr jetzt etwas zu bieten. Aber er kann Euch sagen, an wen Ihr Euch wenden müßt, um es zu bekommen. Nun, seid Ihr mit diesem Handel einverstanden?«

»Ja«, sagte ich begeistert. »Natürlich. Von ganzem Herzen. Besonders wenn er als Gegenleistung nur ein paar Informationen haben will. Für einen solchen Preis gäbe ich mein Leben, und willig noch dazu.«

»Gut«, sagte Thurloe und lächelte vergnügt. »Dann ist das abgemacht. Jetzt müssen wir nur noch die letzte Bedrohung durch das Gesetz loswerden, damit Ihr Euch wieder frei bewegen könnt. Ich habe Eure Sorge wegen dieser Sarah Blundy erwähnt und den Ring, den Ihr von Groves Leichnam habt. Die Frau ist jetzt verhaftet worden, denn sie steht unter dem Verdacht, Dr. Grove ermordet zu haben.«

»Wie schön, das zu hören«, sagte ich, und jubelte innerlich

noch mehr. »Ich habe Euch erzählt, woher ich weiß, daß sie ihn getötet hat.«

»Ihr werdet gegen sie aussagen, Euer Gerechtigkeitssinn wird wohlwollend vermerkt werden und die Anklagen gegen Euch fallengelassen. Gebt Ihr mir Euer Wort, daß dieses Mädchen Dr. Grove tatsächlich getötet hat?«

»Ich gebe es Euch.« Es war eine Lüge, das weiß ich, und noch während ich sie aussprach, bereute ich bitter, daß ich sie aussprechen mußte.

»Dann wird alles gut. Aber nur, ich wiederhole, nur wenn Ihr alle Fragen beantwortet, die Dr. Wallis Euch stellt.«

Mein Herz war ganz nahe daran, vor Freude zu zerspringen, wenn ich darüber nachdachte, wie ich in allen Bereichen triumphierte. Wirklich, dachte ich, ich bin gesegnet, daß mir so schnell so viel gegeben wird. Einen Augenblick lang war ich voller Begeisterung, dann jedoch plötzlich ernüchtert. »Es ist eine Falle«, sagte ich. »Wallis wird mir nicht helfen. Er hat alles nur gesagt, um mich nach Oxford zurückzulocken. Man wird mich wieder ins Gefängnis werfen und hängen.«

»Es ist ein Risiko, doch ich denke, Wallis ist hinter größerem Wild her, als Ihr es seid.«

Ich schnaubte. Es ist leicht, dachte ich, ruhig und unbeteiligt zu bleiben, wenn einem anderen der Hals langgezogen wird. Wie würde er sich wohl verhalten, wenn ihm der Weg zum Galgenbaum drohte?

* *
*

Der nächste Schritt erfolgte ein paar Tage später. Ich hatte widerstrebend eingesehen, daß ich das Risiko eingehen und mich in Wallis' Hände begeben mußte, doch der Mut hatte mich verlassen, und gerade als ich auf dem Gipfel meiner Unentschlossenheit angelangt war, betrat Thurloe leise das Zimmer, in dem ich meine Zeit verbrachte, und verkündete, ich hätte Besuch.

»Einen gewissen Signor Marco da Cola«, sagte er mit leichtem Lächeln. »Es ist schon seltsam, daß der Mann überall da auftaucht, wo man ihn am wenigsten erwartet.«

»Er ist hier?« fragte ich und erhob mich erstaunt. »Warum?«

»Weil ich ihn eingeladen habe. Er war hier in der Nähe, und als ich das hörte, dachte ich, ich müsse den Gentleman wirklich kennenlernen. Er ist überaus charmant.«

Ich bestand darauf, Cola zu sehen, denn ich wollte alles erfahren. Es war Thurloe, der meinte, Cola wäre vielleicht der ideale Vermittler und könnte sich für mich beim Friedensrichter von Oxford verwenden, denn ich denke, auch er traute Wallis nicht so rückhaltlos, wie er behauptete.

Ich hoffe, ich brauche nicht zu rechtfertigen, was ich ihm sagte. Ich habe ausreichend bewiesen, wie ich vor dem Fluch fliehen mußte, der auf mir lag, und wie beschränkt meine Mittel waren. Ich hatte gebeten, mich von Sarah Blundys Fluch zu erlösen, war jedoch abgewiesen worden. Sie hatte mich mit Hinterlist dazu gebracht, meinen Vormund anzugreifen; die Bemühungen von Magiern, Priestern und weisen Männern, sie unschädlich zu machen, waren mißlungen, und – obwohl ich es in meiner Geschichte nicht so oft erwähnt habe, wie ich es hätte tun können – fast täglich peinigten mich seltsame Ereignisse, und meine Nächte waren eine Qual hitziger Heimsuchungen, so daß ich keinen friedlichen Schlaf fand. Sie griff mich unbarmherzig an, vielleicht hoffte sie, mich zum Wahnsinn zu treiben. Jetzt hatte ich die Möglichkeit, zurückzuschlagen – ein für allemal. Ich konnte es mir auf keinen Fall leisten, mir diese Chance durch die Finger schlüpfen zu lassen. Und da war auch noch meine Loyalität gegenüber Thomas.

Also erzählte ich Cola, ich sei nach meiner Flucht bei ihr im Cottage gewesen und hätte gesehen, wie sie zurückkam, wild und erregt. Ich erzählte ihm, ich hätte Groves Ring in ihrem Kleid gefunden, sofort erkannt und ihr weggenommen. Sie sei blaß geworden, als ich wissen wollte, woher sie ihn habe. Und daß ich das bei ihrem Prozeß aussagen würde. Als ich geendet hatte, glaubte ich beinahe selbst daran, daß es so gewesen war.

Cola erklärte sich einverstanden, meine Geschichte an den Friedensrichter weiterzugeben, und versicherte mir sogar, daß meine Bereitschaft, im Namen der Gerechtigkeit aufzutreten – obwohl ein Risiko für mich –, mir in Zukunft zustatten kommen würde.

Ich dankte ihm und fühlte mich so zu ihm hingezogen, daß ich nicht umhin konnte, ihm von mir aus auch ein paar Informationen zu geben. »Sagt mir«, begann ich, »wie kommt es, daß Dr.

Wallis sich so sehr für Euch interessiert? Seid Ihr mit ihm befreundet?«

»Nein, das bin ich nicht«, sagte er. »Ich bin ihm erst einmal begegnet, und da war er sehr unhöflich.«

»Er möchte mit mir über Euch sprechen. Ich weiß nicht, warum.«

Cola wiederholte, daß er es auch nicht verstehe, schob die Angelegenheit dann beiseite und fragte, wann ich beabsichtigte, nach Oxford zu kommen.

»Ich glaube, es wäre am besten, bis kurz vor dem Prozeß zu warten. Ich hoffe, der Friedensrichter wird mir freies Geleit zusichern, aber ich bin nicht in der Stimmung, allzu vertrauensselig zu sein.«

»Und dann werdet Ihr auch Dr. Wallis aufsuchen?«

»Das ist fast sicher.«

»Gut. Danach würde ich Euch gern meine Gastfreundschaft anbieten, um mit Euch zu feiern, daß alles für Euch so gut geendet hat.«

Und er ging. Ich erwähne es nur, um aufzuzeigen, daß Cola vieles verschweigt, wenn er Gespräche wiedergibt. Der Rest, über den er schreibt, ist jedoch mehr oder weniger richtig. Der Friedensrichter erschien äußerst empört und war ganz dafür, Thurloe und mich zu verhaften, bis er hörte, welche Beweise ich gegen Blundy hatte; danach war er überaus liebenswürdig und entgegenkommend – obwohl ich vermute, daß Dr. Wallis vielleicht schon vermittelnd eingegriffen und ihm gesagt hatte, es sei möglich, daß Sir William seine Anklage zurückziehen werde, wie er es ein paar Tage später tatsächlich tat. Dann wartete ich, bis ich die Mitteilung bekam, daß der Prozeßbeginn bevorstand, und reiste nach Oxford.

Es erwies sich, daß ich nicht als Zeuge auftreten mußte, da die Frau das Verbrechen gestand – was überraschend war, denn, wie ich schon sagte, sie hatte es nicht begangen. Doch die Beweise gegen sie waren zwingend, und vielleicht sah sie ein, daß alles zu Ende war. Mir war es egal. Ich war nur froh, daß sie sterben mußte und ich keinen Meineid leisten mußte.

Sie wurde am nächsten Tag gehenkt, und sofort fühlte ich, wie ihr böser Geist aus mir hinausfuhr. Es war, als spürte ich den ersten Hauch eines frischen Windes, nachdem ein Gewitter die Luft von drückender Schwüle gereinigt hatte. Erst da wurde mir richtig klar, wie sehr sie mich gepeinigt und wie beständig sie meine Seele bedrückt hatte.

* * *

Und hier endet nun auch meine Geschichte, denn alles übrige berührt Colas Bericht nicht, und der größte Teil meines Triumphes ist ohnehin schon bekannt. Ich habe Cola nie wiedergesehen, denn er verließ Oxford kurz darauf, aber Wallis war hoch zufrieden mit dem, was ich ihm erzählte und stellte mir alle Informationen zur Verfügung, die ich brauchte. Innerhalb eines Monats hatte ich meinen guten Namen wieder, und obwohl man es für nicht ratsam hielt, direkt gegen Mordaunt vorzugehen, war ihm der Weg nach oben für immer versperrt. Der Mann, der einmal kurz davor stand, zum mächtigsten Politiker des Landes aufzusteigen, beendete seine Tage in trübseliger Vergessenheit, von seinen alten Freunden gemieden, von denen viele die Wahrheit über ihn wußten. Die Gunst vieler Männer in hohen Stellungen bescherte mir im Gegensatz dazu die Privilegien, die meiner Geburt und meinem Stand gebührten, und ich nutzte mein Glück so erfolgreich, daß ich bald imstande war, meinen Besitz zurückzugewinnen. Nach einiger Zeit erbaute ich mir eine Villa außerhalb von London, wohin mein Onkel, den ich noch immer verabscheue, kommt, um mich zu hofieren, in der Hoffnung, ich würde ihm Gutes tun; aber seine Hoffnung ist vergeblich. Ich brauche nicht zu sagen, daß er mit leeren Händen wieder abzieht.

Ich habe im Leben vieles getan, das ich bedaure, und vieles, was ich jetzt anders machen würde, hätte ich die Gelegenheit dazu. Doch das Wichtigste war meine große Aufgabe, und ich bin überzeugt, daß ich von allen ernsten Vergehen freigesprochen wurde. Der Herr war mir gütig gesinnt, und obwohl kein Mensch sie verdient, war meine Erlösung nicht ungerecht. Hätte Seine barmherzige Vorsehung mich nicht gesegnet, wäre mir wohl nicht solcher Seelenfrieden zuteil geworden. In Ihn lege ich mein ganzes Vertrauen und habe mich nur bemüht, Ihm so gut wie möglich zu dienen. Seine Gnade ist meine Rechtfertigung.

Das Prinzip der Harmonie

Es giebt endlich Götzenbilder, welche in die Seele der Menschen aus den mancherlei Lehrsätzen der Philosophie und auch aus verkehrten Regeln der Beweise eingedrungen sind, und die ich die Götzenbilder des *Theaters* nenne; denn so viel wie philosophische Systeme erfunden und angenommen worden sind, so viel Fabeln sind damit vorgebracht und aufgeführt worden, welche aus der Welt eine Dichtung und eine Schaubühne gemacht haben.

Francis Bacon, *Novum Organum Scientarum*
Book I, Aphorism XLIV

Erstes Kapitel

NACHDEM MAN MIR die gesammelten Notizen des Papisten
Marco da Cola übersandt hat, halte ich es für notwendig,
sie zu kommentieren, falls andere auch seine unverschämten
Schmierereien zu sehen bekommen und glauben, was er schreibt.
Laßt mich daher ein für allemal feststellen, daß dieser Cola ein
bösartiger, hinterhältiger und arroganter Lügner ist. Die groß-
äugige Naivität, die jugendliche Begeisterung, die Offenheit, die
er in seiner Erzählung zur Schau stellt, sind nichts anderes als ein
monströser Betrug. Satan ist ein Meister der Täuschung, der seinen Jüngern seine Tricks beigebracht hat. »Ihr habt den Teufel
zum Vater ... es ist keine Wahrheit in ihm. Wenn er lügt, sagt er
das, was aus ihm selbst kommt; denn er ist ein Lügner und ist der
Vater der Lüge« (Johannes 8,44). Ich habe die Absicht, das ganze
Ausmaß seiner Falschheit zu enthüllen, die in seinen Memoiren
enthalten ist, dieser wahren Geschichte einer Reise nach England.
Dieser Cola war der schlechteste aller Menschen, der grausamste
aller Mörder und der größte aller Betrüger. Nur durch die Gnade der Vorsehung entkam ich in jener Nacht, als er versuchte,
mich zu vergiften, und es war das größte Unglück, daß Grove die
Flasche an sich nahm und an meiner Statt starb. Ich hatte fast
einen Versuch erwartet, nachdem er in Oxford eingetroffen war,
aber mehr an ein Messer im Rücken gedacht. Einen so feigen Anschlag hätte ich nie vermutet und war nicht darauf vorbereitet.
Was dieses Mädchen Sarah Blundy betrifft, hätte ich es gern verschont, wenn es mir möglich gewesen wäre, doch ich konnte es
nicht. Eine Unschuldige ist gestorben, noch eines von Colas zahlreichen Opfern, aber noch vielen anderen wäre das gleiche
Schicksal widerfahren, hätte ich meine Meinung nicht für mich
behalten. Es war eine schwere Entscheidung, doch ich versuche
noch immer, mich von jedem Unrecht freizusprechen. Die Gefahr
war groß und meine Leiden kaum geringer.

Ich sage das ruhig und mit Überlegung, aber es hat mich viel gekostet, denn als das Manuskript eintraf, war es für mich der schwerste Schock. Lower hatte nicht die Absicht, es mir zu schikken; erst als ich von seiner Existenz erfuhr, verlangte ich es zu sehen und machte ihm klar, daß ich ein Nein nicht dulden würde. Ich hatte die Absicht, das Manuskript als Fälschung oder Betrug zu entlarven, da ich nicht glauben konnte, daß es echt war, doch nachdem ich es gelesen habe, weiß ich, daß meine ursprüngliche Vermutung falsch war. Entgegen meiner Überzeugung und den Beteuerungen jener, denen ich vertrauen durfte, ist es offensichtlich, daß Marco da Cola tatsächlich noch lebt.

Ich begreife nicht, wie das möglich ist, und wünsche mir leidenschaftlich, es wäre nicht so, denn ich tat mein Bestes, seinen Tod herbeizuführen, und war überzeugt, ich hätte Erfolg gehabt. Man hatte mir berichtet, man habe ihn zum Schiffsrand gebracht und in die Nordsee gestoßen, damit er für seine Taten bestraft würde und seine Lippen für immer versiegelt blieben. Der Kapitän selbst hatte mir erzählt, das Schiff habe viele Minuten gestampft und geschwankt, bis der Mann in den Wellen unterging. Dieses Wissen hat mich in all den Jahren ein wenig getröstet, und es ist grausam, wenn einem dieser Trost so jäh entrissen wird, denn das Manuskript beweist mir deutlich, daß jene mich belogen haben, denen ich vertraute, und mein Triumph zur Täuschung wurde. Ich weiß nicht, warum, aber es ist zu spät, um die Wahrheit aufzudecken. Zu viele sind gestorben, die vielleicht die Antwort gewußt hätten, und ich diene neuen Herren.

Ich habe das Gefühl, ich sollte einiges über mich erklären; ich sage nicht *rechtfertigen*, wie Ihr seht, da ich glaube, daß ich während meiner ganzen Karriere beständig war. Ich weiß, daß meine Feinde das nicht akzeptieren, und ich vermute, daß die Vernunft meines Handelns im Verlauf meiner Karriere (wenn man es eine solche nennen kann) Nichteingeweihten durchaus unklar geblieben sein kann. Wie ist es möglich, sagen sie, daß ein Mann Anglikaner, Presbyterianer und loyal gegen den Märtyrer Charles sein kann, dann oberster Kryptograph bei Oliver Cromwell, für den er die geheimsten Briefe des Königs entschlüsselt, um der Sache des Parlaments zu dienen, und schließlich wieder in die Staatskirche zurückkehrt und seine Fähigkeiten nutzt, die Monarchie zu verteidigen, nachdem sie wieder eingesetzt worden war? Ist das nicht Heuchelei? Ist das nicht Eigennutz? So sprechen die Unwissenden.

Meine Antwort lautet – nein. Das ist es nicht, und jeder, der vielleicht spöttisch belächelt, was ich tue, weiß sehr wenig über die Schwierigkeiten, die Stimmungen des politischen Systems auszugleichen, wenn es einmal erkrankt ist. Manche sagen, daß ich von einem Tag zum anderen die Seiten wechsle, und immer zu meinem eigenen Vorteil. Aber glaubt Ihr wirklich, daß ich mich auf eine Professur für Geometrie an der Universität Oxford beschränken müßte? Wäre ich tatsächlich ehrgeizig gewesen, hätte ich mir zumindest ein Bistum zum Ziel gesetzt. Und ich kann mir nicht vorstellen, daß ich es nicht bekommen hätte; das war aber nicht mein Ziel. Nicht selbstsüchtiger Ehrgeiz hat mich geleitet, und ich habe eher studiert, um nützlich zu sein, nicht, um groß zu werden. Ich war immer bestrebt, in bescheidener Harmonie mit den jeweils herrschenden Mächten zu handeln. Seit meiner Frühzeit, als ich die geheime Ordnung der Mathematik entdeckte und mich ihrer Erforschung widmete, habe ich eine Leidenschaft für Ordnung, denn durch die Ordnung wird der Plan erfüllt, den Gott für uns alle gemacht hat. Die Freude über eine elegant gelöstes mathematisches Problem und der Schmerz, wenn man die natürliche Harmonie des Menschen gestört sieht, sind zwei Seiten ein und derselben Münze; in beiden Fällen, glaube ich, habe ich mich mit der rechtschaffenen Seite verbündet.

Ich verlangte auch weder Ruhm noch Ehren für mich als Belohnung; tatsächlich habe ich sie als eitel gemieden und war zufrieden, wenn andere die hohen Kirchen- und Staatsämter einnahmen, denn ich wußte, daß mein heimlicher Einfluß viel schwerer wog als der ihre. Laßt die anderen reden; es war meine Aufgabe zu handeln, und das habe ich nach meinen besten Fähigkeiten getan; ich habe Cromwell gedient, weil seine eiserne Faust Ordnung ins Land bringen konnte und das Gezänk der Faktionen beendete, als es niemand sonst gelang, und ich diente dem König, als ihm nach Cromwells Tod die gottgewollte Rolle übertragen wurde. Und ich habe beiden gut gedient; gewiß nicht ausschließlich um ihretwillen, sondern weil ich dadurch meinem Gott diente, was ich immer und überall versucht habe.

Ich wünschte mir nur eines – in Ruhe gelassen zu werden, um

Gott durch die Mysterien der Mathematik näherzukommen. Aber da ich ein Diener Gottes bin, zugleich aber auch Philosoph, sah ich mich oft gezwungen, solche Selbstsucht zu unterdrücken. Jetzt gibt es einen anderen, der mich übertreffen wird, wie David Saulus übertraf oder Alexander Philipp, deshalb fällt es mir nicht schwer; damals war es eine große Last. Mr. Newton sagt, er sehe so weit, weil er auf den Schultern von Riesen stehe. Ich hoffe, es wird nicht prahlerisch klingen, wenn ich sage, daß meine Schultern zu den kräftigsten gehören, die seinen Ruhm tragen und ich stets der Worte von Didacus Stella eingedenk bin (obwohl zu bescheiden, um es in der Öffentlichkeit zu wiederholen): Ein Zwerg auf den Schultern eines Riesen sieht vielleicht weiter als der Riese selbst. Mehr noch, ich hätte selbst weiter sehen und etwas von seinem großen Ruhm einheimsen können, hätte meine Pflicht mich nicht so hartnäckig zu anderen Dingen gerufen.

Inzwischen ist alles so lange her, daß viele vermuten, die Restauration des Königreichs sei eine leichte Sache gewesen. Cromwell starb, und zu gegebener Zeit kehrte der König zurück. Wäre es nur so gewesen: Die geheime Geschichte dieses so bedeutungsvollen Ereignisses ist nur wenigen bekannt. Anfangs dachte ich, der König könnte sich höchstens sechs Monate halten, mit Glück ein Jahr, ehe der leidenschaftliche Parteienhader erneut entbrannte. Ich hatte das Gefühl, er werde früher oder später um sein Erbe kämpfen müssen. Das Land war zwanzig Jahre lang in Aufruhr gewesen; es hatte Krieg und Bürgerkrieg gegeben, Eigentum war niedergetrampelt worden, die rechtmäßigen Herrscher ermordet und vertrieben, Rang und Stand der Menschen auf den Kopf gestellt. »Ich sah einen Frevler, bereit zu Gewalttat; er reckte sich hoch wie eine grünende Zeder« (Psalmen 37,35). Würden Leute, die es gewohnt waren, Autorität und Reichtum zu besitzen, auf diesen Flitter verzichten? Konnte man wirklich erwarten, daß die Armee, unbezahlt und überflüssig, ruhig die Rückkehr des Königs akzeptieren und alles aufgeben würde, wofür sie gekämpft hatte? Konnte man hoffen, daß die Anhänger des Königs einig bleiben würden, wenn man es ihnen so leichtmachte und es so lohnend war, abtrünnig zu werden? Nur Männer, die keine Macht haben, wünschen sich auch keine; jene, die schon mit ihr in Berührung gekommen sind, sehnen sich nach mehr.

England war ein Land auf Messers Schneide, umringt von inneren und äußeren Feinden: Der kleinste Funke hätte die Flammen wieder entfachen können. Und auf diesem Pulverfaß kämpften die mächtigsten Männer des Königreichs um die Gunst des Königs, die nur einer gewinnen konnte. Clarendon, Bristol, Bennet, der Duke of Buckingham, die Lords Cavendish, Coventry, Ormonde, Southampton. In der Gunst Seiner Majestät war kein Platz für alle, und nur einer konnte für ihn die Regierungsgeschäfte führen, denn keiner würde einen oder mehrere Partner dulden. Der Kampf wurde im dunkeln geführt, doch die Folgen zogen so manchen Mann in die Tiefe. Ich war einer davon und nahm die Aufgabe auf mich, die Flammen zu ersticken, bevor sie alles fraßen. Ich darf mir schmeicheln, daß es mir trotz aller Anstrengungen von Marco da Cola gelang. Er sagte am Anfang seines Manuskripts, daß er viel, aber nichts von Bedeutung auslassen werde. Das ist seine erste große Lüge. Er schreibt nichts von dem hinein, was von Bedeutung war; ich werde es tun müssen, um seine Perfidie zu enthüllen.

* * *
*

Meine Beteiligung an der Angelegenheit, die Cola zu verbergen sucht, begann fast zwei Jahre bevor er diese Küste erreichte, als ich nach London reiste, um an einem Treffen gleichgesinnter Naturphilosophen am Gresham College teilzunehmen. Diese Organisation, die später zur Royal Society wurde, ist nicht mehr, was sie war, trotz solcher Koryphäen wie Mr. Newton. Damals war sie ein Ferment des Wissens, und nur jemand, der daran teilnahm, konnte wissen, welche Begeisterung und welches Streben diese frühen Treffen beflügelten. Dieser Geist ist jetzt dahin und wird nie zurückkehren, fürchte ich. Wer könnte denn heute dieser Gruppe das Wasser reichen, der Wren, Hooke*, Boyle, Ward, Wilkins, Petty**, Goddard und noch viele Namen angehörten, die unsterblich bleiben werden. Jetzt kommen mir ihre Mitglie-

---

* Robert Hooke, engl. Physiker und Naturforscher; einer der vielseitigsten Wissenschaftler des 17. Jh.
** Sir William Petty, brit. Nationalökonom

der wie ein Haufen Ameisen vor, die immer und ewig ihre lächerlichen Steine und Insekten sammeln, immer zusammentragen, nie denken und sich von Gott abwenden. Kein Wunder, daß man sie verachtet.

Damals jedoch war alles heiterer Optimismus; der König saß wieder auf dem Thron, im Land herrschte wieder Frieden, und vor uns lag die ganze Welt experimenteller Philosophie, um erforscht zu werden. Wir fühlten uns, denke ich, wie Cabots* Mannschaft, als sie das erste Mal die Neue Welt erblickte, und die Neugier auf das, was uns erwartete, war erregend und berauschend. Das Treffen selbst war sehr schön, wie es sich für den Anlaß geziemte; der König selbst war anwesend und beschenkte uns gnädig, um Sein königliches Wohlgefallen an unseren Bemühungen zum Ausdruck zu bringen, und viele seiner mächtigsten Minister kamen ebenfalls – später, als die Royal Society offiziell gegründet wurde, wurden einige von ihnen zu Mitgliedern gewählt, obwohl gesagt werden muß, daß sie, außer dem Glanz ihrer Namen, wenig beitrugen.

Hinterher, nachdem Seine Majestät eine schöne Rede gehalten hatte und man uns allen die Gelegenheit gab, uns vor ihm zu verneigen, und Mr. Hooke eine seiner sinnreicheren (und protzigen) Maschinen vorgeführt hatte, um die königliche Phantasie anzuregen, näherte sich mir ein Mann von mittlerer Statur mit flinken dunklen Augen und hochmütigem Benehmen. Er trug ein längliches schwarzes Pflaster quer über dem Nasensattel, das (wie es heißt) eine Schwertwunde verdeckte, die ihm zugefügt worden war, als er für den verstorbenen König kämpfte. Ich selbst bin da nicht so sicher; nie bekam jemand die berühmte Verletzung zu Gesicht. Damals war er unter dem Namen Henry Bennet bekannt, obwohl die Welt ihn später als den Earl of Arlington kannte, und er war eben aus der Botschaft in Madrid zurückgekehrt (was jedoch noch nicht allgemein bekannt war). Ich hatte vage Berichte gehört, daß er es sich zur Aufgabe gemacht hatte, die Stabilität des Königreiches zu erhalten, und sollte sehr bald die Bestätigung dafür erhalten, daß das tatsächlich der Fall war.

---

* John Cabot, eigentlich Giovanni Caboto, ital. Seefahrer in englischen Diensten

Kurz gesagt, er bat mich, ihn am nächsten Morgen in seinem Haus am Strand aufzusuchen, da er mich gern kennenlernen wolle.

Am nächsten Tag erschien ich also dort und hatte eigentlich erwartet, mitten in ein formelles Lever zu geraten, von Bittstellern und Antragstellern umschwirrt zu werden, die alle die Aufmerksamkeit eines Mannes erregen wollten, der dem Hof so nahestand. Es waren tatsächlich ein paar Leute da, aber nicht viele, und sie wurden allesamt ignoriert. Ich schloß daraus, daß Mr. Bennets Stern noch nicht allzu hell leuchtete oder daß er, aus nur ihm bekannten Gründen, seine Verbindungen und sogar seine Anwesenheit in London geheimhielt.

Ich kann nicht sagen, daß er ein angenehmer Mensch war; die Förmlichkeit seines Benehmens grenzte schon ans Groteske, so eifrig war er darauf bedacht, alle Feinheiten des Protokolls zu beachten. Das kam, denke ich, daher, daß er sich zu lange in Spanien aufgehalten hatte, das für solche Übertreibungen berüchtigt ist. Er nahm es auf sich, mir zu erklären, daß er, meiner Würde als Doktor der Universität entsprechend, einen Sessel mit gepolsterter Sitzfläche besorgt hatte; andere mußten sich, wie es schien, mit einem harten Stuhl zufriedengeben oder stehen bleiben, das hing von ihrem Rang und Stand ab. Es wäre unklug von mir gewesen, anzudeuten, daß mir solch peinliche Genauigkeit lächerlich vorkam. Ich wußte nicht, was er wollte, und die Regierung wollte demnächst eine Inspektion in die Universität schicken, die alle vom Commonwealth eingesetzten Mitglieder hinauswerfen sollte. Da ich vom Commonwealth bestallt worden war, war Mr. Bennet kein Mann, den ich verärgern durfte. Ich wollte meine Stellung behalten.

»Wie beurteilt Ihr den Zustand des Königreiches Seiner Majestät?« fragte er abrupt, denn er war kein Mann, der viel Zeit damit vergeudete, seinen Gästen die Befangenheit zu nehmen oder ihr Vertrauen zu gewinnen. Das ist eine List, die mächtige Männer häufig anwenden, finde ich.

Ich antwortete, alle Untertanen Seiner Majestät wären natürlich überglücklich, daß der König sicher auf seinen Thron zurückgekehrt sei. Bennet schnaubte.

»Was sagt Ihr dann dazu, daß wir eben erst noch ein halbes

Dutzend Fanatiker henken mußten, die sich gegen die Regierung verschworen hatten?«

»›Diese Generation ist böse‹«, sagte ich (Lukas 11,29).

Er warf mir ein Bündel Papiere zu, »Was haltet Ihr davon?«

Ich sah mir die Papiere genau an, zuckte dann abschätzig mit den Schultern. »Verschlüsselte Briefe«, sagte ich.

»Könnt Ihr sie lesen?«

»Nicht im Augenblick, nein.«

»Könntet Ihr sie lesen? Herausbekommen, was drinsteht?«

»Ja, wenn es sich um nichts ganz besonders Schwieriges handelt. Ich habe eine ziemlich große Erfahrung in diesen Dingen.«

»Das weiß ich. Ihr habt für Mr. Thurloe gearbeitet, nicht wahr?«

»Ich habe keine Informationen weitergegeben, die der Partei des Königs geschadet hätten, obwohl es in meiner Macht stand, ihr empfindlich zu schaden.«

»Seid Ihr jetzt bereit, es richtig zu machen?«

»Selbstverständlich. Ich bin ein treuer Diener Seiner Majestät. Ich nehme an, Ihr erinnert Euch, daß ich mein ganzes Vermögen riskierte, als ich gegen die Ermordung des letzten Königs protestierte.«

»Damit habt Ihr Euer Gewissen beruhigt, seid aber, wie ich mich erinnere, nicht so weit gegangen, Euer Amt aufzugeben oder die Beförderung auszuschlagen, als man sie Euch anbot«, sagte er kalt und in einer Art, die mir die Hoffnung nahm, daß ich jemals mit seiner Gunst rechnen durfte. »Egal. Ihr werdet Euch über die Möglichkeit freuen, zu zeigen, wie weit Eure Loyalität geht. Bringt mir diese Briefe morgen früh entschlüsselt zurück.«

Ich war entlassen und wußte nicht, sollte ich mein Glück segnen oder mein Unglück verfluchen. Ich begab mich in den Gasthof, in dem ich in London gewöhnlich wohne – das war, bevor ich nach dem Tod des Vaters meiner Frau das Haus in der Bow Street erwarb –, und machte mich an die Arbeit. Ich brauchte den ganzen Tag und den größten Teil der Nacht, um diese Briefe lesbar zu machen. Die Kunst des Entschlüsselns ist kompliziert und wird immer komplizierter. Oft muß man nur dahinterkommen, durch welchen Buchstaben ein Buchstabe oder durch welche Buchstabengruppe eine andere ersetzt wird: Man nimmt (zum Beispiel) an, daß »a« stellvertretend für den Artikel steht; 4 für König, d für l, f für d, h für on, g für i, v für s, c für n, r für t; dann ist es einfach festzustellen, daß a4gvrgcdhfh bedeutet: *Der König ist in London.* Ihr werdet feststellen, daß die Methode (von Royalisten während des Krieges bevorzugt, da sie, wie ich leider sagen muß, ziemlich simple Seelen sind), einen Buchstaben durch einen anderen zu ersetzen, ganz einfach ist; die Methode gelegentlich einen Buchstaben gegen eine Zahl oder eine Silbe gegen ein Wort auszutauschen, ist schon schwieriger. Dennoch stellt auch sie kein großes Problem dar. Am schwierigsten ist es, wenn die Reihenfolge der Buchstaben ständig wechselt – eine Methode, die in England zum ersten Mal von Lord Bacon verwendet wurde, aber, soviel ich verstanden habe, eigentlich vor über hundert Jahren von einem Florentiner erfunden und jetzt von den Franzosen als ihre Erfindung beansprucht wird; diese unverschämte Nation erträgt es nicht, daß irgend etwas nicht aus ihrem Land kommt. Was nicht ihnen gehört, stehlen sie; ich mußte selbst darunter leiden, als ein jämmerlicher kleiner Schreiber namens Fermat zu behaupten wagte, meine Arbeit über unteilbare Zahlen sei die seine.

Ich will versuchen, es zu erklären. Wesentlich bei dieser Methode ist, daß Absender und Empfänger den gleichen Text besitzen müssen. Die Nachricht beginnt mit einer Zahlengruppe, die (sagen wir) 124/10 lautet; das bedeutet, daß der Schlüssel auf Seite 124 dieses Textes mit dem 10. Wort beginnt. Nehmen wir an, diese Seite beginnt: »Hatach ging zu Mordechai auf den Marktplatz vor das Tor des Palastes hinaus« (Esther 4,6, ein rätselhafter Text, zu dem ich eine erläuternde Predigt gehalten habe, die bald veröffentlicht werden wird). Das zehnte Wort ist »Tor«, daher müssen wir mit ihm anfangen, und ersetzt man »T« durch ein »a«, dann bekommt man folgendes Alphabet:

  abcdefghijklmnopqrstuvwxyz
  tuvwxyzabcdefghijklmnopqrs

so daß Eure Nachricht *»der König ist in London«* jetzt also »wxkdhxgbzblmbgehgwhg« lautet. Das Entscheidende dabei ist, daß man nach einer bestimmten Anzahl von Buchstaben, meist sind es fünfundzwanzig, zum nächsten Wort weitergeht, in diesem Fall »des«, und von neuem beginnt, so daß jetzt d = a, e = b ist und so weiter. Man kann diese Methode natürlich variieren, aber der bedeutendste Punkt ist, daß die Reihenfolge der Buchstaben ausreichend oft verändert wird, so daß es fast unmöglich wird, die Geheimschrift zu entschlüsseln, wenn man den Text nicht hat, auf den er sich stützt. Warum dieser Brief wichtig war, werde ich später erklären.

Ich fürchtete, die Briefe, die man mir gegeben hatte, könnten auf diese Art verschlüsselt sein; möglicherweise hätte ich sie irgendwann entschlüsseln können, aber nicht in der Zeit, die man mir zugestanden hatte. Wenn ich auf meine Fähigkeiten stolz bin, ist das durchaus berechtigt. Nur mit einem einzigen Text bin ich bisher nicht fertig geworden, und das war unter besonderen – wenn auch wichtigen – Umständen, auf die ich später eingehen werde. Doch jedesmal, wenn man mir einen verschlüsselten Brief gibt, weiß ich, daß mir wieder die bittere Erfahrung des Versagens drohen könnte, denn ich bin nicht unfehlbar, und die Zahl möglicher unterschiedlicher Variationen ist buchstäblich unendlich. Ich selbst habe Geheimschriften konstruiert, die ohne den richtigen Text zum Entschlüsseln unlesbar sind, daher war es absolut möglich, daß andere das auch konnten; tatsächlich bin ich überrascht, daß ich nicht öfter die Segel streichen mußte, denn es ist leichter, eine Geheimschrift auszuarbeiten, die nicht zu entschlüsseln ist, als eine Bresche in seine Mauern zu schlagen. Mit Mr. Bennets Briefen hatte ich jedoch Glück: die Schreiber waren so simplen Gemüts wie die royalistischen Verschwörer zu ihrer Zeit. Nur wenige Menschen, finde ich, sind bereit, aus Erfahrung zu lernen. Jeder Brief hatte eine andere Geheimschrift, aber sie waren einfach und alle lang genug, so daß ich den Sinn verstand. Deshalb erschien ich am nächsten Morgen um sieben Uhr wieder bei Mr. Bennet und überreichte ihm meine Arbeiten.

Er nahm sie und überflog die saubere Kopie, die ich angefertigt hatte. »Würdet Ihr sie für mich zusammenfassen, Doktor?«

»Es scheint eine Reihe von Briefen an eine einzige Person, vermutlich in London, zu sein«, sagte ich. »In allen ist von einem bestimmten Datum die Rede, dem 12. Januar. In zwei Briefen werden Waffen erwähnt, aber in den anderen nicht. In einem steht etwas über das Königreich Gottes, was meiner Meinung nach

Papisten ausschließt und ein Hinweis darauf ist, daß die Schreiber Fifth Monarchists oder Gruppen sind, die mit ihnen in Verbindung stehen. Der Inhalt scheint anzudeuten, daß zwei der Briefe aus Abingdon kommen, woraus man auf ein staatsgefährdendes Delikt schließen könnte.«

Er nickte. »Und welche Schlüsse zieht Ihr daraus?«

»Die Sache sollte untersucht werden.«

»Ist das alles? Das kommt mir sehr oberflächlich vor.«

»Die Briefe selbst beweisen nichts. Hätte ich sie geschrieben, und man hätte mich verhaftet, würde ich mich damit verteidigen, daß es in allen um die Hochzeit meines Cousins ging.«

Mr. Bennet schnaubte.

»Fern sei es mir, Euch einen Rat zu geben, Sir, aber überstürztes Handeln könnte zu Schwierigkeiten führen. Ich nehme an, diese Briefe wurden Euch aus einer dunklen Quelle zugespielt?«

»Wir haben einen Informanten, das ist richtig.«

»Wenn Ihr zuschlagt, wird Euch der Informant nichts mehr nützen können, denn es wäre offensichtlich, daß Ihr gewußt habt, wo Ihr suchen müßt. Mit sehr großer Wahrscheinlichkeit, Sir, ist in den Briefen davon die Rede, daß in mehreren Teilen des Landes ein Aufstand vorbereitet wird, den jemand aus der Hauptstadt anführen soll.«

»Das ist es, was mir Sorgen macht«, sagte er.

»Setzt Euren Informanten ein, um festzustellen, in welchen Provinzen der Aufstand geplant ist und schickt am 11. Januar Truppen hin. Ich nehme an, der König hat Truppen, auf die er zählen kann?«

»Wirklich trauen kann man höchstens einigen Tausend.«

»Setzt sie ein. In London lehnt Euch einfach zurück und beobachtet; stellt fest, wie viele beteiligt sind und Truppen bereitstehen haben. Sorgt dafür, daß der Hof bewacht wird. Dann laßt den Aufstand zu. Von aller Unterstützung abgeschnitten, wird er leicht niederzuschlagen sein, und Ihr habt einen Beweis für Hochverrat. Dann könnt Ihr nach Belieben handeln. Und das Lob einheimsen, das Euch für Euer promptes Handeln gebührt.«

Bennet lehnte sich im Sessel zurück und musterte mich kalt. »Mein Ziel ist es, den König zu schützen, nicht Lob einzuheimsen.«

»Natürlich.«

»Für einen Kleriker scheint Ihr erstaunlich viel von diesen Dingen zu verstehen. Möglicherweise wart Ihr Mr. Thurloe enger verbunden, als ich dachte.«

Ich zuckte mit den Schultern. »Ihr habt mich um Rat gebeten, und ich habe ihn Euch gegeben. Befolgen müßt Ihr in nicht.«

Er hatte mich nicht entlassen, daher blieb ich sitzen, während er aus dem Fenster blickte, ehe er so tat, als bemerke er mich wieder.

»Geht jetzt«, sagte er scharf. »Laßt mich in Ruhe.«

Ich tat wie befohlen und ging. Es war mir nicht gelungen, mir einen Mann geneigt zu machen, der mir sehr schaden konnte. Meine Amtszeit an der Universität würde wohl sehr kurzlebig sein. Ich fand mich so gut wie möglich damit ab; von meiner Mutter Seite war ich recht wohlhabend und fürchtete weder zu verhungern noch zu verarmen. Dennoch liebte ich meine Stellung und die Besoldung, die sie mir einbrachte, und wollte nicht gern darauf verzichten.

Ich hatte meine Karten ausgespielt, so gut ich konnte. Der große Vorzug beim Entschlüsseln von Briefen ist der, daß es für jemand anders ungemein schwierig ist, zu sagen, ob man es richtig gemacht hatte. In diesem Fall ermöglichte mir die Auslegung (verbunden mit gewissen eigenen Kenntnissen), ohne große Kosten meine potentielle Nützlichkeit zu demonstrieren. Denn in den Briefen stand sehr deutlich, daß der Aufstand, der Mr. Bennet so beunruhigte, tatsächlich kaum mehr sein würde als das Geschrei und Gejohle einiger Fanatiker und für den König überhaupt keine Bedrohung. Diese Schar mochte glauben, daß sie mit Gottes Hilfe London einnehmen konnte, das Land und vielleicht sogar die ganze Welt; ich sah ziemlich klar vorher, daß ihr sogenannter Aufstand eine Farce sein würde.

Aber, von Bennet aufgestachelt, nahm die Regierung, wie ich später erfuhr, die Sache ernst und bekam Alpträume, daß die verbitterten und unbezahlten Reste von Cromwells Armee sich im ganzen Land erheben wollten. Ende Januar (so lange dauert es, ehe im Winter Nachrichten aus London bis Oxford dringen) erfuhr man, daß Thomas Venners fanatische Schar der Fifth Monarchists in die Falle getappt war, die man ihr so geschickt gestellt hatte; sie wurden alle verhaftet, nachdem sie einen Aufruhr angezettelt hatten, der etwa fünf Stunden dauerte. Mehr noch, eine plötzliche Entscheidung hatte dazu geführt, daß die Regierung eine Schwadron Kavallerie in Abingdon und einem halben Dutzend anderer Orte stationierte, und dieser kluge Schritt hatte dazu beigetragen, daß die alten Soldaten dort ruhig geblieben waren. Meiner Meinung nach hatten sie nie die Absicht, überhaupt irgend etwas zu tun, aber das war nicht wichtig; die Wirkung zählte.

Fünf Tage nachdem ich all das erfahren hatte, bekam ich einen Brief, der mich nach London befahl. Ich fuhr in der folgenden Woche und erhielt die Anweisung, Mr. Bennet aufzusuchen, dem inzwischen erlaubt worden war, seine »Zelte« in Whitehall aufzuschlagen, wo er dem Ohr des Königs sehr viel näher war.

»Ich nehme an, Ihr habt von dem ungeheuerlichen verräterischen Aufstand gehört, den die Regierung vorigen Monat erfolgreich niederschlagen konnte?« sagte er. Ich nickte.

»Der Hof war sehr beunruhigt und besorgt«, fuhr er fort. »Und die Zuversicht vieler wurde erschüttert. Seine Majestät selbst kann sich nicht mehr in der Illusion wiegen, daß er allgemein beliebt ist.«

»Ich bin betrübt, das zu hören.«

»Ich nicht. In diesem Land lauert überall Verrat, und es ist meine Aufgabe, ihn zu zerstampfen. Vielleicht hört mir jetzt endlich jemand zu, wenn ich eine Warnung ausspreche.«

Ich saß da und schwieg.

»Als wir uns das letzte Mal sahen, habt Ihr mir einen Rat gegeben. Seine Majestät war beeindruckt, weil der Aufstand so schnell niedergeschlagen wurde, und ich war sehr froh, daß ich über mein Vorgehen mit Euch gesprochen hatte.«

Was, grob übersetzt, bedeutete, daß er allein sich die Feder an den Hut gesteckt hatte und ich nicht vergessen durfte, daß königliche Gunst nur über ihn zu erreichen war. Es war freundlich von ihm, das so deutlich zu sagen. Ich nickte.

»Ich freue mich, zu Diensten sein zu können. Euch und Seiner Majestät«, sagte ich.

»Hier«, sagte er und reichte mir ein Blatt Papier. Es war ein Dokument, auf dem bestätigt wurde, daß des Königs vertrauenswürdiger und hochgeschätzter Diener John Wallis in seiner Stellung als Professor der Geometrie an der Universität Oxford bestätigt wurde, und außerdem die Ernennung desselben vertrauenswürdigen und hochgeschätzten John Wallis zum Royal Chaplain des Königs, mit einem jährlichen Gehalt von zweihundert Pfund.

»Ich bin zutiefst dankbar und überzeugt, daß ich solche Gunst vergelten kann«, sagte ich.

Bennet lächelte dünn und unangenehm. »Das werdet Ihr, Doktor. Und bitte glaubt nicht, daß wir von Euch viele Predigten erwarten. Wir haben beschlossen, nicht gegen das radikale Rumpfparlament in Abingdon oder Burford oder Northampton vorzugehen. Es ist unser Wunsch, daß sie auf freiem Fuß bleiben. Wir wissen, wo sie stecken, und der Spatz in der Hand ...«

»Ganz recht«, sagte ich. »Doch das ist wenig sinnvoll, wenn Ihr nicht ständig darüber informiert werdet, was sie tun.«

»Genau. Ich bin überzeugt, sie werden es noch einmal versuchen. So sind diese Leute nun einmal. Sie können nicht aufhören, denn aufzuhören ist gleich Sünde. Für sie ist Aufruhr Pflicht.«

»Manche betrachten ihn als ihr Recht«, sagte ich vor mich hin.

»Ich wünsche keinen Disput. Rechte und Pflichten. Alles ist Verrat, von wem sie auch kommen. Stimmt Ihr mir zu oder nicht?«

»Ich glaube, der König hat ein Recht auf seinen Platz, und es ist unsere Pflicht, ihm den zu erhalten.«

»Werdet Ihr also dafür sorgen?«

»Ich?«

»Ihr. Ihr könnt mich nicht zum Narren halten, Sir. Das Mäntelchen des Philosophen, das Ihr Euch umhängt, täuscht nicht. Ich weiß genau, welche Aufgaben Ihr für Thurloe erledigt habt.«

»Da habt Ihr gewiß einen aufgebauschten Bericht gehört«, sagte ich. »Ich war Kryptograph, kein Spion. Doch das ist unwichtig. Wenn Ihr wollt, daß ich mich darum kümmere, wie Ihr es ausdrückt, bin ich bereit, Euch zu dienen. Aber ich werde Geld brauchen.«

»Ihr bekommt, was Ihr verlangt. Innerhalb vernünftiger Grenzen, natürlich.«

»Und ich bitte Euch zu bedenken, daß die Verbindung nach London nicht besonders schnell ist.«

444

»Ihr bekommt eine Vollmacht, die es Euch ermöglicht, nach Eurem Gutdünken zu handeln.«

»Schließt das auch den Einsatz der in der Nähe stationierten Garnison ein?«

Bennet runzelte die Stirn und sagte dann, sehr widerstrebend: »In einem Notfall, wenn es unbedingt sein muß.«

»Und welchen Stand habe ich bei den Lords Lieutenant der einzelnen Grafschaften?«

»Überhaupt keinen. Ihr bekommt es ausschließlich mit mir zu tun. Mit niemand sonst, nicht einmal mit jemand bei der Regierung. Habt Ihr das verstanden?«

Ich nickte. »Sehr gut.«

Bennet lächelte wieder und stand auf. »Gut. Ich freue mich sehr, Sir, daß Ihr bereit seid, Eurem Souverän auf diese Weise zu dienen. Das Königreich ist alles andere als sicher, und alle ehrlichen Männer müssen hart arbeiten, um zu verhindern, daß der böse Geist des Nonkonformismus noch einmal erscheint. Ich sage Euch, Doktor, ich weiß nicht, ob es uns gelingen wird. Im Augenblick sind unsere Feinde mutlos und zersplittert. Aber wenn wir jemals die Zügel locker lassen, wer weiß, was dann geschehen mag?«

Diesmal konnte ich ihm ausnahmsweise aus ganzem Herzen zustimmen.

* * *

Man soll nicht glauben, ich hätte meine Rolle begeistert oder gedankenlos übernommen. Ich wollte mein Glück nicht von einem Mann abhängig machen, der mich mit sich hinunterziehen konnte, wenn es sich erweisen sollte, daß seine Macht und seine Stellung auf tönernen Füßen standen. Ich wußte sehr wenig über diesen Mr. Bennet, und sogleich nachdem ich meine Bestallung zum Royal Chaplain den zuständigen Ämtern zur Kenntnis gebracht und in Oxford die Bestätigung meiner Stellung an der Universität verbreitet hatte, um meine Gegner zu verblüffen, machte ich mich daran, ein wenig mehr über ihn zu erfahren.

Für seine unbedingte Treue gegen den König gab es viele Beispiele, da er mit ihm im Exil gewesen und mit ziemlich wichtigen diplomatischen Missionen betraut worden war. Genauer gesagt, er war ein gewandter Höfling – für Lord Clarendon sogar zu gewandt. Der oberste Minister des Königs hatte seine Fähigkeiten erkannt, doch anstatt sich seine Unterstützung zu sichern, hatte er ihn sofort als Bedrohung angesehen. Die Feindschaft wuchs, Bennet schloß sich enger an andere Rivalen von Clarendon an und wartete auf seine Chance. Er scharte auch einen Kreis junger Männer um sich, die, einer die Genialität des anderen preisend, umherzogen. Man sprach von ihm als von einem Mann, der ganz an die Spitze gelangen würde – und nichts sichert einen Erfolg bei Hofe so, wie die Erwartung, daß der Erfolg kommen wird. Zusammengefaßt, er hatte Anhänger, die unter ihm, und Anhänger, die über ihm standen, doch solange Clarendon die Gunst des Königs besaß, würde Mr. Bennet nur langsam höher steigen. Es war nicht sicher, wie lange seine Geduld reichen würde.

Bis dahin, das war klar, ob er nun höher steigen oder fallen würde, war mein Interesse, unsere Verbindung geheimzuhalten, genauso groß wie das seine. Überdies machte er mir auch in anderer Hinsicht Sorgen: Seine Liebe zu Spanien war allgemein bekannt, und die Vorstellung, einem Mann mit solchen Vorlieben zu helfen, machte mich ein wenig unglücklich. Andererseits wollte ich mich nützlich machen, und bei Bennet sah ich die einzige Möglichkeit, meine Fähigkeiten einzusetzen. Auch war ich überzeugt, daß es meine Sache nicht war, die Großen zu manipulieren. Wer an höchster Stelle bei Hofe regierte, wem der König sein Ohr lieh, machte unmittelbar kaum einen Unterschied; die Sicherheit des Königreichs (wir lebten in wahrhaft merkwürdigen Zeiten) hing viel mehr von den Aktivitäten des gemeinen Volkes ab, dem ich meine Aufmerksamkeit widmen mußte. Ich habe die unzufriedenen Radikalen erwähnt, Soldaten und Sektierer, die eigentlichen Urheber des heftigen Widerstandes gegen die Regierung. Vom Augenblick der Rückkehr des Königs an gab es unter diesen Leuten ständige Unruhen, die nie demütig den offenkundigen Willen Gottes hinnahmen, wie es ihnen bestimmt war. Venners Aufstand war nicht mehr als ein Knallfrosch und völlig bedeutungslos, schlecht organisiert, ohne finanzielle Mittel und schlecht geführt, doch es gab keinen Grund, zu denken, es werde der letzte sein, und ständige Wachsamkeit war äußerst wichtig.

Die Feinde des Königreichs hatten diszplinierte und fähige Männer in ihren Reihen. Das wußte jeder, der (wie ich) Zeuge der Triumphe von Cromwells Armee gewesen war. Mehr noch, sie waren Fanatiker, bereit, für ihre Verblendung zu sterben. Sie hatten die Macht gekostet, und sie war »in deinem Mund so süß wie Honig« (Offenbarung des Johannes 10,9). Sogar noch gefährlicher war die Tatsache, daß Außenseiter sie manipulieren und aufwiegeln konnten. Meine Verbindung mit Cola (über die ich hier berichten werde) war eine noch gefährlichere und noch verborgenere Angelegenheit. Gottvertrauen ist sehr schön, aber Gott erwartet auch, daß man selbst auf sich aufpaßt. Meine größte Sorge war, daß diejenigen, die an der Macht waren, selbstzufrieden werden und ihre Feinde unterschätzen könnten. Obwohl ich nicht behaupten kann, daß ich Bennet mochte, waren wir darin einer Meinung, daß es eine echte Gefahr gab, der man entgegentreten mußte.

Ich kehrte nach Oxford zurück, nahm meine mathematischen Forschungen wieder auf und begann ein Netz zu weben, in dem sich die Feinde des Königs fangen sollten. Mr. Bennets Scharfsinn, ausgerechnet mich auszuwählen, war enorm: Nicht nur hatte ich in der Sache schon ein wenig Erfahrung, ich saß auch in der Mitte des Königreichs und hatte natürlich ein Netz von Verbindungen in ganz Europa, das mühelos genutzt werden konnte. Die Republik der Gelehrsamkeit kennt keine Grenzen, und es gibt nichts Natürlicheres, als an Kollegen in allen Ländern zu schreiben und sie zu bitten, ihre Meinung über mathematische oder philosophische Probleme – oder irgendein anderes Wissensgebiet – zu äußern. Stück für Stück, für sehr bescheidene Kosten, bekam ich allmählich ein besseres Bild als jeder andere von dem, was vorging. Ich erreichte natürlich nie das Niveau von Mr. Thurloe, aber obwohl mir meine Vorgesetzten nie ganz trauten, verfolgte ich ihre Feinde, und »immer neue Not bürde ich ihnen auf, ich setze gegen sie alle meine Pfeile ein« (Deuteronomium 32,23).

Zweites Kapitel

DAS ERSTE MAL hörte ich von Marco da Cola, Gentleman (sogenannter) aus Venedig, durch den Brief eines Korrespondenten in den Niederlanden, dem die Regierung ein bescheidenes Entgelt dafür zukommen ließ, daß er die Umtriebe der englischen Radikalen in der Verbannung beobachtete. Insbesondere sollte dieser Bursche sehr sorgfältig auf den flüchtigsten Kontakt zwischen ihnen und jedem, der mit der niederländischen Regierung in enger Verbindung stand, achten und jede Abwesenheit oder jeden ungewöhnlichen Besucher genau notieren. Dieser Mann schrieb mir im Oktober 1662 (mehr um sein Gold zu rechtfertigen als aus einem anderen Grund, nehme ich an) und berichtete praktisch überhaupt nichts, außer daß ein Venezianer, ein gewisser Cole, in Leiden eingetroffen sei und seine Zeit mit den Verbannten verbracht habe.

Das war alles; gewiß gab es damals keinen Grund, anzunehmen, daß dieser Mann etwas anderes war als ein umherziehender Student. Ich beachtete die Sache nicht weiter, außer daß ich einem Kaufmann schrieb, der durch Italien reiste, um für Engländer mit mehr Geld als Verstand Bilder einzukaufen, und bat ihn, sich nach dem Mann zu erkundigen. Ich möchte beiläufig bemerken, daß Bilderhändler (deren es jetzt mehr gibt, seit es legal ist, solche Werke ins Land zu bringen) ausgezeichnete Ermittler sind, da sie kommen und gehen können, wie es ihnen gefällt und ohne Verdacht zu erregen. Ihr Handel bringt sie mit einflußreichen Männern zusammen, doch sie sind in ihrem Anspruch auf Vornehmheit und Bildung so lächerlich, daß kaum einer sie ernst nimmt.

Antwort auf meinen Brief bekam ich erst Anfang des Jahres 1663; die Laxheit meines Briefpartners und die Winterpost waren gemeinsam für die Verzögerung verantwortlich. Doch auch seine Antwort war wenig interessant, und damit niemand glaubt, ich sei in jenen Tagen zu sorglos gewesen, füge ich Mr. Jacksons Brief hier bei:

Ehrwürdiger und gelehrter Herr,

in Beantwortung Eurer Bitte: Als ich in Venedig war, um für Lord Sunderland und andere Gemälde von großer Schönheit zu erwerben, hatte ich ausreichend Muße, um die von Euch erbetenen Erkundigungen einzuziehen. Dieser Cola ist, wie es scheint, Sohn eines Kaufmannes und hat mehrere Jahre an der Universität von Padua Rhetorik studiert. Er ist noch nicht dreißig Jahre alt, von mittlerer Größe und hat eine gute Figur. Ich habe wenig über ihn erfahren, denn er hat Venetien schon vor so langer Zeit verlassen, daß manche Leute glaubten, er sei tot. Er steht nicht im Rufe eines gelehrten und fleißigen Studenten, aber in dem eines ausgezeichneten Schützen und Schwertkämpfers. Man erzählt sich, daß der Vertreter seines Vaters in London, Giovanni di Pietro, die englischen Angelegenheiten für den venezianischen Botschafter in Paris beobachtet. Colas älterer Bruder Andrea ist Priester und Beichtvater von Kardinal Flavio Chigi, dem Neffen von Papst Alexander ... Falls Ihr wünscht, daß ich mich weiter umhöre, wäre ich überglücklich ...

Der Brief schloß mit einigen hoffnungsvollen Bemerkungen, daß sich Thomas Jackson Esquire (nicht daß er das Recht gehabt hätte, sich so zu nennen, da er nur ein Maler war), falls auch ich einige Gemälde zu erwerben wünschte, glücklich schätzen würde, mir zu Diensten zu sein.

Als ich diesen Brief erhielt, schrieb ich natürlich an Mr. Bennet von diesem Mann Giovanni di Pietro – denn wenn der Venezianer in London einen Geschäftspartner hatte, war ich der Meinung, daß die Regierung wissen sollte, wer das war. Zu meiner Überraschung erhielt ich daraufhin eine ganz kurze Antwort: Di Pietro sei längst bekannt und für die Regierung völlig ungefährlich, doch Mr. Bennet sei überzeugt, ich hätte viel lohnendere Ziele für meine Ermittlungen. Er erinnerte mich daran, daß es meine Aufgabe war, Sektierer zu unterdrücken; andere Dinge gingen mich nichts an.

Ich war zu beschäftigt, um etwas anderes als dankbar dafür zu sein, denn es gab deutliche Anzeichen dafür, daß die Sektierer tatsächlich wieder unruhig wurden, und ich hatte mehr als genug zu tun. Ich hatte Berichte erhalten, daß im ganzen Land heimlich Waffen verteilt worden waren, kleine Gruppen Radikaler ebenso heimliche Zusammenkünfte abhielten und sich dann zerstreuten. Am gefährlichsten war, daß aus zuverlässiger Quelle berichtet wurde, Edmund Ludlow, der fähigste und gefährlichste aller alten Generäle, der noch auf freiem Fuß war, habe in seinem Verbannungsort in der Schweiz ungewöhnlich viele Besucher empfangen. Die Bestie regte sich, doch noch war es so, als versuche man »das Meer mit der hohlen Hand zu messen« (Jesaja 40,12). In verschiedenen Teilen des Landes braute sich etwas zusammen; ich wußte nicht, warum oder wer dahintersteckte.

Man möge nicht glauben, daß sich meine Tätigkeiten auf Oxford beschränkten. Ich war natürlich gezwungen, während des Semesters häufiger dort zu sein, aber einen großen Teil des Jahres war ich frei und verbrachte einen guten Teil meiner Zeit in London, denn das verschaffte mir nicht nur leichteren Zutritt zum Minister (mit dem Titel wurde Mr. Bennet im November belohnt), viele gelehrte Kollegen zog es ebenfalls in die Hauptstadt, und ich wünschte natürlich, meine Zeit in ihrer Gesellschaft zu verbringen. Das große Unterfangen, die Royal Society, war im Entstehen, und es war wichtig, daß alles glatt vonstatten ging, nur die »richtigen« Leute aufgenommen und jene abgelehnt wurden, die sie zu gottlosen Zwecken mißbrauchen wollten: Papisten auf der einen, Atheisten auf der anderen Seite.

Kurz nach einem Treffen der Society kam Matthew, mein Diener – und viel mehr als das – zu mir. Von diesem jungen Mann wird in meiner Erzählung sehr oft die Rede sein, denn er war mir so lieb wie ein Sohn; sogar noch lieber. Wenn ich an meine Söhne denke, einfältige Tölpel, mit denen keine vernünftiger Mann sprechen kann, verzweifle ich über mein Unglück. »Ein Unglück für den Vater ist ein törichter Sohn« (Sprüche 19,13); wie oft und wie lange habe ich über die Wahrheit dieses Wortes nachgedacht, denn ich habe zwei solche Dummköpfe. Einmal habe ich versucht, dem Älteren die Geheimnisse der Kryptographie beizubringen, doch ich hätte genausogut versuchen können, einen Pavian in die Theorien von Mr. Newton einzuführen. Als sie klein waren, blieben sie meiner Frau überlassen, denn ich hatte mit Regierungsgeschäften und in der Universität zuviel zu tun, um mich um sie zu kümmern, und sie erzog sie nach ihrer Vorstellung. Sie ist eine gute Frau, alles, was eine Ehefrau sein sollte, und hat mir einen Landsitz in die Ehe gebracht, dennoch wünschte ich, ich wäre nie gezwungen gewesen zu heiraten. Die Dienste, die wir von Frauen bekommen, entschädigen in keiner Weise für die Unzulänglichkeit ihrer Gesellschaft und die Freiheiten, die sie beschneiden.

Ich habe mich zeitweise sehr stark mit den Problemen der Erziehung junger Menschen beschäftigt; habe mit nicht sehr vielversprechendem Material gearbeitet, die Sprachlosen überredet zu sprechen und von dort aus versucht, allgemeine Grundsätze über die Formbarkeit des kindlichen Geistes aufzustellen. Ich hätte kleine Jungen ganz aus der Gesellschaft von Frauen entfernt, ganz besonders aus der ihrer Mütter, ungefähr vom sechsten Lebensjahr an, damit ihr Geist durch erhabenes Gespräch und edle Gedanken geformt würde. Ihre Lektüre, ihre Erziehung, ja, sogar ihre Spiele sollten von einem vernünftigen Mann geleitet werden – und damit meine ich nicht die Wichte, die sich gewöhnlich als Schullehrer präsentieren –, so daß sie dazu angeregt werden, großen Dingen nachzueifern und zu meiden, was niedrig ist.

Wäre nur ein Junge wie Matthew vor ein paar Jahren zu mir gekommen, hätte ich einen großen Mann aus ihm machen können. In dem Moment, in dem ich ihn erblickte, empfand ich unaussprechliches Bedauern, denn in seiner Haltung und in seinen Augen sah ich den Sohn, um den ich gebetet hatte. Kaum unterrichtet und noch weniger ausgebildet, war er dennoch mehr Mann als meine beiden Kinder, an deren schwachen Verstand alle Sorgfalt verschwendet worden war und die keinen größeren Ehrgeiz hatten, als sich ihr eigenes Wohlergehen zu sichern. Matthew war groß und blond und von solch harmonischem Wesen, daß ihm alle geneigt waren, die ihm begegneten.

Ich lernte ihn kennen, als er in Thurloes Amtszimmer über eine Gruppe befragt wurde, die man für den Frieden des Landes für zu radikal hielt; er war damals vielleicht sechzehn. Ich nahm an der Vernehmung nur teil, führte sie nicht durch (denn dazu hatte ich zuwenig Geduld), aber mir fiel sofort die Aufrichtigkeit in seinen Antworten auf, die eine weit über seinen Stand und sein Alter reichende Reife verrieten. Tatsächlich war er völlig unfähig, etwas Unrechtes zu tun, und er wurde auch nie verdächtigt; aber er kannte viele gefährliche Leute, wenn er ihre Ansichten auch in keiner Beziehung teilte. Es widerstrebte ihm, Informationen über seine Freunde zu geben; ich fand diesen angeborenen Sinn für Loyalität bewundernswert, und ich dachte: Könnte man diesen guten Charakterzug auf lohnendere Ziele lenken, könnte man aus diesem unwissenden Kind einen wertvollen Menschen machen.

Seine Befragung blieb geheim, damit er bei seinen Freunden nicht an Ansehen verlor, und nachdem ich ihm angeboten hatte, ihn als Diener mit einem anständigen Lohn bei mir einzustellen, war er über sein Glück so erstaunt, daß er mit großer Bereitwilligkeit annahm. Ein wenig Bildung besaß er, denn er war die Waise eines Druckers aus der Stadt, konnte gut lesen und schrieb mit großer Genauigkeit. Und als ich ihn mit Bildung lockte, reagierte er mit einer Begeisterung, die ich weder vorher noch nachher jemals bei einem Schüler erlebt habe.

Die mich kennen, finden das vielleicht unglaubhaft, denn ich weiß, ich habe den Ruf, ungeduldig zu sein. Ich gebe auch gern zu, daß meine Toleranz gegen Faule, Dumme oder absichtlich Unwissende sich sehr schnell erschöpft. Aber gebt mir einen echten Schüler, in dem der Ehrgeiz zu lernen brennt, der nur einen Schluck vom süßen Wasser trinken muß, um sich nach dem ganzen Strom des Wissens zu sehnen, und meine Fürsorge ist unendlich. Einen Jungen wie Matthew zu nehmen, zu formen und zu sehen, wie sein Verständnis wächst und seine Klugheit sich entwickelt, ist die beglückendste Erfahrung, obwohl auch die schwierigste, die einem erbarmungslose Anstrengung abfordert. Das Kinderkriegen ist das vulgäre Werk der Natur; jeder Narr kann es, Bauern können es und Frauen können es. Die beweglichen Klumpen zu klugen und gütigen Erwachsenen zu formen ist eine Aufgabe, der nur Männer gewachsen sind, und nur sie wissen das Ergebnis richtig zu schätzen.

»Erzieh den Knaben für seinen Lebensweg, dann weicht er auch im Alter nicht davon ab« (Sprüche 22,6). Ich machte mir keine übertriebenen Hoffnungen, dachte aber, daß ich ihn zu gegebener Zeit irgendwo bei der Regierung unterbringen und ihm meine Kunst des Entschlüsselns beibringen würde, so daß er sich nützlich machen und seinen eigenen Weg gehen konnte. Meine

Hoffnungen wurden mehr als erfüllt, denn so schnell Matthew auch lernte, ich wußte, daß er es noch schneller konnte. Aber ich gebe zu, daß dies nur meine eigenen Wünsche für ihn steigerte; ich verlor oft die Geduld, wenn er einen falschen Satz bildete oder einen einfachen mathematischen Satz verpfuschte. Doch ich glaube, er wußte immer, daß ich nur zornig wurde, weil ich ihn liebte und selbstlos ehrgeizig für ihn war, denn ständig schien er um meinen Beifall bemüht.

Das wußte ich, wußte, daß er in seiner Ergebenheit manchmal zuviel arbeitete, trieb ihn aber immer mehr voran, auch wenn ich ihm als Zeichen meiner Zuneigung am liebsten gesagt hätte, er solle sich ausruhen oder schlafen. Einmal fand ich ihn, als ich aufstand, ausgestreckt auf meinem Schreibtisch; alle Papiere lagen kreuz und quer, Kerzenfett war auf meine Notizen getropft, und ein Glas Wasser über einen Brief ausgekippt, den ich gerade schrieb. Ich war wütend, denn ich bin von Natur aus peinlich ordentlich. Wortlos zerrte ich ihn auf den Boden und schlug ihn. Er protestierte mit keinem Wort, sagte nichts zu seiner Verteidigung, sondern ließ geduldig meine Strafe über sich ergehen. Erst später (und nicht von ihm) erfuhr ich, daß er die ganze Nacht wach gewesen war und versucht hatte, ein Problem zu lösen, das ich ihm aufgegeben hatte; schließlich war er vor Erschöpfung einfach eingeschlafen. Am härtesten war, daß ich ihn nicht um Verzeihung bitten, meinem Gefühl nicht nachgeben durfte. Ich denke, er hat nie vermutet, daß ich es bereute, ihn geschlagen zu haben, denn sobald eine vollkommene Unterwürfigkeit unterminiert und in Frage gestellt wird, ist es mit der Autorität vorbei, und die Schwächeren sind die größten Verlierer. Das bekommen wir auf Schritt und Tritt zu sehen.

Ich wußte natürlich von Matthews Verbindung mit Männern von zweifelhafter Loyalität und zweifelhaften Ansichten, konnte jedoch nicht darauf verzichten, ihn gelegentlich für Botengänge einzusetzen, wobei ihm allerlei Klatsch zu Ohren kam. Bei diesem oft unangenehmen und unehrenhaften Geschäft war er unbezahlbar, denn er war ein guter und kluger Beobachter. Anders als viele, auf die ich mich verlassen mußte – meistens Halsabschneider, Diebe und Irre, die man nie beim Wort nehmen durfte –, gewann Matthew bald mein rückhaltloses Vertrauen. Ich rief ihn zu mir, wenn ich in London war, und in Oxford schrieb ich jeden zweiten Tag an ihn, denn ich genoß seine Gesellschaft und hoffte, daß er mich ebenso vermißte wie ich ihn.

Als er an jenem Morgen anno 1663 zu mir kam, war er seit mehreren Jahren in meinen Diensten und hatte sich so entwikkelt, daß mir klar war, ich müßte ihm jetzt bald eine unabhängige Dauerstellung beschaffen. Zu lange hatte ich es schon hinausgeschoben, denn er wurde bald zwanzig und bald zu alt, um noch bevormundet zu werden. Ich fühlte seine innere Spannung und wußte, wenn ich ihn nicht bald entließe, würde er sich gegen meine Autorität auflehnen. Doch noch hielt ich ihn fest, nicht imstande, ihn gehen zu lassen. Ich nehme mir das selbst sehr übel und denke, daß sein Wunsch, mich zu verlassen, ihn vielleicht unvorsichtig machte.

Als er mir sagte, er solle für eine Gruppe Radikaler ein Paket zur privaten Post bringen, wurde ich sofort hellhörig. Er wußte nicht, was das Paket enthielt, sollte es jedoch einem Kaufmann übergeben, der auf seinen Schiffen Post beförderte. Das war durchaus üblich – besonders bei jenen, die nicht wollten, daß ihre Briefe gelesen wurden. Ungewöhnlich war nur, daß jemand wie Matthew eine Aufgabe erledigen sollte, die eher für ein Kind geeignet gewesen wäre. Es war nicht sicher, doch ich hatte das Gefühl, das Paket könnte wichtig sein, besonders da sein Ziel die Niederlande waren.

Seit einigen Monaten hatte es im ganzen Land gebrodelt, schattenhafte Gestalten waren unterwegs, und allenthalben hörte man unzufriedene Stimmen murren. Aber die Berichte, die ich bekam, waren weder einheitlich, noch hatten sie eine bestimmte Form, aus der ich auf die Art ihrer Pläne schließen konnte. Sich selbst überlassen, stellten die Radikalen für niemanden eine ernste Gefahr dar, so zerstritten und hoffnungslos waren sie, aber sollte ein Mann mit Autorität und Geschick sie organisieren und mit Geldmitteln versehen, konnten sie sehr leicht zur Gefahr werden. Matthew hatte, dachte ich, die Anfänge der externen Korrespondenz auf den Weg gebracht, nach der ich so lange gesucht hatte. Wie es sich erwies, irrte er sich, doch es war der beste Fehler, den er je machte.

»Ausgezeichnet«, sagte ich, »bring mir das Paket. Ich lasse es

öffnen, den Inhalt prüfen, und dann magst du es weiterbeför-
dern.«

Er schüttelte den Kopf. »Das ist nicht so einfach, fürchte ich,
Sir. Wir – sie – sind in letzter Zeit vorsichtig geworden. Ich weiß,
daß man mir nicht mißtraut, aber man wird mich von dem
Augenblick an, in dem ich es übernehme, bis zu dem Augenblick
begleiten, in dem ich es abliefere. Unmöglich, daß Ihr es auf diese Weise in die Hände bekommen könnt. Auf keinen Fall lange
genug, um es zu kopieren.«

»Und du bist sicher, daß es die Mühe lohnt?«

»Das weiß ich nicht. Aber Ihr habt mich gebeten, jede Mitteilung an die Verbannten zu erwähnen ...«

»Das hast du wirklich sehr gut gemacht. Und jetzt deine Vorschläge? Du weißt, ich schätze deine Meinung.«

Er lächelte vor Freude über dieses Zeichen meiner Achtung.
»Ich vermute, es bleibt im Haus des Kaufmannes, bis es an Bord
eines seiner Schiffe gebracht wird. Aber das wird nicht lange sein,
denn es soll so schnell wie möglich befördert werden. Doch ist
vielleicht dort die einzige Möglichkeit, es heimlich an sich zu
bringen.«

»Ah. Und wie heißt dieser Kaufmann?«

»Di Pietro. Er ist Venezianer und hat ein Haus in der Nähe des
Tower.«

Ich dankte ihm, lobte ihn sehr für seine Arbeit und gab ihm ein
wenig Geld zur Belohnung, dann entließ ich ihn, um über das
nachzudenken, was er gesagt hatte. Es beunruhigte mich ein bißchen, auch wenn es durchaus sinnvoll war. Denn wieso half ein
Venezianer den Sektierern? Höchstwahrscheinlich beförderte er
nur die Post für eine geringe Gebühr, uninteressiert an Absendern
oder Empfängern, doch ich erinnerte mich, daß mir dieser Name
jetzt zum zweiten Mal untergekommen war. Diese Tatsache allein trug zu meiner Entschlossenheit bei, mir die Briefe anzusehen.

Mir blieb ein wenig, aber nicht viel Zeit, um über das Problem
nachzudenken: Matthew sollte das Paket schon am nächsten
Abend abliefern. Bennet hatte mir zwar gesagt, ich solle di Pietro in Ruhe lassen; er hatte mir jedoch auch gesagt, ich solle auch
gegen die Feinde des Königs in England ermitteln. Nicht gesagt

hatte er mir, was ich tun sollte, wenn die beiden Befehle sich widersprachen.

Also ging ich in Tom Lloyds Kaffeestube, wo die Händler sich treffen, um Neuigkeiten auszutauschen und zu überlegen, wie sie bessere Gewinne erzielen könnten. Ich kenne ein paar Leute aus dieser Welt, da ich ab und zu auf diese Weise Kapital anlege, und wußte inzwischen, wer vertrauenswürdig war und wem man aus dem Weg gehen mußte. Insbesondere kannte ich einen Mann namens Williams, der viel Zeit damit verbrachte, Leute mit Geld aufzutreiben, die bereit waren, es zu riskieren. Die brachte er dann mit Händlern zusammen, die Geld brauchten. Durch ihn hatte ich vorteilhaft einen kleinen Teil meines überschüssigen Geldes im Ostindischen Archipel angelegt und auch bei einem Gentleman, der Afrikaner für Amerika gefangennahm. Letzteres war die beste Investition, die ich jemals gemacht habe, und das um so mehr (wie mir der Kapitän des Schiffes versicherte), als die Sklaven auf ihrer Reise über den Ozean in den Tugenden des christlichen Glauben unterrichtet wurden, und ihre Seelen gerettet wurden, während sie wertvolle Arbeit für andere leisteten.

Als ich Williams aufstöberte, sagte ich ihm, ich sei daran interessiert, ein wenig Geld in einem italienischen Handelshaus namens Cola anzulegen, und frage mich, ob das Unternehmen gesund und der Mann vertrauenswürdig sei. Er sah mich ein wenig seltsam an und antwortete vorsichtig, daß sich, soviel ihm bekannt sei, das Haus Colas ausschließlich selbst finanziere. Er wäre in der Tat sehr überrascht, zu entdecken, daß Cola Fremde beteilige. Ich zuckte mit den Schultern und meinte, das habe man mir jedenfalls erzählt.

»Dann dank ich Euch für die Information«, sagte er. »Sie bestätigt nur, was ich schon vermutet hatte.«

»Und das wäre?«

»Daß das Haus Cola in großen Schwierigkeiten sein muß. Der venezianisch-türkische Krieg hat die Geschäfte zerstört, die da Cola stets mit der Levante pflegte. Vergangenes Jahr hat er zwei Schiffe mit voller Ladung verloren, und Venedig kann noch immer keine Märkte für sich öffnen, die von den Spaniern und Portugiesen beherrscht werden. Er ist ein guter Händler, aber es gibt immer weniger Leute, mit denen er handeln kann.«

»Hat er deshalb hier eine Niederlassung gegründet?«

»Zweifellos. Ich glaube, ohne die Waren, die England ihm abnimmt, könnte er sich nicht mehr lange über Wasser halten. Um was geht es denn bei dieser Unternehmung?«

Ich sagte, das wisse ich nicht genau, man habe mir jedoch versichert, sie habe ein sehr großes Potential.

»Wahrscheinlich hat es etwas mit bedruckten Seiden zu tun. Sehr gewinnbringend, wenn man sich damit auskennt, aber eine Katastrophe, wenn man es nicht tut. Seewasser und Seide passen nicht besonders gut zueinander.«

»Hat er eigene Schiffe?«

»O ja. Sehr gute Schiffe sogar.«

»Ich glaube, er hat in London einen Agenten. Heißt di Pietro. Wie ist er?«

»Ich kenne ihn nur flüchtig. Er ist sehr zurückhaltend. Verkehrt nicht viel in Händlerkreisen, hat aber gute Beziehungen zu den Juden in Amsterdam. Wieder eine Warnung für Euch, falls es zum Krieg gegen Holland kommt, wird diese Verbindung schlimmer als nutzlos sein. Das Haus Cola wird wählen müssen, auf welcher Seite es steht, und wird dadurch zwangsläufig noch weitere Abnehmer verlieren.«

»Wie alt ist di Pietro?«

»Oh, alt genug, um zu wissen, was er tut. In den Fünfzigern, glaube ich. Hin und wieder spricht er davon, daß er nach Hause zurückkehren und sich ein leichteres Leben machen will, aber, sagt er, sein Arbeitgeber habe zu viele Kinder, die versorgt werden müssen.«

»Wie viele Kinder?«

»Fünf, glaube ich, aber drei sind Töchter. Armer Mann!«

Ich verzog mitfühlend das Gesicht, obwohl der Mann sich sehr leicht als Feind entpuppen konnte. Ich wußte genug, um mir darüber klar zu sein, daß für einen Händler, dessen Lebensnerv davon abhing, sein Kapitel möglichst nah bei sich zu behalten, drei Töchter eine mörderische Last sein konnten. Zum Glück sahen meine beiden Söhne, auch wenn sie Narren waren, gut genug aus, um vermögende Frauen zu heiraten.

»Wirklich eine böse Enttäuschung«, fuhr Williams fort. »Besonders da keiner seiner Söhne sein Nachfolger werden will. Einer ist Geistlicher und – ich bitte um Vergebung, Doktor – nur nützlich im Geldausgeben, nicht aber im Geldverdienen. Ich glaube, der andere spielt Soldat; das hat er zumindest zuletzt getan. Ich habe seit einiger Zeit nichts mehr von ihm gehört.«

»Er ist Soldat?« fragte ich erstaunt, denn diese wichtige Tatsache hatte der Bilderhändler völlig übersehen, und ich machte mir eine Notiz, um ihn für seine Laxheit zu rügen.

»Soviel ich weiß. Vielleicht hatte er für Handel und Wandel nie etwas übrig, und sein Vater war zu klug, ihn zu zwingen. Deshalb hat Cola seine älteste Tochter an einen Cousin im Levante-Geschäft verheiratet.«

»Und Ihr seid sicher, daß er Soldat ist?« sagte ich, zu der Frage zurückkehrend,und merkte, daß ich sein Mißtrauen weckte. »Woher wißt Ihr das?«

»Doktor, mehr weiß ich nicht«, antwortete er geduldig. »Ich weiß nur, was ich so in den Kaffeestuben zu hören bekomme.«

»Dann erzählt mir, was Ihr hört.«

»Wenn Ihr etwas über den Sohn erfahrt, werdet Ihr wissen, ob Ihr in sein Geschäft investieren sollt?«

»Ich bin ein vorsichtiger Mann und will immer soviel wie möglich wissen. Eigensinnige Kinder können, das müßt Ihr zugeben, eine schreckliche Belastung sein. Wie, wenn der Sohn verschuldet ist, und die Gläubiger sich das Geld beim Vater holen wollen, während er mein Geld hat?«

Williams brummte etwas; er glaubte mir nicht, wollte mich aber nicht drängen.

»Ein anderer Kaufmann, der versucht hat, sich in den Mittelmeerländern niederzulassen, hat es mir erzählt«, erklärte er dann. »Als die Piraten und die Genueser mit ihm fertig waren, erkannte er, daß es kaum der Mühe wert gewesen war. Aber er war vor vier Jahren eine Zeitlang dort, kreuzte umher und landete einmal eine Fracht auf Kreta für die Garnison in Candia.«

Ich hob eine Braue. Nur ein tapferer oder ein sehr verzweifelter Mann würde eine Fracht an den Türken vorbeischmuggeln, um ausgerechnet diesen Markt zu beliefern.

»Wie ich schon sagte«, meinte Williams, »er hatte Verluste hinnehmen müssen und war verzweifelt, also ging er das Risiko ein. Ein erfolgreicher Wurf, wie es scheint, da er nicht nur seine ganze

Fracht verkaufte, sondern zur Belohnung eine Fracht venezianischer Gläser nach England bringen durfte.«

Ich nickte.

»Jedenfalls traf er dort einen Mann namens Cola, der sagte, sein Vater betreibe in Venedig einen Handel mit Luxuswaren. Doch vielleicht gibt es zwei Colas, die Kaufleute in Venedig sind. Ich weiß es nicht.«

»Erzählt weiter.«

Er schüttelte den Kopf. »Ihr wißt jetzt genausoviel wie ich. Was die Kaufmannskinder tun, interessiert mich nicht. Ich habe drängendere Sorgen. Und Ihr übrigens auch, Doktor. Warum sagt Ihr mir nicht, was es ist?«

Ich stand lächelnd auf. »Es ist nichts«, sagte ich. »Ich weiß ganz bestimmt nichts, das Euch zu einem Gewinn verhelfen könnte.«

»In diesem Fall bin ich nicht im geringsten interessiert. Aber wenn jemals …«

Ich nickte. Eine Abmachung ist eine Abmachung. Ich freue mich, sagen zu können, daß ich mich zu gegebener Zeit meiner Schuld entledigte, da Mr. Williams durch mich als einer der ersten von den Plänen erfuhr, im nächsten Jahr die Flotte wieder auszurüsten. Ich sorgte dafür, daß er es so rechtzeitig erfuhr, um noch jeden Mastbaum im Land aufzukaufen, die er dann an die Marine für einen Preis verkaufte, den er bestimmte. Beide verdienten wir sehr schön daran, Gott sei gelobt.

* *
*

Den erwähnten Kaufmann, Andrew Bushrod, entdeckte ich im Flottengefängnis, wo er seit Monaten saß; seine Gläubiger waren seiner überdrüssig geworden, als ein Schiff, das den größten Teil seines Kapitals an Bord hatte, untergegangen war und seine Familie sich geweigert hatte, ihm zu Hilfe zu kommen. Das war offenbar seine eigene Schuld: Als er erfolgreich gewesen war, hatte er es abgelehnt, zur Mitgift einer Cousine etwas beizusteuern.

Er saß daher nicht nur im Flottengefängnis, Fleet genannt, er war auch mir auf Gnade und Ungnade ausgeliefert, denn ich hatte genügend Einfluß, um seine Entlassung zu beschleunigen, wenn er nicht kooperierte. Dann mußte er seine Zuflucht verlassen, und die Gläubiger würden sich auf ihn stürzen. Ich hatte einige Mühe, aus dem, was er mir erzählte, das Unbrauchbare auszusieben, und seine Genauigkeit in Details war zweifelhaft; es genügte schon, die Beschreibung, die er von Cola gab, dem plumpen, parfümierten Dandy gegenüberzustellen, der dieser Italiener tatsächlich war, um zu sehen, daß die Umstände vielleicht seine Aussage beeinflußten. Kurz zusammengefaßt lautete sein Bericht so: Anno 1658 hatte er ein Schiff ins Mittelmeer und weiter nach Leghorn geführt, um dort eine Ladung Wollwaren zu verkaufen. Der Preis, den er erzielte – er war kein Geschäftsmann –, deckte gerade so die Kosten der Reise, und er suchte nach Waren, die er nach England zurückbringen konnte. In dieser Zeit traf er einen Venezianer, der ihm von einer überaus gewinnbringenden Fahrt berichtete, die er eben nach Kreta unternommen hatte; er hatte die Ladung, Lebensmittel und Waffen, im Hafen von Candia gelöscht, direkt unter der Nase der Türken.

Der Stadt und ihren Verteidigern mangelte es an allem, so daß sie buchstäblich jeden Preis bezahlten, der verlangt wurde. Er jedoch werde nicht noch einmal dorthinfahren. Warum nicht? fragte Bushrod. Weil er gern sein Alter erleben wolle, antwortete der Venezianer. Zwar sei die türkische Flotte unfähig, die Piraten jedoch nicht. Zu viele seiner Freunde waren gefangengenommen worden, und dann war das Beste, was man erwarten konnte, ein Leben auf einer Galeere. Der Venezianer zeigte auf einen Bettler auf der Straße und sagte, der sei einmal Matrose auf einem Schiff nach Candia gewesen. Er hatte keine Hände, keine Augen, keine Ohren und keine Zunge.

Bushrod war nicht mutig und kaum daran interessiert, Kreta zu retten – weder für das Christentum noch für Venedig. Aber er hatte kein Geld, seine Mannschaft hatte keine Heuer bekommen, und seine Gläubiger würden auf ihn warten, wenn er nach Hause kam. Daher setzte er sich mit dem venezianischen Konsul in Leghorn in Verbindung, der ihm sagte, welche Waren benötigt wurden; außerdem verpflichtete er sich, gegen einen hohen Gewinn jeden reisefähigen Verwundeten aus Candia herauszubringen – vier Dukaten für einen Gentleman, einen für einen Soldaten, einen halben für eine Frau.

Sie schipperten bis Messina dicht an der italienischen Küste entlang, wo sie ein paar Töpferwaren löschten und hielten dann so schnell und direkt wie möglich auf Kreta zu. Candia, sagte er, sei die schlimmste Erfahrung seines Lebens gewesen. In einer Stadt mit mehreren tausend Menschen zu sein, die alle nur noch den Tod erwarteten, verlassen von der ganzen Christenheit, zu Wasser und zu Lande ständig von Feinden verfolgt, Menschen, die spürten, daß ihr Mutterland ihrer überdrüssig wurde – all das zu ertragen war fast zuviel. Alles war verroht und grausam nach dieser längsten Belagerung in der Geschichte der Welt. Überall waren Verzweiflung und die Bereitschaft zu Gewalt spürbar, und das jagte ihm solche Angst ein, daß er seine Preise herabsetzte, weil er befürchtete, die Bewohner der Stadt würden sich sonst auf ihn stürzen und alles nehmen, was er hatte, ohne zu bezahlen. Er machte trotzdem noch so viel Gewinn, daß sich die Fahrt gelohnt hatte, dann begann er sich auf die Rückreise vorzubereiten und gab bekannt, daß er Passagiere mitnehmen wolle. Einer der Männer, die auf sein Angebot eingingen, hieß Cola.

»Sein Name?« sagte ich. »Ihr müßt genauer sein, Mann. Wie war sein Name?«

Marco, sagte Bushrod. So hieß er. Marco. Auf jeden Fall ging es diesem Cola schlecht, er war ausgemergelt und dünn und immer mürrisch; schmutzig und ungepflegt, delirierte beinahe vor Schmerz und den riesigen Mengen Alkohol, die er als einzige Medizin zu sich nahm. Schwer zu glauben, daß er für die venezianischen Verteidiger jemals von großem Nutzen gewesen war, aber Bushrod erfuhr bald, daß er sich irrte. Der junge Mann wurde von viel älteren Offizieren mit Respekt behandelt und fast ehrfürchtig von den gemeinen Fußsoldaten. Cola war, wie es schien, der beste Kundschafter von Candia gewesen, geschickt im Umgehen ottomanischer Vorposten, hatte er Nachrichten in entlegene Festungsanlagen gebracht und alle möglichen kleinen Störungen verursacht. Bei zahlreichen Gelegenheiten hatte er ranghohen Türken absichtlich und erfolgreich Fallen gestellt und sie getötet und dadurch einen Ruf von blutrünstiger Wildheit und Unbarmherzigkeit erworben. Er war sehr geschickt darin, völlig lautlos zuzuschlagen und unentdeckt zu entkommen und war, so schien es, ein besessener Eiferer für die christliche Sache, obwohl es ganz nach dem Gegenteil aussah.

Aus Neugier versuchte Bushrod auf der Rückfahrt nach Venedig – bei der es diesmal keinen Zwischenfall gab – seinen Passagier gelegentlich in ein Gespräch zu verwickeln. Aber Cola war schweigsam und versteckte sich hinter einer schroffen und melancholischen Wortlosigkeit. Nur bei einer Gelegenheit gab er etwas von sich preis, und das war, als Bushrod ihn fragte, ob er verheiratet sei. Colas Gesicht verdüsterte sich, und er sagte, seine Verlobte sei von den Türken zur Sklavin gemacht worden. Er war nach Kreta geschickt worden, um sich das Mädchen anzusehen, das aus einer guten Familie kam, und war mit der Heirat einverstanden gewesen. Sie war vor ihm nach Venedig geschickt worden, und die Türken hatten das Schiff aufgebracht. Man hatte nie wieder ein Wort von ihr gehört, und er hoffte sehr, daß sie tot war. Gegen den Willen seines Vaters sei er in Candia geblieben, um Rache zu üben.

Und jetzt?

Und jetzt war ihm alles egal. Er war schwer verwundet und wußte, daß Candia bald fallen würde. Man hatte weder die Energie noch das Geld, noch den Glauben, die Stadt noch länger zu verteidigen. Er war unentschlossen gewesen, ob er zurückkehren sollte oder nicht. Doch vielleicht konnte er seine Fähigkeiten woanders besser nutzen.

Dann hatte Marco da Cola nach der Flasche gegriffen, fast die ganze restliche Reise auf dem Deck gesessen und – ob betrunken oder nüchtern – kein Wort mehr gesagt, bis das Schiff in Venedig anlegte.

* *
*

Soviel davon; Eifer gegen die Heiden war kaum etwas, das ich mißbilligen konnte, und dennoch war es merkwürdig. Wir hatten einen Soldaten (oder ehemaligen Soldaten), der in den Niederlanden mit den Republikanern verkehrte; der Agent seines Vaters, ein venezianischer Beobachter, schickte regelmäßig Botschaften an seine Herren im Ausland und überbrachte Botschaften von den Unzufriedenen in unserem Land. Viele kleine Teilchen, von denen keines zum anderen paßte. Doch etwas gab es, das entwirrt und enträtselt werden mußte, und der Anfang mußte mit dem Paket gemacht werden, was trotz Mr. Bennets Anweisungen, meiner Meinung nach in meiner Kompetenz lag.

Falls jemand glaubt, ich hätte wie Thurloe auf eine ganze Armee von Hilfskräften zurückgreifen können, muß ich mich beeilen, die Tatsachen zu erläutern. Obwohl ich eine Anzahl von Leuten hatte, die mich mit Informationen versorgten, hatte ich im ganzen Land genau fünf, die verläßlich für mich arbeiteten, und zwei davon, das muß ich gestehen, machten sogar mir angst. Auch war diese Angelegenheit nicht meine einzige oder sogar wichtigste Beschäftigung. Ich habe den Aufstand erwähnt, der meines Wissens geplant wurde, und ihm galt natürlich meine größte Sorge. Doch es gab außerdem unendlich viel anderen Ärger, meistens völlig unsinnigen, aber jeder einzelne mit einem bestimmten Gefahrenpotential. Die Garnison in Abingdon war gesäubert worden, doch noch immer nicht zufriedenstellend ruhig. Sektierer und Dissenter schienen überall im Land wie Pilze aus dem Boden zu schießen, gaben den Unzufriedenen Gelegenheit, sich zu treffen und gegenseitig zu ermutigen. Hartnäckig hielt sich das Gerücht, daß (wieder einmal) der Messias zurückgekehrt sei, um ins Millennium zu führen; er bereise das Land in Verkleidung, predige und lehre und säe Aufruhr. Wie viele Heilsbringer hatten wir während der vergangenen paar Jahre gehabt? Dutzende, mindestens, und ich hatte gehofft, daß ruhigere Zeiten diesem Spuk ein Ende machen würden, aber das war anscheinend nicht der Fall. Schließlich tauchte mitten in der Affäre, von der ich berichten will, in Oxford ein betrunkener irischer Magus namens Greatorex auf, hielt im Gasthof »Mitre« Hof, erleichterte die Gutgläubigen um ihre Münzen, und ich mußte viel Zeit und meine ganze Überredungskunst aufwenden, ehe er weiterzog. Ich hatte genug auf dem Teller, wie man so sagt, und obwohl ich pausenlos arbeitete, muß ich feststellen, daß meine Anstrengungen weder früher noch später voll anerkannt oder belohnt wurden.

Für die besondere Aufgabe, an dieses Briefpaket heranzukommen, mußte ich mich eines gewissen John Cooth bedienen, dessen Treue zum König einzig und allein darauf beruhte, daß ich eingegriffen hatte, als er, betrunken und rasend vor Wut, beinahe seine Frau getötet hätte, und dann einem Mann tatsächlich die Kehle durchschnitt, weil (sagte Cooth) der andere versucht habe, ihm Hörner aufzusetzen. Er war nicht intelligent, aber ein geschickter Einbrecher und stand tief in meiner Schuld. Ich dachte, er werde seinen Zweck erfüllen, zumal ich ihm genau erklärte, was er zu tun hatte und wie er es tun mußte. Ganz besonders schärfte ich ihm ein, es dürfe keinesfalls zu Gewalttätigkeiten kommen, und das erklärte ich ihm so nachdrücklich, daß es sogar von einem Mann mit seinem beschränkten Verstand verstanden werden mußte.

Dachte ich wenigstens. Als Matthew mir meldete, er habe das Paket in di Pietros Haus abgeliefert und es solle schon am nächsten Morgen an Bord eines seiner Schiffe gebracht werden, sagte ich Cooth, er solle es mir so schnell wie möglich bringen. Pflichtbewußt kam er nach ein paar Stunden zurück und übergab mir ein Paket, das alle zu befördernde Post enthielt, darunter auch die Briefe, die Matthew überbracht hatte. Ich kopierte sie, und Cooth trug sie zurück. Am nächsten Morgen kam Matthew und berichtete, daß Signor di Pietro ermordet worden war.

Ich war entsetzt und betete zu Gott, er möge mir meine Dummheit vergeben. Obwohl Cooth leugnete, war für mich ziemlich klar, was geschehen war: Er war in das Haus eingedrungen, und anstatt nur das Paket zu nehmen, hatte er beschlossen, sich auch den Inhalt der Schatztruhe anzueignen. Di Pietro wurde wach, kam nachsehen, und Cooth hatte ihm kalten Blutes die Kehle durchgeschnitten, und das so brutal, daß der Kopf fast vom Rumpf getrennt wurde.

Schließlich rang ich ihm ein Geständnis ab: Was könne es mir schon zu bedeuten, ob er den Mann getötet hatte oder nicht? Ich wollte das Paket, und das hätte ich bekommen. Ich verlor die Geduld und hieß ihn schweigen. Er müsse ins Gefängnis zurück, sagte ich, und wenn er auch nur einen Hauch von dem verrate, was geschehen war, würde er hängen. Sogar er verstand, wie ernst es mir war, und die Angelegenheit war abgeschlossen; sehr bald erfuhr ich auch noch, daß Cola einen englischen Partner hatte, der das ganze Geschäft für sich wollte und nicht daran interessiert war, daß eine Tat aufgeklärt wurde, die für ihn so gewinnbringend gewesen war. Es dauerte tagelang, aber mit viel, viel Mühe gelang es mir schließlich, mich wieder zu beruhigen, inzwischen ziemlich sicher, daß Mr. Bennet nichts erfahren würde.

Drittes Kapitel

D IE GANZE UNGLÜCKSELIGE Geschichte hatte wenigstens ein Gutes – sie bescherte mir di Pietros Postsack, der sich als noch viel interessanter erwies, als ich zu hoffen gewagt hatte. Denn er enthielt nicht nur die für die Radikalen bestimmten Briefe, sondern noch einen weiteren, völlig anonymen aus einer anderen, unbekannten Quelle. Ich beachtete ihn nur, weil mir einiges einfiel, das Thurloe in seinem Amt praktisch zum Gesetz erhoben hatte; unter anderem dies: Wenn man einen Postsack nach verdächtiger Post durchsucht, muß man alles andere ebenfalls überprüfen. Alles in allem waren es zwölf Briefe, einer von den Radikalen, zehn völlig harmlose, in denen es um Handel und Wandel ging – und dieser eine. Schon daß die Adresse fehlte, hätte meine Aufmerksamkeit erregt, die Tatsache, daß das Siegel auf der Rückseite leer war, trug noch zu meiner Entschlossenheit bei. Ich wünschte nur, dieser kleine Samuel Morland hätte jetzt neben mir gesessen, denn nie hatte jemand ein Siegel schneller entfernen und noch schneller unbeschädigt wieder anbringen können als er. Ich stellte mich sehr viel ungeschickter an und fluchte heftig, als ich mich mit der unglaublich kniffligen Arbeit abmühte. Aber ich schaffte es, und ich machte es ausgezeichnet, so daß niemand meine »Handarbeit« erkennen würde, wenn der Brief, von der Reise leicht zerdrückt und beschädigt, sein Ziel erreichte.

Und es war der Mühe wert gewesen. Er enthielt eine der besten Verschlüsselungen, der mir je vor Augen gekommen war; der Brief war sehr lang, mit ungefähr 12000 Schriftzeichen in der komplizierten, willkürlichen Geheimschrift, die ich schon beschrieben habe. Prickelnde Erregung überkam mich, während ich das Schriftstück betrachtete, denn es war eine Herausforderung, die meiner Kunst würdig war. Doch im Hintergrund meines Bewußtseins bebte ein beunruhigender Gedanke, denn Schriftzeichen sind wie Musik und haben ihre eigenen Rhythmen, ihre eigenen Kadenzen. Diese schienen mir, als ich sie überflog, irgendwie vertraut, wie eine Melodie, die ich schon einmal gehört hatte. Aber noch wußte ich nicht, wo.

Oft schon hat man mich gefragt, warum ich mich mit der

Kunst der Dechiffrierung beschäftige, denn es scheint den Leuten eine vulgäre Beschäftigung, die weder meiner Stellung noch meiner Würde entspricht. Ich habe viele Gründe, und daß es mir Spaß macht, ist nicht der geringste. Männer wie Boyle beschäftigen sich damit, der Natur ihre Geheimnisse zu entlocken, was mir übrigens auch größte Freude macht. Doch wie wundervoll ist es auch, in die Geheimnisse des menschlichen Geistes einzudringen, das Chaos menschlichen Strebens zu ordnen und die finstersten Taten aus der Nacht ans Licht zu bringen. Eine Geheimschrift ist nur eine Sammlung von Buchstaben auf einer Seite; das gebe ich zu. Aber diesen Wirrwarr zu nehmen und ihm durch reine Vernunft einen Sinn zu geben, bereitet mir eine Befriedigung, die ich noch nie jemandem wirklich erklären konnte. Ich kann nur sagen, daß es einem Gebet ähnlich ist. Keinem gewöhnlichen Gebet, bei dem die Leute Worte aufsagen, während ihre Gedanken ganz woanders sind, sondern dem einzig wahren Gebet, so vollkommen und tiefgründig, daß man Gottes Gnade spürt. Und ich habe oft gedacht, daß mein Erfolg ein Beweis für seine Gunst ist, ein Zeichen, daß ihm gefällig ist, was ich tue.

Der Brief der Sektierer war mitleiderregend leicht zu entschlüsseln und kaum interessant; hätte ich vorher gewußt, was er enthielt, hätte ich mich nicht um ihn bemüht, denn er lohnte di Pietros Leben und die Schwierigkeiten nicht, die mir sein Mörder bereitet hatte. Er berichtete in der schwülstigen Sprache, die bei den Sektierern so beliebt war, von Vorbereitungen und bezog sich in elliptischen Sätzen auf einen Ort, den ich zuverlässig als Northampton entschlüsselte. Doch das waren kleine Fische und nichts, was das Risiko rechtfertigte, auf das ich mich eingelassen hatte. Wenn überhaupt, würde ich etwas Wesentliches in dem letzten geheimnisvollen Brief finden; ich war entschlossen, ihn zu lesen, und wußte, daß ich den Schlüssel entdecken mußte.

Matthew kam zu mir, als ich, den unleserlichen Brief vor mir, am Schreibtisch saß, und fragte, ob gut war, was er getan hatte.

»Sehr gut«, sagte ich. »Wirklich sehr gut, obwohl der Brief, den du überbracht hast, uninteressant ist. Es ist dieser andere hier, der mich fasziniert.« Ich hob ihn auf, damit er sich ihn ansehen konnte, was er mit der ihm eigenen Sorgfalt tat.

»Ihr wißt schon, was drinsteht? Habt schon alles enträtselt?«

Ich lachte über das Zutrauen, das er in mich hatte. »Ein anderer Brief, ein anderer Absender und zweifellos eine andere Adresse. Aber ich weiß nichts, und enträtselt habe ich noch weniger. Ich kann diesen Brief nicht lesen. Die Geheimschrift hat ein bestimmtes Buch zur Grundlage, das über die Reihenfolge der Buchstaben entscheidet.«

»Welches Buch?«

»Das weiß ich nicht, und wenn es mir nicht gelingt, es zu finden, bleibt der Brief auch mir ein Rätsel. Doch ich bin sicher, daß er wichtig ist. Diese Art Verschlüsselung ist selten, ich bin nur ein paarmal darauf gestoßen, und dann stammten die Briefe von Männern mit ganz ungewöhnlich hoher Intelligenz. Für Dummköpfe ist diese Geheimschrift zu schwierig.«

»Es wird Euch gelingen«, sagte er lächelnd. »Davon bin ich überzeugt.«

»Ich liebe dich, wegen deines Vertrauens, Knabe. Doch diesmal irrst du dich. Ohne den Schlüssel wird mir die Tür verschlossen bleiben.«

»Wie finden wir diesen Schlüssel?«

»Nur die Person, die den Brief geschrieben hat, und die Person, die ihn lesen wird, wissen, was es für ein Buch ist, und besitzen ein Exemplar.«

»Dann müssen wir sie eben fragen.«

Ich dachte, er scherze, und begann ihm wegen seiner Leichtfertigkeit Vorwürfe zu machen, sah dann aber, daß sein Gesicht völlig ernst war.

»Erlaubt, daß ich nach Smithfield zurückkehre. Ich werde dort erzählen, daß es einen Versuch gegeben hat, den Brief zu stehlen. Einen Versuch, der mißlungen ist. Ich werde anbieten, selbst an Bord des Schiffes zu gehen, um ihn zu bewachen und dafür zu sorgen, daß ihm nichts passiert. So werde ich herausfinden, an wen er gerichtet ist und den Schlüssel entdecken.«

Die Jugend denkt so einfach und geradeaus, daß ich meine Belustigung kaum unterdrücken konnte.

»Warum lacht Ihr, Doktor?« fragte er, die Stirn runzelnd. »Was ich sage, stimmt. Es gibt keine andere Möglichkeit, um festzustellen, was Ihr wissen müßt. Und einen anderen könnt Ihr nicht schicken.«

»Matthew, deine Arglosigkeit ist reizend. Du würdest mitreisen, würdest entlarvt, und alles wäre verloren, selbst wenn du unverletzt entkämst. Verschone mich mit solchem Unfug.«

»Ihr behandelt mich immer wie ein Kind«, sagte er traurig. »Ich begreife nicht, warum. Wie sonst könnt Ihr entdecken, was es für ein Buch und an wen der Brief gerichtet ist? Und wenn Ihr mir nicht vertrauen könnt, wen sonst könntet Ihr schicken?«

Ich nahm ihn bei den Schultern und schaute ihm in die zornigen Augen. »Reg dich nicht auf«, sagte ich freundlicher. »Aus mir hat nicht Verachtung, sondern Sorge gesprochen. Du bist jung, und diese Leute sind gefährlich. Ich möchte nicht, daß dir etwas geschieht.«

»Dafür danke ich Euch. Aber ich wünsche mir nichts mehr, als etwas Besonderes für Euch zu tun, etwas, das für Euch von Wert ist. Ich weiß, wie tief ich in Eurer Schuld stehe und wie wenig ich dafür getan habe. Also bitte, Sir, gebt mir die Erlaubnis. Und Ihr müßt Euch schnell entscheiden; die Briefe müssen zurückgebracht werden, und das Boot läuft morgen früh aus.«

Ich ließ mir Zeit und betrachtete sein Gesicht, das durch den Ausdruck des Unmuts seine Vollkommenheit eingebüßt hatte, und erkannte daraus mehr als aus seinen Worten, daß ich das Band lockern mußte, weil ich ihn sonst für immer verlor. Ich versuchte es trotzdem noch einmal.

»Ich aber, ich verliere noch alle Kinder« (Genesis 43,14).

Er sah mich freundlich und so liebevoll an, daß ich mich noch heute daran erinnere.

»Ihr Väter, schüchtert eure Kinder nicht ein, damit sie nicht mutlos werden« (Kolosserbrief 3,21).

Da ergab ich mich und ließ ihn ziehen, umarmte ihn und sah ihm von meinem Fenster aus nach, als er draußen die Straße entlangging, bis er in der Menge verschwand. Ich sah, wie frisch sein Gang war, erkannte, wie sehr er seine Freiheit genoß und war traurig über meinen Verlust. Den ganzen Nachmittag betete ich um seine Sicherheit.

* *
*

Ganze vierzehn Tage hörte ich nichts von ihm und wurde jeden Tag von Verzweiflung und Angst geplagt – war das Schiff gesunken? Hatte man ihn entlarvt? Doch er machte seine Sache viel besser, als ich erwartet hatte, und bewies eine größere Gewandtheit als so mancher Geheimagent, den die Regierung bezahlte. Als ich seinen ersten Brief bekam, weinte ich vor Erleichterung und Stolz.

Hochwürdigster Sir, begann der Brief,
Euren Anweisungen folgend, schiffte ich mich auf der Barke Columbus ein und blieb bis Den Haag an Bord. Die Überfahrt war schrecklich, und an einem Punkt war ich überzeugt, meine Mission müsse fehlschlagen, weil das Schiff mit Mann und Maus untergehen würde. Zum Glück war der Kapitän ein erfahrener Mann und brachte uns sicher, wenn auch sehr krank, in den Hafen.
Als wir anlegten, hatte ich mich bei ihm eingeschmeichelt und erfahren, daß er nicht lange im Hafen liegenbleiben wollte. Er war über den Tod von di Pietro verzweifelt, sorgte sich um seine Stellung und wollte so schnell wie möglich nach London zurückkehren. Also erbot ich mich, die Briefe an seiner Statt ihren Empfängern zuzustellen, denn ich wäre glücklich über die Gelegenheit, noch einige Zeit in diesem Teil der Welt zu verbringen. Da er keine Ahnung hatte, daß an einem der Briefe etwas Besonderes sein könnte, war er sofort einverstanden und hat gesagt, daß er mich nach London mitnimmt, wenn er mit der nächsten Fracht herüberkommt.
Wir gingen die Liste so gründlich durch wie jeder Postbeamte es getan hätte, und verglichen die Adressen auf den Umschlägen mit denen auf der Liste.
»Der hier hat keine Adresse«, sagte ich, nach dem Brief greifend, der Euch so interessiert.
»Nein, hat er nicht. Aber hier auf meiner Liste steht er.« Und er zeigte auf die Liste und erklärte mir, di Pietro habe eigenhändig eingetragen, daß dieser besondere Brief einem Mann namens Cola in der Guldenstraat überbracht werden solle.
Sir, ich muß Euch sagen, daß das Haus, um das es ging, vom spanischen Botschafter bewohnt wird und dieser Cola dort

gut bekannt ist. Ich habe den Brief noch nicht abgegeben,
denn man hat mir gesagt, Cola komme erst am nächsten Tag.
Also habe ich mich geweigert, den Brief zu übergeben und ge-
sagt, ich hätte den Auftrag, ihn nur ihm selbst auszuhändigen.
Inzwischen habe ich hier ansässige Engländer überredet, mir
Quartier zu geben, was sie mit Freuden getan haben, denn sie
fühlen sich hier abgeschnitten und sind begierig auf Nachrich-
ten von zu Hause.
Sobald ich zurückkomme, werde ich Euch aufsuchen und
Euch alles berichten, was ich herausgefunden habe. Bitte seid
versichert, liebster und gütigster Sir, etc. etc.

Auch wenn mir die Zuneigung in dem Gruß meines lieben Knaben das Herz erwärmte, fürchte ich, daß ich mich, wenn er hier
gewesen wäre, vielleicht soweit vergessen hätte, ihm aus Enttäuschung eins hinter die Ohren zu geben. Mir war klar, daß er gute
Arbeit geleistet, aber dennoch nicht alles erreicht hatte, was ich
brauchte. Ich wußte noch immer nicht den Namen des Buches,
das die Grundlage für den Schlüssel war, und ohne ihn kam ich
nicht viel weiter. Doch so sehr er in diesem Punkt auch versagt
hatte, an anderer Stelle hatte er es mehr als gutgemacht. Denn ich
wußte, daß Spaniens Botschafter Esteban de Gamarra ein unversöhnlicher, gefährlicher Feind Englands war. Diese eine Information rechtfertigte alles andere, was ich bisher getan hatte.
Denn dieser Cola stand, wie ich vor ein paar Monaten erfahren
hatte, mit den Radikalen in Verbindung, und jetzt war er auch
noch über die spanische Botschaft zu erreichen. Es war ein faszinierendes Rätsel.

Die Information stürzte mich in ein Dilemma, denn wenn ich
schon ungehorsam gewesen war, als ich di Pietro verfolgte – mich
in diese Angelegenheit einzumischen, war noch schwerwiegender.
Mr. Bennet war noch immer mein einziger Beschützer, und ich
konnte es mir nicht leisten, sein Wohlwollen zu verlieren, solange
ich ihn nicht durch einen Besseren ersetzen konnte. Doch jede
Verbindung zwischen den Spaniern und den Radikalen war brand-
gefährlich. Eine Allianz zwischen dem Bewahrer des Katholizismus und den leidenschaftlichsten Fanatikern unter den Protestanten schien abwegig, aber dennoch hielt ich den Anfang der

schwach glimmenden Lunte einer solchen Verbindung in der Hand. Ich durfte nicht unmittelbare und zwingende Beweise außer acht lassen, nur weil die abstrakte Wahrscheinlichkeit gegen sie sprach.

Das war schon seit je mein natürlicher Magnet, in der Philosophie sowie in der Politik. Der Verstand des Menschen ist schwach und kann oft Dinge nicht erfassen, die wider jede Vernunft zu sein scheinen. Die Geheimschriften, die zu entziffern ich einen großen Teil meines Lebens verbracht habe, sind ein einfaches Beispiel dafür, denn wer konnte schon begreifen (wenn sie es nicht wußten), wie ein Durcheinander sinnloser Buchstaben den Leser über die Gedanken der Höchsten im Land oder der Gefährlichsten in aller Welt informieren konnte. Es widerspricht dem gesunden Menschenverstand, und dennoch ist es so. Vernunft jenseits durchschnittlichen menschlichen Verstehens trifft man oft in der göttlichen Schöpfung, so oft sogar, daß ich über Mr. Locke lachen konnte, der in seiner Philosophie den gesunden Menschenverstand über alles stellt. »Gott dröhnt mit seiner Stimme, wunderbar, er schafft große Dinge, wir verstehen sie nicht« (Hiob 37,5). Das vergessen wir immer wieder, zu unserem Schaden.

Die Vernunft sagte mir, die Spanier würden kein Geld ausgeben, um den republikanischen Sektierern zur Macht zu verhelfen, noch würden die Sektierer ihre Ziele bereitwillig der spanischen Politik unterordnen. Doch der Beweis deutete haargenau auf ein solches Einvernehmen zwischen ihnen hin. Ich konnte, in diesem Stadium, nichts damit anfangen und ließ daher davon ab, phantastische Theorien zu entwickeln; gleichzeitig jedoch weigerte ich mich, Beweise einfach zu verwerfen, weil sie nicht sofort mit der Vernunft übereinstimmten.

Ich war sicher, mich zum Gespött zu machen, wenn ich meine Information an Mr. Bennet weitergab, der sehr stolz auf seine Spanischkenntnisse und von der Freundschaft der Spanier überzeugt war. Auch konnte ich nichts gegen die Sektierer unternehmen, denn bisher hatten sie nichts Unrechtes getan. Also konnte ich gar nichts tun. Hatte ich einmal den Brief dechiffriert, entdeckt, wer ihn geschrieben hatte, und hatte mehr Beweise gesammelt, dann vielleicht hatte ich einen überzeugenden Fall, den ich präsentieren konnte. Bis dahin mußte ich meinen Verdacht jedoch für mich behalten. Hoffentlich – hoffentlich vergaß Matthew nicht, daß ich ihm gesagt hatte, es sei lebenswichtig, den Schlüssel für den Brief zu bekommen; mich irgendwie mit ihm in Verbindung zu setzen war praktisch unmöglich. Inzwischen schrieb ich einen Bericht für Mr. Bennet und informierte ihn (nur ganz allgemein), daß sich bei den Radikalen etwas regte, und versicherte ihn meiner unverbrüchlichen Loyalität.

* *
*

Eine Woche später rechtfertigte Matthew das Vertrauen, das ich in ihn gesetzt hatte, denn ich erhielt einen zweiten Brief, der einen Teil der Information enthielt, die ich brauchte. Er bot mir vier Möglichkeiten an und entschuldigte sich dafür, daß ihm nichts Besseres geglückt war. Er hatte den Brief noch einmal in die spanische Botschaft gebracht, und diesmal hatte man ihn in ein kleines Zimmer geführt, das ein Kontor zu sein schien. Er fand es widerlich, denn an den Wänden hingen unzählige Kruzifixe und es stank nach Götzendienst, aber während er auf Cola wartete, sah er auf dem Tisch vier Bücher und notierte sich schnell die Titel. Darüber freute ich mich, denn es rechtfertigte mein Vertrauen in ihn: so zu handeln war intelligent und mutig, und er wäre in großer Gefahr gewesen, wäre jemand hereingekommen, während er schrieb. Unglücklicherweise waren ihm die feineren Aspekte der Kunst des Kryptographen nicht bewußt: Ihm war nicht klar (vielleicht war das meine Schuld, weil ich ihn nicht richtig unterwiesen hatte), daß die einzelnen Ausgaben eines Buches sich voneinander unterscheiden, und die falsche Ausgabe meine Nachricht genauso unverständlich machte wie das falsche Buch. Alles, worauf ich mich stützen konnte, war das Folgende, das er Buchstabe für Buchstabe kopiert hatte, ohne etwas von seiner Bedeutung zu ahnen:

Titi liuii ex rec heins lugd II polyd hist nouo corol duaci thom Vtop rob alsop eucl oct

Beinahe ebenso wichtig und viel gefährlicher war, daß er Cola selbst begegnete und mir einen frühen Hinweis darauf gab, wie groß die Fähigkeit des Mannes war, andere zu täuschen und zu hintergehen. Ich habe den Brief noch. Natürlich hebe ich jedes Andenken an Matthew auf – jeden Brief, jedes kleine Übungsheft, das er vollgeschrieben hat; alles liegt in einer Silberkassette, in Seide eingeschlagen und mit der Locke gebunden, die ich ihm eines Nachts gestohlen habe, während er schlief. Mein Augenlicht nimmt jetzt ab, und bald werde ich diese Worte nicht mehr lesen können; ich werde sie verbrennen, denn ich könnte es nicht ertragen, daß jemand anders sie mir vorliest oder über meine Schwäche kichert. Meine letzte Verbindung zu ihm wird dahin sein, wenn das Licht flackernd verlöscht. Sogar jetzt öffne ich die Kassette nicht sehr oft, da ich die Traurigkeit nur schwer ertragen kann.

Cola begann sofort seinen Charme auszuspielen, lockte den Knaben in die Falle, der zu jung und zu naiv war, um den Unterschied zwischen echter und vorgetäuschter Freundlichkeit zu erkennen; aus geheuchelter Bekanntschaft wurde geheuchelte Freundschaft.

Er ist ein rundlicher Mann mit leuchtenden Augen, und als er erschien und ich ihm den Brief gab, lachte er dankbar, klopfte mir auf den Rücken und gab mir einen Silbergulden. Dann fragte er mich eingehend nach allen möglichen Dingen aus und war an meinen Antworten sehr interessiert. Er bat mich sogar, wiederzukommen, damit er mir noch weitere Fragen stellen könne.
Ich muß sagen, Sir, daß er sich allem Anschein nach nicht mit politischen Dingen beschäftigt, und er hat auch nie etwas Unpassendes erwähnt. Im Gegenteil, er zeigte sich als der perfekte Gentleman, höflich und zugänglich, ein Mann, mit dem man über alles reden kann.

Es ist so leicht, die Vertrauensvollen zu täuschen. Dieser Cola begann sich Matthews Zuneigung zu erschleichen, plauderte zweifellos mit der Leichtigkeit eines flüchtigen Bekannten, ohne ihm auch nur eine Spur jener Fürsorge angedeihen zu lassen, mit der ich mich dem Knaben so viele Jahre gewidmet habe. Es ist so leicht, zu faszinieren und zu unterhalten, viel schwieriger, zu erziehen und zu lieben. Matthew war leider noch nicht alt genug,

473

den Unterschied zu erkennen, und war für die Skrupellosigkeit des Italieners eine leichte Beute, der ihn so lange mit Worten betörte, bis er bereit war, zuzuschlagen.

Der Brief beunruhigte mich, denn meine Hauptsorge war, daß dem umgänglichen Matthew ein unachtsames Wort entschlüpfte und Cola verriet, daß ich ihm auf der Spur war; daher schrieb ich ihm schnell und befahl ihm, sich von dem Italiener fernzuhalten. Dann zwang ich mich, mich auf leichter lösbare Probleme zu konzentrieren, und wandte mich abermals der Frage des verschlüsselten Briefes und seines Codes zu.

Eines der Bücher, die Matthew erwähnt hatte, konnte dasjenige sein, das ich brauchte; schwierig war nur, zu entscheiden, welches. Die leichteste Lösung kam nicht in Frage, denn ich wußte, daß Euklid außer einem einzigen Mal, anno 1621 in Paris, immer in Oktav gedruckt worden war, und diese Ausgabe hatte ich in meiner Bibliothek. Es war daher sehr einfach, festzustellen, daß dies nicht das Buch war, das ich brauchte. Blieben drei übrig. Daher ließ ich, kaum nach Oxford zurückgekehrt, einen mir bekannten, merkwürdigen jungen Mann, Mr. Anthony Wood, zu mir rufen, der, wenn es um solche Dinge ging, eine erfahrene Wühlmaus war. Ich hatte ihm in dieser Zeit viele Gefallen getan und mir seine Dankbarkeit verdient, da ich ihm Einblick in Manuskripte erlaubte, die ich in Verwahrung hatte. Er war mit einem geradezu rührenden Eifer bemüht, mir meine Freundlichkeiten zu vergelten; der Preis, den ich dafür bezahlte, waren endlose Diskussionen über diese Druckpresse und jene Druckpresse, eine Ausgabe nach der anderen, und so weiter. Ich nehme an, er glaubte, ich interessierte mich für die Einzelheiten antiker Gelehrsamkeit, und versuchte sich bei mir lieb Kind zu machen, indem er mich in wissenschaftliche Gespräche verwickelte.

Es dauerte ziemlich lange, ehe er eines Abends in mein Zimmer zurückkam (Bauarbeiten an meinem Haus hatten mich gezwungen, mir vorübergehend im New College etwas zu mieten – eine bedauerliche Tatsache, doch davon später) und berichtete, er habe wahrscheinlich herausgefunden, welche Bücher gemeint seien, wenn er persönlich auch glaube, daß es von Thomas More und Polydoros Vergil bessere und preiswertere Ausgaben gebe.

Ich verabscheute derartig alberne Spiele, erklärte ihm dennoch geduldig, daß es gerade diese besonderen Editionen waren, an denen mein Herz hing. Ich wolle, sagte ich, experimentieren, indem ich Vergleiche zwischen den verschiedenen Ausgaben anstellte, um für die Welt eine komplette, absolut fehlerlose Ausgabe vorzubereiten. Er bewunderte meinen Pflichteifer sehr und sagte, er verstehe mich vollkommen. Die *Utopia* von Thomas More, sagte er, sei ein Quartband und zweifellos die Übersetzung von Robinson, die Alsop anno 1624 herausgegeben hatte; das könne er mir sagen, weil Alsop nur eine einzige Ausgabe hergestellt hatte, bevor es während und nach der »Wende« zu einer riskanten Beschäftigung wurde, Werke katholischer Heiliger zu veröffentlichen. Ein Exemplar stehe in der Bodleian Library. *History* von Polydoros Vergil war auch einfach: Schließlich wurden nicht viele neue Ausgaben dieses ausgezeichneten Autors in Douai veröffentlicht. Es mußte die eigenwillige Ausgabe von George Lily sein, ein Oktavband, anno 1603 gedruckt. Sie war leicht zu bekommen, habe er selbst doch erst vor ein paar Tagen in der Buchhandlung von Mr. Heath ein Exemplar für den Preis von einem Shilling und sechs Pence gesehen. Er könne den Mann ganz bestimmt noch herunterhandeln – als ob ich mir wegen zwei Pence Gedanken machte.

»Und das vierte?«

»Das ist das Problem«, sagte er. »Ich glaube zu wissen, auf welche Ausgabe Ihr Euch hier bezieht. Es ist natürlich das ›heins‹, das es uns verrät. Gemeint ist damit die schöne Ausgabe von Titus Livius' historischen Darstellungen von Daniel Heinsius, herausgegeben anno 1634 in Leiden. Ein Triumph der Kunstfertigkeit und der Gelehrsamkeit, der leider nie den Beifall fand, den er verdient hätte. Ich vermute, Eure Notiz bezieht sich auf Band zwei der Ausgabe, die ein Duodez – ein Zwölftelbogenformat – in drei Bänden war. Es wurden nur wenige gedruckt, und ich habe nie einen gesehen. Ich kenne nur den Ruf des Werkes – andere haben schamlos die Einsichten von Livius genutzt, ohne jemals den wahren Autor zu nennen. Eine Bürde, die echte Gelehrte immer belastet.«

»Erkundigt Euch für mich«, sagte ich mit engelhafter Geduld. »Ich zahle einen guten Preis dafür, wenn es zu haben ist. Ihr müßt Buchhändler und Antiquare und Sammler und solche Leute kennen. Wenn es ein Exemplar gibt, dann findet es jemand wie Ihr ganz bestimmt, dessen bin ich sicher.«

Der alberne Mensch blickte bei dem Kompliment bescheiden zu Boden. »Ich will mein Bestes für Euch tun«, sagte er. »Und ich versichere Euch, wenn ich kein Exemplar auftreibe, dann kann es niemand.«

»Mehr verlange ich nicht«, antwortete ich und geleitete ihn so schnell wie möglich hinaus.

Viertes Kapitel

ICH HABE VOR KURZEM ein niederträchtiges Pamphlet gelesen, in dem es (ohne daß mein Name direkt genannt wurde) hieß, daß die Krise, mit der ich es zu dieser Zeit zu tun hatte, eine Erfindung und nicht existent sei, in die Welt gesetzt von der Regierung, um die Furcht vor den Sektierern zu schüren. Nichts konnte mehr von der Wahrheit abweichen. Ich hoffe, ich habe meine guten Absichten und meine Ehrlichkeit schon bewiesen. Was ich getan habe, gebe ich zu; ich bekenne offen, daß ich die Gefährlichkeit von Venners Aufstand übertrieben habe, und übernehme die Verantwortung für den Fehler, der zu dem bedauerlichen Tod von Signor di Pietro führte. Ich hoffe, man zweifelt nicht an der Aufrichtigkeit meiner Reue, doch die Tatsache bleibt, daß der Mann subversives und konspiratives Material beförderte und es für die Sicherheit des Königreiches nötig war, daß ich es in die Hände bekam.

Ich habe das Gefühl, einige meiner Gedanken öffentlich machen zu müssen, damit man nicht glaubt, meine peinliche Genauigkeit im Zusammenhang mit Briefen und obskuren Büchern sei eine zwanghafte Marotte. Denn es war offensichtlich, daß die mir von Matthew genannten Bücher sehr ungewöhnlich waren. Jeder kennt das mitleiderregende Interesse der Sektierer für Wissen und Gelehrsamkeit. Autodidakten, die im Staub wühlten, die meisten, die zweitklassige Bücher lesen und in dem Wahn leben, gebildet zu sein. Gebildet? Eine Bibel, deren erhabene Feinsinnigkeit und gleichnishafte Schönheit sie nicht annähernd verstehen können, und ein paar schrille Pamphlete von der Handvoll von Dissentern, deren Arroganz ihre Scham weit übersteigt, ist alles, was ihre Bildung ausmacht. Weder Latein noch Griechisch und ganz gewiß kein Hebräisch; nicht imstande, eine andere Sprache zu lesen als ihre eigene und auch auf englisch dem irren Gerede falscher Propheten und selbst ernannter Erlöser ausgesetzt. Natürlich sind sie nicht gebildet; Wissen ist das Reich des Gentleman. Ich behaupte nicht, daß Handwerker unwissend sind, doch es ist offensichtlich, daß sie nicht urteilen können, da sie weder die Muße noch die Ausbildung haben, um frei von Vorurteilen abwägen zu können. Das hat Platon gesagt, und ich kenne keinen ernsthaften Menschen, der das bestritten hat.

Und derjenige, der den Brief an Cola geschrieben hatte, benutzte einen dieser erlesenen Texte für seine Verschlüsselung? Livius, Polydoros Vergil, More. Anfangs schauderte mich, wenn ich daran dachte, so profane Hände hätten diese Werke berührt, aber dann überlegte ich: Irgendein kümmerliches Pamphlet hätte ich hingenommen, aber sie? Wie waren ihnen Bücher in die Hände gefallen, die nur in die Bibliothek eines Gentleman gehören?

Als Wood wieder erschien, schnüffelnd und zuckend wie eine kleine Maus, hatte ich bereits festgestellt, daß weder More noch Polydoros Vergil das entsprechende Buch waren. Die Lösung lag daher im Livius: Man mußte ihn finden, feststellen, wem er gehörte, dann würde meine Untersuchung einen großen Sprung vorwärts machen. Wood berichtete mir, daß ein vor langer Zeit verstorbener Londoner Buchhändler anno 1643 ein halbes Dutzend Exemplare als Teil einer allgemeinen Schiffsladung für Gelehrte ins Land gebracht hatte. Was danach aus ihnen wurde, war unklar, da man dem Mann, einem Anhänger des Königs, zu guter Letzt seinen ganzen Lagerbestand beschlagnahmt hatte, als das Parlament in London Fuß faßte. Wood vermutete, daß die Bücher dann in alle Winde verstreut worden waren.

»Damit wollt Ihr mir also sagen, daß Ihr mir kein Exemplar verschaffen könnt?«

Er sah ein wenig überrascht aus, weil mein Ton so schroff gewesen war, schüttelte aber den Kopf. »O nein, Sir«, sagte er. »Ich habe nur gedacht, daß Euch das vielleicht interessiert, das ist alles. Aber die Bücher sind selten, und ich habe nur eine Person ausfindig gemacht, die ganz bestimmt eines besaß, denn er hatte es selbst aus dem Ausland mitgebracht. Ich weiß das, weil mein Freund Mr. Aubrey in dieser Angelegenheit einem Buchhändler in Italien schrieb ...«

»Mr. Wood, ich bitte Euch«, sagte ich, mit meiner Geduld fast am Ende. »Ich will nicht jede Einzelheit wissen. Ich brauche nur den Namen des Mannes, der das Buch hat, damit ich ihm schreiben kann.«

»Ach, nun ja – seht Ihr, er ist tot.«

Ich seufzte schwer.

»Doch verzweifelt nicht, Sir, denn zum größten Glück ist sein Sohn hier Student und weiß bestimmt, ob das Buch noch in der Familie ist. Sein Name ist Prestcott. Sein Vater war Sir James Prestcott.«

* *
*

Hier beginnen sich meine Geschichte und Colas Erzählung (genauso erfunden wie Boccaccio und so unglaubwürdig wie Tassos Verse, aber nicht so fein gesponnen) durch das Medium des armen getäuschten Prestcott zu kreuzen, und ich muß die Einzelheiten so genau schildern wie ich kann, wenn ich auch durchaus zugebe, daß ich mir über einige Dinge nicht völlig klar bin.

Ich war auf diese Dinge vor ein paar Monaten aufmerksam geworden, als ich von Prestcotts Besuch bei John Mordaunt erfuhr. Mordaunt hatte pflichtgemäß Mr. Bennet davon in Kenntnis gesetzt, und selbstverständlich hatte ich von der Sache erfahren. Daß Studenten und Söhne von Verrätern es sich erlaubten, Mitglieder des Hofes zu verhören, war durchaus nicht üblich, und Mr. Bennet fand, wir sollten den jungen Mann im Auge behalten.

Ich kannte nur wenige Einzelheiten, hatte jedoch genug gehört, um überzeugt zu sein, daß Prestcotts Glaube an die Unschuld seines Vaters ebenso lächerlich wie rührend war. Ich wußte nicht genau, welcher Art sein Verrat gewesen war, denn ich war damals nicht mehr im Dienst der Regierung, doch die laute Empörung, die er auslöste, ließ auf eine ganz große Sache schließen. Ich weiß ein wenig darüber, denn Anfang 1660 ersuchte man mich überaus dringend, da man meine Fähigkeiten nicht entbehren konnte, mich mit einem Brief zu beschäftigen. Ich habe ihn schon einmal erwähnt, denn er war mein einziger Fehlschlag, und ich wußte schon in dem Moment, in dem ich ihn zu Gesicht bekam, daß kaum Aussicht auf Erfolg bestand. Aber um meinen Ruf und meine Stellung nicht zu gefährden (der Sturz des Commonwealth zeichnete sich immer deutlicher ab, und ich hatte nicht den Wunsch, die Verbindung noch länger aufrechtzuerhalten), lehnte ich den Auftrag ab.

Natürlich wollte man mich überreden. Sogar Thurloe selbst schrieb mir mit einer Mischung aus Schmeichelei und Drohung, um mich willfährig zu machen, doch ich lehnte trotzdem ab. Alle Nachrichten wurden mir von Morland überbracht, einem Mann, dessen doppelsinnige Ausdrucksweise und dessen Bestreben, sich selbst ins rechte Licht zu rücken, ich verabscheute; allein seine Anwesenheit machte mich verstockt.

»Ihr könnt es nicht, nicht wahr, Doktor?« sagte er auf seine spöttische Art – so freundlich nach außen hin, aber seine großspurige Verachtung für alle anderen kaum verbergend. »Deshalb weigert Ihr Euch?«

»Ich weigere mich, weil ich im Zweifel bin, warum man mich bittet. Ich kenne Euch zu gut, Samuel; alles, was Ihr anfaßt ist korrupt und betrügerisch.«

Darüber lachte er vergnügt und nickte zustimmend. »Vielleicht. Aber diesmal habe ich edle Gesellschaft.«

Ich sah mir den Brief noch einmal an. »Nun schön«, sagte ich. »Ich werde es versuchen. Wo ist der Schlüssel?«

»Was meint Ihr?«

»Samuel, behandelt mich nicht wie einen Idioten. Ihr wißt sehr gut, was ich meine. Wer hat das geschrieben?«

»Ein royalistischer Soldat namens Prestcott.«

»Fragt ihn nach dem Schlüssel – es muß ein Buch oder ein Pamphlet sein. Ich muß wissen, auf welchem Code die Geheimschrift beruht.«

»Wir haben ihn nicht«, antwortete Samuel. »Er ist geflohen. Der Brief wurde bei einem unserer Soldaten gefunden.«

»Wieso das?«

»Eine wirklich gute Frage«, sagte Samuel. »Deshalb wollen wir ja, daß der Brief entziffert wird.«

»Dann fragt diesen Soldaten, wenn Ihr Sir James Prestcott nicht habt.«

Samuel sah mich um Entschuldigung bittend an. »Er ist vor ein paar Tagen gestorben.«

»Und er hatte nichts sonst bei sich? Kein anderes Papier, kein Buch, kein Schriftstück?«

Morland schien ausnahmsweise einmal aus der Fassung geraten, ein Umstand, der mir Vergnügen bereitete, da er gewöhnlich eine so eitle Selbstzufriedenheit zur Schau trug, daß es überaus angenehm war, ihn unsicher und nervös zu sehen. »Mehr haben wir nicht gefunden. Wir hatten mehr erwartet.«

Ich warf den Brief auf meinen Schreibtisch. »Kein Schlüssel, keine Lösung«, sagte ich. »Nichts, was ich tun kann, und nichts, was ich versuchen werde. Ich habe nicht die Absicht, mich zu Tode zu arbeiten, weil Ihr unfähig seid. Findet Sir James Prestcott, findet den Schlüssel, und ich helfe Euch. Vorher nicht.«

Gerüchte, die in den Wochen zuvor bei Regierung und Armee aufgekommen waren, gaben mir natürlich so etwas wie einen Fingerzeig; ich hatte von Kämpfen in Kent gehört, und auch von einer wahnwitzigen Untersuchung, die in allergrößter Heimlichkeit und Rücksichtslosigkeit durchgeführt wurde. Später hörte ich, daß Sir James Prestcott ins Ausland geflohen war und man ihn beschuldigte, er habe dem Commonwealth den Aufstand von 1659 verraten. Das an sich kam mir höchst unwahrscheinlich vor. Ich kannte den Mann und wußte, daß er mit der Unbeugsamkeit einer Eiche an seinen Überzeugungen festhielt. Der Mensch hatte gesündigt, der Mensch mußte bestraft und Rache geübt werden: Das waren das Alpha und das Omega seiner Politik, und in dieser beschränkten Sicht wurde er durch seine Entbehrungen während des Krieges noch bestärkt. Das machte ihn zum Verschwörer völlig ungeeignet, aber es machte ihn, meiner Meinung nach, ebenso unfähig, sich einen raffinierten Verrat auszudenken: Er war zu aufrecht, zu redlich und – viel zu dumm.

Andererseits hatte er offensichtlich etwas getan, so daß die Royalisten und Thurloe ihn gern tot und stumm gesehen hätten, und ich weiß nicht, was das war. Ich vermutete, die Antwort lag in dem Brief, der Klein-Samuel so ins Schwitzen brachte, und nachdem er gegangen war, versuchte ich natürlich, es herauszufinden. Ich machte überhaupt keine Fortschritte, denn der Schreiber besaß unglaubliche Fähigkeiten, die weit über das hinausgingen, was ich von einem militärischen Tolpatsch wie Prestcott erwartet hätte.

Ich erwähne dies, weil ich durch das, was Wood mir so arglos erzählt hatte, etwas begriff, was ich schon vor einiger Zeit hätte begreifen müssen. Wenn ich jetzt darüber spreche, nachdem es mir endlich eingefallen ist, riskiere ich, wie ein Dummkopf dazustehen; ich kann dazu nur sagen, daß ich keine Kritik von Leuten hinnehmen werde, deren Fähigkeiten an meine nicht heranreichen. Die Form einer Geheimschrift zu erkennen gleicht dem Erkennen eines Stils in der Komposition oder Dichtung; unmöglich zu sagen, was das Begreifen auslöst, und ich bezweifle, daß es außer mir keinen Lebenden gibt, der erkannt hätte, daß der Brief, den ich in di Pietros Postsack gefunden hatte und der an diesen Cola gerichtet war, dieselbe Form hatte, dasselbe *Gefühl* auslöste wie der Brief von Sir James Prestcott, der mir vor etwa drei Jahren von Samuel Morland gebracht worden war. Ein Exemplar von Livius, das wußte ich, war benutzt worden, um den Brief an Cola zu verschlüsseln, und daher wußte ich jetzt, daß derselbe Livius für den Prestcott-Brief benutzt worden war.

Hätte ich nur festeren Boden unter den Füßen gehabt, hätte ich den jungen Prestcott rufen lassen, ihm meine Situation erklärt und ihn um den Livius gebeten. Doch natürlich konnte ich das nicht tun, ohne ihm die Bedeutung des Buches zu erklären, und da ich seine Besessenheit kannte, wollte ich nicht dafür verantwortlich sein, daß eine so offensichtlich empfindliche Angelegenheit wieder aufgerollt wurde. So viele Leute hatten sich bemüht, diese Ereignisse, wie immer sie sich abgespielt hatten, im dunkeln zu lassen, und niemand würde es mir danken, wenn ich wieder die Aufmerksamkeit auf sie lenkte. Also mußte ich subtiler vorgehen und beschloß daher, mich Thomas Kens zu bedienen.

Dieser Ken war ein über alle Maßen ehrgeiziger junger Mann, der sehr genau wußte, was er wollte. Für Ken waren Gottes und seine eigenen Interessen so miteinander verwoben, daß man sie nicht auseinanderhalten konnte, und zwar so sehr, daß man meinen konnte, Erlösung und Seelenheil hingen davon ab, daß er achtzig Pfund im Jahr bekam. Einmal maßte er sich an, mich zu bitten, ihm behilflich zu sein, daß ihm eine Pfründe zugesprochen wurde, die Lord Maynard zu vergeben hatte und über die das New College verfügen durfte. Da ich dem New College nicht angehöre, hatte ich in dieser Sache natürlich wenig zu sagen, und es war offensichtlich, daß Dr. Robert Grove – gelehrter, ausgeglichener und ganz gewiß verdienstvoller – den Sieg davontragen würde, egal, was ich sagte. Es war jedoch eine billige Art, mich seiner Ergebenheit zu versichern, deshalb tat ich so, als könne er mit meiner Unterstützung rechnen.

Als Gegenleistung bestand ich darauf, daß er mir half, wenn ich ihn brauchte, und regte zu gegebener Zeit an, daß er Mr. Prestcott überreden sollte, mich um Hilfe zu bitten. Prestcott kam, und ich fragte ihn eingehend über die Besitztümer seines Vaters aus. Leider wußte er nichts über ein Buch von Livius oder andere Dokumente, obwohl er mir später bestätigte, was Morland gesagt hatte: Allem Anschein nach hatte seine Mutter von seinem Vater ein Paket erwartet, das nie angekommen war. Es war ungewöhnlich ärgerlich: Ich brauchte nur ein bißchen Glück, und ich könnte nicht nur die Geheimkorrespondenz dieses Marco di Cola entschlüsseln, sondern dadurch vielleicht auch zum Mitwisser eines der tiefsten Geheimnisse des Königreiches werden.

Aber dieser Dummkopf Samuel hatte den einzigen Mann sterben lassen, der mir vielleicht die Antwort anvertraut hätte.

Fünftes Kapitel

IN DIESER ZEIT zwangen mir meine Pflichten einen seltsamen Lebensrhythmus auf, denn ich mußte wie ein Geschöpf der Dunkelheit leben, das jagt, während andere schlafen, und nach getaner Arbeit ruht, wenn der größte Teil der Schöpfung tätig ist. Wenn alle Leute von Stand sich aus London auf ihre Landgüter zurückzogen oder dem Hof von einer müßigen Belustigung zur anderen folgten, verließ ich das Land, um meinen Wohnsitz in London zu nehmen. Wenn der Hof nach Westminster zurückkehrte, ging ich nach Oxford zurück.

Ich fand das nicht unangenehm. Die Verpflichtungen eines

Höflings sind zeitraubend und im wesentlichen sinnlos, es sei denn, man ist hinter dem Ruhm und einer hohen Stellung her. Wenn man nur für die Sicherheit des Königreiches und einen glatten Ablauf der Regierungsgeschäfte zu sorgen hat, dann braucht man nicht ständig zur Stelle zu sein. Im ganzen Land haben weniger als ein halbes Dutzend Leute die wahre Macht. Der Rest wird auf die eine oder die andere Weise beherrscht, und ich hatte mehr als ausreichenden Kontakt mit jenen, die wirklich von Bedeutung waren.

Unter diesen fand ich natürliche Verbündete und viele, die, entweder absichtlich oder weil sie in ihrem Verständnis eingeschränkt waren, gegen die Interessen ihres eigenen Landes arbeiteten. Diesen Umständen, das darf ich behaupten, begegnete man damals auf Schritt und Tritt, sogar bei den Philosophen, die glaubten, der Natur nur ihre Geheimnisse zu entlocken. Da sie nicht überlegten, bedachten sie auch nicht, was sie taten, und ließen es zu, daß man sie auf gefährlichste Weise an der Nase herumführte.

Da viele Jahre vergangen sind, sind die Parallelen mir sogar noch klarer geworden, denn es ist sehr leicht, aus Habgier oder Großmut in Fallen zu geraten, die andere aufgestellt haben. Vor wenigen Wochen, zum Beispiel, obsiegte ich in einem Streitgespräch, in dem es, bis ich auf die Gefahren hinwies, um völlig belanglose Dinge zu gehen schien, um eine Frage, über die sich wirklich nur die abstrusesten Köpfe erregen konnten. Der Minister (nun nicht mehr Mr. Bennet) fragte brieflich bei mir an, ob das Land sich mit dem Kontinent zusammentun und ebenfalls den Gregorianischen Kalender einführen solle. Ich glaube, meine Meinung war nur gefragt, damit ich etwas billigte, über das längst entschieden war: Es wäre absolut lächerlich, wenn dieses Land als einziges in Europa einen anderen Kalender hätte und siebzehn Tage hinter allen anderen Ländern herhinkte.

Sie änderten schnell ihre Meinung, als ich darauf hinwies, was eine scheinbar so harmlose Handlung implizierte. Denn sie traf das Herz von Kirche und Staat, ermutigte die Papisten und stieß jene vor den Kopf, die darum kämpfen, ausländische Dominanz fernzuhalten. Messen sich unsere Armeen mit der arroganten Macht Frankreichs, damit wir unsere Unabhängigkeit aufgeben, nur weil man sich ein friedfertigeres Mäntelchen umhängt? Diesen Kalender zu akzeptieren heißt, die Autorität Roms zu akzeptieren; nicht nur (wie so mancher sich plump ausdrückt), weil es eine von den Jesuiten eingeführte Reform ist, sondern weil wir, wenn wir unsere Köpfe beugen, dem Bischof von Rom das Recht einräumen, zu bestimmen, wann unsere Kirche Ostern feiert; dann darf er auch alle großen Feste und heiligen Tage abschaffen. Hat man einmal im Prinzipiellen nachgegeben, folgt alles andere von selbst; sich Rom in einer Sache zu beugen wird zu Gehorsam in anderen Dingen führen. Es ist die Pflicht aller Engländer, der Lockung dieser Sirenenstimmen zu widerstehen, die behaupten, solch kleine Dinge bringen nur Vor- und keine Nachteile. Das ist nicht wahr, und wenn wir allein stehen müssen, dann stehen wir eben allein. Englands Macht und Ruhm haben schon von jeher den anmaßenden kontinentalen Mächten widerstanden, die zu Sklaverei und Unterwerfung verführen. Gott zu ehren ist wichtiger als die Einheit des Christentums. So lautete meine Antwort, und ich bin sehr froh, daß sie sich durchsetzte; die Auseinandersetzung ist ein für allemal erledigt.

So war es nach der Restauration, und die Einsätze waren damals noch höher. Viele Männer waren offene oder versteckte Katholiken und hatten sich bei Hofe geschickt in hohe Stellungen hinaufgeschmeichelt. Da gab es jene (und ich will ihnen zubilligen, daß ihre Gründe aufrichtig waren), die glaubten, es sei im besten Interesse des Staates, sich eng an Frankreich zu binden; andere wiederum wollten den Ehrgeiz der Bourbonen dämpfen und gemeinsame Sache mit Spanien machen.

Woche für Woche, Monat für Monat bekämpften sich die Gruppierungen, und ausländische Bestechungsgelder strömten. Kein einziger Friedensrichter, kein Amtsträger, der sich nicht an diesem Kampf bereicherte, denn ein Kampf war es. In einem Moment hatte die spanische Faktion die Oberhand, da Mr. Bennet und andere ihre Positionen festigten und mehr Macht in Händen hielten. Im nächsten Moment schlugen die Franzosen zurück und minderten die Mitgift der neuen Ehefrau des Königs. Und die Holländer blickten ängstlich von einem großen Feind zum anderen, denn sie wußten, wenn sie sich mit einem verbündeten, würde sie der andere angreifen. Man verlor die Interessen von Justiz und Religion in ihrer Gesamtheit aus den Augen, da die Kämpfe bei Hofe im kleinen die größeren Kämpfe nachspielten, die auf den Meeren und Feldern Europas noch kommen sollten.

Und es gab zwei große Rätsel; den König, der sich mit jedem verbündet hätte, der genug bezahlte, um seine Vergnügungen zu subventionieren, und Lord Clarendon, der streng gegen jede ausländische Einmischung war, weil er glaubte, die Stellung Seiner Majestät zu Hause sei so unsicher, daß das kleinste Beben aus dem Ausland seinen Thron unwiderruflich erschüttern würde. Seine Ansichten setzten sich 1662 durch, doch andere, zum Beispiel Lord Bristol, waren gegenteiliger Ansicht; sie dachten entweder, daß die schönen Siege im Ausland die Krone stärken würden, oder hofften insgeheim auf die Möglichkeiten, die eine Niederlage bieten würde. Denn viele wollten Clarendons Sturz und arbeiteten unermüdlich an seinem Ruin. Eine bewaffnete Niederlage mußte das Ende seiner Karriere so sicher besiegeln wie nichts sonst, und ich zweifle nicht daran, daß viele treue Diener des Königs nachts wach lagen und hofften, daß es soweit kam.

Im Augenblick jedoch war die schärfste Waffe, über die die Gegner von Clarendon verfügten, das skandalöse Benehmen seiner Tochter, das kaum sechs Monate vorher den Hof erschüttert und die Stellung des Kanzlers sehr geschwächt hatte. Denn dieses unglückselige Weib hatte den Bruder des Königs, den Duke of York, geheiratet, ohne vorher die königliche Erlaubnis zu erbitten. Daß seine Tochter bei der Hochzeit hochschwanger war, daß Clarendon den Duke of York verabscheute und genauso hintergangen worden war wie der König, war völlig bedeutungslos. Königliche Autorität war lächerlich gemacht worden, und der König hatte eine wertvolle Karte in seinem diplomatischen Spiel verloren: die Hand des Herzogs wäre ein feiner Lockvogel gewesen, um ein Bündnis zu besiegeln. Es hieß, daß man in Clarendons Anwesenheit an das Thema nicht rühren durfte und daß er täglich betete, die Königin möge einen Erben gebären, damit er nicht stillschweigend dulden müßte, daß seine Tochter den Thron bestieg, was unausbleiblich war, wenn der König ohne legitime Nachkommen sterben sollte. Das war keine Sache, die so leicht vergeben wurde, und seine Feinde, vor allem Lord Bristol, der den schärfsten Verstand von allen hatte, sorgten dafür, daß sie auch nicht vergessen wurde.

Solche Spielchen unter den Mächtigen und Hochnäsigen beachtete ich nicht besonders; das war vielleicht töricht, denn es hätte mir viel geholfen, hätte ich mich gründlicher mit den Einzelheiten dieser belanglosen Streitigkeiten befaßt. Ich war bis dahin noch weit davon entfernt, zu begreifen, daß diese Intrigen für meine eigenen Nachforschungen grundlegend waren und ich ohne sie keinen Anlaß gehabt hätte, mich um irgend etwas zu sorgen. Das jedoch ist eine Angelegenheit, die an der richtigen Stelle offenkundig werden wird. Damals sah ich mich in aller Bescheidenheit als einen Diener – einen wichtigen vielleicht –, aber dennoch an höfischen Kabalen ebenso uninteressiert wie daran, die Politik des Königreiches zu beeinflussen. Meine Aufgabe war es, meinen Herren die geheime Geschichte dieses Königreiches zu vermitteln, damit sie, wenn sie es wünschten, ihre Entschlüsse nicht ohne Kenntnis der Hintergründe fassen mußten. Dabei war meine Person von entscheidender Bedeutung, denn ein guter Nachrichtendienst kann so manches verhindern, und die Maßnahmen zur Unterdrückung waren weit davon entfernt, vollkommen zu sein. Stadtmauern wurden geschleift, aber nicht schnell genug, Sektierer aller Art verhaftet und zu einer Geldstrafe verurteilt, aber es wurden immer mehr, und die Schlaueren unter ihnen blieben im verborgenen.

* *
*

Jeder, der diesen Bericht liest, wird sich vielleicht fragen, warum ich Marco da Cola so große Aufmerksamkeit zolle, denn bisher habe ich wenig ins Feld geführt, um das zu rechtfertigen. Tatsächlich interessierte ich mich damals nur flüchtig für ihn und auch nur weil ich stets gründlich vorging, um nichts zu übersehen; es gab nichts Handfestes, auf das ich mich konzentrieren konnte, und eigentlich war es reine Neugier, die mich bewog, ihn im Auge zu behalten. Ich hatte, das war zutreffend, ein mögliches Bindeglied zwischen den Verbannten und den Spaniern gefunden, und dieses Bindeglied waren er und seine Familie. Ich hatte einen unverständlichen Brief und einen hochinteressanten Zusammenhang mit einem anderen Dokument, das drei Jahre früher geschrieben worden war. Schließlich hatte ich das Rätsel Cola selbst, denn es kam mir ungewöhnlich vor, daß er so viele Monate in den Niederlanden verbringen konnte und in der Öffentlichkeit niemand wußte, daß er von Beruf Soldat war. Auch konnte ich nicht verstehen, wieso sein Vater, ein – wie man weiß – überaus fähiger Mann, bereit war, seinen älteren Sohn von den Familienpflichten zu befreien. Aber nicht nur, daß der jüngere Cola anscheinend mit dem Handel überhaupt nichts zu tun hatte, er war nicht einmal verheiratet.

Das war mir rätselhaft. und ich sprach mit Mr. Williams, meinem Kaufmannsfreund, darüber, als ich ihn 1663 am Tag nach meiner Ankunft in London traf.

»Erlaubt mir, Euch als Kaufmann ein Problem zu unterbreiten«, sagte ich. »Sagen wir, Ihr verliert Eure wichtigsten Märkte und Handelspartner, weil während eines Krieges mehrere Häfen geschlossen werden. Ihr habt drei Töchter, von denen eine verheiratet ist und zwei sich schnell dem heiratsfähigen Alter nähern. Ihr habt nur einen Sohn, der Euch nützlich sein kann. Welche Taktiken wendet Ihr an, um Euer Geschäft zu erhalten und zu erweitern?«

»Nachdem ich aus meiner Panik herausgefunden und aufgehört habe, um ein bißchen Glück zu beten?« fragte er lächelnd. »Nun, ich kann mir schlimmere Situationen vorstellen, aber nicht viele.«

»Sagen wir, Ihr seid ein von Natur aus gelassener Mensch. Was tut Ihr?«

»Wollen einmal sehen. Viel hängt von den Reserven ab, über die ich verfüge, und davon, wie ich zu meiner Familie stehe, natürlich. Wird sie sich bereit erklären, mir zu helfen? Das könnte eine unmittelbare Krise abwenden, und ich hätte Zeit, mich zu erholen. Ich gewinne jedoch nur Zeit für neue Maßnahmen, das Problem ist damit nicht gelöst. Auf jeden Fall muß ich neue Märkte finden, aber um in einen neuen Hafen eingelassen zu werden, braucht man Geld, und um zu Geld zu kommen, muß man oft Waren mit Verlust verkaufen. Die einfachste Lösung ist natürlich, sich mit einem anderen Handelshaus zusammenzutun. Man verheiratet einen Sohn, wenn man eine starke Position hat, und eine Tochter, wenn man nicht so gut dasteht. Die Situation, die Ihr geschildert habt, erfordert es, zum eigenen Vorteil einen Sohn zu verheiraten, wenn man einen hat, denn das bringt Geld ins Geschäft und zieht keines heraus. Aber natürlich ist man auch im Nachteil, denn man braucht Märkte, und das bedingt, daß man eine Tochter verheiratet.«

»Und wo findet Ihr das Geld dafür? Jeder denkbare Verbündete wird das Problem kennen und hart verhandeln, oder nicht?«

Mr. William pflichtete mir mit einem Nicken bei. »Genau das ist der Fall. In meinem Fall, denke ich, müßte ich die Heirat eines Sohnes aus dem Geschäft hinaus mit der wohlhabendsten Lady in Betracht ziehen, die ich finden kann, und die Mitgift sofort dazu benutzen, eine Tochter mit einem Handelshaus zu verheiraten. Wenn ich Glück hätte, würde meine Familie am Ende einen kleinen Überschuß behalten, ohne Glück müßte ich mir für Zinsen Geld leihen, um die Differenz zu finanzieren. Doch das wäre kein Problem, sobald mein Geschäft sich erholt hätte. Es ist keine Strategie, die Erfolg garantiert, aber sie bietet die bei weitem beste Chance. Wozu haben wir Söhne, wenn nicht zu einem solchen Zweck?«

»Wenn ich also sagte, dieser Händler schien nicht nur nicht zu planen, seinen Sohn zu verheiraten, sondern ließ ihn sogar quer durch Europa wandern, wo er unerreichbar ist und außerdem ziemlich viel Geld verbraucht?«

»Dann würde ich auf keinen Fall Geld in ein Unternehmen stecken, an dem er beteiligt ist. Vermute ich richtig, daß Ihr Euch noch immer mit dem Hause Cola beschäftigt?«

Ich nickte mit großem Widerstreben, denn ich wünschte nicht, Mr. Williams in irgendeiner Weise ins Vertrauen zu ziehen, doch er war zu intelligent, um zum Narren gehalten zu werden, und ein ehrliches Eingeständnis genügte vielleicht, daß er sich verpflichtet fühlte, zu schweigen.

»Glaubt Ihr denn, wir hätten daran nicht schon selbst gedacht?« sagte er.

»Wir?«

»Wir Händler. Wir brennen darauf, Neuigkeiten über unsere Konkurrenten zu erfahren, und genießen es sehr – so traurig es ist –, vom Untergang eines Rivalen zu hören. Die Besseren unter uns denken natürlich immer daran, wie leicht sie ein gleiches Schicksal treffen kann. Es bedarf nur eines kleinen Unglücks, um

Reichtum in Staub zu verwandeln. Ein Sturm oder ein unvorhergesehener Krieg kann eine Katastrophe sein.«

»In dieser Beziehung könnt Ihr ruhig schlafen«, versicherte ich ihm. »Das Wetter kann ich nicht vorhersagen, aber kein Krieg wird Euch unvorbereitet treffen, wenn ich Euch helfen kann.«

»Dafür bin ich dankbar. Ich habe nächste Woche eine große Fracht nach Hamburg und wäre glücklich, wenn sie ankäme.«

»Soweit mir bekannt, besteht keine unmittelbare Gefahr, daß holländische Piraten die Nordsee unsicher machen. Aber es wäre dennoch klug, sich gegen solch vorhersehbare Dinge zu schützen.«

»Glaubt mir, ich habe alle erdenklichen Vorsichtsmaßnahmen ergriffen. Gegen ein einzelnes Kaperschiff bin ich gefeit.«

»Gut. Wenn ich jetzt wieder auf Cola zu sprechen kommen dürfte – was reden die Händler so untereinander?«

»Daß es um die Angelegenheiten des Vater schlimm steht und immer schlimmer wird. Er hatte lange darunter zu leiden, daß ihm seine Ost-Märkte von den Türken weggenommen wurden; Kreta ist beinahe verloren. Er hat einen tapferen Versuch gemacht, in London ein neues Geschäft zu eröffnen, aber damit ist es durch den Tod seines Geschäftsführers und durch die Unverschämtheit seines englischen Partners, der sich das Geschäft angeeignet hat, wohl auch zu Ende. Es gibt Gerüchte, die besagen, er habe Schiffe verkauft, um Geld aufzutreiben. Vor drei Jahren besaß er eine Flotte von dreißig Schiffen, jetzt sind es noch etwa zwanzig. Und seine Lagerhäuser in Venedig sind voller Waren, die sinnlos brachliegendes und moderndes Kapital bedeuten. Wenn er sie nicht losschlägt, kann er seine Gläubiger nicht bezahlen. Und kann er das nicht, ist es mit ihm zu Ende.«

»Genießt er ein hohes Ansehen?«

»Alle genießen ein hohes Ansehen, bis sie aufhören, ihre Rechnungen zu bezahlen.«

»Wie also erklärt Ihr Euch die Handlungen des Vaters? Oder des Sohnes?«

»Ich kann es nicht. Er hat einen ausgezeichneten Ruf, daher muß ich annehmen, daß hinter der Situation viel mehr steckt, als ein Klatschmaul wie ich in den Kaffeestuben zu hören bekommt. Allerdings kann ich mir nicht vorstellen, was das sein könnte.

Seid versichert, daß Ihr es sofort erfahrt, wenn ich etwas hören sollte.«

Ich dankte ihm und ging. Ich hatte die Situation richtig interpretiert, und darüber war ich froh; aber verstehen und ausloten konnte ich das Problem genausowenig wie vorher.

* *
*

Die nächste Information, die mich einen Schritt weiterbrachte, erhielt ich durch meine Beziehungen zur Royal Society; allerdings dauerte es zehn Tage, ehe sie mir in den Schoß fiel – mehr durch die Gnade Gottes als durch eigenes Zutun. Zum Glück hatte mein Geist in dieser Zeit ausreichend Beschäftigung, sonst wäre ich sehr mißlaunig geworden. Das ist ein großer Fehler, und ich habe mich lange Zeit sehr darum bemüht, ihn abzulegen. »Wohl dem, der aushält« (Daniel 12,12); ich kenne den Text auswendig, doch er ist nicht leicht zu befolgen.

Ich habe diese erhabene Gesellschaft bereits erwähnt und angedeutet, wie nutzbringend es für meine Arbeit war, mit wissensdurstigen Männern in aller Welt in Verbindung zu stehen. Ich hatte ursprünglich die Aufgabe des Sekretärs für Korrespondenz selbst übernommen, stellte jedoch fest, daß meine anderen Pflichten zu belastend waren, und übergab das Amt an Mr. Henry Oldenburg, einen Mann, der sich nicht mit Experimenten befaßte, aber das angenehme Talent hatte, andere zu ermutigen. Er erschien eines Morgens bei mir, um die neue Korrespondenz mit mir zu besprechen, denn ich wußte sehr gut, daß es von größter Wichtigkeit war, Mitteilungen über Experimente und Entdeckungen richtig weiterzugeben, um zu verhindern, daß Ausländer einen Ruhm beanspruchten, der ihnen nicht gebührte. Der Ruf der Society war die Zierde des Landes, und daher war es wichtig, daß umgehend Prioritäten geschaffen wurden.

Ich darf hier sagen, daß dieses Verfahren Colas Beschwerden in der Sache der Blutübertragung Lügen straft, da festgelegt wurde (nicht von uns), daß bei Entdeckungen der den Vorrang hat, der die Öffentlichkeit zuerst davon in Kenntnis setzt. Das hat Lower getan und nicht Cola; außerdem ist er nicht imstande, für seine Behauptungen irgendeinen Beweis zu erbringen, während

Lower nicht nur im Besitz von Briefen ist, in denen seine Entdeckung angekündigt wird, er kann sich auch auf Männer von untadeligem Ruf wie Sir Christopher Wren beziehen. Um zu beweisen, daß ich in dieser Sache unparteiisch bin, kann ich auch Mr. Leibniz zitieren, der Anspruch erhob auf eine neue Methode der Interpolation über das Konvergenzverhalten bei alternierenden Reihen. Als man ihm mitteilte, Regnauld habe sich bereits mit einer ähnlichen Abhandlung an Mersenne gewandt, zog Leibniz seinen Anspruch auf Priorität sofort zurück. Ähnlich klar ist es, daß Colas Vorwürfe völlig unbegründet sind, denn wer was zuerst getan hat, ist unwichtig. Er unterließ nicht nur die Veröffentlichung, sein erstes Experiment wurde heimlich durchgeführt und endete mit dem Tod der Patientin. Im Gegensatz dazu, arbeitete Lower vor Zeugen und gab später eine Vorführung vor der gesamten Society, lange bevor ein protestierendes Piepsen aus Venedig laut wurde.

Im Laufe des ausführlichen Gesprächs mit Oldenburg erörterten wir sehr freundschaftlich viele Fragen der Mitgliedschaft und der Satzung und gingen dann zu allgemeineren Dingen über. Und da befiel mich ein großer Schrecken.

»Ich habe übrigens von einem sehr interessanten jungen Mann aus Venedig gehört, den man irgendwann als korrespondierendes Mitglied in Betracht ziehen sollte. Wie Ihr wißt, fehlen uns Verbindungen mit den Wißbegierigen dieser Republik.«

Ich war hoch erfreut, denn Oldenburg suchte unermüdlich nach neuen Möglichkeiten, eine Verbindung unter den Philosophen aller Ländern herzustellen.

»Das ist großartig«, sagte ich. »Wer ist der junge Mann?«

»Ich habe durch Dr. Sylvius von ihm erfahren«, antwortete Oldenburg, »denn er hat zu Füßen des großen Mannes gesessen und wird wegen seiner Fähigkeiten hoch geschätzt. Sein Name ist Cola, und er ist ein wohlhabender junger Mann aus einer guten Familie, der ein gut eingeführtes Handelshaus gehört.«

Ich zeigte größtes Interesse.

»Besser noch, er soll bald nach England kommen, und wir werden Gelegenheit haben, mit ihm zu sprechen und festzustellen, ob er für uns in Frage kommt.«

»Sylvius hat das gesagt? Daß Cola nach England kommt?«

»Anscheinend ja. Und zwar schon nächsten Monat, glaube ich. Ich werde ihm schreiben, daß wir uns freuen würden, ihn nach seiner Ankunft willkommen zu heißen.«

»Nein«, sagte ich. »Tut das nicht. Ich bewundere Sylvius sehr wegen seines Wissens, aber mit seinen Schülern hat er keine besonders glückliche Hand. Wenn wir den jungen Mann einladen, und sein Können läßt zu wünschen übrig, könnte es für uns schwierig werden, eine Brüskierung zu vermeiden, wenn wir ihn nicht wählen. Wir werden ihn bald nach seiner Ankunft finden und können ihn dann in Ruhe prüfen.«

Oldenburg erklärte sich ohne jeden Einwand einverstanden, und sicherheitshalber nahm ich den Brief von Sylvius an mich, um ihn sorgfältiger zu studieren. Es stand wenig mehr darin, obwohl mir auffiel, daß er schrieb, Cola komme in »dringenden Geschäften« nach England. Was konnten das für Geschäfte sein? Er interessierte sich nicht für den Handel, und wenn er diesen Teil der Welt nur bereisen wollte, konnte man das kaum eine dringende Sache nennen. Warum also kam dieser ehemalige Soldat hierher?

Am nächsten Tag glaubte ich, es vermuten zu können.

Sechstes Kapitel

HOCHVEREHRTER DOKTOR *und verehrter Meister*, begann Matthews Brief,

ich schreibe in großer Eile, denn ich habe Neuigkeiten, die für Euch ziemlich wichtig sein könnten. Ich habe mich mit größtem Erfolg bei den Dienstboten der spanischen Botschaft eingeschmeichelt und kann voller Stolz berichten, daß ich viele Geheimnisse erfahren habe. Sollte ich entlarvt werden, wird mein Leben zu Ende sein, aber die Gefahr ist so groß, daß ich das Risiko eingehen muß.

Ich weiß nicht genau, was geplant ist, denn ich bekomme nur Klatsch zu hören. Aber Diener wissen immer viel mehr, als sie sollten und als ihre Herren vermuten, und man spricht hier davon, daß im April ein großer Coup gegen unser Land geplant ist, Señor de Gamarra hat das, so scheint es, schon seit einiger Zeit mit hochrangigen Männern in England selbst geplant, und sein Intrigenspiel soll nun bald verwirklicht werden. Mehr als das konnte ich nicht herausbekommen, denn sogar das Wissen von Kammerjungfern hat Grenzen; aber vielleicht erfahre ich später mehr.

Ich muß Euch sagen, Sir, daß meiner Meinung nach Euer Verdacht gegen Marco da Cola ein Irrtum ist, denn er ist ein Gentleman von größter Liebenswürdigkeit, und ich habe überhaupt nichts Militärisches an ihm entdeckt. Genau das Gegenteil ist der Fall, er liebt die Fröhlichkeit und Amüsements, und seine Großzügigkeit (was ich bestätigen kann) ist wirklich ungewöhnlich. Einem freundlicheren und offeneren Gentleman bin ich nur selten begegnet. Außerdem scheint es, als wolle er bald abreisen und in ein paar Tagen ein Abschiedsfest mit Musik und Tanz geben, zu dem er mich als seinen besonderen Gast eingeladen hat. Es ist ein großes Kompliment für mich, daß er mich an seiner Seite haben will, und Ihr werdet zugeben, daß dies der beste Platz für mich ist, wenn ich feststellen soll, ob er uns übelwill oder nicht.

Es tut mir leid, Sir, daß ich mehr im Augenblick nicht sagen kann; ich fürchte, meine Nachforschungen erregen Verdacht, wenn ich zuviel frage.

Mein Zorn und meine Bestürzung über dieses Stück jugendlicher Torheit waren grenzenlos, und ich wußte nicht, ob mein Zorn sich mehr gegen Matthew richtete, weil er so dumm war, oder gegen diesen Cola, der sich auf so gemeine Art seine Zuneigung erschlichen hatte. Ich hatte ihm solche Belustigungen nie erlaubt, denn sie sind sündig und verderben die Erziehung eines Kindes schneller als jeder andere Fehler, den man machen kann. Ich hatte mich um seine Seele gekümmert, denn ich wußte, daß – obwohl es schwierig ist, wenn man die Leichtfertigkeit der Jugend kennt – Arbeit und Pflichterfüllung richtiger und lohnender sind. Daß dieser Cola solche Tricks anwandte, um ihn vom rechten Weg abzubringen – und, wie ich fürchtete, von mir fortzulocken –, machte mich wütend. Ich wußte ja, wie leicht es war, ebenso wie ich wußte, wie schwierig es war, auch dann unnachgiebig zu bleiben, wenn ich mir nichts mehr wünschte, als ein Lächeln auf seinem Gesicht zu sehen. Doch anders als Cola würde ich mir seine Zuneigung nicht erkaufen.

Dennoch machte ich mir Sorgen über die Art, wie solche Mittel eingesetzt wurden, um seine Sinne zu verwirren, denn sogar aus der Entfernung sah ich, daß falsch war, was Matthew von Cola behauptete. Schließlich wußte ich schon von Oldenburg, daß er nach England kam. Und der geplante Coup sollte stattfinden, wenn er an unserer Küste landete. Es war leicht, einen Zusammenhang zwischen den beiden herzustellen, und mir wurde klar, daß mir viel weniger Zeit blieb als erwartet. Ich fühlte mich wie jemand, der zum ersten Mal Schach spielte und sah, daß die Steine meines Gegners sich langsam über das Brett auf mich zubewegten und einen Überfall vorbereiteten, der ganz plötzlich kam und gegen den ich mich nicht wehren konnte. Bei jeder Gelegenheit dachte ich, hätte ich nur bessere Informationen, dann hätte ich mir die ganze Geschichte erklären können; aber jedesmal, wenn ich etwas Neues erfuhr, erwies es sich wieder als unzulänglich. Ich wußte, daß irgendein Komplott geschmiedet wurde, und wußte ungefähr, wann es in die Tat umgesetzt werden sollte. Aber ich wußte weder, zu welchem Zweck, noch wußte ich, wer die Drahtzieher waren.

Ich darf sagen, daß ich mit meinen Gedanken sehr einsam war, denn ich war gezwungen, große Dinge zu erwägen, ohne daß der Rat anderer meine Befürchtungen mäßigen oder auf meine Argumente einwirken konnte. Endlich beschloß ich, mein Problem jemand anders vorzulegen, und überlegte sorgfältig, wen ich wählen sollte. Noch konnte ich natürlich nicht offen mit Mr. Bennet sprechen und mich ebensowenig an ein anderes Mitglied von Thurloes altem Nachrichtendienst wenden, da man ihrer Loyalität nicht sicher sein konnte. Tatsächlich fühlte ich mich völlig allein in einer verdächtigen und gefährlichen Welt, denn es gab sehr wenige, die nicht – wenigstens potentiell – mit der einen oder der anderen Seite sympathisierten.

Ich wandte mich daher an Robert Boyle, der zu geistesabwesend war, um sich mit Politik zu beschäftigen, nach zu hohen Zielen strebte, um von Zwietracht berührt zu werden, und für seine absolute Verschwiegenheit bekannt. Ich hatte und habe noch im-

mer eine hohe Meinung von seiner Genialität und seiner Frömmigkeit, obwohl ich sagen muß, daß seine Leistungen, meiner
Meinung nach, seinen Ruhm nicht rechtfertigten. Doch er war
der bestmögliche Verfechter der neuen Wissenschaften, denn angesichts seiner asketischen Natur, seiner Umsicht und seiner tiefen Hingabe mußte es für jeden Menschen schwierig sein, unsere Society zu beschuldigen, sie habe subversive oder gottlose Absichten. Mr. Boyle (der, wie ich meine, hinter seinem Ernst eine
gewisse Naivität verbarg) glaubte, daß die neuen Wissenschaften
die Religion unterstützen und die fundamentalen Wahrheiten der
Bibel mit rationalen Mitteln bekräftigen würden. Ich hingegen
hatte das Gefühl, sie würden in der Hand der Atheisten zu einer
Waffe von beispielloser Gewalt werden, denn sie würden bald
darauf bestehen, daß Gott sich den Beweisen der Wissenschaftler
unterwarf; und wenn Er sich in keinen Lehrsatz einordnen ließ,
würden sie sagen, sie hätten bewiesen, daß es Ihn nicht gibt.

Boyle irrte sich, aber aus gutem Grund, wie ich zugeben muß,
und dieser Disput bedeutete keinen Bruch in unserer Freundschaft,
die, wenn auch nie eng, so doch von langer Dauer war. Er war
aus bester Familie, hatte einen ausgeglichenen (wiewohl schwachen) Charakter und eine gute Erziehung. Sein ausgezeichnetes
Urteilsvermögen geriet durch materielle Erwägungen nie ins Wanken. Als ich ihn in London im Haus seiner Schwester entdeckte,
bat ich um seinen Besuch und setzte ihm eine erlesene Mahlzeit
aus Austern, Lamm, Rebhuhn und Pudding vor. Dann bat ich
ihn, unser Gespräch mit absoluter Vertraulichkeit zu behandeln.

Er lauschte schweigend, als ich ihm – viel mehr ins einzelne gehend, als ich ursprünglich geplant hatte – das Zusammenspiel
aus Hinweisen und Verdacht unterbreitete, das mir so große Sorgen machte.

»Ich fühle mich sehr geschmeichelt«, sagte er, als ich geendet
hatte, »ob Eures großen Vertrauens. Aber ich weiß nicht genau,
was Ihr von mir wollt.«

»Eure Meinung will ich hören«, sagte ich. »Ich habe gewisse
Beweise, und ich habe einen Teil einer Hypothese, die diesen Beweisen in keiner Weise widerspricht. Doch sie bestätigt sie auch
nicht. Fällt Euch eine Alternative ein, die genauso paßt – wenn
nicht noch besser?«

»Laßt mich zusammenfassen: Ihr wißt, daß dieser italienische Gentleman mit den Radikalen und den Spaniern in Verbindung steht; Ihr wißt, daß er nächsten Monat nach England kommt; das sind Eure wesentlichen, wenn auch nicht die einzigen Fakten. Ihr glaubt, daß er zu uns kommt, um uns zu schaden; das ist Eure Hypothese. Ihr wißt aber nicht, wie dieser Schaden aussehen könnte.«

Ich nickte.

»Dann wollen wir einmal sehen, ob es tatsächlich eine Alternative gibt, die Eure Haupthypothese ersetzen kann. Beginnen wir damit, daß wir annehmen, Cola ist wirklich, was er sagt; ein junger Gentleman, der die Welt bereist, ohne jegliches Interesse an der Politik. Er kommt mit radikalen Engländern zusammen, weil er sie zufällig kennenlernt. Er kennt hochgestellte spanische Persönlichkeiten, denn er ist ein Gentleman von Rang aus einer wohlhabenden venezianischen Familie. Er plant, nach England zu kommen, weil er uns, die Engländer, kennenlernen möchte. Er ist wirklich völlig harmlos.«

»Ihr habt die sekundären Fakten ausgelassen«, sagte ich, »die einen Eurer Punkte stärken, die anderen aber schwächen. Cola ist der älteste Sohn eines Händlers mit erheblichen Schwierigkeiten, der vor allem seiner Familie verpflichtet wäre, aber er hält sich in den Niederlanden auf und gibt Geld für nichtige Vergnügen aus. Man braucht schon einen guten Grund für ein solches Verhalten, dem meine These entspricht, aber nicht die Eure. Ehe er nach Leiden kam, interessierte er sich wenig oder kaum für die Wissenschaft, sondern war als mutiger Draufgänger bekannt, der sehr gut mit der Waffe umzugehen wußte. Eurer These zufolge müssen wir eine erstaunliche charakterliche Veränderung voraussetzen; meiner zufolge nicht. Und Ihr berücksichtigt nicht den wichtigsten Umstand – daß er Empfänger eines Briefes war, verschlüsselt durch eine Geheimschrift, den vorher ein Hochverräter benutzt hatte. Unschuldige, wißbegierige Reisende bekommen, denke ich, nur selten solche Schreiben.«

Boyle nickte und akzeptierte das Gegenargument. »Nun gut«, sagte er. »Ich räume ein, daß Eure Hypothese die stärkere ist und deshalb Vorrang hat. Daher werde ich Eure Schlußfolgerung angreifen; wir stellen fest, daß Cola potentiell eine immanente Gefahr ist; führt das unausweichlich zu dem Schluß, daß diese Gefahr eintreten wird? Wenn ich richtig verstanden habe, habt Ihr keine Ahnung oder Vorstellung, was dieser Mann tun könnte, wenn er herkommt. Und was könnte ein einzelner Mann denn so Gefährliches tun?«

»Er kann etwas sagen, etwas tun oder etwas übermitteln«, antwortete ich. »Das sind die einzigen Möglichkeiten. Jede Gefahr, die er darstellt, muß in einer dieser drei Kategorien enthalten sein. Mit ›übermitteln‹ meine ich, daß er eine Botschaft oder Geld überbringen oder eines von beiden holen könnte; ich denke nicht, daß das der Fall ist, denn die Radikalen und die Spanier haben mehr als ausreichende Möglichkeiten, zu transportieren, was ihnen beliebt, ohne einen Mann wie ihn zu benutzen. Ebensowenig wüßte ich, was er so Bedrohliches sagen könnte, das außerdem seine Anwesenheit in diesem Land erforderlich machte. Bleiben die Taten. Ich frage Euch, Sir, was kann ein einzelner Mann tun, das dieses Königreich in Gefahr bringen könnte, wenn, was realistisch zu sein scheint, sein Beruf für seine Aktivitäten von Bedeutung ist?«

Boyle sah mich an, enthielt sich jedoch einer Antwort.

»Ihr wißt so gut wie ich«, fuhr ich fort, »daß ein Soldat nur eines tut, was andere Menschen nicht tun – er tötet. Und ein Mann kann nicht viele Menschen töten. Je weniger sterben, um so größer muß die Wirkung sein, die von ihrem Tod ausgeht.«

Ich gebe dieses Gespräch in gekürzter Form wieder – denn wir sprachen stundenlang über die Sache –, um zu zeigen, daß meine Befürchtungen nicht das Produkt eines Gehirns waren, das allem und jedem mißtraute und in jedem Schatten eine Gefahr sah. Keine andere Hypothese paßte so trefflich, und daher durfte keine andere in Betracht gezogen werden, ehe sie nicht widerlegt worden war. Das sind die Regeln für das Experiment, und sie gelten für die Politik ebenso wie für die Mathematik oder die Medizin. Ich legte Boyle mein Argument dar, und er fand nicht nur keine alternative Erklärung, er war gezwungen zuzugeben, daß meine Hypothese diejenige war, die mit Abstand am besten zu den vorhandenen Tatsachen paßte. Ich glaubte nicht, daß ich absolute Gewißheit erreicht hatte; nur ein Scholastiker hätte eine solche Fähigkeit für sich beansprucht. Aber ich konnte eine Wahrscheinlichkeit vorweisen, die mehr als groß genug war, meine Sorge zu rechtfertigen.

Triff den Körper, und die Wunde wird bald heilen, auch wenn sie groß ist. Triff mit einem kleinen Stoß das Herz, und die Wirkung ist katastrophal. Und das lebende, atmende Herz des Königreiches war der König. Was eine ganze Armee nicht zuwege brachte, konnte in der Tat ein einziger Mann zerstören.

Wem das unglaubhaft scheint und meine Befürchtungen phantastisch, den bitte ich, die Zahl solcher Morde in der jüngsten Geschichte zu bedenken. Erst vor einem knappen halben Jahrhundert wurde der große Henri IV. von Frankreich ebenso erstochen wie vor ihm der Prinz von Oranien und Henri II. Vor noch nicht ganz vierzig Jahren wurde der Duke of Buckingham von seinem eigenen Diener ermordet; gerichtlich verfügter Mord hatte das Leben des Earl of Strafford, das von Erzbischof Laud und dem gesegneten Märtyrer Charles beendet. Ich selbst wußte von zahlreichen Komplotten, die geschmiedet wurden, um Cromwell zu ermorden, und sogar der Lordkanzler im Exil hatte stillschweigend den Mord an den Botschaftern des Commonwealth in Den Haag und Madrid gebilligt. Das öffentliche Leben watete gewissermaßen im Blut, und der Mord an einem König löste in der Brust vieler keinen größeren Abscheu aus als das Schlachten eines Haustieres. Wir waren gegen die furchtbarste aller Sünden unempfindlich geworden und hielten sie für ein Mittel der Politik.

Ich wußte jetzt, daß dieses Komplott, das ich entdeckt hatte, nicht das Werk der Fanatiker war, deren Rolle, vermutete ich, nur darin bestehen würde, die Schuld für jede Greueltat auf sich zu nehmen, die andere begangen hatten. Diese anderen mußten die Spanier sein, die nur ein Ziel haben konnten – England seine Freiheiten zu nehmen und uns wieder unter das päpstliche Joch zu zwingen. Tötet den König, und sein Bruder, ein bekennender Katholik, folgt ihm auf den Thron. Seine erste Handlung ist es, den Mördern seines geliebten Bruders Charles Rache zu schwören. Er gibt den Fanatikern die Schuld und gelobt, alle auszumerzen. Vernunft wird in den Wind geschlagen, und die Extremen übernehmen wieder die Macht. Die Folge wäre natürlich ein Krieg, in dem wieder Engländer gegen Engländer kämpfen würde. Diesmal würde es aber noch schrecklicher werden, denn die Katholiken würden ihre spanischen Herren zu Hilfe rufen, und die Franzosen wären gezwungen, vermittelnd einzugreifen. Der Alptraum aller Prinzen seit Elizabeth, daß dieses Land der Hahnenkampfplatz Europas werden könnte, war furchterregend nahe.

Für diese letzte Überlegung hatte ich keinen direkten Beleg, doch es war den vorliegenden Beweisen zufolge eine vernünftige Vorhersage; denn Logik erlaubt uns, in die Zukunft oder zumindest die wahrscheinliche Entwicklung zu sehen. Genau wie in der Mathematik, in der wir uns eine Linie denken und uns dann ihren weiteren Verlauf vorstellen können, sogar bis ins Unendliche, indem wir einfach unser rationales Denken einsetzen, so können wir uns in der Politik Ereignisse vorstellen und Konsequenzen berechnen. Wenn meine grundlegende Hypothese feststand – und sie hatte sich gegen Boyles Kritik ebenso behauptet wie gegen meine leidenschaftslose Fragestellung –, dann würden gewisse Ergebnisse folgen. Ich habe diese Möglichkeiten vorgetragen, um sicherzustellen, daß meine Ängste verstanden werden. Ich gebe zu, ich habe mich in Einzelheiten geirrt und werde im passenden Augenblick meine Fehler unbarmherzig aufzeigen; doch ich behaupte, daß die Gesamtstruktur meiner Hypothese im großen und ganzen richtig war und in sich verändert werden konnte, ohne daß man sie gleich ganz verwerfen mußte.

Matthew würde, davon war ich überzeugt, in Den Haag keine weiteren Fortschritte machen; Colas Aufmerksamkeiten hatten ihm den Kopf verdreht, so daß er die Beweise nicht mehr sehen konnte, die er, das wußte ich, direkt vor Augen hatte. Mehr noch, ich hatte Angst um ihn, da er sich in Gefahr begab, und ich wünschte mir, ihn so schnell wie möglich Colas Einfluß zu entziehen. Meine Furcht war auch nicht übertrieben, denn Gott schickte mir einen furchtbaren Traum, der mir bewies, daß meine Ängste nicht unbegründet waren. Eigentlich halte ich nicht viel von solchen Dingen und träume auch nur sehr selten, doch dieser Traum war so deutlich geistigen Ursprungs und sah so deutlich die Zukunft voraus, daß ich sogar beschloß, mir Notizen zu machen.

Obwohl ich von Matthew noch keinen Brief über das Fest erhalten hatte, sah ich es vor mir, und es war, wie ich später feststellte, tatsächlich die Nacht, in der das Fest stattfand. Und zwar auf dem Olymp, und Matthew war ein Diener der Götter, die ihm so viel zu essen gaben und so viel Wein einflößten, bis er betrunken war und sich läppisch benahm. Dann schlich sich ein Mann, von dem ich wußte, daß es dieser Cola war, obwohl ich sein Gesicht nicht kannte, von hinten an ihn heran und stieß ihm ein scharfes Schwert in den Bauch, immer wieder, bis Matthew gepeinigt aufschrie vor Schmerz. Und ich war in einem anderen Zimmer, sah alles, war aber nicht fähig, mich zu bewegen, und sagte Matthew, er solle weggehen. Doch er gehorchte nicht.

Ich erwachte in großer Angst und wußte, daß schlimmste Gefahr drohte. Ich hoffte Matthew in Sicherheit und machte mir solange unendliche Sorgen, bis ich wußte, daß er unverletzt war. Ich dachte, Cola sei auf dem Weg nach England, konnte aber wenig tun, um seinen Aufenthaltsort herauszufinden, so dürftig waren meine Hilfsquellen. Ich mußte auch entscheiden, ob ich Seiner Majestät eine Warnung übermitteln sollte, nahm jedoch davon Abstand, weil ich wußte, man würde sie nicht ernst nehmen. Charles war ein mutiger, um nicht zu sagen tollkühner Mann und hatte so lange in der Erwartung gelebt, plötzlich ermordet zu werden, daß ihn das nicht mehr von seinen Vergnügungen ablenken konnte. Und was sollte ich sagen? »Hoheit, es gibt eine Verschwörung, Euch zu töten, damit Euer Bruder Euren Platz einnehmen kann?«

Ohne Beweis würde ich mit einer solchen Erklärung im geringsten Fall bewirken, daß ich meine Bezüge und meine Stellungen verlor. Ich akzeptiere nicht, daß die Diagonale eines Quadrates mit seinen Seiten inkommensurabel, das heißt nicht meßbar ist, nur weil jemand es mir sagt; ich akzeptiere es, weil anschaulich bewiesen werden kann, daß es so ist, und was diese Sache anging, so konnte ich zwar besser als jeder andere eine Theorie darlegen, sie aber noch nicht anschaulich beweisen.

* *
*

Eine Woche später kehrte Matthew nach England zurück und berichtete mir, daß Marco da Cola die Niederlande tatsächlich verlassen hatte, er aber nicht wisse, wohin der Italiener gegangen sei.

Mehr noch, der Mann hatte einen Vorsprung von zehn Tagen, da Matthew kein Schiff finden konnte, das ihn nach England brachte, denn nach dem Abschiedsfest war er ein paar Tage lang von Colas Harmlosigkeit so fest überzeugt gewesen, daß er es nicht eilig gehabt hatte, zu mir zurückzukehren.

So enttäuscht und besorgt ich auch war, Matthews Anwesenheit allein ließ mein Herz freudiger schlagen. Der intelligente Blick, der seinem Gesicht solche Schönheit verlieh, fachte wieder die Wärme in meinem Herzen an, die während seiner Abwesenheit erloschen war; es war nicht überraschend, daß Cola sich zu ihm hingezogen gefühlt und ihn bei sich behalten hatte. Ich dankte Gott dafür, daß er sicher heimgekehrt war, und betete, daß alle meine Ängste nur Trugbilder eines verwirrten und besorgten Geistes gewesen waren und jeder Grundlage entbehrten.

Doch ich wurde schnell eines Besseren belehrt, denn als ich ihn wegen seiner Laxheit tadelte und ihm sagte, daß er im Hinblick auf den Italiener ganz gewiß im Irrtum war, weigerte er sich zum ersten Mal, sich meiner Überlegenheit zu beugen und sagte mir rundheraus, ich sei im Unrecht.

»Was wißt Ihr denn?« fragte er. »Ihr, die Ihr dem Mann nie begegnet seid, der Ihr keinen Beweis, sondern nur einen Verdacht habt? Ich sage Euch, ich kenne ihn, habe viele Stunden in angeregtestem Gespräch mit ihm verbracht, und er ist weder eine Gefahr für Euch noch für einen anderen.«

»Du hast dich täuschen lassen, Matthew«, antwortete ich. »Du weißt nicht, was ich weiß.«

»Dann sagt mir, was Ihr wißt.«

»Das werde ich nicht tun. Es sind hohe Staatsangelegenheiten, die dich nichts angehen. Du hast die Pflicht, mein Wort fraglos zu akzeptieren und darfst nicht fälschlich denken, ein Mann sei harmlos, weil er dir Komplimente und Geschenke macht.«

»Ihr glaubt, er hat meine Zuneigung gekauft? Haltet Ihr mich für einen solchen Narren? Ist es das? Weil Ihr nie ein Wort zu mir sagt, außer wenn Ihr mich kritisiert, und der Ihr für mich nur ein einziges Geschenk gehabt habt – mich zu schlagen, wenn ich einen Fehler gemacht hatte.«

»Ich denke, du bist jung und unerfahren«, sagte ich, jetzt überzeugt, daß meine schlimmsten Ängste sich bewahrheitet hatten.

»Du mußt bedenken, daß ich weiß, was am besten für dich ist. Aber ich vergebe dir deine Worte.«

»Ich will Eure Vergebung nicht. Ich habe alles getan, worum Ihr mich gebeten habt – und mehr. Ihr seid es, der Menschen zu Unrecht beschuldigt und der um Verzeihung bitten sollte.«

Ich hätte ihn am liebsten geschlagen, doch ich beherrschte mich und versuchte statt dessen, dieses Gespräch zu beenden, das ebenso töricht wie unpassend war.

»Ich werde mich vor dir nicht rechtfertigen, sage dir nur, daß ich dir alles erklären werde, sobald ich kann. Dann wirst du verstehen, wie sehr du dich geirrt hast. Nun komm, Matthew, mein Knabe. Du bist eben erst eingetroffen, und schon streiten wir. Das ist kein guter Anfang. Komm, trink etwas mit mir, und erzähl mir von deinen Abenteuern. Ich möchte wirklich alles hören.«

Schließlich beruhigte er sich, setzte sich neben mich, und nach und nach stellten wir unsere alte Beziehung wieder her und verbrachten die nächsten Stunden miteinander allein und überaus angenehm. Er berichtete mir von seinen Reisen, erfreute mich mit seiner guten Beobachtungsgabe und seiner Fähigkeit, ohne Abweichung zum Kern einer Sache vorzustoßen; doch er erzählte nichts über Colas Abschied, und ich fragte ihn nicht danach. Dann erzählte ich, was ich während seiner Abwesenheit getan und welche Bücher ich gelesen hatte, und erklärte ihm die Bedeutung von Kontroversen und Disputen auf eine Weise, wie (ich gestehe es) ich es noch nie vorher getan hatte. Am Abend verließ er mich, und ich dankte Gott im Gebet für einen solchen Gefährten, denn ohne ihn war mein Leben wirklich leer. Doch mein Herz war unruhig, da es mir zum ersten Mal nicht gelungen war, ihn zu beherrschen und ich um seine Freundschaft hatte bitten müssen. Er hatte sie mir geschenkt, aber ich wußte nicht, ob ich für immer auf sie zählen durfte. Mir war bewußt, daß ich bald die alte Ordnung wiederherstellen und ihn daran erinnern mußte, daß er mir dienstbar zu sein hatte, weil er sonst überheblich wurde. Der Gedanke dämpfte meine Stimmung, und als ich über das nachdachte, was er mir erzählt hatte, wurde sie noch trüber.

Ich war sicher, daß Cola entweder schon in England oder zumindest auf dem Weg hierher war und eintreffen würde, bevor ich mich wieder auf seine Spur gesetzt hatte. Was der Italiener auch beabsichtigte, ich hoffte nur, er würde nicht schnell handeln. Am nächsten Morgen schickte ich Matthew zu seinen Freunden nach East Smithfield zurück, weil ich hoffte, daß sie etwas Neues erfahren hatten. Ich erwartete nicht viel davon und war nicht sonderlich enttäuscht, als er berichtete, sie wüßten nichts, aber es war ein naheliegender Schritt gewesen und einer der wenigen, die ich leichten Herzens tun konnte.

Dann begab ich mich zu meinen Freunden, den Händlern, und erkundigte mich so unauffällig wie möglich, ob sie etwas von einem Schiff wüßten, das einen alleinreisenden Passagier an Land gesetzt hatte; Italiener, Spanier oder Franzose. Cola konnte sich leicht für einen von diesen dreien ausgeben, und viele Seeleute hätten den Unterschied gar nicht bemerkt. Wieder waren meine Hoffnungen gering, und wieder erfuhr ich nichts Interessantes. Es war nicht sicher, doch ich hielt es für möglich, daß er in einem der kleineren Häfen in East Anglia an Land gegangen war, und wenn er spanisches Geld gehabt hatte, hätte er sich eigens zu diesem Zweck ein Boot mieten können.

An diesem Punkt waren die Informationsquellen, die mir zur Verfügung standen, erschöpft. Ich konnte natürlich an jeden Postmeister in East Anglia schreiben, aber nicht, ohne mein Interesse allgemein bekanntzumachen. Bis ich die Antworten bekam, konnte ein Monat vergehen, und selbst dann wäre ich nicht imstande, den Wert der Informationen zu beurteilen, die ich bekam, da ich meinen Briefpartner nicht persönlich kannte. Was also sollte ich sonst tun? Die Straßen von London durchwandern in der Hoffnung, einen Mann zu erkennen, den ich nie gesehen hatte und der in diesem Land keiner Menschenseele bekannt war? In meinem Studierzimmer sitzen und hoffen, daß er sich mir vorstellte, ehe er seinen Auftrag erledigte?

Keine der beiden Möglichkeiten schien mir vernünftig zu sein, und mit größtem Widerstreben kam ich zu dem Schluß, daß ich irgendeine Reaktion provozieren mußte, die ihn entweder ans Licht lockte oder abschreckte. Es war ein fein ausgeklügeltes Experiment, das nur erfolgreich wäre, wenn es ein einziges Ergebnis hervorbrächte. Ich kam mir vor wie ein Experimentator, der eine Theorie hat und ein Experiment durchführt, um diese Theorie zu beweisen; mir war nicht der Luxus des echten Philosophen vergönnt, der seine Arbeiten verrichten und seine Theorien nach seinem Augenschein entwickeln kann.

Ich grübelte einen ganzen Tag über der Sache, bevor ich mir sagte, ich hätte keine Alternative, und als sich die Möglichkeit ergab, beschloß ich, nicht zu zögern. Die Society sollte am Abend eine Versammlung abhalten, bei der viele Angelegenheiten besprochen werden mußten, und schließen sollte der Abend mit der öffentlichen Vivisektion eines Hundes. Vivisektionen waren immer beliebt, und ich fürchte, daß verschiedene Operateure ihre Experimente weniger ihres Nutzens wegen als zur Belustigung des Publikums durchführten.

Aber immer wollten viele dabeisein, und wir ermunterten die Gäste auch zu kommen, denn sie sollten den Ruhm unserer Arbeit in die Welt hinaustragen, und die geselligen Zusammenkünfte hinterher waren stets fröhlich und frei. Ich fragte Mr. Oldenburg ohne Umschweife, ob er mir den Gefallen tun würde, Señor de Moledi als Ehrengast einzuladen und dem Gentleman zu verstehen zu geben, daß wir uns über seine Anwesenheit herzlich freuen würden.

Dieser de Moledi war Spaniens Repräsentant in England und ein enger Verbündeter von Caracena, dem Gouverneur der spanischen Niederlande, einem Mann dem alles Englische furchtbar verhaßt war. Ich konnte mir nicht vorstellen, daß er nichts davon wissen sollte, wenn ein Attentat auf den König geplant war, obwohl er bestimmt auch klug genug gewesen war, sich nicht in allzu viele Einzelheiten einweihen zu lassen. Wenn ich also ein bißchen Unruhe stiften wollte, war er für den Versuch bei weitem der Beste. Wenn es funktionierte und ich damit eine praktische Reaktion auslöste, hatte ich vielleicht endlich den handfesten Beweis, den ich brauchte, und wäre endlich in der Lage, meinen Verdacht aussprechen zu können und zu hoffen, daß mir jemand glaubte.

Die Versammlung war an diesem Abend überfüllt, obwohl die Nachrichten, die Mr. Oldenburg mit monotoner Stimme verlas, kaum viel Beachtung verdienten. Ein Papier über die Geometrie der Parabel war ebenso absurd wie unverständlich, und meine Meinung war ausschlaggebend dafür, daß es und sein Urheber auf der Stelle abgewiesen wurden. Ein anderes von Mr. Wren über die Sonnenuhr war, wie immer bei diesem hervorragenden Mann, ein Muster an Klarheit und Eleganz, jedoch kaum von überragender Bedeutung. Korrespondenz aus dem Ausland enthielt wie üblich Interessantes, vermischt mit schwülstigen und fehlerhaften Gedanken. Die einzige Sache von Bedeutung, an die ich mich erinnere (und wenn ich mir die Einzelheiten der Versammlung vergegenwärtige, sehe ich, daß mein Gedächtnis mich nicht täuscht), war eine ausgezeichnete Vorlesung von Mr. Hooke, dem Physiker und Naturforscher, über seine Arbeit an einem Mikroskop, das er selbst entwickelt hat. So verabscheuenswert dieser Mann als Mensch ist, so ist er doch einer der handwerklich begabtesten unserer kleinen Gruppe, ein exakter Beobachter und peinlich genau in der Wiedergabe seiner Beobachtungen. Seine Erkenntnis, daß die ganze Welt in einem einzigen Wassertropfen enthalten ist, erstaunte uns alle und rief einen fast weinerlichen Kommentar von Mr. Goddard hervor, der den Herrn machtvoll für Seine Schöpfung lobte – und für Seine Güte, weil er Seine Geschöpfe immer mehr von Seinen Werken begreifen ließ. Dann beendeten Gebete die offizielle Sitzung, und wer wollte, konnte jetzt das Experiment mit dem Hund beobachten.

Ich sah de Moledis Miene an, daß er am Geheul des gequälten Tieres ebensowenig Geschmack fand wie ich, also ging ich auf ihn zu und sagte, niemand würde es als Beleidigung ansehen, wenn er nicht teilnehme; ich selbst beabsichtigte mich auch zu entfernen, und wenn er Lust habe, mit mir ein Glas Wein zu trinken, würde ich mich durch seine Gesellschaft sehr geehrt fühlen.

Er ging auf meinen Vorschlag ein, und da ich schon alles vorbereitet hatte, führte ich ihn in das Zimmer, das Wren im Gresham College unterhielt, und wo uns ein guter Kanarenwein erwartete.

»Ich hoffe, Sir, Ihr findet nicht widerwärtig, womit wir Wißbegierigen uns beschäftigen. Ich weiß, daß Euch dieses Interesse sehr sonderbar vorkommen muß, und manche halten es für gottlos.«

Wir sprachen Lateinisch, und ich stellte erfreut fest, daß er diese gesegnete Sprache nicht weniger fließend beherrschte als ich. Er schien ein überaus höflicher Mann zu sein, und wenn die meisten Spanier waren wie er, verstand ich, wieso jemand wie Mr.

Bennet, der so viel Wert auf die Feinheiten des Benehmens legte, sich dazu verleiten ließ, die Nation zu lieben. Ich selbst war gegen solche Dinge gefeit, denn ich wußte nur allzugut, was sich hinter guten Manieren verbarg.

»Im Gegenteil, ich habe es eminent unterhaltsam gefunden, und ich hoffe sehr, daß alle wißbegierigen Männer der Christenheit sich in freiem Diskurs vereinen. Es gibt in Spanien auch sehr viele, die sich für diese Dinge interessieren, und ich würde sie Eurer Society gern vorstellen, wenn es Euch genehm wäre.«

Ich akzeptierte erfreut und sagte mir zugleich, daß ich Oldenburg vor der Gefahr warnen mußte. Daß ein Land, das alle Forschung so unbarmherzig verfolgte, daß ein solches Land eine Verbindung zu uns suchte, wäre lachhaft gewesen, wenn es nicht so grausam gewesen wäre.

»Ich muß sagen, ich bin wirklich froh, Eure Bekanntschaft gemacht zu haben, Dr. Wallis, und noch mehr freue ich mich darüber, allein mit Euch sprechen zu können. Ich habe natürlich schon viel von Euch gehört.«

»Ihr überrascht mich, Euer Exzellenz. Ich kann mir gar nicht vorstellen, auf welche Weise Euch mein Name zu Ohren gekommen ist. Mir war nicht klar, daß Ihr Euch für Mathematik interessiert.«

»Sehr wenig, obwohl es zweifellos eine großartige Beschäftigung ist. Doch ich habe für Zahlen so gar keinen Kopf.«

»Das ist schade. Ich war lange davon überzeugt, daß die Reinheit der mathematischen Logik die beste Ausbildung ist, die ein Mann haben kann.«

»In diesem Fall muß ich mich für meine Unzulänglichkeit entschuldigen, denn mein Interesse gilt vor allem dem Kirchenrecht. Aber ich habe nicht im Zusammenhang mit Eurer Sachkenntnis in Algebra von Euch gehört. Sondern wegen Eures überragenden Talentes im Entschlüsseln von Geheimschriften.«

»Was Ihr auch gehört habt, es war bestimmt stark übertrieben, dessen bin ich sicher. Ich bin in dieser Sache nicht sehr beschlagen.«

»So groß ist Euer Ruf als der beste Mann auf der Welt, daß ich mich gefragt habe, ob Ihr Euer Wissen vielleicht teilen würdet.«

»Mit wem?«

»Mit allen Menschen guten Willens, die Licht ins Dunkel bringen und den Frieden der gesamten Christenheit sichern wollen.«

»Ihr meint, ich sollte ein Buch darüber schreiben?«

»Vielleicht solltet Ihr das«, sagte er lächelnd. »Aber das würde sehr lange dauern und Euch wenig einbringen. Ich habe mich eher gefragt, ob Ihr vielleicht nach Brüssel reisen würdet, um dort ein paar junge Männer meiner Bekanntschaft zu unterrichten, die sich, dessen bin ich sicher, als einige der hervorragendsten Schüler erweisen würden, die Ihr je hattet. Natürlich würde die Arbeit sehr gut honoriert.«

Die Dreistigkeit des Mannes war erstaunlich. Er machte den Vorschlag so leichthin und ungezwungen, er kam ihm so selbstverständlich über die Lippen, daß ich ihm nicht einmal grollte. Es war natürlich völlig ausgeschlossen, daß ich das Angebot auch nur in Erwägung zog, und vielleicht wußte er das. Man hatte mir schon viele derartige Vorschläge gemacht; ich hatte alle abgelehnt. Sogar gut protestantischen Staaten habe ich meine Hilfe verweigert und erst vor kurzem eine Andeutung »überhört«, daß ich Mr. Leibniz in meiner Kunst unterweisen sollte. Ich war immer fest entschlossen, daß meine Kunst allein meinem Land gehören und nicht jedem zugänglich sein soll, der eines Tages vielleicht unser Feind sein könnte.

»Euer Angebot ist ebenso großzügig wie meine Bedeutung klein«, antwortete ich. »Aber ich fürchte, meine Pflichten gegen die Universität sind derart, daß man es mir nie erlauben würde zu reisen.«

»Das ist sehr schade«, sagte er ohne eine Spur von Überraschung oder Enttäuschung. »Wenn Eure Umstände sich jemals ändern sollten, werden wir das Angebot zweifellos erneuern.«

»Da Ihr mir eine große Ehre erwiesen habt, fühle ich mich verpflichtet, Euch Eure Güte sofort zu vergelten«, sagte ich. »Denn ich muß Euch sagen, daß Eure Feinde ein Komplott geschmiedet haben, um Euren Ruf zu besudeln, indem sie die merkwürdigsten Gerüchte über Euch ausstreuen.«

»Das erfahrt Ihr durch Eure Arbeit, nicht wahr?«

»Ich erfahre es aus verschiedenen Quellen. Ich kenne viele Leute von hohem Ansehen und spreche oft mir ihnen. Laßt mich Euch offen sagen, Sir, daß ich das Gefühl habe, Ihr solltet Euch gegen diesen Klatsch verteidigen können. Ihr seid noch nicht lange genug in England, um die Macht des Klatsches in einem Land zu verstehen, das nicht an die Disziplin einer starken Regierung gewöhnt ist.«

»Ich danke Euch für Eure Fürsorge. Sagt mir also: Was ist das für ein Klatsch, um den ich mich kümmern sollte?«

»Man sagt, Ihr seid keine Freunde unseres Monarchen, und daß die Leute, wenn ihm etwas zustoßen sollte, nicht lange nach dem Ursprung seiner Schwierigkeiten suchen müßten.«

De Moledi nickte. »Verleumdung, in der Tat«, sagte er. »Denn jeder weiß, daß unsere Liebe zu Eurem König ungebrochen ist. Haben wir ihm in seiner Verbannung nicht geholfen, nachdem er ohne einen Penny vertrieben worden war? Ihm und seinen Freunden nicht ein Heim und Geld gegeben? Haben wir nicht einen Krieg mit Cromwell riskiert, weil wir von unserer Pflicht gegen ihn nicht abließen?«

»Nur wenige Menschen«, antwortete ich, »erinnern sich vergangener guter Taten. Es liegt in der Natur der Menschheit, von den Mitmenschen immer das Schlimmste zu denken.«

»Und hat auch ein Mann wie Ihr einen solchen Verdacht?«

»Ich kann nicht glauben, daß irgendein Mann von Ehre die Absicht haben könnte, einem Mann etwas anzutun, der so offenkundig von Gott geliebt wird«, sagte ich.

»Das ist wahr. Die große Schwierigkeit dabei ist, daß die Gerüchte sehr schwer zu widerlegen sind, besonders wenn andere sie mit so böser Absicht verbreiten.«

»Man muß ihnen widersprechen«, sagte ich. »Erlaubt Ihr mir, ganz offen zu sein?«

Er gab mir seine Zustimmung.

»Es wird Euren Interessen bei Hofe schaden, und Eure Freunde dort werden verletzt sein, wenn diese Geschichten unerwidert bleiben.«

»Und Ihr wollt mir helfen? Verzeiht mir, daß ich das sage, doch ich habe solche Freundlichkeit von einem Mann wie Euch, dessen Ansichten gut bekannt sind, nicht erwartet.«

»Ich gebe offen zu, daß ich Euer Land nicht besonders liebe. Viele Männer, die dort leben, achte ich hoch, aber Eure und unsere Interessen müssen immer gegensätzlich bleiben. Das gleiche kann ich jedoch von Frankreich sagen. Englands Wohlergehen muß immer dadurch gesichert werden, daß nie ein fremder Staat eine vorherrschende Stellung bei uns einnimmt, dafür müssen wir sorgen. Das war für Generationen die Politik der weisesten unter unseren Königen, und so muß es bleiben. Wenn Frankreich stark ist, müssen wir die Habsburger suchen; wenn die Habsburger stark sind, müssen wir Frankreich stärken.«

»Und sprecht Ihr auch für Mr. Bennet?«

»Ich spreche nur für mich selbst. Ich bin Mathematiker, Priester und Engländer. Aber ich bin sicher, Ihr wißt, wie sehr Mr. Bennet Euer Land bewundert. Auch ihm wird durch solches Gerede nicht geholfen.«

De Moledi stand auf und verneigte sich anmutig. »Ich weiß sehr gut, daß Ihr ein Mann seid, dem man nur mit Worten danken sollte, und daher entbiete ich Euch meinen Dank in Worten allein. Ich will nur sagen, ein anderer Mann als Ihr ginge, durch seine Freundlichkeit viel reicher geworden, aus diesem Raum.«

* *
*

Ich packte meine Warnung an de Moledi in keinen schlechten Rat und schrieb, wie es meine Gewohnheit war, bevor mein schwindendes Augenlicht es mir unmöglich machte, als Gedächtnisstütze einen kurzen Bericht über mein Treffen mit ihm nieder. Ich habe die Notiz noch und sehe, daß der Rat, den ich ihm gab, praktisch und weise war. Ich hatte aber wenig Hoffnung, daß er befolgt werden würde. Der Staat gleicht einem großen Schiff mit zahlreicher Mannschaft; ist es einmal auf Kurs, ist es schwierig, schnell genug auf einen anderen Kurs zu gehen, auch wenn es offensichtlich vernünftig wäre.

De Moledi reagierte jedoch sehr schnell auf unser Gespräch; viel schneller und entschlossener, als ich es erwartet hätte. Am nächsten Abend erschien einer von Mr. Bennets Leuten bei mir und überreichte mir ein Schreiben, in dem mir mitgeteilt wurde, daß meine Anwesenheit dringend erforderlich sei.

Er war seit unserem letzten Treffen auf der Erfolgsleiter weit nach oben geklettert und wünschte jetzt, daß alle von seiner Autorität als Minister für den Süden erfuhren. Es ist sogar heute noch unklug, zwischen einem Mann und Cromwell einen Vergleich zu ziehen, der zugunsten des letzteren ausfällt, aber dieser große, schlechte Mann hatte eine Einfachheit an sich, die, weil ungeübt und aufrichtig, viel eindrucksvoller war. Denn Cromwell war wirklich ein großer Mann, der größte, wie ich glaube, den dieses Land je gekannt hat. Sein klarer Verstand, seine Kraft und seine Sicherheit waren derart, daß er sich, als Gentleman geboren, ein Königreich geschaffen hätte; und wäre er in ein Königreich hineingeboren worden, hätte er ein Imperium daraus gemacht. Er zwang drei Nationen, die ihn zutiefst haßten, zu absolutem Gehorsam, und das mit Hilfe einer Armee, die seinen Untergang wünschte, und er versetzte einen ganzen Kontinent in Angst und Schrecken. Er hatte dieses Land in der Hand, begrüßte einen Gast jedoch häufig selbst und schenkte ihm Wein ein. An seiner Autorität war nicht zu zweifeln. Das habe ich auch einmal zu Lord Clarendon gesagt, und er hat mir zugestimmt.

Mr. Bennet war ein Mann mit weniger Talent; sein ganzer Wert hatte unter Cromwells Daumennagel gepaßt. Doch mit welchem Pomp er sich umgab. Der Weg durch die Vorzimmer hatte unverkennbar spanische Verhältnisse angenommen, und die Dienerschaft benahm sich so unterwürfig, daß es einem einfachen Mann wie mir schwerfiel, einen gewissen Widerwillen zu unterdrücken. Ich brauchte vom Eintritt in seine Gemächer an volle fünfzehn Minuten, bis ich zu ihm vorgedrungen war. Bei König Ludwig von Frankreich, in all seiner jetzigen Pracht, vorzusprechen, denke ich, kann nicht schwerer gewesen sein, als damals Mr. Bennet zu sehen.

Es war alles nur Schau, und im Gespräch war er ebenso englisch, wie er in seinen Sitten spanisch war. Tatsächlich war seine Direktheit beinahe unhöflich zu nennen, und er ließ mich während der ganzen Unterredung stehen.

»Was bildet Ihr Euch eigentlich ein, Dr. Wallis?« schrie er mich an und wedelte mit einem Stück Papier, das so weit entfernt war, daß ich nicht sehen konnte, was es war. »Seid Ihr wahnsinnig, meine ausdrücklichen Befehle zu mißachten?«

Ich sagte ihm, daß ich seine Frage nicht verstehe.

»Ich habe hier eine geharnischte Note«, sagte er schwer atmend, damit ich seinen Zorn zugleich fühlte, sah und hörte, »von einem sehr empörten spanischen Botschafter. Trifft es zu, daß Ihr gestern abend so vermessen wart, ihn über den Frieden des Christentums zu belehren und ihm zu sagen, wie sein Land seine Außenpolitik betreiben solle?«

»Aber ganz gewiß nicht«, antwortete ich, und meine Neugier über diese Wendung der Ereignisse überwog meinen Schreck über den offensichtlichen Zorn meines Gönners. Ich kannte Mr. Bennet gut genug, um zu wissen, daß er sehr selten die Beherrschung verlor, denn er war fest überzeugt, daß solche Ausbrüche eines Gentlemans nicht würdig waren. Vorgetäuschte Wutausbrüche waren nicht die Taktik, mit der er andere einschüchterte, und ich kam zu dem Schluß, daß er wirklich wütend war. Dadurch wurde meine Situation um so gefährlicher, denn ich konnte es mir nicht leisten, seine Gunst zu verlieren. Es machte das Gespräch aber auch interessanter, da ich absolut nicht verstand, warum er so wütend war.

»Wie erklärt Ihr Euch dann, daß Ihr ihn so tief beleidigt habt?« fuhr Bennet fort.

»Ich weiß nicht, womit ich ihn beleidigt haben sollte. Ich unterhielt mich gestern abend überaus angenehm – wie ich glaubte – mit Señor de Moledi, und wir trennten uns mit dem Ausdruck gegenseitiger Wertschätzung. Mag sein, daß ich ihn verärgert habe, weil ich ein hohes Bestechungsgeld ablehnte, ich weiß es nicht. Ich dachte, ich hätte das Angebot mit größtmöglichem Takt ausgeschlagen. Darf ich fragen, wie seine Beschwerde lautet?«

»Er sagt, Ihr habt ihn so gut wie beschuldigt, ein Komplott geschürt zu haben, bei dem unser König getötet werden soll. Ist das wahr?«

»Aber nein. Ich habe so etwas nie erwähnt, hätte nicht einmal im Traum daran gedacht.«

»Was habt Ihr Eurer Meinung nach gesagt?«

»Nur daß viele der Ansicht sind, sein Land wünsche England nichts Gutes. Es war nur ein unwesentlicher Teil unseres Gesprächs.«

»Aber es wurde vorsichtig gesagt«, meinte Bennet. »Und Ihr sagt nichts ohne Überlegung. Deshalb möchte ich wissen, warum. Eure Berichte in den letzten Monaten waren so offensichtlich voller Halbwahrheiten und Ausflüchte, daß ich ihrer allmählich müde werde. Jetzt befehle ich Euch, mir die Wahrheit zu sagen, rückhaltlos. Und ich warne Euch, wenn ich nicht von Eurer absoluten Aufrichtigkeit überzeugt bin, werde ich sehr ungehalten sein.«

Vor ein solches Ultimatum gestellt, konnte ich nichts anderes tun. Und es war der größte Fehler, den ich je beging. Ich gebe nicht Mr. Bennet die Schuld; ich gebe sie mir selbst ob meiner Schwäche, und ich weiß, daß die Strafe, die mir für meinen Fehler auferlegt wurde, eine so unerträgliche Last war, daß ich seither jeden Tag darunter gelitten habe. Ich habe das Glück, von Vaters und Mutters Seite her aus einer widerstandsfähigen, langlebigen Familie zu stammen und erwarte, noch viele Jahre auf dieser Welt zu bleiben. Seit jenem Tag habe ich unzählige Male gebetet, diesen Segen von mir zu nehmen, so groß ist meine Reue.

Ich berichtete Mr. Bennet von meinem Verdacht. Viel genauer und mehr ins einzelne gehend, als es nötig gewesen wäre, wie ich jetzt glaube. Ich erzählte ihm von Marco da Cola und den Verdachtsmomenten, die sich wie von selbst gegen ihn ergeben hatten. Ich sagte, wenn er nicht schon hier sei, dann sei er hierher unterwegs. Und ich sagte Mr. Bennet, was Cola meiner Ansicht nach plante.

Bennet hörte zu, anfangs ungeduldig, dann immer ernster werdend. Und als ich geendet hatte, stand er auf und blickte lange aus dem Fenster des kleinen Gemachs, in dem er gewöhnlich seine Amtsgeschäfte erledigte.

Endlich wandte er sich mir wieder zu, und ich sah ihm an, daß sein Zorn verraucht war. Ich sollte jedoch weiteren Vorwürfen nicht entgehen.

»Ich muß Euch loben«, sagte er, »für den Eifer, zu dem Eure Liebe zu Seiner Majestät Euch angetrieben hat. Ich bezweifle keine Minute, daß Ihr mit den allerbesten Absichten gehandelt habt und daß Euer einziges Streben ganz und gar dem Wohlergehen des Königreiches gegolten hat. Ihr seid ein vorbildlicher Diener.«

»Ich danke Euch.«

»Doch in dieser Angelegenheit habt Ihr einen schlimmen Fehler begangen. Ihr müßt wissen, daß in der Diplomatie nie etwas so ist, wie es zu sein scheint, und was wie gesunder Menschenverstand aussieht, ist oft das Gegenteil. Wir können keinen Krieg führen. Gegen wen sollten wir denn kämpfen? Gegen die Spanier? Die Franzosen? Die Holländer? Gegen alle zusammen oder in verschiedenen Kombinationen? Und wovon sollten wir eine Armee bezahlen? Wie die Dinge liegen, gibt uns das Parlament kaum genug Geld, um dem König das Dach über dem Kopf zu erhalten. Ihr wißt bestimmt, daß ich auf seiten der Spanier stehe und die Franzosen für unseren größten Feind halte. Dennoch werde ich eine Allianz mit ihnen ebensowenig billigen wie einen Pakt gegen sie. Zumindest in vorhersehbarer Zukunft müssen wir einen vorsichtigen Kurs zwischen diesen Hindernissen steuern und dürfen nicht erlauben, daß irgend etwas den König in die Arme des einen oder des anderen treibt.«

»Aber Ihr wißt ebensogut, Sir, daß die spanischen Agenten offen operieren und viel Gold ausgeben, um sich Unterstützung zu erkaufen.«

»Natürlich tun sie das. Genauso wie die Franzosen und die Holländer. Solange es alle mit derselben Begeisterung ausgeben und keiner die Oberhand gewinnt, schadet es nichts. Eure Bemerkungen an sich richten keinen Schaden an. Aber wenn Euer Verdacht allgemein bekannt würde, würden Frankreichs Interessen gestärkt. Der junge Ludwig hat tiefe Geldtruhen. Seine Majestät liebäugelt schon damit, auch wenn das eine Katastrophe wäre. Es ist unbedingt nötig, daß nichts das Gleichgewicht stört, das die geschaffen haben, denen das Wohl des Landes am Herzen liegt. Und jetzt sagt, weiß noch jemand etwas von Eurem Verdacht?«

»Absolut nicht«, sagte ich. »Ich bin der einzige Mensch, dem er bekannt ist. Mein Diener Matthew hat zweifellos eine Vermutung, denn er ist ein heller Kopf, doch nicht einmal er kennt die ganze Geschichte.«

»Und er ist wo?«

»Jetzt wieder in England. Doch Ihr braucht von ihm nichts zu befürchten. Er ist mir vollkommen ergeben.«

»Gut. Sprecht mit ihm und sorgt dafür, daß er versteht.«

»Ich bin glücklich, Euch in dieser Angelegenheit zu Diensten zu sein«, fuhr ich fort, »aber ich muß wiederholen, daß die Angelegenheit, soweit ich sie überblicken kann, dennoch sehr ernst ist. Ob mit Billigung der spanischen Krone oder nicht, dieser

Mann kommt ins Land, und ich glaube, daß er für uns sehr gefährlich ist. Was soll ich tun? Ihr seid doch gewiß nicht der Meinung, daß man ihn in Ruhe lassen soll?«

Bennet lächelte. »Ich glaube nicht, daß Ihr Euch in dieser Beziehung zu sorgen braucht«, sagte er. »Das ist nicht die einzige Verschwörung, von der ich gehört habe, und ich habe Seine Majestät überredet, tagsüber und nachts mehr Wachen aufzustellen. Nicht einmal der fanatischste aller Mörder könnte ihn erreichen.«

»Das ist kein gewöhnlicher Soldat, Sir«, sagte ich. »Er hatte den Ruf, auf Kreta viele Türken auf wagemutigste und grausamste Weise ermordet zu haben. Man darf ihn nicht unterschätzen.«

»Ich verstehe Eure Sorge«, erwiderte Bennet. »Aber ich muß Euch auf eines hinweisen: Wenn Ihr recht habt – und ich nehme nicht an, daß das zutrifft –, wird das, was ihr de Moledi gesagt habt, sehr wohl vermerkt werden. Er wird mit unendlicher Vorsicht dafür sorgen, daß nichts geschieht, was uns in die Arme seines größten Feindes treiben könnte. Ein Bündnis mit Frankreich würde einem solchen Ereignis gewissermaßen auf dem Fuße folgen, denn dieser Plan könnte nur gelingen, wenn sein wahrer Urheber nie bekannt würde, und Ihr habt sichergestellt, daß das nicht geschehen kann.«

Die Unterredung war zu Ende. Als ich ging, war meine Position zwar sehr, aber nicht unwiderruflich geschwächt. Ich hatte seine Gunst nicht verloren, und er hatte mir nicht mit Strafe gedroht. Viel schlimmer war die Tatsache, daß mein Selbstvertrauen erschüttert war; ich hatte de Moledis Reaktion nicht vorausgesehen. Er hatte sich in der Tat so verhalten, wie vielleicht ein Unschuldiger es unter diesen Umständen getan hätte – hatte überrascht protestiert. Und was Mr. Bennet gesagt hatte, traf zu. Ein Attentat war sinnlos, wenn dadurch nur erreicht wurde, daß England den Franzosen in die Hände geriet.

Mir war noch nicht klar, obwohl ich es zu vermuten begann, daß meine Schlüsse auf falschen Voraussetzungen beruhten; ich brauchte noch mehr und schrecklichere Beweise, um alle Zweifel hinwegzufegen.

Siebentes Kapitel

WANN UND WIE Marco da Cola in England eintraf, konnte ich nie so genau feststellen, auch wenn ich sicher war, daß er sich schon im Land aufhielt, ehe ich mit dem spanischen Botschafter sprach; diese Überzeugung wurde mir später von Jack Prestcott bestätigt, als ich ihn ausfragte. In der dritten Märzwoche war Cola in London, und ich vermute, man hatte ihn gewarnt und ihm gesagt, etwas von seinen Absichten sei zu mir durchgedrungen. Er mußte auch erfahren haben, daß Matthew mein Diener war und vieles wußte.

Ich sah Matthew an diesem Vormittag. Er kam in größter Eile in mein Haus, das Gesicht vor Eifer gerötet, und sagte mir, er habe Cola in London gefunden und habe vor, ihn zu besuchen. Mir war sofort klar, daß ich eine solche Begegnung unterbinden mußte.

»Das wirst du nicht«, sagte ich. »Ich verbiete es.«

Er war bestürzt, und sein Gesicht wurde dunkel vor Zorn – so hatte ich ihn noch nie gesehen. Sofort kehrten alle meine Ängste zurück, nachdem ich sie erfolgreich verdrängt hatte, als ich hoffte, wenn er nur wieder bei mir wäre, würde alles gut. »Warum? Was ist das für ein Unsinn? Ihr sucht diesen Mann, und wenn ich ihn für Euch gefunden habe, verbietet Ihr mir, festzustellen, wo genau er sich aufhält?«

»Er ist ein Mörder, Matthew. Ein wirklich sehr gefährlicher Mann.«

Matthew lachte auf die ihm eigene leichtherzige Weise, die mich früher so entzückt hatte; doch damit war es jetzt vorbei. »Ich glaube nicht, daß ein Italiener für ein Londoner Kind eine große Gefahr ist«, sagte er. »Und dieser schon gar nicht.«

»Aber er ist es. Du kennst die Straßen und Gassen und alle Wege kreuz und quer durch die Stadt viel besser als er. Aber unterschätze ihn nicht. Versprich mir, daß du ihn in Ruhe läßt.«

Sein Lachen verging, und ich sah, daß ich ihn schon wieder verletzt hatte. »Ist es das? Oder gönnt Ihr mir den Freund nicht, der mir guttun, der mich vielleicht fördern würde, ohne eine so große Gegenleistung von mir zu verlangen? Der mir zuhört, der meine Meinung schätzt, anstatt sie ständig zu kritisieren und mir die seine aufzuzwingen? Ich sage Euch, Doktor, dieser Mann war freundlich und gut zu mir. Er hat mich nicht geschlagen und sich immer gut benommen.«

»Hör auf!« rief ich, gepeinigt, weil ich auf so grausame Weise mit einem anderen verglichen wurde und man mir den Erfolg dieses Cola vor Augen hielt, um mein Herz zu treffen. »Was ich sage, ist wahr. Du darfst nicht einmal in seine Nähe gehen. Ich ertrage den Gedanken nicht, daß er dich berührt, dich irgendwie verletzt. Ich möchte dich schützen.«

»Ich kann selbst auf mich aufpassen. Und ich werde Euch beweisen, daß ich es kann. Ich habe Diebe und Mörder und Fanatiker seit dem Tag meiner Geburt gekannt. Und doch stehe ich hier, ohne einen Kratzer, unverletzt. Aber das zählt bei Euch nicht, Ihr redet mit mir, als wäre ich ein Kind.«

»Du schuldest mir sehr viel«, sagte ich zornig und von seinen Worten verletzt. »Und ich verlange von dir Respekt und Höflichkeit.«

»Aber Ihr gebt sie mir nicht, der ich sie auch verdiene. Ihr habt es nie getan.«

»Jetzt ist es genug. Hinaus aus meinem Zimmer, und komm erst zurück, wenn du bereit bist, dich zu entschuldigen. Ich weiß, warum du ihn sehen willst. Ich weiß, was er ist und was er von dir will; ich sehe es deutlicher als du. Warum sollte ein Mann einen Knaben wie dich an seiner Seite wollen? Glaubst du, es ist wegen deiner Intelligenz? Davon hast du nicht viel. Wegen deines Geldes? Du hast keines. Deiner Bildung? Die hast du nur, soweit ich sie dir gegeben habe. Deiner Erziehung? Ich habe dich im Rinnstein aufgelesen. Ich sage dir, wenn du heute abend zu ihm gehst, dulde ich dich nicht mehr in meinem Haus. Hast du verstanden?«

So hatte ich ihm noch nie zuvor gedroht und hatte es auch da nicht beabsichtigt. Aber er schlüpfte mir so schnell aus den Händen. Er drohte der Versuchung der Ausschweifung und Zügellosigkeit zu erliegen, ermutigt von diesem Mann, und dem mußte ich sofort Einhalt gebieten. Er mußte wissen, daß ich befahl und sein Herr war. Sonst war er verloren.

Aber es war zu spät; ich hatte zu lange gezögert, und die Verderbtheit reichte schon zu tief. Dennoch denke ich, hätte er mich um Vergebung gebeten und seinen Irrtum erkannt, wie vor kurzem erst. Aber er starrte mich an, wußte nicht, ob ich es ernst meinte oder nicht, und als ich diesen Blick sah, wurde ich weich und verdarb alles.

»Matthew«, sagte ich, »komm zu mir, Matthew.« Zum ersten Mal im Leben, aber, Gott helfe mir, nicht zum ersten Mal in meinen Träumen, nahm ich ihn in die Arme, hielt ihn ganz fest und hoffte, er werde nachgiebig und weich reagieren. Statt dessen erstarrte er, stieß mir dann die Hände hart vor die Brust und wich zurück, stolperte in seiner Hast, sich von mir zu lösen.

»Laßt mich in Ruhe«, sagte er mit erstickter Stimme. »Ihr könnt mir weder befehlen noch mir etwas verbieten. Nicht ich bin es, der hier Unrecht getan hat, und nicht dieser Italiener ist es, der mich aus einem schmutzigen Grund bei sich haben will, denke ich.«

Und er ging und ließ mich in bitterem Zorn und mit der Trauer der Reue zurück.

Ich sah Matthew lebend nie wieder. Am selben Abend schnitt Marco da Cola ihm in einer dunklen Gasse kaltblütig die Kehle durch und ließ ihn verbluten.

Sogar jetzt noch kann ich mich kaum an die Einzelheiten des Tages erinnern, an dem ich erfuhr, daß ich nie wieder etwas gutmachen konnte. Der Ehemann meiner Haushälterin (ich hatte ihr vor einem Jahr erlaubt zu heiraten und hatte eine solche Hochachtung vor ihrer Aufrichtigkeit, daß ich es nicht für richtig hielt, sie hinauszuwerfen) kam selbst ins Gresham College, wo ich mit Mr. Wren speiste, um mir von dem Unglück zu berichten. Er war ein großer, langsamer, dummer Mensch, der meinen Zorn fürchtete, aber mutig genug war, mir die schlechte Nachricht selbst zu überbringen.

Er zitterte, als er vor mir stand und mir sagte, was geschehen war. Als die Nachricht kam, hatte er sich selbst an den Ort der Untat begeben und die Leute aus der Nachbarschaft gefragt, was geschehen war. Vor ein paar Stunden sei ein Mord geschehen, sagte man ihm. Matthew war von hinten angegriffen worden, man hatte ihm den Mund zugehalten und die Kehle durchgeschnitten. Man hatte kein Geräusch gehört, niemand hatte gerufen oder ge-

schrien, und es hatte auch nicht den bei Kämpfen oder Raubüber-
fällen üblichen Tumult gegeben. Niemand hatte den Täter gesehen, und Matthew war gestorben. Es war kein Duell, kein Eh-
renhandel gewesen, er hatte nicht die Chance gehabt, in dem Bewußtsein zu sterben, daß er gehandelt hatte, wie ein Mann es
sollte. Es war reiner Mord, auf niedrigste und verächtlichste Weise begangen. Mein Traum hatte mich gewarnt, und ich hatte es
dennoch geschehen lassen.

In Colas Memoiren sehe ich, daß er sogar die Dreistigkeit hat,
sein Verbrechen anzudeuten, obwohl er behauptet, er habe sich
nur selbst verteidigt. Er sagt, ihm hätten ein paar Meuchelmörder
aufgelauert, von denen er glaube (behauptet er), sie wären vom
ehemaligen Partner seines Vaters auf ihn angesetzt worden. Wie
edel und mutig hatte er sich doch gegen ein solches Pack blutrünstiger Schurken gewehrt. Wie bescheiden berichtet er doch, wie
er sie ganz allein in die Flucht geschlagen hatte. Er sagt natürlich
nicht, daß sein Angreifer ein Knabe von neunzehn Jahren war,
der in seinem ganzen Leben nie gegen einen Mann gekämpft hatte und ihm ganz gewiß nicht übel wollte. Er sagt nicht, daß er
dem Knaben folgte, ihm auflauerte und ihm keine Chance ließ,
sich zu verteidigen. Er unterläßt es auch zu sagen, daß er dieses
Verbrechen beging, damit er frei war, später noch größere zu begehen.

Und er sagt nicht, daß er mit dieser Tat das Licht meine Lebens
auslöschte, alles ins Dunkel stieß und mir für immer alle Freude
nahm. Matthews Tod lastet auf meinen Schultern, denn mein
Mißtrauen verleitete ihn dazu, waghalsig zu sein, und es ist ohne
Bedeutung, daß ich durch den Fehler am meisten litt. »Mein Sohn
Abschalom, mein Sohn, mein Sohn Abschalom! Wäre ich doch
an deiner Stelle gestorben, Abschalom, mein Sohn, mein Sohn!«
(2 Samuel 19,1).

Sein Gehorsam war seiner Frömmigkeit ebenbürtig, seine Frömmigkeit seiner Treue und seine Treue seiner Schönheit. Ich hatte
mir vorgestellt, mit ihm an meiner Seite alt zu werden, ein Trost
für mich, wie keine Frau es mir jemals hätte sein können. Er allein hatte den Tag hell gemacht und dem Morgen hoffnungsvollen Glanz gegeben. Eine solche Liebe hatte Saulus für David empfunden, und ich weinte über die Bitterkeit meiner Bestrafung.

»Wer Sohn oder Tochter mehr liebt als mich, der ist meiner nicht würdig« (Matthäus 10,37). Wie oft hatte ich diese Worte gelesen, ohne die Bürde zu verstehen, die sie der Menschheit auferlegten, denn ich hatte nie vorher einen Mann oder eine Frau geliebt.

Und die Lektion kam schnell und harsch, und ich rebellierte dagegen. Ich bat den Allmächtigen, es möge nicht geschehen sein, mein Diener habe sich geirrt, ein anderer sei an Matthews Statt gestorben.

Und ich wußte, wie grausam es war, zu wünschen, daß ein anderer statt meiner leiden sollte, ein anderer Vater an meiner Stelle trauern. Unser Herr hat Sein Kreuz getragen, aber sogar Er hat darum gebetet, man möge ihm die Last von den Schultern nehmen, und also betete auch ich.

Und der Herr sagte mir, ich hätte den Knaben zu sehr geliebt, und rief mir jene Nächte in Erinnerung, in denen er in meinem Bett geschlafen hatte, während ich wach lag, seinem Atem lauschte und mir wünschte, die Hand auszustrecken und ihn zu berühren.

Und ich erinnerte mich, wie ich darum gebetet hatte, mich von meinem Verlangen zu erlösen, und gleichzeitig wünschte, es würde erfüllt.

Dies war meine so wohlverdiente Strafe. Ich dachte, ich müßte an den Schmerzen sterben und würde mich von dem Verlust nie wieder erholen.

Und in meinem Herzen wuchs heftig und kalt der Zorn, denn ich wußte auch, daß es Marco da Cola gewesen war, der mir meinen liebsten Knaben entfremdet und verführt hatte, so daß er den Dolch nicht bemerkte, den der andere aus der Scheide zog.

Ich bat Gott, er möge zu mir wie zu David sagen: »Sieh her, ich gebe deinen Feind in deine Gewalt, und du kannst mit ihm machen, was dir richtig erscheint« (1 Samuel 24,5). Ich schwor, daß seine eigene Grausamkeit Cola vernichten würde.

Es steht geschrieben: »Wer Menschenblut vergießt, dessen Blut wird durch Menschen vergossen« (Genesis 9,6).

* *
*

Ich danke Gott, daß ich keinem Menschen erlaube, meine Gefühle zu sehen, und daß ich immer ein großes Pflichtgefühl hatte, denn nur dieses zwang mich, mich zu erheben und wieder meinem Vorhaben zu widmen. Und also betete ich und kehrte zu meinen Aufgaben zurück; nie ist mir etwas schwerer gefallen, denn äußerlich behielt ich das mir eigene Verhalten bei, das die Menschen Kälte nennen, während mein Herz vor Kummer blutete. Ich will über diese Angelegenheit nichts mehr schreiben, sie ist für keines Menschen Ohr bestimmt. Doch ich will sagen, daß ich von da an nur noch eine Absicht hatte, ein Ziel und einen Wunsch, die in meinen Träumen und in jeder wachen Sekunde des Tages bei mir waren.

Matthew hatte gesagt, er glaube nicht, daß Cola ihn in den Niederlanden verdächtigt habe; hätte er es getan, wäre der Knabe längst tot gewesen, ehe er den Fuß auf englische Erde gesetzt hätte. Daher war es klar, daß Cola es in London entdeckt hatte, und daher auch sicher, daß er die Information bekommen hatte, weil ich Mr. Bennet von meinem Verdacht berichtet und Matthews Namen genannt hatte als den des einzigen Menschen, der eingeweiht war. Ich hätte wissen müssen, daß es so etwas wie einen verschwiegenen Höfling nicht gibt und daß in Whitehall niemand ein Geheimnis bewahren kann. Daher beschloß ich, Mr. Bennet von meinen Fortschritten nicht mehr zu unterrichten, denn ich wollte nicht nur, daß unbedachtes Gerede Cola nicht noch einmal warnte, ich wollte auch selbst gern am Leben bleiben. Hatte der Italiener Matthew ob des wenigen hingemetzelt, das er wußte, wie konnte er dann mich verschonen?

Ich war daher keinesfalls überrascht, als ich erfuhr, daß ein wißbegieriger junger Gentleman in Oxford eingetroffen war und erklärt hatte, er beabsichtige eine Zeitlang zu bleiben.

Eine ziemliche Überraschung war es jedoch, daß er es als allererstes unternahm, mit der Familie Blundy Kontakt aufzunehmen.

Achtes Kapitel

HIER MUSS ICH INNEHALTEN, um diese Familie zu schildern, da man Colas Bericht in keiner Beziehung Glauben schenken darf, und es ist offensichtlich, daß Prestcott, wenn er auf das Thema zu sprechen kommt, nur wildes und wirres Gestammel von sich gibt. Er entwickelte eine seltsame Beziehung zu dem Mädchen und war überzeugt, es wolle ihm schaden, obwohl ich nicht einmal so tue, als verstünde ich, wie sie dieses Wunder vollbringen sollte. Es war auch gar nicht nötig, denn Prestcott schien entschlossen, sich selbst so sehr zu schaden, daß es überflüssig gewesen wäre, wenn jemand anders noch etwas dazugetan hätte.

Ich kannte den Ruf des Ehemannes Blundy als Agitator bei der Armee und hatte gehört, daß er gestorben war; ebenso wußte ich, daß seine Frau sich mit der Tochter in Oxford niedergelassen hatte. Durch meine Informanten ließ ich sie eine Weile beobachten, behelligte sie darüber hinaus aber nicht: Solange sie sich an die Gesetze hielten, sah ich keinen Grund, sie zu verfolgen, obwohl ihre ablehnende Haltung gegenüber der Religion unverfroren war. Ich hoffe, es jetzt ganz klargemacht zu haben, daß mir daran lag, in der Gesellschaft eine bestimmte Ordnung aufrechtzuerhalten; Spitzfindigkeiten interessierten mich wenig, solange nach außenhin Übereinstimmung herrschte. Ich weiß, daß viele (vor denen ich in anderen Dingen die größte Hochachtung habe, wie vor Mr. Locke, zum Beispiel) die Lehre der Duldung vertreten; das lehne ich mit aller Entschiedenheit ab, wenn es Frömmigkeit außerhalb der Staatskirche bedeutet. Ein Staat kann ohne Einigkeit in der Religion ebensowenig überleben wie ohne gemeinsame Zielrichtung in der Politik, denn die Kirche zu leugnen heißt letztlich, auch alle staatliche Autorität zu leugnen. Aus diesem Grunde unterstütze ich die löbliche Stellung der anglikanischen Kirche zwischen dem trügerischen und geschmacklosen Pomp von Rom und dem elenden Schmutz der heimlichen Zusammenkünfte fanatischer Dissenter.

Bei den Blundys, Mutter und Tochter, beobachtete ich erfreut, daß sie ihre Lektion gelernt hatten, als ihre Bestrebungen mißlungen waren. Obwohl ich wußte, daß sie in Oxford und Abingdon noch mit vielen Radikalen in Verbindung standen, gab ihr Verhalten wenig Anlaß zur Sorge. Alle drei Monate erschienen sie einmal in der Kirche und daß sie entschlossen und mit steinernen Gesichtern dasaßen, sich weigerten zu singen und nur widerwillig aufstanden, kümmerte mich nicht. Sie bewiesen ihren Gehorsam, und ihre Gefügigkeit war eine Lektion für alle, die vielleicht an Widerstand gedacht hatten. Denn wenn sogar die Frau, die einmal bei der großen Belagerung von Gloucester den Soldaten den Feuerbefehl gegen die royalistischen Truppen gegeben hatte, nicht mehr bereit war, sich zu widersetzen, warum sollte weniger hitziges Volk etwas anderes tun?

Nur wenige Menschen kennen heute noch diese Geschichte; ich erwähne sie hier teils nur, weil sie bezeichnend ist für den Charakter dieser Leute, und teils, weil sie es verdient, festgehalten zu werden als eine jener Anekdoten, die Mr. Wood so liebt. Ned Blundy stand damals schon im Dienst des Parlaments, und seine Frau folgte ihm mit allen anderen Soldatenfrauen, damit ihre Männer auf dem Marsch anständig gekleidet und verpflegt wurden. Er gehörte zur Truppe von Edward Massey und war in Gloucester, als König Charles die Stadt belagerte. Viele erinnern sich noch an diese erbitterte Schlacht, in der die Entschlossenheit der einen Seite auf die der anderen Seite prallte; an Mut mangelte es beiden nicht. Der Vorteil lag beim König, denn die Verteidigung der Stadt war unzulänglich und schlecht vorbereitet, aber Seine Majestät, edler als klug, wie das bei Prinzen so üblich ist, unterließ es, mit der nötigen Schnelligkeit vorwärtszustürmen. Die Parlamentarier begannen zu hoffen, daß ihnen bei ein wenig mehr Ausdauer ihrerseits die Entsatzarmee zu Hilfe kommen würde.

Die Bürgerschaft und die gemeinen Soldaten dazu zu überreden, war keine leichte Aufgabe, um so mehr, als sich durch ihr mutiges Vorgehen die Reihen der Offiziere lichteten und viele Züge und Kompanien führerlos waren. Bei der Gelegenheit, auf die ich mich beziehe, versuchte eine Kompanie royalistischer Soldaten an einem der schwächeren Punkte der Stadtbefestigung durchzubrechen, denn sie wußten, daß die verteidigenden Soldaten entmutigt und unentschlossen waren. In der Tat sah es anfangs so aus, als werde der kühne Vorstoß erfolgreich sein, denn viele erkletterten die Mauern, und die erschrockenen Verteidiger begannen sich zurückzuziehen. In wenigen Minuten hätten die Royalisten die Mauer erobert, und die ganze belagernde Armee wäre durch die Bresche eingedrungen.

Dann trat die Frau, von der ich hier spreche, vor, steckte den Unterrock in den Gürtel und hob Pistole und Schwert eines gefallenen Soldaten auf. »Folgt mir, oder ich sterbe allein!« hat sie angeblich gerufen und stürzte sich hauend und stechend mitten zwischen die Angreifer. Die Parlamentarier schämten sich so, daß ihnen ausgerechnet eine Frau auf solche Weise ihre Feigheit vor Augen hielt, und so befehlend klang die Stimme ihrer Anführerin, daß sie sich neu sammelten und ebenfalls angriffen. Sie wichen und wankten nicht mehr, und die Wildheit ihres Gegenangriffs zwang die Royalisten zum Rückzug. Als sie auf dem Weg zu ihren Linien waren, ließ die Frau die Verteidiger antreten und hinter den Royalisten herfeuern, bis die letzte Musketenkugel aufgebraucht war.

Das war, wie ich schon gesagt habe, Ed Blundys Frau Anne, der man schon vorher eine grauenerregende Wildheit nachgesagt hatte. Ich glaube nicht unbedingt, daß sie ihre Brüste entblößte, ehe sie gegen die royalistischen Reihen anstürmte, damit die Soldaten sie aus Ritterlichkeit verschonten; aber möglich ist es durchaus, und es würde auch zu dem Ruf der Unanständigkeit und Gewalttätigkeit passen, der ihr vorausging.

So war diese Frau, die, wie ich glaube, in Temperament und Tat gewalttätiger war als ihr Ehemann. Sie behauptete, eine Hexe zu sein, sagte, schon ihre Mutter habe diese Kräfte gehabt und deren Mutter vor ihr. Sie hielt sogar bei den Zusammenkünften der Soldaten Reden und erntete gleicherweise Hochachtung und Spott. Sie war es auch, denke ich, die ihren Mann in eine immer gefährlichere verbrecherische Überzeugung hetzte, denn sie verachtete zutiefst alle Autorität, außer sie beschloß, sie freiwillig zu akzeptieren. Ein Ehemann, so forderte sie, dürfe keine größere Autorität über eine Ehefrau haben als eine Ehefrau über einen Ehemann. Ich zweifle nicht daran, daß sie irgendwann gefordert hätte, auch Mensch und Esel sollten in gleichberechtigter Partnerschaft leben.

Und es traf gewiß zu, daß weder sie noch ihre Tochter ihren Überzeugungen entsagt hatten. Während die meisten, grollend oder mit Begeisterung, von ihrer früheren Meinung abgewichen waren, als die Wende kam und der König zurückkehrte, bestanden ein paar hartnäckig auf ihrem Irrtum, obwohl Gott so offensichtlich seine Gnade versagte. Das waren jene Leute, die in der Rückkehr des Königs eine göttliche Prüfung ihres Glaubens sahen, eine kurze Unterbrechung vor der Rückkehr von König Jesus. Oder sie sahen in der Restauration ein Zeichen von Gottes Mißfallen oder begriffen sie als Ansporn, noch fanatischer zu sein, um Seine Anerkennung zurückzugewinnen. Oder sie leugneten Gott und seine Werke, beklagten den Lauf der Ereignisse und versanken enttäuscht in Lethargie.

Woran Anne Blundy wirklich glaubte, konnte ich nie ergründen, und war auch nicht daran interessiert, es zu tun. Für mich zählte nur, daß sie gefügig blieb und dazu schien sie mehr als bereit. Ich befragte jedoch einmal Mr. Wood in dieser Sache, denn ich wußte, daß seine Mutter das Mädchen in ihrem Haus als Mädchen für alles beschäftigte.

»Ihr wißt doch wohl, wo sie herkommt?« fragte ich. »Kennt ihre Eltern und ihren Glauben?«

»O ja«, sagte er. »Ich weiß, was sie waren, und ich weiß, was sie jetzt sind. Warum fragt Ihr?«

»Ich empfinde Zuneigung für Euch, junger Mann, und möchte nicht, daß Eure Familie oder Eure Mutter beschmutzt werden.«

»Ich bin Euch für Eure Aufmerksamkeit sehr dankbar, doch Ihr braucht nichts zu befürchten. Das Mädchen beachtet streng alle Gesetze und ist so pflichtbewußt und ehrerbietig, daß es, glaube ich, noch nie eine eigene Meinung geäußert hat. Außer als Seine Majestät zurückkehrte und Sarah Freudentränen in die Augen traten. Ihr dürft beruhigt annehmen, daß das so sein muß, denn meine Mutter würde nie und nimmer eine Presbyterianerin in ihrem Haus dulden.«

»Und die Mutter des Mädchens?«

»Ich bin der Frau nur ein paarmal begegnet und habe sie ziemlich bedeutungslos gefunden. Sie hat genug Geld für ein Waschhaus zusammengekratzt und arbeitet schwer für ihren Lebensunterhalt. Ich denke, sie hat nur den Wunsch, genug Geld für die Mitgift ihrer Tochter beiseite zu legen, und das ist auch Sarahs Hauptanliegen. Wieder weiß ich durch meine Nachforschungen einiges über ihren Ruf, aber ich glaube, sie hat dem Wahn der Zwietracht genauso abgeschworen wie das ganze Land.«

Ich glaubte Mr. Wood nicht rückhaltlos, da ich seine Fähigkeit bezweifelte, in solchen Dingen klarzusehen, aber sein Bericht beruhigte mich, und ich wandte mich freudig interessanterer Beute zu. Hin und wieder vermerkte ich, daß die Tochter nach Abingdon oder Banbury oder Burford reiste und daß Männer von zweifelhafter Loyalität – wie der irische Magus, den ich schon erwähnt habe – ihr kleines Cottage aufsuchten. Doch machten Mutter und Tochter mir wenig Sorgen, denn sie schienen entschlossen, ihre früheren Bestrebungen aufzugeben, ein England nach ihren Wünschen zu schaffen, und waren es zufrieden, so viel Geld zu verdienen, wie ihre Stellungen und Fähigkeiten ihnen dies erlaubten. Gegen dieses lobenswerte Ziel hatte ich nichts einzuwenden und beachtete sie kaum noch, bis Marco da Cola unter dem Vorwand, die alte Frau wegen ihrer Verletzung zu behandeln, geradewegs in ihr Cottage ging.

Ich habe seinen Bericht über dieses Thema natürlich mit größter Sorgfalt gelesen und bewundere beinahe die unglaubliche Geschicklichkeit, mit der er so tut, als sei alles ganz harmlos und pure Wohltätigkeit gewesen. Seine Technik ist es, wie ich feststelle, ein bißchen Wahrheit in viele Schichten Falschheit zu verpacken. Man kann sich nur schwer denken, daß ein Mann sich so viel Mühe macht, und wenn ich die Wahrheit nicht wüßte, wäre ich zweifellos davon überzeugt, daß er offen und ehrlich und ungewöhnlich großzügig ist.

Doch betrachten wir die Sache unter einem weiteren Blickwinkel, mit dem Vorzug einer besseren Information, als Mr. Cola zu geben bereit ist. Vertraut mit radikalen Kreisen in den Niederlanden, kommt er nach Oxford und macht schon nach wenigen Stunden die Bekanntschaft einer Familie, die mehr über solche Leute weiß als sonst jemand in der Grafschaft. Obwohl sie einer viel tieferen gesellschaftlichen Schicht angehören, besucht er sie drei- oder viermal am Tag und gibt sich mehr Mühe, als ein echter Arzt es bei seinem wohlhabendsten Patienten tun würde. Kein vernünftiger Mensch mit ein wenig Verstand handelt so, und man muß Mr. Colas Geschichte eines zubilligen – wenn man sie liest, erscheint einem ein so unwahrscheinliches Verhalten durchaus plausibel.

Als Mr. Boyle mir erzählte, Cola habe sich auch der Gesellschaft der High-Street-Philosophen angeschlossen, wußte ich, daß ich endlich die Möglichkeit haben würde, mehr über das zu erfahren, was der Mann tat und dachte.

»Ich hoffe, Ihr habt nichts dagegen, daß ich ihn ein wenig unter meine Fittiche genommen habe«, sagte Boyle, »aber Euer Bericht war so faszinierend, daß ich, als er im Kaffeehaus erschien, nicht widerstehen konnte, ihn selbst zu prüfen. Und ich muß sagen, ich denke, daß Ihr im Hinblick auf ihn völlig im Irrtum seid.«

»Ihr habt meinen Argumenten damals nicht widersprochen.«

»Aber das war doch eine einfache Spekulation, die auf abstrakten Vermutungen beruhte. Jetzt habe ich ihn kennengelernt, und stimme nicht mehr mit Euch überein. Wir müssen doch immer den Charakter berücksichtigen, denn er führt uns am sichersten zur Seele eines Mannes und daher zu seinen Absichten und zu dem, was er tut. Ich sehe in seinem Charakter nichts, das mit Euren Überlegungen über seine Motive übereinstimmen könnte. Ganz im Gegenteil.«

»Aber er ist hinterhältig, und Ihr seid vertrauensvoll. Genauso könnt Ihr sagen, ein Fuchs ist für ein Huhn ungefährlich, weil er sich ihm leise und freundlich nähert. Gefährlich wird er erst, wenn er zuschlägt.«

»Männer sind keine Füchse, Dr. Wallis, und ich bin kein Huhn.«

»Aber Ihr gebt zu, daß Ihr Euch möglicherweise irrt.«

»Natürlich.« Boyle lächelte dünn und mit der ihm eigenen Arroganz, die andeutete, daß es ihm schon schwerfiel, sich auch nur vorzustellen, er könnte sich irren.

»Ihr seht also ein, daß es trotzdem klug wäre, ihn im Auge zu behalten.«

Boyle runzelte die Stirn, der Gedanke mißfiel ihm. »Nichts dergleichen werde ich tun. Ich freue mich immer, Euch zu Gefallen zu sein, aber den Informanten spiele ich nicht. Ich weiß, daß Ihr Euch auf diese Weise beschäftigt, aber ich wünsche nicht, auf irgendeine Art da hineingezogen zu werden. Es ist ein niedriger und schäbiger Beruf, den Ihr habt, Dr. Wallis.«

»Ich respektiere Euer Feingefühl«, sagte ich, außer Fassung geraten, denn er äußerte sich selten so heftig. »Aber manchmal erlaubt es die Sicherheit des Königreiches nicht, so wählerisch zu sein.«

»Das Königreich kann es sich auch nicht leisten, durch schmutzige Aktivitäten von Ehrenmännern erniedrigt zu werden. Ihr solltet Euch in acht nehmen, Doktor. Ihr wollt die Integrität einer ehrbaren Gesellschaft bewahren – und das mit den Mitteln und Gewohnheiten der Gosse.«

»Ich würde die Menschen gern durch Vernunft dazu bringen, sich gut zu benehmen«, erwiderte ich. »Doch sie sind von meinen Bemühungen bemerkenswert unberührt.«

»Seid nur vorsichtig, daß Ihr die Menschen nicht zu sehr bedrängt, so daß sie unter Eurem Druck etwas Unvernünftiges tun, an das sie sonst nicht einmal denken würden. Das ist ein Risiko, wißt Ihr.«

»Normalerweise würde ich Euch beipflichten. Aber ich habe Euch von Mr. Cola erzählt, und Ihr habt eingeräumt, daß meine Befürchtungen begründet sind. Und ich habe inzwischen selbst ein paar Wunden davongetragen und kenne die Gefahr, die dieser Mann darstellt.«

Boyle drückte mir sein Beileid zu Matthews Tod aus und sagte ein paar tröstende Worte. Er war ein überaus großzügiger Mann und bereit, eine Abfuhr zu riskieren, indem er andeutete, daß er wußte, wie ungeheuer groß mein Verlust war. Ich war ihm dankbar, konnte jedoch seinen Worten von christlicher Ergebenheit nicht erlauben, mich von meinem Ziel abzubringen.

»Ihr werdet diesen Mann bis ans Ende verfolgen, wißt aber nicht mit Bestimmtheit, daß er Euren Diener getötet hat.«

»Matthew ist ihm gefolgt, er ist hier, um ein Verbrechen zu begehen und ist ein bekannter Mörder. Ihr habt recht, ich habe keinen unwiderlegbaren Beweis, denn ich habe die Tat nicht gesehen – und auch sonst niemand. Ich fordere Euch aber heraus, mir einen plausiblen Grund zu nennen, warum er die Tat nicht begangen hat.«

»Vielleicht hat er es getan«, antwortete Boyle, »aber ich für meinen Teil, werde nicht verurteilen, ehe ich nicht mehr Gewißheit habe. Beherzigt meine Warnung, Doktor. Laßt Euch nicht von Eurem Zorn den Blick trüben und auf seine Ebene hinunterziehen. ›Darum ist krank unser Herz, darum sind trüb unsere Augen‹ heißt es in den Klageliedern des Jeremias. Laßt die Krankheit des Herzens nicht zu Gift werden.«

Er erhob sich, um zu gehen.

»Wenn Ihr mir nicht helfen wollt, dann habt Ihr wohl nichts dagegen, wenn ich mich an Mr. Lower wende«, sagte ich, über die überhebliche Art verärgert, mit der er Dinge von solcher Bedeutung abtun konnte.

»Das geht nur ihn und Euch etwas an, obwohl er zu seinen Freunden hält und um ihretwillen schnell beleidigt ist. Ich bezweifle, daß er Euch helfen wird, wenn er erfährt, worum es geht, denn er ist von dem Italiener sehr angetan, und er hält sich für einen guten Menschenkenner.«

So gewarnt, bat ich den Doktor, mich am nächsten Tag aufzusuchen. Ich mochte Lower recht gern. Damals gab er sich oberflächlich und sorglos, aber sogar ein Mann, der nicht so genau beobachtete wie ich, konnte sehen, daß ein glühendes Verlangen nach Ruhm in ihm brannte und er mehr als alles andere irdischen Erfolg ersehnte. Ich wußte, daß er sich nicht für immer damit zufriedengeben würde, in Oxford zu bleiben, seine Tiere aufzuschneiden und den Assistenten zu spielen. Er wollte, daß seine Arbeit anerkannt wurde, wollte einen Platz unter den größten Experimentatoren. Und er wußte genau wie jeder andere, daß er, wenn er in London eine Chance haben wollte, Glück und ein paar sehr gute Freunde brauchen würde. Das war seine schwache Stelle und meine Gelegenheit.

Ich ließ ihn unter dem Vorwand kommen, ich wollte einen gesundheitlichen Rat von ihm erbitten. Bis auf eine kleine Augenschwäche fehlte mir damals ebensowenig wie jetzt. Trotzdem behauptete ich, ich hätte Schmerzen im Arm und ließ mich untersuchen. Er war ein guter Arzt: Anders als viele dieser Quacksalber, die sich umständlich ausdrücken, irgendeine komplizierte Diagnose stellen und eine teure und unnütze Arznei verschreiben, gab Lower offen zu, er sei ziemlich verwirrt, und sagte, er glaube nicht, daß mir etwas Ernstes fehle. Er empfahl mir Ruhe – eine wahrlich billige Arznei und eine, die ich mir hätte leisten können, hätte ich sie gebraucht.

»Ich habe gehört, Ihr hättet einen Mann namens Cola kennengelernt, ist das richtig?« fragte ich ihn, als wir es uns gemütlich gemacht und ich ihn für seine Mühe zu einem Glas Wein eingeladen hatte. »Habt ihn gewissermaßen unter Eure Fittiche genommen?«

»Das ist richtig, Sir, Signor Cola ist ein Gentleman und ein feiner Philosoph. Boyle findet ihn sehr nützlich. Er hat Charme und ein großes Wissen, und seine Gedanken über Blut sind faszinierend.«

»Was für eine Erleichterung für mich«, sagte ich. »Denn ich habe eine hohe Meinung von Eurer Menschenkenntnis.«

»Warum seid Ihr erleichtert, Sir? Ihr kennt ihn doch nicht, oder?«

»Überhaupt nicht. Denkt nicht mehr daran. Es war immer mein Prinzip, dem Wort von Ausländern zu mißtrauen. Wenn ihre Meinung der eines Engländers widerspricht, verwerfe ich sie nur allzugern und vergesse die Geschichten, die ich gehört habe.«

Lower runzelte die Stirn. »Was soll das? Sylvius hat uns schriftlich ein sehr günstiges Bild von ihm übermittelt.«

»Aber sicher, davon bin ich überzeugt«, sagte ich. »Und zweifellos ein zutreffendes, soweit er es übersehen konnte. Wir müssen den Menschen immer so nehmen, wie wir ihn vorfinden, nicht wahr, und widersprüchliche Berichte im Licht unserer eigenen Erfahrung? ›Doch die Zunge kann kein Mensch zähmen, dieses ruhelos Übel, voll von tödlichem Gift‹ (Jakobusbrief 3,8).«

»Spricht jemand schlecht über ihn? Kommt, Sir, seid offen zu mir. Ich weiß, daß Ihr ein zu aufrechter Mann seid, um jemanden fälschlich zu beschuldigen, doch wenn bösartiges Gerede aufkommt, ist es am besten, wenn derjenige, den es betrifft, davon erfährt, damit er sich verteidigen kann.«

»Ihr habt natürlich recht. Und ich zögere nur, weil der Bericht so wenig Substanz hat, daß es sich kaum lohnt, ihn zu beachten. Ich zweifle nicht daran, daß er völlig falsch ist. Man kann wirklich nur schwer glauben, daß ein Gentleman sich so primitiv verhält.«

»Wie primitiv?«

»Es geht um Signor Colas Zeit in Padua. Ein dortiger Mathematiker, mit dem ich in Verbindung stehe, hat es erwähnt. Er ist Mr. Oldenburg von unserer Society bekannt, und ich verbürge mich dafür, daß er guten Glaubens ist. Er hat nur gesagt, es habe ein Duell gegeben. Allem Anschein nach hat ein Mann ein paar geniale Experimente mit Blut gemacht und Cola davon erzählt. Der hat die Experimente dann für die seinen ausgegeben. Aufgefordert, den wirklichen Urheber zu nennen, schickte er ihm eine Forderung. Zum Glück wurde der Kampf von den Behörden verhindert.«

»Ja, solche Mißverständnisse gibt es«, sagte Lower nachdenklich.

»Aber selbstverständlich«, stimmte ich von Herzen zu. »Und es ist gut möglich, daß Euer Freund absolut im Recht war. Und da er Euer Freund ist, nehme ich an, daß es so ist. Aber manche Leute gieren nach Ruhm. Ich bin froh, daß in der Philosophie solcher Schwindel gewöhnlich nicht vorkommt. Seinen Freunden zu mißtrauen und auf seine Worte achten zu müssen, damit sie einem nicht den Ruhm stehlen, der einem selbst gebührt, wäre unerträglich. Außerdem – solange die Entdeckung nur gemacht wird, ist es dann noch wichtig, wem man sie zuschreibt? Wir sind schließlich nicht auf Ruhm aus. Wir tun unsere Arbeit zur Ehre Gottes, und Er kennt die Wahrheit. Was sollten uns dann die Meinungen anderer kümmern?«

Lower nickte so heftig, daß ich merkte, ich hatte ihn hellhörig gemacht.

»Außerdem«, fuhr ich fort, »wäre wohl niemand so töricht, sich in einen Disput mit jemandem wie Boyle einzulassen, denn wer würde seinen Behauptungen glauben, wenn das Wort eines solchen Mannes dagegenstünde? Es sind immer nur jene verletzlich, deren Ruf noch nicht gefestigt ist. Es gibt also kein Problem, selbst wenn Cola so wäre, wie mein Bekannter schrieb.«

Der Grund, warum ich so mit Lower sprach, war absolut ehrenhaft, auch wenn ich mich einer Täuschung bediente. Über meine wahre Sorge konnte ich ihm nichts sagen, doch es war überaus wichtig, daß Cola keine Möglichkeit haben sollte, seine Betrügereien auszuführen, indem er Lowers Vertrauen ausnutzte.

»Wenn er sich jedoch warnen läßt, dann hat er sein Leben gerettet« (Ezechiel 33,5). Indem ich bei Lower Zweifel im Hinblick auf Colas Rechtschaffenheit weckte, erleichterte ich es ihm zu entdecken, wo die wahre Falschheit dieses Mannes lag. Ich überzeugte ihn, daß es besser sei, die Angelegenheit nicht zu erwähnen, denn, sagte ich, wenn der Bericht wahr sei, käme nichts Gutes dabei heraus, und sei er falsch, führte er nur zu einer Feindschaft, wo es keine geben sollte. Er ging sehr ernst und mißtrauischer, als er gekommen war, und auch das war gut. Ungünstig war nur, daß sein Mangel an Beherrschung Cola beinahe vertrieb; er war zu offen, um zu heucheln, und Colas Manuskript zeigt nur allzu deutlich, wie leicht seine Zweifel und Sorgen im Zorn übersprudelten.

* *
*

Während unseres Gesprächs hatte Lower auch erwähnt, daß Cola ihn zu Jack Prestcott ins Gefängnis begleitet und sich dann erboten hatte, für den jungen Mann Wein zu besorgen, den er, wie es scheint, auch persönlich ablieferte. Er sei, sagte Lower, ziemlich lange bei ihm in der Zelle geblieben und habe sich mit ihm unterhalten. Das war ein Umstand, der sehr sorgfältig geprüft werden mußte. Cola war Venezianer, und Sir James hatte diesem Land gedient, und vielleicht bewies Cola dem Sohn des Mannes, der sich erfolgreich für sein Land eingesetzt hatte, nur eine gewisse Rücksicht. Das andere Bindeglied war das Exemplar des Livius, denn Sir James hatte mit Hilfe dieses Buches anno 1660 einen Brief verschlüsselt, und Cola hatte drei Jahre später einen erhalten, der mit dem gleichen Schlüssel chiffriert war. Das blieb ein absolutes Rätsel für mich, und mir wurde klar, daß ich noch einmal mit dem jungen Prestcott sprechen mußte. Und diesmal, dachte ich, wird er mir die Wahrheit sagen müssen, da seine derzeitige Situation ihm wenig Möglichkeiten läßt, mir weiterhin auszuweichen.

Ich darf sagen, daß ich anfing mich zu fragen, ob ich von Colas Zielen wirklich die richtige Vorstellung hatte, denn was er tat, stimmte nicht mit dem überein, was er meiner Meinung nach beabsichtigte. Ich war (ich wiederhole es noch einmal) nicht dogmatisch in meiner Überzeugung; die Schlüsse, die ich zog, gewann ich aus angemessenen Grundsätzen und einem vernünftigen, vorurteilsfreien Verständnis. Um es einfach auszudrücken, mir wurde klar, daß es merkwürdig war, sich in einer Stadt wie Oxford aufzuhalten, wenn er es auf den König abgesehen hatte, der jetzt seine Zeit zwischen Whitehall, Tunbridge und der Rennbahn in Newbury aufteilte. Aber Cola war hier, und nichts ließ darauf schließen, daß er wegziehen wollte. Das war auch der Grund dafür, daß ich meinen Widerwillen überwand und beschloß, anwesend zu sein, als Dr. Grove mir sagte, der Italiener werde im College mit ihm speisen; ich mußte den Mann endlich selbst sehen und hören.

Vielleicht sollte ich hier eine Charakterskizze von Dr. Grove anfertigen, denn sein Ende war tragisch, und er war, außer Rektor Woodward, der einzige Fellow des New College, den ich schätzte. Daß wir nichts gemeinsam hatten, außer das wir beide dem geistlichen Stand angehörten, ist natürlich richtig. Die Verdienste der neuen Philosophie waren ihm völlig entgangen, und er war sogar noch strenger als ich in seiner Überzeugung, daß in der Kirche absolute Konformität herrschen mußte. Trotz allem war er jedoch ein freundlicher Mann, dessen politische Schärfe nicht zu seinem großzügigen Wesen paßte; er hatte keinen Anlaß, mich zu lieben, denn ich verkörperte alles, was er verachtete, und trotzdem suchte er meine Bekanntschaft: Seine Prinzipien waren allgemeiner Art und berührten in keiner Weise sein Urteil über einzelne.

Abgesehen davon, daß er Geistlicher war, sah er sich als Privatastronom, obwohl er nie etwas veröffentlicht hatte und, so leid es mir tut, das sagen zu müssen, nie etwas veröffentlichen sollte. Selbst wenn er am Leben geblieben wäre, hätten die Früchte seiner Arbeit nie das Licht des Tages erblickt, denn Grove war im Hinblick auf seine Talente so bescheiden und so uninteressiert an öffentlicher Anerkennung, daß er meinte, etwas zu veröffentlichen sei anmaßend und überheblich. Er war einer der immer seltener werdenden Menschen, die Gott und der Universität bescheiden und still dienen, und deren einziger Lohn ihr Glaube an die Gelehrsamkeit ist.

Er war an seine Universität zurückkehrt, als der König auf seinen Thron zurückkehrte, und jetzt wünschte er sich, sie zu verlassen und eine Pfründe auf dem Land zu übernehmen, sobald eine frei wurde. Seine Chancen, daß er sie bekam, waren gut, denn sein einziger Konkurrent war der armselige junge Thomas Ken, dessen Bewerbung einige unterstützten, weil sie seine trübselige Gestalt im College nicht mehr sehen wollten. In gewisser Weise war ich betrübt, daß Grove bald nicht mehr da sein würde, denn ich fand seine Gesellschaft merkwürdig förderlich. Ich möchte nicht behaupten, daß wir Freunde waren, das ginge zu weit, und gewiß hatte er eine Art, die man leicht als unangenehm empfinden konnte, wenn man seine innere Güte nicht spürte. Groves Schwäche war eine allzu rasche Zunge und ein verletzender Witz, die er beide nicht beherrschen konnte. Er war ein Mann der Widersprüche, und im Gespräch wußte man nie, woran man mit ihm war; er konnte der freundlichste Mensch sein – und der bissigste. Tatsächlich hatte er sogar die Technik vervollkommnet, beides zugleich zu sein.

Es war Grove, der mich eingeladen hatte, ins New College zu ziehen, als wegen der Bauarbeiten mein Haus unbewohnbar wurde. Durch Tod und die verzögerte Wahl eines Fellow stand ein Zimmer leer, und wie üblich hatte das College beschlossen, es zu vermieten, bis ein neuer Fellow einzog. Ich hatte für das Leben in der Gemeinschaft noch nie etwas übrig gehabt, nicht einmal als Student, und war überglücklich gewesen, es hinter mir zu lassen, als ich mein erstes höheres Amt antrat. Als Professor war ich natürlich berechtigt, zu heiraten und ein eigenes Haus zu bewohnen, und daher war es fast zwanzig Jahre her, seit ich Seite an Seite mit anderen gelebt hatte. Ich fand die Erfahrung merkwürdig unterhaltsam und die Einsamkeit meines Zimmers angenehm für meine Arbeit. Ich trauerte sogar meiner Jugend nach und wünschte mir wieder die Verantwortungslosigkeit herbei, wenn noch alles vor einem liegt und nichts sicher ist. Doch das Gefühl schwand bald, und inzwischen schwand auch der Reiz sehr schnell, den das New College für mich hatte. Abgesehen von Grove waren alle Fellows minderwertig, viele waren korrupt und gingen lässig und unaufmerksam ihren Pflichten nach. Ich zog mich immer mehr zurück und verbrachte so wenig Zeit wie möglich in ihrer Mitte.

Grove leistete mir an vielen Abenden Gesellschaft, denn in seinem Verlangen nach Gesprächen gewöhnte er es sich an, an meine Tür zu klopfen. Anfangs tat ich mein Bestes, ihn zu entmutigen, aber er ließ sich nicht so leicht abschrecken, und nach einiger Zeit stellte ich fest, daß mir die Störung beinahe willkommen war, denn ich konnte während seiner Anwesenheit nicht allzuviel brüten. Unsere Gespräche bewegten sich auf einer hohen Ebene, auch wenn wir oft betrüblich aneinander vorbeiredeten. Grove hatte sich im scholastischen Disputieren geübt, und ich hatte mich nach Kräften bemüht, es abzuschütteln, da es die Phantasie zu sehr einschränkte. Und, wie ich ihm immer wieder auseinandersetzte, die neue Philosophie kann einfach nicht in die festen Wendungen der Definitionen und Axiome und Lehrsätze und Antithesen und das ganze übrige Gerüst der formellen Lehre des Aristoteles gepreßt werden. Für Grove waren das Täuschung und Betrug, denn er behauptete und erhob es zur Doktrin, daß die Schönheiten und Feinheiten der Logik alle Möglichkeiten enthielten, und wenn ein Fall nicht nach ihren Gesetzen diskutiert werden konnte, dann beweise das nur, daß dieser Fall Mängel hatte.

»Ich bin überzeugt, daß Ihr in Mr. Cola einen interessanten Disputanten finden werdet«, sagte ich, als er mir erzählte, der Italiener werde am selben Abend mit uns speisen. »Von Mr. Lower habe ich erfahren, daß er ein begeisterter Experimentator ist. Ob er Euren Humor verstehen wird, kann ich nicht vorhersagen. Ich denke, ich komme auch zum Essen, weil ich sehen möchte, wozu das führt.«

Grove strahlte vor Vergnügen, und ich erinnere mich, daß er sich das rote, entzündete Auge mit einem Tuch abwischte. »Ausgezeichnet«, sagte er. »Dann bilden wir ein Dreigespann, können hinterher vielleicht noch eine Flasche zusammen trinken und nach Herzenslust diskutieren. Bestellt Ihr eine? Ich hoffe, ich habe großen Spaß mit ihm, da Lord Maynard beim Essen auch anwesend sein wird, und ich möchte mit meiner Fähigkeit im Disputieren glänzen. Denn dann wird Lord Maynard wissen, was für ein Mensch seine Pfründe bekommt.«

»Hoffentlich ist dieser Cola nicht gekränkt, auf diese Weise von Euch benutzt zu werden.«

»Er wird es nicht einmal merken. Außerdem hat er eine charmante Art und ist absolut respektvoll. Er wird dem Ruf der Italiener gar nicht gerecht, muß ich sagen, denn ich habe immer gehört, sie seien unterwürfig und katzbuckeln ständig.«

»Soviel ich weiß, ist er Venezianer«, sagte ich. »Es heißt, sie seien so kalt wie ihre Kanäle und so verschlossen wie die Kerker ihrer Dogen.«

»Das habe ich nicht gefunden. Zweifellos ein bißchen wirrköpfig mit allen Fehlern und Irrtümern der Jugend behaftet, aber weder kalt noch verschlossen. Aber das werden Ihr ja vielleicht selbst herausfinden.« Hier unterbrach er sich und runzelte die Stirn. »Doch ich habe etwas vergessen. Kaum habe ich meine Einladung ausgesprochen, muß ich sie wieder zurückziehen.«

»Warum das?«

»Wegen Mr. Prestcott. Kennt Ihr ihn?«

»Ich habe allerlei über ihn gehört.«

»Er hat mir eine Nachricht geschickt und möchte mich sehen. Wißt Ihr, daß ich einmal sein Tutor war? Ein lästiger Junge, nicht intelligent, und sein Kopf taugte nicht zum Lernen. Und wirklich sehr merkwürdig, in einem Augenblick voller Charme, im nächsten mürrisch und voller Trotz. Er hatte auch einen häßlichen, gewalttätigen Zug in sich und war sehr abergläubisch. Jedenfalls möchte er mich sehen, und ich denke, daß er jetzt, da er gehenkt werden soll, über sein Leben und seine Sünden nachdenkt. Ich möchte nicht gehen, aber ich nehme an, ich muß.«

An dieser Stelle faßte ich einen spontanen Entschluß, denn mir wurde klar, daß ich mich sehr beeilen mußte, wenn ich mit Prestcott verhandeln wollte. Es mag eine Laune gewesen sein, doch vielleicht leitete mich auch ein Engel, als ich sprach. Vielleicht traute ich diesem plötzlichen Ausbruch von Frömmigkeit nicht, denn sein Wärter hatte mir berichtet, Prestcott zeige absolut keine Reue. Egal warum, ich faßte jedenfalls den schicksalhaften Entschluß.

»Ihr müßt ganz bestimmt nicht«, sagte ich fest. »Eure Augen sehen ganz schrecklich entzündet aus, und ich bin sicher, sie können nur schlimmer werden, wenn Ihr sie dem Nachtwind aussetzt. Ich gehe an Eurer Statt. Wenn er einen Priester will, bin ich das genausogut wie Ihr. Und wenn er nur Euch sehen will, könnt

Ihr später einmal zu ihm gehen. Wir brauchen nichts zu überstürzen. Das Geschworenengericht kommt frühestens in vierzehn Tagen, und das Warten wird den jungen Mann nur willfähriger machen.«

Es bedurfte schon einiger Überredungskünste, bis er meinen Rat annahm. Getröstet, weil eine notleidende Seele nicht vernachlässigt werden würde, dankte er mir aufrichtig für meine Freundlichkeit und gestand mir, daß ein Abend, an dem er einen Experimentator so richtig quälen konnte, seinem Geschmack viel mehr entsprach. Ich bestellte sogar die Flasche für ihn, da seine Augen so schlimm waren; mein Weinhändler lieferte sie und stellte sie mit meinem Namen darauf an den Fuß der Treppe. Es war die Flasche, die Cola vergiftete, und daher weiß ich, daß das Gift für mich bestimmt war.

Neuntes Kapitel

MEINEN TÄGLICHEN Aufzeichnungen entnehme ich, daß ich diesen Tag verbrachte wie sonst auch. Wie gewöhnlich nahm ich in St. Mary's am Gottesdienst teil, denn meine Treue gehört, wenn ich in der Stadt bin, der Universitätskirche, und ich ließ eine ermüdende (fehlerhafte) Predigt über Matthias 15,23 über mich ergehen, an der auch der Wohlwollendste kein gutes Haar finden konnte, obwohl wir es hinterher in der Diskussion versuchten. Ich habe mir viele solcher Predigten anhören müssen und stelle fest, daß ich für den papistischen Stil des Gottesdienstes ein wenig Sympathie empfinde. Irreligiös, heidnisch und gottlos mag er ja sein, aber wenigstens setzt der Katholizismus seine Mitglieder nicht so hilflos dem Unsinn großspuriger Narren aus, die den Klang ihrer Stimme mehr lieben als ihren Gott.

Dann wandte ich mich meiner Arbeit zu. Für meine Korrespondenz brauchte ich ungefähr eine Stunde, denn ich hatte an diesem Tag nur ein paar Briefe zu beantworten, und den Rest des Vormittags verbrachte ich mit der Arbeit an meinem Buch über die Geschichte der algebraischen Methode und schrieb mit großer Leichtigkeit jene Passagen, in denen ich unwiderlegbar beweise, daß die Ansprüche Viètes* reiner Betrug sind, denn seine angeblichen Entdeckungen wurden schon dreißig Jahre zuvor von Mr. Harriot** veröffentlicht.

Kleinigkeiten, doch sie beschäftigten mich, bis ich mir den Talar überwarf und in den Saal hinunterging, wo Grove mich mit Marco da Cola bekannt machte.

Ich kann den würgenden Abscheu nicht in Worte fassen, den ich empfand, als ich zum ersten Mal den Mann vor mir sah, der so gedankenlos und unbarmherzig Matthews Leben ausgelöscht hatte. Alles an seiner Erscheinung widerte mich so an, daß sich mir die Kehle zusammenschnürte und ich einen Moment das Gefühl hatte, von Übelkeit überwältigt zu werden. Seine umgängliche Art betonte nur das Ungeheuerliche seiner Grausamkeit, und seine ausgezeichneten Manieren erinnerten mich an seine Gewalttat, die kostspielige Kleidung an die Schnelligkeit und Kälte, mit der er die Tat ausgeführt hatte. Gott helfe mir, aber ich konnte den Gedanken nicht ertragen, daß dieser stinkende, parfümierte Körper Matthew nahe gewesen war, diese fetten, manikürten Hände die vollkommene junge Wange gestreichelt hatten.

Ich fürchte, daß in diesem Augenblick meine Miene etwas verraten und Cola erkannt haben muß, daß ich wußte, wer er war und was er tun mußte, und es mag sogar dieser Ausdruck des Entsetzens in meinem Gesicht Grund genug für ihn gewesen sein, schneller zu handeln und noch am selben Abend einen Anschlag auf mein Leben zu verüben. Ich weiß es nicht; wir benahmen uns beide, so gut wir konnten; keiner gab hinterher etwas preis, denke ich, und allen Außenseitern muß diese Mahlzeit ganz normal vorgekommen sein.

Colas Bericht über dieses Abendessen ist eine Mischung aus Beleidigungen gegen seine Gastgeber und einer Wiedergabe des Gespräches, das er führte und viel bedeutsamer darstellte, als es war. Oh, diese glänzenden Reden, diese überlegten Antworten, die Geduld, mit der er gesträubtes Gefieder glättete und die ungeheuerlichen Irrtümer der bedauernswerten Älteren korrigierte.

* François Viète, latinis. Franciscus Vieta, frz. Mathematiker
** Thomas Harriot, engl. Mathematiker, Physiker und Astronom

Ich muß mich, auch nach so vielen Jahren, entschuldigen, daß ich seinen Geist, seine Klugheit und seine Freundlichkeit nicht erkannte, denn ich muß gestehen, all diese guten Eigenschaften sind damals meiner Aufmerksamkeit entgangen. Statt dessen sah ich (oder glaubte ich zu sehen, denn ich muß mich getäuscht haben) einen kleinen Mann, der sich unbehaglich fühlte, einen Mann mit mehr Manierismen als Manieren, gekleidet wie ein Kakadu und in seinem Verhalten eine Würde vortäuschend, die er nicht besaß; auch mißlang es ihm völlig, zu verbergen, wie oberflächlich seine Gelehrsamkeit war. Seine Vorliebe für höfische Sitten und seine Verachtung für jene, die freundlich genug waren, ihm ihre Gastfreundschaft anzubieten, war für alle offensichtlich, die das Pech hatten, in seiner Nähe zu sitzen. Der Schwung, mit dem er ein kleines Stückchen Stoff aus der Tasche holte und sich die Nase schneuzte, wirkte auf alle nur lächerlich, und seine spitzen Bemerkungen – in Venedig benutzen alle Leute Gabeln; in Venedig wird der Wein aus Gläsern getrunken; in Venedig dies und in Venedig das – weckte in ihnen nur Abneigung. Wie viele, die wenig zu sagen haben, sprach er zuviel, fiel uns unhöflich ins Wort und beglückte alle ungefragt mit seiner Weisheit.

Er tat mir beinahe leid, als Grove ihn mit einem Augenzwinkern wie einen dummen Ochsen erst in diese Richtung und dann in die andere zerrte, ihn dazu brachte, die lächerlichsten Behauptungen aufzustellen und ihn dann zwang, über seine eigene Absurdität nachzudenken. Soweit ich sehen konnte, gab es nichts auf dieser Welt, zu dem der Italiener keine feste und starre Meinung hatte, und keine einzige Meinung, die korrekt war oder zu der er durch Nachdenken gekommen war. Ich muß sagen, er erstaunte mich, denn ich hatte ihn mir ganz anders vorgestellt. Es war schwer zu verstehen, daß solch ein Mann etwas anderes sein konnte als ein Narr, unfähig, jemandem zu schaden, es sei denn, er langweilte ihn zu Tode oder erstickte ihn mit den Parfumschwaden, die von seinem Körper ausgingen.

Nur einmal ließ er seine Deckung fallen, und nur für diesen einen, den flüchtigsten aller Augenblicke konnte ich durch die Maske zu dem vordringen, was dahinter lag. Und da kehrte mein Verdacht in voller Stärke zurück, und mir wurde klar, daß ihm fast gelungen war, meine Vorsicht einzuschläfern. Ich war nicht darauf vorbereitet, dennoch hätte ich meine Verachtung nicht so leicht preisgeben dürfen, denn der Kaufmann, mit dem ich im Flottengefängnis gesprochen hatte, hatte mich gewarnt. Er hatte erwähnt, wie erstaunt er gewesen war, daß abgehärtete Soldaten in Candia diesen Mann mit größtem Respekt behandelt hatten, und auch ich fiel auf ihn herein.

Bis zu dem Augenblick, als Cola, das einzige Mal an diesem Abend, durch den Ausbruch der Feindseligkeit zwischen Grove und Thomas Ken in den Hintergrund gedrängt wurde. Denn Cola glich einem jener Schauspieler, die über die Bühne stolzieren und sich vor dem Publikum drehen und wenden wie ein Pfau. Vor seinen Augen werden sie zu den Figuren, die sie darstellen, und alle Anwesenden glauben, tatsächlich König Harry in Agincourt oder einen Prinzen von Dänemark in seinem Schloß zu sehen. Doch wenn ein anderer spricht und sie im Hintergrund stehen, dann sollt Ihr sie beobachten; seht, wie das Feuer in ihnen erlischt, sie nur noch Schauspieler sind und erst dann wieder in ihre Rolle schlüpfen, wenn sie an der Reihe sind zu sprechen.

Cola war ein solcher Schauspieler. Als Ken und Grove sich gegenseitig Bibelzitate zuwarfen und Ken im Bewußtsein seiner Niederlage hinauspolterte – denn die Wahl für die Pfründe war für die nächste Woche angesetzt und daß Grove siegen würde, stand schon fest –, ließ Cola die Maske fallen. Zum ersten Mal im Hintergrund, lehnte er sich zurück und beobachtete die Szene, die sich vor seinen Augen abspielte. Ich allein achtete auf ihn; das Gezänk der College Fellows interessierte mich nicht, da ich ähnliches schon zu oft erlebt hatte. Und ich allein sah das belustigte Aufblitzen in seinen Augen, denn er verstand sofort alles, was bei diesem Streit gesagt wurde oder ungesagt blieb. Er spielte mit uns allen und war von seinem Erfolg überzeugt; jetzt unterschätzte er das Publikum jedoch genauso, wie ich ihn unterschätzt hatte. Ihm war nicht klar, daß ich in dieser Sekunde in seine Seele blickte und die teuflische Absicht erkannte, die dort verborgen lauerte und darauf wartete, in die Tat umgesetzt zu werden, während alle um ihn herum sich in dem trügerischen Glauben wiegten, er sei ein Narr. Für mich war dieses blitzartig aufflammende Verständnis eine große Hilfe, und ich dankte dem Herrn, daß er mir ein solches Zeichen gewährt hatte; denn nun wußte ich, wer Cola war, und wußte auch, daß ich ihn besiegen konnte. Er war ein Mann, der Fehler machte, und sein größter Fehler war sein übersteigertes Selbstvertrauen.

Was er zu sagen hatte, fand sogar Grove ermüdend, aber das gute Benehmen verlangte es, daß er nach dem Essen noch auf ein Glas eingeladen wurde. Ich weiß, daß es so war, auch wenn Cola etwas anderes sagt. Er behauptet, Grove habe ihn direkt zum Tor des College begleitet und dort hätten sie sich getrennt. Das ist unmöglich, denn ein von Natur aus höflicher Mensch wie Grove hätte nicht so gehandelt. Ich bezweifle nicht, daß das Zusammensein abgekürzt wurde, und auch nicht, daß Grove log und – um den Mann loszuwerden – sagte, er müsse noch zu Prestcott, doch es ist unvorstellbar, daß der Abend so endete, wie Cola schreibt. Das ist wieder eine jener absichtlichen Verfälschungen, die ich in seinem Bericht entdeckt habe, doch ich denke, inzwischen habe ich schon auf so viele hingewiesen, daß es kaum sinnvoll ist, noch weitere hinzuzufügen.

Sicher ist nur, daß Cola erwartete, ich würde in mein Zimmer gehen, die mit Gift »angereicherte« Flasche am Fuß der Treppe finden und trinken – wer sonst hätte es tun sollen, denn außer mir benutzte nur noch Grove diese Treppe, und er war an diesem Abend angeblich nicht zu Hause. Spät nachts kam Cola zurück, und obwohl er mich nicht tot vorfand, durchwühlte er mein Zimmer und stahl nicht nur die Briefe, die ich abgefangen, sondern auch den Brief, den ich anno 1660 von Samuel bekommen hatte. Es war ein gemeiner Plan, um so mehr, als er später untätig zusah, wie das Blundy-Mädchen an seiner Statt starb, denn ich bezweifle nicht, daß er sich das Arsenik in den Niederlanden beschafft hatte und dann schamlos log, als er behauptete, keines in seinem Arzneikasten zu haben. Es ist ungeheuerlich, so etwas zu denken, aber einige Menschen sind so abgrundtief böse und lasterhaft, daß sie zu jedem Betrug fähig sind.

Was Cola nicht ahnte, war, daß das eigentliche Ziel seines mörderischen Giftes weit außerhalb seiner Reichweite war. Denn ich besuchte Prestcott, und obwohl der unglückselige junge Mensch mich auf empörendste Weise behandelte, wurde die Kränkung durch nützliche Informationen wettgemacht. Es war ein kalter Abend und ich vermummte mich für den Besuch, so gut ich konnte; Prestcott hatte wenigstens genug Freunde, die ihn mit Decken und warmer Kleidung versorgten, wenn sie auch nicht so großzügig waren, ihm ein Feuer im Kamin oder etwas anderes als Kerzen aus billigstem Schweinefett zu erlauben. Die Kerzen flackerten und stanken und gaben nur sehr schwaches Licht. Leider hatte ich es unterlassen, ein paar eigene mitzubringen, daher fand unser Gespräch praktisch im Dunkeln statt, und auf diese Dunkelheit führe ich es ebenso wie auf meine törichte Gutgläubigkeit zurück, daß Prestcott die Möglichkeit hatte, mich zu überrumpeln.

Das Treffen begann damit, daß Prestcott sich weigerte, mir auch nur zuzuhören, wenn ich ihm nicht verspräche, ihn von den schweren Eisenketten zu befreien, die ihn an die Mauer fesselten – eine notwendige Maßnahme, wie ich später am eigenen Leib erfuhr.

»Ihr müßt verstehen, Dr. Wallis, daß ich seit fast drei Wochen so angekettet bin und es mächtig satt habe. Meine Knöchel sind wund und das Kettengerassel bei jeder Bewegung macht mich verrückt. Erwartet denn jemand, daß ich fliehen könnte? Mich durch vier Fuß dicke Steinmauern graben, dann sechzig Fuß tief in den Graben springen und wegrennen?«

»Ich werde Euch nicht losketten«, sagte ich, »solange ich nicht ein gewisses Maß an Kooperation erwarten kann.«

»Und ich werde nicht kooperieren, solange ich nicht ein wenig hoffen kann, die nächsten Gerichtstage zu überleben.«

»In dieser Hinsicht kann ich Euch vielleicht etwas versprechen. Wenn Eure Antworten mich zufriedenstellen, dann wird Euch der König begnadigen, dafür sorge ich. Ihr werdet nicht freigelassen werden, denn die Familie Compton wäre dann mit Recht zutiefst gekränkt, aber man wird Euch nach Amerika verbannen, wo Ihr ein neues Leben beginnen könnt.«

Er schnaubte. »Das ist mehr Freiheit, als ich mir wünsche«, sagte er. »Freiheit, den Boden zu pflügen wie ein Bauer, von dem Geleier der Puritaner zu Tode gelangweilt und von den Indianern in Stücke gehackt zu werden, deren Methoden wir ruhig hier nachahmen sollten. Einige dieser Leute könnten so manchen besonnenen Mann dazu bringen, zu seinem Beil greifen. Ich danke Euch, guter Doktor, für Eure Großmut.«

»Es ist das Beste, was ich tun kann«, sagte ich, obwohl ich selbst jetzt noch nicht weiß, ob ich es tatsächlich tun wollte. Aber wenn ich ihm zuviel anbot, würde er mir nicht glauben, das wußte ich. »Wenn Ihr akzeptiert, bleibt Ihr bestimmt am Leben, werdet später vielleicht noch einmal begnadigt und könnt zurückkehren. Und das ist die einzige Chance, die Ihr habt.«

Er dachte lange nach, ließ sich auf die Pritsche fallen und wickelte sich in die Decke. »Nun gut«, sagte er widerwillig. »Ich nehme an, ich habe keine andere Wahl. Auf jeden Fall ist Euer Vorschlag besser als der von Mr. Lower.«

»Ich freue mich, daß Ihr endlich vernünftig seid. Und jetzt erzählt mir von Mr. Cola.«

Er schien über die Frage aufrichtig erstaunt. »Warum, in aller Welt, wollt Ihr etwas über ihn wissen?«

»Ihr solltet sehr froh sein, daß ich das will. Warum hat er Euch hier aufgesucht?«

»Weil er ein freundlicher und höflicher Gentleman ist.«

»Verschwendet nicht meine Zeit, Mr. Prestcott.«

»Ich weiß in der Tat nicht, was ich sonst sagen sollte, Sir.«

»Hat er Euch um etwas gebeten?«

»Was könnte ich ihm geben?«

»Etwas von Eurem Vater, vielleicht.«

»Zum Beispiel?«

»Ein Exemplar des Livius.«

»Schon wieder? Sagt mir, Doktor, warum ist das Buch für Euch so wichtig?«

»Das geht Euch nichts an.«

»Dann werde ich auch nicht antworten.«

Ich dachte, es könne nichts schaden, da Prestcott das Buch auf keinen Fall hatte. »Das Buch ist der Schlüssel für meine Arbeit. Sobald ich es habe, kann ich ein paar Briefe dechiffrieren. Nun, hat Cola Euch danach gefragt?«

»Nein.« Hier rollte Prestcott sich auf der kleinen Pritsche herum und bog sich vor Vergnügen über den, wie er meinte, guten Witz auf meine Kosten. Ich wurde seiner allmählich ziemlich überdrüssig.

»Er hat wirklich nicht gefragt. Es tut mir leid, Doktor«, sagte er, sich die Augen trocknend. »Und um es wiedergutzumachen, will ich Euch sagen, was ich weiß. Mr. Cola war vor kurzem Gast bei meinem Vormund – genau zu der Zeit, in der Sir William überfallen wurde. Ohne seine Kunst wäre Sir William in dieser Nacht an seinen Wunden gestorben, und Cola ist offensichtlich ein hervorragender Chirurg, sonst hätte er ihn nicht so sauber zusammenflicken können.« Er zuckte mit den Schultern. »Und das ist alles. Mehr kann ich Euch nicht erzählen.«

»Was hat er dort gemacht?«

»Ich habe vermutet, sie haben gemeinsame Geschäftsinteressen. Colas Vater ist Kaufmann, und Sir William ist Feldzeugmeister. Einer verkauft Waren, und der andere gibt Regierungsgelder aus, um sie zu kaufen. Beide möchten soviel Geld wie möglich verdienen, und natürlich wollten sie ihre Verbindung geheimhalten, weil sie Lord Clarendons Zorn fürchteten. So habe wenigstens ich es verstanden.«

»Und warum habt Ihr es so verstanden?«

Prestcott warf mir einen verächtlichen Blick zu. »Ach kommt doch, Dr. Wallis. Sogar ich weiß, wie sehr Sir William und Lord Clarendon sich verabscheuen. Und sogar ich weiß, wenn man Sir William in Ausübung seines Amtes nur den kleinsten Hauch von Korruption nachsagte, nähme Clarendon das zum Anlaß, ihn hinauszuwerfen.«

»Habt Ihr, abgesehen von Eurer eigenen Vermutung, einen bestimmten Grund zu denken, daß diese Furcht vor Lord Clarendons Zorn der Grund dafür war, daß Colas Verbindung mit Sir William nicht bekannt werden sollte?«

»Sie redeten dauernd über Clarendon. Sir William haßt ihn so sehr, daß er ihn manchmal aus seinen Gesprächen nicht heraushalten kann. Ich finde, es war ungewöhnlich höflich von Mr. Cola, sich seine Klagen so geduldig anzuhören.«

»Wieso das?«

Prestcott war so naiv, daß er nicht einmal ahnte, worauf ich mit meinem Interesse an allem, was Cola sagte und tat, abzielte, und sanft wie ein Lamm ließ er sich von mir nach jedem Wort und nach jeder Geste des Italieners ausfragen.

»Als ich dort war, schnitt Lord William dreimal das Thema Lord Clarendon an, und jedesmal jammerte er, was für einen schlechten Einfluß er habe. Wie er den König beherrsche und Seine Majestät zu Ausschweifungen ermutige, um selbst freie Hand zu haben, das Königreich zu plündern. Wie alle guten Engländer wünschten, ihn zu vertreiben, aber sich weder entschließen könnten noch den Mut hätten, endlich zu handeln. Ihr kennt das ja, dessen bin ich sicher.«

Ich nickte, um ihn zu ermutigen und jene Vertrautheit im Gespräch herzustellen, die zu größerer Offenheit führt.

»Mr. Cola hörte geduldig zu, wie ich schon sagte, und versuchte ein paarmal tapfer, die Unterhaltung in ruhigere Fahrwasser zu lenken, doch früher oder später kehrte sie wieder zu der Perfidie des Lordkanzlers zurück. Was Sir William besonders wütend machte, war Clarendons großes Haus in Cornbury Park, seinem aristokratischen Landsitz mit Tausenden Hektar Farmland, Park und Wäldern.«

Ich denke, daß ich an dieser Stelle die Stirn runzelte, da ich den Sinn nicht verstand. Der Reichtum, den Clarendon seit der Restauration angehäuft hatte, hatte natürlich viel Neid hervorgerufen, doch es schien keinen besonderen Grund dafür zu geben, warum er sich ausgerechnet auf Cornbury konzentrieren sollte. Prestcott sah meine Verwirrung und war ausnahmsweise so freundlich, mich aufzuklären.

»Der Lordkanzler hat große Ländereien bis weit hinauf nach Chipping Norton erworben, die tief in Comptons Gebiet hineinreichen. Sir William glaubt, daß man es auf die Interessen seiner Familie im südlichen Warwickshire abgesehen hat. Wie er sagte, hätten die Comptons vor nicht allzulanger Zeit gewußt, wie sie auf eine solche Unverschämtheit reagieren mußten.«

Ich nickte ernst, da ich mit jedem Wort, das von Prestcotts Lippen fiel, tiefer in das große Mysterium eindrang. Ich fing sogar an, daran zu denken, daß ich das Wort halten würde, das ich dem jungen Mann gegeben hatte, denn seine Aussage konnte irgendwann einmal für mich sehr nützlich sein, und das wäre unmöglich, wenn er baumeln mußte.

»Mr. Cola lenkte das Gespräch erfolgreich auf andere Themen, aber keines war sicher. Einmal erwähnte er seine Erfahrungen mit englischen Straßen, und sogar das brachte Sir William zu Clarendon zurück.«

»Wie denn das?«

Prestcott hielt inne. »Es ist eine sehr triviale Sache.«

»Natürlich«, pflichtete ich ihm bei. »Aber erzählt sie trotzdem. Und wenn Ihr es getan habt, werde ich dafür sorgen, daß Ihr losgekettet werdet und für den Rest Eures kurzen Aufenthaltes hier keine Ketten mehr tragen müßt.«

Ich bin sicher, daß er, wie alle Menschen unter ähnlichen Umständen, fabulierte, wo er sich nicht mehr genau erinnern konnte; solche Lügen sind üblich. Es ist Aufgabe des erfahrenen Fragestellers, die Spreu vom Weizen zu trennen und dem Wind zu erlauben, den Abfall von der kostbaren Saat wegzublasen.

»Sie sprachen über eine Straße, die von Witney nach Chipping Norton führt, und die Cola auf dem Weg nach Compton Wynyates genommen hatte. Warum er das getan hat, kann ich mir nicht vorstellen, da es nicht der direkteste Weg ist. Aber ich schätze, er ist einer dieser neugierigen Gentlemen. Schnüffler nenne ich sie, die überall ihre Nase hineinstecken, auch in Dinge, die sie nichts angehen, und es Erkundung nennen.«

Ich unterdrückte einen Seufzer und sah den jungen Mann mit einem Lächeln an, das er, wie ich hoffte, für mitfühlend hielt. Prestcott jedenfalls tat mir den Gefallen.

»Es ist offenbar die Straße, die Lord Clarendon benutzt, wenn er nach Cornbury fährt, und Cola sagte scherzend, wenn Sir William Glück habe, werde Clarendon auf der Fahrt vielleicht zu Tode geschüttelt oder ertrinke in einem mit Wasser gefüllten Loch, so schlecht sei der Zustand der Straße und so nachlässig die Grafschaft bei ihrer Instandhaltung. Wollt Ihr das wirklich hören, Sir?«

Ich nickte. »Sprecht weiter«, sagte ich. Mein Blut geriet in Wallung, denn ich wußte, ich war beinahe am Ziel und konnte keinen mehr Aufschub dulden. »Erzählt.«

Prestcott zuckte mit den Schultern. »Sir William lachte und versuchte es ihm gleichzutun, indem er sagte, vielleicht werde er auch von einem Straßenräuber erschossen, denn es sei bekannt, daß er stets nur mit kleinem Gefolge reise. So mancher Mann sei in letzter Zeit ermordet worden, ohne daß der Täter gefaßt werden konnte. Dann wandte sich die Unterhaltung anderen Dingen zu. Und das war's«, schloß Prestcott. »Das ist das Ende der Geschichte.«

Ich hatte es. Ich wußte, ich hatte Schicht um Schicht von dem Problem abgetragen und war in den innersten Kern eingedrungen. Es war wie eines jener komplizierten Probleme, mit denen Mathematiker bei Wettbewerben ihre Rivalen herausforderten. Wie gewaltig auch in ihrem Aufbau und mit voller Absicht entworfen, um zu verblüffen und zu verwirren, im Innersten sind sie immer einfach, und die Kunst des Siegens liegt darin, daß man sorgfältig überlegt und sich ruhig durch die äußeren Bereiche arbeitet, bis man die Mitte erreicht. Wie bei einer Armee, die eine Burg belagert, liegt die Raffinesse nicht in einem umfassenden großräumigen Angriff gegen die äußere Begrenzung, sondern im vorsichtigen Auskundschaften der Außenbefestigungen, bis man die schwache Stelle – denn die gibt es immer – der Verteidigungsanlagen entdeckt. Dann kann man die ganze Kraft des Angriffs auf diesen einen Punkt konzentrieren, bis er nachgibt. Cola hatte den Fehler gemacht, Prestcott zu besuchen; ich hatte Prestcott überredet, mir von ihrer Verbindung zu erzählen.

Und jetzt hatte ich fast das ganze Komplott in der Hand, und mein Fehler hatte sich von selbst offenbart. Cola war nicht hier, um den König zu ermorden, wie ich geglaubt hatte. Er war hier, um den Lordkanzler von England zu töten.

Aber noch immer konnte ich nicht glauben, daß der begriffsstutzige Gentleman Sir William Compton so gerissen und verschlagen sein konnte, monatelang mit den Spaniern heimlich zu planen und einen gedungenen Mörder zu bezahlen. Wie gesagt, ich kannte ihn. Eine Forderung zum Duell oder irgendeine ähnliche Tollkühnheit hätte ich verstanden. Aber nicht dies. Ich war weit gekommen, aber nicht weit genug. Hinter Compton, davon war ich überzeugt, gab es einen anderen. Mußte es einen anderen geben.

Und ich fragte Prestcott weiter aus, nach jedem Kontakt, jedem einzelnen Namen, den Sir William oder Cola erwähnt hatten. Er gab mir ein paar nutzlose Antworten und beschloß dann, wieder ein wenig mit mir zu handeln.

»Und nun, Sir«, sagte er und bewegte die Beine, so daß die Ketten an seinen Knöcheln rasselten und gegen den Boden klirrten, »ich habe lange genug geredet und Euch so vertraut, daß ich Euch viel gab, ohne etwas dafür zu bekommen. Schließt jetzt die-

se Fesseln auf, und laßt mich in diesem kleinen Raum umhergehen wie einen normalen Mann.«

Gott helfe mir, ich habe getan, worum er mich bat, dachte, es
könne nicht schaden, und wünschte mir, ihn zu ermutigen, damit
er sich weiterhin so kooperativ zeigte. Ich rief den Wärter, der die
Fesseln aufschloß, mir den Schlüssel überreichte und mich bat,
Prestcott wieder anzuketten, wenn ich ging. Es kostete einen
Schilling Bestechungsgeld.

Dann verließ er die Zelle, und Prestcott horchte, wie ich glaubte, in wehmütigem Schweigen den sich über die steinerne Treppe
entfernenden Schritten nach.

Ich will die Demütigung nicht schildern, die mir dieser Wahnsinnige zufügte, sobald die Schritte verklungen waren. Prestcott
handelte mit der Schläue des Verzweifelten, ich war unaufmerksam, weil ich mich auf das konzentrierte, was er mir erzählt hatte. Kurz gesagt, kaum waren wir ein paar Minuten wieder allein,
fiel er über mich her, knebelte mich, fesselte meine Hände und
kettete mich so eng an seine Pritsche, daß ich mich weder bewegen noch Alarm schlagen konnte. Ich war so empört, daß ich
nicht einmal richtig denken konnte, und die Zornesröte stieg mir
ins Gesicht, als er das seine ganz dicht an meines heranbrachte.

»Nicht sehr angenehm, wie?« zischte er mir ins Ohr. »Und das
habe ich viele Wochen ertragen. Ihr habt Glück, Ihr müßt nur
über Nacht hierbleiben. Ich hätte Euch leicht umbringen können,
aber ich werde es nicht tun.«

Das war alles. Er blieb noch ungefähr zehn Minuten völlig
gleichgültig sitzen, bis er die richtige Zeit für gekommen hielt,
warf sich dann meinen schweren Umhang um, setzte sich meinen
Hut auf und nahm meine Bibel – meine Familienbibel, die ich aus
den Händen meines Vaters empfangen hatte – und verbeugte sich
mit einer Parodie höhnischer Höflichkeit vor mir.

»Träumt schön, Dr. Wallis«, sagte er. »Ich hoffe, wir sehen uns
nie wieder.«

Ein paar Minuten später gab ich es auf, zu kämpfen, und lag
reglos da, bis ich am Morgen befreit wurde.

* *
*

So beschaffen ist die Gnade Gottes, daß sie dann am sanftesten ist, wenn das Urteil, das er über uns verhängt, am strengsten
scheint, und kein Mensch darf an Seiner Weisheit zweifeln; statt
dessen kann er blind vertrauend dafür danken, daß Er Seinen
wahren Diener nie verlassen wird. Am nächsten Morgen erwiesen sich meine Klagen als jämmerliches Greinen, was sie auch
waren, als sich mir die ganze Größe Seiner Gnade offenbarte. Ich
sage jetzt, der Herr ist gut und liebt alle, die an Ihn glauben, denn
wer sonst hätte mein Leben in jener Nacht bewahren können?

Nur ein gütiger Engel, von der Hand des Höchsten geleitet,
konnte mich vom Abgrund weggeführt haben, und indem er
mich bewahrte, rettete er das Königreich vor einem großen Unglück. Denn ich glaube nicht, daß die Gnade mir widerfuhr, um
mein eigenes wertloses Leben zu retten, das in Seinen Augen nicht
mehr ist als ein Staubkorn. Doch da Er Seinem Volk eine Gnade
um die andere erwies, hat Er mich zum Werkzeug erwählt, es zu
erhalten, und in Freude und Demut habe ich die Verantwortung
auf mich genommen, denn ich wußte, daß es mir nach Seinem
Willen gelingen würde.

Ich wurde kurz nach Tagesanbruch von den Ketten befreit und
begab mich sofort zum Friedensrichter Sir John Fulgrove, um ihm
zu berichten, was geschehen war, damit er Alarm auslösen und
die Jagd nach dem Flüchtigen beginnen konnte. In diesem Stadium gab ich noch nicht mein Interesse an dem jungen Mann
preis, bat Sir John jedoch dringend, dafür zu sorgen, daß er, wenn
möglich, am Leben blieb, wenn man seiner habhaft wurde. Dann
aß ich in einem Gasthof, denn Gefangener zu sein heißt hungern,
und außerdem fror ich bis ins Mark.

Und erst dann, als ich tief in Gedanken in mein Zimmer im
New College zurückkehrte, erfuhr ich das Entsetzliche, das sich
nachts zugetragen hatte – Grove war gestorben und mein Zimmer durchwühlt worden, meine Papiere waren verschwunden.

Daß Cola für diese Gewalttat verantwortlich war, war mir so
klar, als hätte ich mit eigenen Augen gesehen, wie er das Gift in
die Flasche tat, und die unglaubliche Dreistigkeit, mit der er ins
College zurückgekommen war, um als erster (mit welch einem
Ausdruck des Schreckens! Mit wieviel Verzweiflung und Entsetzen!) das Ergebnis seiner Ruchlosigkeit zu »entdecken«, er-

schütterte mich zutiefst. Rektor Woodward erzählte mir, Cola habe mit subtilen Anspielungen und vagen Worten versucht, das College zu überzeugen, Grove sei an einem Schlaganfall gestorben, und um diese Lüge aufzudecken, bat ich Woodward, die Sache von Lower untersuchen zu lassen.

Lower war natürlich geschmeichelt und erklärte sich sofort bereit. Ich vertraute nicht ohne Grund auf sein Können, denn schon beim ersten Blick auf Groves Leiche stutzte er und machte ein betroffenes Gesicht.

»Ich zögere, von einem Schlaganfall zu sprechen«, sagte er zweifelnd. »Daß jemand, der vom Schlag getroffen wurde, Schaum vor dem Mund hatte, habe ich noch nie gesehen. Die blauen Lippen und die Augenlider könnten diese Diagnose jedoch nahelegen, und ich bezweifle nicht, daß mein Freund sich von diesen Symptomen irreführen ließ und sie übereilt festlegte.«

»Könnte er etwas Schlechtes gegessen haben?« fragte der Rektor.

»Er hat im Speisesaal gegessen, nicht wahr. Wenn es das Essen gewesen wäre, wärt Ihr jetzt alle tot. Wenn Ihr wollt, werde ich sein Zimmer durchsuchen und sehen, was ich dort finde.«

Und so entdeckte Lower die Flasche und den Bodensatz darin. Sehr aufgeregt erschien er wieder in der Wohnung des Rektors und erklärte, welche Experimente man durchführen könnte, um festzustellen, um was für eine Substanz es sich handle. Woodward war an diesen Einzelheiten absolut nicht interessiert, mich jedoch faszinierten sie, und da ich mich mit Mr. Stahl selbst sehr oft unterhalten hatte, fand ich es richtig, daß Lower vorschlug, ihn einzuschalten. Bei alledem mußte man natürlich Cola berücksichtigen, denn alles, was in dieser Richtung getan wurde, würde ihn mißtrauisch machen. Daher kam ich zu dem Schluß, daß es am besten war, den Stier bei den Hörnern zu packen, und schlug Lower vor, den Italiener in jedem Stadium der Ermittlung hinzuzuziehen, um zu sehen, ob er etwas tat oder sagte, aus dem man vielleicht schließen konnte, was er dachte. Ich hätte ihn sehr leicht auf der Stelle verhaften lassen können, war jedoch überzeugt, daß ich noch nicht bis auf den Grund des Geheimnisses vorgestoßen war. Ich brauchte mehr Zeit, und Cola mußte noch eine Weile in Freiheit bleiben.

Obwohl ich meine Überlegungen nicht aussprach, begriff Lower den tieferen Sinn meiner Empfehlung.

»Ihr verdächtigt doch nicht etwa Mr. Cola?« fragte er. »Ich weiß, daß man Euch Ungutes über ihn berichtet hat, aber er kann doch überhaupt keinen Grund gehabt haben, so etwas zu tun.«

Ich beruhigte ihn, wies jedoch darauf hin, daß Cola schließlich der letzte gewesen war, der Dr. Grove lebend gesehen hatte, und da seien leichte Zweifel ganz legitim. Es wäre jedoch unhöflich gegen einen Gast, das bekanntzumachen, daher dürfe Cola von diesem Verdacht auf keinen Fall etwas merken.

»Ich möchte nicht, daß er in sein Heimatland zurückkehrt und dort vor aller Welt schlecht von uns spricht«, sagte ich, »deshalb hielte ich es für eine gute Idee, wenn Ihr ihn überreden könntet, an der Sektion teilzunehmen. Wenn Ihr es so einrichtet, daß er einmal allein neben der Leiche steht und sie berührt, dann seht Ihr auch, ob sie ihn anklagt.

»Ich habe keinen Anlaß zu glauben, daß das in einem solchen Fall eine verläßliche Prüfung ist«, sagte Lower.

»Ich auch nicht. Aber es ist ein für diese Fälle empfohlenes Verfahren und wird seit Generationen angewendet. Viele der besten Anwälte halten es für einen nützlichen Teil von Verhören. Sollte ein Blutschwall aus dem Leichnam schießen, wenn Cola sich ihm nähert, dann werden wir es wissen. Wenn nicht, liegt kaum noch ein Makel auf seinem Namen. Aber laßt ihn nicht wissen, daß er auf solche Weise geprüft wurde.«

Zehntes Kapitel

ES IST WEDER MEINE Absicht zu wiederholen, was andere gesagt haben, noch will ich von Ereignissen erzählen, deren Zeuge ich nicht war. Alles, was ich sage, habe ich selbst erlebt, oder es wurde mir von Männern mit makellosem Charakter berichtet. Da Cola nicht ahnte, daß er schon verdächtigt wurde, hatte er keinen Grund, seinen Bericht über den Abend zu verfälschen, an dem Lower, Locke und er Dr. Grove in der Küche von Rektor Woodward sezierten. Aus diesem Grund bin ich der Meinung, daß sein Bericht im großen und ganzen der Wahrheit entspricht.

Lower erzählte mir, er habe dafür gesorgt, daß Cola einmal allein bei der nackten Leiche stand, ehe der erste Schnitt gelegt worden war, und man habe deutlich gesehen, daß Groves Seele weder nach Rache geschrien noch seinen Mörder der Untat beschuldigt habe. Ob das bedeutet, daß solche Prüfungen tatsächlich wertlos sind oder ob dabei die richtigen Gebete gesprochen werden müssen oder ob (wie manche sagen) die Prüfung auf geweihter Erde stattfinden muß, um zu wirken, darüber will ich nicht nachdenken. Für eine Weile wenigstens war Lower der Verdacht gegen den Mann, den er für seinen Freund hielt, von den Schultern genommen, und ich hatte Zeit, meinen Gedanken nachzugehen und meine erste Befragung des Blundy-Mädchens durchzuführen.

Ich befahl sie am nächsten Nachmittag unter dem Vorwand in mein Zimmer, mit ihr über eine Stellung in meinem Haus sprechen zu wollen, denn die Bauarbeiter, diese elenden Faulpelze, schienen allmählich doch zu einem Ende zu kommen, und es bestand durchaus die Aussicht, daß ich wieder ein Heim mein eigen nennen würde. Da sich im vergangenen Jahr mein Stand ein wenig verbessert hatte, hatte ich beschlossen, in Zukunft vier Bedienstete zu beschäftigen, nicht wie bisher drei, vor allem um den ewigen Bitten meiner Frau um ein eigenes Mädchen nachzugeben. Die Aussicht stimmte mich traurig, denn gleichzeitig mußte ich mich nach einem Ersatz für Matthew umsehen, und daß ich ihn verloren hatte, wog unendlich schwerer, wenn ich mir die schmutzigen, des Lesens und Schreibens unkundigen, dummen Tölpel ansah, die sich bei mir vorstellten, und die nicht einmal würdig waren, ihm die Schuhe zu putzen, geschweige denn in seine Fußstapfen zu treten.

Nicht daß Sarah Blundy für eine Stellung bei mir in Frage gekommen wäre, obwohl ich, wenn ich ihr Äußeres in Betracht zog, viel schlechter hätte fahren können. Ich gehöre nicht zu jenen Männern, die zulassen, daß eine französische Dirne einer guten christlichen Ehefrau die Haare kämmt. Ich wünsche mir ein schlichtes, schwer arbeitendes Mädchen mit anständigem Benehmen, das vernünftig, fromm, sauber und ordentlich ist. Solche

Mädchen sind schwer zu finden, und mit einem anderen Vorleben und einem anderen Glauben wäre Sarah Blundy in jeder Beziehung passend gewesen.

Ich war ihr bisher noch nie persönlich begegnet, und vermerkte mit Interesse, daß sie zwar unterwürfig, aber zugleich mit einer gewissen Würde hereinkam, bescheiden auftrat und vernünftig sprach. Sogar Cola lobt sie, soweit ich mich erinnere, wegen dieser Eigenschaften. Doch die Dreistigkeit, von der auch er spricht, blieb nicht lange verborgen, denn in dem Moment, in dem ich ihr offen erklärte, ich hätte nicht die Absicht, ihr eine Stellung zu geben, reckte sie das Kinn, und ihre Augen blitzten trotzig.

»Dann war es reine Zeitverschwendung für mich, hierherzukommen«, sagte sie.

»Deine Zeit ist dazu da, von mir verschwendet zu werden, wenn mir danach ist. Ich dulde keine Unverschämtheiten von dir. Du wirst meine Fragen beantworten, oder du bekommst große Schwierigkeiten. Ich weiß sehr gut, wer du bist und woher du kommst.«

Ihr Leben, das muß ich sagen, interessierte mich nicht. Hätte sie sich einem ahnungslosen Mann aufgedrängt, der nicht wußte, was sie war, wäre ich nicht besonders bekümmert gewesen. Aber kein Mann, dem ihre Vergangenheit bekannt wäre, würde sie freiwillig nehmen, denn wenn er es täte, würde er sich selbst öffentlicher Mißachtung aussetzen. Auf diese Weise konnte ich sie zwingen, sich zu fügen.

»Du hast, glaube ich, kürzlich die Dienste eines italienischen Arztes für deine Mutter in Anspruch genommen. Eines Mannes von hohem Rang und hohem beruflichem Ansehen. Darf ich fragen, womit du ihn bezahlst?«

Bei dieser Anschuldigung wurde sie rot und ließ den Kopf hängen.

»Bemerkenswert, nicht wahr, daß er so großzügig ist? Nur wenige englische Ärzte gingen so sorglos mit ihrer Zeit und ihren Fähigkeiten um.«

»Mr. Cola ist ein gütiger, freundlicher Gentleman, der nicht an die Bezahlung denkt«, sagte sie.

»Davon bin ich überzeugt.«

»Es ist wahr«, sagte sie lebhafter. »Ich habe ihm offen erklärt, daß ich ihn nicht bezahlen kann.«

»Auf jeden Fall nicht mit Geld. Und trotzdem behandelt er deine Mutter.«

»Ich sehe nur den guten Christen in ihm.«

»Er ist Papist.«

»Gute Christen findet man überall. Ich kenne in der Kirche von England viele, Sir, die grausamer und kleinlicher sind als er.«

»Hüte deine Zunge. Deine Meinung interessiert mich nicht. Welches Interesse hat er an dir? Und an deiner Mutter?«

»Ich weiß von keinem. Er möchte meine Mutter heilen. Mehr will ich nicht wissen. Gestern haben er und Dr. Lower eine merkwürdige Behandlung durchgeführt, die ihnen große Mühe gemacht hat.«

»Und hat sie gewirkt?«

»Meine Mutter ist noch am Leben, Gott sei's gelobt, und ich bete darum, daß es ihr bessergeht.«

»Amen. Doch um auf meine Frage zurückzukommen, und versuche diesmal nicht, mir auszuweichen. Wem hast du seine Botschaften überbracht? Ich kenne deine Verbindungen mit der Garnison in Abingdon und mit den Dissentern. Zu wem bist du gegangen? Mit Botschaften? Briefen? Jemand muß seine Nachrichten befördern, denn er schickt keine mit der Post.«

Sie schüttelte den Kopf. »Zu niemandem.«

»Mach mich nicht zornig.«

»Das will ich nicht. Ich sage die Wahrheit.«

»Du leugnest, daß du –« ich zog mein Notizbuch zu Rate – »am letzten Mittwoch, am Freitag und am Montag zuvor in Abingdon warst? Daß du nach Burford gegangen und am Dienstag dortgeblieben bist? Daß du sogar in dieser Stadt an den heimlichen Zusammenkünften von Tidmarsh teilgenommen hast?«

Sie antwortete nicht, und ich sah ihr an, daß sie erschüttert war, weil ich soviel wußte.

»Was hast du getan? Was für Nachrichten hast du überbracht? Mit wem hast du dich getroffen?«

»Mit niemandem.«

»Vor zwei Wochen hat Euch auch ein Ire namens Greatorex besucht. Was wollte er?«

»Nichts.«

»Hältst du mich für einen Dummkopf?«

»Ich halte Euch für gar nichts.«

Ich bin zwar ein toleranter Mann, aber jetzt schlug ich sie, denn ich nehme nicht mehr als ein gewisses Maß von Unverschämtheit in Kauf. Nachdem sie sich das Blut vom Mund abgewischt hatte, schien sie bedrückter als vorher; doch sie sagte mir noch immer nichts.

»Ich habe keine Nachrichten für Mr. Cola überbracht. Er hat wenig mit mir gesprochen und mit meiner Mutter noch weniger«, flüsterte sie. »Einmal hat er viel mit ihr geredet – das war, als er mich um Medikamente in die Apotheke geschickt hatte. Was sie gesprochen haben, weiß ich nicht.«

»Du mußt es herausfinden.«

»Warum sollte ich?«

»Weil ich es dir sage.« Ich hielt inne und mir war klar, daß es sinnlos war, an ihr besseres Ich zu appellieren, also nahm ich ein paar Münzen von meinem Schreibtisch und legte sie vor sie hin. Sie betrachtete sie erstaunt und verächtlich und schob sie dann weg.

»Ich habe es Euch gesagt. Da ist nichts.« Aber ihre Stimme klang leise, und sie hielt den Kopf gesenkt, während sie sprach.

»Geh jetzt, und denk gut über das nach, was du sagst. Ich gebe dir noch eine Chance, mir die Wahrheit über diesen Mann zu sagen. Tust du es nicht, wirst du dein Schweigen bereuen. Und laß dich von mir warnen. Mr. Cola ist ein gefährlicher Mann. Er hat früher oft gemordet und wird es wieder tun.«

Sie ging, ohne ein Wort zu sagen. Das Geld, das noch immer vor ihr lag, nahm sie nicht, sah mich aber mit einem Blick brennenden Hasses an, ehe sie sich abwandte. Sie hatte Angst, das wußte ich. Doch ich war nicht sicher, ob diese Angst genügte.

* * *

Nachdem ich diese Worte gelesen habe, sehe ich, daß mich jemand, der nicht informiert ist, für unbarmherzig halten muß. Ich höre schon die Proteste. Die notwendigen Höflichkeiten zwischen Hoch und Niedrig, und so weiter. Allem stimme ich uneingeschränkt zu; Gentlemen haben in der Tat die Pflicht, jeden Tag zu beweisen, daß wir auf dem Platz, den Gott uns allen zugewiesen hat, gut und gerecht handeln. Wie die Kinder sollten sie liebevoll gescholten, mit Güte korrigiert und mit Bedauern gezüchtigt werden.

Bei den Blundys war es jedoch ganz anders. Es hatte keinen Sinn, sie freundlich zu behandeln, nachdem sie längst allen Respekt vor Höhergestellten aufgegeben hatten. Ehemann und Ehefrau hatten für alles, was uns aneinander bindet, nur Spott und Verachtung übrig gehabt und diese Revolte gegen die göttliche Ordnung sogar mit Bibelzitaten untermauert. All diese Diggers* und Levellers** und Wiedertäufer glaubten, ihre Ketten mit Gottes Segen abzuwerfen; statt dessen durchtrennten sie die seidenen Fäden, die die Menschen in Harmonie miteinander verbanden und hätten sie durch Fesseln aus stärkstem Eisen ersetzt. In ihrer Dummheit sahen sie nicht, was sie taten. Ich hätte Sarah Blundy und alle anderen mit Freundlichkeit und Respekt behandelt, wenn sie es verdient hätten, wenn Freundlichkeit und Respekt erwidert worden wären, wenn es nicht gefährlich gewesen wäre, es zu tun.

Meine Enttäuschung in diesem Stadium war überwältigend; als ich mit Prestcott sprach, hatte ich die ganze Sache fest in der Hand, aber sie war mir durch eigene Torheit entglitten. Ich muß zugeben, daß ich auch darauf bedacht war, mein Leben zu schützen und fürchtete, man könnte einen zweiten Anschlag auf mich verüben. Das war auch der Grund, warum ich es unternahm, dem Friedensrichter mitzuteilen, daß Dr. Grove meiner Ansicht nach ermordet worden war.

Er war über diese Neuigkeit erschüttert und tief beunruhigt über die Verwicklungen, die sich aus meinem Bericht ergaben.

»Der Rektor vermutet kein Verbrechen und würde es mir nicht danken, daß ich Euch von meinem Verdacht erzähle«, fuhr ich fort. »Dennoch ist es meine Pflicht, Euch zu unterrichten, daß meiner Meinung nach ausreichend Grund für einen Verdacht ge-

* radikale Gruppe der Levellers
** Angehörige einer radikalen demokratischen Gruppe zur Zeit Cromwells

geben ist. Und daher ist es dringend geboten, die Beerdigung des Leichnams hinauszuzögern.«

Natürlich war es mir völlig gleichgültig, was mit dem Leichnam geschah; Cola war bereits mit ihm konfrontiert worden – ohne brauchbares Ergebnis. Mir lag mehr daran, Cola wissen zu lassen, daß seine Tat Stück für Stück aufgedeckt wurde und er meinen Widerstand gegen seine Ziele spürte. Wenn ich Glück hatte, setzte er sich mit seinen Hintermännern in Verbindung, um ihnen zu berichten, was passiert war.

Kurze Zeit war ich nahe daran, den Mann verhaften zu lassen, da mir, nachdem ich Prestcott verloren hatte, die Sache völlig aus den Händen zu gleiten drohte. Ich überlegte es mir, denn bald darauf kam Mr. Thurloe nach Oxford und suchte mich auf. Cola hat in seinen Memoiren beschrieben, wie Thurloe sich mir während des Theaterstücks näherte, und ich habe nicht die Absicht, es zu wiederholen. Der Schock, den er in meinem Gesicht zu sehen glaubte, war gut beobachtet. Ich war erstaunt, nicht nur, weil ich Thurloe seit drei Jahren nicht mehr gesehen hatte, sondern weil ich ihn kaum erkannte.

Wie verändert hatte er sich doch seit seiner großen Zeit! Es war, als begegne man einem völlig Fremden, der einen an jemanden erinnerte, den man früher einmal gut gekannt hatte. Äußerlich hatte er sich wenig verändert, denn er gehörte zu den Männern, die schon in der Jugend alt und im Alter dafür jung aussehen. Aber in seinem Benehmen war von der Macht, die er einmal so fest in den Händen gehalten hatte, keine Spur mehr vorhanden. Während manche den Verlust der Autorität bitter beklagt hatten, machte Thurloe den Eindruck, als sei er froh und zufrieden, daß er von der Bürde befreit und zu absoluter Bedeutungslosigkeit geschrumpft war. Seine Kopfhaltung, sein Gesichtsausdruck und die sorgenvolle Miene waren ganz anders als früher, so daß sich mit dem Verschwinden dieser Einzelheiten das Ganze beinahe bis zur Unkenntlichkeit verändert hatte. Als er auf mich zukam, stockte ich, bevor ich ihn begrüßte; er lächelte mich ruhig an, als merke er meine Verwirrung und begreife auch den Grund dafür.

Ich glaube, er hatte unter diese Periode seines Lebens einen so energischen Strich gezogen, daß er es, selbst wenn es ihm angeboten worden wäre, abgelehnt hätte, noch einmal ein öffentliches Amt zu übernehmen. Später erzählte er mir, daß er seine Tage betend und meditierend verbringe und das für wertvoller erachte als alle Bemühungen für sein Land. Seine Mitmenschen waren ihm gleichgültig, und – wie er unmißverständlich erklärte – er mochte es nicht, von jenen gestört zu werden, die zurückrufen wollten, was unwiderruflich Vergangenheit war.

»Ich bringe Euch eine Nachricht von Eurem Freund Mr. Prestcott«, flüsterte er mir ins Ohr. »Vielleicht können wir reden?«

Als das Theaterstück zu Ende war, ging ich sofort nach Hause (ich war am Nachmittag in mein gemütliches Heim zurückgekehrt) und erwartete ihn. Er erschien bald und nahm mit der ganzen unerschütterlichen Gelassenheit, die man von ihm gewöhnt war, Platz.

»Soviel ich gehört habe, ist Eure Neigung zu Macht und Einfluß nicht geringer geworden, Dr. Wallis«, sagte er. »Was mich nicht im geringsten überrascht. Ich habe erfahren, daß Ihr diesen jungen Mann befragt habt und Euer Einfluß groß genug ist, um ihn begnadigen zu lassen – wenn Ihr wollt. Ihr arbeitet jetzt mit Mr. Bennet zusammen, glaube ich?«

Ich nickte.

»Welches Interesse habt Ihr an Mr. Prestcott und an dem italienischen Gentleman, nach dem Ihr ihn ausgefragt habt?«

Sogar noch heute blendete der Schatten von Thurloes Autorität stärker als ein Mann wie Mr. Bennet auf der Höhe seiner Macht, und ich muß sagen, daß es mir nie in den Sinn gekommen wäre, ihm nicht zu antworten, oder auch nur darauf hinzuweisen, daß er überhaupt kein Recht hatte, mich zu befragen.

»Ich bin überzeugt, daß es eine Verschwörung gibt, die dieses Land in einen neuen Bürgerkrieg stürzen könnte.«

»Natürlich gibt es die«, sagte Thurloe mit der Ruhe, mit der er sich allen Angelegenheiten widmete, und mochten sie noch so ernst sein. »Wann hätte es in den letzten Jahren keine gegeben? Was ist an dieser so neu?«

»Neu daran ist, daß sie meiner Meinung nach von den Spaniern gelenkt ist.«

»Und was sollte es diesmal sein? Ein massierter Angriff der

Fifth Monarchists*? Eine plötzliche Kanonade rebellierender Gardesoldaten?«

»Ein Mann. Der venezianische Gentleman, der jetzt den Philosophen spielt. Er hat bereits zweimal gemordet. Meinen Diener und Dr. Grove. Und er hat mir Briefe gestohlen, die für mich von größter Bedeutung sind.«

»Ist das der Arzt, nach dem Ihr Prestcott befragt habt?«

»Er ist kein Arzt. Er ist Soldat, ein bekannter Mörder, und er ist hier, um den Earl of Clarendon zu ermorden.«

Thurloe schnaubte. Zum erstenmal sah ich ihn überrascht.

»Dann tätet Ihr gut daran, ihn vorher zu töten.«

»Dann werden seine Hintermänner es wieder versuchen, und schnell. Wenigstens weiß ich diesmal, wer er ist. Das nächste Mal habe ich dieses Glück vielleicht nicht. Ich muß die Gelegenheit ergreifen, die englische Seite der Verschwörung aufzudecken und ihr ein für allemal Einhalt zu gebieten.«

Thurloe stand auf, nahm den schweren Feuerhaken und schürte die Scheite im Feuer, daß ein Funkenregen in den Kamin schoß. Er tat das ziemlich lange; es gehört zu seinen Gewohnheiten, sich mit einer unwichtigen körperlichen Arbeit zu beschäftigen, während er nachdachte.

Schließlich wandte er sich zu mir um. »Ich an Eurer Stelle würde ihn töten«, wiederholte er. »Wenn dieser Mann tot ist, ist auch die Verschwörung gestorben. Vielleicht wird sie wieder zum Leben erweckt, vielleicht aber auch nicht. Und wenn er euch entschlüpft, dann klebt Blut an Euren Händen.«

»Und wenn ich mich täusche?«

»Dann ist ein italienischer Reisender gestorben, dem auf einer Straße eine Räuberbande aufgelauert hat. Eine große Tragödie, ohne Zweifel. Doch außer seiner Familie werden ihn nach ein paar Wochen alle vergessen haben.«

»Ich kann nicht glauben, daß Ihr unter den gegebenen Umständen Euren eigenen Rat befolgen würdet.«

»Ihr müßt. Als ich für Cromwells Sicherheit verantwortlich war, handelte ich immer sofort, wenn ich von einem Komplott gegen seine Person erfuhr. Aufruhr, Verschwörungen, all diese klei-

---

* independentische Sekte

nen Dinge konnte man ein wenig schleifen lassen, mit ihnen wurde man immer fertig. Mord ist etwas anderes. Ein Fehler, und Ihr seid für immer und ewig ruiniert. Glaubt mir, Dr. Wallis, Ihr dürft nicht übertrieben gewissenhaft sein, nicht zu viele Skrupel haben. Ihr habt es hier mit Menschen, nicht mit Geometrie zu tun; sie sind weniger berechenbar und handeln überraschender.«

»Ich würde Euch ja gern von ganzem Herzen zustimmen«, sagte ich, »wäre da nicht die Tatsache, daß ich niemanden habe, dem ich diese Aufgabe anvertrauen könnte, und ein mißlungener Versuch würde ihn nur vorsichtiger machen. Um geeignete Hilfe zu bekommen, müßte ich Mr. Bennet ausführlich Bericht erstatten. Ich habe ihm ein wenig erzählt, aber bei weitem nicht alles.«

»Ach ja«, sagte Thurloe nachdenklich. »Diesem ehrgeizigen und großspurigen Gentleman. Ihr glaubt, er sei nicht ganz zuverlässig?«

Ich nickte widerstrebend; wußte ich doch noch immer nicht genau, woher Cola so schnell von Matthew erfahren hatte; es war durchaus möglich, wenn auch ein schrecklicher Gedanke, daß Bennet selbst die Information weitergegeben hatte und selbst in die Verschwörung gegen Clarendon verstrickt war.

Thurloe lehnte sich im Sessel zurück und dachte nach, saß so lange und so still da, daß ich beinahe fürchtete, er sei von der Wärme des Feuers müde geworden und eingeschlafen, fürchtete, daß sein Verstand vielleicht nicht mehr arbeitete wie früher und er sich mit solchen Dingen nicht mehr beschäftigen konnte.

Aber ich irrte mich; endlich öffnete er die Augen und nickte vor sich hin. »Ich bezweifle, daß er etwas damit zu tun hat, falls Euch das Sorgen bereitet«, sagte er.

»Woraus schließt Ihr das, wißt Ihr etwas darüber?«

»Nein. Ich kenne den Mann weniger als Ihr. Ich urteile nach seinem Charakter, mehr nicht. Mr. Bennet ist ein tüchtiger Mann; ein sehr tüchtiger sogar. Das ist allgemein bekannt, und der König weiß es besser als die meisten. Trotz aller Fehler gehört Charles nicht zu den Prinzen, die sich mit Dummköpfen und Narren umgeben; er ist nicht wie sein Vater. Wenn Clarendon geht, was bald sein muß, wird Mr. Bennet die Regierung übernehmen. Die Macht ist für ihn zum Greifen nahe, er braucht nur darauf zu warten, daß ihm die Früchte des Amtes in verschwenderischer Fülle in den Schoß fallen. Ist es nun wahrscheinlich, daß ein solcher Mann sich plötzlich an derart abwegigen Aktionen beteiligt, die seine Aussichten in keiner Weise verbessern können? Daß er auf diese Weise alles aufs Spiel setzt, wenn er mit ein wenig Geduld bald alles erreicht haben wird, was er sich wünscht? Das ist nicht seine Art, denke ich.«

»Ich bin froh, daß Ihr so denkt.«

»Aber es muß in England jemanden geben, der die Sache unterstützt, damit habt Ihr recht. Wißt Ihr, wer es ist?«

Ich zuckte hilflos mit den Schultern. »Es könnte jeder einzelne von mehreren Dutzend Leuten sein. Clarendon hat unendlich viele Feinde, aus guten und aus schlechten Gründen. Das wißt Ihr so gut wie ich. Man hat ihn in den Gazetten und auch persönlich angegriffen, im House of Commons und im House of Lords, über seine Familie und seine Freunde. Es ist nur eine Frage der Zeit, denke ich, bis jemand ihn körperlich angreift. Und das könnte bald sein.«

»Ein waghalsiger Mann muß es sein«, erklärte Thurloe, »wenn er sich auf eine solche Verzweiflungstat einläßt, denn wenn Euer Venezianer auch ein noch so guter Soldat ist, das Risiko, daß er nicht trifft und gefaßt wird, ist immer vorhanden. Doch möglicherweise hält man sich ihn nur als Reserve, und er bekommt erst den Befehl zum Handeln, wenn alle anderen Versuche, Lord Clarendon zu vernichten, fehlgeschlagen sind.«

»Welche, zum Beispiel?« fragte ich und hatte wieder das Gefühl, daß Thurloe mich belehrte, wie er eine ganze Generation von Staatsdienern belehrt hatte. »Woher wißt Ihr das alles, Sir?«

»Ich halte die Ohren offen und horche«, antwortete Thurloe leicht belustigt. »Etwas, was ich Euch dringend empfehle, Doktor.«

»Und Ihr habt von anderen Plänen gehört?«

»Vielleicht. Es sieht so aus, als versuchten Clarendons Feinde ihn zu schwächen, indem sie ihm Verrat unterstellen. Insbesondere den Verrat, den John Mordaunt beging, als er den Aufstand von 1659 an mich verriet. In dieser Angelegenheit versuchen sie die Unterstützung von Jack Prestcott zu bekommen, dem Sohn des Mannes, dem man für dieses bedauerliche Geschehen die Schuld in die Schuhe geschoben hat.«

»Mordaunt?« fragte ich ungläubig. »Ist das Euer Ernst?«

»Oh, mein voller Ernst, danke. Kurz vor Cromwells Tod«, fuhr Thurloe fort, »habe ich einmal eine Stunde allein mit ihm verbracht, in der er genau festlegte, wie nach seinem Tod verfahren werden sollte, der, wie er wußte, nicht mehr fern sein konnte. Er konnte kaum gehen, so schwer hatte seine letzte Krankheit ihn getroffen, und so anstrengend waren die Behandlungen, die ihm seine Ärzte verordneten. Er wußte so gut wie wir alle, daß ihm nur noch wenig Zeit blieb, nahm die Tatsache jedoch unerschrocken als unausweichlich hin und hatte nur den Wunsch, seine irdischen Angelegenheiten zu ordnen, ehe der Herr ihn zu sich holte.

Er schrieb genauestens vor, wie vorgegangen werden sollte, und vertraute darauf, daß seine Befehle ausgeführt werden würden, auch wenn er nicht mehr hier sein würde, um sie durchzusetzen. Sein Protektorat solle vorübergehend auf seinen Sohn Richard übertragen werden, sagte er, damit gewänne man die erforderliche Zeit für Verhandlungen mit Charles über die Wiedereinsetzung der Monarchie. Der König sollte nur unter der Bedingung zurückkehren dürfen, wenn man ihn so anketten könnte, daß er in seiner Handlungsfähigkeit stark eingeschränkt war und nie tun konnte, was sein Vater getan hatte.

Natürlich unterlag die Sache strengster Geheimhaltung; kein Treffen durfte schriftlich festgehalten werden, es durfte keine Briefe geben, und kein Wort sollte außerhalb des kleinen Kreises derer fallen, die auf beiden Seiten eingeweiht waren.

Ich tat, was er mir auftrug, denn er hatte recht: nur Cromwell verhinderte den Bürgerkrieg, und nach seinem Tod würde der Krieg wieder ausbrechen, wenn der Bruch, der mitten durch die Nation ging, nicht gekittet wurde. Und die Engländer sind ein monarchistisches Volk, die Unterwerfung mehr lieben als Freiheit. Es war unglaublich schwierig, denn wenn die Fanatiker auf beiden Seiten davon erfuhren, würden sie uns alle verjagen. Doch auch so ergriffen sie beinahe wieder die Macht, und ich wurde eine Zeitlang aus meinem Amt hinausgeworfen. Dennoch setzte ich die Gespräche fort, bei denen John Mordaunt Seine Majestät vertrat. Eine Bedingung war natürlich, daß die geplanten Aufstände nicht stattfanden, und wenn die Royalisten selbst sie nicht verhindern konnten, sollten wir ausreichende Informationen erhalten, um sie unterbinden zu können. Demgemäß nannte uns Mordaunt Einzelheiten über den anno 1659 geplanten Aufstand, der mit großem Blutvergießen niedergeschlagen wurde.

Viel mehr wären gestorben, wäre der Krieg wieder richtig ausgebrochen, doch das hätte Mordaunt nicht gerettet, wenn die Einzelheiten seiner Transaktion bekannt geworden wären. Der Jammer ist, daß dieser junge Mann Prestcott versucht, die Unschuld seines Vaters zu beweisen, und wenn ihm das gelingen soll, muß er unweigerlich Mordaunts Schuld aufdecken, denn er hat inzwischen genug erfahren, um zu wissen, wer der wahre Schuldige ist. Und dann würde man vermuten, daß Clarendon den Befehl dazu gab.«

»Und hat er?«

Thurloe lächelte. »Nein. Der König selbst war es. Aber Clarendon würde die Schuld auf sich nehmen, um Seine Majestät nicht der Kritik auszusetzen. Er ist ein guter Diener, ein besserer, als dieser König verdient.«

»Das alles weiß Prestcott?«

»Nicht genau. Er ist überzeugt, daß Mordaunt ein Verräter war – und das nur aus Eigennutz. Ich habe ihn in der Überzeugung bestärkt, daß Samuel Morland mit Mordaunt im Bunde war.«

»Das wird ja immer grotesker«, sagte ich. »Warum habt Ihr denn das getan?«

»Aus dem einfachen Grund, daß er sonst überzeugt gewesen wäre, ich sei dafür verantwortlich und mir die Kehle durchgeschnitten hätte. Übrigens könnt Ihr mir einen Gefallen tun und Samuel aufsuchen, wenn Ihr das nächstemal in London seid, und ihn warnen, daß der junge Mann beschlossen hat, ihn zu töten.«

»Und Ihr meint, daß jemand Prestcott geholfen hat?«

»Ich glaube es«, sagte Thurloe.

»Wer?«

»Er ist zu schlau, um es zu verraten, solange der Preis nicht stimmt.«

»Seine Aussage ist in jedem Fall wertlos«, sagte ich, wütend, daß der kleine Wicht es wagte, mit mir zu handeln, und das in einer solchen Angelegenheit.

»Vor Gericht? Selbstverständlich ist sie das. Aber Ihr wißt doch mehr über Politik und durchschaut sie besser, Doktor.«

»Was will er?«

»Den Beweis, daß sein Vater unschuldig ist.«

»Den habe ich nicht.«

Thurloe lächelte.

Ich schnaubte ungehalten. »Ich nehme an, es gibt keinen Grund, warum ich ihm nicht alles versprechen sollte, was er will. Sobald ich seine Aussage habe, natürlich ...«

Thurloe drohte mir mit dem Finger.

»In der Tat. Aber haltet ihn nicht für einen Dummkopf, Sir. Er ist recht intelligent, wenn ich auch an seiner geistigen Gesundheit zweifle. Er ist kein vertrauensvoller Mensch und möchte vorher ein Zeichen Eures guten Willens. Tut Ihr etwas für ihn, wird er sich erkenntlich zeigen. Er traut keinem.«

»Was will er?«

»Er möchte, daß die Anklagen gegen ihn zurückgenommen werden.«

»Ich bezweifle, daß mir das gelingt. Meine Beziehung zum Friedensrichter ist nicht so, daß er mir bereitwillig einen Gefallen tun würde.«

»Den braucht Ihr nicht. Mr. Prestcott ist bereit, belastende Beweise dafür vorzulegen, daß eine Frau namens Blundy diesen Grove ermordet hat. Ich bin nicht sicher, wie er an diese Beweise gekommen ist, besonders da Ihr mir sagt, der Italiener sei für den Mord verantwortlich. Aber wir müssen unsere Möglichkeiten nutzen. Man müßte den Friedensrichter doch davon überzeugen können, daß eine sichere Verurteilung in einem Mordfall mehr zählt als eine mögliche Verurteilung in einem Fall von tätlichem Angriff. Ihr Prozeß bedeutet seine Freiheit und Mitarbeit.«

Ich sah ihn verständnislos an, bevor mir klar wurde, daß er es völlig ernst meinte. »Ihr wollt, daß ich einen Justizmord stillschweigend dulde? Ich bin kein Mörder, Mr. Thurloe.«

»Ihr braucht auch keiner zu sein. Ihr müßt nur mit dem Friedensrichter sprechen und dann schweigen, das ist alles.«

»Etwas so Schlimmes habt Ihr nie getan«, sagte ich.

»Glaubt mir, ich habe. Und frohen Herzens. Es ist die Pflicht des Dieners, die Sünde auf sich zu nehmen, damit sein Herrscher sicher ist. Fragt Lord Clarendon. Es geschieht zum Wohle der allgemeinen Ordnung.«

»Damit hat sich vermutlich auch Pontius Pilatus getröstet.«
Thurloe nickte. »Zweifellos. Doch ich denke, hier sind die Umstände anders. Ihr habt auch keine Alternative. Diese Frau muß nicht sterben. Aber dann erfahrt Ihr nie, wer die Hintermänner des Italieners sind. Auch hättet Ihr kaum Gelegenheit, ihn vor Gericht zu bringen. Doch ich spüre, Ihr wollt mehr als das.«

»Ich will, daß Cola stirbt und will, daß die vernichtet werden, die ihn ins Land geholt haben.«

Thurloe kniff die Augen zusammen, als ich das sagte, und ich wußte, daß die Eindringlichkeit meiner Antwort, der Haß in meiner Stimme, ihm zuviel verraten hatten. »Es ist unklug«, sagte er, »sich in solchen Dingen von Gefühlen beeinflussen zu lassen. Oder von dem Wunsch nach Rache. Wenn Ihr zuviel wollt, verliert Ihr vielleicht alles.«

Er stand auf. »Und jetzt muß ich Euch verlassen. Ich habe meine Botschaft überbracht und Euch einen Rat gegeben. Bedauerlich, daß Ihr ihn so hart findet, doch ich verstehe Euer Widerstreben. Wenn ich Mr. Prestcott überreden könnte, vernünftiger zu sein, würde ich es gewiß tun. Doch er ist dickköpfig wie alle jungen Leute und läßt sich nicht umstimmen. Ihr, wenn ich das sagen darf, seid ihm in manchen Dingen ähnlich.«

Elftes Kapitel

ICH BETETE AN JENEM ABEND, Gott möge mir den rechten Weg weisen, aber kein Wort der Hilfe oder des Trostes wurde mir zuteil; ich war völlig verlassen und meiner Unentschlossenheit ausgeliefert. Ich war nicht so blind zu übersehen, daß Thurloe zweifellos seine eigenen Gründe hatte, um vermittelnd einzugreifen, doch was das für Gründe sein mochten, wußte ich nicht. Gewiß würde er auch mich hintergehen, wenn er es für notwendig erachtete. Seine Macht war nur noch gering, aber ich erwartete, daß er die, die ihm geblieben war, voll nutzen würde.

Auf jeden Fall sollte ich mir alle möglichen Quellen offenhalten, daher sprach ich am nächsten Tag mit dem Friedensrichter, der Sarah Blundy sofort verhaften ließ. Da sie schon vernommen worden war, war es nur natürlich, daß sie Angst haben würde, und ich wollte nicht, daß mir etwas unmöglich gemacht würde, falls sie Hals über Kopf floh. Denn hätte sie fliehen können, gab es genug Leute, die ihr Zuflucht gewährt hätten, und ich hätte kaum eine Chance gehabt, sie wiederzufinden.

Um diese Zeit war Cola mit Lower auf seiner medizinischen Rundreise unterwegs. Ich war wütend, als ich das erfuhr und befürchtete sofort, seine Reise könnte der Höhepunkt seiner Verschwörung sein, aber Mr. Boyle teilte mir mit einem Brief aus London mit, der Lordkanzler habe vorläufig nicht die Absicht, sich auf sein Landgut zu begeben. Mein Alptraum von einem drohenden Hinterhalt auf der Straße nach London, die Kutschen geplündert, und alles alten Soldaten in die Schuhe geschoben, die zu Straßenräubern geworden waren, schwand allmählich, als mir klar wurde, daß Cola sich nur die Wartezeit irgendwie vertreiben mußte. Vielleicht hatte Thurloe tatsächlich recht, und Cola war nur in England, um zu handeln, wenn ein friedlicherer Versuch, Clarendon zu stürzen, fehlschlug.

Überdies war ich dankbar für die Atempause, die dieses Wissen mir verschafft hatte, denn ich hatte bedeutende Entschlüsse zu fassen und wollte einen Weg einschlagen, der entweder mich vernichten oder einen der großen Männer dieses Landes entmachten würde; und das ist nichts, was man leichten Herzens tut.

In der friedlichen Woche, in der Cola auf dem Land umherreiste (ich gebe zu, daß sein Bericht in Einzelheiten wieder genau ist, denn Lower berichtete mir, daß er fleißig Patienten behandelte), erwog ich alle Möglichkeiten, die vor mir lagen, durchdachte alle Beweise, die darauf hinwiesen, daß meine Schlußfolgerungen richtig waren und Cola tatsächlich eine Gefahr darstellte. Ich konnte keinen Fehler in ihnen entdecken und biete jedem Trotz, der an ihnen zu zweifeln wagt: Kein Unschuldiger hat sich je so schuldbewußt verhalten. Abgesehen davon, wiederholte ich meinen Vorstoß bei Sarah Blundy, denn ich dachte, wenn ich sie überreden könnte, mir zu verraten, welches Interesse Cola an ihrer Familie hatte, könnte ich mir die Demütigung ersparen, auf die Wünsche eines halbverrückten Halbwüchsigen wie Jack Prestcott eingehen zu müssen.

Man brachte sie mir in das kleine Zimmer, in dem sich gewöhnlich der Burgverweser aufhielt. Das Gefängnis hatte ihrem Aussehen nicht gutgetan, ihre Dreistigkeit jedoch war ungebrochen, wie ich bald entdeckte.

»Ich bin überzeugt, du hast über die Dinge nachgedacht, über die wir das letzte Mal gesprochen haben. Ich könnte dir helfen, wenn du mich nur ließest.«

»Ich habe Dr. Grove nicht getötet.«

»Das weiß ich. Aber viele Leute denken, du hast es getan, und du wirst sterben, wenn ich dir nicht helfe.«

»Wenn Ihr wißt, daß ich unschuldig bin, dann müßt Ihr mir auf jeden Fall helfen. Ihr seid ein Gottesmann.«

»Vielleicht trifft das zu. Aber du bist eine getreue Untertanin Seiner Majestät und hast dich trotzdem geweigert, mir zu helfen, als ich dich um ein wenig Unterstützung bat.«

»Ich habe mich nicht geweigert. Ich wußte nur nichts von dem, was Ihr hören wolltet.«

»Für jemanden, der vielleicht bald gehenkt wird, scheinst du bemerkenswert uninteressiert, dieses schreckliche Schicksal von dir abzuwenden.«

»Wenn es Gottes Wille ist, daß ich sterbe, bin ich bereit. Ist er es nicht, werde ich verschont.«

»Gott erwartet, daß wir selbst etwas für uns tun. Hör zu, Mädchen. Worum ich dich bitte, ist doch nichts Schreckliches. Du bist, zweifellos unschuldig, in das teuflischste Komplott hineingezogen worden, das man sich vorstellen kann. Wenn du mir hilfst, wirst du nicht nur frei sein, du wirst auch belohnt werden.«

»In was für ein Komplott?«

»Ich habe ganz gewiß nicht die Absicht, dir das zu erklären.«

Sie verstummte.

»Du hast gesagt«, half ich ihr weiter, »daß euer Wohltäter, Mr. Cola, einmal mit deiner Mutter gesprochen hat. Was haben sie gesprochen? Was hat er gefragt? Du hast gesagt, du würdest es herausfinden.«

»Sie ist zu krank, man kann sie nicht fragen. Alles, was sie mir gesagt hat, war, daß Mr. Cola sie immer mit größter Höflichkeit behandelt und immer voller Geduld zugehört hat, wenn sie Lust hatte zu reden. Er selbst hat wenig gesprochen.«

Verärgert schüttelte ich den Kopf. »Hör zu, du dummes Ding!« schrie ich sie an. »Dieser Mann ist hier, um ein entsetzliches Verbrechen zu begehen. Als er hier eintraf, hat er zuallererst den Kontakt mit dir gesucht. Warum denn, wenn du ihm nicht hilfst?«

»Ich weiß es nicht. Ich weiß nur, daß meine Mutter krank ist und er ihr geholfen hat. Niemand sonst hat sich erboten, und ohne seine Großzügigkeit wäre sie schon tot. Mehr weiß ich nicht und will ich auch nicht wissen.«

Als sie fortfuhr, sah sie mir direkt in die Augen. »Ihr sagt, er ist ein Verbrecher. Bestimmt habt Ihr Eure guten Gründe dafür. Aber ich habe ihn nie anders als überaus höflich erlebt, höflicher vielleicht, als ich es verdiene. Verbrecher oder Papist, so beurteile ich ihn.«

Ich erkläre hier, daß ich sie gern gerettet hätte, hätte sie es mir nur erlaubt. Von ganzem Herzen wünschte ich mir, sie möge nachgeben und mir alles sagen, was sie wußte. Mit ein bißchen Glück würde sie Prestcotts Aussage überflüssig machen, dann brauchte ich nicht auf den Handel mit ihm einzugehen. Ich drängte und drängte, redete viel länger auf sie ein, als ich es bei jemand anders getan hätte, doch sie gab nicht nach.

»Du warst an dem Abend nicht im New College, aber du warst auch nicht zu Hause, um deine Mutter zu pflegen. Du hast Botengänge für Cola erledigt. Sag mir, wo du warst und mit wem du gesprochen hast. Sag mir, was für Botengänge du sonst noch für ihn unternommen hast, in Abingdon, Bicester und Burford. Dadurch kannst du die Beweise gegen dich entkräften und dich gleichzeitig meiner Hilfe versichern.«

Ich hatte es in der Hand, aber es entschlüpfte mir. Herausfordernd hob sie den Kopf.

»Ich weiß nichts, was Euch irgendwie helfen könnte. Ich weiß nicht, warum Mr. Cola hier ist. Und wenn nicht christliche Nächstenliebe sein Motiv ist, dann weiß ich nicht, warum er meiner Mutter hilft.«

»Du hast Botschaften für ihn überbracht.«

»Das habe ich nicht.«

»Du warst auch an dem Abend, an dem Grove starb, für Cola unterwegs.«

»Das war ich nicht.«

»Wo warst du dann? Ich habe festgestellt, daß du deine Mutter nicht gepflegt hast, wie es deine Pflicht gewesen wäre.«

»Ich werde es Euch nicht sagen. Aber Gott ist mein Zeuge, daß ich nichts Schlechtes getan habe.«

»Gott sagt bei deinem Prozeß nicht aus«, antwortete ich und schickte sie in ihre Zelle zurück. Ich war in einer düsteren Stimmung, denn mir wurde bewußt, daß ich auf Prestcotts Handel eingehen mußte. Möge der Herr mir verzeihen, ich hatte dem Mädchen jede Möglichkeit gegeben, sich selbst zu retten, aber es warf sein Leben einfach weg.

* *
*

Am nächsten Tag bekam ich einen Eilbrief von Mr. Thurloe. Ich gebe ihn hier wieder als direkte Aussage über Ereignisse, bei denen ich nicht anwesend war.

Hochgeehrter Sir,
es ist mir Pflicht und Freude, Euch mit bestimmten Entwicklungen bekanntzumachen, die zu erfahren Ihr meiner Meinung nach das Recht habt und die höchst dringlich sind, denn Ihr müßt schnell handeln, dürft Euch die Gelegenheit nicht entgehen lassen. Der italienische Gentleman, der Euch so interessiert, war in diesem Dorf, und obwohl er inzwischen in Gesellschaft von Mr. Lower wieder abgereist ist (ich glaube, nach Oxford), hat er Mr. Prestcott sehr erschreckt. Berichte von Colas Skrupellosigkeit haben den jungen Mann so erschüttert, daß er sehr besorgt war, als er von Colas Absicht erfuhr, hierherzukommen.
Ebenso aus Neugier wie in der Hoffnung, etwas über seine Absichten zu erfahren, habe ich lange mit dem Italiener geredet und einen überaus sympathischen und charmanten jungen Mann in ihm entdeckt, obwohl diese Erkenntnis mich nicht daran hinderte, meine normalen Vorsichtsmaßnahmen gegen einen plötzlichen Angriff zu treffen. Es gab jedoch keinen, und ich habe mir die Freiheit genommen, ihm von Sarah Blundys Verhaftung zu erzählen, damit er sich vor der Rückkehr nach

Oxford nicht zu fürchten brauchte, falls er in dieser Hinsicht irgendwie besorgt war. Ich hoffe, daß Ihr das billigt. Während Prestcott und Cola miteinander redeten, suchte ich Mr. Lower auf und schärfte ihm ein, Cola nicht aus den Augen zu lassen, damit er nicht unbeobachtet entschlüpfen konnte. Er war über den Gedanken, hintergangen worden zu sein, sehr verärgert, das muß ich sagen, am Ende erklärte er sich jedoch bereit, meinem Wunsch zu entsprechen. Aber er zeigt seine Gefühle zu offen, und ich bin nicht sehr zuversichtlich, daß es ihm gelingen wird.

Ich verbrachte einen großen Teil der Nacht in qualvoller Unentschlossenheit, ehe ich zu dem unvermeidlichen Schluß kam. Prestcott forderte einen hohen Preis, und seine Seele würde dafür in der Hölle brennen. Doch es war ein Preis, den ich nicht herunterhandeln konnte. Ich brauchte diese Aussage, und ich mußte wissen, wer hinter der Verschwörung gegen Clarendon steckte. Ich hoffe, mein Bericht hier zeigt, wieviel ich versuchte. Wenigstens dreimal hatte ich mein Bestes getan, um einen Ausweg aus der mißlichen Lage zu finden. Länger als eine Woche hatte ich es vermieden zu handeln, in der Hoffnung, daß eine Alternative mir erlauben würde, der Entscheidung zu entgehen, und ich hatte mit dieser Verzögerung sehr viel riskiert; leider war die Hoffnung vergeblich gewesen. Schweren Herzens kam ich zu dem Schluß, daß ich nicht mehr zögern konnte.

Sarah Blundy starb zwei Tage später. Zu diesem Thema habe ich nichts mehr hinzuzufügen; es wäre sinnlos.

Am Nachmittag suchte mich John Thurloe auf. »Ich weiß nicht, ob ich Euch beglückwünschen soll oder nicht, Doktor. Ihr habt etwas schrecklich Richtiges getan. Und es war wichtiger, als Ihr selbst wißt.«

»Ich denke, ich kenne die Bedeutung dessen, was ich tue«, sagte ich. »Und was es kostet.«

»Das denke ich nicht.«

Dann gab Thurloe mir mit der erbarmungslosen Ruhe, die ich so gut kannte, das größte Geheimnis des Königreiches preis, und zum ersten Mal verstand ich, auf welche Weise er und Leute wie Samuel Morland den Sanktionen seit der Restauration Seiner

Majestät entgangen waren. Und ich erfuhr die ganze Wahrheit über Sir James Prestcotts Verrat, einen Verrat, der so gefährlich war, daß er hinter einem geringeren Verrat versteckt werden mußte, um ja nie bekanntzuwerden.

»Ich hatte einen Mann in meinem Büro, einen Soldaten«, sagte Thurloe, »der mir als besonders vertrauenswürdiger Emissär in allen möglichen Angelegenheiten diente. Wenn ich einen besonders gefährlichen Brief überbracht haben oder einen Gefangenen bewacht haben wollte, auf diesen Mann war immer Verlaß. Er war absolut fanatisch in seinem Haß auf die Monarchie und hielt die Republik für einen fundamentalen Anfang von Gottes Königreich auf Erden. Er wollte ein durch Abstimmung gewähltes Parlament – gewählt mit den Stimmen der Frauen und der Besitzlosen; er wollte, daß das Land aufgeteilt und jede Religion geduldet würde. Er war außerdem hochintelligent, konnte schnell denken und war tüchtig, wenn auch ein wenig zu phantasievoll, um perfekt zu sein. Doch ich glaubte, er sei gegenüber dem Commonwealth absolut loyal, denn alle möglichen Alternativen hielt er für sehr viel schlimmer.

Unglücklicherweise irrte ich mich in meiner Beurteilung. Er kam aus Lincolnshire und war seit Jahren Anhänger eines dort ansässigen Landbesitzers, der die Leute aus diesem Ort gegen die Ausbeuter verteidigt hatte, die das Land trockenlegen wollten. In einem Augenblick der Krise entsann er sich seiner alten Loyalität gegenüber diesem Mann, sie verfolgte und überwältigte ihn und brachte ihn um Sinn und Verstand. Ich muß sagen, daß wir von all dem nichts wußten, bis bei seiner Leiche der Brief gefunden wurde, den Samuel Morland Euch bat zu entschlüsseln.«

»Was soll das alles bedeuten, Sir? Bitte erzählt mir keine Rätsel, ich habe genügend eigene.«

»Dieser Landbesitzer war natürlich kein anderer als Sir James Prestcott und der Soldat Ned Blundy, der Ehemann von Anne und der Vater der Frau, die vor zwei Tagen gestorben ist.«

Fassungslos sah ich ihn an.

»Bei meinem letzten Besuch habe ich Euch erzählt, daß John Mordaunt mich über den Aufstand von 1659 informiert hat. Ein zweites, kleineres Komplott, von dem er mir auch erzählte, war ein lokaler Unruheherd, den Sir James Prestcott für Lincolnshire geplant hatte. Es war nichts Ernstes, aber General Ludlow wollte ein Regiment schicken, das sich um das Problem kümmern sollte, ehe es Schwierigkeiten gab. Ned Blundy wußte davon, denn er war der Kurier, der Botschaften in dieser Sache überbrachte, und aus Treue gegen das Fenland ließ er Prestcott eine Warnung zukommen, was dazu führte, daß ein Leben gerettet wurde, das sonst gewiß verwirkt gewesen wäre.

Nachdem die Beziehung zwischen den beiden erneuert war, wurden immer mehr Geheimnisse preisgegeben, denn beide waren Fanatiker und fanden gemeinsame Gründe dafür, jene zu hassen, die den Frieden wollten. Blundy bemühte sich, den Inhalt aller Geheimgespräche über die Restauration zu erfahren, und durch ihn erfuhr auch Prestcott davon. Er wußte, welche Mitglieder aus der Königspartei absichtlich an die Regierung ausgeliefert worden und welche Komplotte im voraus verraten worden waren, damit sie keinen Schaden anrichten konnten.

Und er wurde sehr zornig und sann auf Rache. Als er hörte, daß der König heimlich selbst nach England kam, um die letzten Verhandlungen mit mir zu führen, konnte er sich nicht mehr zurückhalten. Er ging im Februar 1660, als der König eintreffen sollte, nach Deal* hinunter und legte sich auf die Lauer. Ich weiß nicht, wie lange er dort war, aber nachdem die Verhandlungen begonnen hatten, erging sich der König eines Morgens im Park des Hauses, das er dort bewohnte. Sir James fiel über ihn her und versuchte, ihn mit seinem Schwert zu töten.«

Ich wußte nichts von diesen Verhandlungen und ganz gewiß auch nichts von einem Attentatsversuch, so gründlich war die Angelegenheit von allen Beteiligten vertuscht worden, und ich war erstaunt, daß ich jetzt davon erfuhr und Thurloe es mir erzählte.

»Wie war es möglich, daß das Attentat mißlang?«

»Es wäre fast gelungen. Der König wurde am Arm verletzt, was ihn furchtbar erschreckte, und er wäre ganz gewiß gestorben, hätte sich nicht ein anderer über ihn geworfen und den zweiten tödlichen Hieb an seiner Statt empfangen.«

»Ein tapferer und guter Mann«, sagte ich.

---

* etwa in der Mitte zwischen Ramsgate und Dover gelegen

»Vielleicht. Auf jeden Fall ein höchst ungewöhnlicher, denn es war Ned Blundy, der sich auf diese Weise opferte und für den Mann starb, den er verabscheute – Ned Blundy, der die Restauration jener Monarchie ermöglichte, gegen die er sein Leben lang gekämpft hatte.«

Was für eine ungewöhnliche Geschichte! Noch immer außer mir vor Staunen sah ich Thurloe an. Er lächelte, als er meine Verständnislosigkeit sah und zuckte mit den Schultern.

»Ein ehrenhafter Mann, der an die Gerechtigkeit glaubte und nichts von Mord hielt, vielleicht. Ich bin sicher, Sir James hatte mit ihm nicht über seine Absicht gesprochen. Ich kann Euch keine bessere Erklärung für seine Motive geben, und wahrscheinlich sind auch keine nötig: Blundy war ein guter Soldat, ein loyaler Kamerad, doch ich habe nicht ein einziges Mal gehört, daß er sinnlos getötet oder seine Feinde grausam behandelt hätte. Er war bestimmt glücklich, daß er Prestcott das Leben retten konnte, wollte ihm aber nicht bei einem Mord an einem anderen helfen – sogar dann nicht, wenn es der König war.«

»Und Sir James? Warum habt Ihr ihn nicht getötet? Das scheint doch die von Euch in solchen Fällen bevorzugte Lösung zu sein.«

»Er war kein Mann, den man so leicht töten konnte. Er entkam nach dem Überfall, und wir erwarteten jeden Tag, daß er sein Wissen unter die Leute brachte. Beide Seiten jagten ihn, aber keine bekam ihn zu fassen. Wir konnten nicht sagen, was er getan hatte, denn damit wären zwangsläufig unsere geheimen Verhandlungen bekannt geworden, daher lag unsere einzige Hoffnung darin, ihn im voraus in Mißkredit zu bringen, so daß ihm später niemand glauben würde. Samuel Morland bewies wieder einmal seine Tüchtigkeit im Fälschen von Briefen, und unter den Männern des Königs gab es genug Leute, die man bestechen konnte, damit sie die Situation akzeptieren, ohne allzu viele Fragen zu stellen. Prestcott floh ins Ausland und starb. Was für eine Ironie; sein Verrat am König war der schlimmste von allen, er hat aber keines der Verbrechen begangen, die man ihm zur Last gelegt hat.«

»Euer Problem war endlich gelöst.«

»Nein, das war es nicht. Er hat sich, bevor er diese Verzweiflungstat beging, nicht auf Ned Blundys Wort allein verlassen. Er bestand darauf, Beweise zu sehen, und Ned besorgte sie ihm.«

»Was für Beweise?«

»Briefe, Memoranden, Listen, die Daten der geheimen Treffen und die Namen der Leute, die daran teilnahmen. Unmengen von Dokumenten.«

»Und er hat es nicht benutzt?«

Thurloe lächelte bekümmert. »In der Tat nicht. Ich war gezwungen anzunehmen, daß er es nicht hatte; daß Ned Blundy es behalten hatte, was am klügsten gewesen wäre.«

»Und er war der Mann, den Samuel Morland erwähnte?«

»Ja. Kurz vor seinem Tod besuchte Blundy das letzte Mal seine Familie. Es war nur logisch zu vermuten, daß er die Sachen dortgelassen hatte. In diesen Dingen konnte er sich auf niemand anders verlassen, nicht einmal auf seine ältesten Waffengefährten. Ich ließ ihr Haus ein paarmal durchsuchen, doch es wurde nichts gefunden. Ich bin jedoch überzeugt, das Mädchen oder ihre Mutter haben gewußt, wo die Sachen waren – und zwar als einzige. Blundy war zu klug, um anderen ein solches Geheimnis anzuvertrauen.«

»Und sie sind beide tot. Sie können nichts mehr sagen.«

»Genau. Und sie können es auch nicht Jack Prestcott sagen.« Thurloe lächelte. »Was für mich die allergrößte Erleichterung ist. Denn wenn er die Dokumente hätte, hätte er die Grafenwürde und eine halbe Grafschaft verlangt, und der König hätte ihm beides gegeben. Und Clarendon wäre lautlos gestürzt.«

»Und Ihr habt Prestcott versprochen, daß er die Papiere von mir bekommen würde?«

»Ich habe ihm nur gesagt, Ihr könntet ihm ein paar Informationen geben. Was Ihr jetzt tun könnt, da Ihr sie von mir bekommen habt.«

»Wißt Ihr schon, was Prestcott für eine Information hat?«

»Nein. Aber ich muß ganz ehrlich sein und sagen, daß ich erraten kann, was es ist.«

»Und Ihr habt beschlossen, es mir nicht zu sagen, damit ich zuließ, daß das Mädchen getötet wurde.«

»Das ist richtig. Mir wäre lieber gewesen, ich hätte Blundys Dokumente gehabt, um sie vernichten zu können. Aber da es wenig wahrscheinlich schien, daß ich an sie herankommen könnte, war es das beste, wenn auch kein anderer sie bekam. Sie würden die Stellung und die Sicherheit von zu vielen Leuten gefährden, unter anderem auch die meine.«

»Ihr habt mich einen Mord zu Eurem Vorteil begehen lassen«, sagte ich tonlos, über die Grausamkeit und Skrupellosigkeit des Mannes entsetzt.

»Ich habe Euch gesagt, Macht ist nichts für zarte Gemüter, Doktor«, erwiderte er leise. »Und was habt Ihr verloren? Ihr wollt Eure Rache an Cola und seinen Hintermännern, und Prestcott wird Euch dazu verhelfen.«

Dann ließ er Prestcott hereinbringen, und der junge Mann kam, aufgebläht vor Stolz über seine Raffinesse. Er würde nicht sehr lange anhalten, dieser Stolz, dessen war ich sicher. Ich hatte zugestimmt, ihm den Prozeß zu ersparen, aber was er gleich von mir erfahren sollte, würde eine schlimmere Strafe für ihn sein, das wußte ich. Ich war nicht in der Stimmung, ihn zu schonen.

Er begann mit langen, heuchlerischen Erklärungen seiner großen Dankbarkeit für mich und meine Güte und meine Barmherzigkeit, und ich fiel ihm schroff ins Wort. Ich wußte, was ich getan hatte und wollte keine Glückwünsche. Es war nötig gewesen, doch mein Haß und meine Verachtung für den Mann, der mich dazu gezwungen hatte, waren grenzenlos.

Thurloe, glaube ich, sah meine Ungeduld und meinen Zorn und mischte sich ein, bevor meine Empörung zu groß war.

»Die Frage ist, Mr. Prestcott, wie seid Ihr zu Euren Schlußfolgerungen gekommen? Wer hat Euch Andeutungen gemacht und Hinweise gegeben, die Euch von Mordaunts Schuld überzeugten? Ihr habt mir viel über Eure Erkundigungen erzählt, aber nicht alles, und ich mag es nicht, wenn man mich hintergeht.«

Er wurde rot und versuchte so zu tun, als fürchte er sich nicht vor der in Thurloes ruhiger und sanfter Stimme versteckten Drohung.

»Ich wiederhole, etwas habt Ihr nicht erzählt. Angeblich hattet Ihr nie von Sir Samuel Morland gehört und habt doch so viel über ihn und seine Interessen herausgefunden – und das ohne große Schwierigkeiten. Ihr hattet keine Empfehlung für den Verwalter von Lord Bedford, wurdet aber von ihm empfangen, und er hat Euch freimütig alle möglichen Informationen gegeben. Woher habt Ihr gewußt, wie Ihr das anfangen müßt? Warum hätte ein solcher Mann mit Euch sprechen sollen? Das war der kritische Moment bei Eurer Suche, nicht wahr? Vorher war alles dunkel und verschwommen, nachher alles klar und durchsichtig. Jemand hat Euch gesagt, Mordaunt sei der Verräter, jemand hat Euch von seiner Verbindung mit Samuel Morland erzählt und hat Euch bei Eurer Suche ermutigt. Vorher war alles nur Verdacht und eine halb ausgegorene Idee.«

Prescott weigerte sich noch immer zu antworten und ließ den Kopf hängen wie ein Schüler, der beim Abschreiben ertappt worden war.

»Ich hoffe, Ihr werdet uns jetzt nicht einreden wollen, Ihr hättet alles nur erfunden. Dr. Wallis hat Euretwegen einiges riskiert und hat einen Handel mit Euch abgeschlossen. Dieser Handel wäre null und nichtig, wenn Ihr Eure Bedingungen nicht erfüllt.«

Endlich hob er den Kopf und sah Thurloe mit einem merkwürdigen (ich würde fast sagen) irren Lächeln an. »Ich hatte es von einem Freund.«

»Von einem Freund. Wie nett von ihm. Darf man auch den Namen dieses Freundes erfahren?«

In Erwartung seiner Antwort beugte ich mich vor, überzeugt, er würde mir jetzt gleich die Antwort geben, für die ich so viel riskiert hatte.

»Kitty«, sagte er, und ich sah ihn völlig verblüfft an. Der Name hatte überhaupt keine Bedeutung für mich.

»Kitty«, wiederholte Thurloe, so unerschütterlich wie immer. »Kitty. Und er ist ...«

»Sie. Sie ist oder war eine Hure.«

»Eine gute informierte, wie es scheint.«

»Sie hat jetzt eine sehr gute Stellung in ihrem Gewerbe. Es ist seltsam, nicht wahr, wie das Glück manchmal bestimmte Menschen bevorzugt? Als ich sie kennenlernte, war sie unterwegs nach Tunbridge Wells, um dort ihrem Gewerbe nachzugehen. Sechs Monate später hat sie sich als Mätresse eines der größten Männer im Land sehr gemütlich eingerichtet.«

Thurloe lächelte freundlich.

»Sie ist ein sehr kluges Mädchen«, fuhr Prescott fort. »Vor ihrem Aufstieg war ich nett zu ihr, und als ich sie in London zufällig wiedersah, belohnte sie mich reich dafür, indem sie mir den Klatsch erzählte, den sie zu hören bekam.«

»Zufällig?«

»Ja. Ich bin umherspaziert, und sie sah mich und sprach mich an. Sie kam zufällig vorbei.«

»Aber sicher. Und jetzt zu dem großen Mann, der sie aushält. Seine Name ist ...«

Prestcott richtete sich im Sessel höher auf. »Der Lord of Bristol«, sagte er. »Aber bitte sagt nicht weiter, daß Ihr das von mir wißt. Ich habe versprochen zu schweigen.«

Ich seufzte schwer, und nicht nur, weil mein Fall immer weitere Kreise zog, sondern auch weil Prestcott so offensichtlich die Wahrheit sagte. Ebenso wie es nicht in Mr. Bennets Charakter lag, alles auf einmal zu riskieren, sah es Bristol ähnlich, alles aufs Spiel zu setzen, was er hatte. Er hielt sich für den wichtigsten Berater des Königs, hatte in Wahrheit jedoch bei Hofe kein Amt und sehr wenig Autorität. Wegen seines offen zur Schau getragenen Katholizismus bekleidete er kein Amt und wurde in allen politischen Dingen von Clarendon hart bedrängt. Das verletzte ihn, denn er war zweifellos ein sehr mutiger und loyaler Mann, der lange an der Seite des Königs gekämpft und Verbannung und Armut mit ihm geteilt hatte. Er besaß außergewöhnliche Eigenschaften und war so gebildet wie in etwa alle Männer seines Alters, eine elegante und ungewöhnliche Persönlichkeit mit erstaunlich großer Redegewandtheit. Er hätte in allen Angelegenheiten eine wichtige Rolle spielen können, war aber der unfähigste Mann der Welt, sie auch zu Ende zu bringen, denn obwohl er großartige Eigenschaften besaß, seine Eitelkeit und sein Ehrgeiz waren noch größer, und er hatte ein übersteigertes Selbstvertrauen, von dem er sich manchmal hinreißen ließ wie in einem Rausch, das ihn am Ende jedoch bloßstellte. Ziemlich unbesonnen trat er für höchst gewagte politische Ziele ein, begründete sie aber so logisch und vernünftig, daß sie oft der einzig mögliche Kurs zu sein schienen. Es wäre nicht schwierig, andere glauben zu machen, daß er der Urheber eines so absurden Komplotts wie dem eines Attentats auf Clarendon war, denn er war durchaus fähig, sich eine solche Torheit auszudenken.

»Ihr dürft ganz beruhigt sein, wir werden Euer Vertrauen nicht mißbrauchen«, sagte Thurloe. »Ich muß Euch danken, junger Mann. Ihr habt uns sehr geholfen.«

Prestcott war verblüfft. »Und das war es? Mehr wollt Ihr nicht von mir?«

»Später vielleicht. Im Augenblick nicht.«

»Dann«, sagte er und wandte sich mir zu, »darf ich Euch um eine weitere Information bitten. Denn den Beweis für Mordaunts Schuld gibt es zweifellos, wie Mr. Thurloe mir gesagt hat. Wo kann ich ihn finden? Wer hat ihn?«

Sogar in meiner düsteren Stimmung war ich fähig, jetzt Mitleid mit ihm zu haben. Er war dumm und irregeleitet, abwechselnd grausam und leichtgläubig, gewalttätig in Tat und Seele, voller Bitterkeit und Aberglauben, ein Ungeheuer an Perversion. Doch sein einziges aufrichtiges Gefühl war die ehrerbietige Liebe zu seinem Vater, und sein Glaube an dieses Vaters Ehrlichkeit war so absolut, daß er ihn durch all seine Reisen und Schwierigkeiten begleitet hatte. Diese Güte wurde jedoch so von Groll und Haß überlagert, daß man den rechtschaffenen Kern kaum noch sah, und dennoch war er vorhanden. Es machte mir weder Freude, ihn zu zerstören, noch ihm sagen zu müssen, daß seine Unbarmherzigkeit allein die Ursache seines größten Unglücks war.

»Es hat nur einen einzigen Menschen gegeben, der wußte, wo die Beweise waren.«

»Und sein Name, Sir? Ich eile sofort zu ihm.« Er beugte sich eifrig vor, einen Ausdruck argloser Erwartung im jugendlichen Gesicht.

»Es war Sarah Blundy, die Frau, von der Ihr unbedingt wolltet, daß sie stirbt. Der Beweis wird jetzt für immer und ewig verborgen bleiben, denn sie muß ihn gut versteckt haben. Ihr werdet weder die Unschuld Eures Vaters beweisen noch Euren Besitz zurückfordern können. Euer Name wird immer mit dem Makel des Verräters befleckt sein. Es ist eine gerechte Strafe für Eure Sünden. Ihr müßt in dem Bewußtsein leben, daß Ihr Euer Unglück selbst verursacht habt.«

Er lehnte sich mit einem wissenden Lächeln zurück. »Ihr treibt Euren Scherz mit mir, Sir. Vielleicht ist das Eure Art, doch ich muß Euch bitten, offener mit mir zu sprechen. Sagt mir bitte die Wahrheit.«

Ich sagte es ihm noch einmal. Fügte mehr Einzelheiten hinzu und dann noch mehr, bis ihm das Grinsen verging und seine Hände anfingen zu zittern. Ich wiederhole es, es machte mir keine Freude und, obwohl es gerecht war, befriedigte mich auch die furchtbare zusätzliche Strafe nicht, die ihm auferlegt wurde. Denn als ich ihm bis ins kleinste schilderte, wie sein Vater den König nicht nur verraten, sondern beinahe ermordet hätte, war seine Stimme nur noch ein Knurren, und der entsetzliche, dämonische Ausdruck, der seine verzerrten Züge entstellte, erschreckte sogar Thurloe, glaube ich.

Wie gut, daß er, seiner alten Gewohnheit treu, einen Diener mitgebracht hatte, der sich im Hintergrund hielt und auf alle Möglichkeiten gefaßt war. Denn als ich geendet hatte, stürzte Prestcott sich auf meine Kehle und hätte mich, wären ihm nur ein paar Sekunden mehr geblieben, gewiß ums Leben gebracht, bevor er zu Boden geworfen wurde.

Als Priester glaube ich notwendigerweise daran, daß der Mensch von Dämonen besessen sein kann, doch ich denke, daß ich den Begriff bis dahin immer sehr sorglos und leichtsinnig verwendet hatte. Ich hätte mich nicht mehr irren können, und die Skeptiker, die nicht an diese Dinge glauben, lassen sich von ihrer Eitelkeit täuschen. Es gibt in der Tat Dämonen, und sie können in Körper und Geist von Menschen fahren und sie zu zerstörerischer Raserei und zum Wahnsinn treiben. Prestcott war für mich der einzige Beweis, den ich je brauchte, um meine Skepsis für immer abzulegen, denn keine menschliche Gestalt wäre jemals einer solchen Bestialität fähig, wie ich sie in diesem Raum erlebte. Der monströse Teufel in Prestcott hatte, wie ich glaube, seine Gedanken und Taten seit vielen Monate beherrscht, aber auf eine so vorsichtige und subtile Weise, daß niemand seine Anwesenheit ahnte.

Nun, da er endgültig enttäuscht war, brachen sich seine Wut und gewalttätige Energie auf geradezu entsetzliche Weise Bahn, er warf sich auf dem Boden hin und her, zerkratzte die Dielen mit den Fingernägeln, bis das Blut aus ihnen herausspritzte und in dünnen roten Linien in das Holz einsickerte. Zu dritt mußten wir ihn bändigen, und konnten dennoch nicht verhindern, daß er immer wieder mit dem Kopf gegen die Möbel schlug und uns zu beißen versuchte, wenn wir so unvorsichtig waren, ihm mit einer

Hand zu nahe zu kommen. Und die ganze Zeit kreischte er scheußliche Obszönitäten, von denen man zum Glück nicht jedes Wort verstehen konnte, und fuhr fort, um sich zu schlagen, bis er, gefesselt und geknebelt, in den Karzer der Universität gebracht wurde, wo er auf die Ankunft eines Angehörigen wartete, der ihn in Obhut nahm.

Zwölftes Kapitel

ICH WÄRE SOFORT NACH London abgereist, hätte ich nicht, ausgerechnet von Mr. Wood, erfahren, daß Cola aus Oxford geflohen war, nachdem er von Sarah Blundys Tod erfahren hatte. Sie und ihre Mutter waren jetzt beide tot, und ich hatte das Gefühl, daß zumindest einige seiner Pläne mißlungen waren. Seine Möglichkeiten, sich mit seinen Helfershelfern in Verbindung zu setzen, waren jetzt so gering, daß es für ihn sinnlos geworden war, sich noch länger in Oxford aufzuhalten. Wichtiger noch, er mußte gehört haben, daß Prestcott wahnsinnig geworden war. Wenn Thurloe recht hatte und der erste Anschlag auf Clarendon durch den jungen Irren erfolgen sollte, dann mußte Cola klargeworden sein, daß der Versuch fehlgeschlagen war und es jetzt an ihm war, zu handeln. Mehr als jeder andere veranlaßte mich dieser Gedanke, so schnell wie möglich aufzubrechen.

Die Reise war so ermüdend wie immer, und ich holperte in dem Bewußtsein dahin, daß meine Beute nur wenige Stunden Vorsprung hatte. Doch als ich in Charing Cross ankam und herumfragte, erinnerte sich niemand an jemanden, der seiner Beschreibung entsprach. Also fuhr ich direkt nach Whitehall, wo Mr. Bennet am ehesten zu finden sein würde, und schickte ihm eine Nachricht mit der dringlichen Bitte, mir eine Unterredung zu gewähren.

Er empfing mich nach einer Stunde; ich ärgerte mich über die Verzögerung, war aber auf eine noch viel größere vorbereitet gewesen.

»Ich hoffe, die Sache ist tatsächlich wichtig, Doktor«, sagte er, als ich sein Zimmer betrat, in dem sich, wie ich zu meiner großen

Erleichterung feststellte, nur er aufhielt. »Es sieht Euch nicht ähnlich, so viel Wind zu machen.«

»Ich glaube, daß es sehr wichtig ist, Sir.«

»Also erzählt, was Ihr auf dem Herzen habt. Geht es noch immer um Verschwörungen?«

»In der Tat. Bevor ich es erkläre, muß ich jedoch eine überaus wichtige Frage stellen. Habt Ihr, als ich Euch vor einigen Wochen von meinem Verdacht berichtete, mit jemand darüber gesprochen? Mit irgend jemand, gleich mit wem?«

Er zuckte mit den Schultern und runzelte wegen der angedeuteten Kritik die Stirn. »Da ist durchaus möglich.«

»Es ist wichtig. Sonst würde ich nicht fragen. Kaum zwei Tage nachdem ich bei Euch gewesen war, ermordete Cola meinen vertrauenswürdigsten Diener, dessen Namen ich Euch genannt hatte. Dann ist er in Oxford aufgetaucht und hat versucht, auch mich zu töten. Er wußte, daß ich die Kopie eines an ihn gerichteten Briefes hatte, und die hat er zusammen mit einem ähnlichen Brief gestohlen, den ich seit Jahren aufbewahrt hatte. Ich bin seither zu der Überzeugung gelangt, daß Lord Bristol der Mann ist, der Cola ins Land geholt hat. Ich muß unbedingt wissen, ob Ihr Seiner Lordschaft etwas von meinem Verdacht gesagt habt.«

Mr. Bennet schwieg lange, und ich sah, daß sein scharfer und rascher Verstand meine Worte und die damit verbundenen Konsequenzen von allen Seiten betrachtete.

»Ich hoffe, Ihr deutet damit nicht an …«

»Hätte ich das getan, würde ich kaum mit Euch über das Thema gesprochen haben. Aber Eure Loyalität gegen Eure Freunde ist wohlbekannt, und Ihr würdet nicht erwarten, daß irgendein Mann, der dem König so zu Dank verpflichtet ist, gegen sein Interesse handeln würde. Ich glaube, Cola hat es nicht auf den König, sondern auf den Lordkanzler abgesehen.«

Das überraschte ihn, und ich merkte, daß jetzt allmählich alles für ihn einen Sinn bekam. »Die Antwort auf Eure Frage ist, daß ich glaube, mit Lord Bristol darüber gesprochen zu haben – oder mit jemand aus seinem Gefolge.«

»Und seine Beziehungen zu Lord Clarendon sind so schlecht wie eh und je?«

»Das sind sie. Aber nicht so schlecht, daß es mir leichtfällt zu glauben, er könnte so etwas tun. Er neigt zu verrückten Plänen, doch ich habe ihn immer für zu schwach gehalten, um viel zu erreichen. Vielleicht habe ich ihn unterschätzt. Am besten, Ihr erzählt mir jetzt genau, wie Ihr zu diesem Schluß gekommen seid.«

Das tat ich, und Mr. Bennet hörte mich mit großem Ernst von Anfang bis zum Ende an und unterbrach mich nicht einmal, als ich gestand, mich mit John Thurloe beraten zu haben. Als ich zu Ende gesprochen hatte, sagte er wieder eine ganze Weile nichts.

»Nun ja«, meinte er schließlich. »Der Strick ist fest genug, um einen Earl zu hängen. Es ist schwer zu glauben, doch es bleibt mir nichts anderes übrig. Die Frage ist, wie sollen wir verfahren?«

»Cola muß aufgehalten und Bristol bestraft werden.«

Mr. Bennet sah mich verächtlich an. »Ja, natürlich, doch das ist leichter gesagt als getan. Kennt Ihr Colas Pläne?«

»Nicht im einzelnen.«

»Wißt Ihr, wie er sich mit Lord Bristol in Verbindung setzt?«

»Nein.«

»Gib es vielleicht Briefe oder andere handfeste Beweise, daß er es jemals getan hat?«

»Nein.«

»Und was erwartet Ihr? Was soll ich Eurer Meinung nach tun? Vielleicht Seine Lordschaft des Hochverrats anklagen? Ihr vergeßt vielleicht, daß er ebenso mein Gönner ist wie ich der Eure. Wenn ich mit ihm brechen soll, muß ich das absolut rechtfertigen können, weil man mich sonst beschuldigt, treulos zu sein. Wenn Lord Bristol fällt, stürzt der halbe Hof mit ihm, und Lord Clarendon wird nur noch geringen Beschränkungen unterworfen sein und der König noch geringeren. Das Gleichgewicht des ganzen Hofes wird außer Kontrolle geraten. Ich sage Euch, Dr. Wallis, es fällt mir schwer zu glauben, daß der Mann so viel riskiert.«

»Er tut es aber. Er muß aufgehalten werden, und Ihr müßt an seine Stelle treten.«

Bennet sah mich an.

»Ich schmeichle Euch nicht und sage auch nichts, was Ihr nicht selbst im Herzen fühlt. Was Seine Majestät von Euch hält, ist bekannt. Ebenso klar ist, wie nützlich Ihr wärt, um einen Ausgleich zu den Interessen von Lord Clarendon zu schaffen. Lord Bristols

Mangel an Mäßigkeit hat ihn daran gehindert. Ihr könnt es und könnt es um so besser, wenn Ihr keine Rücksicht auf seine Torheit nehmen müßt. Ihr müßt mit ihm brechen und ihn selbst zu Fall bringen. Wenn Ihr es nicht tut, könnt Ihr sicher sein, daß er trotzdem stürzen wird und Ihr mit ihm.«

Noch immer sah er mich an, doch ich fühlte mich ermutigt, fortzufahren, denn ich sprach mit seiner Seele. »Ihr seid an ihn als an den Mann gebunden, der Euch in Eurem Fortkommen gefördert hat, und ich weiß, Ihr habt Eure Schuld loyal und großzügig zurückgezahlt. Doch Ihr seid nicht verpflichtet, ihn bei einem Verbrechen zu unterstützen, und daß er eines zu begehen versucht, löst alle Bande zwischen Euch und ihm.«

Endlich reagierte er auf meine Worte, stützte den Kopf in die Hände und die Ellenbogen auf den Schreibtisch, die zwangloseste Haltung, die ich je bei ihm gesehen habe. »Ich soll es auswürfeln, denkt Ihr, Doktor? Und wenn Clarendon sowieso ermordet wird, und Bristol tatsächlich Erfolg hat? Was haben dann ich und die meinen zu erwarten? Habt Ihr daran gedacht, wie lange Ihr dann Eure Stellung behieltet?

Ein paar Wochen – vielleicht. Ich selbst würde wohl in keinem Fall noch lange am Leben bleiben, so daß der Verlust meines Amtes für mich ein sehr kleines Problem wäre.

Ich habe lange darüber nachgedacht, welche Würde mir bei Hofe tatsächlich zustünde. Ihr haltet mich zweifellos für ehrgeizig, und das bin ich auch. Doch ich bin auch ein getreuer Diener Seiner Majestät, und ungeachtet dessen, was ich dachte, habe ich ihn stets zu seinem Besten beraten. Ich verdiene die höchsten Stellungen im Land. Clarendon hat mich immer behindert, wie er alle behindert, die jünger und beweglicher sind als er. Und Ihr sagt mir, ich soll einen Mann fallenlassen, der immer gütig zu mir war, und einem anderen die Macht erhalten, dem die Luft zuwider ist, die ich atme?«

»Ich sage nicht, daß Ihr ihm die Macht erhalten sollt. Ich weise nur darauf hin, daß Ihr Euch in keiner Weise in einen Mord verwickeln lassen dürft, und zu schweigen bedeutet Komplizenschaft.«

Mr. Bennet überlegte und lenkte dann ein – was ich vorhergesehen hatte.

»Wollt Ihr Lord Bristol damit konfrontieren oder Lord Clarendon unterrichten?« fragte ich.

»Letzteres. Ich habe nicht den Wunsch, anzuklagen. Das können andere tun. Kommt, Dr. Wallis. Ihr müßt dabeisein.«

* * *

Ich war dem Lordkanzler von England nie zuvor persönlich begegnet, obwohl ich ihn natürlich sehr oft gesehen hatte. Seine groteske Korpulenz überraschte mich nicht, was mich jedoch überraschte, war, wie leicht es war, zu ihm vorzudringen. Er hielt nicht viel von Förmlichkeit; zweifellos hatten ihn die Jahre in der Verbannung, als er von der Hand in den Mund leben mußte und oft nicht einmal einen Diener hatte, die Tugend der Einfachheit gelehrt – allerdings fiel mir auf, daß ähnliche Entbehrungen bei Mr. Bennet nicht die gleiche Wirkung gehabt hatten.

Wie Mr. Thurloe gesagt hatte, war Clarendon absolut loyal gegenüber seinem Herrn, dem König, der ihn bei zahlreichen Gelegenheiten schäbig behandelt hatte und in Zukunft noch schäbiger behandeln sollte. Dennoch blieb Clarendon energisch an seiner Seite und war bemüht, ihn von so vielen Torheiten wie möglich zurückzuhalten. In der Verbannung hatte er unermüdlich für die Rückkehr Seiner Majestät gearbeitet, und strengte sich, als das große Ziel erreicht war, nach Kräften an, es zu bewahren. Seine größte Schwäche war, wie das so oft bei älteren Männern geschieht, daß er zu sehr von der Weisheit des Alters überzeugt war. Kein Zweifel, daß Ehrerbietung eine Tugend ist, aber sie fraglos zu erwarten ist eine große Torheit und weckt nur Groll. Mr. Bennet war einer der Männer, die er sich unnötig zum Feind gemacht hatte, denn sie hatten beide einen gesunden Menschenverstand und hätten von Natur aus Verbündete sein müssen. Aber Clarendon legte Bennets Freunden bei jeder Gelegenheit Steine in den Weg und ließ es nur selten zu, daß jemand außerhalb seines eigenen Kreises zu Amt und Würden kam.

Die Feindseligkeit zwischen den beiden Männern war jedoch kaum wahrnehmbar. Bei Mr. Bennets peinlicher Korrektheit und Clarendons natürlich ernster Haltung hätte jemand, der weniger aufmerksam beobachtete oder weniger wußte als ich, angenommen, die Beziehung zwischen den beiden sei durchaus herzlich. Doch davon war sie weit entfernt, das wußte ich, und ich wußte auch, daß Mr. Bennet sich unter seiner äußeren Kühle vor dem Ergebnis dieser Zusammenkunft unglaublich fürchtete.

Wenn es um wirklich wichtige Dinge ging, dann war Mr. Bennet kein Mann, der seine Meinung mit gedrechselten Phrasen oder halb ausgesprochenen Anspielungen ausdrückte. Er stellte mich als seinen Diener vor, ich verneigte mich, und dann erklärte Bennet knapp, ich hätte eine Angelegenheit von größter Wichtigkeit vorzutragen. Clarendon bekam schmale Augen, als ihm einfiel, wer ich war.

»Ich bin überrascht, Euch in dieser Gesellschaft zu sehen, Doktor. Ihr scheint imstande, vielen Herren zu dienen.«

»Ich diene Gott und der Regierung, Sir«, antwortete ich. »Ersterem, weil es meine Pflicht ist, letzterer, weil ich darum gebeten wurde. Würden meine Dienste nicht gebraucht, lebte ich glücklich in angenehmer Anonymität.«

Er ignorierte meine Antwort und ging schwerfällig in dem Zimmer auf und ab, in dem wir ihn angetroffen hatten. Mr. Bennet stand still da, einen Ausdruck kaum verhüllter Unruhe im Gesicht. Er wußte, seine Zukunft beruhte ganz darauf, wie ich mich bei dieser Begegnung verhielt.

»Findet Ihr mich fett, Sir?«

Die Frage war ganz offensichtlich an mich gerichtet. Der Lordkanzler von England blieb vor mir stehen, keuchte nach diesen wenigen Schritten vor Anstrengung und stützte die Hände in die Hüften.

Ich sah ihm ruhig in die Augen. »Natürlich finde ich Euch fett«, sagte ich.

Er grunzte zufrieden, hinkte dann zu seinem Sessel, ließ sich nieder und deutete mit einer Geste an, wir sollten uns auch setzen.

»Viele Männer haben mir in die Augen gesehen wie Ihr und blind geschworen, ich hätte eine ungewöhnliche Ähnlichkeit mit Adonis«, erklärte er. »Das ist die Macht eines hohen Amtes, sie kann, wie es scheint, auch die Sicht der Menschen verzerren. Solche Männer werfe ich hinaus. Nun, Mr. Bennet, erzählt mir, was so wichtig ist, daß Ihr sogar Euren Abscheu vor mir überwindet. Und warum Ihr diesen Gentleman mitgebracht habt.«

»Ich erlaube Dr. Wallis zu sprechen, wenn Ihr einverstanden seid. Er hat alle Informationen parat, daher werden sie sich aus seinem Mund besser anhören.«

Der Kanzler wandte sich mir zu, und noch einmal trug ich meine Geschichte so kurz wie möglich vor. Wieder muß ich alle meine Schwächen gestehen, denn diese Erzählung ist unnütz, wenn ich mich italienisch verhalte und auslasse, was nicht in meinem Interesse ist. Ich erzählte Lord Clarendon nichts über Sarah Blundy.

Ich hatte mit den Tatsachen so lange gelebt, daß keine mich mehr überraschte; es war lehrreich zu beobachten, wie gewöhnlichere Männer (wenn ich den Lordkanzler einen Moment lang so bezeichnen darf) auf Beschuldigungen reagierten, die für mich jetzt eine Selbstverständlichkeit waren. Clarendons Gesicht versteinerte und wurde blaß, als ich ihm von meinen Untersuchungen und Schlußfolgerungen berichtete, er biß die Zähne fest zusammen vor Zorn und war schließlich nicht mehr fähig, den Überbringer dieser Nachrichten auch nur anzusehen.

Als ich geendet hatte, blieb es lange, lange still. Mr. Bennet wollte und der Kanzler konnte nichts sagen, wie es schien. Meine Rolle war zu Ende; ich hatte meine Aufgabe erledigt, gemeldet, was ich entdeckt hatte, und nun mußten die Mächtigen handeln. Mir war bewußt, daß ich etwas Folgenschweres getan hatte, und ich begriff wieder die ungeheure Macht des Wortes, das in einer Sekunde Männer stürzen kann, die ganz oben stehen, und in einigen Sätzen mehr bewirken kann als ganze Armeen in jahrelangen Kampagnen. Denn Männer werden nur durch den hauchdünnen Schmelz ihres Rufes über andere erhoben, der so leicht und zerbrechlich ist, daß ein Atemzug ihn zerstören kann.

Endlich sprach Clarendon und unterzog mich dem strengsten Verhör, das ich je über mich ergehen lassen mußte; er war Rechtsanwalt, und wie alle Anwälte liebte er nichts mehr, als seine Geschicklichkeit im Verhör zu beweisen. Die Befragung dauerte fast eine ganze Stunde, und ich antwortete, so gut ich konnte, ruhig und ohne Groll. Wieder will ich ganz offen und ehrlich sein; zum größten Teil stellten meine Antworten ihn zufrieden; doch mit Raffinesse hakte er unbarmherzig nach und legte jede Schwäche meines Falles bloß.

»Also, Dr. Wallis, Ihr glaubt zu wissen, daß Mr. Cola ein erfahrener Militär ist ...«

»Das weiß ich von einem Händler, der ihn von Candia nach Venedig gebracht hat«, antwortete ich. »Er hatte keinen Grund, mich zu belügen, da er nicht wußte, daß ich mich für den Mann interessiere. Der Händler stammt nicht aus guter Familie, aber ich halte ihn dennoch für einen zuverlässigen Zeugen. Er berichtete mir, was er gehört und gesehen hatte; meine Schlüsse stützen sich aber keinesfalls auf seine Meinung.«

»Und Cola steht in Verbindung mit Radikalen?«

»Glaubwürdig bestätigt von meinen Informanten in den Niederlanden und von meinem Diener. Er hatte auch eine enge Beziehung zu einer berüchtigten Familie in Oxford.«

»Und zu Sir William Compton?«

»Er wurde von einem zuverlässigen Zeugen in Sir Williams Haus gesehen, wo er viele Tage blieb. Sie sprachen mehrere Male über Euch, über die Route, die Ihr in wenigen Wochen nehmen wolltet, und hofften, daß Ihr unterwegs aus dem Hinterhalt überfallen würdet.«

»Und Lord Bristol?«

»Sir William und Lord Bristol haben die gleichen Interessen, was Euch gewiß bekannt ist ...«

»Die hat auch unser Mr. Bennet.«

»Ich habe schon einmal mit Mr. Bennet über meinen Verdacht gesprochen, bevor ich eine Ahnung hatte, wer Colas Hintermann ist. Er hat es Lord Bristol erzählt, und innerhalb vierundzwanzig Stunden wurde mein Diener von Cola ermordet. Ein paar Tage später wurde ein Anschlag auf mich verübt.«

»Das ist ungenügend.«

»Das ist es, aber es ist nicht alles. Es ist bekannt, daß Lord Bristol eine Allianz mit Spanien begünstigt, und Cola hat auch eine enge Verbindung zum Statthalter der Niederlande; er ist ein bekannter Katholik und anerkennt daher nicht die Autorität des Königs, des Parlaments oder die Gesetze dieses Landes. Und er hat sich nicht zum ersten Mal einen törichten Plan ausgedacht. Außerdem hat er seit einiger Zeit einen jungen Mann angeleitet, Euch anzugreifen, indem er den Ruf von Lord Mordaunt zerstörte.«

Endlich hatte ich alles gesagt. Clarendon würde überzeugt sein oder nicht. Es ist eine merkwürdige Sache, wenn man versucht, einen Mann davon zu überzeugen, daß er getötet werden soll; und es spricht für Lord Clarendon, daß er gute Gründe hören wollte, ehe er zufrieden war. Viele weniger bedeutende Männer hätten sich glücklich auf diesen Verdacht gestürzt und noch zusätzliche Beweise erfunden, um einen Rivalen zu vernichten.

»Aber sie haben sich nie getroffen? Niemand hat sie zusammen gesehen? Es gibt keine Briefe, niemand hat ein Gespräch zwischen ihnen belauscht?«

Ich schüttelte den Kopf. »Nein; aber ich halte so ein Vorgehen auch nicht für wahrscheinlich. Der gesunde Menschenverstand schreibt vor, daß jeder Kontakt über einen dritten gehen muß.«

Clarendon lehnte sich im Sessel zurück, der unter dem Gewicht knarrte und ächzte. Mr. Bennet hatte die ganze Zeit teilnahmslos dagesessen, das Gesicht völlig ausdruckslos, und hatte mir weder geholfen noch mich zurückgehalten. Er war ganz still, bis Clarendon sich an ihn wandte.

»Ihr seid davon überzeugt, Sir?«

»Ich bin überzeugt, daß Ihr in großer Gefahr sein könntet und daß alle nur erdenklichen Mittel eingesetzt werden müssen, um Euch vor Schaden zu bewahren.«

»Das ist großzügig von einem Mann, der mich so wenig liebt.«

»Nein. Ihr seid der engste Berater Seiner Majestät, und es ist die Pflicht aller, Euch so zu schützen wie den König selbst. Wenn der König Euch entließe, würde ich mich nicht anstrengen, Euren Sturz zu verhindern. Das wißt Ihr, dessen bin ich sicher. Doch ebenso wie es ein Verbrechen ist, einen Mann außerhalb des Gesetzes zu töten, ist es Verrat, Seine Majestät dazu zu zwingen. Wenn Bristol das will, will ich mit ihm nichts zu tun haben.«

»Glaubt Ihr, daß er es will? Das ist doch die Frage, oder? Ich habe nicht die Absicht hier zu sitzen und abzuwarten, bis ein Messer in meinem Rücken beweist, daß Dr. Wallis recht hat. Ich kann Lord Bristol nicht des Verrats beschuldigen, denn es gibt nicht genügend Beweise in diesem Fall, und der König würde in jedem Versuch, Seine Lordschaft strafrechtlich zu verfolgen, einen Amtsmißbrauch sehen. Und ich werde solche Methoden nicht anwenden.«

»Früher habt Ihr es getan«, sagte Mr. Bennet.

»Selten. Und nicht in diesem Fall. Lord Bristol war auf der Seite des Königs und auch auf der Seite von dessen Vater, länger als zwanzig Jahre, und ich war bei ihm. Wir haben Verbannung, Verzweiflung und Entbehrungen geteilt. Ich habe ihn wie einen Bruder geliebt, liebe ihn immer noch. Ich kann ihm keinen Schaden zufügen.«

Das Gespräch zwischen den beiden Männern ging so weiter; Mäßigung, Zurückhaltung und Bedauern waren die einzigen Gefühle, die sie preisgaben. Das ist nun einmal die Art des Höflings, der in einer Verschlüsselung spricht, die unlösbarer und undurchdringlicher ist als die der kleinen Verschwörer, die meine täglichen Gegner waren. Ich bezweifle nicht einmal, daß sie ernst meinten, was sie sagten; doch wortlos und dennoch von beiden über alle Worte hinaus verstanden, wurde ein mitleidloseres Gespräch geführt, in dem beide Männer überlegten und planten, wie sie die Situation, die ich geschaffen hatte, zu ihrem eigenen Vorteil nutzen konnten; jeder für sich natürlich.

Ich verachte sie deshalb nicht. Jeder der beiden glaubte, davon bin ich überzeugt, daß sein Triumph und der Triumph der Seinen dem allgemeinen Wohl diente. Auch halte ich eine solche Wendigkeit nicht für einen Fehler; in den vergangenen Jahren hat England unter strengen Männern mit Prinzipien, die sich nicht beugen wollten und nicht ändern konnten, sehr gelitten. Daß Clarendon und Bennet um die Gunst des Königs wetteiferten, verlieh dem Ruhm Seiner Majestät Glanz. Diese Gunst zu erzwingen, so daß er das Recht zu wählen nicht mehr hatte, war die Sünde des Parlaments in der Vergangenheit gewesen – und war jetzt Lord Bristols Sünde. Deshalb mußten sie Gegner sein.

Ich war auch nicht überrascht, daß beide Männer sich ganz über den potentiellen Schaden im klaren sein wollten, den Bristols Sturz ihnen zufügen würde. Denn die Folgen würden schwer sein, wie immer, wenn ein Machtgefüge zusammenbricht. Die Familie Digby, deren Oberhaupt er war, hatte im House of Commons und im West Country eine starke Anhängerschaft; viele seiner Freunde und Familienmitglieder hatten Ämter bei Hofe oder beim Staat. Lord Bristol zu entfernen, war eines; seine Familie auszurotten, etwas anderes.

»Ich hoffe, wir sind uns einig, daß dieser Italiener aufgehalten werden muß«, sagte der Kanzler mit dem Anflug eines Lächelns, dem ersten, das ich bei ihm sah, seit ich gesprochen hatte. »Das ist der Anfang. Das schwerwiegendere Problem, wenn ich es so ausdrücken darf, ist Lord Bristol. Ich möchte ihn nicht beschuldigen, geschweige denn selbst eine öffentliche Anklage einbringen. Wollt Ihr es tun, Mr. Bennet?«

Bennet schüttelte den Kopf. »Ich kann nicht. Zu viele seiner Gefolgsleute sind auch die meinen. Es würde uns entzweien, und man würde mir nie wieder trauen. Ich werde ihn nicht unterstützen, aber ich kann ihm auch nicht das Messer in den Rücken stoßen.«

Sie verstummten beide, wünschten das Ende herbei, scheuten jedoch die Tat. Endlich versuchte ich etwas zu sagen, ein wenig schüchtern, weil ich solchen Leuten einen Rat geben wollte, ohne darum gebeten zu sein, aber überzeugt, daß meine Fähigkeiten den ihren in nichts nachstanden.

»Vielleicht kann er selbst seinen Sturz herbeiführen«, sagte ich.

Beide sahen mich ernst an, fragten sich, ob sie mich rügen sollten, weil ich gesprochen hatte, oder ob sie mich auffordern sollten, weiterzusprechen. Schließlich nickte Clarendon zum Zeichen, daß er mir erlaubte zu sprechen.

»Lord Bristol ist tollkühn, seine Eitelkeit und Ehre sind überaus verletzlich, und außerdem liebt er große Gesten über alles. Das hat er schon bewiesen. Man muß ihn zwingen, irgend etwas zu tun, das so maßlos übertrieben und so töricht ist, daß es sogar beim König großen Unmut erregt.«

»Und was schlagt Ihr vor? Wie sollen wir das fertigbringen?«

»Er hat, wie ich glaube, durch diesen jungen Mann Prestcott einen Versuch gemacht, der fehlgeschlagen ist. Darum muß Cola aufgehalten werden. Hinterher muß man Bristol anstacheln und provozieren, bis er alle Vernunft verliert. Es würde ziemlich lange dauern, einen andern Mörder zu dingen, wenigstens ein paar Monate. Ihr müßt schnell an seinem Stuhl sägen, bevor er einen neuen Versuch wagen kann.«

»Zum Beispiel?«

»Es gibt vieles, das Ihr tun könntet. Er ist Kämmerer meiner

Universität. Ihr könntet vorschlagen, man solle ihn dieses Postens entheben, weil er katholisch ist. Werft einige seiner Förderer aus ihren Ämtern.«

»Das wird ihn nicht provozieren. Höchstens verärgern.«

»Mylord, darf ich offen sprechen?«

Clarendon nickte.

»Eure Tochter hat den Duke of York gegen Euren Willen und ohne Euer Wissen geheiratet.«

Clarendon nickte langsam, sichtlich verärgert. Mr. Bennet saß absolut still und beobachtete mich, als ich die gefährlichsten Worte sagte, die ich je ausgesprochen hatte. Diese berüchtigte Heirat vor dem Kanzler auch nur zu erwähnen konnte die Karriere eines Mannes beenden, denn sie war, als sie bekannt wurde, beinahe das Ende der seinen gewesen. Es war unbesonnen, auch nur ein Wort darüber zu sagen.

Und noch unbesonnener, darüber zu sprechen, wie ich es tun wollte. So gut ich konnte, ignorierte ich den harten Blick des Kanzlers und tat so, als merke ich nicht, daß ich bei Mr. Bennet offensichtlich keine Unterstützung finden würde.

»Ich zögere, ein solches Vorgehen vorzuschlagen, aber man müßte Lord Bristol zu verstehen geben, daß Ihre Majestät die Königin unfruchtbar ist und Ihr das genau wußtet, als Ihr die Ehe eingefädelt habt.«

Nachdem ich das gesagt hatte, herrschte eine vollkommene, eine tödliche Stille, und ich fürchtete schon, Clarendons Zorn werde über mich hereinbrechen. Wieder überraschte er mich; anstatt wütend aufzubrausen, fragte er nur mit kalter Stimme: »Und was würde das bewirken?«

»Lord Bristol neidet Euch Euren Einfluß; wenn er überzeugt ist, daß Ihr bei der Eheschließung Eure Hände im Spiel hattet, um Eure Tochter auf den Thron zu heben, indem Ihr die Kinderlosigkeit der Königin ausnutztet, wird er von Eifersucht verzehrt werden und versuchen, Euch vor dem House of Commons anzuklagen. Wenn Mr. Bennet sich weigert, diese Anklage im entscheidenden Augenblick zu unterstützen, wird sie fehlschlagen, und der König wird es mit einem Mann zu tun haben, der versucht hat, seine Autorität zu untergraben, indem er seinen obersten Minister zur Abdankung zwingt.«

»Wie sollte man diese Geschichte in Umlauf bringen?«

»Einer meiner jungen Kollegen in Oxford, Dr. Lower, wünscht sich nichts mehr, als in London seinen Weg zu machen. Wenn Ihr ihn entsprechend fördert, bin ich überzeugt, daß er nichts dagegen haben wird, wenn man verbreitet, er sei gebeten worden, die Königin heimlich zu untersuchen und habe deutliche Beweise für ihre Unfruchtbarkeit gefunden. Unter Eid würde Mr. Lower natürlich die Wahrheit sagen und leugnen, eine solche Untersuchung je vorgenommen zu haben.«

»Natürlich«, warf Mr. Bennet ein, »bleibt Euch, wenn Ihr den Vorschlag annehmt, nichts anderes übrige, als darauf zu vertrauen, daß ich Euch im entscheidenden Augenblick zu Hilfe komme. Ich gebe Euch gern mein Wort darauf, aber bei einer solchen Angelegenheit wird das wohl nicht genügen.«

»Ich denke, Sir, es gibt ein paar Möglichkeiten, Euch zu versichern, daß es in Eurem Interesse wäre, Wort zu halten.«

Bennet nickte. »Um mehr bitte ich nicht.«

»Ihr seid mit der Idee einverstanden?« sagte ich, erstaunt, weil ich auf so wenig Widerstand und Widerspruch stieß.

»Ich glaube ja. Ich werde mich bemühen, den Sturz von Lord Bristol zu nutzen, um meine Stellung als des Königs oberster Minister zu festigen; Mr. Bennet wird ihn nutzen, die seine zu stärken, damit zu gegebener Zeit er mich zu Fall bringen kann. Das kommt aber erst später; vorläufig müssen wir uns als Verbündete betrachten, die ein gemeinsames Ziel verfolgen.«

»Und der Italiener darf keine Schwierigkeiten machen«, sagte Bennet. »Er darf nicht verhaftet oder irgendwohin gebracht werden, wo er sprechen kann. Die Regierung kann es sich nicht leisten, durch Geschichten über Hochverrat unter den Freunden des Königs erschüttert zu werden.«

»Man muß ihn töten«, sagte ich. »Leiht mir ein paar Soldaten, und ich werde dafür sorgen, daß es geschieht.«

Auch das wurde mir zugebilligt. Ich verließ die Zusammenkunft einige Zeit später in der sicheren Gewißheit, daß meine Pflicht erfüllt war und ich mich jetzt auf meine persönliche Rache konzentrieren konnte.

Dreizehntes Kapitel

NACH DIESER BEGEGNUNG blieb Clarendon, von Wachsoldaten umringt, in seinem Haus, und er ließ verlauten, seine Gicht (ein echtes Leiden, von dem er seit Jahren gnadenlos gepeinigt wurde) sei wieder ausgebrochen. Seine Reise nach Cornbury wurde abgesagt und er saß verängstigt daheim und wagte sich nur hinaus, um den kurzen Weg von Piccadilly nach Whitehall zum König zurückzulegen.

Ich machte Jagd auf Cola, nutzte alle Kräfte aus, die man mir zugestanden hatte, um seinen Aufenthaltsort zu ermitteln. Fünfzig Soldaten standen bereit, und jeder Informant war aufgerufen, sich umzuhören. Alle Radikalen, die ich aufstöbern konnte, wurden verhaftet, für den Fall, daß der Italiener sich bei ihnen verkrochen hatte; das Haus des spanischen Botschafters wurde diskret überwacht, auf der Rück- und auf der Vorderseite, und ich schickte meine Leute in fast jede Taverne, in jedes Gasthaus und in jede Herberge. Die Docks wurden ebenfalls beobachtet, und ich bat meinen Kaufmannsfreund Mr. William zu verbreiten, daß mir jeder Ausländer, der nach einer Passage fragte, sofort gemeldet werden müsse.

Die Franzosen, glaube ich, erledigen diese Dingen effektiver, denn sie können sich auf etwas stützen, das sie Polizei nennen, und das die Ordnung in ihren Städten aufrechterhält. Nach meinen Erfahrungen bei der Suche nach Cola begann ich darüber nachzudenken, daß ein solches Organ uns in London auch recht nützlich sein könnte, obwohl es kaum eine Chance gibt, daß es jemals gegründet wird. Vielleicht wäre von einer solchen Truppe Cola schneller aufgespürt worden; vielleicht hätte er es dann nicht geschafft, sein Ziel beinahe zu erreichen. Alles, was ich wußte, war, daß ich drei enttäuschende Tage lang vergeblich suchte. Der Mann schien spurlos verschwunden, was ich bei einem normalerweise so auffallenden Menschen einfach unvorstellbar fand. Daß er in London war, stand fest, denn wohin sollte er denn sonst? Doch es war, als habe er sich in Luft aufgelöst wie ein Geist.

Ich mußte natürlich Lord Clarendon und Mr. Bennet über meine Fortschritte regelmäßig Bericht erstatten und fühlte, wie ihre Zuversicht allmählich schwand, als ich Tag für Tag nur Mißerfolge zu vermelden hatte. Mr. Bennet sagte nichts direkt, doch ich kannte ihn gut genug, um zu sehen, daß meine eigene Stellung jetzt auf dem Spiel stand und ich den Italiener schnell finden mußte, wenn ich nicht Bennets Gunst verlieren wollte. Der Besuch am vierten Tag meiner Suche war der schlimmste, denn ich mußte mich noch einmal seinem Verhör stellen und seine zunehmende Kälte erdulden, die mich schwer bedrückte, als ich hinterher durch die Palasthöfe zum Fluß ging.

Dann blieb ich stehen, denn ich wußte, daß ich etwas von größter Wichtigkeit entdeckt hatte, aber ich kam einfach nicht dahinter, was es war. Ich hatte jedoch eine düstere Vorahnung größter Gefahr, die mich nicht losließ, sosehr ich auch nachdachte und zu ergründen versuchte, was für ein Gedanke mir durch den Kopf geglitten war. Es war ein schöner Vormittag, wie ich mich erinnere, und ich hatte beschlossen, meine Lebensgeister ein wenig zu wecken, indem ich von Mr. Bennets Wohnung über Cotton Garden, dann durch einen kleinen Durchgang auf den St. Stephen's Court spazierte, um zu den Westminster Stairs zu gelangen. Es war in diesem kleinen Durchgang, der an beiden Enden mit schweren Eichentoren verschlossen war, als ich die Unruhe zu spüren begann, doch ich schüttelte sie ab und ging weiter. Erst als ich am Kai stand und gerade mein Boot besteigen wollte, begriff ich und begab mich so schnell wie möglich zum nächsten Wachsoldaten.

»Gib Alarm«, sagte ich, nachdem ich erklärt hatte, wer ich war. »Es ist ein Mörder im Gebäude.«

Rasch gab ich ihm eine Beschreibung des Italieners, kehrte zu Mr. Bennet zurück und platzte diesmal ohne große Formalitäten in sein Zimmer. »Er ist hier«, sagte ich. »Er ist im Palast.«

Mr. Bennet sah mich skeptisch an. »Ihr habt ihn gesehen?«

»Nein. Aber gerochen.«

»Verzeihung – wie bitte?«

»Ich habe ihn gerochen. Im Durchgang. Er benutzt ein besonderes Parfum, das unverkennbar ist und das kein Engländer jemals benutzen würde. Ich habe ihn gerochen. Glaubt mir, Sir, er ist hier.«

Bennet knurrte. »Und was habt Ihr unternommen?«

»Ich habe die Wachen in Alarmbereitschaft versetzt, und sie beginnen bereits mit der Suche. Wo ist der König? Und der Kanzler?«

»Der König ist bei seiner Andacht, und der Kanzler ist nicht hier.«

»Ihr müßt zusätzliche Wachen aufstellen.«

Mr. Bennet nickte, rief sofort einige Hofbeamte zusammen und begann Befehle zu erteilen. Zum ersten Mal, denke ich, verstand ich, warum Seine Majestät ihn so hoch schätzte, denn er handelte gelassen und ohne Unruhe zu erzeugen, aber sehr wirkungsvoll. Innerhalb weniger Minuten umringten Wachsoldaten den König, die Andacht wurde vorzeitig abgebrochen – wenn auch nicht so hastig, daß die anwesenden Höflinge alarmiert wurden –, und kleine Soldatentrupps fächerten aus, verteilten sich im ganzen Palast mit seinen Hunderten von Räumen und Höfen und Korridoren und suchten nach dem Eindringling.

»Ich hoffe, Ihr habt recht«, sagte Mr. Bennet, als er beobachtete, wie eine kleine Gruppe von Hofbeamten angehalten und forschend betrachtet wurde. »Denn wenn Ihr nicht recht habt, werdet Ihr nicht mir Rechenschaft geben müssen.«

Dann sah ich den Mann, den ich so viele Tage gesucht hatte. Mr. Bennet bewohnte eine Zimmerflucht an der Ecke, mit einem Fensterpaar, das auf die Themse hinausblickte, und einem zweiten mit Blick auf den Durchgang, der zu den Parliament Stairs führte. Und ihn entlang schlenderte gemächlich vom Old Palace, vorbei an den Prince's Lodgings, eine bekannte Gestalt. Kein Zweifel – es war Cola, kühl wie immer, aber nicht so auffallend gekleidet, und jeder, der ihn sah, mußte annehmen, er habe durchaus das Recht, sich dort aufzuhalten. »Da!« rief ich und packte Mr. Bennet bei der Schulter. Es dauerte lange, ehe er mir das vergab. »Dort ist er! Jetzt aber schnell!«

Ohne zu warten, rannte ich hinaus, die Treppe hinunter, rief den Wachen zu, mir so rasch wie möglich zu folgen. Und dann stand ich da wie Horatius Cocles* persönlich und verstellte ihm den Weg zu den Parliament Stairs, den wartenden Booten und Colas einziger Fluchtmöglichkeit.

---

* legendärer röm. Held aus dem 6. Jh., der eine Tiberbrücke gegen den etruskischen König Lars Porsena verteidigte

Ich hatte keine Ahnung, was als nächstes tun. Ich war gänzlich unbewaffnet, ganz allein und ohne jede Möglichkeit mich gegen einen Mann zu verteidigen, dessen mörderische Fähigkeiten belegt waren. Aber mein Wille und meine Pflicht spornten mich an, denn er durfte mir nicht entkommen – nicht mir und nicht meiner Rache.

Hätte Cola seine Waffe gezogen und sich in dem Augenblick auf mich gestürzt, als er mich vor sich stehen sah, wäre mir der Tod gewiß gewesen, und er hätte fliehen können. Meine einzige Waffe war das Überraschungsmoment, und natürlich war mir klar, wie unzulänglich sie war.

Dennoch wirkte sie, denn als Cola mich erblickte, war er so erstaunt, daß er nicht wußte, wie er reagieren sollte.

»Dr. Wallis«, sagte er und lächelte so, als freue er sich tatsächlich. »Ihr wart wirklich der letzte, den ich hier zu sehen erwartet habe.«

»Das ist mir bewußt. Darf ich fragen, was Ihr hier tut?«

»Ich besichtige die Sehenswürdigkeiten, Sir«, antwortete er, »bevor ich morgen die Heimreise antrete.«

»Also daß Ihr das tut, das glaube ich nicht«, sagte ich erleichtert, denn ich sah auf dem Hof Soldaten näher kommen. »Ich glaube, Eure Reise ist hier zu Ende.«

Er drehte sich um, wollte sehen, wohin ich blickte, und dann verzog er verblüfft und bestürzt das Gesicht.

»Ich bin verraten, wie ich sehe«, sagte er, und ich atmete vor Erleichterung tief auf.

* *
*

Er wurde leise und unauffällig in einen Raum in der Nähe des Fish Yard gebracht, und ich begleitete ihn. Mr. Bennet machte sich auf die Suche nach Seiner Majestät, um ihn von den Ereignissen zu unterrichten, und auch, wie ich glaube, um Clarendon mitzuteilen, daß die Gefahr vorüber war. Mir selbst war schwindlig von meinem Erfolg, und ich sprach ein Dankgebet, daß ich den Mann entdeckt hatte, bevor er Schaden anrichten konnte, und nicht hinterher. Ich sorgte dafür, daß er eingeschlossen wurde, und begann ihn dann zu verhören. Allerdings erfuhr ich so wenig von ihm, daß ich mir den Atem auch hätte sparen können.

Colas Courage war erstaunlich, denn er tat so, als sei er, trotz der Umstände, entzückt, mir begegnet zu sein. Er freue sich, sagte er, ein Gesicht von früher zu sehen.

»Ich habe mich sehr einsam gefühlt, seit ich Eure schöne Stadt verlassen hatte, Dr. Wallis«, sagte er. »Ich finde die Menschen in London nicht besonders gastfreundlich.«

»Ich kann mir gar nicht vorstellen, warum. Aber Ihr wart, als Ihr gingt, auch in Oxford nicht besonders beliebt.«

Er machte ein betrübtes Gesicht. »Es sieht so aus. Obwohl ich nicht weiß, was ich getan habe, um solche Unfreundlichkeit zu verdienen. Ihr habt wohl von meinem Streit mit Dr. Lower gehört? Er hat mich sehr schlecht behandelt, das darf ich Euch ruhig sagen, und ich kann mir überhaupt nicht erklären, warum. Ich habe ihm alle meine Ideen anvertraut, und er hat mir dafür übel mitgespielt.«

»Vielleicht hat er mehr von Euch erfahren als nur Eure Ideen und war nicht sehr glücklich darüber, mit einem solchen Menschen zusammenzusein. Kein Mann wird gern hintergangen, und er war zu sehr Gentleman, um Euch offen herauszufordern. Ärger zu zeigen ist nicht unhöflich.«

Ein Ausdruck listiger Vorsicht trat in sein freundliches Gesicht, als er sich mir gegenübersetzte und mich mit scheinbarer Belustigung betrachtete.

»Ich nehme an, das habe ich Euch zu verdanken gehabt? Mr. Lower hat mir erzählt, daß Ihr ständig Eure Nase in anderer Leute Angelegenheiten steckt und Euch mit Dingen beschäftigt, die Euch nichts angehen.«

»Diese Ehre nehme ich für mich in Anspruch«, sagte ich, entschlossen, mich durch seinen beleidigenden Ton nicht provozieren zu lassen. »Ich handle zum Wohle des Landes und seiner rechtmäßigen Regierung.«

»Das höre ich gern. Das sollten alle Männer tun. Ich halte mich für genauso loyal.«

»Das glaube ich Euch. Ihr habt es in Candia bewiesen, nicht wahr?«

Er kniff die Augen zusammen, als ich ihm mein Wissen demonstrierte. »Ich wußte ja gar nicht, daß mein Ruhm so weit verbreitet ist.«

»Und Ihr habt auch Sir James Prestcott gut gekannt.«

»Oh, ich verstehe«, sagte er, doch es war ein falsches Verständnis, das in ihm aufkam. »Das habt Ihr bestimmt von seinem seltsamen Sohn. Ihr dürft nicht alles glauben, was Ihr von diesem jungen Mann zu hören bekommt. Er hat die seltsamsten Wahnideen über alles – und jeden, der irgendwie mit seinem hochverehrten Vater in Verbindung stand. Er ist durchaus fähig, irgendeine Geschichte über mich zu erfinden, um den bedauernswerten Mann zu verherrlichen.«

»Ich kann in Sir James kaum einen bedauernswerten Mann sehen.«

»Könnt Ihr das nicht? Ich habe ihn unter anderen Umständen kennengelernt, als er sich und sein Schwert als Söldner verkaufte und kaum einen Penny besaß. Ein trauriger Fall, und keiner seiner Gefährten reichte ihm die Hand, um ihm zu helfen. Könnt Ihr ihn wirklich so verdammen? Wem war er damals denn noch Loyalität schuldig? Er war der tapferste Mann, der mutigste Kamerad, und ich ehre sein Andenken genauso wie ich seinen Tod beklage.«

»Und so seid Ihr nach England gekommen und habt niemand von Eurer eigenen Tapferkeit erzählt?«

»Das war eine Periode meines Lebens, die endgültig zu Ende ist. Ich will mich nicht daran erinnern.«

»Ihr habt Umgang mit den Feinden des Königs, wo immer Ihr seid.«

»Es sind keine Feinde. Ich habe Umgang, mit wem immer es mir Spaß macht und dessen Gesellschaft mir behagt.«

»Erzählt mir von Lord Bristol.«

»Ich muß leider sagen, daß ich den Gentleman nicht kenne.«

Sein Gesicht blieb bei dieser Lüge völlig unbewegt, und er sah mir direkt und ohne zu blinzeln in die Augen.

»Natürlich nicht«, sagte ich. »Ihr habt auch noch nie von Lord Clarendon gehört.«

»Von ihm? O in der Tat. Wer hätte noch nie etwas vom Lordkanzler gehört? Natürlich habe ich von ihm gehört. Obwohl mir nicht klar ist, was die Frage bedeuten soll.«

»Erzählt mir von Sir William Compton.«

Cola seufzte. »Wie viele Fragen Ihr stellt! Sir William war, das wißt Ihr, ein Freund von Sir James. Er hat mir gesagt, sollte ich jemals nach England kommen, würde Sir William sich freuen, mir seine Gastfreundschaft anzubieten. Was er sehr großzügig getan hat.«

»Und wurde dafür überfallen.«

»Nicht von mir, falls das der verborgene Sinn Eurer Feststellung ist. Soviel ich weiß, hat es der junge Prestcott getan. Ich habe Sir William nur am Leben erhalten. Und niemand kann behaupten, ich hätte keine gute Arbeit geleistet.«

»Sir James Prestcott hat Sir William Compton betrogen, und Sir William hat ihn verachtet. Und ich soll Euch wirklich glauben, daß er Euch freiwillig in sein Haus einlud?«

»Das hat er aber. Und was die Verachtung anbelangt, ich habe nichts davon gemerkt. Wenn es je eine Feindschaft gegeben hat, ist sie mit Sir James gestorben.«

»Ihr habt mit Sir William über den Mord am Lordkanzler gesprochen.«

Als ich diese Feststellung traf, veränderte sich das Benehmen des Italieners dramatisch. Die ungezwungene Freundlichkeit eines Mannes, der sich nicht in Gefahr glaubt, fiel von ihm ab, und er schien zu erstarren. Nur ein wenig, doch der Unterschied war gewaltig. Von da an, das merkte ich, achtete er genauer auf das, was er sagte. Gleichzeitig schien er sich noch immer heimlich zu amüsieren, als sei er noch immer zuversichtlich genug, keine große Gefahr für sich zu sehen.

»Bin ich jetzt deshalb hier? Wir haben über viele Dinge gesprochen.«

»Unter anderem über einen Hinterhalt auf der Straße nach Cornbury.«

»Englische Straßen sind, schätze ich, für den Unvorsichtigen voller Gefahren.«

»Wollt Ihr leugnen, daß Ihr an jenem Abend im College eine Flasche mit Gift für mich bereitgestellt habt?«

Jetzt begann er ärgerlich auszusehen. »Dr. Wallis, Ihr fangt an, mich unglaublich zu langweilen. Ihr fragt nach dem Überfall auf Sir William Compton, obwohl Jack Prestcott verhaftet wurde und seine Flucht einem Geständnis gleichkam. Ihr fragt mich nach dem Tod von Dr. Grove, obwohl das Mädchen wegen dieses Verbrechens nicht nur gehenkt wurde, sondern es sogar freiwillig gestanden hat. Ihr fragt mich nach Gesprächen über die Sicherheit von Lord Clarendon, obwohl ich hier bin, mich ganz offen in London bewege, und der Kanzler sich bester Gesundheit erfreut. Möge ihm dieser glückliche Zustand noch lange erhalten bleiben. Also was wollt Ihr eigentlich?«

»Wollt Ihr etwa auch leugnen, daß Ihr im März in London meinen Diener Matthew ermordet habt?«

Jetzt machte er wieder ein verblüfftes Gesicht. »Ich verstehe schon wieder nicht, Sir. Wer ist Matthew?«

Mein Gesicht mußte die ganze Kälte meines Zornes verraten haben, denn zum ersten Mal schien er aus der Fassung geraten zu sein.

»Ihr wißt ganz genau, wer Matthew ist. Der Knabe, den Ihr in den Niederlanden so großzügig unter Eure Fittiche genommen habt. Den Ihr auf Euer Fest eingeladen und verführt habt. Den Ihr in London wiedergesehen und kaltblütig ermordet habt, wenngleich alles, was er von Euch wollte, Freundschaft und Liebe war.«

Colas respektloses und unernstes Benehmen hatte sich jetzt vollkommen gewandelt, und er drehte und wendete sich wie ein Fisch, um nicht in den Spiegel von Falschheit und Feigheit blicken zu müssen.

»Ich erinnere mich an einen jungen Knaben in Den Haag«, sagte er, »wenn er auch nicht Matthew hieß, das sagte er mir jedenfalls. Den empörenden Vorwurf, ich hätte den Knaben verführt, würdige ich nicht einmal einer Antwort, denn ich weiß nicht, woher er kommt. Und daß ich einen Mord begangen habe, bestreite ich ganz einfach. Ich gebe zu, daß mir kurz nach meiner Ankunft in London eine Bande von Taschendieben auflauerte. Ich gebe zu, daß ich mich so gut wie möglich verteidigte und wegrannte, sobald ich konnte. Die Identität meiner Angreifer kenne ich nicht, und für den Zustand, in dem sie waren, als ich mich von ihnen trennte, kann ich mich nicht verbürgen, wenn ich auch nicht glaube, daß einer so schwer verletzt war. Wenn jemand starb, tut es mir leid. Wenn es dieser Knabe war, tut es mir ebenfalls leid. Ich habe ihn jedenfalls nicht erkannt und hätte ihn auch nicht verletzt, wenn ich ihn erkannt hätte, sosehr er mich auch betrogen hatte. Ich rate Euch jedoch, Euch in Zukunft Eure Diener sorgfältiger auszusuchen und keine Leute einzustellen, die ihren Lohn mit nächtlichen Diebereien aufbessern.«

Die Grausamkeit dieser Worte schnitten mir ins Herz wie Colas Schwert Matthews Kehle durchgeschnitten hatte, und ich wünschte, ich hätte in diesem Augenblick ein Messer oder mehr Handlungsfreiheit gehabt – oder eine Seele, die es ertrug, einem anderen das Leben zu nehmen. Cola wußte jedoch sehr genau, unter welchem Zwang ich stand; er mußte es in dem Moment gespürt haben, in dem ich kam und benutzte sein Wissen, um mich aufzustacheln und zu quälen.

»Seid sehr vorsichtig, mit dem, was Ihr sagt, Sir«, stieß ich außer mir hervor. »Ich kann Euch viel Böses antun, wenn ich will.«

Das war in diesem Augenblick eine leere Drohung, und das mußte er ebenfalls gefühlt haben, denn er lachte leicht und verächtlich auf. »Ihr werdet tun, was Eure Herrn Euch befehlen, Doktor. Wie wir alle.«

Vierzehntes Kapitel

ICH KOMME JETZT ZUM ENDE. Alles andere hörte ich aus zweiter Hand und sah es nur als Beobachter, und ich maße mir nicht an, ausführlich über Dinge zu schreiben, die besser anderen überlassen bleiben. Ich war jedoch am nächsten Tag am Kai, als Cola auf das Boot gebracht wurde. Die Kutsche rollte heran, und ich sah, wie der Italiener mit sorglos federnden Schritten die Laufplanke hinunterging und auf das Deck sprang. Er entdeckte mich sogar, lächelte und verneigte sich ironisch in meine Richtung, bevor er unter Deck verschwand. Ich wartete nicht, bis das Boot auslief, sondern nahm eine Kutsche nach Hause, reiste jedoch erst nach Oxford ab, nachdem ich vom Kapitän des Schiffes selbst erfahren hatte, daß Cola samt seinem Gepäck etwa fünfzehn Meilen vor der Küste bei schwerem Wetter ins Meer gestoßen worden war; lange konnte er in diesem Sturm nicht überlebt haben. Obwohl meine Rache vollkommen war, brachte sie mir wenig Befriedigung, und es dauerte viele Monate, ehe ich meine alte Ruhe wiederfand. Mein Glück fand ich nicht mehr.

Nach einiger Zeit bestand Mr. Bennet, inzwischen Lord Arlington, darauf, sich wieder meiner Dienste zu bedienen; mein Widerwille und meine Abneigung schützten mich nicht vor seinen Wünschen. In den Monaten dazwischen hatte sich viel ereignet. Bennets und Clarendons Allianz hielt so lange, bis beide ihre Ziele erreicht hatten. Da sein Mordplan fehlgeschlagen war und angesichts der Gerüchte, daß Lord Clarendons Tochter zu gegebener Zeit den Thron von England besteigen würde, setzte Bristol alles auf eine Karte und versuchte den Lordkanzler im Parlament des Verrats anzuklagen. Damit erntete er nur Spott und Verachtung, und Bennet distanzierte sich von ihm. Welche Zusicherungen er Bristol im voraus gegeben hatte, weiß ich nicht. Seine Majestät war so empört über den Versuch, den Rücktritt seines Ministers zu erzwingen, daß er Bristol auf den Kontinent verbannte. Clarendons Position war stärker denn je, und Bennet bekam seine Belohnung in der Form, daß er viele Mitglieder von Bristols Familie adoptierte. Wichtiger jedoch war, daß die in Aussicht genommene Allianz mit Spanien einen Todesstoß bekam und nie wieder zur Sprache kam.

Das Einvernehmen zwischen den beiden Männern konnte nicht lange dauern; das wußten beide, und alle Welt weiß, wie es endete. Lord Clarendon, einer der besten Diener, die der König je hatte, wurde selbst in die Verbannung geschickt, lebte in Armut in Frankreich und mußte sich mit der Undankbarkeit seine Königs, der Grausamkeit seiner Gefährten und dem offenen Bekenntnis seiner Tochter zum Katholizismus abfinden. Bennet nahm seinen Platz ein, wurde aber auch gestürzt, wie er Clarendon gestürzt hatte, und verlor die Macht an einen anderen. Das ist Politik, und so sind Politiker.

Doch konnten meine Bemühungen das Königreich wenigstens eine Zeitlang schützen; die Unzufriedenen, obwohl von Spanien gut bezahlt, konnten nichts erreichen, als sie sich einer Regierung gegenübersahen, die nicht entzweit, sondern einig war. Doch auch noch nach so vielen Jahren bin ich mir ständig bewußt, wie furchtbar der Preis war, den dieser Triumph gekostet hatte.

Alles wurde bewirkt durch mein Verlangen, den Mann zu bestrafen, der mir solches Leid zugefügt hatte. Und jetzt stelle ich fest, daß dieser Mann, den ich so sehr gehaßt habe, wie ich Matthew liebte, sich meinem Griff geschickt entzogen hatte und meinem Zorn entronnen war. Ich habe schändliche Taten begangen und war trotzdem von meiner Rache enttäuscht. Ich weiß im innersten Herzen, daß ich betrogen worden bin, denn der Kapitän des Schiffes hatte mir unmißverständlich versichert, er habe Cola ertrinken sehen; er hätte nicht gewagt, mich zu belügen, es sei denn, er fürchtete einen anderen, mächtigeren Willen.

Doch ich weiß weder, wer die Entscheidung traf, Cola zu schonen und es mir zu verheimlichen, noch weiß ich, warum sie getroffen wurde. Ich habe auch jetzt keine Möglichkeit mehr, es zu erfahren; Thurloe, Bristol, Clarendon sind alle tot; Bennet schmollt in seinem trübseligen Ruhestand und spricht mit niemand. Lower und Prestcott wissen es offensichtlich nicht, und ich kann mir nicht vorstellen, daß Mr. Cola sich herablassen wird, mich aufzuklären. Der einzige, mit dem ich noch nicht gesprochen habe, ist Wood, doch ich bin überzeugt, daß er außer Kleinigkeiten und Nichtigkeiten überhaupt nichts weiß.

Ich habe nie verheimlicht, was ich getan habe, habe mich aber mit meinen Taten auch nicht gebrüstet. Ich würde es auch jetzt nicht tun, hätte ich dieses Manuskript nicht erhalten. Was ich getan habe, weiß ich. Wenigstens haben die Ereignisse bewiesen, daß ich in allen wesentlichen Dingen recht hatte. Selbst jene, die mich kritisieren würden, müssen folgendes berücksichtigen; hätte ich nicht gehandelt, wäre Clarendon gestorben und das Land noch einmal zerstört worden. Diese Tatsache, und sie allein, rechtfertigt bei weitem alles, was ich getan habe, die Verletzungen, die ich davontrug und anderen zufügte.

Und doch, obwohl ich weiß, daß das die Wahrheit ist, hat die Erinnerung an das Mädchen begonnen mich zu quälen. Es war eine Sünde, meine Hände in Unschuld zu waschen und zu schweigen, als Sarah Blundy zum Tode verurteilt wurde. Ich habe es immer gewußt, aber bisher nie akzeptiert. Ich wurde von Thurloe durch eine List zu der schrecklichen Tat verleitet, und mein einziges Motiv war der Wunsch nach Gerechtigkeit; ich dachte immer, das sei Entschuldigung genug.

Alles weiß der höchste Richter von allen, und Ihm muß ich meine Seele anvertrauen mit dem Wissen, daß ich ihm in allem, was ich getan habe, nach besten Kräften diente.

Aber nachts, wenn ich wieder schlaflos im Bett liege oder tief enttäuscht über Gebete bin, an die ich mich nicht mehr erinnere, dann fürchte ich, daß meine einzige Hoffnung auf Erlösung darin besteht, daß Seine Barmherzigkeit größer ist, als die meine war.

Ich glaube nicht mehr, daß es so sein wird.

Das Urteil am Kreuzweg

Oft schwankt der Verstand bei Untersuchung einer Eigenschaft, welche von zweien oder mehreren Eigenschaften er als die Ursache der in Frage befindlichen Eigenschaft ansehen soll, weil gewöhnlich und häufig mehrere Eigenschaften zusammenwirken. Hier zeigen nun diese Kreuzes-Fälle die zuverlässige und unauflösliche Verbindung einer dieser Eigenschaften mit der in Frage stehenden, während die andere trennbar ist und in ihrer Verbindung wechselt. Dadurch entscheidet sich die Sache, und jene erstere Eigenschaft gilt als die Ursache, die andere wird beseitigt. Deshalb sind solche Fälle sehr aufklärend und von grosser Bedeutung; der Lauf der Untersuchung hört mitunter bei ihnen auf, und die Untersuchung ist mit ihnen abgeschlossen.

Francis Bacon, *Novum Organum Scientarum*, Book II, Aphorism XXXVI

Erstes Kapitel

VOR EIN PAAR WOCHEN übersandte mir mein alter Freund Dick Lower diesen riesigen Stoß Papier und schrieb mir, da ich ein unersättlicher Sammler von Kuriositäten und ähnlichem sei, wäre er vielleicht bei mir gut aufgehoben. Er selbst sei versucht gewesen, alles wegzuwerfen, so schlimm seien die Lügen und Widersprüche, die darin stünden. Er sagte (in einem Brief, denn er lebt jetzt recht beschaulich in Dorset im Ruhestand), daß er die Manuskripte ermüdend langweilig finde. Es scheint, daß zwei Männer dasselbe Ereignis beobachten können, und beide erinnern sich falsch daran. Wie, fuhr er fort, werden wir jemals, selbst wenn wir guten Willens sind, Gewißheit über irgend etwas erlangen? Er nannte mir ein paar Beispiele – Dinge, an denen er selbst beteiligt gewesen war – und sagte, sie seien ganz anders dargestellt. Natürlich ist das eine der ungewöhnliche Versuch, der Witwe Blundy durch den Federkiel einer Gans neues Blut einzuflößen, den Signor Cola für sich in Anspruch nimmt. Lower (den ich als sehr ehrlichen Mann kenne) widerspricht dieser Schilderung energisch.

Er erwähnt zwei Männer, wie Ihr feststellt, Cola und Wallis, obwohl es drei Manuskripte gibt. Natürlich läßt er das von Jack Prestcott ganz aus, wie nicht anders zu erwarten. Das Gesetz kann einen Geisteskranken nicht bestrafen und nimmt auch keine Notiz von ihm; wenn das, was er jetzt tut, unsinnig ist, wie kann man dann seinen Erinnerungen vertrauen? Sie sind nur wirres Gestammel, durch krankhafte Verzerrungen gefiltert. Prestcotts krankes Hirn hält Bedlam, die Irrenanstalt von London, für sein großes Haus. Sein Kopf wird nicht wegen der Perücke rasiert, wie er sagt, sondern damit sein Wahn mit Essig behandelt werden kann. Die armen Wichte, die mit Verrückten umgehen und sie bändigen können, werden zu seinen Dienern, und die zahlreichen Besucher, über die er sich beklagt, sind jene Leute, die jeden Samstag einen Penny bezahlen, um durch die eisernen Gitterstäbe der Käfige zu spähen und über die Irren in ihrem Elend lachen. Ich habe es selbst getan, als ich kürzlich hinging, um mit Prestcott über die Sache zu sprechen, doch ich fand weder Ablenkung noch Befriedigung dabei.

Doch einiges von dem, was Prestcott sagt, ist wahr. Ich weiß es, und ich gebe es zu, obwohl ich keinen Grund habe, ihn zu lieben. Er wurde verrückt, berichtet mir Lower, als man ihm den Beweis vor Augen hielt, daß all seine Hoffnungen und Bemühungen durch seine eigene Bösartigkeit zunichte gemacht worden waren und sich alles erfüllte, wovor der Ire ihn gewarnt hatte. Vielleicht stimmt das; ich meine, daß er bis dahin geistig mehr oder weniger gesund war, und daher sind seine Erinnerungen es vielleicht auch, auch wenn er ihre Bedeutung völlig mißversteht. Es bedarf schließlich einer gewissen Intelligenz, einen Fall so darzulegen, wie er es tut; hätte er nicht den Verstand verloren, wäre er ein guter Advokat geworden. Jeder einzelne, mit dem er sprach, sagte ihm, sein Vater sei schuldig, und er war es auch. Mit größter Geschicklichkeit weist er auf Unschuldbeweise hin und ignoriert mit Raffinesse die bodenlose Verworfenheit seines Vaters. Am Ende hätte ich ihm um ein Haar geglaubt, obwohl ich besser als andere wußte, daß er ein unsinniges Lügengewebe spann.

Doch ist der Bericht der armen Seele weniger vertrauenswürdig als die der anderen, die auch verdreht und entstellt sind, wenn auch aus den unterschiedlichsten Gefühlen heraus? Prestcott mag wahnsinnig sein, aber Cola ist ein Lügner. Vielleicht gibt es eine berechtigte Lüge im Gegensatz zu all den Auslassungen und Ausflüchten, die sonst widerlegt werden könnten. Er lügt trotzdem, denn wie Ammian* sagt: *Veritas vel silentio consumpitur vel mendacio* – die Wahrheit wird durch Schweigen und Falschheit verletzt. Die Falschheit ist in einem so harmlosen Satz verborgen, und es überrascht daher nicht, daß sogar Wallis sie übersehen hat. Aber sie verzerrt alles andere in diesem Manuskript und macht aufrichtige Worte falsch, denn wie das Argument eines Scholastikers zieht sie mit unanfechtbarer Logik Schlüsse aus ei-

* Ammianus Marcellinus, röm. Geschichtsschreiber; knüpft zeitlich an Tacitus' *Historiae* an

ner falschen Prämisse. *Marco da Cola, Gentleman aus Venedig, entbietet respektvoll seinen Gruß.* So beginnt er, und von da an muß man jedes Wort, das er schreibt, sorgfältig betrachten. Sogar die Existenz des Manuskriptes muß bedacht sein, denn warum hat er es nach so vielen Jahren geschrieben? Andererseits – wenn man sagt, er sei verlogen, heißt das nicht, daß die Motive und Handlungen richtig sind, die Wallis ihm unterstellt. Der Venezianer war weder, was er zu sein schien, noch was er jetzt angeblich ist, doch ganz gewiß hatte er nie im Sinn, das Königreich oder das Leben von Lord Clarendon zu gefährden. Und Wallis, so daran gewöhnt, in der finsteren und unheimlichen Welt zu leben, die er sich selbst erschaffen hatte, konnte Wahrheit und Erfindung, Ehrlichkeit und Falschheit nicht mehr unterscheiden.

Doch woher soll ich wissen, welcher Behauptung man glauben und welche man zurückweisen soll? Ich kann nicht dieselben Ereignisse immer wieder mit kleinen Varianten wiederholen, wie Stahl es mit den Chemikalien getan hat, um den Nachweis zu erbringen, wie Dr. Grove gestorben ist. Selbst wenn ich es könnte, die unfehlbare philosophische Methode scheint unzulänglich, wenn es um Probleme geht, bei denen man es mit Menschen und nicht mit toter Materie zu tun hat. Ich habe einmal eine Vorlesung von Mr. Stahl über Chemie gehört und muß gestehen, ich war hinterher kein bißchen klüger. Lowers Experiment mit der Blutübertragung weckte anfangs den Glauben, sie sei das größte Heilmittel für alle Krankheiten, und später (als in Frankreich viele Leute gestorben waren) kamen die *savants* – die Gelehrten – zu dem Schluß, es sei, ganz im Gegenteil, ein tödliches, ein unzulässiges Verfahren. Sie kann nicht beides sein, Gentlemen der Philosophie. Wenn Ihr jetzt recht habt, wie konntet Ihr Euch vorher so irren? Wie ist es möglich, daß es ein Beweis für die Schwäche seiner Ansichten ist, wenn ein Gottesmann seine Meinung ändert, ein Wissenschaftler jedoch das gleiche tut und damit den Wert seiner Methode anschaulich darstellt? Wie soll ein einfacher Chronist wie ich das Blei der Unrichtigkeit in das Gold der Wahrheit umwandeln?

* * *

Meine beste Qualifikation, diese Papierstapel zu kommentieren, ist meine Unvoreingenommenheit, das (wie man uns sagt) *primum mobile* für ein ausgewogenes Verständnis: Kaum etwas davon hat mit mir zu tun. Zweitens, ich kann mich mit Recht einer gewissen Kenntnis der Dinge rühmen: Ich habe seit meiner Geburt in Oxford gelebt und kenne die Stadt (was sogar jene zugeben, die mich verleugnen) besser, als sonst jemand sie je gekannt hat. Schließlich kenne ich natürlich alle Mitwirkenden in diesem Drama; Lower war damals mein ständiger Begleiter, denn wir aßen mindestens einmal in der Woche im Mother Jean's, und durch ihn lernte ich alle anderen Philosophen kennen – auch Signor Cola. Mit Dr. Wallis arbeitete ich viele Jahre zusammen, als er die Universitätsarchive verwaltete und ich ihr eifrigster Benutzer war. Ich hatte sogar die Ehre, mit Mr. Boyle zu diskutieren und nahm einmal an einem Lever in Anwesenheit von Lord Arlington teil, obwohl, ich bedaure, das sagen zu müssen, ich nicht die Gelegenheit hatte, ihm meine Aufwartung zu machen.

Darüber hinaus kannte ich auch Sarah Blundy vor ihrem Unglück, und werde (da ich kein Mann für Rätsel bin) mein Geheimnis sofort offenbaren. Denn ich kannte sie hinterher auch, obwohl man sie gehenkt, seziert und verbrannt hatte. Mehr noch, ich denke, ich bin der einzige Mensch, der über jene Tage den Tatsachen entsprechend berichten und die ganze Güte aufzeigen kann, die zu solcher Grausamkeit führte, ebenso wie die göttliche Gnade, die solche Bosheit hervorrief. In gewissen Dingen kann ich mich an Lower wenden, denn wir teilen viele Geheimnisse; doch das entscheidende Wissen ist allein das meine, und ich muß durch meine Autorität überzeugen. Eines ist merkwürdig: Je weniger man mir glaubt, um so sicherer werde ich sein, daß ich recht habe. Mr. Milton hat sich in seinem großen Gedicht vorgenommen, Gottes Wege vor den Menschen zu rechtfertigen, wie er sagt. Er hat jedoch eine Frage nicht bedacht: Vielleicht hat Gott den Menschen verboten, Seine Wege zu verstehen, denn wenn sie das volle Maß Seiner Güte kennten und die Ungeheuerlichkeit unserer Ablehnung, wären sie so entmutigt, daß sie alle Hoffnung auf Erlösung fahren ließen und vor Kummer stürben.

* *
*

Ich bin Historiker, und an diesem Titel halte ich fest, trotz der Kritiker, die behaupten, ich sei, was man einen Antiquar nennt. Ich glaube, die Wahrheit kann nur aus einem festen Fundament von Tatsachen kommen, und ich habe mir schon in der Jugend die Aufgabe gestellt, eine solche Grundlage zu schaffen. Aber ich beabsichtigte keine grandiosen Schemata für die Geschichte der Welt zu schaffen; man kann keinen Palast bauen, ehe man nicht den Boden eingeebnet hat. Genau wie Mr. Plot (sehr schön) die Naturgeschichte unserer Grafschaft geschrieben hat, beschäftige ich mich mit ihrer weltlichen Geschichte. Und wieviel es davon gibt! Ich habe gedacht, ich würde ein paar Jahre meines Lebens damit verbringen; jetzt sehe ich, daß ich als alter Mann sterben werde, ohne die Arbeit beendet zu haben. Ich hatte einmal (als ich von meiner ursprünglichen Absicht, Priester zu werden, abgekommen war) den Wunsch, über die jüngsten Plagen während der Belagerung zu schreiben, als zuerst die Männer des Parlaments die Stadt einnahmen und dann die Universität von allen säuberten, die nicht absolut mit ihnen übereinstimmten. Doch ich erkannte schnell, daß eine vornehmere Arbeit mich erwartete und die ganze Geschichte der Universität für immer dahin sein könnte, wenn man sie nicht sicherte. Daher gab ich meine ursprüngliche Arbeit auf und begann die größere, obwohl ich bis dahin schon viel Material gesammelt hatte und die Veröffentlichung mir zweifellos den Ruhm der Welt und die Gunst der Mächtigen eingebracht hätte, auf die ich jetzt verzichten muß. Doch mir geht es nicht darum: *Animus hominis dives, non arca appellari solet;* und wenn man es als eines von Ciceros Paradoxa betrachtet, das da besagt, es sei der Geist eines Mannes, nicht sein Geldkasten, der ihn reich macht, dann beweist das, daß das römische Zeitalter genauso blind und korrupt war wie das unsere.

Sarah Blundy und ihre Mutter, die in meinem Bericht eine so große Rolle spielen werden, lernte ich im Zusammenhang mit dieser früheren Arbeit kennen. Beim Sichten der Dokumente, war ich mehrere Male auf den Namen von Ned, dem Ehemann der alten Frau, gestoßen, und obwohl er in meiner Erzählung über die Belagerung keine wichtige Gestalt ist, machten mich die Leidenschaften, die er weckte, neugierig. Ein Schurke mit einem schwarzen Herzen, das Kind des Teufels, schlimmer als ein Mörder, ein Mann vor dessen Anblick einen schauderte. Ein Heiliger der letzten Tage, einer der Auserwählten, freundlich, mit sanfter Stimme und großmütig. Zwei extreme Meinungen und kaum etwas dazwischen. Es konnten nicht beide richtig sein, und ich wollte den Widerspruch aufklären. Ich wußte, daß er bei der Meuterei von 1647 dabeigewesen war, die Stadt verlassen hatte, als die Revolte niedergeschlagen wurde, und, soweit es mich betraf, auch aus meiner Geschichte verschwand: Ich wußte nicht, ob er tot oder noch am Leben war. Aber er hatte eine Rolle bei einer Sache gespielt, die für Aufregung gesorgt hatte, und ich wollte mir auf keinen Fall die Gelegenheit eines Augenzeugenberichts entgehen lassen (selbst den einer Frau, wenn der Mann nicht gefunden werden konnte), als ich im Sommer 1659 entdeckte, daß die Familie in der Nähe lebte.

Ich fürchtete mich ein wenig vor der Begegnung: Anne Blundy stand in dem Ruf, eine weise Frau zu sein (bei jenen, die keine Abneigung gegen sie hegten) oder eine Hexe (bei denen, die ihr weniger geneigt waren). Ihrer Tochter Sarah sagte man nach, sie sei wild und sonderbar, doch noch wußte man nichts von ihren Heilkünsten, die Mr. Boyle zu der Überlegung veranlaßten, ob man einige ihrer Rezepte nicht bei den Armen anwenden könnte. Ich muß jedoch sagen, daß weder die mitleiderregende Beschreibung von Cola noch die grausame von Prestcott der alten Frau Gerechtigkeit widerfahren lassen. Obwohl sie schon fast fünfzig war, sprach das Feuer in ihren Augen (das ihre Tochter von ihr geerbt hatte) für eine lebhafte Seele. Weise war sie vielleicht, obwohl nicht im üblichen Sinn. Kein Murmeln, keine wilden Gesten, keine obskuren Beschwörungen und Zaubersprüche. Eher scharfsinnig, meine ich, mit einer Spur von Belustigung, merkwürdig vermischt mit einer tiefen (wenn auch irrgläubigen) Frömmigkeit. Nichts, was ich je bei ihr sah, gab mir einen Hinweis auf die mörderische Harpyie aus Wallis' Geschichte, und doch glaube ich, daß er in dieser Sache die Wahrheit sagt. Mehr als die meisten Menschen hat er selbst gezeigt, daß wir alle der ungeheuerlichsten Verbrechen fähig sind, wenn wir überzeugt sind, im Recht zu sein, und es war ein Zeitalter, in dem der Wahn der Überzeugung alle beherrschte.

Ihr Vertrauen zu gewinnen war nicht leicht, und ich bin nicht sicher, ob ich es je ganz und gar hatte. Gewiß hätte sie, wenn ich mich später an sie gewandt hätte, als ihr Mann schon tot und der König auf den Thron zurückgekehrt war, vermutet, ich sei geschickt worden, um sie in die Falle zu locken, besonders da ich damals schon Dr. Wallis kannte. Eine solche Verbindung hätte sie mißtrauisch gemacht, da sie keinen Grund hatte, die neue Regierung zu lieben – und einen ganz besonderen Grund, Wallis zu fürchten. Das war verständlich: Auch ich lernte bald, ihn zu fürchten.

Damals kannte ich den Mann noch nicht. Richard Cromwell klammerte sich noch an die Macht, und der König wartete in den Spanischen Niederlanden, begierig, sein Erbe anzutreten, aber ohne den Mut, danach zu greifen. Das Land war unruhig, und es schien, als würden die Armeen bald wieder marschieren. Mein Haus wurde in diesem Frühling ebenso nach Waffen durchsucht wie die Häuser aller, die ich kannte. In Oxford hörten wir nur sporadisch, was in der Welt vorging, und je mehr ich im Laufe der Jahre mit Leuten gesprochen habe, um so klarer wird mir, daß im Grunde niemand wußte, was geschah. Außer John Thurloe natürlich, der alles wußte und alles sah. Aber sogar er verlor die Macht, von Kräften hinweggefegt, über die er ausnahmsweise keine Kontrolle hatte. Nehmt das als Beweis, wie krank das Land damals war.

Es hatte wenig Sinn, sich Anne Blundy förmlich zu nähern. Ich konnte ihr zum Beispiel keinen Brief schreiben, in dem ich mich vorstellte, denn ich hatte keinen Anlaß zu glauben, daß sie lesen konnte. Ich hatte kaum eine andere Wahl, als zu ihrer Wohnung zu gehen und an die Tür zu klopfen, die von einem etwa siebzehnjährigen Mädchen geöffnet wurde, das, wie ich glaube, das hübscheste war, das ich je zu sehen bekommen hatte: eine zarte Figur (wenn auch ein bißchen dünn), ein vollständiges Gebiß und eine von keiner Krankheit gezeichnete makellose Haut. Sie hatte dunkles Haar, was ein Nachteil war, und obwohl sie es offen und zum größten Teil unbedeckt trug, kleidete sie sich sittsam, und ich denke, wenn sie in einem Sack gesteckt hätte, wäre er in meinen Augen ein wunderschönes Kleid gewesen. Vor allem aber waren es ihre Augen, die mich faszinierten, denn sie waren tiefschwarz, wie Rabenschwingen, und es ist bekannt, daß von allen

Farben Schwarz für eine Frau diejenige Farbe ist, die sie am liebenswertesten erscheinen läßt. »Schwarze Augen wie die der Venus«, sagt Hesiod von seiner Alkmene, während Homer Juno ihrer runden schwarzen Augen wegen kuhäugig nennt und Giambattista Della Porta (in seiner *Physiognomonia)* die grauäugigen Engländer verspottet und, wie auch Morison, die tiefen Blicke der verträumten neapolitanischen Damen preist.

Ich starrte sie an, vergaß ganz den Grund meines Besuches, bis sie, höflich aber nicht unterwürfig, zurückhaltend und keineswegs dreist, nach meinem Begehr fragte. »Bitte tretet ein, Sir«, sagte sie, als ich ihr erklärt hatte, daß ich zu ihrer Mutter wolle. »Meine Mutter ist auf dem Markt, doch sie müßte jeden Moment zurück sein. Ihr dürft gern warten, wenn Ihr wollt.«

Ich überlasse es anderen zu entscheiden, ob mich das vor ihrem Charakter hätte warnen sollen. Wäre ich bei jemand von höherem Stand gewesen, wäre ich selbstverständlich gegangen, um ihren Ruf nicht zu schädigen, indem ich mit ihr allein blieb. Doch im Augenblick schien es mir sehr reizvoll, die Zeit bis zur Rückkehr ihrer Mutter mit ihr im Gespräch zu verbringen. Ich bin sicher, daß ich mir halb und halb wünschte, die Frau würde sich lange verspäten. Ich setzte mich (ziemlich prahlerisch, fürchte ich, wie ein Mann von Bedeutung, wenn er es mit Leuten von geringerem Stand zu tun hat, möge Gott mir vergeben) auf den kleinen Hocker vor dem Kamin, in dem trotz der Kälte unglücklicherweise kein Feuer brannte.

Was sprechen Menschen in einer solchen Situation miteinander? Ich hatte in Dingen, die anderen anscheinend leichtfallen, nie Erfolg. Vielleicht ist das die Folge von zu vielen mit Büchern und Manuskripten verbrachten Stunden. Die meiste Zeit hatte ich überhaupt keine Schwierigkeiten; beim Essen mit meinen Freunden konnte ich mich mit den besten unter ihnen unterhalten und bin noch immer stolz darauf, daß ich unter ihnen nicht der uninteressanteste war. Doch unter gewissen Umständen wußte ich nicht, was tun, und mich mit einem Dienstmädchen mit wunderschönen Augen zu unterhalten überstieg meine Kräfte. Ich hätte versuchen können, den Galan zu spielen, hätte sie unterm Kinn kraulen, sie auf meinen Knien sitzen lassen und ins Hinterteil zwicken können, doch das war nie meine Art und offenbar auch nicht die ihre. Ich hätte sie ignorieren können, als sei sie meiner Aufmerksamkeit nicht würdig – nur war sie es eben. Also tat ich am Ende nichts von alledem, starrte sie nur dümmlich an und mußte es ihr überlassen.

»Bestimmt seid Ihr hier, weil Ihr Schwierigkeiten habt und meine Mutter um Rat fragen wollt«, sagte sie, nachdem sie darauf gewartet hatte, daß ich anfing zu sprechen.

»Ja.«

»Vielleicht habt Ihr etwas verloren, und sie soll Euch wahrsagen, wo es ist? Das kann sie sehr gut. Oder seid Ihr vielleicht krank und habt Angst, zu einem Doktor zu gehen?«

Endlich konnte ich die Augen von ihrem Gesicht losreißen. »O nein. Ganz und gar nicht. Ich habe natürlich von ihren erstaunlichen Fähigkeiten gehört, aber ich bin peinlich ordentlich und verliere nie etwas. Alles hat bei mir seinen bestimmten Platz, weißt du. Nur so kann ich meine Arbeit tun. Und meine Gesundheit ist Gott sei Dank so gut, wie man es erwarten darf.«

Schwatzhaft und großspurig; ich entschuldige mich damit, daß ich verwirrt war. Sie interessierte sich ganz gewiß nicht für meine Arbeit; das tun wenige Leute. Doch sie war in schwierigen Zeiten immer meine Zuflucht, und wenn ich verwirrt oder traurig bin, fliegen meine Gedanken zu ihr. Gegen Ende dieser Affäre saß ich nachts wach, Woche um Woche, schrieb ab und machte Anmerkungen, um die Welt auszuschließen. Locke sagte mir, das sei am besten. Wie merkwürdig: Ich habe ihn nie gemocht, und er hat mich nie gemocht, aber seinen Rat nahm ich immer an und stellte fest, daß es der richtige war.

»Amen«, sagte sie. »Warum also wollt Ihr mit meiner Mutter sprechen? Ich hoffe, man hat Euch nicht in der Liebe betrogen. Wenn Ihr so etwas Törichtes wollt, könnt Ihr zu einem Mann in Heddington gehen, wenn ich auch glaube, daß er ein Scharlatan ist.«

Ich versicherte ihr, daß ich ein völlig anderes Anliegen hatte und ihre Mutter nicht wegen solcher Dinge konsultieren wolle. Ich fing eben an zu erklären, als die Tür aufging und die Frau hereinkam. Sarah lief zu ihr, um ihr zu helfen, und sie ließ sich auf einen hölzernen Hocker gegenüber fallen, wischte sich das Gesicht ab und holte, bevor sie mich ansah, tief Luft, um zu Atem zu kommen. Sie war ärmlich, aber sauber gekleidet, ihre Hände waren von vielen Jahren schwerer Arbeit knotig und verkrümmt, und sie hatte ein rotes, rundes, offenes Gesicht. Obwohl das Alter allmählich den Sieg davonzutragen begann, war sie in ihrer Art nicht zu vergleichen mit der tieftraurigen, gebrochenen Frau, die sie später war, und sie bewegte sich mit einer Lebhaftigkeit, die viele andere, vom Leben begünstigtere Frauen in ihrem Alter nicht mehr haben.

»Euch fehlt nichts«, sagte sie, nachdem sie mich mit einem Blick betrachtet hatte, der in mein Inneres zu dringen schien. Ihre Tochter hatte diese Gewohnheit auch, wie ich später entdeckte. Ich denke, das war der Grund, warum die Leute die beiden Frauen fürchteten und sie für dreist und anmaßend hielten. »Warum seid Ihr hier?«

»Das ist Mr. Wood, Mutter«, sagte Sarah, als sie aus dem winzigen Nebenzimmer zurückkam. »Er ist Historiker, hat er mir erzählt, und möchte dich um Rat fragen.«

»Und worunter leiden Historiker, bitte?« sagte sie ziemlich uninteressiert. »Gedächtnisverlust? Schreibkrampf in der rechten Hand?«

Ich lächelte. »Unter beidem, aber nicht in meinem Fall, kann ich zum Glück sagen. Nein. Ich schreibe eine Geschichte der Belagerung, und da Ihr in dieser Zeit hier wart ...«

»Das waren auch Tausende anderer Leute. Wollt Ihr mit allen sprechen? Fürwahr eine merkwürdige Art, Geschichte zu schreiben.«

»Ich richte mich nach Thukydides«, begann ich umständlich.

»Der starb, bevor er sein Werk vollendet war«, unterbrach sie mich, ein Kommentar, der mich so überraschte, daß ich fast vom Hocker fiel. Ganz abgesehen von der Schnelligkeit ihrer Erwiderung, sie hatte offensichtlich von diesem größten aller Historiker nicht nur gehört, sie wußte sogar etwas über ihn. Neugierig geworden, musterte ich sie, konnte aber mein Erstaunen offenbar nicht verbergen.

»Mein Ehemann ist sehr belesen, und es macht ihm Freude, mir vorzulesen: An manchen Abenden lese wiederum ich ihm vor.«

»Ist er hier?«

»Nein; er ist noch bei der Armee. In London, glaube ich.«

Ich war natürlich enttäuscht, entschloß mich jedoch, mich bis zu Blundys Rückkehr mit dem zu begnügen, was ich von der Frau erfahren konnte.«

»Euer Ehemann«, begann ich, »war für die Geschichte der Stadt von einiger Bedeutung ...«

»Er hat versucht, die Ungerechtigkeit hier zu bekämpfen.«

»In der Tat. Das Problem ist, daß sich die Leute, die ich getroffen habe, nicht einig sind über das, was er getan und gesagt hat. Und das möchte ich wissen.«

»Und Ihr werdet mir glauben, was ich Euch erzähle?«

»Ich werde, was Ihr mir erzählt, mit dem vergleichen, was andere Leute mir erzählen. Daraus wird sich die Wahrheit ergeben. Davon bin ich überzeugt.«

»Wenn das so ist, seid Ihr ein törichter junger Mann, Mr. Wood.«

»Das glaube ich nicht«, sagte ich steif.

»Was habt Ihr für religiöse Überzeugungen, Sir? Wem gilt Eure Loyalität?«

»In der Religion bin ich Historiker. In der Politik ebenso.«

»Das ist für eine alte Frau wie mich viel zu glatt«, sagte sie mit leicht spöttischem Ton in der Stimme. »Seid Ihr gegenüber dem Protector loyal?«

»Ich habe auf die Regierung, die an der Macht ist, einen Eid geleistet.«

»Und welche Kirche besucht Ihr?«

»Mehrere. Ich höre die Messe an vielen Orten. Zur Zeit gehe ich nach Merton, dazu bin ich verpflichtet, da es mein College ist. Für den Fall, daß Ihr mich wieder beschuldigt, zu glatt zu sein, muß ich Euch wahrscheinlich sagen, daß ich zu den Episkopalen neige.«

Sie ließ den Kopf auf die Brust sinken, während sie darüber nachdachte, und sie schloß die Augen wie im Schlaf. Ich fürchtete, sie werde sich weigern, sie denke, daß ich verdrehen und entstellen würde, was sie sagte. Gewiß hatte sie keinen Grund zu denken, daß ich einem Mann wie ihrem Gemahl freundliche Gefühle entgegenbringen könnte; nach allem, was ich davon gehört hatte, bestand daran kein Zweifel. Aber ich wußte nicht mehr,

was ich sonst noch tun konnte, um sie von meinen ehrenhaften
Absichten zu überzeugen. Zum Glück war ich nicht dumm genug, ihr Geld anzubieten, denn damit hätte ich unweigerlich alles verdorben, sosehr sie das Geld auch brauchen mochte. Ich
muß sagen, daß ich weder in ihr noch in ihrer Tochter auch nur
ein einziges Mal etwas von der Gier entdeckte, die andere bemerkt haben wollen, obwohl ihre Armut ein ausreichender Grund
dafür gewesen wäre.

»Sarah«, sagte sie nach einer Weile und hob den Kopf. »Was
hältst du von diesem linkischen jungen Mann? Was ist er? Ein Spion? Ein Dummkopf? Ein Spitzbube? Jemand, der die Vergangenheit ausgraben und uns damit quälen will?«

»Vielleicht ist er, was er sagt, Mutter. Ich denke, du solltest mit
ihm reden. Warum nicht? Gott weiß, was geschehen ist, und auch
ein Historiker der Universität kann die Wahrheit nicht vor Ihm
verbergen.«

»Sehr klug, mein Kind«, sagte sie. »Nur schade, daß unserem
Freund hier das nicht selbst eingefallen ist. Nun gut, wir müssen
noch einmal miteinander sprechen. Aber ich habe einen Kunden,
der die Eigentumsurkunde seines Hauses verloren hat, und ich
soll ihm wahrsagen, wo sie ist. Ihr müßt an einem anderen Tag
wiederkommen. Morgen, wenn Ihr wollt.«

Ich bedankte mich für ihre Freundlichkeit und versprach, sie
am nächsten Tag auf jeden Fall wieder aufzusuchen. Mir war bewußt, daß ich sie mit unnötiger Ehrerbietung behandelte, aber irgend etwas drängte mich dazu: Ihre Persönlichkeit forderte Höflichkeit, wenn auch ihr Stand es nicht tat. Als ich mir draußen
zwischen dem Schutt und den tiefen Pfützen der Straße meinen
Weg suchte, pfiff jemand hinter mir her. Ich blieb stehen, drehte
mich um und sah, daß Sarah mir nachgelaufen kam.

»Auf ein Wort, Mr. Wood.«

»Aber gern«, sagte ich und merkte, daß ich so etwas wie Freude empfand. »Hast du etwas gegen Tavernen?« Das war in jener
Zeit eine ganz normale Frage, denn viele irregeleitete Dissenter
verabscheuten Tavernen. Es war am besten, schon früh festzustellen, mit wem man es zu tun hatte, um nicht mit einem Schwall
von Beschimpfungen überschüttet zu werden.

»O nein«, sagte sie, »Tavernen mag ich.« Ich wäre mit ihr ins

Fleur-de-Lys gegangen, das meiner Familie gehörte und wo ich billig trinken konnte, aber ich sorgte mich um meinen Ruf, daher gingen wir in ein anderes Gasthaus, eine schäbige Bruchbude, kaum besser als ihre Wohnung. Ich merkte, daß man sie nicht gerade freundlich behandelte, und hatte sogar das Gefühl, daß man sich gegenseitig ein paar scharfe Worte gesagt hätte, wäre ich nicht dabeigewesen. So aber bedachte mich die Frau, als sie zwei Krüge brachte, nur mit einem höhnischen Lächeln. Ihre Worte waren höflich, das Gefühl, das sich darunter verbarg, nicht, wenn ich es auch nicht verstand. Obwohl ich keinen Grund hatte, mich zu schämen, errötete ich. Das merkte das Mädchen leider und fragte, ob ich mich unbehaglich fühle.

»Aber gar nicht«, sagte ich hastig.

»Schon gut. Ich habe Schlimmeres erlebt.« Sie war sogar so taktvoll, in die ruhigste Ecke des Schankraums voranzugehen, so daß niemand uns sehen konnte. Ich war ihr für ihre Rücksicht dankbar, und mir wurde warm ums Herz.

»Jetzt, Herr Historiker«, sagte sie, als sie ein Viertel ihres Kruges geleert hatte, »Ihr müßt es mir ehrlich sagen. Meint Ihr es gut mit uns? Denn ich werde nicht dulden, daß Ihr uns Schwierigkeiten macht. Meine Mutter braucht keine mehr. Sie ist müde und hat in den letzten Jahren ein wenig Frieden gefunden. Ich will nicht, daß er gestört wird.«

Ich versuchte, sie in diesem Punkt zu beruhigen: Ich hatte die Absicht, die lange Belagerung zu beschreiben und die Wirkung, die die Truppeneinquartierung in der Stadt auf die Gelehrsamkeit gehabt hatte. Die Rolle, die ihr Vater bei der Meuterei gespielt hatte und auch dabei, als es darum ging, die Leidenschaften der Truppen des Parlaments aufzustacheln, war von Bedeutung, aber nicht bedenklich. Ich wollte nur wissen, warum die Truppen damals die Befehle verweigert hatten und was geschehen war. Ich hoffte, all das aufzuschreiben, bevor es vergessen wurde.

»Aber Ihr wart doch selbst hier, oder?«

»Ja, ich war hier, war damals aber erst vierzehn und viel zu sehr mit meinem Studium beschäftigt, um etwas Ungewöhnliches zu bemerken. Ich war sehr ungehalten, als die New College School aus ihrem Raum beim Kreuzgang hinausgeworfen wurde, und ich erinnere mich, daß ich dachte, daß ich noch nie einen Soldaten gesehen hatte. Ich weiß noch, daß ich in der Nähe der Außenbefestigung stand und hoffte, jemand mit siedendem Öl übergießen zu können, hoffte mutige Taten zu vollbringen und von einem dankbaren Monarchen dafür geadelt zu werden. Und ich weiß, wie verängstigt alle waren, als die Royalisten sich ergeben mußten. Aber die wichtigen Tatsachen kenne ich nicht. Man kann kein Buch schreiben, das auf so armseligen Angaben beruht.«

»Ihr wollt Tatsachen? Die meisten Leute sind es zufrieden, ihre eigenen zu erfinden. Das haben sie mit meinem Vater gemacht. Sie haben gesagt, er sei wild und schlecht und haben ihn deshalb beschimpft. Ihr Urteil genügt euch nicht?«

»Vielleicht wird es mir genügen. Vielleicht ist es sogar richtig. Aber ich stelle mir dennoch Fragen. Wie kommt es, daß einem solchen Mann so viele seiner Gefährten vertrauen? Wenn er so übel war, wieso war er auch mutig? Kann das Edle (wenn ich diesen Ausdruck für einen solchen Menschen benutzen kann) neben dem Niederträchtigen bestehen? Und wie konnte er« – hier versuchte ich es zum ersten Mal mit einer Schmeichelei – »wie konnte er eine so schöne Tochter haben?«

Wenn sie sich über die Bemerkung freute, ließ sie es sich nicht anmerken. Kein bescheidener Blick. Kein hübsches Erröten, nur die schwarzen Augen, die mich durchdringend ansahen und mir noch mehr Unbehagen einflößten.

»Ich bin entschlossen«, fuhr ich rasch fort, um meine kleine Abschweifung zu bemänteln, »herauszufinden, was geschehen ist. Du hast gefragt, ob ich es gut oder schlecht mit euch meine, und ich sage dir – weder noch.«

»Dann seid Ihr unmoralisch.«

»Die Wahrheit ist immer moralisch, denn sie ist das Spiegelbild von Gottes Wort«, korrigierte ich sie, spürte jedoch wieder, daß meine Worte falsch klangen, und versteckte mich hinter Feierlichkeit. »Ich werde deinem Vater Gelegenheit geben zu sprechen. Ich werde mir, was er zu sagen hat, nicht bei anderen holen. Er spricht entweder durch mich oder bleibt für immer stumm.«

Sie leerte ihren Krug und schüttelte traurig den Kopf. »Der arme Mann, der so schön spricht, darauf beschränkt, durch Euch sprechen zu müssen!«

Ich glaube, sie merkte nicht einmal, wie beleidigend sie war, doch ich hatte in diesem Moment nicht den Wunsch, sie zu tadeln, wie sie es verdiente. Statt dessen sah ich sie aufmerksam an und dachte, daß dieses frühe vertraute Beisammensein vielleicht bewirken würde, daß sie vor ihrer Mutter gut über mich sprach.

»Ich erinnere mich«, fuhr sie nach einer Weile fort, »ihn einmal gehört zu haben, als er nach einer Andacht zu seinem Zug sprach. Ich kann damals nicht älter als neun gewesen sein, also war es wohl um die Zeit in Worcester. Die Soldaten dachten, sie würden bald kämpfen müssen, und er ermutigte und beruhigte sie. Es war wie Musik; er brachte es fertig, daß sie schwankten, als er sprach, und manche weinten sogar. Wahrscheinlich würden sie sterben oder gefangengenommen werden oder ihr Leben im Kerker beenden. Das sei Gottes Wille, und es sei nicht an uns, zu vermuten und zu raten, wie dieser Wille aussehe. Er habe uns nur eine Laterne mitgegeben, Seine Güte zu erkennen, und das sei unser Gefühl für Gerechtigkeit, die Stimme des Rechts, die in der Seele jedes einzelnen zu allen Menschen spreche, wenn sie ihr nur zuhören wollten. Jene, die auf ihr Herz hörten, wüßten, was das Recht sei, und wüßten, daß sie, wenn sie dafür kämpften, zugleich für Gott kämpften. Es sei eine Schlacht, um das Fundament zu bauen, das aus der Welt eine Schatzkammer für alle machen werde, so daß jeder, der im Lande geboren würde, von der Erde ernährt werden könne, einer sich um den anderen kümmere, sogar um Alte, Kranke oder Frauen, die vor der Schöpfung dann alle gleich wären. Daran sollten sie immer denken, wenn sie schliefen und aßen, kämpften und starben.«

Ich wußte nicht, was sagen. Sie hatte leise und sanft gesprochen, und ihre Stimme hatte mich liebkost, als sie die Worte ihres Vaters wiederholt hatte; so ruhig, so gütig und, dies wurde mir mit Betroffenheit klar, so abgrundtief böse. Ich begann ganz allmählich zu begreifen, was geschehen war und welcherart die Anziehungskraft dieses Blundy war. Wenn schon ein junges Mädchen so überzeugend sein konnte, wie erst mußte der Mann gewesen sein? Das Recht zu essen: Kein guter Christ konnte dagegen etwas einzuwenden haben. Bis man erkannte, was dieser Mann verlangte: Das Recht der Herren, ihren Dienern Befehle zu erteilen, wurde auf den Kopf gestellt, der Diebstahl von Eigentum empfohlen und die Wurzeln der Harmonie zerstört, die uns alle

verbindet. Ruhig und freundlich nahm Blundy die armen Dummköpfe bei der Hand und überantwortete sie der Macht des Teufels. Mich schauderte.

»Die Wahnreden eines Verrückten, denkt Ihr, Mr. Wood?«

»Wie könnte jemand, der weder ein Narr noch ein Ungeheuer
ist, etwas anderes denken? Es ist offensichtlich so.«

»Da ich aus einer Familie von Verrückten komme, sehe ich die
Dinge ein wenig anders«, sagte sie. »Ich nehme an, Ihr denkt,
mein Vater hat ganz durchschnittliche Menschen zu seinem eigenen Nutzen mißbraucht. Ist das so?«

»Etwas Ähnliches«, sagte ich steif. »Daß es teuflisch war, wurde dadurch bestätigt, daß Säuglinge gegessen und Gefangene verbrannt wurden.«

Sie lachte. »Säuglinge essen? Gefangene verbrennen? Welcher
Lügner hat das gesagt?«

»Ich habe es gelesen. Und viele Leute haben es erzählt.«

»Und Ihr habt es geglaubt. Ich beginne an Euch zu zweifeln,
Herr Historiker. Wenn Ihr lest, daß es im Meer Tiere gibt, die Feuer speien und hundert Köpfe haben, glaubt Ihr das auch?«

»Nicht, solange ich keinen guten Grund dafür habe.«

»Und was ist für einen gelehrten Mann wie Euch ein guter
Grund?«

»Was ich mit eigenen Augen sehe oder was mir jemand berichtet, auf dessen Wort ich vertrauen kann. Aber es hängt davon ab,
was du meinst. Ich weiß, daß es die Sonne gibt, denn ich kann sie
sehen; ich glaube, daß sich die Erde um die Sonne dreht, weil logische Berechnungen es belegen und es nicht dem widerspricht, was
ich sehe. Ich weiß, daß es Einhörner gibt, weil ein solches
Wesen in der Natur möglich ist und verläßliche Leute es gesehen
haben; ich leider noch nicht; es ist unwahrscheinlich, daß der
feuerspeiende Drachen mit hundert Köpfen existiert, weil ich mir
nicht vorstellen kann, wie eine natürliche Kreatur Feuer ausatmen kann, ohne zu verbrennen. Es hängt eben davon ab, wie du
siehst.«

Das war meine Antwort, und ich denke noch immer, sie war
gut, komplizierte Ideen einfach verpackt, damit sie sie verstand,
obwohl ich das für unwahrscheinlich hielt. Doch weit davon entfernt, für meine Unterweisung dankbar zu sein, fuhr sie fort,

mich zu verfolgen, beugte sich in ihrem Eifer wie ein verhungernder Bettler vor, dem man eine Brotrinde angeboten hatte.

»Christus ist unser Herr. Glaubt Ihr das?«

»Ja.«

»Warum?«

»Weil Sein Kommen im Einklang mit den Prophezeiungen der Bibel stand. Seine Wunder bewiesen Seine Göttlichkeit, und seine Auferstehung war ein noch größerer Beweis.«

»Viele Leute nehmen solche Wunder für sich in Anspruch.«

»Und zu allem anderen habe ich noch meinen Glauben, und der ist besser als alle Vernunft.«

»Dann eine irdischere Frage. Der König ist der von Gott gesalbte. Glaubt Ihr das?«

»Wenn du meinst, ob ich es beweisen kann? Nein, das kann ich nicht«, antwortete ich, entschlossen, den Abstand zu wahren. »Das ist kein feststehender Glaube. Aber ich glaube es, weil die Könige ihre Stellung haben und die natürliche Ordnung zerstört wird, wenn man sie verjagt. Gott hat sein Mißfallen an England in den letzten Jahren deutlich genug durch das Leid kundgetan, das es ertragen mußte. Und haben nicht, als der König ermordet wurde, riesige Fluten die Störung in der natürlichen Ordnung ebenso deutlich bewiesen?«

Sie gab in diesem Punkt nach, fügte jedoch hinzu: »Aber wenn diese Wunder sich nur ereigneten, weil der König verräterisch an seinen Untertanen gehandelt hatte?«

»Dann würde ich dir widersprechen.«

»Und wie würden wir entscheiden, was richtig ist?«

»Es würde davon abhängen, welches Gewicht die Meinung vernünftiger Männer von Stand hat, charaktervoller Männer, die beide Aussagen gehört haben. Ich möchte mich über diesen Punkt nicht weiter verbreiten oder unberechtigt tadeln, aber dich kann man wohl kaum eine Person von Stand oder Charakter nennen. Auch«, hier machte ich einen zweiten Versuch, das Gespräch auf ein angemesseneres Thema zu lenken, »könnte man jemand, der so hübsch ist wie du, kaum irrtümlich für einen Mann halten.«

»Oh«, sagte sie, warf den Kopf zurück und tat damit meine freundliche Mahnung, sich um ihre eigenen Angelegenheiten zu kümmern, einfach ab, »es hängt also von der Entscheidung einiger Männer ab, ob der König von Gottes Gnaden oder gerechterweise überhaupt ein König ist? Wird darüber abgestimmt?«

»Nein«, sagte ich und errötete leicht, weil ich anscheinend nicht imstande war, dieses zunehmend lächerliche Gespräch zu beenden. »Das habe ich nicht gesagt, du dummes Ding. Das entscheidet Gott allein; der Mensch entscheidet nur, ob er Gottes Willen annimmt.«

»Was ist denn das für ein Unterschied, wenn wir den Willen Gottes doch nicht kennen?«

Es war höchste Zeit, dem ein Ende zu machen, also stand ich auf, um sie – sozusagen – körperlich an den Standesunterschied zwischen uns zu erinnern. »Wenn du solche Fragen stellen kannst«, sagte ich streng, »dann bist du ein sehr törichtes und böses Kind. Was mußt du für eine verderbte Erziehung gehabt haben, um so etwas zu denken? Ich sehe allmählich, daß dein Vater wirklich so schlecht war, wie die Leute sagen.«

Anstatt über meine Rüge betroffen zu sein, lehnte sie sich auf dem Hocker zurück und lachte hell und laut auf. Sehr verärgert über ihre Respektlosigkeit, ging ich und flüchtete für den Rest des Vormittags zu meinen Büchern und Notizen. Das war nur die erste von zahlreichen Gelegenheiten, daß sie mich zu solcher Torheit trieb. Muß ich noch einmal sagen, daß ich jung war? Entschuldigt das, auf welche Weise ihre Augen meine Gedanken benebelten und der Fall ihres Haares meine Zunge lähmte?

Zweites Kapitel

ICH BEABSICHTIGE, gegen meine eigenen Regeln von Schicklichkeit zu verstoßen und viel über Sarah Blundy zu sprechen: Es ist notwendig. Ich beabsichtige nicht, durch ausschweifende Abhandlungen über Herzensangelegenheiten jemand Kummer zu bereiten, ein Thema, das nicht an die Öffentlichkeit gehört, wie alle außer den Höflingen wissen. Aber es gibt keine andere Möglichkeit, mein Interesse an der Familie zu erklären, meinen Schmerz über ihr Schicksal und mein Wissen um ihr Ende. Ich habe da als kompetenter Zeuge zu gelten, wo meine persönliche

Erinnerung wichtig ist, und muß daher mein Wissen durch Beweise untermauern. Worte ohne Tatsachen sind fragwürdig: Also muß ich Tatsachen liefern. Das ist nicht schwierig.

Damals war die Familie Wood noch vermögend, und ich lebte mit Mutter und Schwester in einem Haus in der Merton Street, in dem das oberste Stockwerk mir und meinen Büchern vorbehalten war. Wir brauchten eine Dienerin, denn meine liebe Mutter war gezwungen gewesen, diejenige, die wir bisher gehabt hatten, wegen Schlampigkeit zu entlassen, und ich (nachdem ich gemerkt hatte, daß die Blundys in größter Armut lebten) schlug vor, Sarah einzustellen. Meine Mutter war alles andere als glücklich über die Idee, da sie einiges über den Ruf der Familie gehört hatte, doch ich überredete sie, daß Sarah billig sein würde, wobei ich beschlossen hatte, ihren Lohn aus meinem eigenen kleinen Einkommen aufzustocken. Außerdem, fragte ich, was sei denn so schrecklich an dem Mädchen? Darauf wußte sie keine richtige Antwort.

Schließlich gab der Gedanke, einen halben Penny pro Woche zu ersparen, bei meiner Mutter den Ausschlag; sie erklärte sich bereit, mit Sarah zu sprechen und gab (widerstrebend) zu, sie scheine wirklich bescheiden und gehorsam zu sein, wie es sich gehöre. Sie erklärte jedoch, sie werde das Mädchen mit Adleraugen beobachten und es beim ersten Hauch von Blasphemie oder Rebellion oder Unmoral sofort vor die Tür setzen.

Und so kamen Sarah und ich uns nahe, wobei selbstverständlich der natürliche Abstand zwischen Herr und Dienerin gewahrt blieb. Obwohl sie keine gewöhnliche Dienerin war, denn sie gewann bald einen Einfluß im Haus, der, was um so bemerkenswerter war, im großen und ganzen unbestritten blieb. Nur einmal gab es einen Streit, als meine Mutter beschloß (da es außer mir keinen Mann im Haus gab, und meine Mutter sich stets als das Oberhaupt der Familie betrachtete), das Mädchen mit einer Tracht Prügel zu bestrafen und erwartete, daß sich Sarah der Züchtigung widerspruchslos unterwerfen würde, wie es sich gehörte. Ich weiß nicht, was sie angestellt hatte, wahrscheinlich nicht viel, und die Gereiztheit meiner Mutter war vermutlich auf die Schmerzen zurückzuführen, die ihr ein geschwollener Knöchel verursachte, an dem sie seit Jahren litt.

Sarah jedenfalls fand, das sei kein ausreichender Grund für Schläge. Die Hände in die Hüften gestützt, trotzig und glühend vor Zorn, weigerte sie sich, sich zu bücken. Als meine Mutter mit dem Besen in der Hand auf sie zukam, machte Sarah ihr klar, daß sie zurückschlagen werde, wenn meine Mutter sie auch nur mit dem kleinen Finger berühre. Auf der Stelle aus dem Haus geworfen, denkt Ihr? Aber durchaus nicht. Ich war damals nicht zugegegen, sonst wäre es vielleicht gar nicht zu diesem Zwischenfall gekommen, aber meine Schwester sagte, daß nach kaum einer halben Stunde Sarah und meine Mutter am Feuer saßen und redeten, wobei meine Mutter sich fast bei dem Kind entschuldigte, etwas, das ich weder vorher noch nachher je erlebt habe. Danach sagte meine Mutter nie wieder ein Wort gegen sie, und als für Sarah die Zeit der Not kam, war es Mutter, die für sie kochte und ihr das Essen ins Gefängnis brachte.

Was war geschehen? Was hatte Sarah gesagt oder getan, daß meine Mutter ausnahmsweise einmal so wohltätig und großzügig war? Ich weiß es nicht. Als ich fragte, lächelte Sarah nur und sagte, meine Mutter sei ein gute und freundliche Frau und gar nicht so heftig, wie es den Anschein habe. Mehr wollte sie nicht dazu sagen, und meine Mutter sagte auch nichts. Sie neigte zur Heimlichtuerei, wenn man sie bei einer Freundlichkeit ertappte, und es mag ja sein, daß es einfach deshalb war, weil kurz darauf ihr Knöchel aufhörte, weh zu tun; es ist ja oft so, daß solche Kleinigkeiten das Verhalten eines Menschen beeinflussen und verändern. Ich frage mich oft, ob Dr. Wallis weniger grausam gewesen wäre, hätte er sich nicht so sehr vor der Blindheit gefürchtet, die sich bei ihm schon damals allmählich bemerkbar machte. Wenn ich von Zahnschmerzen geplagt wurde, war auch ich übertrieben heftig gegen meine Mitmenschen, und es ist wohlbekannt, daß die falschen Entscheidungen, die schließlich zum Sturz von Lord Clarendon führten, immer dann getroffen wurden, wenn der Edelmann wieder einmal qualvoll unter seiner Gicht litt.

Ich habe erwähnt, daß ich im obersten Stockwerk zwei Räume bewohnte, die von den anderen Familienmitgliedern nicht betreten werden durften. Ich hatte überall Bücher und Papiere und fürchtete ständig, daß irgend jemand sie in irregeleiteter Hilfsbereitschaft aufräumen und mich in meiner Arbeit um Wochen zurückwerfen könnte. Sarah war die einzige, die hereindurfte, und auch sie räumte nur unter meiner Aufsicht auf. Immer häufiger begann ich von diesen Besuchen in meinem Horst der Gelehrsamkeit zu träumen, und verbrachte die Zeit mit ihr im Gespräch. Meine Zimmer wurden immer schmutziger, das ist richtig, aber ich ertappte mich dabei, daß ich ungeduldig darauf wartete, auf der wackligen Treppe, die zu meinem Dachboden führte, ihre Schritte zu hören. Anfangs redete ich über ihre Mutter; doch das wurde sehr bald zum Vorwand, ihre Anwesenheit auszudehnen. Vielleicht weil ich so wenig von der Welt und noch weniger über Frauen wußte.

Vielleicht hätte ich mich für jedes weibliche Wesen interessiert, aber Sarah hatte mich sehr bald bezaubert. Langsam wurde das Vergnügen zu Schmerz, die Freude zu Qual. Der Teufel besuchte mich zu jeder Stunde; nachts, wenn ich am Schreibtisch saß und arbeitete, in der Bibliothek, lenkte meinen Geist von der Arbeit ab und zwang mir unflätige und lüsterne Gedanken auf. Mein Schlaf litt und auch meine Arbeit, und obwohl ich verzweifelt um Hilfe betete, blieb ich ohne Antwort. Ich bat den Herrn, diese Versuchung von mir zu nehmen, doch in Seiner Weisheit tat Er es nicht, sondern erlaubte noch mehr Dämonen, mich mit meiner Schwäche und meiner Heuchelei zu quälen. Morgens wachte ich mit dem Gedanken an Sarah auf und warf mich nachts, an Sarah denkend, im Bett hin und her. Und auch im Schlaf erfuhr ich keine Linderung, denn ich träumte von ihren Augen und ihrem Mund und von ihrem Lachen.

Es war natürlich unerträglich; eine ehrenhafte Verbindung war nicht möglich, so groß war der Abstand zwischen uns. Aber ich dachte, ich kennte sie inzwischen gut genug, um zu glauben, daß sie nie einwilligen werde, meine Metze zu sein; sie war zu tugendhaft, gleichgültig, woher sie stammte. Ich war noch nie verliebt gewesen, hatte mich nicht einmal halb soviel für Frauen interessiert wie für die Bücher in der Bodleian Library*, und ich gestehe, daß ich Gott in meinem Herzen verwünschte, weil er es zuließ, daß es, wenn ich schon fiel (und nie habe ich die Ähnlich-

---

* Universitäts-Bibliothek in Oxford, 1602 von Sir Thomas Bodley gegründet; enthält von 1610 an jedes in England gedruckte Buch

keit mit Adam stärker empfunden), eine solche Unmöglichkeit sein mußte – ein Mädchen ohne Vermögen, ohne Familie, das sogar in Tavernen verachtet wurde und das einen schurkischen Vater hatte.

Und so blieb ich sprachlos und unglücklich: Voller Qual, wenn sie da war, und noch schlimmer gepeinigt, wenn sie es nicht war. Wäre ich doch ein robuster, gedankenloser Mann wie Prestcott, der sich nie um so komplizierte Dinge wie Liebe kümmerte, oder sogar wie Wallis, mit einem so kalten Herzen, daß kein menschliches Wesen es lange erwärmen konnte. Sarah, glaube ich, brachte auch mir Zuneigung entgegen. Obwohl in meiner Anwesenheit stets respektvoll, fühlte ich etwas in ihr: eine Wärme, die Art, wie sie mich ansah und sich vorbeugte, wenn ich ihr ein Buch oder ein Manuskript zeigte, ließen schon darauf schließen, daß sie mich schätzte. Ich denke, sie redete gern mit mir; von ihrem Vater, der sie unterrichtet hatte, war sie Männergespräche gewohnt, und es war schwierig, ihren Geist auf für Frauen schickliche Themen einzuschränken. Da ich immer bereit war, über meine Arbeit zu sprechen und mich leicht ablenken ließ, anderes zu erörtern, schien sie ihre Besuche in meinen Räumen genauso ungeduldig zu erwarten wie ich. Ich denke, ich war damals der einzige Mann, der aus einem anderen Grund mit ihr sprach, als ihr zu befehlen oder lüsterne Bemerkungen zu machen; eine andere Erklärung finde ich nicht. Über ihre Kindheit, ihre Erziehung, ihren Vater erfuhr ich jedoch kaum etwas; sie sprach nur selten darüber, machte nur ab und zu eine zufällige Bemerkung; wenn ich direkt fragte, wechselte sie gewöhnlich das Thema. Ich hortete diese gelegentlichen Bemerkungen wie ein Geizhals sein Gold, erinnerte mich an jeden zufälligen Satz, drehte und wendete ihn im Geiste, legte einen zum anderen, wie Münzen in eine Schatulle, bis ich einen schönen Vorrat besaß.

Anfangs glaubte ich, ihre Zurückhaltung sei darauf zurückzuführen, daß sie sich für die Erniedrigung schämte, der sie jetzt unterworfen war; jetzt glaube ich, es war eher Vorsicht, damit sie nicht mißverstanden werden konnte. Sie schämte sich für wenige Dinge und bereute noch weniger, nahm jedoch hin, daß die Tage, in denen Menschen wie sie auf eine neue Welt hoffen durften, vorbei waren: Sie hatten es versucht und kläglich gescheitert.

Ich will ein wichtiges Beispiel dafür geben, wie ich meine Beweise sammelte. Kurz nachdem die Restauration Seiner Majestät in der Stadt verkündet worden war, hatte ich mir die Vorbereitungen für die Festlichkeiten angesehen. Im ganzen Land wurde an diesem Tag gefeiert, in den Städten des Parlaments, die das Gefühl hatten, ihre neue Loyalität demonstrieren zu müssen, ebenso wie in Städten wie Oxford, das sich eines aufrichtigeren Gefühls erfreuen durfte. Man hatte uns versprochen (wer das war, kann ich mich nicht erinnern), daß in Brunnen und Rinnsteinen an diesem Abend köstlicher Wein fließen würde wie in den Tagen des alten Rom. Als ich nach Hause kam, saß Sarah auf einem Hocker und weinte bitterlich.

»Was ist denn los, daß du an einem so ruhmreichen Tag wie heute herzzerreißend weinst?« rief ich. Es dauerte einige Zeit, bevor ich eine Antwort bekam.

»O Anthony, für mich ist er alles andere als ruhmreich«, sagte sie. (Es war unser Geheimnis, daß ich ihr diese intime Anrede in meinen Räumen erlaubte.) Zunächst hatte ich gedacht, es handle sich um eine dieser rätselhaften weiblichen Beschwerden, doch bald wurde mir klar, daß es größere Dinge waren, die sie bedrückten. Sie führte nie unanständige oder derbe Worte im Mund.

»Aber was ist denn so traurig daran? Der Morgen ist schön, wir können auf Kosten der Universität trinken und essen, und der König kehrt in seine Stadt zurück.«

»Und alles war vergeblich«, sagte sie. »Bringt Euch solche Verschwendung nicht auch zum Weinen, auch wenn Ihr feiert? Fast zwanzig Jahre Kampf, der Versuch, Gottes Königreich hier zu errichten, und alles hinweggefegt vom Willen einiger habgieriger Granden.«

Daß sie so über die großen Männer sprach, deren kluges Eingreifen so entscheidend für die Rückkehr des Königs gewesen war (das hatte man uns berichtet, und ich hatte es geglaubt, bis ich das Manuskript von Dr. Wallis las), hätte mich aufhorchen lassen müssen, doch ich war zu gut gelaunt.

»Gottes Wege sind wunderbar und geheimnisvoll«, sagte ich vergnügt, »und manchmal wählt er merkwürdiges Werkzeug, um Seinen Willen durchzusetzen.«

»Gott hat Seinen Dienern, die für Ihn gearbeitet haben, ins Gesicht gespuckt«, sagte sie, und ihre Stimme klang vor Verzweiflung und Zorn wie ein Zischen. »Wie kann das Gottes Wille sein? Wie kann Gott wollen, daß Menschen anderen untertan sind? Daß einige in Palästen leben, während andere auf der Straße sterben? Daß einige herrschen und die anderen gehorchen? Wie kann Gott das wollen?«

Ich zuckte mit den Schultern, weil ich nicht wußte, was sagen – und nicht wußte, wie ich es sagen sollte; ich wollte nur, daß sie still war. So hatte ich sie noch nie erlebt, sie umklammerte sich selbst, wiegte sich hin und her und sprach mit einer Leidenschaft, die mich ebenso anwiderte wie faszinierte. Sie erschreckte mich, doch ich brachte es nicht fertig, mich von ihr zu entfernen. »Offensichtlich tut er es«, sagte ich endlich.

»Dann ist Er nicht mein Gott«, sagte sie mit höhnischer Verachtung. »Ich hasse Ihn, wie Er auch mich und Seine ganze Schöpfung hassen muß.«

Ich stand auf. »Ich denke, du bist jetzt weit genug gegangen«, sagte ich, entsetzt über das, was sie sagte, und voller Angst, daß unten jemand zuhören könnte. »Ich dulde solche Reden nicht in meinem Haus. Vergiß nicht, wer du bist, Mädchen.«

Sie warf mir einen verächtlichen Blick zu und entzog mir zum ersten Mal restlos und augenblicklich ihre Zuneigung. Ich fühlte es bis ins Innerste, war verzweifelt ob ihrer Blasphemie, doch noch mehr schmerzte mich der Verlust.

»Oh, Mr. Wood, ich beginne eben erst zu begreifen«, sagte sie und ging, wobei sie mir nicht einmal die Ehre antat, die Tür hinter sich zuzuschlagen. Meine gute Stimmung war dahin, und merkwürdigerweise unfähig, mich zu konzentrieren, verbrachte ich den restlichen Nachmittag auf den Knien und betete verzweifelt um Erleichterung meiner Seele.

* *
*

Die regierungstreue Festlichkeit an diesem Abend war so, wie gute Royalisten sie sich erhofft hatten. Stadt und Universität wetteiferten miteinander, um ihre glühende Loyalität zu beweisen. Mit meinen üblichen Freunden beginnend (ich hatte inzwischen die Bekanntschaft von Lower und seinem Kreis gemacht) tranken wir unser Quantum Wein am Brunnen des Carfax Tower, aßen Rindfleisch im Christ Church College und zogen dann zu mehr Wein und weiteren Delikatessen ins Merton College weiter. Es war einfach köstlich, oder hätte es sein können, hätte Sarahs Stimmung sich nicht auf mich übertragen und mir alle Freude genommen. Es wurde getanzt, wobei ich nur zusah; es wurde gesungen, doch ich hatte kein Lied; Ansprachen wurden gehalten und Toasts ausgebracht, doch ich schwieg dazu. Essen für alle, und ich hatte keinen Appetit. Wie konnte jemand an einem solchen Tag nicht glücklich sein? Vor allem jemand wie ich, der ich so lange auf die Rückkehr Seiner Majestät gehofft hatte? Ich verstand mich selbst nicht, fühlte mich einsam und war kein guter Gesellschafter.

»Was ist denn, alter Freund?« fragte Lower und schlug mir vergnügt auf den Rücken, als er atemlos und schon nicht mehr ganz nüchtern vom Tanzen zurückkam. Ich zeigte auf einen Mann mit hagerem Gesicht, der volltrunken im Rinnstein lag und dem der Speichel aufs Kinn tropfte.

»Seht Ihr?« sagte ich. »Erinnert Ihr Euch? Fünfzehn Jahre lang einer der Auserwählten, der die Loyalität verfolgte und dem Fanatismus Beifall spendete. Und seht ihn Euch an. Ein dem König zutiefst ergebener Untertan.«

»Der bald aus der Stadt hinausgeworfen werden wird, wie er es verdient. Gönnt ihm ein wenig Vergessen.«

»Glaubt Ihr? Ich nicht. Einige Leute überleben immer. Er ist einer davon.«

»Oh, Ihr seid ein alter Miesepeter, Wood«, sagte Lower mit breitem Grinsen. »Dies ist der größte Tag in der Geschichte, und ihr seid sauertöpfisch und mürrisch. Kommt, trinkt noch einen Becher und vergeßt es. Sonst denkt noch jemand, Ihr seid ein heimlicher Wiedertäufer.«

Also trank ich noch einen Becher und noch einen und noch einen. Schließlich wanderten Lower und die andern weiter, und ich schaffte es nicht, hinter ihnen herzulaufen. Ihre (wie mir schien) einfältige gute Laune und ihre Sorglosigkeit machten mich schwermütig bis zum Weinen. Ich ging zum Carfax Tower zurück, was sich als schicksalhaft erwies. Denn als ich dort eintraf und mich allein mit einem Becher Wein bediente, hörte ich aus einer Seiten-

straße gackerndes Gelächter; nichts Ungewöhnliches an diesem
Abend, außer daß dieses Gelächter leicht, aber unverkennbar drohend klang – schwer zu beschreiben, aber unüberhörbar. Neugierig geworden, spähte ich in die Seitenstraße und sah eine Gruppe junger Lümmel im Halbkreis vor einer Mauer versammelt. Sie
lachten und schrien, und so erwartete ich, etwa einen Scharlatan
oder Straßengaukler in ihrer Mitte zu sehen, dessen Waren und
Tricks keinen Beifall gefunden hatten. Doch es war Sarah, das Haar
zerzaust, die Augen wild, mit dem Rücken an der Mauer, und
sie verhöhnten sie gnadenlos. Metze, sagten sie. Verräterbastard.
Hexenkind.

Immer erregter klangen ihre Stimmen, Schritt um Schritt rückten sie weiter vor und näherten sich dem Punkt, an dem Worte
aufhörten und Gewalt begann. Sie sah mich, unsere Blicke trafen
sich, aber in ihren Augen stand keine Bitte; sie trug alles allein,
schien die niederträchtigen Worte nicht zu bemerken, die sie ihr
entgegenschleuderten. Fast so, als höre sie nicht zu und als sei ihr
alles gleichgültig. Sie wollte vielleicht keine Hilfe, doch ich wußte, daß sie sie brauchte, und wußte auch, daß niemand einen Finger für sie rühren würde. Ich drängte mich durch die Menge, legte den Arm um sie und zog sie so schnell mit zur Hauptstraße,
daß der Pöbel kaum Zeit hatte zu reagieren.

Zum Glück war es nicht weit, denn es war ihnen gar nicht
recht, daß man sie um ihr Vergnügen brachte, und mein Status
als Gelehrter und Historiker hätte mir wenig genützt, wäre der
Ort entlegener und einsamer gewesen. Aber nur ein paar Yards
entfernt waren Menschen, betrunken zwar, aber noch zivilisiert,
und es gelang mir, uns einigermaßen in Sicherheit zu bringen, bevor Beleidigungen in brutale Gewalt ausarteten. Ich zog Sarah
weiter durch die fröhlich feiernde Menge, bis sich der Pöbel, als
er seine Beute verloren sah, zerstreute und sich auf die Suche nach
anderen Lustbarkeiten machte. Ich atmete schwer, und Schreck
und Alkohol setzten mir zu, so daß ich mich nur mühsam sammeln konnte. Physische Angst bin ich nun einmal nicht gewohnt,
und am Ende war ich schlimmer durcheinander als Sarah.

Sie bedankte sich nicht bei mir, sah mich nur mit einer Art Ergebung oder vielleicht auch Traurigkeit an. Dann zuckte sie mit
den Schultern, ließ mich stehen und ging. Ich folgte ihr; sie ging

schneller und ich auch. Ich dachte, sie gehe nach Hause, doch am Ende der Butcher's Row bog sie ab, überquerte die Felder hinter der Burg, ging immer schneller und ich hinterher, jetzt rasend gemacht von meinem hämmernden Herzen, meinem wirbelnden Kopf und völlig verwirrt.

In den Paradise Fields, einem ehemaligen herrlichen Obstgarten, der jetzt traurig vernachlässigt und verwildert war, blieb sie stehen und drehte sich um. Als ich sie einholte, lachte sie, aber die Tränen liefen ihr über die Wangen. Ich griff nach ihr, und sie klammerte sich an mich, als halte sie das einzige fest, das es auf der Welt gab.

Und wie Adam im Paradies sündigte ich.

* * *

Warum ich? Ich weiß es nicht. Ich konnte ihr nichts bieten, weder Geld noch Heirat, und sie wußte es. Vielleicht war ich sanfter als andere; vielleicht tröstete ich sie; vielleicht suchte sie ein wenig Wärme. Ich bilde mir nicht ein, daß es mehr war, noch erniedrige ich mich selbst so weit, zu denken, es sei weniger gewesen. Vielleicht keine Jungfrau mehr, aber sie war auch keine Metze. Hier hat Prestcott auf das gemeinste gelogen; sie war die Tugend selbst, und er war kein Gentleman, um es anders zu sagen. Hinterher stand sie, als ihre Tränen versiegt waren, auf, brachte ihre Kleidung in Ordnung und entfernte sich langsam. Diesmal folgte ich ihr nicht. Am nächsten Tag machte sie in der Küche meiner Mutter sauber, als sei nichts geschehen.

Und ich? War das Gottes Antwort auf meine flehentlichen Bitten? War ich gesättigt und befriedigt, die Dämonen aus meiner Seele vertrieben? Nein; mein Fieber brannte sogar stärker, so daß ich es kaum ertrug, sie zu sehen, vor Angst, mein Zittern und meine Blässe könnten mich verraten. Ich blieb in meinem Zimmer, hin und her gerissen zwischen meinen sündigen Gedanken und Bußgebeten. Als sie ein paar Tage später zu mir heraufkam, muß ich wie ein Gespenst ausgesehen haben, und mit einer Mischung aus Entsetzen und Freude, wie ich es nie vorher und seither nie wieder empfunden habe, hörte ich die vertrauten Schritte die Treppe heraufkommen. Und deshalb war ich natürlich grob zu ihr, und sie spielte die Dienerin, und dabei hofften wir die ganze Zeit, der andere möge etwas sagen.

Das heißt, ich hoffte es; wie es ihr ging, weiß ich nicht. Ich sagte, sie solle gründlicher aufräumen; sie gehorchte. Ich wies sie an, Feuer zu machen; dienstfertig und ohne ein Wort zu sagen, tat sie wie befohlen. Ich sagte, sie solle gehen und mich in Ruhe lassen; sie nahm ihren Wassereimer und öffnete die Tür.

»Komm her«, sagte ich, und sie tat auch das. Doch mehr hatte ich ihr nicht zu sagen. Oder eigentlich hatte ich ja so viel. Also umarmte ich sie, und sie ließ es zu; stand aufrecht und still da, als lasse sie eine Strafe über sich ergehen.

»Bitte setz dich«, sagte ich und ließ sie los, und wieder gehorchte sie.

»Ihr habt mich gebeten, zu bleiben und mich zu setzen«, begann sie, als ich schwieg. »Habt Ihr mir etwas zu sagen?«

»Ich liebe dich«, stieß ich hervor.

Sie schüttelte den Kopf. »Nein«, sagte sie. »Das tut Ihr nicht. Wie wäre das möglich?«

»Aber vor zwei Tagen … War das nicht etwas? Bist du so gefühllos, daß es dir nichts bedeutet hat?«

»Etwas, ja. Aber was soll ich Eurer Meinung nach tun? Vor Liebeskummer dahinwelken? Zweimal wöchentlich Eure Frau sein, anstatt sauberzumachen? Und Ihr? Werdet Ihr mir Eure Hand anbieten? Natürlich nicht. Was also könnte getan oder gesagt werden?«

Daß sie so praktisch dachte und sprach, machte mich rasend; ich wollte, daß sie genauso litt wie ich, daß sie gegen die Unbill des Schicksals aufbegehrte, das uns trennte, doch ihr robuster gesunder Menschenverstand ließ das nicht zu.

»Also, was bist du? Hast du schon so viele Männer gehabt, daß einer mehr dir nichts ausmacht?«

»Viele? Vielleicht, wenn Ihr das denken wollt. Aber nicht wie Ihr meint. Immer nur aus Liebe, wenn ich die Wahl hatte.«

Ich haßte sie wegen dieser Offenheit; hätte ich ihr die Unschuld genommen und hätte sie geweint vor Reue, daß sie an Wert verloren hatte, hätte ich sie getröstet; ich kannte die Worte dafür, weil ich sie irgendwo gelesen hatte. Aber ihren Verlust so geringzuachten und zu entdecken, daß sie ihre Unschuld einem anderen gegeben hatte und nicht mir, war mehr, als ich ertragen konnte. Später jedoch, obwohl ich nicht verzeihen konnte, was so offensichtlich im Gegensatz zu Gottes Gebot stand, akzeptierte ich es, so gut ich konnte, denn sie war ihr eigenes Gesetz. So willig sie meinen Befehlen auch gehorchen mochte, fügsam war sie nie.

»Anthony«, sagte sie, als sie meinen Kummer sah, »Ihr seid ein guter Mann, und ich denke, Ihr versucht ein Christ zu sein. Doch ich weiß, was Ihr getan habt. Ihr seht in mir die geeignete Empfängerin Eurer Wohltätigkeit. Ihr wollt, daß ich gut und tugendhaft bin, und zugleich wollt Ihr Euch mit mir in den Paradise Fields wälzen, bevor Ihr hingeht und eine Frau heiratet, die soviel Vermögen wie möglich hat. Dann werdet Ihr mich in Gedanken in eine Metze verwandeln, die Euch zur Sünde verführt hat, als Ihr betrunken wart, falls das Eure Gebete leichter macht und Eure Seele tröstet.«

»Das denkst du von mir?«

»Das denke ich. Es gelingt Euch sehr gut, wenn Ihr mit mir über Eure Arbeit redet. Dann leuchten Eure Augen auf, und in Eurer Freude, sprechen zu können, vergeßt Ihr, was ich bin. Dann seid Ihr ganz ehrlich zu mir, ohne Torheit, ohne Verlegenheit. Nur ein Mensch hat das bisher getan.«

»Und das war?«

»Mein Vater. Und ich habe eben erfahren, daß er tot ist.«

Ich empfand starkes Mitgefühl für sie, als ich ihre Worte hörte und die Traurigkeit in ihren Augen sah; das war etwas, das ich sehr gut verstand, denn ich hatte meinen Vater verloren, als ich noch nicht zehn war, und ich wußte sehr gut, wie schmerzlich es ist, einen solchen Kummer zu erleben. Ich wurde sogar noch trauriger, als sie mir die Einzelheiten berichtete, denn man hatte ihr gesagt (grausam und falsch, wie es jetzt scheint), daß ihr Vater getötet worden war, weil er zu seinen alten Gewohnheiten des Ungehorsams und der Rebellion zurückgekehrt war.

Die Einzelheiten waren unklar und würden es vermutlich bleiben; die Armee teilt den Familien in solchen Fällen nie alles mit. Doch angeblich war Ned Blundy mit seinen Agitationen schließlich zu weit gegangen: Man verhaftete ihn, machte ihm den Prozeß vor einem Militärgericht, und dann wurde er sofort gehenkt, die Leiche in ein anonymes Grab geworfen. Die Tapferkeit seiner letzten Augenblicke, die Thurloe kannte und Wallis entdeckte, wurde der Familie verheimlicht, obwohl es ein großer Trost für sie gewesen wäre, wenn sie davon erfahren hätte. Schlimmer noch, weder Sarah noch ihre Mutter erfuhren, wo er ruhte, und hörten auch erst nach Monaten von seinem Ende.

Ich schickte sie nach Hause, damit sie bei ihrer Mutter sein konnte, und sagte meiner, sie fühle sich krank. Sarah war dankbar für meine Rücksicht, denke ich, kam aber am nächsten Morgen wieder und erwähnte die Angelegenheit nie wieder. Ihren Gram behielt sie ganz für sich, nur ich, der sie besser kannte als die meisten, entdeckte ab und zu den Schimmer einer fernen Trauer in ihren Augen, wenn sie arbeitete.

* *
*

So ward meine Liebe zu dem Mädchen geboren, und ich sollte nicht mehr von meinem Unglück sprechen. Noch immer wartete ich zweimal in der Woche ungeduldig auf sie, um mit ihr zu reden, und eine Zeitlang ging sie hin und wieder mit mir in die Paradise Fields. Nie erfuhr jemand davon, doch ich war nicht so verschwiegen, weil ich mich schämte, mit ihr zu verkehren; es war für mich zu kostbar, um in den Tavernen verhöhnt und verlacht zu werden. Ich weiß, wie andere Leute mich sehen; der Spott meiner Gefährten, auch jener, denen ich geholfen habe, ist ein Kreuz, das ich mein Leben lang getragen habe. Cola wiederholt in seinem Manuskript all die Bemerkungen, die Locke und sogar Lower über mich machten, ins Gesicht taten mir beide freundlich, und ich zähle sie auch noch heute fast zu meinen Freunden. Prestcott nahm meine Hilfe an und lachte hinter meinem Rücken über mich; Wallis genauso. Ich wollte nicht, daß meine Liebe durch die Verachtung der anderen matt und stumpf wurde, und daß ich dieses Mädchen liebte, wäre gewiß Anlaß zu großer Heiterkeit gewesen.

Sie war ohnehin nur ein Teil meines Lebens; ich verwendete viel Zeit auf meine Arbeit, es entmutigte mich jedoch, daß ich an dem, was ich tat, zunehmend zu zweifeln begann, und ich wandte mich immer mehr meiner Sammlung von Tatsachen zu, wagte aber nicht mehr zu sagen, was sie bedeuteten. Meine Arbeit über die Belagerung blieb liegen, und ich beschäftigte mich statt dessen mit Denkmalen; in Stein und Messing gemeißelte Tatsachen, so daß ich über zurückliegende Jahrhunderte hinweg eine Liste der wichtigsten Familien der Grafschaft erstellen konnte. Das klingt jetzt alltäglich, aber ich war der erste, der überhaupt auf diese Idee kam.

Ich wanderte durch alle Archive, in denen Manuskripte katalogisiert waren, die seit Generationen keine Hand berührt hatte, um ein wenig Geld zu verdienen und mich nützlich zu machen. Denn was sind wir ohne unsere Vergangenheit? Wenn sie uns verlorengeht, sind wir ein Nichts. Obwohl ich selbst nicht die Absicht hatte, das Material sofort selbst zu nutzen, war es meine Pflicht und machte mir Freude, dafür zu sorgen, daß andere es konnten, wenn sie wollten. Alle Bibliotheken in Oxford waren in einem schrecklichen Zustand, ihre kostbarsten Schätze seit Jahrzehnten vernachlässigt, als die Männer sich mit Leidenschaft politischer Zwietracht zuwandten und lernten, die alten Weisheiten zu verachten. Auf meine bescheidene Weise bewahrte und katalogisierte ich und tauchte in den ungeheuren Ozean der Gelehrsamkeit, der mich erwartete, und wußte die ganze Zeit, daß das Leben eines Mannes nicht einmal für den kleinsten Teil dieser Wunder ausreichte, die darin verborgen waren. Es ist grausam, daß wir mit dem Verlangen nach Wissen geboren werden, uns jedoch die Zeit versagt wird, alles zu lernen. Wir sterben alle enttäuscht; das ist die schwerste Lektion, die wir lernen müssen.

Durch diese Arbeit lernte ich auch Dr. Wallis kennen, denn er war Verwalter der Universitätsarchive, zu denen ich unbedingt Zutritt erlangen mußte; allerdings hätte man ihm als Professor nie erlauben sollen, diesen Posten zu bekleiden. Obwohl ich ihm zubilligen muß, daß er mit seinem methodischen Verstand ein wenig Ordnung in die Dokumente brachte, die seit Jahren so bedauerlich vernachlässigt worden waren; dennoch hätte ich bessere Arbeit geleistet (was ich tat, tat ich unbemerkt) und das Gehalt von dreißig Pfund im Jahre eher verdient.

Ich hatte natürlich Gerüchte über seine verborgenen Tätigkeiten gehört. Seine Fähigkeiten, Dokumente zu dechiffrieren, waren kein Geheimnis; tatsächlich prahlte er sogar damit. Aber ehe ich sein Manuskript aufschlug, wußte ich nichts von seiner geheimen Tätigkeit für die Regierung; hätte ich das volle Ausmaß gekannt, wäre alles vielleicht viel einfacher gewesen. Wallis war an seiner eigenen Gerissenheit und seiner wahnhaften Geheimniskrämerei gescheitert (auch wenn er es erst begriff, als er Colas Geschichte las). Er sah überall Feinde und traute niemand. Lest seine Worte und erkennt die Motive, die er allen unterstellt, die mit ihm in Kontakt kamen. Sagt er über irgend jemand etwas Gutes? Er lebte in einer Welt, in der jeder ein Dummkopf, ein Lügner, ein Mörder, ein Betrüger oder ein Verräter war. Er spottet sogar über Mr. Newton, verunglimpft Mr. Boyle, nutzt Lowers Schwäche aus.

Alle Menschen wurden zu seinem Nutzen von ihm verdreht und verbogen. Armer Mann, der so über seine Zeitgenossen dachte; arme Kirche, deren Geistlicher er war; armes England, das er verteidigte. Er schilt jeden, doch wer verursachte mehr Tod und Zerstörung als er? Aber sogar Wallis konnte lieben, wie es scheint, obwohl er, als er den Menschen verlor, der ihm teuer war, nicht zu Gott zurückkehrte und voller Reue betete, sondern noch mehr Grausamkeit über die Welt brachte. Ich war diesem seinem Matthew ein paarmal begegnet und hatte immer Mitleid mit ihm gehabt. Die Besessenheit war allen klar, denn Wallis konnte mit dem Knaben nie in einem Raum sein, ohne ihn dauernd anzusehen und Bemerkungen an ihn zu richten. Doch nichts überraschte mich mehr, als von Wallis' Liebe zu erfahren, denn er behandelte den Knaben abscheulich, und alle wunderten sich, daß er diese Grausamkeit so lange aushielt,

Ich gebe zu, daß der Diener weniger litt als Wallis' Kinder, deren Unzulänglichkeiten häufig und öffentlich so bösartig angeprangert wurden, daß ich einmal den Ältesten weinend zusammenbrechen sah, aber dennoch war sogar Matthew ständigen Nörgeleien und Bosheiten ausgesetzt; nur bei einem Mann wie Wallis konnte das eine Art sein, Liebe auszudrücken. Ich empfand nur Abscheu für ihn, und als ich einmal sah, wie sein Gesicht sich verzerrte und feuerrot wurde vor Zorn über den Jungen, und Sarah davon erzählte, schalt sie mich sanft.

»Denkt nicht schlecht von ihm«, sagte sie, »er möchte gern lieben, weiß aber nicht, wie. Er kann nur eine Idee anbeten und muß die Wirklichkeit züchtigen, wenn sie dieser Idee nicht standhält.

Er will Vollkommenheit, aber ist so blind in seiner Seele, daß er sie nur durch seine Mathematik erfühlt und im Herzen keinen Platz für Menschen hat.«

»Aber es ist so grausam«, sagte ich.

»Ja. Aber trotzdem ist es auch Liebe«, erwiderte sie. »Könnt Ihr das nicht sehen? Und es ist ganz bestimmt sein einziger Weg zur Erlösung. Verdammt nicht den einzigen Funken in ihm, den Gott ihm gegeben hat. Es ist nicht an Euch zu urteilen.«

Damals jedoch interessierte mich das alles nicht: Ich wollte Zugang zu den Archiven, und Wallis hatte – im wahrsten Sinn des Wortes – den Schlüssel dazu. Daher verließ ich, als der König zurückkehrte und seinen Thron wieder einzunehmen versuchte, als Komplotte und Gegen-Komplotte wie ein Schneesturm durch das Land fegten, mein Zimmer in der Merton Street und ging in die Bibliothek, wo ich Papierbündel öffnete, katalogisierte, las und mit Anmerkungen versah, bis nicht einmal das Kerzenlicht mir erlaubte, noch länger zu arbeiten. Ich arbeitete bei eisiger Winterkälte, als es mitten am Nachmittag schon dunkel wurde, und bei sengender Sommerhitze, wenn die Sonne auf das Bleidach direkt über meinem Kopf herunterbrannte und ich halb wahnsinnig wurde vor Durst. Kein Wetter und kein Umstand konnten mich von meiner Aufgabe zurückhalten, und ich merkte nicht mehr, was um mich herum vorging. Ich erlaubte mir eine Stunde Pause, um zu essen, oft in der Gesellschaft von Lower oder anderen, und am Abend widmete ich mich der größten Freude und dem größten Trost meines Lebens – der Musik. Musik erfreut das Herz, kann die Seele besänftigen und stürmische Gefühle beschwichtigen, sagte Jason Pratensis, und Lemnius sagt, sie beruhige sogar die Arterien und die tierischen Instinkte, so daß (hier zitiere ich Mr. Burton*), als Orpheus spielte, die Bäume ihre Wurzeln ausrissen, um ihm näher kommen zu können und besser zu hören. Agrippa von Nettesheim, der deutsche Naturphilosoph, fügt hinzu, daß die Elefanten in Afrika Musik sehr lieben und nach einer Melodie tanzen. Und wenn ich noch so traurig und müde war, eine Stunde mit der Viole in guter Gesellschaft schenk-

---

* Robert Burton, engl. Schriftsteller; verfaßte die Sammlung *The Anatomy of Melancholy*

te mir fast immer Zufriedenheit und Frieden, und so spielte ich, allein oder mit anderen, jeden Abend vor der Andacht, eine Stunde lang; es ist die beste Vorbereitung auf einen guten Schlaf, die ich kenne.

Wir waren fünf, die wir uns gewöhnlich zweimal die Woche und manchmal auch öfter trafen, um zu spielen, und zwischen uns herrschte schönste Harmonie. Wir sprachen selten miteinander, ja, wir kannten uns nicht einmal gut, kamen jedoch zusammen und verbrachten zwei Stunden in fast vollkommener Freundschaft. Ich war weder der beste noch der schlechteste Spieler, schien, da ich häufig übte, den anderen jedoch oft überlegen. Wir trafen uns immer da, wo es gerade ging, und nahmen uns anno 1662 ein Zimmer über einem neueröffneten Kaffeehaus in der Nähe des Queen's College, ein Stück weiter unten an der High Street, Boyles Räumen genau gegenüber auf der anderen Straßenseite.

Dort lernte ich auch Thomas Ken kennen und durch ihn wiederum Jack Prestcott. Wie Prestcott sagt, ist Ken jetzt Bischof, ein sehr großer Mann, in der Tat, und von solchem Gepränge umgeben, daß alle, die ihn damals nicht kannten, sehr erstaunt wären, wenn sie von seiner ärmlichen Herkunft erführen. Aus dem mageren, darbenden Geistlichen, der sich verzweifelt danach sehnte, befördert zu werden, dem Asketen, der nur mit Christus Zwiesprache hielt, ist ein beleibter kirchlicher Grande geworden, der mit vierzig Bediensteten in seinem Palast lebt, sich als Wohltäter gefällt und stets ein getreuer und begeisterter Anhänger jenes Regimes ist, das die Hand über seinen Geldsäckel hält. Es ist ein Prinzip, denke ich, diese Bereitwilligkeit, sein Gewissen dem Frieden der Allgemeinheit zu opfern, doch ich bewundere das nicht unbedingt, trotz des Wohllebens, das er dadurch genießt. Ich erinnere mich mit viel größerer Zuneigung an den ernsten jungen Fellow des New College, dessen einzige Erholung es war, in meiner Gesellschaft auf der Viole herumzukratzen. Er war ein erbärmlicher Musiker. Mit wenig Talent und ohne Gehör, aber seine Begeisterung war grenzenlos, und unserer Gruppe fehlte eine Viole, als blieb uns kaum eine andere Wahl. Wirklich entsetzt war ich, als ich erfuhr, daß er eine bösartige Geschichte über Sarah erfunden hatte, die sie dem Galgen einen Schritt näherbrachte. So viele Menschen schienen ihren Tod zu wünschen, daß ich schon damals das Gefühl hatte, ein böswilliges Schicksal habe seine Freude daran, sie zu vernichten, indem es aus Gründen, die ich nicht erkennen konnte, Leute zu ihren Feinden machte.

Ich war es, der ihr die Arbeit bei Dr. Grove besorgte, als Thomas (ganz unschuldig) die versammelten Musiker eines Abends fragte, ob wir ein Dienstmädchen wüßten, das Arbeit brauche. Grove, der kürzlich wieder als Fellow ans New College zurückgekehrt war, suchte jemand, und Ken wollte ihm helfen. Er hoffte, die Freundschaft und Gunst des Mannes zu gewinnen, und versuchte anfangs voller Eifer, ihm dienlich zu sein. Unglücklicherweise konnte Grove Leute wie Ken in seinem College nicht brauchen und wies Kens Versuche, Freundschaft zu schließen, zurück; Ken hatte sich vergeblich bemüht, seine Gefälligkeiten waren verschwendet, und zwischen den beiden entwickelte sich eine Feindschaft, die des Streites um eine Pfarrei nicht bedurfte, um mit großer Erbitterung geführt zu werden.

Ich sagte, ich wisse die richtige Person und fragte Sarah, als ich sie das nächste Mal sah. Einen Tag in der Woche, sein Zimmer säubern, ihm das Wasser hinauftragen, seine Töpfe leeren und sich um seine Wäsche kümmern. Sechs Pence pro Tag.

»Ich wäre um die Arbeit froh«, sagte sie. »Wer ist dieser Mann? Ich arbeite für niemand, der denkt, er kann mich schlagen. Ihr wißt, wie ich denke.«

»Ich kenne ihn nicht, kann also auch nicht für seinen Charakter bürgen. Er wurde vor langer Zeit hinausgeworfen und ist erst jetzt zurückgekommen.«

»Dann ist er wohl Laudianer*? Soll ich für einen überzeugten Royalisten arbeiten?«

»Ich würde dir einen Fellow suchen, der Wiedertäufer ist, wenn es einen gäbe, aber Leute wie dieser Grove sind heutzutage die einzigen, die Arbeit zu vergeben haben. Nimm sie oder nimm sie nicht, wie du willst. Schließlich bin auch ich überzeugter Royalist, und es gelingt dir, deinen Abscheu mehr oder weniger zu unterdrücken, wenn du in meiner Nähe bist.«

Dafür erntete ich ein wunderschönes Lächeln, an das ich mich

* Anhänger von William Laud, Erzbischof von Canterbury; im Januar 1645 enthauptet

noch gut erinnere. »Es gibt wenige, die so freundlich sind wie Ihr«, sagte sie. »Leider.«

Sie war nicht besonders erpicht darauf, überwand aber ihre Skrupel, weil sie die Arbeit brauchte, ging zu Grove und nahm die Stellung an. Ich freute mich darüber und merkte, wie großartig es ist, Menschen zu fördern, wenn auch in kleinen Dingen. Durch mich hatte Sarah genug Arbeit, um für ihren Lebensunterhalt zu sorgen und sogar ein wenig zu ersparen, wenn sie sorgfältig mit dem Geld umging. Zum erstenmal führte sie ein gesichertes, respektables Leben, an dem Platz, der ihr gebührte, und war offenbar zufrieden. Es war ein großer Trost für mich, denn es schien mir ein gutes Omen für die Zukunft. Ich freute mich für sie und dachte, im ganzen Land würde sich vielleicht ebenso alles zum Besten fügen. Mein Optimismus war, leider, unangebracht.

Drittes Kapitel

ICH BIN VOREILIG. Mein Eifer, alles zu Papier zu bringen, verleitet mich dazu, vieles auszulassen, was unbedingt der Erwähnung bedarf. Ich sollte meine Tatsachen ordnen, um den Ablauf der Ereignisse deutlich erkennbar zu machen. So sollte, meiner Meinung nach, richtige Geschichtsschreibung sein. Ich weiß, was die Philosophen sagen – der Zweck der Geschichte sei es, die edelsten Taten der größten Männer darzustellen, um der heutigen Generation von Schwächlingen Beispiele zu geben, denen sie nacheifern kann, doch ich finde, daß große Männer und edle Taten schon für sich selbst sprechen. Nur wenige halten nämlich einer genaueren Betrachtung stand. Diese Ansicht bleibt nicht unwidersprochen, denke ich, denn die Theologen drohen mit dem Finger und sagen, der wahre Zweck der Geschichte ist es, zu offenbaren, wie wundersam die Hand Gottes in das Leben der Menschen eingreift. Doch auch dieses Programm scheint mir zweifelhaft, zumindest deshalb, weil es allgemein angewandt wird. Offenbart sich Sein Plan wahrhaftig in den Gesetzen von Königen, den Handlungen von Politikern oder den Worten von Bischöfen? Können wir wirklich so leicht glauben, daß solche

Lügner, Rohlinge und Heuchler die von Ihm erwählten Werkzeuge sind? Ich kann es nicht glauben; wir studieren nicht die Politik von König Herodes, um aus ihr eine Lehre zu ziehen, sondern hören eher auf das Wort des geringsten seiner Untertanen, der in keiner Geschichte erwähnt wird. Sucht in den Werken von Sueton und Agricola; studiert Plinius und Quintilian, Plutarch und Josephus Flavius, und Ihr werdet sehen, daß das größte Ereignis von allen, das wichtigste Geschehnis in der ganzen Geschichte der Welt, völlig an ihnen vorbeigegangen ist, trotz ihrer Weisheit und Gelehrsamkeit. In der Zeit Vespasians (wie Lord Bacon sagt) gab es eine Prophezeiung, daß der eine, der aus Judäa kommen würde, die Welt regieren sollte; damit ist eindeutig unser Erlöser gemeint, aber Tacitus (in seinen *Historiae*) dachte nur an Vespasian selbst.

Außerdem ist es meine Aufgabe als Historiker, die Wahrheit darzustellen, und die Geschichte jener Tage so zu erzählen, wie es heute üblich ist – Causa, Schilderung, Zusammenfassung, Moral –, würde gewiß ein seltsames Bild der Zeit ergeben, in der sie sich ereignet hat. Schließlich wurde in diesem Jahr 1663 der König fast von seinem Thron gestürzt, Tausende von Dissentern wurden eingekerkert, über der Nordsee hörte man das Grollen des Krieges, und die ersten Vorboten des großen Feuers und der großen Pest wurden in allen möglichen seltsamen und erschreckenden Ereignissen im ganzen Land spürbar. All das auf den zweiten Platz zu verweisen oder es nur als Kulisse für Groves Tod zu sehen, als sei er das wichtigste Ereignis? Oder soll ich das Ende des armen Mannes ignorieren – und alles andere, was in meiner Stadt geschah –, und sind die Ränke und Listen von Höflingen, durch die wir im nächsten Jahr in einen Krieg gerieten und uns beinahe wieder in einen Bürgerkrieg verstrickten, wirklich so viel wichtiger?

Ein Memoirenschreiber würde das eine, ein Historiker das andere tun, doch vielleicht irren sich beide. Wie die Naturphilosophen glauben die Historiker, daß Vernunft ausreichend ist, um zu verstehen, und machen sich vor, alles zu sehen und alles zu verstehen. Tatsächlich aber übersehen sie bei ihrer Arbeit die bedeutsamen Dinge, begraben sie tief unter der Last ihrer Weisheit. Der Verstand eines Mannes, dem keine Hilfe zuteil wird, kann die

Wahrheit nicht begreifen und konstruiert nur Phantasien und Einbildungen, die so lange überzeugen, bis sie es nicht mehr tun und die nur wahr sind, bis sie verworfen und ersetzt werden. Die Vernunft der Menschheit ist eine schwache Waffe, stumpf und machtlos, ein Kinderspielzeug in der Hand eines Säuglings. Nur Offenbarung, die über alle Vernunft hinausgeht und ein unverdientes Geschenk ist, sagt Thomas von Aquin, vermag uns an jenen Ort zu führen, der von einer Klarheit jenseits allen Intellekts erleuchtet wird.

Das weitschweifige Gerede der Mystiker jedoch erwiese mir auf diesen Seiten einen schlechten Dienst, und ich muß an meine Aufgabe denken; der Historiker muß sich durch die richtige Reihenfolge der Tatsachen arbeiten. Daher will ich ein wenig zurückgehen zum Anfang des Jahres 1660, vor der Restauration Seiner Majestät, bevor ich die Paradise Fields kannte, und zurück zu der Zeit, als Sarah noch nicht lange im Haus meiner Mutter arbeitete. Und anstatt windige Rhetorik von mir zu geben, will ich berichten, wie ich eines Tages das Cottage der Blundys aufsuchte, um noch ein paar Fragen über die Meuterei zu stellen.

Als ich die Gasse entlangging, verließ ein kleiner, drahtiger Mann das Cottage und entfernte sich schnell in entgegengesetzter Richtung. Auf dem Rücken trug er ein Bündel, wie Reisende es benutzen. Ich sah ihm mit flüchtiger Neugier nach, einfach nur deshalb, weil er aus Sarahs Haus gekommen war. Er war nicht jung, nicht alt, schritt sehr entschlossen und ohne sich umzusehen aus. Ich hatte nur einen Blick in sein Gesicht werfen können, das frisch und freundlich war, jedoch von tiefen Falten durchzogen und wettergegerbt wie das eines Mannes, der den größten Teil seines Lebens im Freien verbrachte. Er war glattrasiert und hatte einen widerspenstigen Schopf hellen, beinahe blonden Haares, das er unbedeckt trug. Er hatte eine schmächtige Figur und war nicht groß, wirkte jedoch drahtig und sehnig, als sei er es gewohnt, große Entbehrungen zu ertragen, ohne mit der Wimper zu zucken.

Das war das einzige Mal, daß ich einen Blick auf Ned Blundy werfen konnte, und ich bedaure sehr, daß ich nicht ein paar Minuten früher gekommen war, ich hätte ihm unendlich gern ein paar Fragen gestellt. Sarah sagte mir jedoch, es wäre Zeitverschwendung gewesen. Er sei mit Fremden nie offen und fasse nur sehr langsam Vertrauen; sie hielt es sogar für unwahrscheinlich, daß er überhaupt mit mir gesprochen hätte, auch wenn er bei diesem, wie es sich erwies, letzten Besuch zu Hause nicht so tief in Gedanken gewesen wäre.

»Ich hätte ihn dennoch gern kennengelernt«, sagte ich. »Vielleicht treffen wir uns irgendwann in der Zukunft wieder. Habt ihr ihn erwartet?«

»Nein, das haben wir nicht. Wir haben ihn in den letzten Jahren nur sehr selten zu sehen bekommen. Er war immer unterwegs, und meine Mutter ist zu alt, um ihn zu begleiten. Er hält es auch für besser, wenn wir hierbleiben und unser eigenes Leben führen. Vielleicht hat er recht, aber ich vermisse ihn sehr; er ist der liebste Mann, den ich kenne. Ich sorge mich um ihn.«

»Warum? Ich habe ihn zwar nicht sehr deutlich gesehen, doch er sah ganz so aus, als könne er sehr gut auf sich selbst achten.«

»Ich hoffe es. Bisher habe ich es auch noch nie bezweifelt. Doch er war beim Abschied so ernst, daß es mich erschreckt hat. Er hat so ernst gesprochen und hat uns eindringlich ermahnt, auf unsere Sicherheit zu achten, daß ich beunruhigt bin.«

»Gewiß ist es nur natürlich, wenn ein Mann sich Gedanken um seine Familie macht, während er nicht bei ihr sein kann, um sie zu beschützen.«

»Kennt Ihr einen Mann namens John Thurloe? Habt Ihr schon von ihm gehört?«

»Natürlich kenne ich seinen Namen. Ich bin überrascht, daß du es nicht tust. Wieso fragst du?«

»Er gehört zu den Leuten, vor denen ich mich in acht nehmen soll.«

»Warum?«

»Weil mein Vater sagt, er wird dies hier haben wollen.«

Sie zeigte auf ein großes Paket, das vor dem Kamin auf dem Boden lag, in ein Tuch eingewickelt, mit einer dicken Schnur verschnürt und mehrfach versiegelt.

»Er hat mir nicht gesagt, was es ist, sagte aber, es wäre mein Tod, wenn ich es öffne oder wenn jemand wüßte, daß es hier ist. Ich soll es in ein sicheres Versteck bringen und zu keinem ein Wort darüber sagen, bis er wiederkommt, um es zu holen.«

»Kennst du die Geschichte der Pandora?«

Sie zog die Stirn in Falten und schüttelte den Kopf, also erzählte ich ihr die Geschichte. Obwohl in Gedanken, hörte sie zu und stellte vernünftige Fragen.

»Das soll mir eine Warnung sein«, sagte sie, »aber ich hatte ohnehin die Absicht, meinem Vater zu gehorchen.«

»Doch mir hast du es sofort erzählt, noch bevor dein Vater die Stadtmauer hinter sich gelassen hat.«

»Hier gibt es kein Versteck, wo es jemand, der mit Entschlossenheit danach sucht, nicht nach fünf Minuten gefunden hätte, und wir haben nur wenige vertrauenswürdige Freunde, die nicht auch befragt und durchsucht werden würden. Ich möchte Euch daher um den größten Gefallen bitten, Mr. Wood, denn Euch vertraue ich und halte Euch für einen Mann, der zu seinem Wort steht. Würdet Ihr es nehmen und für mich verstecken? Versprecht mir, daß Ihr es ohne meine Erlaubnis nicht öffnen und nie jemand verraten werdet, daß es existiert?«

»Was ist drin?«

»Ich habe es Euch gesagt. Ich weiß es nicht. Aber ich kann Euch versichern, daß nichts, was mein Vater tut, gemein oder grausam ist oder jemand Schaden zufügt. Es ist nur für ein paar Wochen, dann könnt Ihr es mir zurückgeben.«

Dieses Gespräch – das mit meiner Zustimmung endete – mag dem Leser meiner Worte merkwürdig vorkommen. Denn es war töricht von Sarah, mir das Paket anzuvertrauen, und nicht minder töricht von mir, ein Paket zu verstecken, das unzählige entsetzliche Dinge enthalten konnte. Und doch war es klug von uns beiden; ein von mir gegebenes Wort ist sakrosankt, und ich habe nicht ein einziges Mal auch nur daran gedacht, ihr Vertrauen zu enttäuschen. Ich nahm das Paket mit und versteckte es in meinem Zimmer unter den Dielenbrettern, wo es unberührt liegenblieb. Ich dachte nicht daran, es zu öffnen, oder mein Versprechen zurückzunehmen. Ich hatte mich einverstanden erklärt, weil ich nicht einmal daran gedacht hatte, es nicht zu tun. Schon verfiel ich ihrem Zauber und ging bereitwillig auf jede Bitte ein, die sie an mich band und mir ihren Dank eintrug.

Natürlich waren in dem Paket die Dokumente, die Blundy Sir James Prestcott gezeigt hatte und die Thurloe für so gefährlich hielt, daß er jahrelang nach ihnen suchte; er verschuldete, als er mit seinen Männern ein letztes Mal das Haus durchsuchte, Anne Blundys schwere Verletzung, die schließlich zu ihrem Tod führte. Wegen dieser Papiere ließ Thurloe nach Ned Blundys Tod und Sir James Prestcotts Flucht seine Agenten, ausgestattet mit jeder Machtbefugnis, die sie wollten, im ganzen Land ausschwärmen. Um dieses Paket zu entdecken, wurde Sarahs Haus immer wieder durchwühlt, ihre Freunde und Bekannten und auch die Freunde und Bekannten ihrer Eltern wurden eindringlich und brutal verhört. Um dieses Paket zu finden, kam Cola nach Oxford, und wegen desselben Paketes brachte Thurloe Jack Prestcott und Dr. Wallis so weit, daß sie Sarah henken ließen, damit sie nicht preisgab, wo es war.

Und ich wußte nichts davon, aber ich hütete es, wie versprochen, und nie kam jemand auf die Idee, mich danach zu fragen.

* *
*

Ich fürchte sehr, daß meine Geschichte niemand sowenig erfreuen würde wie die Verfasser der drei Dokumente, auf denen sie beruht. Ich wünschte, daß ich, wie sie, eine einfache, geradlinige Aufzählung der Ereignisse bieten könnte, voller offensichtlicher Erklärungen und von unnachgiebiger Überzeugung geprägt. Doch das kann ich nicht, denn die Wahrheit ist nicht einfach, und diese drei Gentlemen präsentieren nur ein Scheinbild der Wahrheit, wie ich, das hoffe ich zumindest, schon anschaulich dargestellt habe. Ich bin verpflichtet, weder Widersprüche noch Wirrungen auszulassen, auch bin ich nicht so sehr von meiner eigenen Bedeutung erfüllt und mein Selbstbewußtsein ist nicht so groß, daß ich alles weglassen könnte, was ich nicht selbst getan, gesehen und gesagt habe, denn ich glaube nicht, daß meine Anwesenheit wirklich so entscheidend und wichtig war. Ich muß Fragmente niederschreiben, alle durcheinander und kreuz und quer durch die Jahre.

Jetzt mache ich also weiter und beginne allen Ernstes mit meiner Geschichte. Ungefähr in der Mitte des Jahres 1662, als ich Sarah Blundy seit fast drei Jahren kannte und im Königreich seit zwei Jahren Frieden herrschte, war ich mit meinem Los auf bescheidene Weise zufrieden. Mein Tagesablauf war stets der gleiche, ebenso unerschütterlich wie lohnend. Ich hatte meine Freunde, mit denen ich an den Abenden zusammenkam, entweder zum Essen oder zum Musizieren. Ich hatte meine Arbeit, in der ich endlich anfing, Sinn und Zweck zu entdecken, die mich seit damals in Anspruch nimmt und mein Wissen immer mehr bereichert. Meiner Familie ging es gut, und kein Mitglied, nicht einmal der entfernteste Cousin, brachte Sorgen, finanzielle Kosten oder Unehre über unsere Schwelle. Ich besaß ein festes, ungefährdetes Jahreseinkommen, das zwar nicht hoch war, aber für Essen und Unterkunft und Utensilien, die ich für meine Arbeit brauchte, mehr als genug. Vermutlich hätte ich gern noch mehr gehabt, denn da mir inzwischen klar war, daß ich nie eine Ehe eingehen würde, hätte ich mit Vergnügen mehr für Bücher ausgegeben und mich noch mehr der Wohltätigkeit gewidmet.

Das war jedoch nur eine unwesentliche Sorge, denn ich war nie einer jener verbitterten und neidvollen Männer, die gern so reich sein wollen wie ihre Freunde und für unzulänglich erklären, was sie selbst besitzen. Alle meine Freunde aus jenen Tagen wurden viel wohlhabender als ich. Lower, zum Beispiel, wurde der eleganteste Modearzt Londons; John Locke wurde in großem Stil von großzügigen und reichen Gönnern unterstützt und bekam unzählige Pensionen und Jahresrenten von der Regierung, ehe die Feindschaft der Mächtigen ihn zwang, ins Exil zu gehen. Sogar Thomas Ken tat sich an seinem fetten Bistum gütlich. Dennoch wollte ich mit keinem von ihnen tauschen, denn sie müssen sich ständig um solche Dinge kümmern. Sie leben in einer Welt, in der man, wenn man nicht immer höher klettert, unausweichlich stürzt. Ruhm und Geld sind vergänglich wie kaum etwas anderes. Ich habe keines von beiden und kann daher nichts verlieren.

Außerdem, keiner der drei Gentlemen ist zufrieden, wie ich weiß. Sie sind sich des Preises für ihren Wohlstand nur allzu bewußt. Alle drei bedauern, daß ihr Jugend dahin ist, als sie glaubten, tun zu können, was sie wollten, und von größeren Dingen träumten. Ohne die Forderungen der Familie – der ewig offenen Münder seiner Kinder und der Kinder seines Bruders – wäre Lower vielleicht in Oxford geblieben und hätte seinen Namen tief in den Baum des Ruhmes eingeritzt. Doch statt dessen praktizierte er nun als Modearzt und hat seither nicht Nützliches getan. Locke verachtete jene, die ihn so hoch belohnten, war aber zu sehr an das gute Leben gewöhnt, um die Gewohnheit aufzugeben, was jetzt bedeutet, daß er um seiner eigenen Sicherheit willen in Amsterdam leben muß. Und Ken? Welche Wahl hat er getroffen! Vielleicht wird er eines Tages in der Öffentlichkeit für das eintreten, woran er in Wahrheit glaubt. Bis dahin muß er sich von seinen Gedanken quälen lassen und die Dämonen der Selbstkritik mit seinen immer verschwenderischeren mildtätigen Werken besänftigen.

Solange ich meine Arbeit hatte, war ich zufrieden und verlangte nicht mehr. Besonders in jenen Tagen glaubte ich mich wunderbar versorgt, und keine melancholischen Sehnsüchte lenkten mich ab. Ich freute mich, wie ich schon sagte, Sarah bei Dr. Grove in einer guten und sicheren Stellung untergebracht zu haben, und sagte mir selbstgefällig, mein Leben werde unverändert weitergehen. Es kam nicht so, denn Stück um Stück rückten die Ereignisse näher, von denen in den drei Manuskripten die Rede ist; sie brachen über meine kleine Welt herein und zerstörten sie völlig. Es dauerte sehr, sehr lange, ehe ich fähig war, ein wenig von dem Gleichgewicht wiederzufinden, das vernünftige Gelehrsamkeit und friedliches Leben erfordern. Tatsächlich, so glaube ich, es ist mir nie gelungen.

Der erste Nadelstich traf meine Seifenblase der Zufriedenheit im Spätherbst. Ich saß in einer Taverne, wo ich eines Abends eingekehrt war, nachdem ich einen ganzen Tag lang den Staub von Bodleys Büchern eingeatmet hatte. Ich war ganz ruhig und ausgeruht, hatte keinen einzigen Gedanken im Kopf, der mich ablenkte, als ich zufällig einen Teil einer Unterhaltung zweier niedriger und ungezieferverseuchter Städter hörte. Ich wollte es nicht und hatte auch nicht die Absicht zu lauschen, doch manchmal kann man es nicht vermeiden; Wörter zwingen sich einem auf und lassen sich nicht verdrängen. Und je mehr ich hörte, um so mehr mußte ich hören, denn mein Körper wurde bei ihrem Geschwätz ganz steif und kalt.

»Diese Leveller-Hure, das Blundy-Mädchen.« Das war, glaube ich, der einzige Satz, der mir über den allgemeinen Lärm hinweg ans Ohr drang. Dann verstand ich, Wort für Wort, mehr von der Unterhaltung. »Rollige Katze.« »Jedesmal, wenn sie sein Zimmer saubermacht.« »Der arme alte Mann, er muß verhext sein.« »Hätte nichts dagegen, es selber zu probieren.« »Und er, ein Priester. Aber sind ja alle gleich.« »Man braucht sie nur anzuschauen, dann weiß man alles.« »Dr. Grove.« »Macht die Beine für jeden breit.« »Gibt's noch jemand, der sie nicht gehabt hat?«

Ich weiß jetzt, daß diese bösartigen und widerwärtigen Behauptungen absolut falsch sind, obwohl ich, ehe ich Prestcotts Manuskript gelesen hatte, nicht wußte, daß er nach der grausamen Vergewaltigung diese Gerüchte in die Welt gesetzt hat. Doch nicht einmal dann glaubte ich sofort, was ich gehört hatte, denn betrunkene Männer erzählen viele lüsterne und prahlerische Geschichten, und wenn alle wahr wären, gäbe es im ganzen Land kaum eine tugendhafte Frau. Nein, erst als ich mit Prestcott selbst zusammentraf, begann ich zu zweifeln, begannen die schleichenden Dämonen in meinem Kopf an meiner Seele zu nagen und machten mich verabscheuungswürdig mißtrauisch.

Prestcott hat über unsere erste Begegnung berichtet, zu der ich von Thomas Ken gebeten worden war, weil er meiner Hilfe bedurfte: Ken hoffte, daß ich tun konnte, was ihm nicht gelang: den jungen Mann zu überreden, er möge die wahrscheinlich hoffnungslose Suche aufgeben. Ken hatte es versucht, aber nach Prestcotts heftiger Reaktion auf alle Kritik hatte er seine Bemühungen aufgegeben. Er hoffte, daß eine überzeugende Darlegung der Tatsachen in allen Einzelheiten Prestcott zur Vernunft bringen und daß er zuhören würde, wenn ich mit ihm sprach.

Es bedurfte jedoch nur einer kurzen Bekanntschaft, und mir war klar, daß ich Mr. Prestcott nicht mochte und mich auch nicht mit seinen Phantastereien beschäftigen wollte. Als er mich daher später auf der Straße traf und mich anrief, wurde mir das Herz schwer, und ich dachte mir eine Geschichte aus, um ihm zu erklären, warum meine Nachforschungen noch nicht abgeschlossen waren.

»Das ist nicht so schlimm, Sir«, sagte er liebenswürdig, »da ich im Augenblick ohnehin nichts damit anfangen kann. Ich breche in Kürze zu einer Reise über Land auf, zu meiner Familie und nach London. Es hat Zeit bis zu meiner Rückkehr. Nein, Mr.

Wood, ich möchte über eine ganz bestimmte Sache mit Euch sprechen, denn ich muß Euch warnen. Ihr kommt aus einer angesehenen Familie, und kein Mitglied ist angesehener als Eure vielbewunderte Mutter, und ich würde nur ungern untätig zusehen, wie Euer Name beschmutzt wird.«

»Wie freundlich von Euch«, sagte ich erstaunt. »Ich bin sicher, es gibt nichts, was uns Sorge bereiten müßte. Was genau meint Ihr?«

»Ihr habt eine Dienerin, nicht wahr? Sarah Blundy?«

Ich nickte, und leichte Unruhe überkam mich. »Die haben wir. Eine fleißige Arbeiterin, pflichtbewußt, bescheiden und gehorsam.«

»So sieht es zweifellos aus. Aber wie Ihr selbst wißt, der Schein kann trügen. Ich muß Euch sagen, daß sie keinen so guten Charakter hat, wie Ihr glaubt.«

»Es betrübt mich, das zu hören.«

»Und es betrübt mich, es Euch sagen zu müssen. Aber sie treibt Unzucht mit einem anderen ihrer Arbeitgeber, einem gewissen Dr. Grove vom New College. Kennt Ihr den Mann?«

Ich nickte kalt. »Woher wißt Ihr das?«

»Sie hat es mir gesagt. Hat damit geprahlt.«

»Es fällt mir schwer, das zu glauben.«

»Mir nicht. Sie ist auf mich zugekommen und hat sich mir auf übelste und gröbste Weise für Geld angeboten. Natürlich habe ich ihr Angebot zurückgewiesen, und dann sagte sie mir durch die Blume, viele andere könnten für ihre Talente bürgen. Viele, viele zufriedene Kunden, sagte sie grinsend und fügte hinzu, Dr. Grove sei ein neuer Mensch geworden, seit sie es übernommen habe, ihm die Befriedigung zu verschaffen, die er in der Kirche nicht fände.«

»Es schmerzt mich, wenn Ihr das sagt.«

»Dafür entschuldige ich mich. Doch ich dachte, es sei am besten ...«

»Natürlich. Es war sehr freundlich von Euch, daß Ihr Euch bemüht habt.«

Das war der Kern unseres Gespräches; gewiß war nicht viel mehr daran, aber welche Wirkung hatte es auf mich! Meine erste Reaktion war, strikt zurückzuweisen, was er mir gesagt hatte, und mir einzureden, daß das, was ich über das Mädchen wußte und mein Gefühl, daß es gut war, ein wertvollerer Maßstab war als das Gerede eines Außenstehenden. Aber das Mißtrauen nagte an mir und ließ sich nicht bezähmen – und schließlich verschlang es mich ganz. Konnte der Eindruck, den ich von ihrem Wesen hatte, ein zuverlässigerer Beweis sein als die direkte Erfahrung eines anderen? Ich kannte sie auf die eine Art, Prestcott, wie es schien, auf eine andere. Und stand meine eigene Erfahrung im Widerspruch zu dem, was er sagte? Hatte das Mädchen sich mir nicht freizügig geschenkt? Ich hatte sie nicht bezahlt, doch was sagte das über ihre Moral aus? Gewiß war es reine Eitelkeit von mir, wenn ich mir einbildete, sie habe mir aus Liebe beigewohnt? Je länger ich darüber nachdachte, um so deutlicher begriff ich, was die Wahrheit sein mußte. Von allen Frauen hatte nur sie mir erlaubt, sie zu berühren, und ich hatte mich betören lassen, anstatt zu sehen, daß ich jeder Beliebige hätte sein können. Die Begierde der Frauen ist größer als die eines schlichten Mannes; das ist bekannt, und ich hatte es vergessen. Sind sie erregt, sind sie heißhungrig und unersättlich, und wir armen Männer halten es für Liebe.

Was ist diese Eifersucht, die die stärksten Männer überwältigen und vernichten kann, auch die tugendhaftesten unter ihnen? Welche Alchimie des Geistes kann auf solche Weise Liebe in Haß verwandeln, Sehnsucht in Widerwillen, Verlangen in Ekel? Warum ist es so, daß kein einziger lebender Mann gegen die Hitze der Eifersucht immun ist, daß sie einen schlaflos macht und von einer Sekunde zur anderen alle Vernunft und Güte auslöscht? Welcher Henker, fragt Jean Bodin*, kann so foltern wie diese Angst und dieses Mißtrauen? Und nicht nur Männer, auch Tauben, so Vives**, seien eifersüchtig, und sie können daran sterben. In Windsor fand ein Schwan seine Gefährtin mit einem fremden Männchen, schwamm meilenweit hinter dem Rivalen her und tötete ihn; dann schwamm er zurück und tötete auch seine Gefährtin. Manche sagen, es seien die Sterne, die Eifersucht verursachen,

---

* Jean Bodin, frz. Staatstheoretiker und Philosoph; entkam knapp der Bartholomäusnacht
** Juan Luis Vives, span. Humanist; Erzieher am Hof Heinrichs VIII. von England

aber Leo Afer gibt dem Klima die Schuld, und Morison sagt, es gebe in Deutschland nicht so viele Trinker, nicht so viele Raucher in England und Tänzer in Frankreich wie eifersüchtige Ehemänner in Italien. In Italien selbst heißt es, die Männer aus Piacenza seien noch eifersüchtiger als ihre Landsleute.

Und es ist eine wechselhafte Krankheit, die von einem Ort zum anderen ihre Form verändert, denn was die Männer an einem Ort in den Wahnsinn treibt, läßt sie an einem anderen kalt. In Friesland küßt eine Frau einen Mann, der ihr Getränke bringt; in Italien muß der Mann dafür sterben. In England tanzen junge Männer und Mädchen miteinander, was in Italien nur in Siena geduldet wird. Mendoza, ein spanischer Legat in England, fand es widerwärtig, daß Männer und Frauen in der Kirche nebeneinander sitzen, es wurde ihm jedoch erklärt, widerwärtig sei das nur in Spanien, weil dort die Männer wohl nicht einmal an den heiligen Stätten ihre lüsternen Gedanken unterdrücken können.

Da ich zur Schwermut neige, bin ich auch für Eifersucht empfänglicher, aber ich weiß, daß viele cholerische oder sanguinische Menschen mit gleicher Heftigkeit von ihr heimgesucht werden. Ich war jung, und Jugend ist eifersüchtig, wenn auch Hieronymus sagt, die Alten seien es noch mehr. Aber eine Krankheit zu verstehen heißt leider noch lange nicht, sie auch heilen zu können. Zu wissen, woher die Eifersucht kommt, lindert diese Krankheit ebensowenig, wie man ein Fieber senken kann, wenn man weiß, welche Ursache es hat; noch weniger sogar, denn in der Heilkunde kann man über eine Diagnose wenigstens zu einer Behandlung kommen, während es für die Eifersucht eine solche nicht gibt. Sie ist wie die Pest, gegen die es auch kein Mittel gibt. Man erliegt ihr und wird vom heißesten aller Feuer verzehrt, und am Ende ist sie entweder ausgebrannt oder man stirbt.

Beinahe vierzehn Tage, dann ertrug ich die Qual nicht mehr, litt ich unter der schrecklichen Eifersucht, die meine Seele verbrannte wie das fleischzerfressende Gewand des Kentauren Nassos, das Herakles den Tod brachte. In dieser Zeit bestätigte alles, was ich sah und hörte, meinen schlimmsten Verdacht, und ich griff eifrig nach der kleinsten Andeutung, dem kleinsten Zeichen ihrer Schuld. Einmal war ich beinahe so weit, sie zur Rede zu stellen, und ging deshalb zu ihrem Cottage, aber als ich es fast erreicht hatte, wurde die Tür geöffnet, ein Fremder kam heraus, verneigte sich zum Abschied und das mit allergrößtem Respekt. Sofort war ich überzeugt, es sei ein Kunde, und ihre Schande und Erniedrigung seien jetzt so groß, daß sie ihr Gewerbe sogar in ihrem eigenen Haus ausübte, so daß jeder es sehen konnte. Ich wurde so zornig und erschrak so tief, daß ich kehrtmachte und ging; in meinem Zimmer unterzog ich mich der intimsten aller Untersuchungen, denn die Angst vor der Syphilis überwältigte mich fast. Ich fand nichts, war aber noch nicht beruhigt, da ich über die Krankheit überhaupt nichts wußte. Also nahm ich meinen ganzen Mut zusammen und suchte, feuerrot vor Scham, Lower auf.

»Dick, ich muß Euch um einen riesengroßen Gefallen und um absolute Diskretion bitten.«

Wir waren in seinen Räumen im Christ Church College, einer geräumigen Wohnung im Haupthof, die er seit mehreren Jahren bewohnte. Locke war da, als ich kam, also zwang ich mich zu müßigem Geplauder, entschlossen, so lange wie nötig zu warten, bis ich Lower für mich allein haben konnte. Endlich ging Locke, und Lower fragte mich, was er für mich tun könne.

»Fragt frei heraus, und wenn ich helfen kann, will ich es gern tun. Ihr seht ja völlig verzweifelt aus, mein Freund. Seid Ihr krank?«

»Hoffentlich nicht. Ich möchte, daß Ihr das feststellt.«

»Und was, glaubt Ihr, könnte es sein? Welche Symptome habt Ihr?«

»Keine.«

»Ihr habt keine Symptome? Überhaupt keine? Klingt mir nicht sehr ernst. Ich werde Euch gründlich untersuchen und dann die teuersten Medizinen aus meiner Apotheke verschreiben, dann seid Ihr sofort wieder gesund. Bei Gott, Mr. Wood«, sagte er lächelnd, »Ihr seid der ideale Patient. Hätte ich ein Dutzend wie Euch, wäre ich reich und berühmt.«

»Scherzt nicht, Sir, es ist mir todernst. Ich habe Angst, daß ich mir eine anstößige Krankheit geholt haben könnte.«

Meine Art zu sprechen überzeugte ihn, daß ich es wirklich

ernst meinte, und da er ein guter Arzt und lieber Freund war, hörte er sofort auf zu scherzen. »Ihr seid aufrichtig besorgt, das sehe ich Euch an. Doch Ihr müßt ein wenig offener sein. Wie kann ich wissen, was für eine Krankheit es ist, wenn Ihr mir nicht sagt, was Euch fehlt. Ich bin Doktor, kein Wahrsager.«

Nur widerstrebend und seinen Spott fürchtend, erzählte ich ihm alles. Lower grunzte. »Ihr denkt also, die Schlampe habe möglicherweise bei jedem Mann in Oxfordshire gelegen?«

»Ich weiß es nicht. Doch wenn das stimmt, was ich gehört habe, könnte ich mir etwas geholt haben.«

»Aber Ihr sagt doch, es gehe seit zwei Jahren oder noch länger so. Ich weiß, daß die Krankheiten der Venus gewöhnlich einige Zeit brauchen, ehe sie sich zeigen«, räumte er ein, »aber kaum so lange. An ihr habt Ihr auch keine Anzeichen bemerkt? Keine Wunden oder Pusteln? Keinen Eiter oder milchige Absonderungen?«

»Ich habe nicht nachgeschaut«, sagte ich tief beleidigt über die Zumutung.

»Das ist schade. Ich selbst sehe immer sehr sorgfältig nach und empfehle Euch, in Zukunft das gleiche zu tun. Es muß ja nicht offensichtlich sein, wißt Ihr. Mit ein bißchen Übung kann man es unter dem Mäntelchen der Liebe tun.«

»Ich will keinen Rat, Lower, ich will eine Diagnose. Bin ich krank oder nicht?«

Er seufzte. »Dann laßt die Hosen fallen, damit wir nachsehen können.«

Unendlich verlegen und gedemütigt, kam ich seiner Aufforderung nach, und Lower untersuchte mich auf das gründlichste, hob und zerrte und schaute. Dann brachte er das Gesicht dicht an meine Geschlechtsteile heran und schnupperte. »Scheint mir absolut in Ordnung«, sagte er. »In tadellosem Zustand, würde ich sagen. Noch kaum aus der Verpackung herausgenommen.«

Ich seufzte tief auf vor Erleichterung. »Ich bin also nicht krank?«

»Das habe ich nicht gesagt. Es sind keine Symptome vorhanden, das ist alles. Ich schlage vor, daß Ihr ein paar Wochen lang eine hohe Dosis verschiedener Medikamente einnehmt, nur um ganz sicher zu sein. Wenn Ihr zu scheu seid, sie selbst zu holen, kaufe ich sie bei Mr. Crosse und gebe sie Euch morgen.«

»Danke. Vielen Dank.«

»Keine Ursache. Zieht Euch jetzt wieder an. Übrigens schlage ich vor, daß Ihr in der nächsten Zeit alle intimen Kontakte mit der jungen Frau meidet. Wenn sie so ist, wie man Euch berichtet hat, dann wird sie früher oder später zu einer Gefahr.«

»Selbstverständlich werde ich ihr aus dem Weg gehen.«

»Und wir müssen dafür sorgen, daß ihr Charakter allgemein bekannt wird, sonst fangen sich andere in ihrer Schlinge.«

»Nein«, sagte ich. »Das kann ich nicht zulassen. Angenommen, man hat mich falsch unterrichtet? Dann möchte ich sie nicht unnötigerweise falsch beschuldigen.«

»Euer Gerechtigkeitssinn in Ehren. Aber Ihr dürft Euch nicht dahinter verstecken. Solche Menschen sind für jede Gesellschaft verderblich und müssen bekanntgemacht werden. Wenn Ihr solche Skrupel habt, dann sprecht sie darauf an und findet es heraus. Dr. Grove müssen wir aber auf jeden Fall warnen, damit er tun kann, was er für richtig hält.«

Ich handelte nicht übereilt; ich brauchte mehr als Klatsch und die Aussage von Jack Prestcott, bevor ich bereit war zu handeln. Statt dessen behielt ich sie sorgfältiger im Auge und folgte ihr ab und zu (was ich beschämt zugebe), wenn sie mit der Arbeit fertig war. Ich war tief betroffen, als ich meine schlimmsten Befürchtungen bestätigt sah, denn manchmal ging sie nicht nach Hause oder nur für kurze Zeit. Ich sah sie die Stadt verlassen und einmal zielbewußt in Richtung Abingdon gehen, eine Stadt voller Soldaten, wo, wie ich wußte, Dirnen sehr gefragt waren. Ich wußte keine andere Erklärung und stelle mit Verdruß fest, daß Wallis meinte, die einzige Erklärung dafür sei, daß sie Nachrichten der Radikalen hin und her trug. Ich erwähne das, um auf die Gefahren unzulänglicher und voreingenommener Beweise hinzuweisen, denn wir irrten uns beide.

Aber das sah ich damals nicht, obwohl ich bereit war, mir offen und unbefangen jede Erklärung anzuhören, die sie mir geben würde. Am nächsten Tag, nach einer schlaflosen Nacht, in der ich leidenschaftlich wünschte, diese Begegnung bliebe mir erspart, sagte ich, als Sarah in mein Zimmer kam, sie solle sich setzen, denn ich müsse mit ihr über eine sehr ernste und wichtige Sache reden.

Ruhig abwartend saß sie da. Mir war aufgefallen, daß sie in den Tagen vorher anders gewesen war als sonst, sie hatte nicht so hart gearbeitet und schien nicht so fröhlich wie gewohnt. Ich hatte das nicht sonderlich beachtet, da alle Frauen anfällig gegen solche Stimmungen sind, und merkte kaum, daß es von ihrem üblichen Verhalten abwich. Damals wußte ich nicht und erfuhr es auch erst, als ich Jack Prestcotts Aufzeichnungen las, wie grausam er sie vergewaltigt hatte. Natürlich konnte sie nicht darüber sprechen – denn der Ruf welcher Frau könnte eine solche Schande ertragen? –, doch Sarah würde diese Erniedrigung so leicht nicht vergessen. Ich verstehe sehr gut, wieso Prestcott sich einbildete, sie habe ihn verhext, so lächerlich diese Einbildung auch war. In ihrem Haß gegen die Bosheit anderer war sie unversöhnlich, denn ihre Erziehung hatte sie gelehrt, Gerechtigkeit zu erwarten.

Mir war auch aufgefallen, daß sie sich meinen Liebkosungen entzogen hatte und sich schnell aus meiner Reichweite entfernte, als ich versuchte, sie zu berühren, meine Hand fast mit Widerwillen von ihrer Schulter abschüttelte. Anfangs war ich verletzt, doch dann sah ich darin einen weiteren Beweis, daß sie sich von mir ab- und den reicheren Belohnungen zuwandte, die Dr. Grove ihr zu bieten hatte. Wieder erkannte ich nicht die Wahrheit, bis ich sie, von Prestcotts Hand geschrieben, schwarz auf weiß vor mir sah.

»Ich muß mit dir über eine sehr ernste und wichtige Sache sprechen«, sagte ich, nachdem ich mich entsprechend vorbereitet hatte. Ich merkte – ich erinnere mich gut daran –, daß ich einen merkwürdigen Druck in der Brust hatte, als ich anfing zu sprechen, und meine Worte atemlos klangen, als wäre ich eine lange Strecke gelaufen. »Ich habe ein paar schreckliche Dinge gehört, über die wir sofort reden müssen.«

Sie saß da und sah mich ausdruckslos und kaum interessiert an. Ich glaube, ich stotterte und stolperte über meine Worte, als ich mich zwang, weiterzusprechen und mich sogar umdrehte, um die Bücherbretter zu betrachten, damit ich ihr nicht ins Gesicht sehen mußte.

»Mir wurde eine Beschwerde über dein Verhalten zugetragen. Angeblich hast du dich schamlos und unzüchtig einem Mann von der Universität angeboten und auf die übelste Weise herumgehurt.«

Wieder herrschte eine Zeitlang Schweigen, ehe sie antwortete: »Das ist wahr.«

Daß sie meinen Verdacht und was ich gehört hatte, zu bestätigen schien, tröstete mich nicht. Ich hatte gehofft, sie werde empört abstreiten, was ich ihr vorwarf, so daß ich ihr vergeben konnte und zwischen uns dann alles so blieb wie bisher. Doch auch jetzt zog ich noch keine voreiligen Schlüsse. Beweise müssen von einer unabhängigen Person bestätigt werden.

»Und wer ist dieser Mann?« fragte ich.

»Ein sogenannter Gentleman«, sagte sie. »Er heißt Anthony Wood.«

»Sei nicht unverschämt!« rief ich zornig. »Du weißt sehr genau, was ich meine!«

»Wirklich?«

»Ja. Du hast nicht nur meine Großzügigkeit dazu mißbraucht, Dr. Grove vom New College zu verführen, nein, damit nicht zufrieden, hast du dich auch einem Studenten, Mr. Prestcott, an den Hals geworfen und versucht, ihn so weit zu bringen, daß auch er dich befriedigte. Leugne es nicht, er hat es mir selbst gesagt.«

Sie wurde blaß, und es ist für mich ein Zeichen für die Torheit jener, die glauben, man könne einen Charakter vom Gesicht ablesen, daß ich davon ausging, sie sei erschrocken, weil ihr lasterhaftes Leben entdeckt worden war. »Das habt Ihr gehört?« fragte sie, und ihr Gesicht war weiß wie ein Laken. »Von ihm selbst?«

»Allerdings.«

»Dann muß es wahr sein. Denn ein so feiner junger Mann wie Mr. Prestcott könnte gewiß nie lügen. Und er ist ein Gentleman, während ich nur die Tochter eines Soldaten bin.«

»Es ist wahr? Oder nicht?«

»Warum fragt Ihr mich? Ihr glaubt es doch. Ihr kennt mich jetzt – wie lange? Seit fast vier Jahren, und Ihr glaubt es.«

»Wie wäre es anders möglich? Dein Verhalten paßt dazu. Wie kann ich dir trauen, wenn du nein sagst?«

»Ich habe nichts geleugnet«, sagte sie. »Ich finde nur, es geht Euch nichts an.«

»Ich bin dein Arbeitgeber«, sagte ich. »In den Augen des Ge-

setzes dein Vater, in jeder Kleinigkeit für dein Benehmen verantwortlich. Und jetzt sag mir: Wer war der Mann, der gestern aus
deinem Haus gekommen ist?«

Sie sah einen Augenblick verblüfft aus, begriff dann, wen ich
meinte. »Das war ein Ire, der mich besucht hat. Er ist sehr weit
gereist.«

»Warum?«

»Auch das geht Euch nichts an.«

»Es geht mich etwas an. Es ist meine Pflicht so gut wie deine
zu verhindern, daß du Schande über diese Familie bringst. Was
werden die Leute sagen, wenn es allgemein bekannt wird, daß die
Woods eine Hure in ihrem Haus beschäftigen?«

»Vielleicht werden sie sagen, daß der Herr, Mr. Anthony
Wood, der Schlampe beischläft, so oft er kann. Daß er mit ihr in
die Paradise Fields geht, um eine Weile Unzucht zu treiben, bevor er sich in die Bibliothek zurückzieht und Reden über das Benehmen anderer hält?«

»Das ist etwas anderes.«

»Wieso?«

»Ich lasse mich mit dir auf keine Auseinandersetzung über abstrakte Dinge ein. Es ist mir ernst. Aber wenn du es mit mir tun
kannst, kannst du es auch mit anderen. Was ganz offensichtlich
der Fall ist.«

»Und wie viele andere Schlampen kennt Ihr, Mr. Wood?«

Ich war inzwischen rot vor Zorn und gab ganz und gar ihr die
Schuld an dem, was als nächstes geschah. Alles, was ich verlangt
hatte, war eine offene und ehrliche Antwort. Ich hätte es gern gesehen, wenn sie alles geleugnet hätte, damit ich sie großmütig von
jeder Schuld freisprechen konnte. Oder alles offen gestanden und
mich um Vergebung gebeten hätte, die ich ihr gern gewähren
wollte. Doch sie tat weder noch, hatte statt dessen sogar die Dreistigkeit, mir meine Vorwürfe ins Gesicht zurückzuschleudern.
Sehr schnell, wie es schien, tauchten wir in die dunklen Bereiche
unserer Beziehung, denn gleichgültig, was zwischen uns geschehen war, ich war noch immer ihr Herr. Mit ihren Worten machte sie es klar, daß sie das vergessen hatte und unsere Intimität
mißbrauchte. Kein Mann mit Verstand hätte behaupten können,
daß es zwischen ihrem und meinem Benehmen eine Ähnlichkeit

gab, selbst wenn ihr Vorwurf begründet gewesen wäre, denn sie war mir verpflichtet, während ich frei und von ihr nicht abhängig war. Auch konnte ich als Mann nicht dulden, daß sie so abscheulich mit mir sprach; sogar in der Hitze der Leidenschaft hatte ich stets nur sehr höflich mit ihr gesprochen, und eine solche Sprache war mir unerträglich.

Erschrocken über das, was ich gesagt hatte, stand ich auf und machte einen Schritt auf sie zu. Sie fiel gegen die Wand zurück, die Augen groß vor Zorn und zeigte mit ausgestrecktem Arm und mit einer seltsamen, furchterregenden Geste auf mich.

»Kommt mir keinen Schritt näher!« zischte sie.

Ich blieb auf der Stelle stehen. Ich weiß nicht, was ich beabsichtigt hatte. Auf keinen Fall glaube ich, daß ich gewalttätig werden wollte, denn das war nie meine Art. Selbst die schlechtesten Diener und Dienerinnen wurden von mir nie geschlagen, sosehr sie es auch verdient hätten. Ich behaupte nicht, das sei besonders lobenswert, und Sarah hätte ich liebend gern grün und blau geschlagen, um mich für die Beschimpfung zu rächen. Doch ich bin überzeugt, ich hätte nie mehr getan, als versucht, sie zu erschrecken.

Dieser Schreck genügte jedoch, und sie warf die äußerlich zur Schau getragene Sanftheit ab. Ich weiß nicht, was sie getan hätte, wäre ich nur einen Schritt weitergegangen, aber ich spürte einen ungeheuer starken Willen in ihr und fühlte mich nicht imstande, dagegen anzugehen.

»Verlaß dieses Haus«, sagte ich, als sie den Arm gesenkt hatte. »Du bist entlassen. Ich werde keine Anklage gegen dich erheben, obwohl ich das Recht dazu hätte. Ich will dich jedoch nie wieder hier sehen.«

Ohne ein weiteres Wort, aber mit einem Blick reinster Verachtung verließ sie den Raum. Ein paar Sekunden später fiel unten die Haustür ins Schloß.

Viertes Kapitel

WÄRE ICH PRESTCOTT gewesen, hätte ich aus dieser Auseinandersetzung geschlossen, daß Sarah schlecht und besessen war; gewiß hatte in diesem Moment in ihrer Geste und in ihrem lodernden Blick etwas Machtvolles und Erschreckendes gelegen. Doch darüber werde ich nachdenken, wenn der richtige Augenblick da ist; inzwischen kann ich sagen, daß mir ein solcher Gedanke nicht nur nie gekommen ist, ich kann Prestcotts Behauptungen absolut widerlegen.

Um das zu tun, bedarf es keines großen gelehrten Wissens; denn Prestcott hat falsche Schlüsse gezogen, und seine Unwissenheit und Geistesgestörtheit haben ihn in die Irre geführt. Er sagt zum Beispiel, Dämonen hätten von Sir William Comptons Körper Besitz ergriffen und seine Gestalt verändert, doch dem wird von allen Autoritäten widersprochen, denn das *Malleus Maleficarum* – der *Hexenhammer* – sagt unmißverständlich, daß das nicht möglich ist. Aristoteles sagt, es könne nur durch natürliche Dinge bewirkt werden, besonders durch die Sterne, aber Dionysius sagt, der Teufel könne die Sterne nicht verändern: Gott erlaube es nicht. Prestcott hatte nie einen Beweis dafür gefunden, daß Sarah sein Haar und sein Blut mit einem Zauber belegte, und die Visionen, unter denen er litt, waren mehr, denke ich, auf die Teufel zurückzuführen, die er selbst gerufen hatte.

Auch las er die Zeichen nicht richtig, denn in der Wasserschüssel, die Anne Blundy ihm gezeigt hatte, suchte er den Urheber seines Unglücks und bekam ihn auch zu sehen: Er sah ganz deutlich seinen Vater und einen jungen Mann. Dieser Mann, glaube ich, war kein anderer als er selbst. Diese beiden Menschen hatten alles Unglück durch ihre Gewalttaten und ihre Untreue selbst auf sich herabbeschworen. Greatorex wiederholte die Warnung, und wieder mißachtete er sie. Jack Prestcott hatte die Lösung in der Hand, Wallis sagt es deutlich, doch in seinem Wahn gab er allen anderen die Schuld und half, Sarah zu vernichten; und mit ihr vernichtete er auch seine eigenen Hoffnungen.

Beinahe vernichtete er auch die meinen. Während der nächsten Monate sah ich Sarah kaum, da ich mich zu meinen Manuskripten und meinen Notizbüchern zurückzog. Wenn ich jedoch nicht arbeitete, kehrten meine Gedanken unaufhörlich und unbotmäßig zu ihr zurück, und mein Kummer wurde zu Groll und dann zu bitterstem Haß. Ich frohlockte, als ich hörte, Dr. Grove habe sie entlassen und sie habe überhaupt keine Arbeit mehr. Die Tatsache, daß niemand sie einstellen würde, um nicht in Verruf zu kommen, machte mich tief zufrieden. Und einmal sah ich sie auf der Straße, das Gesicht hochrot vor Zorn und Scham, weil ihr Studenten, die ihre Geschichte gehört hatten, zotige Worte nachriefen. Diesmal griff ich nicht ein wie schon einmal, sondern wandte mich ab, als ich sicher war, daß sie mich gesehen und begriffen hatte, daß meine Verachtung nicht geringer geworden war. *Quos laeserunt et oderunt*, wie Seneca schreibt – die du verletzt hast, hassest du auch –, und ich glaube, ich hatte damals schon das Gefühl, daß ich alles andere als gerecht gewesen war, wußte aber nicht, wie ich es wiedergutmachen konnte.

Bald darauf, als meine Stimmung noch auf dem Tiefpunkt und ich noch ungesellig war – denn ich wußte, daß meine Laune mißfiel, und mied daher die Gesellschaft meiner Freunde, damit sie nicht fragten, was mir fehle –, wurde ich zu Dr. Wallis gerufen. Das war ein seltenes Ereignis, denn obwohl ich ihm sein Gehalt als Archivverwalter verdiente, beehrte er mich nicht sehr oft mit seiner Aufmerksamkeit. Unsere Geschäfte wickelten wir bei zufälligen Begegnungen ab, auf der Straße oder in der Bibliothek. Wie jedem, der Dr. Wallis kennt, klar sein wird, erschreckte mich seine Aufforderung, denn seine Kälte war wirklich furchterregend. Dies ist einer der seltenen Umstände, in denen Prestcott und Cola übereinstimmen – beide fanden seine Gegenwart beunruhigend. Es war, glaube ich, sein ausdrucksloses Gesicht, das so erschreckend wirkte, denn es ist schwierig, einen Mann zu kennen, wenn die sichtbaren Hinweise auf seinen Charakter so rigoros unterdrückt wurden. Wallis lächelte nie, runzelte nie die Stirn, zeigte weder Freude noch Mißvergnügen. Es gab nur seine Stimme – sanft, drohend, ständig verbrämt mit kaum verhüllter nuancenreicher Verachtung unter einer Höflichkeit, die genauso schnell verdunsten konnte wie Sommertau.

Es war bei diesem Treffen, daß Wallis mich bat, die Ausgabe des Livius für ihn zu finden, die er suchte. Ich will nicht schildern, wie das Gespräch tatsächlich verlief; seine höhnischen Bemerkungen über meinen Charakter einmal beiseite gelassen, gibt er das Wesentliche in seiner Version doch genau wieder. Ich versprach, mein Bestes zu tun – was ich auch tat; ich verließ keine Bibliothek, ohne sie durchsucht zu haben, und fiel allen Buchhändlern mit meiner Fragerei auf die Nerven. Doch er sagte mir nicht, wozu er das Buch brauchte. Ich wußte noch immer nichts von Marco da Cola, der ein paar Wochen später eintraf.

* *
*

Ich nehme an, ich muß mich jetzt ganz auf diesen Gentleman konzentrieren und auf den Kern der Sache kommen. Mir ist bewußt, ich habe ungewöhnlich lange gezögert; es geht um etwas, das mich noch in der Erinnerung schmerzt, so groß waren die Qualen, die er mir verursacht hat.

Ich erfuhr von Colas Existenz, ein paar Tage bevor ich ihn kennenlernte. Am Abend seiner Ankunft, denke ich, aß ich mit Lower in einer Garküche, und er erzählte mir von dem Ereignis. Er war richtig aufgeregt deswegen. Lower hatte damals immer Appetit auf Neues und Exotisches und sehnte sich danach, eine Weltreise zu machen. Es bestand nicht die geringste Chance, daß er es je tun würde, denn er hatte weder Geld noch Zeit, um zu reisen, und auch nicht die Leichtherzigkeit, seine Karriere aufzugeben. Abwesenheit ist die größte Gefahr für alle Ärzte, denn sind sie einmal aus den Köpfen der Leute verschwunden, ist es schwierig, sich aufs neue ihre Anerkennung zu erkämpfen. Aber es machte ihm eine Zeitlang Freude, darüber zu reden, wie er eines Tages die Universitäten auf dem Kontinent bereisen, mit Wissenschaftlern diskutieren und entdecken wollte, was sie taten. Colas Ankunft entfachte diese Sehnsucht in seiner Brust von neuem, und ich bin sicher, er stellte sich vor, wie er in Venedig ankam und von Colas Familie herzlich und gastfreundlich aufgenommen wurde, die sich dafür erkenntlich zeigen wollte, daß er Cola in Oxford die Wege geebnet hatte.

Und er mochte den Mann, so merkwürdig er ihn auch fand, denn Lower liebte die Menschheit im allgemeinen. Tatsächlich war der kleine Italiener auch sympathisch, es sei denn, man war so verdreht, hart und mißtrauisch wie John Wallis. Von kleinem Wuchs und schon mit einer Neigung zur Rundlichkeit um die Taille, mit leuchtenden, funkelnden Augen, die immer fröhlich blinzelten, und einer gewinnenden Art, sich auf seinem Platz vorzubeugen, wodurch der Eindruck entstand, daß er mit faszinierter Aufmerksamkeit zuhörte, wenn man sprach, war er ein überaus angenehmer Gefährte. Er machte Bemerkungen über alles, was er sah, doch keine (soweit ich sie gehört habe) war geringschätzig; Cola schien zu den glücklichen Ausnahmen zu gehören, die nur das Beste sehen und es vorziehen, das Schlimmste nicht zu bemerken. Sogar Mr. Boyle, dessen Zuneigung man nur sehr schwer gewann, mochte ihn, obwohl Wallis ihn vor ihm warnte. Das war vielleicht das Ungewöhnlichste überhaupt, denn Boyle liebte den Frieden und die Ruhe; Lärm und Unruhe empfand er fast wie einen körperlichen Schmerz, und sogar auf dem Höhepunkt eines überaus aufregenden Experiments bestand er auf Gelassenheit und Ruhe bei allen, die ihm assistierten. Keiner durfte mit Geräten klappern oder lauter als im Flüsterton sprechen; alles mußte beinahe mit religiöser Hingabe geschehen – für ihn war das Studium der Natur eine Art Gottesdienst.

Daher war der Erfolg des ungestümen und lauten Cola so etwas wie ein Rätsel für uns; ständig brach er in lautes Gelächter aus, wegen seiner plattfüßigen Bewegungen stieß er dauernd, laut und übertrieben fluchend, gegen Tische und Stühle. Lower schrieb Boyles Geduld der offensichtlichen und aufrichtigen Liebe des Italieners für das Experimentieren zu, ich selbst führte sie auf seine vornehme Liebenswürdigkeit zurück, und wir können mit Menander* sagen, seine Aufnahme sei die Frucht seiner würdigen Manieren. Mr. Boyle war ungewöhnlich nüchtern in seinem Verhalten, doch hin und wieder vermutete ich, daß etwas in ihm diejenigen bewunderte, die leichtherzig und fröhlich waren. Vielleicht wäre er es selbst gern gewesen, hätte ihm nicht Krankheit so oft übel mitgespielt. Mir war nicht bewußt, daß Boyles Aufmerksamkeit zum Teil von Hintergedanken bestimmt war, doch auch das reichte nicht aus, denn er war kein Mann, der Zuneigung heucheln konnte. Nein. Wallis' Versuch, Boyle gegen

* griech. Dichter der Antike; verfaßte Lustspiele und Komödien

Cola zu beeinflussen, machte den Erfolg des Italieners noch eindrucksvoller – oder Wallis' Überzeugungen weniger akzeptabel. Denn Boyle war mit Cola genauso gut bekannt wie mit sonst jemand in England, und er war ein guter Menschenkenner. Ich kann nicht glauben, daß er Cola seine Zuneigung nicht entzogen hätte, hätte er nur das geringste entdeckt, das Wallis' Befürchtungen bestätigte. Außerdem brauchte Boyle Wallis nicht zu fürchten, und ich glaube, daß er ihm sogar eine gewisse Abneigung entgegenbrachte. Besser als sonst irgend jemand war er fähig, sich eine eigene Meinung zu bilden, daher sollte auf seine Meinung auch größeres Gewicht gelegt werden, wenn man diese Sache beurteilen will.

Die allmähliche Entfremdung zwischen Lower und Cola hatte jedoch viel mit Wallis zu tun, denn wie die Schlange Eva verführte, spielte er mit Lowers Ängsten und Hoffnungen und verdrehte und verbog sie nach eigenem Gutdünken zu seinem Nutzen. Wallis wußte, daß Lower verzweifelt nach Erfolg strebte, denn seine ganze Familie hing von ihm ab, seit es klar war, daß sein älterer Bruder (durch die Perversion religiösen Glaubens) nie in der Lage sein würde, viel zu helfen. Und Lower hatte eine große Familie: Nicht nur daß seine Eltern noch am Leben waren, er hatte mehrere unverheiratete Schwestern, die eine Mitgift brauchten, und unzählige anspruchsvolle Cousins. Nur um einen Teil ihrer Erwartungen zu erfüllen, mußte er der erfolgreichste Arzt von London werden. Es sagt viel über sein Pflichtgefühl aus, daß er die Herausforderung annahm und den größten Erfolg anstrebte; und es verrät uns auch viel über das Gewicht der Bürde, die auf seiner Seele lastete, daß er in Cola sehr schnell eine Bedrohung seines Aufstiegs sah.

Lower hatte schließlich sehr hart mit Mr. Boyle und anderen gearbeitet und verdiente es, von ihnen gefördert zu werden. Er hatte unzählige Arbeiten und kleine Dienste ohne Bezahlung verrichtet und sich als beflissener Schmeichler erwiesen. Der Lohn war, daß Boyle seine Mitgliedschaft bei der Royal Society befürworten und ihn unterstützen sollte, wenn er endlich den Mut fand, seine Sache dem *College of Physicians* vorzutragen; und nicht zuletzt wollte er sich für Lower verwenden, sobald die Stellung eines Hofarztes frei wurde. Außerdem konnte Boyles Anerkennung ihm eine riesige Anzahl von Patienten bringen, wenn er anfing, in London zu praktizieren. Und er verdiente den Erfolg und die Unterstützung, die Boyle ihm geben konnte, denn er war wirklich ein sehr guter Arzt.

Nachdem er so aufreibend gearbeitet hatte und jetzt, im Alter von ungefähr zweiunddreißig Jahren, an der Schwelle des Erfolges stand, hatte er Angst, es könnte irgend etwas eintreten, das ihm diesen so heiß begehrten Lohn noch vor der Nase wegschnappte. Cola stellte keine Bedrohung für ihn dar und hätte auch dann keine für ihn dargestellt, wäre er das gewesen, was Lower fürchtete, denn Boyle behandelte jeden nach seiner Leistung und hatte keine Lieblinge. Aber Lowers Eifersucht und Sorge waren von Dr. Wallis beeinflußt, der seinen Ehrgeiz anstachelte, indem er behauptete, Cola stehe in dem Ruf, anderen ihre Ideen zu stehlen. Obwohl mein Weg ein ganz anderer war, verurteile ich einen maßvollen Ehrgeiz nicht, wie zum Beispiel jenen, der den griechischen Politiker Themistokles bewog, dem Ruhm seines Landsmannes, des Staatsmannes und Feldherrn Miltiades, nachzueifern, oder der Alexander anfeuerte, die Trophäen des Achill zu suchen. Es ist der übertriebene Ehrgeiz, der zu Stolz wird, Höflinge und ihre Familien an den Bettelstab bringt und gute Männer dazu verführt, sich grausam und skrupellos zu verhalten, und den jeder vernünftige Mensch verdammen muß. Wallis wollte Lower in diesen übertriebenen Ehrgeiz hineintreiben, und eine Zeitlang hatte er Erfolg, obwohl Lower mannhaft gegen seine Eifersucht ankämpfte. Dieser innere Konflikt war, wie ich glaube, die Ursache seiner so oft wechselnden Launen, die immer schlimmer wurden, ständig zwischen Jubel und Düsterkeit, übertriebener Freundlichkeit und bitterer Verdammung schwankten und Cola so viel Kummer bereiteten.

Anfangs jedoch war alles gut. Lower sprudelte vor Begeisterung über, als er seinen neuen Bekannten schilderte, und ich sah, daß er hoffte, es möge sich eine echte Freundschaft zwischen ihnen entwickeln. In der Tat behandelte er Cola schon mit der Rücksicht und Höflichkeit, die normalerweise alten Bekannten vorbehalten blieben.

»Wißt Ihr«, sagte er, sich mit einem Ausdruck schelmischer Belustigung im Gesicht vorbeugend, »ein so guter christlicher Arzt ist er, daß er es sogar auf sich genommen hat, die alte Blundy zu behandeln. Ohne jede Hoffnung auf Bezahlung oder ein anderes Entgelt. Obwohl er, da er ja Italiener ist, vielleicht beabsichtigt, sich sein Honorar bei dem Mädchen zu holen. Glaubt Ihr, ich sollte ihn warnen?«

Ich ignorierte die Bemerkung. »Was ist mit der alten Frau?« fragte ich.

»Ist anscheinend gestürzt und hat sich das Bein gebrochen. Eine sehr häßliche Wunde ist es auf jeden Fall, und sie wird kaum überleben. Cola hat sie behandelt, nachdem das Mädchen die Frechheit hatte, Dr. Grove in aller Öffentlichkeit um Geld zu bitten.«

»Ist dieser Mann denn gut? Weiß er etwas über solche Verletzungen?«

»Das kann ich nicht sagen. Ich weiß nur, daß er sich mit großer Begeisterung an die Arbeit machte, völlig ahnungslos, was er sich mit einer solchen Patientin auflädt. Ich muß seine Güte loben, allerdings nicht seinen Verstand.«

»Ihr wolltet sie nicht selbst behandeln?«

»Nur mit dem größten Widerstreben«, sagte er, zögerte dann. »Doch, natürlich würde ich es tun. Aber ich bin froh, daß man mich nicht gefragt hat.«

»Ihr habt an dem Mann Gefallen gefunden.«

»In der Tat. Er ist großartig und sehr sachkundig. Ich freue mich auf viele lange Gespräche während seines Aufenthaltes bei uns, der vielleicht lange dauern wird, da er kein Geld hat. Ihr müßt mich besuchen und ihn kennenlernen. Heutzutage haben wir nicht mehr viele Besucher in der Stadt. Wir müssen die Zeit mit ihnen nutzen, so gut wir können.«

Von da wurde über reisende Italiener nicht mehr gesprochen, und die Unterhaltung wandte sich anderen Dingen zu. Ich verließ meinen Freund später mit einem vagen Gefühl der Sorge, denn ich war über den Unfall von Sarahs Mutter sehr betroffen. Schließlich war es mehrere Monate her seit unserer letzten Begegnung, und die Zeit hatte meine Gefühle besänftigt. Ich bin kein Mann, der dazu neigt zu hassen, und ich merke, daß ich einen Groll nicht für immer und ewig aufrechterhalten kann, so sehr ich auch verletzt wurde. Obwohl ich die Bekanntschaft nicht wieder aufnehmen wollte, wollte ich aber auch nicht mehr, daß die Familie von Kummer und Sorgen heimgesucht wurde, und für die alte Frau empfand ich noch immer eine seltsame Zuneigung.

Hier, wieder gestehe ich es offen, wollte ich die Rolle des Großmütigen einnehmen. Mich mildtätig und nachsichtig erweisen, so sehr sie mich auch verletzt hatte. Vielleicht war das die schlimmste Strafe, die ich ihr zuteil werden lassen konnte, denn ich würde ihr das Ausmaß ihrer Torheit vor Augen führen und vor ihr den großen Herrn spielen.

Nachdem ich lange darüber nachgedacht hatte, hüllte ich mich am nächsten Abend in meinen Umhang, zog die wärmsten Handschuhe an und ging zur Burg hinunter. (Cola hatte gewiß recht, wenn er das Wetter kalt fand; mein Freund, Mr. Plot, hat peinlich genaue Messungen vorgenommen und gesammelt, die beweisen, daß es wirklich bitterkalt war. Zwar brach der Frühling nur eine Woche später plötzlich und strahlend herein, aber noch hielt der Winter das Land in seinen eisigen Pranken.)

Ich war nervös, denn ich wollte nicht gesehen werden, und noch nervöser, weil ich Sarah wiedersehen sollte und nicht erwartete, von ihr willkommen geheißen zu werden. Aber sie war nicht da. Ich klopfte, wartete und trat dann erleichterten Herzens ein, weil ich hoffte, die Mutter trösten zu können, ohne den Zorn der Tochter herauszufordern. Die Frau schlief jedoch, vermutlich hatte man ihr eine lindernde Arznei eingeflößt, und obwohl ich versucht war, sie zu wecken, damit meine Freundlichkeit nicht unbemerkt blieb, tat ich es schließlich doch nicht. Ihr Gesicht erschreckte mich, es war so eingefallen und blaß, einem Totenkopf ähnlich; sie atmete rasselnd und mühsam, und der Geruch im Raum war kaum zu ertragen. Wie jeder Mensch, habe ich den Tod schon oft gesehen; ich sah meinen Vater, meine Brüder und Schwestern und meine Freunde sterben. Einige jung, einige alt, an Verletzungen, Krankheit, der Pest oder einfach an Altersschwäche. Niemand, denke ich, kann dreißig Jahre alt werden, ohne dem Tod in jeder Gestalt begegnet zu sein. Und er war in diesem Zimmer, wartete auf seine Stunde.

Im Moment gab es nichts, was ich tun konnte. Anne Blundy brauchte keine praktische Hilfe, die ich ihr geben konnte, und geistigen Trost hätte sie wohl abgelehnt. Nur sehr ungern stand ich da und beobachtete sie, von der plötzlichen Hoffnungslosigkeit überfallen, die man empfindet, wenn man Gutes tun will und nicht weiß wie, bis Schritte vor der Tür mich aus meiner Nachdenklichkeit rissen. Von Furcht und einem plötzlichen Widerstreben ergriffen, Sarah selbst begegnen zu müssen, versteckte ich mich schnell in der winzigen Kammer nebenan, denn ich wußte, daß es dort eine kleine Tür gab, durch die ich wieder auf die Straße gelangen konnte.

Aber es war nichts Sarah; die Schritte waren viel zu schwer, und so wartete ich aus Neugier ab, weil ich wissen wollte, wer ins Haus gekommen war. Vorsichtig durch die Tür spähend – ein Verhalten, das einzugestehen ich mich schäme, denn keine Gentleman sollte sich jemals eine solche Hinterhältigkeit zuschulden kommen lassen –, sah ich, daß der Mann nebenan dieser Cola sein mußte. Kein Engländer (wenigstens nicht zu dieser Zeit) hätte sich so gekleidet. Er benahm sich aber auch sehr seltsam, und was er tat, erregte meine Aufmerksamkeit so stark, daß ich mein schlechtes Benehmen noch verschlimmerte, indem ich ihn weiterhin beobachtete und dafür sorgte, daß ich selbst unbemerkt blieb.

Er trat ein und stellte, genau wie ich es getan hatte, zuerst fest, daß die Witwe Blundy noch immer fest schlief, dann kniete er neben ihr nieder, holte einen Rosenkranz heraus und betete eine Zeitlang. Wie gesagt, hatte ich etwas Ähnliches auf meine protestantische Art erwogen, aber ich kannte sie gut genug, um zu wissen, daß ihr nicht einmal das recht gewesen wäre. Dann benahm er sich in der Tat überaus merkwürdig, nahm eine kleine Phiole heraus, öffnete sie und goß sich ein wenig Öl auf den Finger, den er ihr sanft auf die Stirn legte, das Kreuzzeichen machte und wieder betete, bevor er das Fläschchen unter seinem Rock verschwinden ließ.

Das war seltsam genug, man konnte es jedoch mit einer großen persönlichen Frömmigkeit erklären, die ich ebenso bewunderte, wie ich seine Irrlehre verdammte. Danach jedoch stürzte er mich in größte Verwirrung, denn er stand abrupt auf und begann den Raum zu durchsuchen. Nicht aus einfacher Neugier, sondern gründlich und entschlossen, nahm die wenigen Bücher von den Regalen und blätterte eines nach dem anderen durch, bevor er sie ausschüttelte, um zu sehen, ob nicht etwas herausfiel. Eines schob er, wie ich bemerkte, unter seinen Rock. Dann öffnete er die kleine Truhe neben der Tür, die die gesamte Habe der Blundys enthielt, und durchsuchte sie peinlich genau; und er suchte etwas Bestimmtes, das sah man ihm an. Was es auch war, er fand es nicht, denn er schloß den Deckel mit einem schweren Seufzer und murmelte eine Verwünschung in seiner Muttersprache – ich verstand die Worte nicht, hörte aber die Enttäuschung deutlich heraus.

Er stand mitten im Raum und fragte sich offensichtlich, was als nächstes tun, als Sarah hereinkam.

»Wie geht es ihr?« fragte sie, und mein Herz zuckte, als es ihre Stimme hörte.

»Es geht ihr gar nicht gut«, sagte der Italiener. Er sprach mit starkem Akzent, aber deutlich, und er verstand unsere Sprache offensichtlich ohne jede Mühe »Könnt Ihr Euch mehr um sie kümmern?«

»Ich muß arbeiten«, antwortete sie. »Unsere Lage ist schon ernst genug, seit Mutter nichts verdienen kann. Wird sie wieder gesund?«

»Es ist zu früh, ich kann es noch nicht sagen. Ich trockne die Wunde aus und werde sie dann wieder verbinden. Ich fürchte, daß Eure Mutter Fieber bekommt. Vielleicht geht es vorbei, doch ich bin besorgt. Ihr müßt auf die Anzeichen achten und jede halbe Stunde prüfen, ob das Fieber gestiegen ist. Und, so merkwürdig Euch das vorkommen mag, Ihr müßt sie warm halten.«

Ich sehe hier, daß meine Erinnerung an das Gespräch mit der von Mr. Cola übereinstimmt; seine Erinnerung ist so genau wie am Anfang, daher will ich nicht damit fortfahren, das zu wiederholen, was er bereits geschrieben hat. Ich will jedoch etwas hinzufügen, das er nicht erwähnt. Und das ist, daß im Raum sofort eine fast greifbare Spannung zwischen den beiden zu spüren war, und während Sarah sich völlig normal benahm und nur um ihre Mutter besorgt war, nahm Colas Erregung ganz deutlich zu, je länger sie miteinander sprachen. Anfangs dachte ich, er sei nervös, weil er fürchtete, sein sonderbares Benehmen sei entdeckt worden, erkannte dann aber, daß es das nicht sein konnte. Ich hätte auf der Stelle hinausschlüpfen sollen, solange ich Gelegenheit hatte, es unbeobachtet zu tun, aber ich brachte es nicht fertig. »Ich habe wirklich Glück. Verzeiht mir, Sir. Ich will nicht unverschämt sein. Meine Mutter hat mir erzählt, wie gut und großzügig Ihr zu ihr gewesen seid, und wir sind Euch beide zutiefst dankbar für Eure Güte. Wir sind Güte nicht gewohnt, und es tut mir aufrichtig leid, daß ich mich falsch ausgedrückt habe. Ich hatte so große Angst um sie.«

»Ich habe es sehr gern getan«, antwortete Cola. »Solange Ihr keine Wunder erwartet.«

»Kommt Ihr wieder?«

»Morgen, wenn ich kann. Und wenn es ihr schlechter geht, findet Ihr mich bei Mr. Boyle. Ich werde bei ihm arbeiten. Und was die Bezahlung angeht …«

Ich gebe, mehr oder weniger Wort für Wort, das Gespräch wieder, wie von Mr. Cola aufgeschrieben, und gebe zu, daß sein Bericht, soweit mein Gedächtnis mich nicht trügt, makellos ist. Ich will nur eines hinzufügen, das in er in seinem Manuskript merkwürdigerweise nicht erwähnt. Denn als er von Bezahlung sprach, machte er einen Schritt auf Sarah zu und legte ihr die Hand auf den Arm.

»O ja, Eure Bezahlung. Wie konnte ich nur denken, daß Ihr sie vergessen habt. Darum müssen wir uns aber sofort kümmern, nicht wahr?«

Erst jetzt löste sie sich von ihm und führte ihn in die Kammer, wo ich mich ganz schnell im Dunkeln versteckte, um nicht gesehen zu werden.

»Kommt schon, Arzt, nehmt Euch Eure Bezahlung.«

Und wie Cola wieder völlig wahrheitsgemäß schreibt, legte sie sich hin, zog ihr Kleid hinauf und entblößte sich vor ihm mit einer abstoßend obszönen Geste. Aber Cola erwähnt nicht den Ton ihrer Stimme, die Art, wie ihre Worte zitterten vor Zorn und Verachtung, und er erwähnt auch nicht den höhnischen Ausdruck ihres Gesichts.

Cola zögerte, wich dann einen Schritt zurück und bekreuzigte sich. »Ihr widert mich an.« Es steht alles in seinem Bericht, ich plagiiere nur seine Worte. Aber wieder muß ich in einem Punkt von ihm abweichen, denn er sagt, er war verärgert, und das habe

ich nicht bemerkt. Was ich sah, war ein Mann so voller Entsetzen, als habe er den Teufel selbst gesehen. Seine Augen waren rie-
sig, und er schrie fast vor Verzweiflung, als er von ihr zurückwich
und den Blick abwandte. Es dauerte ziemlich lange, ehe ich die
Gründe für sein groteskes Verhalten erfuhr.

»Herr vergib mir, Deinem Diener, denn ich habe gesündigt«,
sagte er auf lateinisch, das ich verstand, Sarah jedoch nicht. Ich
weiß es noch sehr gut. Er war zornig auf sich, nicht auf sie, denn
sie bedeutete ihm nichts, außer einer Versuchung, der er widerstehen mußte. Dann rannte er, stolpernd in seiner Hast, aus dem
Zimmer, schlug die Tür aber nicht zu, das ist richtig, denn er lief
zu schnell, um sie überhaupt zu schließen.

Sarah lag tief atmend auf dem Strohsack. Sie rollte sich herum,
vergrub den Kopf in den Armen, mit dem Gesicht im Stroh. Ich
dachte, sie wolle nur schlafen, bis ich hörte, daß sie sich die Seele aus dem Leib weinte, mit einem tiefen, würgenden Schluchzen,
das an meinem Herzen zerrte und sofort wieder die alten Gefühle
in mir entfachte.

Ich konnte nicht anders, überlegte nicht einmal eine Sekunde,
was ich tat. So hatte sie noch nie geweint, und die tieftraurigen
Töne überfluteten mein Herz, alle Bitterkeit und aller Groll lö-
sten sich in nichts auf. Ich machte einen Schritt vorwärts und
kniete neben ihr nieder.

»Sarah?« sagte ich leise.

Sie fuhr zusammen vor Schreck, zog das Kleid hinunter, um
sich zu bedecken und wich entsetzt vor mir zurück. »Was tut Ihr
hier?«

Ich hätte ihr lange Erklärungen geben, hätte eine Geschichte
erfinden können, daß ich eben erst gekommen sei und mir Sorgen um ihre Mutter mache, aber als ich ihr Gesicht sah, verwarf
ich einen solchen Gedanken sofort. »Ich bin gekommen, um dich
um Vergebung zu bitten«, sagte ich. »Ich verdiene sie nicht, denn
ich habe dir unrecht getan. Es tut mir sehr, sehr leid.«

Es war so leicht gesagt, und als ich sie aussprach, hatte ich das
Gefühl, die Worte hätten schon seit Monaten darauf gewartet.
Sofort ging es mir besser, als sei ich von einer großen Last befreit.
Mehr noch, ich glaube wirklich, daß es mir gleichgültig war, ob
sie mir verzieh oder nicht, denn ich wußte, es war durchaus ihr

Recht, es nicht zu tun, wenn sie nur glaubte, daß meine Entschuldigung aufrichtig war.

»Was für eine merkwürdige Zeit und ein merkwürdiger Ort, so etwas zu sagen.«

»Ich weiß. Doch der Verlust deiner Freundschaft und Zuneigung ist mehr, als ich ertragen kann.«

»Habt Ihr gesehen, was vorhin geschehen ist?«

Ich zögerte, die Wahrheit zuzugeben, dann nickte ich.

Sie antwortete nicht sofort, begann dann zu zittern, und ich dachte, sie sei noch einmal in Tränen ausgebrochen, erkannte dann jedoch zu meinem größten Erstaunen, daß sie lachte.

»Ihr seid ein seltsamer Mann, Mr. Wood. Ich verstehe Euch wirklich nicht. Ohne irgendeinen Beweis zu haben, beschuldigt Ihr mich der gemeinsten und abscheulichsten Dinge, und wenn Ihr eine Szene seht wie vorhin, bittet Ihr mich um Entschuldigung. Wie soll ich das nur begreifen?«

»Manchmal begreife ich mich ja selbst nicht.«

»Meine Mutter wird sterben«, fuhr sie fort, ihr Lachen verstummte, und ihre Stimmung änderte sich sofort.

»Ja«, pflichtete ich ihr bei, »das fürchte ich auch.«

»Ich muß es als den Willen Gottes hinnehmen. Aber ich kann es nicht. Es ist seltsam.«

»Warum? Niemand hat je behauptet, Gehorsam und Ergebung seien leicht.«

»Ich habe solche Angst, sie zu verlieren. Ich schäme mich dafür, doch ich ertrage es kaum, sie so zu sehen, wie sie jetzt ist.«

»Wie hat sie sich das Bein gebrochen? Sie ist gestürzt, hat mir Lower erzählt, doch wie war das möglich?«

»Sie wurde gestoßen. Sie kam am Abend nach Hause, nachdem sie ihr Waschhaus geschlossen hatte, und fand einen Mann im Haus, der unsere Truhe durchsuchte. Ihr kennt sie gut genug, um zu wissen, daß sie nicht weglief. Er holte sich ein blaues Auge, stieß sie aber zu Boden und trat nach ihr. Einer dieser Tritte brach ihr das Bein. Sie ist alt und schwach und ihre Knochen nicht mehr so stark.«

»Warum hast du nichts gesagt? Ihn nicht angeklagt?«

»Sie kannte ihn.«

»Ein Grund mehr.«

»Ein Grund weniger. Es ist ein Mann, der früher für John Thurloes Kanzlei gearbeitet hat, wie mein Vater. Auch jetzt noch wird er für das, was er tut, nie verhaftet oder bestraft werden.«

»Aber was …«

»Wir haben nichts, wie Ihr wißt. Auf jeden Fall nichts, was für ihn interessant sein könnte. Außer den Papieren meines Vaters, die ich Euch gegeben habe. Ich habe gesagt, sie sind gefährlich. Sind sie bei Euch noch sicher verwahrt?«

Ich versicherte ihr, man würde viele Stunden brauchen, ehe man sie in meinem Zimmer fand, selbst wenn jemand wüßte, daß sie dort sind.

Dann erzählte ich ihr, was ich beobachtet hatte, und daß auch Cola alles gründlich durchsucht habe. Sie schüttelte traurig den Kopf. »Herr, warum prüfst Du Deine Dienerin so schwer?«

Ich nahm sie in die Arme, und wir lagen dort beieinander, ich streichelte ihr das Haar und tröstete sie. Es war nicht viel, was ich ihr geben konnte.

»Ich sollte Euch von Jack Prestcott erzählen«, begann sie schließlich, doch ich hieß sie schweigen. »Ich will und brauche nichts zu hören«, sagte ich.

Gleichgültig, was es war, es sollte am besten vergessen sein. Ich wollte es nicht hören, und sie war dankbar, daß ihr die Demütigung erspart blieb, sprechen zu müssen.

»Willst du wieder bei uns arbeiten?« fragte ich. »Es ist kein glänzendes Angebot, aber wenn in der Stadt bekannt wird, daß die Woods dich in ihr Haus aufnehmen, wird dein Ruf allmählich wiederhergestellt, ganz abgesehen davon, daß du Geld verdienen wirst.«

»Wird Eure Mutter mich haben wollen?«

»O ja. Sie war sehr ärgerlich, als du gingst und hat seither nie aufgehört, sich darüber zu beklagen, daß die Hausarbeit viel besser getan wurde, als du da warst.«

Darüber mußte sie lächeln, denn ich wußte, daß meine Mutter in Sarahs Hörweite nie auch nur das kleinste Lob ausgesprochen hatte, damit sie nicht hoffärtig wurde.

»Vielleicht komme ich. Obwohl ich, wie es scheint, jetzt keine Ärzte mehr bezahlen muß und daher das Geld nicht so notwendig brauche.«

»Das«, sagte ich, »heißt die Ergebung in den Willen Gottes zu weit treiben. Wenn es möglich ist, muß deine Mutter behandelt werden. Woher weißt du, daß damit nicht deine Liebe zu deiner Mutter geprüft wird und es ihr bestimmt ist zu überleben? Ihr Tod wäre sonst die Strafe für deine Nachlässigkeit. Du mußt sie behandeln lassen.«

»Ich kann mir höchstens einen Barbier leisten, und sogar die könnten sich weigern. Sie hat jede Behandlung abgelehnt, die ich ihr geben kann, und ich könnte ohnehin nicht helfen.«

»Warum?«

»Sie ist alt, und ich denke, ihre Zeit zu sterben, ist gekommen. Ich kann nichts tun.«

»Lower könnte es vielleicht.«

»Er kann es versuchen, wenn er will, und ich wäre glücklich, wenn er Erfolg hätte.«

»Ich werde ihn fragen. Wenn dieser Cola sagt, sie sei nicht mehr seine Patientin, dann kann ich Lower vielleicht überreden. Er würde einen Kollegen nicht kränken und es ohne seine Erlaubnis tun, doch es sieht so aus, als wäre es nicht schwierig, sie zu bekommen.«

»Ich kann ihn nicht bezahlen.«

»Das werde ich regeln, irgendwie. Keine Sorge.«

Nur sehr widerwillig richtete ich mich auf. Am liebsten wäre ich die ganze Nacht geblieben, etwas, das ich noch nie getan hatte und das ich merkwürdig verlockend fand; ihr Herz an meinem schlagen zu hören, ihren Atem an meiner Wange zu spüren, war berauschend schön. Doch es wäre eine Zumutung gewesen und am nächsten Tag auch bemerkt worden. Sie mußte ihren guten Ruf zurückgewinnen und ich den meinen wahren. Oxford war nicht der Hof des Königs und hatte auch noch nicht die Laxheit der heutigen Stadt. Alles hatte Ohren, und zu viele waren sehr schnell damit, andere zu verdammen. Ich selbst auch.

* * *

Meine Mutter hatte nur einen oberflächlichen Einwand, als ich verkündete, Sarah bereue ihre Sünden, die ohnehin geringer gewesen seien, als der allgemeine Klatsch es wissen wollte. Es sei ein Zeichen von Nächstenliebe, den Sündern zu vergeben, wenn sie aufrichtig bereuten; und, schloß ich, das sei bestimmt der Fall, davon sei ich überzeugt.

»Und sie ist eine gute Arbeiterin, die jetzt vielleicht mit einem halben Penny die Woche weniger zufrieden wäre«, sagte meine Mutter schlau. »Für diesen Lohn bekommen wir bestimmt keine bessere.«

So wurde es denn beschlossen, und ich mußte noch einmal einen halben Penny aus eigener Tasche zuschießen, um den Unterschied auszugleichen, und Sarah wurde wieder eingestellt. Dann kümmerte ich mich um das Problem ihrer Mutter, und ein paar Tage später sprach ich, als sich die Gelegenheit ergab, mit Lower darüber. Es war damals schwierig, seiner habhaft zu werden, da er eifrig an seiner großartigen Untersuchung des Gehirns arbeitete und besorgt überlegte, wem er die Arbeit zueignen sollte.

»Was meint Ihr, wem soll ich sie zueignen?« fragte er mich mit kummervoll gerunzelter Stirn, noch ehe ich etwas sagen konnte. »Das ist eine äußerst delikate Angelegenheit und bei weitem der schwierigste Teil des ganzen Unternehmens.«

»Ganz bestimmt nicht«, sagte ich. »Die Arbeit selbst …«

Er machte eine abschätzige Geste mit der Hand. »Die Arbeit ist nichts«, sagte er. »Nur Mühe und Konzentration. Die Kosten der Veröffentlichung sind schlimmer. Wißt Ihr, was ein guter Graveur kostet? Ich brauche erstklassige Illustrationen. Wenn die Bilder schlecht sind, verliert das Ganze seinen Sinn, und bei einigen dieser ›Künstler‹ kann man ein menschliches Gehirn nicht von dem eines Schafes unterscheiden. Ich brauche mindestens zwanzig, alle von einem Londoner Graveur gemacht.« Er seufzte tief. »Ich beneide Euch, Wood. Ihr könnt alle Bücher herstellen, die Ihr wollt und braucht Euch um solche Fragen nicht zu kümmern.«

»Ich hätte gern viele Stiche«, sagte ich. »Es ist sehr wichtig, daß die Leser eine Darstellung der Leute sehen, die ich erwähne, damit sie, indem sie Handlungen und Gesichtszüge vergleichen, selbst beurteilen können, ob ich die Charaktere richtig einschätze.«

»Wie wahr, wie wahr. Ich meine nur, daß Eure Worte allein stehen können, wenn nötig. In meinem Fall ist das Buch fast unverständlich, wenn nicht mit teuren Illustrationen versehen. Die Zueignung ist meine ganze Zukunft. Soll ich ehrgeizig sein und es riskieren, mein Ziel zu hoch zu stecken? Oder bescheiden ein niedriges Ziel ansteuern und so meine Bemühungen vergeuden, ohne den verdienten Lohn zu bekommen?«

»Das Buch muß sein eigener Lohn sein, denke ich.«

»Gesprochen wie ein wahrer Gelehrter«, sagte Lower gereizt. »Das mag für Euch ja recht und schön sein, Ihr habt keine Familie, für die Ihr sorgen müßt, und seid es zufrieden, für immer hierzubleiben.«

»Ich strebe nach Ruhm wie jeder andere auch«, sagte ich, »doch der wird durch die Bewunderung für das Buch kommen, nicht dadurch, daß Ihr es als Waffe benutzt, um Euch Euren Weg in die Gunst der Mächtigen zu bahnen. Wem wollt Ihr es denn zueignen? An wen habt Ihr gedacht?«

»In meinen Träumen denke ich Pracht und Herrlichkeit und natürlich daran, es dem König zuzueignen. Schließlich hat dieser Galilei in Italien eine seiner Arbeiten den Medici gewidmet und dafür auf Lebenszeit eine hohe Stellung bei Hofe bekommen. Ich stelle mir vor, daß Seine Majestät so beeindruckt ist, daß er mich sofort zum Leibarzt ernennt. Außer«, fügte er erbittert hinzu, »daß es schon einen gibt und Seine gnädige Majestät für zwei Leibärzte zu arm ist.«

»Warum nicht einfallsreicher sein? Ihm wurden schon so viele Bücher zugeeignet, und er kann sich nicht jedem Autor in England dankbar erweisen. Ihr würdet in dem Gewühl nur untergehen.«

»Wem also?«

»Ich weiß es nicht. Jemandem, der reich ist, die Geste zu schätzen wüßte und dessen Name Aufmerksamkeit erregen würde. Wie wäre es mit der Duchess of Newcastle?«

Lower kicherte. »O ja, sehr komisch. Genausogut könnte ich es dem Gedächtnis Oliver Cromwells widmen. Eine feine Möglichkeit, wenn ich das sagen darf, dafür zu sorgen, daß die Welt der Wissenschaften mich nie wieder ernst nehmen würde. Ein weiblicher Experimentator, in der Tat. Eine Peinlichkeit für ihre Familie und ihr Geschlecht. Kommt schon, Wood, seid ernsthaft.«

Ich grinste. »Lord Clarendon.«

»Zu vorhersehbar, und er könnte gestürzt werden oder an einem Schlaganfall sterben, bevor es erschienen ist.«

»Einem Rivalen? Dem Earl of Bristol?«

»Das Buch einem bekennenden Katholiken widmen? Wollt Ihr, daß ich verhungere?«

»Dann einem aufsteigenden Stern? Diesem Henry Bennet?«

»Er könnte sehr bald zu einer Sternschnuppe werden.«

»Einem gelehrten Mann? Mr. Wren?«

»Einer meiner besten Freunde. Aber er kann mich nicht mehr fördern als ich ihn.«

»Dann Mr. Boyle.«

»Ich bilde mir ein, er sei schon mein Gönner. Es wäre eine vergeudete Möglichkeit.«

»Es muß jemand geben, ich will darüber nachdenken«, sagte ich. »Es ist ja nicht so, daß das Buch schon in Druck gehen soll.«

Wieder ein Stöhnen. »Erinnert mich nicht daran. Wenn ich nicht noch ein paar Gehirne bekomme, wird es nie gedruckt werden. Ich wünschte, die Gerichte würden jemanden henken.«

»Im Moment sitzt dieser junge Mann im Kerker, dessen Sterne gar nicht gut stehen. Jack Prestcott. Wahrscheinlich kommt er in einer Woche oder so an den Galgenbaum. Der Himmel weiß, daß er es verdient.«

Wie Ihr seht, war ich es, der Lower an Prestcott erinnerte, dessen Verhaftung vor etwa zehn Tagen in der Stadt ein gewisses Aufsehen erregt und Lower bewogen hatte, zu ihm zu gehen und um seine Leiche zu bitten. Und ich glaube, daß Lower den Italiener wirklich ins Gefängnis mitgenommen hat und nicht Cola es war, der sich einen Vorwand ausgedacht hatte, um Jack Prestcott aufzusuchen, wie Dr. Wallis vermutete. Tatsächlich ist es so, wie ich noch erklären werde, daß Mr. Cola sehr gute Gründe hatte, mit Prestcott nichts zu tun zu haben, wenn er es vermeiden konnte. Es muß ein ziemlicher Schreck für ihn gewesen sein, jemand wiederzusehen, den er von früher kannte.

Die Erwähnung von Prestcott ließ mich natürlich wieder an Sarah Blundy und den Zustand ihrer Mutter denken, und ich schlug Lower vor, sich zu überlegen, ob er sie nicht behandeln wolle.

»Nein«, sagte er fest. »Ich kann einem anderen Arzt keinen Patienten wegnehmen, auch wenn Cola kein richtiger Arzt ist. Das wäre sehr schlechtes Benehmen.«

»Aber, Lower«, sagte ich, »er wird sie nicht behandeln, und die Frau wird sterben.«

»Wenn er es mir selbst sagt, will ich es noch einmal überdenken. Doch wie ich höre, kann sie nicht bezahlen.«

Ich runzelte die Stirn, denn ich wußte sehr gut, daß mein Freund sehr oft und zum eigenen Nachteil viele Patienten behandelte, die sich seine Dienste nicht leisten konnten. Lower sah meine Reaktion und machte ein unbehagliches Gesicht.

»Es wäre etwas anderes, hätte ich die Situation gekannt und mich dann erboten, aber die Tochter hat sich Cola auf widerwärtige Weise aufgedrängt und ihm nicht gesagt, daß sie kein Geld hat. Wir Ärzte haben unseren Stolz, wißt Ihr. Außerdem will ich sie nicht behandeln. Ihr solltet doch am besten wissen, was die Tochter für eine ist, und ich bin erstaunt, daß Ihr mich gefragt habt.«

»Vielleicht habe ich mich geirrt. Sarah wurde verleumdet, zumindest teilweise, davon bin ich überzeugt. Doch ich bitte Euch ja nicht, sie zu behandeln, sondern ihre Mutter, wenn nötig. Die Kosten übernehme ich.«

Er dachte einen Moment nach, was ich erwartet hatte, denn er war ein zu guter Mann – und brauchte als Arzt viel zu dringend eine Praxis –, um ein solches Angebot abzulehnen.

»Ich werde mit Cola sprechen und sehen, was er sagt«, meinte er. »Ganz bestimmt sehe ich ihn später noch. Jetzt müßt Ihr mich entschuldigen, mein Freund, denn ich habe viel zu tun. Boyle macht ein Experiment, bei dem ich dabeisein möchte. Ich muß mir auch überlegen, ob ich mich nicht an diesen jungen Mann im Gefängnis wenden soll, den Ihr erwähntet, und dann muß ich zu Dr. Wallis zu einer Konsultation.«

»Ist er krank?«

»Ich hoffe es. Er wäre ein feiner Patient, wenn ich ihn heilen könnte. Er gehört der Royal Society an, und wenn ich ihn und Boyle hinter mir hätte, dann wäre meine Mitgliedschaft gesichert.«

Mit großen Hoffnungen ging er, erfuhr aber nur, wie in Wallis' Manuskript nachzulesen ist, daß sein Freund Cola darauf aus war, ihm seine Ideen zu stehlen. Armer Mann, kein Wunder, daß er so schlecht gelaunt war, als er Cola im Lauf des Tages traf, obwohl es ihm hoch anzurechnen ist, daß er kein böses Wort gegen den Italiener sagte, denn er versuchte, Vorwürfe erst dann zu erheben, wenn er wußte, daß sie begründet waren. Leider handeln nur wenige nach diesen Prinzipien. Ich bin vielen Wissenschaftlern begegnet, die ernsthaft über Lord Bacon und die Tugenden seiner induktiven Methode psalmodieren, sich aber auf den dümmsten Klatsch stürzen und ihn glauben, ohne einen Gedanken an Widerspruch zu verschwenden. »Es scheint mir vernünftig zu sein«, sagen sie und merken nicht, daß das Unsinn ist. Vernunft kann nicht irgend etwas zu sein scheinen; das ist, dachte ich, der eigentliche Punkt. Sie muß etwas veranschaulichen können, und wenn es nur so zu sein »scheint«, dann ist es keine Vernunft.

Wie bekannt, sprach Lower mit Cola und ich mit Sarah und überzeugte sie, daß sie keine andere Wahl hatte, als sich bei dem Italiener zu entschuldigen, damit er einwilligte, ihre Mutter noch einmal zu behandeln. Das, darf ich sagen, war eine schwere Aufgabe, und wäre es um ihren eigenen Tod gegangen, hätten weder Worte noch Argumente das seltsame, stolze Mädchen dazu gebracht, nachzugeben. Doch es stand das Leben eines anderen Menschen auf dem Spiel, und Sarah sah ein, daß sie nachgeben mußte. Mich selbst betraf es nur dann, sollte der Italiener seine Forderung wiederholen, und so beschloß ich, dieser Möglichkeit durch das Angebot, ihn zu bezahlen, vorzubeugen. Das bedeutete, daß ich mir fast zwei Monate keine Bücher kaufen konnte, doch es war ein Akt der Nächstenliebe und, wie ich dachte, wohlgetan.

Ich hatte jedoch kein Geld. Mein Einkommen bezog ich in dieser Zeit aus einer Jahresrente, denn ich hatte einem meiner Cousins Geld geliehen, damit er die Taverne kaufen konnte, und er erstattete mir jedes Jahr an Mariä Verkündigung siebenundsechzig Pfund zurück. Er entledigte sich dieser Aufgabe pflichtbewußt, und ich war zufrieden, daß ich mein kleines Vermögen so gut angelegt hatte.

Er wollte, konnte jedoch nicht im voraus zahlen, und ich hatte vor kurzem mein Budget weit überschritten, als ich mir eine

neue Viole kaufte. Abgesehen vom Essen und dem Geld, das ich
meiner Mutter gab, war ich ein paar Monate beinahe mittellos
und mußte sehr bescheiden leben, um eine Katastrophe zu vermeiden. Die drei Pfund für Cola waren eine Summe, die meine
finanziellen Mittel weit überstiegen. Ich konnte fast vierundzwanzig Shilling selbst aufbringen, lieh mir zwölf von verschiedenen Freunden, bei denen ich einen guten Ruf hatte, und verkaufte für neun Shilling ein paar Bücher. Das hieß, daß ich noch
fünfzehn Shilling auftreiben mußte, und ihretwegen nahm ich
meinen Mut zusammen und verabredete ein Treffen mit Dr. Grove.

Fünftes Kapitel

ICH WAR DEM MANN vorher nie begegnet, wußte nur, daß er
in dem Ruf stand, ein jähzorniger, leicht aufbrausender und
schwieriger Charakter zu sein, rückständig in seinen Ansichten
und mit einer ausgeprägten Neigung zu Grausamkeit, wenn er
ein wenig zuviel getrunken hatte. Man sagte ihm dennoch nach,
er sei brillant, doch die Brillanz war durch Unglück verkümmert,
und die Zeit hatte seinen Scharfsinn in Groll und Bitterkeit verwandelt. Wallis, stelle ich fest, spricht gut über ihn, ebenso wie
Cola, und ich bezweifle nicht, daß er sehr höflich sein konnte,
wenn er wollte. Tatsächlich gab es niemand, der charmanter war,
wenn er jemand für würdig hielt oder ihm den gleichen Rang zu-
billigte, den er innehatte. Aber ein Treffen mit Grove war eine
Lotterie, und der Empfang, den er einem gewährte, hing in keiner Weise vom Anlaß ab. Statt dessen nutzte er seine Gesprächs-
partner für eigene Zwecke aus, wie seine Laune es ihm gerade
eingab.

Das alles wußte ich – und ging dennoch, denn mir fiel niemand
anders ein, der helfen konnte. Reiche Freunde hatte ich nie, und
zu dieser Zeit waren die meisten meiner Bekannten ärmer als ich.
Ich war jetzt überzeugt, daß Grove genauso verleumdet worden
war wie Sarah und bekümmert sein würde, daß seine Dienerin
grundlos unter dieser Bosheit gelitten hatte. Ich verstand natürlich, daß er ihr um seines Rufes willen, vielleicht nicht offiziell

seine Hilfe anbieten würde, war aber zuversichtlich, daß er es begrüßen würde, insgeheim etwas für sie zu tun.

Also ging ich zu ihm, und die Folge war, daß ich seinen Tod verursachte. Ich stelle die Tatsache geradeheraus fest, damit keine Irrtümer entstehen können. In ihren Berichten kommen sie alle zu eigenen Schlüssen, erläutern ihre Gedanken, ihre Gründe und ihren Verdacht, warum und wie die Tat geschah. Viele verschiedene Beweise wurden in der Sache angeführt. Cola schloß aus dem Geständnis, daß Sarah schuldig war, und glaubte, eine persönliche Aussage könne keine Lüge sein. Sie hatte die Tat gestanden, also hatte sie sie auch begangen, und ich stimme zu, daß das in den meisten Fällen der stärkste Beweis ist. Prestcott benutzte in seiner konfusen Art das Verfahren juristischer Argumentation, die entschied, wer den meisten Nutzen hatte, und kam, als er auf keine widersprüchliche Information stieß, zu dem Schluß, daß Thomas Ken der Täter sein mußte. Dr. Wallis benutzte seine logische Kraft, überzeugt, daß sein blendender Verstand alle relevanten Fragen umfassen und daraus gültige Schlüsse ziehen würde. Alle waren von der Unfehlbarkeit ihrer forensischen Technik als alleinigem Ausweg überzeugt, weil der einzige Zeuge, der den Fall abschließen konnte, für sie unerreichbar war: Keiner von ihnen hatte beobachtet, wer das Gift in die Flasche tat. Ich habe es gesehen.

Lord Bacon erörtert diesen Punkt in seinem *Neuen Organon* und untersucht mit der ihm eigenen Brillanz die verschiedenen Beweiskategorien und findet alle fehlerhaft. Keine gibt uns Gewißheit, stellt er fest, ein Schluß (könnte man denken), der für Wissenschaftler und Anwälte gleicherweise vernichtend wäre: Historiker und Theologen haben gelernt, damit zu leben, erstere haben ihre Ansprüche bescheiden gemäßigt, letztere stützen ihr prächtiges Gebäude auf die verläßlichen Fundamente der Offenbarung. Denn was ist Wissenschaft ohne die Überzeugung der Gewißheit? Die Verherrlichung der Vermutung. Und wie können wir je jemand leichten Gewissens henken, wenn wir uns nicht auf die Überzeugung der Gewißheit stützen können, und das vollkommen und absolut? Zeugen können lügen, und, wie ich genau weiß, auch ein Unschuldiger kann ein Verbrechen gestehen, das er nicht begangen hat.

Aber Lord Bacon verzweifelte nicht und forderte ein Urteil am Kreuzweg, das nur in eine einzige Richtung weist und keine andere Möglichkeit zuläßt. Den absolut unabhängigen Augenzeugen, der durch seine Aussage nichts zu gewinnen hat und der darüber hinaus aufgrund seines Status als Gentleman und durch seine Erziehung darin geschult ist, zu beobachten und zu berichten: Er kommt dem verläßlichen Augenzeugen am nächsten, und seine Aussage, die alle geringeren Formen aus dem Feld schlägt, könnte man schlüssig und überzeugend nennen. Ich beanspruche diesen Status hier für mich und behaupte: Was hier folgt, schließt alle Möglichkeiten weiterer Auseinandersetzungen über das Thema aus.

Ich schickte Dr. Grove eine kurze Nachricht, in der ich ihn bat, mir eine Unterredung zu gewähren, und erhielt zu gegebener Zeit von ihm die Nachricht, daß er mich an dem bewußten Abend erwarte. Daher klopfte ich, etwa zwei Stunden nachdem Mr. Cola gegangen war, an Dr. Groves Tür.

Selbstverständlich kam ich nicht sofort auf den Grund meines Besuches zu sprechen. Ich mag ein Bettler sein, möchte aber nicht unhöflich erscheinen. Also redeten wir eine gute Dreiviertelstunde, unterbrochen von Groves häufigem Rülpsen und Furzen, während er sich laut über das Essen beklagte, das sein College seinen Fellows servierte.

»Ich wüßte gern, was der Koch damit gemacht hat«, sagte er nach einem besonders schlimmen Anfall. »Wie kann man einen guten, einfachen Braten nur so völlig verderben? Ich schwöre Euch, das wird am Ende noch mein Tod sein. Wißt Ihr, daß ich heute abend einen Gast hatte? Einen jungen italienischen Mann, ungefähr in Eurem Alter, schätze ich. Er hat klaglos gekaut, hat dabei aber so entsetzt ausgesehen, daß ich ihm beinahe ins Gesicht gelacht hätte. Das ist der Jammer mit diesen Ausländern. Sie sind zu sehr an Phantasiesaucen gewöhnt. Wissen gar nicht, was echtes Fleisch ist. Sie mögen ihr Essen wie ihre Religion, eh?« Er kicherte über seinen Vergleich. »Herausgeputzt, lauter Spitzen und Rüschen, damit man nicht sieht, was drunter ist. Knoblauch oder Weihrauch. Das ist dasselbe.«

Er kicherte wieder über seine kleine Ausfälligkeit, und ich sah, daß er sich wünschte, sie wäre ihm früher eingefallen, um damit seinen Gast noch mehr zu reizen zu können. Ich machte ihn nicht darauf aufmerksam, daß seine Meinung über das Essen ein wenig widersprüchlich war.

Er stöhnte wieder und preßte die Hand auf den Magen. »Lieber Gott, dieses Essen! Gebt mir das kleine Päckchen mit dem Puder, seid so gut.«

Ich nahm es auf. »Was ist das?«

»Ein unfehlbares Abführmittel, wenn auch der großspurige kleine Italiener sagt, es sei gefährlich. Ist es nicht. Bate sagt, es sei in Ordnung, und er ist Leibarzt des Königs. Was für einen König gut ist, ist auch gut genug für mich, denke ich. Durch eine Autorität und meine eigene Erfahrung verbürgt. Dann behauptet dieser Cola, es nütze nichts. Unsinn. Zwei Prisen, und Euer Darm leert sich sofort. Ich habe vor ein paar Monaten eine große Menge für Gelegenheiten wie diese gekauft.«

»Ich glaube, Cola ist ein Doktor und weiß vermutlich, was er sagt.«

»So sagt er. Ich glaube es nicht so recht. Er ist zu jesuitisch, um ein echter Arzt zu sein.«

»Soviel ich gehört habe, behandelt er Anne Blundys gebrochenes Bein«, sagte ich, denn ich sah eine Gelegenheit, das Gespräch auf mein Anliegen zu lenken.

Schon als ich nur den Namen aussprach, verdüsterte sich Dr. Groves Gesicht vor Mißvergnügen, und er knurrte drohend wie ein Hund, der einen Rivalen davor warnt, ihm einen Knochen wegzunehmen.

»Das habe ich gehört.«

»Vielmehr, er hat es behandelt, denn sie kann sich die Behandlung nicht mehr leisten, und Mr. Cola kann, wie es aussieht, nicht ohne Entgelt arbeiten.«

Grove brummte, doch ich überhörte die Warnung, ich wollte nur noch mein Anliegen vorbringen und dann gehen.

»Ich habe ihm zwei Pfund und fünf Shilling zugesichert.«

»Wie gütig von Euch.«

»Aber ich brauche noch fünfzehn Shilling, die ich im Moment nicht besitze.«

»Wenn Ihr gekommen seid, um Euch von mir Geld auszuleihen, lautet die Antwort nein.«

»Aber ...«

»Dieses Mädchen hätte mich beinahe achtzig Pfund jährlich gekostet. Ihretwegen habe ich fast die Pfründe verloren, die mir versprochen war. Es ist mir gleichgültig, ob ihre Mutter morgen stirbt. Sie hat nichts anderes verdient, nach allem, was ich höre. Und wenn sie sich die Behandlung nicht leisten kann, ist das nur die Folge ihres Verhaltens. Es wäre eine Sünde, die Strafe von ihr abzuwenden, die sie sich selbst zuzuschreiben hat.«

»Ich denke, es ist ihre Mutter, die bestraft wird.«

»Dafür kann ich nichts, und es ist nicht mehr meine Sache. Ihr scheint Euch ja sehr um Eure Dienerin zu sorgen, wenn ich das sagen darf. Wieso eigentlich?«

Vielleicht wurde ich rot, und das gab dem Mann den Hinweis, denn er hatte außer seiner Bosheit eine sehr schnelle Auffassungsgabe.

»Sie arbeitet für meine Mutter und …«

»Ihr wart es doch, durch den sie mir als Dienerin empfohlen wurde, nicht wahr, Mr. Wood? Ihr seid der *fons et origo* meiner Schwierigkeiten mit ihr? Und Ihr bezahlt auch ihre Arztrechnungen? Das ist sehr fürsorglich, wenn ich so sagen darf. Vielleicht treffen die Gerüchte, die über sie und mich im Umlauf waren, eher auf Euch zu als auf mich.«

Er betrachtete mich aufmerksam, und in sein Gesicht trat langsam, aber unverkennbar ein Ausdruck des Verstehens. Verstellen konnte ich mich noch nie sehr gut, ich habe einfach kein Talent dazu. Mein Gesicht ist ein offenes Buch für jene, die lesen können. Grove gehörte zu den boshaften Menschen, die sich an den Geheimnissen anderer ergötzen, die sie quälen und verfolgen, haben sie sie erst einmal durchschaut.

»Ah, der Antiquar und seine Dienerin, zu versunken in seine Gelehrsamkeit für eine Ehefrau, gibt er sich zwischen seinen Büchern mit einer billigen Schlampe zufrieden. Das ist es doch, nicht wahr? Ihr besitzt diese kleine Hure und haltet es für Liebe? Und Ihr spielt bei diesem schmutzigen kleinen Ungeziefer den Ritter und stellt Euch vor, es sei eine wahre Héloïse, versprecht Geld, das Ihr nicht habt, erwartet, daß andere Leute Euch etwas leihen, damit Ihr die Lady beeindrucken könnt. Aber sie ist keine Lady, habe ich recht, Mr. Wood. Weit davon entfernt, in der Tat.«

Er sah mich wieder an, und dann lachte er lauthals. »O du

meine Güte, es ist wahr. Ich sehe es Eurem Gesicht an. Was für ein Scherz, kann ich nur sagen. ›Der Bücherwurm und die Metze‹, beinahe ein Thema für ein Gedicht. Eine heroische Epistel in Hexametern. Ein Thema, fast des großen Milton würdig, denn für seine Feder ist ihm nichts zu widerwärtig.«

Er lachte wieder, und mein Gesicht brannte vor Scham und Zorn, und ich wußte, daß alles Leugnen ihn nicht überzeugen und nichts ihn von seiner Heiterkeit abbringen würde. »Kommt, Mr. Wood«, fuhr er fort, »Ihr müßt den Scherz doch auch sehen. Sogar Ihr müßt ihn sehen. Der sanftmütige kleine Historiker, nur seiner Gelehrsamkeit ergeben, in seinem Nest aus Papier hokkend, die Augen rot, weil sie das Licht nie sehen, und wir wundern uns, wieso er trotz aller Mühe nichts zustande bringt. Ist es ein großes Werk, das in seinem Gehirn allmählich Form annimmt? Sind es die Schwierigkeiten der Empfängnis, die die Geburt eines Meisterstückes verzögern? Ist seine Aufgabe so gewaltig, daß Jahr um Jahr ohne Ergebnis verstreicht? Und dann finden wir es heraus. Nein, es ist nichts von alldem. Es ist deshalb, weil alle glauben, er arbeite unermüdlich, während er sich mit seiner Dienerin im Staub wälzt. Noch besser, er hat seine Mutter überredet, das Mädchen ins Haus zu holen, macht seine Dienerin zu seiner Metze und seine Mutter zur Kupplerin. Und nun, Mr. Wood, sagt mir nur, das sei nicht perfekt.«

Die Theologen sagen uns, Grausamkeit komme vom Teufel, und das mag wahrhaftig der Grund sein, denn sie ist in ihrer ursprünglichen Absicht ganz gewiß böse. In diesem Fall glaube ich jedoch, daß echte Grausamkeit aus einer pervertierten Freude kommt, denn der grausame Mensch genießt die Qual, die er anderen verursacht und spielt, wie ein geübter Musiker auf seiner Viole oder seinem Virginal, auf seinem Instrument und kann vielstimmig Qual und Demütigung, Verzweiflung und hilflosen Zorn, Scham, Bedauern und Furcht erregen, wie es ihm beliebt. Manche können all diese Gefühle hervorrufen, alle auf einmal oder eines allein, einmal durch hauchfeine Berührung, dann wieder lauter auf das Instrument einhämmernd, bis die Empfindung, die sie auslösen, unerträglich wird, und wieder leise, so daß der Jammer einen ganz sanft und mit verführerischem Entzücken überkommt. Ein solcher Mann war Grove, ein Künstler in seiner

Grausamkeit, denn er spielte aus Freude über das, was er bewirkte, und weil er von seiner »Kunstfertigkeit« entzückt war. Wenn Thomas Ken (was ich vermute) regelmäßig so behandelt wurde, dann kann ich die Demut nur bewundern, mit der er die ständigen Beleidigungen ertrug, von denen (ohne Zweifel) keiner seiner Gefährten jemals etwas sah oder merkte. Denn heimliche Qual ist für den Peiniger noch köstlicher und schmerzt den Leidenden noch mehr, der sein Golgatha niemand schildern kann, ohne schwach und töricht zu erscheinen, weil er sich dadurch nur noch größerer Grausamkeit aussetzt, die er sich diesmal aber selbst zufügt. Ich weiß, daß ich mich mit dieser Schilderung lächerlich mache. Aber ich muß nacherzählen und kann nur hoffen, verstanden zu werden. Alle Menschen haben in gewisser Weise Schande und Pein erlebt, und daher wissen wir alle, wie sie das Urteilsvermögen aus dem Gleichgewicht bringen und den Kopf benebeln, so daß das Opfer sich wie ein geprügeltes Tier an der Leine vorkommt, fliehen möchte, aber nicht ›weiß, wie es dem Strick entschlüpfen soll, der es festhält.

Denn meine Prüfung war noch nicht zu Ende; Grove sah nur allzugut, was für eine leichte Beute ich war und wie einfach er mit mir umspringen konnte, denn ich besaß keine jener Fähigkeiten, die es anderen ermöglichen, Angriffe mit einem Schulterzucken abzuschütteln oder Verteidigungsmauern gegen jene zu errichten, die ihnen übelwollen.

»Ich kann mir nicht vorstellen«, fuhr er fort, »daß Dr. Wallis weiterhin die Anwesenheit eines Mannes, wie Ihr einer seid, in den Archiven dulden wird, die Euch solches Vergnügen bereiten. Wie oft geschieht es doch, daß Männer durch ihre Begierden mehr Schaden anrichten, als andere es jemals könnten. Denkt doch nur, wie man Eure Mutter und Eure ganze Familie verdammen und was sie zu ertragen haben wird, wenn es sich herumspricht, daß sie für ihren Sohn ein Hurenhaus eingerichtet und seine Metze mit ihrem Geld bezahlt hat.«

»Warum tut Ihr das?« fragte ich verzweifelt. »Warum quält Ihr mich so?«

»Ich? Euch quälen? Warum sagt Ihr so etwas? Ich stelle doch wohl nur Tatsachen fest. ›Wir können unmöglich schweigen über das, was wir gesehen und gehört haben‹ (Apostelgeschichte 4,20).

Die Worte des heiligen Petrus selbst. Ist es denn rechtens, Sünde unbestraft und Hurerei unentdeckt zu lassen?«

Er unterbrach sich, sein Gesicht verdunkelte sich plötzlich, die Heiterkeit verschwand daraus und wurde durch finstersten Zorn abgelöst – es war ein Schauspiel wie am Firmament in jenen Augenblicken, bevor die Donner es aufreißen. »Ich kenne Euch, Mr. Wood. Ich weiß, daß Ihr es wart, der dieses Mädchen als meine Dienerin zu mir schickte, damit Eurer Freund Thomas Ken mich verleumden konnte. Ich weiß, daß Ihr es wart, der Geschichten über mich verbreitete, um meinen Namen anzuschwärzen und mich um meine Rechte zu betrügen. Mr. Prestcott hat es mir gesagt, ein Mann, der so ehrlich ist, wie Ihr falsch seid. Und dann kommt Ihr hierher und bittet mich um Geld, streckt wie ein kleiner, schmutziger Bettler die tintenfleckige Hand aus. Nein, Sir. Ihr verdient und habt nicht anderes von mir zu erwarten als meinen Haß. Ihr meint, Euch gegen mich verschwören zu können, ohne daß es Euch durch meine Hand vergolten wird? Ihr habt Euch einen gefährlichen Feind ausgesucht, Mr. Wood, und bald werdet Ihr feststellen, daß Ihr den schlimmsten Fehler Eures Lebens begangen habt. Ich danke Euch dafür, daß Ihr gekommen seid, denn ich weiß jetzt, was ich zu tun habe; ich habe mit meinen eigenen Augen in Eurem Gesicht die Schuld gesehen. Glaubt mir, ich werde Euch heimzahlen, was Ihr mir angetan habt. Und jetzt, hinaus mit Euch und laßt mich in Frieden. Mein Darm will nicht länger warten.«

Mit einem geradezu monströsen Furz erhob er sich und begab sich ins Nebenzimmer, wo ich hörte, wie er die Hose fallen ließ und sich mit einem lauten Seufzer auf den Nachttopf setzte. Ich konnte nichts tun und hatte jämmerlich versagt, hatte mich gegen seine Angriffe nicht verteidigt. Ich hatte dagesessen, mit rotem Gesicht wie ein Kind, und kaum einen Versuch gemacht, ihm zu antworten oder zu widersprechen. Und dennoch war ich Manns genug, um bei seinen Worten vor Wut zu kochen. Aber anstatt mich wie ein Mann zu benehmen, handelte ich wie ein Kind. Der Möglichkeit beraubt, ihm von Angesicht zu Angesicht eine vortreffliche Antwort zu geben, spielte ich ihm hinter seinem Rücken einen dummen Schabernack, schlich mich dann hinaus wie ein Spaßmacher und redete mir ein, wenigstens etwas zu meiner Verteidigung getan zu haben.

Denn ich nahm das Päckchen mit dem Pulver vom Tisch und leerte den ganzen Inhalt in die Brandyflasche, die neben seinem Sessel stand.

Trink das, dachte ich, als ich den Raum verließ. Und mögen deine Därme dich foltern.

Dann verließ ich den Raum und hoffte, er werde die ganze Nacht mit fürchterlichen Bauchschmerzen wach liegen. Ich schwöre bei Gott, bei allem, was mir heilig ist, daß ich nichts anderes wollte. Ich wollte, daß er litt und sich in Qualen wand, das ist wahr, und ich hoffte leidenschaftlich, daß ich nicht zuwenig Pulver hineingetan hatte oder daß es zu schwach war, um seinen Zweck zu erfüllen. Aber ich wünschte ihm weder den Tod, noch hatte ich die Absicht, ihn zu töten. Ich wußte nicht, was es für ein Pulver war und hatte auch noch nie etwas von Arsenik gehört. Sogar unter gebildeten Leuten gibt es unter zwei Dutzend höchstens einen, der weiß, was es ist. Wir sind nicht alle Ärzte oder Experimentatoren. Nicht einmal Mr. Stahl hat die Substanz jemals erwähnt, als ich bei ihm Lektionen in Chemie nahm.

Sechstes Kapitel

ES WAR SCHON LANGE dunkel, als ich ging, und die Nacht war kalt, der Wind wehte aus dem Norden, und Regen hing in der Luft. Eine scheußliche Nacht für jeden Menschen, um im Freien zu sein, und dennoch brachte ich es nicht über mich, nach Hause zu gehen, hatte aber auch kein Verlangen nach der Gesellschaft meiner Freunde. Ich dachte unaufhörlich nur an eines, doch darüber sprechen konnte ich natürlich nicht. Unter diesen Umständen wäre mir jedes andere Gespräch belanglos und unsinnig vorgekommen. Auch brachte ich nicht die für die Musik nötige Ruhe auf. Es liegt gewöhnlich etwas unendlich Friedliches in der Entfaltung einer Komposition und in der süßen Unabwendbarkeit eines gut herausgearbeiteten Endes. Aber jedes Musikstück solcher Art hätte mich an diesem Abend abgestoßen, so weit von jeder Harmonie entfernt war das Durcheinander in meinem Kopf.

Statt dessen stellte ich fest, daß ich Sarah sehen wollte, und das Verlangen wuchs, obwohl ich versuchte, es zu unterdrücken. Doch ich wollte weder ihre Gesellschaft noch ihren Trost, noch wollte ich mit ihr reden; ich entdeckte in mir einen Groll, der aus unbekannten Tiefen aufstieg, denn allmählich kam ich zu der Überzeugung, daß sie und nur sie allein die Quelle der Unbill war, von der ich heimgesucht wurde. Wieder überkamen mich das alte Mißtrauen und die alte Eifersucht, die ich für immer begraben geglaubt hatte. Statt dessen flammten sie auf wie Zunder in einem trockenen sommerlichen Wald, in dem ein Funke entfacht wird, der sich in der sanftesten Brise in eine Feuersbrunst verwandelt. Mein fiebriger Verstand glaubte, meine Bitte um Vergebung sei eine Farce gewesen, mein Bedauern unangebracht. Ich hatte mit meinem Verdacht in allem recht (sagte ich mir), denn das Mädchen war verflucht, und jeder, der sich mit ihm anfreundete, mußte seine Zuneigung teuer bezahlen. All das sagte ich mir, während ich ging, in meinen schweren Wintermantel gehüllt, die Füße schon feucht vom Schlamm, der in der New College Lane eben erst zu frieren begann. Als ich die High Street zur Merton Street überquerte und mich dann von der Tür meines Hauses abwandte, um meine Mutter nicht sehen zu müssen, weil sie mir nicht anmerken durfte, welchen Schmerz sie durch mich erleiden würde, wenn Grove seine Drohung wahrmachte und meine Familie dem Gespött aussetzte.

Also ging ich weiter, hinaus nach St. Aldate's, und dachte daran, aufs Land hinauszuwandern und am Fluß spazierenzugehen, denn das Geräusch fließenden Wassers ist ein weiterer sicherer Weg, die Seele zu beruhigen, wie uns das unzählige Autoritäten bestätigen. Aber ich kam an diesem Abend nicht bis zum Fluß, denn als ich am Christ Church College vorüberkam, sah ich am entgegengesetzten Ende der Straße eine schlanke Gestalt, in einen Schal gehüllt, der zu dünn war, um ein guter Schutz zu sein, mit einem Bündel unter dem Arm, rasch und zielbewußt ausschreiten. An Figur und Haltung erkannte ich sofort, daß es Sarah war, die (so dachte ich in meinem Wahn) zu einem heimlichen Stelldichein unterwegs war.

Die Gelegenheit, mein Mißtrauen zu befriedigen, war da, und ohne zu überlegen, ergriff ich sie. Ich wußte natürlich, daß sie die

Gewohnheit hatte, Oxford entweder am Abend oder für einen ganzen Tag und eine Nacht zu verlassen, wenn sie frei hatte, und früher hatte ich geglaubt, daß sie es tat, um in den kleinen Städten, in denen man sie nicht kannte, ihrem Gewerbe nachzugehen. Die Strafen für Hurerei waren so hoch, daß es von jeder Frau sehr dumm gewesen wäre, es in ihrer Heimatstadt auszuüben. Ich wußte auch, daß das absoluter Unsinn war, doch je dringlicher ich mir vor Augen hielt, daß sie eine ungewöhnlich gütige und anständige Frau war, um so lauter lachten die Dämonen in mir, bis ich glaubte, ich würde wegen der Widersprüche, die darum kämpften, von meiner Phantasie Besitz zu ergreifen, genauso verrückt wie Prestcott. Daher beschloß ich, mir meine Teufel selbst auszutreiben und die Wahrheit zu entdecken, da Sarah nicht sprechen wollte und ihre Weigerung nur meine Neugier anstachelte.

Während ich dies berichte, will ich ein weiteres Beispiel dafür geben, wie durch eine falsche Vermutung aus einer Reihe unbestreitbarer Tatsachen ein falscher Schluß gezogen werden kann. Dr. Wallis legt dar, daß die tödliche Allianz zwischen Cola und den unzufriedenen Radikalen durch das Verhalten des Blundy-Mädchens bestätigt werde, denn es verwende viel Zeit darauf, aus Burford im Westen nach Abingdon im Süden zu gehen und den Sektierern Botschaften zu überbringen, die sich, davon war er überzeugt, zu gegebener Zeit wie ein Mann erheben wollten, nachdem der Mord an Clarendon das Land in Aufruhr versetzt haben würde. Als er Sarah befragte, leugnete sie, dergleichen getan zu haben, aber auf eine Weise (so gewiß, wie er Lüge und Täuschung durchschaute), die ihn überzeugte, daß sie log, um ihr ungesetzliches Tun nicht zu verraten.

Sie log, das ist wahr. Und sie versuchte verbotene Handlungen zu verbergen; auch das ist wahr. In dieser Beziehung verstand Dr. Wallis die Situation vollkommen. Denn Sarah hatte eine Höllenangst, daß er entdecken könnte, was sie tat, und sie wußte genau, daß sie eine schwere Strafe zu erwarten hätte – und nicht nur sie, auch andere außer ihr. Sie gehörte nicht zu jenen, die aus Stolz die Märtyrerin spielten, war jedoch bereit, in aller Demut auf sich zu nehmen, was sie erwartete, wenn sie es nicht auf ehrenhafte Weise vermeiden konnte. In allen anderen Aspekten irrte Dr. Wallis jedoch.

Da ich meinen Entschluß gefaßt hatte, ohne zu überlegen, ging ich zurück in die Taverne meines Cousins und bat ihn um ein Pferd. Zum Glück kenne ich diesen Teil der Welt sehr gut, und es war nicht schwierig, ihre Fährte wieder aufzunehmen, hinaus nach Sandleigh und dann zurück nach Abingdon, wo ich, da ich beritten war, lange vor ihr eintraf. Ich trug meinen dunklen Umhang und zog mir den Hut tief in die Stirn, und (wie man mir ständig versichert) ich bin ein unauffälliger Mensch, nicht einer, der in einer Menge auffällt. Es war nicht schwierig, mich an die Oxford Road zu stellen und zu warten, bis Sarah vorüberkam, was eine halbe Stunde später der Fall war. Es war einfach, ihr zu folgen und zu beobachten, was sie tat, da sie sich keine Mühe gab, es zu verbergen und sich auch ihrem Ziel nicht verstohlen näherte; natürlich vermutete sie auch nicht, daß sie verfolgt wurde. Die Stadt hat einen kleinen Kai am Fluß, auf dem die Waren für den Markt angelandet werden; dahin strebte sie und klopfte laut an die Tür eines kleinen Lagerhauses, in dem üblicherweise am Abend vor dem Markttag die Produkte der Bauern gelagert wurden. Noch war ich unentschlossen, was ich als nächstes tun sollte, und während ich so dastand, sah ich, daß nacheinander mehrere Leute durch das Tor eingelassen wurden. Anders als Sarah bewegten sie sich verstohlen und waren vermummt, so daß man ihre Gesichter nicht sehen konnte.

Ich zog mich eine Zeitlang in einen Torweg zurück, um mit mir zu Rate zu gehen, und war völlig verwirrt. Ich sollte sagen, daß ich, wie Wallis, zuallererst glaubte, dies sei eine Versammlung von Radikalen, denn Abingdon hatte traurige Berühmtheit erlangt, und praktisch jeder in der Stadt, von den Ratsherren bis zum letzten Bürger, war ein hartnäckiger Missetäter – so hieß es wenigstens. Dennoch war es seltsam: Die Stadt war berüchtigt für die unverfrorene Art, mit der sie sich gegen das Gesetz auflehnte, und doch benahmen diese Leute sich so geheimnistuerisch, als täten sie etwas, das sogar die Sektierer mißbilligen würden.

Ich bin weder mutig noch waghalsig, und mich in Gefahr zu begeben ist meiner Natür völlig fremd, doch meine Neugier war überwältigend, und ich wußte, wenn ich draußen stehenblieb und darauf wartete, daß ich Hiebe bezog, würde mir das überhaupt nichts einbringen. Würde man mich vielleicht angreifen? Möglich ist es, dachte ich. Diese Leute hatten in jenen Tagen nicht gerade den Ruf, friedlich zu sein, und ich hatte im Lauf der Jahre so viele Geschichten gehört, daß ich ihnen alles zutraute. Ein verantwortungsvoller Mensch hätte sich weggeschlichen. Ein verantwortungsvoller Mensch hätte Meldung beim Friedensrichter erstattet. Doch obwohl ich mir beides überlegte, tat ich weder das eine noch das andere. Statt dessen ging ich mit wildklopfendem Herzen und völlig aufgewühlt vor Angst auf das Tor und den finsteren Mann zu, der es bewachte.

»Guten Abend, Bruder«, sagte er. »Sei willkommen.«

Das war nicht die Begrüßung, die ich erwartet hatte: Da war kein Mißtrauen zu spüren, und anstatt der Vorsicht, die ich erwartet hatte, wurde ich offen und freundlich empfangen. Doch ich hatte noch immer keine Ahnung, worum es hier ging. Ich wußte nur, daß Sarah mit vielen anderen in diesem Gebäude verschwunden war. Wen traf sie hier? An welcher Versammlung nahm sie teil? Ich wußte es nicht, doch bestärkt durch den Mangel an Mißtrauen, war ich nun um so entschlossener, es herauszufinden.

»Guten Abend – Bruder«, erwiderte ich. »Darf ich eintreten?«

»Natürlich«, sagte er leicht erstaunt. »Natürlich darfst du. Wenn du auch kaum Platz finden wirst.«

»Ich hoffe, ich bin nicht zu spät. Ich komme von außerhalb der Stadt.«

»Ah«, sagte er zufrieden. »Das ist gut. Sehr gut. Dann bist du uns doppelt willkommen. Wer du auch bist.«

Und er forderte mich mit einem Nicken auf, einzutreten. Zwar ein wenig beruhigt, aber noch immer in dem Bewußtsein, daß ich den Hals vielleicht in eine teuflische Schlinge steckte, ging ich an ihm vorbei.

Ich betrat einen kleinen, schmutzigen, schlecht erleuchteten Raum, in dem einige wenige Lampen die einzigen Lichtquellen waren, deren riesige schwarze Schatten an der Wand spielten. Es war warm, was mich überraschte, da ich nirgends ein Feuer sah und es draußen kalt war; nur allmählich wurde mir klar, daß die Wärme von den beinahe vierzig Leuten kam, die so still auf dem Boden saßen oder knieten und sich so wenig bewegten, daß ich anfangs nicht recht wußte, ob sie überhaupt lebendig waren; ich dachte, ich hätte Heu- oder Getreideballen vor mir, die dicht nebeneinander auf dem Boden lagen.

Verwirrter denn je, wußte ich nicht, was tun, und zog mich in den Hintergrund des Raumes zurück, wobei ich mich vergewisserte, daß mein Umhang viel von meinem Gesicht verbarg, obwohl alle, wie ich sah, den Kopf entblößt hatten, als wollten sie mit dieser Geste Gemeinsamkeit demonstrieren. Sogar die Frauen, stellte ich leicht geringschätzig fest, trugen den Kopf nicht bedeckt. Wie merkwürdig, dachte ich. Es war bekannt, daß solche Leute sich sogar weigerten, vor dem König den Hut abzunehmen, geschweige denn vor einem geringeren. Nur Gott, sagten sie mit typischem Dünkel, verdiene solchen Respekt.

Ich dachte, ich sei vielleicht in eine Versammlung der Quäker oder ähnlicher Querköpfe hineingeraten, doch über sie wußte ich genug, und so war mir klar, daß dies hier ganz anders war als ihre Andachten. Sie bekamen selten mehr als ein halbes Dutzend Leute zusammen, und noch seltener versammelten sie sich auf solche Art. Dann überlegte ich, ob es sich vielleicht um radikale Sektierer handeln könnte, die zusammengekommen waren, um einen Aufstand zu planen. Der Gedanke machte mich ganz unruhig, denn ich wußte, daß bei meinem üblichen Pech zweifellos die Männer des Friedensrichters das Haus umstellen und mich als Aufwiegler ins Gefängnis sperren würden. Aber die Frauen? Und diese Stille? Kaum; diesen Leuten sagt man vor allem rauhes Geschrei nach, da jeder seine Meinung herausbrüllt und die aller anderen verdammt. Diese friedliche Stimmung war nicht, was ich mit solchen Teufeln in Verbindung brachte.

Und dann merkte ich, daß die Augen aller, die Augen jeder einzelnen Person auf eine nur verschwommen sichtbare Gestalt gerichtet waren, die vorn als einzige aufrecht stand, wenn auch genauso still wie die anderen. Meine Augen brauchten eine Weile, ehe sie sich an das Dunkel gewöhnt hatten, und ich begriff, daß diese schattenhafte Gestalt Sarah war. Völlig bewegungslos stand sie da, und das dichte schwarze Haar fiel ihr offen über die Schultern. Den Kopf hielt sie gesenkt, so daß ihr Gesicht fast ganz verborgen war. Wieder war ich verwirrt, denn es war nicht so, daß sie etwas tat und die anderen schienen auch nicht zu erwarten, daß sie etwas tun sollte. Ich denke, ich war der einzige dort, der mit dem, was vorging, nicht vollkommen zufrieden war.

Wie lange sie so gestanden hatte, weiß ich nicht; vielleicht von dem Augenblick an, in dem sie hereingekommen war, was jetzt etwa eine halbe Stunde her war. Ich weiß, daß wir alle noch weitere zehn Minuten in vollkommener Stille dasaßen; und eine merkwürdige Erfahrung war es, so still und reglos bei den anderen zu sitzen, die genauso still waren. Wäre ich nicht ganz Herr meiner selbst gewesen, hätte ich geschworen, von den Dachbalken herab eine sanfte Stimme zu hören, die mir sagte, ich solle geduldig und gelassen sein. Es ängstigte mich, bis ich aufblickte und sah, daß es nur eine Taube war, die von Balken zu Balken flatterte, weil die Anwesenheit so vieler Menschen sie in ihrer Ruhe störte.

Aber selbst dies erschreckte mich nicht so sehr wie die plötzliche Bewegung Sarahs. Sie hob nur den Kopf, bis auch sie zum Dachstuhl hinaufblickte. Der Schock und die Welle der Erregung, die die Zuschauer streiften, waren von außerordentlicher Kraft, fast als hätte ein Blitz eingeschlagen; ein Ächzen der Vorahnung von der einen Seite, ein vernehmliches Einatmen von der anderen und ein leichtes Rascheln, als sich viele der Anwesenden gespannt nach vorne beugten.

»Sie wird sprechen.« Das leise Flüstern einer Frau in der Nähe, dem sofort das Zischen eines Mannes neben ihr folgte.

Aber Sarah sagte nichts. Allein ihre Kopfbewegung übte eine ungeheure Wirkung auf die Anwesenden aus; jede weitere Steigerung der Spannung, so schien es, würde diese völlig überwältigen. Sarah sah noch einige Minuten lang zum Dachstuhl hinauf und senkte dann den Blick auf die Versammelten, die von einem noch stärkeren Beben ergriffen wurden. Selbst mir, der ich wider Willen von dem allgemeinen Rausch erfaßt wurde, schlug das Herz schneller in der Brust, als der Augenblick (was immer er auch bringen mochte) näher rückte.

Als sie sprach, tat sie es so leise und lieblich, daß ihre Worte kaum zu hören waren; alle mußten sich aufmerksam nach vorn beugen, um zu verstehen, was sie sagte. Und die Worte allein, hier zu Papier gebracht, können nicht im geringsten die Stimmung wiedergeben, denn sie verzückten, ja sie verzauberten uns, bis erwachsene Männer weinten, ohne sich ihrer Tränen zu schämen, und Frauen sich mit einem Ausdruck engelhaften Friedens hin und her wiegten, wie ich ihn noch in keiner Kirche gesehen habe. Mit ihren Worten nahm sie uns alle zu sich und spendete uns Trost; sie beruhigte uns in unserem Zweifel, beschwichtigte uns in unserer Furcht und überzeugte uns, daß ein jegliches Ding gut ist. Ich weiß nicht, wie ihr das gelang; im Gegensatz zu Schauspielern hatte ihre Rede keine Technik und auch nichts Künstliches. Ihre Hände lagen reglos ineinander und vollführten keine Gesten; sie bewegte sich fast gar nicht, und dennoch flossen aus ihrem Mund und ihrem ganzen Leib Balsam und Honig für alle im Überfluß. Am Ende zitterte ich vor Liebe zu ihr und Gott und der gesamten Menschheit gleichermaßen, wußte aber keinen Grund dafür zu nennen. Ich weiß nur, daß ich mich von diesem Augenblick an aus freien Stücken und ohne Zögern ihrer Macht überlieferte, damit sie nach ihrem Willen mit mir verfahre, denn sie würde mir kein Leid antun.

Sie sprach weit über eine Stunde, und es war wie der herrlichste Zusammenklang von Musik, als die Worte über uns strömten und wogten und spielten, bis auch wir wie ein Resonanzkasten waren, in dem ihre Worte weiterschwangen und widerhallten. Ich habe das Geschriebene durchgelesen. Wie enttäuscht ich bin, denn meinen Worten fehlt der Geist, und auch die vollkommene Liebe, von der sie gesprochen hatte, und die ruhige Verehrung, die sie in ihren Zuhörern weckte, habe ich nicht annähernd festhalten können. Ich fühle mich wie ein Mensch, der nach einem wunderbaren Traum aus dem Schlaf erwacht und alles in höchster Begeisterung aufschreibt, um dann zu erkennen, daß auf dem Papier nur Worte ohne Gefühl stehen, so trocken und unbefriedigend wie die Spreu, nachdem der Weizen von ihr getrennt worden ist.

»Allen Menschen sage ich, es gibt viele Wege, die führen zu meiner Tür; manche breit und manche eng, manche gerade und manche gewunden, manche flach und bequem, während andere rauh und voller Gefahren sind. Niemand sage, daß seiner der beste und einzige Weg sei, denn er sagt es aus Unwissenheit allein.

Mein Geist wird bei euch sein, und ausgestreckt auf dem Boden liegend werde ich den Staub lecken und die Erde atmen; ich werde Milch aus meinen Brüsten für die Erde geben, Mutter unserer Mutter, und für Christus, Vater und Gemahl und Gemahlin. Ich hielt ihn zur Nacht als ein Bündel Gewürz zwischen meinen Brüsten, und wußte, ich war es selbst. Ich sah meinen Geist auf seinem Gesicht und fühlte das Zeugnis des Feuers an meinen Brüsten, das Feuer der Liebe, das brennt und wärmt und heilt wie Sonnenschein nach dem Regen.

Ich bin die Braut des Lamms und das Lamm selbst; weder Engel noch Bote, sondern ich, der Herr, bin gekommen. Ich bin die Süße des Geistes und der Honig des Lebens. Ich werde im Grab sein mit Christus und mich erheben nach dem Verrat. In jeder Generation leidet der Messias, bis sich die Menschheit abkehrt vom Bösen. Ich sage, ihr wartet auf das Königreich des Himmels, aber ihr seht es mit euren eigenen Augen. Es ist hier und ist euch immer zum Greifen nah. Ein Ende der Religion und den Sekten, werft von euch eure Bibeln, sie werden nicht mehr gebraucht: stoßt von euch die Tradition und hört statt ihrer meine Worte.

Meine Gnade und mein Friede und mein Segen und meine Barmherzigkeit sind mit euch. Nur wenige sehen mein Kommen, und weniger noch sehen mein Gehen. An diesem Abend beginnen die letzten Tage, und Männer werden kommen, mich zu fassen, die gleichen Männer wie früher, die gleichen wie immer. Ich vergebe ihnen schon heute, denn nicht mehr will ich mich erinnern an Sünde und Unbill; ich bin gekommen, um die Erlösung zu bringen durch mein Blut. Ich muß sterben, und alle müssen sterben und werden auch fürderhin sterben in jeder Generation bis zum Ende.«

Wie gesagt, woran ich mich erinnere, sind nur einige Bruchstücke der gesamten Rede, die von praktischer Vernunft bis zum tiefsten Wahnsinn reichte und auf eine Weise zwischen Einfachheit und Ungereimtheit hin- und hersprang, die es unmöglich machte, zwischen beiden zu trennen. Keinem der Zuhörer machte das etwas aus, und auch mir machte es nichts aus. Ich bin nicht stolz auf meine Unterwerfung und denke mit Kummer daran, aber ich habe auch nicht die Absicht, mich zu verteidigen oder Ausflüchte zu suchen. Ich sage es, wie es war, und jenen, die mich mit Verachtung betrachten (wie ich selbst es täte, wäre ich ein anderer), kann ich nur eines zu bedenken geben: Ihr wart nicht dabei und wißt nicht, welchen Zauber sie ausgeübt hat. Ich kann nur berichten, daß ich schwitzte, als wäre ich von einem heftigen Fieber befallen, daß ich nicht der einzige war, dem Tränen der Freude und des Grams die Wangen hinunterliefen, und daß ich es wie die anderen Anwesenden kaum wahrnahm, als die Worte aus ihrem Mund versiegten und sie den Raum durch eine kleine Seitentür verließ. Es dauerte vielleicht eine Viertelstunde, bis der Bann gebrochen war, und einer nach dem anderen kamen wir, wie ein Publikum nach dem Ende eines Theaterstücks, wieder zu uns und stellten fest, daß unsere Muskeln und Gliedmaßen steif waren, als hätten wir zur Herbstzeit einen ganzen Tag auf dem Feld gearbeitet.

Die Versammlung war vorbei, und es zeigte sich, daß die Menschen nur deshalb gekommen waren, weil sie Sarah hören wollten; in dieser Stadt und unter diesen Menschen hatte sich ihr Ruf schon weit verbreitet. Die geringste Andeutung, daß sie vielleicht das Wort ergreifen könnte, reichte, damit Männer und Frauen – die Armen, die Gemeinen und die Ungebildeten – bei jedem Wetter zusammenströmten und sich der Gefahr aller nur erdenklichen Strafen von seiten der Obrigkeit aussetzten. Wie die anderen auch wußte ich kaum, was ich tun sollte, als die Zusammenkunft beendet war, besann mich aber endlich so weit, um daran zu denken, daß ich mein Pferd abholen und zurück nach Oxford reiten mußte. Benommen und in tiefstem inneren Frieden begab ich mich in das Gasthaus, wo ich das Pferd untergestellt hatte, und machte mich auf den Heimweg.

Sarah war eine Prophetin. Wenige Stunden früher noch hätte diese Vorstellung meine höchste Verachtung erregt, denn unser Land wurde seit Jahren von solchen Menschen heimgesucht, die von den Unruhen ans Licht gebracht wurden, so wie Asseln, wenn man einen Stein umstößt. Ich entsinne mich eines solchen Wahrsagers, der nach Oxford kam, als ich ungefähr vierzehn war: ein Mann der spuckend und schäumend auf der Straße tobte, gekleidet in Lumpen wie ein alter Heiliger oder Asket, und die ganze Welt ins Höllenfeuer wünschte, bevor er zuckend zu Boden fiel. Er fand keine Anhänger; ich gehörte zwar nicht zu denen, die ihn mit Steinen bewarfen (diese Angriffe erfreuten ihn sehr, bewiesen sie ihm doch die Gunst des Herrn), aber wie alle anderen fand ich das Schauspiel abstoßend und konnte leicht erkennen, daß es gewiß nicht Gott war, was ihn berührt hatte. Man sperrte ihn ein und jagte ihn dann gnädig aus der Stadt, anstatt ihm eine strengere Strafe aufzuerlegen.

Und eine Frau als Prophet war noch viel schlimmer, so möchte es scheinen, noch viel weniger dazu angetan, etwas anderes als Geringschätzung zu erwecken. Aber ich habe ja bereits geschildert, daß dem nicht so war. Heißt es nicht, daß Magdalena predigte und bekehrte und dafür gesegnet war? Sie wurde nicht verdammt und ist nie verdammt worden. Auch ich konnte Sarah nicht verdammen. Ich zweifelte nicht daran, daß der Finger Gottes Sarahs Stirn berührt hatte, denn kein Teufel oder Abgesandter Satans kann die Herzen der Menschen so ergreifen. Die Geschenke des Teufels haben immer eine Bitternis an sich, und wir wissen es, wenn wir getäuscht werden, auch wenn wir uns auf die Täuschung einlassen. Aber nicht einen Augenblick hätte ich sagen können, was in ihren Worten solchen Frieden und solche Ruhe stiftete; ich hatte es nur erfahren, nicht aber verstanden.

Mein Pferd trottete gemächlich auf der leeren Straße dahin, denn es konnte besser als ich erkennen, wohin der Weg in der Dunkelheit führte, die sich nur hin und wieder lichtete, wenn der Mond hinter den Wolken hervorschaute. Ich ließ den Abend an meinem geistigen Auge vorüberziehen in dem Wunsche, das vor einigen Stunden Gefühlte zu bewahren, weil ich voller Kummer empfand, wie es mich allmählich verließ. Ich war so sehr in Gedanken versunken, daß ich kaum die schattenhafte Gestalt bemerkte, die langsam vor mir auf der Straße ging. Ich rief sie an, noch ehe ich erkannt hatte, wer es war.

»Es ist spät und dunkel hier auf der Straße, Madam. Fürchtet Euch nicht und steigt bei mir auf. Ich bringe Euch nach Hause. Es ist ein starkes Pferd, dem das nichts ausmacht.«

Es war natürlich Sarah, und als ich den Mondschein auf ihrem Gesicht sah, verspürte ich auf einmal Angst vor ihr. Aber sie gab mir die Hand und ließ sich von mir nach oben ziehen. Sie setzte sich bequem hinter mir zurecht und legte den Arm um meinen Leib, um nicht abzurutschen.

Sie sagte nichts, und ich wußte nicht, was ich sagen sollte; ich hatte das Verlangen, ihr von meiner Anwesenheit bei der Zusammenkunft zu erzählen, aber ich fürchtete, daß ich etwas Törichtes von mir geben könnte oder daß meine Worte als Zeichen der Falschheit und des Mißtrauens mißverstanden würden. So ritten wir eine halbe Stunde lang schweigend dahin, bevor sie das Wort ergriff.

»Ich weiß nicht, was es ist«, sagte sie so leise in mein Ohr, daß man es aus drei Schritt Entfernung nicht gehört hätte. »Es ist sinnlos, darüber nachzugrübeln, wie du es gewiß tust. Ich kann mich nicht entsinnen, was ich sage und warum ich es sage.«

»Hast du mich gesehen?«

»Ich wußte, daß du da bist.«

»Es hat dich nicht gestört?«

»Ich glaube, was ich zu sagen habe, ist für alle, die es hören wollen. Sie müssen beurteilen, ob es der Mühe wert ist.«

»Aber du hältst es geheim.«

»Nicht um meinetwillen; aber die, die mir zuhören, würden ebenfalls bestraft werden, und das darf ich nicht verlangen.«

»Machst du das schon immer? Auch deine Mutter?«

»Nein. Sie ist weise, aber diese Gabe hat sie nicht; auch ihr Mann nicht. Bei mir fing es kurz nach seinem Tod an. Ich war bei einer Versammlung einfacher Leute und stand auf, um etwas zu sagen. Dann erinnere ich mich an nichts mehr, bis ich auf dem Boden liegend zu mir kam. Alle standen um mich herum und sagten, ich hätte ganz außerordentliche Worte gesprochen. Einige Monate später geschah es wieder, und nach einiger Zeit kamen die Leute, um mich zu hören. In Oxford war es zu gefährlich, daher suche ich jetzt Orte wie Abingdon auf. Oft enttäusche ich die Menschen und stehe einfach nur da, ohne daß etwas über mich kommt. Du hast mich heute abend gehört. Was habe ich gesagt?«

Sie hörte mir zu, als würde ich ihr von einem völlig unbekannten Gespräch berichten, und zuckte mit den Schultern, als ich zum Ende kam. »Sonderbar«, sagte sie. »Was denkst du? Bin ich verflucht oder verrückt? Vielleicht glaubst du beides.«

»In deinen Worten liegt keine Schärfe und keine Grausamkeit; keine Drohung und keine Warnung. Nichts außer Sanftheit und Liebe. Ich glaube, du bist gesegnet, nicht verflucht. Aber ein Segen kann eine noch schwerere Bürde sein, das haben viele Menschen in der Vergangenheit erfahren müssen.« Ich bemerkte, daß ich genauso leise sprach wie sie, als ob ich mit mir selbst reden würde.

»Danke«, sagte sie. »Ich hätte es nicht ertragen, wenn ausgerechnet du mich verachten würdest.«

»Hast du wirklich keine Ahnung von dem, was du sprichst? Du bereitest dich nicht vor?«

»Nein. Der Geist erfüllt mich, und ich werde sein Gefäß. Und wenn ich zu mir komme, ist es, als erwachte ich aus einem unendlich sanften Traum.«

»Und deine Mutter weiß das alles?«

»Ja, natürlich. Am Anfang hielt sie es für einen Scherz, weil ich mich immer voller Verachtung über Fanatiker und all jene geäußert hatte, die Besessenheit heucheln, um Geld von den Leuten zu bekommen. Daran hat sich nichts geändert, und das macht es noch schlimmer für mich, selbst so jemand geworden zu sein. Als sie damals von diesem ersten Mal erfuhr, war sie entsetzt über meinen Frevel; es waren nicht unsere Leute bei dieser Versammlung, aber es waren gute und herzliche Menschen, und es bekümmerte sie, daß ich sie vielleicht zum Narren gehalten hatte. Ich konnte sie nur mühsam davon überzeugen, daß ich keine beleidigenden Absichten verfolgt hatte. Dennoch war sie unglücklich darüber und ist es noch. Sie denkt, daß ich dadurch früher oder später in Widerstreit mit dem Gesetz kommen werde.«

»Sie hat recht.«

»Ich weiß. Vor einigen Monaten wäre es beinahe geschehen. Ich war im Haus von Tidmarsh, und die Wache machte eine Durchsuchung. Ich konnte nur mit knapper Not entkommen. Aber ich kann nicht viel dagegen tun. Was immer mir bestimmt ist, muß ich hinnehmen. Es wäre sinnlos, anders zu handeln. Hältst du mich für verrückt?«

»Wenn ich jemandem wie Lower berichten würde, was ich gerade gesehen habe, würde er sein Bestes tun, um dich zu heilen.«

»Als ich heute abend den Raum verließ, kam eine Frau auf mich zu, fiel auf dem Eis auf die Knie und küßte den Saum meines Kleides. Sie sagte, daß ihr kleines Kind im Sterben lag, als ich das letzte Mal nach Abingdon kam. Ich ging an ihrer Tür vorbei, und das Kind war sogleich gesund.«

»Glaubst du ihr?«

»Sie glaubt es. Deine Mutter glaubt es. Viele andere haben mir in der Vergangenheit solche Taten zugeschrieben. Auch Mr. Boyle hat davon gehört.«

»Meine Mutter?«

»Sie stand größte Qualen aus mit ihrem geschwollenen Knöchel; es machte sie sehr übellaunig, und sie wollte mich schlagen. Ich hielt ihre Hand, um sie daran zu hindern, und sie schwor, daß in diesem Augenblick der Schmerz und die Schwellung verschwunden waren.«

»Das hat sie mir nie gesagt.«

»Ich bat sie darum. Es ist schrecklich, in solch einem Ruf zu stehen.«

»Und Boyle?«

»Er hörte etwas und dachte, ich müsse Kenntnisse über Kräuter und Arzneitränke haben, und so bat er mich um mein Rezeptbuch. Es fiel mir schwer, ihn abzuweisen, da ich ihm ja kaum die Wahrheit sagen konnte.«

Ein langes Schweigen trat ein, nur unterbrochen vom Klang der Hufe auf der Straße und vom Schnauben des Pferdes in der kalten Nachtluft. »Ich will das nicht, Anthony«, sagte sie leise, und ich konnte die Furcht in ihrer Stimme hören.

»Was?«

»Was es auch immer ist. Ich will keine Prophetin sein, ich will keine Menschen heilen, ich will nicht, daß sie zu mir kommen, und ich will nicht bestraft werden für etwas, das ich nicht verhindern kann und nicht bewußt tue. Ich bin eine Frau, und ich will heiraten und alt werden und glücklich sein. Ich will weder Demütigung noch Gefangenschaft. Und ich will nicht, was als nächstes geschehen wird.«

»Was meinst du damit?«

»Ein Ire hat mich aufgesucht; ein Astrologe. Er sagte, er habe mich auf seiner Himmelskarte gesehen und sei gekommen, mich zu warnen. Er sagte, daß ich sterben werde und alle meinen Tod fordern werden. Anthony, wie kann das sein? Was habe ich denn getan?«

»Er täuscht sich gewiß. Wer glaubt schon solchen Leuten?«

Sie blieb stumm.

»Geh woanders hin, wenn es dir Sorgen macht«, schlug ich vor. »Verlaß die Stadt.«

»Ich kann nicht. Nichts läßt sich ändern.«

»Dann mußt du darauf hoffen, daß sich dieser Ire täuscht und du verrückt bist.«

»Ich hoffe es inständig. Ich habe große Angst.«

»Ach, ich bin sicher, daß du dir keine Sorgen machen mußt«, sagte ich. Ich schüttelte mich, um mich aus der Stimmung drohenden Unheils zu befreien, die uns immer stärker umfangen hatte, und als ich es tat, trat mir das Törichte unseres Gespräches lebhaft vor Augen. Und hier in dieser Schilderung klingt es gewiß noch närrischer. »Ich halte mich nicht an Iren oder Astrologen, und aus meiner begrenzten Erfahrung weiß ich, daß die Propheten und Erlöser unserer Tage eher durch die Lande ziehen und sich vor aller Welt mit ihren Kräften brüsten. Es ist höchst ungewöhnlich, zu hoffen, daß der Kelch an dir vorübergehen möge.«

Sie lachte wenigstens, bemerkte aber die Anspielung, denn sie kannte ihre Bibel sehr gut, und warf mir einen merkwürdigen Blick zu. Ich für meinen Teil schwöre, daß mir erst später auffiel, was ich gesagt hatte, und daß ich es sogleich wieder vergessen hatte, als wir weiter unseres Weges zogen.

Wenn ich zurückblicke, will mir scheinen, daß ich nie mehr ein solches Glück empfunden habe wie damals bei diesem gemeinsamen Ritt. Die Wiederkehr der unbefangenen Vertrautheit, die ich mit meiner Eifersucht so mutwillig zerstört hatte, war solch eine Gnade, daß ich am liebsten bis nach Carlisle weitergeritten wäre, nur um unser gemeinsames Erlebnis zu verlängern und um die vollkommene Freundschaft und das Gefühl ihres Arms um meinen Leib zu bewahren. Trotz der eisigen Kälte fror ich überhaupt nicht, als befände ich mich in einer behaglichen Stube und nicht zu mitternächtlicher Stunde auf einer schlammigen, nassen Straße. Anscheinend hatten die erschütternden Ereignisse des Abends und der Nacht meinen Verstand so sehr berauscht und meine übliche Vorsicht so in den Hintergrund gedrängt, daß ich vergaß, Sarah am Stadtrand abzusetzen, um nicht auf diese Weise mit ihr gesehen zu werden. Nein, ich behielt sie den ganzen Weg bis zur Schenke meines Cousins bei mir, und selbst danach konnte ich sie nicht gehen lassen.

»Wie geht es deiner Mutter?«

»Sie ist gut versorgt.«

»Kannst du nichts für sie tun?«

Sie schüttelte den Kopf. »Es ist das einzige, was ich mir je gewünscht habe, aber ich kann es nicht bekommen.«

»Dann ist es gewiß am besten, wenn du jetzt zu ihr gehst und dich um sie kümmerst.«

»Sie braucht mich nicht. Eine gute Bekannte hat mir angeboten, nach ihr zu sehen und nur von ihrem Bett zu weichen, wenn sie ganz sicher schläft, damit ich zu dieser Versammlung gehen konnte. Sie wird bald sterben, aber noch ist es nicht soweit.«

»Dann bleib noch bei mir.«

So gingen wir zurück zur Merton Street und traten in mein Haus. Leise stiegen wir die Treppe hinauf, damit meine Mutter nichts hörte, und in meinem Zimmer dann liebten wir uns mit einer Leidenschaft und Heftigkeit, die ich niemals vorher oder danach für einen lebendigen Menschen empfunden habe, und niemals wieder hat mir jemand eine solche Liebe gezeigt. Noch nie zuvor hatte ich eine Nacht mit einer Frau verbracht, noch nie in der Stille der Dunkelheit neben ihr gelegen, ihren Atem gehört und ihre Wärme neben mir gefühlt. Es ist eine Sünde und ein Verbrechen. Ich sage es offen, denn so habe ich es mein ganzes Leben lang gelernt, und nur Wahnsinnige haben je etwas anderes behauptet. Die Bibel sagt es, die Kirchenväter haben es gesagt, die Prälaten wiederholen es ohne Unterlaß, und alle Landesgesetze verhängen Strafen für das, was wir in jener Nacht getan haben. Enthaltet euch von den fleischlichen Lüsten, welche wider die Seele streiten. So muß es sein, denn die Bibel spricht nur die Wahrheit des Herrn. Ich frevelte gegen das Gesetz und gegen das bezeugte·Wort Gottes, ich verging mich gegen meine Familie und setzte sie noch mehr der Bedrohung öffentlicher Schande aus, und abermals ging ich die Gefahr ein, für immer aus diesen Zimmern und aus der Gesellschaft der Bücher verbannt zu werden, die meine einzige Freude und Beschäftigung darstellten; und doch habe ich in all den Jahren, die seither vergangen sind, nur eines bedauert: daß es nur ein flüchtiger, niemals wiederkehrender Augenblick war, denn nie habe ich mich Gott so nah gewußt und Seine Liebe und Güte deutlicher gefühlt.

Siebentes Kapitel

WIR BLIEBEN UNENTDECKT. Sarah stand im Morgengrauen auf und schlüpfte leise die Treppe hinunter, um ihre
Arbeit in der Küche zu beginnen, und erst als sie das Feuer ange-
zündet und Wasser geholt hatte, machte sie sich auf den Weg zu
ihrer Mutter. Ich sah sie erst nach zwei Tagen wieder und wußte
nicht, daß sie ihre Mutter von der Pflegerin verlassen vorgefun-
den hatte. Ihre Mutter brauchte dringend ärztlichen Beistand,
und so beschloß Sarah, sich bei Cola zu entschuldigen und seinem Experiment der Blutübertragung zuzustimmen. Sie gelobte
Stillschweigen und war in jeder Hinsicht eine Frau, die Wort
hielt.

Was mich betrifft, ich sank zurück in wonnigen Schlaf und erwachte spät, so daß ich erst einige Stunden danach in ein Gasthaus ging, um etwas Brot und ein Ale zu mir zu nehmen – ein Luxus, den ich mir bisweilen gönne, wenn ich mich wohl fühle in
der Welt oder Gespräche mit meiner Mutter vermeiden möchte.
Erst da hörte ich, traumversunken über einem Krug sitzend, die
Neuigkeit.

Es gibt zahllose Geschichten in der Mythologie, die uns vor
unseren Herzenswünschen warnen. König Midas wollte reich
sein und wünschte, alles möge sich nach seiner Berührung in
Gold verwandeln, und die Sage berichtet, daß er deswegen Hun-
gers sterben mußte. Euripides erzählt von Tithonus, den Eos so
sehr liebte, daß sie Zeus um Unsterblichkeit für ihn bat. Doch sie
vergaß, auch um ewige Jugend zu bitten, so daß er eine Ewigkeit
sein gebrechliches Alter erdulden mußte, bis schließlich sogar die
grausamen Götter Mitleid für ihn empfanden.

Ich wünschte mir nichts sehnlicher, als dem Skandal zu entrinnen, den mir Grove in seiner Bosheit angedroht hatte. Der Gedanke an ihn legte sich auf mein Gemüt, und ich betete, daß sein
Mund für immer schweigen und ich nicht büßen müsse für das,
was ich getan hatte, auch wenn ich die Strafe noch so sehr verdiente. Ich hatte kaum mein Ale ausgetrunken, als ich vernahm,
daß mein Wunsch in Erfüllung gegangen war.

Als ich die Nachricht hörte, stockte mir vor Schreck das Blut,

denn ich hegte keinen Zweifel daran, daß meine Gebete und Rachegelüste für das Geschehene verantwortlich waren. Ich hatte
einen Menschen getötet. Es gibt wohl kein größeres Verbrechen
als dieses, und so sehr wurde ich von Gewissensbissen über meine Tat gequält, daß ich das starke Bedürfnis verspürte, sofort die
Beichte abzulegen. Doch als ich an die Schande für meine Familie dachte, gewann bald meine Feigheit die Oberhand über diese
Regung. Und ich redete mir ein, nicht wirklich schuldig zu sein.
Ich hatte einen Fehler begangen, das war alles. Es fehlte die Absicht, meine Schuld war nur begrenzt und die Möglichkeit, überführt zu werden, sehr gering.

So spricht der Verstand, aber das Gewissen läßt sich nicht so
leicht beruhigen. Ich erholte mich von dem Schock, so gut ich
konnte, und erkundigte mich eingehend nach Einzelheiten, in
dem Bemühen, irgend etwas zu entdecken, das mich von meiner
Unschuld an dem entsetzlichen Ereignis überzeugen konnte. Für
kurze Zeit gaukelte ich mir vor, alles sei in Ordnung, doch als ich
an meine Arbeit zurückkehrte, fehlte mir jegliche Konzentration,
weil mir meine aufrührerische Seele ständig meine Tat vor Augen
stellte. Gleichwohl konnte ich nichts tun, um Erleichterung zu
finden. So schwand meine Zufriedenheit und bald darauf mein
Schlaf; in den folgenden Tagen und Wochen verzehrte ich mich
in meinem Ringen und nahm ein krankhaftes Aussehen an.

Ich möchte Mitgefühl wecken, wiewohl ich es nicht verdiene,
denn es war leicht, mich von aller Unruhe zu befreien. Ich mußte
nur aufstehen und sagen: »Ich habe es getan.« Alles andere würde sich dann von selbst ergeben.

Aber sollte ich selbst sterben und meiner Familie die Schmach
hinterlassen, einen Mörder hervorgebracht zu haben? Zulassen,
daß meine Mutter auf der Straße angepöbelt und bespuckt würde? Daß meine Schwester zu einem Dasein als alte Jungfer verdammt wäre, da kein Mann eine Verbindung mit ihr eingehen
würde? Daß das Geschäft meines Cousins versiegt, weil niemand
mehr in seiner Schenke einkehren würde? Diese Sorgen waren
durchaus berechtigt. Oxford ist nicht wie London, wo alle Sünder binnen einer Woche vergessen sind, wo Verbrecher für ihre
Taten gefeiert und Diebe für ihre Streiche belohnt werden. Hier
in Oxford kennt jeder die Geschäfte des anderen, und man legt

größten Wert auf die Einhaltung guter Sitten, auch wenn man insgeheim noch so sehr dagegen verstößt. Ich bin von jeher meiner Familie treu ergeben. Stets war ich nach meinen schwachen Kräften bestrebt, ihrem Namen Ehre zu machen und ihr eine respektable Stellung zu bewahren. Für mich hätte ich eine Strafe des Gerichts hingenommen, denn ich konnte meine Schuld nicht leugnen – aber mit Schaudern wich ich davor zurück, solch eine Schande über meine Leute zu bringen. Wegen der in den Kriegswirren erlittenen Verluste hatten sie ohnehin schon zu kämpfen; ich wollte ihre Bürde nicht noch schwerer machen.

In den nächsten Tagen quälte ich mich einsam und zurückgezogen in meinem Zimmer mit meinen Schuldgefühlen und verweigerte sowohl Nahrung als auch Gespräche. Selbst Sarah gegenüber blieb ich stumm und wagte es nicht, ihr ins Gesicht zu sehen. Ich hatte ihr von meinem Besuch bei Grove erzählt, aber nichts von meiner Tat gesagt, da ich ihren Ekel nicht ertragen hätte und sie auch nicht mit einem Wissen belasten wollte, das sie hätte weitergeben müssen. Viele Stunden verbrachte ich mit Gebeten, doch meist starrte ich nur mit leerem Blick auf unbeschriebene Papiere auf dem Schreibtisch, da ich mich nicht einmal auf die ödesten mechanischen Arbeiten konzentrieren konnte.

In diesen wenigen Tagen verpaßte ich viele für meinen Bericht bedeutsame Dinge, denn in dieser Zeit entdeckte Lower die Flasche Brandy und brachte sie zu Stahl; er sezierte Dr. Grove, um herauszufinden, ob Blutungen des Leichnams auf eine Schuld Colas hinwiesen; und er führte das Experiment der Blutübertragung mit Anne Blundy durch. Gleichfalls in diesen Tagen, so scheint es, regte sich ein erster Verdacht gegen Sarah, aber ich schwöre, daß ich davon nicht das geringste ahnte. Ich wußte nur um Lowers wachsendes Unbehagen gegen den Italiener und um seine Furcht, Cola habe es darauf abgesehen, ihm seinen Ruhm streitig zu machen.

* *
*

Meine Meinung über den Disput zwischen den beiden mag recht verwickelt erscheinen, aber sie kann bestehen. Beide, so kommt es mir vor, sagen die Wahrheit, auch wenn sie zu gegensätzlichen

Schlüssen gelangen. Darin liegt für mich nicht unbedingt ein Widerspruch. Natürlich akzeptiere ich, daß es nur eine Wahrheit gibt. Aber abgesehen von seltenen Ausnahmen, ist es uns nicht gegeben, sie zu erkennen. Horaz sagt: *Nec scire fas est omnia*, es ist nicht Gottes Wille, daß wir alles wissen – ein Satz, der (wenn ich mich nicht irre) von Euripides stammt. Alles wissen heißt alles sehen, doch Allwissenheit steht nur Gott zu. Eigentlich sage ich damit etwas Offensichtliches, denn wenn es Gott gibt, dann gibt es auch die Wahrheit, und wenn es keinen Gott gäbe (was man sich nicht ernstlich, sondern nur als philosophischen Scherz vorstellen kann), dann würde die Wahrheit aus der Welt verschwinden, und die Meinung des einen wäre nicht besser als die eines anderen. Diesen Lehrsatz könnte ich auch umkehren und sagen: Wenn die Menschen so weit kommen, alles nur für Meinungen zu halten, dann gelangen sie unweigerlich auch zum Atheismus. »Was ist Wahrheit?« fragte Pilatus im Scherz, aber die Antwort wartete er nicht ab. Ich glaube, die Tatsache, daß wir in unserem Herzen um die Wahrheit wissen, ohne darüber rechten zu müssen, ist der schönste Beweis für die Existenz Gottes, den es geben kann, und solange wir nach dieser Wahrheit streben, streben wir auch zu Gott.

Aber bei Lower und Cola müssen wir ohne göttliche Hilfe auskommen und nach unseren eigenen Kräften zu einem vernünftigen Urteil gelangen. Cola hat seinen Bericht für alle nachlesbar niedergelegt. Lower hat mir (und vielen anderen) seine Auffassung der Ereignisse geschildert, lehnte jedoch jegliche schriftliche Rechtfertigung seiner Ansprüche ab. Er hatte seine Abhandlung in den *Transactions* veröffentlicht, so erzählte er mir, weil ihm Dr. Wallis versichert habe, Cola sei bei einem Unfall ertrunken, als er im Begriffe stand, das Land zu verlassen. Aber auch wenn er ihn bei bester Gesundheit gewußt hätte, hätte er nicht anders gehandelt. Nach seinen Erinnerungen hatte Cola nur sehr vage Vorstellungen; er sprach von einer Verjüngung des Blutes durch magische Mittel, erwähnte aber die Blutübertragung mit keinem Wort. Erst als ihm Lower seine eigenen Experimente mit Injektionen beschrieb, kam Cola auf die Idee, neues Blut zu übertragen und auf diese Weise das ersehnte Ziel zu erreichen. Lower hatte damals schon seit Monaten mit diesem Gedanken gespielt, und es war nur noch eine Frage der Zeit, bis er ihn in die Tat umgesetzt hätte. Er weist darauf hin, daß selbst nach Colas Bericht er es war, der die meisten technischen Arbeiten durchführte. Und demzufolge gebühre ihm auch das Verdienst.

Als ich diese Darstellung gehört hatte und beide Auffassungen miteinander verglich, war ich ehrlich erstaunt darüber, daß dieser Disput überhaupt entstanden war. Mir scheint nämlich, daß erst das Zusammentreffen der beiden zu diesem Ergebnis geführt hat und somit beide gleichermaßen Urheber dieser Idee sind. Als ich Lower diese Ansicht in einem Brief mitteilte, machte er sich darüber lustig und gab mir zu verstehen (in aller Freundlichkeit, die aber seine Verärgerung nicht verhehlen konnte), daß nur ein Geschichtsschreiber, der keine eigenen Ideen hat, auf etwas derart Abwegiges verfallen konnte. Diese Meinung hat er erst vor einer Woche bekräftigt, als er bei einem seiner inzwischen sehr seltenen Besuche in Oxford auch bei mir anklopfte.

Die Übertragung von Blut, sagte er, sei eine Entdeckung. Ob ich nicht auch dieser Meinung sei?

Doch.

Und das Wesen einer Erfindung oder Entdeckung liege in der Idee, nicht in der Ausführung.

Gewiß.

Und sie sei ein Ganzes, das nicht aus Teilen besteht. Eine Idee sei wie eines der Elemente von Mr. Boyle oder eines der Atome von Lukrez und könne nicht weiter zergliedert werden. Es ist das Wesen der Idee, daß sie ganz und in sich vollkommen ist.

Diese aristotelische Auffassung klang seltsam aus seinem Munde, aber ich stimmte ihm zu.

Eine Idee läßt sich nicht halbieren?

Wenn sie nicht geteilt werden kann, dann natürlich nicht.

Dann müssen alle Ideen einen einzigen Ursprungsort haben, da kein Ding zur selben Zeit an zwei verschiedenen Orten sein kann.

Ich stimmte ihm zu.

Daher lasse sich vernünftigerweise annehmen, daß eine Idee nur im Verstand *eines* Menschen entstehen könne?

Ich stimmte ihm abermals zu, und er nickte zufrieden, überzeugt, damit meinem Versuch zur Wiederherstellung eines freundlichen Einvernehmens zwischen den beiden Ärzten die Grundlage entzogen zu haben. Seine Argumentation war von makelloser Logik, aber ich kann sie noch immer nicht akzeptieren, obschon ich keinen Grund dafür zu nennen weiß. Unbeirrt folgerte Lower daraus seinen nächsten Lehrsatz: Wenn einer der beiden die Vorstellung der Blutübertragung als erster erdacht hat, dann muß der andere lügen, wenn er die Urheberschaft für sich beansprucht.

Ausgehend von seiner Voraussetzung stimmte ich der Unausweichlichkeit auch dieser Schlußfolgerung zu, und Lower äußerte voller Zufriedenheit, daß bei der Wahl zwischen ihm und Cola zweifellos sein Anspruch den Vorzug erhalten mußte, denn wer würde das Wort eines italienischen Dilettanten höher bewerten als das eines englischen Gentleman? Nicht daß letztere nie lügen oder die Wahrheit falsch verstehen könnten, aber die Möglichkeit sei viel geringer. Das war eine allseits bekannte und akzeptierte Tatsache. Ich verzichtete auf die Frage, ob das auch in Italien gilt.

Achtes Kapitel

ICH GING IN DIESEN Tagen kaum auf die Straße, aber bei den wenigen Gelegenheiten, da ich entweder das Haus oder die Bibliothek verließ, begegnete ich dem Italiener. Das erste Zusammentreffen führte ich absichtlich herbei, denn ich suchte ihn im Gasthaus Mother Jean's auf. Die zweite Begegnung ergab sich zufällig nach dem Theater. Vor allem beim ersten Mal wurde mein Verstand durch die Unterhaltung in äußerste Verwirrung gestürzt.

Diese Unterredung hat er in seinem Bericht wiedergegeben, und damals war ihm deutlich anzumerken, daß er glaubte, mich glücklich getäuscht zu haben. Ich fand in ihm einen nüchternen und höflichen Mann, dessen Ausdrucksweise zugleich klug und bescheiden wirkte. Offenbar verfügte er über eine große Sprachbegabung, denn obgleich das Gespräch meist auf lateinisch geführt wurde, schien es mir, daß ihm nur wenig entging, wenn wir ins Englische verfielen. Doch trotz seiner Fertigkeit waren seine

Reden verräterisch für jeden, der zwei und zwei zusammenzählen konnte. Denn welcher Arzt (oder auch Soldat) konnte so kenntnisreich über längst vergangene Ketzereien sprechen, konnte so gelehrt auf die Werke eines Hippolyt und Tertullian verweisen oder hatte auch nur gehört von Elchesai, Zosimus und Montanus? Freilich schenken Papisten solch entlegenen Dingen mehr Aufmerksamkeit als Protestanten, die gelernt haben, die Bibel selbständig zu lesen, und deshalb weniger auf ein Wissen um die Meinungen anderer angewiesen sind, aber selbst die frömmsten Katholiken kennen sich auf diesem Gebiet kaum so gut aus, daß sie bei einem Disput in der Lage wären, ohne weiteres darauf zurückzugreifen.

Cola benahm sich nicht wie ein Arzt, als er das Haus der Blundys durchsuchte. Und jetzt sprach er auch nicht wie einer. Ich fühlte, wie meine Neugier immer mehr wuchs.

Dennoch war dies eher belanglos im Vergleich zum Inhalt der Unterredung und der Richtung, die er mir damit ohne sein Wissen wies. Ich habe immer wieder über diese Erscheinung nachgedacht, die im Leben aller Menschen so häufig auftritt, daß wir sie fast gar nicht mehr beachten. Wie oft schon hatte ich eine Frage im Kopf und nahm irgendein Buch vom Regal, von dem ich noch nie gehört hatte, und fand darin die gesuchte Antwort! Es ist bekannt, daß sich Männer angezogen fühlen von dem Ort, an dem sie zum ersten Mal der Frau begegnen, die sie später heiraten werden. Und selbst Bauern wissen, daß eine absichtslos mit dem Finger gefundene Stelle auf einer ebenso absichtslos aufgeschlagenen Bibelseite in den meisten Fällen den vernünftigsten Ratschlag bereithält, den sich ein Mensch nur wünschen kann.

Die Gedankenlosen nennen dies Zufall, und auch bei Philosophen stelle ich eine wachsende Neigung fest, von Zufall und Wahrscheinlichkeit zu sprechen, als handle es sich dabei um eine Erklärung statt um eine gelehrte Maskerade für ihr Unwissen. Einfachere Menschen hingegen wissen genau, daß nichts durch Zufall geschehen kann, wenn Gott alles sieht und weiß; etwas anderes auch nur anzudeuten wäre lächerlich. Diese Zufälle sind die sichtbaren Zeichen Seiner Vorsehung, aus denen wir vieles lernen können, wenn wir nur bereit sind, Sein Wirken zu erkennen und die Bedeutung Seines Handelns zu betrachten.

So geschah es, daß es mich gegen meinen Willen zu Sarahs Haus drängte, an dem Abend, als Cola es durchsuchte, daß ich sie auf der Abingdon Road erkannte und ihr folgte, und so geschah es auch in meiner Unterhaltung mit Cola. All diese Dinge, die von den Spöttern Zufall, Akzidenz und Glück genannt werden, zeigen die Richtung, in die Gott die menschlichen Angelegenheiten lenkt. Cola hätte sein Argument mit zahllosen anderen Beispielen veranschaulichen können, die genauso oder sogar besser geeignet gewesen wären als eine Geschichte über eine längst vergangene und vergessene Ketzerei. Welche Eingebung bewegte ihn also dazu, diesen besonders abseitigen Zweig des Montanismus zu erwähnen? Welcher Engel flüsterte ihm ins Ohr und lenkte seinen Geist, so daß ich beim Verlassen des Gasthauses am ganzen Leib zitterte und schwitzte? »Der Messias wird in jeder Generation wiedergeboren, wieder verraten, wieder sterben und wieder auferstehen, bis die Menschheit sich vom Bösen abwendet und nicht mehr sündigt.« Das waren seine Worte, und sie erschreckten mich zutiefst, denn genau die gleichen Worte hatte auch Sarah einige Tage vorher gesprochen.

In den nächsten Tagen war ich davon wie besessen, und jeder Gedanke an Dr. Grove war aus meinem Kopf gewichen. Zuerst las ich das wenige, was ich zu Hause hatte, dann ging ich zum New College, um die kleine Bibliothek von Thomas Ken zu durchstöbern, und bemerkte dabei kaum sein von Kummer und Sorge gezeichnetes Aussehen. Ich wünschte, ich wäre aufmerksamer gewesen, denn dann hätte er vielleicht gesprochen und damit Sarahs Leben gerettet. Aber ich beachtete sein Elend nicht, und später ließ er sich nicht mehr ins Wanken bringen: Er hatte Grove aufgesucht, um ihn um Verzeihung zu bitten für die von ihm verbreiteten Verleumdungen. Aber als er dort Prestcott antraf und weder den Friedensrichter noch die Wache davon in Kenntnis setzte, wurde er zum Gefangenen seiner eigenen Falschheit. Seine Lüge über Sarah, die angeblich Groves Zimmer betreten hatte, konnte er nun nicht mehr zurücknehmen, weil er dann vielleicht auch hätte gestehen müssen, daß er einem Verbrecher zur Flucht verholfen hatte. Vor die Wahl gestellt zwischen dem Zorn Gottes nach dem Tode und der Rache von Dr. Wallis in diesem Leben, entschied er sich für ersteres und hat seither teuer dafür bezahlen müssen. Denn er sah der Hinrichtung einer Unschuldigen zu, um in den Genuß von achtzig Pfund pro Jahr zu kommen. Aber ich darf nicht zu hart urteilen; meine eigene Sünde war kaum geringer, denn als ich sprach, war es bereits zu spät.

Er lieh mir alle Bücher, die ich wollte, und als ich sie gelesen hatte, ging ich in die Bodleian Library und suchte dort nach der Geschichte, die mir Cola erzählt hatte. Bruchstücke fanden sich bei Tertullian und Hippolyt, so wie er gesagt hatte; aber auch bei Eusebios, Irenaeus und Epiphanios stieß ich auf Hinweise. Und je mehr ich las, desto mehr lehnte sich mein Verstand gegen das Gelesene auf. Wie konnte es sein, daß Sarah, ohne jegliches gelehrte Wissen, nahezu Wort für Wort eine ganze Reihe von Prophezeiungen zitierte, die vor über tausend Jahren ausgesprochen worden waren? Es gab nicht den geringsten Zweifel; immer wieder waren es die gleichen Worte, fast als redete dieselbe Stimme aus dieser längst schon toten Frau, die von einem Bergesgipfel in Kleinasien geweissagt hatte, und aus dem Mädchen, das in Abingdon so seltsam über seinen Tod gesprochen hatte.

Es kostete mich große Anstrengung, aber ich schob alles beiseite. Es war eine wirre Zeit, und immer noch lagen die absonderlichsten Verrücktheiten in der Luft, auch nach zwei Jahrzehnten, die die Lust der Menschen auf religiösen Eifer fast erschöpft hatten. Ich sagte mir, daß sie irregeleitet sei, gefangen in der Verderbtheit des Zeitalters, und daß sie im Laufe der Zeit, wenn die Sorgen um ihre Mutter und ihre Zukunft weniger würden, diese närrischen Gedanken abwerfen und sich nicht mehr in Gefahr bringen werde. Oft gelingt es den Menschen, sich durch den Gebrauch der Vernunft einzureden, daß eine Wahrheit, die sie kennen, keine ist, nur weil sie sie nicht verstehen.

Um mich von meiner Schwermut zu erholen, zwang ich mich zurück in die Gesellschaft der Menschen und stimmte freudig dem Vorschlag Lowers zu, ihn und Cola ins Theater zu begleiten. Ich hatte schon seit fast vier Jahren kein Stück mehr gesehen, und obwohl ich meine Stadt sehr liebe, muß ich zugeben, daß sie einem trübsinnigen Geist, der Zerstreuung sucht, wenig zu bieten hat. Für mich war es ein herrlicher Abend, denn trotz Mr. Colas Kritik fand ich die Geschichte über König Lear und seine Töchter sowohl unterhaltsam als auch bewegend und auch ausgezeichnet gespielt. Auch den weiteren Verlauf des Abends in angenehmer Gesellschaft genoß ich sehr, und mein Interesse an dem Italiener erwachte aufs neue. Ich unterhielt mich längere Zeit mit ihm und nutzte vorsichtig die Gelegenheit, um mehr über ihn in Erfahrung zu bringen. Doch was immer es zu entdecken gegeben hätte, es blieb meiner Kenntnis entzogen. Cola parierte meine Fragen mühelos und kehrte immer wieder zu Themen zurück, bei denen seine Anschauungen und Meinungen keine Rolle spielten. Tatsächlich schien er meine Neugier durchaus zu bemerken und sich damit zu amüsieren, jede Antwort von größerer Bedeutung zu vermeiden.

Natürlich konnte ich ihn nicht einfach ohne Umschweife nach den Dingen fragen, die mir am Herzen lagen. So gern ich auch gewußt hätte, weshalb er Sarah Blundys Haus durchsucht hatte – ich konnte die Frage nicht auf eine Weise stellen, die zu einer brauchbaren Antwort geführt hätte. Aber als er schließlich aufbrach, war er sich meines Argwohns bewußt, und er betrachtete mich mit größerer Vorsicht und Achtung als zuvor.

Als er und Lower gegangen waren, blieben Locke und ich noch eine Stunde in angenehmer Unterhaltung sitzen, bevor auch wir die Schenke verließen. Ich wünschte meiner Mutter eine gute Nacht und verbrachte einige Zeit mit meiner täglichen Bibellektüre. Gerade wollte ich mich für die Nacht zurückziehen, als ich mich durch lautes Klopfen veranlaßt sah, die Treppe hinunterzusteigen und die soeben mühsam verriegelte Tür wieder zu öffnen. Es war Lower, der sich umständlich für die Störung entschuldigte und mich dann um eine kurze Unterredung bat.

»Ich bin völlig ratlos«, bekannte er, nachdem ich ihn in mein Zimmer geführt und ihn gebeten hatte, leise zu sprechen. Meine Mutter verabscheute jegliche Störung am Abend, und ich hätte viele übellaunige Tage ertragen müssen, wenn sie von der Stimme oder den Stiefeln Lowers erwacht wäre.

»Welchen Eindruck machte Euch Cola heute abend?« fragte er unvermittelt.

Ich gab eine nichtssagende Antwort, weil ihm ganz offensichtlich überhaupt nicht daran gelegen war, etwas über meine Eindrücke zu erfahren. »Warum fragt Ihr?«

»Weil ich immer wieder erschreckende Dinge über ihn höre«,

sagte er. »Ihr wißt ja, daß mich Dr. Wallis zu einem Gespräch gebeten hat. Dieser Cola ist nicht nur ein Mensch, der die Gewohnheit hat, anderen ihre Ideen zu stehlen, sondern Wallis scheint jetzt auch der Ansicht, daß er in den Tod von Dr. Grove verwickelt ist. Wußten Sie, daß ich ihn seziert habe? Mir ging es darum, zu sehen, ob der Leichnam Hinweise auf Colas Schuld zeigt.«

»Und – gibt es Hinweise?« Die Wendung des Gesprächs ließ mein Herz schneller schlagen. Vor meinen Augen wurden meine schlimmsten Alpträume Wirklichkeit, und ich wußte nicht, wie ich mich am besten verhalten sollte. Bis zu diesem Zeitpunkt hatte ich keine Ahnung, daß es Ermittlungen zu Groves Tod gab, und ich wähnte mich nicht nur völlig sicher, sondern war sogar im stillen zu der Überzeugung gelangt, daß zwischen seinem Tod und mir nicht die geringste Verbindung bestand.

»Nein, natürlich nicht. Oder vielleicht doch. Als ich ihn aufgeschnitten hatte, konnte man nicht mehr eindeutig sagen, ob es zu Blutungen gekommen war. Wie auch immer, die Überprüfung hat nichts ergeben.«

»Warum glaubt Wallis an eine Verwicklung Colas?«

»Ich habe keine Ahnung. Er ist sehr verschwiegen und spricht nur, wenn er unbedingt muß. Aber seine Warnungen haben mich aufgeschreckt. Und jetzt muß ich Cola anscheinend auch noch zu einer Rundfahrt mitnehmen. Ich werde jede Nacht wach liegen vor lauter Angst, daß er mir ein Stilett in den Rücken sticht.«

»Ich an Eurer Stelle würde mir nicht so viele Sorgen machen«, sagte ich. »Für einen Ausländer scheint er mir vollkommen gewöhnlich. Und ich weiß aus Erfahrung, daß Dr. Wallis eine seltsame Freude daran hat, scheinbar mehr zu wissen als andere. Oft ist dies gar nicht der Fall, er benutzt es nur als List, um seinem Gegenüber vertrauliche Äußerungen zu entlocken.«

Lower knurrte. »Trotzdem hat der Mann etwas Merkwürdiges an sich. Jetzt, wo ich darauf aufmerksam geworden bin, kann ich es spüren. Ich meine, was macht er eigentlich hier? Angeblich soll er irgendwelche Familienangelegenheiten klären, aber dazu müßte er in London sein. Und ich weiß, daß er überhaupt nichts in dieser Sache getan hat. Statt dessen hat er sich an Boyle herangemacht und benimmt sich äußerst unterwürfig gegen ihn. Außerdem betreut er Patienten in der Stadt.«

»Doch nur einen«, wandte ich ein. »Und das fällt doch kaum ins Gewicht.«

»Aber was ist, wenn er sich zum Bleiben entschließen sollte? Ein modischer Doktor vom Kontinent. Schlecht für mich. Und er ist auffallend begierig, etwas über meine Patienten zu erfahren. Ich glaube fast, daß er die Absicht hegt, sie mir abspenstig zu machen.«

»Lower«, sagte ich streng, »für einen klugen Menschen benehmt Ihr Euch manchmal erstaunlich närrisch. Weshalb sollte ein begüterter Mann, Sohn eines reichen italienischen Kaufmanns, in Oxford eine Praxis eröffnen und Euch die Patienten abjagen wollen? Seid doch vernünftig.«

Mit größtem Widerstreben gab er mir recht. »Und was den Zusammenhang mit Dr. Groves Tod angeht, das halte ich für völlig aus der Luft gegriffen. Weshalb um Himmels willen sollte er oder jemand anderer so etwas tun? Wißt Ihr, was ich glaube?«

»Was?«

»Ich glaube, Grove hat sich selbst umgebracht. Nicht absichtlich, aber Arsenik ist ein Heilmittel für viele Beschwerden, und ich glaube, er hat es selbst eingenommen.«

Lower schüttelte den Kopf. »Das ist nicht der entscheidende Punkt. Entscheidend ist, daß ich die nächste Woche in der Gesellschaft eines Mannes verbringen soll, dem ich immer stärker mißtraue. Wie soll ich mich da verhalten?«

»Sagt die Reise ab.«

»Ich brauche das Geld.«

»Fahrt alleine.«

»Es wäre höchst unhöflich, eine ausgesprochene Einladung wieder zurückzunehmen.«

»Leidet im stillen, verurteilt nicht auf bloßes Gerede hin und versucht, für Euch selbst herauszufinden, wer er ist«, versetzte ich. »Doch da Ihr nun schon hier seid und ihn besser als jeder andere kennt, möchte ich Euch um einen Rat bitten. Ich tue es nur sehr ungern, da ich Eurem Argwohn nicht noch weitere Nahrung geben will, aber es handelt sich um einen seltsamen Vorfall, den ich mir nicht erklären kann.«

»Ich bin ganz Ohr.«

Also erzählte ich ihm auf möglichst unspektakuläre Weise von meinem Besuch im Cottage der Blundys: wie Cola hereinkam, sich überzeugte, daß die Frau schlief, und dann das ganze Haus durchsuchte.

»Warum fragt Ihr nicht Sarah Blundy, ob etwas fehlt?«

»Er ist ihr Arzt. Ich möchte nicht ihr Vertrauen untergraben und auch nicht, daß er sich wieder weigert, die Behandlung ihrer Mutter fortzusetzen. Was haltet Ihr von der Sache?«

»Ich glaube, ich werde auf meiner Geldtasche schlafen, wenn wir im selben Bett liegen«, erwiderte er. »Seltsam, wieviel Mühe Ihr Euch gebt, meinen Verdacht zu zerstreuen, nur um ihn dann wieder zu schüren.«

»Ich bitte Euch um Verzeihung. Sein Benehmen war sonderbar, aber ich glaube kaum, daß Eure Befürchtungen begründet sind.«

Die Unterhaltung hatte meine eigenen Sorgen wiedererweckt, wiewohl ich festhalten muß, daß Lower mit keinem Wort erwähnte, daß der Friedensrichter bereits Ermittlungen gegen Sarah als mögliche Schuldige aufgenommen hatte. Hätte er es getan, hätte ich mich anders verhalten. So galten meine Gedanken, als mich Lower wieder meiner friedlichen Einsamkeit überlassen hatte, mehr Colas merkwürdigem Benehmen, und ich beschloß, der Sache auf den Grund zu gehen. Zunächst wollte ich jedoch Sarah befragen, auch wenn es sich um ihren Arzt handelte.

»Hier vom Regal?« fragte sie, als ich ihr von dem Vorfall berichtet hatte. »Da gibt es nichts von Wert. Nur einige Bücher, die meinem Vater gehörten.« Prüfend ließ sie ihren Blick über die Bücher gleiten. »Eines fehlt«, sagte sie schließlich. »Aber ich habe es nie gelesen, da es in lateinischer Sprache ist.«

»Dein Vater hat lateinisch gelesen?« fragte ich ziemlich überrascht. Er war ein Mann von großen Fähigkeiten gewesen, das wußte ich, aber ich hätte nie gedacht, daß seine Gelehrtheit so weit ging.

»Nein«, antwortete sie. »Er hielt es für eine tote Sprache, mit der sich allein Narren und Altertumsforscher beschäftigen. Ich bitte vielmals um Entschuldigung«, fügte sie mit einem leichten Lächeln hinzu. »Er wollte eine neue Welt schaffen, nicht eine alte wieder zum Leben erwecken. Außerdem hat er mir einmal gesagt, daß wir von heidnischen Sklavenhaltern nichts lernen können.«

Ich ging über die für mich nicht gerade schmeichelhafte Bemerkung hinweg. »Und wo kommen all diese Bücher her?«

Sie zuckte mit den Achseln. »Ich habe eigentlich nur an sie gedacht, als ich sie verkaufen wollte. Ich fragte einen Buchhändler, aber er bot mir sehr wenig dafür. Ich hatte die Absicht, sie dir als Dank für dein Wohlwollen zu schenken – falls du sie angenommen hättest.«

»Du kennst mich viel zu gut, um zu denken, daß ich geschenkte Bücher einfach ablehnen würde«, erwiderte ich. »Aber ich würde das Geschenk nicht annehmen. Du kannst es dir gar nicht leisten, so großzügig mit deinem Besitz umzugehen. Ich würde darauf bestehen, die Bücher zu bezahlen.«

»Und ich würde die Bezahlung nicht annehmen.«

»Wir würden uns also ziemlich lange darüber streiten. Und es gibt viel dringendere Angelegenheiten zu erledigen. Unter anderem die, daß du mir nicht etwas verkaufen kannst, was sich vielleicht im Besitz von Mr. Cola befindet. Ich denke, ich sollte erst einmal sehen, ob ich es wiederbekommen kann.«

Zunächst ging ich den ganzen Weg zum Christ Church College und vergewisserte mich, ob Lower und Cola auch wirklich an diesem Morgen zu ihrer Rundfahrt aufgebrochen waren. Dann begab ich mich hinüber zu Mrs. Bulstrode, Colas Hauswirtin in St. Giles.

Ich kannte die Dame mindestens seit meinem fünften Lebensjahr. Bevor ich die Lust an kindischem Getändel verlor, hatte ich mit ihrem Sohn gespielt, der ungefähr in meinem Alter war und jetzt Getreidehändler in Witney ist. Nicht selten hatte sie mir einen Apfel aus ihrem Garten gegeben oder mich vom köstlichen Honig aus ihren Bienenstöcken naschen lassen. Diese standen auf einem winzigen Grundstück, das sie hochtrabend als ihr Landgut bezeichnete. Denn trotz der Strenge ihrer Religion war sie eine dünkelhafte Frau und spielte gern die vornehme Dame. Jene, die sie gerade gut genug kannten, um den Schwindel zu durchschauen, verspotteten sie ohne Erbarmen; doch jene, die sie besser kannten, sahen die innere Warmherzigkeit und verziehen ihr eine Schwäche, die, wiewohl schwerwiegend, sie nie von einem wohltätigen Werk oder einem gütigen Wort abhielt.

Ich trat in die Küche – meine Bekanntschaft reichte so weit

zurück, daß ich einfach an die Küchentür klopfen durfte – und wurde mit großer Herzlichkeit empfangen. Die Unterhaltung dauerte fast eine halbe Stunde, bevor ich mein Anliegen vorbringen konnte. Ich erklärte ihr, daß ich ein enger Bekannter von Mr. Cola sei.

»Ich bin froh, das zu hören, Anthony«, sagte sie ernst. »Wenn er Euer Freund ist, dann kann es nicht so schlimm sein, ihn zu kennen.«

»Warum sagt Ihr das? Hat er sich schlecht benommen?«

»Nein, eigentlich nicht«, räumte sie ein. »Er ist in jeder Hinsicht ein Mann von großer Höflichkeit. Aber er ist ein Papist, und so jemanden hatte ich noch nie im Haus. Und ich möchte es auch nicht mehr. Aber wißt Ihr was? Gestern abend hat er mit uns zusammen gebetet. Und letzten Sonntag ist er mit Mr. Lower in die Kirche gegangen und hat gesagt, er fand das Erlebnis sehr erhebend.«

»Das freut mich wirklich. Meinerseits kann ich nur bestätigen, daß er ein gutherziger Mensch ist, da er die Mutter unseres Dienstmädchens gegen geringe Bezahlung behandelt. Ich glaube, Ihr könnt zur Nacht ruhig in Eurem Bette schlafen. Doch ich wollte Euch um etwas anderes ersuchen: Könnte ich in sein Zimmer gehen – er hat sich etwas von mir ausgeliehen, was ich dringend für meine Arbeit brauche. Und wie ich höre, ist er eine Woche lang unterwegs.«

Ich erhielt sofort die Erlaubnis, und da ich wußte, wo das Zimmer liegt, durfte ich allein die zwei Treppen hinauf zu der kleinen von Cola gemieteten Dachstube steigen. Dort war alles blitzsauber, wie nicht anders zu erwarten in einem Zimmer unter der Obhut von Mrs. Bulstrode, die Staub als Teufelssaat betrachtete und in unermüdlichen Exorzismen dagegen zu Felde zog. Cola besaß nur wenige Habseligkeiten, die er fast alle in einem großen Schrankkoffer aufbewahrte. Und der war sicher verschlossen.

Da ich schon so weit vorgedrungen war, wollte ich auf keinen Fall mit leeren Händen wieder gehen und untersuchte deshalb das Schloß mit äußerster Gründlichkeit, in der Hoffnung, es möge plötzlich vor meinen Augen aufspringen. Aber es war so gefertigt, daß es nicht nur die unerwünschte Aufmerksamkeit von Dieben, sondern auch von Personen wie Mrs. Bulstrode in Schranken hielt, die gewiß keine gute Gelegenheit ausgelassen hätte, den Inhalt des Koffers in Augenschein zu nehmen, denn ihre Neugier im Hinblick auf das Unbekannte war nicht geringer als die des emsigsten Experimentators. Es gab nur zwei Möglichkeiten: das Schloß aufzubrechen oder es aufzusperren – doch keine von beiden kam für mich in Betracht.

So lange und finster ich auch auf die Truhe starrte, sie ließ sich nicht dazu bewegen, sich von selbst zu öffnen, und schließlich fand ich mich damit ab, daß auch der stärkste Wunsch hier nichts erreichen konnte. Mit größtem Widerstreben und nicht geringem Groll erhob ich mich aus der Hocke und wandte mich zum Gehen. Doch vorher versetzte ich der Truhe aus schierer Wut einen mächtigen Tritt, um meinem Unwillen Ausdruck zu verleihen.

Mit einem dumpfen Schlag sprang das Schloß auf, das mit einem raffinierten Federmechanismus versehen war, wie ich noch nie einen gesehen hatte. Verdutzt fragte ich mich, wie jemand so leichtsinnig sein konnte, all seinen Besitz so ungeschützt zurückzulassen. Erst die Lektüre von Colas Manuskript verschaffte mir Aufklärung in diesem Punkt: Ein schwerer Sturz auf der Reise von London nach Oxford hatte das Schloß so stark beschädigt, daß es nicht mehr zuverlässig sperrte.

Geschenke Gottes sollte man niemals verschmähen. Es hatte Ihm gefallen, meinen Wunsch zu erfüllen, und ich war mir sicher, daß es einem guten Zweck diente. Ein Dankgebet auf den Lippen, kniete ich mich vor den Koffer wie vor einen Altar und durchsuchte ihn auf ebenso methodische Weise wie Cola vor nicht allzu langer Zeit das Haus von Sarah Blundy.

Es ist hier nicht der Ort, seine Besitztümer aufzuzählen oder sich über die Qualität seiner Kleidung und die Geldsäcke zu äußern, die die Geschichten von seiner Armut Lügen straften. Denn er besaß mindestens hundert Pfund in Gold. Weit davon entfernt, auf die Behandlung von Patienten angewiesen zu sein, hatte er genug Geld, um weit über ein Jahr als Gentleman leben zu können. Nein, erwähnen möchte ich nur, daß ich rasch auf drei Bücher stieß, in ein Hemd gewickelt und nahe dem Boden der Truhe, als ob es sich dabei um die kostbarsten Gegenstände auf Erden handelte. Daneben lag ein Blatt Papier, auf dem die Anschrift einer Taverne in Cheapside mit dem Namen The Bells und mehrere andere gekritzelte Notizen standen, anscheinend gleichfalls Adressen.

Das erste Buch war besonders prachtvoll, mit Goldprägung und einem sorgfältig gearbeiteten Metallschloß, kunstfertig verziert und ziseliert. Es war meine Leidenschaft als Bibliograph, die mich innehalten ließ, um den Band genauer zu betrachten, denn es handelte sich um feinstes venezianisches Kunsthandwerk, das man in unserem Lande nur selten zu sehen bekommt. Der Anblick machte mich so neidisch, daß es mir einen Stich versetzte, und ich schwöre, wäre ich nur um einen Bruchteil weniger ehrlich, hätte ich es ebenfalls an mich genommen. Sicherlich ist es vortrefflich, daß heute so viele Bücher gedruckt werden und daß ihr Preis ständig sinkt, auch der für die gelehrtesten Werke. Ich schätze mich glücklich, in einem Land zu leben, in dem man Bücher zu einem maßvollen Preis erwerben kann (obwohl sie in den Niederlanden noch preiswerter sind; hätte ich eine Sehnsucht zu reisen, würde ich dorthin fahren, denn ich könnte viele Bücher kaufen und durch die niedrigeren Preise die Reisekosten bestreiten). Aber manchmal werden mir auch die Nachteile dieser glücklichen Situation bewußt.

Freilich ist es die Gelehrsamkeit, die von Bedeutung ist, und ihre Qualität muß an erster Stelle stehen. Es ist besser, daß das Wissen möglichst viele Menschen erreicht, denn *sine doctrina, vita est quasi mortis imago*, sagt Dionysius Cato: Ohne Wissen ist das Leben nur ein Abbild des Todes. Und wenn es nicht so wäre, könnte ich mir viel weniger Bücher kaufen. Doch bisweilen trauere ich den Tagen nach, als die Menschen den wahren Wert von Büchern noch zu schätzen wußten und sie verschwenderisch ausstatteten. Wenn in der Bodleian Library mitunter meine Lebensgeister schwinden und es mir schwerfällt, mich zu sammeln, bestelle ich einen der erlesenen Codices, die ihren Weg in die Bibliothek gefunden haben. Oder ich begebe mich in ein College und blättere ein Stundenbuch durch, voller Bewunderung für die Liebe und das Geschick, mit denen diese herrlichen Werke erzeugt worden sind. Ich stelle mir die Menschen vor, die sie gemacht haben, die Schreiber und die Papierhersteller, die Illustratoren und die Buchbinder, und vergleiche ihre Arbeit mit den armseligen Bänden in meinem Regal. Es ist wie der Unterschied zwischen einem Versammlungshaus der Quäker und einer katholischen Kirche. Das eine dient dem Wort und nur ihm allein; das hat sicherlich seine Vorteile, aber Gott ist mehr als das Wort allein, auch wenn Er im Anfang das Wort war. Die Sprache des Menschen ist nahezu stumm, wenn es gilt, Seinen Ruhm zum Ausdruck zu bringen, und die Kargheit protestantischer Gebäude ist ein Schimpf auf seinen Namen. Wir leben heute in einem Zeitalter, in dem die Häuser der Politiker größer sind als die Häuser Gottes. Das sagt viel über unsere Verderbtheit.

So saß ich eine Weile und weidete meine Augen an diesem kleinen Buch Colas, mit den Fingern die Verzierungen des Einbands nachfahrend. Ein Zimmer – nein, nur ein Regal – voll mit Büchern dieser Art würde mir die größte denkbare Freude bereiten. Aber ich wußte natürlich, daß auf ein solches Wunder zu hoffen für mich genauso abwegig war wie der Vorsatz, Kanzler von England zu werden. Ich schob das kleine Schloß des Büchleins zur Seite – es war ein Psalter – und schlug es auf, um zu sehen, ob der Druck dem Einband gleichkam, denn ich wußte, daß venezianische Arbeiten ihresgleichen suchten.

Der Schreck fuhr mir in die Glieder, denn statt Seiten erblickte ich zwei sorgfältig ausgeschnittene Hohlräume. Zunächst galt mein Schmerz dem Buch, denn die Verunstaltung eines solchen Kunstwerkes kam für meine Begriffe fast einem Sakrileg gleich. Dann richtete sich meine Aufmerksamkeit auf die drei jeweils mit einem Korken verschlossenen Fläschchen, die so sorgsam im Inneren des Buches verstaut lagen. Eines enthielt eine zähe, dunkle Flüssigkeit wie Öl und eines eine klare Flüssigkeit, bei der es sich auch um Wasser hätte handeln können. Das dritte jedoch zog mich am meisten an, denn es war von allen die vollendetste Arbeit: über und über mit Gold und Edelsteinen belegt und nach meiner unerfahrenen Schätzung viele Dutzende von Pfund wert. Es enthielt nichts außer einem alten verformten Stückchen Holz. Was es bedeutete, leuchtete selbst einem Tropf wie mir sofort ein.

Also legte ich das erste Buch beiseite, das meine Neugier immer noch gefangenhielt, und wandte mich zerstreut den beiden anderen zu, bis es mir dämmerte, was ich in der Hand hielt. Mehrere Minuten blätterte ich darin herum und las, ehe ich erkannte, daß ich auf etwas sehr Seltsames und Wichtiges gestoßen war.

Denn bei beiden handelte es sich um das gleiche Buch, eines aus Sarahs Haus und das andere, wie ich annahm, aus Colas Besitz: identische Bände aus der Geschichte des Livius in der gleichen Ausgabe, um deren Beschaffung mich Dr. Wallis vor vielen Monaten so dringend ersucht hatte.

* *
*

Am nächsten Tag wurde Sarah Blundy verhaftet, auf Betreiben von Dr. Wallis, wie ich heute weiß, und die Neuigkeit verbreitete sich in der Stadt und der Universität wie eine Flutwelle, die von einem starken Wind flußaufwärts gepeitscht wird. Jedermann wußte, daß sie schuldig war, und applaudierte dem Friedensrichter für seine Entschlossenheit, kritisierte ihn jedoch gleichzeitig dafür, eine Entscheidung so lange hinausgezögert zu haben, die – im nachhinein – für jeden einzelnen Bürger seit der Nachricht von Dr. Groves Tod auf der Hand gelegen hatte.

Nur zwei Menschen, denke ich, stimmten nicht mit dieser Meinung überein – ich, der ich die Wahrheit kannte, und meine Mutter, deren Glaube um so tugendhafter erschien, als er jeder Grundlage entbehrte. Aber, so sagte sie, sie kenne das Mädchen. Und sie wollte sich nicht damit abfinden, daß irgend jemand aus ihrem Haushalt etwas Derartiges getan haben könnte. Hätte sie die Wahrheit erfahren, es hätte sie wohl das Leben gekostet.

Sie war eine merkwürdige Frau – die beste Mutter, die je ein Mensch gehabt hat, Gott segne sie. Sie war streng und peinlich genau in allen Angelegenheiten und wachte eifersüchtig über ihre Rechte und die Verpflichtungen anderer. Niemand war schneller als sie, wenn es darum ging, eine Sünde zu verdammen oder eine moralische Schwäche zu kommentieren. Keine Frau hielt so sorgfältig ihre Andachtsübungen ein; sie betete nicht weniger als zehn Minuten am Morgen nach dem Aufstehen und über fünfzehn Minuten jeden Abend vor dem Zubettgehen. Sie besuchte die beste Kirche und lauschte achtsam auf die Predigten, die sie oft nicht verstand, die sie aber dennoch als erbaulich empfand. Und sie war wohltätig mit größter Vorsicht, so daß diejenigen, die es verdienten, weder zuviel noch zuwenig aus ihrer Tasche bekamen. Gewissenhaft im Umgang mit Geld war sie ohne Zweifel, und ängstlich um ihren Ruf besorgt, aber nicht so sehr, daß sie darüber ihre Pflichten gegen Gott vergessen hätte.

Und so sehr vertraute sie auf ihre Kenntnis des göttlichen Willens, daß sie, wenn die öffentliche Meinung von der ihren in einer Einzelheit abwich, felsenfest davon überzeugt war, es besser zu wissen. Als sie von Sarahs Verhaftung hörte, zögerte sie keinen Augenblick und teilte allen Anwesenden in der großen Küche mit, daß dies eine große Ungerechtigkeit sei. Sarah (für die sie nun eine besitzergreifende Zuneigung empfand) sei ohne jede Schuld in dieser Angelegenheit, sagte sie. Sie hatte diesem fetten Prälaten kein Härchen gekrümmt, und wenn doch, dann war es sicherlich wohlverdient. Sie gab sich jedoch nicht mit Worten zufrieden, sondern füllte schnurstracks einen Korb mit Speisen und ihrem selbstgebrauten Ale, nahm meine beste (und eigentlich einzige) Decke vom Bett, begab sich unerschrocken zum Cottage von Mrs. Blundy, um warme Kleider zu holen, und marschierte vor aller Augen zum Gefängnis. Dort tat sie ihr Bestes, um das arme Mädchen zu trösten und es durch Kleider, Vorräte und strenge Ermahnungen an den Wärter gegen das Kerkerfieber zu schützen.

»Sie möchte dich sehen«, sagte sie nach ihrer Rückkehr mit ernster Stimme zu mir. Sie war in keiner guten Stimmung, da sie von mehreren gemeinen Menschen verhöhnt worden war, die sich gewöhnlich in dem Gedränge vor Gerichtsverhandlungen beim Gefängnis herumtreiben und ihr abartiges Vergnügen über die Ankunft von Gefangenen in Ketten kundtun. Weshalb diese Leute nichts Besseres zu tun haben, weiß ich nicht, aber nach meiner Auffassung sollten sie von jeder ordentlichen Stadt weggeschickt oder für ihren Müßiggang hart bestraft werden. »Du mußt sofort gehen«, fügte sie hinzu.

Mein Mut sank, und ich fühlte mich wie ein Stier, der an einem Seil ins Schlachthaus gezogen wird und dem es nicht gelingt, seinem Schicksal zu entrinnen. Ehe ich von der Verhaftung hörte, hatte ich mir eingeredet, daß die größte Gefahr vorüber sei; wenn Groves Tod niemandem je zur Last gelegt würde, wäre es töricht, meinen eigenen Kopf hinzuhalten. Doch als ich von Sarah hörte, zogen sich meine Gedärme zusammen, und ich sah das Unausweichliche immer näher rücken.

Natürlich mußte ich sie besuchen. Ich schaffte es sogar, mich über sie zu ärgern, als wäre es ihr Fehler, daß ein ungerechter Verdacht auf sie gefallen war. Aber als ich die Treppe zum Kerker hinaufging, wußte ich, daß dies nur der Schmerz über meine Situation war – eine Falle ohne Ausweg. Früher oder später mußte ich mich zu meiner Tat bekennen, denn wenn ich schon mit der Vergiftung Groves ein Verbrechen begangen hatte, durfte ich nicht auch noch das Blut anderer Unschuldiger vergießen.

Sarah war erstaunlich fröhlich, als ich sie sah; die Frauenzelle hatte sich noch nicht gefüllt mit der Ansammlung alter Weiber, die im Laufe des Tages aus dem ganzen Land gebracht wurden, um auf den Richterspruch zu warten, und sie war erst seit wenigen Stunden dort. Die Dunkelheit und die Feuchtigkeit hatten noch nicht begonnen, ihre zerstörerische Wirkung auf Sarahs Gemüt auszuüben.

»Schau nicht so trübselig drein«, sagte sie, als ich ihr mit meinem besorgten Gesicht aus dem Dunkel entgegentrat. »Ich bin die Gefangene, nicht du. Wenn ich fröhlich sein kann, dann solltest auch du eine heitere Miene aufsetzen können.«

»Wie kannst du an einem Ort wie diesem fröhlich sein?«

»Weil mein Gewissen rein ist und ich glaube, daß mich der Herr behüten wird«, antwortete sie. »Ich habe in meinem Leben mein Bestes für Ihn getan und kann nicht glauben, daß er mich jetzt verläßt.«

»Und wenn es doch so ist?«

»Dann tut er es aus gutem Grund.«

Manchmal, das gebe ich offen zu, ermüdete mich solche Demut aufs äußerste. Doch ich war gekommen, um ihr Mut zuzusprechen, und nun, da ich ihn bereits vorfand, konnte ich ihr nicht einfach auseinandersetzen, weshalb ihr Optimismus unangebracht war.

»Du hältst mich für dumm«, sagte sie. »Aber du hast unrecht. Denn ich weiß, daß ich nichts mit dieser Sache zu tun habe.«

»Natürlich, und Gott weiß es auch. So wie ich. Aber ob das Gericht Sein Vertrauen genießt, wage ich zu bezweifeln.«

»Was können sie gegen mich vorbringen? Ein Gericht muß doch Beweise vorlegen. Und du weißt so gut wie ich, wo ich in dieser Nacht war.«

»Und wenn nötig, mußt du es ihnen auch sagen«, mahnte ich sie. Aber sie schüttelte den Kopf. »Nein. Damit würde ein Skandal an die Stelle des anderen treten, und das will ich nicht. Glaub mir, Anthony, es wird nicht nötig sein.«

»Dann werde ich sprechen.«

»Nein«, sagte sie mit fester Stimme. »Du hältst dich wahrscheinlich für warmherzig, aber du wirst auch nicht derjenige sein, der zu leiden hat. Das Gesetz in diesem Punkt würde dich kaum berühren, aber ich müßte die Stadt verlassen, und das kann ich nicht, solange es meiner Mutter so schlecht geht. Und auch die Menschen in Abingdon und anderswo darf ich keiner Bestrafung aussetzen. Glaub mir, Anthony, es besteht keine Gefahr. Es kann doch niemand annehmen, daß ich einer solchen Tat fähig bin.«

Ich ließ nichts unversucht, um ihr begreiflich zu machen, daß sie unrecht hatte und daß die Menschen in der Stadt es nicht nur annehmen konnten, sondern bereits völlig davon überzeugt waren. Aber sie wollte nichts davon hören und forderte mich endlich sogar auf, entweder über etwas anderes zu reden oder sie in Ruhe zu lassen. Ein gebieterischer Befehl, der angesichts der Umstände seltsam anmutete, aber durchaus zu ihr paßte.

»Du wirst niemandem etwas davon erzählen«, sagte sie. »Das ist mein Wunsch und mein Befehl. Du wirst erzählen, was ich dir zu erzählen erlaube, und nicht mehr. Du wirst dich in diese Angelegenheit nicht einmischen. Hast du mich verstanden?«

Merkwürdig berührt blickte ich sie an. Sie mochte ein Dienstmädchen sein, aber sie sah aus und sprach wie ein zum Befehlen geborener Mensch: Kein Herrscher hätte Anordnungen mit solcher Entschlossenheit und Zuversicht aussprechen können, die keinen Widerspruch duldeten.

»Nun gut.« Zögernd und nach längerem Warten gab ich ihr die Zustimmung, die ich ihr, wie sie sehr wohl wußte, nicht verweigern konnte. »Ich möchte noch mehr über diesen Cola wissen.«

»Was gibt es da zu sagen, was du nicht mit eigenen Augen gesehen hast?«

»Vielleicht ist es von Bedeutung«, erwiderte ich. »Was ich gesehen habe, setzt mich ein wenig in Verwirrung. Ich sah, wie er sich dir näherte und dann zurückschauderte. Was ihn zurückweichen ließ, ging aber nicht von dir aus. Vielmehr war es, als erschrecke er über sich selbst. Ist das wahr?«

Sie bestätigte meine Vermutung.

»Und hättest du dich ihm gefügt, wenn er sich nicht abgewendet hätte?«

»Du hattest mir bereits gesagt, daß ich nichts zu verlieren habe, und ich glaube, so ist es. Wenn er auf Bezahlung bestanden hätte, könnte ich ihn wohl kaum davon abhalten, sich diese Bezahlung zu nehmen. Da hätten mir auch keine Klagen geholfen – weder davor noch danach. Diese Erfahrung habe ich schon mit anderen machen müssen.« Sie berührte meinen Arm, als sie meine bestürzte Miene sah. »Ich meine nicht dich.«

»Und trotzdem ist er zurückgewichen. Warum nur?«

»Wahrscheinlich fand er mich abstoßend.«

»Nein«, sagte ich. »Das ist unmöglich.«

Sie lächelte. »Vielen Dank.«

»Ich meine, es paßt einfach nicht zu dem, was ich gesehen habe.«

»Vielleicht hat er ein Gewissen. In diesem Fall wäre er neben dir der einzige Mann meiner Bekanntschaft, der damit ausgestattet ist.«

Bei diesen Worten beugte ich mein Haupt. Ein Gewissen hatte ich, wahrhaftig; in diesen Tagen verging kaum eine Minute, in der ich mir dessen nicht bewußt war. Seine Warnungen zu hören war jedoch etwas anderes, als sie in die Tat umzusetzen. Hier stand ich, der Urheber der Leiden dieses Mädchens, und hätte doch mit einem einzigen Wort diese Leiden beenden können, und was tat ich? Ich spendete ihr Trost und spielte die Rolle des mitfühlenden Helfers. So geschickt übertünchte ich mit Großherzigkeit und Hilfsbereitschaft meine eigene Schlechtigkeit, daß niemand das Ausmaß meiner Schuld erahnte, die von Tag zu Tag größer und ungeheuerlicher wurde. Und immer noch fehlte mir der Mut, zu tun, was ich hätte tun müssen. Nicht daß ich kein Verlangen danach gefühlt hätte: Immer wieder malte ich mir aus, wie ich zum Friedensrichter ging, um ihm das Vorgefallene zu berichten und so mein Leben gegen ihres einzutauschen. Immer wieder sah ich vor meinem inneren Auge, wie ich mich in unerschütterlicher Gelassenheit und tapferer Treue aufopferte.

»Ich habe das Buch wiedergefunden, das er gestohlen hatte«, sagte ich, »und ich bin völlig ratlos. Es ist ein Band von Livius. Weißt du, woher er stammt?«

»Ich glaube, er war bei dem Bündel, das mein Vater kurz vor seinem Tod hiergelassen hat.«

»In diesem Fall würde ich das Paket mit deiner Erlaubnis gern öffnen. Ich habe es bisher nicht angerührt, weil du mich darum gebeten hast, aber jetzt haben wir keine andere Wahl. Vielleicht verbirgt sich darin des Rätsels Lösung.«

Dann stand ich auf, um zu gehen. Aber vorher flehte ich sie noch einmal an, mich reden zu lassen, in der Hoffnung, es könnte einen Ausweg für sie geben, ohne daß ich meine Schuld gestehen mußte. Aber sie wollte es mir nicht erlauben, und ich mußte mich ihrem Wunsch fügen; und unter den gegebenen Umständen konnte ich kaum darauf vertrauen, zu entrinnen, indem ich ihr noch mehr Ungemach zufügte.

Neuntes Kapitel

ICH MUSS NOCH EINMAL auf dieses Buch zurückkommen, denn ich habe bisher noch nichts darüber erzählt, wie seine Untersuchung ausgefallen ist. Äußerlich hatte es nichts Auffallendes; es war ein in minderwertiges Kalbsleder gebundener Oktavband, dessen Prägung von einem handwerklich geschickten Mann stammte, der jedoch kein Meister seines Faches war. Es gab keinen Hinweis auf den Besitzer, und ich war sicher, daß das Buch nicht aus der Bibliothek eines Gelehrten stammte, denn ich wußte von keinem, der in seinen Bänden nicht mit größter Sorgfalt seinen Namen und den richtigen Platz im Regal vermerkte. Und es gab auch keine Randbemerkungen, wie man sie in einem oft gelesenen und gründlich studierten Buch erwarten würde. Es war abgenutzt und angestoßen, aber mein geübtes Auge verriet mir, daß dies mehr auf achtlosen Umgang beim Transport als auf häufiges Lesen zurückzuführen war; der Rücken war in hervorragendem Zustand und schien der Teil des Buches zu sein, der am allerwenigsten beschädigt war.

Der Text war unberührt mit Ausnahme einiger kleiner Tintenmarkierungen unter bestimmten Buchstaben. Auf der ersten Seite war es ein »b« in der ersten Zeile, das so markiert war; in der zweiten Zeile ein »f« und so weiter. In jeder Zeile war eine Letter unterstrichen, und da ich das Interesse von Wallis an Buchstabenrätseln kannte, dachte ich, daß sie vielleicht ein Akrostichon ergaben. Daher schrieb ich sie alle auf, aber daraus ergab sich nur ein einziger Wirrwarr ohne jeden Sinn.

Mehr als ein halber Tag verging über diesen fruchtlosen Bemühungen, ehe ich mich geschlagen gab und den Band hinter einige andere Bücher auf meinem Regal stellte, um ihn vor den Blicken Neugieriger zu verbergen. Dann wandte ich mich dem Paket zu, dessen Siegel immer noch unverletzt waren. Auch heute noch berührt es mich seltsam, daß ein so kleiner Gegenstand die Welt in solche Raserei versetzen konnte, daß so viele Menschen solche Grausamkeiten begingen, um sich seiner zu bemächtigen, und daß eine solch mächtige Waffe lange Zeit ohne mein Wissen in meinem Besitz gewesen ist. Doch dies erkannte ich nicht eher, als ich das Paket geöffnet hatte.

Nach einem halben Tag, in gewissenhaftem Studium der darin befindlichen Dokumente verbracht, stand die gesamte geheime Geschichte unseres Reichs vor meinen Augen, aber erst als ich den Bericht von Wallis gelesen hatte, verstand ich voll und ganz, wie sich diese Angelegenheiten auf die sich anbahnende Tragödie in meinem Leben auswirkten und wie sehr der Mathematiker von John Thurloe hintergangen worden war, der immer noch der mächtigste Mann des Königreichs war, obgleich er kein Amt bekleidete. Was er Wallis mitteilte, entsprach bis zu einem gewissen Grad der Wahrheit: Sein Bericht über das Bündnis zwischen Sir James Prestcott und Ned Blundy, beides Fanatiker, doch mit verschiedenen Zielen, wurde in allen Einzelheiten bestätigt, denn mindestens die Hälfte der Dokumente bestand aus einem Briefwechsel zwischen Thurloe und Clarendon, Cromwell und dem König, an dem die Höflichkeit nicht weniger auffiel als das genaue wechselseitige Wissen über Charakter und Ehrgeiz der Beteiligten. Ein Brief vor allem hätte großen Aufruhr ausgelöst, wäre er bekanntgeworden, denn darin war ausdrücklich festgehalten, daß der König Mordaunt angewiesen hatte, Einzelheiten über die

Erhebung von 1659 preiszugeben; auf einem beiliegenden Blatt wurden rund drei Dutzend Namen, viele Waffenlager und Angaben über Versammlungsorte aufgeführt. Sogar ich wußte, daß viele der Genannten später getötet worden waren. Ein weiterer Brief enthielt eine Vereinbarung zwischen König Charles und Thurloe, die in groben Zügen die Bedingungen für eine Wiedereinführung der Monarchie umriß. Darin wurde erklärt, wer begünstigt werden und welchen Beschränkungen die königliche Macht unterliegen sollte, und es wurden Einzelheiten über Gesetze zur Kontrolle der Katholiken benannt.

Hätte sich Sir James Prestcott damals in den Besitz dieser Briefe gebracht und sie veröffentlicht, wäre das ohne Zweifel das Ende der königlichen Sache und auch von John Thurloes Karriere gewesen, denn keine der beiden Seiten hätte sich abgefunden mit dem Verrat an Prinzipien, deren Durchsetzung einen solch hohen Blutzoll gefordert hatte. Dies war jedoch nur der kleinere Teil des Bündels, der zwar im Jahre 1660 eine beträchtliche Gefahr dargestellt, aber drei Jahre später den Thron wohl nicht mehr erschüttert hätte. Nein, die weitaus bedrohlicheren Dokumente waren in einem eigenen Paket zusammengefaßt und stammten zweifellos von Sir James Prestcott selbst. So wie Salpeter und Schwefel voneinander getrennt harmlos sind, aber vermischt zu Schwarzpulver die stärkste Burg zum Einsturz bringen können, so entfalteten auch die beiden Briefwechsel erst zusammen ihre besondere Sprengkraft.

Sir James Prestcott war Katholik, und er war Mitglied der papistischen Verschwörung, die England wieder unter die Knechtschaft Roms bringen wollte. Natürlich war es so, denn warum sonst hätte Prestcott die Unterstützung des papistischen Earl of Bristol gefunden? Was sonst erklärt das entsetzte Schweigen seiner Familie und ihre Weigerung, über die nicht näher benannten Beleidigungen durch Sir James auch nur zu sprechen, die Jack Prestcott in seinem Bericht erwähnt, aber als weiteres Beispiel für ihre Hartherzigkeit anführt? Die Familie seiner Frau war streng protestantisch, und für sie war es gänzlich unverzeihlich, wenn einer der Ihren dem katholischen Glauben anhing. Weshalb sonst sollte sie Sir James in seiner Not entgegen allen verwandschaftlichen Verpflichtungen jede Hilfe verweigern? Weshalb sonst den jungen Jack in der Familie Compton unterbringen, wo man ihn der Obhut des entschiedenen Anglikaners Robert Grove anvertrauen konnte? Es liegt in der Natur der Papisten, ihre eigene Familie zu verführen, ihnen ihren Irrglauben einzupflanzen und sie zu verderben. Konnte da irgendeine Hoffnung bestehen, daß ein so beeinflußbarer Jüngling wie Jack Prestcott den Schmeichelworten des von ihm verehrten Vaters widerstehen würde? Nein, was auch immer geschah, es war entscheidend für Jacks Seelenheil und das Ansehen der Familie, daß er sicher untergebracht wurde und Sir James seine Güter nach ihrer Aufgabe nicht wiedererlangen konnte. Damit ist nach meinem Dafürhalten jeder Vorwurf der Gier und Lügenhaftigkeit gegen die Familie entkräftet, auch wenn es anderen unbenommen bleibt, meinem Urteil zu widersprechen.

Sir James' Konversion zum katholischen Glauben fällt wohl in die Zeit seines ersten Exils, als sich viele Royalisten, geschwächt von Unglück und Not, in verzweifelter Angst dem Papismus zuwandten. Er trat bei der Belagerung von Candia in den Dienst der Venezianer, und kam damals mit vielen in der katholischen Kirche äußerst einflußreichen Menschen in Berührung, die stets darauf bedacht waren, die Leiden Englands zum Vorteil Roms zu nutzen. Einer von ihnen war der Priester, mit dem er in diesen Briefen korrespondierte.

Dies werde ich später näher erklären; zunächst möchte ich nur darlegen, was für einen Schock jedem Katholiken, der zwanzig Jahre seines Lebens im Kampf für den Thron hingegeben hat, die Entdeckung versetzt hätte, daß der König zur Vereinbarung grausamster Verfolgung gegen ihn und seine Glaubensgefährten bereit war. Die Nachricht, daß der König ein Abkommen mit Richard Cromwell und Thurloe schließen wollte, drängte Prestcott zum Handeln; er wurde zum Abtrünnigen und Verräter.

Denn Prestcott wußte, daß Charles, dieser falscheste aller Menschen, auch mit den Franzosen, den Spaniern und sogar mit dem Papst verhandelte und sie gegen das Versprechen uneingeschränkter Duldung der Katholiken nach seiner Wiedereinsetzung um Unterstützung und Geld bat. Er versprach allen alles und brach dann sein Wort, als er wieder auf dem Thron saß. Selbst seine Ratgeber kannten wohl das volle Ausmaß seiner Falschheit nicht, denn Clarendon wußte nichts von den Gesprächen mit den Spaniern, während Mr. Bennet über die Verhandlungen mit Thurloe im unklaren gelassen wurde.

Nur Sir James Prestcott war über alles im Bilde, weil ihm Ned Blundy von der einen Seite und der an diesen Gesprächen stark beteiligte Priester, mit dem er Briefe austauschte, von der anderen Seite berichteten. Dieser Priester, den Prestcott wohl während seiner Zeit in venezianischen Diensten kennengelernt hat, hieß Andrea da Cola.

Zehntes Kapitel

SPÄTER BETRÜBTE ES mich sehr, aber auch heute noch weiß ich nicht, auf welche Weise ich die Geschehnisse hätte zusammenfügen können, um Sarahs Tod zu verhindern. Hätte ich gewußt, daß Wallis und Thurloe nach diesen Dokumenten suchten und mir alles nur Erdenkliche dafür gegeben hätten; hätte ich nur geahnt, daß sie in die Machenschaften verstrickt waren, die Sarah vor Gericht brachten; hätte ich die wahre Bedeutung von Colas Aufenthalt im Lande verstanden, dann wäre ich imstande gewesen zu sagen: Stellt dieses Verfahren unverzüglich ein, laßt das Mädchen frei. Sie hätten mir gehorcht und mir zweifellos jeden Wunsch erfüllt.

Aber ich wußte nichts, und erst als ich die Worte von Wallis und Prestcott las, begriff ich, daß Sarahs Verfahren nicht von ungefähr mit einem Fehlurteil endete, sondern von Anfang an einer alles durchdringenden Unausweichlichkeit unterlag, aus der es kein Entrinnen gab.

Viele Menschen haben im Laufe der Jahrhunderte über Lohn und Strafe gesprochen, die Gott Seinen Dienern zumißt, um Seine Gunst und Sein Mißfallen zu zeigen. Eine verlorene oder gewonnene Schlacht: beide sind Zeichen Gottes. Der Verlust eines Vermögens, wenn ein Schiff in stürmischer See sinkt; eine plötzliche Krankheit oder die zufällige Begegnung mit einem alten Freund, der Neuigkeiten überbringt: Auch dann haben wir Anlaß zu Klage- oder Dankgebeten. Vielleicht ist es so, aber um wieviel mehr noch haben wir Anlaß dazu, wenn sich zahllose Taten und Entscheidungen, insgeheim begangen und im verborgenen getroffen, über die Jahre hinweg allmählich anhäufen und auf diese Weise den Tod einer Unschuldigen herbeiführen. Denn wäre König Charles nicht so falsch gewesen; wäre Prestcott kein Fanatiker gewesen; wäre Thurloe nicht besorgt um seine Sicherheit gewesen; wäre Wallis nicht eitel und grausam gewesen; wäre Bristol nicht ehrgeizig gewesen; und wäre Bennet kein Zyniker gewesen: Wäre also die Regierung nicht die Regierung gewesen und die Politiker, was sie sind, dann hätte Sarah Blundy nicht auf den Richtplatz geführt und dem Henker überantwortet werden müssen. Und was können wir sagen über das Opfer, dessen Tod den Gipfelpunkt so vieler Sünden darstellt und sich dennoch so leise erfüllt, daß seine wahre Natur niemals erkannt wird?

Doch wie gesagt, dies alles wußte ich damals nicht, als ich in meinem Zimmer saß, umgeben von den alten Papieren. Statt dessen machte ich mir Vorwürfe und schalt mich einen Feigling, weil ich mich in eine Angelegenheit flüchtete, die keinerlei Bedeutung für mich zu haben schien. Denn in diesem Augenblick war es mir völlig gleichgültig, ob König Charles seinen Thron behielt oder nicht, ob er eine schlechte Politik machte oder eine gute und ob die Katholiken verfolgt wurden oder vollkommene Duldung erhielten. Mein ganzes Sinnen und Trachten galt Sarah im Kerker und der Tatsache, daß mir keine Ausflucht mehr blieb und ich mein Geständnis nicht mehr lange hinauszögern konnte.

Um mich darauf vorzubereiten und um Mut zu sammeln, entschloß ich mich, Anne Blundy aufzusuchen, denn sie konnte mir gewiß die nötige Kraft geben. Cola erwähnt in seinem Bericht, daß er sie in seiner Abwesenheit der Pflege John Lockes übergeben hatte, und dieser kam seiner Pflicht mit größter Gewissenhaftigkeit, wenn auch mit geringer Begeisterung nach.

»Offen gesagt«, erklärte er, »es ist vergeudete Zeit, wiewohl zweifellos gut für meine Seele, etwas zu tun, was weder ihr noch mir etwas nützt. Sie wird sterben, Wood, und keine Macht der Welt kann etwas daran ändern. Ich komme meiner Aufgabe nach, weil ich es Lower versprochen habe. Aber ob ich ihr nun Kräuter oder Metalle verabreiche, ob ich die neue oder die alte

Medizin praktiziere, ob ich sie zur Ader lasse oder ihr Abführ-
mittel gebe – es wird alles nichts helfen.«

Dies sagte er mit leiser Stimme auf der Straße vor dem Cottage, wo ich ihn angetroffen hatte. Er hatte gerade seine tägliche
Visite gemacht, was aber eigentlich, wie er meinte, nur der Form
halber geschah. Meine Mutter brachte ihr jeden Tag das ursprünglich für Sarah bestimmte Essen, weil diese darauf bestanden hatte, und der alten Frau fehlte es auch nicht an einer Decke
und an Brennholz. Mehr konnte nicht für sie getan werden.

Beim Betreten des Zimmers stieg mir ein starker Fäulnisgeruch
in die Nase, der meine Kehle reizte. Alle Türen und Fenster waren verriegelt, um ungesunde Winde abzuhalten. Dies war notwendig, hatte aber die mißliche Folge, daß die verdorbene Luft
nicht aus dem Zimmer weichen konnte. Und die alte Frau, die die
eigenartige Gewohnheit hatte, Läden und Türen stets weit offen-
zuhalten und nur bei eisigem Wetter zu schließen, beklagte sich
bitter darüber. Locke hatte sie sofort nach seiner Ankunft alle
verschlossen, und ihre Bettlägerigkeit hinderte sie daran, sie wieder zu öffnen. Sie bat mich, ihr gefällig zu sein, und ich gab ihr
schließlich widerstrebend nach, unter der Bedingung, daß ich beim
Gehen wieder alles verschließen durfte. Ich wollte keinen Streit
mit Locke darüber führen, daß man nicht aus einer Laune heraus
gegen gute heilkundliche Praxis verstoßen soll.

Wie auch immer, auf jeden Fall war ich sehr erleichtert, als der
Wind den Gestank aus dem Zimmer blies und natürliches Licht
an die Stelle von Dunkelheit trat; und auch Anne Blundy schien
die Reinheit der kalten Luft zu bekommen. Sie atmete tief ein und
seufzte, als wäre nun eine schwere Qual vorüber.

In dem düsteren Raum hatte ich sie nicht richtig sehen können, und ich erschrak, als ich mich nach dem Öffnen der Fenster
umdrehte, um sie zu betrachten. Das eingefallene, leichenblasse
Gesicht fiel mir natürlich am meisten auf, aber ich sah sie auch
zum ersten Mal ohne Kopfbedeckung, und so zeigte sich sehr
deutlich ihr dünnes, strähniges Haar. Sie wirkte doppelt so alt wie
noch vor einigen Monaten, und ich wurde von solcher Trauer erfaßt, daß es mir die Kehle zuschnürte und ich nur mühsam sprechen konnte.

»Ihr seid ein seltsamer junger Mann, Mr. Wood«, sagte sie,

nachdem ich sie nach ihrem Befinden gefragt und all die Dinge gesagt hatte, die man unter solchen Umständen sagt. »So warmherzig und dann wieder so grausam. Ich bedaure Euch.«

Ich fand es merkwürdig, daß mich diese erbärmliche, nur noch aus Haut und Knochen bestehende Gestalt bedauern sollte, und beleidigend, daß sie mich grausam nannte, weil ich es nie mit Absicht war.

»Weshalb sagt Ihr das?«

»Ich spreche von dem, was Ihr Sarah angetan habt«, antwortete sie. »Seht mich nicht so an, Ihr wißt genau, was ich meine. Seit mehreren Jahren schon gebt Ihr ihr etwas, was für sie von größtem Wert ist. Ihr habt mit ihr gesprochen und ihr zugehört. Ihr wart ihr Gefährte und Freund, sosehr das zwischen Mann und Frau möglich ist. Was bezweckt Ihr damit? Wißt Ihr nicht, daß sich die Welt verändert hat und daß ein Mädchen wie sie lernen muß zu schweigen, vor allem in Gesellschaft der Leute von Stand?«

»Das klingt seltsam aus Eurem Munde.«

»Ich sehe, was um mich herum vorgeht. Wer kann das nicht, wenn es doch so deutlich sichtbar ist. Aber Ihr seid anscheinend zu blind, um es zu bemerken. So dachte ich zumindest. Ich hielt Euch für einen einfachen Gelehrten, der sich so sehr für seine Wissenschaft begeistert, daß er sie mit jedem teilt. Aber das stimmt nicht. Nachdem Ihr ihr beigebracht habt, daß ihre Worte Gehör finden, und sie sich die ganze Woche auf diesen einen Tag freut, jagt Ihr sie davon und wollt nichts mehr mit ihr zu tun haben. Dann nehmt Ihr sie wieder auf. Was werdet Ihr Euch als nächstes ausdenken, um sie zu kränken, Mr. Wood? Ich hätte Euch nie in mein Haus lassen sollen.«

»Ich habe sie nie absichtlich verletzt. Und was das Übrige angeht, glaube ich nicht, daß ich ihr etwas beigebracht habe. Und gerade jetzt scheint es, als sei sie meine Lehrmeisterin geworden.«

Sie sah mich unaussprechlich traurig an und nickte schließlich. »Ich habe große Angst um sie. Sie ist so seltsam geworden, ich glaube, es wird ein schlimmes Ende mit ihr nehmen.«

»Seit wann spricht sie auf Versammlungen?«

Sie warf mir einen durchdringenden Blick zu. »Das wißt Ihr? Hat sie es Euch gesagt?«

»Ich habe es selbst herausgefunden.«

»Als Ned dieses letzte Mal zurückkam und wir dann von seinem Tod hörten, haben wir immer wieder über ihn geredet; es war unser Andenken an ihn, da wir seinen Leichnam nicht begraben konnten. Wir sprachen über seine Eltern und sein Leben, über seine Schlachten und Feldzüge. Ich wurde von Kummer verzehrt, da ich ihn sehr geliebt hatte; er war mein ein und alles, mein größter Trost. Aber mein Kummer verleitete mich zur Unbesonnenheit, und Sarah entgeht niemals etwas. Ich erzählte vom Edgehill-Feldzug, bei dem Ned zunächst einen Zug befehligte und zuletzt eine ganze Kompanie, und ich erzählte, daß er über ein Jahr nicht zu Hause gewesen war, und wie sehr er mir gefehlt hatte.«

Ich nickte und dachte, daß sie auf etwas hinauswollte, denn sie war keine Frau, die sinnlos vor sich hin plapperte, auch wenn sie krank war.

»Sarah sah mich mit ruhigem und sanftem Blick an und stellte mir die einfache Frage, die sie noch nie gestellt hatte: ›Und wer ist dann mein Vater?‹«

Sie hielt inne, bis sie sich davon überzeugt hatte, daß mein Gesicht keinen Abscheu verriet.

»Ja, sie hatte recht. Ned war ein Jahr lang weg, und Sarah wurde drei Wochen vor seiner Rückkehr geboren. Er hat mich nie gefragt oder mir Vorwürfe gemacht und Sarah immer wie sein eigenes Kind behandelt. Die Sache wurde nie wieder erwähnt, aber manchmal, wenn sie zusammen am Feuer saßen, wenn er ihr das Lesen beibrachte, ihr Geschichten erzählte oder sie einfach nur an sich drückte, sah ich die Traurigkeit in seinen Augen und grämte mich um seinetwillen. Es gab keinen besseren Mann als ihn, Mr. Wood. Nein, wahrhaftig nicht.«

»Und wie lautete die Antwort auf Sarahs Frage?«

Sie schüttelte den Kopf. »Ich will nicht lügen und kann doch die Wahrheit nicht sagen. Meine Tage und Nächte verbringe ich mit der Betrachtung meiner Sünden, um mich auf den Tod vorzubereiten, und ich brauche alle Zeit, die mir noch bleibt. Ich habe nie behauptet, eine gute Frau zu sein, und ich habe vieles zu bereuen. Aber Unzucht wird mir Gott nicht vorzuwerfen haben.«

Immer noch keine Antwort auf meine Frage, aber eigentlich wollte ich es ohnedies nicht unbedingt wissen. Auch unter angenehmeren Umständen habe ich wenig Freude an solch geheimen Spekulationen, und außerdem schien es, als wolle Anne Blundy immer mehr in ihre Erinnerungen abgleiten.

»Ich hatte einen Traum, den schönsten Traum meines Lebens: Ich war umgeben von Tauben, und eine landete auf meinem Arm und sprach zu mir. ›Nenne sie Sarah und liebe sie‹, sagte sie, ›und du wirst gesegnet sein unter den Frauen.‹«

Ein seltsames Zittern erfaßte mich bei ihren Worten, dann lächelte ich sie tapfer an. »Zumindest habt Ihr getan, was Euch aufgetragen wurde.«

»Ich danke Euch, Sir. Ja, das habe ich. Kurz nachdem ich ihr das erzählt hatte, begann Sarah mit ihren Fahrten und Reden.«

»Und den Heilungen?«

»Ja.«

»Und wer war dieser Mann, den ich vor einigen Monaten aus Eurem Haus kommen sah?«

»Er heißt Greatorex, und er bezeichnet sich als Astrologe.«

»Was wollte er?«

»Ich weiß es nicht. Ich war hier, als er an die Tür klopfte. Ich öffnete, und da stand er, kreidebleich und schlotternd vor Angst. Ich fragte ihn, wer er sei, aber er war so verzagt, daß er nichts sagen konnte. Dann rief Sarah von drinnen, ich solle ihn hereinlassen. Er ging hinein, fiel auf die Knie vor ihr und bat sie um ihren Segen.«

Die Erinnerung erschreckte sie noch immer, und mich erschreckte ihre Erzählung.

»Und dann?«

»Sarah nahm seine Hand und bat ihn, aufzustehen, als sei sie überhaupt nicht erstaunt. Dann führte sie ihn zu einem Stuhl am Feuer. Sie haben über eine Stunde miteinander geredet.«

»Worüber?«

»Sarah bat mich, sie allein zu lassen, deshalb habe ich nichts gehört. Nur den Anfang. Der Mann sagte, er habe die Zeichen Sarahs in den Sternen gesehen und sei über das Meer zu ihr gereist, so wie sie ihn geführt hätten.«

»Wir haben seinen Stern gesehen und sind gekommen, ihn anzubeten«, sagte ich mit ruhiger Stimme, und Anne Blundy starrte mich bestürzt an.

»Sagt nicht solche Dinge, Mr. Wood!« rief sie. »Bitte nicht. Oder Ihr werdet so verrückt wie ich.«

»Das Stadium der Verrücktheit liegt schon hinter mir«, antwortete ich, »und meine Angst läßt sich nicht mehr in Worte fassen.«

* *
*

Es blieb mir nur noch wenig Zeit, dem Drängen meines Gewissens zu gehorchen, denn der Prozeß stand kurz bevor, und die Vorbereitungen für die Verhandlung waren in vollem Gange. Ich mußte ein paar stärkende Schlucke nehmen, ehe ich mich zum Handeln zwingen konnte, und noch immer scheute ich vor meiner Pflicht zurück. Doch schließlich konnte ich meine Feigheit überwinden und ging nach Holywell, um Sir John Fulgrove, den Friedensrichter, um eine Audienz zu ersuchen. Obwohl er an keinem anderen Tag im Jahr so beschäftigt war, entsprach er meiner Bitte, aber er war dabei so kurz angebunden, daß ich noch nervöser wurde. Stammelnd und zitternd versuchte ich zu sprechen.

»Nun, guter Mann? Ich habe nicht den ganzen Tag Zeit.«

»Es geht um Sarah Blundy«, brachte ich endlich hervor.

»Und? Was ist mit ihr?«

»Sie ist unschuldig, ich weiß es.« Ein einfacher Satz, aber ihn auszusprechen kostete mich qualvolle Überwindung – diesen Schritt über die Klippe zu tun und mich aus freien Stücken in das unweigerlich folgende Verderben zu stürzen. Ich möchte hier nicht mit meinem Mut, meiner Ehre oder meiner Stärke prahlen. Ich weiß besser als die meisten Menschen, was ich bin. Ich bin nicht zum Helden geboren und werde nie einer von jenen sein, denen künftige Generationen als Vorbild nacheifern werden. Andere Menschen als ich, bessere Menschen wohl, hätten diese Worte schon früher gesprochen und mit mehr Würde als ich, der ich schwitzend und zitternd vor dem Friedensrichter stand. Aber wir müssen uns nach unseren eigenen Kräften bemühen; ich konnte es nicht besser und behaupte, obwohl ich stärkeren Menschen damit vielleicht nur ein Hohnlächeln entlocke, daß es die mutigste Tat meines Lebens war.

»Und woher wollt Ihr das wissen?«

So gut ich es vermochte, erzählte ich ihm meine Geschichte und gab zu, das Gift in die Flasche getan zu haben.

»Sie ist im College gesehen worden«, wandte er ein.

»Sie war nicht dort.«

»Woher wißt Ihr das?«

Darauf konnte ich nichts erwidern, da ich feierlich gelobt hatte, nichts über ihre Prophezeiungen zu verraten. Deshalb griff ich zu einer Lüge, und mit dieser Lüge verdarb ich alles.

»Sie war bei mir.«

»Wo?«

»In meinem Zimmer.«

»Wann ist sie gegangen?«

»Sie ist nicht gegangen. Sie war die ganze Nacht bei mir.«

»Und Eure Leute können das bezeugen?«

»Sie haben sie nicht gesehen.«

»Sie werden doch im Haus gewesen sein. Ihr wißt, daß ich sie fragen kann.«

»Gewiß waren sie im Haus.«

»Und haben nicht gesehen, wie sie gekommen ist, wie sie in Euer Zimmer gegangen ist und wie sie das Haus verlassen hat?«

»Nein.«

»Und haben die ganze Nacht nichts gehört?«

»Nein.«

»Ich verstehe. Und Ihr habt das Pulver zu diesem Zweck mitgebracht?«

»Nein. Er hatte es in seinem Zimmer und bat mich, es wegen seiner Magenschmerzen in seine Flasche zu geben.«

»Aber keine halbe Stunde vorher war ihm mitgeteilt worden, daß es nutzlos sei, und er sagte, er werde es nie mehr verwenden.«

»Er meinte es nicht ernst.«

»Alle, die ihn hörten, glaubten ihm und meinten, er sei dem Italiener dankbar für seinen Rat.«

»Aber es war nicht so.«

»Es wird von den Zeugen bestätigt, die anwesend waren.«

»Dafür kann ich nichts.«

»Und könnt Ihr mir erklären, wie es kommt, daß Dr. Groves Siegelring bei Sarah entdeckt wurde? Habt Ihr ihn von seiner Leiche gestohlen und ihr gegeben?«

»Nein.«

»Wie ist sie dann in seinen Besitz gekommen?«

»Davon weiß ich nichts.«

Sir John lehnte sich in seinen Sessel zurück und betrachtete mich mit ernstem Blick. »Ich weiß nicht, was Ihr erreichen wollt, Sir. Mir scheint klar, daß Ihr lügt, um dieses Geschöpf zu schützen; aber sich dem Lauf der Gerechtigkeit in den Weg zu stellen ist ein schwerwiegendes Vergehen. Ich bitte Euch, kommt zur Besinnung und hört auf, Euch wie ein Narr zu benehmen.«

»Aber es ist wahr, es ist alles wahr!«

»Nein, es kann nicht wahr sein. Ihr könnt die Beweise für ihre Schuld nicht widerlegen, und die Dinge, die Ihr zum Beweis ihrer Unschuld anführt, sind alles andere als überzeugend.«

»Ihr werdet mir also nicht helfen?«

»Was wollt Ihr denn? Sie ist der Geschworenenkammer vorgeführt worden, und es wird ein förmliches Verfahren eröffnet. Wenn Ihr in Eurer Verblendung verharren und vor Gericht das Wort ergreifen wollt, kann ich Euch nicht davon abhalten. Aber selbst wenn Ihr es tut, werdet Ihr damit nichts bewirken, das sage ich Euch, und der Richter wird sich vielleicht sogar veranlaßt sehen, Euch ebenfalls zu bestrafen.«

* *
*

Also machte ich mich auf den Weg zu Dr. Wallis in der Hoffnung, er könne seinen geheimen Einfluß für Sarah geltend machen. Ich wußte ja nicht, daß er ihren Tod bereits beschlossen hatte. Und so erzählte ich meine Geschichte ein zweites Mal, und ein zweites Mal, so schien es, fand ich keinen Glauben.

»Ich schulde Euch nichts, Mr. Wood«, sagte er, »und kann ohnehin nichts für Euch tun. Über das Schicksal des Mädchens entscheiden allein der Richter und die Geschworenen. Ich weiß, Ihr habt Geschichten über meine Arbeit für die Regierung gehört, aber sie sind übertrieben. Ich kann ihren Prozeß ebensowenig beenden, wie ich ihn beginnen kann.«

»Aber schenkt Ihr mir wenigstens Glauben?«

Wir waren in seinem Zimmer, und das Gespräch nahm einen merkwürdigen Verlauf. Wallis schien müde und erschöpft, wie ich es noch nie zuvor an ihm gesehen hatte. Natürlich hatte ich keine Ahnung, daß ihm die Angelegenheit große Gewissensbisse bereitete und daß er sich der Sündhaftigkeit seines Tuns durchaus bewußt war. Aber er hatte sich eingeredet, aus edlen Beweggründen zu handeln, und wenn ein Mensch auf diese Weise seine Seele beschwichtigt, muß jeder leichtsinnig genannt werden, der ihn eines Besseren belehren will.

»Nein. Ich glaube, hinter dieser Geschichte steckt Eure Selbstsucht. Ihr wollt lieber Euer Vergnügen mit diesem Mädchen haben, als der Gerechtigkeit Genüge tun. Ich weiß mehr über sie, als Ihr denkt, und ich bin überzeugt, daß ihr durch den Tod am Strang keine große Ungerechtigkeit widerfährt.«

»Aber sie hat es nicht getan.«

Wallis kam einen Schritt auf mich zu und überragte mich mit der Wucht seiner Gestalt und der schieren Kraft und Bosheit seiner Persönlichkeit.

»Diese Hure, die Euch so am Herzen liegt, Mr. Wood, ist die Spießgesellin eines Verschwörers, Aufrührers und Atheisten. Die Helfershelferin des gefährlichsten Mannes im ganzen Land, der ein ungeheuerliches Verbrechen plant. Dieser Mann hat bereits meinen Diener ermordet. Dafür werde ich Rache üben, und dieser Mann wird sterben. Wenn mir Sarah Blundys Tod zu meiner Rache verhilft, dann möge es so ein. Es ist mir gleichgültig, ob sie unschuldig ist oder nicht. Versteht Ihr mich jetzt, Mr. Wood?«

»Dann seid Ihr der allergrößte Sünder«, erwiderte ich, und meine Stimme zitterte vor Abscheu über seine Worte. »Ihr seid kein Priester und unwürdig, das heilige Brot in Händen zu halten. Ihr seid nicht …«

Wallis war von hoher, kräftiger Statur und viel größer als ich. Ohne ein weiteres Wort zu verlieren, stand er auf, packte mich am Kragen und schleifte mich zur Tür. Ich wollte aufbegehren und sagen, dies sei kein angemessenes Verhalten für einen Geistlichen, aber als ich den Mund aufmachte, beutelte er mich wie einen Hund und stieß mich hart gegen die Wand, ehe er die Tür zur Straße öffnete.

»Mischt Euch nicht in diese Dinge ein, Sir«, erklärte er mit kalter Stimme. »Eure Belange kümmern mich nicht, und ich habe keine Zeit für Euer Gewinsel. Laßt mich in Frieden und schweigt, oder Ihr werdet es teuer bezahlen.«

Dann stieß er mich zur Tür hinaus und versetzte mir einen heftigen Tritt, so daß ich die Treppe hinunterstolperte und in einer kalten, schlammigen Pfütze landete, die meine ganze Kleidung verschmutzte.

Dort kniete ich, das Wasser lief in meine Schuhe und Hose, und ich wußte, daß ich jämmerlich versagt hatte. Und wenn ich es vom Dach herunterschrie, so schien es, die Leute würden sich einfach die Ohren zuhalten, um die offenkundige Wahrheit nicht hören zu müssen. Ich weiß nicht, ob es anders gekommen wäre, wenn ich früher geredet hätte, aber jetzt war es zweifellos zu spät, und mit dieser Einsicht ließ ich den Kopf in die Pfütze sinken und weinte vor innerer Pein, während mich der Regen immer mehr mit Schlamm bespritzte. Es war, als hätte der Himmel sich selbst wider mich verschworen und mich auf die Straße getrieben, um die Welt zum Zeugen anzurufen. Die Menschen wandten nur die Augen ab und taten, als sähen sie mich nicht. In tiefstem Zorn schlug ich mit der Faust auf den schlammigen Boden und schrie meine Verzweiflung über Gottes Grausamkeit hinaus. Als einzigen Trost und Lohn hörte ich zwei Vorübergehende angeekelt lachen über den rasenden Trunkenbold, der vor ihnen im Morast kniete.

Elftes Kapitel

MIT DER ERÖFFNUNG von Sarahs Prozeß begannen die zwei qualvollsten, wunderbarsten Tage meines Lebens, in denen ich die Allmacht Gottes sowohl in der Strenge Seiner Strafe als auch in der Süße Seiner Gnade erfuhr. Auch hier hat Cola die Vorgänge beschrieben, und er hat es mit großem Scharfblick getan. Ich möchte seinen Bericht daher nicht wiederholen, muß ihn aber ergänzen, weil dort einige Ereignisse unerwähnt bleiben, von denen er nichts wissen konnte.

Sarah hatte mir befohlen, mich nicht einzumischen, und obwohl ich bereits dagegen verstoßen hatte, brachte ich es nicht über mich, ihr Verbot auch in ihrer Gegenwart zu mißachten. Man mag mir dies als Schwäche auslegen, aber das kümmert mich nicht: Ich spreche die Wahrheit und behaupte, daß kein Mann, hätte er sie so gut gekannt wie ich, anders gehandelt hätte. Ich hoffte, daß ein anderer für sie sprechen oder Beweise für ihre Unschuld vorbringen würde, aber nichts dergleichen geschah. Sarah selbst sagte nichts und bekannte sich nur schuldig, damit ihr Leichnam Lower überstellt und ihre Mutter von ihm behandelt werden konnte; als sie das Wort »schuldig« mit solcher Ruhe und Ergebenheit aussprach, brach es mir schier das Herz, und ich beschloß, noch einen dritten Versuch zu unternehmen, die Menschen von der Wahrheit zu überzeugen. Dann hörte ich die Worte des Richters: »Hat einer der Anwesenden noch etwas zu sagen? Denn wenn jemand für die Verteidigung sprechen will, dann muß er es jetzt tun.«

»Euer Ehren«, sagte ich. Ich wollte vor dem ganzen Gerichtssaal hinausschreien, daß Sarah unschuldig wie Christus selbst war, daß sie nichts mit Groves Tod zu tun hatte, und daß ich verantwortlich für sein Ende war. Ich wollte die Wahrheit meiner Behauptungen mit allen nur erdenklichen Beweisen und aller mir zu Gebote stehenden Beredtheit untermauern und hoffte zuversichtlich, wenn schon nicht mit letzterer, zumindest mit ersteren zu überzeugen. Ich würde Sarah retten.

Doch ich zögerte und brachte in meiner Angst keinen Ton heraus. Und damit war die Chance vertan. Ich weiß, daß mich viele in der Stadt und selbst in der Universität mit Verachtung betrachten und sich heimlich über mich lustig machen, und so achte ich stets darauf, mir keine Blöße zu geben und Demütigungen zu vermeiden. Aber jetzt hatte ich jeden Gedanken an meine Würde vergessen, und in dem kurzen Augenblick meiner Unentschlossenheit riß ein Bursche einen derben Witz. Einige lachten, und andere folgten ihrem Beispiel. Ein Gerichtshof, vor dem über ein Todesurteil entschieden wird, wird zu einer feierlichen Stätte voller Beklommenheit und Furcht; da greifen die Menschen gierig nach jeder Möglichkeit, diese bedrückende Stimmung von sich abzuschütteln. Innerhalb weniger Sekunden brach der ganze

Gerichtssaal in Hohngelächter aus, und selbst wenn ich mit höchster Lautstärke gesprochen hätte, wäre ich ungehört geblieben. Rot vor Verlegenheit und tief beschämt über mein Versagen, fühlte ich mich wie von eiserner Hand nach unten gezogen. Als ich meinen Platz wieder einnahm, hoffte ich, der Richter werde die Ordnung im Saale wiederherstellen und mich noch einmal aufrufen.

Aber er tat es nicht. Statt dessen dankte er mir mit einem dünkelhaften Grinsen für meine beredten Worte und löste einen weiteren Heiterkeitsausbruch aus. Dann verurteilte er Sarah Blundy zum Tode.

Als ich seinen Spruch hörte, flüchtete ich aus dem Gericht, um mir weitere Martern zu ersparen. Ich rannte auf mein Zimmer, wo ich mich einschloß und um göttlichen Beistand betete. Ich wußte nicht ein noch aus und verharrte in stummer Unbeweglichkeit, bis meine Mutter zur Tür hereinschaute und mir einen Besucher ankündigte, der unbedingt mit mir sprechen wollte. Sie hatte versucht, ihn wieder fortzuschicken, aber er ließ sich nicht abweisen und rührte sich nicht vom Fleck.

Und kurz darauf stolzierte Jack Prestcott zur Tür herein, fröhlich und vollkommen irrsinnig. Er jagte mir große Angst ein, denn seit unserer letzten Begegnung war seine geistige Zerrüttung weit fortgeschritten, und sein Blick ließ in meinen Augen keinen Zweifel daran, daß er jederzeit gewalttätig werden könnte, falls man ihm widersprach oder zuwiderhandelte.

»Hallo, mein Freund«, rief er beim Eintreten, ganz nach Art eines Edelmanns, der sich zu einem Besuch bei jemandem herabläßt, der im Rang weit unter ihm steht. »Ich hoffe, Ihr befindet Euch wohl.«

Ich weiß nicht, welche Antwort ich ihm gab, und es war auch ohne Belang; denn ich hätte wohl ebensogut einen Auszug aus dem Verzeichnis der Bodleian Library rezitieren können, ohne daß es etwas ausgemacht hätte. Jack Prestcott kümmerte sich um nichts anderes als seine Wahnvorstellungen und berauschte sich an ihrem Klang, als sie wie ein reißender Strom aus ihm hervorbrachen. Eine halbe Stunde lang trug er mir all sein Ungemach vor und wie er es überwunden hatte. Jede Einzelheit fand Berücksichtigung, fast so, wie er es später in seiner Handschrift niederlegte. Tatsächlich waren einige Worte und Wendungen und Sätze, einige kleine Randbemerkungen und Äußerungen genau die gleichen, und ich glaube, daß er in all den Jahren zwischen diesem Besuch und seiner Niederschrift nichts anderes getan hat, als in seinem Wahn diesen Bericht durchzugehen und ohne Unterlaß über die immer gleichen Ereignisse nachzugrübeln. Wenn er stirbt, kommt er vielleicht in die Hölle; es wäre mehr als verdient. Aber nach meiner Meinung ist er bereit dort, denn Cicero bemerkt sehr treffend: *A diis quidem immortalibusque potest homini major esse poena furore atque dementia* – welch größere Strafe können die Götter über einen Menschen verhängen als den Irrsinn?

Der Zweck seines Kommens blieb mir verschlossen, denn ich wußte, daß er mich kaum als Freund betrachtete, und ich selbst hatte nichts getan, um ihn zu größerer Vertraulichkeit zu ermuntern. Ich dachte, daß er mich vielleicht über geschichtliche Ereignisse zu befragen wünschte, und gab ihm möglichst deutlich zu verstehen, daß ich ihm in keiner Weise weiterhelfen würde. Doch er hielt nur die Hand hoch, um mich mit einer Geste von vollendeter Herablassung zum Schweigen zu bringen.

»Ich bin nicht gekommen, um Euch um Eure Meinung zu bitten, sondern um Euch Stoff für Eure Arbeit zu liefern«, bemerkte er mit einem durchtriebenen Lächeln. »Ich möchte Euch bitten, daß Ihr diese Papiere für mich aufbewahrt. Eines Tages werde ich sie sicherlich zurückfordern, vielleicht wenn meine Streitsache förmlich verhandelt wird, aber in den nächsten Monaten werde ich unterwegs sein und bin daher außerstande, sie sorgfältig aufzuheben. Wenn Ihr sie aufbewahrt, erweist Ihr mir damit keinen kleineren Gefallen als ich Euch, denn Dr. Wallis hätte sie bestimmt gern wieder, wenn er wüßte, wo sie sind.«

»Ich will sie nicht, und ich habe nicht den Wunsch, Euch in irgendeiner Weise zu helfen«, sagte ich.

»Ja«, sagte er und nickte mit ernster Zufriedenheit. »Wenn Eure Abhandlung über das Leben meines Vaters erscheint und die Menschen kraft Eurer Feder erkennen, was für ein großer Mensch er in Wirklichkeit war, dann werdet Ihr ein gemachter Mann sein. Und laßt mich Euch versichern, daß ich Euch nicht im Stich lassen werde. Alle Kosten für die Veröffentlichung werde ich tragen. Eine Auflage von mindestens tausend Stück, denke ich, mit dem prächtigsten Einband und dem besten Papier.«

»Mr. Prestcott«, sagte ich mit erhobener Stimme, »Ihr seid ein Lügner und ein Mörder und der gemeinste Mensch, der mir je begegnet ist. Ihr tötet den liebsten Menschen, den ich kenne, den besten Menschen auf der ganzen Welt, und das ohne jeden Grund. Ich bitte Euch, kommt zur Besinnung; es ist nicht zu spät für eine Umkehr. Wenn Ihr jetzt zum Friedensrichter geht ...«

»Und um Euren Auftrag mustergültig auszuführen«, sagte er, als hätte ich nur mit einigen Floskeln meine Dankbarkeit für seine Freundlichkeit angedeutet, »müßt Ihr auch diese Dokumente haben. Aber nur unter der Bedingung, daß Ihr keinem Menschen etwas darüber sagt, bis das Buch fertig für den Druck ist.«

Noch mehr Papier. Ich nahm die Blätter in Empfang und warf einen Blick darauf. Völlig sinnloses Geschreibsel.

»Ich überlasse es Euch, ihre Bedeutung aufzudecken«, sagte er. »Ein kleines Rätsel für Eure Muße.«

Dann lachte er, als er mein bestürztes Gesicht sah. »Ich muß das erklären, denn ich sehe Eure Verwirrung. Diese Papiere stammen alle aus der Schublade von Dr. Wallis. Ich habe sie vor einigen Wochen entwendet.« Prestcott beugte sich in seinem Sessel vor und fügte verschwörerisch flüsternd hinzu: »Sie sind in einer überaus raffinierten Geheimschrift abgefaßt, und der gute Doktor konnte sie nicht entschlüsseln. Er hat geradezu geschäumt vor Wut.«

»Bitte«, ächzte ich, »hört auf damit. Könnt Ihr mich nicht hören? Versteht Ihr mich nicht?«

Als Mr. Boyle seine Experimente mit der Vakuumpumpe durchführte, von denen Cola einige beschreibt, merkte er an, daß beim Heraussaugen der Luft das Tier drinnen immer schwächer zu hören ist, bis man überhaupt nichts mehr vernimmt. Als Prestcott wieder aufstand und ein Gespräch nach seinen Wünschen führte, bei dem er Antworten hörte, die nur in seiner Vorstellung existierten, und meine Worte überhaupt nicht zur Kenntnis nahm, fühlte ich mich wie ein armes Versuchstier, das mit dem Kopf gegen eine unsichtbare Wand rennt und mit höchster Lautstärke schreit, aber mit seinen Bemühungen keine Reaktion und kein Verständnis auslöst.

»Ja. Er ist stolz auf seine Fähigkeiten, aber bei diesen Briefen ist er an seine Grenzen gestoßen.« Er lachte in sich hinein. »Aber er hat mir den Schlüssel verraten, auch wenn er mich für zu dumm hielt, um es zu bemerken. Anscheinend braucht man ein Buch von Livius. Und mit ihm läßt sich alles entschlüsseln. Ich habe nichts dagegen, wenn er seine eigenen Briefe liest, aber ich will nicht, daß er weiter in den Briefen meines Vaters herumstöbert. Deshalb habe ich sie Euch mitgebracht. Hier wird er bestimmt nicht danach suchen.«

Diese Worte waren kaum verklungen, als Prestcott von mir Abschied nahm und seinem Vergnügen nachging, ehe am nächsten Tag das verhängnisvolle Gespräch mit John Wallis stattfand. Beide haben darüber berichtet, aber die Darstellung von Wallis ist zweifellos die richtige, denn Prestcotts Angriff auf ihn hat beträchtliche Aufregung ausgelöst, und einige Wochen später kam es zu einem großen Auflauf von Menschen in der High Street, die sehen wollten, wie der junge Mann von seinem Onkel aus dem Bocardo-Gefängnis abgeholt wurde und dabei in so viele Ketten geschlagen war, daß er sich kaum bewegen konnte. Es war eine Wohltat für alle und besonders für ihn selbst, ihn auf diese Weise zu fesseln. Er war zu gemeingefährlich, um frei zu sein, und zu irrsinnig, um bestraft zu werden. Ich hoffe klar zum Ausdruck gebracht zu haben, daß er nach meiner Auffassung mehr Rücksicht erfahren hat, als er verdiente.

Aber er hinterließ mir diese Briefe und vor allem diesen einen entscheidenden Brief, den Wallis auf seinem Weg zu Cola in den Niederlanden abgefangen hat; das einzige Exemplar und der einzige Beweis für die Absichten dieses Italieners in unserem Lande. Ich legte die Briefe achtlos beiseite, auch wenn ich jetzt etwas über ihre Entschlüsselung wußte. In diesem Augenblick spürte ich kein Verlangen nach geistigen Rätseln. Statt dessen räumte ich mit peinlicher Genauigkeit mein Zimmer auf und legte die Papiere zu meiner Sammlung unter den Bodendielen. So beschäftigte ich mich mit nutzlosen Aufgaben, während ich meinen trübseligen Gedanken nachhing. Dann verließ ich das Haus, um Sarah ein letztes Mal zu besuchen.

Sie weigerte sich, mich zu empfangen. Der Kerkermeister teilte mir mit, daß sie diesen letzten Abend allein zu verbringen und niemanden zu sehen wünschte. Ich bestürmte ihn, bot ihm ein Bestechungsgeschenk, bettelte und überredete ihn schließlich, sie noch einmal zu fragen.

»Sie möchte Euch nicht sehen«, sagte er mit teilnahmsvollem Blick. »Sie sagt, Ihr werdet sie morgen gut genug sehen können.«

Ihre Zurückweisung machte mich unsagbar traurig, und in meiner Selbstsucht konnte ich nur an meinen eigenen Kummer darüber denken, daß mir eine Gelegenheit zum Trostspenden entgangen war. Ich gestehe, daß ich an diesem Abend mehr trank, als mir zuträglich war, und daß es meinen Schmerz nicht im geringsten linderte. Ich zog von Schenke zu Schenke, von Gasthaus zu Gasthaus, hielt es jedoch in der Gesellschaft all dieser fröhlichen und munteren Gesichter kaum aus. Ich trank für mich allein und kehrte selbst Menschen, die ich zu meinen Freunden zählte, den Rücken. Überall kamen Leute, die mich kannten, auf mich zu und fragten mich nach Sarah und was ich über sie dachte. Und jedesmal fühlte ich mich zu elend, um die Wahrheit zu sagen. Im Fleur-de-Lys, dann im Feathers und zuletzt im Mitre zuckte ich mit den Achseln und sagte, daß ich nichts wisse, daß es mich nichts angehe, daß sie es vielleicht sogar getan habe, wer weiß: Ich wollte nur noch alles vergessen, so sehr hatte mich das Trinken in Selbstmitleid gestürzt.

Schließlich wurde ich hinausgeworfen, weil ich zuviel getrunken hatte. Ich rutschte aus und landete wieder in der Gosse, wo ich diesmal liegenblieb, bis ich spürte, wie mich jemand nach oben zog.

»Wißt Ihr, Mr. Wood«, sagte eine sanfte, wohlklingende Stimme in mein Ohr, »ich glaube, ich habe soeben einen Hahnenschrei gehört. Ist das nicht seltsam um diese Nachtzeit?«

»Laßt mich in Ruhe.«

»Ich glaube, ich würde gern mit Euch reden, Sir.«

Also führte mich der Fremde, dieser Valentine Greatorex, in sein Zimmer, setzte mich ans Feuer und trocknete mich. Dann nahm er gegenüber Platz und betrachtete mich ernst und mit großer Ruhe, bis ich selbst zu sprechen begann.

»Ich bin zum Friedensrichter gegangen und habe ihm gesagt, daß sie unschuldig ist. Ich sagte ihm, daß ich Dr. Grove getötet habe. Er hat mir nicht geglaubt.«

»Wirklich?«

»Dann bin ich zu Dr. Wallis gegangen und habe es ihm erzählt, und auch er wollte mir nicht glauben.«

»Natürlich nicht.«

»Weshalb sagt Ihr das?«

»Weil sie andernfalls morgen vielleicht nicht sterben würde. Ihr kennt sie wohl gut?«

»Besser als jeder andere.«

»Bitte erzählt. Ich will alles über sie wissen.«

Jack Prestcott berichtet von diesem Mann, von seiner verzaubernden und beschwichtigenden Stimme, mit der er seine Zuhörer in einen Traum der Ruhe versetzte und sie zwang, jedem seiner Befehle zu gehorchen. So erging es auch mir, und ich erzählte ihm alles über Sarah, alles, was ich in dieser Schrift festgehalten habe, und noch viel mehr, denn er war gefesselt von ihren Gesprächen und wünschte jedes Wort zu hören, das sie je geäußert hatte. Als ich über ihre Worte bei der Versammlung sprach, stieß er einen tiefen Seufzer aus und nickte befriedigt.

»Und ich muß sie retten«, schloß ich. »Ich muß. Es muß etwas geben, was ich tun kann.«

»Ach, Mr. Wood, Ihr habt zu viele Ritterromane gelesen«, erwiderte er gutmütig. »Haltet Ihr Euch für Lancelot? Wollt Ihr vielleicht auf Eurem Streitroß dahergeritten kommen und Eure Ginevra vom Scheiterhaufen erretten, Eure Feinde abwehren und sie in die Freiheit entführen?«

»Nein. Ich dachte, wenn ich zum Lord Lieutenant ginge oder zum Richter ...«

»Sie würden Euch nicht hören«, antworte er. »Genausowenig wie Euch der Friedensrichter oder dieser Wallis oder der gesamte Gerichtshof hören könnte. ›Höret und verstehet's nicht; sehet und merket's nicht.‹ So steht es bei Jesaja, und so ist es.«

»Aber warum wollen so viele Menschen ihren Tod?«

»Ihr wißt es bereits, aber in Eurem Herzen wollt Ihr es nicht hinnehmen. Ihr wißt, was Ihr gesehen habt, Ihr kennt die Heilige Schrift, und Ihr habt ihre Worte gehört. Ihr könnt nichts tun, und Ihr sollt auch nichts tun.«

»Aber ich kann ohne sie nicht leben.«

»Das ist die Strafe für Euren Anteil an diesem Geschehen.«

Weder geistig noch körperlich hatte ich die Kraft, noch etwas zu sagen, und das Trinken hatte meinen Verstand so umnebelt, daß ich ohnedies kaum sprechen konnte, selbst wenn ich es gewollt hätte. Greatorex zog mich schließlich aus dem Sessel und brachte mich an die kalte Luft, so daß ich, halbwegs erfrischt, zumindest wieder gerade gehen konnte.

»Es ist ein Fegefeuer, mein Freund, aber nicht von langer Dauer, Ihr werdet sehen. Geht nach Hause und schlaft, wenn Ihr könnt; betet, wenn Euch der Schlaf meidet. Es wird bald vorbei sein.«

* *
*

Ich tat wie geheißen und verbrachte die ganze Nacht in inständigem Gebet für mich und Sarah. Mit all meiner Kraft flehte ich zu Gott, Er möge einschreiten und dem Wahnsinn ein Ende setzen, den Er als Prüfung über die Welt verhängt hatte. Mein Glaube ist schwach – eine Schande für jemanden, der vom Leben so begünstigt worden ist wie ich. Mir wurden Ruhm und Macht, Reichtum und Stand erspart, so wie Er mich in seiner Güte auch vor Armut und schwerer Krankheit bewahrt hat. Alle erlittene Schmach habe ich selbst über mich gebracht, und all meine Vollendung nur durch Seine Gnade errungen. Dennoch war mein Glaube nicht stark genug. Ich betete eifrig und wandte jedes mir bekannte Mittel an, um jene aufrichtige und friedvolle Demut zu erlangen, die ich nur einmal verspürt hatte, damals im Winter, als Sarah hinter mir auf einem Pferd saß. Ein kleiner Teil meiner Seele zumindest wußte, daß ich nur die Stunden ausfüllte, ehe das Unvermeidliche geschah. Immer wieder warf ich mich zurück in diesen Kampf und mühte mich immer verzweifelter, meinen aufsässigen Geist zur Ruhe zu zwingen. Aber ich hatte zu lange in Gesellschaft der Rationalisten gelebt, in der Gesellschaft jener, die mir sagten, das Zeitalter der Wunder sei vergangen und die Zeichen göttlicher Macht, die die Väter der Kirche erhalten hatten, seien unwiderruflich vom Angesicht der Erde verschwunden. Ich wußte, daß es nicht so war, wußte, daß Gott sich noch immer in die Angelegenheiten der Menschen einschaltete, aber ich konnte es nicht von ganzem Herzen akzeptieren. Ich konnte nicht die einfachen Worte sagen: »Dein Wille geschehe« und sie auch meinen. Denn in Wirklichkeit meinte ich: »Dein Wille geschehe, wenn er mit meinem übereinstimmt.« Und das ist weder Gebet noch Demut.

Meine Gebete blieben ohne Wirkung. Und kurz vor der Morgendämmerung erhob ich das Haupt und gab den Versuch auf. Ich wußte, ich war allein. Ich wußte, daß ich keine Hilfe erwarten durfte und daß sich mein sehnlichster Wunsch nicht erfüllen würde. Ich würde sie verlieren und erkannte in diesem Augenblick, daß Sarah das Wichtigste in meinem Leben war, das Kostbarste, das es je in meinem Leben geben würde. Ich fand mich mit meiner Strafe ab, und in der Stille der Dämmerung und der Verzweiflung geschah es dann, daß ich, vielleicht zum ersten Mal, wahrhaftig betete. Ich weiß nur, daß die Dunkelheit von mir abfiel und ein Gefühl tiefsten Friedens meine Seele erfaßte, und ich kniete nieder vor Gott und dankte Ihm aus ganzem Herzen für Seine Güte.

Ich hatte keine Ahnung, was geschehen mochte, und konnte nicht begreifen, wie es möglich sein sollte, den unausweichlichen Lauf menschlicher Grausamkeit noch abzuwenden. Aber ich fragte nicht länger und zweifelte nicht länger. Ich zog mich so warm wie möglich an, nahm meinen dicksten Mantel – denn der Frühling war zwar gekommen, aber im Morgengrauen war es noch eisig – und gesellte mich zu der Schar von Menschen, die zur Burg zogen, um die Hinrichtung zu sehen.

Nur ein Mensch sollte an diesem Tage sterben, denn der Richter war zu anderen so barmherzig, wie er rachsüchtig gegen Sarah war. Die Sache würde also bald vorbei sein. Als ich mich dem um den großen Baum im Gerichtshof versammelten Pöbel näherte und sah, daß die Leiter schon angelehnt war und der Strick bereits vom Ast herunterhing, verließ mich der Mut. Die Zweifel kehrten wieder zurück, aber mit einer großen Anstrengung des Willens tat ich all diese Gedanken von mir ab. Ich wußte nicht einmal, weshalb ich überhaupt da war. Mein Kommen war gewiß völlig sinnlos, und ich wollte auch nicht, daß Sarah mich sah. Aber ich wußte, daß es in irgendeiner Weise dennoch notwendig war und daß ihr Leben von meiner Anwesenheit abhing, obgleich ich nicht die geringste Ahnung hatte, wieso.

Lower war ebenfalls zugegen, mit Locke und einigen kräftigen Burschen, und in einem von ihnen erkannte ich einen Pförtner des Christ Church College. Eine merkwürdige Gesellschaft, dachte ich, bevor mir dämmerte, was Lower vorhatte. Ich hatte ihn einige Tage nicht gesehen, aber ich hätte wissen müssen, daß er sich nicht so ohne weiteres eine Gelegenheit entgehen lassen würde, um mehr Stoff für sein Buch zu sammeln. Er war ein warmherziger Mann, aber auch seiner Arbeit verpflichtet. Seiner Miene wilder Entschlossenheit, als er auf und ab marschierte, war unschwer zu entnehmen, daß er dem bevorstehenden Ereignis nicht gerade freudig entgegenblickte; aber er würde gewiß nicht davor zurückschrecken.

Ich ging ihm aus dem Weg, da ich kein Verlangen nach einem Gespräch hatte. Kaum daß ich eine zweite kleine Gruppe bemerkte, die laut redete und grobe Witze riß und in deren Mitte der Königliche Professor stand. Hätte ich besser achtgegeben, dann hätte ich zweifellos auch der im Flüsterton geführten Beratung zwischen Lower und seinen Begleitern größere Bedeutung beigemessen, der Art, wie sie sich in größter Nähe zum Galgen postierten, und dem Ausdruck grimmiger Zufriedenheit auf Lowers Gesicht, als er seine Blicke über das Schlachtfeld und die Anordnung seiner Streitkräfte schweifen ließ.

Und dann wurde Sarah herausgeführt, in schweren Ketten und zwischen zwei großen Wächtern, wiewohl diese kaum nötig waren, so klein und zart und schwach sah sie aus. Es brach mir das Herz, sie zu sehen; ihre Lider lagen schwer auf den Augen, und die schwarzen Ringe darunter traten in ihrem leichenblassen Gesicht um so stärker hervor; ihr schönes dunkles Haar war unbedeckt, aber es war nicht mehr schön; sie hatte es immer voller Liebe gekämmt: Es war ihre größte – und eigentlich einzige – Eitelkeit. Jetzt war es verfilzt und zerzaust und zu einem groben Knoten hochgesteckt, damit es nicht zwischen Hals und Strick geraten konnte.

Ich wiederhole nur meine eigene Schilderung, wie sie Cola in seinem Bericht festgehalten hat. Tatsächlich schickte sie den Priester weg und bewegte die Menge damit zu lautem Beifall, sprach ihre Gebete und hielt danach eine kurze Rede, in der sie sich zwar zu ihren Sünden bekannte, aber nicht zu der, für die sie nun gehenkt werden sollte. Aus ihren Worten tönte weder Heldentum noch Herausforderung und auch kein Ruf nach dem Mitgefühl der Menge, wie es vielleicht einem Mann in ähnlichen Umständen zugestanden hätte. Ihre Vernunft, so denke ich, sagte ihr, daß dergleichen unziemlich wäre von ihren Lippen und keine Bewunderung bei den Zuhörern auslösen würde. Vielmehr führte der Weg zum Herzen des Pöbels über Mut und Ergebenheit, und da diese beiden herrlichsten menschlichen Eigenschaften in ihrem Wesen auf natürliche Weise zusammentrafen, gewann sie seinen Beifall, indem sie einfach sie selbst war – und dies ist nach meinem Empfinden in solch äußerster Not die höchste aller Errungenschaften.

Als dies vorüber war, stieg sie hinter dem Henker die Leiter nach oben und wartete geduldig, bis er den Strick zurechtgelegt hatte. Ich weiß nicht, weshalb es beim Hängen so plump und roh zugehen muß; die letzten Augenblicke eines Menschen sollten mehr Würde besitzen als dieses Wogen von Armen und Beinen, die eine wacklig an einen Baum gelehnte Leiter erklimmen und damit nicht selten Gelächter auslösen. Aber das Lachen war der Menge an diesem Morgen vergangen; ihre Jugend, ihre Zierlichkeit und ihre Ruhe brachten jede Derbheit zum Schweigen, und die Menschen zeigten größere Ruhe und größeren Respekt, als ich es je bei einem solchen Ereignis erlebt habe.

Dann hallten die Trommeln wider; es gab nur zwei Trommler, beides Knaben von etwa zwölf Jahren, die ich schon oft beim Spielen auf der Straße gesehen hatte. Die Tage, als für das Zeremoniell ein richtiges Corps spielte, waren vorbei, und der Friedensrichter hatte entschieden, daß an diesem Morgen keine Soldaten gebraucht wurden. Er erwartete keine Unruhe von seiten der Menge, wie es vielleicht der Fall gewesen wäre bei der Hinrichtung eines beliebten Bürgers der Stadt, eines berühmten Straßenräubers oder eines Familienvaters. Und es blieb auch ruhig. Die Menge verstummte, die Trommeln taten es ihr nach, und mit einer Geste von erstaunlicher Zartheit stieß der Henker Sarah von der Leiter.

»Herr, erbarme dich.« Das letzte Wort ihres Schreis wurde abgeschnitten, als sich das Seil unter ihrem Gewicht zusammenzog, und endete in einem erstickten Wimmern, das die Menge zu einem Seufzer des Mitgefühls bewegte. Und dann baumelte sie an dem Ast, ihr Gesicht lief dunkelrot an, ihre Gliedmaßen zuckten, und es verbreitete sich ein Gestank, als die verräterischen Flecken auf ihrem Hemd zeigten, daß der Galgen seine übliche widerwärtige Wirkung zeitigte.

Ich möchte nicht mehr darüber schreiben; es gibt gewiß nur wenige, die derartiges noch nicht gesehen haben, und auch heute noch quält mich diese Erinnerung über die Maßen. Zwar entsinne ich mich, daß ich alles mit bemerkenswerter Gelassenheit betrachtete, obgleich bei ihrem Fall ein fürchterlicher Donnerschlag über den plötzlich verdunkelten Himmel hallte. Abermals betete ich für ihre Seele und für meine eigene und senkte den Blick, um das Ende nicht zu sehen.

Aber ich hatte nicht mit Lower gerechnet und mit seiner Entschlossenheit, dem Königlichen Professor zuvorzukommen. Er hatte natürlich den Henker bestochen; deshalb hatten sie sich mehrmals zugenickt und zugezwinkert, und deshalb durfte sich Lower so nahe beim Baum aufhalten. Ich wußte nicht, daß er Sarahs Zustimmung mit dem Versprechen erkauft hatte, ihre Mutter zu behandeln, und auch nicht, daß Mrs. Blundy in diesem Augenblick nur einige wenige hundert Yards von der Burg entfernt im Sterben lag. Unmittelbar nachdem Sarah aufgehört hatte, zu zucken und zu zappeln, rief Lower seiner kleinen Schar mit lauter Stimme zu: »Los, Männer!« Mit einem Satz sprang er nach vorn und gab dem Henker ein Zeichen, der auf der Stelle ein großes Messer aus seinem Gürtel zog und das Seil durchschnitt.

Sarahs Leichnam fiel drei Fuß tief und schlug dumpf auf dem Boden auf. Begleitet von einem ersten mißbilligenden Murren der Menge bückte sich Lower, um zu sehen, ob sie noch atmete. »Tot«, rief er nach einer angemessenen Untersuchung, damit es alle hören konnten, und winkte seine Gefährten heran. Der Pförtner des Christ Church College hob die Leiche auf und warf sie sich über die Schulter, und ehe noch jemand reagieren konnte, machte er auf dem Absatz kehrt und fiel fast in Laufschritt, als die Proteste der Menge immer lauter wurden. Zwei andere aus seiner Gruppe blieben zurück, um die Männer des Professors aufzuhalten, falls sie versuchen sollten einzugreifen. Lower sah sich noch einmal um, ehe er seiner Beute folgte.

Über das offene Gelände hinweg trafen sich unsere Blicke, und in meinen Augen kann er nichts anderes gesehen haben als Abscheu. Er deutete ein Achselzucken an und senkte den Blick zu Boden, um mir nicht mehr ins Gesicht schauen zu müssen. Dann wandte auch er sich um und lief davon in den Regen, der mit entsetzlicher Gewalt vom Himmel herniederprasselte.

Ich zögerte nur einen Augenblick, bevor auch ich diesen Ort verließ. Aber im Gegensatz zu der Menge, die die Verfolgung aufnahm und in dem engen Tor aufgehalten wurde, weil alle gleichzeitig hinausgelangen wollten, nahm ich den anderen Eingang. Denn ich wußte, wohin Lower wollte, und mußte ihn nicht im Auge behalten, um ihn samt seiner grausigen Beute einzuholen.

Er mußte schnell gelaufen sein, und das nicht von ungefähr, denn er wußte, daß die Stimmung der Menge immer unversöhnlicher wurde. Die Hinrichtung akzeptierten sie als Willen Gottes und als königliches Recht, aber sie wollten, daß bei allem der Anstand gewahrt blieb. Was sie nicht akzeptierten – denn die Massen haben ein feines Gespür für Recht und Unrecht –, war ein anstößiges Verhalten. Der Verurteilte mußte sterben, aber er mußte auch gut behandelt werden. Lower hatte die Hingerichtete und die Stadt beleidigt, und ich wußte, es würde ihm schlecht ergehen, sollte er gefaßt werden.

Aber er wurde nicht gefaßt, denn er hatte sorgfältig geplant; ich holte ihn erst ein, als er zu der Seitentür von Boyles Experimentierzimmer hineinschlüpfte und die Treppe nach oben stieg.

Der Schrecken über seine Tat saß mir noch eiskalt in den Gliedern. Ich kannte seine ganzen Argumente im vorhinein, hatte sie alle schon gehört und den meisten sogar beigepflichtet, aber dies konnte ich nicht gutheißen. Vielleicht sagt Ihr, daß ich in Ansehung all dessen, was ich getan und nicht getan hatte, längst jedes Recht verwirkt hatte, ein Urteil über andere zu fällen. Dennoch stieg ich die Treppe hinauf, um – wenn ich schon nicht dem Recht zum Sieg verhelfen konnte – wenigstens den Schein zu wahren.

Er hatte bereits Wächter auf der Treppe postiert, falls die Menge bemerken sollte, daß er hierher und nicht ins Christ Church College gekommen war. Er stand gerade im Begriffe, die Türen zu verriegeln, um bei seinem schrecklichen Werk ungestört zu sein. Doch ich warf mich mit meinem ganzen Gewicht dagegen und konnte auf diese Weise noch eindringen, ehe das Schloß zuschnappte.

»Lower«, rief ich, als ich zum Stehen kam und einen kurzen Blick auf die höllische Szene vor mir warf, »das muß sofort aufhören.«

Locke war bereits da, um zu assistieren, und auch ein Barbier, der für die rein mechanischen Einzelheiten der Sektion zuständig war. Sarah war nackt ausgezogen worden, und dieser schöne Körper, den ich so oft in meinen Armen gehalten hatte, lag auf dem Tisch und wurde vom Barbier grob gewaschen und für das Messer vorbereitet. Daß sie tot war, konnte niemand auch nur einen Augenblick lang bezweifeln; ihr armer geschundener Körper war so ausgezehrt, wie es nur eine Leiche ist, und auch der dicke rote Striemen um den Hals und der angstverzerrte Ausdruck in ihrem Gesicht, der all ihre Schönheit zerstörte, bewiesen nur allzu deutlich, was ihr widerfahren war.

»Macht Euch doch nicht lächerlich, Wood«, antwortete er mit matter Stimme. »Sie ist tot. Die Seele hat den Leib verlassen. Alles, was ich tue, kann sie nicht mehr verletzen. Das wißt Ihr so gut wie ich. Ihr hattet Sie gern, ich weiß, aber dafür ist es jetzt zu spät.«

Er blickte mich mitfühlend an und klopfte mir auf die Schulter. »Was jetzt kommt, mein Freund, das wird Euch nicht gefallen. Ich mache Euch keinen Vorwurf, man braucht einen starken Magen dazu. Ihr solltet Euch das nicht ansehen. Nehmt meinen Rat, und geht hinaus. Es ist nur zu Eurem Besten. Glaubt mir.«

In meiner Wut hörte ich ihm überhaupt nicht zu, schüttelte seine freundliche Berührung ab. Ich trat zurück und gab ihm damit zu verstehen, daß ich keinen Schritt weichen würde; wenn er seine bestialischen Absichten in die Tat umsetzen wollte, dann mußte er es unter meinen Augen tun. Vielleicht gab ich mich dabei auch der törichten Hoffnung hin, daß ihn meine Anwesenheit dazu bewegen könnte, das Schlechte seines Tuns einzusehen und davon Abstand zu nehmen.

Er sah mich eine Weile an, unsicher, wie er sich verhalten sollte, als Locke im Hintergrund hustete.

»Wir haben nur wenig Zeit, wie Ihr wißt«, sagte er. »Der Friedensrichter hat uns nur eine Stunde gegeben, und die Zeit verrinnt. Völlig abgesehen davon, was geschehen wird, wenn der Pöbel herausfindet, wo wir sind. Entscheidet Euch.«

Schweren Herzens wandte sich Lower von mir ab und ging zum Tisch. Er gab allen anderen durch Zeichen zu verstehen, daß sie das Zimmer verlassen sollten. Ich fiel auf die Knie und flehte zu Gott und jedem, der es hören wollte, etwas zu tun und diesen Alptraum zu beenden. Obgleich es sich in der verwichenen Nacht als sinnlos erwiesen hatte, wiederholte ich all meine Gebete und Versprechen. O Herr, der du Fleisch geworden bist, um uns zu erlösen von unseren Sünden, erbarme dich dieser Unschuldigen, wenn schon nicht meiner.

Dann griff Lower zu seinem Messer und setzte es auf Sarahs Brust. »Fertig?« fragte er.

Locke nickte, und mit einer schnellen, sicheren Bewegung begann Lower seinen Einschnitt. Ich schloß die Augen.

»Locke«, hörte ich ihn auf einmal zornig in meiner Dunkelheit rufen, »was zum Teufel macht Ihr da? Laßt meine Hand los. Sind denn alle hier verrückt geworden?«

»Wartet einen Augenblick.«

Und Locke, den ich nie gemocht hatte, zog das Messer fort und beugte sich über Sarahs Leichnam. Dann lehnt er sich mit bestürzter Miene noch weiter vor, so daß seine Wange auf ihrem Mund lag.

»Sie atmet.«

Ich konnte kaum meine Tränen zurückhalten bei diesen einfachen Worten, die soviel bedeuteten. Lower hat später seine eigene Erklärung dafür gefunden; daß sie wohl zu früh vom Strang geschnitten worden sei, weil er unbedingt als erster an ihre Leiche kommen wollte; und daß nicht das Leben selbst, sondern nur dessen Anschein ausgelöscht worden war; daß der Sturz sie nur stranguliert und ihr für kurze Zeit das Bewußtsein geraubt hatte. All dies weiß ich; er hat mir seine Auffassung immer wieder dargelegt. Er glaubte eine Sache, ich wußte eine andere. Ich war Zeuge des größten Wunders der Geschichte. Ich hatte die Wiederauferstehung gesehen; denn der Geist Gottes bewegte sich in dem Zimmer, und die sanften Schwingen der Taube, die ihrer Empfängnis beigewohnt hatte, waren zurückgekehrt, um über

Sarahs Seele zu schlagen. Den Menschen und erst recht den Ärzten ist es nicht gegeben, erloschenes Leben wiederherzustellen. Lower würde dies zum Beweis nehmen, daß sie niemals tot war, aber er selbst hatte sie für tot erklärt, und er hatte sich sorgfältiger mit diesem Thema befaßt als jeder andere. Die Leute sagen, das Zeitalter der Wunder sei vorüber, und ich selbst habe es geglaubt. Aber es ist nicht so; Wunder geschehen nach wie vor, nur wir finden immer vernünftigere Erklärungen dafür.

»Und was machen wir jetzt?« hörte ich Lower fragen. Fassungslosigkeit und höchstes Erstaunen schwangen in seiner Stimme. »Meint Ihr, wir sollten sie töten?«

»Was?«

»Sie muß doch sterben. Sie nicht zu töten würde das Unvermeidliche nur hinausschieben und zur Folge haben, daß ich sie verliere.«

»Nun …«

Ich wollte meinen Ohren nicht trauen. Nachdem er solch ein Wunder gesehen hatte, konnte mein Freund das doch nicht ernst meinen! Er konnte doch nicht gegen den offenkundigen Willen Gottes einen Mord begehen! Ich wollte aufstehen und ihm Vorhaltungen machen, aber ich konnte es nicht. Ich konnte nicht stehen, ich konnte den Mund nicht öffnen; ich konnte nur dasitzen und zuhören, denn der Herr verfolgte an diesem Tag noch weitere Absichten: Er wollte, daß auch Lower die Gelegenheit zur Wiedergutmachung seiner Sünden erhielt.

»Ich könnte sie auf den Kopf schlagen«, sagte er, »aber das würde das Gehirn verletzen.« Eine Weile stand er in Gedanken, ehe er sich nervös am Kinn kratzte. »Ich muß ihr die Kehle durchschneiden«, fuhr er fort. »Das ist die einzige Lösung.«

Und wieder griff er zum Messer, und wieder zögerte er, bevor er es leise beiseite legte. »Ich kann es nicht. Locke, gebt mir einen Rat. Was soll ich tun?«

»Wenn ich mich nicht täusche«, antwortete Locke, »sollen wir Ärzte Leben schützen und nicht auslöschen. Ist es nicht so?«

»Aber rein rechtlich«, wandte Lower ein, »ist sie bereits tot. Ich tue nur etwas, was schon getan sein sollte.«

»Seid Ihr demnach ein Henker?«

»Sie ist zum Tode verurteilt worden.«

»Tatsächlich?«

»Das wißt Ihr sehr gut.«

»Wenn ich mich recht entsinne«, versetzte Locke, »wurde sie dazu verurteilt, am Halse aufgehängt zu werden. Das ist geschehen. Es war nicht die Rede davon, daß sie am Halse aufgehängt werden sollte, bis der Tod eintritt. Ich gebe zu, daß es gewöhnlich so verstanden und auch ausdrücklich erklärt wird, aber da es in diesem Fall unterblieben ist, kann man es auch nicht als notwendigen Bestandteil der Strafe betrachten.«

»Sie ist auch zum Scheiterhaufen verurteilt worden«, sagte Lower. »Und das Hängen diente nur dazu, ihr Schmerzen zu ersparen. Wollt Ihr damit sagen, daß wir sie jetzt dem Scheiterhaufen überantworten sollen, damit sie bei lebendigem Leib verbrennt?«

Dann zog Sarah seine Aufmerksamkeit auf sich, die während des Disputs unbeachtet gelegen hatte und jetzt ein leichtes Stöhnen hören ließ.

»Bringt mir einen Verband«, sagte Lower, auf einmal wieder ganz Arzt, »damit ich den Schnitt hier versorgen kann.«

In den nächsten fünf Minuten arbeitete er gewissenhaft an der zum Glück nur kleinen Wunde, bevor er und Locke all ihre Kraft aufwandten, um sie in eine sitzende Haltung zu bringen. Mit den Schultern stützten sie sie im Rücken ab und schoben sie an den Tischrand, so daß ihre Beine herabhingen. Und während sie von Locke angewiesen wurde, tief einzuatmen, um den Schwindel aus ihrem Kopf zu vertreiben, holte Lower einen Umhang und legte ihn ihr mit größter Zartheit um.

Eine lebende, sitzende Frau ist etwas ganz und gar anderes als eine flach auf einem Tisch liegende Leiche. Seit Sarah saß, war jede Absicht, sie zu töten, von Lower abgefallen, und seine Einstellung hatte sich vollkommen verändert. Seine natürliche Gutherzigkeit, die oftmals von seinem Ehrgeiz unterdrückt wurde, fegte jeden Gedanken an seine wissenschaftliche Pflicht beiseite, und er begann, fast ohne es zu merken, das Mädchen als seine Patientin zu behandeln. Und in der Verteidigung seiner Schutzbefohlenen war er stets unerbittlich.

»Aber was machen wir jetzt?« fragte er, und alle im Zimmer Versammelten wurden sich auf einmal bewußt, daß der Lärm von der Straße allmählich lauter geworden und jetzt das Getöse einer großen Anzahl von Menschen zu hören war. Locke steckte den Kopf zum Fenster hinaus.

»Da sind sie. Ich habe Euch gewarnt, daß sie das nicht mögen werden«, sagte er. »Gut, daß es in Strömen gießt, das hat die meisten abgehalten.« Er blickte zum Himmel hinauf. »Habt Ihr schon einmal solch einen Regen erlebt?«

Ein weiteres heftiges Stöhnen von Sarah, die den Kopf nach vorn beugte und sich würgend und keuchend übergab, lenkte die Aufmerksamkeit wieder auf sie. Lower brachte etwas Branntwein und flößte ihr, vorsichtig ihren Kopf tätschelnd, etwas davon ein, obwohl sich ihr Würgen dadurch nur verstärkte.

»Wenn Ihr ihnen sagt, was geschehen ist, werden sie es nur als Zeichen göttlichen Mißfallens an Euren Absichten nehmen. Sie werden sie abführen und auf den Scheiterhaufen werfen, dann werden sie Wache halten, damit Ihr nicht in ihre Nähe kommt.«

»Wollt Ihr damit sagen, wir sollen sie nicht der Obrigkeit übergeben?«

Während alledem hatte ich kein Wort gesprochen und nur aus meiner Ecke zugesehen. Jetzt fand ich meine Stimme wieder. Mit meinem Eingreifen konnte ich das Zünglein an der Waage sein, denn es stand fest, daß wir uns über ein gemeinsames Handeln verständigen mußten.

»Das dürft Ihr nicht«, sagte ich. »Sie hat kein Unrecht getan. Sie ist vollkommen unschuldig. Das weiß ich. Wenn Ihr sie übergebt, laßt Ihr damit nicht nur eine Patientin im Stich, sondern auch eine Unschuldige, der Gott seine Gnade erwiesen hat.«

»Und seid Ihr dessen sicher?« fragte Locke zu mir gewandt. Anscheinend hatte er mich zum ersten Mal bemerkt.

»Ja, vollkommen. Ich wollte es vor Gericht sagen, wurde aber niedergeschrien und verlacht.«

»Ich werde Euch nicht fragen, woher Ihr das wißt«, sagte er leise, und sein durchdringender Blick ließ mich erahnen, wie es dazu kam, daß er in späteren Jahren solches Ansehen in der Welt errang. Denn er sah mehr als andere Menschen und erriet noch mehr. Ich war ihm dankbar für sein Schweigen und bin es heute noch.

»Nun gut«, fuhr er fort, »das Problem ist nur, daß wir an ihrer Stelle an den Galgen kommen könnten. Ich halte mich für großherzig, aber selbst meine Hilfsbereitschaft für einen Patienten kennt Grenzen.«

Lower war unterdessen in großer Aufregung hin und her marschiert und hatte dabei des öfteren einen Blick aus dem Fenster geworfen. Als Locke und ich mit unserem Zwiegespräch zu Ende waren, sah er nacheinander Sarah, Locke und mich an.

»Sarah?« sagte er leise. Er wiederholte ihren Namen, bis sie den Kopf hob und ihn anschaute. Ihre Augen waren blutunterlaufen und trübe, denn die kleinen Gefäße darin waren geplatzt und gaben ihr ein wahrhaft teuflisches Aussehen, das durch ihre Blässe nur noch erschreckender wirkte.

»Kannst du mich hören? Kannst du sprechen?«

Es dauerte eine ganze Weile, ehe sie nickte.

»Du mußt mir eine Frage beantworten«, sagte er und ließ sich vor ihr auf ein Knie nieder, damit sie ihn deutlich sehen konnte. »Gleich, was du bisher gesagt hast, du mußt jetzt die Wahrheit sagen. Denn unser Leben und unser Seelenheil hängt davon ebenso ab wie deines. Hast du Dr. Grove getötet?«

Ich kannte zwar die Wahrheit, aber ich wußte nicht, welche Antwort sie geben würde. Und sie blieb längere Zeit unbewegt, doch schließlich schüttelte sie den Kopf.

»Dein Geständnis war falsch?«

Ein fast unmerkliches Nicken.

»Du schwörst es bei allem, was dir heilig ist?«

Sie nickte.

Lower erhob sich und stieß ein tiefes Seufzen aus. »Mr. Wood«, sagte er, »bringt das Mädchen nach oben in Boyles Kammer. Er wird ungehalten sein, wenn er es bemerkt, macht also bitte keine Unordnung. Zieht sie an, so gut Ihr könnt, und schneidet ihr die Haare ab.«

Ich starrte ihn verständnislos an, und Lower runzelte die Stirn. »Ich bitte Euch, Mr. Wood. Zieht nie die Entscheidungen eines Arztes in Zweifel, wenn er das Leben eines Patienten zu retten versucht.«

Als ich Sarah an der Hand hinausführte, hörte ich Lower flüstern: »Im nächsten Zimmer, Locke. Es ist ein gewagtes Spiel, aber vielleicht erfüllt es seinen Zweck.«

Obwohl ihr ansonsten wenig zu fehlen schien, konnte Sarah

immer noch nicht sprechen und eigentlich nur vor sich hinstarrend dasitzen, während ich Lowers Anweisungen befolgte. Jemandem ohne Schere die Haare abzuschneiden ist schwer, und das Ergebnis hätte einer Dame von Welt wohl kaum zur Ehre gereicht. Das jedoch war ohnehin nicht Lowers Absicht, was immer er sonst planen mochte, und schon nach kurzer Zeit hatte ich meinen Auftrag ausgeführt und alles saubergemacht, so gut ich konnte.

Dann setzte ich mich neben sie und nahm ihre Hand. Es gab keine Worte, mit denen ich hätte ausdrücken können, was mich bewegte, und so blieb ich stumm. Aber ich drückte vorsichtig ihre Hand und spürte endlich, wie die Finger sich ganz leicht regten. Das genügte; schluchzend sank ich zusammen und preßte den Kopf an ihre Schulter, während sie bewegungslos verharrte.

»Hast du wirklich geglaubt, ich würde dich verlassen?« sagte sie mit einer Stimme, so leise und schwach, daß ich sie kaum hörte.

»Ich durfte kaum auf etwas Besseres hoffen. Ich hatte es gewiß nicht anders verdient.«

»Wer bin ich?«

Es war der herrlichste Augenblick meines Lebens. Alles Vorhergegangene war auf diese eine Frage zugelaufen, alles Folgende – die Lebensjahre, die seither verflossen sind und die mir hoffentlich noch bevorstehen – war nichts als ein Nachspiel. Zum ersten und einzigen Male hatte ich keine Zweifel und brauchte weder Besinnung noch Berechnung. Weder mußte ich Beweise beurteilen und abwägen, noch mußte ich auf die Fähigkeiten der Auslegung zurückgreifen, die man für geringere Angelegenheiten benötigt. Ich mußte nur ohne Furcht und in vollkommenem Vertrauen die offenkundige Wahrheit aussprechen. Einige Dinge sind so sehr über jeglichen Zweifel erhaben, daß sie jede Prüfung überflüssig und jede Logik verächtlich erscheinen lassen. Es war die reine, unverfälschte Wahrheit und gleichzeitig ein vollkommenes Geschenk, weil es so unverdient war. Ich wußte es. Das war alles.

»Du bist mein Heiland, der lebendige Gott, vom Geiste geboren, verfolgt, beleidigt und geschmäht, verkündet den drei Weisen aus dem Morgenlande, der gestorben ist für unsere Sünden und wiederauferstanden, so wie es geschehen ist und wieder geschehen wird in jeder Generation.«

Jeder, der mich gehört hätte, hätte mich für verrückt erklärt, und mit diesem Satz bin ich für immer aus der Gemeinschaft meiner Mitmenschen hinausgetreten und habe meinen eigenen Frieden gefunden.

»Erzähle niemandem davon«, sagte sie leise.

»Ich habe Angst. Ich kann es nicht ertragen, dich zu verlieren«, fügte ich hinzu, beschämt über meine Selbstsucht.

Sarah schien mich kaum zu beachten, doch schließlich beugte sie sich nach vorn und küßte mich auf die Stirn. »Du sollst keine Angst haben und sollst nie Angst haben. Du bist meine Liebe, meine Taube, mein Teuerstes, und ich bin dir gewogen. Ich werde dich nicht verlassen und dich nie im Stich lassen.«

Das waren die letzten Worte, die sie zu mir sprach, die letzten Worte, die ich je von ihren Lippen hörte, und so saß ich an ihrer Seite, ihre Hand in meiner, und blickte sie voller Ehrfurcht an, bis mich ein Geräusch von unten wieder aus meiner Entrückung riß. Mit leerem Blick erhob ich mich vom Bett und ging hinunter zu Lower. Sarah schien meine Anwesenheit vollkommen vergessen zu haben.

Unten im Zimmer bot sich mir ein wahrhaft höllisches Gemetzel dar, und selbst ich, der ich doch die Wahrheit kannte, war entsetzt. Um wieviel größer muß Colas Grauen gewesen sein, als er sich gewaltsam Zutritt verschaffte und sah, was er für Sarahs sterbliche Überreste halten mußte. Lower hatte die in Aylesbury erworbene Leiche genommen und sie in grobe Stücke zerhackt; dabei war vor allem der Kopf so verstümmelt worden, daß er kaum mehr als menschlich zu erkennen war. Er selbst war mit dem Blut eines Hundes besudelt, den Locke geschlachtet hatte, um die Täuschung zu vollenden, und im Zimmer hing ein unerträglicher Alkoholgestank, obgleich das Fenster weit geöffnet war, um frische Luft hereinzulassen.

»Nun, Wood?« sagte er mit grimmiger Miene. Locke hatte wieder seine übliche Haltung träger Abwesenheit angenommen und stand unbeteiligt neben der Tür. »Was meint Ihr«, setzte Lower hinzu, »wird jemand unseren Schwindel durchschauen?« Bei diesen Worten hob er mit einem Messer einen Augapfel aus dem

Schädel, so daß er nur noch an einem Faden aus seiner Höhle hing.

»Ich habe ihr die Haare abgeschnitten, aber sie ist immer noch so mitgenommen, daß sie sich kaum bewegen kann. Was sollen wir jetzt mit ihr machen?«

»Boyles Diener hat ein paar Kleidungsstücke im Schrank neben der Kammer«, antwortete Lower. »Zumindest liegen sie gewöhnlich dort. Ich fürchte, wir werden sie uns ausleihen müssen. Zieht sie an und bringt sie aus dem Haus, aber so, daß sie nicht erkannt wird. Bis das möglich ist, sorgt dafür, daß sie oben bleibt und ruhig ist. Niemand darf sie sehen oder auch nur den Verdacht schöpfen, daß jemand da oben ist.«

Abermals stieg ich die Treppe hinauf, holte die Kleider aus dem Schrank und machte mich an die langwierige Aufgabe, Sarah anzuziehen. Während der gesamten Prozedur sprach sie kein einziges Wort, und als ich damit zu Ende war, ließ ich sie wieder allein. Ich schlüpfte durch die Hintertür von Mr. Crosse hinaus und folgte einer kleinen Gasse bis zur Merton Street und meinem Haus.

Zunächst jedoch schaute ich noch ins Feathers, da ich einige Augenblicke benötigte, um meine Nerven zu beruhigen und meine Gedanken zu sammeln. Dort sprach mich Cola an, der selbst sehr müde und erschöpft wirkte, und fragte mich nach der Hinrichtung. Ich berichtete ihm alles der Wahrheit gemäß, mit Ausnahme der einen, der allerwichtigsten Einzelheit, und der Ärmste nahm es als Bestätigung seiner Theorie über die Blutübertragung, nämlich daß der Tod des Spenders unweigerlich auch den Tod des Empfängers herbeiführen muß. Es wird jedem einleuchten, daß ich ihn in diesem Punkte nicht eines Besseren belehren und ihn nicht auf den fatalen logischen Makel seiner Theorie hinweisen konnte.

Er berichtete mir vom Tod der Mutter, was mich sehr betrübte, denn auch diese Bürde mußte Sarah nun tragen. Aber ich drängte den Gedanken daran beiseite, während Cola aufbrach, um Lower Vorhaltungen zu machen. Ich selbst ging nach Hause und traf meine Mutter in der Küche an. Sarahs Schicksal hatte sie schwer getroffen, und sie hatte es sich zur Gewohnheit gemacht, still beim Feuer zu sitzen, wenn sie nicht für das Mädchen betete. Als ich an diesem Morgen ankam – denn trotz der Fülle der Ereignisse war es erst acht Uhr –, saß sie ganz allein in dem Sessel, den niemand außer ihr benutzen durfte, und zu meiner Verwunderung sah ich, daß sie geweint hatte, als sie sich unbeobachtet wußte. Aber sie tat, als wäre nichts, und ich tat, als sähe ich nichts, da ich sie nicht beschämen wollte. Selbst damals fragte ich mich wohl schon, wie das alltägliche Leben einfach so weitergehen konnte, trotz der Wunder, die ich erlebt hatte, und konnte nicht verstehen, weshalb niemand außer mir etwas bemerkt hatte.

»Ist es vorbei?«

»Wenn man so will«, erwiderte ich. »Mutter, ich muß dich etwas sehr Ernstes fragen. Was hättest du getan, um Sarah zu helfen, wenn es in deiner Macht gestanden hätte?«

»Alles«, antwortete sie mit fester Stimme. »Das weißt du doch. Alles.«

»Wenn sie entkommen wäre, hättest du ihr geholfen, auch wenn du damit gegen das Gesetz verstoßen hättest? Hättest du sie nicht im Stich gelassen?«

»Natürlich nicht«, entgegnete sie. »Wenn das Gesetz falsch ist, dann zählt es nichts und verdient, mißachtet zu werden.«

Ich sah sie an, denn das klang seltsam von ihren Lippen, und erst dann fiel mir ein, daß ich diese Worte einmal von Sarah gehört hatte.

»Würdest du ihr jetzt helfen?«

»Ich fürchte, ich kann ihr nicht mehr helfen.«

»Doch, das kannst du.«

Sie sagte nichts, also fuhr ich fort, und jetzt, da ich nicht mehr zurückkonnte, sprudelten die Worte nur so aus mir hervor. »Sie ist gestorben und wieder lebendig. Sie ist in der Wohnung von Mr. Boyle. Sie lebt, Mutter, und niemand weiß davon. Und niemand wird etwas erfahren, außer du verrätst etwas, da wir alle beschlossen haben, ihr zur Flucht zu verhelfen.«

Jetzt gelang es ihr selbst in meiner Gegenwart nicht mehr, die Fassung zu bewahren. Sie schaukelte im Sessel hin und her, preßte die Hände zusammen und murmelte: »Gott sei Dank, danke lieber Gott, gepriesen sei der Herr.« Die Tränen stiegen ihr in die Augen und liefen die Wangen hinunter, ehe ich schließlich ihre

Hand nahm und so wieder ihre Aufmerksamkeit fand. »Sie braucht ein Versteck, bis wir sie aus der Stadt bringen können. Habe ich deine Erlaubnis, sie hierherzubringen? Du wirst sie nicht verraten, wenn ich sie in meinem Arbeitszimmer verstecke?«

Natürlich gab sie mir ihr unbedingtes Wort, und ich wußte, daß darauf mehr Verlaß war als auf alle meine Versprechen. So küßte ich sie auf die Wange und sagte ihr, daß ich nach Einbruch der Dämmerung wiederkommen würde. Zuletzt sah ich, wie sie in der Küche herumhantierte und Gemüse und unseren letzten Winterschinken hervorholte, um Sarahs Rückkehr zu feiern.

Der Tag blieb auch weiterhin seltsam, denn nach all der fieberhaften Geschäftigkeit der ersten Stunden hatten wir – Lower, Locke und ich – auf einmal sehr viel Zeit, da es bis zum Abend wenig für uns zu tun gab. Lower erkannte, daß ihm die Ereignisse zumindest die Entscheidung über seine Reise nach London abgenommen hatten, denn sein Ruf bei den Bewohnern von Oxford war unwiderruflich dahin, so stark war der Abscheu über die ihm unterstellten Taten. Jetzt blieb ihm keine andere Wahl mehr, als die langwierige Aufgabe einer Niederlassung an einem anderen Ort in Angriff zu nehmen. Die Überreste der in Aylesbury erstandenen Leiche wurden zur Burg gebracht und auf dem Scheiterhaufen verbrannt – trotz der Umstände hatte sich Lower noch genügend Humor bewahrt, um zu bemerken, sie sei in so viel Alkohol eingelegt, daß man von Glück sagen könne, wenn nicht das ganze Gebäude in die Luft flog –, und ich hatte von Cola Geld für ein anständiges Begräbnis von Mrs. Blundy erhalten.

Die Beerdigung zu organisieren war eine einfache, wenn auch schmerzliche Pflicht; viele Menschen waren jetzt bereit, etwas zu tun, und so groß war die Empörung über das Schicksal des Mädchens, daß sie gern die Gelegenheit zur Wiedergutmachung wahrnahmen und die Mutter so gut wie möglich behandelten, zumal sie ja auch dafür bezahlt wurden. Ich bat den Priester von St. Thomas's, die Totenfeier abzuhalten, und setzte sie auf den Abend fest. Er ließ auch den Leichnam von seinen Bediensteten abholen und präparieren. Weder den Priester noch die Kirche hätte sich die Frau wohl selber ausgesucht, aber ich hatte keine klare Vorstellung, wer diese Aufgabe übernehmen sollte. Jemand anderen als einen Geistlichen der Staatskirche zu bitten hätte unsägliche Schwierigkeiten heraufbeschworen, und überflüssige Verwicklungen wollte ich tunlichst vermeiden. Der Gottesdienst war auf acht Uhr abends festgesetzt, und als ich ging, rief der Priester bereits dem Totengräber zu, er solle ein Grab im ärmeren, vernachlässigten Teil des Friedhofs ausheben, um nur ja nicht aus Versehen einen wertvolleren Flecken zu vergeben, wie er nur Menschen von Stand gebührt.

Die unangenehme Pflicht, Sarah vom Tod ihrer Mutter in Kenntnis zu setzen, hatte ich vollkommen aus den Augen verloren. Es mußte natürlich geschehen, und ich wußte, daß mir diese Aufgabe zufiel; aber ich schob es so lange hinaus wie möglich. Lower hatte es bereits von Cola erfahren und wirkte äußerst bestürzt über die Nachricht.

»Das verstehe ich nicht«, sagte er. »Es ging ihr nicht gut, und sie war sehr schwach, aber als ich sie zuletzt sah, lag sie nicht im Sterben. Wann ist sie denn gestorben?«

»Ich weiß es nicht. Mr. Cola hat es mir erzählt. Er war wohl bei ihr.«

Lowers Gesicht verdüsterte sich. »Dieser Kerl«, sagte er. »Bestimmt hat er sie umgebracht.«

»Lower, das ist ein schrecklicher Vorwurf!«

»Ich meine, nicht absichtlich. Aber seine theoretischen Kenntnisse sind besser als seine praktischen Fähigkeiten.« Er seufzte vernehmlich und erschien sehr erschüttert. »Ich habe ein schlechtes Gewissen, Wood, ich kann es nicht anders sagen. Ich hätte die Frau selbst behandeln sollen. Wißt Ihr, daß Cola ihr noch mehr Blut übertragen wollte?«

»Nein.«

»Er hatte es vor. Ich konnte es ihm natürlich nicht verbieten, sie war ja seine Patientin, aber ich wollte nichts damit zu tun haben.«

»War es denn die falsche Behandlung?«

»Nicht unbedingt. Aber wir hatten einen Streit, und ich wollte nicht mit ihm zusammenarbeiten. Ich habe Euch doch erzählt, daß Wallis sagt, Cola habe in der Vergangenheit die Ideen anderer gestohlen.«

»Ja, und das noch dazu gewohnheitsmäßig«, sagte ich. »Na und?«

»Na und?« wiederholte Lower beleidigt. »Was könnte schlimmer sein?«

»Er könnte ein jesuitischer Ränkeschmied sein, der den Krieg in unserem Lande neu entfachen und das Königreich zum Einsturz bringen will«, gab ich zu bedenken. »Das wäre schlimmer.«

»Nicht für mich.«

Mit dieser Bemerkung löste sich die Spannung, die sich den ganzen Tag aufgestaut hatte, und plötzlich brachen wir in schallendes Gelächter aus. Wir brüllten, bis uns die Tränen hinunterliefen und wir uns die Seiten halten mußten, geschüttelt von einer seltsamen Lustigkeit. Zuletzt landeten wir auf dem Boden, Lower flach auf dem Rücken liegend und immer noch keuchend, und ich mit dem Kopf zwischen den Knien, schwindelig vor Lachen und mit schmerzendem Kiefer. Damals fühlte ich, daß ich Lower herzlich zugetan war, und ich wußte, daß ich ihn trotz aller Unterschiede zwischen uns und trotz seines bisweilen mürrischen Wesens immer lieben würde, denn er war ein wahrhaft guter Mensch.

Als wir uns wieder erholt und die Tränen aus den Augen gewischt hatten, brachte Lower ein Thema zur Sprache, bei dem uns nicht zum Lachen zumute war: Was sollten wir mit Sarah anfangen?

»Natürlich muß sie Oxford so bald wie möglich verlassen«, sagte ich. »Sie kann nicht für immer in meinem Zimmer bleiben, und selbst mit geschorenem Kopf ist sie leicht zu erkennen. Aber wo sie hin soll und was sie tun soll, dazu will mir rein gar nichts einfallen.«

»Wieviel Geld habt Ihr flüssig?«

»Ungefähr vier Pfund«, erwiderte ich. »Einen großen Teil davon schulde ich Euch und Cola für die Behandlung ihrer Mutter.«

Er winkte ab. »Ein Patient, der nicht bezahlt. Nicht der erste und gewiß auch nicht der letzte. Ich für mein Teil habe zwei Pfund, und in vierzehn Tagen bekomme ich die Jahresrente von meiner Familie. Davon kann ich weitere zwei Pfund aufbringen.«

»Wenn Ihr noch zwei Pfund vorstreckt, kann ich sie Euch zurückzahlen, wenn meine Quartalsrente eintrifft.«

Er nickte. »Also zehn Pfund. Nicht sehr viel, nicht einmal für ein Mädchen ihres Standes. Ich frage mich …«

»Ja?«

»Ihr wißt, daß mein jüngerer Bruder Quäker ist?«

Er sagte es ganz natürlich und ohne Zeichen von Scham, doch ich wußte, daß er dieses Thema nur mit größtem Widerwillen berührte. Viele gute Bekannte von ihm wußten nicht einmal, daß Lower einen Bruder hatte, so sehr fürchtete er, durch diese Verbindung Schaden zu nehmen. Ich bin diesem Mann einmal begegnet und mochte ihn wohl leiden. So wie sein Gesicht dem Lowers glich, aber nicht dessen Ausdruckskraft hatte, so glich auch sein Wesen dem seines Bruders, ohne dessen Lustigkeit und freies Lachen, denn Lachen, so wurde mir berichtet, gilt bei Quäkern als Sünde.

Ich nickte.

»Er macht Geschäfte mit einer Gruppe Gleichgesinnter, die zu Orten fahren wollen, wo sie keinen Angriffen ausgesetzt sind; Länder wie Massachusetts und dergleichen. Ich könnte ihm schreiben und ihn bitten, Sarah Blundy dorthin schicken zu lassen. Sie könnte als Dienerin reisen oder als Verwandte von jemandem und müßte sich nach ihrer Ankunft dann allein durchschlagen.«

»Eine harte Strafe für jemanden, der nichts Unrechtes getan hat.«

»Wenige von denen, die aus freien Stücken dorthin fahren, haben etwas Unrechtes getan. Dennoch fahren sie. Sie wird dort in guter Gesellschaft sein und mehr Menschen ihresgleichen finden, als sie es hier je könnte.«

Nach allem, was geschehen war, zerriß es mir schier das Herz bei dem Gedanken, daß sie Abschied nehmen und ich sie nie mehr sehen sollte, und ich weiß, daß ich mich aus selbstsüchtigen Gründen gegen den Plan wehrte. Aber Lower hatte recht; wenn sie in England blieb, würde sie früher oder später entdeckt werden. Irgend jemand – ein alter Kamerad ihres Vaters, ein Reisender aus Oxford oder ein ehemaliger Student – würde sie sehen und erkennen. Ihr Leben und auch unseres würde Tag für Tag auf dem Spiel stehen. Ich hatte keine Ahnung, wie unsere Tat nach dem Buchstaben des Gesetzes zu bewerten war, aber ich wußte, daß es nur die wenigsten Richter gern sahen, wenn jemand gegen ihre Amtsgewalt verstieß. Sarah war zum Tode verurteilt worden und noch am Leben. Und dafür konnte selbst Locke mit all seiner Gewandtheit im Argumentieren keine triftige Begründung finden.

So einigten wir uns; oder wir einigten uns zumindest darauf, daß die Sache Sarah vorgelegt werden sollte; denn der Plan war undurchführbar, wenn sie ihm nicht zustimmte. Und in dieser Zustimmung lag der letzte Nagel, der in ihre Seele geschlagen wurde. Lower übernahm es, ihr den Vorschlag zu unterbreiten, da es seine Idee war und er alle Verabredungen mit den Quäkern treffen mußte. Ich begab mich in der Zwischenzeit wieder nach St. Thomas's, um mich über die Vorbereitungen für das Begräbnis zu vergewissern, und erwartete füglich, der einzige Anwesende bei der Totenmesse zu sein.

Aber Sarah war unzufrieden mit unserem Plan, weil sie ihre Mutter nicht verlassen wollte, und erst als ihr Lower mitteilte, daß ihre Mutter tot war, kam sie zur Besinnung. Ihre eigenen Prüfungen hatte sie mit großer Kraft ertragen, doch der Verlust ihrer Mutter brachte all ihre Schwäche zum Vorschein. Ich möchte hier nichts weiter darüber sagen, außer daß Lower nicht unbedingt dazu geboren war, anderen Trost zu spenden. Er war warmherzig und wünschte allen nur das Beste; aber er wurde oft verdrießlich und abweisend, wenn ihm ein Elend gegenübertrat, zu dessen Linderung er nichts tun konnte. Ich hatte kaum Zweifel, daß sein Ton – sachlich, nüchtern, ja fast schon schonungslos – alles nur noch schlimmer machte.

Sarah bestand darauf, zur Beerdigung zu gehen, wiewohl ihr Lower das Törichte eines solchen Wunsches eindringlich vor Augen stellte. Aber sie ließ sich nicht von ihrem Vorhaben abbringen. Meine Mutter unterstützte sie und sagte, sie werde das Mädchen zur Kirche bringen, was immer Dr. Richard Lower dagegen einwenden mochte, und damit war die Sache entschieden.

Ich erschrak, als alle drei erschienen, Lower mit besorgtem, meine Mutter mit grimmigem und Sarah mit leerem Blick, als hätte die Lebenskraft ihren Körper für immer verlassen. Sie hatten ihr Bestes getan, um sie als Knaben zu verkleiden und damit ihre Erscheinung unkenntlich zu machen. Sie hatten ihr eine Mütze aufgesetzt, die tief ins Gesicht gezogen war, aber ich stand Qualen aus vor Angst, der Priester könnte jeden Augenblick von seinem Buch aufschauen und die Augen aufreißen, um dann davonzustürmen und die Wache herbeizurufen. Aber er tat nichts dergleichen: Er leierte nur die Messe in ungebührlicher Eile herunter und gab sich nicht die geringste Mühe für die Seele einer Frau, die keine Dame war, kein reiches Pfarrkind und auch sonst keine Person von Rang, die die Herablassung eines so hervorragenden Dieners der Kirche verdient hätte. Ich war so beschämt, daß ich ihm am liebsten eine Ohrfeige versetzt und ihn aufgefordert hätte, sein Amt auf geziemende Weise zu versehen. Bei solchen Priestern ist es kein Wunder, daß sich so viele Menschen anderen Glaubensbekenntnissen zuwenden. Als er geendet hatte, schlug er sein Buch zu, nickte in unsere Richtung, streckte die Hand aus, um sein Honorar in Empfang zu nehmen, und wandte sich zum Gehen. Den letzten Teil der Feier am Grab wollte er nicht mehr halten, so sagte er, weil die Frau ohnehin fast eine Heidin gewesen sei. Den gesetzlichen Vorschriften habe er damit Genüge getan, und mehr könne nun wirklich niemand von ihm verlangen.

Lower war wohl noch wütender als ich über diese Hartherzigkeit, obzwar ich doch der Meinung bin, der Mann hätte mehr Rücksicht genommen, wenn er von der Anwesenheit eines Mitglieds der Familie gewußt hätte. Aber er wußte nichts, gab sich daher keine Mühe, und dies führte zu einem Benehmen, wie ich es peinlicher selten erlebt habe. Und für Sarah war es gewiß noch weitaus bedrückender. Ich bemühte mich nach Kräften, sie zu trösten.

»So erhält sie das letzte Geleit von ihrer Tochter, die sie geliebt hat, und von ihren Freunden, die ihr geholfen haben«, sagte ich. »Das ist viel besser und angemessener. Es hätte ihr ohnedies nicht gefallen, wenn dieser Mann an ihrem Grab eine Rede gehalten hätte.«

So nahmen Lower und ich die Bahre auf und trugen sie aus der Kirche. Beim Lichte einer einzigen Kerze stolperten wir über den dunklen Hof. Den Unterschied zur Bestattung von Dr. Grove hätte man sich größer nicht vorstellen können, aber wenigstens waren wir nach dem Abschied des Geistlichen alle eines Sinnes.

Es fiel mir anheim, die Grabrede zu halten, denn Lower kannte Mrs. Blundy nicht gut, und Sarah schien unfähig zu sprechen. Ich hatte keine Ahnung, was angemessen war, und sprach einfach die ersten Gedanken aus, die mir in den Sinn kamen. Ich sagte, daß ich sie erst in den letzten Jahren kennengelernt hatte, daß wir nicht demselben Glauben angehörten, sie und ich, und daß unsere Auffassungen in politischen Dingen nicht unterschiedlicher sein könnten. Dennoch ehrte ich sie als eine gute und beherzte Frau, die nach bestem Wissen und Gewissen das Rechte tat und nach der Wahrheit suchte. Ich konnte nicht sagen, daß sie die gehorsamste aller Ehefrauen war, denn sie hätte eine solche Beschreibung weit von sich gewiesen. Dennoch war sie ihrem Mann eine große Stütze; sie stand ihm zur Seite und liebte ihn, wie er es sich nicht besser wünschen konnte. Auch sie kämpfte für das, was er glaubte, und zog eine Tochter auf, die mutig, wahrhaftig, sanft und gut war, besser, als es sich irgend jemand vorstellen konnte. Auf diese beste nur erdenkliche Weise machte sie ihrem Schöpfer Ehre und war dafür gesegnet. Sie glaubte wohl nicht an ein Leben nach dem Tode, denn sie mißtraute allen Worten aus dem Munde von Priestern. Doch ich wußte, daß sie irrte und unfehlbar in Gottes Schoß eingehen würde.

Sie war ein unverständlicher Wirrwarr, diese meine Rede, und eher geeignet, Sarah Trost zu spenden, als ein zutreffendes Bildnis der toten Frau zu zeichnen. Und doch glaubte ich alles, was ich sagte, und glaube es noch. Ich weiß, es scheint undenkbar, daß eine Frau ihres Glaubens und ihrer Ansichten, ihres Standes und ihrer Taten jemals als würdig oder edel oder tugendhaft erachtet werden könnte. Aber sie besaß all diese Eigenschaften, und mich kümmert es nicht mehr, meine Anschauungen mit denen anderer in Einklang zu wissen.

Als ich geendet hatte, entstand eine verlegene Pause, bevor meine Mutter Sarah zum Leichnam führte und das Tuch zurückzog, so daß das Gesicht zum Vorschein kam. Es regnete in Strömen, und die tote Frau bot einen unaussprechlich traurigen Anblick, als sie so dalag auf dem nassen, kalten Boden und kleine durch das Unwetter hochspritzende Schlammtropfen auf sie herabfielen. Sarah kniete nieder, und wir traten alle zurück, während sie ihr eigenes Gebet murmelte; endlich beugte sie sich vor, um ihre Mutter auf die Stirn zu küssen, und strich mit einer zarten Bewegung eine Haarsträhne beiseite, die sich aus der Haube der alten Frau gelöst hatte.

Dann stand sie wieder auf. Lower zog mich am Ärmel, und zusammen hoben wir den Leichnam so sanft und gemessen wie möglich hinunter, ehe Sarah ihrer letzten Pflicht als Tochter nachkam und Erde in das offene Grab warf. Wir alle folgten ihrem Beispiel, und schließlich griffen Lower und ich zu den Schaufeln und füllten das Loch, so schnell wir konnten. Als es zu Ende war und wir alle vollkommen durchnäßt waren und froren, wandten wir uns einfach ab und gingen. Es gab nichts mehr für uns zu tun, und wir mußten wieder zu den Lebenden zurückkehren.

Lower war wie üblich rühriger gewesen und hatte mehr erreicht als ich. Er hatte es sich angelegen sein lassen, Boyles Kutsche auszuleihen – in der vernünftigen Annahme, daß das Fahrzeug eines solchen Mannes von der Wache nicht aufgehalten und untersucht würde, auch wenn es noch so spät unterwegs war – und zwei Zugpferde zu mieten. Er machte sich erbötig, Sarah selbst nach Reading zu bringen, weit genug, um in Sicherheit zu sein, zumal die Beziehungen zwischen den beiden Städten so schlecht waren, daß sie kaum Nachrichten austauschten. Dort wollte er Sarah bei Gefährten seines Bruders unterbringen, einer Familie von Quäkern, die ihr Geheimnis – oder das wenige, was man ihnen erzählen mußte – getreulich bewahren würden, dafür konnte er bürgen. Wenn sein Bruder auf seinem Rückweg nach Dorset in die Stadt kam, würde er, von den Ereignissen in Kenntnis gesetzt, das Mädchen gewiß unter seine Fittiche nehmen. Er würde sie dann aufs erste Schiff bringen, auf dem Andersgläubige England verließen. So wurde es zwischen uns allen vereinbart.

Es ist mir unmöglich, über meinen letzten Abschied von ihr zu schreiben, meinen letzten Blick in ihr Gesicht, und deshalb werde ich schweigen.

Zehn Tage danach brach Sarah unter der Führung von Lowers Bruder nach Plymouth auf und ging dort an Bord eines Schiffs nach Amerika.

Das war das letzte, was wir von ihr hörten. Sie ist nie in Amerika angekommen, und man nahm an, sie sei über Bord gefallen. Aber zu dieser Zeit herrschte ruhiger Seegang, und außerdem befanden sich so viele Menschen auf dem Schiff, daß ein derartiger Unfall schwerlich unbemerkt bleiben konnte. Und doch verschwand sie am hellichten Tage und ohne einen Laut, als wäre sie bei lebendigem Leibe zum Himmel aufgefahren.

Zwölftes Kapitel

HIER ENDET NUN DIE mir bekannte Geschichte von Sarah Blundy, und ich habe nichts weiter zu berichten: Es sei jedem anheimgestellt, mir zu glauben oder nicht.

Nun bleibt mir nur noch, über den letzten Teil der Geschichte zu berichten und zu zeigen, welcher Art die Geschäfte des Italieners in England waren. Ich selbst, das gestehe ich, messe diesen Dingen wenig Bedeutung bei, denn im Vergleich zu dem, was ich mit eigenen Augen gesehen habe, können die Irrtümer der Menschen, die in solchem Unwissen über die Wahrheit miteinander hadern, nur die höchste Geringschätzung hervorrufen. Aber da diese Dinge zu den geschilderten Ereignissen gehören und auch eine ihrer Ursachen sind, möchte ich hier alles niederschreiben, um meine Arbeit zu vollenden und zur Ruhe zu kommen.

Am Tag nach Sarahs Abreise aus Oxford fuhr ich nach London, immer noch befangen in einer Stimmung tiefster Verzweiflung und Niedergeschlagenheit; die Fahrt war Lowers Idee, und er riet mir dringend dazu, um damit meine Schwermut zu lindern. Eine veränderte Landschaft, neue Gesellschaft und ein wenig Unterhaltung, so versicherte er, würden mir helfen, meine Traurigkeit abzuschütteln. Ich nahm seinen Rat an, weil mir dies in meiner Mattigkeit leichter fiel, als abzulehnen. Lower packte meine Tasche für mich, brachte mich nach Carfax und setzte mich in die Kutsche.

»Und vergnügt Euch«, sagte er. »Ihr müßt zugeben, daß alles viel besser gekommen ist, als Ihr es erwarten durftet. Es ist an der Zeit, das Ganze hinter Euch zu lassen.«

Natürlich konnte ich das nicht so ohne weiteres, aber ich versuchte, seinen Rat so gut wie möglich zu befolgen, also zwang ich mich dazu, Leute aufzusuchen, mit denen ich im Laufe der Jahre Briefwechsel geführt hatte, und Interesse an ihren Worten zu zeigen. Doch das gelang mir nicht sehr gut, denn meine Gedanken schweiften immer wieder ab zu wichtigeren Angelegenheiten, und ich fürchte, daß ich bei meinen Kollegas einige Verstimmung ausgelöst habe mit meiner Zerstreutheit, die sie gewiß für Hochmut und Verachtung hielten. Dinge, die gewöhnlich die lebhafteste Begeisterung in mir geweckt hätten, blieben vollkommen belanglos für mich. So berichtete man mir von der Entdeckung riesiger versteinerter Knochen in einem Steinbruch in Hertfordshire, die bewiesen, wie recht die Bibel hatte mit ihrer Aussage, auf der Erde habe es einst Riesen gegeben – doch ich blieb unbeteiligt. John Aubrey, der damals ein guter Freund von mir war, bot mir seine Gastfreundschaft an, aber ich konnte mich nicht erwärmen für seine Findigkeit in der Auslegung des Zwecks und des Wesens von Stonehenge, Avebury und ähnlichen Stätten; ich wurde zu einer Versammlung der Royal Society eingeladen, schlug diese Ehre jedoch leichten Herzens aus, und auch später bedauerte ich es nicht, daß ich nie wieder eingeladen wurde.

Und eines Abends, als ich mich erst den zweiten Tag in der Stadt befand, kam ich an einer Taverne in Cheapside mit dem Namen The Bells vorüber und erinnerte mich, den Namen in Colas Truhe gesehen zu haben. Mich überkam das Bedürfnis, jemanden aufzusuchen, der Sarah gekannt und zumindest einiges von dem erlebt hatte, was auch ich erlebt hatte. Außerdem verspürte ich das starke Verlangen nach Antworten auf viele Fragen, um endlich die Kette von Ereignissen zu begreifen, die zu Sarahs Tod geführt hatten.

Cola war leicht zu finden, obgleich der Wirt der Taverne – ein Papist, wie ich später erfuhr – seinen Namen nicht kannte; ich mußte nur nach dem italienischen Gentleman fragen und wurde unverzüglich zu dem großen Zimmer geführt, das er seit seiner Ankunft ganz allein bewohnte.

War sein Erstaunen, als er meiner ansichtig wurde, schon groß, so wuchs es noch mehr, als ich ihn begrüßte.

»Guten Abend, Pater.«

Er konnte es weder leugnen noch protestieren, konnte weder drohen noch beteuern, denn das ist Priestern nicht erlaubt. Starr vor Schreck blickte er mich an, überzeugt, daß ich ihm eine Falle gestellt hatte und daß sogleich Bewaffnete die Treppe heraufstürmen würden, um ihn seinem Martyrium zu überantworten. Aber es war nichts zu hören, keine stampfenden Stiefel, keine eilig gerufenen Befehle, nur die Stille im Zimmer, an dessen Fenster er noch immer reglos verharrte.

»Warum nennt Ihr mich Pater?«

»Weil Ihr einer seid.« Ich fügte nicht hinzu: Wer sonst würde mit geweihtem Öl, geweihtem Wasser und einer heiligen Reliquie, verborgen in seinem Besitz, durch die Lande ziehen? Wer außer einem zum Zölibat verpflichteten katholischen Priester würde ein solches Entsetzen verraten, wenn er die Stärke seiner fleischlichen Gelüste erkannte? Wer sonst würde insgeheim und mit den besten Absichten einer Frau, die er im Sterben wähnte, die letzte Ölung geben, um ihre Seele zu erretten?

Cola setzte sich vorsichtig auf sein Bett und blickte mich wachsam und nachdenklich an, als erwarte er noch immer einen Überraschungsangriff von mir.

»Weshalb seid Ihr gekommen?«

»Nicht, um Euch Leid zuzufügen.«

»Weshalb dann?«

»Ich möchte mit Euch reden.«

Es tat mir leid, ihn in eine solch gefährlich scheinende Lage gebracht zu haben, und ich versicherte ihm, so gut ich konnte, daß ich keine bösen Absichten gegen ihn hegte. Ich glaube, nicht meine Worte, sondern mein Gesicht überzeugte ihn endlich von meiner Aufrichtigkeit. Beide können lügen, aber nicht in meinem Falle, denn ich habe ja bereits erwähnt, daß mich selbst ein Einfaltspinsel durchschauen kann. Hätte ich gelogen, dann hätte Cola es erkannt, aber er sah keine Anzeichen dafür in meinem Gesicht. Nach langer und angespannter Stille schickte er sich seufzend ins Unvermeidliche und bot mir einen Stuhl an.

»Ist Euer Name wirklich Marco da Cola? Ich möchte gerne wissen, mit wem ich spreche. Gibt es überhaupt jemanden dieses Namens?« fragte ich.

Er lächelte sanft. »Es gab jemanden«, erwiderte er. »Er war mein Bruder. Ich heiße Andrea.«

»War?«

»Er ist tot. Er starb in meinen Armen nach seiner Rückkehr aus Kreta. Sein Tod bekümmert mich noch immer sehr.«

»Weshalb seid Ihr hier?«

»Wie Ihr kann ich sagen, daß ich keinem Menschen Übles will. Nicht daß mir viele Glauben schenken würden; daher meine Tarnung. Eure Regierung schätzt Priester aus dem Ausland nicht sehr. Und Jesuiten ganz gewiß nicht.« Die letzten Worte betonte er, den Blick auf mein Gesicht gerichtet, um die Wirkung seines Geständnisses zu sehen.

Ich nickte. »Ihr habt meine Frage noch nicht beantwortet.«

»Mr. Wood«, fuhr er fort, »Ihr seid der einzige Mensch, der erraten hat, wer ich bin, und Ihr seid auch der einzige Mensch Eures Bekenntnisses, der nicht reagiert, als wäre ich der Teufel persönlich. Weshalb ist das so? Fühlt Ihr Euch vielleicht in Eurem Herzen hingezogen zur wahren Kirche?«

»Niemand sage, daß seiner der beste und einzige Weg sei, denn er sagt es aus Unwissenheit allein.« Die Worte waren über meine Lippen, ehe ich mich besann, wo ich sie schon einmal gehört hatte.

Cola wirkte verwirrt. »Eine großherzige, aber irrige Anschauung«, entgegnete er, und ich hoffte, er werde nicht zu eindringlich nachfragen, denn ich wußte, daß ich meine Worte weder verteidigen noch erklären konnte. Entweder verwandelt sich das Brot zu Fleisch und der Wein zu Blut oder nicht; und es kann nicht sein, daß dies nur in Rom der Fall ist, aber nicht in Canterbury. Entweder machte Christus Petrus und seine Nachfolger zum Grundstein des Glaubens und übertrug ihnen alle Macht in geistlichen Dingen oder nicht; der Herr gab Petrus nicht Macht über die ganze Welt außer über die Teile Europas, die anderer Meinung sind.

Aber Cola verlor kein Wort mehr über dieses Thema; er schien nur froh, daß er vielleicht von dem einzigem Menschen im ganzen Lande entdeckt worden war, der es nicht für notwendig erachtete, ihn an die Obrigkeit zu verraten. Außerdem war ich auch nicht aufgelegt für ein theologisches Streitgespräch, selbst wenn ich Cola dazu hätte überreden können. Diese Dispute hatten mir stets großes Vergnügen bereitet, aber ich hatte schwer zu tragen unter der Last meines Wissens und nichts mehr übrig für Dinge, die ich nur noch als unerheblich betrachten konnte.

Statt dessen fragte er mit ausgesuchter Zartheit nach dem Begräbnis von Anne Blundy, und ich erzählte ihm soviel, wie mir ratsam schien. Er zeigte sich zufrieden mit der Verwendung seines Geldes und brachte seine Betrübnis über Lowers Übeltaten zum Ausdruck.

»Ihr scheint Euch von Eurem Kummer über den Tod des Mädchens wieder erholt zu haben«, sagte er mit einem durchdringenden Blick in meine Richtung. »Das freut mich. Es ist nicht leicht, ich weiß. Es ist schwer, jemanden zu verlieren, der wichtig ist für unser Leben, so wie sie es für Euch war und mein Bruder für mich.«

Als wir über diese Dinge sprachen, bezeigte Pater Andrea so viel Verstand und Herzlichkeit, daß er mir, wiewohl er nur wenig über die wahren Begebenheiten wußte, meinen Verlust erleichterte und viel dazu tat, mich mit der Einsamkeit zu versöhnen, die unerbittlich auf mich wartete. Er war ein guter Mensch und ein guter Priester, auch wenn er ein Katholik war, und ich hatte Glück, ihn zu finden, denn solchen Menschen begegnet man nur höchst selten im Leben. Es ist schwer, ein Arzt des Leibes zu sein, und auch wenn es viele versuchen, haben nur wenige genügend Geschick und Mitgefühl dazu. Und um wieviel schwerer ist es, der Seele ihre Arznei zu geben und einen Menschen im Leid zu Ruhe und Ergebenheit zu führen! Pater Andrea hatte diese Fähigkeit. Als wir uns ausgesprochen hatten und ich keine Fragen und er keinen Trost mehr für mich hatte, brachte ich meine Dankbarkeit zum Ausdruck und beschloß, ihm seine Güte zu vergelten.

»Ich weiß, warum Ihr nach Oxford gekommen seid«, sagte ich.

Er drehte sich mit einem Ruck um und starrte mir ins Gesicht.

»Ihr standet im Briefwechsel mit Sir James Prestcott, und diese Briefe gingen nach seinem Tod verloren. Sie würden der Sache Eurer Religion in diesem Lande großen Schaden zufügen, und Ihr wolltet sie wiedererlangen, damit sie nicht bekanntwerden konnten. Deshalb habt Ihr das Cottage der Blundys durchsucht.«

Seine Augen verengten sich. »Das wißt Ihr? Wißt Ihr auch, wo die Briefe sind?«

»Ich weiß, daß Ihr Euch keine Sorgen mehr um sie machen müßt. Ich gebe Euch mein Wort, daß niemand sie je sehen wird und daß sie vernichtet werden.«

Er schwankte sichtlich, ob er mir vertrauen konnte, aber er wuß-te, daß er keine Wahl hatte und sich wahrhaft glücklich schätzen konnte. Nach einer Weile nickte er. »Mehr erbitte ich nicht.«

»Und Eure Bitte wird in Erfüllung gehen. Doch jetzt muß ich aufbrechen.«

Er brachte mich hinunter, und mit jedem Schritt auf der Trep-pe veränderte sich sein Verhalten. Hatte er mich oben noch als Priester gesegnet, so verbeugte er sich auf der Straße als Gentle-man vor mir, ehe wir endgültig auseinandergingen.

»Ich vermute, Ihr werdet nie nach Rom kommen, Mr. Wood«, sagte er mit einem Lächeln. »Ihr seid nicht zum Reisen geschaf-fen. Das ist schade, denn Ihr würdet großen Gefallen finden an dieser außerordentlichen Stadt. Und es gibt viele vortreffliche Ge-schichtsschreiber und Altertumsforscher dort, die sich Eurer Ge-sellschaft ebenso erfreuen würden wie Ihr Euch der ihren. Aber sollte Euch je die Reiselust überkommen, dann müßt Ihr mir schreiben, und ich verbürge mich dafür, daß man Euch herzlich willkommen heißen wird.«

Ich dankte ihm, wir verbeugten uns ein letztes Mal voreinan-der, und ich ging meiner Wege, ohne ihn jemals wiederzusehen.

Aber ich hörte von ihm, denn ich hatte kaum einige Schritte getan, als ich meinem Freund John Aubrey begegnete, einem Mann, dessen Fähigkeiten als Klatschmaul meinem freilich völlig unver-dienten Ruf in diesen Dingen in nichts nachstehen.

»Wer *ist* dieser Mann?« fragte er voller Neugier und blickte über meine Schulter nach Cola, der sich entfernte. »Wollt Ihr mich nicht vorstellen?«

»Er ist ein Arzt«, sagte ich, »oder zum mindesten ein Gentle-man, der sich für Medizin interessiert. Warum fragt Ihr? Ihr sprecht, als hättet Ihr ihn schon einmal gesehen.«

»Das habe ich wirklich«, sagte er. Er spähte immer noch nach Cola, obgleich dieser bereits um die Ecke verschwunden war. »Gestern abend in Whitehall war es.«

»Ein Mann kann doch gehen, wohin er will, ohne gleich In-teresse zu wecken.«

»Auch in den Palast? Nicht so ohne weiteres. Vor allem nicht, wenn er von Sir Henry Bennet zur Schlafkammer des Königs ge-leitet wird.«

»Was?«

»Ihr scheint äußerst erstaunt darüber. Darf ich fragen, weshalb?«

»Oh, ohne Grund«, erwiderte ich hastig. »Ich wußte nicht, daß er solch erlesene Verbindungen in diesem Lande hat. In Oxford haben wir ihn alle als verarmten Ausländer ohne Glück behandelt, und sehr von oben herab, wie ich fürchte. Aber er hat uns nie über unseren Irrtum aufgeklärt. Wir sind ihm wohl ziemlich erbärmlich vorgekommen. Aber sagt mir doch, wann genau habt Ihr ihn gesehen? Und wo?«

»Es war schon spät, nach Einbruch der Dämmerung, vielleicht acht Uhr. Ich hatte die große Freude, zum Abendessen eingeladen zu sein – privat und ohne Förmlichkeit – bei Lord Sandwich, seiner Dame und einem Cousin, den er protegiert. Ein aufgeblasener Mensch, der im Navy Office arbeitet und unaufhörlich über Themen plaudert, von denen er nichts versteht, aber sehr begeistert und auch gewinnend in seiner Einfalt. Sein Name, wenn ich mich recht besinne, ist …«

»Mir steht nicht der Sinn danach, seinen Namen zu erfahren, Mr. Aubrey. Und auch nicht nach dem, was Ihr gegessen habt, oder nach den Einzelheiten von Lord Sandwichs Tafelbesteck. Ich möchte etwas über meinen Bekannten erfahren. Ihr könnt mir von Eurem Glück später erzählen, wenn Ihr es wünscht.«

»Nun, ich verließ seine Wohnung und ging zurück zu meinem kleinen Quartier, und als ich fast angekommen war, fiel mir ein, daß ich eine Schachtel mit Handschriften vergessen hatte, die mir der Kanzler für meine Arbeit zur Verfügung gestellt hatte. Da ich nicht müde war und kaum ein Quart Wein getrunken hatte, wollte ich sie noch vor dem Schlafengehen lesen. Ich ging also zurück, aber nicht durch den Palast, sondern über den St. Stephen's Court. Dort gibt es einen Gang, der am Ende nach rechts zu den Amtsstuben führt, wo meine Papiere waren, und links zu einem Hintereingang zu den Gemächern des Königs. Ich kann es Euch später zeigen, wenn Ihr wollt.«

Ich nickte und wartete ungeduldig darauf, daß er fortfuhr. »Ich fand die gewünschten Papiere, und als ich sie in meinem Mantel verwahrt hatte, machte ich mich auf den Rückweg. Und draußen auf dem Gang kamen mir Sir Henry Bennet – wußtet Ihr, daß er jetzt Lord Arlington ist? – und dieser Mann entgegen, den ich noch nie vorher gesehen hatte.«

»Seid Ihr sicher, daß es derselbe Mann ist?«

»Vollkommen. Er war genauso gekleidet. Und als ich mich verbeugte, um sie vorbeizulassen, fiel mir etwas besonders auf: Er trug ein wunderschönes Buch bei sich. Gewiß hatte ich so etwas schon einmal gesehen, venezianische Arbeit, sehr alt, fürwahr, und mit Goldprägung auf dem kalbsledernen Einband.«

»Woher wollt Ihr wissen, daß er den König besucht hatte?«

»Fast alle anderen sind fort. Der Duke of York hat eigene Gemächer und ist ohnedies mit der Königinmutter im St. James's Palace. Die Königin ist mit ihrem ganzen Gefolge in Windsor. Nur Seine Majestät der König ist noch ein paar Tage hier, bevor er abreist. Wenn also Bennet diesen Mann spät nachts nicht mitgebracht hat, um einen Lakaien zu besuchen ...«

Und das war alles, was ich je mit Sicherheit über die letzten Tage dieses Venezianers in London in Erfahrung bringen konnte, ehe er sich wieder nach dem Festland einschiffte. Ich kann nicht alles bis zur letzten Einzelheit klären, aber es muß einige Tage später gewesen sein, als er noch vor seiner Abreise von Dr. Wallis gesehen und verhaftet wurde. Und während dieser ganzen Zeit organisierte Sir Henry Bennet die Suche nach ihm und verschwieg die Tatsache, daß er selbst Cola in aller Heimlichkeit zum König geführt hatte.

Augenscheinlich ging es hier um finstere Staatsaffären, und ich wußte, daß kein Unschuldiger je ehrenhaft davonkommt, wenn er sich ohne guten Grund in solche Angelegenheiten einmischt. Je weniger ich wußte, desto sicherer war ich, und obschon es mir dieses eine Mal wirklich schwerfiel, meine Neugier im Zaum zu halten, bestieg ich noch am selben Abend die Universitätskutsche und war froh, London den Rücken zu kehren.

* *
*

Ich sage »mit Sicherheit in Erfahrung gebracht«, weil ich nicht mit vollkommener Gewißheit sagen kann, was geschehen ist, ohne bei diesem heimlichen Zusammentreffen zugegen gewesen zu sein. Jetzt, da ich die Handschriften von Cola, Prestcott und auch Wallis gelesen habe, bereiten sie mir große Freude, denn die Gründe für Colas Entscheidung, einen Bericht abzufassen, zeigen sich hier in aller Deutlichkeit.

Das Dokument wurde abgefaßt, um zu beweisen, daß der schon vor vielen Jahren verstorbene Marco da Cola noch am Leben ist und daß er, ein Soldat und Laie, nach England kam und an diesem Tag in Whitehall gesehen wurde. Denn wenn Marco da Cola in England war, dann war der Jesuit Andrea da Cola nicht dort. Daher konnte, was meiner Meinung nach im Palast geschah, nicht wirklich passiert sein, weil dies nur möglich war, falls ein katholischer Priester den König an diesem Tag aufgesucht hatte. Und zu einer Zeit, da der Haß gegen die Papisten stärker ist als je zuvor und jeder in Gefahr schwebt, der nur mit dem geringsten Hauch von Papismus in Berührung kommt, ist dies von äußerster Wichtigkeit.

Dr. Wallis kam der Wahrheit sehr nahe; ja, er hatte sie sogar in der Hand, tat sie aber als unwesentlich ab. Ich verweise auf seine Handschrift, in der er den reisenden Bilderhändler in Venedig zitiert mit der Aussage, daß Marco da Cola damals »nicht im Rufe eines Gelehrten und fleißigen Studenten« stand; doch der Mann, dem ich begegnete, war hochgelehrt in der Medizin, besaß eine gründliche Kenntnis vieler großer Autoren und die Fähigkeit, anregend über die Philosophen des Altertums und der Moderne zu disputieren. Fügt den Bericht des Kaufmanns hinzu, den Wallis befragte, und der Marco da Cola als »ausgemergelt und dünn und immer mürrisch« beschrieben hat, und vergleicht dies mit dem stämmigen, fröhlichen Mann, der nach Oxford kam. Nehmt dazu noch Colas Weigerung, in Sir William Comptons Gesellschaft vom Soldatenleben auf Kreta zu erzählen, und sagt mir, welcher Soldat Eurer Bekanntschaft sich nicht endlos über seinen Heldenmut und seine Taten verbreiten wollte? Denkt an die Dinge, die ich in seiner Truhe fand, und erwägt ihre Bedeutung. Denkt auch an seine Reaktion, als er sich an diesem Abend bei Sarah Blundy der Macht seiner Lust ausgesetzt sah, und sagt mir, wie viele Soldaten mit solchem Zartgefühl Ihr kennt. Dieser Mann war ganz gewiß wie eines jener Rätsel, die so schwer zu begreifen sind, und doch so einfach, wenn die Wahrheit endlich ans Licht kommt.

Ich wußte bereits, daß das Buch in meinem Besitz eine der Ausgaben von Livius war, die sowohl Wallis als auch Cola gesucht hatten, und daß dieses Buch den Schlüssel zu wenigstens einigen der Briefe enthielt, die mir Jack Prestcott übermacht hatte. Die Entzifferung dieser Schriften war alles andere als eine leichte Aufgabe; und mit der Schilderung meines Erfolgs möchte ich keinesfalls die Leistungen von Dr. Wallis schmälern oder in irgendeiner Weise herabwürdigen.

Zuerst zögerte ich, und nicht nur, weil ich wußte, daß alles solchermaßen gewonnene Wissen mir nichts nutzen würde; die Ereignisse jener Tage lagen mir noch immer so schwer auf dem Gemüt, daß ich mich monatelang in Mattigkeit verlor. Meiner Gewohnheit folgend suchte ich Trost bei meinen Büchern und Papieren, las und schrieb Anmerkungen mit einer Besessenheit, die ich kaum noch bändigen konnte. Die Taten längst Verstorbener wurden mir zur größten Labsal, und ich wurde fast zum Einsiedler, der nur mit flüchtigem Interesse Kenntnis davon nahm, daß sich sein Ruf als Sonderling immer mehr festigte, bis er endlich nicht mehr zu erschüttern war. Man hält mich für einen seltsamen, ungehobelten Kerl, übellaunig, reizbar und von sauertöpfischer Wesensart, und ich glaube, dieser Charakter hat sich in jenen Tagen in mir gebildet, ohne daß ich es überhaupt bemerkte. Und heute ist es wahr: Ich lebe abgeschieden von der Welt und freue mich mehr am Verkehr mit den Toten als mit den Lebenden. Da ich mich in meiner Zeit so wenig heimisch fühle, nehme ich Zuflucht zur Vergangenheit, denn nur ihr kann ich eine Zuneigung beweisen, die ich meinen Zeitgenossen nicht schenken kann, weil sie nicht wissen, was ich weiß, und nicht gesehen haben, was ich sah.

Nur wenige Dinge vermochten mich von meinen Büchern wegzulocken, und so wenig kümmerte ich mich um menschliche Gesellschaft, daß ich kaum bemerkte, wie der Kreis meiner Freunde immer kleiner wurde. Lower verlegte seine Tätigkeit allmählich nach London, und bald brachte er es glücklich (und begünstigt durch die Protektion von Clarendon und den Tod vieler ernsthafter Rivalen) zum erfolgreichsten Arzt des Landes. Er erhielt einen Platz bei Hofe und besaß nicht nur ein prächtiges Haus, sondern auch eine Kutsche mit seinem Familienwappen an der

Tür – wofür ihn jene scharf kritisierten, die dies für vermessene Prahlerei hielten. Aber es schadete ihm nicht, denn die Reichen und Vornehmen lassen sich gern von Ärzten behandeln, die selbst aus gutem Hause stammen. Darüber hinaus bezahlte er auch die Aussteuer seiner Schwestern und führte seine Familie wieder in Dorset ein, wofür ihm große Bewunderung zuteil wurde. Er veröffentlichte zwar sein großes Werk über das Gehirn, aber danach unternahm er keine ernsthaften Forschungen mehr. Alles, was ihm wahrhaft edel erschien, das Streben nach Wissen durch Experimente, gab er auf für weltlichen Gewinn. Und ich allein, so glaube ich, verstand, wie ihm zumute war und daß der Erfolg in der Welt in Lowers Augen nur Verschwendung und Versagen war.

Auch Mr. Boyle ging nach London und kam in seinem ganzen Leben nur noch zweimal nach Oxford. Ein größerer Verlust für die Stadt war kaum vorstellbar, denn wiewohl er nie der Universität angehörte, strahlte doch seine Gegenwart auf sie zurück und brachte ihr hohes Ansehen. Diesen Ruhm nahm er bei seinem Abschied mit und vermehrte ihn in London mit einer nicht enden wollenden Kette von Erfindungen, die ihm für alle Zukunft einen unsterblichen Namen garantieren. Locke verließ die Stadt ebenfalls, als er eine geeignete Pfründe fand, und auch er gab die Experimente zugunsten der Welt auf, obgleich es in seinem Fall so ist, daß er sich so sehr auf äußerst gefährliche Formen von Politik eingelassen hat, daß seine Stellung immer eine wackelige ist. Eines Tages wird er mit seinen Schriften vielleicht Ruhm erlangen, aber vielleicht wird er auch so sehr in politische Ereignisse hineingezogen, daß er am Galgen endet, wenn er es wagt, aus seinem Exil hierher zurückzukehren. Doch dies ist noch nicht abzusehen.

Mr. Ken sicherte sich, wie nicht anders zu erwarten, den Lebensunterhalt, der Dr. Grove zugestanden hätte, wäre er nicht gestorben, und war somit wahrscheinlich der einzige, der einen Nutzen aus den hier geschilderten tragischen Geschehnissen zog. Er wurde ein guter Mann, von gemäßigten religiösen Anschauungen und hochgeachtet für seine Wohltätigkeit. All dies war eine eher überraschende Entwicklung für mich, aber manchmal wachsen Menschen über sich hinaus, um der Würde ihres Amtes zu entsprechen, statt es auf ihre Stufe herabzuziehen. Derlei geschieht nur selten, aber doch oft genug, um uns Trost zu bieten. Zum allgemeinen Besten der Menschheit gab er wegen seiner vielen Pflichten das Violenspiel auf, und wir müssen all jenen, die ihm einen Bischofsstuhl verschafften, für diese Wohltat an Gottes Schöpfung danken.

Thurloe starb einige Jahre später und nahm seine Geheimnisse mit ins Grab – außer jenen wohl, die sich unter den Papieren befinden, die er beim Herannahen der Krankheit versteckt hat. Er war ein sonderbarer Mensch, und ich bedaure es sehr, ihn nie kennengelernt zu haben. Ich bin überzeugt, daß er nicht nur alle hier dargelegten Geheimnisse kannte, sondern auch maßgeblich an der Leitung vieler Regierungsangelegenheiten jener Tage mitwirkte. Das mag merkwürdig erscheinen in Anbetracht seiner Treue zu Cromwell, aber er diente dem großen Manne, weil dieser unserem armen Lande Ordnung brachte, und Ordnung und Ruhe im Reiche verehrte er viel mehr als alle Menschen, ob Bürger oder König.

Dr. Wallis veränderte sich kaum, wurde aber, als sein Augenlicht allmählich nachließ, immer reizbarer und heftiger. Außer mir ist er wohl der einzige, der noch das gleiche Leben führt wie damals. Die Veröffentlichungen – über englische Grammatik, über Sprechunterricht für Stumme, über die entlegensten und unverständlichsten Formen von Mathematik, die außer ihm und einem halben Dutzend anderer Gelehrter niemand auf der ganzen Welt begriff – fließen nur so aus seiner Feder, und aus seinem Mund kommt ein nicht weniger gewaltiger Strom von Kritik und Scheltworten gegen seine Kollegas, die ihm stets als unwürdige Rivalen erscheinen. Er hat viele Bewunderer und keine Freunde. Zweifellos arbeitet er noch immer für die Regierung, denn er hat nichts von seinen Fertigkeiten in der Entschlüsselung von Geheimschriften eingebüßt. Jetzt, da Thurloe tot und Bennets Macht zerronnen ist, so wie es allen Politikern bestimmt ist, weiß nur noch der alte König, wie Wallis getäuscht, belogen und zum Narren gehalten wurde.

Und natürlich ich selbst. Denn allein und ohne Hilfe entschlüsselte ich diesen Brief, den Wallis auf seinem Weg zu Cola in den Niederlanden abgefangen hatte, und entschleierte das gesamte darin enthaltene Geheimnis. Es fiel mir nicht leicht. Eine Ewigkeit vermied ich es, ihn auch nur anzusehen. Lange nach der Pest und dem Feuer von London, die viele verängstigte Menschen auf der Flucht vor Zerstörung und Not nach Oxford brachten, machte ich mich schließlich ernsthaft an die Arbeit. Auch ich war verängstigt, und erst als es mir nach mehreren Monaten der Untätigkeit sicher schien, daß die Angelegenheit vergessen war, holte ich die Papiere aus meinem geheimen Versteck unter den Bodendielen und begann mit ihrer Untersuchung.

Aber das war natürlich nur der Anfang. Was Dr. Wallis in wenigen Stunden erledigt hätte, dafür brauchte ich Wochen, da ich an vielen Orten nach Büchern suchen mußte, ehe ich die Grundsätze der Entschlüsselung verstand. Die einfache Erklärung von Dr. Wallis in seiner Handschrift hätte mir viel Pein und Mühsal erspart, wenn sie damals schon in meinem Besitz gewesen wäre, aber er war der einzige, den ich auf keinen Fall fragen konnte. Schließlich erfaßte ich durch meine eigenen Anstrengungen, was notwendig war. Der Buchstabe, mit dem jeweils alle fünfundzwanzig Lettern der Schlüssel begann, war nicht der nächste Buchstabe im Text und auch nicht der erste Buchstabe des nächsten Wortes, sondern der nächste unterstrichene Buchstabe. Das klingt einfach und ist es, so erklärt, auch: so einfach, daß ein Soldat auf einem Feldzug es im Nu niederschreiben konnte, wenn er das richtige Buch besaß. Und das war ja auch der Sinn der Sache.

Als ich diese wunderbare Entdeckung gemacht hatte, enthüllte sich mir an einem einzigen arbeitsamen Vormittag das ganze Geheimnis dieser Briefe. Aber danach brauchte ich viele Monate, bis ich wirklich glauben konnte, was ich gelesen hatte.

Ich habe alles vernichtet, wie versprochen. Es existiert nur noch ein Exemplar der Übersetzung, die ich angefertigt habe, und auch sie werde ich zusammen mit dieser meiner Handschrift vernichten, wenn ich weiß, daß meine letzte Stunde geschlagen hat. Ich habe Mr. Tanner, einen jungen Bibliothekarius und Gelehrten meiner Bekanntschaft, gebeten, nach meinem Tode meinen Nachlaß zu ordnen, und dies wird zu seinen Pflichten gehören. Er ist ein guter und aufrichtiger Mann, der sein Wort halten wird. Es soll nicht gesagt werden, ich hätte mein Versprechen gebrochen oder etwas enthüllt, das im dunkeln bleiben sollte.

Der verschlüsselte Brief, an Andrea da Cola gerichtet und verfaßt von Henry Bennet, Minister und (der Gipfel der Ironie) Arbeitgeber von Dr. Wallis, enthielt, nach den üblichen einleitenden Floskeln, folgende Nachricht:

Die in unserer jüngsten Korrespondenz erörterte Angelegenheit ist nunmehr zur Reife gelangt, und Seine Majestät der König hat den Wunsch bekundet, sobald wie möglich in den Schoß der katholischen Kirche aufgenommen zu werden, da dies in voller Übereinstimmung mit seinem wahren Glauben steht. Ich bin beauftragt, die Entsendung eines verschwiegenen Priesters zu veranlassen, der unter strengster Geheimhaltung dem Wunsche Seiner Majestät entspricht, und ich hoffe sehr, daß Ihr selbst dieses Amt übernehmen werdet, da Ihr uns bereits wohlbekannt seid und unser Vertrauen genießt. In jedem Falle hat zu gelten, daß es verhängnisvolle Auswirkungen hätte, sollte irgend etwas davon an die Öffentlichkeit dringen; vielmehr soll eine stete Politik zur Lockerung der Fesseln, die die Katholiken binden, verfolgt und der Haß über mehrere Jahre hinweg unmerklich gemindert werden, ehe eine öffentliche Erklärung abgegeben werden kann. Im Augenblick soll, als Geste des guten Willens, alles getan werden, was getan werden kann. Der König wird das Parlament zu überzeugen versuchen, den Katholiken größere Duldung zu gewähren, und ist guten Mutes, daß dieser erste Schritt zu vielen weiteren führen wird, bevor endlich die Wiedervereinigung der Kirchen vonstatten gehen kann. Mr. Boulton wird als Sendbote nach Rom reisen, wenn die Aufnahme vollzogen ist, um die Beratungen über Fragen der notwendigen Etikette zu führen.
Was Euch angeht, Hochwürden, so könnt Ihr dieses Land in Frieden bereisen; obgleich aus begreiflichen Gründen kein offizieller Schutz eingeräumt werden kann, werden wir bestrebt sein, Eure Sicherheit und die Geheimhaltung Eurer Identität zu gewährleisten.

Der König von England, das Oberhaupt der protestantischen Kirche von England, war seit 1663 ein bekennender Katholik, der insgeheim in die römische Kirche aufgenommen worden war und ihre Sakramente empfing. Sein wichtigster Minister, Mr. Bennet, war ebenfalls Katholik und verfolgte als geheime Politik die Vernichtung der Staatskirche, auf die er einen Eid geleistet hatte. Nicht um einen Anschlag zu begehen, kam Cola nach England, sondern um den König in die katholische Kirche aufzunehmen, und dies geschah, so denke ich, als er an diesem Abend mit seinem geweihten Öl, seinem Kruzifix und seiner Reliquie in den Whitehall Palace ging.

Währenddessen frönte Wallis seiner Besessenheit, und Bennet hörte ihm zu und lenkte seinen Verdacht in die falsche Richtung, so daß die Geschichte nicht nur nie ans Licht kam, sondern von noch undurchdringlicherem Dunkel verhüllt wurde. Ich bin sicher (habe aber keinen Beweis), daß Bennet die Ermordung von Wallis' Diener Matthew anordnete, um das Geheimnis zu wahren, denn ich glaube nicht, daß Cola einer solchen Tat fähig war. Er war kein Mann der Gewalt, und das Durchschneiden von Kehlen war viel eher ein Wahrzeichen von John Cooth, auf dessen Dienste auch Wallis mitunter zurückgriff.

Wenn ich diesen Brief veröffentlichen oder insgeheim an jemanden wie Dr. Wallis weitergeben würde, würde dieses Land in einem Bürgerkrieg versinken, der der Monarchie binnen einer Woche ein Ende setzen würde, so groß ist heute die Verachtung der Öffentlichkeit für alles Katholische. In seinem Zorn über die ihm zugefügte Demütigung würde Wallis einen Feldzug von solcher Schärfe entfachen, daß die Protestanten von England bald marschieren und nach dem Blut eines weiteren Königs schreien würden. Wäre ich zum König selbst gegangen, hätte ich ein reicher Mann werden und den Rest meiner Tage in bequemem Wohlstand verbringen können, denn der Wert dieses Papiers – oder seiner fortdauernden Geheimhaltung – ist unschätzbar.

Ich werde nichts dergleichen tun, denn wie erbärmlich muß all dies einem Mann erscheinen, der solche Wunder gesehen und solche Gnade gespürt hat wie ich. Ich glaube zutiefst und weiß, daß ich den fleischgewordenen Gott gesehen und gehört und berührt habe. In aller Stille, ohne Wissen der Menschheit kommt die göttliche Vergebung wieder zu uns herab, und wir sind so blind, daß wir nicht erkennen, welch unerschöpflicher Geduld und Liebe wir teilhaftig werden. So geschah es und ist es in jeder Generation ge-

schehen und wird wieder geschehen in jeder künftigen Generation, daß ein Bettler, ein Krüppel, ein Kind, ein Irrsinniger, ein
Verbrecher oder eine Frau in völliger Verborgenheit als unser
Herr geboren wird und von uns geschmäht, mißachtet und getötet wird, um unsere Sünden zu sühnen. Und mir ist geboten worden, niemandem davon zu erzählen, und ich werde dieses eine
Gebot befolgen.

Dies ist die Wahrheit, die eine und einzige Wahrheit, offenbar,
vollkommen und unteilbar. Und was zählen daneben die Lehren
der Priester, die Stärke der Könige, die Strenge der Gelehrten und
das Genie unserer Männer der Wissenschaft?

Mr. Tanner sortierte alle Papiere, deren einige Mr. Wood beiseite legte, damit sie verbrannt würden, wenn er selbst das Zeichen dazu gab. Als er bereit war, diese Welt zu verlassen, gab er das Zeichen, und Mr. Tanner verbrannte die zu diesem Zwecke beiseite gelegten Papiere.

Thomas Hearne, Bericht über Anthony à Wood,
in *Athenae Oxonienses*, 3. Auflage, London 1813,
Bd. 50, S. cxxxiv

Handelnde Personen

JOHN AUBREY, 1626–1697. Antiquar und Klatschmaul, ein Mann, der ein großes Wissen besaß, aber wenig veröffentlichte. Am besten bekannt durch seine *Brief Lives*, eine Sammlung von Charakterskizzen von Zeitgenossen. Er interessierte sich für alle Zweige der Gelehrsamkeit, war ständig in finanziellen Schwierigkeiten und ab 1663 Mitglied der Royal Society.

HENRY BENNET, 1628–1685. Anno 1663 zum Baron Arlington und 1672 zum Earl of Arlington erhoben. »Ein Mann, dessen Praktiken seinen Charakter höchst angreifbar machten. Der Mangel an Integrität wurde über dem Anstand seiner Unehrlichkeit vergessen … Er lebte nach außen hin als Protestant, starb aber als Katholik.« Botschafter in Spanien, im Oktober 1662 zum Minister (realiter Außenminister) ernannt. 1674 wegen Begünstigung des Katholizismus angeklagt und aus dem Amt entlassen.

SARAH BLUNDY – fiktiv. Der Bericht über ihren Prozeß und ihre Hinrichtung fußt auf dem Verfahren gegen Anne Greene, die anno 1655 in Oxford gehenkt wurde.

ROBERT BOYLE, 1627–1691. Der »Vater der Chemie«, das vierzehnte Kind des sagenhaft reichen Earl of Cork, Entdecker des Boyleschen (Boyle-Mariotteschen) Gesetzes, das das Verhältnis von Elastizität und Druck von Gasen beschreibt. Im *Sceptical Chemist* benutzte er das Wort Element seinem modernen Sinn nach zum ersten Mal; spekulierte über die Existenz von Atomen. Hielt sich für einen Theologen und Wissenschaftler zugleich und interessierte sich lebhaft für Alchimie und moderne Chemie.

GEORGE DIGBY, EARL OF BRISTOL, 1622–1677. Unterstützte lange Charles II., doch weil er Katholik war, wurde ihm ein Amt bei Hofe verwehrt. Früher ein enger Freund von Clarendon, verbrachte er die sechziger Jahre damit, Komplotte gegen diesen zu schmieden und brachte 1663, nachdem es ihm nicht gelungen war, eine Allianz mit Spanien zu schließen, eine schlecht geplante Anklage wegen Korruption gegen ihn ein, die jedoch erfolglos blieb. Niemand unterstützte Bristol dabei, und er mußte ins Exil fliehen. Kehrte 1667 zurück und nahm an der Verschwörung teil, die zu Clarendons Sturz führte.

CHARLES II., 1630–1685. Sein Nachfolger war der bekennende Katholik James II., der 1688 bei der Glorious Revolution gezwungen wurde, abzudanken. Lebte bis zur Restauration 1660 in Frankreich, Spanien und den Niederlanden im Exil. 1663 führte Charles Verhandlungen mit der katholischen Kirche, um zu konvertieren, was in der *Monthly Review* vom 13. Dezember 1903 zum erstenmal der Öffentlichkeit bekanntgemacht wurde.

EDWARD HYDE, EARL OF CLARENDON, 1609–1674. Lordkanzler und nach der Restauration tatsächlicher Premierminister von Charles II. Clarendon war der treueste Anhänger der Königs und harrte während des ganzen Exils bei ihm aus. Seine Stellung wurde geschwächt, als seine Tochter Anne ohne Erlaubnis den Bruder des Königs heiratete, doch er blieb bis 1667 an der Macht. Dann wurde er gezwungen, ins Exil zu gehen, und von Henry Bennet, Baron Arlington, abgelöst.

GEORGE COLLOP. Aus Dorset stammend, Generalverwalter des Duke of Bedford von 1661 bis zu seinem Tod 1682 und Aufseher bei den späteren Phasen der Trockenlegung, durch die riesige Teile von Lincolnshire zum Farmland wurde.

SIR WILLIAM COMPTON, 1625–1663. Royalistischer Soldat und Verschwörer, 1643 zum Ritter geschlagen. Von Oliver Cromwell als »nüchterner junger Mann und ein gottesfürchtiger Cavalier« beschrieben. Wurde 1655 und 1658 wegen Verschwörung gegen das Commonwealth gefangengesetzt, starb 1663 in London und wurde in Compton Wynyates, Warwickshire, begraben.

JOHN CROSSE, Apotheker in Oxford, der Geschichte jetzt hauptsächlich als Vermieter und Hausherr von Robert Boyle bekannt.

VALENTINE GREATOREX (auch Greatrakes genannt). Irischer Geistheiler, der nach England kam und die Kranken durch Handauflegen von der Skrofulose und anderen Gebrechen heilte. Glaubte, seine Fähigkeit zu heilen, sei ihm von Gott verliehen. Sein Erfolg beeindruckte Boyle und andere, und er hatte bei der englischen Aristokratie recht viel Erfolg. »Ein merkwürdiger Kauz, redet ständig von Teufeln und Hexen.« Wurde später in Irland Friedensrichter und Landbesitzer.

ROBERT GROVE, 1610–1663. Fellow und »Amateurastrologe« des New College in Oxford. »Am 30 März, einem Montag, starb Mr. Robert Grove, Senior Fellow des New College. [Er] wurde im westlichen Kreuzgang besagten Colleges begraben« (Anthony Wood, *Life and Times*, Bd. 1, S. 471). Verlor als royalistischer Sympathisant 1648 seine Fellowship und kehrte erst 1661 an die Universität zurück.

THOMAS KEN, 1637–1711. Bischof von Bath und Wells, 1661 bis 1663 Dozent für Logik und Mathematik am New College in Oxford, erhielt dann von Lord Maynard die Pfründe von Easton Parva und schuf sich einen Ruf der Frömmigkeit und Wohltätigkeit. Ein berühmter Prediger, wurde er 1684 zum Bischof ernannt. Gegner der katholischen Politik von James II., war später aber auch gegen seine Absetzung, wofür er von William III. nach der Revolution von 1688 als Bischof abgesetzt wurde.

JOHN LOCKE, 1632–1704. Vermutlich der größte Philosoph englischer Zunge, dessen Werk das englische politische Denken für mehr als ein Jahrhundert bestimmte. Er wurde zum Doktor ausgebildet, bevor er in der Familie des Earl of Shaftesbury Tutor wurde – eines Mannes, der in den siebziger Jahren des Jahrhunderts als Gegner der Regierung in Haft genommen wurde. Von 1683 bis 1688 lebte Locke in Holland, ehe die Thronbesteigung von William III. es ihm ermöglichte, gefahrlos zurückzukehren.

Autor von *Essay Concerning Toleration, Essay on Human Understanding, Two Treatises on Government*.

RICHARD LOWER, 1631–1691. Arzt und Physiologe, Freund von Anthony Wood und der erfolgreichste Londoner Arzt seiner Generation. Gehörte zum Kern der Oxford-Gruppe, die die Royal Society gründete, wurde jedoch erst 1667 Mitglied. 1675 Fellow des Royal College of Physicians; seine politischen Überzeugungen vernichteten seine Karriere, und er erholte sich bis zur Revolution von 1688 nicht mehr richtig. Führte in den Jahren zwischen 1660 und 1670 Experimente mit der Übertragung von Blut durch, veröffentlichte den *Tractatus de Corde* (1669).

THOMAS LOWER, 1633–1720. Bruder von Richard und Quäker, heiratete die Stieftochter von George Fox; 1673 und 1686 verhaftet, hatte Besitz in amerikanischen Quäkersiedlungen.

Graf PATRICIODI MOLEDI. Spanischer Botschafter in England, 1662–1667.

JOHN MORDAUNT, Baron Mordaunt, 1627–1675. Zweiter Sohn des ersten Earl of Peterborough, im Ausland erzogen; wurde zum führenden royalistischen Verschwörer. 1658 verhaftet und im Prozeß freigesprochen. Bei der Restauration zum Constable of Windsor Castle ernannt, wurde er jedoch 1666 vor dem Parlament angeklagt und bekam nie wieder ein hohes Regierungsamt. Verbrachte seine letzten Jahre im Rechtsstreit mit seiner Familie.

SIR SAMUEL MORLAND, 1625–1695. Diplomat und Erfinder, ab 1654 Angestellter von Thurloe in dessen Zeit als Minister und von Cromwell akkreditiert, 1655 die Mission in Savoyen zu leiten. Wechselte 1659 die Seiten und identifizierte Verräter unter den Royalisten, wurde bei der Restauration geadelt. Erfand 1663 eine Rechenmaschine und experimentierte ab 1660 mit Pumpen und frühen Dampfmaschinen. 1681 für Ludwig XIV. Berater für Wasserversorgung in Versailles.

JACK PRESTCOTT – fiktiv. Seine Geschichte und die seines Vaters beruht auf der Ächtung und Verbannung von Sir Richard Willys wegen Hochverrats 1660. Willys' Sohn starb in geistiger Umnachtung.

SIR JOHN RUSSELL, gest. 1687. Führendes Mitglied des *Sealed Knot*, einer Gruppe aktiver Royalisten in England, die zwischen 1650 und 1660 ununterbrochen und erfolglos Komplotte zum Sturz Cromwells und zur Rückkehr des Königs schmiedete.

PETER STAHL, gest. 1675. »Der berühmte Chemiker und Rosenkreuzer Peter Stahl aus Straßburg im Königreich Preußen war Lutheraner und ein großer Frauenhasser ... Er wurde anno 1659 von Mr. Robert Boyle an die Universität Oxford geholt ... Ungefähr zu Anfang des Jahres 1663 zog er mit seinem Laboratorium in das Haus eines Textilkaufmanns in der Pfarrei Allsaints um. Im Jahr darauf wurde er nach London berufen, wo er ungefähr anno 1675 starb; begraben wurde er in der Kirche von St. Clement Danes« (Anthony Wood, *Life and Times*, Bd. 1, S. 473).

JOHN THURLOE, 1616–1668. Anwalt. Minister im Staat Cromwells ab 1652; später organisierte er Cromwells Spionagesystem. Entging nach der Restauration jeder Bestrafung und lebte in Great Milton, Oxfordshire, bis er kurz vor seinem Tod nach London zurückging. Versteckte alle Staatspapiere, die dann unter einer Gipsdecke gefunden und 1742 veröffentlicht wurden.

JOHN WALLIS, 1616–1703. Professor für Geometrie an der Universität Oxford, Gründungsmitglied der Royal Society und der größte englische Mathematiker vor Newton. Ein großer Fremdenfeind, der schriftlich lange und geharnischte Dispute mit Hobbes, Pascal, Descartes, Fermat und anderen führte. Kryptograph für das Parlament (Cromwell) 1643–1660, für Charles II., James II. und William III. Veröffentlichte *Arithmetica Infinitorum* (1655), *Mathesis Universalis* (1657), *Treatise of Algebra* (1685). Die kompletten Predigten – *Sermons* – wurden 1791 veröffentlicht, *Essay on the Art of Decyphering* 1737.

Anthony Wood, 1632–1695. Antiquar und Historiker, Autor von *Historia et Antiquitates Universitatis Oxonienses* (1674) und *Athenae Oxonienses* (1691). Ein Junggeselle, der ein Einsiedlerleben führte und in seinen späteren Jahren als ungesellig und verbittert galt, obwohl er bis in die sechziger Jahre viele Freunde und Bekannte hatte. Hauptsächlich bekannt durch seine Tagebücher und Papiere, die erst in diesem Jahrhundert veröffentlich wurden.

Michael Woodward, 1599–1675. Rektor des New College in Oxford von 1658 bis 1675; Pfarrer von Ash in Surrey und »ein Mann von geringer Gelahrtheit und noch mangelhafterer politischer oder religiöser Gesinnung«. Kümmerte sich jedoch unermüdlich um die Verbesserung der Finanzen seiner Kollegen, nach dem Verlust ihrer Einkünfte während des Civil War.

Sir Christopher Wren, 1632–1723. Professor der Astronomie an der Universität Oxford. Inspektor der King's Works und Architekt. Von Newton und Wallis auch als Geometer geschätzt, arbeitete er an sphärischer Trigonometrie, stellte eine Mondkarte her, war Gründungsmitglied der Royal Society und führte anatomische Arbeiten mit Lower und anderen des Oxforder Kreises durch. Sein bekanntestes Werk ist die von ihm entworfene St. Paul's Cathedral; außerdem entstanden nach seinen Planungen mehrere Kirchen in London und der Ostflügel des Hampton Court Palace. Sein erstes Gebäude war das Sheldonian Theatre in Oxford.

Mein Dank gilt

Michael Benjamin, Cathy Crawford, Margaret Hunt, Karma Nabulsi, Lyndal Roper, Nick Stargardt, Felicity Bryan, Liz Cowen, Eric Christiansen, Dan Franklin, Anne Freedgood, Olwen Hufton, Maggie Pelling, Charles Webster und (vor allen anderen) Ruth Harris.

Die Zitate aus Francis Bacons *Novum Organum Scientarum* auf den Seiten 9, 229, 429 und 605 wurden folgender deutscher Ausgabe entnommen:
Franz Baco's Neues Organon, übersetzt von J. H. von Kirchmann, Berlin 1870.

Vier Wege zur Wahrheit

Eine Frage der Priorität
SEITE 9

Das Große Vertrauen
SEITE 229

Das Prinzip der Harmonie
SEITE 429

Das Urteil am Kreuzweg
SEITE 605